RESIDENT EVIL

RESIDENT EVIL 生化危机（白金版）1

THE UMBRELLA CONSPIRACY

安布雷拉的阴谋

[美] S.D. 佩瑞／著　良　田／译

金城出版社
GOLD WALL PRESS
中国·北京

图书在版编目（CIP）数据

生化危机：白金版 /（美）S.D. 佩瑞著；良田等译 . —
北京：金城出版社有限公司，2021.1（2021.7 重印）
书名原文：RESIDENT EVIL
ISBN 978-7-5155-1902-9

Ⅰ . ①生… Ⅱ . ① S… ②良… Ⅲ . ①幻想小说－美国－现代 Ⅳ . ① I712.45

中国版本图书馆 CIP 数据核字 (2020) 第 030938 号

生化危机（白金版）

作　　者	[美] S.D. 佩瑞
译　　者	良　田　李海峰　谢幕娟　张　榕
责任编辑	李明辉
责任校对	岳　伟
责任印制	李仕杰
开　　本	880 毫米 ×1230 毫米　1/32
印　　张	53
字　　数	1370 千字
版　　次	2021 年 1 月第 1 版
印　　次	2021 年 7 月第 2 次印刷
印　　刷	天津旭丰源印刷有限公司
书　　号	ISBN 978-7-5155-1902-9
定　　价	268.00 元

出版发行	**金城出版社有限公司** 北京市朝阳区利泽东二路 3 号　邮编：100102
发 行 部	(010) 84254364
编 辑 部	(010) 84250838
总 编 室	(010) 64228516
网　　址	http://www.jccb.com.cn
电子邮箱	jinchengchuban@163.com
法律顾问	北京市安理律师事务所　18911105819

献给MŸK[1]

[1] 译注：MŸK是本书作者S.D.佩瑞的丈夫。

邪念生恶果。

——阿里斯托芬[1]

[1] 译注：阿里斯托芬（Aristophanes，约前446—前385），古希腊早期喜剧代表作家，被称为“喜剧之父”，作品现存《阿卡奈人》等。

目 录

RESIDENT EVIL

THE UMBRELLA CONSPIRACY

序　章

《莱瑟姆周刊》，1998年6月2日

浣熊市发生多起离奇凶杀案

浣熊市——昨日晚些时候，有人在浣熊市西北部的一座废弃的停车厂里发现一具女尸。经调查，受害者为居住在案发现场附近的现年四十二岁的安娜·米塔基，她的尸体被发现时已经支离破碎，现场惨不忍睹。这使她成为从上月开始陆续发生在维克多利湖地区“食人魔”连环凶杀案的第四名遇难者。法医给出的死因鉴定报告结果与其他死者的一致，米塔基是被某种生物撕咬致死，并且身体的部分器官被吞食，从伤口处留有的齿痕来判断，该案应该是人类所为。

昨晚九点左右，两名正在慢跑的路人发现了米塔基女士的尸体。在这之后不久，艾隆斯署长就发表了简短的案件声明。他在声明中表示，警署会“投入有史以来最大的警力来搜捕这名丧心病狂的凶手”，同时他本人也正在与浣熊市政府各部门的官员就如何开展更加彻底有效的措施进行协商，以保证浣熊市市民的人身安全。

除此之外，在发生这四起“食人魔”谋杀案的同时，过去几周在浣熊市森林地带还发生了三起疑似由动物袭击造成的命案。这使得浣熊市目前由神秘案件所造成的死亡人数上升到七人。

《浣熊市时报》，1998年6月22日

浣熊市被恐怖笼罩！更多的受害人离奇死亡

浣熊市——周日凌晨，警方在浣熊市维克多利公园内发现一对年轻情侣的尸体。两人的身份已经被证实，分别是狄安娜·卢斯和克里斯托弗·史密斯。这两人成为自今年 5 月中旬以来使浣熊市陷入一片恐怖之中的系列暴力凶杀案中的第八和第九名受害者。

两名受害者都是十九岁，于周六晚间共同外出，但迟迟未归。焦急万分的父母便向警方报告了两人失踪的消息。警方经过调查及搜索后，于周日凌晨两点在维克多利湖西侧的堤岸上发现了两名被害人的尸体。目前警方还没有对此事做出公开声明，不过有现场目击者证实，两人身上的伤口与之前轰动全市的“食人魔”系列案件的受害者伤口极为相似。警方对于系列暴力凶杀案件的袭击者究竟是人类，还是动物至今仍没有明确的解释。

据这对情侣的朋友所说，两人曾说过要到灌木丛生的公园里寻找传说中的“野狗”，还不顾政府颁布的宵禁令，计划去观察这种只在夜间活动的生物。

哈里斯市长宣布将于今日下午在市政厅召开新闻发布会，届时将会对最近所发生的一系列恶性凶杀案件进行公开声明，同时他还呼吁市民要严格按照规定执行近期颁布的宵禁令。

《城郊报》，1998 年 7 月 21 日

浣熊市特种战术救援组开始全面展开搜救工作

浣熊市——随着本周早些时候“三名远足者在浣熊市森林地带失踪”的报道播出，市政府官员终于决定在阿克雷山区的 6 号公路上设置隔离路障。同时警察署长布莱恩·艾隆斯也于昨日宣布，特种战术救援组将加入本次搜救失踪远足者的行动，并且除本次搜救行动之外，特种战术救援组还将与浣熊市警署进行更加紧密的合作，一起对近期一系列破坏社会秩序的恶性凶杀案进行侦破工作。

艾隆斯署长，前特种战术救援组成员，在今天接受《城市之边》独家电话采访时还指出：“在过去不到两个月的时间里，我市发生了九起恶性凶杀案，以及至少五起人口失踪案。迄今为止的全部案件都发生在浣熊市森林地带的周围区域，所以我们几乎可以肯定，这一连串恶性凶杀案件的凶手就藏匿在维克多利湖附近的某个地方。现在我们正是需要有着丰富经验而且精明实干的人才来维护城市安全的时候，而特种战术救援组的队员们正好有着保卫我们的城市所需要的经验。”

当被问到为什么直到现在才邀请特种战术救援组加入本案的侦破行动时，艾隆斯署长回答说，特种战术救援组其实从案件发生之初就一直在协助浣熊市警署进行案情分析工作，并且非常欢迎特种战术救援组正式加入侦破行动。

特种战术救援组，于 1967 年在纽约由私人资金资助成立。最初的队员由退伍军人、前美国中央情报局和前美国联邦调查局的特工所组成，主要负责打击邪教恐怖主义的行动。在前国土安全局局长马克 · 帕尔米耶的领导下，特种战术救援组组织逐渐扩大，发展为一个具有反劫持、谈判、密码破译以及反恐防暴等多种能力的综合性组织。之后该组织与全国各地的警察机构展开合作，在警局内部建立完全独立的特种战术救援组。浣熊市的特种战术救援组分部，于 1972 年由当地几家企业共同出资建立，目前该分部由上任还不到六个月的阿尔伯特 · 威斯克负责。

1 resident evil

第一章

吉尔去参加作战会议肯定要迟到了。她准备出门的时候，莫名其妙地将钥匙掉进了咖啡杯里。当听到钥匙触碰到咖啡杯底部发出的一声轻柔的撞击声时她才反应过来，就在她停下脚步，不确信地盯着眼前那冒着热气的马克杯时，夹在腋下的一沓厚厚的文件又掉落在棕褐色的地毯上，文件夹、便利贴散落一地。

“啊，真倒霉。”

她抬眼看了看表，拿起咖啡杯迅速转身向厨房走去。威斯克之前已经明确地通知他们将于今晚七点准时召开作战会议，而且所有人员必须准时出席。现在离七点只有九分钟的时间了，也就是说，如果想要避免迟到，她就要在九分钟的时间里先把东西收拾好，并开车完成原本需要十分钟的车程，然后停好车走进办公室坐好，这简直就是不可能完成的任务。这是特种战术救援组正式接手这个连环凶杀案后的第一次作战会议——很明显她要迟到了。

算一算，这可能是这些年里我第一次这么在意要守时，却在临出

门的时候搞砸了。

吉尔边暗自责备着自己，边急匆匆地朝水槽走去，心里对自己没有做好准备感到非常生气。现在碰上这种事，真是倒霉透顶。她今天刚一吃完早饭就立刻拿起案件的资料进行研究，她仔细阅读了警方提供的所有案情资料，试图找到警方可能会漏掉的线索。结果她发现自己越研究就越感到沮丧，用了整整一天的时间，她都没有发现新的有价值的线索。

她来到水槽边快速地倒掉了杯中的咖啡，将被咖啡泡得有些温热的钥匙拿了出来。她顾不上收拾，只是把钥匙在牛仔裤上胡乱地蹭了几下，便急匆匆地回到房门处，蹲下来收拾散落一地的文件。收拾到一半时，她突然停了下来，目光直直地落在文件堆上面一张鲜亮的彩色照片上。

哦，两个可怜的小女孩……

她把那张照片慢慢地捡了起来，虽然她心里明白现在时间紧迫，但她还是无法把目光从照片中那沾满了鲜血的幼小脸庞上移开。她看着这张凶杀现场的照片，感到一整天分析案情所产生的压力，瞬间全部向自己袭来，压得自己都无法正常呼吸了。照片中的是九岁的贝琪和七岁的普里希拉·麦基。吉尔之前就曾心烦地匆匆把照片翻过去，并在心里告诉自己没有什么可看的了……

不过这并不是你的真实感受，不是吗？你可以继续假装下去，或者你也可以正视现实——现在一切都不同了，自从她们死去的那天起，一切都已发生了改变。

在刚刚调职到浣熊市的时候，她一直承受着巨大的压力。不光是一时无法适应自己的调职，就连自己是不是应该继续留在特种战术救援组里工作，她心里都没有答案。老实说，由于父亲迪克对她进行的长年训练，她很适合这份“工作”。自从迪克被起诉关入监狱开始，他就一直告诫自己的女儿应该尽快换份工作，并且一直在给她施加压力。虽然她有意地将这个问题拖了一段时间，但她的父亲对这件事情的看法依然非常坚定，并且反复跟她强调，瓦伦蒂安家族的人有他一个人在监狱里就够了，甚至开始承认自己培养女儿的方式自始至终都是错误的。但联想到她一直学习的技能和实践经验，她实在没有太多别的选择。不过,特种战术救援组十分欣赏她的能力,也并不关心她的出身。同时这份工作的薪水也不错，工作中还充满了她自己从小就一直追求并享受的冒险元素……回头看来，这个工作的转变实在是有点儿出奇地简单，而且得到这份工作不仅让迪克感到高兴，同时也给了她体验另外一种生活的机会。

尽管如此，事情的进展比她预想的要困难得多。自从迪克被关进监狱之后，她第一次真正感受到了孤独，而且从事执法工作从一开始对她来说就像是一个玩笑，迪克·瓦伦蒂安——一个出色的小偷——的女儿在为维护法律和正义工作，这就是美国的行为方式。住在郊外舒适的小房子里，在特种战术救援组的阿尔法小队服役——有时想想这实在是太荒唐了，她曾不止一次地想过要逃离这座城市，放弃现在的一切，回到她以前的生活中去……

直到有一天，住在马路对面的两个小女孩，眼泪汪汪地出现在她家的门口，问她是不是警察的时候，这个念头才被打消。原来她们家里的小狗突然不见了，而她们的父母都去上班了，所以想问她能不能帮助她们找回自己的小狗……

当时，贝琪穿着她那绿色的校服，而普里希拉则穿着小号的背带裤，她俩哭泣的样子显得有些害羞……

好在小狗只是自己跑到了几个街区之外的公园去乱转了而已，吉尔很轻松地找到了它，并且轻易地交到了两个新朋友。姐妹俩也很快就喜欢上了吉尔。贝琪总是在放学后从路上摘些野花来送给她，周末两人也会经常跑到她的院子里来玩，嘴里不停地哼唱着刚刚从电影和动画片中学会的歌曲。姐妹俩并没有奇迹般地改变吉尔的观念，或消除她的孤独感——但吉尔最初要离开这里的想法已被完全抛诸脑后了。这还是吉尔二十三岁以来，第一次将自己的工作和生活融入了社会中，这种变化是如此微妙和缓和，以至于她自己都没有察觉到。

遗憾的是，在六周前，贝琪和普里希拉在维克多利公园野餐时和父母走失了。当警察找到她们的时候，她们变成了令全市陷入恐慌的恶性连环凶杀案最初的两名受害者。

吉尔拿着照片的手在微微地颤抖，看着照片她感到前所未有的痛苦。贝琪一动不动地躺在地上，一双空洞的眼睛直勾勾地盯着天空，她的腹部被残忍地撕开了一个血淋淋的大口子。旁边的普里希拉双臂被最大限度地撑开，凶手野蛮地撕扯掉了她细嫩四肢上的大部分皮肉，两个人的内脏都被凶手从身体里掏了出来。经过鉴定，她俩都是死于重伤之后的失血过多。也就是说，她们是在剧烈的疼痛中慢慢死去的。虽然没有人知道当时的真相，但她们死时一定发出了撕心裂肺的叫声……

够了！她们已经走了。你现在唯一能为她们做的就是把凶手找出来！

想到这里，吉尔摸索着把散落在地上的文件放回文件夹里，然后快步走到门外，来到夕阳时分的天空之下，深深地吸了口气。在太阳照射着的温暖的空气中，弥漫着刚刚修剪过的草坪所散发出的气息，街边的某个地方回荡着孩子们和小狗嬉戏的声音。

她急匆匆地走向路边，钻进自己那辆满是划痕的灰色破旧汽车里。在她发动汽车并驶离路边的过程中，一直强迫自己不要看对面被忧伤和寂静所包围的麦基家的房子。吉尔缓缓地摇下车窗，将车速提高到街道允许通行的最高速度，也做好了留意周围孩子和宠物安全的准备。但是，空旷的街道除了她几乎见不到其他人和宠物的踪影。自从连环凶案发生后，不管是白天还是晚上，人们都禁止孩子和宠物私自到屋外去玩耍。

她随即加快了车速，驶上了 202 号公路。汽车小巧的车身随着速度的不断提升，开始发生轻微的颤抖。黄昏中温暖且干燥的微风透过车窗，将她的长发吹向脑后。这种感觉好极了，就像刚刚从噩梦中醒来似的。汽车在黄昏的街道上加速行驶着，街道两边的行道树在夕阳的照耀下影子被拉得悠长。

吉尔终于意识到，不论是命运的安排还是运气使然，她在浣熊市经历的一切，使她的生活慢慢地发生了变化。她不能再欺骗自己，不能假装自己只是一个一直为了避免被抓进监狱并想方设法让父亲高兴的小偷，或者加入特种战术救援组只是换了一个工作而已。现在，孩子们的被害让她产生了极大的触动，而杀人凶手还在逍遥法外，并有可能再次作案。

她身边放着的受害者的档案随风轻轻翻起，感觉就像是九名受害者的灵魂正在不安地向她倾诉。也许，贝琪和普里希拉两个人的灵魂就在里面。

她用右手按住正在随风摆动的文件，抚平了翻动的页面，并在心里暗暗发誓，不管碰到多大的麻烦，遇到多大的阻力，她一定要将凶手绳之以法。无论自己的过去是什么样的，也不管将来会发生什么，她已经改变了……在凶手受到应有的惩罚之前，自己绝对不会放弃。

***

“嘿，克里斯！”

克里斯闻声从自动贩卖机旁转过身来，看到福雷斯特·斯派尔正大步沿空荡荡的走廊向他走来，那张棕色的娃娃脸上洋溢着笑容。福雷斯特实际上比克里斯还要年长几岁，但从外貌上看，他就像是个青春期的叛逆少年，留着长长的头发，身穿镶着铜钉的牛仔裤和皮夹克，左肩上还有一个正在抽着烟的骷髅文身。他是一名非常优秀的机械师，并且是克里斯在执行任务中见过的最好的枪手之一。

“嘿，福雷斯特，最近怎么样？”克里斯从贩卖机中掏出罐装苏打水，然后看了一眼自己的手表，离作战会议开始还有几分钟的时间。手里拎着防弹背心、战术腰带和腰包，眨着蓝色眼睛的福雷斯特走到克里斯面前的时候，克里斯露出了疲惫的笑容。

“威斯克给马里尼下达了开始搜索的命令，布拉瓦小队将要执行这次搜索任务。”虽然有些激动，但福雷斯特用他带有鼻音的典型的阿拉巴马口音慢慢说道。在将手里的装备放到身旁为访客准备的临时座椅上时，他的脸上依旧挂着笑容。

“什么时候开始？”克里斯皱起眉头问道。

“立刻，等我完成直升机的预热就出发。”福雷斯特边将防弹背心套在自己的T恤上边说道，“相信我，当你们阿尔法小队还坐在办公室里记笔记时，我们就已经把那个可恶的‘食人魔’抓回来了。”

所有特殊战斗救援组的成员都对自己非常有信心。“好吧！不过一定要小心你的屁股别被那家伙踢烂了。我个人认为，多研究研究案情，把准备工作做好再行动，要比直接去森林里漫无目的地瞎转要好得多。”

“你心里清楚我们会把事情搞定的。”福雷斯特说着向后拢了拢自己的头发，然后把自己的战术腰带系在身上，显然，他已经把自己的主要精力都放在了即将开始的任务上。克里斯本来还想再嘱咐他几句，不过话到嘴边他还是止住了。福雷斯特对于处理此类事件有相当丰富的经验，现在没必要再多此一举地跟他说要小心之类的话。

可是克里斯，你真的认为这么简单就可以顺利完成本次任务吗？你觉得比尔足够小心了吗？

暗自感叹了一下之后，克里斯并没有再多说什么，只是轻轻地拍了拍福雷斯特的肩膀，然后大步走过等候室门口的小台阶，沿走廊径直向战术会议室走去。他对于威斯克突然决定分批派遣小队的做法，感到有些惊讶。尽管让缺少经验的特种战术救援组去执行初步侦查任务的做法是标准的程序，可很明显这次他们面对的并不是一件普通案件，即便仅仅从被害人的数量上来说，也可以作为恶性案件要求实施更积极的进攻策略。事实证明这是有组织的谋杀，应该将应对策略提升至最高级，但威斯克仍旧像平时训练的一样，在按照普通案件的处理办法来安排行动。

没有人了解真相，他们也不知道比尔的事情……

克里斯回想起了自己儿时的玩伴比尔，上周深夜突然给他打来的那个电话。在那个电话之前，他们已经很久没有联系，克里斯只知道他在一家名为安布雷拉的制药公司做某个方面的研究工作，这个公司为浣熊市的经济繁荣做出了杰出贡献。比尔那天晚上在电话里的声音充满了恐惧和绝望，跟他记忆中的遇事沉稳冷静的比尔简直判若两人，这让他一下子从困意中清醒过来，并对比尔充满担忧。比尔在电话里唠唠叨叨地说着自己的生命安全受到了威胁，甚至整个城市里所有人的生命都受到了严重的威胁，他恳请克里斯来市郊一起吃个饭与他见上一面——然后比尔就再也没有出现过，而且从此之后再没有人见过他。

自从比尔失踪后，在无数个不眠的夜晚，克里斯一遍遍地在自己的脑海中回想着当时的情景。他也曾努力说服自己这件事与近期发生在浣熊市的袭击事件之间没有任何的联系——但随着时间的发展，他越来越坚信最近发生的连环凶杀案绝对没有表面上看到的那么简单，比尔一定是无意间发现了整件事情的真相。警方随后搜查了比尔的住所，在那里并没有发现任何的犯罪迹象……克里斯的直觉告诉他，他的朋友已经死了，一定是被灭口了。

我似乎是唯一一个有这种想法的人。艾隆斯对此漠不关心，而队友们也觉得我只是过分担心老朋友的失踪而已……

克里斯整理了一下思绪，转过前面的拐角，拱形穹顶的二楼走廊中回荡着他的皮靴敲打地面所发出的响声。他一直在思考到底该怎么做，才能尽快找出比尔失踪的真正原因。可是最近他一直被比尔的失踪和近期发生的一连串恶性凶杀案件所困扰，再加上严重失眠的影响，使得他的精神变得十分焦虑。所以每当他想集中精力仔细思考问题的时候，就会觉得筋疲力尽，甚至就连最基本的客观分析事物的能力都有些下降……

当他意识到马上就要走到特种战术救援组办公室的时候，便强迫自己不要再去想这些事情，尽量让自己在开会时头脑保持清醒。走廊上的白炽灯正在他的头顶嗡嗡作响，过于强烈的灯光将走廊照得如同白昼一般，让走廊中充满了紧张的气氛。浣熊市警署的大楼是一幢不拘泥于传统的古典建筑，在整体结构中镶嵌着大量的瓷砖和沉重的装饰木，而且设计了大量的窗户，用于建筑的整体采光。克里斯还是一个孩子的时候，这幢建筑被用来当作浣熊市的市政厅；在这之后的十年里，随着城市人口的迅速增长，这里被翻新改建成一座图书馆；而四年前，这里又摇身一变，成为浣熊市警察署。似乎每隔一段时间，这里总要改建一次用作新的用途……

特种战术救援组办公室的大门敞开着，一个男人低沉的声音从里面传了出来，在走廊中回荡。可以很明显地听出那是艾隆斯的声音，克里斯在门口犹豫着要不要现在就进去。虽然艾隆斯表面上总是会对人亲切地说“叫我布莱恩就好”，但克里斯心里十分清楚，他实际上是个自私自利的政客，警察只不过是他平时的伪装罢了。众所周知，他和本地的很多事情都有所牵连，他甚至还在 1994 年卷进了赛达地区的一起不动产诈骗案。虽然当时法官判他无罪，但所有与他打过交道的人对他插手诈骗案的事都深信不疑。

听着艾隆斯那油嘴滑舌的腔调，克里斯不禁摇了摇头。他对这家伙曾经担任过特种战术救援组指挥官的经历实在是感到难以置信，哪怕只是纸上谈兵地装样子。要是有一天这家伙真的当上市长，那将是一件更加让人无法想象的事。

当然，不管你信与不信，都不妨碍他讨厌你，对吧，雷德菲尔德？

是的，的确如此。克里斯不喜欢溜须拍马，尤其是不习惯与艾隆斯这样的人打交道。不过，艾隆斯也并不是一个完全无能的废物，至少他还受过一些专业的军事训练。于是，克里斯面无表情地径直走进了小而凌乱的办公室，就是这样一个小房间，既摆放着特种战术救援组文件存储柜，又是他们的作战指挥基地。

巴瑞和约瑟夫在桌子旁边，一边翻看着桌上箱子里的文件，一边小声地嘀咕着什么。阿尔法小队的飞行员布拉德·维克斯正坐在一旁喝着咖啡，眼睛则一直盯着一米开外的电脑屏幕，他温柔的面庞上露出一副厌烦的表情。在房间的最里面，威斯克将双手交叉在脑后，悠闲地坐在自己的靠背椅上，面带微笑地看着正在和他说话的艾隆斯署长。艾隆斯肥硕的身体靠着威斯克的办公桌，他边说边用粗短的手指抚摸着自己精心打扮过的胡子。

“所以，我就告诉他：‘我让你怎么印，你就怎么印就行了，贝托鲁奇，你会喜欢上这工作的，否则的话，你就给我卷铺盖走人！’然后他说……”

“克里斯！”威斯克打断了艾隆斯署长的话，直起了身子，“你终于到了，这实在是太好了。看来我们可以不用再浪费时间了。”

克里斯仍旧面无表情，艾隆斯则露出了不悦的神色。威斯克显然也不太重视艾隆斯，并没有礼貌地回应他刚才的讲话，而且从他正闪闪发光的眼睛可以很明显地看出，他并不在乎被艾隆斯发现他态度上的变化。

克里斯走进办公室，来到他与布拉瓦小队肯尼斯·苏利文共用的办公桌旁。通常情况下，两个小队会交替执行任务，所以他们并不需要太多的办公空间。他将还没打开的苏打水放到凌乱的桌子上，然后看向威斯克。

“你要派出布拉瓦小队吗？”

队长双臂交叉抱在胸前，眼睛冷漠地盯着克里斯回答道：“这是处理案件的标准程序，克里斯。”

克里斯皱着眉头俯身坐下：“是的，但我记得我们上周曾经讨论过这个问题，所以我以为……”

这时艾隆斯突然打断了他们说道：“雷德菲尔德，是我下达的这个命令。我明白你认为整个案情十分蹊跷，甚至可能存在着很大的阴谋，但是我认为，你的理由还不足以说服我破例违反标准的侦破流程来处理案件。”

真是个道貌岸然的伪君子……

克里斯冲着他勉强笑了笑，知道他的话会惹艾隆斯不高兴。“我明白，署长，你不需要向我做解释。”

署长愤怒地瞪着他，过了好一会儿才眨了眨他那双愚蠢的眼睛，从克里斯的身上移开了视线，转身走向威斯克。“队长，请你在布拉瓦小队回来后第一时间向我汇报。如果没有什么其他事情，我就先失陪了。”

“好的，署长！”威斯克向他点头回应道。

艾隆斯昂着头经过克里斯身边径直走出了房间，他离开还不到一分钟，巴瑞的话匣子就打开了。

“他是不是因为今天拉不出屎来难受，所以才来找咱们说这一大堆屁话的呀。我觉得，咱们应该在圣诞节前凑点儿份子，给他买些高档的泻药当礼物啊。”

约瑟夫和布拉德听到这话后笑了起来，不过克里斯仍然在一旁保持着沉默。他可以把艾隆斯当个笑话一笑置之，但对于他的这次错误的行动安排，克里斯一点儿都不觉得有趣。特种战术救援组应该从恶性案件始发时就全面参与进来，而不是作为浣熊市警署的后备力量。

他回过头看了看威斯克，发现队长一如既往地冷静，脸上的表情没有丝毫变化。威斯克是这里公认的最稳重、冷静、专业的指挥官，但他从纽约总部调到浣熊市担任特种战术救援组的指挥官才几个月的时间，所以克里斯还没有彻底摸清他的脾气，而且克里斯总是觉得他一直在刻意地与大家保持一定的距离，总是给人一种拒人于千里之外的感觉……

威斯克叹了口气，站起身子。“抱歉，克里斯。我明白你并不赞同这次的行动安排，但是艾隆斯署长并不认同你对本次事件的……疑虑。”

克里斯点点头。威斯克的说法很诚恳，他只能提出一些自己的建议，真正决定行动方案的人只有艾隆斯一个。“我明白，这不是你的错。”

克里斯回应道。

这时，巴瑞用他那巨大的拳头理了理自己红色的小胡子，向他们走了过来。他的身高虽然只有一米八二左右，但身体却强壮得像一辆小型卡车。除了照顾自己的家人和收集各式各样的武器外，他唯一的爱好就是健身了，而且尤其喜欢举重运动，这从他的身材就可以明显看出来。

“别担心，克里斯。马里尼只要一发现有什么问题，就会马上与我们取得联系。艾隆斯只是想让你紧张点儿。”

克里斯表面上向他点了点头，但是心里仍然十分担心。可恶，恩里克·马里尼和福雷斯特·斯派尔是布拉瓦小队仅有的两个有行动经验的队员，其他人虽然都接受过专业训练，但对执行任务来说还都只能算是新人而已。肯尼斯·苏利文是个优秀的侦察员，同时也是名杰出的化学家，不过他对射击一窍不通；理查德·艾肯是个一流的通信专家，他却没有任何的实战经验；还有最近才加入布拉瓦小队的瑞贝卡·查姆博斯，她好像是在医疗药物方面有着十分出众的才华，可是她加入特种战术救援组才三周，从克里斯与她仅有的几次接触来看，她虽然看起来是个很机灵的女生，但再怎么说她也只是个小姑娘而已。

要想完成这次任务，光是他们仅有的这几个人根本就不够，也许把我们所有人都加在一起，也无法顺利处理本次事件。

他打开了手中的苏打水，还没来得及喝一口，心中想的不是他们这次要面对的神秘对手是谁，而是比尔那充满绝望的呼救声，再次回荡在他的脑海中。

“他们要杀了我，克里斯！他们要杀了所有的知情者！到艾米的店里来找我，到时候我会把知道的一切都告诉你的……”

克里斯凝视着远方，感到自己就快要被最近一连串的事件折磨得筋疲力尽了。他十分确定所有的恶性凶杀案只不过是整件阴谋的冰山一角，但可惜的是，只有他一个人有这种感觉。

***

巴瑞在克里斯的桌旁伫立了足有一分多钟，想要试着跟他说点儿别的东西，却发现他完全没有理会自己的意思。巴瑞无奈地回到桌边继续和约瑟夫一起翻阅上面的文件。他觉得克里斯是个不错的家伙，只不过有些时候他把事情想得太复杂、太极端，或许等到他们小队正式行动后，他就会好起来了。

今天的天气闷热无比，无数的汗滴顺着他的后背往下淌，被汗水湿透的T恤紧紧地贴在后背上。办公室的空调却偏巧在几天前坏了，即使办公室的门一直敞开着，狭小的空间里依然十分闷热。

“有什么发现了吗？”

约瑟夫从文件堆里抬起头，露出一脸无奈的表情，勉强笑了笑。“你在开玩笑吧！这简直是在大海捞针，那些该死的文件就像被人故意藏起来了一样。”

巴瑞叹了口气，抓起一沓文件继续翻阅着说道：“也许吉尔那边会发现一些新的线索，我昨晚离开的时候，看到她还留在这里，这些有关受害者的报告她应该看过上百次了……”

“老实说，你俩到底在找什么东西？”布拉德问道。

巴瑞和约瑟夫一同看向正戴着耳机坐在电脑操作台前的布拉德，自从布拉瓦小队进入森林地区后，他就一直在监测他们的进展，目前什么情况也没有，所以此刻他看上去显得有些无聊。

约瑟夫回答他说：“巴瑞说，记得在哪儿看到过老斯宾塞庄园的楼层设计图。就是在房子刚刚开始动工时用来在一些建筑学的杂志上展示的那种平面图——”他说到这儿停顿了一下，然后冲布拉德笑了笑继续说道，“不过我觉得，也许巴瑞这个家伙因为岁数太大，所以把这件事情给记错了，不是都说岁数大了记忆力最先衰退吗。”

巴瑞假装生气地皱了皱眉头：“老巴瑞能轻轻松松揍你到下个星期，踢得你屁股开花，小子！”

约瑟夫故作严肃地盯着巴瑞，然后略显嘲弄地说道："哦，天哪！那我真得小心一点才行，不过你确定过会儿还会记得要踢烂我屁股这件事吗？"

巴瑞笑着摇了摇头。他虽然只有三十八岁，但这已经是他在浣熊市特种战术救援组服役的第十五个年头了，是这里名副其实的前辈。队友们经常会拿他的年龄开玩笑，只不过这些玩笑大都出自约瑟夫之口。

布拉德扬起眉角，问道："斯宾塞家的庄园吗？可是那种东西为什么会出现在杂志上？"

"你们这些小鬼，要多学学历史。"巴瑞说，"那是由乔治·特雷沃设计的一幢独一无二的庄园，而且他在庄园建成之后就失踪了。他可是当时最炙手可热的建筑家，屹立在华盛顿特区的那些风格迥异的大楼都是他的杰作——而且，有传闻说，斯宾塞之所以会将庄园封闭起来，也跟特雷沃的失踪有关。传闻还说，特雷沃在庄园正在建设的时候就开始出现精神问题，而庄园竣工的时候，他干脆就彻底失踪了。有人说他后来一直在迷宫一样的庄园里四处徘徊，一直到饿死。"

布拉德对他们之前的话都嗤之以鼻，但听到最后一句时，突然显得有些不安："这些都是瞎编的吧，我怎么从来都没听说过这种事情。"

约瑟夫朝巴瑞使了个眼色。"不，这些都是真的。听说直到现在，他那苍白瘦弱的灵魂每晚都在庄园里四处游荡，有时还会惨叫着说：'我要布拉德·维克斯，把布拉德·维克斯给我带来……'"

布拉德的脸上微微泛红。"是这样呀！哈哈，我说弗罗斯特，你真应该去当个喜剧演员。"

巴瑞看着他们，笑着摇了摇头。他一直都没搞清楚布拉德到底是怎么成为阿尔法小队一员的。他的确是目前为止特种战术救援组所拥有的最棒的电脑黑客，同时也是一名有着足够飞行经验的飞行员，但是他的抗压能力实在是太脆弱了。约瑟夫在背地里总是喜欢称呼他"胆小鬼维克斯"，虽然大家都知道约瑟夫平时说话比较夸张，但都很认同他对布拉德的评价。

“所以说，这就是斯宾塞庄园被封闭起来的原因？”布拉德向巴瑞问道，脸上仍旧红扑扑的。

巴瑞耸了耸肩。“我觉得应该还有别的原因。这里应该是被安布雷拉高层用作贵宾室招待贵客的，而特雷沃却在庄园建成的当天失踪了，但斯宾塞更绝，他决定把安布雷拉的总部搬到欧洲，具体位置不记得了，而仅仅用几块简单的木板把庄园围了起来就置之不理了。这样的做法，简直就像把几百万美元直接扔进厕所一样。”

约瑟夫嘲笑着说道：“是的，不过损失这些钱对于安布雷拉来说根本就不算什么。”

确实如此。斯宾塞可能有些疯狂，但他有足够的金钱和商业头脑去雇用他需要的人。安布雷拉是目前世界上规模最大的医疗研究机构和制药公司，即便往前倒三十年，对他们来说，损失个几百万美元根本不算什么。

“不管怎么说，”约瑟夫继续说道，“安布雷拉的人和艾隆斯联系过了，他们派人对庄园进行了全面的检查，确定那里非常安全，并没有遭到任何人的入侵。”

“如果那样的话，你们为什么还要继续找它的图纸呢？”布拉德问道。

“因为那里是在森林附近的区域里警察唯一还没有搜查过的地方。”令巴瑞感到吃惊的是，克里斯抢先回答了布拉德的问题，“而且，你会发现那里也是目前所有案发现场的中心地带。所以我认为最好不要轻易相信别人，只有亲眼看到实际情况再下结论。”克里斯边说边走过来加入大家的讨论，年轻的脸上呈现出急迫的神情。

布拉德皱着眉头说道：“但是，如果安布雷拉已经派出了警卫……”

克里斯刚想回应他时，在屋子前端的威斯克突然用他平稳的声音打断了他们的谈话。

“好了，各位。看来我们的瓦伦蒂安女士不打算来参加会议了，我们现在还是赶快开始吧。”

巴瑞回到自己的桌前，在最近发生了一系列事情之后，他第一次有些担心克里斯。几年前他在本地的一家武器店遇到克里斯，并将他招募到了特种战术救援组。当然克里斯也不负众望，表现得十分优秀。他头脑聪明、遇事冷静，既是一名顶尖的神枪手，也是一名优秀的飞行员。

但是，现在……

巴瑞充满爱意地凝视着放在自己办公桌上的照片，照片中是他深爱的妻子凯西和两个女儿的合影。巴瑞很理解克里斯执着于调查浣熊市近期发生的惨案，尤其是他的好朋友比尔失踪之后，他的用心几乎到了疯狂的程度。浣熊市里所有的人都不希望再发生命案。巴瑞的家人也生活在这座城市里，他和小队的其他人一样，都下定决心要尽快将凶手绳之以法，防止罪案继续发生。但克里斯那固执的猜疑实在是有些过头了，他说的那句“我认为最好不要轻易相信别人……”到底是想表达什么意思，难道他在暗示安布雷拉或者署长在撒谎?

可是这些想法实在是有些荒唐。建立在城郊的安布雷拉化学制药工厂以及行政大楼，为浣熊市提供了近乎四分之三的就业机会。除此之外，他们是浣熊市最知名的企业，撒谎对他们来说不会有任何的好处。也许他们和其他的一些大集团一样，会在暗地里进行一些商业间谍之类的活动，可是硬生生地把窃取医疗情报和连环凶杀案扯上关系也实在是有些牵强了。肥胖的艾隆斯署长虽然经常自以为是，但他应该不至于做出比接受非法竞选贿赂更加龌龊的事情。看在上帝的分上，这家伙可是一直想成为浣熊市的市长啊。

巴瑞的目光在照片中每个家人的脸上都停留了一会儿，然后他转过椅子，面向威斯克的办公桌坐好。这时他突然意识到，他心里一直希望克里斯所有的猜测都是错误的。不管浣熊市遭到怎样的威胁，这一连串的凶杀案都不是事先策划好的，否则的话也就意味着……

巴瑞也想不出到底意味着什么，所以他叹了口气，然后等待作战会议开始。

1 resident evil

第二章

吉尔一路小跑，奔向特种战术救援组的办公室，直到听到从办公室敞开着的大门传出威斯克说话的声音才稍稍放松了些自己紧绷的神经。她到达警署的时候，刚巧看到一架直升机从楼顶起飞，她心里十分担心队友没有等她就开始行动了。从某些方面来说，虽然特种战术救援组是一支非正式的组织，但也不适合那些跟不上节奏的人加入，所以她心里非常迫切地想从任务伊始就参与其中。

“浣熊市的警察们已经在外部建立了搜索区域，他们将负责 1、4、7 和 9 号区域的搜索工作。这正是我们关注的中心地带，布拉瓦小队预计将会在这里着陆……”

听到威斯克正在说的话，吉尔暗自松了口气：至少她来的还不算太迟。每次召开作战会议几乎都是按照案件的最新情报、案情分析、内部讨论这种顺序来进行。吉尔深吸一口气，走进了办公室。威斯克正站在办公室前面，对着一张标有每名受害者案发现场的地图边比画边说着什么。她快速走向自己的办公桌，而威斯克滔滔不绝地说着案情，没有注意到她。突然间，她感到这跟以前上基础训练课时迟到，然后偷偷溜进教室的情景一模一样。

吉尔刚刚坐到椅子上，一旁的克里斯·雷德菲尔德向她投来一个问候的笑容，于是她赶忙向他点点头表示回应，然后把注意力放到正在做案情介绍的威斯克身上。虽然她刚刚调职到浣熊市的行动小组，对这里的一切还不是很了解，但从她来这里报到的第一天开始，克里斯便一点一滴地帮她尽快融入团队，并努力让她感觉自己在团队里很受欢迎。

“……布拉瓦小队对其他几处中心区域进行空中侦查后，他们会传回一份详细的报告，到时候我们根据报告确认在哪个区域进行重点搜索。”

“可是，斯宾塞庄园，那片私有领地该怎么做呢？”克里斯问道，“从目前我们得到的情报来看，很明显那里是所有凶案现场的中心地带。我觉得，我们应该直接对那片区域展开重点搜索，那样应该能够更快地找到事情的真相……”

“没错，如果布拉瓦小队的报告中确实提到那个地方有问题的话，我们就立即对那里展开调查。不过，我们没有必要现在就把它作为重点搜查对象。”

克里斯看上去有些疑惑。“要是布拉瓦小队的报告中没有提到这片私有领地有任何可疑的话，那我们只是听安布雷拉单方面说那里是安全的……”

威斯克靠在自己的桌子边上，面无表情地盯着克里斯说道：“克里斯，我们和你一样，都想查清楚到底发生了什么事情，但你得明白，我们是一个团队、一个整体，在我们得出结论以前，搜寻失踪远足者的最好方法就是进行全面的调查。现在布拉瓦小队已经进行前期侦查，而我们也应该按规定做我们该做的事。”

克里斯皱了皱眉头，没有再说什么。吉尔则对威斯克的话忍不住想翻白眼，不过她忍住了冲动。从专业上讲，他做得没有错，但他忽略了艾隆斯署长希望这样做的政治因素。艾隆斯三番五次地强调，他负责本次连环凶杀案的调查，并起决定性作用。吉尔对此没有异议，但威斯克违心地标榜自己是一个独立的思考者，不是一个玩弄政治的人，就无法不让人产生反感了。吉尔加入特种战术救援组就是因为无法忍受执法部门废话连篇的繁文缛节，而威斯克对署长明显的推诿使她很不快。

好吧，别忘了，要不是因为来到这里改变了自己的职业，你就不会有这么好的运气，说不定你一生都要在牢里过了……

“吉尔，我看你好像已经忙得快没有时间来开会了。你现在是不是能用你那比我们更加出色的分析能力，告诉我们一些你最新发现的情况？”

吉尔听到话后抬起头来，刚好与威斯克那锐利的眼神四目相对，她努力让自己表现出和威斯克一样的沉着和冷静。“到目前为止，我并没有发现什么新的线索，现在唯一比较清楚的就是案发现场的情况和位置……”

她低下头看着放在面前一摞资料最上面的笔记本，边翻动边说道：“昨天我拿到了从案发现场提取的细胞组织的化验报告。报告显示，从贝琪·麦基和克里斯·史密斯两人指甲中采集到的细胞样本完全一致，也就是说两起案件的凶手应该是同一个……而唐娅·利普顿，也就是本次案件的第三名被害人，是在山下徒步旅行时遇害的，而她遇害的区域，正好是我们搜索计划中的 7-B 地区。”

她抬头看了看威斯克，同时提高自己的声音说道：“根据目前所掌握的信息以及罪案现场的情况来看，我认为这次的案件很可能是一群狂热的宗教分子所为。他们的人数应该在四人到十一人之间，很可能还带着经过专业训练的猎犬，对他们所在的区域进行巡视，并对入侵者进行攻击。”

“那你的结论是什么？”威斯克抱着双臂等着她继续说下去。

看来至少没有人觉得我的言论可笑。吉尔想到这里对自己刚才的分析更加自信，于是接着说道：“从在有些被害者体内发现其他受害人的皮肉组织这一点来看，很有可能凶手在作案之后，将被害者身体的某个部位切下来带走。凶手的这些行为，再加上我们发现的受害者被肢解以及被人吞食的现象，我认为这些可能都是为了进行某种宗教仪式。从案发现场采集到四组不同的唾液及细胞组织，以及目击者的证言来看，凶手应该一共有十个人或十一个人。另外，被野兽袭击致死或受伤的事件基本都发生在同一片区域附近，所以我觉得很有可能是凶手想警告其他人不要再靠近此片区域。还有从被野兽袭击的受害者身上提取的唾液显示，其来自于某种犬类，不过关于这一点是否可以确定，实验室仍有一些分歧……”随着话语的结束，她的声音也变得越来越小。

威斯克慢慢地点了点头，不过他的脸上没有表现出任何的变化。“分析得还不错！有没有不成立的观点？”

吉尔叹了口气，她虽然不喜欢推翻自己的推测，但这是他们工作的一部分。说实在的，只有这样才能正确地面对问题，冷静合理地分析并得出结论。特种战术救援组一直在训练自己的队员，应该认真地来回推敲案件的线索和结论，而不是单向推理假设。

她再次瞥了一眼笔记本，说道：“这种大规模的仪式不可能到处举行，并且凶手作案时间如此接近，很可能是当地人；如果是这样的话，浣熊市警署应有类似案件的案底，这些只是类似行为的升级而已，但没有查到相关记录。同时，受害者死后尸体遭受的肢解、吞食等暴力行为显示这又不像是有组织的罪犯，有这种行为的罪犯通常是单独行动的。”

约瑟夫·弗罗斯特，阿尔法小队的车辆专家，突然在房间的角落里开口说道：“这些袭击也许是某种危险的野兽造成的，或许这些行为都是在保护自己的领地。”

威斯克拿起一支笔向桌子旁边的黑板走去，同时说道：“我也有同感。”

他在黑板上写下了“领地权”三个字，然后转身看着吉尔问道：“还有别的想法吗？”

吉尔摇了摇头，不过她现在感觉还不错，至少为破案贡献了自己的一份力量。她明白刚才说的这些都只不过是自己的猜测，但这已经是目前她能想到的所有情况了，而且警察那边显然也不会提出比她更好的意见。

威斯克把目光转向布拉德·维克斯，布拉德似乎认为这次的事件是一股新的恐怖分子所为，他们很快会提出需求。于是威斯克在黑板上写下了“恐怖主义”几个字，不过显然他不太认可这个推测，其他人对这种想法也没有任何回应。布拉德随即又戴上自己的耳机，继续查看布拉瓦小队目前的情况。

约瑟夫和巴瑞正在相互交流着自己的想法。克里斯对本次案件的看法大家都已经知道了，即使在某些方面还不是很明了。他坚信这一连串袭击案是有组织的，并与某些外部组织有关。威斯克还向克里斯询问对于案件有没有什么新的看法（吉尔发现威斯克说话的时候特意强调了“新”这个字），不过克里斯只是简单地摇了摇头，看起来有些失落。

威斯克将黑色的记号笔收好，然后靠在他的桌子边，若有所思地盯着黑板上空白的地方。“从这里开始分析。”他说，“我知道你们都仔细了解了警方和法医所提供的报告，而且也听了目击者提供的证言……”

“这里是维克斯，完毕。”正在说话的威斯克被突然从房间角落传来的布拉德的声音打断了，于是他压低了自己的声音继续说道：

“虽然警方在前期进行了大量的调查和分析工作，但就现在得到的情报来看，我们仍然无法确定凶手的真实身份，而且对他的犯罪动机以及目的也是一无所知。我们在这种情况下接受案件之后，我认为……”

“你说什么？”

布拉德说话的声音非常大，所以吉尔和房间里的其他人都一起转头看向他。只见他一边用手捂住耳机，一边激动地站了起来，同时大声喊道。

“布拉瓦小队，请回答！重复，布拉瓦小队，请立即回答！”

威斯克也站了起来，说道：“维克斯，把声音接到扩音器！”

布拉德连忙按下控制台上扩音器的按钮，房间里立即充满了嘈杂的信号声。吉尔焦急地在杂音中寻找着队友的声音，但紧张地过了几秒钟后，却什么也没有听到。

又过了一会儿，扩音器里传出一些声响。“……你能听到吗？直升机发生……机械故障……我们……必须……”

这听上去，应该是布拉瓦小队队长恩里克 · 马里尼的声音，可是在听到这几句话之后，断断续续的声音又消失在混乱的杂音中。吉尔紧张地咬着自己的嘴唇，当她担心地看向克里斯的时候正好与他的目光交汇在一起。从恩里克的声音里可以很明显地听出他们遇到了麻烦。大家又听了一会儿，但只有空洞的杂音。

“他们的位置？”威斯克突然焦急地问道。

布拉德脸色苍白地回应道：“他们……应该是在 22 区 C 段的末端……这之后就失去了联络，而且飞机上的信号发射器也停止了工作。”

吉尔的脸上充满了震惊的表情，她环顾四周发现队友们也和她有一样的反应。为确保队员们的安全，直升机上的信号发射器被设计为在任何情况下都可以持续工作。能致使其处于关闭状态只可能是一种情况，那就是飞机遭到某种强烈的攻击，导致所有的系统都无法正常工作。

比如坠毁！

***

克里斯看着最后的坐标，感觉自己整个胃都凝结了。

那里正是斯宾塞庄园。

马里尼说遇到某种机械故障，但克里斯感觉这并不像偶然发生的故障那么简单，他认为布拉瓦小队一定是在安布雷拉庄园附近遇到了什么麻烦。

这种想法瞬间占据了他整个大脑，他马上站起身，准备开始行动。无论发生了什么事情，特种战术救援组队员的生命才是第一位的。

威斯克也开始行动，他拿起钥匙，一边向队员们下令，一边向武器库走去。

“约瑟夫，你来接管无线电，试试能否重新与他们联系上。维克斯，我要你马上去发动直升机，并通知控制中心我们会在五分钟之内起飞。”

布拉德匆匆把耳机交给约瑟夫，急忙跑出办公室的时候，威斯克打开了武器库的大门。他将特制的强化金属门猛地拉开，露出里面的各种枪械及弹药箱，然后转过头向其他人看去，脸上虽然还保持着和平时一样的平静，但他的声音里却明显夹杂着某种紧迫的感觉。

“巴瑞、克里斯，你们把武器都搬到直升机上去，装好弹药并保证安全。吉尔，你去拿所有人员的防弹背心和背包，我们直接在屋顶会合。”说着威斯克取下一把钥匙，扔给了她。“我要给艾隆斯打个电话，跟他报告我们马上就要行动，并且确保他会及时给我们提供后援和医疗小组。”威斯克说完，长出了一口气，然后继续说道，“各位，快点行动起来，我们要在五分钟内出发。”

吉尔迅速向更衣室奔去。巴瑞从武器库最下面的一层中拿出一个大号的空帆布包，然后向克里斯点了点头，于是克里斯也拿起一个袋子，二人开始一边检查，一边迅速将武器和弹药放到包里。在他们身后，约瑟夫仍然在继续尝试着联络布拉瓦小队，但他的努力没有得到一丝回应。

克里斯想要知道布拉瓦小队最后发出信息时的位置离斯宾塞庄园到底有多远，事故会与庄园有关吗？如果真的有关，那么到底是发生了什么事情？

比尔就在安布雷拉工作，而那座庄园刚好又是属于他们的……

“署长，我是威斯克。我们刚刚与布拉瓦小队失去了联络，我们准备马上出发，赶往事发地点。”

克里斯突然感到肾上腺素激增，他赶紧加快了手上的动作。此刻队友们生死攸关，自己哪怕提前一秒，结果都有可能大不相同。当时布拉瓦小队应该正在进行低空侦察，而且福雷斯特是一名十分优秀的飞行员，按理说他们应该不会发生严重的坠机事故，但他们降落之后到底发生了什么呢？

威斯克简要地向艾隆斯汇报了目前的情况，然后挂断电话后向队友们走去。

“我去确认下直升机的准备情况。约瑟夫，你先继续联络，一分钟后如果还没有应答就将通联工作转交给前面的同事。然后你帮助巴瑞和克里斯一起把武器搬到停机坪去，我们在那里会合。”

威斯克向他们点了点头之后便快速冲出了房间，他急促的脚步声随即回荡在整个走廊当中。

“看来这家伙还不错。”巴瑞平静地说道。克里斯也表示同意，看来他们的这位新队长没有因为突然出现的意外惊慌失措。虽然克里斯对威斯克个人方面的了解还不是很多，但对他的指挥能力越来越佩服了。

“请回答！布拉瓦小队，听到请回答！重复……布拉瓦小队，请回答……”

约瑟夫继续耐心地呼叫着，可以明显感觉到他的声音中带着紧张和急切的情绪。他迫切地希望从扩音器传出的杂音中听到队友们的声音。

***

威斯克走过空旷的大厅，穿过二楼两个破旧的等候室，向站在自动贩卖机旁的两个穿着制服的警员点了点头后，大步向远处走去。

夹杂着潮湿空气的轻柔的晚风，正从被打开的停机坪大门吹进楼道里，稍稍吹散了些室内闷热的空气。虽然现在还是白天，但夜色正在悄悄降临。威斯克心里知道事情不太可能向他想象的方向发展，但还是希望事态不要变得更加复杂。

威斯克向左转了个弯，沿着蜿蜒的走廊向停机坪走去，同时心里默默地核对着此次任务的准备工作。

……行动步骤、武器、装备、情报……

他成竹在胸，一切都已就绪，但还是重新捋了一遍。任何草率的行动都会付出昂贵的代价，任何想当然的想法都是走下坡路的起点。他喜欢让自己成为一个心思细腻、考虑周全的人，缜密地权衡所有因素，考虑所有可能出现的意外，从而制订出最佳的行动计划。控制力是领导需要具备的最重要的素质，毫无疑问，威斯克已经具备了这一点。

但是，这次的案件……

在思绪又飘远之前，威斯克强行使自己不再思考案件。他知道现在应该做什么，目前应该抓紧时间，把所有的精力都集中到布拉瓦小队身上，好好想想怎样才能把他们平安无事地带回来。

威斯克打开走廊尽头的大门，走到了映衬着晚霞的停机坪上。空气中弥漫着的柴油味道和直升机引擎所产生的轰鸣声同时刺激着他的感官。旁边老旧水塔的影子投在楼顶的小型直升机停机坪上，屋外的空气比屋内凉爽许多，整个楼顶除了阿尔法小队暗灰色的直升机外别无他物。威斯克第一次开始研究布拉瓦小队到底遇到了什么情况，他昨天刚刚命令约瑟夫和一个新人给两架直升机进行过检修，可以确定两架飞机都正常，而且所有电子系统都没有问题。

威斯克回过神来，快步向直升机走去。在夕阳的照射下，他的影子在混凝土的地面上拉得悠长。现在这种情况下，思考事情发生的原因已经不那么重要了，现在最主要的是如何处理接下来将要面对的事情。“未雨绸缪”，这就是特种战术救援组的座右铭，即使那意味着要为一切做好准备。

“不做任何期待”，这是阿尔伯特·威斯克的座右铭。也许这句话没有那么吸引人，但却非常实际。事实上这句话也证明了从没有什么事情的变化能够超出他的预期。

威斯克刚走到开着的机舱门口，维克斯向他竖了竖自己的大拇指。当看到这个十分不成熟的动作时，威斯克甚至动了要把维克斯留在警署，不让他参加这次行动的念头，反正克里斯也可以驾驶直升机，而且听说维克斯只要一听到枪响，就会被吓得屁滚尿流，他可不想在面对这种突发事件的时候，被某个胆小鬼搞砸了整个任务。不过，维克斯马上又想起了失去联络的布拉瓦小队，反正这次主要是执行营救任务，倒不如带着维克斯去锻炼一下，运气好的话他应该不用下飞机，最多也就是有可能在看到现场的惨状后吐得仪表盘上到处都是。要是这样的话，威斯克倒是可以勉强接受。

威斯克打开舱门，伏低身子钻进机舱，快速查看着机舱两侧摆放的装备。照明弹、压缩食品……他一边检查一边伸手打开了后方座位下面的军用手提箱，看到里面整齐地摆放着急救用品后，满意地点了点头，看来基本装备都准备好了，他们马上就可以……

威斯克突然咧嘴笑了笑，他很好奇艾隆斯署长现在正在做什么。

*可能都尿裤子了吧。*想到这里威斯克不禁笑出了声。他起身走出机舱，来到正被夕阳照耀着的混凝土地面上，脑海里突然浮现出又矮又胖的艾隆斯涨红了脸不断地咒骂的样子。艾隆斯这个人想要控制自己身边的一切，周围的所有人都要围着他转，要是他发现做不到的话，就会像一个白痴那样歇斯底里地乱发脾气。

他其实就是个白痴，可对他们来说，不幸的是这个白痴刚好有那么一点点的权力。威斯克在来浣熊市上任前就对署长的背景进行过仔细的调查，他刚好在无意中发现了艾隆斯的几件不光彩的事情。他从来没有想过要用这些事情去要挟艾隆斯，但如果署长企图指手画脚地干涉小队的行动，他就会把这些事情公开出去……

或者，让他知道我掌握了他的那些小秘密，以后不要再来干涉我的行动……

巴瑞·伯顿手里提着装满弹药的装备包，走上了屋顶的混凝土地面，向直升机走来。他将沉重的装备包换了个手拿，刚刚腾出来的手臂那巨大的肱二头肌微微弯曲着。克里斯和约瑟夫紧跟在他的身后，克里斯带着佩枪和约瑟夫一起费劲地拖动装着火箭推进榴弹的装备包，同时他的肩膀上还扛着便携式的榴弹发射器。

威斯克看着伯顿把将近五十公斤重的弹药包轻松地放到飞机上，对他拥有的力量感到十分惊讶。巴瑞也是很聪明的，当然，在特种战术救援组里，力量也是一种优势。小队里的所有人都受过严格的训练，而且很多人的身材也都相当魁梧，但是只要一跟巴瑞比起来，其他人就像根铅笔一样单薄。

看到他们三个把武器放好，威斯克随即把注意力转向了门口，等待着吉尔的出现。他看了看手表，微微地皱起了眉头。最后一次和布拉瓦小队通联到现在，已经过去了足足五分钟，所有人都迅速地完成了他交给的任务……可是亲爱的瓦伦蒂安小姐到底跑到哪儿去了？吉尔调来浣熊市的时间不是很长，所以威斯克还没找到合适的机会跟她进行正式的沟通。不过从她的履历可以看出，她不光是各项评估都得到了极高的评价，而且队友们对她的表现也都充满了赞美之辞，甚至她之前的队长也都称赞她机智过人、临危不乱，表现出异于常人的冷静。另外他的父亲迪克·瓦伦蒂安，是近二三十年间最有名的盗贼，听说她父亲在被关进监狱之前，一直在对她进行各种严格的训练，成功地将她培养成了一名优秀的接班人……

*不管拥有多么过人的实力，她都应该先去买块像样的准时的手表。*他在心里默默地催促着吉尔尽快赶来，同时示意维克斯加快螺旋桨的转速，随时准备出发。

是时候去看看吉尔那边到底发生什么事情了。

1 resident evil

第三章

吉尔提着两个鼓鼓囊囊的装备包，转身走向昏暗的大门口，准备离开特种战术救援组安静的更衣室。快走到门口的时候她突然将装备包放在了地上，抬起双手迅速向脑后理了理自己的头发，掖进了她那顶已有些年头的黑色贝雷帽里。这是她的幸运帽，所以无论天气有多热，只要执行任务她就一定会戴着。在准备再次拿起装备包之前，她瞥了一眼自己的手表，很高兴地发现，到目前为止她只用了三分钟就完成了所有的工作。

吉尔回想起刚才为了收集阿尔法小队每个人的战术腰带、无指手套、防弹背心和背包而打开所有队员储物柜时的情景。她发现每个人的储物柜都彰显着主人独特的个性。巴瑞的储物柜里放着几张家人的照片，还有一张从杂志上剪下来的枪械照片钉在里面，那是一把罕见的枪身泛着红色柔光的十一毫米口径鲁格尔手枪；克里斯的柜子里有他在空军服役时战友的照片，另外还有几件皱皱巴巴的T恤和几页散落的纸张，以及一个能在黑暗中发光的溜溜球，但是线已经断了，这些都使他看起来还像个孩子；布拉德·维克斯的柜子放着一堆励志书籍；约瑟夫在柜子里摆放着电影《三个臭皮匠》的日历；只有威斯克的储物柜与众不同，里面没有任何可以体现出他个人喜好的东西。不过对于这一点，吉尔一点儿都没感到意外，因为在她的印象里，队长一直是个为防止被别人抓到软肋，或者避免被某些事情拖累，而尽量隐藏个人情感的人。

她自己的储物柜，除了几本通过真实案例改编的简装版的犯罪小说，就只有一把牙刷、牙线、薄荷糖以及三顶帽子。柜门上的小镜子边放着一张旧得已经有些泛黄和磨损的照片，那是她小时候，有一次在夏天和父亲去海边度假时照的合影。当迅速将阿尔法小队队员的装备收齐之后，她决定有时间一定要给自己的储物柜重新布置一下，要不然不知道的人一定以为柜子的主人是个牙医。

吉尔稍微半蹲了一下，慢慢使靠在抬起的膝盖上的那个装备包平衡了一些。她笨拙地把手伸向门锁，就在她刚抓住门闩的时候，突然听到背后有人很大声地咳嗽了一下。

她被这个声音吓了一跳，赶忙放下包，转身向发出声音的地方看去，同时她的大脑立刻分析着各种可能性。这间狭小昏暗的更衣室只放有三个储物柜，虽然屋子还有一道后门，但是她可以确定，进入房间后那道门绝对没有被人打开过……

这也就意味着，如果有其他人在这里的话，那他一定是在我进来之前就躲在最里面的储物柜后面了，难道是有警员在这里偷偷打盹吗？

应该不太可能。每间休息室里面都放着两张休息用的床铺，在那儿休息可比躺在水泥地面上冰冷的长椅上要舒服多了。

或者他是想偷偷地在这儿看一些不想被别人发现的杂志，享受自己的快乐时光？算了，没时间了，现在谁在那儿都不重要，得抓紧时间赶紧行动了。

想好之后，吉尔再次弯下腰，拿起装备包，准备转身离开这里。

“是瓦伦蒂安小姐吗？”一个富有磁性的声音说道，随即屋子里面出现一个高大男人的身影。这名男子看上去大约四十岁的样子，身材消瘦，黝黑的头发下是一双眼窝深陷的眼睛，身上穿着一件让人一看就知道价格不菲的风衣。

吉尔看着眼前这个素不相识的人，迅速摆好了应对突发事件的姿势。

“是我。”她谨慎地回答。

男人微笑着朝吉尔走近了几步，同时轻声说道：“我有点儿东西要给你。”

吉尔的眼睛紧紧地盯着对面男人的一举一动，下意识地将身体重心移动到前脚掌上，做出了防御的架势。“站住，混蛋。我不管你是谁，也不管你到底想找我干什么，你要知道你现在是在警署里……”

对面的男人听到她的话后，只是微笑着冲她摇了摇头。看到男人黑色的眼睛里闪烁着真诚的笑意，她的声音渐渐小了下来。“请别误会，瓦伦蒂安小姐，请原谅我如此唐突地出现。我的名字叫特兰特，我是特种战术救援组的……一位老朋友。”

吉尔看着他的眼睛，想捕捉到哪怕一丝的动作。她观察了一下两人之间的距离以及对方站着的姿势后，稍稍放松了些一直紧绷的神经，至少现在从他身上还感觉不到任何的威胁……

但他是怎么知道我的名字的？

“你到底有什么目的？”

特兰特咧嘴一笑冲她说道：“啊，直截了当。当然，我明白你现在时间紧迫……”

他说着把手慢慢地伸进大衣的口袋里，然后从里面拿出一个看上去像手机的东西。“我这儿有个对我来说并不是很重要的东西，但我觉得你应该能用得着它。”

吉尔迅速地瞥了一眼对方手里的东西，皱着眉头问道：“这个？”

“是的，我在里面放了一些你可能会感兴趣的文件。事实上，非常吸引人。”男人一边说着，一边把那个东西递给了吉尔。

她小心翼翼地接过对方递来的东西，发现那是个非常昂贵的微型电脑。不论特兰特到底是什么人，至少从这件东西可以看出他非常富有。

吉尔将微型电脑放进腰包后，突然对眼前的男人有点儿好奇。“你到底是什么人？”

特兰特只是轻轻地摇了摇头。“我是谁并不重要，而且现在不是研究这个的时候。不过我可以告诉你，这会儿有许多非常重要的人正在关注着浣熊市发生的一切。”

“哦？那这些非常重要的人，是否也是特种战术救援组的‘朋友’呢，特兰特先生？”

特兰特听后轻声地笑了起来。“你的问题还真不少，可惜我现在没有时间把这些问题一一解答。有时间的话，还是快点儿看看我给你的东西吧。还有，如果我是你的话，我绝对不会向任何人提起我们的这次谈话，因为这很有可能会造成非常严重的后果。”

说完，他转身向房间的后门走去。当他握住门把手时突然又回过头来看向吉尔。这时，他所有的笑容都从脸上消失了，取而代之的是严肃而犀利的目光。

“还有一件事，瓦伦蒂安小姐。这很关键，千万不要犯错。从现在开始不要轻易相信身边的任何人，每个人都不像他们看上去那么简单，即便是你十分熟悉的人也是如此。如果你想继续活着的话，就请好好记住我的忠告！”

特兰特说完便不再理会吉尔，推门离开了房间。

吉尔盯着他最后离开的地方看了好一会儿，一时心里千头万绪不知如何是好。她感觉刚刚经历的一幕就像穿越进了一部戏剧性的老式谍战电影里，从一个神秘的陌生人手中得到一份神秘的情报。这也太可笑了……

不过，从他给我的价值上千美元的设备，还严肃地提醒我要小心身边的人这点来看，又不像是在开玩笑。

她现在实在是想不出这到底是怎么回事，而且她现在也没有时间多想了。阿尔法小队的队员们现在应该都已经准备完毕，就等着她出现了，估计他们心里都在琢磨吉尔那家伙又跑到哪儿去了。

想到这里，吉尔提起沉重的装备，匆匆走出了房间。

***

自从他们装载并检查完武器装备之后，威斯克就显得有些不耐烦了。虽然他的眼睛被深色的太阳镜遮住，但克里斯仍从他不断地将头转向停机坪入口处的动作判断出威斯克现在的心情。直升机的预热已经全部完成，高速旋转的螺旋桨猛烈地抽打着飞机周围潮湿的空气。由于机舱的门一直开着，螺旋桨所产生的噪声径直传进机舱内部，即便用最大的声音说话，也会被噪音淹没。现在大家都没什么可做的，就等着吉尔出现。

快点儿，吉尔！不要再让我们在这儿浪费时间了……

就在克里斯也开始在心中催促吉尔的时候，她终于提着阿尔法小队的装备出现在停机坪的大门口，她一脸歉意地朝他们快步跑来。威斯克立即跳了下去，接过其中一个塞满的包，帮她把装备搬上了飞机。

威斯克在她登机后立刻关上了舱门，机舱中螺旋桨的轰鸣声随即减弱了。

“吉尔，碰到什么问题吗？”威斯克虽然表面上并没有生气，但仍能从他的声音中明显感到一丝不快。

吉尔摇了摇头。“有个储物柜被卡住了，我用了点儿时间才把它打开。”

队长盯着她看了好一会儿，好像是在考虑要不要现在就训斥她一番，好在他最后只是耸了耸肩说：“等回来后，我会叫个维修员去把它修好的。现在，去把装备发给大家。”

他说完便拿起一副耳机戴上，转身进入驾驶舱，坐到布拉德的旁边。吉尔开始给大家发放防弹衣。直升机缓缓地提升高度，浣熊市警署变得越来越小，随后布拉德调转机头朝着西北方向飞去。

克里斯穿好自己的防弹衣之后，便弯下腰帮助旁边的吉尔整理手套和腰带。直升机穿过浣熊市的上空，加速朝阿克雷山区飞去。窗外的景色也逐渐由城市中繁忙的街道变成了宁静的郊外。宽阔的街道和用篱笆围起的安静的房子坐落在褐色的草丛之中，夜晚的薄雾飘荡在这片不规则伸展且偏远的社区上空，使得这片美景的边际有些模糊，给人一种不真实的梦境中的感觉。阿尔法小队的队员们在准备完自己的装备后都在默默地思考着，在之后的几分钟里，机舱里鸦雀无声，每个人都显得心事重重。

运气好的话，布拉瓦小队的直升机可能只是出了些小的机械故障。也许福雷斯特已经将直升机平稳地降落在森林里某个比较开阔的地方，现在正边咒骂着边满手油污地修理着那该死的引擎，同时等待阿尔法小队的救援。在直升机修好之前，马里尼肯定不会贸然展开搜索行动，但出现其他问题的话……

克里斯皱起了眉头，他实在不想去考虑发生更加严重意外的可能性。他目睹过一次十分严重的直升机空难，那还是他在空军服役的时候。当时由于飞行员的操作失误，一架搭载着十一名男女飞行学员去参加训练任务的休伊直升机从高空直接坠落到地面。当救援队赶到事故现场的时候，大火已经吞噬了整个机身，甚至地面都燃烧了起来。从机身中冒出的滚滚浓烟直冲天际，空气中到处弥漫着皮肉被汽油烧焦的味道，他们最后在直升机上只找到了队友烧焦的尸体。从那之后一连好几个月，他都会梦到：大地在燃烧，自己脚下的土壤也被大火吞噬……

布拉德为了降低直升机高度而调整螺旋桨转速，使机身产生了轻微的颠簸，才使克里斯从那段痛苦的记忆中回到现实。他们现在穿过了市郊，来到森林与浣熊市的交界地带，橙黄色的警戒线在密林和草地的映衬下分外显眼。此时夕阳的余晖渐渐散去，森林正逐渐被黑夜悄悄笼罩。

“我们预计三分钟后降落。”听到布拉德的声音后，克里斯抬起头环顾机舱四周，发现仍然没有一个人开口说话，队友们的表情都非常严肃。约瑟夫在脑袋上系好头巾，此刻正专心地整理自己的靴子；巴瑞正拿着一块柔软的方巾轻轻地擦拭着他心爱的柯尔特巨蟒手枪，眼睛则一直紧紧地盯着窗外的景色。克里斯转过头向吉尔看去的时候，惊讶地发现她若有所思地注视着他。吉尔跟他坐在机舱同一侧的长椅上，在看到对方的目光后，两人都微微笑了笑，不过克里斯可以明显地看出她有些紧张。突然，吉尔解开自己的安全带坐到了克里斯的身旁，克里斯甚至从吉尔的皮肤上闻到了淡淡的香皂香。

“克里斯……你之前提到过的，这起案件并不是表面上那么简单，而是受到了外部的影响……”

吉尔把自己的声音压得极低，以至于克里斯只能靠在她的身上才能从螺旋桨声音的干扰中分辨出她说的话。这时她迅速向周围扫了一眼，确保没有人注意到他俩之后，继续看着克里斯的眼睛，认真地说道：

“我觉得，你之前的分析可能是正确的。”吉尔轻声地说，“不过，我认为现在还不是公开谈论它的时候。”

克里斯的喉咙突然感到有点儿发干，沙哑地问道：“出了什么事情吗？”

吉尔摇了摇头，她那姣好的面容没有任何表情。“没有，我只是觉得也许你应该注意一下你所说的话，也许，不是每个人都值得信任……”

克里斯皱了皱眉，他有些不明白吉尔到底想表达什么意思。“那些话，我只跟咱们的队友们说过……”

看到吉尔的目光还在紧盯着自己，他突然明白了吉尔到底在暗示什么。

上帝，看来有人比我还神经敏感。

“吉尔，我想我还是比较了解咱们的队友的。就算我不了解，他们每个人在加入特种战术救援组的时候也都接受过心理测试，以及履历和身世方面的调查——所以我觉得在这方面应该不会有问题。”

吉尔叹了口气。“哦，忘了我刚才说的话吧，我只是……你自己小心一点儿，就这样吧。”

“好了，孩子们，打起精神来！我们马上就要抵达22号区域了，他们应该就在这附近的某个地方。”

他们的谈话被威斯克的喊声打断了。吉尔又严肃地看了克里斯一眼，便将身子向直升机的一个舷窗移去。克里斯做出了同样的动作，约瑟夫和巴瑞一起靠向飞机另一侧的舷窗。

透过舷窗，克里斯仔细查看着颜色又加深的黄昏下的林地，脑子里还在不断地思考着吉尔刚才说的话。对于不只是自己一个人觉得这整件事是个很大的阴谋这点，他感到十分高兴。可是，为什么在此之前她从来没有提出过这一观点呢，而且她还提醒自己要小心特种战术救援组的队友……

她一定是发现了什么问题。

她一定是察觉到一些不容易被发现的问题，这是她之所以这么做的唯一解释。他决定等救出布拉瓦小队之后，一定要和吉尔好好谈谈，然后说服她一起去找威斯克提出些建议，这是目前为止最好的办法。如果有两个人都有这种看法，威斯克就应该会重视我们的意见。

直升机从森林顶端掠过时，克里斯盯着眼前无边无际的林海，强迫自己将所有的精力都放在搜索布拉瓦小队上面。虽然昏暗的光线使人无法看清远处的情况，但他感觉到斯宾塞庄园应该就在附近。这时，比尔的哀求和他提到的安布雷拉公司发生的情况，以及吉尔刚才那突如其来的警告再次浮现在克里斯的脑海当中，试图分散他的注意力，不过他并没有因此走神，他仍然在担心着布拉瓦小队的情况。不过好在从目前森林里的情况来看，他们应该没有遇到什么大的麻烦，或者至少不会发生坠毁那么严重的事故。也许只是一些小故障或通信系统出了问题，福雷斯特只是为了进行修理而关闭了通信系统——

突然，他在一千五百米开外的地方看到了自己一直最不想见到的景象，就在他刚要做出反应的时候，旁边的吉尔也指着那里叫了出来。

“快看那儿，克里斯。”

一团黑色的油烟正在最后一抹夕阳的映衬下升腾而起，在天空中勾勒出一幅犹如死亡的画卷。

***

哦！不——

巴瑞紧咬牙关，眼睛紧盯着森林中升起的浓烟，同时感到心头一紧。

“队长！两点钟方向！”克里斯说道。随后直升机掉转方向，朝冒出黑烟的地方驶去。这很可能意味着坠机！

威斯克走回机舱里面，脸上还戴着他的墨镜。他来到舷窗前，尽量压低自己的嗓音，平静地说道：“我们先不要做最坏的打算，很可能飞机是在他们着陆后才起火的，也有可能这火是他们为了给我们信号，而故意点起来的……”

巴瑞非常希望队长说的是对的，但是，所有人甚至威斯克自己都明白，直升机降落之后是不会无缘无故自己着火的。就算布拉瓦小队想给他们发信号，他们也会使用信号弹。

除此之外，树木起火的话，是不会冒出那么浓烈的黑烟的……

“无论发生了什么，我们只有到达那里才会清楚究竟发生了什么事情。从现在开始我们一定要打起十二分的精神，小心行事。”

巴瑞从窗口转过头来，看向自己的队友。克里斯、吉尔和约瑟夫，大家都跟他一样：一脸愕然。虽然特种战术救援组在行动中偶有损伤是在所难免的，这也是由他们的工作性质决定的，但是这次的事故实在是太严重了……

因为戴着眼镜的缘故，威斯克唯一能够被人判断出有悲伤表情的地方就是他的嘴，他那薄薄的嘴唇在褐色皮肤的映衬下显得更加坚毅。“大家注意，我们的降落地点很可能非常危险。现在把你们的武器都准备好，下飞机后，我希望大家立刻以标准扇形散开并有组织地推进。巴瑞，你在最前面。”

巴瑞听到之后点了点头，重新振奋了下自己的精神。威斯克刚才说得很对，现在可还没到伤感的时候。

“布拉德，坐标上显示南方五十米左右的地方好像有片空地，看看我们能不能在那里降落，尽可能离出事地点近一点儿。”威斯克转过头来面向大家，“着陆之后布拉德留在飞机上不要熄火，以便随时可以起飞。大家还有其他的问题吗？”

看到没有人提出问题之后，威斯克迅速地点了点头。“好的，准备行动，巴瑞给大家分发武器。我们只带必要的装备，其他的东西都留在飞机上，有需要的话我们再回来拿。”

说完之后队长便返回了驾驶舱，去跟布拉德交代一些需要注意的事情。吉尔、克里斯和约瑟夫都靠向巴瑞领取武器。巴瑞作为特种战术救援组的武器专家，每次行动之前都是由他为大家检查并分发武器，以确保万无一失。

随后巴瑞转身打开舱门边的一个箱子，里面的金属架上摆着六把九毫米口径的贝雷塔手枪。他在昨天就提前完成了每只枪的保养和检测工作。这种枪使用中空弹，一次可以装填十五发。虽然是把很不错的手枪，但巴瑞还是更喜欢自己的巨蟒手枪。相比贝雷塔，巨蟒所使用的直径九毫米子弹杀伤力更大。

他迅速地把武器分发给大家，并且给每人配了三个弹夹。

“我真希望我们用不着这些东西。”约瑟夫一边将一个弹夹装进手枪一边说道。巴瑞点点头表示自己也希望如此。巴瑞每年都会向全国枪械协会支付年费，但他并不是个每天只想着杀戮和打仗的笨蛋，他只不过是喜欢枪而已。

这时威斯克回到了队员们中间，他们五个人一起站在舱门前，等待着布拉德将直升机降落到地面。当直升机靠近黑烟翻滚的烟柱时，螺旋桨叶片将烟气打散，空气中的黑色烟雾和树木的黑影融为一体。这使得在浓烟和昏暗光线中从空中观测降落点变得异常困难。

布拉德摇摆着直升机的机身，利用螺旋桨的强风吹散了下方的杂草和植被，然后开始操作直升机强行降落。还没等摇摇晃晃的直升机停稳，巴瑞已经把手搭在了舱门的门闩上，准备随时冲出机舱。

这时他感到一只温暖的手在他的肩膀上拍了一下。他回过头，发现克里斯正用坚定的眼神看着自己。

“我们跟在你后面。”克里斯说道。巴瑞点了点头，比起阿尔法小队能否在后方给他支援，他现在更担心的是布拉瓦小队目前的情况。他和马里尼是非常好的朋友，他们的妻子间关系也非常好，而且马里尼的妻子平时还经常会帮巴瑞的妻子凯西照顾他的两个女儿。马里尼绝对不会死在一堆没用的废铜烂铁里的……

伙计们，坚持住，我们马上就到了。

巴瑞拉开舱门，快速冲进昏暗潮湿的森林，手里握着他的那把柯尔特手枪，他做好了面对一切的准备。

1 resident evil

第四章

阿尔法小队一下飞机便立刻散开，开始向北边推进。威斯克和克里斯紧跟在巴瑞的左后方，吉尔和约瑟夫在巴瑞的右侧。在他们正前方是一片较稀疏的树林，当布拉德降低阿尔法小队直升机螺旋桨转速后，吉尔闻到了空气中弥漫的燃料燃烧的气味，同时，丛林中透过树叶的间隙升起的滚滚浓烟也映入吉尔的眼帘。

他们快速穿过树林，头顶针叶林的遮挡使得前方的能见度锐减。森林里原有的松树与大地的气息被油料燃烧的气味覆盖，队员们每前进一步，刺鼻的气味就加重一些。突然，吉尔注意到前方昏暗的森林里出现一片空地，长满了高高的杂草。

“我看到了，就在前面！”

吉尔听到巴瑞大声呼喊的一瞬间感觉自己的心脏都要跳出来了，他们马上紧跟着巴瑞向前方跑去。

她穿过齐人高的草丛，约瑟夫紧紧跟在她的身旁。这时巴瑞来到直升机的残骸旁边，威斯克和克里斯就站在他的身后。他们发现从残骸中升起的浓烟开始渐渐变淡，而且周围也没有明火在燃烧。

她和约瑟夫赶忙跑到队友的身边，呆呆地盯着眼前的一幕。没有一个人说话，大家都在仔细地勘察着现场。虽然引擎还冒着滚滚浓烟，但直升机的外观仍保持着完整的样子，除了左侧的着陆架看上去有些扭曲外，机体的表面没有看到任何的损伤。威斯克透过敞开的舱门，用手电仔细地检查着机舱里的每个地方，机舱内部也没有任何损坏。吉尔看到布拉瓦小队的装备也都整齐地放在机舱里。

可是，他们人都去哪儿了？

这说不通啊。现在距离与他们最后一次通联的时间，还不到十五分钟。要是有人受伤的话，他们应该会留在这里等待救援。如果他们决定离开这里，为什么不把装备带齐呢？

威斯克把手电递给约瑟夫，冲驾驶舱扬了扬头。“去检查一下。其他人分散开看看有什么线索，任何足迹、弹壳或是打斗的痕迹，只要一有发现就马上告诉我。另外，大家要时刻保持警惕。”

有那么一会儿，吉尔就站在那儿紧紧地盯着冒烟的直升机，好奇究竟发生了什么事情。恩里克在通联中提到过飞机出现一些故障，所以，他们很有可能在发现问题后就采取了紧急迫降的措施。可是接下来又发生什么事情呢？吉尔看到舱门边放着的几件皱巴巴的防弹背心后摇了摇头，就这么行动也太不合常理了。

她转身准备执行搜索任务，这时约瑟夫从驾驶舱里钻了出来，脸上也带着和她一样困惑的表情。吉尔急忙停下脚步，想要听一下他的调查报告。约瑟夫把手电递回给威斯克，表情紧张地耸了耸肩。

“我没发现任何明显的问题。飞机上除了电子系统之外一切运转良好，着陆架的损伤，应该是由于迫降过程中的撞击造成的。”

威斯克听完后深吸了口气，然后提高嗓门说道：“扩大搜索范围，所有人呈圆形散开，相互之间保持三米左右的距离开始搜索。”

吉尔走到克里斯与巴瑞的中间，开始与他俩一起，边仔细地检查脚下的每一寸土地，边朝着直升机的东部及东北方向前进。威斯克则来到了黑暗的机舱里面，借着手电筒所散发的微弱光芒，寻找任何可能有价值的线索。同时，约瑟夫向西面展开搜索。

伴随着脚下下草的沙沙声，大家渐渐散开。温热的空气中除了大家踩下杂草所发出的声音外，就只剩下阿尔法小队的直升机从远处传来的轰鸣声。吉尔仔细地搜索着地面，每走一步都用她的皮靴将身前的杂草向两旁分开。现在天色完全暗下来了，必须要借助手电的光亮才能看清周围的事物，可是布拉瓦小队却没有带走他们的装备……

这时吉尔突然感到有些不对劲儿，于是停了下来，仔细倾听周围的声音。队友的喘息声，踩踏杂草的声音，远处的直升机发出的轰鸣声……

除此之外什么都没有，甚至连鸟叫虫鸣声都没有，这也太安静了。

他们正处在盛夏时节的森林里。这时的森林应该到处都是各种动物和昆虫，它们都跑到哪儿去了？除了人类发出的声音外，森林里实在是安静得有些不自然。这样的安静使得吉尔从阿尔法小队降落到现在，第一次感到些许的害怕。

她正要跟别人说出自己的想法，身后的约瑟夫突然发出高声叫喊：

“嘿！这儿有发现！”

吉尔转过身，看到克里斯和巴瑞也和自己一样朝约瑟夫跑去。机舱里的威斯克在听到约瑟夫的喊声之后，也迅速地拔出手枪，朝他那边跑了过去。

在昏暗的光线下，吉尔隐约看到约瑟夫正蹲在离直升机残骸三十米左右的几棵树旁边的草丛中。她本能地从腰间拔出手枪并加快了脚步，这时她突然有种不祥的预感。

约瑟夫突然站了起来，手上似乎还拿着什么东西，但他随即又尖叫着把那东西扔到了地上，眼神里充满了恐惧。

一瞬间，吉尔没反应过来，约瑟夫到底拿到了什么东西，会把他吓得如此失魂落魄。

那是一把特种战术救援组标配的贝雷塔手枪——

这时吉尔加快了速度，紧跟着威斯克赶了上来。

那把枪握在一只从手腕处断掉的手里——

这时，约瑟夫身后的树林里突然传来一阵某种野兽发出的震耳欲聋的咆哮声——

紧接着又从树林的另外一边传来另一阵声嘶力竭的吼声——

突然，黑暗的树林里冲出一个巨大的黑影，一下子将约瑟夫扑倒在地。

“约瑟夫！”

吉尔不由自主地喊了出来。克里斯马上停下脚步，举起他的手枪，试图瞄准那只正在攻击约瑟夫的怪物。威斯克也抬起手将电筒的微光照向那些蠕动的怪物，在照到怪物的一瞬间，一副犹如噩梦般的画面呈现在众人眼前。

此时的约瑟夫被三只凶猛的怪物完全压在身下。它们正在用尖锐的牙齿不断地撕咬着他的身体，它们咧开的大嘴不时地流出令人作呕的黏液。这些怪物的样子和体形跟狗差不多，看上去就像大个的德国牧羊犬。但是这些怪物的全身没有一丝毛发，甚至连皮肤都没有。在威斯克晃动的手电光下，可以清楚地看到怪物身上赤红色的肌肉和紧绷的血管。这些像狗一样的怪物一边血腥地撕咬着自己的猎物，一边发出阵阵狂热的咆哮。

约瑟夫还在无力地挣扎，试图抵挡野兽的攻击，大量的鲜血正不断地从他的伤口涌出。他发出的大叫声听上去就像人们漱口时发出的汩汩声，这是一个濒死者所发出的声音。时间紧迫，克里斯来不及多想，举枪朝着目标连开四枪。

前三发子弹直接击中了前面的怪物，而第四发则稍稍高出目标。被击中的怪物在发出一声惨叫之后便倒在了地上。而另外两只怪物则对刚才雷鸣般的枪声和倒在地上抽搐的同伴显得毫不关心，还在继续攻击倒在地上的约瑟夫。就在这时，克里斯惊恐地看到，一只嘴上沾满黏液的地狱猎犬一下子咬断了约瑟夫的喉咙，那血淋淋的肌肉组织暴露在外，关节处的白骨在光线的照射下闪着阴森的白光。

特种战术救援组的队员们同时开火，子弹如雨点般射向杀害了约瑟夫的凶手。无数子弹将怪物的身体打得千疮百孔，怪物的血液在空中四处飞溅。即便这样，它们也没有停止攻击，还在不断撕咬着约瑟夫的尸体。直到最后，它们发出微弱的叫声并倒了下去，才渐渐停止了撕咬，再也没有站起来。

“停止开火！”

克里斯手指离开了扳机，但仍然将枪口死死地对着倒下的怪物，时刻准备着只要怪物有任何动作就马上开火。有一只怪物就躺在约瑟夫尸体的旁边，看上去已经毫无生气，而另外两只怪物还在一边喘着气，一边发出微弱的声音。

中了这么多枪，它们早该死了，按理说一枪就能要了它们的命！这些到底是什么东西啊！

威斯克刚向倒地的几只怪物迈出一步——

就在这时，一声可怕的吼叫突然划破了静谧的夜空，接着令人恐怖的吼叫声从森林的四面八方向特种战术救援组袭来。那是一种一群野兽被激怒后所发出的愤怒而高亢的叫声。

“快回到直升机上去，快！”威斯克急忙喊道。

克里斯转身便开始奔跑，吉尔和巴瑞跑在他的前面，威斯克在队伍的最后。他们在黑暗的森林中全力奔跑，已经顾不上那些看不见的树枝打在他们身上的疼痛感了。身后的吼叫声越来越大，怪物离他们越来越近了。

威斯克一边跑，一边不时地朝身后开上几枪。他们跌跌撞撞地朝着直升机跑去。当依稀听到螺旋桨转动的声音时，克里斯终于感到一丝生还的希望：布拉德应该听到了枪声，只要他做好准备，就一定能有机会逃脱……

现在，克里斯可以清楚地听到，身后那健硕的怪物追赶他们时穿过草丛发出的沙沙声，同时他透过直升机的玻璃窗看到瞪大双眼的布拉德·维克斯，以及他被吓得惨白的面容。布拉德的脸上现在充满惊慌失措的表情，而且经过直升机操作台上散发出的绿光的照射，他的表情显得更加恐怖。他在机舱里向他们大喊大叫着什么，但是发动机的轰鸣声淹没了一切，同时螺旋桨加速转动所产生的狂风也将四周的草丛变成了波涛翻滚的海洋。

只有大约十五米了，马上就到了……

就在这时，螺旋桨突然疯狂加速，直升机猛地升向了空中。克里斯清楚地看到布拉德那张充满极度恐惧的脸庞。很明显，在抓着操纵杆的时候，他已经完全被恐惧所吞噬。

“不！快停下！”克里斯声嘶力竭地喊道。可是直升机仍旧在拉升，起落架已经够不到了。直升机快速穿过异常黑暗的夜空弃他们而去。

他们死定了。

***

该死的维克斯！

威斯克在跑动中再次转身开火，随即一只紧追着他们的怪物发出一声痛苦的号叫。至少还有四只怪物，在速度丝毫不减地紧追着他们。

“继续跑！”他大声喊道。怪物刺耳的尖叫声同时响起，与威斯克的喊声一起在催促着大家加快脚步。这时直升机的声音渐渐消失，懦弱的维克斯撇下了他们，独自逃走了。

威斯克再次开火，但没有击中目标，而且他发现又有一只怪物加入了追赶他的行列。这些疯狗的速度实在是太可怕了，他们根本就不可能有逃生的机会，除非……

对了，庄园！

“改变方向，向右边，向一点钟方向前进！”威斯克喊道，同时祈祷着在这种危险的情况下自己的方向感依然准确。他心里很清楚在奔跑的速度上他们比不过那些怪物，但他们也许可以在被那些怪物追上之前跑进庄园里。

他在跑动中打出最后一发子弹后喊道：“换弹夹，掩护我！”

紧接着他快速地将空弹夹取出，把手伸进战术腰带里取出新的弹夹。这时，巴瑞和克里斯同时转身进行射击，子弹从威斯克身旁飞过射向紧追他们的怪物。在威斯克换好弹夹这短短的时间里，大家迅速地穿过这片长满杂草的空地，钻入了对面阴暗的树林里。

他们在林间凹凸不平的地面上跌跌撞撞地奋力奔跑，而死亡猎犬就在他们身后紧紧地追赶他们。威斯克跑得筋疲力尽，他觉得自己在空气中闻到怪物身体上散发的腐臭的味道，这就说明那些怪物离他们越来越近了，他不敢有丝毫放松，加快脚步努力向前跑去。

我们应该快到了，它大概就在这附近……

克里斯透过眼前稀疏的树影一眼就看到屹立在树林对面的那座庄园，此刻庄园就像个巨大的怪兽一样沐浴在月光之下。“在那边，往庄园那边跑！”

从外表上看来，庄园显然被遗弃了很久，被风化的木桩和巨大的石头围墙看上去摇摇欲坠，随时都有倒塌的风险。整个庄园被高高的树篱围着，使得建筑物与树林隔离开。一个巨大的门廊后屹立着一扇对开的大门，看到大门的一瞬间他们便意识到，那将是他们摆脱怪物追击的唯一选择。

威斯克能够清楚地听到身后的怪物上下颚碰撞时发出的强有力的撞击声，于是他在奔跑的同时本能地朝声音传来的方向射击。枪响的同时身后传来一声痛苦的吼叫，一只怪物随即停止了对他们的追赶。看到同伴倒地后，其他的怪物发出更加疯狂的号叫声，也激发了它们狂热追寻猎物的快感。

吉尔率先抵达大门，她急忙抓住门把手，同时将肩膀用力地向厚重的大门撞去。令人意外的是，大门轻轻松松就被打开了，明亮的灯光一下子从屋里射了出来，照在门口的石阶上，同时照亮他们的路。她立即回身射击，为身后三个仍然在黑暗中奋力奔跑的队友进行掩护。

吉尔直到大家都冲进庄园后才最后一个进到屋里。巴瑞在她进来之后立刻用强壮的身体将门顶住，把怒吼着的怪物都关在了门外。这时，巴瑞筋疲力尽地倒在地上，满头大汗，脸色通红。克里斯突然发现门上有个钢制的门闩，于是他赶忙将门锁好。

他们终于安全了，而那些疯狗只能在门外乱抓乱叫了。

威斯克深吸一口气，让自己冷静下来，然后向这间明亮的屋子四周看去。和他早就知道的一样，斯宾塞庄园并没有闲置不用。遗憾的是他们完全被困在这里了，他事先做的所有周密计划现在都派不上用场了。

威斯克心里暗暗地咒骂着布拉德 · 维克斯，同时也担心在屋子里是否会比在外面更安全……

1 resident evil

第五章

吉尔在调整呼吸的同时，也在慢慢地观察着周围的环境。她感觉自己就像置身于一场可怕的噩梦中，现在只不过是将噩梦中的场景由阴暗的森林转到了明亮的庄园。突然出现的恐怖怪物，约瑟夫的突然遇害，穿过阴森森林的恐怖逃亡，以及现在大家进入的这个神秘的庄园。

他们说这里已经被废弃了，是吗？

这分明就是一座宫殿，一座高贵而华丽的宫殿，这简直就是她父亲曾经无数次向她提到过的心中最完美的房子。现在他们所在的这个房间简直就是奢华的缩影。大厅非常大，面积甚至比吉尔的整个家都要大。地面上铺满了灰色斑纹的大理石地砖，地砖上有一层厚厚的地毯一直延伸到二楼的阳台。拱形的大理石柱排列在华丽的大厅中，支撑着二楼深色的木质阳台栏杆。凹槽里的壁灯发出的光在奶白色的墙体上投射出一个漏斗形的光晕，映衬在橡木家具上，并消融于土黄色的地毯里。简而言之，整个大厅都奢华无比。

“这里到底是什么情况？”巴瑞小声嘀咕着，却没有人回应他。

吉尔深吸了一口气，她立刻觉得自己不太喜欢这里。这宽敞而华丽的房间让她有种莫名的压迫感，那感觉就像房间的四周都被某种恐怖的东西笼罩着，但她又说不出这种感觉到底从何而来。

*虽然逃离了地狱猎犬的追杀，但也付出了代价。*说到代价，*上帝啊，可怜的约瑟夫。*不过她明白现在还不是为他悲伤的时候，而且现在也没有时间，但是我们不会忘记他的。

她握着枪，小心翼翼地向楼梯走去，从大厅一直延伸到楼上的豪华地毯吸收了她的脚步声。在楼梯右手边的一个小桌上摆放着一台插着一页白纸的老式打字机。真是个奇怪的装饰！除此之外，空旷的大厅里再没有摆放任何其他的东西。

她转过身看向其他人，想看看他们对这间房子有什么看法。巴瑞和克里斯带着疑惑的表情，满头汗水地检查房间的其他地方，而威斯克正蹲在大门边上检查门闩。

威斯克站了起来，也许是因为脸上还戴着墨镜，他的表情看上去和之前一样平静。"门锁周围的木头有被破坏过的痕迹，应该是在我们到这里之前，有人闯进了这里。"

克里斯马上满怀希望地回应道："也许是布拉瓦小队？"

威斯克点了点头。"和我想的一样。现在增援部队应该在来这里的路上了。当然，这取决于我们的'朋友'维克斯先生是不是把我们的处境告诉了他们。"

威斯克的语气中充满嘲讽，而吉尔心中也充满了愤怒。布拉德这个白痴，把所有的事情都搞砸了，甚至差点儿让大家在这儿丢了性命。他的所作所为是不可原谅的。

威斯克向大厅西侧的两扇大门走去。他抓住门把手，想用力把门拉开，可惜那道门纹丝不动。他继续说道："现在外面太危险，在增援部队到达之前我们还是先待在这里，并检查一下周围的情况。很显然，这里一直有人看管，虽然我们还不知道安布雷拉这么做多久了，又是出于什么原因……"

他慢慢降低了声调，走回队友的旁边。“我们还有多少弹药？”

吉尔取出贝雷塔中的弹夹仔细地清点了一下。枪里还有三发子弹，再加上另外两个备用弹夹，一共还剩三十三发子弹。克里斯还有二十二发，威斯克还有十七发。巴瑞还有两个准备好的柯尔特专用快速装弹器，以及腰包里的一些散装子弹，不过都加起来也只有十九发。

吉尔一想到他们留在直升机里的那些装备，心中又燃起了对布拉德的愤怒。弹药箱、手电、对讲机、霰弹枪——更别说那些急救用品了。还有约瑟夫发现的那个握着贝雷塔手枪的断手，一只沾满鲜血的断手……这说明特种战术救援组的队员有人受了重伤或者已经因此牺牲了。而该死的布拉德甚至连个创可贴都没给他们留下,就这么自己跑了。

砰！

在离他们不远的某个地方，突然传来一声某件很沉重的东西掉落到地板上的声音。大家一起扭头向大厅东侧唯一的一扇门望去，声音应该是从那里传出来的。吉尔突然想起之前看过的每一部恐怖电影的情节：奇怪的房子，突然发出的奇怪声音……想到这儿她全身随之一震，她决定等他们从这儿回去后，一定好好教训布拉德一顿。

“克里斯，过去检查一下，尽快回来汇报情况！”威斯克说道，“其他人在这里待命，浣熊市警署的增援可能随时赶到。如果你那边遇到麻烦的话，就马上开枪，我们听到后会立刻过去支援你。”

克里斯点了点头，向那扇门走去。他的皮靴落在大理石的地面上，发出了清脆的响声。

吉尔感到那种不祥的预感又向她袭来。“克里斯？”

已经握住门把手的克里斯，转过身看向她。那一瞬间，吉尔突然不知道到底该跟克里斯说些什么，一切都发生得太突然了。到目前为止发生的所有事情简直是糟透了，根本不知道该从何说起……

他是接受过专业训练的，你也一样，一定会没事的。

“你自己小心！”想了半天后她终于挤出这句话。虽然这不是她想要说的，但是足够了。

克里斯咧开嘴，给了她一个坚定的微笑，然后举起自己的贝雷塔，走进了那扇门。吉尔听见门打开时从房间里传来钟表清脆的滴答声。随后，克里斯关上了那扇门，就这样离开了。

巴瑞注意到吉尔的眼神，于是冲她笑了笑。那个笑容仿佛是在告诉她别担心，不会有事的。可是吉尔却突然冒出一个强烈的想法：也许再也见不到克里斯了。

进屋后克里斯对里面进行了仔细的检查，最后发现在这个富丽堂皇的屋子里除了自己以外别无他人。可以确信，不管刚才的声音是谁发出来的，他都不在这屋子里。

一座庄严古老的落地大摆钟发出滴答的响声在屋子里回荡，地上铺着光亮的黑白相间的地砖。这里应该是个餐厅，装潢和摆设他只在关于富人的电影里见到过。和外面的大厅一样，这个房间也有着高不可及的天花板，在二楼的位置也建有阳台，而且在餐厅四周还装饰着许多十分精美的艺术品。房间的深处有一个壁炉，上方装饰着一面盾形纹章和两把交叉放置的长剑。不过这个房间里面没有直通二楼的楼梯，但在壁炉的右手边有一扇关闭着的门。

克里斯放低枪口，朝那扇门走去。毫无疑问，目前特种战术救援组闯进的这栋所谓的“被遗弃”的庄园绝对是奢华无比，光是这间宽敞的餐厅里所布置的红木装饰，以及在周围墙壁上挂着的精美的艺术品，便有力地证明了这一点，更不用说摆在餐厅中央的那条足有整间屋子长的高档实木餐桌了。这张桌子至少能容纳二十个人同时用餐，虽然它很有可能只是为极少数人设置的。不过从带着蕾丝花边的桌布上堆积的灰尘来看，这里应该有好几周没有人使用过了。

按理说，在我们来之前，这里应该已经荒废三十多年，更别说在这里举办正式的晚宴了。斯宾塞在这个庄园刚一建成就将它关闭了……

克里斯摇了摇头。很明显，有人把这里重新启用并且有很长一段时间了……但是，他们为什么要让浣熊市的所有人都认为斯宾塞庄园被遗弃在森林里了呢？更重要的是，为什么安布雷拉公司要在这栋庄园的管理状态上，对艾隆斯署长说谎呢？

连环凶杀案、人员失踪、安布雷拉公司的遮遮掩掩、吉尔态度的突然变化……这一切都在折磨着他：他觉得他发现了一些问题，但是还不确定导致这些问题的原因所在。

他走到门口，一边轻轻地转动门把手，一边小心翼翼地听着门对面的动静。不过，除了那个挂在墙上的大钟发出的声音在屋里回荡外，他听不到其他声音。

他打开门后，一条狭窄的走廊在几盏古董式吊灯的照耀下映入眼帘。克里斯快速地朝左右两侧看了看。右侧是十几米长的硬木走廊，除了在他的对面有两扇门之外，还有扇大门屹立在走廊的尽头；在他的左手边，面前的走廊有一个急转弯，同时走廊也在拐弯处开始变宽。他发现在拐弯处的地板上有一片褐色的血迹。

他闻了闻空气中的味道，随后皱起了眉头。空气中隐约有股令人作呕的异味。他感到这股味道十分熟悉，好像在哪里闻到过。克里斯就这样站在门口，努力回想到底在哪里闻过这种味道。

他突然想起孩提时代的某个夏天，有一次他与朋友一起骑着自行车外出郊游时，他的自行车车链忽然脱落，车子因此翻倒在路边的水沟里。他跌倒后发现离自己也就十五厘米的地方横着一只被压死的动物，干枯萎缩的一团肉泥，他感觉那应该是一只土拨鼠。虽然那堆肉泥在经过多天的风吹日晒后，臭味消退了不少，但闻起来仍然非常恶心。而当时让小伙伴们大笑不止的是，他把午饭都吐在了那团恶心的肉泥上，然后做了一次深呼吸，调整了一下，又吐了起来……他仍然记得那种经过太阳炙烤的干枯腐尸的味道，就好像变质的酸奶和胆汁混在一起所散发的恶臭味——而现在走廊空气里的那股味道和那个夏天空气中的味道简直一模一样。

吱……

突然，从他身后右手边的第一扇门里传来轻微的响声，听上去好像拳头轻轻地从墙面滑过。门里面有人！

他紧贴着墙壁，穿过走廊，向门口走去，小心地避免将自己的后背对着不安全的地方。随着他的靠近，另一侧轻轻移动的声音也随之消失了，不过他发现那扇门并没有被完全关上。

现在正是个绝佳的机会！

克里斯轻轻地推开门，进入一个四壁贴满绿色斑点壁纸的昏暗大厅。在离他不到六米的地方站着一个肩膀宽厚的男人，背对着克里斯，他的身体被阴影半遮掩着。只见那个男人摇摇晃晃地转过身来，他的动作非常迟缓，看上去就像喝醉了，或是受伤了。随着他的转身，一股和克里斯刚才闻到的一模一样的腐臭味从他身上散发出来，而且变得更加强烈，有如排山倒海一般向克里斯袭来。这男子衣衫褴褛，后脑勺的头发十分稀疏和散乱。

看上去他病得非常严重，也可能是快要死了。

无论他病得如何，克里斯都不太喜欢这样。但他依然向前迈了两步，本能地抽出枪对准那个人喊道："站在原地，不许动！"

这时男子完全转过身来，步履蹒跚地走出了阴影，朝着克里斯走去。这个家伙的脸色像死人一样苍白，只有腐烂的嘴唇被鲜血染成了红色。干枯的皮肤搭在凹陷的脸颊上，深陷的眼睛露出饥渴的目光，并且向前伸出了它那露出部分骨骼的双手……

克里斯立刻朝它开枪射击，三颗子弹径直击中怪物的胸膛，一片鲜红的血雾从伤口中喷射而出。伴随着一声痛苦的呻吟，那个家伙倒在地上，死了。

克里斯现在的思绪混乱不堪，心脏也随之剧烈地跳个不停。他无意中向后趔趄了一下，肩膀不小心撞到身后的大门，恍惚间，他听到身后的大门关闭时发出了咔嚓的声响。

死尸，这是个会走路的死尸啊！

联想到浣熊市恶性凶杀案全都是在森林地带附近发生的，克里斯实在无法理解自己看到的这一幕，这简直就是他平时看的午夜电影里的剧情。

丧尸！

不，不可能，那些东西完全是人们编造出来的——或许这只是一种会造成皮肤腐烂的传染病。一定要尽快把这里的情况告诉其他人。想到这儿，克里斯急忙转身，一把抓住门把手，想要把门拉开，可是那扇厚重的大门却纹丝不动。一定是刚才不小心碰到那扇门时，门锁自动锁住了。

这时候，克里斯感觉自己的身后似乎有某种潮湿的东西移动的声响，他猛地转过身，被眼前的景象惊得瞪大了双眼：那个刚才被击毙的丧尸，现在正抽搐着慢慢地在地板上奋力向他爬来。克里斯意识到，那个丧尸的嘴里向外流出黏稠状液体，当看到在它爬行过的地方留下的长长的暗红色的血印，他才想起要赶快采取行动。

克里斯再次射击，对准怪物那张腐烂不堪的脸抬手就是两枪，子弹打穿它的头骨，鲜血和腐肉组织瞬间流过了它的下颌。随着一声沉重的哀嚎，那个腐烂的家伙终于倒在血泊中，不再动弹了。

克里斯可不想再跟这个倒下的怪物有更多纠缠，在试了几次还是无法打开门后，他只好小心地越过尸体，继续向走廊深处走去。他在不远处的左手边发现了另一道门，但那扇门也被锁上了。在这扇门的钥匙孔板上有一个小的图案，看起来像一把剑。他把这个线索记了下来，虽然思绪很混乱，但他仍然握紧手中的贝雷塔，继续向前。

走廊从这里出现了分支。在他的右手边有一扇门，不过他并没有理会它，而是想尽快找到能够绕回大厅的路线。队友们一定听到了刚才的枪声，虽然无法确定，但很有可能在这座庄园里还有很多和刚才他杀死的一样的怪物在四处游荡。如果真是这样的话，其他人也许此刻已经和那些怪物打得不可开交了。

在走廊尽头的左侧有一扇门，走廊正好从那里转弯了。克里斯匆匆向着那扇门走去，那个散发出腐臭味道的怪物——

丧尸，在现阶段只能这么称呼它——

让他恶心到想吐。随着离那扇门越来越近，他意识到空气中的气味变得越来越糟，每靠近一步，那股恶臭味就浓烈一些。

当他刚碰到门把手的时候，他清楚地听到柔和而渴望的呻吟声——在他右侧的阴影里，有东西在移动——而此时，他的手枪里只有两发子弹了。

要赶快找个安全的地方换弹夹。

克里斯猛地拉开门，抬脚就往里迈，而此时，在门里等着他的那个踉踉跄跄的怪物，也向他伸出了露出森森白骨的手，直冲他的喉咙袭来。

***

突然从远处传来三声枪响，过了几秒钟，又是两声，清脆的枪声回荡在房间里。

是克里斯！

“吉尔，你为什么不……”威斯克刚开始说话，就被巴瑞打断了。

“我跟她一起去。”巴瑞边说边跟吉尔一起向着东侧的那扇门跑去，他明白克里斯一定不会无缘无故地开枪，他一定是遇到了什么麻烦，他需要帮助。

威斯克随即温和地点了点头。“去吧，我就在这里等你们。”

巴瑞打开门冲了进去，吉尔紧跟其后。二人一同走进了宽敞华丽的餐厅。虽然宽度比不上刚才的大厅，但在纵深上感觉要比大厅还要长。路过那个在空气中满是灰尘的阴冷的房间中发出滴答声的大摆座钟，在屋子另一边出现了一扇门。

巴瑞握紧手中的手枪，慢慢靠近那扇门，面带紧张和焦虑。上帝啊！这次的作战行动真是一团糟！虽然特种战术救援组经常被派去执行不寻常的危险任务，但像今天这样完全失控的情况，从他加入特种战术救援组以来还是第一次遇到。约瑟夫死了，胆小鬼维克斯自己一个人驾驶飞机跑了，把我们留在这里任由那些地狱恶犬追赶，现在就连克里斯也遇到了麻烦。威斯克根本就不应该让他一个人行动。

吉尔率先跑到门口，她用那纤细的手指握住门把手的同时看了看巴瑞。巴瑞向她点了点头，她随即转动把手将门打开，紧接着一闪身向门的左边低位钻了进去。

巴瑞紧跟着走了进去，负责另一边的情况。两人将整个屋子检查完才发现，这个走廊里根本没有其他人。

“克里斯？”吉尔轻声喊道,但却没有任何回应。巴瑞皱起了眉头，闻了闻周围的空气，好像水果腐烂的味道。

“我去检查那边的门。”巴瑞说道。吉尔点了点头，同时转向左侧，警戒着巴瑞身体的后方。

巴瑞走向第一扇门时心里非常高兴，在这危险的时刻，有吉尔帮他警戒背后的情况真不错。吉尔刚来报到的时候，巴瑞还以为她是那种只会喋喋不休到处吹嘘的女人，但她正在用自己的实力证明她是一个聪明且有能力的战士，成为一个被阿尔法小队欢迎的人。

吉尔突然因为惊讶发出了尖锐的声音，巴瑞立刻转过身。走廊中腐臭的气味突然变得浓烈起来。

吉尔正从走廊尽头的开阔区域慢慢地向后退，而且好像用枪指着什么东西，不过由于她的阻挡，巴瑞还看不清对面到底有什么东西。

“站住！”吉尔的高声大喊中带着颤抖，充满了恐惧——

她突然开了枪，一发，两发，开火的同时身体还在朝着巴瑞的方向后退，呼吸也变得越来越急促。

“躲开，往左边靠！”吉尔闪身让开的同时，巴瑞举起手中的柯尔特。一个身材高大的男子进入巴瑞的视线，这个人像梦游一样伸着双手向他们走来，两只手不停地向前抓来抓去。

巴瑞看到这个怪物的脸后，没有丝毫犹豫，一颗九毫米直径的马格南子弹随即呼啸而出，直接打碎了对方的头盖骨。鲜血顺着怪物那奇怪而可怕的脸流了下来，将本来已经像白内障一样苍白的眼球染成了红色。

怪物向后倒了过去，四肢伸展着倒在吉尔的脚边。巴瑞赶忙跑到吉尔的身旁，被眼前的一幕惊呆了。

“这到底是什么鬼东西……”巴瑞刚想要说点什么，突然发现在前面走廊尽头的地毯上好像有什么东西躺在那儿。

霎时间，巴瑞以为看到的是克里斯——直到他发现防弹背心上面带着特种战术救援组布拉瓦小队的徽章时才改变想法。当他看清并认出这个人时，他马上就被另一种恐惧所震慑住了。此时这名布拉瓦小队的成员已经身首异处，他头颅就躺在距离身体不远处的血泊之中。

天哪，这是肯！

肯尼斯·苏利文，他是巴瑞至今为止所认识的为数不多的优秀的侦察员之一,是非常好的一个人。他的胸部有一个边缘参差不齐的伤口，而且一部分肉体已经被怪物吃掉，内脏器官从像血洞一样的伤口处散落一地。他的左手不见了，附近也没有武器——约瑟夫在森林中发现的那把手枪一定是肯的……

巴瑞转过头去，心里一阵恶心。肯是个稳重又正派的人，他做过一些化学方面的工作，他还有一个十几岁的儿子和他的前妻一起住在加利福尼亚。这时，巴瑞想到了自己的女儿莫伊拉和宝莉。想到这儿，他突然感到一阵无助的恐惧，他并不害怕死亡，但是想到自己的女儿如果在成长中没有父亲的陪伴……

吉尔蹲在支离破碎的尸体旁边，快速地在肯的战术腰包中摸索着什么。她面带歉意地抬头看向巴瑞，巴瑞却对她默默地点了点头。他们现在急需弹药，而肯已经不需要了。

吉尔翻出两个装满九毫米子弹的弹夹，随即放进身后的口袋中。巴瑞转过头，看着杀害肯的怪物，厌恶的表情中还带着一丝惊讶。

毫无疑问，眼前的这个怪物应该就是最近浣熊市恶性连环杀人案的凶手之一。这个怪物嘴边的血迹早已干涸，指甲上的鲜血已经结痂，它身上穿的破烂不堪的衬衫血渍斑驳。令人费解的是——这个怪物看起来应该死了很长时间。

巴瑞想起曾经有一次在厄瓜多尔执行秘密解救人质任务的情景。当时一些当地的农民被一群疯狂的反政府武装组织所挟持。在解救行动开始之前，有多名人质被他们杀害。当特种战术救援组成功完成解救人质的任务之后，巴瑞负责向其中一位幸存者询问被害者情况以及调查取证的工作。据幸存者回忆，当时共有四名农民被枪杀，这些遇害者的尸体被反政府武装组织遗弃在一间简陋的小木棚里。被发现时，这些尸体在南美炽热的太阳下烘烤了长达三周的时间，有些遇难者脸上的皮肤出现萎缩、龟裂的痕迹，部分开裂的肌肉从骨头上脱落。巴瑞至今都记得那些恐怖的脸，当他看向倒在地下的怪物时，他仿佛又看到了那些恐怖的面容，简直一模一样。

这里闻起来简直就像炎热夏天里的屠宰场，只是应该有人告诉这家伙，死了就不要乱走了。

他回头从吉尔的表情上看到了跟他一样的困惑，她的眼神中透露出同样的疑惑，但现在，他们一点儿头绪也没有。当务之急应该尽快找到克里斯，然后一起进行下一步的打算。

他们沿着走廊，将看到的三扇门全都查看了一遍。无论他们怎么转动门把手，使劲推门，都打不开。三扇门全都被牢牢地锁上了。

克里斯应该就在这其中的一扇门里，否则的话，他是不可能凭空消失的……

现在看来，除了破门而入外，没有其他的办法了。

“我们还是先回去，把这里发生的事情告诉威斯克比较好。”吉尔说道，巴瑞点点头表示同意。两人都明白，如果他们真的无意中闯入这些杀人犯的藏身之所的话，那么最好制订个周密的作战计划再行动。

于是两人转身跑回餐厅，相比充满血腥与腐臭气味的走廊，餐厅里那略微带些霉味的空气对他俩来说无异于是一种解脱。他们快速地穿过从餐厅通向中央大厅的门，巴瑞非常想知道队长是怎么看待这里发生的一切的，这简直……

巴瑞穿过通往大厅的门之后，一下子愣住了，就好像经历了一个并不可笑的恶作剧一样，因为他在环视宽敞的大厅后发现——

威斯克不见了。

1 resident evil

第六章

“威斯克！”巴瑞高声喊道，他那低沉的声音在整个空旷的大厅里回荡，“威斯克队长！”

巴瑞一边朝着大厅后面的一排拱形大理石柱跑去，一边回过头来对吉尔喊道：“别离开这里！”

吉尔向楼梯走去，她感到思维有些混乱。先是克里斯消失，现在队长又不见了。距离他们离开这里也不过只有五分钟的时间，而且队长说过会在这里等他们回来，他为什么会离开这里呢？她环顾四周，想看看是否能找到些线索，比如打斗的痕迹、使用过的弹壳、血迹等。可是，没有任何迹象能够显示这里发生了什么。

这时，楼梯的另一端出现了巴瑞的身影，他一边摇着头一边慢慢地向吉尔走来。吉尔紧咬着嘴唇，皱起了眉头。

“会不会是威斯克也遇到那些……怪物？”

巴瑞叹了口气，说道：“我觉得警署的支援应该还没有赶到这里，而且就算是到了，队长也不会就这么轻易地离开这间屋子。不过我觉得，他应该没有遇到什么麻烦，否则的话，我们至少也能听到枪声……”

“不一定，他可能遇到了伏击，被拖走了……”

两人一言不发地站在原地，思考着。吉尔此刻一想起刚才遇到的那具会行走的尸体，还是有些害怕。不过她已经坦然地接受了这样一个事实：浣熊市边缘的森林地带现在变成了不折不扣的丧尸地带。

*读过许多糟糕透顶的有关连环杀手的书籍，还很难接受吃人丧尸这种事吗？*从某些方面来说不难接受，无论是吃人的恶狗，还是神秘的庄园。毫无疑问，这些都是存在的事实，问题是为什么会这样？这座庄园与一连串的杀人案件之间到底有着怎样的联系？还有，这些丧尸的出现，仅仅是和它们出没在浣熊市森林区域一样想要占领这座庄园吗？

还有，贝琪和普里西拉她们两个最后看到的，就是那个家伙吗？

她赶紧控制住自己不去想这件事：现在想起那两个小女孩不太合时宜。

“那么，我们现在是应该在四周转转，还是留在这里等待？”吉尔终于开口问道。

“我想，我们还是四处看看吧。肯之前到过这里，布拉瓦小队的其他人应该也在这座大得足以让人迷路的庄园中的某个地方，还有克里斯……”

即使吉尔从他的眼中看出担忧，他仍然向她笑了笑。“别担心，克里斯与威斯克只是跟咱们走散了而已，会找到他们的。以他俩的身手来说，对付几个丧尸是绰绰有余的。”

巴瑞将手伸进防弹背心的口袋里，拿出一个用手绢包裹的东西，递给了吉尔。她在触碰到这个被薄薄的布料包裹着的金属物品的一瞬间便意识到了那是什么东西。

“这是上个月，你给我用来练习的工具。”他说，“我觉得，这种情况下，还是你能让它更好地发挥作用。”

吉尔点了点头。因为巴瑞一直都对吉尔之前的“职业”很感兴趣，所以她从曾经使用过的工具中挑选出几件撬锁工具给了巴瑞。现在这些东西刚好能派上用场。当她把这些细小的金属物品放进腰包时，不小心碰到里面一个坚硬的东西……

*那是从特兰特那里拿到的微型电脑！*由于一直处于紧张状态，她完全忘记了在更衣室里的奇特遭遇。吉尔想把这件事告诉巴瑞，嘴刚张开还没说话却又闭上了，因为她突然想起特兰特最后留给她的那句神秘的警告。

“我绝对不会把我们的谈话告诉任何人。”

真是的，她刚才差一点儿就告诉了克里斯……

克里斯现在到底在哪儿？还有特兰特所说的“可怕的后果”是不是已经发生了？

吉尔突然意识到现在面对的情况很糟糕，应该赶紧停止自己的胡思乱想。也许特兰特所说的事情与当下的困境没有任何关系，先不说她是否信任巴瑞，但她知道，她是不信任特兰特的。所以还是先继续隐瞒特兰特的事情吧，至少先看看微型电脑里的文件内容再说。

“我觉得咱俩还是分头行动比较好”，巴瑞说道，“我知道这比较危险，但我们需要扩大搜索范围。我们就以这个房间为中心，只要发现其他人，就马上回到这里会合。”

巴瑞摸着自己的胡子，用焦急的目光看着吉尔。“你同意吗，吉尔？或者我们也可以一起行动……”

“不，你说得对！”她说，“我来负责西边。”与警察不同的是，特种战术救援组的成员们在任何危险的情况下都可以独自完成任务。

巴瑞点了点头。“好的，我到刚才那个走廊里去，看看能不能把里面的某扇门打开。你要时刻保持警惕，并尽量节省弹药，而且……一定小心！”

“你也是！”

巴瑞咧嘴一笑，举起手中的柯尔特向她晃了晃：“放心，我不会有事的。”

两个人不再多说，各自转身开始行动。吉尔径直向西边刚才威斯克没能打开的那几扇门走去，而在她的身后，巴瑞快速地回到了餐厅。她听到餐厅大门打开又关上的声音，现在大厅里只剩下她独自一人了。

里面有什么都无所谓了。

她顺利地打开了那扇蓝色的大门，里面是一个小一些的昏暗的房间，但和大厅一样阴冷和寂静。整个房间都被涂成了蓝色，暗淡的灯光照着昏暗的墙壁上的画。在房间的正中央，矗立着一尊巨大的肩膀上扛着一个水瓮的女性雕像。

吉尔关上身后的大门，好让眼睛能尽快地适应黑暗的环境，她发现房间里还有另外两扇门。左侧的门虽然敞开着，但有一个衣柜被放在门口，挡住了去路，看起来威斯克不太可能走这条路……

于是吉尔走到右侧的那扇门前，转动把手想试着把门打开，但门被锁上了。吉尔叹了口气，伸手想从挎包里拿出撬锁工具，突然间她停下动作，因为她无意间碰到了那个微型电脑。

让我看看是什么东西让特兰特先生觉得如此重要……

吉尔拿出电脑，研究了一下，然后按下电源开关。一块棒球卡大小的屏幕随即闪烁了起来，在按下几个按钮之后，屏幕上开始滚动出现了几行小字。她看着这些资料，注意到那些都是当地报纸上的标题和日期。显然特兰特收集了报纸上所有与浣熊市连环凶杀案和人员失踪案相关的报道，其中还有关于特种战术救援组的新闻。

也没有什么最新的情报……吉尔想要快点儿跳过这些报道，她实在想不出这些报道对于案件的侦破能够起到什么关键作用。不过在这之后，屏幕上突然出现了一连串的名单。

威廉·柏肯　　史蒂夫·凯勒
迈克·迪斯　　约翰·豪
马丁·克拉克朗　　亨利·萨顿
艾伦·史密斯　　比尔·拉彼得森

吉尔不禁皱起眉头，除了比尔 · 拉彼得森，这个名单上的其他人她都没听说过。比尔会不会是那个在安布雷拉工作但已经失踪的克里斯的朋友？她无法确定，最好还是问问克里斯……

*如果还能找到他的话。*这简直是在浪费时间，现在要紧的是必须尽快找到特种战术救援组的其他队员。吉尔按下快进键，资料一下子跳到最后，屏幕显现出一张图，由一些细线条组成的结构图。图上有一些正方形和长方形，上面的交叉网格阴影内有一些更小的标记，这些标记与一些空着的格子相连。在图的下方还画有一条横线，特兰特在上面留下了一段谜一般的信息：

骑士密钥，虎之眼，
四枚徽章（通往新生命之门），
东之鹰，西之狼。

*嘿，多么具有启发性。那恰恰说明了一切，不是吗？*这张结构图很明显就是个地图，应该是某幢建筑的平面图。最大的一片区域处于地图的中央位置，略小一点儿的一块区域向它的左侧延伸……

吉尔突然感到自己的心跳开始加快。她盯着那块小屏幕，此刻她十分好奇特兰特是怎么知道的。

这张图显然就是这座庄园的一楼平面图，于是她再次按下跳转键，想看看接下来的二楼平面图是什么样的，看到的却是一张和一楼形状一样的地图。虽然没有其他地图了，不过这已经足够。

现在看来，没有任何疑问，斯宾塞家族的这座庄园就是浣熊市所有恐怖案件的源头……这也就意味着，所有问题的答案就隐藏在这座庄园里，等待着有人来揭开。

***

克里斯向对着他发出阵阵呻吟的丧尸连开两枪，子弹深深射进它早已腐烂的肉体，只见丧尸直直地倒向克里斯，瞬间一股恶臭扑面而来。

克里斯急忙奋力地把它从身体上推开，随即从喉咙里涌上来一股想要呕吐的冲动。他的双手及枪身上满是恶臭的黏液，而倒在地上的怪物，四肢还在抽搐。

克里斯向后退了几步，把手枪在防弹背心上蹭了蹭，为了防止自己忍不住吐出来，他赶忙做了几下深呼吸。他发现在走廊中徘徊的丧尸严重脱水,有的甚至干枯萎缩,但自己刚射杀的那个相对来说还算“新鲜”,如果这么形容恰当的话。因为,它的身体还在坏死、腐烂、流脓……

他强压着心中恶心的感觉，终于慢慢地控制了想要呕吐的冲动。他的胃其实并不虚弱，但这里的气味实在是令人作呕。

要赶快适应这种情况！很可能还有很多这样的怪物……

他现在身处的走廊全部是由深色的实木装饰的，灯光也十分昏暗。在刚才那个丧尸倒地之后，周围一下子变得异常安静，静得好像都能听到自己耳朵里血管中血液流动的声音。这些怪物究竟是什么东西，是什么原因让它们变成这样的？克里斯一边看着眼前的尸体，一边在心里思索着，而且它刚才喷到自己脸上的臭气还带着温度。无论它看起来像什么，都不是一具死而复生的尸体那么简单。

不过，他觉得这家伙无关紧要。从它的行为和意图看，它确实是一个丧尸。刚刚它拼命想咬到他，而它的创造者好像对它去危害浣熊市人民的行为很满意。现在最重要的就是回到队友的身边，然后大家一起想办法从这里逃出去，再寻找后援。目前他们还没有足够的火力能够控制住这里的局势。

克里斯将仍然还有黏液的手枪中的空弹夹取出，并迅速重新装好新弹夹。现在只剩下十五发子弹了，他的心中不由得感到有些紧张。虽然身上还带着把匕首，但是用一把匕首对付那些丧尸，实在不是什么好主意。

在他的左手边有一扇普通样式的大门，克里斯试着转动了一下门把手，门上锁了。他瞥了一眼钥匙孔板，发现上面刻着一个标记，看起来像一副铠甲。他回想起刚才看到的剑形标记。剑、铠甲……这里面一定存在着某种联系。

克里斯沿着宽敞的走廊继续前进，边竖着耳朵警觉着周围的动静，边用鼻子急促地呼吸着。由于他的双手以及防弹背心上都沾着恶臭的黏液，他几乎没办法通过气味分辨出周围是否仍然有丧尸存在。虽然如此，他还是尽量去分辨周围的空气，因为这是他能够防止丧尸突然接近的唯一办法。

前方的走廊向左转去，克里斯迅速来到拐角处后，举起手枪检查对面宽阔区域的情况。走廊中有根立柱挡住他的部分视线，他还是看到一个男人的背影刚刚从立柱旁经过。那个男子的两个肩膀明显下垂，衣服上也沾满了血迹。

克里斯迅速向右侧移动脚步，试着找到一个能看清对方的位置。那个丧尸在离他大约十二米远的地方，他可不想浪费这最后的十五发子弹。但丧尸听到他的皮靴踩在木地板上发出的声音后，慢慢地拖着脚步转过身。克里斯看着它缓慢的脚步，犹豫着要不要先发制人。

那家伙的身体看上去就像被包裹了一层薄薄的黏液，跌跌撞撞地向克里斯摸索着走来，它的皮肤反射着周围昏暗的灯光。它慢慢地抬起它的胳膊，惨白无发的脑袋在它瘦弱的脖子上摇来晃去。它就这样摇摆着向前走来。

克里斯向左后方退了一步，于是丧尸也急切地跟着他改变方向，脚步很缓慢，却一点点缩短着它和克里斯之间的距离。

看来这家伙跟电影里演的一样：虽然很危险，但智商却不高。想要逃跑的话应该也很简单……

现在要节省弹药，留着应急用。在走廊的尽头就是楼梯，克里斯深深地吸了口气，做好准备。他又向后退了退，尽量给自己留出一些冲刺的空间——

就在这时，他突然听到背后响起一声丧尸发出的呻吟声，紧接着一阵强烈的恶臭向他袭来。他急忙转身，虽然还没看清，但他已经知道发生了什么事情。

一个身体完全腐烂的丧尸就在距离他一米多的地方，向他够过来。丧尸体内的部分内脏正在慢慢从它那腐烂的腹部流出来，他很快发现这就是他刚才遇到的那个丧尸，自己竟然没能杀死它！自己的愚蠢差点让自己丧命！

啊，该死！

克里斯立刻全力向楼梯冲刺，一边在心里责备着自己，一边躲避着两个丧尸。就在他跑过走廊中间的支柱，眼看就要抵达楼梯的时候——

他硬生生地停住了，因为楼梯上有个家伙在等着他。他抬眼一瞥，发现楼梯上站着一个衣衫褴褛的丧尸，正慢慢地转过身。克里斯连忙举起枪瞄准眼前这个摇摇晃晃向他急切而来的丧尸。

就在他举枪的同时，楼梯后的阴影里也传出低沉的呻吟声和脚步擦着木地板的声音：又一个丧尸。他被包围了，他根本没法一下子解决这么多的丧尸——

门！

他突然发现，原来楼梯侧边的对面还有一扇门，黑色的大门和阴影完美地融合在一起，他差点儿就没看出来。克里斯立刻向黑色的木门冲去，在抓住门把手的同时，他在心里默默地祈祷着这扇门千万要打开，因为怪物将他团团围住，而且近在咫尺了。

如果门被上了锁的话，他就死定了。

***

瑞贝卡·查姆博斯感觉到，从她出生到现在的十八年中，她从来没经历过像今晚这样可怕的事情。此刻，她仿佛度日如年一样，一边听着门外那群腐烂的丧尸走动的声音，一边拼命地思索着如何化解目前所处的困境，而且随着时间的流逝，她心中的恐惧也在不断加剧。她先是在跑向庄园的路上弄丢了自己的手枪，然后又被困在这个连门锁都坏了的房间里。虽然她在这个小小的储藏室里发现了各式各样的化学用品，还有成堆的文件，可是除了半罐杀虫剂以外，她没找到任何一件可以用来防身的东西。

她紧紧地握住那罐杀虫剂，胆战心惊地站在门的后面。她盘算着，如果丧尸弄明白如何打开房门并冲进来的话，她就先将杀虫剂喷到它们的眼睛上，然后寻找机会，马上逃跑。

这事让他们知道一定会取笑我，自己此刻竟然在设想利用一瓶杀虫剂突出重围……

她先是听到附近传来几声枪响，但是随后四周再次恢复了平静。她希望开枪的是小队其他的幸存者，但随着时间一分一秒过去，她的希望也在慢慢消失。突然，她的脑子里冒出一个可怕的想法：如果她是目前整座庄园中唯一的幸存者怎么办？正当她为突如其来的想法感到害怕时，门一下子被猛地撞开了，一个喘着粗气的家伙闯了进来。

瑞贝卡没有丝毫犹豫，猛冲过去的同时按下杀虫剂的喷雾按钮，喷了对方一脸的化学雾气，然后准备利用这个机会逃走……

“啊！”那家伙大喊一声，踉跄着向后退去，无意中把门撞上了，并且一边捂着眼睛一边剧烈地咳嗽着。

她马上注意到，这并不是丧尸，而是一名阿尔法小队的队员。

*“哦，不！”*瑞贝卡赶快去拿身边的医药箱。虽然感到有些尴尬，但她还是很欣慰自己遇到了特种战术救援组的队友。

她急忙从医药箱中翻出一卷干净的纱布和一小瓶清水，然后向他走去。“闭上眼睛，不要用手揉。”

这名阿尔法小队的成员立刻放下了双手，露出发红的脸庞，瑞贝卡一下子便认出了他。这个人正是克里斯·雷德菲尔德，特种战术救援组中最具魅力的人，而且还是她的长官。她突然很庆幸克里斯现在看不到任何东西，要不然他一定会发现她那窘得通红的脸颊。

细心点儿，瑞贝卡。至少从现在开始给他留个好印象。你丢了佩枪、迷了路，甚至还差点儿导致队友失明，可不能再出岔子了……

她引导着克里斯坐到房间角落里的一张床上，然后慢慢地帮他做眼部清理。

“把头抬起来，我用清水帮你清洗，这可能会有点儿疼，所以你得忍着点儿！”她在轻轻擦拭着克里斯双眼的同时，心里也慢慢松了口气，她十分庆幸刚才手上拿的是杀虫剂而不是枪。

“你用的什么武器？”他一边快速眨着眼睛，一边问道。眼泪和清水混合在一起顺着脸颊流了下来，好在眼球并没有受到严重的伤害。

“呃，是杀虫剂！虽然标签被撕掉了，不过主要成分应是苄氯菊酯。它对眼睛和皮肤具有一定的刺激性，不过效果并不会持续很长时间。我把自己的佩枪弄丢了，当你进来的时候，我还以为是外面的一只怪物冲进来了，我也知道它们应该还不知道怎么打开门，所以应该不会……”

她意识到自己说得有些多了，于是赶紧闭上了嘴。在清理完克里斯眼睛周围的杀虫剂后，她稍稍向后退了几步。克里斯自己擦了擦脸，用充血的眼睛凝视着她。

“你是瑞贝卡……查姆博斯，对吧？”

瑞贝卡不好意思地点了点头，说道：“是的，就是我。我真的很抱歉。”

“没关系。”他笑着说道，“不过，这还真是个不错的武器。”

他站起身，皱着眉头向这间狭小房间的四周看了看。屋子里的东西不多：一个敞开的堆满文件的文件柜，一个放满各种没有贴着标签的化学药品的药剂架，还有一张办公桌和一张小床。看样子瑞贝卡为了找些能临时派上用场的“武器”，把这间屋子整个都翻了一遍。

“你们小队的其他人呢？”克里斯问道。

瑞贝卡摇了摇头。“我不知道。直升机发生故障之后，我们就采取了紧急迫降。后来我们突然遭到一群狗一样的怪物的袭击，然后我就听到恩里克大声叫着让我们快跑。”

瑞贝卡耸了耸肩，那样子看起来就像个只有十二岁的小女孩。“我在森林里到处乱跑，误打误撞地跑到这座庄园的前门那里，我跑到这里时大门就打开了，应该是有小队的其他人在我之前就到这儿了……”

她说话的声音越来越小，并且她也一直没敢直视克里斯的眼睛。不过克里斯已能够从她的话中想象出接下来瑞贝卡将要讲述的基本内容：先是丢了武器，然后像个迷路的孩子一样躲在这里，总之这次行动她的表现实在是太糟了。

“喂，”克里斯轻声地说，“我觉得你没什么做错的地方。你是得到恩里克的命令才跑的，所以，你只不过是在服从命令而已，没必要因此而自责。另外，那些怪物，还有丧尸……它们到处都是。我也迷路了，而且不知道阿尔法小队的其他人在哪里。所以，总的来说，你做得很好了。”

就在这时，从门外传来丧尸低沉的哀嚎声。克里斯马上停止了谈话，表情严峻地盯着房门。

过了一会儿，瑞贝卡颤抖着说道：“那么，我们现在该怎么办？”

“我们先去找其他人，然后想办法从这里逃走。”克里斯叹了口气，看着他自己的武器，“只是，现在不光是你没有枪的问题，我也快没子弹了……”

瑞贝卡眼前一亮，马上将手伸进腰包，随即掏出两个装填好的弹夹，递给克里斯，能给克里斯提供帮助让她心里感到非常高兴。

“哦！我还在桌子上发现这个东西。”说着，瑞贝卡递过来一枚上面刻有剑形图案的钥匙。虽然她并不清楚这把钥匙到底是干什么用的，但是她感觉这东西应该能派上用场。克里斯接过钥匙盯着看了一会儿，然后就把它塞进了口袋。接着，他起身向那个敞开的文件柜走去，一边低头翻阅着那些文件一边皱着眉头问道。

“你是学习生物化学专业的吧，这里的文件你看过了吗？”

瑞贝卡来到克里斯身旁，摇了摇头。“没看过，刚才我一直全神贯注地盯着门口。”

克里斯拿起一份文件递到了瑞贝卡的手上。她快速地浏览了一遍，发现那是一份关于神经递质的清单以及一些数据指标。

“大脑方面的化学研究。”瑞贝卡自言自语地说道，“可是这些数据与正常值偏差也太大了。5–羟色胺与去甲肾上腺素太低了……而且，看这里，多巴胺完全超出了正常范围，这简直就是一个标准的精神分裂患者……”

她发现克里斯注视着她的眼神里充满了疑惑，于是朝他微微笑了笑。虽然她只是一名刚满十八岁的大学生，但她掌握很多生化方面的知识。也正因此特种战术救援组才会在她一毕业就录用她，还承诺为她组建一支专业的研究团队，会给她提供一间专用的实验室，专门供她进行分子生物学研究，那是她真正想做的。当然，瑞贝卡也以优异的成绩完成了基础的实战训练，所以其他人对这位天才的加入从没提出哪怕一丁点儿的不同意见。

这时房门响起了轻轻的敲打声，听到声音的同时瑞贝卡脸上的笑容立刻消失得无影无踪。如果想得到实战经验，现在正是好机会。

克里斯把刻有剑形图案的钥匙从口袋里拿出来，非常严肃地看着瑞贝卡说道：“我在来的路上看到有扇门的钥匙孔板上刻着同样的图案，我想去那边试试这钥匙管不管用，看看我们是否能通过那扇门回到大厅。在我出去的这段时间，我想让你继续待在这里，仔细检查这里的文件，我觉得从这些文件中应该能找到一些对我们有用的线索。”

克里斯从瑞贝卡的脸上看出她有些担心，于是他冲她微微地笑了笑，用略带安慰的语气说道：“谢谢你刚才帮我补充了弹药。别担心，我很快就会回来的。”

听到克里斯的计划后，瑞贝卡心里感到有些害怕，但是她明白，让克里斯知道她在害怕不会对他要做的事情有任何帮助，甚至可能还会让他分心。所以她为了尽量让自己显得放松一些，奋力地点了点头。

克里斯走到门口，转身对她说：“警署的增援应该很快就会到了，如果我没有回来的话，不要出去找我，就在这里等着他们。”

他一手举起枪，另一只手抓住门把手。“做好准备，等我一冲进走廊，你就马上把那个文件柜搬过来堵在门口。等我回来的时候，我会喊你的。”

瑞贝卡朝他点头答应的同时，尽力在脸上挤出一个微笑的表情。克里斯小心地打开门,查看了下左右两边的情况,然后迅速地走了出去。瑞贝卡急忙将门关好,并将身体靠在门板上,仔细地倾听着屋外的动静。有那么几秒钟的时间外面非常安静，之后她听到不远处传来五六声枪响，紧接着又恢复了平静。

瑞贝卡足足用了几分钟的时间，才将巨大的文件柜推到门边，她只用柜子堵住门板有合页的那一侧，给门留出一半的空间。这样不但能挡住大门，而且等克里斯回来的时候她就能轻易地把文件柜推开。为了让自己的判断力不被现在的心情所影响，她并没有直接去翻阅文件，而是跪在柜子的旁边，先平复了一下自己的心情。

在做了几个深呼吸后，瑞贝卡才拿起一摞文件，仔细地阅读起来。

1 resident evil

第七章

门上的锁对她来说简直就是小菜一碟，锁芯里只有三个简单排列的转向齿轮，吉尔甚至用两三个曲别针就可以轻松把它打开。根据地图上的显示，门后应该是一条长长的走廊……

果然是这样，她又看了看微型电脑的屏幕，随即一边在心里想着下一步的计划一边将它放回挎包。根据屏幕显示的情况来看，在穿过眼前这条走廊以及经过几个房间之后，就会进入一扇通往外面的后门。她可以在这条路上看看是否能找到威斯克或其他队友，没准还能顺便找到安全出去的路。想到这里，吉尔举着贝雷塔手枪，走进了狭窄的走廊。

这条走廊显得有些古怪。它的陈设不像前面的大厅那么富丽堂皇，地上的地毯和墙上贴的壁纸都是普通的棕褐色，走廊一侧宽大的玻璃窗外一片漆黑，另一侧摆放着三个陈列柜。

每个陈列柜上都设有一个小小的射灯，陈列柜上成排摆放着各种各样的经过漂白处理的人类骨头，在这些骨头之间零星摆放着一些叫不出名字的物品。吉尔向前走去，在每个陈列柜前都稍作停留，想要仔细地观察一下那些奇怪的东西。头盖骨、腕骨、腿骨、手骨，还有脚骨，看上去，这里应该至少有三具完整的骸骨。而散布在这些骨头周围的，则都是些羽毛、黏土以及皱巴巴的皮革一类的东西……

吉尔刚拿起其中一块细长皮革想仔细看看，却又迅速地把它放回了原处，然后急忙把手在裤子上蹭了蹭。虽然她不能确定，但是感觉那些皮革就像经过处理的人皮，僵硬而油腻……

哐啷！

她背后那扇窗户上的玻璃突然被打破，一个强劲的身影轻盈地跳进走廊，并且大声咆哮着。显然，这是刚才在外面碰到的那群变异猎犬中的一条。它向吉尔瞪着和它皮肤滴下的血液一样通红的眼睛，张开嘴露出它那像刚才被它打破并掉落的玻璃一样明亮和尖锐的牙齿。

吉尔退到两个陈列柜的中间，抬手便是一枪，但可惜的是这发子弹打偏了，直直地射进猎犬跟前的地板里。猎犬在发出一声愤怒的吼叫声后，朝着吉尔扑了过来。

猎犬的身体直接撞上吉尔的大腿，将痛苦的她撞在身后的墙上，随即它张开嘴,想用那锋利的牙齿撕咬吉尔的身体。在它张嘴的同时，一股腐臭的味道向她袭来。她来不及犹豫马上向猎犬连开数枪，在开枪的同时，她不由自主地发出了恐惧与厌恶的尖叫声，那声音甚至盖过怪物在临死前发出的惨叫声。

五颗子弹直接射进这条疯狗的胸膛后，才终于将它打死。它在发出一声如同小狗般的呜咽后，倒在地上，浑浊的鲜血立刻从伤口流到了黄褐色的地毯上。

虽然变异猎犬倒在地上，但吉尔不敢有丝毫放松，仍用枪口指着它，全身发抖地大口喘着粗气。猎犬的四肢猛地颤抖起来，巨大的爪子在地毯上留下一道满是鲜血的抓痕之后，便一动不动了。吉尔意识到，这只是怪物在死亡之前身体神经所做出的正常反应后，终于松了口气。虽然刚才猎犬的攻击给她身上留下了些许的瘀青，不过总算把它干掉了。

她简单拢了拢垂在眼前的头发之后，蹲下身体，准备近距离仔细观察一下眼前这个浑身长满奇怪的肌肉组织，并且有着巨大下颚的怪物。刚才在森林里遇到这怪物时光线实在太暗了，后来又一直拼命地向着庄园逃跑，所以一直没有机会好好观察一下这种杀害了约瑟夫的怪物。借助走廊中的灯光，吉尔终于看清这怪物的样子。不过还是跟她最初的感觉一样，这看起来就像……就像一条被剥了皮的狗。

她随即站起身来，向后退了几步，同时眼睛一刻不停地警惕着走廊对面的一排玻璃窗。显然，这条走廊对于来自外界的危险根本就没有任何防御能力。她看到走廊在前面不远处朝着左侧转去，于是她匆匆向前跑去，在跑动的同时她看到更多用来装饰走廊的可怕的陈设。

走廊尽头的大门敞开着，门后是另一条长长的走廊。这条走廊的两侧都贴着灰绿色的壁纸，还零星点缀着一些装饰用的风景画，虽然灯光要比刚才那条走廊暗很多，但至少没有摆放着骨头或是其他让人毛骨悚然的装饰品。

她检查后发现右手边第一道门被锁上了，而且在钥匙孔板上刻着一个铠甲的图案。这时她突然想起微型电脑里的文章好像提到过“骑士密钥”，不过，她决定现在还是先不要为这个伤脑筋。根据特兰特的地图显示，这扇门后只是一个普通的房间，而且房间里并没有出口通向其他的地方。另外，如果威斯克来过这里的话，她猜想他不会离开时还把门锁上。

对啊，就连克里斯都无缘无故地消失了，所以在这庄园里任何事情都有可能发生。

她试着打开隔壁的一个小房间，她发现这是一间复古风格的小浴室，天花板上装着老式的吊扇，房间摆放的也是那种老式的四脚浴盆。不过从散落在地上的灰尘来看，这间屋子应该有很长时间没有人来过了。

吉尔静静地在这个小房间里站了一会儿，深吸了一口气，以便稳定一下刚才在走廊里与怪物搏斗时体内涌出的肾上腺素对自己的影响。在成长过程中，她学会了如何享受刺激和冒险，以及如何在危险的情况下，利用有限的工具和自己的智慧尽可能地保护自己的生命安全。不过自从加入特种战术救援组之后，年轻的激情逐渐退去，取而代之的是现实的救援工作和冰冷的手枪。刚刚发生的恐怖经历让这种感觉在吉尔的心中再次苏醒过来，让她始料未及，但也并非不愿如此。她不能欺骗自己，在屡次直面死亡，且化险为夷的时候，她都会感到一种简单的快乐。她感觉……自己刚刚经历了这一切还活着，*实在是太妙了。*

现在可没时间来庆祝，她在内心讽刺自己，你别忘了所有特种战术救援组的队员此刻都被困在这个鬼地方。

吉尔转身重新回到寂静的走廊，在转过前方的拐角时心里又开始担心起来，她想知道巴瑞现在是否找到克里斯，也许他们遇到了布拉瓦小队的成员。她觉得目前唯一有利的就是自己手中的地图，所以她决定，如果一旦找到逃离这里的方法，马上就回到大厅去等待巴瑞。然后他们就可以按照特兰特电脑里的信息，对这座庄园进行快速彻底的搜索。

她来到这条走廊的尽头后，发现左右两边各有一扇门。吉尔决定打开右侧的那扇门试试，她轻轻地转动门把手，门随之打开了。

吉尔发现这是条黑暗的走廊，在离她大约三米远的一扇门旁边，一个动作迟缓的人影进入她的视线。吉尔随即举起手枪，丧尸也注意到她，慢慢地向她走来，同时从那满是腐肉的嘴里发出着阵阵饥渴的声音。吉尔看到丧尸的一只手臂软绵绵地垂下来，它的肩部露出参差不齐的骨头，不过它下垂的手臂下的拳头仍然紧握着，而另一只手臂则向前伸出，向吉尔抓来。

头，瞄准它的头……

枪声在寒冷的夜里显得尤为响亮。第一颗子弹稍有些偏，只是击中了丧尸的左耳，不过好在第二颗与第三颗子弹直接击中那家伙的脑袋，正好在它苍白的眉毛上面一点儿连开两个洞，发黑的血液直接从伤口流淌到它那好似没有皮肤的脸上。丧尸先是膝盖着地，然后平躺在地上，毫无生气的眼睛滚到了头骨里面。

她正打算向前走动，突然发现在大厅右侧的阴影里好像也有个人影在慢慢地移动。吉尔的全身都紧张起来，她立刻将枪口对准那片阴影，等着它再靠近一些。

到底这里还有多少这样的怪物啊？

丧尸刚刚离开角落从阴影里现身，吉尔便扣动了扳机。贝雷塔在她满是汗水的手心里微微颤抖着，子弹直接击中丧尸的右眼，它立刻向后倒在了光滑的黑色木质地板上，那黏黏的炸开的眼球溅得它满脸都是。

吉尔站在原地观察着，除了血液不断地从两具丧尸的身体向外慢慢流出，再没有其他动静了。为了尽量避免闻到充满恶臭的空气，她只能用嘴呼吸,并急忙向走廊的深处走去。通过一条很短的通道后，她在房间尽头的一扇生锈的金属大门前停下了脚步。

大门在她的推动下吱吱嘎嘎地打开了，随即一股新鲜的空气从门外吹了进来，将屋内浑浊的空气一扫而光。同时，夜空下传来青蛙和蟋蟀的叫声。她在听到这些声音后会心一笑，感觉终于抵达了探险旅程的最后一步。虽然现在还没有完全摆脱危险，但是能重新听到森林里的声音，闻到新鲜的空气就让她很满足了。

看来这是一条安全通道，顺着它走应该就能离开这个地方。我们可以一路向北，那里有一条专门用来运送木材的公路，沿着它走应该可以到达警方的检查站……

她踏上一条青石镶嵌的小路，小路的两侧被混凝土砌成的砖墙包裹着，通道天花板上每隔一小段距离就设有一个很小的通风口，带着森林气息的空气就是从那里吹进来的。常春藤从上面的拱形开阔区域垂下,提醒她外面的世界近在咫尺。她匆匆地通过昏暗的小路，想起地图上标示过，在这条路的尽头右手边有个房间，那里好像是个仓库……

吉尔转过拐角后，一扇笨重的金属门挡住她的去路。正当她下意识地将手伸向门把手准备开锁时，她脸上的笑容突然消失了——锁孔被某种东西堵住了。她蹲下来轻轻拨动钥匙孔，但是没有任何作用。看来应该是有人往里面灌进了环氧树脂之类的东西。

她发现在门左侧的墙上有一块由纯铜制成的面板，面板上设置了四个六角形的凹槽，它们每个都有拳头大小，而且每个凹槽之间都有线路相连。吉尔在凹槽处仔细看了看,发现下面还刻着一些文字。光线实在是太暗了，她真希望有个手电能帮她稍微照点儿亮光。在将覆盖在上面的灰尘擦拭掉之后，她再次试着看清楚上面的文字。

当太阳……从西方落下，一轮明月从东方升起，
夜晚的星光在空中闪烁……风吹大地之时，
生命之门将重新开启。

吉尔眨了眨眼睛。四个凹槽——

特兰特所给的线索！里面曾经提到过四枚徽章，说它们是重启生命之门的关键——这么说，这些就是打开这扇门的钥匙。只要将四枚徽章放在这里，这扇门就会打开……

这就意味着，必须找到那些徽章才行。

吉尔愤怒地用力推了推门，刚刚好不容易才升起的一点希望瞬间就完全破灭了。除非能找到其他的出口，否则的话就一定要找到那些徽章……看来还要在这庄园里待上一段时间。

这时从门外突然传来一声哀嚎，立刻就招来庄园周围那些变异

猎犬的积极回应，这些奇怪的声音混合在一起打破了森林中的寂静。听到这些声音后吉尔突然想到，在外面，也许还有几十头变异猎犬在等着他们，看来从后门逃到外面去好像并不是一个好主意。不过她手头的弹药不多了，要应付那些在庄园里四处游荡并且饥肠辘辘的丧尸还真不是一件容易的事。可一定要小心，别成了它们可口的饭菜……

她深深地叹了口气，又向来路走了回去。由于之前对丧尸恶臭的恐惧，她尝试着做好面对各种潜伏在阴暗角落里的危险的准备。

显然，此时的特种战术救援组陷入了进退两难的困境。

***

克里斯非常明白现在一定要节省弹药，所以在离开瑞贝卡藏身的房间之后，便全力在走廊中奔跑，他的皮靴连续不断地敲打在木地板上。

他跑出来时那三个丧尸仍然在楼梯附近徘徊着。他轻松地从它们之间穿过，并迅速冲到走廊的拐角处。刚跑到通往下一条走廊的门口，他就马上转身，做出一个标准的射击姿势：一手举起枪，一手握紧拿枪的手腕以确保平稳，食指轻轻地搭在扳机上，随时准备射击。

丧尸发出阵阵呻吟，一个接着一个摇摇晃晃地转过拐角。克里斯调整呼吸，认真地瞄准……

他连续扣动扳机，两发子弹呼啸而出，直接射入第一个丧尸的鼻梁。没有任何停顿，第三发子弹也随即命中下一个丧尸的额头，黑色的血液和一些类似脑浆的液体随着子弹一起一下子喷洒在后面的木质墙上。

就在他瞄准第三个丧尸准备射击时，却发现那个丧尸也跟前两个一起应声倒在地板上，似乎是子弹在穿过前面的丧尸后又正好击中最后一个丧尸的眉骨，它那瘦得像皮包骨一样的身体就这样倒下去了。

克里斯放低枪口，突然有种自豪的感觉。他在射击这方面很有天赋，甚至还拿到过许多射击比赛的冠军。如果有足够的时间进行瞄准，他可以干得更漂亮。不过快速射击方面他不是很在行，那是巴瑞的强项……

他伸手抓住门把手，心中对目前危险处境的担忧驱使他投入战斗。阿尔法小队的队友们应该能够照顾好自己，毕竟他们都有那样的实力。但是，瑞贝卡是第一次参加任务，而且她现在连枪都没有，所以一定要想办法带她从这里逃出去。

克里斯再次回到贴着绿色壁纸的昏暗走廊，他迅速查看了周围的情况，只有走廊正前方漆黑一片，无法判断是否安全。

右手边就是那扇钥匙孔板上刻有剑形图案的大门。这里正好是他第一次射杀丧尸的地方。看到那个丧尸仍然一动不动地呈“大”字形躺在那里，完全没有移动过的迹象，克里斯感到些许的放松，这至少可以证明射击头部是干掉它们的最好方法。这简直就跟电影里演的一模一样……

克里斯一边慢慢地靠近那扇刻有剑形图案的大门，一边举起枪来回查看两边的情况：这一天他经历的麻烦实在是太多了，所以现在做什么事情都要确保安全再行动。他先检查了门对面的一条小路，觉得没有问题后，回身迅速将钥匙插进锁孔。

门很顺利地被打开了。里面是一间很小的卧室，房间角落的桌子上放着一盏打开的台灯，所以光线比走廊里要稍微明亮一些。表面上看房间里应该没有任何危险的东西，不过在床下面或者衣柜里也许会存在着危险也说不定……

想到这里克里斯打了个寒战，回身将门关好。这好像每个小朋友成长过程中最先感觉到的恐惧，他小时候也一样——怪物藏在壁橱里，或者是床底下，等着哪个粗心的孩子靠近时，突然抓住他的脚……

你现在可不小了!

克里斯试着让自己放松下来，为自己刚才丰富的想象力感到有些不好意思。他在房间里慢慢地转了一圈，想看看是否有一些有用的东西。除了进来时的那扇门外，这房间里并没有其他的出口，也就是说通过这个房间回到大厅的想法是行不通了，不过或许能在这里找到一件可以使用的武器，至少不用让瑞贝卡再继续拿着杀虫剂到处乱跑。

在橡木制成的圆桌和书架旁，还有一张凌乱的单人床和一张小书桌，房间里只有这简单的几样家具。克里斯快速翻了翻摆在书架上的那些书，随后来到床尾的书桌前。在台灯下面放着一个薄薄的记事本，布制封面上没有文字：看样子是一本日记。虽然桌子上积满厚厚的灰尘，但是这日记本却一尘不染，看样子是有人最近才把它放在这里的。

出于好奇，克里斯将日记拿了起来，并翻到最后几页。他觉得也许能从里面找到一些这里变成地狱的原因。克里斯一屁股坐在床上，开始翻看起手中的日记。

1998 年 5 月 9 日

今晚我和保安部门的斯科特、艾利亚斯，还有研究员史蒂夫一起玩扑克。结果史蒂夫大获全胜，我觉得他一定是作弊了，这个卑鄙小人。

看到这儿克里斯笑了笑，不过当他读到第二天的内容之后，脸上的笑容立刻就僵住了，甚至让他吃惊得连心脏都差点儿停止跳动。

1998 年 5 月 10 日

一位上级领导分配我负责照顾一个新的实验动物，那东西看起来就像一只被剥了皮的黑猩猩。饲养指示给它吃活的动物。在我往笼子里放了一头猪后，怪物好像在和它玩耍……不过后来它突然抓住猪的腿，将它的内脏掏出来之后，才开始真正进食。

实验？难道这本日记的主人正在研究那些丧尸？很明显，这本日记的主人在这里从事研究方面的工作，也就是说这座庄园里的秘密要比克里斯想象的要大得多。克里斯非常庆幸自己能够发现这本日记，于是他继续读下去。

1998 年 5 月 11 日

今天早上，确切地说是凌晨五点钟左右，我就被斯科特叫起来了。那个家伙穿着一身厚重的保护服，看起来就像个宇航员，把我吓了一跳。他递给我一件一模一样的衣服，并且让我马上穿好，说是地下实验室发生了事故。我早就想到会发生这种事情，搞研究的那些家伙好像都是工作狂，从来都没有看到他们休息，即使在晚上也依旧工作。

1998 年 5 月 12 日

从昨天开始就一直穿着这身臃肿的太空服，也许因为不透气，我感觉我的皮肤变得很差，而且很痒，好像一碰就要掉下来。那群该死的狗一直在好奇地看着我，所以我决定今天不喂它们。管它呢。

1998 年 5 月 13 日

今天我去了趟医务室，因为在我的后背上肿起一个奇痒无比的大包。他们给我身上缠了厚厚的绷带，而且告诉我不用再继续穿那件笨重的太空服了。我现在最想做的就是好好地睡上一觉。

1998年5月14日

今天早上，我的腿上又出现一个肿块。我就这样拖着一条受伤的腿去照顾那些该死的狗。奇怪的是，今天它们一整天都很安静。不一会儿我就意识到了，那是因为有好几只狗从笼子里跑了出去。如果这事被其他人发现的话，我一定会被炒鱿鱼的。

1998年5月15日

今天一整天我的心情都糟透了。本来我打算去和南希见面的，可是正当我准备离开庄园时，警卫拦住我。他说公司刚刚下达命令，禁止任何人离开这里，甚至连电话都不让打——所有的电话都被拆除了，这里到底是出了什么事？

1998年5月16日

据说，昨天晚上有一个研究员在试图从这里逃出去时被枪杀了。我的全身又热又痒，而且整天出汗。我抓破了手臂上的脓疱，一块腐烂的肉掉了下来。直到我感觉这种气味会让我感到很饿，才意识到我可能是得了一种很严重的怪病。

字迹逐渐变得潦草起来。克里斯翻开另一页，最后的几行歪歪扭扭的字几乎看不出到底写了些什么。

5月19日

烧终于退了，但还是觉得很痒。实在是太饿了，我吃了些狗粮。好痒……好痒……后来我看到斯科特，看到那张丑陋的脸很恶心，于是就杀了他。还挺好吃。

很痒，很好吃。

再往后都是空白的页面了。

克里斯合上日记站起身，他将日记塞进防弹背心，在脑子里试着把所有的线索都汇总到一起，已经有一些眉目了——看来应该是有人躲在这座神秘的庄园里进行着一项秘密的研究，由于某种意外，发生了病毒泄露或是感染事故，把这里的工作人员都变成了吃人的丧尸……

而且它们中的一部分逃了出去。

从5月末陆续在浣熊市发生的连环杀人与袭击事件，与日记本里记载的这场“事故”的时间完全一致。可是，这里到底进行着怎样的研究呢？而安布雷拉又参与了多少呢？

还有比尔，他又是如何参与其中的呢？

他不想再顺着这个想下去，即使他强迫自己不再这么想，另一个可怕的想法又突然占据了他的脑海——这个病毒要是还有传染性怎么办？

克里斯急忙走向门口，想尽快将这些信息告诉瑞贝卡，也许能够通过她所具备的专业知识，彻底查明这庄园里到底进行着什么样的研究。

想到这儿，克里斯猛地咽了口唾液，他突然想到，也许现在，自己和特种战术救援组的所有成员都被病毒感染了。

1 resident evil

第八章

威斯克蹲在中央大厅的阳台上，一边看着吉尔和巴瑞奔向不同的方向展开行动，一边思考着下一步的计划。他知道现在时间很重要，但他还是想在采取行动之前，先勾勒出几个可能出现的情况。他犯了一个错误，绝对不能再犯第二个错误。阿尔法小队是个很优秀的团队，绝对不会给他留出再犯错的余地。

威斯克在几天前就接到了命令，他没想到这么快就要展开真正的行动。虽然布拉瓦小队直升机的坠毁，以及胆小鬼布拉德·维克斯突然驾驶直升机逃跑都是偶然发生的事件，他本应该做好事前的一切准备工作的。现在竟然让自己陷入这种困境中，这……*实在是太丢人了。*

他叹了口气，尽量克制住自己的这些想法，以后有的是时间去自责。虽然他从没想过事情会发展到这种程度，但现在已经发生了，当务之急是先把眼前的事情处理好，还有很多事情等着他去做。

威斯克对整座庄园的构造和内部实验室的情况了如指掌。但是在这之前，他只真正进入里面几次而已，而且那还是他正式调到浣熊市任职之前的事。这座庄园就像一个巨大的迷宫，是一位天才建筑师设计的，据说报价不菲。毫无疑问，斯宾塞的脑袋也有些不正常，他把这幢房子布满了机关，就像20世纪60年代所流行的那些愚蠢的间谍电影中的设计一样……

这些间谍机关会给这次的任务带来很大的麻烦。那个疯子设计的神秘钥匙、秘密通道——这些东西让我感觉自己好像被困在一部惊悚的间谍电影中，包括那些疯狂的科学家和滴答作响的大钟……

他原本的计划是，先将阿尔法和布拉瓦两个小队一起部署到这个地方，对这里进行彻底的搜查，然后他就可以前往地下实验室解决公司的事情。当然，他拥有庄园的主钥匙和密码，小队的成员按照他的命令行动，庄园里的大部分房门都能打开。问题是，没有通往后面花园的大门钥匙，因为那是一个密码锁——这是目前唯一能够安全进入实验室的方法，除此之外就只能从外面穿过森林进入那里。

那样行不通。我还没走出去几步，外面的变异猎犬就会把我撕碎的，而且要是“121号”实验怪物也被放出来了的话……

威斯克突然浑身一震，回想起那次事故。大约一年前，一位新来的安全员无意中靠近一个关着那家伙的笼子，他甚至还没来得及喊出救命就死了。威斯克觉得如果没有军队做后援的话，千万不要轻易地到外边去。

他与这个地方的最后一次接触是在六周之前。那天麦克·迪斯博士突然从他的办公室歇斯底里地给白色安布雷拉的一位高管打来电话。博士告诉他，病毒被不小心泄露了，庄园里所有人都被病毒感染，由于病毒的副作用，大部分人员都在发烧而且有些神志不清。他已经将整座庄园都封闭起来，还将打开大门所必需的四枚徽章藏了起来，以防止任何病毒携带者离开这座庄园。只有上帝知道和那些研究员们一起被锁在地下的机关和陷阱如何破除，他们没救了，正在逐渐丧失正常的意识……

迪斯跟其他人一样也被感染了，之所以会比其他研究人员坚持的时间长，那是因为每个人新陈代谢的时间不同而已，至少他们是这么告诉威斯克的。虽然科研人员信誓旦旦地保证可以用科学的方法解决这次泄露事故，但公司方面仍然决定将整座庄园彻底清除掉。威斯克很赞同公司的做法，白色办公室的家伙不可能冒险地任由病毒继续传染而不管。他们在浣熊市遭受折磨的这两个月时间里，对实验室发生的事情始终保持袖手旁观的态度，直到现在病毒威力明显减弱，才让那些无能的浣熊市警察接手调查工作，还专门指派他去收拾烂摊子。要好好计划一下。

威斯克此刻正心不在焉地用手指在长毛绒地毯上来回划蹭着，心里则在回忆迪斯在电话里谈论的基本情况。他决定不管出现任何状况，今晚都要把所有的事情解决，而且他必须进入实验室，把可能成为证据的东西收回或销毁。也就是说他一定要把那四枚能够打开密码锁的徽章找到。迪斯最后已经语无伦次了，居然说出类似凶残的乌鸦，或者巨大的蜘蛛之类前言不搭后语的话……不过他指出能够开锁的那四枚徽章藏在“只有斯宾塞才能找到的地方”，这句话倒是很有道理。在这里工作的每一个人都知道，斯宾塞对于间谍道具及机关有浓厚的兴趣。不过这对他来说可不是个好消息，他以前没有仔细对庄园进行过多了解，因为他也没想到自己会需要这些信息。他只记起几个有趣的机关，比如那头两只眼睛颜色不一样的老虎雕像，还有那间有毒气机关的陈列着铠甲的房间，以及图书馆里的密室……

但是自己一个人，根本就没有时间将那些东西都找到……

突然，威斯克咧嘴笑了，并慢慢站了起来，惊讶自己怎么没有早点儿想到这个主意。谁说我是一个人？他之前摆脱特种战术救援组的队员，制订了一个新计划去寻找那些徽章，那也没有理由一切都要他自己来做。克里斯不行，他过于忠诚于自己的职责；吉尔也不行，她还是个未知数……不过，巴瑞嘛……巴瑞·伯顿是一个有家室的人，而且克里斯和吉尔也都很信赖他。

当他们还漫无目的地在庄园里乱转的时候，我可以启动自毁系统，然后从这个鬼地方逃出去，我的任务就完成了。

威斯克一边笑嘻嘻地朝着通往餐厅阳台的门走去，一边对自己期待这种小冒险的想法感到惊讶。这正是一个测试能力的机会，既可以测试他与其他队员的能力高低，也能通过突发的实验项目事故导致的不稳定的局面测试他的掌控能力——更不用说，跟老斯宾塞的对决了。如果他成功了，他就会变成一个富翁。

这一定是件很有趣的事。

1 resident evil

第九章

啊——啊——

身后的门关上的时候，吉尔听到一阵凄凉的尖叫声回荡在整个屋内，她赶紧将枪口对准声音传来的方向。当她看清楚声音的来源时，松了一口气，紧张地笑了笑。

它们到底在这里干什么？

到目前为止吉尔还在庄园的后部，她打算再检查一些房间后就返回中央大厅。离她最近的那扇门紧紧地锁着，钥匙孔板上刻着一个头盔的图案。吉尔从来没见过这种样式的门锁，手上的开锁工具对这扇门起不到任何作用。她只能去对面的一扇门碰碰运气，结果很轻松就把它打开了，她也做好应对一切的准备——然而，迎接她的却是一群乌鸦，它们挤在一根横贯屋子用于照明的支撑杆上。

突然一只巨大的乌鸦发出一声刺耳的尖叫，吉尔不由得为之浑身一颤。这时她才注意到，这群乌鸦至少有十二只。由于愤怒，它们全身都竖起了闪亮的羽毛，一起用明亮的眼睛盯着吉尔。她迅速环视一下房间的四周，以确认房间里是否还存在着其他的威胁。

她发现这是一个“凹”字形的房间，和庄园里其他房间一样，都透着一股阴森的感觉。不，这个房间甚至更恐怖一些。这是一个展览室，房间里除了挂在内墙上的几幅肖像画和油画以外，并没有放置任何家具。明显发旧的木质地板上的鸟粪已经成堆，几根乌黑的羽毛散落在上面，吉尔非常想知道这群乌鸦究竟是怎么进来的，它们在这里待了多久。单从外表上来看，这群乌鸦的样子非常奇怪，它们的体形看上去要比普通的乌鸦大很多，而且吉尔觉得从她进入房间开始，它们就好像一直在好奇地观察着她。

吉尔不禁又打了个寒战，下意识地转身向门口走去。看上去这个房间除了让她毛骨悚然的乌鸦外，似乎没有什么重要的东西，所以她决定还是先去检查别的地方。

她在离开之前又瞥了一眼墙上的油画。这时她突然觉得有些奇怪，她发现每幅油画的画框下面都设置了一个开关之类的东西……看上去应该是用来控制照明设备的。但是为什么这么高档的画廊却陈设着这些平庸的作品：第一幅画是个婴儿、第二幅是个年轻人……画得还不错，但也并不是多出色的作品。

当她把手放到冰凉的金属门把手上准备打开门时，她突然停住了，眉头皱得老高。她突然发现在门的右侧齐眉高的墙壁上有一个小开关面板，上面写着“射灯”两个字。吉尔按下其中一个开关，于是一盏射灯熄灭了，房间里更暗了。这时，几只乌鸦拍打起它们乌黑的翅膀，同时发出尖叫，看上去就像在向她表示抗议。吉尔赶忙恢复了灯光，然后思索着什么。

既然灯光的开关在这儿，那么那些画底下的开关又是干什么用的呢？

也许那些开关控制着其他的东西。她走到第一幅画的前面，这张画上画着巨大的天使在阳光的照耀下在蓝天和白云之间飞翔。画的标题是《从摇篮到坟墓》。不过这张画的下面并没有开关，于是吉尔来到下一幅画前面。

第二张画是一名中年男子的肖像画。画中的他满脸皱纹，略显疲惫地站在一个漂亮的壁炉旁边。从服装的样式和他光滑的后背头来看，这幅画应该是20世纪40年代末或50年代初画的。在画的下面有一个标着“开 / 关”两项功能的按键，不过并没有任何文字说明这开关的作用。于是她将开关从左到右拨开，随后听到类似电流的噼啪声——

她身后的那群乌鸦在她拨动开关的同时，发出了刺耳的叫声，并且用力地挥动它们的翅膀，尖叫声和翅膀挥动的声音瞬间充斥整个黑暗的房间。然后，没有任何预兆，乌鸦突然尖叫着朝吉尔扑来。

吉尔本能地转身就跑，她的心怦怦直跳，此时她觉得前面的门好像远在千里之外。就在她试图伸手去抓门把手的时候，飞在最前面的乌鸦瞬间追上了她，它那如铁钩般的利爪抓向她的脖子后。吉尔只觉得右耳下方的皮肤一阵刺痛，她拼命挥手驱赶打在她身上的乌鸦的翅膀，刚发出一声痛苦的呻吟，瞬间就被乌鸦的尖叫声淹没了。她一边跑一边朝后方伸手拍打，那只乌鸦因为吉尔的反抗发出凄厉的惊叫声，放开她飞走了。

这里的乌鸦实在太多了，得赶快出去！快！快！

她用力地打开门，猛冲到弥漫着腐臭味的走廊上，然后在身体即将倒下的同时顺势用脚关上了门。她躺在地上，调整着自己的呼吸，顺便享受着走廊中难得的宁静。好在一只乌鸦都没有跟着飞出来。

心跳刚刚恢复正常，她便马上坐起来，小心翼翼地摸了摸耳后的伤口。手指上沾了一点儿鲜血，不过好在伤口并不深，而且血液已经慢慢凝固了，她很幸运。她突然想到，如果刚才出点儿意外，比如跌倒什么的话，那现在……

可是为什么那群乌鸦会突然攻击自己？那个开关又控制着什么？刚才打开开关时，好像听到类似电流的噼啪声。

它们栖息的钢管！

一定是这样，虽然不知道是谁想出的这个机关，但不得不说这实在是太巧妙了。只要打开开关，乌鸦群栖息的那根钢管就会通电。看样子有人成功地训练乌鸦进行攻击，这是她从来没有听说过的，除了这个没有其他合理的解释了——这意味着，那个人肯定付出了相当多的心血去守护藏在这个房间里的某个秘密。要把事情弄清楚，她必须再回到房间里。

我可以站在门口，一只一只地放它们出来……其实她也不太喜欢这个主意，因为她知道自己的射击水平不够好，这样还会浪费很多弹药。

只有傻瓜才会只看到现象而不进一步挖掘本质。用你的脑子好好想想办法，吉尔……

想到这里吉尔微微笑了一下，那是他父亲常说的话。她回想起在加入特种战术救援组之前，父亲经常带着她，在那幢位于马萨诸塞州的旧房子外面进行训练。他们躲在灌木丛里，父亲教她如何观察那些没有亮灯的窗户，并如何正确地进行“情况分析”。迪克把训练编排成了一种游戏，在接下来的十年时间里，父亲向她传授了无数种入侵别人房间的方法：从如何完好无损地取下玻璃，到上下楼梯不发出任何声响的绝招……同时还无数次地提醒她同一句话：不管问题有多难，都不只有一种解决办法。

杀死那些乌鸦这种想法实在是太笨了。吉尔闭上眼睛，开始集中精力思考。

开关和肖像画……婴儿、蹒跚学步的小孩、青年、中年男子……《从摇篮到坟墓》，*从摇篮到……坟墓……*

随即一个想法浮现在她的脑海中，但是她觉得这个想法似乎过于简单。她站起身，掸掉身上的土，盘算着乌鸦需要多长时间才会再次回到栖息的钢管上。一旦它们平静下来，她揭开这个房间的秘密应该没有问题。

她慢慢将门打开一条缝，听到里面乌鸦轻轻扇动翅膀的声音，她告诫自己这次一定要小心谨慎，因为在这个屋子里按错一个按钮，都有可能会面对死亡。

***

“瑞贝卡，让我进去，我是克里斯。”

随着从屋内传来某种物体被挪动的声音，储藏室的门从里面打开了。瑞贝卡将入口让开后，克里斯急忙闪身钻了进去，然后从防弹背心里掏出那本日记。

“我在那边的房间里发现了这本日记。”克里斯说道，“看起来这里好像在进行某种实验研究，我不确定那具体是什么，但是……”

“病毒学。”瑞贝卡打断了他，一边咧嘴笑了笑，一边递过来一沓文件，“你是对的，这里有很重要的文件。”

克里斯接过她手中的文件，瞥了眼最上面的那一页，他感觉那上面的数字和字母简直就像天书一样。

“DH5a-MCR？这都是些什么东西？……”

“你看的这些是变量图。”瑞贝卡赶快说道，“这是一个生成基因组库的宿主，根据需求，含有甲基胞嘧啶或者腺嘌呤残基。”

克里斯看着她皱了皱眉头。“你说的这些专业术语我不是很明白，咱们说得简单一点，你发现什么重要的东西吗？”

瑞贝卡的脸颊有些发红，拿回他手中的文件说道：“对不起，大体上就是，他们一直在这里培养和测试病毒。”

克里斯点了点头。“我明白了，病毒……”

他快速地翻开日记，查看记录实验室发生事故那天的具体日期。“5 月 11 日，这里的一个实验室发生了某种病毒的泄漏事故。在八九天后，这本日记的主人变成了外面那群丧尸中的一员。”

瑞贝卡瞪大了眼睛。“他有没有记录当时都出现什么症状？”

“好像有……在二十四小时之内，他出现皮肤发痒的症状，接着在四十八小时之后身体就出现肿块以及水疱。”

瑞贝卡的脸色顿时变得煞白。“那是……呀！”

克里斯点了点头。“是的，我也有这种想法，有没有什么办法能够判断，我们是否被感染了？”

“我不知道，我们现在得到的情报实在是太少了。”瑞贝卡指着身边放着成堆文件的文件柜说道，“那里面都是些十多年前的文件，而且上面也没有记载你刚才说过的那些症状。正常来说，如果病毒是通过空气传播，那它的传播速度会很快……按照这点来推断的话，如果病毒还具有传染性，现在应该感染了整个浣熊市。所以从目前的情况来看，虽然我还不敢太肯定，但我对病毒仍然有传染能力的可能性持怀疑态度。”

克里斯听了之后总算是松了口气，照这么说的话自己和整个特种战术救援组目前应该都没有被感染。门外的那些丧尸应该就是这次病毒泄露的产物……无论是不是它们自己制造了这起灾难，结果都令人十分难过。

“我们得尽快找到其他人。”他说道，“如果小队中某个人在什么都不知道的情况下，偶然闯入实验室的话……”

一想到自己的队友有可能无意中感染病毒，瑞贝卡就感到无比恐慌，不过她还是坚定地点了点头，然后迅速朝门口走去。克里斯断定，虽然瑞贝卡现在缺乏实战经验，但有朝一日她一定会成为一名非常优秀的特种战术救援组的队员：她不但在生物化学方面有着过人学识，而且很勇敢，即使没有武器，她仍然愿意离开这个相对安全的储藏室去冒险帮助其他队员。

他俩一起匆匆进入黑暗的走廊。瑞贝卡紧紧地跟着克里斯，他们来到一扇门前，穿过大门就能够返回到最开始的那条走廊。克里斯重新检查了一下自己的手枪，然后转身面向瑞贝卡。

“跟紧我。进去后向右转，走到走廊的尽头会有一扇门，我们要穿过那扇门，不过那扇门可能要用枪把锁芯破坏后才能打开。我敢肯定会有一两个丧尸在那附近徘徊，所以我需要你帮我警戒身后的情况。”

“没问题，长官！”她平静地说道。尽管情况不容乐观，但克里斯还是咧嘴笑了。严格意义上来说他确实是她的上级，不过真叫起来总觉得有点儿怪怪的。

克里斯随即打开门走了进去。刚一进门他就举起手枪，检查正前方走廊上的阴影，没有问题，然后他又向右侧观察着前进，前方也是安全的。

“走。”克里斯小声说道，然后他灵巧地跨过躺在地上的丧尸，快速向那扇门跑去，瑞贝卡紧随其后。刚一到门边，瑞贝卡便转过身，紧紧地盯着面前的走廊，克里斯抱着试一试的心态去转动门把手，希望这扇门已经打开了，可是门纹丝不动。

看来自己没有那么好的运气。他稍稍往后退了退，仔细地瞄准门锁。事实上，朝着门锁射击，并不像在电影里看到的那样简单和安全。如果离门太近的话，很容易被反射回来的子弹或弹片击中，甚至会因此丧命……

“克里斯！”

听到瑞贝卡的叫声，克里斯往后看了一眼，只见一个步履蹒跚的身影正从走廊的另一端慢慢地向他们靠近。即使在这样昏暗的灯光下，克里斯仍能看出那个家伙少了一条胳膊，同时一股腐烂的恶臭味和它低沉的呻吟声一起向他们飘了过来。

克里斯回过身向门锁开了一枪，为保险起见又补了一枪。门框直接被子弹打碎，在木屑四处飞溅过后，门框上露出门锁的金属锁芯。他抓住门把手猛地一拉，门晃动着被打开了。

他转过身拽着瑞贝卡的手臂，让她赶快朝门里跑去。同时他回身举起枪，准备干掉正在追赶他们的丧尸。那家伙此刻离他们又近了一些，但克里斯突然发现它停在那个之前被射杀倒地的丧尸身旁，他想看看它究竟想要干什么。只见那个只剩下一条胳膊的丧尸突然跪下身子，然后将自己那仅有的一只手一下子戳进躺在地上的丧尸的脑袋里。随后它一边呻吟着，一边从地下那个丧尸的脑袋里挖出一把黏糊糊的东西，捧到嘴边狼吞虎咽地吃了起来。

啊！天哪……

看到这一幕克里斯感到不寒而栗，于是他急忙走到瑞贝卡身旁把门关上，总算结束了这可怕的景象。看到瑞贝卡脸色苍白，但还保持着镇静，克里斯再次对她的勇气感到钦佩。她还很年轻，但表现出非常人一般的坚强，甚至比十八岁时的他还要坚强。

他朝走廊里看了一眼，随即就意识到这里的情况与他刚来时相比发生了一些变化。在他们右手边大约六米开外的地上躺着一具丧尸的尸体，它脑袋的顶部被打爆了，仰面躺在那里，深深的眼窝里积满了污血。而在他们的左边就是克里斯第一次进入这里时没能打开的两扇门，其中靠近走廊尽头的那扇门敞开着，可以透过门依稀看到里面昏暗的房间。

看来有特种战术救援组的人进入过这条走廊。估计是来找我的……

“跟我来。”他轻声说道，同时举起枪，向着打开的那扇门走去。他本想尽快带着瑞贝卡返回中央大厅，但是既然小队中有人来到过这里，那么无论如何也要看一下是不是还有人在那儿。

他们经过右边的那扇锁着的大门时，瑞贝卡突然放慢了脚步，并且轻声对他说：“这锁上面有个剑形的图案。”

他一直全神贯注地盯着那扇敞开的门内的阴影，以防有情况发生，直到听到她的话才突然反应过来，这里有太多的支路需要探索。他想了想，认为就算有其他人进入过这里，应该也不会在这里傻傻地等着他，而自己还是应该先完成最初的任务——返回中央大厅汇报情况，而且，现在也不应该带着一个没有武器的新手，在未知的区域里盲目地展开搜索工作。

于是克里斯叹了口气，放低了枪口。“我看，我们还是先去中央大厅看看吧！”他说，“稍后等我们回来时，再去那里查看。”

瑞贝卡向他点了点头，于是两人一起向餐厅走去。在回去的路上克里斯的心里一直在期待，有人会在大厅里等着他们。

***

巴瑞用手中的柯尔特瞄准了在地下慢慢向他爬来的丧尸的头，就在它将要够到巴瑞的皮靴时，巴瑞扣动了扳机，一发威力巨大的子弹将那家伙的头盖骨轰得粉碎，脑浆四溅。有几滴居然溅到巴瑞的脸上，他皱了皱眉头，用手背将它们擦去。而那个丧尸在地下抽搐了几下，死了。厨房墙壁上铺的白色小瓷砖可遭殃了，丧尸的血液和脑浆飞溅得到处都是，并且顺着瓷砖像溪流一样往下淌着，最后汇聚到地下那褪色的棕色地毯上。这景象真是不堪入目。

刚才的行动让巴瑞的左肩膀感到有些酸痛，于是他放下手枪，让自己的身体稍稍放松一下。楼上的门锁得很牢，左肩上的瘀伤就是最好的证明。他盯着眼前躺在地上的丧尸，突然意识到他应该回到刚才的地方，并打开另一扇门看看。如果他之前不是很确信，但现在他可以肯定——克里斯没有来过这里。他相信要是克里斯来过这里的话，这些缓慢爬行的丧尸早就变成历史了。

那么，你到底在哪儿呢，克里斯？

刚才巴瑞本能地选择三扇门中走廊尽头的那一扇，门后是一条幽暗死寂的走廊。他经过一个空空的升降机，顺着一条狭窄的楼梯走下去，下面是一个空荡荡的白色厨房，似乎早已废弃。柜台上堆积着厚厚的尘土，墙体都被腐蚀了，这些迹象都表明这里应该很长时间没有用过，也没有任何线索表明克里斯来过这里。在房间里的水池对面有一扇门，不过被锁上了。巴瑞正想要离开这里的时候，突然在满是灰尘的地面上发现有人来过的痕迹，于是他便沿着脚印跟了上去……

巴瑞重重地叹了口气，迈过地上躺着的臭气熏天的怪物尸体，他决定在返回二号门之前，再仔细地检查一遍这个房间。房间里堆放着一些木箱，还有一架和刚才一样的老式升降机，也是空的。他按了按升降机的操作按钮，没有任何反应。从升降机栏杆上被铁锈腐蚀的程度来看，应该很久没有人使用过它了。

他一边沿来路往回走，一边在想吉尔现在的情况怎么样了。他发自内心地希望能够尽快离开这个鬼地方，他从未像现在一样讨厌某个地方。这里充满了阴冷和危险的感觉，闻起来就好像断电一周的冻肉用的冰柜一样，到处都弥漫着难闻的腐臭味道。他并不是一个轻易就会被某件事情吓倒的人，同时也不是一个喜欢胡思乱想的人，但现在，每当他转过一个拐角，或者打开一扇门的时候，都会让他不寒而栗地觉得，下一秒钟就会有一个披着白布单的幽灵挥舞着锁链从里面冲出来。

这时，他听到身后的某处，传来了细小的哗啦哗啦的声音。巴瑞突然感觉到一种恐怖的气息正在体内蔓延，于是他马上转身，下意识地举起手枪瞄向前面。他睁大眼睛观察着四周，嘴巴也由于紧张感到一阵干渴。这时，金属质感的哗啦哗啦声再次响起，而且其中好像还掺杂了一些机械转动发出的声音。

巴瑞深吸一口气，又慢慢地吐出来，试着让自己保持冷静。他终于发现并不是出现了幽灵，而是有人启动了升降机。

是谁？克里斯和威斯克现在失踪了，而吉尔应该还在房子的另外一边……

他将手中的柯尔特稍微放低了一些，静静地等在原地。虽然他认为那群丧尸应该不会聪明到会按升降机的按钮，更别说打开升降机门去使用它，但他这个时候仍不敢掉以轻心。他在距离升降机大约六米远的地方站好，如果升降机在这儿停下，不管下来的人是谁，只要对方走出升降机，自己就能够在第一时间看到对方的真面目。

其实他现在心中还抱着一丝希望，希望下来的会是布拉瓦小队的队员，甚至希望是生活在这房子里的人，也许能从他那里打听到这里究竟发生了什么事情……

随着一声沉重的咣当声之后，升降机停在他所在的厨房这一层。紧接着伴随着金属合页发出的刺耳的摩擦声，升降机附近传来了正常人的脚步声——

出现在巴瑞面前的是威斯克队长，他的脸上依然戴着那永恒的标志——他的太阳镜。

巴瑞马上放下手中的枪，放松地笑了。威斯克也停下脚步，对巴瑞同样咧嘴一笑。

“终于找到你了，巴瑞。”他用略带轻松的口气说道。

“天啊，你可真是吓了我一跳！突然听到升降机启动的声音，我差点儿都得心脏病了……”巴瑞从兴奋中逐渐恢复过来，声音也渐渐变小，并且收起了笑容。

“队长，”他接着慢慢说道，“你到哪儿去了？我们回到大厅时，你已经不见了！”

威斯克笑了笑，有点不好意思地说：“抱歉，刚才正好想要方便一下……也就是说，正常生理需求。”

巴瑞再次露出笑容的同时，却对听到的这个解释感到有些惊讶。大家被困在敌人的地盘上，而这个男人竟然在如此关键的时刻还有心思去上厕所！

威斯克伸手拉低他的太阳镜，错开了眼神的交流，巴瑞突然感到有些紧张。威斯克仍然在冲他微笑，而且笑容越来越灿烂，甚至露出了整齐而洁白的牙齿……

“巴瑞，我现在需要你的帮助。你听说过白色安布雷拉吗？”

巴瑞摇了摇头，不知为什么，这一刻让他感到有些不安。

“白色安布雷拉是安布雷拉公司里一个很重要的部门。他们主要进行……生物化学专业的研究。这个斯宾塞家族的私有庄园就是白色安布雷拉的基地，只不过，这里最近很不幸地发生了一起事故。”

威斯克走到房间中部的桌子前，用手擦了擦后很随意地靠在上面，表情轻松地继续说道：

“其实，安布雷拉的这个部门与特种战术救援组还有些渊源，因为不久前我接到一个任务……要求我‘协助’他们来处理目前的这起事故。这里的关系非常微妙，顺便提个醒，这是高度机密。我想你应该明白，白色安布雷拉不希望在这里发生的事情被泄露出去。

“所以现在我要做的就是进入这里的实验室，销毁里面可能会成为罪证的东西——那些能够证明是白色安布雷拉的责任给浣熊市带来无尽灾难的东西。但现在我遇到一些麻烦，实际上，我没有那些能进入实验室的——钥匙，所以我需要你，需要你来帮我找到那些钥匙。”

巴瑞默默地盯着威斯克，什么话也没有说，他的思绪一片混乱。一起事故，一间进行秘密生化实验的实验室……

……还有在森林中的变异猎犬以及丧尸……

巴瑞举起手枪，将枪口对准了还在笑着的威斯克，震惊且愤怒地喊道：“你疯了吗？你觉得我可能会帮你毁灭证据吗？你这个狗娘养的！”

威斯克微笑着摇了摇头，像看着小孩子一样看着巴瑞说道：“巴瑞，我想你还不明白，在这件事上你根本就没有选择的余地。你看，从我们进来之后，我就安排了一些安布雷拉的朋友到你家房子的外面，监视着你正在睡梦中的妻子和两个孩子。如果你拒绝帮助我的话，你可能永远也见不到她们了。”

巴瑞全身的血液瞬间沸腾起来，全身上下的每一个细胞都注满了对威斯克的憎恨。他举起枪，扳起击锤，现在真恨不得立刻朝威斯克开上几枪。

“在你扣动扳机之前，我想提醒你。如果那些朋友发现无法跟我取得联系的话，他们会马上完成他们的任务。”

这句话一下子把巴瑞从愤怒的漩涡中拉了回来，现在他的手心里满是愤怒的汗水。

凯西，孩子们……

“你别虚张声势了。”巴瑞低声说道。威斯克终于收起了笑容，恢复到往日那面无表情的样子。

“很遗憾。”威斯克冷冷地说道，“你最好听我的，或者你也可以试着反抗看看，然后再去自己家人的坟墓前道歉。”

有那么一会儿，两个人谁都没有做出任何动作，房间里静静的，甚至都能听到附近空气流动的声音。然后，巴瑞缓缓地将枪的击锤复位并放下武器，他下垂的双肩表明他放弃了反抗。他实在不敢也不能冒这个险，因为家人就是他生命的全部。

威斯克点了点头，从口袋里掏出一串钥匙，轻快地说道：“有四枚徽章分别藏在这座庄园里的某个地方。它们每一个都差不多有茶杯那么大，在一面上分别刻着太阳、月亮、星星和风的图案。凑齐这四枚徽章，就可以打开这座庄园后面的门。”

威斯克从钥匙环上取下一把钥匙放在桌子上，然后把它朝着巴瑞滑了过去。“这把钥匙可以打开庄园里另一侧所有大门，包括一楼和二楼里一些比较重要的门，也能用它打开。只要你帮我找到那四枚徽章，你的妻子和孩子就会没事的。”

巴瑞用麻木的手拿起钥匙，感到一种自己从未有过的软弱和恐惧。“那克里斯和吉尔怎么办……”

“毫无疑问，他们会给你提供必要的帮助。如果你碰巧遇到他们，你就跟他们说，你无意间发现可以从这里逃出去的后门。我相信，他们会很乐意和让人信赖的老巴瑞一起行动的。其实，你应该打开并搜查所有的房间，那样会更容易完成任务。”

威斯克又笑了笑，假装友好地说：“当然，你也可以告诉他们我们的对话内容……不过我觉得这可能会让问题更加复杂化。如果我遇到麻烦的话，比如，我被暗算了……好了，我们说得够多了，最后再提醒你一句，这件事情最好只是我俩之间的小秘密。”

巴瑞将这枚刻着铠甲图案的钥匙放进了口袋里。“我怎么找你？”

“噢，我就在附近，这点你不用担心，等到时机成熟的时候，我会主动跟你联络的。”

巴瑞看着威斯克，用近乎祈求的声音颤抖着说道：“你会跟那些人说我跟你合作了，对吧？你可不要忘记跟他们及时沟通！”

威斯克边转身向升降机走去，边回头说道：“相信我，巴瑞。只要你按照我所说的去做，就什么事都不用担心。”

升降机的门被哗啦一声打开，随即又被关上了。威斯克就这样离开了。

巴瑞愣愣地站在原地，眼睛直勾勾地盯着刚才威斯克站着的地方，试图想出解决眼前这个威胁的办法，但是那只是徒劳。对他来说自己的名誉和家人的安全是最重要的两个东西，如果让他在两个中间选择，他宁愿牺牲自己的名誉……

他咬紧牙关朝楼梯走去，心里想着一定要想办法拯救自己的妻子和两个孩子。等这一切结束之后，一定要把她们送到安全的地方去。

我不会就这么算了的，我的队长。

巴瑞紧紧地握着他巨大的拳头，指关节都变成了白色。他在心里发誓，等这件事情结束一定要好好跟威斯克算算账，而且还要让他附上利息。

1 resident evil

第十章

吉尔把那枚沉甸甸的刻着星星图案的铜质徽章镶嵌到那块铜板上，目前为止上面还有三个空着的地方。当这枚徽章严丝合缝地镶嵌到铜板上时，发出咔嚓一声，徽章和金属板齐平了。

搞定一个……吉尔向后退了几步，看着眼前的密码锁，她得意地笑了。

刚才那群乌鸦就那么一动不动地站在钢管上，眼睁睁地看着吉尔在画廊里不停地来回走动，只是在她轻松地破解油画密码锁的时候，偶尔发出几下叫声。屋里一共有六幅画像，她按照从“摇篮到坟墓”——也就是从新生儿到庄严肃穆的老人的顺序来解锁。吉尔感觉这房间里的油画一定都是斯宾塞的画像，虽然她从来没有见过他本人的照片……

最后一幅画应该就是他葬礼时的场景。送葬的人群围绕在一个脸色苍白的老人身边。吉尔刚一按下这幅画下面的开关，四个角上用来支撑画框的金属卡子便松开了，油画随即从墙上掉落下来，露出油画背后的一个隐藏的空间。而那枚刻有星星图案的徽章就放在那个空间里一块由天鹅绒制成的小垫子上。吉尔拿起徽章，轻松地离开了屋子，也不知道那群乌鸦会不会因此感到失望。

吉尔又呼吸了一下夜色中令人心情愉悦的清新空气，然后动身准备返回庄园。在往回走的同时，她将那台微型电脑从包里取出来，一边小心地躲避着走廊中的那些尸体，一边仔细地研究着手中的地图，思考接下来的行动路线。

看起来还是原路返回比较好。于是吉尔穿过一扇对开的大门，再次回到那个蜿蜒曲折，有着轻微味道，摆放着风景画的灰绿色走廊里。根据地图显示,正前方的那扇门里是一个比较小的正方形房间，并通往一个大一点儿的房间。

心里有些紧张的吉尔，鼓足勇气握住门把手，推开了大门。她半蹲下身体，举起手中的贝雷塔，警惕地注视着屋里的情况。她发现这个小房间确实是方方正正的，里面什么都没有。

看到没什么问题后，吉尔直起身子走了进去。她一边看着装饰得简单优雅的房间，一边向右边的门走去。房间的天花板高而明亮，墙壁都是用镶嵌着金色斑点的奶油色大理石堆砌而成，这实在是太美了，这也一定花了不少钱。想到这儿，吉尔突然回忆起当初自己与父亲迪克一起制订的那些宏伟的计划，那些所谓的宏伟计划跟这房间的装饰比起来简直就是小巫见大巫。这要花多少钱啊……

吉尔做好准备，握住小房间那冰冷的金属门把手将门推开，再次举枪快速地查看四周。在确定这里除了自己之外不会再有其他人后，她才松了一口气。

她看到右侧华丽的金红色的挂毯下有一个发霉的壁炉，房间里一张深橙色的东方风格的地毯上摆放着一套现代风格的低矮沙发和一张椭圆形的咖啡桌，另外在房间最里面的墙壁上——

一把老式霰弹枪架在墙上的两个铁钩上，它在头顶上古朴的顶灯的照耀下显得尤为抢眼。吉尔咧嘴一笑，匆匆穿过房间向那把枪走去，同时在心中暗自庆贺自己的好运。

子弹，里面一定要有子弹——

直到站在霰弹枪的跟前，吉尔才看出那是一把雷鸣顿 M870 五连发霰弹枪。她对于枪械并不是很精通，之所以能够看出枪的型号，很大的一个原因是那把枪和特种战术救援组的制式武器是同一型号的。

她将手枪放回枪套中，一边笑着一边伸手把霰弹枪取了下来——

突然，吉尔脸上的笑容瞬间消失了。因为在她把霰弹枪拿下来时，由于没有枪身的重力作用，用来挂枪的钩子突然向上弹起，发出清脆的响声。与此同时，她感觉在墙的后面响起某种沉重物体移动的声音，感觉就像某种金属物质在平稳地变换位置时发出的声音。

吉尔不知道是怎么回事，她可不希望又出现什么意外。她赶快转过身去，在房间里四处环视。不过房间仍然和她刚进来时一样平静，既没有尖叫的乌鸦，也没有突然发出的警报或者开始闪光的警报器，更没有油画突然从墙上掉下来，看起来似乎没有任何类似陷阱的东西。

她松了口气，赶紧查看霰弹枪的情况，发现里面装满了子弹。看起来应该是有人经常对它进行保养，整个枪身都很干净，而且还能从枪身上闻到润滑油和清洁剂的气味。她甚至觉得，这是她进入庄园以来，闻到过的最美好的味道了，而且霰弹枪握在手里沉甸甸的感觉，让她顿时信心倍增。

她在房里的其他地方又搜查了一圈，可惜没能找到更多的子弹。尽管有一点点失望，但她还是非常庆幸能够找到这把霰弹枪。特种战术救援组的防弹背心后面正好设计了一个可以放置霰弹枪或步枪的皮套。虽然她并不是很喜欢把枪背在身后，但这样至少可以在携带霰弹枪的同时解放双手。

在确定房间里没有其他能够派上用场的东西后，吉尔兴奋地转身向门口走去，准备返回中央大厅和巴瑞一起分享她的收获。她搜查完自己负责的这边一楼所有能够打开的房间。如果巴瑞的情况跟她一样，那么接下来他俩就可以在楼梯那里碰头，然后一起去二楼寻找布拉瓦小队的队员和走失的队友了。

之后大家就可以一起想办法，逃离这个鬼地方。看来还是充满希望的。

吉尔走出屋子并随手关好门，穿过外面那个用大理石建成的奢华房间，径直向大门走去。她在握住门把手的同时，心里还在想着，既然克里斯和威斯克没有来过这边的房间，他们就应该在庄园的另一侧，也许巴瑞现在已经找到他俩了——

这时她突然发现门被锁上了。吉尔的眉毛瞬间皱成一团，她再次试着转动门把手想要把门打开，除了转动把手的咔嗒声外，这扇门丝毫不动。她向门缝里看了看，心中顿时感到非常不安。

她看到门缝中突然出现一条很粗的金属门闩，横在那里将门牢牢地固定住了。*但是只有一个门把手的锁眼，跟门闩没关系——*

咔嗒！咔嗒！咔嗒！

房间里突然响起一阵齿轮转动的声音，同时房顶上的灰尘像下雨一样从上面掉落下来。这声音听上去，像从大理石墙壁后的某个地方传出有节奏的金属咔嗒声。

什么情况？

吉尔向上看去，结果把她吓了一跳——她现在的感觉就像肚子突然被人打了一拳，或者被人掐住脖子无法呼吸一样。她发现刚才还在让自己赞叹的那片奢华的天花板正在向下移动，灰尘就是天花板与四个角落的大理石墙壁摩擦造成的，并沿着墙壁落了下来。此时此刻，天花板正在往下掉！

在意识到这一点之后，吉尔急忙转身就跑，想先回到刚才放霰弹枪的房间里。可是当她来到门前抓住门把手推下去的时候，才发现它和前门一样，都被锁得严严实实。两道门同时被锁上了。

倒霉！怎么办，现在该怎么办！

恐惧在她的脑海里激增，她又跑回最外面的门旁，抬起头惊恐地看着天花板，它正在以每秒五六厘米的速度下降。照这个速度，在一分钟之内，天花板就会和地板完全贴合。

吉尔赶忙举起霰弹枪，瞄准通向走廊的大门，努力让自己不去想多少颗子弹才可以将那根粗壮的门闩破坏掉。不管怎么说，目前能做的只有这件事了，自己的开锁工具在这里根本派不上用场。

第一发子弹打在门上爆炸开来，木头的碎屑四处纷飞，正好将那根门闩暴露出来，吉尔看着这根粗重的门闩，脑子里迅速地思考着应对方法，却什么也没想出来。眼前出现的景象正是她所担心的，那根金属门闩延伸出去足足有半个门的距离。她明白，她没有足够的霰弹枪子弹将门闩击穿，把门轰开，而自己手枪里的子弹是空头弹，击中硬物弹头就变平了，在这里起不到任何作用。

也许我能用子弹把门打得松动一些，然后撞开它——

吉尔瞄准门框，再次开火，雷鸣般的枪声过后，门框的一部分被轰成了碎片，甚至还在大理石上打出一个缺口。但是这远远不够，离把门破坏还差得很远。天花板还在不断下降，现在距离吉尔的头顶只有大约三米的距离。她快要被压死了。

上帝啊，别让我用这种方法死好吗？

“吉尔，是你吗？”

突然从走廊那边传来低沉的声音，让濒临绝望的吉尔重燃了希望。

巴瑞！

“救我！巴瑞！把门撞开，快点儿！”吉尔喊道。她尖叫的声音带着些许颤抖。

“往后退！”

吉尔跌跌撞撞地向后退了几步，听到了外面巴瑞用力撞门时发出沉重的声音，可是那仅仅使门稍微晃了晃。吉尔见状感到无比沮丧，并发出一声无助的呻吟。她惊恐地来回看着门和逐渐下落的天花板。

接着又是一下撞击，门随之剧烈震动，此时天花板离吉尔头顶只有大概一米五的距离了。

啊！快点儿，再快点儿。

第三次撞击终于起作用了。伴随着木门吱嘎的声音和四散的木屑，大门被撞开了。吉尔看到满面通红、额头上满是汗水的巴瑞出现在门口。

吉尔猛地向前扑去，巴瑞一把抓住她的手腕，然后用尽浑身的力气硬是将吉尔从房间里拉到走廊上。就在他们摔在地板上的同时，天花板下降到门的高度，击碎了合页，紧接着随着天花板平稳持续地下降，从木门上传来木头和金属被挤压断裂的声音。

最后，随着一声轰鸣，房间内的天花板与地面结结实实地贴合在一起。随着这声巨响的慢慢消失，庄园里再次恢复了之前如同墓地般的宁静。他俩摇摇晃晃地站起来，吉尔看向门口，此时整个房间被天花板的石头堵得严严实实。看起来从天花板上落下的巨石足有两吨重。

“你还好吧？”巴瑞问道。

吉尔没有吱声，她只是低着头，眼睛直直地看着那支握在她颤抖的手里的霰弹枪。回想着刚才以为这里没有机关而无比自信的自己，她第一次感觉到，想要安全逃离这个恐怖的地方实在是太难了。

***

他们站在空荡荡的中央大厅，克里斯正在楼梯前的地毯上来回踱步，瑞贝卡则紧张地站在栏杆旁边。这个宽阔的大厅就跟他第一次来到这里的时候一样，给人一种寒冷和不祥的感觉。无声的墙壁依旧矗立在那里，而特种战术救援组的人却全都不见了，没有任何线索，实在想不出他们能去哪儿，以及他们离开的原因。

突然庄园的深处传来一声巨响，像一扇大门被人用力撞上时发出的声音。克里斯和瑞贝卡马上竖起耳朵仔细听着，但是在这之后再也没有了动静，克里斯甚至都没能听出这声音究竟是从哪个方向传来的。

好吧。先是一群丧尸，然后又是制造它们的科学家，这次又是深夜的巨大轰鸣声。真是太糟了。

他对瑞贝卡笑了笑，希望让自己看上去显得不那么紧张。“看起来，我们没有其他线索了，这样的话我们执行 B 计划吧。”

“B 计划是什么？”

克里斯叹了口气。“我也不知道。我们可以先去剑形图案钥匙对应的那个房间里看看，没准儿我们能在那里发现些更加重要的信息，比如地图之类的东西。”

瑞贝卡点了点头，于是两人再次转身穿过餐厅。克里斯走在前面，他不想让瑞贝卡暴露在危险之中，他也不想让她自己留在这里。至少不会把她独自留在中央大厅，克里斯感觉那个地方很不安全。

经过那座滴答作响的大钟时，克里斯的皮靴不小心踩碎了什么东西，发出轻微的声响。他弯下腰发现地上有两三块暗灰色的石膏碎片，他捡起了一块。

“我们之前经过这里的时候，你有没有发现这里有石膏碎片？”他问道。

瑞贝卡摇了摇头。克里斯低下头，想看看有没有更多的石膏碎片。他也记不清，这些碎片是不是在之前经过这里的时候就存在了，不过这时他发现，桌子另一边的地上也有一堆同样的碎片。

他俩急忙走过精心装饰的壁炉，绕过桌子来到那堆碎片的跟前。克里斯用脚尖轻轻捅了捅这堆灰色的碎片，从这些碎片的形状来推断，这之前似乎是一座雕像。

不管它之前是什么，现在都是一堆垃圾了。

“这会是很重要的东西吗？”瑞贝卡问道。

克里斯耸了耸肩。“也许很重要，也许不重要。不管怎么说，我们都应该仔细查看一下。在这种情况下，你永远都不知道面前的东西是否重要。”

两人在餐厅里那座大钟所发出的滴答声的陪伴下穿过餐厅，来到充满着腐臭气味的走廊里。克里斯把钥匙从口袋里拿出来，向右侧走去——

这时他突然停了下来，并迅速掏出手枪，靠到瑞贝卡旁边。他发现走廊尽头的那道门被关上了，他可以肯定，刚才他俩从那里出来的时候，那扇门是开着的。

他可以确信没有被人跟踪，走廊里也的确没有其他人。他想到的唯一可能就是，他们在大厅时，有人来过这里。这种想法令人感到有些困惑，所有发生在身边的神秘事件使克里斯再次变得心神不宁。那个死了的丧尸仍然躺在刚才的位置，积满污血的眼窝还在对着低矮的天花板，克里斯很想知道，到底是谁杀了这家伙。虽然他非常想过去检查一下那具尸体，然后去自己还没到过的地方查看一下，可是他心里明白，在将瑞贝卡带到某个确定比较安全的地方之前，不能这样贸然行动。

“来吧。”克里斯轻声说道，于是两个人按原计划向那扇锁着的大门走去。克里斯将钥匙递给瑞贝卡，让她打开门，自己则来监视走廊里的情况。在一声微弱的咔嗒声后，门锁被打开了，随后瑞贝卡轻轻地推开那扇大门。

克里斯的直觉告诉他这个房间应该没什么危险，不过他还是快速地检查了一遍之后，才示意瑞贝卡进去。这个房间的装饰有些类似于一间钢琴酒吧。房间的一侧有一张吧台，吧台前摆着一排很高的椅子，而在房间的另一边，放着一架小型钢琴。温柔的灯光和缓和的颜色给整个空间增添了一丝平和寂静的气氛。不管怎么说，这是到目前为止，他们进入过的最让人感到舒适的房间。

也许应该让瑞贝卡藏在这里，我试着去找其他人……

在克里斯仔细搜查房间的同时，瑞贝卡在积满灰尘的钢琴凳边坐了下来。在钢琴的旁边摆放了几盆盆栽和一张小桌子，另外在钢琴边的墙后面有一小块凹进去的空间，里面的墙上镶嵌着两个木质的书架。刚才两个人进来的那扇门是这个房间唯一的出入口。以目前的情况看，这里简直就像一个为瑞贝卡量身定制的藏身之所。

他将手枪放回枪套，走到钢琴旁的瑞贝卡身边，脑海中想着应该怎么跟瑞贝卡解释他的想法，他并不希望自己要把她留在这里的建议使她感到恐惧。瑞贝卡有点儿难为情地对他报以微笑，她看起来比她实际年龄还要小，她那细长的红色刘海儿使她看上去就像个孩子……

就算她是个孩子，可这个孩子念完大学用的时间，甚至比你拿到飞行执照时用的时间还要少。不要把她当成一个小姑娘，她可比你聪明多了。

克里斯在心里叹了口气，微笑着对她说：“我想去外面继续检查一下我们还没到过的区域，你就在这个房间里等我回来，你看怎么样？”

瑞贝卡听到他的话后有些勉强地笑了笑，但仍平静地看着克里斯。“没问题。”她说，“我明白，我手里没有枪，如果你遇到麻烦的话，我只会拖累你……”

她说完后，又咧嘴一笑，补充道：“不过，当你遇到一些解不开的数字谜题，可不要向我哭鼻子啊。”

克里斯笑了笑。不光是因为她刚才说的话很有趣，也是对自己在瑞贝卡能力问题上判断错误的自嘲，同时他在心里告诉自己以后可一定不要小看这个女孩儿。克里斯走向门口，在握住门把手的时候停了下来。

“我会尽快回来的。”他说，“等我出去之后，你就把门锁上。不要出去乱走，好吗？”

看到瑞贝卡肯定地点了点头之后，他便走出门回到走廊里，并随手将门关好。克里斯在门外站了一会儿，直到听到门锁转动的声音之后，他才举起手枪，收起脸上最后一丝微笑，向走廊深处走去。

随着离前方的尸体越来越近，腐臭的气味越发浓烈。克里斯尽量保持小口呼吸，来到尸体的旁边，准备在检查尸体上的伤口前观察一下远处的走廊——

他一下子愣住了，因为他在不远处又发现一具浑身是血的无头尸体。那失去生气、表情涣散的脑袋，就躺在距离尸体大约三十厘米的地方。那是肯尼斯·苏利文，在看到这具布拉瓦队员的尸体后，克里斯感觉到一股巨大的愤怒席卷了他的身心。

这到底是怎么回事！为什么会这样！约瑟夫、肯，可能比尔也死了……到底有多少人被杀害了！就因为一次愚蠢的意外事故，还有多少人要成为牺牲品！

克里斯艰难地平复着心中的怒火，转过身朝着通往餐厅的门大步走去。他打算先回到中央大厅，然后将其他特种战术救援组成员有可能出现的地方都进行一次彻底搜索，并且把所有敢在他面前出现的丧尸全部杀光。

不能让他们白死，即便这是我做的最后一件事，我也要为他们报仇。

瑞贝卡在克里斯离开之后便将门锁上，心里默默地为他祈祷着好运的同时，又回到满是尘土的钢琴边坐下。她知道让她留在这里是因为克里斯对自己负责，而她对于克里斯一个人在外面冒险，感到非常愧疚，自己实在是太蠢了，竟然连枪都能弄丢。

如果我有枪的话，他就不用这么为我担心。虽然我的确有些经验不足，但我和他们一样都接受过严格的训练……

瑞贝卡在感到自己没用的同时，漫无目的地用一个手指在满是灰尘的琴键上点了点。早知道会是这种情况，她就应该从刚才的储藏室带几份文件，虽然并不一定能从那些时间已久的文件中获得更有价值的情报，但至少现在能有一些用来阅读的东西。她实在不想就这么静静地待在这里，尤其是现在这种时候，就这么待着实在是太糟了。

*可以弹弹琴，*心中的一个声音开朗地提议道。瑞贝卡笑了笑，盯着眼前的琴键。*不，还是算了吧。*孩提时代的她曾经被逼着上了四年的钢琴课，直到母亲终于同意按照她自己的意愿安排生活为止。

瑞贝卡起身，准备在房间里四处转转，顺便看看是否能找到些帮她分散注意力的东西。她先到吧台前俯下身子看了看，只看到一些架子、玻璃杯和一打餐巾纸，都落满了灰尘。此外她还找到几个酒瓶，虽然大部分都是空的，但她还是在吧台后面的柜台上发现了几瓶未开封的昂贵的葡萄酒。

瑞贝卡无奈地摇了摇头，自己并不喜欢喝酒，而且在这种情况下喝酒，也不太合时宜。她叹了口气转身离开吧台，继而去查看房间的其他地方。

左侧的墙上挂着一幅女性的肖像画，在钢琴的旁边，放着一盆枯萎的绿植，就是那种经常用来摆放在餐厅里的多叶植物。另外在从墙上延伸过来的台子上还有一个倒了的马提尼酒瓶。到底做点什么好呢，看来只有钢琴还能让人提起点儿兴趣……

她从小型钢琴边上走过，朝右边的开阔区域看去，两个空书架被推到一边，看上去这里也没什么稀奇的——

她皱了皱眉头，还是向书架走去，靠外侧的小书架上面显然没有什么特别的东西，但后面的那个——

她把两只手放在书架的两侧，用力向前推了推，书架很轻很容易就移开了，并且在布满灰尘的木地板上面露出一条滑动轨迹。

瑞贝卡看了看书架移动后露出的东西，感到有些失望。在后面的书架上放着一个破旧的喇叭和一个满是灰尘的糖果盘，另外还有两个装饰用的花瓶和几页钢琴的曲谱。瑞贝卡看到曲谱的曲名后，顿时感到一阵亲切——《月光奏鸣曲》，这是她儿时较喜欢的乐曲之一。

她拿起泛黄的曲谱，回想起自己大概十到十一岁时为了弹好这首曲子，反复练习时的情景。实际上，也正是这首曲子，让她明白自己这辈子不可能成为一个钢琴家。《月光奏鸣曲》是一首美丽温柔的曲子，每当她弹起来，那声音听上去感觉就像杀猪一样。

她拿起那份曲谱，转身走过转角，凝视着那架钢琴思考着：似乎也没有什么其他事情可做了……

说不定其他队友在听到钢琴的声音之后，会试着来这里寻找噪声的来源。

她自嘲地笑了笑，将乐谱展开放在钢琴的谱架上，掸了掸钢琴凳上的灰后坐下来。她一看到五线谱上的音符，手指就自然地放在键盘的正确位置上，这时她觉得，自己就像从来没有停止过练习钢琴一样。这是一种令人欣慰的感觉，在这恐怖的庄园里，这是一个可喜的变化。

带着心中的些许犹豫，她慢慢地弹奏起来。随着指尖在琴键不断地按动，乐曲那忧郁的音符在寂静的房间中慢慢响起。瑞贝卡发现，在听到悠扬的声音之后，自己的身体也随之放松下来，恐惧和紧张的感觉也一点点地从她身体里消失。不过显然，乐曲演奏得并不精彩，所以她加重了按键的力度，想以此来弥补技术的不足。

要是键盘不那么僵硬的话或许能好点儿……

突然她感觉背后似乎有什么东西在移动。

瑞贝卡条件反射地一下子跳了起来，力度大得把椅子都撞翻了。她迅速转过身，疯狂地寻找着可能出现的袭击者。紧接着，有那么几秒钟她整个身子都僵住了，她实在无法理解看到的东西。因为眼前所发生的一幕，实在是令人匪夷所思——

那堵墙竟然在移动。

正当最后的琴音还在空中回荡的时候，瑞贝卡右手边那个光秃秃的墙上有一个三脚固定的面板向上滑动了，伴随着隆隆声，面板滑入天花板里停了下来。

有那么一会儿，瑞贝卡吃惊地待在那里一动不动，观察着是不是会有可怕的情况发生——不过，在静静地等了几秒之后，里面并没有传出任何动静，房间里还是像之前一样安静，并没有发生任何可怕的事情。

被隐藏的曲谱，僵硬得出奇的钢琴按键……

难道它们能触发某种机关装置？

她发现墙壁后的密室大约有步入式衣帽间那么大，里面温柔的灯光和其他房间一样。除了摆放着一个半身雕像和承载着它的基座外，里面别无他物。

她试着向前走了几步，不过马上就停了下来。她脑中突然浮现出电影中密室里的死亡陷阱和突然从墙壁中飞出毒镖的画面。要是自己在进去后不小心启动了某种机关，把自己关在里面怎么办？要是她被困在里面，而克里斯又一时回不来怎么办？

如果到目前为止特种战术救援组的任务还一点儿都没有完成，而你是唯一一个幸存的队员，你怎么办？拿出点儿决心来！

瑞贝卡鼓足勇气走了进去。她谨慎地环顾着密室的四周，没有发现任何威胁。密室的内壁都被粉刷成奶油咖啡的颜色，墙壁上还镶嵌着一些深色的木质装饰。密室内柔和的光亮，来自于她右侧隔壁的一个小型温室的玻璃窗，透过落满灰尘的玻璃窗，可以看到对面房间里已经枯萎的植物。

她走到房间后部的雕像基座旁边，发现那是一座贝多芬半身像。她认得他那严肃的面孔和浓密的眉毛，他就是《月光奏鸣曲》的作者。基座上有一个厚实的盾形金质徽章，大小和一个餐盘差不多。

瑞贝卡俯下身，凝视着那枚徽章。这个带有皇家设计风格并泛着淡淡金光的金质徽章，看上去显得十分坚固和厚重。突然她觉得这东西看起来有些眼熟，她觉得自己应该在庄园的某个地方看到过相同图案的东西……

在餐厅，就在暖炉的正上方！

是的，就是在那儿——只不过那枚徽章是用木头做成的。她对此十分肯定，因为她在和克里斯一起检查地上那些雕像碎片时，就注意到了那个盾牌。

由于好奇，她伸出双手摸了摸那枚徽章，随后用双手将徽章拿了起来。它看起来很重，但很轻易就被拿了起来，好像它放在那里就是在等着被人拿起一样——

与此同时，瑞贝卡的身后突然响起隆隆声。墙壁开始下降，似乎马上就要把她关在里面。

她没有丝毫犹豫，立刻将徽章放回到它原先所在的位置——紧接着，下降的墙壁又沿着轨道，稳稳地上升到原来的高度。看到现在的情况，她稍稍松了一口气，然后一边凝视着眼前的金质徽章，一边思考着下一步的计划。

很显然，有人为了守护这里的秘密，精心设计了这个机关。可以看出，这枚徽章一定是个很重要的东西——但是怎样才能安全拿到这枚徽章呢？另外，安放在壁炉上面的那枚徽章，是不是也同样守护着某个秘密呢？

等等……这两枚徽章的尺寸似乎是一样的。

虽然她一时还无法确定，但她本能地觉得它们之间一定有着某种联系。如果把这两枚徽章进行互换，把那枚木质的徽章放到这个基座上，也许就能破解金质徽章的机关……

瑞贝卡面带微笑地回到房间里。虽然克里斯一再叮嘱她一定要留在原地，但她觉得只是离开几分钟应该不会有什么太大的问题。没准儿等到克里斯回来时，自己已经破解了这个机关并把成果展示给他，也是对揭开这座庄园的秘密做出的实际贡献。

另外，这也能够证明，她并不是那么没用。

1 resident evil

第十一章

站在摆放着拼图式密码锁的走廊上，巴瑞和吉尔呼吸着夜晚的新鲜空气。此时蟋蟀和蝉正在墙外此起彼伏地叫个不停，时刻提醒着二人外面还是个正常的世界。

吉尔刚刚经历了死亡的灾难，此刻脑袋还觉得有些发晕，而且还觉得有点儿恶心。巴瑞带着她来到后门附近，让她呼吸一下新鲜空气应该能对她的症状有所缓解。虽然巴瑞说他一直都没有看到克里斯和威斯克的身影，不过他好像十分肯定他俩都平安无事。他一边照顾吉尔，一边向她讲述自己刚刚的经历。吉尔此刻背靠着墙壁，大口地呼吸着夜间温暖的空气。

“……我一听到枪声，就马上跑了过来。”巴瑞有些心不在焉地摸了摸他并不是很长的胡子，并有些勉强地冲她笑了笑，“你还真是幸运。哪怕只晚个几秒钟，你就要变成‘吉尔三明治’了。”

吉尔冲他微笑着点了点头，但她注意到，巴瑞笑得好像……有些牵强，他的幽默感好像被逼出来的。可她知道，巴瑞并不是一个会在危险面前感到紧张的人。

现在只能盼着奇迹出现。我们被困在这里，找不到其他队员，整座庄园都在和我们作对。这实在不是什么好事情。

“等你遇到危险时，我一定还你这个人情。”吉尔说道，“真的，是你救了我。”

巴瑞转过头，脸色微红。“我也很高兴，能够救你一命。”他粗声说，“从现在开始我们一定要加倍小心，这里实在是太危险了。”

吉尔点点头，刚才自己差一点儿就死了，就是现在想起来，还会感到有些后怕。她赶忙强迫自己不去想刚才的事情，现在要集中精力，想想怎么才能找到克里斯和威斯克才好。“所以，你认为他们现在还活着？”

“是啊，我在房子的另一边，发现几个弹壳，还有几个被消灭的丧尸。那些家伙全都是被击中了脑袋，虽然我也这样干掉两个楼上的丧尸，但其他的一定是克里斯射杀的，所以我觉得他现在应该就在房子这边的某个地方……”

巴瑞冲着镶嵌在墙壁里的铜质面板扬了扬头，说道：“那个星星标记的徽章，是一开始就被放在那里的吗？”

吉尔皱了皱眉，有点儿惊讶巴瑞会突然转移话题。克里斯是巴瑞最亲密的朋友之一，可是现在他却更关心别的事情。“不是，是我在另一个有陷阱的房间里发现的。庄园里到处都有陷阱，所以我认为在进行下一步行动之前，我们最好先找到他俩。真不敢想象他们现在都碰到什么麻烦了，而我们接下来又会遇到什么情况。”

巴瑞摇摇头。“我不知道。我的意思是，你是对的，我们应该谨慎行事。但是这里的房间实在是太多了，我们的当务之急应该是找到离开这里的办法。如果我们分头行动，就可以试着同时去寻找剩下的徽章，而且相对来说，我们遇到克里斯和威斯克的机会也会大一些。”

虽然这跟他们最初制订的行动计划一样，但吉尔现在却有种截然不同的感觉。巴瑞说完刚才的话后，便转过头继续查看铜质面板，她感觉巴瑞的行为更像在故意逃避自己的视线。

“另外，”他说，“我们现在十分了解自己的处境。我觉得，只要正常发挥，我们就能成功完成任务。”

“巴瑞，你还好吗？我怎么感觉你，看上去有些……疲惫。”这词用得与现在的情况显然不太合适，但现在她脑子里只能想到这个词。

巴瑞看着她叹了口气。他看起来确实很累，脸上有些黑眼圈，下垂的宽厚肩膀也略显疲态。

“不，我很好。我只是有点儿担心克里斯。”

吉尔冲他点了点头以示回应，但还是觉得有些不对头，她的内心现在充满了疑问。自从巴瑞把她救出来后，就一直显得很低沉，而且还非常紧张，跟他平时差别太大了。

也许是我多想了。他可是巴瑞·伯顿，浣熊市特种战术救援组的支柱，小队最值得信赖的人，而且刚刚还救了自己一命。他怎么可能会对你隐藏什么秘密？

吉尔觉得一定是自己过度担心了，不过尽管如此，她还是决定对从特兰特那里得到微型电脑的事只字不提。毕竟她自己对这段经历都还有些疑惑，而且巴瑞好像也掌握了这座庄园的布局，所以不需要给他别的信息了。

就先保持这样吧，可是威斯克为什么会制订这样一个计划？

现在真的有些妄想症的征兆了。吉尔一边在心里自嘲，一边站直身体，跟巴瑞一起向屋内慢慢地走去。

他们在大门前停下来，吉尔最后又吸了几口甜美的空气，同时稳定了下自己的情绪。巴瑞则表情有些严峻地掏出他的柯尔特巨蟒手枪，重新检查了下弹药。

“我去东翼那边搜索，顺便看看能不能找到克里斯。”他说，“你可以去二楼看看，也许剩下的几枚徽章就藏在那里，这样的话我们就把搜索范围扩大到整个庄园。等搜索全部结束后，我们到中央大厅那里会合……”

在吉尔点点头表示同意后，巴瑞打开了大门。随着门上生锈的合页发出的抗议般的摩擦声，一股阴冷空气从庄园里迎面向他们袭来。吉尔深吸一口气，再一次做好准备，去面对那寒冷的迷宫、黑暗的走廊、无数关着的门以及藏在它们背后的秘密。

“相信你自己。”巴瑞说道，并鼓励地用他那温暖的大手拍了拍吉尔的肩膀。当他们走进屋内，身后的门关闭的同时，巴瑞在不经意间冲她微笑着敬了个礼。

“祝你好运。”他说，然后在吉尔还没来得及做出任何反应的时候，握着枪匆匆转身离开了。然后，伴随着一阵金属合页吱嘎的声音，巴瑞消失在门里，不见了。

吉尔盯着他的背影，再一次一个人站在阴冷的臭气熏天的昏暗走廊里。她觉得不是她多心那么简单，巴瑞一定有什么事在瞒着她。会不会是巴瑞不想让她过度担心，或者是在保护她呢？

也许巴瑞发现克里斯和威斯克都死了，只是现在不敢告诉我……

显然这并不是什么能让人开心的推测，但这至少可以解释巴瑞现在奇怪的表现。他的表现很明显是想和我一起尽快从这座庄园里逃出去，并且希望我在这段时间一直待在庄园的西区，而且他对那块铜质面板的关注程度，要远超找到出口或者找到克里斯和威斯克的下落……

吉尔低头看了看躺在地上的两具皱巴巴的尸体，它们周围的血液都已凝固。她实在是太难找到其中的原因了，也许因为面对突如其来的死亡，让巴瑞和自己一样，都感觉到前所未有的害怕。

也许我该停止胡思乱想了，现在最重要的是想办法尽快完成眼前的任务。他是对的，不管还能不能找到其他人，一定要想办法从这里出去。我们必须回到浣熊市，让人们知道这里到底发生了什么。

她直了直肩膀，掏出枪，穿过大门向楼梯走去。

她已经走到这一步，谜团正在被一一揭开。牺牲了这么多人的生命，一定要揭开这里的秘密——

*哪怕会被这个秘密夺走生命！*她的心里这样想着。

***

福雷斯特·斯派尔死了。再也看不到这个经常穿着他那有些破旧外衣的开朗的南方大男孩对着大家憨笑了。他的尸体靠在墙上，身上满是鲜血。

克里斯盯着这个没有信守“承诺”的家伙，有点儿不敢相信自己的眼睛。这时，一股强劲的阵风突然从远处吹来，抽打着屋檐，咆哮着穿过二楼阳台的护栏，如同幽灵发出的声音。可是福雷斯特已经听不到这些声音，他再也听不到任何声音了。

克里斯蹲下身了，小心翼翼地从福雷斯特冰冷的手中抽出他的手枪。在拿枪的同时，他一直告诫着自己不要看他的脸，但他的手碰到福雷斯特的腰包时，还是看到了他的脸庞，克里斯忽然发现尸体眼眶的位置上，只有两个空空的黑洞——他的眼球不见了。

上帝呀，到底发生了什么事，它们都对你做了什么？

福雷斯特的尸体上布满了伤口，每个伤口都有三到五厘米那么长，而且伤口处的皮肤都向外绽开，露出下面的肌肉组织。这伤口看上去，就好像被人用有些钝的刀割了数百次才形成的一样，而且每一刀下去都会割下一小块儿带着肌肉的皮肤。他的胸膛也被凶残地剖开了，撕裂的伤口之下甚至露出了白骨。再加上脸上那两个没有眼球的血淋淋的黑洞，整个尸体看上去无比恐怖。就好像凶手不是要夺走福雷斯特的生命，而是要带走他的灵魂……

克里斯从福雷斯特的腰包里翻出三个手枪弹夹，他迅速将这些东西塞进自己的腰包，然后立刻站起来，强迫自己将目光从这具几乎布满伤口的尸体上移开。他看着外面黑漆漆的树林，大口地喘着气。

现在他脑子里很乱，他试着想弄明白这到底是怎么一回事，但实在是无法想出任何一种可能。

刚才在中央大厅的时候，他就决定将能打开的房间都检查一遍。之后他在二楼的走廊里，发现一个鲜红的血手印，并听到鸟类的哀鸣声。于是他立刻来了精神，赶忙冲出去要一探究竟……

……乌鸦，那叫声听起来像乌鸦的叫声，可能有一大群……可能有人被谋杀了。先是变异猎犬，现在又来了乌鸦……

他眨了眨眼睛，过度的专注让他感到有些身心俱疲。他皱着眉头再次看了看福雷斯特那被蹂躏的尸体，蹲下来想要仔细检查那些边缘不整齐的伤口。尸体上大量严重的伤口间还有很多微小的伤口，就像一条条细小的划痕。

爪子，是爪子。

脑海中刚刚闪出这个念头，他就听到一阵焦躁不安的拍动翅膀的声音。他慢慢地转过身，手里还握着福雷斯特的手枪，当看到身后的景象时，他的手一阵冰凉。

一只全身遍布光滑羽毛的巨大乌鸦站在离他半米多远的一个栏杆上，正在用它那明亮的黑色眼睛仔细地观察着他。巨大的身体上光滑的羽毛泛着幽幽的光泽，此外，它嘴上似乎还叼着一个鲜红而又湿润的条状物。

乌鸦将头倾斜到一边，发出巨大的尖叫声，它嘴中叼着的那条福雷斯特的肉掉到了栏杆上。听到它的叫声后，聚集在周围的它那些兄弟姐妹们，也随它一起发出刺耳的叫声，叫声顿时充满整个房间。这时一只乌鸦突然号叫着张开它那巨大的翅膀，沿着屋檐的下面俯冲下来，同时向克里斯伸出了它尖利的爪子。

克里斯来不及思考，转身就跑，福雷斯特尸体的惨状以及他那空洞的眼窝深深地印在他的脑海里。他跑进一个小走廊后，便马上回手砰的一声将门关好，把那些正在发出可怕的尖叫声的乌鸦全都关在外面。他甚至能够感觉到自己肾上腺素在身体内热辣地涌动着。

他深深地吸了一口气，然后慢慢地调整自己的呼吸。他需要让自己休息一会儿，从而缓解自己剧烈的心跳。门外的乌鸦渐渐散去，尖叫声也慢慢地随风飘散。

天啊，我还能干点什么！我就是个笨蛋，笨蛋！

他原本是要为死去的特种战术救援组的队员报仇，才冲到上面去的，可是到那里之后，他完全被眼前的景象吓傻了。如果刚才在看到福雷斯特尸体的时候能够冷静一点，也许自己很快就能通过伤口的形状特点联想到是鸟类所为，也可能就会注意到在身后的阴影中盯着自己的那一群正在寻找下一个目标的肉食者。

他转身向返回中央大厅的那扇门走去，并对自己刚才的措手不及感到十分气愤。他边走边提醒自己，现在根本没有犯错的机会，一定要时刻保持警惕。这不是在玩游戏，没有复位键让你重新开始。如果自己不小心掉进某个陷阱，马上就会死去，而自己的朋友也会因自己的疏忽而慢慢地死去……

一定要更加谨慎地行动，在做每一个决定前都要考虑清楚。否则的话，就很可能会和那些受害者一样，在某条寒冷的走廊里被丧尸撕成碎片，也许还会成为这房子里某个精神错乱的家伙美味的一餐。

克里斯在心里嘀咕着，深深地吸了一口气后关上门，回到大厅的走廊里。他意识到，一味地责备自己比在这危险且陌生的环境里盲目地乱撞好不到哪儿去。他必须集中精神，眼下的当务之急是想办法寻找其他阿尔法小队的成员和保护瑞贝卡的安全……

他把福雷斯特的武器别在腰上，然后向楼梯走去。至少瑞贝卡能用这把枪保护自己。

“克里斯。”

他吓了一跳，赶忙向下看去，只见那个年轻的特种战术救援组队员正站在宽敞的楼梯前，冲他咧嘴笑着，看起来十分兴奋。

他赶紧跑了过去，尽管很高兴能看到她，但还是有些担心地问道：“出了什么事，一切还好吗？”

瑞贝卡举起一把钥匙，她的笑容更灿烂了。“我想，我发现了一个很有用的东西，也许可以帮到我们。”

他接过钥匙，看到在那把钥匙柄上刻着一个盾牌形状的图案，然后把钥匙塞进防弹背心里。瑞贝卡的样子看起来高兴极了，眼睛里似乎还闪着兴奋的光芒。

“你走了之后，我感到有些无聊，于是就弹奏了一首钢琴曲。在我弹奏的同时，墙上突然打开一道密室的大门，里面有个刻着盾牌图案的金质徽章。然后我突然想到，餐厅中那块木质的盾牌徽章不论大小形状都跟它一模一样，于是我就去餐厅，用那块木质的徽章和金质徽章进行了互换。当我把金质的徽章放到壁炉上之后，那个大钟突然移到旁边，然后就露出藏在它背后的这把钥匙……”

说到这儿，她突然闭上嘴巴，然后有些不好意思地看着克里斯说道：“对不起……我知道，我不应该离开那个房间。我还以为很快就能找到你……”

“没事的。”他说，并且尽量挤出一个微笑，“我只是对在这里看到你感到有些惊讶而已。看，我也帮你找到一个比杀虫剂要好一点儿的武器。”

他把枪递给瑞贝卡，同时还交给她两个弹夹。瑞贝卡低下头，盯着手中的枪沉思着。

当她再次抬起头，目光变得十分坚定。“是谁的？”

克里斯本想对她撒谎，但是他心里明白，瑞贝卡是不会相信的。他忽然意识到，有一种说不上来的感觉促使自己想要保护瑞贝卡，让她远离伤心和令人厌恶的真相。到底是什么让他有了这种感觉呢？

是克莱尔。

是的，瑞贝卡让他想起自己的妹妹。她们都很机智、幽默，两人甚至连发型都几乎一样。

“我想说，”瑞贝卡平静地说道，“我知道你一直在顾及我的感受。我也明白我只是个新手，经验不足，但是我始终都是小队的一分子，我不能就这样一直被你保护着，这反而会害了我，所以告诉我这枪是谁的？”

克里斯盯着她看了一会儿，然后叹了口气，她说得很对。“是福雷斯特的。我在外面发现了他的尸体，他是被一群乌鸦杀死的。另外肯尼斯也死了。”

她眼睛里闪过一丝痛苦的神色，然后她用坚定的目光看着克里斯，并点了点头。“明白了，所以我们现在应该怎么办？”

克里斯也坚定地看着她，想到自己年轻时应该也是这个样子吧。

他指了指楼梯，希望他的决定不再是另一个错误的开始。“我想，我们应该去试试另一扇门……”

***

威斯克没有听到巴瑞和吉尔之间的对话，但是在对巴瑞说完“祝你好运”并离开之后，他便从附近的某个地方听到开关门的声音，接着又听到不远处传来门被重击破坏和关门的声音。而在他所处的地方外面的走廊上一个人都没有，看来自己的队员们都去寻找徽章了。

看起来，我现在藏身的这个地方很好……

他之前用刻着头盔图案的钥匙打开了位于后门边上一间很小的书房，并藏身在里面，这里简直就是监视小队成员行动的最佳场所。不但能够听到他们穿梭在庄园里的声音，而且这里还是离实验室入口最近的房间……

他拿着那枚沉甸甸的刻着风图案的徽章来到台灯前，咧嘴笑了笑。这计划实在是太棒了。在结束和巴瑞的谈话后，他在往回走的路上碰巧看到一座石膏像。他忽然想到这石膏像里应该藏着某个机关的钥匙，可是他又不想浪费宝贵的时间慢慢查找，于是他就直接将石膏像从餐厅的阳台上推了下来。虽然里面并没有藏着徽章，但在石膏堆中发现一颗闪闪发光的蓝宝石也不错。他忽然想起，之前来这里的时候，曾经在餐厅旁边的屋子里看到过一只老虎的雕像，老虎的一只眼睛是红宝石，另一只正是这块蓝宝石，这一定是某个机关。他赶紧跑到老虎的雕像前，一下子就明白自己猜对了，因为他发现，现在老虎的两只眼睛都不见了。威斯克将手中的蓝宝石放回它本来的位置后，老虎雕像便开始向一侧转动，露出里面的那枚徽章。就这样，他离完成任务又近了一步。

我就待在这里，等他们把另外的三枚徽章都放上去，并出去找最后这枚徽章时，我就可以溜出去……

他本来还想去铜质面板那里看一下情况，不过最后还是忍住了。庄园虽然不小，但也不是特别大，没必要冒着被发现的风险到外面去。刚才下楼去拿那颗蓝宝石的时候就差点被克里斯看到。他们那些人应该连一枚徽章都还没有找到吧，不过克里斯好像跟那个布拉瓦小队的新人在一起行动，两个人应该能找到一些线索。

另外，这个房间里面还挺舒适。也许在等他们搜查的时候，我还能小睡一会儿。

他靠在椅子上，很满意现在的情况。他觉得多亏自己敏捷的思维，才能临时把事情安排得这么好，也许这就是因祸得福吧。到目前为止他找到一枚徽章，巴瑞和吉尔正在为他寻找剩下的三枚——另外，刚才自己还非常幸运地在图书馆里遇到了艾伦·史密斯。

哦，对了，应该称呼她为艾伦·史密斯博士才对。

在刚拿到风徽章之后，他去了一趟图书馆，想顺便检查一下那里的一个小房间。这个小房间的入口隐藏在一个书架后面，从房间里刚好能看到庄园的直升机停机坪。他快速查看了一下房间，并没有发现任何威胁或是有价值的东西。正当他要去检查里面的屋子时，史密斯博士突然踉跄着出现在他面前。

威斯克自从调职到浣熊市之后，就一直试图约她出来。她那诱人的长腿以及一头秀丽的金发都深深地吸引着威斯克。他总是偏爱金发的女人，特别是聪明的金发美女。不过艾伦·史密斯多次拒绝了他的要求，她好像对他没什么好感。每当他在电话中叫她艾伦的时候，她总是冷冰冰地告诉他，她是他的上司，同时也是一名博士，所以请他时刻注意自己的言行。简直就是一个“冰雪女王”。要不是因为她是个美女，威斯克早就懒得理她了。

可惜，你的美貌消失了，艾伦博士……

威斯克微笑着闭上了眼睛，细细地回味着刚才那一幕。艾伦从书架后面跌跌撞撞地走过来，在向威斯克伸出双手的同时，嘴里还发出阵阵的呻吟声。唯一能让威斯克分辨出她身份的，是她那一头凌乱不堪的金发。她的腿还是那么长，但已没有了吸引力——更别提那早已不复存在的美丽洁白的皮肤……

“亲爱的艾伦博士，你身上可真香啊！”话音刚落，他立刻朝艾伦的头开了两枪。艾伦的血肉和骨头随着枪声四溅。威斯克并不想让自己看上去像一个肤浅的男人，但是对着这位曾经高高在上的坏女人扣动扳机的那一刻，他心里还是感到一点儿——哦，不，是很大的——满足。

这就像锦上添花一样，在处理完问题后给自己的小奖励。不过照这样看，说不定还能在地下实验室里遇到那个讨厌鬼萨顿……

过了一会儿，威斯克站起来活动筋骨的同时，将目光向身后那些整齐摆放在书架上的书投去。他想要尽快结束行动完成任务，但显然特种战术救援组的那些人应该还需要点儿时间才能找到所有的徽章。*现在真的没有什么事情可做，也许可以看看书来打发一下时间……*

他皱了皱眉头，试图理解书上那些由专业名词组成的书名。*有一本书叫《噬菌粒：阿尔法互补载体》，旁边的那本书叫《互补基因库与电泳条件》。*

都是些生物化学方面的书籍和一些医学期刊，好极了。也许他应该小睡一会儿，仅仅是读读那些书名就能让人感到困意。

他的目光落到下面一层的书架。那儿有一本看起来很厚重的书，包裹着红色的皮革封面。他把那本书拿起来，很高兴有一本自己能够读得懂书名的书。同样是一个很奇怪的书名：*《东之鹰，西之狼》*。

等一下——在喷水池上也写着同样一句话——

威斯克盯着这个标题，感觉自己的好心情一瞬间全都溜走了。不可能！研究人员已经失去了理智，但他们绝不应该封锁整个实验室，根本就没有道理这样做。威斯克像发疯似的翻开书，在心里祈祷自己想错了——

但是紧接着，他便发出一声无助的呻吟。他看到在这本书夹着一块刻有雄鹰图案的硬币——这是一把用来开启一个全新的、疯狂的斯宾塞机关的钥匙。

这就好像一个恶作剧的点睛之笔。想要从庄园的后门出去，他就必须找到四枚徽章，然后进入后部的庭院，穿过迷宫一样的隧道，进入花园中一个隐藏的区域，再通过一个古老的石头喷水池进入实验室。那个喷水池是斯宾塞最巧妙的作品，一个令人惊叹的工学奇迹，同时也是通往地下实验室的大门。当然，还要找到能开启它的两把钥匙。而钥匙就是两个用黄铜制成的硬币，一个就是眼前刻有鹰的这个，而另一个刻的是狼……

既然鹰硬币出现了，就表示大门被关闭了。狼硬币可能藏在任何地方，在哪儿都有可能——他进入实验室成了不可能完成的任务。

威斯克实在是无法抑制心中的愤怒，他一把抓起那枚硬币，将书重重地摔在桌子上。而书正好砸中桌上的台灯，房间里顿时陷入一片黑暗。就算找到所有的徽章也没用，他不得不放弃自己完美的计划。除非他的队员会在这个巨大的迷宫一样的庄园某处无意中发现隐藏着的狼硬币，否则就只能靠他自己了。

这就意味着会承担更大的风险，做更多的搜查工作，而且也意

味着可能会有队员在我之前进入实验室。

这实在是太让人感到气愤了，威斯克沉默地站在黑暗里，发泄似的捏紧拳头，气得差点就要叫出来。

1 resident evil

第十二章

吉尔听到类似玻璃破碎的声音，于是停下脚步想要分辨出这声音是从哪儿传出来的。可是这庄园的声音传导效果非常奇怪，漫长的走廊再加上不寻常的房间布局，很难判断声音的来向。

难道，我听错了？

吉尔叹了口气，最后看了一眼这个位于楼上摆满图书的安静的客厅。目前她沿着走廊的栏杆在这里彻底搜查了三个房间，但是没有发现任何有价值的线索：一间是放有两张床的卧室，一间是办公室，还有一间锁着门的房间，打开后发现里面还没装修好，屋里只有一个壁炉。几间屋子墙上所有的开关，都是用来控制照明设备的。她只是在办公室的墙上，发现一个看起来有些危险的黑色按钮，但在按下之后发现，按钮只是控制摆放在房间角落里一个空鱼缸的排水系统。

她在那间卧室一张床下面的一个金属箱子里发现一打装满霰弹枪子弹的弹夹，只有这件事能让她稍稍感到些安慰。如果这里藏着什么徽章的话，她肯定会遗漏掉的。

吉尔拿出特兰特的电脑，又看了看里面的地图，发现她到了楼梯最上方的位置。走过客厅的第二扇门，之后是一条宽敞的“凹”字形回廊，穿过它就可以绕到正门中央大厅上方的阳台。另外，这条回廊还连着两个房间，其中一个没有其他出口，而另外一个房间则与其他几个房间相通。

她收起电脑掏出手枪，整理了一下自己的思绪后，继续向走廊深处走去。这真是有些难为她！她一边思考到底是出了什么事情，让这里出现这么多的丧尸，一边还在为自己队友的处境担心，这些问题，弄得她脑子有些混乱。

也许应该看看这些文件……

这只是一间普通的办公室，一张桌子，一个书架——但在门后挂着几件实验室用的白大褂，几页写满字母与数字的纸张散落在桌子上。她掌握的化学知识让她知道这些纸上记录的都是有关化学的东西，但还不足以让她看明白具体内容，因此她也没有费心去认真地阅读这些文件。不过自从她发现这些文件开始，她就觉得这些丧尸应该是某项研究事故的产物。这座庄园是私人出资修建和管理的，一直对外界保持着一种神秘的感觉，看来是在掩饰什么。从屋子里堆积的灰尘厚度来看，这里应该有两三个月没有人来过了——浣熊市一连串的恶性凶杀案也是从那时候开始的。如果这房子里的人正在进行着某种实验研究，但是出了状况……

难道是实验把他们都变成了吃人的丧尸？可这也太牵强了……

不过，这是目前为止她想到的所有可能性中她觉得最接近事实的设想。队友们的情况让她感到担心——巴瑞的行为非常怪异，克里斯和威斯克还没找到，自己这边的调查也没有丝毫的进展。

继续待在这里，不会对调查这件事有任何的帮助。

于是，吉尔停止了沉思，返回到走廊里。

刚一回到走廊她便闻到一股恶臭，随即她在前方走廊的地板上发现一个倒在地上的丧尸。墙上壁灯散发出不均匀的光线投射在那具尸体上，泛起暗红色的光芒，灯光把走廊都罩上一层朦胧的红色。她用枪指着地上一动不动的尸体——就在这时，她突然听到附近传来关门的声音。

是巴瑞吗？

他现在应该正在庄园的另一边进行搜索，但也有可能突然发现什么东西，跑回来找她……或者是小队的其他人。

抱着这种想法，她满心欢喜地沿着昏暗的走廊向前跑去，渴望快点儿见到那个熟悉的面孔。谁知她刚接近拐角，一股恶臭的气味向她迎面扑来——

她脚边那个倒在地上的丧尸突然伸出手，并且以惊人的力量抓住她的脚踝。

吉尔吓了一跳，赶忙伸开双臂帮助自己保持平衡，同时发出一声夹杂着厌恶和惊讶的叫喊。这时，丧尸那腐烂的头又向她的靴子挪近了一步，它那已有部分皮肤剥落、露出森森白骨的手，正无力地抓着吉尔厚厚的皮靴，看样子还想加重手中的力度——

吉尔本能地用另一只脚向丧尸狠狠地踹去。脚上的皮靴一下子蹬在丧尸的脑袋上，一块宽厚的头皮被她直接踹了下来，露出下面白花花的头骨，但它仍然紧紧地抓着她的脚踝，就好像它根本感觉不到疼痛一样。

第二和第三脚踹向它的脖子，第四脚踹下去后她听到一声闷响，应该是那个家伙的脊椎被踹断了。

丧尸的手颤抖着，随着喉咙里哽咽地发出一阵汩汩的声音，它终于趴在地毯上不动了。

吉尔跨过地上的丧尸跑过拐角，尽量压制着自己心中的愤怒。她确信，在这些走廊中徘徊的丧尸就像贝琪与普里希拉一样，都是这次事故可怜的受害者。也许，死亡对它们来说反而是一种更好的解脱——但它们已经成为一种威胁，更不用说那变异腐烂的身体。

所以从现在起，她必须更加小心。

她的右手边有一扇门，厚重的木质主体与错综的金属装饰交织在一起。木门的钥匙孔板上刻着铠甲的图案，不过这扇门与她在楼上遇到的另外几扇门一样并没有被锁上。

她在门口观察发现，这个灯光十分明亮的房间里没有一个人。突然，她有些犹豫，无论是谁在这个地方徘徊，她都有些不太想看到。宽阔的房间两侧，各排列着八个戴着头盔的铠甲，在房间的最里面放着一个小展示柜。在房间正中央的灰色地板上有一个大大的红色开关。

另一个陷阱？或者一个谜题……

出于好奇，她还是进入房间，朝着玻璃陈列柜走去。她感觉两旁毫无生气的铠甲就像警卫一样在注视着她的一举一动。地板上红色开关的两侧，各有一个神秘的孔洞。也许是通风口吧，想到这儿的同时，吉尔感到自己的心跳有些加速。这让她突然意识到，这应该是庄园里的另一个陷阱。

她快速地检查一下落满尘土的展示柜。柜子的玻璃非常厚实，她找不到任何能打开它的办法。不过她看到，有个像金属的东西正在柜子阴暗的底部，散发出暗淡的光芒……

我如果按下那个红色开关的话，展示柜也许就会被打开——可是，然后呢？

她脑海中突然浮现出一些生动的画面：换气口突然封闭，门被锁上，房间就变成一个密不透风的坟墓，然后自己在里面慢慢窒息而亡；房间可能突然被水淹没；或者突然喷出一些毒气什么的。吉尔皱着眉头环顾着房间的四周，想要找到安全地打开展示柜玻璃罩的方法，也许某一个铠甲里藏着另一个隐藏开关。

每一个谜题，都有不止一个答案。吉尔，千万不要忽视这一点。

想到这儿吉尔咧嘴一笑。为什么非要按下那个按钮呢？

她走到陈列柜旁，蹲下身子的同时，握住手枪的枪管，然后用枪把猛地向柜子砸去。厚厚的玻璃应声裂开，她敲出一个拳头大小的窟窿之后，小心翼翼地把手伸了进去。

吉尔微笑地看着手中刚从柜子里拿出来的徽章，六角形的徽章上雕刻着复古风格的微笑着的太阳图案，她对于自己刚刚想出的解决方法非常满意。从这件事情来看，在处理这座庄园中的各种陷阱时，完全可以用一些简单直接的方法。尽管如此，她还是匆匆地跑回到门口，她可不想在离开这间充满庄严气息的房间之前就庆祝自己的胜利。

回到被灯光染成血红色的走廊后，她拿着那枚徽章在那儿站了一会儿，心里默默地思考着自己下一步的行动：是该继续追过去看看刚才关门的人是谁，还是先回到铜质面板那里把这块徽章放进去？和她现在渴望找到她的队友们一样，巴瑞同样迫切想要找到离开这里的方法。如果特种战术救援组的其他人还活着的话，他们肯定也在寻找逃离这里的方法……

她在沉思的时候，目光不经意间落在自己刚刚杀死的那个散发着恶臭的丧尸身上。一摊黑血正从丧尸的头部流出，在地面慢慢扩散。她突然意识到，自己无论如何也要想办法离开这里，远离这些危险的怪物和阴冷的满是灰尘的庄园。她想要出去，而且越快越好。

下定决心后，吉尔紧握徽章，匆匆向通道跑去。她找到两个特种战术救援组撤离这座庄园需要的徽章。她觉得，虽然很可能会有更加危险的东西在那扇被锁起来的门后等着他们，但总比他们一直被困在这里要好得多……

***

“理查德！”瑞贝卡惊叫一声后立刻跪在这名布拉瓦小队队员的身旁，颤抖着向对方颈动脉的位置伸出自己的手，想要检查他是否还有脉搏。

克里斯沉默地低头望着这具遍布伤口的尸体，他明白瑞贝卡根本不可能感觉到队友的脉搏跳动。理查德·艾肯右肩上的伤口已经风干，身体上被撕裂的地方也不再有鲜血流出。很明显，他死了。

克里斯看着瑞贝卡那只纤细的手慢慢地离开理查德的脖子，颤抖着帮他闭上那双毫无生气的眼睛。克里斯也觉得，看到理查德的死超过他的承受极限：理查德是个通信专家，是个积极向上、乐观开朗的人，而且他今年只有二十三岁……

他环顾四周，观察着这个寂静的房间，想要找到理查德的真正死因。这个房间就位于二楼阳台的旁边，里面没有任何的装饰及家具，只有理查德的尸体静静地躺在地上。

克里斯皱着眉头，向房间里的另一扇门走去。他在门前蹲下身子，仔细地检查铺着黑色瓷砖的地面。他发现，在理查德的尸体边有一串干涸的血脚印，一直延续到三米开外的木门门口。克里斯若有所思地盯着门口，然后握紧了手中的手枪。

杀害理查德的凶手，很有可能就藏在门的另一边，也许正在等着更多的受害者……

"克里斯，你看看这个。"

瑞贝卡依然跪在理查德的尸体旁，她的目光落在他那被撕裂的肩膀上。克里斯回到瑞贝卡的身旁，一时没明白瑞贝卡想要他看什么。伤口呈撕裂形状，可以说是一片血肉模糊，而且被撕裂开的皮肉已经变色。不过令人奇怪的是，这些伤口并不是很深……

"你看他身上这些伤口呈紫色，感觉像肌肉被刺穿后，从伤口处向外延伸并扩散开来的，对吧？在这里和这里。"瑞贝卡指着他身上两个相隔十几厘米的深色孔洞说道，每个伤口附近的皮肤都好像被什么东西感染一样变成红色。

瑞贝卡直起上身，抬头看着他说："我觉得他是中毒了，看起来像被蛇咬了。"

克里斯盯着她。"可是什么蛇能制造这么大的伤口？"

瑞贝卡边摇头边站起身。“我明白，也有可能是别的东西。但这些伤口本身并不足以对他造成致命的伤害，那需要数小时的血液流失才能致人死亡。所以，我敢肯定他是中毒了。”

瑞贝卡的这一番分析，让克里斯对她有了全新的认识。他现在才发现这是一个有着极强的观察力，而且能在适当的时候很好控制自己情绪的女孩。

他快速地查看了一遍理查德的尸体，并从他的身上找到一个完整的弹夹和一台对讲机。在把这两样东西交给瑞贝卡之后，他又捡起理查德打完子弹的手枪，并把它插在自己的腰间。

这时他又向门口看了看，然后对瑞贝卡说道：“无论杀死他的是什么东西，都有可能突然从那里回来……”

“我们得小心些。”说完，她便向门口走去，然后站在那里，等着克里斯做出下一步指示。

看来我必须停止把她当个小姑娘一样来对待。至少她比小队中其他多数成员活的时间都要长，她不需要我的保护，也不应该让她一直待在我的后面。

他走到门口，冲着瑞贝卡点了点头。瑞贝卡转动门把手，并把门推开，两个人一起举着武器挤进狭窄的走廊。

走廊的尽头是一段木头楼梯，在楼梯的正上方有一扇关着的大门。在他们的左手边有一条岔路，可以从那里通向另外一扇门。他们可以清楚地看到，在楼梯旁的墙壁上有一些残留的血迹，克里斯突然觉得那一定是理查德的血，也就是说杀害他的凶手很有可能就藏在那扇门的后面。

他指着那条岔路，低声对瑞贝卡说：“你去那个房间看看，如果遇到麻烦的话就赶快回到这里。五分钟后我们回到这里碰面。”

瑞贝卡点了点头，沿着狭窄的走廊走了过去。克里斯一直看着她进入房间，自己才上了楼梯。在他踏上楼梯的同时，他的心脏也开始剧烈地跳动，就像在警告他，门后隐藏着前所未有的危险。

那扇门是锁着的，但克里斯发现，在门锁的钥匙孔板上刻着一个小小的盾牌图案。看来瑞贝卡比自己想象中还要厉害。他拿出瑞贝卡找到的那枚钥匙，同时检查一下他的手枪，然后打开了门锁。

这是一间很大的阁楼。比起庄园里其他华丽的房间，这里的装饰可以算是十分简陋。除了屹立在地面和倾斜天花板中间的木头支柱，以及几个放在墙边的箱子和圆桶之外，屋里别无他物。

克里斯打起十二分的精神，时刻保持着警惕向房间深处走去。他发现在房间的另一侧，距离墙壁一米多远的地方竖立着一面高约一米五的矮墙。这个看起来就像马厩一样的设置，是这房间里唯一不能一眼就看清的区域。克里斯慢慢地朝着那里走去，他的皮靴踏在木地板上发出阵阵响声，回荡在冰冷的空气中。

他慢慢地移动到墙边，迅速将枪口越过矮墙瞄向下方，心里怦怦直跳。

虽然里面并没有蛇，但他发现，在两堵墙中间的地板上有一个边缘不平整的大洞，这个洞深约三十厘米，宽约六十厘米，并且从里面传出一股刺鼻的类似麝香的气味，闻起来像某种野生动物身上发出的味道。克里斯皱了皱眉，向后退去——

不过没退两步，他就停止了动作，因为他突然发现，在洞的旁边有一个拳头大小的像硬币的圆形金属物品，表面好像雕刻着一个新月的图案……

克里斯赶紧绕过矮墙走到隔间里，一边警惕地看着洞口，一边蹲下捡起那个金属块。这是一枚刻着新月图案的六角形的铜质徽章，而且做工精美，简直可以说是一件艺术品——

就在这时，洞穴里突然轻轻地响起某种东西滑动的声音。

克里斯惊得连忙跳起身，同时举枪瞄准洞口。他迅速后退到墙根并将身体靠在身后的墙壁上，盯着洞口缓缓地移动着——

这时，一个圆柱状的黑色身影突然闪电般地从洞口冲了出来。那个东西的直径足有餐盘那么大。它冲出来后，一下子撞在克里斯右脚边的墙上，离他的脚也就几厘米的距离，猛烈的撞击使得木板发出一阵吱吱嘎嘎的声响。

啊！天哪！是蛇！

在克里斯跌跌撞撞往后退时，这条巨大的爬行动物抬起它的头，它的身体在昏暗的墙壁下显得格外长。它现在正一边发出嘶嘶的声响，一边将头抬到与克里斯胸部平行的高度，向克里斯露出正在慢慢滴着毒液的牙齿。

克里斯赶紧向门口跑去，跑到一半的时候，他突然转身向巨蛇菱形的脑袋开枪射击。伴随着巨蛇发出的一声奇怪的嘶嘶声，一颗子弹呼啸着击中了它张开的大嘴，并且直接从头后穿出，在它的脑袋上撕开一个口子。

巨蛇被子弹打得一下子跌倒，但它马上扭动着它那足有六米多长的健壮身体再次向克里斯冲来。看到这种情况，克里斯毫不犹豫地再次开火，子弹打得巨蛇背后鳞片状的肌肉纷飞，从伤口里不断喷出深色的血液。

巨蛇随即又发出一声咆哮，再次竖起上身冲着克里斯张开大嘴。它的头现在离他的枪口只有十几厘米，克里斯甚至能够清楚地看到，它嘴里刚刚被子弹打穿的伤口还在不停地流着血。

眼睛，打它的眼睛！

克里斯再次扣动扳机。随着枪响，巨蟒直接向前跌落在他的身上，并将他重重地砸倒在地板上。倒在克里斯身上的巨蛇疯狂地扭动着巨大的身体，房间里一根厚重的支撑梁被它强有力的尾巴瞬间击碎。克里斯也在它的身下不停地挣扎着力图抽出被压住的胳膊，至少要在自己死前给巨蛇以最大的伤害。

随后，巨蛇冰冷而又沉重的身体突然停止了挣扎，松弛无力地倒在地板上。

“克里斯！”听到枪声跑过来的瑞贝卡冲进房间，看到眼前的情景一下子愣在原地，傻傻地盯着爬行动物那巨大的尸体。

“啊——”

克里斯用脚顶住一根木头柱子，然后用尽全身的力气，借着蹬踹的力量，从巨蛇的身下爬了出来。瑞贝卡急忙赶过去，将克里斯扶起来，大大的眼睛里满是对克里斯的敬佩。

他们盯着巨蛇身上的致命伤口，蛇的右眼被一颗直径九毫米的子弹射穿，此时正不断地从黑洞里流出某种黑色的液体。

“你还好吧？”瑞贝卡轻声问道。

克里斯点点头，也许肋部会有一些瘀伤，不过这对于刚刚从死亡边缘逃出来的他已经不算什么了，这一切都是因为他刚才停下来去——

他摊开手中的那枚徽章。由于刚才一直用力紧握着这枚徽章，他感觉现在手指都有些僵硬。他突然意识到，刚才经历那场殊死搏斗时一直攥着它，都没来得及仔细看一看。现在看来，巨蛇攻击他应该是为了保护这枚徽章，从这点来看这枚徽章应该非常重要。

也就是说，就因为捡起这个东西，我差点成了巨蛇的晚餐。

瑞贝卡从克里斯的手中接过徽章，然后用手指摸了摸上面的新月图案。

“你在那边找到什么东西吗？”克里斯问道。

瑞贝卡摇了摇头。“里面只有一张桌子和两个书架——这个是干什么的？”

克里斯耸耸肩，又看向巨蛇眼睛上不断往外涌出液体的伤口。他突然感觉有些不寒而栗，如果刚刚那枪没能击中要害的话，真不知道自己会是什么样的下场……

“也许我们能在之后的行动中弄明白这枚徽章是用来干什么的。”克里斯平静地说道，“好了，我们还是先离开这里吧。”

瑞贝卡将铜质徽章交还给克里斯，两人匆匆地离开这个冰冷的阁楼。当关上房门的那一刻，克里斯突然意识到，虽然以前从来没在这方面留意过，但从现在开始他最讨厌的动物绝对是蛇。

***

巴瑞拖着沉重的脚步来到中央大厅的楼梯上，他感到每走一步心里的紧张和不安就加重一分。他将庄园东侧所有能够打开的房间都搜查了一遍，可还是一无所获。

他吃力地走在台阶上，一幕幕可怕的画面不停地在他的脑海中浮现：妻子凯西和年幼的女儿莫伊拉与宝莉恐惧地看着突然闯入的陌生人。凯西知道地下室放枪的保险箱密码，但是在有人破门而入之前凯西就能跑到楼下拿到枪的机会不大……

巴瑞来到楼梯中间的第一层过渡平台，深深地吸了一口气，颤抖地呼了出来。他十分清楚，即使听到有人从门或者窗户闯入的声音，凯西应该也不会去直接拿枪，她肯定会先跑到孩子们所在的地方，确保她们的安全。

如果我不快点儿把那些徽章都找到的话，就不能保证她们的安全。

他在庄园里没有看到任何电话或者无线电，如果威斯克没能到达实验室，那么他到底是如何跟白色安布雷拉的人联系，让那些杀手停止行动的呢？

巴瑞来到上面一层通往庄园西侧的门前。他现在唯一的希望是吉尔或者威斯克能够把剩下的三枚徽章全部找到。他现在也不知道威斯克在哪儿（不过他从没有怀疑过只要找到全部的徽章，那个卑鄙的小人就会马上出现在他的面前），但吉尔现在可能仍然在二楼进行搜索，他可以从他们分开的地方开始，去搜索那些吉尔还没有检查过的房间，至少可以排除一些最不可能的区域。如果全部都搜索完之后，还是一枚徽章都找不到的话，他就返回庄园的东翼，把房间里所有的家具都拆开……

巴瑞打开门，走进那条铺着红色地毯的走廊。由于心里一直在盘算着徽章的事，他都没注意到从他右手边的门里走出来的克里斯·雷德菲尔德与瑞贝卡·查姆博斯。

克里斯看到巴瑞一下子变得兴奋起来，高兴地喊道：“巴瑞！”

然后他一下子冲了过去，紧紧地抱住巴瑞，好一会儿才放开他，然后对他笑着说：“天哪！真高兴能见到你，我都怀疑只有我和瑞贝卡活下来了。吉尔和威斯克去哪儿了？”

巴瑞一边笑着，一边想要编个听上去比较容易让人接受的理由。这比对吉尔撒谎要难多了，自己和克里斯相处的时间太长了，两人彼此都很了解，此刻他心里充满对克里斯的内疚——

凯西和两个女儿，都有可能会死——

“我和吉尔在你走之后不一会儿就去找你。发现那条走廊里的门都被锁上之后，我们就返回正门的大厅，结果发现队长也突然不见了。从那时开始，我们就一直在寻找你和队长，同时想找到一条能从这里出去的路……”

巴瑞的脸上终于浮现出了十分自然的笑容。“很高兴能在这里见到你们。”

至少，这些话都是真心话。

“威斯克就那么消失了？”克里斯问道。

巴瑞点了点头，心里有些不舒服。“是的。我们还发现了肯，可惜他被丧尸杀死了。”

克里斯叹了口气。“我也看到了，而且福雷斯特和理查德也死了。”

巴瑞感到一阵难以忍受的剧烈悲伤，心中对威斯克的仇恨更加强烈。那些威斯克正在为之卖命的人，导致了这一切灾难的发生，而现在他们却想要掩盖一切事实和罪证，想要逃避他们应该为此而负的责任——

不管愿不愿意，我都是在助纣为虐……

巴瑞深深地吸了口气，脑子里又想起妻子和两个女儿。“吉尔发现这里有个后门。我们觉得那应该是一个可以从这里逃出去的通道。

但是那里有一个机关，我们必须找到所有的钥匙才能把那扇门打开。那应该是四枚铜质的徽章，吉尔找到一枚，剩下的三枚应该也被藏在这庄园里的某个地方……”

他正说着，克里斯突然咧嘴一笑，把手伸进他的防弹背心里。“是这个吗？”

巴瑞紧紧地盯着克里斯手中的那枚徽章，感到心跳都加速了。“噢，这正是其中的一枚！你在哪里找到的？”

瑞贝卡露出害羞的微笑，说道：“他战胜了一条巨蛇，非常非常大的那种，然后得到了这个。我想那条蛇应该是受到事故的影响，即使因为病毒变异……我从来没见过那么大的蛇。”

巴瑞尽量装作很随意的样子，将徽章拿在手中，并皱着眉头问道：“事故？”

克里斯点点头。“我们发现一些文件，上面的信息显示，有人在这座庄园里进行某些生物方面的秘密研究，而且在研究的过程中好像不小心泄露了某种病毒。”

“而且，很明显这种病毒能够感染哺乳类以及爬虫类动物。”瑞贝卡说，“而且它不仅可以在同类中传播，还能感染其他物种。”

*我肯定也被感染了。*巴瑞一想到这，就黯然神伤。

他的眉头现在皱得更深了，但仍假装若有所思的样子，其实他想赶快找个借口从他俩身边离开。队长肯定只会在他一个人的时候才会跟他联系。他感到，现在当务之急就是把这枚徽章放到铜质面板上，这样就能够向队长证明他俩是在一条船上的，他们的交易还在进行中，而且他已经说服其他人配合他寻找剩下的徽章。他越来越感到时间紧迫，手里的徽章被他出汗的手焐热了。

“我们一定要把这件事报告给联邦政府，”巴瑞终于说道，“并让他们彻查此事。然后以军事力量来对这个区域进行全面的搜查和隔离……”看着正一起冲他点头的克里斯和瑞贝卡，巴瑞心里又一次感到内疚。上帝，要是他们不那么信任我就好了。

“不过，我觉得在此之前，我们应该先集中全部的力量找到剩下的徽章。也许吉尔已经找到另一块，也许两块都……”

我只能这样祈祷……

“你知道吉尔在哪儿吗？”克里斯问道。

巴瑞点了点头，脑子里快速思考着答道：“我知道，但是这里简直就像个迷宫……为什么你们不在大厅里等着，让我去把她找回来呢？这样我们就可以一起进行更细致的搜查……”

他希望让自己看起来更有说服力，于是笑了笑继续说道：“如果我们半天都没有回来的话，你们就去继续寻找这种徽章。后门就在一楼西侧走廊的尽头。”

克里斯盯着巴瑞看了一会儿，巴瑞能从他的目光中读出他的疑惑，那些让巴瑞都无法回答的疑惑：为什么要分开行动呢？你要如何寻找失踪的队长？你为什么能肯定，后门就是逃出去的通道？

求求你们，按照我说的去做吧。

“好吧。”克里斯勉强地说道，“我们等着你们回来。但是不管找没找到吉尔，你都要赶快回来。我觉得在目前这种情况下，大家尽量待在一起会让我们有更大的机会逃出去。”

巴瑞点点头，在克里斯还没来得及多说什么之前，便转身跑进阴暗的走廊。他看到克里斯眼中的犹豫，听出克里斯话里的怀疑。特别是他最后说的那句话，巴瑞非常想警告他的朋友威斯克背叛了他们，但是为了保护家人又不能这样做，说出去可能会让自己的家人被害，让自己遗恨终生，离开是现在唯一能让他解脱的方式。

他突然听到通往阳台的大门关闭发出的声音，于是他马上加快了脚步，转过几个弯后全力向那里跑去。在通往楼梯的门附近他发现一具丧尸的尸体，巴瑞来不及多想直接从上面跨过去。他低头走进门里，弥漫在走廊里的恶臭已经减轻不少。巴瑞三步并做两步地爬上楼梯，他感到自己的良心正因为他的背叛而哭泣。

你就是一个骗子，巴瑞。你在用威斯克利用你的方式，欺骗着

你的朋友们，玩弄着他们对你的信任。你应该把事情的真相都说出来，然后跟他们一起想办法来解决问题。

到达通道的门口时，巴瑞停止了自己的思绪，用力打开金属门。他明白现在不能冒这个险，他家人的生命现在全都掌握在队长的手里，很有可能威斯克一直都在附近，监视着他们的一举一动。一旦他发现克里斯和其他队友得知了真相，很可能马上就会杀死所有的人。也许我帮助威斯克销毁了那些资料，保证特种战术救援组的人找不到证据，队长就会放过他们……

巴瑞走到后门旁边的铜质面板前，一下子愣在那里。他感到有一股暖流正在他的心中游走。因为他惊讶地发现，有三枚徽章被安放在控制台上，它们分别是太阳、风，还有星星的徽章。终于凑齐了！

威斯克现在终于可以进入实验室了，并叫回埋伏在我家周围的人，他再也不需要我们了。那样我就能回到队员们中间，让那家伙自己去处理剩下的那些事情。然后等到浣熊市警署接手这里之后，我们就可以忘掉这里发生的一切……

巴瑞现在完全沉浸在自己内心的喜悦中，完全没有注意到有人正从背后接近自己。直到威斯克的声音响起，他才意识到这里不是只有他一个人。

“为什么你不先完成眼前的拼图呢，伯顿先生？”

巴瑞被吓了一跳。他回头怒视着威斯克，并对自己刚刚的沾沾自喜感到恼怒。威斯克仍然面无表情地戴着他那副太阳镜，他向巴瑞露出一个虚伪的微笑，然后冲他手中的铜质徽章扬了扬头。

“哦，好吧。”巴瑞小声嘟囔道，随后将最后一枚徽章放了上去。紧接着，从门内传来一阵金属的咔嗒声——

威斯克直接越过巴瑞伸手推开大门。巴瑞朝里看去，那里应该是一个小的工具房。在房间对面的墙上有一个出口，旁边不再有什么控制台，看来这种无聊的解密游戏终于可以结束了。

凯西和两个女儿终于安全了。

这时威斯克突然将身子向前轻轻一躬，微笑着示意巴瑞跟他一起进去。

“时间不够了，巴瑞。我们还有很多事情要做。”

巴瑞困惑地盯着对方。“你这是什么意思？你现在可以进入实验室了……”

“嗯，计划稍微有些改变。事实上，我突然发现，我还需要找到另外一样东西才能完成任务。虽然我知道那个东西放在什么地方，可是一个人去那里实在是有些危险……再者，我觉得到目前为止我们的合作进行得非常愉快，所以，我希望你能够继续和我一起合作……”

虽然威斯克的脸上还保持着微笑，但很明显这些话都是在威胁巴瑞，并且好像在提醒他，他妻子和女儿的性命还掌握在自己手里。

“事实上，我必须坚持让你跟我一起进去。”

长时间的沉默之后，巴瑞终于无助地点了点头。

1 resident evil

第十三章

致亲爱的阿尔玛：

我在想着该从哪儿开始跟你讲起，怎样用寥寥几句话解释我生活中发生的事情。自从我们上次见面之后，我便想把事情都告诉你，可是我一直没有动笔。望见信安好，也希望你能够原谅我潦草的字迹。写这封信的时候，我都可以感觉到我大脑的思维能力在一点点地退化，甚至陷入一种绝望以及困惑之中。但是，在我死之前，我想告诉你一些事情。你要有耐心，要明白我告诉你的都是事实真相。

如果把故事完整地讲完的话，可能要花上好几小时，但是我没有那么多的时间了，所以我只能把最主要的告诉你。上个月，我们的实验室发生意外事故，有一种我们正在研究的病毒泄漏了。我和我所有的同事都被感染了，他们有的死了，有的则正在慢慢地死去。根据这种病毒的特性，它不会直接杀死感染者，但是会让人慢慢地失去自己的感觉以及意识。病毒会破坏感染者的思维能力，迫使感染者单纯地去满足人类最原始的欲望，并为此不惜摧毁生命。就在我写这封信的时候，我都能听到它们在门外如同饥渴的野兽一样在敲打着我的房门，我甚至能听到它们发出的如同幽灵般的叫声。

没有任何语言能够表达我心中的伤悲，而且我也不知道该如何表达当得知自己参与研究的病毒造成如此危害后，内心的悲哀与愧疚。我相信门外的那些人已经没有任何的自我意识了，而且它们再也不会感到痛苦或恐惧。或许，它们无法对自己现在的状态感到恐惧了。不过，自从有了这种想法之后，我就更加感到绝望，因为从某种程度上来说，我也是这场噩梦的制造者之一。

即使内疚深深地烙印在我的内心深处，它困扰着我的每一次呼吸，但我还是想要坚持活下去，哪怕只是为了再次见到你。可是无论我再怎么努力还是不可避免，最终我也被感染了，而且根本没有办法控制接下来要发生的事情。我打算在我失去意识变成它们之前自己结束生命，这也是唯一能够使自己区别于它们的办法。我爱你！

请理解我对你的歉意。

马丁·克拉克朗

***

吉尔叹了口气，将那封被揉得皱巴巴的信放回桌子上。自己成了自己研究的受害者。看来她对这座庄园里发生的事情的推测基本上是正确的。但在读过这封感情真挚的信之后，吉尔却无法为自己优秀的推理能力感到一丝骄傲。在把太阳徽章安放到铜质面板上之后，她决定对楼上的办公室进行一次更加彻底的搜查，于是她在一张办公桌的抽屉中找到这封署名克拉克朗的字迹潦草的信件。

克拉克朗，马丁·克拉克朗——这是在特兰特名单上的名字之一……

吉尔皱着眉头，慢慢地向办公室的门口走去。特兰特一定是出于某种原因，希望特种战术救援组在其他人之前查明发生在庄园里的事情。显然他对这里发生的一切都了如指掌，他为什么不直截了当地告诉他们呢？另外，他又能通过这件事获得什么样的利益呢？

她依旧皱着眉头，穿过办公室的前厅回到走廊。巴瑞之前一直举止反常，一定要找出他这样做的原因。如果当面问他，也许能直接得到答案……

也许得不到。但无论怎样，总能说明一些情况。

吉尔在楼梯前停下脚步，深深地吸了一口气。她突然感觉有点儿怪怪的，于是有些迟疑地看了看四周，想弄清楚到底哪里让她感觉不对。

周围变得比刚才暖和了。虽然只有一点儿，但绝对比刚才要暖和一些，而且，空气中的气味也没有刚才那么难闻了……

这感觉就像，这里突然被人打开了一扇窗户或门。

吉尔思索着，转身轻轻地走下楼梯。突然，她想起那扇需要徽章才能打开的大门，于是她急忙跑下楼梯。她到达楼梯底下后发现，通往后门走廊的大门被人打开了，并且隐约听到门后传来蟋蟀的叫声。她感到夜晚的空气正从那扇门里徐徐地吹来，慢慢吹走了房子里充满腐臭味的阴冷空气。

她匆匆地跑进黑暗的走廊，然后向右转去，并且尽量压抑着自己内心的期待。再次向右一转后，她一下子就看到那扇被打开的大门。

这也就意味着，那个密码锁被解开了……

吉尔赶紧跑进去，一边享受着夏季清风拂面的感觉，一边绕过拐角，踏上通往大门的最后那条石头小路。

当看到被放上四枚徽章的铜质面板和打开的大门时，她的脸上洋溢起了笑容。温暖的晚风吹拂着这间充满神秘的小屋，看上去这是一间堆放园艺工具的小仓库。吉尔可以看到小屋正对面的墙上还有一扇敞开着的金属门，月光正透过生锈的合页洒落在它旁边的砖墙上。

巴瑞说得很对，这扇门可以通向外界。现在只要找到一条安全的路穿过森林，就可以得到外界的帮助，或者至少向外界发出求救信号……

但是，巴瑞既然找到其他的徽章，他为什么不来找我呢？

想到这里，吉尔脸上的笑容消失了。她走进小屋，一边心不在焉地看着小屋里落满灰尘的箱子和排列在灰色墙壁前的木桶，一边想着巴瑞为什么没有第一时间去通知她。巴瑞应该知道她在哪儿，让她去二楼西侧进行搜索是巴瑞提议的……

难道，打开门的不是巴瑞？

没错，也有可能是克里斯或威斯克，也有可能是布拉瓦小队的人。如果真是这样的话，她现在应该先回去找巴瑞……

或者，可以先进去查看一下里面的情况，以确保真的值得这样做。

这确实是一个很合理的想法。她也不得不承认，当逃离这座庄园的可能性摆在她的眼前时，其他的想法都对她缺乏足够的诱惑力。她从枪套中抽出手枪，最终还是决定先进入对面的那扇门里观察一下情况。

她刚一踏出大门，便听到一阵急速的水流声，那声音甚至盖过森林中传来的虫鸣声。接着往前没走两步，在一条不规则的石子路上躺着两具变异猎犬的尸体，看起来它们是被开枪射杀的。

肯定有特种战术救援组的人来过这里……

吉尔来到一个有着高高围墙的庭院。她发现在道路两侧摆满了花架，而且摆在上面的植物，茂盛得就像乌云一样悬在头上。在她的对面，一片低矮的灌木丛后面有一个铁栅栏门；而在她的左手边，是一条两侧被三米高的砖墙围着的笔直的林荫小路，回荡在庭院里的瀑布声，应该就是从那个方向传来的，不过可惜的是，这条小路的尽头有一道一米多高的金属门横在那里。

也许，门后面是向下走的楼梯？

吉尔有些犹豫，她转过头看了看前面生锈的拱形铁门，然后又看向蜷缩在地上的两条地狱猎犬的尸体。与那条小路比起来，它们所在的位置还是离铁门更近一些，如果它们是在发动攻击时被射杀的，那么开枪的人前进的方向应该是——

就在她准备做决定的时候，周围突然响起水流飞溅的声音。她急忙转身，顺着月光下的小路跑去，希望能发现是什么改变了流水的声音。

她来到石子路的尽头。当她用肩膀挤开大门，就要将身体探出大门的时候，突然硬生生地将身体缩了回来。这时她才发现门后没有什么楼梯，只有一个小型的升降平台，平台距地面大约六米多高，下面是一个宽阔的庭院，而她刚才险些就直接从平台上摔下去。

惊魂未定的吉尔，赶紧稳定一下自己的心绪，静静地听着周围的声音。从声音上判断，飞溅的水声应该是从右边传来的。于是吉尔向右看去，刚好发现一个模糊的人影走进对面庭院中的瀑布，他的身影一下子消失在沿西侧墙壁倾下的瀑布那巨大的水帘背后。

这到底是怎么回事?

吉尔紧紧地盯着那个瀑布，对自己刚刚看到的一幕感到有些不可思议。难道自己刚才眼花了？但是在人影消失的同时，四溅的水声同时停止了，她十分确信这一点——这意味着，那条瀑布后面隐藏着一条秘密的通道。

不错，就是那里！看来上帝知道，光是楼里的那些机关还无法满足我。

她发现，操控这个单人升降机的控制器就在生锈的门边的一块金属板上，升降机此刻被人降到院子里。吉尔马上按下控制开关，但是升降机没有一点儿动静。看来要赶紧想其他的办法下去，要快点儿行动，不然就追不上刚才进入瀑布的那个人了。

除非……

吉尔低头看向狭窄的升降机井，这条升降机井大概一米见方，一侧有开口能够下到庭院。往上爬的话会相当费劲，但是下去呢？应该没问题，只要用双腿和后背顶住两侧的墙壁，一分钟之内就可以下到地面。

于是她赶紧解下背后的霰弹枪，准备顺着平台的升降机井爬下去。就在她刚要行动时，脑海中突然出现一个不安的想法，如果刚才那个穿过瀑布的人是一名特种战术救援组的队员，那么他是如何知道瀑布后面有条秘密通道，以及通过的方法的呢？

真是个好问题，而且是个不需要思考就能马上找到答案的问题。吉尔拿好霰弹枪，推开门，小心翼翼地向下滑去。

***

他们在大厅里等了足足有十五分钟，可是巴瑞一直都没有出现。于是克里斯和瑞贝卡两人绕过大厅，来到西侧的走廊，找到了巴瑞刚才提到的后门。现在，他俩正凝视着墙上的铜质面板以及上面的四枚徽章。

克里斯盯着那枚刚才巴瑞从他那儿拿走的新月图案的徽章。他除了有一些担心外，还感到无比困惑。他知道，巴瑞是他认识的最诚实、最直率的男人。如果他说去找吉尔，然后两个人一起回来，他就一定会那样做。

但是，他现在却没有回来。如果他是在途中遇到麻烦的话，那么又该如何解释我给他的这枚徽章会出现在这里呢？

他在心中想到很多种假设，但又觉得自己想到的这些假设都不太现实。比如有人从巴瑞那里夺走这枚徽章，或者巴瑞自己将这枚徽章放在这上面，然后在准备回来找他们的时候受了伤……似乎每种情况都有发生的可能，但是似乎又都不太可能。

他情不自禁地发出一声长长的叹息，将注意力从铜质面板上移开，转身看向瑞贝卡。“我觉得，在目前的这种情况下，不论巴瑞遇到什么样的困难，我们都应该先进去看看里面的情况。也许这是我们离开这里的唯一方法。”

瑞贝卡笑了笑。“我没问题，我一直认为离开这里，是我们最好的选择。你明白的。”

“是的！说得没错！”他也有同感。他突然意识到，终于有机会离开这座压抑的、充满恐惧和阴冷气氛的庄园了。他现在心中充满喜悦，这种感觉实在是太令人惊奇了。

他们走入小仓库，站在后面的出口前面，贪婪地呼吸着夜晚清新的空气。克里斯注意到，瑞贝卡自从离开大厅之后，就一直在反复检查自己的手枪，到目前为止估计都看了有上百次了，她还一直紧张地咬着自己的嘴唇，看得出来她现在非常紧张。于是，克里斯思考着是否有她需要知道的一旦遭遇战斗能够帮助她的事情。虽然他清楚特种战术救援组的成员全都接受过严格的训练，但他们拿着玩具枪对着屏幕训练射击与在现实中遇到的实际情况相比，实在是相去甚远。

这时他忽然想起自己第一次参加行动时，听到的那句充满智慧的话，随即咧嘴自嘲地笑了。当时他们正在纽约北部地区与某个极端主义组织进行对抗。在行动开始之时他简直被吓坏了，什么都做不了。而他的队长，一位名叫凯罗尔的小个子女人，是一位有着坚毅性格的爆破专家，她在小队准备开进之前，看到这个熊样的克里斯，给了他目前为止他听到过的最好的建议。

“孩子，”她说道，“一会儿行动开始后，无论发生什么，你只要别让自己尿裤子就行。”

这句话出其不意地缓解了他当时的紧张感，只要一想起这句话，他心里最糟糕的恐惧也被赶走了……

“你在笑什么？”

克里斯收起笑容，摇了摇头。不知何故，他不认为这句话同样能减少瑞贝卡的紧张感，再说他们眼下并没有面对什么危险。“刚刚想起很长的一个故事。来吧，我们走。”

此时在平静的夜空之下，只有蟋蟀和蝉正在树林里叫个不停。他们来到一个庭院里，两侧是高高的砖墙，脚下向前延伸的路向左有一条岔路。克里斯听到巨大的流水声，并且隐约地听到从远处传来野狗或狼之类的动物那孤独而又悲哀的号叫声。

说到狗……

他发现，有两具狗的尸体就躺在前方不远的石子路上。柔和的月光洒落在它们肌肉发达的身体上。克里斯走到尸体旁边蹲下身子，伸手在其中一条狗的肚子上摸了摸，然后他皱着眉头迅速地将手缩回来。尸体摸上去又热又黏，感觉它的身上像包裹了一层厚厚的黏液。

他站起身，将手在裤子上擦了擦。“看起来刚死不久，”他平静地说道，“应该不会超过一小时。”

说话的同时克里斯注意到，在他们前方的灌木丛后面有一扇生锈的铁栅栏门。克里斯冲瑞贝卡点了点头，然后两人一起向铁门走去。随着他们离铁门越来越近，水流的声音也越来越大。

克里斯猛地一推门，铁门在打开的同时合页发出阵阵尖叫声。大门被打开后，一个巨大的蓄水池映入两人的眼帘。这个蓄水池足有两个游泳池那么大，各种花草和灌木覆盖在水池的四周，投下长长的影子。这些郁郁葱葱的植物围绕着水池，就像坚实的墙壁一样，部分枝干长长地伸了出来。

他们来到水池的边缘，发现蓄水池中的水正在慢慢地向外排出，在水池东侧有一个排水门，刚才他们听到的嘈杂的水流声就是从那里发出来的。蓄水池的两侧并没有可以让人通过的道路，不过克里斯看到在蓄水池中间的位置，有一条比现在的水位低一米五左右的通道将水池一分为二。通道两端各有一个用螺栓固定的梯子与蓄水池的上沿儿相连，这条通道平时应该是淹没在水里的，直到最近水位低了才被看到，石板铺成的通道上满是深色的水藻。

克里斯盯着蓄水池观察了一会儿，他特别想知道在水没有被抽干的情况下怎么才能通过通道到达对面。看来，越来越多的谜题在困扰着他。

两人二话不说，顺着梯子爬下去，然后用靴子踩着湿滑的石子路趟着水向对面走去。克里斯迅速地爬上对面的梯子，然后俯下身来拉瑞贝卡上去。

在水池东部，被树枝的阴影覆盖的小路上，堆积着许多落叶和树枝,一直延伸到蓄水池东边的路尽头。沿小路路过打开着的排水闸，他们朝着蓄水池排水时所形成的瀑布走去。刚走没几步，克里斯听到另一种声音，听起来就像是忽然下起“雨”来。

扑通、扑通、扑通……

克里斯皱着眉头感觉有些不对劲。按理说，在咆哮的瀑布声下，他不应该再听到别的滴水声。于是，他抬起头向上看去——

他看到头顶上那些伸出来的弯曲的“树枝”，正不断地从上面掉下来。而奇怪的是，那些“树枝”掉到地面之后，都平稳地向两边滑过——

那根本就不是什么树枝——

黑暗的地面上掉落了几十条那种奇怪的东西，而且还在不断地从他们头顶的树上向下掉落。这些奇怪的东西落到地面后，一边扭动着自己的身体，一边发出嘶嘶声。

他和瑞贝卡转瞬之间就被蛇群包围了。

***

“啊，可恶！”

瑞贝卡吃惊地叫起来，然后扭头朝克里斯看去，她一边紧跟在他后面往前跑，一边感觉自己的心脏正被阵阵寒冷的恐惧慢慢击穿。

她背后的路面，此刻仿佛有了生命，卷起黑色的浪潮向两人袭来，而那些所谓的“树枝”还在像下雨一样，不断地从上往下滴落着。

蛇实在是太多了！瑞贝卡下意识地掏出手枪准备射击，而克里斯一把拉住她的手。

“快跑！”

于是他们跌跌撞撞地向前奔跑。那一条条弯曲的小蛇跌落到她的肩膀上，冰冷的鳞片拂过她的皮肤，然后滑落在地上，引起瑞贝卡的阵阵尖叫。

他们穿过身边掉落的弯弯曲曲的黑影，沿着小路曲折向前。皮靴不时地踩在那如同橡胶一般的蛇身上，他们几次险些失去平衡，而蛇群则在地上纷纷露出它们尖锐的毒牙朝他们的皮靴咬去。他们跑过一个钢制格栅，满是泡沫的黑水在下面湍急地流动着，咆哮的水流声甚至盖过皮靴敲打在钢制格栅上的声音。

他们面前的石头路就在这里戛然而止，出现在眼前的是一个窄小的升降机，后面就是垂直下落的空间。没有其他地方可以去了。

他俩迅速挤进狭窄的升降机，瑞贝卡扶着升降机的控制面板，大口地喘着粗气。克里斯赶忙转过身子开了几枪，枪声迅速盖过激流的声音。瑞贝卡趁机关上门，找到并按下操作按钮。

升降机颤抖着开始缓缓下降，向着石墙下面一个巨大的空旷的庭院移动。在确定升降机启动之后，瑞贝卡转过身，举起手枪准备帮助克里斯——

然而，看到眼前的一幕时，她惊讶得下巴都快掉了，喉咙像被堵住一样。成百上千条蛇正在刚才他们经过的那条小路上疯狂地蠕动着身体，不顾彼此地相互撞击，时刻准备向他们展开攻击，而且那些蛇多得就要完全将地面覆盖住。好在随着升降机的下降，还没等瑞贝卡回过神来，这一幕便渐渐移动到上方，从她的眼前消失了。

升降机移动的速度让他们有种度日如年的感觉，但紧张得上气不接下气的两人仍紧紧地盯着那条小路的边缘，生怕有蛇跟着一起掉下来。他们不等升降机落地，在距离地面还有一米多的时候，便迅速从上面跳下来，向前跑去。

他们靠在庭院里一块冰凉的大石头上喘着粗气。瑞贝卡一边大口地呼吸一边观察着周围的环境，周围瀑布流水飞溅的声音似乎让她紧张的神经得到些许舒缓。借着朦胧的月光，她发现这是一个由砖和石头所砌成的巨大空间，颜色在微弱的光线下被冲淡，变得有些朦胧。从上面那个蓄水池里排下来的水汇聚到不远处的两个石头水池里。而在两个水池的对面，有一扇门。

而且这里没有蛇。

她又做了次深呼吸，然后转向克里斯。

“它们咬到你了吗？”

他摇了摇头，反问道：“你呢？”

“也没有。”她说，“不过，不知道你是否也一样，我是不愿意回到刚才那地方去了。我还是比较喜欢猫，真的。”

克里斯盯着瑞贝卡看了好一会儿，然后咧嘴一笑。“有趣，我还以为你是一只实验室的小白鼠呢。我……”

滴……滴……

对讲机有反应了！

瑞贝卡瞬间把蛇的事都抛在脑后，她连忙解下挂在腰带上的对讲机。自从他们发现理查德的尸体之后，她就一直希望能听到这个声音。他们终于可以联系到其他人了，也许是后援的搜索队到了……

她用拇指按下扩音器的开关，然后将对讲机举起，以方便两个人都可以听到。这时从对讲机中传出一个断断续续的声音。

“……这里是布拉德……阿尔法小队……能听到吗？……如果能听到……”

随后他的声音便消失在一片寂静之中。瑞贝卡赶紧按下通话键，迅速地喊道。

“布拉德？布拉德，快回话！”

信号消失了，他们静静地待在原地等着对方的答复，可是对讲机再也没有传出任何声音。

“应该是超出接收范围了。”克里斯叹了口气说道，随后起身向庭院的深处走去，边走边抬起头，凝望着黑暗的夜空。

瑞贝卡将对讲机别回腰带上，虽然没能得到回答，但现在是她今晚感到最有希望的时刻了。她明白，飞行员现在正驾驶着飞机在附近盘旋，并设法找到他们。也就是说只要能离开庄园，就有可能收到他的信息。

他一定会回来的。

就在她心中盘算的同时，克里斯已经走远了，于是瑞贝卡赶紧追到他的身边。这时，克里斯发现，在瀑布对面的角落里还有一台小型升降机。不过在快速检查之后发现，它已经无法启动。

克里斯转身面对刚才看到的那个门，同时给自己的手枪换上一个新的弹夹。“要不我们进去看看门里面有什么东西吧？”

这是一个不需要回答的问题，也是他们目前唯一的选择，除非他们还想回到那条充满毒蛇的路上。

同样，瑞贝卡笑着向他点点头，让克里斯知道她做好了准备。不管之后会遇到什么样的危险，她都会勇往直前。

1 resident evil

第十四章

吉尔正愁眉不展地站在阴冷的隧道的坑洞边缘，无助地看着对面的那扇门。坑洞实在是太宽了，无法跳过去，也不可能爬下去，至少她想不出能安全通过的办法。看来只能退回去，试试梯子边上的那扇门。

她沮丧地叹了口气，周围寒冷的空气，让她的呼吸都有些颤抖。从岩壁上散发出来阵阵潮湿的寒气，弄得她全身都感觉湿淋淋的。

这真是条难缠的密道，一直待在这里的话肯定会得肺炎的。

就在她抬起脚转身准备离开的时候，她突然发现两脚之间有一个闪着金属光泽的东西，于是她拨开眼前湿漉漉的头发，向脚下看去。那是一块小小的钢板，镶嵌在石头里，中间有一个六角形的孔洞，孔的面积大概有这个金属板的四分之一。吉尔回头向对面的那扇门看了看，心里在盘算着什么。

也许这里也有一个机关，打开之后就会出现可以通到对面的桥或向下的楼梯……

不过这并不重要，手里没有启动这个机关的工具，这里对她来说就是个死胡同。另外，她已经不可能追上去看清楚究竟是谁穿过瀑布了。

吉尔穿过弯曲的通道，返回隧道的入口处，心中仍对她发现的瀑布背后的秘密感到惊叹。这下面被设计得就像一个用隧道编织起来的大网，两侧的墙壁都是形态各异的天然砂质岩石，光是建造这些隧道的庞大工作量都让人难以置信。

她来到梯子旁边的金属门前，有意识地努力控制自己，不要因为从上面庭院吹来的冷风而冻得牙齿打颤。此时瀑布的声音变得非常奇怪，似乎变小了许多，有节奏的水滴声在隧道里回荡，这让隧道里有了点儿中世纪的感觉……

她顺势拉开大门，却突然愣在原地，接着一种复杂的情绪席卷她的全身——巴瑞·伯顿正举着枪对着自己，这实在是太让人意外了。

“巴瑞？”

巴瑞随即放下武器，露出看上去和她一样震惊的表情。他的身上湿透了，潮湿的T恤溻在肩膀上，头发也紧紧地贴在头皮上。

“吉尔？你怎么会在这里？”

“显然，我和你一样。但是，你是怎么知道这里的？”

巴瑞举起手，向她做了一个嘘的手势，小声说：“你听！”

两个人紧张地站在原地，吉尔四处张望着走廊，一点儿也没听到巴瑞所说的什么动静。他们所处的这个屋子两端各有一扇金属门，都笼罩在昏暗的灯光下。

“我还以为我听到了什么……”巴瑞开口说道，“声音……”

巴瑞转过身面对着她，抢在吉尔问出任何问题之前，先冲她不自然地笑了笑。“实在是不好意思，我没有等你一起行动。我到达那扇门的时候，听到庭院中有脚步声传出，所以我就想先进来看看情况。我是因为一不小心跌倒了，然后掉到这下面，才偶然发现这里的……无论如何，很高兴能在这里遇到你。我们一起把这里检查一下，看看有没有重要的东西吧。”

吉尔表面上点了点头，但还是决定密切关注巴瑞一段时间。也许是自己太过偏执了，尽管巴瑞嘴上是这么说的，可是看上去，他见到我并没有那么高兴……

*观察一会儿再说吧，*吉尔在心里告诉自己，目前为止也没有其他更好的办法。

巴瑞举着他的柯尔特手枪在前面带路，两人一起朝着右手边的大门走去。他转动门把手，把门打开后，另一条阴暗的隧道出现在面前。

往前没走几步，在他们的右手边，出现另一扇金属门，在门的对面，是一条一片漆黑的通道。巴瑞冲着门扬了扬头，吉尔立刻明白了他的意思。接着，巴瑞将门推开，两人又进入另一条寂静的通道。

吉尔看了看周围光秃秃的岩石墙壁，暗自叹了口气。真希望现在有根粉笔，能在上面做些记号。她觉得现在的这条通道和刚才经过的那条一模一样，只是这条通道在前面是往左边转。她的方向感转得有些乱了，真希望不要在这里迷路——

“喂，谁在那里？”从通道的远处传来一个熟悉的声音。

“恩里克？”吉尔回应道。

“吉尔？是你吗？”

她兴奋地转过拐角向那边跑过去，巴瑞紧紧地跟在她身后。布拉瓦小队的队长还活着，而且也来到了这里——

吉尔又转过一个弯，看到恩里克正靠墙坐着。通道在这里结束了，形成一个宽敞的凹形空间。

“别过来！站在那里别动！”

吉尔赶忙停下脚步，眼睛盯着恩里克手里指向自己的手枪。吉尔发现他受伤了，鲜血正不停地从他的腿上渗出来流到地板上。

“谁和你在一起，吉尔？”恩里克的眼神里充满怀疑，同时用乌黑的枪口坚定地瞄准吉尔。

“是巴瑞，我俩在一起。恩里克，发生什么事？这到底是怎么回事？”

这时巴瑞从角落里走出来，恩里克盯着他们看了很长时间，目光紧张地在巴瑞和吉尔之间来回变换。随后，恩里克放下枪，再次向后靠在墙壁上。巴瑞和吉尔急忙走过去，在受伤的布拉瓦小队队长的身边蹲下。

“对不起，”恩里克有气无力地说，“我必须确认一下……”

恩里克为自己解释之后仿佛耗尽最后一点儿力气。吉尔轻轻地握住他的手，发现他的脸色异常惨白，大量的鲜血正从他腿上的伤口处渗出，几乎将整条裤子都染红了。

“整个行动都是圈套。”恩里克用湿润的双眼看着吉尔，虚弱地说道，“我迷路了，然后爬上围栏时，发现这条通道……我找到一些文件……安布雷拉自始至终都知道……”

巴瑞面带悲痛，他的脸色几乎像恩里克一样惨白。“坚持住，恩里克。我们一定能把你从这里带出去，你躺会儿，先别说了……”

恩里克摇了摇头，仍旧看着吉尔。“特种战术救援组中有叛徒。”他小声说道，“他告诉我……”

砰！砰！

恩里克的身体突然随着枪声一颤，在他的胸部瞬间出现两个血淋淋的伤口，鲜血顺着伤口喷涌而出。枪响过后，身后的走廊里随即响起一阵急匆匆的脚步声。

巴瑞立刻站起身，转过拐角向着脚步声的方向追了过去，而吉尔则无助地紧紧握着恩里克不断抽搐的手。她的心剧烈地跳着，难受极了。恩里克身子一歪，还没来得及倒在冰冷的地板上就咽下最后一口气。

巴瑞的脚步声逐渐远去，阴暗的通道内又回归了之前的寂静，而此时吉尔的脑海里充满了疑虑。她心里非常想弄明白恩里克发现的文件上到底写着些什么？在恩里克刚一提到有“叛徒”的时候，她马上就联想到巴瑞，因为他今天的种种行为实在非常可疑——但是刚才枪响时候，他一直都在她的身边。

那么，眼前的这一切到底是谁干的？特兰特之前说的又是谁？恩里克又看见什么？

感到自己既孤独又迷茫，吉尔紧紧地握着恩里克正在慢慢变冷的手，等待着巴瑞回来。

***

瑞贝卡皱着眉头翻看着在房间墙角处旧文件箱里的文件，克里斯则在检查房间里的其他地方。屋子里除了一张凌乱的单人床和一个书桌，以及一个高高的老式书柜外，就没有其他家具了。在欣赏了庄园中那些富丽堂皇的装饰之后，眼前的这种普通的陈设反而让克里斯有点儿高兴。真是荒谬。

他们是从庭院沿着弯弯曲曲的小路走到尽头时，发现这间屋子的。这间屋子比庄园里任何一间房间都要小很多，而且也不像别的地方那么危险。他们走进屋子后，发现地面上铺着很普通的木质地板，和他俩在寂静的走廊旁发现的两间小卧室一样简朴。克里斯认为他们应该是发现一个工作人员的简易住所。

克里斯注意到，在他们进来的走廊上堆积着厚厚的没有其他印迹的灰尘，也就是说，目前为止还没有特种战术救援组的队员来到过这里。克里斯和瑞贝卡不可能再返回去，所以他俩能做的就是尽量找到其他的出路，然后去寻找支援。虽然克里斯觉得这实在不是什么好办法，但是现在也没有其他的选择。

仔细看了看书架之后，克里斯来到破旧的木质书桌旁边，想要打开最上面的抽屉，但发现它被锁上了。于是克里斯弯下腰，在抽屉的底下摸索着。他兴奋地发现，跟自己想的一样，手指很快便摸到一块胶带。

藏这钥匙的人，就没有看过电影吗？电影里，钥匙从来都是放在抽屉底下的。

他把胶带揭开，拿出一把很小的银钥匙，咧嘴笑着将抽屉打开。

抽屉里放着一副扑克牌、几根钢笔和铅笔、几张口香糖的包装纸，还有一包皱巴巴的香烟……都是一些常见的堆在抽屉里的普通东西。

有了！

他终于心满意足地从抽屉中翻出一串带有皮革标签的钥匙。如果找到出口也能这么容易的话，他们马上就能回到浣熊市了。

“看来我们可以休息会儿。”克里斯举起钥匙，轻轻地说道。钥匙的皮革标签上印着文字，一面印着“艾利亚斯”的字样，而另一面则是用圆珠笔写着“345”的字样。虽然还不明白这数字所表达的意义，但他却一下子想起他在庄园中发现的那本日记上看到过这个名字。

*非常感谢，艾利亚斯先生。*如果这串锁匙能够打开刚才他们经过的简易宿舍门的话，那么他们距离逃离这座庄园的目标，又近了一步。

瑞贝卡正坐在一堆文件的中间，不断地翻阅身边无数的文件和信封，她甚至还从中找到一些照片，看上去她好像完全沉浸在她正在翻看的东西里了。克里斯走到她的身边，瑞贝卡抬头看了他一眼，眼神里满是不安的神色。

“你找到了什么？”

瑞贝卡举起她正在看的文件说道：“有几件事。听听这个，‘现在距离事故发生有四天的时间，42 号植物还在不停生长，而且正在以难以置信的速度发生变异……’”

瑞贝卡又向后翻了几页，指着文件上的一个地方继续说道：“这里说，这个家伙被称为——42 号植物，它的根应该就在地下室……听这个，‘事故发生后没多长时间，有一名被感染的研究员变得十分狂暴，他破坏了地下室的蓄水池，使得那片区域完全被水淹没。在

T 病毒实验过程中所使用过的微量化学药品溶于了水，我们认为那就是导致 42 号植物发生严重变异的原因。虽然它的大量枝叶在建筑里的很多地方蔓延，但那植物的主体还悬挂在一楼大会议室中的天花板上……

"'我们认为 42 号植物现在对周围事物的运动非常敏感，并且已经变成食肉性植物，它会用藤蔓卡住猎物的脖子，然后像吸血鬼一样吸干猎物身上的鲜血。已经有很多研究员都被它杀死了。'日期是 5 月 21 日，署名亨利 · 萨顿。"

克里斯摇了摇头，不明白为什么有人会制造这种可怕的病毒。看来那病毒可以感染任何有生命的东西，并且把所有感染者都变成渴望鲜血的肉食性动物或肉食性植物。

上帝，现在又出现了吃人的植物。

克里斯感到身体有些颤抖，突然对自己能有机会离开这里感到非常庆幸。

"这么说，它连植物也能感染。"他说，"等我们写报告的时候，这一点一定要注明……"

"不，我并不是想说这个。"瑞贝卡边说，边递给克里斯一张照片，她脸上的表情十分严峻。

这张照片抓拍得非常模糊，照片中一个穿着白大褂的中年男子正僵硬地站在一扇普通的木门前。克里斯马上意识到那正是他们还不到十分钟之前穿过的那扇门——简易宿舍的前门。

他马上将照片翻过来，斜着眼睛看向照片背后的一行小字——"萨顿，1998 年 1 月，42 号植物。"

他盯着瑞贝卡，终于理解她表情严肃的原因。他们现在的位置就是 42 号植物所在的位置，也就是这株食肉植物所在的区域。

***

威斯克站在黑暗的隧道里，听着从走廊中传来的巴瑞急促的脚步声，他感到越来越刺激。吉尔不会等太长时间，愤怒的巴瑞先生看起来根本意识不到，杀害恩里克的凶手此时只是简单地躲在前面拐角处的阴影里，那处最平淡无奇的地方。

快点儿过来，快点儿……

在离开庄园之后，威斯克总算觉得整件事向着对他有利的方向发展了。他几乎可以肯定狼硬币就藏在通往实验室入口附近的一间地下室里。他本以为121号实验怪物都跑出来了，没想到隧道现在居然是安全的。很显然，自从事故发生之后，并没有人动过隧道中的机关装置，大家都分头去找启动隧道机关的操纵杆了——其实它的位置一目了然，就插在它所能控制的机关的边上。

所有的事情都在顺利地进行着——直到身边突然冒出那个可恶的恩里克·马里尼，而且他还无意中捡到威斯克不小心丢失的一份重要文件。那上面记载着白色安布雷拉负责人对威斯克下达的相关指令。而令局势更加复杂的是，威斯克正要解决恩里克的时候，吉尔突然闯了进来。

威斯克在心里暗暗地叹了口气。如果这件事情没有这样发展的话，现在一定是另一个结果。实际上这次的任务从一开始就让人十分头疼。地下安保系统根本没有启动——他一点儿都不知道这个情况，直到他们进入隧道以后才发现是这个局面，为了保险起见他把巴瑞拖下了水，而现在正好用他来帮着解决眼前的危险局面。要不是看在钱的面子上……

想到这儿，威斯克咧嘴一笑。*在开玩笑吗？钱当然是个好东西。*

他感觉就像等了好几年一样，终于看到巴瑞愤怒地闯进这个黑暗的小房间，盲目地举着他的手枪晃来晃去。威斯克神情紧张地躲在那里，等着巴瑞从墙角的发电机旁走过。这个情形比较微妙——这意味着巴瑞和恩里克都被解决了。

巴瑞刚一冲过发电机旁边，威斯克便迅速地从阴暗的角落里现身，同时用枪口抵住巴瑞的后腰，压低声音快速说道：

“我猜你现在一定很想杀了我，巴瑞，但我希望你能想清楚你在干什么。如果我死了，你的家人也会跟着一起死。现在看来，吉尔好像也必须死，但你可以阻止这件事情的发生，你能使所有人免于被杀。”

虽然巴瑞因为顶在背后的枪口，停止了行动，但威斯克还是明显地从他的声音中感觉到他心里的憎恶以及仇恨。

“你杀了恩里克！”巴瑞咆哮道。

威斯克用力地将枪口在他的背后一顶，“是啊。但是，我并不想那么去做。恩里克知道了一些他不应该知道的事情，而且显然他知道得太多了。如果刚才恩里克将他知道的关于安布雷拉的事情告诉吉尔的话，我就不得不把她也杀掉。”

“你还想杀掉吉尔，你是不是想要杀了我们所有人？”

威斯克叹了口气，用带着些许恳求的口吻辩解道：“事情并不像你想象的那样。我从来没有打算这么做。我只是想进入实验室，在其他人发现前毁灭掉所有的证据而已。一旦证据没有了，我就没有理由再伤害任何人。我们就可以……离开这里。”

听完这话，巴瑞陷入了沉默。威斯克能感觉到，巴瑞现在的内心十分希望能相信他说的话，相信事情就是这么简单。在让巴瑞的思想斗争了一会儿之后，威斯克决定再给巴瑞加把劲儿。

“我只想让你给吉尔多找点儿事情做，让她和其他人都远离实验室，至少在我做事的时候不要让任何人接近。这样的话，就可以保护吉尔和其他人。另外，我保证，在找到我需要的东西后，我不会再来打扰你和你的家人。”

他耐心地等待着巴瑞的回答。过了一小会儿，巴瑞终于向他回应道：

“实验室在哪儿？”这句话刚说出来，威斯克就明白巴瑞又落入他的圈套了。

真是个好孩子！

威斯克放下枪，为了防止巴瑞在黑暗中看清他的表情，他继续摆出一副面无表情的样子。接着他从衣服里掏出一张叠得十分整齐的纸，把它直接递到巴瑞的手里。那是整个隧道以及实验室地下一层的平面图。

“要是因为某些原因没法让她远离实验室的话，你就带她一起离开，在外面还有很多上锁的房间，让她去打开。实在没办法的话，就找个机会，在我完成任务之前把她锁在里面。也就是说，巴瑞，从现在开始，还会不会有人因此受伤，都取决于你。”

威斯克说完这些话后迅速退回到阴影里，把手伸向他之前放在发动机旁的六边形操纵杆。有那么几秒钟他紧紧地盯着巴瑞，他看到眼前这名身材魁梧的男人无力地垂着双臂，耷拉着脑袋，活像一个泄气的皮球。威斯克非常满意地转身离开了房间。他十分确信，从现在开始，特种战术救援组的队员能够进入实验室的机会变得非常渺茫，而且伯顿先生一定会尽量帮他避免出现更多的问题。

威斯克匆匆返回隧道的入口处，一边在心里暗自庆幸自己终于控制住事态的发展，一边向第一个通道的机关控制器走去。现在他必须加快速度从这里出去，因为他刚才有件事情没有跟巴瑞说——一旦把控制杆拉下，一种类似于实验性的安全保卫队就会被释放到隧道里……

对不起，巴瑞。我忘记告诉你了。

如果能亲眼看看队员们是怎样对付121号，那些被叫作“猎杀者”的实验动物，他觉得那一定会非常有趣，而且可以看一场特种战术救援组队员与怪物进行敏捷和力量的对抗大戏，但是很可惜，他要错过目睹这一切的机会了。

这太糟糕了，真的。“猎杀者”被关了很长的一段时间，它们现在一定非常饿，非常饿……

1 resident evil

第十五章

巴瑞已经走了很长时间。

吉尔不知道这条隧道到底有多长，但从她见过的那部分隧道来看，它们好像被建造成一个样子。她觉得巴瑞有可能迷路了，正在想办法回来。当然也有可能是他发现了凶手，但是因为没有任何支援……

也许他不会回来了。

她明白在目前的情况下，傻等着是不会有任何帮助的。于是她站起身，在离开之前最后看了一眼恩里克惨白的脸，并在心里为他默默祈祷。

他究竟发现了什么，让他招致杀身之祸？那个杀害他的叛徒到底是谁？

恩里克只是勉强地说出一个“他”字，还没有说出其他具体的线索就被灭口了。除了她自己和瑞贝卡之外，浣熊市特种战术救援组的队员全都是男性。不过克里斯可以首先被排除，因为他从一开始就认为这次事件另有蹊跷；然后是巴瑞，恩里克被枪杀的时候，他一直和她待在一起，所以也不会是他；布拉德·维克斯就是个胆小鬼，根本就没有做出这些事情的能力；另外约瑟夫和肯尼斯都死了——

也就是说只有理查德·艾肯、福雷斯特·斯派尔以及阿尔伯特·威斯克，这三个人有嫌疑。

虽然他们哪个看起来都不像叛徒，但她必须正确面对这件事情。恩里克的死，使她更加确信安布雷拉已经渗透进特种战术救援组了。

她来到门口，迅速蹲下身子，系紧皮靴上变得潮湿的鞋带，为接下来的行动做好准备。不管是谁袭击了恩里克，他当时都能够很轻松地把吉尔和巴瑞杀死，但是他并没有那样做。吉尔推测也许他并不想杀害其他人，也不想寻找其他目标。如果这个家伙现在还在这个地下迷宫里，想要找到他的话，就必须尽量保持安静。然而这个隧道简直就是一个完美的传声筒，就连那些极其微小的声音都能被隧道无限放大。

她小心翼翼地推开面前的金属门，仔细听了听周围的动静，然后才慢慢地靠着墙壁走进昏暗的隧道。前方的隧道没有一点儿亮光，她突然意识到，黑暗的隧道是偷袭的最佳地点。她可不想等子弹打到身上之后，才发现凶手的意图，于是她决定还是先回到之前进来时的那条隧道再做打算。

就在她准备行动的时候，突然一阵低沉的隆隆声穿墙而过，听起来像某种巨大的东西正在移动。吉尔本能地想到可以利用这些声音为自己做掩护，于是她奋力向金属门跑去，就在她刚刚跑到门口的时候，巨大的声响停了下来。紧接着她推开门，跑进之前她遇见巴瑞的那条隧道，然后轻轻地关上门。

这到底是什么情况？听起来就像整面墙都在震动！

吉尔脑海中瞬间想起庄园里那个天花板能够下落的房间，不禁打了一个寒战。也许这条隧道也安装着类似的机关，刚才的声音就是它发出来的。看来从现在开始，每走一步都要加倍小心，可不能不明不白地死在那些奇怪的机关之下——

刚才坑洞旁边那个六角形的小孔，难道那个就是机关？

想到这儿她暗自点了点头，决定再去之前没能进去的那几扇门看下情况。也许凶手就带着打开那个六角形机关所需要的工具，而刚才的巨大声响，就是那个家伙启动机关将门打开时发出的声音。虽然她觉得自己的推断不一定是正确的，但她还是决定先去看看，反正检查一下没有坏处……

至少我不会在这里迷失方向。

就在她伸手准备打开门往回走时，她忽然停止了动作。她听到从身后传来一阵很奇怪的声音，于是她伸直脖子想看个究竟。那声音听上去就像一扇生锈的合页门开关时发出的吱嘎声，也有些像鸟叫声。不过，不管是什么发出的声音，这声音正在明显地慢慢变大……

砰——砰——砰——

她知道是什么声音了。是脚步声，而且正在向这边靠近。就像巴瑞或者一个和他一样有着魁梧身材的男人的脚步声。脚步声沉重而缓慢，步与步之间都间隔一会儿，就像经过深思熟虑后才落下脚步。

不管怎么说，还是先离开这里比较好！

吉尔抓住金属门把手打开门，迅速冲进门后的隧道。她现在也顾不得隐藏自己发出的声音了。虽然有时她也会判断错误，但她的直觉绝不会错——而现在她的直觉在告诉她，不管是什么东西发出那样的声音，在这里遇见那个发出声音的家伙，绝对不是什么好事儿。

她快速沿石头走廊跑去，直到远远离开通往返回庭院的梯子，才强迫自己放缓奔跑的脚步，深呼吸调整着自己。她不能就这样向前猛冲，没准儿前面有比身后更危险的情况——

就在这时，她背后的大门被打开了。

吉尔转过身，举起手枪，然后用惊悚的目光看着站在自己面前的东西。那家伙的体形就像个巨人，不过只是外形有些相似而已。它现在全身赤裸，不过身上除了结实的肌肉外，并没有任何明显的性别特征。它全身的皮肤有着水晶样的纹理，就像两栖动物，呈现出浓浓的绿色。

它的身体看起来似乎有些驼背，因此它那两条长长的前肢几乎垂到了地面，在它的手指和脚趾的前端都长着类似野兽的钩爪。而在它那像爬行动物一样的脑袋上，一对小小的白眼珠正注视着她。

那家伙变换着它奇怪的眼神，一直盯着她。突然，它张开大嘴发出一声吉尔前所未闻的恐怖的吼叫声。那吼叫声瞬间围绕在她的周围，让她感到极度恐惧。

吉尔抬手便连开三枪。三颗子弹都准确击中怪物的胸口，打得它向后退了几步，踉跄着撞到后面的墙壁上——

怪物再次发出可怕的吼叫，用脚在石壁上奋力一蹬，挥舞着它那恐怖的利爪向吉尔扑来。

她不假思索，连续扣动扳机，一颗颗子弹咆哮着射入怪物的身体，鲜血瞬间从伤口喷涌而出——

随着一声惨叫，怪物终于在距离吉尔一米多远的地方倒下了。不过怪物在倒地之后，仍然挥舞着巨大的前肢，挣扎着想要抓住吉尔的脚踝。在它倒地的同时，一股发霉和麝香混杂的味道迎面向她扑来，闻起来就像来自黑暗之处的腐臭味和狂暴的野生动物的味道。

上帝啊，它怎么还没有死！

吉尔瞄准怪物的脑袋后部，将枪里剩余的子弹全部射出。即使眼前的怪物被子弹打得血肉飞溅，吉尔仍然没有停止射击，炙热的子弹一股脑地射入怪物那被打成烂泥的脑袋里。

咔嗒！咔嗒！咔嗒！

直到将枪里的子弹全部打光，吉尔才放下拿枪的手臂，她的整个身体都在颤抖。终于结束了，那怪物终于死了。竟然用了整整一个弹夹的十五发直径九毫米子弹才杀死它，而且最后的七八发子弹还是近距离造成的强力杀伤……

她将空弹夹取出，装上一个新的弹夹，在她更换弹夹的同时，眼睛还一直盯着脚下的怪物。换好子弹后，她将贝雷塔放进枪套里，然后取下背后的雷明顿，霰弹枪握在手中那沉重的感觉，终于让她感到些许的安心。

*你们这些家伙都研究出了些什么怪物？*看来安布雷拉的研究员发明的不只是一种病毒，还有一些像死人一样的家伙，就像眼前这怪物，而且它们还长着爪子……

也许还有很多这种怪物。

看着眼前的一切，她感到自己从来没有像现在这样恐惧过。于是她紧紧地握着雷明顿，转身迅速离开了这里。

***

克里斯与瑞贝卡小心翼翼地在木质走廊中前进，每迈出一步都紧张地警惕着四周的情况。从两侧的墙壁和天花板的接缝处，伸出许多像干枯死去的常春藤，一种骨色的生长物像真菌一样在木头墙上蔓延。这些植物看起来并没有什么危害，但是自从听完瑞贝卡读到的关于 42 号植物的资料后，克里斯只想赶快离开这里。

在将剩余的文件全都浏览完后，瑞贝卡在心里有了一个想法，资料上说某种除草剂可以有效地作用于 42 号植物，这种除草剂叫作“灭克磷”。虽然克里斯对于这种除草剂是否能真正起作用还持怀疑的态度，但她却一直坚持自己的看法。其实，克里斯只想赶快找到出口，离开这里。所以他觉得，如果能避开杀人植物并从这里逃脱的话，就再好不过了。

他们在前厅并没有看到任何植物的影子，但克里斯仍然感到十分不安。除了在靠近大门入口的地方有两间卧室外，这里还有一个令人毛骨悚然的娱乐室。克里斯也不知道是什么原因，他只是打开门看了一眼，随即在内心涌出一种不太喜欢这里的感觉。单从房门向里望去，他并没有看到任何危险，里面只简单地摆放着一张吧台和两张桌子。虽然从表面上看房间里十分平静，但克里斯还是迅速地关上房门，并回过头向瑞贝卡示意继续前进。他的直觉告诉他这里绝对不像看上去那样平静。

之后他们在蜿蜒的走廊中唯一的一扇门前停下来。两个人一起紧张地看了看攀爬在天花板以及墙壁上的常春藤，随后克里斯用力向门把手推去，门被打开了。

温暖而湿润的空气从阴暗的房间迎面扑来，浓烈而炙热，但不同的是空气中似乎还夹杂着一些腐烂水果的味道。克里斯本能地将瑞贝卡挡在自己身后，同时向室内望去。房间里的墙壁上覆盖着和走廊里一样奇怪的藤状植物，只是房间里的这些常春藤看上去比外面的更加粗壮和繁茂，像胆汁一样翠绿。

这时从房间里突然传来一阵很小的声音，听上去就像有什么东西正在移动……克里斯意识到，也许正是这株病态的植物在缓慢地移动。这些覆盖在墙壁上的植物每一次细微的移动，似乎都会给人一种幻觉，让人看上去就好像整个墙壁都在动一样。

克里斯发现瑞贝卡要从自己的身边绕过去接近植物，连忙把她拉回来，说道：“干什么，你疯了吗？你忘了，这家伙是会吸血的吗？”

瑞贝卡盯着墙上正在发出细微声响的植物摇了摇头，小声说道：“这应该不是42号植物，它跟文件上描述的完全不一样。按照文件所说，42号植物应该比这个更大，而且行动也更活跃。虽然我并没有做过多少植物方面的研究，但根据我的了解来看，42号植物应该是有很多枝叶的被子植物……”

她随即露出一个紧张的微笑：“不好意思。可以想到，42号植物应该是一个超级巨大的球茎，周围有着长三到六米的藤蔓围绕着它不断地摆来摆去。”

克里斯做了个鬼脸说：“太好了，谢谢你的解释，我终于可以松口气了。”

他们一边注意着仍在嘶嘶作响的墙壁，一边小心翼翼地走进房间。他们发现，房间里除了他们进来时的那扇门外，还有另外三扇门。一扇门在入口正对面的位置，另外两扇门就在他们左侧的开阔区域，门对门。克里斯感觉正对面的那扇门最有可能是通往外界的出口，于是带着瑞贝卡朝着正对入口的那扇门走去。

门没有上锁，克里斯轻轻地推了一下，门刚打开一点点——

砰！

门立刻被某种东西从外面关上了。突如其来的变化，让克里斯和瑞贝卡迅速后撤一步，拔枪警戒。紧接着门后发出一连串沉重的敲击声，就好像对面有人在不停地用脚踢着墙壁。敲击的声音到处都是，就连结实的门框的上面和下面，房间里面的每个角落都有东西在不停地敲击。

"我记得你说过，那家伙有很多藤蔓？"克里斯问道。

瑞贝卡点点头。"我想，我们发现 42 号植物了。"

他们在门后仔细地听了听里面的声音，克里斯在心里思考着，一株能将门如此紧紧关闭的植物，会有多么大的力量。

说真的，那个家伙比想象中更大，能够到处活动……也许这个家伙挡住这里通往外面的唯一出口。真糟糕！

两人一时想不出什么办法，只好转身来到房间里的开阔区域，向另外两扇门望去。看到右边的门上标着"002"的字样。克里斯拿出刚才发现的那串锁匙，找到一把与门上的数字一致的钥匙。

他打开门，走了进去，瑞贝卡紧跟在他的身后。房间里十分安静，左侧是一间开着门的落满灰尘的浴室。从陈设上来看，这里应该是一间卧室，里面除了一张床铺、一个书桌和两个书架以外，没有其他有价值的东西。

这时，他们身后的墙壁上又传来一阵沉重的敲击声。两人听到声音后，迅速回到充满温湿空气和噪声的房间里。克里斯在心里盘算着，看来想要离开这里的话，他们不得不消灭这株植物。

也不一定，也许还有其他方法。

经历了那么多困难，克里斯并不认为到目前为止就没有别的出路了。先是从那些潜伏在庄园里四处游荡的丧尸手中逃到庭院，然后又遇到从树上掉下来的蛇群，现在又要在这里面对恐怖的杀人植物。似乎在斯宾塞庄园里，到处都隐藏着想要阻止他们离开的陷阱。

克里斯把心中消极的想法放到一边，然后和瑞贝卡一起来到房间中最后一扇没进去过的门前面。他在门边看到一个绿色的小键盘。克里斯并没有理会那个键盘，而是直接去转动门把手，可是不管他如何转动，那门就是纹丝不动。看来又是个“死胡同”。

“这门是密码锁。”说着他叹了口气，“想要进去的话，我们就先得找到密码。”

瑞贝卡皱着眉头，看着眼前闪烁着红色灯光的数字按键。“我们可以先试试，也许我们能猜出正确的数字组合……”

克里斯摇头。“你知道我们的机会微乎其微……”

他突然停止了讲话，然后笨拙地从口袋里掏出刚才那串锁匙。

“试试3、4、5三个键。”说完，克里斯急切地注视着瑞贝卡，看着她认真地按下这三个键。

拜托，艾利亚斯先生，保佑我们……

键盘上所有的小红灯突然同时亮起，闪了一下后，一个接着一个按顺序熄灭。最后一盏红灯熄灭的同时，从门框内侧传出咔嗒一声，门开了。

克里斯欣喜地推开门走了进去。环视四周之后，他觉得自己的希望瞬间破灭了：几个落满灰尘的架子上堆满了小玻璃瓶，旁边还有一个生锈的水槽，根本就没有他期待的出口。

是的，这样就找到出口也太简单了，上帝知道我们还不能……

瑞贝卡马上来到其中一个架子前，查看上面的各种小瓶子，喃喃自语：“莨菪碱、酸酐、狄氏剂……”

瑞贝卡兴奋地转身看着克里斯说：“克里斯，我们有办法干掉那株该死的植物了！这里有制作植物毒素‘灭克磷’的所有必需品。等我做好了，我们只需要拿着它到地下室，找到植物的根部……”

克里斯终于露出了笑容。“看来我们找到可以避免与它正面交锋而解决它的方法了。瑞贝卡,你真是太棒了。做这东西需要多少时间？”

“大约十到十五分钟。”

“明白了。你留在这里配制吧，我出去一下，会尽快赶回来的。”

瑞贝卡将那些小瓶子拿起来开始配制药剂，而此时克里斯关上门，经过发出嘶嘶声的植物绿墙，跑向走廊。

他们决心一定要安全逃离这个地方，而且等他们出去之后，一定会要安布雷拉好看的。

***

巴瑞握着威斯克给他的那张皱巴巴的地图，走回恩里克冰冷的尸体旁边。他回来的时候，吉尔已从这里离开了。虽然他很想现在就动身去寻找吉尔，可是他的身体就是不听使唤，甚至无法把自己的目光从被杀害的好友尸体上挪开。

这都怨我！要不是我帮威斯克从庄园里逃出去的话，你就不会死了……

巴瑞痛苦地盯着恩里克的脸庞,心中充满了强烈的内疚与耻辱感。他不知道该怎么办，他现在能想到的就是必须找到吉尔，让她远离威斯克，这样才能让他的家人不受到伤害，但是他仍然无法迫使自己走开。比起其他的事情，他现在更想对恩里克解释事情的原委，让他明白自己迫不得已这样做的原因。

凯西和我的两个女儿都在那个家伙的手中，里克……我实在是没有办法！只能按照他的命令做事！

布拉瓦小队队长那呆滞无神、再也看不到任何东西的眼睛好像在瞪着他。没有任何责备,也没有原谅,恩里克永远不会做出任何回应了。即便巴瑞继续帮助威斯克，其他事情按预先假设的计划实施，恩里克死亡的事实都不会再改变。而巴瑞将一生背负着对朋友的愧疚，他甚至有点儿不确定自己是不是应该继续活下去……

这时突然从隧道里传来一连串急促的枪声。

吉尔！

巴瑞猛地转过身，并掏出腰间的手枪。枪声刺激着他的感官，让他感到全身都充满怒火。因为他觉得此时听到枪声只有一种解释，那就是威斯克发现吉尔了。

巴瑞迅速地朝着声音传来的方向跑去。想到可能又一个特种战术救援组的队友死在威斯克那肮脏的手里，他就无比难过，同时也因为自己相信威斯克的谎言而异常暴怒——

突然，他眼前的那道大门砰的一声打开了。巴瑞硬生生停下向前的脚步，出现在门内的那个蜷着身子的家伙让他无比震惊，所有关于威斯克、吉尔、恩里克等人的想法瞬间从他的脑海中消失了。在他的意识中，根本无法判断他所看到的究竟是个什么东西，他只能目瞪口呆地注视着前方，感觉那些传递到他大脑中的视觉信息没有任何意义。那家伙有绿色的皮肤，橙白色的眼睛，以及锋利的爪子。

这时，那家伙突然发出一声可怕而又刺耳的吼叫。巴瑞想都没想就直接朝它扣动扳机。子弹直接击中怪物的喉咙，那怪物发出一声哽咽似的号叫之后便径直倒在了地上。

怪物倒地后并没有马上停止动作，而是继续舞动着四肢想要挣扎着站起来，血水从它那冒着烟的伤口喷涌而出。随后巴瑞听到怪物的身体发出了几声脆脆的类似骨头折断的声音，紧接着大量的鲜血从它的爪子上流出来，那是怪物跌倒后坚硬修长的利爪与岩石撞击折断所致。

巴瑞惊讶地看着在地上不停猛烈抽搐的怪物。怪物喉咙处的伤口还在不停地发出汩汩的声音，看上去像仍在试图对巴瑞吼叫。正常情况下，刚才那颗柯尔特子弹的威力足以将它的脑袋从脖子上轰飞了，可是现在不但没能打断它的脖子，就连直接杀死它都没能做到。不过，随着剧烈的挣扎，它的血液流失的速度也随之加快，到后来它的动作慢慢减弱，最终躺在地上不动了。流淌在怪物身下的深色有毒血液慢慢汇聚到一起，就像一个小湖。巴瑞意识到造成这家伙死亡的原因，应该是失血过多，而不是脖子处的伤口，而且这家伙从头至尾一直意识清醒，直到死亡。

我刚才杀了个什么东西？这到底是个什么东西……

就在他思考的时候，从隧道外面突然又传来一声尖锐的号叫声……紧接着，第二声、第三声此起彼伏地在潮湿的空气中回荡，似乎所有的动物们都叫了起来，而且这充满愤怒的叫声，已经脱离正常意义上的号叫，让人感觉这根本就不是正常存活在这个世界上的动物发出的叫声。

巴瑞一边用颤抖的手从腰包里掏出一些柯尔特子弹，一边默默地向上帝祈祷自己有足够的子弹应付那些怪物，也祈祷刚才自己听到的枪声，不是吉尔最后的反抗。

1 resident evil

第十六章

大概是一只蜘蛛吧，如果蜘蛛向来都有一头牛那么大的话。眼前这个房间，被某种白色的厚厚的丝网完全覆盖，从地面一直拖到天花板，到处都是。从种种迹象判断，除了蜘蛛之外其他生物应该不会有这个能力。

吉尔仅仅看到它那布满绒毛的丑陋长腿，便浑身起了鸡皮疙瘩。那个在庭院入口处袭击她的怪物就很恐怖了，除了称之为外星生物之外，她实在无法将它和任何生物联系在一起。从另一方面来说，吉尔开始讨厌蜘蛛了，讨厌它那布满黑色皮肤的身体以及它舞动着的腿。而这只蜘蛛就像所有蜘蛛同类的母体，即使它死了，也还是把吉尔吓到了。

应该是刚死不久……

她强迫自己去查看眼前这只可怕的大蜘蛛。在它布满绒毛的圆滚的身体上有几个伤口，一些绿色的液体不断地从这些伤口中涌出，一滴一滴地落在地上。看样子它中了好几枪，从它的伤口不断有有毒的绿色液体冒出，吉尔猜测它应该死了只有二十分钟或者更短的时间。

吉尔颤抖着，朝着对面的金属门走去，想要尽快离开这个布满丝网的房间。在向前移动的同时，吉尔要应付蜘蛛残留在地上的令她举步维艰的黏液，每一步都要很小心，以防摔倒。一想到自己有可能全身被蜘蛛网覆盖……吉尔就感到全身战栗，使劲咽了口唾沫。

想想别的事情，分散一下注意力，什么都好……

至少她清楚现在的前进方向是正确的，自己应该正在向那个启动隧道机关的人靠近。那个隧道的机关设计得实在是太巧妙了！她刚回到之前那个坑洞所在的位置，还以为自己走错了路。因为她突然发现，本来在道路中间的坑洞不见了，取而代之的是一条平坦的石头路面。抬头一看，她看到悬在头顶上的破烂不堪的坑洞边缘，整个隧道的中心部分，像一个巨大的轮子一样被某种工程奇迹翻转过来。

穿过大门来到一条笔直空旷的隧道，一块巨石矗立在通道的另一端，绕过巨石后，她准备离开这间屋子——

吉尔抓住一扇门的门把手，用力将门推开走了进去，来到了另一条阴暗的隧道里。吉尔向后靠在门上，一边调整着自己的呼吸，一边勉强控制住想要疯狂地擦拭衣服的冲动。

我打败了那么多僵尸和怪物，竟然在一只死蜘蛛面前慌了神。真是太不应该了……

现在横在她面前的是一条相对短一些的空空的隧道，在左右两侧的隧道尽头各有一扇门。左边的大门应该是和自己刚才来时通过的门在同一堵墙上的，也就是说这个门是返回庭院方向的。于是，吉尔决定向右侧的那扇门前进，在移动的同时，她不断在心里祈祷自己仍保持着正确的方向感。

随着金属大门嘎吱作响地被打开，吉尔瞬间就感到隧道中空气的变化。隧道也在门后再次被分成两条岔路，右边是一条逐渐暗淡下来的岩石墙围着的隧道，通向另外一条走廊；而左边则安放着一台和庭院里一模一样的小型升降机。这时吉尔感觉到，一阵温暖的微风向她吹来，席卷全身，甜美的空气就像一场被遗忘的梦。

吉尔微笑着，迈步向升降机走去。她到达近处才发现，升降机的平台被升到了高处。看来自己还在跟着杀死恩里克的凶手……

嗯，也许不是。也许他走的是另外一条道路，你可能要跟丢了……

吉尔若有所思地盯着头顶上方的小型升降平台，对自己下一步的行动稍稍有些犹豫。她叹了口气，然后转过身，决定先去查看另一边的那条隧道。

吉尔一踏入她前面的那条岩石隧道，马上感觉到周围的温度急剧下降，身体再次沉浸在那股熟悉的令人不快的寒冷空气中。往前没走几步，在她的右手边是一个死胡同，向左则是一条足有三十多米长的隧道，在隧道的尽头有一块跟刚才在另一个隧道中看到的一样的巨石挡住去路。吉尔突然发现，就在巨石前方的地面上，好像有个蓝色的小东西……

吉尔皱着眉头向巨石走去，想要看清那个蓝色的东西到底是什么。就在她走到这条昏暗隧道的中间位置时，她突然发现左边有一条岔路，吉尔注意到，岔路边上的金属控制面板和之前控制反转坑洞的机关是一样的。

她走进那条岔路。看到岔路入口处的石墙有磨损的痕迹，而且岔路右手边有一扇小门后，她便更加确信这一点，看来这条岔路和这个房间应该都能够利用机关隐藏起来，同时用石墙挡住入口。

天哪！设置这种机关，一定耗费了相当长的时间。想一想，这座庄园真是给我留下深刻的印象……

吉尔推开门，朝房间里望去。她发现这是一个中等大小的正方形的房间，屋子的四周都是用岩石堆砌的，屋子里唯一的装饰物就是一个基座上面摆放着小鸟形状的雕塑。看到房间并没有其他出入口后，吉尔稍稍地松了口气，这意味着她可以从这条地下隧道离开了，同时也可以确认，那个凶手选择了刚才左边的那条路。

吉尔微笑着返回刚才的隧道，朝着巨石走去，她仍对那个蓝色的东西充满好奇。当她渐渐靠近那个蓝色的物体时，她发现那是一本书，一本蓝色皮革封面的书。看上去像有人草率地将它扔在巨石下面，书的封面朝下打开着躺在那里。吉尔将霰弹枪放回背后，弯腰将书捡起来。

不过，吉尔捡起它时才发现，那原来是一个有着书本外形的储藏盒。虽然曾经听父亲提起过这种储藏盒的设计，但这还是她第一次真正看到实物。从外观来看，它简直就跟一本书一模一样，不过它的书页部分被从中间切掉，空出来的空间可以隐藏贵重物品，只不过眼前的这个盒子里，已经空空如也……

她关上盒盖，开始朝升降机的方向走去。在前进的同时，她不停地用手指抚摸着用金箔印在盒子上面的文字——“东之鹰，西之狼”，听起来也没有什么恐怖之处，而且这东西做得还很漂亮……

咔嗒。

她突然发现左脚下面的石头地面好像稍微有些下沉，于是愣了一下——与此同时，她意识到整个路面都开始慢慢向前倾斜。

哦，不——

就在这时，她的背后响起岩石与岩石相互摩擦碰撞发出的低沉的轰鸣声。

吉尔立刻扔下书样的储藏盒，拼命朝前跑去。随着身后隆隆声变得越来越大，那块巨石滚动得越来越快，离她也越来越近，而前面那条昏暗的岔路看起来还有很远——

我可不想被压死在这里——

她甚至能感觉到巨石马上就要压到自己了，虽然她想不顾一切地回头看一眼，但她明白这毫无意义的动作刹那间就可能葬送自己的性命。就在千钧一发之际，吉尔使出全身力气，飞身扑进旁边的岔道里，在身体撞向地面的同时猛地将腿往回收——

巨大的岩石与吉尔擦身而过，就差那么一点点，她就要粉身碎骨了。就在她长出一口气的同时，巨石与隧道尽头的墙壁猛烈地撞在一起，发出震耳欲聋的轰鸣声，巨大的冲击力使得地下的隧道都随之剧烈晃动。

有那么一会儿，吉尔唯一能做的就是蜷缩着身体躺在冰冷的地上，她一直强忍着才没有让自己吐出来。直到难受劲儿过去后，她才缓缓站起身子，抖掉衣服上的灰尘。由于刚才的动作太猛，她的两个手掌都擦破了，膝盖上也有些许撞伤。但是与被那块巨石压成相片比起来，她很庆幸自己做出了一个明智的选择。

吉尔站起身后，再次将雷明顿握在手中，然后朝着升降机的方向走去。她现在非常期待能快点儿离开这该死的地下隧道——她祈祷着接下来无论她面对什么都能有个好运气，不要再像隧道里那么阴冷，也不要再有任何蜘蛛。

***

地下室完全被水淹没了。

克里斯站在通往地下室的楼梯入口，眼睛紧盯着映在水面上自己那张严肃的脸。他的表情看起来如此冷酷深沉。

离开瑞贝卡之后，克里斯在走廊里继续前进，在走廊的尽头发现了“003”号房。在这间整洁的卧室里一个书架后面，克里斯发现一架通往地下室的梯子。下到地下室后，他又穿过一条冰冷的混凝土走廊，走廊上方几盏荧光灯在不停地闪烁。这里与楼上朴实的木质装饰和简单设计的宿舍截然不同，真是戏剧性的转变。

至少，我发现了地下室……

显然，想要离开这里，只有干掉 42 号植物这一个选择。这个房间里没有其他出口，这就意味着必须穿过 42 号植物所在的房间才能找到出口——或穿过那里也没有出口。这种想法让他惴惴不安。这看起来似乎不太可能，但是另一方面，想干掉杀人植物似乎也困难重重。

只有你都完成了，你才能知道结果。

克里斯叹了口气，起身走进冰冷的水中。这水不光很冷，而且还散发着一种化学药品的气味。他朝着水中的一扇大门走去。随着他的前进，水越来越深，水位从他的膝盖淹到大腿的位置。克里斯一边忍受着寒冷，一边推开那扇门走了进去。

进入房间后，克里斯看到房间的正中央有一个巨型的玻璃缸，玻璃罩从地面延伸到天花板，在玻璃缸的底部右侧有一个边缘参差不齐的巨大窟窿。克里斯并不是很擅长测算体积，但他通过整个地下室的进水情况判断，这个玻璃缸中至少有四五吨水。

究竟要这么多水干什么呢？他们难道是在进行着类似海浪的实验吗？

这里到底在干什么现在已经不重要了。克里斯感觉有些冷，他决定快点儿找到需要的东西，然后赶快从水里出去。对抗着水体给他造成的阻力，克里斯慢慢朝左侧走去。

在这间光线充足的混凝土房间里趟着冰冷的水前进并进行搜索可不是一件容易的事情。不过自从阿尔法小队的直升机着陆之后，他所经历的每一件事似乎都不太容易。斯宾塞庄园中的一切都像一场梦，就好像它只存在于它自己的一片天地，而远离现实世界……

可以说这完全就是个噩梦。杀人植物、蛇群、行走的丧尸——如果说这里还少点什么非现实的东西的话，也就剩下在空中飞行的飞碟，或者恐龙之类的东西了——

突然，他背后响起一阵清脆的划水声，克里斯赶紧扭头向后看去——

只见一个三角形背鳍浮出了水面，鳍下面有一个摆动的灰影，正在他身后大约六米远的地方向他游来。

克里斯顿时感到惊恐万分，那是一种让人不需要任何思考就知道有多大威胁的恐惧。他本能地想要逃跑，于是他抬腿就要向前跑——

当他意识到自己是在水里，无法奔跑时，脚下一滑，他一头扎进冰冷而带有化学药品气味的水里。他慌忙从水中抬起头，尽力将鼻子和嘴里的污水排出，同时在心里暗暗地祈祷病毒就像瑞贝卡所说那样已经没有任何传染力了。

他强睁着被含有化学药品的水刺痛的双眼，拼命向四周望去，想要寻找那个可怕的背鳍——

他看到，那家伙游到距他大概三米远的地方，现在能够清晰地看到它的真面目了——那是一条鲨鱼。水面正随着它的游动泛起层层波纹，鲨鱼摆动的身体在水中穿行自如。这条鲨鱼有三四米长，宽大的尾鳍不断地推动身体快速向前。而它那黑色的呆板的眼睛就在它尖锐的牙齿上面，此刻看上去就好像在对着克里斯奸笑。

子弹无法在水里发射。

克里斯跌跌撞撞地向后退去，他明白，想找机会逃离鲨鱼的魔掌实在是太难了。他摆动着两只胳膊，尽量保持平衡，努力涉水前进，并在鲨鱼展开攻击之前机敏地朝旁边移动了两三步——

紧接着他向旁边纵身一跃，躲开鲨鱼游动的线路，然后尽可能猛地拍打水面，弄出很多泡沫。这时，鲨鱼刚好游过克里斯刚才站的地方，就在鲨鱼掠过他身体的一瞬间，他能够感受到鲨鱼光滑的身体擦过他的腿给他的力量感。

鲨鱼刚刚游过，转危为安的克里斯便奋力划水紧跟在鲨鱼后面。他觉得体形如此大的鲨鱼转弯半径不会很小，如果能和它保持足够近的距离，它就不能轻易地攻击他——

除非在很短的时间内，鲨鱼能够利用房子的空间调整过来并再次发动攻击。克里斯突然看到在他的左前方有两扇门，这时，巨大的鲨鱼往前游了有一段距离，估计在下一个拐角处就会掉转方向，然后重新对他进行攻击。

克里斯深吸一口气猛地潜入水中。他知道，虽然看上去他这个举动有些疯狂，但在目前的状况下没有更好的办法了。克里斯为了获得推动力，在身边的混凝土墙上奋力一蹬，拼命地朝对面的门游了过去。

就在他抵达门口的同时，鲨鱼也刚好改变方向，朝他冲了过来。克里斯在握住门把手的那一刻，差点儿因为惊讶停止了呼吸——

门被锁上了！

混蛋！混蛋！混蛋！

克里斯赶紧将手伸进早已湿透的防弹背心，掏出那串艾利亚斯的钥匙。就在他摸索着寻找能打开这扇门的钥匙的时候，鲨鱼已张开它的血盆大口，露出尖锐的牙齿，迅速向他靠近。

克里斯找出那串钥匙中唯一一把还未用过的钥匙，插进锁眼里，同时用肩膀奋力地朝门上撞去。鲨鱼现在距离他只有一米多的距离了。

门终于被打开。克里斯赶紧向前游去，同时他的脚发疯似的向后乱踢，皮靴幸运地踢中鲨鱼胖乎乎的长鼻子，使鲨鱼改变了前进方向。克里斯连忙起身，用尽全身力气将门撞上。

他无力地靠在门上，用手背擦拭着被水刺激得火辣辣的眼睛。过了一会儿，周围的水面慢慢变得平静，他调整好自己的呼吸，视线慢慢变得清晰起来。现在，他安全了。

克里斯从枪套中抽出贝雷塔手枪，将滴着水的弹夹取出，盘算着怎样才能回到楼上。他四下看了看这个小房间，没发现任何能够当作武器用的东西。有一面墙上布满按钮和开关，他趟着水走过去，角落里一个闪烁着的红灯吸引了他的注意。

看来我找到了一个控制室……太好了！也许我可以把所有的灯都关上，让鲨鱼去睡一会儿。

在不停闪烁的灯光旁边有一个控制杆，下面还贴有一块褪色的胶带。克里斯在仔细阅读了上面的文字后，感到有些不敢相信自己的眼睛：

紧急排水系统

开玩笑吧！玻璃缸被破坏的时候，为什么没有人马上拉动这个？

不过他的脑子里很快就有了答案。应该是那些疯子一样的科研人员，想要观察42号植物如何利用人工湖中的水分继续生长，所以放弃了排出积水的最佳时机。

克里斯握住控制杆，猛地向后一推。门外立刻响起某种金属物体滑动的声音，紧接着房间里的水位开始下降。在不到一分钟的时间里，积水便全部从门缝流了出去，并且从被破坏的玻璃缸方向传来液体流动发出的汩汩声。

克里斯来到门口，小心翼翼地将门打开。他看到那条巨大的鲨鱼正躺在地上不停地扭动着自己的身体，看上去就像它想在空气中继续游动一样。

克里斯笑了笑，他本以为自己会对眼前这个无助的生物产生一丝怜悯，可实际上，他现在却希望它死得越痛苦越好。

"有本事，你来咬我呀！"他小声地说道。

***

威斯克在枪杀了四个曾经是安布雷拉工作人员的丧尸之后，来到三层的计算机控制室。虽然从外观上不太能分清这些人究竟是谁，但威斯克十分确信第二个被自己干掉的人是在进行专项研究的史蒂夫·凯勒。因为史蒂夫平时总是喜欢穿一种非常廉价的平底休闲鞋，而刚才在楼梯附近向自己发动攻击的那个脸色苍白、皮肤干枯的丧尸，脚上穿的正是史蒂夫常穿的那种鞋子。

毫无疑问病毒泄露对实验室产生的影响更严重一些……虽然少

了些凌乱，却更令人感到不安。在走廊中徘徊的丧尸，有些由于受到脱水的影响，四肢萎缩到皮包骨的程度，而它们的眼睛看上去就像两粒失去水分的葡萄。威斯克躲开几个骨瘦如柴的丧尸，那个无法避开而被他射杀的丧尸，身体里甚至没有血能流出了。

此刻，威斯克正坐在这间凉爽而整洁的房间里的一台电脑前，等待着系统启动，他也在忙碌了一天后，第一次静下来仔细地感受操控一切的感觉。这跟他最开始的设想简直一模一样。将巴瑞玩弄于股掌之中，在隧道中发现狼的硬币，甚至在刚才给艾伦·史密斯脸上结结实实来一枪的那一刹那，他就体会到控制所有事情的快感和完成任务的成就感。由于很多事情并没有完全按照自己的想法来发展，他也一直没有时间享受自己的成功。

现在，我坐在这里了。即使特种战术救援组的那些所谓的队友还有人能生还，他们也不会再坚持多久了。只要从现在开始不再出现重大的失误，半小时之内我就可以完成任务，并离开这里。

外面还有危险，不过对于威斯克来说那都是可以应付的简单事情了。那些代号“Ma2”的猴子被释放到动力室，虽然那里是他的必经之路，但他想好了应对之策——只要不停歇地冲过那个地方，就能轻松躲过那些猴子的攻击。他当然知道应对方法，因为这个研究计划就是他协助进行的。然后就是解决下一层那个拥有巨大身躯的“暴君”，不过那个家伙现在正被关在一个玻璃制成的封闭舱里，甜美地沉睡着……

它将永远不会醒过来了。真是浪费！这么有力量的家伙，被那些白色安布雷拉的家伙当作一个失败的研发品就这样轻易地划掉了……

随着一声柔和的旋律在耳边响起，威斯克知道系统已经启动。他从防弹背心里掏出一个小笔记本，翻到记有密码的那一页。其实他早就知道密码，在几个月前约翰·豪设置系统时，他将自己的名字“John”与女朋友艾达的名字“Ada”组合在一起，设定为密码。

威斯克输入第一个密码，这可以让他打开所有实验室的门。突然间，他对今天所发生的激动人心的事感到有些惆怅。这一切很快就要结束，而此时竟然没有一个人，能够见证他的伟大成就，在事成之后也不会有人跟他一起分享这份美好的回忆，真是遗憾。

想到这里，他突然对在特种战术救援组中居然没有一个自己的心腹感到惋惜。现在即将迎来整件事情的大结局，可惜身边连个观众都没有……

1 resident evil

第十七章

吉尔搭乘的这个升降机好像通往花园或庭院的某个地方。虽然这个被树木环绕的地方看起来像单独划出来的一块区域，但她能够从那几株生长过剩的盆栽植物，以及低矮的金属栏杆外面飘过来的森林中树木的声音，判断得八九不离十。院子里没有什么特别的，只是在她面前有一道生锈的铁门镶嵌在一个没有明显特征的杂草丛生的墙上，门被焊死了。此外还有一口巨大的敞开口的井，就像个石头砌成的水池一样，它的里面有短小的螺旋楼梯，能够通到下面，并连接着另一个小的升降机。

我应该选哪边？我现在究竟在哪儿？

升降机将吉尔带到的这个房间，和她见过的庄园其他地方都不太一样。这里不像那些地方那么奇怪：没有恶臭，也没有地下隧道的潮湿和阴暗。她仿佛从哥特式恐怖故事中走出来，走进了一处军事复合体，一个功利主义者的凄凉天堂。

吉尔此刻正站在一个巨大的钢筋混凝土房间里，墙壁都被涂成偏暗的工业橙色。金属导管和头顶的架空管道在墙壁的上方整齐地排列着，水泥墙上用黑色油漆写着与这个房间相适的名称“XD-R B1”的字样，字体足有一米多高。这让吉尔对这个房间与庄园其他地方有关联的想法全都不见了。

虽然这里和其他地方一样冷，但至少我知道我是在地面上……

在房间的一侧有一扇沉重的金属门紧锁着。门左侧的指示说明，这门只有在一级紧急状态下才能被打开。她猜测墙上“B1”的标志是表示“地下一层”的意思。之所以这么推测，是因为附近有一架梯子，使人能够通过狭窄的开口下去，这里是 B1，那 B2 应该就在下面。

考虑到应该走哪条路，看来我只能选择从这里下去，或者原路返回隧道。

吉尔沿梯子口向下看了看，只能看到下面方形的混凝土地面。深吸一口气后，她紧紧抓住霰弹枪，开始下楼。

刚一到楼下，她立刻转身查看四周的情况，发现这是一个更加狭小的房间。与上面一样，这里也没有难闻的气味，镶嵌在天花板里的荧光灯、灰色的铁门、混凝土墙壁和地面让这里看上去就像个工厂。吉尔快速向前移动，并在心里默默祈祷这里不会再有那么多的怪物和机关。目前为止，没有任何装饰的地下室，似乎要比装饰华丽的房间安全得多……

吉尔刚打开门，一股夹杂着灰尘的干尸味道向她涌来，她刚有的那一点点希望破灭了。她来到一条边上有金属栏杆的水泥路上，这条路前面有一段向下的楼梯，在楼梯的顶端，她看到一个干瘪得就像一具木乃伊的丧尸。

吉尔举着霰弹枪慢慢地向楼梯走去，她注意到在路左侧扶手的尽头有一条岔路。在快速地朝那条岔路看了一眼后，她发现那里是安全的。她一边盯着那具干枯的尸体，一边慢慢走进岔道，然后在左手边的一扇门前停下来。门的旁边写着“影像数据室”，而且门没有锁。

打开大门，展现在她眼前的是一个寂静昏暗的房间。在屋子中央摆放着一张长长的会议桌，在屋子最里面摆放着一台幻灯机和一个移动式投影屏。在右侧的墙上挂着一部立式电话，吉尔急忙走过去，虽然心里清楚电话不太可能还能用，但还是抱着侥幸心理想过去试一下。

很可惜，这不是一部电话，而是一部无法正常工作的内部通话对讲机。她叹了口气，走过一根装饰柱绕到桌子另一侧，瞥了一眼空荡荡的幻灯机。她的目光四处游走，寻找着对她来说有用的东西——

随后她将目光停在墙上一个方形金属板上，那个金属板大约有一张 A4 纸那么大。吉尔走过去想近距离观察一下。

在金属板上面有一个小钢条，吉尔轻轻地按了一下，金属板便向下滑动到墙里，露出一个很大的红色按钮。吉尔环视这个寂静的房间，试图想象这个机关会是什么样的，然后她意识到这根本就不是机关。

庄园和地下通道里的种种机关——所有的一切都是为了阻止有人来到这个地下空间设置的。他们的方式有效而隐蔽，但在他们真正工作的地方还用处处设置机关吗？

吉尔本能地觉得自己的逻辑是合理的。这里看起来应该是一间会议室，一个与同事一起喝着难喝的咖啡，讨论着毫无意义的问题的地方。即便她按下这个按钮，应该也不会有什么东西会突然跳出来。

于是吉尔按下按钮。这时她身后的一根装饰性的柱子，突然发出一阵温和的机械的嗡嗡声，并慢慢地朝旁边移开，露出后面几个堆满文件的架子，架子上有一个东西在房间柔和灯光的照耀下闪闪发光。

吉尔急忙跑过去，拿起那个东西。她发现，那是一把顶部刻着一个闪电图案的金属钥匙。她将钥匙放进口袋，然后粗略地翻了翻架子上的文件。文件上全部印有安布雷拉公司的标志，大多数的文件非常厚重，她没有时间去分类整理，但她还是在一份报告的标题上找到了她早就怀疑并且想要知道的东西。

《安布雷拉生物武器研究及开发报告书》

吉尔缓缓地点了点头，将那份报告放回原处。她终于找到真正的研究设施，另外她几乎可以确定，特种战术救援组的叛徒应该就藏在这里的某个房间，看来她要在接下来的行动中更加小心才行。

在最后看了一眼周围的情况之后，吉尔决定寻找刚刚得到的那把锁匙所能打开的地方。她觉得是时候解决安布雷拉公司设置的最后几个难题了，这些都是特种战术救援组的队员用生命换来的。

***

42 号植物弯曲粗糙的根部占据地下室一个巨大的角落，长长的多肉根须从天花板上垂下，几乎触碰到地面。一些细小的像小虫的卷须在盲目地互相缠绕着，并来来回回地慢慢扭动，就像在寻找刚刚被克里斯排空的水源。

“天啊，这真是让人恶心。”瑞贝卡说道。

克里斯点头表示同意。除了他刚才逃进的那个控制室之外，地下室还有两个房间。其中一个堆放着成箱的各种武器的子弹——虽然大部分子弹由于被水泡得太久已经无法使用，但是克里斯仍从最上面的架子上找到一盒直径九毫米的手枪子弹，多少帮他们解决了眼前的弹药问题。

另一个房间则比较简陋，只摆放了一张桌子和一把长椅——还有在这房间正上方的 42 号植物巨大的蠢蠢欲动的根部。

“是的，”克里斯说道，“那我们如何才能解决掉这家伙呢？”

瑞贝卡举起一个装有紫色液体的小瓶子，一边在克里斯的眼前晃了晃，一边盯着那些还在移动的卷须说道："你往后站一些，尽量屏住呼吸。这液体里有几种毒素，在接触到这些感染的细胞之后，就会变成气体挥发。当然，那毒素对人体也是有害的。"

克里斯点点头。"我们怎么确定这东西是否有效呢？"

瑞贝卡咧嘴一笑。"如果关于这种除草剂的报告里说的是正确的话，我们马上就会知道结果。看着吧。"

瑞贝卡说着将瓶盖打开，向那些弯弯曲曲的根茎走去，然后把小瓶子慢慢倾斜，将里面的液体洒在蠕动着的卷须上面。

一瞬间，大量的粉红色烟雾从接触到液体的植物根部升起。瑞贝卡赶忙将瓶子里的液体全都倒出，并迅速远离42号植物的根部。这时房间里响起一阵噼啪声和嘶嘶声，就像将湿木头扔进熊熊烈火中发出的声音一样。在短短几秒之内，已无力蠕动的植物纤维开始纷纷掉落，紧接着厚实的根茎紧紧地收缩在一起，随即枯萎。

克里斯吃惊地瞪大双眼，眼看着一个巨大的可怕根茎，缩成一个还没有儿童玩具球大的黏糊糊的向下滴水的球体，挂在那里，死了。整个过程只用了大约十五秒的时间。

瑞贝卡朝着门的方向扬了扬头，二人一同返回相对干燥一些的地下室。克里斯不住地摇着头。

"天哪！你到底在里面放了什么？"

"相信我，你不会想知道究竟是什么东西的。准备好离开这里了吗？"

克里斯笑了笑。"开始行动吧。"

两个人小跑着奔向地下室的门，然后穿过冰冷的走廊，向着能够回到楼上的梯子跑去。实际上，克里斯在他俩离开简易宿舍之后就已经在心里制订了逃生计划，而计划的成功与否取决于离开这里的出口在哪儿。如果出口在森林里，就应该奔向最近的公路并且在那生起火堆，然后等待救援……

或者，我们也有可能会很幸运，最后出去的地方是庄园的停车场。要是那样的话，我们就先弄辆汽车离开这里，然后跟艾隆斯署长汇报，并让他做一些对事态发展有帮助的事情，比如打电话叫增援……

他们回到木质走廊，向着42号植物主体所在的房间走去。两人毫不理会身旁正嘶嘶作响的绿色墙壁，大步地前进，最后在42号植物门前停下脚步。

克里斯深吸一口气之后，冲瑞贝卡点了点头。两个人同时掏出手枪，克里斯推开大门，急迫地想要看看42号植物后面都有什么。

他们发现这是一间巨大的空旷的屋子，潮湿的空气里充满腐烂植物的气味。不管它之前是什么样子，那个被叫作42号植物的变异怪物，现在变成屋子中间一摊深紫色的冒着热气的黏稠液体。那些从中延伸出来臃肿的枯藤，如消防水管般粗细，软绵绵地耷拉到地上，没有了生气。

克里斯环视四周寻找出口。他看见一面墙上有个壁炉，角落里还有一把损坏的椅子——另外还有一扇门，很明显那扇门是通往刚才他搜索过的那间卧室的。克里斯刚才并没有在那间卧室看见这扇门，一定是有隐藏的密道他没有发现——那个密道通往他们现在所在的这个房间。

密道一定隐藏在书架后面……

他们在房间里没有再发现任何出口，看来杀死这个植物就是在浪费时间，而且这个家伙也没有遮挡住任何东西。

克里斯感觉瑞贝卡非常失望，而她也确实如此。此刻她正耷拉着肩膀研究着光秃秃的墙壁，脸上满是沮丧的表情。

啊，对不起，瑞贝卡。

两个人慢慢地绕着房间检查。克里斯盯着死去的植物，脑子里努力思考着下一步的行动计划。瑞贝卡向壁炉走去，并且在旁边蹲下来，用手拨弄着燃烧后的炉灰。

他实在不想拖着她回到庄园里，他俩也都没打算这么做。虽然有了足够的弹药，但是路上的蛇实在太多了。也许他们可以在庭院中等待布拉德重新飞回来，希望他能进入通联范围……

“克里斯，我想我发现了一些东西。”

克里斯转过身，看见瑞贝卡从炉灰中拽出几张纸。虽然纸张边缘被烧掉，但是其他地方还算完整。克里斯穿过房间，靠近瑞贝卡的肩膀，俯身看去——还没把第一句话读完，他就感觉自己的心怦怦直跳。

安全规定

地下一层

直升机停机坪：仅限在执行行动时使用。但是这一限制在紧急情况下无效。未经许可的人进入直升机停机坪，将会被射杀。

升降机：在紧急情况下，停止运行。

地下二层

影像数据室：仅限“专项研究部门”使用。其他人如需进入影像数据室，必须得到房间负责人吉斯·欧文的许可。

地下三层

监狱：卫生部负责管理监狱。如果被授权使用病毒可以进入，而且必须至少要有史密斯、罗斯和威斯克之中的一位顾问研究员在场。

动力室：仅限总部管理员进入，但是得到特别许可的顾问研究员可以不受此限制。

地下四层

关于使用T病毒后“暴君”的变异发展……

文件的下半部分被烧毁了。

“威斯克？”克里斯轻轻地说道，“阿尔伯特·威斯克队长吗？”

巴瑞说过，威斯克在阿尔法小队抵达庄园之后就消失了，*而且在我们受到变异猎犬攻击时，是威斯克带着大家逃到这个地方。冷酷、能干、难以捉摸的威斯克，竟然在为安布雷拉公司卖命……*

瑞贝卡将文件翻到下一页，克里斯又凑近一些，看见那些框架线条下面整齐的文字标注：

庄园、庭院、警卫室、地下隧道、实验室。

在庄园的草图旁边甚至还标有界限标识，让他们知道自己错过了哪些机关密道。比如，隐藏在瀑布后面的秘密通道。

瑞贝卡站起身，眼睛瞪得大大的，露出难以置信的表情，说道：“这么说，这里的一切都和威斯克有关？”

克里斯慢慢地点了点头。“如果他还没离开这里，他一定藏在某间实验室，说不定有其他队友正跟他在一起。如果是安布雷拉派他来这儿的话，那只有天知道他到底要干什么。”

他们必须想办法找到威斯克，必须告诉特种战术救援组其他幸存的队友，威斯克背叛了他们所有人。

***

一切都完成了。威斯克跨进返回地下三层的升降机，在慢慢降下升降机外面的门并关上内侧门的同时，他又在脑子里过了一遍他的任务清单。

样本采集、删除数据、重启电源、关闭“暴君”的生命维持系统……

“暴君”实在是太可怕了。那个长着丑陋面孔的家伙，简直就是一个结合了外科医学、生物化学、遗传工程等方面的奇迹。光是站在那个家伙沉睡的玻璃密封舱前，就让威斯克在心中产生无比的畏惧和敬意，他当时甚至有些不想关闭它的生命维持系统。在那些沉睡液体排出时，他就在想象，真的很想看看，那些研究人员完成对“暴君”的研究，把这家伙放出来会产生什么样的后果。也许它会成为一名终极战士，一个战场上最完美的杀戮机器……可惜的是，现在它必须被毁灭，而造成这一切的原因，只不过是因为那些白痴技术员不小心按错了一个按钮。这个失误不仅给安布雷拉公司造成数百万美元的损失，还将制造出“暴君”的研究人员全部害死了。

威斯克按下开关，升降机启动了，带着他去完成他最后的一项任务——启动动力室后面的自毁系统。他给自己留出十五分钟的时间，以确保他能及时穿过直升机停机坪，经后面的公路回到市内，离开爆炸的半径范围。然后，只要等到轰隆一声，所有隐藏的安布雷拉实验室就不复存在了，至少浣熊市森林地带的那个实验室消失了……

他计划好了，一回到市里，就立刻收拾东西，然后前往安布雷拉的私人机场。到那里之后，他要拨打几个重要电话，要让白色安布雷拉的人知道这里发生了什么。那些人应该会派出大规模的地面部队，在森林地带进行拉网式搜查，清除可能残留的实验体——另外，那帮家伙一定十分想得到他手里的这两个能引发一切突变可能的组织样本，只是没有“暴君”的组织样本。创造“暴君”的那些科学家们都死了，安布雷拉决定无限期搁置这个项目的研究。威斯克觉得这是一个错误，但另一方面，没有人会为他的思考付酬，他才懒得为他们的事儿费心思呢。

就在这时升降机停下来，威斯克将门打开，走了出去。他放下手中的样本箱，从枪套里掏出贝雷塔，在自己的脑海中又过了一遍前往动力室的路线图。想要启动自毁系统，必须再一次从那群该死的猴子中间穿过。之前为了接通升降机的电路，与那些家伙打过一次交道，它们要比想象中更加机敏。虽然饥饿使它们变得有些瘦弱，但这更增强了它们对食物的渴望程度。看来他能够毫发无伤地通过，运气真是不错——

这时从走廊深处突然传来一阵液压传导的嗡嗡声，威斯克一下子愣住了。紧接着水泥地面上传来一阵脚步声，在短暂的停顿之后，脚步声再度响起。很明显，那声音是朝着对面走廊尽头的动力控制室方向去的。

威斯克慢慢地向前面的拐角靠去。他从拐角处望向走廊，刚好看见吉尔·瓦伦蒂安穿过金属门之后渐渐消失的背影，在门关闭之前，走廊里又传来机械的轰鸣声。

上帝啊！她是怎么从那些凶残的“猎杀者”手里逃脱的？

很显然他低估了她……她也是孤身奋战过的人。如果她能战胜“猎杀者”，那么那群猴子肯定也无法杀死她，而她正好挡在他去启动自毁系统的路上。威斯克明白，自己根本无法在应付走廊里那些怪物的同时避开吉尔。

威斯克感到无比沮丧，拿起样本箱，沿着走廊快步向通往地下三层主通道的液压门走去。他决定，如果吉尔原路返回，就直接将她击毙，这样的话，只不过是延迟几分钟逃跑而已。这是一个意外的插曲。对他而言，游戏中的意外来得太晚了，这些意外让他抓狂，这使他感觉一切并没有完全在他的控制之中。

不，仍然在我的控制之中，这里还没有发生我处理不了的事情。这是我的游戏！我就是规则！我会完成我的任务，那个“小偷”不会对我造成任何阻碍。

威斯克大步走到主通道，只见实验室地上躺着几个被吉尔干掉的曾经是科学家和技术员的干瘪枯萎的丧尸。其中两具躺在门外的尸体，直接被吉尔轰碎了头盖骨，看起来她好像用的是霰弹枪。威斯克愤怒地朝着其中一具尸体踢去，一脚将死尸那易碎的肋骨踢断并把脚陷进胸腔里，骨头断裂的声音在大厅中回响——

这时，他忽然又听到另一阵脚步声，这声音应该是有人从地下二层下来时踩在金属楼梯上发出的，回荡在走廊里。接着，从那边响起一个低沉迟疑的声音。

“吉尔？”

巴瑞·伯顿！他竟然也活着！

威斯克冷静地举起枪，准备巴瑞一出现在自己的视野里便马上开枪——不过，突然他又若有所思地放下手枪。不一会儿，一个诡异的笑容慢慢地出现在他的脸上。

1 resident evil

第十八章

吉尔慢慢地进入这间蒸汽喷射嘶嘶作响的屋子，里面弥漫着浓重的润滑油味道。这里看上去就像一间非常大的锅炉房。沉重的运转中的机器几乎占据整个屋子，周围还有狭窄的过道环绕着它。巨大的涡轮旋转着发出隆隆轰鸣声，源源不断地产生动力，几个隐蔽的出气孔每隔一段时间就会喷出一股蒸汽。

吉尔慢慢地在光线暗淡的屋里移动着，凝视着带有扶手的一条过道延伸并消失在机器晃动的影子里。从她所在的位置来看，这个地方有着迷宫一样的过道，环绕着发出隆隆噪声的巨大机器。

这里应该就是整个建筑群的动力之源，也是这里秘密运转这么长时间而一直不为人所知的原因，他们简直把这里建成一个小型的城市，完全可以自给自足——可能食物需要运进来……

她沿着右侧的弧形狭窄过道向前，每走一步都小心翼翼地警戒着，以防有像她在地下三层走廊中遇到的那些干枯惨白的丧尸突然出现。这条小路看起来还算安全，只是旁边运转的机器的噪声实在太大了——

突然，她感到左肩被什么东西割了一下。那是力大迅猛的一下，直接将她的防弹背心割开一个口子，并划伤了下面的皮肤。

吉尔回身就是一枪。霰弹枪的轰鸣声瞬间吞噬了机器转动产生的噪声，子弹打在机器的金属外壳上，散射的小弹珠弹射进空荡荡的过道里。可是她定睛一看，身后竟然什么也没有。

在哪儿呢？

突然，一只像尖刀一样的利爪从她的头顶俯冲而下，从她的面前划过。

吉尔赶忙向后退去，同时抬起头望向天花板上的金属网——只见一个黑影从天花板的阴影里迅速掠过，用难以置信的速度瞬间跃到对面，并将身体挂在金属网上，它的手和脚的前端都是弯曲的利爪。吉尔注意到，那家伙因变异而变得扁平的脸周围有一圈硬实的刺。转眼间，它又消失在运转着的发电机的阴影里。

这时，吉尔发现在这条小路的尽头有一扇门，于是她转身加速向那扇门冲去。她顾不上剧烈的心跳，以及发电机在她耳边发出的隆隆巨响。

当她跑到离门不到两米的地方时，眼前突然又出现一个晃动的黑影。她赶忙举起枪并将身体向后仰，以利于瞄准并保护自己的安全——

这东西竟然不止一个！

只见两只可怕的怪物蹲在头顶，长在它们手臂前端的不是手，而是充满邪恶感的弧形钩爪。突然，其中一只怪物用两只脚上的爪子挂住金属网，猛地松开上肢，舞动着它那刀片一样的利爪向吉尔袭来。

吉尔立刻扣动扳机，怪物胸口中弹的同时，发出一声刺耳的惨叫。接着那怪物从天花板上掉下来，重重地摔在地上，血水从被子弹射穿的伤口中流出来。

吉尔急忙继续朝着出口的方向跑去，与此同时，她头顶的金属网再次响起怪物迅速移动的声音。突然，另一只长得有点儿像猴子一样的变异怪物出现在她面前，为了不中断向前移动的势头，吉尔闪身躲开怪物的身体，而怪物那锋利的钩爪呼啸着从离她耳边两厘米左右的地方掠了过去。

这时，金属门近在咫尺。吉尔一个猛冲来到门前，压下手柄冲进门内，回到冰冷寂静的走廊里。紧闭的大门将怪物关在里面，那家伙发出比隆隆的机器声还高的暴怒的尖叫声。

吉尔像虚脱一样靠在大门上，大口地喘着粗气——

这时巴瑞·伯顿突然出现在这条冰冷寂静的走廊中。他发现吉尔后急忙向她走来，粗犷的满是胡子的脸上写满担心。

“吉尔，你还好吗？”

吉尔站起身来，惊讶地说道：“上帝啊！巴瑞，你刚才去哪儿了？我还以为你在隧道里迷路了呢。”

巴瑞严肃地点点头。“是啊，我的确遇到了麻烦，但都设法解决了。”

吉尔看到巴瑞衣服上飞溅的血迹，还有衬衫上的几处破损，意识到他一定是遇上很多那种绿色的怪物。他看上去就像刚刚经历了一场战争。

说到破损……

吉尔赶紧摸了摸自己受伤的肩膀，在手碰到伤口的同时，她能感到一阵强烈的刺痛感，而且手指尖也沾有血迹，不过好在伤口并不是很深。至少她还活着。

“巴瑞，我们得想办法尽快离开这里。我在楼上的一个房间里发现一些文件，它们能证明这里发生了什么。恩里克说得没错，这次恶性事件的背后主谋就是安布雷拉公司，而且有一位特种战术救援组的成员完全知道这件事。在这种情况下，我们继续留在这里实在太危险了。我们应该拿着这些证据尽快回到庄园里，在那儿等待警署的增援……”

“但是，我想我找到主实验室了。”巴瑞说道，“就在楼下，那儿还有一部升降机，就在走廊的尽头。那里有很多电脑和资料，我们可以进入他们的系统，从里面找到所有的关键数据，彻底揭露它们的罪行。”

但他看起来好像并没有对他的这个发现有多么兴奋，然而吉尔没有注意到这一点，她只是一门心思地想着，他们可以从安布雷拉的数据库中获得重要的信息：姓名、日期、研究材料……

我们可以找到所有需要的证据，然后把这一切都交给检察官……

吉尔点点头，高兴地说道：“带我过去。”

***

这些隧道简直就是一个阴冷的令人痛苦的迷宫，多亏手上的地图，克里斯和瑞贝卡才能迅速穿过那里，来到地下一层。两人现在都有些颤抖和害怕——他们几乎被在沿途看到的各种令人作呕的怪物尸体吓坏了。安布雷拉的科学家在制造怪物方面有着极其恐怖的创造力。

克里斯用力地转动面前的门把手，想要打开这扇可能通往停机坪的大门，可惜那扇门牢牢地锁上了。门边上有一个紧急情况的说明，大致意思是只有警报系统启动时这个门才能启用。他原本还想让瑞贝卡出去用无线电求助，自己去寻找其他队友，现在看来只能另想办法了。

克里斯向下看了看狭窄的楼梯井，叹了口气，然后转身对瑞贝卡说道：“我想让你留在这里。如果你站在升降机附近，你就有可能接收到布拉德从外面发出的信号。然后告诉他我们在什么地方，发生了什么事情。我去周围看看情况，如果二十分钟之内我还没有回来，你就返回到庭院里，然后留在那里等待救援。”

瑞贝卡不安地摇了摇头。“但我想和你一起去！相信我，我能照顾好自己。再说如果你找到实验室，也需要我告诉你，你看到的都是什么……”

“不行。我们都知道，威斯克杀害了特种战术救援组的其他队友，并且马上就要完成他的任务了。如果我俩是最后的幸存者，我们就不能冒着两人一起被伏击的危险出去行动。我们必须有人活着出去，告诉人们安布雷拉的恶行。抱歉，这是现在唯一的办法。”

克里斯冲她笑了笑，把手放在她的肩膀上。“我知道你能照顾好自己，我之所以这么决定，跟你的能力无关。给我二十分钟时间，我必须去看看还有没有人活着。”

瑞贝卡张开嘴好像还想再提出反对意见，但她还是闭上了，然后冲他慢慢地点了点头。“好吧，我留在这里等待通联。你只有二十分钟。”

克里斯转身沿楼梯向下走去，同时心里希望自己能信守承诺，按时平安回来。威斯克成功地欺骗了所有人。在浣熊市的居民被杀害的这几周里，他一直在扮演着一个为民忧心的领导角色——其实，自始至终他都知道事实真相。他就是一个反社会、反人类的混蛋。

看来安布雷拉创造了不止一种恶魔，也是时候该跟威斯克算算总账了。

***

在和吉尔乘升降机去地下四层的时候，巴瑞一直无法直视吉尔。威斯克就在下面等着他们，而吉尔很快就会发现巴瑞一直以来都在帮助队长。

在进入实验室之前，他在隧道里杀死了三只凶猛的跳来跳去的怪物，结果刚一踏入这里便碰到威斯克。威斯克强硬地要求他将吉尔引诱到地下四层，配合其一起限制吉尔的行动。那个微笑着的混蛋提醒巴瑞多想想自己家人的处境，并再次向他承诺，这是他需要做的最后一件事。只要把吉尔安全地锁起来，威斯克马上就叫他的人离开巴瑞家——

但是，威斯克每次都这么说。找到徽章的话，你就自由了；在隧道里帮助我，你就自由了。背叛你的朋友，那样的话你……

“巴瑞，你还好吗？”

在升降机停下来时，巴瑞转过身，痛苦地看着吉尔眼中的关心与担忧。

“自从进入庄园之后，我就很担心你。”吉尔说道，并将一只手放在他的胳膊上，“我甚至认为……算了，别在意我是怎么想的……你有什么心事吗？”

巴瑞打开升降机的门，升起外面的金属网门，借机将视线转移到门外。“我……嗯，是有点儿事情。”他静静地说道，“但是，现在可不是说这些的时候。我们还是赶快做完眼前的事情吧。”

吉尔皱着眉头有些不解，但还是点了点头，然后有些担心地说道：“好吧，等这一切都结束之后，我们再好好谈谈。”

这些结束之后，你就该不想和我说话了……

巴瑞率先进入走廊，吉尔紧随其后。走廊里回荡着两人靴子与钢质格栅碰撞发出的叮当声。就在他俩即将沿走廊向左拐弯的时候，巴瑞突然放缓脚步，并假装做出检查武器的样子，把吉尔让到自己的前面。

他们刚一转过拐角，吉尔就愣住了，一头雾水地看着威斯克朝她举起的枪口。威斯克冲两人笑了笑，虽然墨镜挡住他的眼睛，但还是能让人感觉到他的沾沾自喜。

“嗨，吉尔！我终于把你盼来了。”威斯克轻松地说道，“干得好，巴瑞。取下她的武器。”

吉尔吃惊地看着巴瑞。他走过来拿走她手中的霰弹枪，并卸下了她的贝雷塔手枪。由于羞愧，他感到自己的脸火辣辣的。

“好，现在你回到地下一层的出口等我，我几分钟后就过去。”

巴瑞盯着威斯克。“但你跟我说过，你只是想把吉尔锁起来……”

威斯克摇了摇头。“噢，别担心。我不会伤害她的，我保证。现在你可以走了。”

吉尔看着他，脸上的表情由疑惑到恐惧再到愤怒：“巴瑞？”

“对不起，吉尔。”

他说完便转身朝拐角处走去，内心充满失败和耻辱的感觉，更不用说为吉尔感到恐惧。威斯克虽然做出承诺，但他心里清楚，威斯克的话一点儿都不可信，也许威斯克一听到他乘坐升降机的门关闭的声音，就会杀了吉尔——

可是，要是我没有进升降机呢？也许还能做点什么保证吉尔的安全……

想到这儿，巴瑞急忙赶到升降机旁，将门打开，然后又猛地把门关上，并按下操作按钮。就这样，巴瑞让无人搭乘的升降机回到地下三层，而他自己则悄悄地返回拐角处，静静地观察着前面的情况。

“……我对现在的情况确实感到有些惊讶。”吉尔说道，“你是怎么说服巴瑞让他帮你的？”

威斯克笑了笑。“我告诉巴瑞，他的家人现在遇到一些麻烦，所以安布雷拉特意派了一支小分队监视着他的住所，如果他不合作，那些人就会杀了他挚爱的亲人。他了解这些情况之后，自然很乐意帮助我了。”

听到这里，巴瑞愤怒地握紧了拳头，狠狠地咬着自己的牙齿。

“你真是个混蛋，你知道吗？”吉尔说道。

“也许吧。等这一切都结束后，我就会成为一个富有的混蛋。安布雷拉付给我很多钱，要我解决眼前这个烂摊子，并将你们这群爱管闲事的特种战术救援组队员都消灭掉。”

“为什么安布雷拉要消灭特种战术救援组？”吉尔问道。

“哦，也不是要消灭全部的人。他们谋划好计策来针对我们，至少是针对我们中那些想赚大钱的人。当然，像你这种整天只会哭哭啼啼的小姑娘他们可没兴趣——那些所谓的爱国者、美国精神，全是胡扯。但是针对到处散布安布雷拉公司阴谋论的克里斯·雷德菲尔德，你以为安布雷拉就没有注意到吗？这一切马上就要结束了。这里为了防止意外事故的发生，提前安装了自毁系统，当然也是为了防止“暴君”病毒的泄露。一旦你们都死了，并且所有的建筑设备也被摧毁了，就不会再有人知道事情的真相。”

这个混蛋，他竟然想要杀了我们所有人。

“不过，有关安布雷拉就说这么多吧。我带你到这儿还有一个目的，我想让你做一个小测试。我想看看我们最机敏的队员，在面对现代科学技术的奇迹时会有什么样的表现。现在，如果你能走进那扇门……”

这时，威斯克向后退了一步，正在偷听的巴瑞赶忙将身体紧紧地靠在墙上，只有一部分肩膀露在外面。然后他将手放在柯尔特上，慢慢地将枪抽出来。

“我简直不敢相信你会做这种事。”吉尔说，“竟然背叛我们去保护一群不道德企业的勒索者……”

“勒索者？噢，你是在说巴瑞吗？安布雷拉不会胁迫任何人，他们用钱就能轻松收买人心。我编个谎话才把他骗到我这边——”

这时，巴瑞用力将枪托砸在威斯克的脑袋上，好像连吃奶的劲儿都用上了。

1 resident evil

第十九章

吉尔惊讶地看着威斯克突然停止讲话，并倒在地上。这时她才看到威斯克身后的巴瑞，他的眼睛里满是憎恶地看着倒地的威斯克，手中还紧紧握着他的柯尔特手枪。

吉尔蹲下身，取下威斯克手中的贝雷塔手枪，插在自己的腰带上。

巴瑞转过身看着吉尔，湿润的眼睛里满是愧疚。“吉尔，对不起。我不应该相信他的话。”

吉尔盯着巴瑞看了一会儿，想起他的两个女儿，她想到莫伊拉和贝琪·麦基的年龄相仿……

“没事的。”她终于开口说道，“最重要的是你又回来了。”

巴瑞将吉尔的武器交还给她，两个人一同看向还趴在地上的威斯克。他还活着，只不过暂时昏过去，失去了知觉。

“你没带手铐吧？”巴瑞问道。

吉尔摇了摇头。“也许我们可以到实验室里看看，那里可能有电缆或线绳之类的东西。另外，我很好奇威斯克口中的‘现代科学技术的奇迹’到底是个什么东西……”

她转过身，看到液压门的开关，同时她注意到开关的上方有一个非常明显的“注意生物危险”的标志。在门缓慢地向两侧打开之后，两人走了进去。

哇！

这个又高又大的房间里摆满了监测控制台，通过地上蜿蜒的线缆与巨大的玻璃封闭舱连接在一起。一共有八个封闭舱并排放在房间的中央位置。每个舱的大小都足以容纳一名成年男性，但奇怪的是，现在里面全都是空的。

巴瑞弯腰捡起一条电缆，然后把手伸进口袋去拿匕首。这时，吉尔绕到封闭舱的后面，凝视着这些专业的医疗设备。突然，她停下脚步，紧紧地盯着前方，她此刻感觉自己的下巴都要惊讶得掉下来。

她发现，在靠墙的位置有一个巨大的封闭舱，高度大约有两米五六，旁边连接着专用的计算机控制台。更可怕的是，里面居然有个家伙占满一整个封闭舱，看上去就像一个怪物。

“吉尔，我找到电缆了。我……”

巴瑞边说，边走到吉尔旁边停下来，当他看到这个令人厌恶的东西后，惊讶得话也说不下去了。两个人都默默地向它走去，无法抗拒心中想要一探究竟的想法。

封闭舱里是一个身材高大、比例协调的家伙。至少它有着宽大的满是肌肉的躯体和长长的腿，这些部分都和人类一样。只不过它的一条手臂的长度超过了膝盖，手臂的末端被巨大的利爪所取代；另一只手臂是正常比例，只是有些过大。可以看到，在原本应该是心脏的位置，有一个满是鲜血的巨大肿瘤。吉尔意识到这个球状的东西应该就是怪物的心脏，它正在慢慢地舒张和收缩，有节奏地跳动着。

她站在密封舱前，深深地被这个令人厌恶的怪物震撼了。她能够看到它肢体上蜿蜒的疤痕，那些都是外科手术后留下的伤痕。它没有生殖器官，应该是被切除了。她抬起头，看到它脸上一部分肌肉也被切除了，而且没有嘴唇，所有的牙齿都暴露出来，看起来就像在冲她笑。

“是‘暴君’。”巴瑞平静地说道。

吉尔看了他一眼，发现巴瑞此刻正皱着眉头，紧盯着由多条电缆与封闭舱连接起来的计算机控制面板。

吉尔回头看着“暴君”，竟感到既怜悯又厌恶。不管它现在是什么，它曾经是个人，是安布雷拉将他变成一个恐怖的奇特怪物。

“我们不能就这样离开。”吉尔轻轻地说道，巴瑞点了点头。

吉尔来到控制台前，低头看着那些各式各样的按键与开关。这里一定有一个开关能够结束它的生命，这是它应得的。

在机器的最下面有六个排列成一排的红色开关。巴瑞把其中的一个扳下来，等了一会儿，好像没有任何反应。他抬头看了看吉尔，吉尔点头示意他继续。巴瑞用手的侧面，将其余的开关全都扳下来。

突然，边上传来了一个重击的声音，咣当——

他们赶忙转过身来，只见封闭舱里的“暴君”正抬起它那只正常比例的手，猛烈地敲打着封闭舱的玻璃罩。由于猛烈的敲击，这块足有十多厘米厚的玻璃被敲出明显的裂痕。

“哦……该死！”

就在怪物收回它那流血的手，准备下一次敲击时，巴瑞一把抓起吉尔的胳膊。

“快跑！”

两个人朝着门口飞奔而去。恐惧不断地从她的内心深处涌出来，吉尔在心里祈祷上帝一定要让他俩安全出去。巴瑞猛地按下液压门控制开关，门打开了——与此同时，他们身后那个密封舱的玻璃罩也被彻底砸碎了。

他们被吓坏了，跌跌撞撞地跑到门外，巴瑞抬手猛地按下液压门的关门键——

却发现威斯克不见了。

***

威斯克踉踉跄跄地向动力室走去。此时他感到头痛欲裂，四肢软绵绵的，没有一点儿力气，他甚至感觉自己都快要吐了。

该死的巴瑞……

吉尔和巴瑞带走他的枪。在他们走进实验室之后，威斯克醒过来，他一边步履蹒跚地走向升降机，一边在心里诅咒着他俩，诅咒着制造这一切糟糕事情的安布雷拉，诅咒着自己为什么不在可以的时候直接干掉这些特种战术救援组的队员。

事情还没结束。事态依然在我的掌控之中。这还是我主宰的游戏。

样本箱就放在那间实验室里，有可能被那两个白痴给毁了。还有“暴君”也在那里，那个完美的生物，要是停止肾上腺素注射的话它就会变得虚弱，不久就会死去。也许那两个家伙射穿它的心脏，在它还没有经历过战斗之前就杀死了它……

威斯克走到房间的门口，靠在门上，休息一下。鲜血正从他的耳朵里向外流，他摇了摇头，试图让大脑中奇怪的迷雾散去，使自己清醒一些。

虽然没有拿到组织样本，但他仍然可以完成任务。这点很重要，完成任务是最重要的。只要控制住，控制住就是他的游戏。

启动自毁系统，小心那些变异的猴子……

对，一定要小心那群猴子。威斯克打开门，歪斜着身子蹒跚向前。他感到地面看起来忽远忽近，周围的机器都在蔑视着他，向着充满蒸汽和机油味的空气发出嘶嘶的吼声。威斯克拽着边上的围栏，努力使自己向后面的房间靠近。他挣扎着想要加快自己前进的速度，但是腿却用不上力气。

这时，一道利爪突然朝威斯克的脑袋袭来，瞬间插入他的头皮，猛地一划，割下一片带着他头发的头皮。他感觉到一股温热的液体顺着脖子流下来，而他还在继续跌跌撞撞地向前走着，他的头变得比刚才更加疼痛难忍。

拿走我的枪，这些愚蠢的混蛋竟然拿走我的枪……

威斯克好不容易来到门口，正当他想打开房门时，一个沉重的东西扑到他的后背上，将他撞进隔壁的房间。他倒在冰冷的金属地面上，耳边响起一阵可怕的尖叫声。紧接着，坚硬的利爪刺穿他背后的皮肤。他奋力地扑打着试图杀死他的那个一边狞笑一边尖叫着的怪物。

威斯克全力挣扎，用手掌猛推怪物的喉咙。那家伙一下就跳跑开了，攀登着金属网又回到天花板上。

威斯克重新站起来，一瘸一拐地继续向前，强烈的疼痛感和恶心的感觉紧紧围绕着他。这里实在太热了，疯狂转动的涡轮不停地发出巨大的吼声。威斯克现在终于看清楚通往后面的门，这扇意味着他即将完成任务的门。

所有特种战术救援组的人都会为此付出代价，化为灰烬。而我最终将会逃脱，变成一个有钱人……

威斯克猛地打开门，向墙角的一个发光的小显示屏走去。这个房间里相对来说要安静和凉爽得多。占据这个房间的几台巨大机器对他发出温和的运行着的声音，它们的用途和外面的机器可是天壤之别。这些机器将帮他重新获取他的控制权。

他来到发光的屏幕前，身后敞开的门传来噪声似乎离他很遥远。他的手指麻木地触摸着下面的键盘。

他甚至无法准确地按到所需要的按键，在前几次输入错误之后，浅绿色的屏幕上终于出现了代码。一个性感且平静的声音告诉他，在三十秒钟之后开始倒数计时。真让人感到茫然，他尽力回想重新设定定时器的方法。这个系统将在五分钟之内自动引爆，所以他不得不重新进行设定，以确保自己有足够时间离开——

这时在威斯克身后，突然传来某种东西尖厉的叫声。

威斯克转过身，立刻惊呆了——只见四只变异的猴子一起向他袭来。它们用长长的锋利的钩爪猛刺向他。钻心的疼痛立刻从大腿上传来，他一下子倒在硬硬的金属地面上。

这不可能。

一只怪物跳到威斯克的胸口上，压得他有些喘不过气，更别说伸出他虚弱的手臂去推开它。这时另一只怪物开始撕扯他的左腿，用爪子硬生生地刮下一大块肉，而第三、第四只怪物则发出野蛮的怪叫，就像不怀好意的孩子们，围着他举着它们的利爪，双腿雀跃地跳着舞。

不知怎么地，鲜血涌进他的眼睛，他感到整个世界都在旋转。周围怪物的尖叫声、机器的嘶嘶声和空气中让人难以忍受的炙热感，让他的视线变得模糊起来，甚至连意识也在逐渐消失——

“暴君”来了。

威斯克能够感觉到它，感觉到它强大的气场。面对痛苦，威斯克反而露出微笑。他努力透过被鲜血染红的模糊视线寻找“暴君”的身影，他非常想看到“暴君”以完美的动作将袭击自己的猴子击杀的英姿——然而，他只能分辨出那个似乎要淹没他、穿透他的巨大身影，只能想象那个强大威猛的勇士俯下身将他从痛苦中解脱。

这里由我控制，让我看看……

但是眼前的黑暗使他仅有的一线希望也破灭了，威斯克失去了意识。

***

“……特种战术救援组，阿尔法小队，布拉瓦小队，有人吗……如果你无法回答，请尽量发出信号！飞机燃油快耗尽了，你们能听到吗？我是布拉德。重复！特种战术救援组，阿尔法小队……”

瑞贝卡急忙拿起对讲机，快速说道：“布拉德！斯宾塞庄园里有一个直升机停机坪，你必须赶到那里，布拉德，快！”

在嘈杂的噪声过后，瑞贝卡只听见一个字——“听”，其他的都没有听到。

“听见了”，还是“听见了吗”？

无法得知。怀着沮丧和不安的心情，瑞贝卡紧紧地握着对讲机，希望布拉德听见她的讲话。

突然一阵刺耳的警报声通过隐藏在天花板上的扩音器打破了周围的寂静。瑞贝卡吓了一跳，无助地在冰冷的房间里四处张望。

与此同时通往停机坪的内侧大门突然发出喀嚓一声。瑞贝卡急忙跑过去，抓住门把手将门拽开。看来锁被打开了。

一个平静的女性声音传了出来，缓慢而清楚的语音盖过刺耳的警报声。

“自毁系统被激活，所有人员紧急撤离或关闭程序，你们只有五分钟时间。自毁系统被激活……”

这段录音在不停地重复，瑞贝卡站在敞开的门口，眼睛一直盯着空空的楼梯。此刻，她全身热血沸腾，焦急地等着克里斯的出现。

克里斯只离开了几分钟而已，但是现在，他们的时间已经用完了。

1 resident evil

第二十章

吉尔和巴瑞下了升降机后，迅速向地下三层的主厅跑去，那个冰冷的声音告诉他们还剩下四分三十秒的时间。两个人在走廊中全力飞奔，他们刚一转过拐角，便看到正在金属楼梯往上跑的克里斯·雷德菲尔德。

“克里斯！”吉尔喊道。

克里斯顺着声音转身望去，当他看到跑过来的两个人时，脸上终于露出了微笑。

“快点儿！”他喊道，“地下一层有一个直升机停机坪！”

感谢上帝！

克里斯等到吉尔和巴瑞来到楼梯底下后，便继续向上面跑去，他跑过走廊，拉开通往楼梯的大门，身后的吉尔和巴瑞迅速通过。这时，头顶的声音告诉他们时间只剩下四分十五秒。

巴瑞在最前面跑上楼梯，吉尔随后，克里斯在最后，三个人一起来到地下一层。吉尔看到瑞贝卡·查姆博斯站在紧急出口旁，稚嫩的脸上带着焦虑不安的神色。

克里斯催促瑞贝卡快走。就这样，四个人一起跑进一条蜿蜒的混凝土走廊。吉尔在心里默默地祈祷，希望他们还有时间逃离这座庄园。

你就留在这里被烧死好了，威斯克。

他们全力向走廊尽头的一台大型升降机跑去。巴瑞用力地将门拉开，等到其他人都上去之后，他也跳上去。时间只剩下四分钟。

升降机缓慢地向上爬升，着急的吉尔不停地查看自己的手表，秒针每动一下，她的心就剧烈地跳动一下。

一定能逃离这里，我们一定能逃离这里……

升降机伴着吱吱嘎嘎的声音终于停了下来。克里斯猛地将门打开，清晨凉爽的空气瞬间吹进升降机里。这时，最甜美奇妙的声音从空中传来——一架直升机正在他们的头顶盘旋着。

“他听到我说的话！”瑞贝卡喊道。吉尔高兴地笑了，突然发现自己从心底涌起一股对这个新人的好感。

这座直升机停机坪非常大，宽阔的场地四周被高墙围着，在柏油地面的正中央有一个用黄色油漆画的圆圈，那应该就是一会儿布拉德的着陆点。巴瑞和克里斯疯狂地向空中挥舞着手臂，让布拉德尽快着陆带他们离开这里。吉尔再次低头看着表，还剩三分半钟，时间绰绰有余。

轰隆！

吉尔赶忙转身望去，只见混凝土和沥青的碎块在空中飞舞，然后像雨点儿一样落向停机坪西北方向的角落。接着，一只巨大的爪子从墙壁的缺口处伸出来，然后从它那边缘参差不齐的嘴唇前落下——

随即，脸色苍白、体形庞大的“暴君”一下子跳到停机坪上……然后，它转身看着大家。

***

那到底是个什么东西？

怪物的身高将近两米五，巨大的身体的一部分因残缺而变形，它站起身的时候，那看上去好像笑着的脸一直注视着大家。此刻它正在慢慢地朝他们走来，左臂巨大的爪子正在一张一合地显示着它的实力。

没时间了，得赶紧想办法让布拉德降落。

克里斯马上举枪，向着怪物胸前突出的那个像肿瘤一样的深色东西射击。他连续打出五发子弹，其中三发直接命中，另外两发打在偏离目标不到三厘米的地方——

可是，怪物的速度丝毫没有减慢。

“散开！”巴瑞怒吼道。

特种战术救援组的队员立刻向四周分散，吉尔拉着瑞贝卡跑到离这个高大的怪物最远的角落里，克里斯则向南面跑去，巴瑞稳稳地站在原地，将柯尔特瞄准渐渐逼近的怪物。

他抬手便向怪物的身体连开三枪，三颗直径九毫米的子弹瞬间射入怪物的腹部，雷鸣般的枪声响彻整个停机坪。

这时，怪物突然加速，一边朝着巴瑞猛冲过来，一边将它那恐怖的爪子拖向身后，蓄势待发——

巴瑞见状赶紧闪开位置，而怪物一个俯冲从巴瑞身边掠过，它那巨大的爪子像抛低手球一样，坚硬的利爪将柏油路面切开一道裂痕，如同划开水面一样轻松。

怪物刚刚冲过去，便立即停下脚步，转身盯着巴瑞。巴瑞赶忙挣扎着站起身，再次开枪向怪物射击。

子弹击中怪物的右肩，直接掀掉它肩膀上的一块肉。顿时浓稠的血液从伤口流出，并且顺着它的前胸流下，与从它身体上的伤口流出来的血液汇合到一起。

阿尔法小队的直升机仍然在上空盘旋，无法着陆，而且没有迹象表明怪物受到伤口的影响，更别说他们是否可以杀死它。就在这时怪物再次发动攻击，它放低它那可怕的带着利爪的手臂，冲向巴瑞。巴瑞立刻开枪射击，却发现他的手枪突然发出咔嗒声——没子弹了。

巴瑞在怪物就要接近的一刹那，迅速朝旁边躲去，同时怪物也在攻击过程中随着巴瑞的移动改变了进攻的方向——

锋利的爪子直接勾到巴瑞身体的侧面，瞬间将他抛了出去。

巴瑞！

克里斯看到此情景赶忙开枪，一边向正要弯腰扑向巴瑞的怪物背部射击，一边冲过去。子弹阻碍了怪物的进攻。满脸恐惧的巴瑞趁机向后爬去，他的防弹背心都撕破了。

与此同时，怪物似乎感觉到子弹穿透的疼痛，急忙转过身，用空洞的眼睛盯着克里斯。趁着怪物分神的间隙，巴瑞急忙摇摇晃晃站起身，一瘸一拐地迅速离开。

我们没有时间了！

克里斯将弹夹里的子弹全部射出，有几发直接打在怪物的脸上。怪物牙齿的碎片从它那没有嘴唇的嘴巴里飞崩出来，白色的牙齿碎片与粘连的红色血液一起，像雨水一般洒落在柏油地面上。但这一切丝毫没有阻止怪物的动作，它以快得惊人的速度朝克里斯冲过去。

吉尔和瑞贝卡看到此情形，马上高声喊叫着向怪物连续射击，想要分散怪物的注意力。但是怪物好像锁定克里斯一样，挥起它的利爪，朝他扑过去——

注意时机——

就在怪物抵达克里斯面前的一刹那，他猛地向旁边一扑。怪物从克里斯身旁掠过，利爪猛地击中克里斯刚才站的那块柏油路面。

克里斯转身就跑，随着时间一分一秒过去，克里斯脑中突然浮现出一个可怕的想法，也许根本就没有时间在爆炸之前解决这个怪物。

巴瑞感到鲜血正不断从自己的大腿上渗出，刚才“暴君”的猛攻划破了他的一块皮肉。他可以强忍着疼痛的感觉，但是却无法停止涌上心头的可怕念头：他们有可能会死在这里。

如果我们不能赶快干掉它，那么我们将会一起被炸死在这里。

与此同时，怪物将自己的注意力，转移到吉尔和瑞贝卡两个人身上。

她俩正在朝看起来丝毫不受枪伤影响的怪物拼命地开枪。这次“暴君”十分平静地向两人慢慢走去，虽然身上正被不断地打出血洞，但这一点儿也没有影响它的行动。霰弹枪轰在它的腿部和胸部上，直径九毫米的子弹纷纷射入它的身体，可是怪物还是毫无反应，继续向她们逼近。

随着直升机螺旋桨的声音突然变大，巴瑞感觉到有风从头顶吹下来。紧接着，他听到上面传来的喊声。

“接好了！”

巴瑞抬头望向在他头顶六米左右盘旋着的直升机。

这时，从直升机的侧门突然飞出一个沉重的黑色物体，砰的一声掉在地上。

距离那东西最近的克里斯赶忙向它跑过去。

眼见怪物就要赶上吉尔和瑞贝卡两个人了，她俩突然分开，朝着不同的方向跑去，怪物毫不犹豫地追向吉尔。

“吉尔，往这边跑！”克里斯声嘶力竭地喊道。

听到声音后，巴瑞也向克里斯望去，只见克里斯此刻正扛着一个巨大的火箭发射器。

太棒了！

吉尔马上改变方向朝克里斯跑去，“暴君”紧紧地跟在她的后面。

闪开！

吉尔飞身扑向一旁的同时，克里斯扣下火箭发射器扳机。只听嗖的一声，火箭弹应声而出，发射的声音甚至盖过直升机螺旋桨发出的动静。

火箭弹直接射入“暴君”的胸膛，随着一束火光和震耳欲聋的声音，怪物的身体被炸成数以万计的冒着烟的碎片。

四处飞散的身体残渣像冰雹一样落在大家的身上和四周。趁此时机，布拉德赶紧让直升机向地面降落。大家立刻朝直升机跑来，没等起落架碰到地面，吉尔便迅速跳进机舱，紧接着克里斯、瑞贝卡和巴瑞都登上飞机。

“起飞！布拉德，快起飞！”吉尔高声喊道。

直升机刚刚驶离地面没多高，便掉转方向以最快的速度飞走了。

1 resident evil

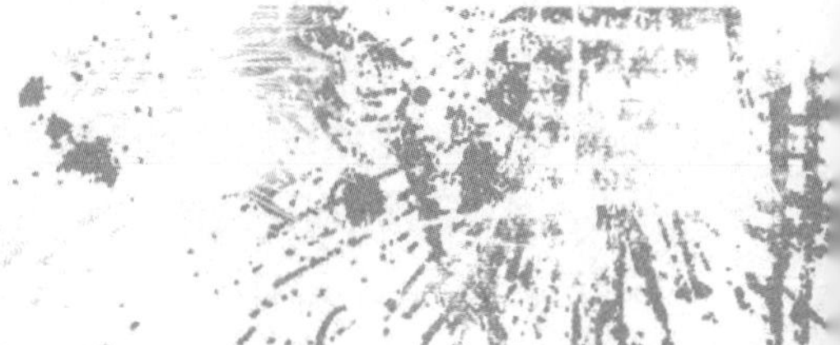

第二十一章

现在庄园里那些变异的生物耳边还环绕着那个平静的女性声音。

“还有五秒钟的时间，三，二，一。自毁程序现在启动。”

庄园各处的电路被联通。

随着一声地动山摇般的巨响，斯宾塞庄园爆炸了。安置在斯宾塞庄园地下室、蓄水池、庭院、警卫员室的壁炉，以及地下三层实验室等各个地方的装置一起被引爆。华丽的庄园中，大理石墙壁轰然倒塌，叠落在破裂的地面上，岩石掉落，混凝土建筑变成一堆黑灰。巨大的火球不断地在黎明的夜空中升腾，儿公里以外都能看到。

随着巨大的轰鸣声在森林里慢慢消失，庄园的残骸慢慢地燃烧起来。

1 resident evil

尾声

布拉德驾驶着直升机向市区驶去的时候，飞机上另外四个人都沉默不语。布拉德现在有无数个问题想问，但是他们的沉默就好像在有意拒绝交流一样。克里斯和吉尔两人都表情严峻地从机舱的舷窗向外望着化为一片火海的庄园。巴瑞靠在机舱壁上，盯着自己的双手，就好像从来没有见过它们似的。瑞贝卡静静地在他们中间移动，一言不发地帮助他们处理伤口。

布拉德没有主动说话，他还在为早先撇下队友独自逃亡的事情感到愧疚。从那时起，他便一直在这个庄园附近盘旋并看着燃油一点一点地消耗掉。这简直是个噩梦，而他现在必须装作什么也没有发生，只是去上了个厕所一样轻松。

那到底是个什么怪物……

想起刚才那个家伙，布拉德不禁打了一个寒战。不管那到底是什么东西，好在它已经死了。他很庆幸，自己在看到那个怪物之后，控制住自己所有的情绪，没有再次扔下队友独自逃跑，而且还拼命集中精神，思考怎么干掉那个怪物。最后他终于想到办法，毫不犹豫地将装有火箭筒的包扔了下去。

他回头望了一眼机舱里沉默的四个人，考虑要不要告诉他们刚才接通无线电之后，接收到一个奇怪的通联信号。那是在他收到瑞贝卡的呼叫，告诉他有个什么停机坪后，他立刻收到一个十分清晰稳定的声音信号，一个男性的声音平静地告诉他准确的坐标。这家伙肯定一直在监听我和瑞贝卡的通话，真是太奇怪了。他知道停机坪的确切位置并给布拉德指引，这实在是让人感到有些不可思议。

他皱着眉头，努力地回忆那个神秘男人的名字。萨德？泰伦斯？*特兰特。对，就是这个，他说他的名字叫特兰特。*

布拉德决定还是改天再和大家说吧。现在，他只想尽快回家。

献给莱斯利，一个非凡的掘洞高手

RESIDENT EVIL 生化危机（白金版）2

CALIBAN COVE

卡利班海湾

[美] S.D. 佩瑞 / 著　良　田 / 译

金城出版社
GOLD WALL PRESS
中国 · 北京

你若贪婪，邪恶微笑；你若疯狂，邪恶歌唱。

——佚名

目 录

RESIDENT EVIL
CALIBAN COVE

序　章

《浣熊时报》，1998年7月24日

大火引爆斯宾塞庄园，一夜坍塌成废墟

浣熊市——星期四凌晨两点左右，浣熊市森林地带的西北方向传来一声巨大的爆炸声，惊醒了住在维克多利湖区的居民。据悉，此次爆炸是因为大火席卷了整个废弃的斯宾塞庄园，并引燃存放在庄园地下室的一部分化学药品所引发的。由于警方此前在森林周边设置了路障（警方声称设置路障的原因与近期发生在浣熊市的连环凶杀案有关），当地消防队无法快速进入斯宾塞庄园进行灭火救灾工作。在大火燃烧近三小时之后，这座拥有三十一年历史的庄园以及与之毗邻的员工住所最终化为灰烬。

三十一年前，大型跨国制药公司安布雷拉的创始人之一、有着“欧洲贵族”之称的奥斯威尔·斯宾塞邀请著名建筑师乔治·特雷沃设计建造了这座庄园。在建造之初，该庄园本是设计作为公司贵宾使用的招待场所，但不知何故，庄园在竣工之后便立刻被公司封锁了。据安布雷拉公司新闻发言人阿曼达·霍特尼所言，庄园的部分区域被用来储藏一些制药所需的工业清洁剂及溶剂，直至事发当日仓库仍在正常使用。霍特尼于昨天的新闻发布会上表示，安布雷拉对此次事故承担全部责任。她声称：“这起事故的发生是本公司在监管方面的重大失误，安布雷拉公司在此次事故前，就已经计划将造成此次事故的危险化学品清理出斯宾塞庄园。值得庆幸的是，在此次事件中没有造成人员伤亡。”

此外霍特尼还向媒体透露，虽然目前起火原因仍然不明，但安布雷拉公司将派遣调查组进入起火现场，进行现场排查取证工作，力争尽快查明起火原因。

《浣熊周报》，1998 年 7 月 29 日

特种战术救援组撤出凶杀案调查工作

浣熊市——昨日新闻发布会上，浣熊市政府官员发布了一份十分惊人的声明：正式撤销特种战术救援组对近十周以来连续发生的九起残忍的连环凶杀案，以及五起市民失踪案件的调查工作。此项声明是由浣熊市议员爱德华·韦斯特宣布的。他声称，特种战术救援组因严重渎职而遭到撤销。

众所周知，特种战术救援组从上周开始正式接手连环凶杀案的调查工作，其第一项行动便是负责彻查传闻中出现于浣熊市森林地带西北部的“食人魔”的踪迹。而韦斯特议员指出，因为他们“冒失且不专业的行为”，使得行动最终以灾难性的结果收场。该行动直接导致一架直升机失事坠毁，并造成参与行动的十一人中六人殉职的惨剧，其中包括该行动队队长阿尔伯特·威斯克。

“（特种战术救援组）违规在浣熊市森林地带执行搜索任务之后，”韦斯特说，“市议会最终决定，全权委托浣熊市警署彻查此案，直至案件水落石出。另外，根据调查，我们有理由相信，特种战术救援组的成员在执行任务前或执行任务期间，有饮酒甚至吸食违禁药品的情况出现，所以我们决定终止该小队在浣熊市的一切行动。”

此外，塞拉·雅克布森（代表哈里斯市长）以及警察总部部长J.C. 华盛顿与韦斯特共同参加新闻发布会并回答了记者的提问。不过，他们都未对警署布莱恩·艾隆斯署长以及特种战术救援组的几名生还者发表任何评论。

《城郊报》，1998 年 8 月 3 日

斯宾塞庄园起火原因查明——官方确认，属意外失火

浣熊市——在昨天的新闻发布会上，浣熊市消防队以及安布雷拉公司产业服务部共同发表了针对上个月月底在浣熊市森林地带发生的斯宾塞庄园火灾事件的官方声明。声明表示，经过详细彻底的调查，已基本可以确定，整个火灾事件是由于一部分人员粗心大意所致。安布雷拉公司产业服务部负责人大卫·彼修夫称：“从目前调查中发现的种种迹象来看，事发当晚有人在斯宾塞庄园的一所房间内生起篝火，但后来火势意外失控，从而导致整座庄园起火。目前为止，还没有任何迹象表明本次事件是有人蓄意纵火或恶意犯罪。”此外，彼修夫还透露，由于庄园内所有建筑已经尽数焚毁，所以尚未发现火灾和爆炸现场有任何人员的踪迹。

当记者追问，此次火灾事件是否与近期发生的严重威胁民众生活的恶性连环凶杀案有关时，一同出席本次记者会的浣熊市警署署长布莱恩·艾隆斯表示目前还无法确定。他表示：“我们目前能做的只是一些推断和假设。不过众所周知，自从火灾发生以来，浣熊市便再没有发生类似的恶性案件，所以从这一点推断，制造连环凶杀案的罪犯当时很可能就躲在那座庄园里。当然我们希望凶手已经离开那里，并很快会被缉拿归案。”

不过艾隆斯署长拒绝就之前公开声明中提到的有关特种战术救援组在调查凶杀案时严重渎职一事做出任何评论，只是表示同意并尊重市议会的决定，同时将会考虑对特种战斗救援组进行纪律处分……

2 resident evil

第一章

瑞贝卡·查姆博斯骑着山地车在赛德区幽暗曲折的街巷里穿行，夏末的一轮满月正悬挂在她头顶燥热晴朗的夜空中。虽然现在天色尚早，但城郊的道路上已空无一人，整个城市仍在执行严苛的宵禁令：夜幕降临后，所有未满十八岁的青少年都严禁外出，直到制造恶性连环凶杀案的凶手落入法网并被关进监狱。浣熊市的空气中弥漫着紧张的气氛，但也宁静了不少，至少从表面上看起来是这样的……

她穿过安静的街区，路旁橱窗里的电视机发出的微弱光线照射在修剪得十分整齐的草坪上，只有蟋蟀的窸窣声和偶尔的几声狗叫从远处传来。自从恶性连环凶杀案发生以来，心神不宁的浣熊市市民每日早早就锁起自己的房门，蜷缩在家里，企盼着警方早日宣布罪犯已被抓到，城市可以回归以往的祥和安宁。

如果他们知道真相……

这一刻，瑞贝卡倒有些羡慕房子里的那些无知的民众。在过去两周里，在得知事实真相被歪曲后，她感到无比沮丧，更糟糕的是，根本没有人相信事情的真相。

到今天，斯宾塞庄园里那场恐怖的噩梦已过去整整十三天，这是漫长而艰辛的十三天。特种战术救援组幸存的队员好不容易才从背叛与死亡的魔掌中挣脱出来，却在试图说出事情真相之时四处碰壁，遭受外界的鄙视和质疑。在当地报纸的报道中，吉尔、克里斯、巴瑞和瑞贝卡都被贴上“瘾君子”的标签，甚至是更糟的评价。毋庸置疑，这都是安布雷拉公司搞的鬼。自从他们被停职后，浣熊市警署也不再相信他们了。如今安布雷拉公司为了更加方便彻底地毁灭证据，甚至直接接手了火灾现场的调查工作……似乎无论特种战术救援组的矛头指向哪里，安布雷拉公司都会抢先一步，采取贿赂和毁灭证据等各种鄙夷的手段，以达到人们不听信特种战术救援组辩解的目的。

不管怎样，事情并非如此简单。作为世界上规模最大、知名度最高的医学研究机构以及制药公司之一，更不用说它为浣熊市贡献了巨大的税收——在秘密实验室里进行生物武器的研发，制造实验性怪物——要不是亲眼看到事实真相，我可能也会和大家一样不相信。

至少那段恐怖的经历已经结束了。实验室被烧毁殆尽，浣熊市的恶性连环凶杀案也随之停止……虽然责任人还没有被追究责任，不过她认为这只是时间问题。安布雷拉公司在实验中使用了许多危险物质，这是一个不争的事实，这点肯定无法逃过特种战术救援组的调查。他们现在要做的，就是在这里时刻保持警惕，等待总部援军的到来。

说起来——唔，好痛……

瑞贝卡突然发现枪套顶住自己的肋骨，她赶忙将手伸进薄薄的棉 T 恤里，重新调整一下它的位置，并且在心里希望，今晚过后这一切都能结束，就再也不用带着武器出门了——那是巴瑞收藏的一把直径九毫米的短管左轮手枪，暂时给她防身用。她不确定其他人现在情况怎么样，但是从斯宾塞庄园逃出来那天开始到今天，她根本没有睡过一个好觉。为以防万一，她只要外出就带着自己的武器，但她还不太适应目前的这种安全对策。

瑞贝卡暗自叹了一口气，将车向左拐上福斯特街，穿过夕阳下街区的阴影朝巴瑞家骑去。一路上她都在提醒自己，巴瑞很有可能是接到总部的命令才召集大伙开会的。巴瑞刚才只是在电话中简短地表达了“事有进展，速来会面”的意思——尽管瑞贝卡努力控制自己不要胡思乱想，但自从接到他的电话之后，她还是无法抑制自己内心的激动，心好像都揪在了一起。

说不定会要求我们一起飞到纽约，去向调查组汇报情况；甚至可能要我们一起去欧洲捣毁安布雷拉的总部……

无论被派往哪里都比继续留在浣熊市强。因为在这里，他们所有人时刻都在警惕着随时可能出现的危险，一刻也不敢放松。克里斯认为，安布雷拉正在等待最佳的行动时机，只要民众将注意力一从特种战术救援组身上移开，他们便会马上采取行动，即使这还只是一种猜测，也不是一个最让人安心的想法，令人无法入睡。

胆小鬼布拉德·维克斯由于承受不了目前的这种压力，仅仅在任务结束两天后便匆忙逃离了浣熊市。虽然吉尔、克里斯和巴瑞都对他这种懦弱的表现感到不满，但瑞贝卡却觉得是否只是他的做法不太得当。这并不是说她愿意任由安布雷拉横行——毋庸置疑，那些家伙做的实验不但从道义上来讲应该受到谴责，而且还是违法的——但她觉得一直留在浣熊市等待援军到来的做法的确有些太过冒险了。

虽然不会在今晚就有结果，但也不用等太久，这一切应该很快就会有结果了。到那时候就不用到哪儿都带着枪，也不用紧锁房门把自己关在家里——不用因为知道真相而担心安布雷拉的阴谋陷害了。

在他们首次提交任务报告时，纽约总部命令他们原地待命。库尔茨副指挥官本人向他们许诺，将会对此事展开调查，并且一有结果便会立刻通知他们——可是现在过去整整十一天了，总部仍没有任何回应。虽然瑞贝卡从未想过像布拉德那样一走了之，但她也渐渐厌倦了每天带着枪的感觉，厌倦了别在身侧的冰冷的手枪在她每走一步时，都能让她感受到那种沉甸甸的重量。上帝，她一直希望自己能够成为一名优秀的化学家……

说不定，纽约方面的援军一到，就会派我去实验室研究这种病毒。严格来说我还是布拉瓦小队的成员，他们没道理还要我去前线奋战……

毋庸置疑，在实验室工作能充分发挥她的特长。其他人都是身经百战的战士，而瑞贝卡只是一名刚加入特种战术救援组五周时间的新兵。她的首次任务，就是作为一名特种战术救援组成员参与搜查浣熊市森林地带，不幸的是这次任务导致全队半数以上队员丧命，但她为他们几个生还者揭开安布雷拉公司不为人知的秘密提供了重要线索。从那时起，瑞贝卡花费了大量的时间复习大学时学过的各种病毒的分子结构，希望能以此来查明 T 病毒在感染者体内快速复制的方式。特种战术救援组目前最需要的不是战地医生，而是科学家……如果说斯宾塞庄园事故对她有什么启发，那就是，让她更加确定了她应该属于实验室。虽然那天晚上她挺住了，但她也知道，研究 T 病毒才是她为阻止安布雷拉的阴谋能做的最大贡献。

*你不妨承认吧，*她在心里嘀咕着，*你是迷上 T 病毒了。有机会能够研究这种新出现的尚未分类的突变原，并找出它运作的原理，这也是你想要研究它的原因。*

事实的确如此。当然，享受自己的工作绝对不是件可耻的事情。瑞贝卡之所以选择加入特种战术救援组，就是希望能遇到这样的机会——运气好的话，今晚的会议结束后，她就可以收拾行李离开浣熊市，以特种战术救援组生物化学研究员的身份展开自己全新的人生。

瑞贝卡一直将车骑到街区的尽头，在一幢结构经过改建的维多利亚时期的米黄色双层建筑面前停下来。她警惕地向四周望了望，在确保周围没有可疑情况之后才从自行车上下来。伯顿的家毗邻一座很大的郊外公园，里面的植被十分茂盛。要是在几周前来这儿的话，瑞贝卡一定会选择先到这座静谧的公园里悠闲地散散步，然后再眺望一下美丽的星空，尽情地享受温暖舒适的夏夜。但如今在她眼中，这里只不过是又一个可以供人藏身的黑暗之处，充满未知的危险。虽然夏末的空气温暖湿润，但瑞贝卡还是在想到这些时打了个寒战。然后她赶忙收回自己的思绪，匆匆向前走去。

推着自行车径直走到巴瑞家门口后，她抬手擦了擦颈背上的汗，然后看了眼手表。从接到巴瑞的电话到她抵达这里，一共只用了二十分钟时间。瑞贝卡把自行车靠在栏杆上，在心里祈祷着巴瑞带给她的将是个好消息。

她抬手正要敲门，巴瑞就把房门打开了。T 恤和牛仔裤的简单搭配，更加凸显了巴瑞全身的肌肉，看上去他几乎快把整个大门给堵起来了。巴瑞发誓要向安布雷拉复仇，所以他一直在做力量训练。

他向瑞贝卡笑了笑，随后向后退了一步把她让进屋里，紧接着他迅速朝门前僻静的街道上扫了一眼之后，便跟着她一起进到屋子里。他腰间的枪套里塞着一把柯尔特巨蟒手枪，这让巴瑞看上去就像一个大块头的牛仔。

“有人跟着你吗？”他轻声问道。

她摇了摇头。“没有。我是从小路过来的。”

巴瑞点了点头。虽然他脸上仍带着微笑，但自从有过那次九死一生的经历以及背叛之后，巴瑞的眼神中就一直藏着一种挥之不去的不安和担心。她很想安慰他说其实并没有人会责怪他，但她也明白这没有任何作用。巴瑞的心里一直认为自己应该对那晚在斯宾塞庄园发生的事情负一定的责任，所以这几天他看上去消瘦了不少。她认为这跟他太想念自己的妻子和两个女儿也有一定的关系，为保护家人安全，从庄园逃出来之后他便立刻让她们离开了这里。

安布雷拉又多了一种破坏我们美好生活的方式。

他领着瑞贝卡穿过宽敞的走廊并走过旁边的楼梯，走廊两侧的墙壁上挂满了装裱好的他两个女儿的涂鸦画作。巴瑞的这座宽敞的大房子里显得有些杂乱无章，随意摆放着经过岁月磨损的老旧家具，似乎从任何东西上，都可以看到这个家庭的缩影。

“吉尔和克里斯马上就到。想先来杯咖啡吗？”

他看上去似乎有些紧张，而且还有些不自觉地揪了揪自己红色的短须。

“不用，谢谢。不过，要是方便的话，我倒是想喝点水……”

“好的，当然可以。等我一分钟，这段时间你可以先到前面去并做一下自我介绍。”说完，还没等瑞贝卡反应过来是怎么回事儿，巴瑞便匆匆忙忙地转身朝厨房走去。

自我介绍？发生什么事情了？

她穿过拱形走廊，来到凌乱但给人舒适感觉的客厅。她一进屋便停下了脚步，她发现躺椅上坐着一个陌生的男人，这让她有些吃惊。男子在看到她之后，微笑着站起身——但瑞贝卡从他那轻轻眯起的目光中看出他正在上下打量着她。

要是放在几周前，这种仔细的观察一定会让瑞贝卡觉得非常不自在。因为她明白，她是现役的特种战术救援组成员中资历最浅的一位，而且她看起来确实是那样……如果说安布雷拉实验室事件对她产生什么积极的影响，那就是让她对这种交际窘境显得不再那么敏感了，面对满屋子的怪物会使她正确地看待事物。从那时起，对任何人向她投来的审视眼光，她都可以从容应对了。

瑞贝卡面无表情地盯着那个人，以同样的方式打量着对方。只见男子下身穿一条牛仔裤，上身是一件很帅气的衬衫，脚穿一双跑步鞋。他腰上的皮套里也别着一把九毫米口径的贝雷塔手枪，那是特种战术救援组成员的标配。他很高，足足比身高一米六的瑞贝卡高出三十厘米，但他的身材却很苗条，看起来就像个游泳运动员。他长得也很英俊，黑色的短发，高挑的眉毛，轮廓分明的五官，还有那双充满智慧的眼睛，让他看上去就像一个电影明星。

“想必你就是瑞贝卡·查姆博斯了。”他说道，清晰快速的话中带着一股优雅的英国口音，“听说你是个生物化学方面的专家，我说得对吗？”

瑞贝卡点点头。“我确实正在做这方面的工作。不过，你是……”

他笑着摇了摇头。“请恕我冒昧。我真的没想到……我……”

他绕过巴瑞家的咖啡桌，微红着脸向瑞贝卡伸出手：“我是大卫·特拉普，目前是特种战术救援组缅因州埃克塞特分部的一员。”

听到这儿瑞贝卡像冲了凉水澡一样感到全身都松弛下来。看来特种战术救援组总部直接派来了援军，而不是打来电话。这实在是太好了。她强忍住内心的激动，礼貌地和对方握了握手。同时在心里想到，看来他一定没有想到自己会是个只有十八岁的科学家。当然，谁又能想到呢？瑞贝卡早已习惯了人们惊讶的表情，甚至她还会调皮地去享受对方一时措手不及的样子。

“那么，你是侦察员还是做其他什么的？”她问道。

特拉普先生皱了皱眉头。“不好意思，你是指……”

“来进行调查啊——其他的调查组已经到了吗，还是说由你先来秘密调查安布雷拉公司那些肮脏的勾当？”

她的声音越来越小，因为她看到对面的大卫慢慢摇着头，露出遗憾的表情，他那黑色的闪闪发亮的眼睛里似乎闪烁着她无法理解的神色。

沉默一会儿之后，他终于开口了。他低沉的声音中带着些许的沮丧甚至愤怒的情绪——听到他的话，瑞贝卡只觉得自己有些双膝无力，焦虑和恐慌瞬间袭遍全身。

“查姆博斯女士，我只能抱歉地告诉你，我有理由相信安布雷拉公司已经和特种战术救援组的部分重要人员有私下交易，可能他们收受了贿赂，当然也不排除是被安布雷拉勒索。所以他们不会对这次的事件进行任何调查，也没有其他人会来支援。”

***

一丝困惑和惶恐的神色在瑞贝卡那浅棕色的眼中一闪而过。她深吸一口气，然后呼出，平定了一下自己的心绪。

“你确定？我的意思是，安布雷拉是不是也曾经试图收买你，或者……你说的是真的吗？”

大卫摇了摇头。“我不敢完全肯定——不过，要不是这样的话，我也不会出现在这里。”

大卫的话有些轻描淡写，瑞贝卡的年轻带给他的震撼还没有从他的脑海中挥去，他本能地觉得不该再告诉她更多的东西，以免让她提心吊胆。尽管巴瑞告诉过他，瑞贝卡是一位比实际年龄要成熟得多的天才少女，但他还是没料到她这么年轻，这分明就是个孩子。她的这身打扮，一双高帮鞋，一条将裤脚卷到膝盖的还带着毛边的牛仔短裤，一件松垮的黑色 T 恤，不论从哪一点上看她都不像一个生化学家。

好吧，这孩子可能是我们唯一的科学家了。

想到这儿，大卫感觉到过去几天以来，一直堆积在自己心里的怒火再次燃烧起来。巴瑞在电话里给他详细讲述了事情的全部经过，整件事到处都充斥着背叛和谎言——而他了解的实情是，他为之奋斗的特种战术救援组竟然也卷入如此肮脏的交易之中……

这时，巴瑞端着一杯水回到房间。瑞贝卡感激地接过他手中的水杯，并一口气喝掉杯中的一大半水。

巴瑞瞟了一眼大卫，然后转向瑞贝卡：“他已经把事情都告诉你了？”

瑞贝卡点点头。“吉尔和克里斯知道了吗？”

“还没有，这就是我叫你们来的原因。”巴瑞说，“没必要把同样的话重复说两次。我们等他们都到了再开始谈论这件事的细节。”

“我同意！”大卫说道。他一直认为第一印象是最具有说服力的，所以他觉得如果最终要在一起行动的话，他就应该先利用这段时间，好好了解一下眼前这位女孩的性格。

他们三人落座之后，巴瑞开始向瑞贝卡讲起他和大卫年轻时如何一起在特种战术救援组的训练中相识的往事。尽管大家都明白，这些故事只不过是在消磨时间，但巴瑞仍然讲得十分有趣。当他讲到毕业当晚两人用几条橡胶玩具蛇捉弄平常不苟言笑的教官时，大卫已经将一半以上的注意力都转移到瑞贝卡的身上了。此时的瑞贝卡非常放松，甚至有些欣赏两人充满孩子气的恶作剧——

那是十七年前的事情了。可能她当时正在庆祝自己的第一个生日吧。

她一直在遵照巴瑞的要求，没有再提起刚才的话题，但大卫知道她心里对刚才谈到的情况非常焦虑。大卫非常佩服她可以在很短的时间内将自己的注意力转移，那是他自己到现在还没能完全掌控的能力。

自从他给特种战术救援组副指挥官打完电话后，他满脑子就没有别的事儿了。他忠心耿耿地为组织兢兢业业地奋斗，所以这种背叛行为让他感到更加愤怒，就像突然吃了苍蝇，让他深恶痛绝。他已经为这个集体奋斗了二十多年，特种战术救援组在他成长之路上也给了他需要的一切——自我价值、使命感和正义感……

就这样，为组织献身的男男女女，还有我和我用一生去为之奋斗的事业，仿佛没有任何意义一样被搁置一边了。他们到底花了多少钱？安布雷拉到底用多少钱就买走了特种战术救援组的荣誉和尊严？

意识到自己又陷入愤怒之后，大卫赶忙调整自己的情绪，将注意力重新转回到瑞贝卡身上。如果他得到的消息都是真实的，他们将面临的就不光是时间紧迫的问题，其他能利用的资源也十分有限。他现在已不像她那样年轻，有激情。

他从瑞贝卡展现自己的方式能够看出，她一定不是那种胆小怕事或是唯命是从的女孩，而且从她那双闪闪发亮的眼睛可以看出她非常聪明。巴瑞之前就告诉过大卫，瑞贝卡在斯宾塞庄园里的表现相当专业。此外，她的档案里说她绝对有能力胜任研究病毒的工作，假如她真的如报告里说的那么优秀——

假如她也愿意把自己的生命置身于一个极端危险的环境之中。

症结就在于此。瑞贝卡加入特种战术救援组的时间不长，所以就算她知道组织里出现叛徒这种事情，也可能不会影响她对未来工作的信心。她随时可以轻松地退出组织，辞职不干。就这件事儿来说，退出组织对他们所有人来说可能都是个明智的选择……

这时门口突然传来一阵敲门声，应该是阿尔法小队另外两名队员到了。巴瑞起身要去开门的同时，大卫条件反射地把手搭在腰间的手枪上。当巴瑞带着另外两位特种战术救援组队员走进来时，大卫才放松地站起来，正式地向他们做了自我介绍。

“这位是吉尔·瓦伦蒂安，这位是克里斯·雷德菲尔德——这位是特种战术救援组缅因州埃克塞特支部的行动指挥官大卫·特拉普队长。”

如果大卫没记错的话，克里斯应该是名神枪手，而吉尔则是一名秘密潜入方面的专家。另外，巴瑞说过，他们还有一名叫布拉德·维克斯的飞行员，不过他在经历斯宾塞庄园的事件之后便很快逃离了浣熊市。当然，那对他们来说倒也算不上什么巨大的损失，从他前期搜集到的各种情报来看，那是个完全不值得信任的人。

大卫与两人握过手后，大家分别落座，巴瑞朝他点了点头，示意开始。

“大卫是我的一位老战友。我们一起完成了新兵训练，并在同一个小组共同服役两年时间。就在大约一小时之前他突然出现在我家的门前，说有些新情况要告诉我们，我认为这件事情非常重要，一刻也不能耽误。大卫，我们现在开始吧？”

大卫清了清嗓子，试图重新组织一下事情的重点。稍顿片刻，他便开始讲起。

“大家都知道，巴瑞在大约六天之前给特种战术救援组每个支部都打了电话，询问总部是否跟各地支部通报了在这座城市发生的惨案。我也是在那时接到巴瑞电话的，不过很遗憾的是，那是我第一次听说这件事。在此之后我便发现纽约总部并没有向任何地区通报你们的发现，也没有针对此事做出任何的警告或是备案，甚至在特种战术救援组里找不到任何与安布雷拉有关的报告。”

克里斯和吉尔相互交换了一个不安的眼神。

“会不会是因为他们还没完成事件的调查？”克里斯慢慢地问道。

大卫摇了摇头。“巴瑞来电后的第二天，我就直接跟副指挥官进行了沟通。我没有告诉他巴瑞曾经给我打过电话，只是说我听到一些关于浣熊市遇到麻烦的传闻，想跟他了解一下到底出了什么事情……”

说到这儿，大卫看了看大家，在心里叹了口气，好像他已经在心里想了成千上万次该如何把真相告诉他们。

我真想在我的脑海中，找到事情的另一种答案……可惜我实在是找不到。

“副指挥官不可能直接告诉我任何事情，”他继续说道，“他告诉我，在官方对本次事件发出正式公告前要保持沉默。我猜他在对外发出正式公告的时候只会说有架直升机在浣熊市发生坠毁事故——另外，他还向我暗示，特种战术救援组的幸存者遇到某些资金方面的纠纷，所以打算把事故的责任推给安布雷拉。”

“事实不是那样的！”吉尔气愤地说，“我们当时正在调查谋杀案，而且我们还发现了……”

“是的，巴瑞已经告诉我了。”大卫打断她说道，“你们查出恶性连环凶杀案的真相实际上是由一次实验事故造成的。安布雷拉不小心将正在进行实验研究的 T 病毒泄露了，致使他们的研究人员都变成疯狂的杀人恶魔。”

“没错，事实就是那样。”克里斯说道，“我明白，这件事听上去很荒唐，但当时我们就在现场，目睹了那一切。”

大卫点点头。“我相信你们说的每一句话。不过我也承认，巴瑞把这些事情告诉我时，我也产生过疑惑。就像你说的，这听上去实在是有些‘荒唐’——但是，我给纽约总部打电话后，事情就变成了这个样子。巴瑞和我是多年的好友，我非常了解他的为人，他甚至告诉我他被胁迫的事情。我知道他不会随意推卸自己在这次事件中的责任，除非安布雷拉应对这次事故负全部责任，而实际上，他们就是罪魁祸首。”

“但是，如果汤姆·库尔茨副指挥官告诉你，这次事件的背后没有任何的阴谋……”克里斯说道。

大卫深吸一口气。“所以我们现在必须假设，我们两个地区的组织对本次事件的调查全被误导了——或者像你们队长威斯克一样，整个特种战术救援组都被收买了。”

听完他的话，所有人都有片刻的震惊沉默。大卫留意到每个人的脸上都交织着愤怒和疑惑的神情。他自己其实也感同身受。事情显而易见，特种战术救援组的高层要么被安布雷拉操控，要么被收买了——不论是哪一种情况，浣熊市特种战术救援组的幸存者都被晾在一边，任由安布雷拉随意处置。

上帝，但愿这一切都只是我们瞎猜的……

“三天前，我在上班的路上发现有人跟踪我。”大卫轻声说道，“虽然我不确定跟踪我的究竟是什么人，但我感觉他应该是安布雷拉派来的。这应该跟我给纽约总部打过电话有关。”

“你把这件事告诉帕尔米埃利了吗？”吉尔问道。

大卫点点头。所有人都明白，特种战术救援组的总指挥官绝对不是一个会收受贿赂的人，马可·帕尔米埃利是特种战术救援组最初成立的创始人之一。“他的秘书告诉我，他目前正在中东指挥一项绝密行动，至少几个月都不会回来——此外，有传闻说他不在的这段时间里，有人在秘密帮他准备退休手续。”

“你觉得，这一切会跟安布雷拉的幕后操控有关吗？”克里斯问道。

大卫耸了耸肩。“这些年来，安布雷拉确实对特种战术救援组进行了不少资金方面的援助，那意味着他们之间的联系很密切。如果想让特种战术救援组全面停止对本次事件的调查，那么把帕尔米埃利踢出去绝对是一件对他们非常有利的事情。”

大卫环视了一下，想要看看大家的反应以及是否准备好继续听他往下说。只见巴瑞紧紧地握着自己的拳头，瞪大眼睛看着大家，就好像第一次见到他们。吉尔和瑞贝卡此时正在若有所思地想着什么，但大卫能看出来他们已经相信了他所说的话。这似乎能节省点儿时间，至少……

克里斯站起来在屋子里来回踱步，他年轻的面容因为愤怒而变得通红。“那么按照目前的情况来看，我们不仅失去民众对我们的信任，也不会有援军，还被自己人贴上了骗子的标签。对安布雷拉的调查就这样不了了之，而我们却自身难保，这就是我们目前的糟糕处境吗？”

大卫明白，克里斯的愤怒并不是针对自己，就像他自己心中的怒火也不是针对眼前这个阿尔法小队的年轻人一样。一想到安布雷拉的所作所为以及特种战术救援组的腐败堕落，他就感到愤怒和厌恶，同时也感到失望和无助，而这种感觉是他从来不曾有过的。

别光想自己了，把剩下的事情讲完吧。

大卫站起来，看了看克里斯，然后向在座的所有人说起一件他甚至还没来得及提前告诉巴瑞的事情。

“实际上，糟糕程度远不止如此。就在缅因州的海岸线上，也有一座安布雷拉的研究所，那里正在进行着某种病毒的实验，而且像这里一样，那里发生了类似的病毒泄漏事故，并失去了控制。”

此时大卫转向瑞贝卡，看着她那由于惊恐而睁大的双眼继续说道：“我在没有得到特种战术救援组许可的情况下私自组建了一支调查小队——我希望你能和我们一起去。”

2 resident evil

第二章

大家将目光都聚集到大卫的身上。克里斯的脸色非常难看，就像被人朝腹部打了一拳，他还在因特种战术救援组目前的情况以及他们必须独自对抗安布雷拉而感到震惊——突然，又蹦出一个研究所？

而且这个男人还要带瑞贝卡一起走……

大卫深邃的目光一直看着瑞贝卡，继续说道："这件事我只跟我们队里我认为值得信任的几个队友提起过，目前有三个人同意参加。我并不想骗你们，这个任务实在太危险，而且没有任何特种战术救援组支援，我也没有把握能够完全封锁那个实验室。我们只是潜入实验室，找到T病毒存在的确凿证据，然后神不知鬼不觉地撤离……"

"我也去。"大卫的话还没说完，就被克里斯打断了。

"我们都去。"巴瑞斩钉截铁地说。吉尔一边点头，一边将瑞贝卡抱到怀里。瑞贝卡看起来有些不安，她的脸颊都红了。看着她，克里斯再次想起自己的妹妹克莱尔。她们不只是长得像，克莱尔和瑞贝卡一样聪明、活泼、勇敢、考虑周到。自从发生斯宾塞庄园事件之后，克里斯便越发地想要保护瑞贝卡免受伤害。他已经失去太多的朋友，约瑟夫、理查德、肯尼斯、福雷斯特、恩里克——更别提他的老同学比尔·拉彼得森了，虽然他们一直没有找到比尔的尸体，但克里斯确信他一定被安布雷拉灭口了。虽然他清楚瑞贝卡有能力保护自己，但……

该死，她是我们团队的一员，绝不能让她一个人去冒这个险。

大卫摇了摇头。“听我说，这并不是一次正式的任务行动，而且五名成员就足够了。瑞贝卡可以在行动中为我们提供搜寻病毒及其相关数据所需的知识，而且她知道那些病毒特征。”

“那就把你的团队调到这里来。”克里斯说道，“你可以带上我们三个一起去执行任务，然后把这里的调查工作交给他们进行……”

大卫回到原位坐下，然后面无表情地盯着克里斯说道：“那么请你告诉我，这个地方都有谁参与了帮助安布雷拉隐藏研究所的肮脏交易？”

克里斯似乎是为了掩藏自己心中的混乱，瞟了一眼其他同伴，然后转向大卫说道：“我们已经有几个怀疑的目标。首先安布雷拉的工作人员肯定是怀疑目标，另外警署的艾隆斯署长以及他的几个手下……”

大卫点头说道：“现在看来特种战术救援组内部好像也有人受贿，你觉得应该怎么做？”

这家伙到底想问什么啊！

克里斯深吸一口气道：“我不知道，我……我们应该试着联系联邦调查局，他们也许会派内政部门去调查特种战术救援组和浣熊市警署……”

巴瑞打断他的话：“我们会试着联系特种战术救援组的其他分部。在浣熊市以外的地方，一定还有其他不愿向安布雷拉妥协的正义之士存在。”

大卫再次点了点头：“所以，你们会全力以赴去阻止安布雷拉的阴谋，即便献出你们的生命也在所不辞。我说得对吗？”

“行了，别绕圈子了。”克里斯有些生气，眉头皱得老高，“我们不能就这样傻坐在这里袖手旁观。没人会预料得到，一旦T病毒再次泄露，这个世界会变成什么样！”

“那么你能向我详细介绍一下这种病毒的类型吗？”大卫平静地问道。

克里斯刚想张口回答，又停住了，并若有所思地盯着大卫。

我会说：“你问瑞贝卡不就知道了。”他已经猜到了。

短暂的沉默之后，大卫再次站起来，将在场的人环视一遍之后，认真而坚定地说道：“我十分清楚，你们所有人都想尽快阻止安布雷拉的阴谋——但我也想请大家不要意气用事。我们正在谈论的是，在没有特种战术救援组的授权和支援的情况下，孤军奋战去对抗一个坐拥价值数十亿美元资产的商业帝国。因此对我们而言，不会再有任何安全的地方。所以我们每个人必须努力去做自己能做的、擅长做的，这也是我们能否成功击败安布雷拉的关键。”

大卫心里非常明白，现在必须说服眼前的这个年轻人，因此他冷静地看着克里斯。“你、吉尔和巴瑞已经知道在这里需要关注的重点，而且你们三个人在特种战术救援组里待的时间比瑞贝卡要长得多，所以我希望你们能留在这里继续暗中调查，看看是否能查出当地警方与安布雷拉之间的联系。另外，也看看能否找到与我们志同道合、能够给我们提供帮助的特种战术救援组的队员。”

说完，大卫转向瑞贝卡：“如果你同意，我们今晚就动身前往缅因州。根据我得到的情报来看，那里好像失去了控制。我的小队已经做好行动准备，如果一切顺利，我们在明天傍晚就可以开始行动。”

他说完之后，房间再次陷入一片寂静，只剩下天花板上的吊扇在嗡嗡作响。克里斯余怒未平，但他仍然无法从眼前这个男人的逻辑中找到一点儿破绽。看来他这样安排是对的，无论克里斯是否喜欢，是否前往缅因州都应由瑞贝卡自己做出决定。

“你现在都得到哪些信息？”吉尔若有所思地问道，“你是怎么发现缅因州那个研究所的？”

大卫把手伸向椅子旁的一个破旧公文包，并从里面掏出一个文件夹。“这是一个有趣的故事，而且有些让人感到不可思议。另外，我也希望你们之中有谁能帮我破解一下这些信息……”

他边说边拿出三张纸平放在面前的茶几上。其中有两张看上去像剪报的复印件，另外一张则是一份地图。“就在我与总部联系之后不久，有一名自称是特种战术救援组‘朋友’的人找到我……他告诉我他的名字叫特兰特，然后给了我这些文件。”

“特兰特！”吉尔吃惊地喊出来，她瞪大眼睛看向克里斯。克里斯也感觉听到这名字的那一刻自己的心跳似乎也有片刻的停滞，他几乎忘记了他们的这位神秘恩人。

正是他告诉吉尔我们当中出现了叛徒，也是他告诉布拉德我们的正确位置……

大卫看着吉尔，表情困惑地问道：“你认识他？”

“就在我们执行救援布拉瓦小队的任务之前，一名自称特兰特的神秘男人告诉我一些斯宾塞庄园的详细信息，而且还警告我要当心威斯克。”吉尔说道，“他是一个不寻常的人，而且很神秘，但我们跟你一样，对他的经历一无所知，不过有一点可以肯定，那就是他对安布雷拉的事情了如指掌，他告诉我的事情都发生了。”

巴瑞也跟着点头说道：“另外，根据布拉德·维克斯事后的说法，在威斯克启动自毁装置之后，特兰特第一时间通过无线电联系到他，并告知庄园停机坪的具体坐标。要是没有他，我们一定会和那里的建筑物一起被炸毁。”

当大家都在茶几边低头研究这些文件时，克里斯忽然意识到即将会有一系列让人头疼的事情发生。特种战术救援组如今已经被安布雷拉掌控，缅因州还有另外一座T病毒的研究所，还有特兰特，再一次像神秘的救星突然出现来帮助我们，甚至都没法猜测出他的目的何在。这场揭露安布雷拉阴谋的战斗简直就像是一场孤注一掷的赌局。

我们没有选择只能参与……到底是谁为我们设下这场赌局？如果我们失败了，又会是怎样的结果？

克里斯无奈地看了看瑞贝卡。这时他又想起自己的妹妹，并再一次在心里期盼，他们要是从未听说过安布雷拉该有多好。

***

大卫看着特种战术救援组的队员们正研究着特兰特给他的资料。不知怎么，他对于那名神秘男子之前与特种战术救援组接触过这件事一点儿都不感觉惊讶。显然那个男人对于情报搜集方面的工作相当专业和严谨，不过大卫实在想不出他的真实身份到底是什么。

为什么他会帮助我们对抗安布雷拉？这对他会有什么好处吗？

大卫又想起五天前与特兰特的那次简短的会面，并在自己的记忆中仔细地回想有没有一些其他线索，或是遗漏的地方。那天自己工作至深夜才回到家，当时外面正下着暴雨……

夏日大雨倾盆，电闪雷鸣，雨箭猛烈地撞击窗户的声音将他那温柔的敲门声淹没了。

特种战术救援组埃克塞特分部的成员们享受了一个简单而悠闲的夏天。在这个夏天，他们大部分时间都待在办公室处理各种事务，很少会碰到需要外出执行任务的情况。当时他们的布拉瓦小队已出发去参加在新罕布什尔州举办的犯罪分析研讨会，而他正心情愉快地收拾着行李，准备只参加最后的几天研讨——就在那时他接到巴瑞的电话，然后通过自己与总部的通话中的细微线索发现有些事情不对劲儿。

第二天，大卫花了一整天的时间，给他分部的一些人打电话谨慎地询问一些问题，然后便开始认真地查找各种与安布雷拉公司相关的文件，那天他直到深夜才拖着疲惫的身体回到家中。暴雨让他那本来就潮湿阴暗的房子显得更加阴冷，而屋子里那种阴冷的气氛正好完全匹配了大卫当时的心情。他给自己倒了杯苏格兰威士忌，然后便将整个身体都瘫在沙发上。他感到这两天自己得到的信息让他的大脑变得一片混乱——不是老朋友巴瑞在说谎，就是副指挥官在说谎……

由于敲门的声音太小，雨点打在房顶上所发出的响声完全盖过了敲门声，所以大卫一开始并没有发现有人在敲门。直到那个声音越来越大他才注意到。

大卫皱着眉头抬手看了看表，心里想着到底是谁会在这样的深夜跑来敲门。自己一直是独身，也没有家人，所以他觉得找他的一定是跟工作有关的事，要不就是有人开车在附近抛锚了来寻求援助……

他刚把门打开一条缝，就看到一个身穿黑色雨衣的男人站在门口的走廊里，雨水正顺着他脸上的皱纹向下流。

这个陌生人对他笑了笑，脸上表露出坦诚和友善，眼睛里闪烁着智慧和幽默。“请问你是大卫·特拉普吗？”

大卫隔着门打量了一下眼前的男人。他的个子很高，身材有些消瘦，看起来大约比自己年长几岁，估计应该有四十二三岁的样子。因为雨水的缘故，他满头的黑发都贴在头皮上。他的一只戴着手套的手上拿着一个马尼拉纸质的大信封。

“是的，你是？”

那人随即咧嘴一笑。“我的名字叫特兰特，这是给你的。”

说着他向大卫递出那个湿漉漉的信封。大卫有些谨慎地看着对方，不确定自己是否应该将它接过来。特兰特先生看起来似乎不是个危险人物，或者说至少对他构不成什么威胁，但站在眼前的毕竟是个陌生人，大卫觉得，如果要接受什么东西还是稍微了解一下才能比较放心。

“我们见过吗？”大卫问道。

特兰特微笑着摇了摇头。“没有。但我知道你，特拉普先生。我也很清楚你即将面对的难题。相信我，你现在准备做的这些事很需要我的帮助。”

“我不知道你在说什么。我想你大概是认错人了——”

特兰特随即收起他的笑容，把拿着信封的手伸出来，眯起眼睛对他说道：“特拉普先生，看在外面下着雨的分上，你就先收下它吧。”

带着一点儿困惑和不耐烦，大卫将门又打开一点儿，以方便接过那个信封。他刚把那东西拿稳，特兰特便转身离去。

“请等一等——”

可是特兰特就像完全没有听到大卫的声音一样，迅速消失在大雨滂沱的黑暗中。

大卫手里握着潮湿的信封，困惑地盯着消失在黑暗中的身影，足足愣了有一分钟的时间，才转身回到屋内。他打开信封，读了里面的内容之后，他真后悔当时没有追出去——不过这时再追出去已经迟了。

但他这么晚到这里来找我的意图十分明显。可以说特兰特对特种战术救援组和安布雷拉都知根知底——那他又是为谁工作呢？还有他为什么会选择和我联系呢？

吉尔和瑞贝卡正在认真地研究眼前的地图，巴瑞和克里斯则把所有的注意力都放在那两张剪报上面。上面一共显示了四条新闻，全都是关于最近发生在缅因州卡利班海湾小镇附近的事件。其中有三条是关于当地渔夫失踪的消息，据报道推测他们无一生还；第四条则是带有幽默色彩的有关困扰着海湾居民的“幽灵”的新闻。上面说有几位居民在深夜听到海面上传来一些很奇怪的声音，他们把那称之为“带有诅咒的哭声”。不过负责这篇报道的记者在文章最后却以嘲弄般的语气建议那些听到叫声的人，让他们不要再在睡觉前喝漱口水了。

还真是有趣。但当你知道我们对于安布雷拉所了解的一切后就不会这么想了。

地图上绘制的是位于小镇南部的海岸线，从空中俯瞰的海湾全貌。自从接到巴瑞的电话之后，大卫便放弃使用特种战术救援组的电脑系统，转而直接到埃克塞特的图书馆并找到一些关于那个地方的资料。那个海湾的地理位置十分偏僻，而且在几年前就已经被完全私有化了，据说是由一个没有透露名字的集团买下了那整片土地。在海湾最北部的峭壁上还屹立着一座废弃的灯塔，而灯塔下的悬崖据说还有一些洞穴。

特兰特提供的地图上显示，有人在灯塔的后面以及下方秘密修建了一系列建筑物，并且这些建筑从灯塔一直向南延伸，将灯塔和处于新月形海湾最南端的码头相连。而在海湾临近内陆的一侧，则修建了一条贯穿整个海湾的长长的围栏。在地图的上方用粗大的黑体字写着“卡利班海湾”，而在下方还用一行较小的字写着“安布雷拉实验与测试研究所”。

特兰特交给大卫的第三份文件让他有些看不太明白，那是一份只有七个名字的名单：

莱尔 · 阿蒙	阿兰 · 基耐森
汤姆 · 阿森斯	路易斯 · 萨曼
尼古拉斯 · 格里弗斯	威廉 · 柏肯
蒂芙尼 · 陈	

再往下，在页面的中间位置，是一段用花体文字写成的像诗一样的文字。

吉尔把那页纸拿起来仔细地阅读上面的内容。不一会儿，她抬头看向大卫，脸上浮现出笑容。

“毫无疑问，我们见到的特兰特是同一个人。这家伙很喜欢让人猜谜。”

“那上面的话是什么意思？”大卫问道。

吉尔深吸一口气后说道：“嗯，这个人威廉·柏肯，特兰特交给我的另一份资料中也曾经提到过他。我们可以肯定那份名单中的一部分人都是斯宾塞庄园里的研究人员，所以我敢打赌，这份名单上的人肯定也都是为安布雷拉工作的。斯宾塞庄园被炸毁的时候，柏肯好像并不在里面，不过至于其他人我就没什么印象了……”

大卫点点头。“我曾经试着在特种战术救援组的数据库里搜索这些人的名字，但数据库里没有关于他们的任何信息。还有下面的这些话……这会是某种形式的谜题吗？”

吉尔又转头看向纸页，皱起眉头默念起来。

接收阿蒙的信息／蓝色系列码／输入答案得到钥匙

颠倒字母和数字／时间彩虹／不要计数／蓝色可以进入

吉尔正若有所思地看着大卫时，瑞贝卡把那张纸从吉尔手中拿了过去。“特兰特之前交给我们的资料也跟这份一样，乍一看没有什么头绪，但其中很多都与斯宾塞庄园的秘密有关，那里到处都是各种密码锁和机关陷阱。可能这次也是同样的把戏，这些信息肯定与你们要找的东西有关系……”

“哦，该死。”

大家把目光都转向瑞贝卡，盯着她那张突然变得有些失去红润的脸庞。这时她突然抬起头，带着焦虑绝望的神情看向大卫。

“名单里有尼古拉斯·格里弗斯这个名字。”

大卫点点头。“你知道他是谁？”

她环视了屋内所有成员，然后面带哀伤地说道："是的，我还以为他已经死了。格里弗斯是一位十分优秀的科学家，甚至说他是生物化学界最伟大的天才都不为过。"

她转身面向大卫，眼神中充满绝望和恐惧。"如果这个人在为安布雷拉工作，那么我们要做的，就不只是防止 T 病毒蔓延这么简单的事了。他是分子病毒学领域的天才——如果传闻是真的，那么他现在应该已经完全疯了。"

***

瑞贝卡低头看着那张名单，感觉自己的胃好像缩成了一团。

格里弗斯博士竟然还活着……而且还在为安布雷拉工作。今天还能更糟糕一点儿吗？

"能告诉我们一些关于他的事情吗？"大卫问道。

瑞贝卡感到自己有些口干舌燥，于是拿起杯子，将剩下的水一饮而尽，然后望向大卫。

"你知道多少关于病毒的知识？"她说。

大卫微微一笑。"完全不懂。这也是我来这儿的原因。"

瑞贝卡点了点头，思考着该从哪儿说起："好的。病毒是根据其不同的复制繁衍方式以及病毒粒子中核酸的不同类型进行归类的——病毒粒子是病毒特有的核心要素，病毒就是通过它将本身的基因组织复制到另一个活体细胞中。而病毒的基因组其实就是细胞所拥有的一组简单的染色体。根据巴尔的摩分类法，病毒一共有七种不同类型的分类，每一类都以特定的方式感染特定的生物体。

"二十世纪六十年代初期，位于加利福尼亚的一所私人大学里一位年轻的科学家向学术界发起挑战。他提出还有第八种病毒的存在，这是一种以双链脱氧核糖核酸和单链脱氧核糖核酸为基础的病毒，不论任何人或生物，只要与病毒接触便会被感染。而提出这一观点的正是格里弗斯博士。他先后发表过多篇论文阐述这一观点，但后来结果证明他是错的，但他在论文中的推理仍然得到广泛的认同。我曾经拜读过一部分他的著作，他的确是个天才。尽管科学界对他的理论嗤之以鼻，但他对细胞质中没有线性基因组的病毒特定包涵体的研究……”

说到这儿瑞贝卡抬起头，发现其他人都面无表情地注视着她。“不好意思，总之，格里弗斯在此之后便停止了对这一理论进行的各种论证，但是仍有很多人都非常期待他下一次的成果……”

吉尔皱着眉头打断瑞贝卡的话：“你在哪儿学到的这些东西？”

“学校啊。我有一个老师对科学史相当痴迷。已故科学家的学术理论以及有关他们的……野史，他都一清二楚。”

“那么，后来又发生什么事情？”大卫问道。

“大家再次听说格里弗斯的消息，是因为他被那所大学开除了。瓦克斯博士，也就是我老师，他跟我们说格里弗斯博士好像因为使用一种叫甲基苯丙胺的毒品而被大学正式解雇的——不过还有传言说，他一直在对两个学生进行药物诱导的行为修正实验。参与实验的两个学生都无法说出事实真相，因为一个进了精神病院，另一个自杀身亡，所以这条传言的真伪也无从知晓。而且从那以后，就再也没有任何机构雇用过格里弗斯博士——自从那件事发生之后，便再也没有人听说过任何有关尼古拉斯·格里弗斯的消息了。”

“但之后一定还发生其他的事情吧？”大卫开口询问。

瑞贝卡慢慢地点了点头：“事情是这样的，在八十年代中期的一天，警方在接到报案后闯入华盛顿的一家私人实验室。在那里，他们发现三具成年男性尸体，全都死于一种线状病毒感染——马尔堡病毒，当地最致命的一种病毒。三个人被警方发现的时候已经死亡好几周了，腐烂的恶臭味使得周围的邻居怨声载道并报了警。警方在实验室里找到的一些报告表明，这三人都是尼古拉斯·邓恩博士的助手，他们同意在自己的体内注射这种邓恩博士所说的无害的感冒病毒，邓恩博士将尽力治愈他们。”

说到这儿，瑞贝卡站起来，紧紧地将双臂抱在胸前。那三位助手一定承受了极大的痛苦，她曾经看到过感染马尔堡病毒的病人那恐怖的照片。

从最初的头痛到极度加剧，不过几天的时间。先是发高烧，然后开始出现血液凝固，之后是休克，致使大脑受损，同时每个器官都会大量流血——最后死在自己的血泊之中。

“那么，你的老师认为这些都是格里弗斯干的吗？”吉尔轻声问道。

瑞贝卡迫使自己不再去想那些恐怖的画面，并用最后一句话结束了这个瓦克斯博士告诉她的故事：“格里弗斯博士的母亲在嫁给他的父亲之前就姓‘邓恩’。”

巴瑞在旁边发出一声低沉的口哨声，吉尔和克里斯也不安地互相看了一眼。大卫仍在专心地注视着瑞贝卡，他的目光冷峻且不可捉摸。尽管如此，瑞贝卡依然觉得她能猜出大卫现在想着什么。

他一定在想这会不会令局势发生改变，既然我已经知道格里弗斯可能就在卡利班海湾的研究所里，是否还会加入他们。

瑞贝卡避开大卫那审度的目光，将视线转向她的同伴们，她发现大家都面带担心地看着她。自从一起经历过斯宾塞庄园那个噩梦般的夜晚之后，他们就变得像一家人一样。她真的不想这么离开他们，更不用说很有可能这一别就会变成永远……

但大卫说得没错。没有特种战术救援组的支援，对我们来说已经没有任何地方是安全的了，而且这次也正好是发挥我自身能力的绝佳机会，放手去做吧……

她努力说服自己，发挥自己的特长解决问题，是她加入此次行动的唯一理由——但此时她也无法抑制内心的小激动，她就要亲眼看到神秘的T病毒的尊容，她明白，其实这才是让她加入行动的最大动力。这将是一个绝佳的机会使她成为最早研究这种突变原的科学家，而且还可以根据它的作用效果将其分类，并将病毒体分解到其最小的衣壳。

瑞贝卡深深地吸了一口气，然后做出了决定。

“我愿意和你们一起行动。”她说道，“什么时候出发？”

2 resident evil

第三章

吉尔听到瑞贝卡说出这句话的时候，感觉自己心跳都加速了，就好像事情发生得太突然，她完全没有为此做好心理准备。即使吉尔从没有怀疑过瑞贝卡会做出这样的决定，但瑞贝卡说出她的决定时，仍然让吉尔觉得有些突然。瑞贝卡要比她表面看起来坚强得多。

她环视着巴瑞家宽敞的客厅，小心翼翼地观察着队友们的反应。克里斯面部紧绷，双唇紧闭，茫然地盯着眼前的那幅卡利班海湾的地图；而巴瑞来到客厅的一扇窗户前，目光透过窗帘漫无目的地怒视着窗外。

大家都在为她担心。从她刚才的描述来看，格里弗斯博士无疑是一个疯子……但是，如果被邀请的是我们中任何一位，我们会在此时犹豫吗？

毫无疑问，瑞贝卡有着和其他人一样坚定的意志，这没什么可大惊小怪的。如果说从庄园毁灭到现在这些个令人沮丧的日子里能有什么事能让人稍感欣慰，那无非就是重新认识了眼前这位布拉瓦小队的年轻队员。即使他们被停职，这个女孩仍积极乐观地为揭穿安布雷拉的阴谋做着自己力所能及的贡献，她那不知疲倦的精神深深地激励着小队的每一位成员。她也非常聪明——但她从不炫耀自己，即便在刚刚介绍大家都不了解的T病毒时，她也是谦逊而谈，没有摆出一点儿架子。

瑞贝卡有些心烦意乱地看着站在她面前的三个男人。大卫似乎也对她的决定感到有些莫名的不安，可能是因为瑞贝卡的年纪太小了……

嘿！她年轻、可爱，甚至她比我们所有人加起来都要聪明——但她的年轻和可爱可能会让人忽略了她的其他方面。

吉尔看着瑞贝卡，给了她一个鼓励的微笑。她回想起自己在瑞贝卡这个年纪的时候，已经成为一名十分专业且优秀的小偷。吉尔之所以担心瑞贝卡，只是单纯地关心她而已。她绝对不会因为年龄问题而低估瑞贝卡的能力。

瑞贝卡也向她笑了笑，然后回到吉尔的身边坐下来。大卫则看着眼前这位新加入的队友，有些迟疑地向她点了点头。

“好的，嗯，很好。正好在二十三点有架飞往班戈的航班，然后转机到埃克塞特市外面的一个地方。我觉得我们可以先在这里讨论一下大致的行动计划。另外我们还可以在去机场的途中，顺路回你家里收拾一下行李。”

瑞贝卡向他点了点头。巴瑞将窗户打开一条缝后，走回大家的身边。他将身体斜靠在沙发扶手上，然后将他那健壮的双臂交叉在胸前，冲大卫扬了一下下巴。

“你是个战略家。”他诚恳地说道，“可你为什么不让我们都去？”

很显然他俩都十分尊重对方，看到这一点后，吉尔开始有些欣赏眼前的大卫。巴瑞在斯宾塞庄园的行动中犯了一个愚蠢的错误，但吉尔已经原谅了他，虽然这不太容易——而巴瑞似乎非常信任大卫·特拉普的能力。

“我并不想指挥你们的行动。”大卫答道，“但对于目前我们面对的情况，我有些个人的看法。从我知道特种战术救援组的背叛行为到现在已经有好几天时间了……然而我认为我们现在应该坐下来仔细思考一下今后的行动，我觉得此次任务我们应该做到‘出其不意，速战速决’。”

吉尔注意到，大卫在说出“背叛”这个词的时候，依旧露出同之前一样痛苦的表情。可以看得出，特拉普先生直到现在仍然没有完全接受特种战术救援组与安布雷拉同流合污的这一事实。

也许克里斯和巴瑞此刻的心情跟他一样。毕竟他们加入特种战术救援组的时间要比我和瑞贝卡要长得多……

吉尔对特种战术救援组的背叛同样感到失望和愤怒，但这不是使她下决心打倒安布雷拉的主要因素。她的决定是从麦基姐妹被残忍杀害那天就做出的。两个无辜的小女孩成了T病毒泄露最初的受害者——更不用说姐妹俩是她最好的朋友。

她赶忙收回自己的思绪，将注意力重新集中到眼前的问题上。没有特种战术救援组的支援，行动将变得比以前难上加难。虽说并不是不可能完成的任务，但吉尔也不得不承认，他们成功的概率降低到几乎为零的程度。但即便是这样，她也绝不会因此放弃战斗。

这没什么。不管付出多大的代价，我都要让安布雷拉血债血偿。

这时巴瑞那粗哑的声音突然打破屋子里的宁静，他的目光中充满了想法。“我们将这件事透露给媒体怎么样？不是本地的，而是能辐射到全国的大型媒体。”

大卫叹了口气，摇着头说道：“这个点子我曾经考虑过，这想法确实不错，但现在我们手上并没有确凿的证据。”

“没错。但在众人的关注下，至少安布雷拉不敢再对我们下手了。”

“事情不像我们想象的那么简单。”吉尔说，“如果他们搞定了特种战术救援组，他们也有能力搞定其他人。再说我们手上没有确凿的证据……我们不得不承认，这类‘故事’也许连一份街头小报都不愿意买账。”

屋内顿时又陷入一片沉默，吉尔的话再次提醒大家，他们所面对的这一切是多么荒唐——如果不是亲眼所见，任谁都不会相信这是真相。

某种病毒意外地使人变成了丧尸，这一意外发现却被用来制造无法形容的恐怖怪物作为生物武器……然后，开发这一病毒的大型企业雇用一些疯狂的科学家拿人体做实验，并将这一事实真相通过各种手段进行掩盖。我们只要再给这个故事加上个拿着原子弹的纳粹分子，它就能完全变成一本畅销的科幻小说了。

“哦，对了，我们之前讨论时，曾经想过成立另外一个类似于特种战术救援组的组织。”克里斯说道，“我脑子里已经有了几个人选，是我以前在一起训练时结交的朋友。另外，巴瑞也有一些常联系的朋友。”

大卫点点头，表示赞同地说道：“很好，我觉得应该优先考虑这件事情。不过我担心的是该如何安全地与他们进行联系。分部的电话肯定都被窃听了，我们要尽可能地不让安布雷拉发现我们的计划。但不幸的是，我们现在无法使用特种战术救援组的任何资源了。”

“也许我们应该找个中间人，”吉尔缓慢地说，“一个和特种战术救援组没有任何关系的人……”

克里斯突然咧嘴一笑，“我有一个在空军服役时的战友，目前正在为联邦调查局的一个负责人杰克·汉密尔顿工作。虽然我不太了解汉密尔顿，但皮特绝对值得信任，而且他还欠着我一个人情。”

“棒极了。”大卫说道，“或许你还可以让他帮忙调查一下这里的警察。一旦我们在缅因州的研究所找到确凿证据，我们马上找你的朋友，促使联邦调查局进行调查。”

尽管这主意听起来还不错，但吉尔发现自己还是有些沮丧。她想参加行动。之前一直在这里傻傻地等待特种战术救援组的支援已经够糟糕的了，现在瑞贝卡要冒着生命危险去执行任务，而他们却要在这里无所事事地待命，这种感觉实在太痛苦了。

“你说过，你还有一些其他的想法，需要我们去做，是吗？”吉尔问道。

大卫点点头。“没错。一旦政府部门真的牵扯进来，我们在行动中就会遇到更多的不便。所以我制订了一个直接潜入安布雷拉总部的行动计划，只是这个计划有些太过冒险了。就目前而言，我认为还是先展开小规模的行动比较好。不过我仍然认为你们三人应该尽快隐藏起来。另外，如果你们能在这期间查出特兰特的来历，就再好不过了——不过，我有强烈的预感，你们有可能查不出什么，更可能的是……”

说到这儿他笑了一下，与大卫一样，见过特兰特的吉尔非常理解大卫现在的疑虑。毫无疑问，他们那位奇怪的支持者是个相当谨慎的人。

“我的感觉是，我们只会找到他希望我们找到的东西。”大卫接着说，“不过我认为还是值得试一试。另外，我觉得我们还应该约定一个集合地点，我们在这之后……”

他平静而起伏的声音突然停止，只见他把头朝一侧倾斜，好像在专注地听着什么。吉尔也听到了那个声响，瞬间感觉自己的心都停止了跳动。

巴瑞打开的那扇窗外的灌木丛里传来枝叶摩擦发出的沙沙声。

是安布雷拉！

“趴下！”吉尔大声喊道，然后在窗户被打碎的一瞬间拖着瑞贝卡一起从沙发上滚下来，与此同时，窗帘已经由于自动步枪射击带动的气流而飘到了一边。

***

大卫所坐的那把椅子被子弹击中，幸好他第一时间已经抽出武器匍匐在了地板上。随着子弹不断地从窗口射入，墙上满是冒着烟的弹孔，各种被击碎的石膏块和木头碎屑在眼前纷飞。

该死——

在被一阵猛攻后的一个短暂的间隙，他们听到屋后传来玻璃被打碎的声音。

“巴瑞！把灯打掉！”大卫大声喊道。但巴瑞在他说话之前，已经朝前方冲了出去，柯尔特左轮手枪的枪声瞬时压过了自动步枪断断续续的声音。

砰！砰！

巴瑞击中灯泡，屋里立刻暗了下来，头顶上灯泡破碎的玻璃碴像雨点一样落下。走廊里的灯光仍旧能照进这里，他们又陷入一片枪林弹雨之中。

克里斯手脚并用地朝走廊爬去，然后敏捷地侧身将剩下的光源打掉了。大家所在的房间随即变得漆黑一片，而与此同时自动步枪的射击也戛然而止。

透过回荡在耳边的枪声，大卫清楚地听见从厨房里传来一阵皮靴踩踏玻璃碎片的声音，不过那个沉重的脚步声马上停止了。入侵者应该是在等窗口的枪声再次响起时再行动——

应该至少有两个人守在房间的各个出口。厨房的后门、前门走廊，还有窗户应该都有人在把守……

这时，又一阵脚步声在厨房响起，那声音显得有些匆忙而拖沓，不过立刻又停下来。很明显厨房里的两个人应该是在等待其他队友的行动，不过也有可能是在等着特种战术救援组的队员们做出反应。大卫的大脑飞速运转，本能地在脑中迅速思考以及推翻自己的推测和选择。

我们可以到楼上去，然后挨个收拾他们——

但万一他们打算烧了这所房子——

我们也可以与他们正面交锋，然后从后门逃走——

不行，他们在火力方面有明显的优势。如果他们配备了夜视设备，我们就会变成活靶子的……

现在他能确定的只有一件事，就是他们绝不能在原地坐以待毙。如果入侵者发起攻击，这里连最基本的掩护都提供不了。

巴瑞那笨拙的身影蜷缩着向他靠近的时候，大卫突然感到右侧传出一阵脚步拖动的声音。大卫的眼睛已经适应了黑暗的环境，他看到吉尔和瑞贝卡两人正蹲在咖啡桌的另一边，手里都握着手枪。他环视四周都没有看到克里斯，估计他有可能还留在走廊的附近。

巴瑞的房子是整个街区的最后一幢，屋子的后面便是一个树木十分茂盛的公园。如果逃出房子，直接钻进公园里——

不过话说回来，就算再糟糕的点子也比待在这儿等死要好，再说他们也没有时间考虑后备计划。

“我们从地下室走怎么样？”大卫低声问道。

巴瑞那沙哑低沉的声音此时此刻也因为紧张而显得有些柔和：“可以。”

不对，那里应该也会有人把守。他们只有从二楼出去这一条路了。

“我们一会儿往公园里跑。”大卫轻声说道，“吉尔，你去找到克里斯，等我的信号做好掩护准备。巴瑞、瑞贝卡，你俩以最快的速度直接冲到二楼，然后从东面的窗户尽可能轻地跳下去，我们三个跟在你们后面，明白了吗？行动！”

说着吉尔便悄悄地绕过沙发，慢慢地消失在黑暗之中；巴瑞和瑞贝卡紧随其后做好了准备。大卫稍作停顿，从桌上拿起特兰特给他的那些文件，把它们一股脑地塞进自己的衣服里。有些褶皱的纸张贴在他满是汗水的皮肤上的一瞬间，让他感到一丝微微的凉意。

此时公文包里的其他东西对他来说已经无关紧要了。

他匍匐着爬向黑暗中的走廊，慢慢地靠近吉尔和克里斯藏身的地方。走廊入口正对着楼梯的侧面，向左是前门以及通往二楼的楼梯口；而右边，安静的厨房就在走廊的尽头，如果没有猜错的话，两个安布雷拉入侵者应该就在那里等着他们。

他俩向右边行动，我负责左边。也许枪声再次响起的时候，其余的入侵者就会全力从正门冲入……

大卫希望他的计划能行得通。他明白如果没有掌握好时机，他们所有人都会命丧于此。远离窗口射进来的淡淡的光线，屋子里暗得根本没法用手势进行沟通，所以他缓缓靠近吉尔和克里斯，并且尽可能地压低声音。

“你俩向右，吉尔从低位向外。”他低声说道。他们是不会瞄准地板射击的，克里斯可以利用入口处的墙进行掩护。“我负责正门。我们要坚持……整六秒，不能多也不能少。等时间一到就停止射击，冲上二楼，离开走廊。现在听我的指令……行动！”

三人立刻赶到预定的位置，大卫、吉尔和克里斯几乎同时开始朝着厨房的方向射击。大卫飞快地移动到左侧，他一边计算着剩余的时间一边弯下腰向正门跑去。

……五……四……

在他的身后，瑞贝卡和巴瑞穿过子弹击落的碎屑猛地向楼梯跑去，大卫一边移动，一边举着手中的贝雷塔瞄着前方的黑暗处——就在他离大门也就一步远的时候，大门突然被人从外面踢开了。

砰！

大卫来不及多想，下意识地侧过身猛地撞向眼前的门板，用整个身体的力量重重地将大门关上。紧接着他迅速躺在地上，用脚跟死死地抵住大门的底部。

……二……

他将枪口向上举起，抬手便是五枪，五发子弹都射入大门中间的位置。枪声响起的同时，门外传来一声令人窒息的惨叫，紧接着一个沉重的物体倒在门外的走廊上。在补了三枪之后，他迅速起身来到楼梯口，停止了开火。他们的时间到了。

大卫回过头，发现吉尔和克里斯正在拼命地向楼上跑去，于是他赶忙加入他们的行列，就在他刚踏上第一层台阶的同时，背后传来一声轰鸣的巨响。房子的大门在转瞬之间被打得碎片飞散，密集的子弹穿过木门射来，看来安布雷拉准备尽快结束战斗了。要不是阿尔法小队的两名队员刚刚解决掉厨房里的敌人，他们三个此刻肯定会被干掉了。

往上跑了几步之后，大卫再次回身，向着已经支离破碎的大门方向补了两枪。希望他能够为特种战术救援组的成员逃走争取到足够的时间。

十秒，或者二十秒之后那些家伙可能才会察觉我们已经离开了。

留给他们的时间实在是太少了。

***

瑞贝卡站在漆黑的楼梯平台上，觉得自己此刻的心跳声甚至比正往楼上跑的吉尔和克里斯身后的枪声还要响。

快点儿，快点儿……

巴瑞站在瑞贝卡右侧楼梯平台的尽头，勉强能透过从开着的窗户射进的一缕月光看到巴瑞魁梧的影子。吉尔是最先跑上来的，瑞贝卡立刻拉着她朝巴瑞跑去，克里斯紧随其后。

砰！砰！

上一秒，大卫的贝雷塔手枪枪口还在黑暗的楼梯上闪烁着明亮的火光，下一秒他便幽灵般地出现在瑞贝卡的面前。

“这边走。”

瑞贝卡赶忙转身和大卫一同朝着窗口跑去。此时吉尔已经跳了下去，克里斯刚好将身子探出窗外，巴瑞抓着他的一只手帮他保持平衡。

上帝保佑，下面的树叶一定要跟床垫一样厚实……

砰！

房子的正门被撞飞的同时，楼下传来一阵低沉的脚步声，其中还混杂着一个男人充满愤怒的指挥声。克里斯的身影从窗口消失了，巴瑞立刻转身，表情严肃地把手伸向瑞贝卡。她迅速把枪收回枪套，来到窗前。

巴瑞那只温暖的大手托着她的后背，帮她爬上窗台。她向下望去，感觉房子后面那些茂密的灌木丛距离自己是如此遥远。她突然发现吉尔站在草坪上，正举起武器朝房子正门的方向警戒着，而克里斯则一脸紧张地仰望着他们。

别想了，快跳吧！

瑞贝卡将身体向窗口下滑去，巴瑞则用力地抓住瑞贝卡的手，帮她减慢下降的速度。由于身体重力的作用，瑞贝卡感到自己的双肩十分难受。巴瑞向外探出身子，尽可能地将她放得离地面近一些。此时她的整个身体都悬在半空。

在瑞贝卡还没有感觉到害怕的时候，巴瑞便放开了双手，她刚好落在灌木丛上。除了裸露在外的小腿被细嫩的树枝刮了一下，让她稍稍感到有些疼痛外，其他一切都好。克里斯迅速把她从灌木丛中拉出来。

"你警戒后院。"克里斯说完，立刻把注意力重新集中到窗口。

瑞贝卡立刻在草坪上站好，举起枪瞄准隐藏在一片漆黑中的后院。在她的左侧二十米左右的位置有一片树林，此刻那里寂静无声，没有任何异常。

快点儿，快点儿……

此时房子里再度响起雷鸣般的枪声。紧接着瑞贝卡听到右侧的灌木丛中同时传出有人落地的声音，她克制着自己想要转头查看的冲动，继续警戒着前方。

此时瑞贝卡发现墙角似乎有什么东西动了一下。于是她毫不犹豫地举起手中的九毫米口径手枪朝着黑影连开两枪。目标像被击中了似的，踉踉跄跄地向前栽倒在地上。黑影倒下的地方刚好能让她看清对方，那是一个手持步枪的男子，他应该再也站不起来了。

这还是第一次对着人开枪。

“跑！”克里斯大声喊道，瑞贝卡猛地转头，看到巴瑞刚刚从灌木丛中爬出来，正跌跌撞撞地向着他们跑来。此时楼上的窗户传出叫喊声，随即又响起一阵自动步枪开火的声音。瑞贝卡真实地感受到了，有几发子弹就打在自己脚边的泥土里，掀起数块带着草坪的泥土，溅到自己的腿上。

混蛋！

克里斯冲在最前面，大卫和吉尔紧跟在他的身后，他们一边朝着森林猛跑一边不时地回头向身后开枪。不知是袭击者都躲起来还是真被射中了，总之几声枪响之后，自动步枪开火时那低沉的声音消失不见了。就在大家刚逃进树林的时候，瑞贝卡听到一阵十分刺耳的警笛声正向他们的方向靠近——紧接着，巴瑞家的门廊处传来喊叫声和脚步声。几秒钟过后，就响起汽车急加油时轮胎和路面发出的摩擦声。

瑞贝卡跌跌撞撞地穿过面前的灌木丛，在狭窄而弯曲的树枝间躲闪前进，尽量跟上队友的步伐。由于一直牢牢地抓着那把分量不轻的手枪，她的手里现在满是汗水。她感到身体变得相当疲惫，两条腿微微地抖个不停，同时呼吸也变得浅而急促。这一切都发生得太快了。她知道他们现在非常危险，是安布雷拉想让他们少管闲事——但她发现，事情真的发生时跟自己想象的完全是两个样子，而且她完全没有想到，他们竟然敢直接袭击巴瑞家来夺人性命……

没准儿，我反而解决了他们中的一个人。

她可能杀了人的念头……瑞贝卡赶紧将这种念头抛诸脑后，避免这种想法在她的脑中根深蒂固。她专注地看着眼前穿着白色T恤的克里斯那模模糊糊的影子，决定还是等以后有时间再好好谴责自己的良心吧。

进入森林再往前走，映入眼帘的是一大块空地，一些游乐设备在苍白的月光下反射着黯淡的光影。克里斯在树林的尽头放缓脚步，并停下来，转身开始寻找其他队友。

瑞贝卡赶紧追上去，巴瑞和吉尔紧随其后。大家都气喘吁吁的，虽然每个人都保持着冷静，但瑞贝卡发现，每个人都跟她一样带着吃惊的表情。

"大卫？大卫在哪儿？"克里斯一边喘着气一边焦急地问道。所有人都紧张地回头向后望去，极力想望穿黑暗中那一片片茂盛的枝叶。这时，瑞贝卡注意到左侧的树丛里有一个鬼鬼祟祟的黑影一闪而过。

"小心！"

她边喊边立即趴到地下，恐惧感瞬间向她的全身袭来——

与此同时那个黑影立刻向他们连开两枪，与在巴瑞家里听到的那种雷鸣般的枪声相比，这声音显得小了许多。随之又传来第三声枪响，这次的响声比刚才的大，离他们更近。第三声枪响过后，刚才开枪的那个黑影突然脚步踉跄失去了平衡，一头撞在树干上，然后无声地倒在地上。除了远处仍在空中回响的警笛声外，整个公园又恢复了一片寂静。

瑞贝卡慢慢抬起头，看到大卫正举着枪死死地对着远处那个倒下的黑影。吉尔和克里斯正蹲在她的旁边，两人都紧握着武器，瞪大眼睛注视着周围的情况——

而在她的另一侧，巴瑞的整个身体都趴在地上，他的脸深深地陷入一堆柔软的干松针和枯叶中。

此刻他一动也不动。

2 resident evil

第四章

时间仿佛在这一刻停止了，完全被无边无际、无声无息的黑暗所吞噬——随即他听到一阵呼喊，唤他脱离阴森的地狱，但他那游离状态的意识起先并没有听清，只是感到远方好像传来悠长的警笛声。

他受伤了！

我的天啊！

确认一下还有没有敌人。

等等，我找不出伤口在哪儿……巴瑞？巴瑞你还好吗？

“巴瑞，你能听见我说话吗？”

是瑞贝卡。巴瑞勉强将眼睛睁开一条缝，但立刻又合上了。他感到自己的头一阵阵地疼，让他难以忍受，左臂也感到剧烈疼痛，但没有头疼那么严重。对于这两种疼痛，他在以前的工作任务中经常遇到。

中枪之后直接撞上树干……要不就是被不知从哪儿冒出来的蠢货用球棒狠敲了一下脑袋。

他感到好像有手在他胸前检查着什么的时候，他便再次挣扎着睁开了自己眼睛。随即，他模模糊糊地看到几张熟悉的面孔，正十分紧张地看着自己，吉尔、克里斯，还有惊魂未定的瑞贝卡，她用手指在巴瑞的衬衫上寻找着伤口。他能够听到警车在他家附近的街边减速停下，发动机的轰鸣声穿过森林回荡在夜空中，不过好在这时那恼人的警笛声已经停了。

“左上臂疼。”巴瑞含糊不清地说道，并挣扎着坐起来。他看到眼前黑暗的森林摇摆不定，然后瑞贝卡轻轻推了他一下，示意他继续躺好。

“躺着别动。”她坚定地说道，“就这样躺一会儿，好吗？克里斯，把你的衬衫给我。”

“但安布雷拉的人……”巴瑞反驳道。

“这里安全了。”大卫半跪在大家的身旁轻声说，“你静静地躺着就好。”

瑞贝卡小心翼翼地抬起巴瑞的手臂前后检查着。随着他的胳膊轻轻一弯，巴瑞的脸上立即露出一副难以忍受的痛苦表情，不过好在他的骨头并没有受伤。

“伤到三角肌了，看来你得有一段时间不能练习举重了。”

尽管瑞贝卡的语气十分轻描淡写，但她检查巴瑞的头时，巴瑞能看出她的眼里充满了关心。她一边专注地看着巴瑞，一边用克里斯的T恤紧紧包扎住巴瑞的手臂。

“你太阳穴的位置肿起一个大包，”她说，“你觉得疼吗？”

尽管脑袋还是一阵阵地痛，但疼痛的程度慢慢减弱了一些。他觉得头很晕，还有点儿想吐，不过他还知道自己是谁，也知道今天是周几。要是脑震荡的话，他现在应该什么都不记得了。

我还有过更糟糕的宿醉呢……

“真是够倒霉的。”他说，“不过，我现在好多了。估计是我倒下去的时候脑袋不小心撞到了树上。”

瑞贝卡刚给他完成简单的包扎，巴瑞便挣扎着坐起来，不过他现在看起来比刚才好多了。他们必须在警察搜索树林之前离开这里——但他们能去哪儿呢？安布雷拉应该不会在一个晚上连续发动两次进攻，但这只是一个理论推测，不值得大家冒着生命危险进行测试。现在谁的家里都不再安全了。好在巴瑞的家人在这之前就去他妻子凯西的父母在佛罗里达的家了。如果刚才他的家人还和平常一样待在家里，两个女儿还在自己的屋子里，那后果简直不堪设想。

巴瑞摇摇晃晃地站起来，自从斯宾塞庄园事件发生以来，巴瑞只要一想起那晚发生的事情，就气不打一处来。当初威斯克曾经用凯西和他两个女儿的性命威胁过他，迫使他一起为安布雷拉的阴谋掩盖罪行，并利用他进入地下实验室。在那之后的几天，巴瑞的自责和内疚逐渐转化为满腔的怒气，那是一种他从未有过的疯狂震怒。

“混蛋！”巴瑞咆哮道，“安布雷拉那些该死的混蛋！”

大家和巴瑞一起站起来。克里斯那裸露在外的健壮的胸廓在淡淡的月光下有些苍白，大家在看到巴瑞的伤势并不太严重之后都松了口气——只有大卫除外，他的脸上此时却带着一丝巴瑞从未见过的忧伤。看起来他就像在承受着无形的巨大压力，在他说话时，他有意地躲避着巴瑞的眼神。

“刚才开枪向你射击的那个人，”大卫开口说道，他边说边举起一把九毫米口径的装着消音器的手枪，枪身上溅有鲜血，“我杀了他。我……巴瑞，那家伙是杰伊·夏侬。”

巴瑞愣愣地看着大卫。他听到大卫的话，但他根本就不相信这是真的。这不可能。

“怎么可能？一定是你没有看清楚，当时那里太暗了……”

大卫转身朝树林里走去，带他们来到那个枪手的尸体旁边。巴瑞踉跄地跟在他的身后，此刻，他突然感到自己的头又开始剧烈地疼痛，而且这一次比撞在树干上要疼痛得多。

那不会是夏侬，不可能的……大卫一定是在战斗中太紧张搞错

了，一定是这样，他没看清……

巴瑞心里很清楚，大卫在受到攻击时没有自乱阵脚，他从来没有过，也不会犯如此低级的错误。巴瑞咬着牙关强忍着疼痛，跟着大卫往前走，却希望这一次是大卫错了。

那个不知道是一开始就仰面倒下的还是后来被大卫翻过来了的人，此刻正毫无生气地向上看着他们，他的一只眼球上扎着几根尖利的松针。大卫那一枪正中对方的心脏，打得非常准。巴瑞走到近前，向下看到枪手变得铁青的脸，感觉自己的心脏就像突然变成了一块冰冷的石块。

上帝啊！夏依，为什么？这是为什么？

“你认识他？”吉尔轻声地问道。

巴瑞仍旧痛苦地看着地下那个死了的男人，无法回答。大卫的回答听上去显得沉闷无力。

“杰伊·夏依……俄克拉荷马市特种战术救援组的队长。我们三个曾在一起接受训练。”

巴瑞终于开口了，但他仍紧紧地盯着杰伊那张平静的面庞：“上周我跟大卫联系之后，曾经打电话给他。当时，他说他很担心我们的安全，并开始留心安布雷拉了……”

之后我们还吹牛聊天，相互嘘寒问暖，还聊到很早之前的往事，我还说要把孩子们的照片寄给他看，然后他告诉我他得挂电话了，虽然想多聊一会儿但还有个重要的会议……

安布雷拉一定是早就把他收买了，这突如其来的现实对他们来说实在是太残酷，也太可怕了。安布雷拉在幕后操纵——但帮助他们具体实施的是特种战术救援组。巴瑞的住处被他们认识的人轰成了碎片，而他自己也差点儿被他一直当作朋友的人开枪打死。

这时一阵犬吠声突然打破了这宁静而庄严的氛围。从叫声的数量以及位置上来判断，应该是浣熊市警署的 K9 警犬部队抵达了巴瑞家的房子。巴瑞赶忙将视线从尸体上移开，重新思考眼前的问题。

现在他们必须尽快离开这里。

“我们可以去哪儿？”大卫急忙问道，“有没有不会马上被安布雷拉注意到的小屋或是废弃建筑，而且，最好是我们步行就能前往的地方？”

布拉德的家！

“那个胆小鬼的房租还没到期，至少可以住两个月。”巴瑞说，“他走后那里一直空着，而且离这儿大约一千五百米的距离。”

大卫迅速点点头。“走吧。”

巴瑞转身径直向公园里的游乐场方向走去，领着一行人穿过一片月光照耀下的空地，进入一条能够直通两个街区以外的小路，希望他们离事发地点足够远了，警察不会追到这里来。他在这个公园里走过无数回，以前每次走的时候，他的妻子都会陪在他的身边，两个孩子在一旁跳着舞……

……我的家。这是我的家，它再也不会和以前一模一样了。

他们在这宁静而温暖的夜晚穿行向前。巴瑞感到手臂上的伤口又开始流血了，于是他用右手用力按了几下被鲜血染红的绑在伤口处的T恤。这疼痛的感觉，非但没让他有放慢脚步的想法，反而更加坚定了前进的决心。他们穿过低矮的灌木丛朝布拉德家走去。

不能再这样了……到此为止……我绝不可能让我的孩子们在这样的环境中长大，只要我活着就不会让这样的事发生。

这段时间发生的事情实在太多了，而且这还只是整件事情的开始。在特种战术救援组里还是有人值得信任的，但接下来绝不能再像这样掉以轻心了，同样的错误绝对不能犯两次。要是安布雷拉再来捣乱，也许他们就不会像这次一样，能这么简简单单地逃走了。另外，要是瑞贝卡和大卫在缅因州的行动可以取得成功，他们就能拿到扳倒安布雷拉公司的证据了，就可以彻底拿下那家混蛋公司了。

安布雷拉惹错人了！巴瑞打算，一定要在他们认识到这点前给他们一个沉重的教训！

***

吉尔用一个曲别针和瑞贝卡的一只耳环熟练地撬开了布拉德家的房门。接着瑞贝卡扶着巴瑞来到医药柜前，而克里斯则在寻找是否有能穿的T恤。在此期间，大卫和吉尔把这间不大的房子里里外外彻底检查了一遍。看得出，到目前为止大卫对每一个环节的处理都很满意。

他确实想不出比这儿更好的藏身之处了，能找到这样一个作为巴瑞和另外两名阿尔法小队成员的安全藏身之所，真是令他感到欣慰。这套有着两间卧室的小房子的后面，是一个与一名安全意识很高的邻居共用的庭院，只要大卫打开后门，院子里就会自动亮起数盏灯，可以在瞬间照得后院的草坪异常明亮——另外，从邻居那边房屋的布局来看，他一定在屋子里养了一条相当大的狗。这栋房子左右两边都有住户，而从正前方的窗口向外望去，一座学校的操场与这房子隔街相望。只要有人想靠近这里，一定无处藏身。

房间里凌乱地摆放着几件非常简单的家具，显然它的主人在逃走时非常狼狈。私人物品和书籍被丢弃得到处都是，看来布拉德在匆忙逃离浣熊市的时候，都没时间好好想想到底应该带上哪些东西。

今晚发生这种事之后，我再也不会指责他落荒而逃了……

虽然维克斯的逃走在工作方面是明显的失职，但并不能因此就指责他是一个胆小鬼。毕竟，天天过着心惊胆战的生活，并不是所有人都能承受的——就目前的情况看来，逃走或许是维克斯那样的人最明智的选择。他们可能需要帮手，但从巴瑞的描述来看，大家似乎都不想与这位阿尔法小队的飞行员并肩作战。虽然他幸运地活下来，但他失去了队友对他的信任，在这种危急的情况下，这无疑是最糟糕的事情。

吉尔正在厨房里检查情况的时候，大卫来到昏暗的客厅，坐在一张相当怪异的绿色沙发上，整理着自己疲惫的思绪。他从旁边找出一沓白纸和一支笔，在上面写下自己小队成员的名字、房屋号码以及其他联系方式，之后把布拉德家的电话号码也写了上去。写完这些之后，他茫然地环视着昏暗的房间，在缓解对战时高涨的肾上腺素的同时，想要在和瑞贝卡离开之前，再在脑海中检查一遍他们需要讨论的每一个重要的细节。他心里十分清楚，如果他俩要乘飞机离开这里，巴瑞、吉尔和克里斯将只能依靠自己的力量去应对类似今晚的袭击或其他情况。

特种战术救援组，特兰特的诗，我们的任务以及联系人……

想要在一场激战之后集中精力本身就是一件十分困难的事情，更别说大卫现在已经身心俱疲。他在这之前就连续好几天没有睡好觉了，只要一想起他们即将面对的事情，他就更难以集中精神。根据瑞贝卡的说法，那个格里弗斯博士令人感到不安，退一步讲，即使他仍然决定执行卡利班海湾的行动任务，那也只不过是在他要面对的无数令人担忧的问题列表中又加上一条罢了。

这时克里斯走进房间，他身上穿了一件有些褪色的短袖蓝色运动衬衫。他一屁股坐进大卫对面的一张椅子里，他的整张脸正好被房间的阴影遮挡住。过了一会儿，他向前探出身子，正好从百叶窗缝隙里漏进的光照在他的脸上，可以让大卫看清他的表情。他看到年轻人的眼中充满了疲惫和忧虑，甚至还有几分歉意。

“大卫，最近这几周把我们折磨坏了，你知道吗？监视安布雷拉的动向，被停职，感觉我们的同伴们之前做出的牺牲，也变得毫无意义……”克里斯稍稍停顿一下，接着说道，“我只是想说，我为我之前愚蠢的行为感到抱歉，同时很高兴你是站在我们这边的，我之前不该那么鲁莽。”

大卫对克里斯如此诚恳地表达歉意感到十分惊讶，同时也为他的真挚感到十分感动。在大卫二十多岁的时候，他宁可打掉牙往肚子里咽，也不愿意向别人表露情感——当然，愤怒除外。毕竟表达愤怒倒是件很容易的事情。

这都是从老爸那儿遗传的……

“没事儿，我觉得你没什么可道歉的，”大卫温和地说，“其实你当时提出的问题都很有道理。我当时倒是有些着急，其实我只是不想让你们觉得，我是在强迫他人跟我并肩战斗。特种战术救援组……没错，特种战术救援组对我意味着很多东西。我们……我希望为他们做些事，从而能帮他们恢复到以前的状态……”

吉尔从厨房走过来，正好使大卫结束了他那略显笨拙的讲话。令人宽慰的是，克里斯似乎明白自己的意思。他平静地看着大卫，向他点了点头，好像在告诉大卫，他俩之间的误会已经消除了。大卫在心中暗暗舒了一口气，同时想着自己以后是否也应该多表达自己真实的情感，从而摆脱尴尬的局面。

自从接到巴瑞的电话后，大卫就想了很多，主要是自己以及自己极易为特种战术救援组的背叛行为感到发怒——后来他突然发现所有的愤怒和不安，都是他自己现在的生活方式导致的，他一点儿也不喜欢这样。当初他为了回避自己童年的惨痛经历，把所有的注意力都集中到工作中，其实他早就明白——可是如今，面对安布雷拉以及被他视为家人却因为安布雷拉而背叛他们所有人的组织，大卫不得不好好想想自己当初的做法是否正确。这些年里，特种战术救援组帮助他成为一名优秀的战士，但他也因此没有了任何的知己或爱人……所以，当大卫发现自己的“家人”被夺走时，他才恍然大悟，事实上这只不过是他自己选择的一种生活方式，一种尽量避免与别人接触的生活方式。

虽然我想明白这一切的时间有点儿晚，但也不错。其实我应该感谢安布雷拉，他们没能杀死我，倒是帮我治好了心灵的创伤。

吉尔从厨房里拿出水壶和几个不一样的玻璃杯，此时巴瑞和瑞贝卡也走过来。巴瑞的手臂上换上新的绷带，昏暗的灯光下脸色显得苍白，看来夏侬队长的事对他打击很大。大卫对自己杀死夏侬这件事也感到十分难过，即使他心里十分清楚这就是战争的本质，有战争就会有死亡。每个人都选择了自己要走的路，只不过是那位队长选错了路而已。

大家都默默地喝着杯子里的水。四位浣熊市特种战术救援组（大卫在心里悄悄提醒着自己，应该是“前特种战术救援组”）的成员全都阴沉着脸，一言不发。也许是因为大家都感觉到，离别的时间要到了，再过一会儿，大卫和瑞贝卡就不得不走了。在一个街区之外的地方有家便利店，可以从那里打电话叫辆出租车。大卫非常希望在走之前跟大家说一些鼓励的话，但所有人都明白他们面对的现实情况：他们的任务危险重重，谁也不敢保证能活到再会的那一天。

“想好跟当地警察怎么说了吗？”大卫绞尽脑汁，才最终想出这句话。

巴瑞耸了耸肩。“无论如何，我们不需要跟他们说太多的东西。就告诉他们，我们三个人正在我家聚会，突然一群手持武器的家伙冲进来想杀掉我们。于是我们便逃走了。”

“艾隆斯大概会以入室抢劫的罪名，来草草了结这件事。”克里斯冷笑着说道，“如果他像我想的那样深陷其中，他就不会想让人注意到安布雷拉的任何行动。”

“不过还是要小心点儿才好，还有，不要说我们看见过尸体。”大卫说道，“他们应该有足够的时间清理现场。就简单告诉他们，你们被歹徒追赶逃到公园里。这样离开现场的理由就比较顺其自然了，至于夏侬的尸体……”

巴瑞勉强地笑了笑：“交给我们处理吧。另外，我明天早上会打几个电话，找些后援。你只要注意你那边就可以了，好吧？”

大卫点点头站起身，克里斯也跟着站起来。大卫在跟大家一一握手之后，转向瑞贝卡，他突然对于自己要将她与她信赖的队友们分开而感到有些不安。瑞贝卡若有所思地挨个看了看同伴，突然露出一个灿烂的笑容，一个像孩子一般单纯、调皮的笑容。

“我不在的这几天，大家就踏踏实实地住在这临时‘堡垒’里好吗？我可不想在我和大卫出去收拾安布雷拉的这段时间里，还为你们四处乱跑而担心！”

“没准我们会在后面一瘸一拐地跟着你，”克里斯微笑着回答，“那还真不是一件容易的事情，你的脑袋里都想些什么啊……”

瑞贝卡在克里斯的肩上轻轻打了一拳。“我会把事情进展写在明信片上寄给你们的。”

然后她对巴瑞点了点头说道：“小心你的胳膊，记得保持清洁和通风。还有，你要是感到不适，比如发烧或是头晕，就赶快去医院就诊。”

巴瑞也笑着回答：“遵命。”

吉尔走过去轻轻抱住她。“把他们全都送到地狱去，贝卡。”

瑞贝卡点点头道：“你也是，希望艾隆斯署长不会为难你们。”

随后她转向大卫，面带微笑地对他说：“我们走吧？”

说完他们便一同转身朝着大门走去，大卫对瑞贝卡能够在短时间内表现出如此开朗和乐观的精神感到有些不可思议。他们刚刚从一场致命的袭击中死里逃生，而向他们开枪的可能就是曾经训练他们的特种战术救援组队员，现在她又要跟着一位刚刚认识不久的男子一起去执行更危险的任务。也不知道她是故作镇定，装出一副轻松的样子，还是她本身就具有惊人的乐观性格——如果她是装出来的，她的演技实在是非常值得赞赏。

大卫仔细地观察着瑞贝卡的一举一动。刚一走出布拉德·维克斯家那凌乱的小庭院，她脸上的微笑便马上消失了，取而代之的是一副悲伤的表情。此外，他还可以感觉到她面带紧张，就跟之前她在众人面前介绍格里弗斯博士以及他的研究时的表情一样。他看得出，无论瑞贝卡在想什么，她都充分认识到这次任务充满了危险，但显然，她并没有被吓倒。

勇气的完美表现……大卫此刻对于自己招募瑞贝卡·查姆博斯参加此次行动的决定感到非常满意。这个女孩不但聪明、专业，而且还十分忠诚。除此之外，和小组的其他成员有各自的专长一样，她在自己的研究领域也有较高的水平。

大卫现在只希望在这次潜入卡利班海湾的行动中，大家能够发挥各自的优势，在拿到足以指证安布雷拉的证据之后，带着大家安全撤离。然后让那个买通特种战术救援组的罪恶企业受到应有的惩罚。或许等这一切结束之后，他就可以安安心心地睡个好觉了。

大卫点了点头，之后两人便向着便利店的方向走去。

***

在又看了一遍关于卡利班海湾的详细情报之后，瑞贝卡小心翼翼地将文件折好，放回大卫座位下的旅行包里。他们在机场买了三个旅行包，把武器都装在其中一个里面办理了托运，另外两个则随身带上了飞机，这样就不会因为没有行李而引人注意。瑞贝卡真后悔他们刚刚到机场的时候没能想起来买些吃的。因为午饭之后瑞贝卡就没再吃过东西，而飞机上仅提供的一包坚果根本就起不到什么作用。

她伸手关掉头顶上的阅读灯，然后将后背靠在座位上，试图听着波音 747 客机引擎所发出的嗡嗡声能让自己有一些睡意。上座率大概只有一半的机舱里，大部分人都已经睡着了。周围只有夜灯投射出昏暗的光线，发动机发出的平稳的嗡嗡声使大卫有了明显的睡意。虽然傍晚的那场变故让瑞贝卡精疲力竭，但是她只过了一两分钟便放弃了睡一会儿的想法。有太多的事情需要思考，她明白，如果自己不好好整理一下，根本不可能真正睡着。

我感觉我就像在做梦，这只不过是另外一个奇怪的梦境，仿佛

不知从哪儿突然冒出来的一部小说中的次要情节……

在最近的三个月里，她刚刚从大学毕业，然后加入特种战术救援组，作为布拉瓦小队的一员接受训练，之后便来到一座对她来说全新的城市，并住进自己的第一套公寓——突然之间，她又被卷入一场人为的、充满生化武器和企业阴谋的灾难中，并且成为那次事件中仅有的五位幸存者之一。而在过去的三小时，她的生活又发生了始料未及的变化。她又想起早前的想法：这是一个千载难逢的离开浣熊市去专门研究 T 病毒的机会。可这一刻真正来临的时候，她反而有些不清楚，自己是否想要过这样的日子。

她转头看了看坐在靠窗座位上已经熟睡的大卫，他的眼睑下方能看到很明显的黑眼圈。瑞贝卡回想了一下卡利班海湾的一些细节情况，并简单罗列出明天的日程安排。刚才大卫让她抓紧时间多睡一会儿（他的用词更准确地说应该是“多躺会儿”），看来他非常及时地采纳了自己的建议，给人的感觉就好像他不是睡着了，而是瞬间陷入了昏迷。

他的睡眠质量还真是高，没有一点儿动作或转身……就像他要尽可能地利用时间，让自己多休息一会儿。

在她眼中，大卫是一个有能力有智慧的男人，除了有时显得有些孤僻，也因此他能在遇到任何压力时，都会冷静思考沉着应对。只不过这个人有些不太爱说话，这让瑞贝卡对他之前的生活经历感到十分好奇。瑞贝卡对于他迅速有效地制订出从巴瑞家逃走的计划这一点，感到十分佩服，同时也很高兴由他来指挥即将在卡利班海湾开展的行动——只不过，她很难把他当成队长来看待，而且他好像对作为队长得到指挥别人的权力一点儿都不感兴趣，并且坚持让她叫他大卫。即使是大家在巴瑞家里遭到袭击的时候，他虽然扮演了指挥官的角色，但也没有对其他人发号施令，只是告诉大家应该怎么做。

没准是他口音的原因，让他所说的每一句话，都给人一种彬彬

有礼的感觉……

熟睡中的大卫突然紧紧地皱起眉头，紧闭的双眼也迅速地动了一下，像梦到了什么令人不安的事情。几秒钟后，他又发出了一声细微的声音，听上去就像小孩子在做噩梦时发出的呻吟声。瑞贝卡刚想过去把他叫醒，他眉间的皱纹便消失了，看起来应该是梦中痛苦的场景已经过去了。这时，瑞贝卡突然发觉自己好像在无意间侵犯了对方的隐私，于是她赶紧把目光移开，看向别处。

也许他又梦见遇袭时的情景，也许吧。也许他又梦到杀死自己好友时的情景……

她很想知道，在巴瑞家旁边被她打死的那个男人，会不会也像夏侬的鬼魂缠绕大卫一样缠绕在她的身边。事情发生后，她一直在等待着良心对自己的谴责，但她惊奇地发现自己的内心并没有为自己开脱。她开枪射中那个人，而他很可能死了——但她成功避免了自己或自己的队友被那个人杀死，这让她很欣慰。

瑞贝卡闭上眼睛，深吸了一口封闭机舱内凉爽的空气。她都能闻到自己身上散发出的汗臭味了，于是她决定抵达宾馆后的第一件事就是好好洗个澡。

大卫不想冒险返回自己的房子，以防被袭击他们的人认出，所以决定转机后在机场附近的一家旅馆要两个房间休息。行动的准备会预定在正午召开，地点则定在本次行动的另外三名队员之一，阿尔法小队的法医取证专家——凯伦·德莱尔的家里举行。大卫还告诉她，凯伦会给她一些干净的衣服，而且说到这儿的时候他的脸还泛起了红晕。他还真是有些奇怪，就这样吧……

等准备会议结束之后，我们就带上装备开始行动，就像上次一样。

想到这儿，瑞贝卡突然感到胃部一紧，并且打了一个寒战。其实这才是她无法正常入睡的真正原因。在经历安布雷拉在浣熊市制造的那场噩梦般的事件后，还不到两周，又要经历一个几乎一样的噩梦。至少这次他们知道要进入的地方的大致情况，如果一切按照计划进行，就可以在逃离研究所之前避免与那些 T 病毒感染的怪物进行正面接触——但是，他们在庄园看到的“暴君”那恐怖怪物的身影、巨大的拼凑缝合的身体以及能置人于死地的利爪仍不断地在她的脑海中浮现。一想到有像尼古拉斯·格里弗斯那样的人，在那里利用 T 病毒进行着各种疯狂的实验……

瑞贝卡觉得自己想得够多的了，她此刻必须睡一会儿了。于是她尽量让自己不去想任何事情，并且尽力调整自己呼吸的节奏，一点点地把呼吸的节奏放缓，然后在心中默默地从一百开始倒数。虽然她这种自我催眠的冥想技术之前从未失败过，但她不确定在目前的这种情况下是否还能起作用……

……九十九、九十八、格里弗斯博士、大卫、特种战术救援组、卡利班……

还没数到九十，她便进入一个没有任何光亮的梦里，沉沉地睡着了。

2 resident evil

第五章

自从实验开始后，尼古拉斯·格里弗斯几乎每天都会登上灯塔顶端的平台，欣赏太阳从海平面缓缓升起的景象。从开始到结束，整个过程都十分壮观。起先，天空被微光点亮，黑色的海浪渐渐褪成灰色，夹带着薄雾的微风拂过水面，海湾边陡峭的礁石渐渐显露出轮廓。这颗璀璨的恒星俯瞰着这个世界，用它最初的微光将整个海面照成一片青蓝，信守着重生的承诺将海平面描绘得像一幅彩色粉笔画作，接着它便会将它柔和的阳光洒向每一个角落，在给世界带来新的一天的同时，滋养万物。

当然，这只是现在看起来的表面现象而已。只需再过几小时，这个灼热的火球将会无情地炙烤着整个海岸，炙烤着它能够照射到的所有地方。太阳最初的温柔只是一个谎言，一个用来掩盖它那蕴藏着的超强的热量和辐射能力的假象……

不过，光是假象就已经让人感到十分壮观了。我们不能责怪它用假象迷惑我们，毕竟它自己意识不到，它只不过是在展示自己最真实

的样子而已。

格里弗斯每天都会在这里看着太阳从弯曲的地平线完全升起之后，才开始他一天的工作。欣赏微光乍现下的黎明成为他每天必做的一件事——当然他明白，那光亮并不只是照向他一个人，而是整个宇宙。每天的日出都在告诉人们时光飞逝……提醒着大家，地球只是整个宇宙中一个非常渺小的星球，至于生活在它表面上的那些匆匆忙忙的生物，不管他们有多么高傲的梦想，都与它无关。

当然，我也是这些渺小生物中的一员，但有非常重要的一点与他们不同，那就是我知道我梦想的价值。

当圆圆的太阳从海平面上升起时，格里弗斯站起身斜靠在平台边缘的栏杆上，思考着新的一天的工作。有关利维亚坦系列的血液研究工作，进入了最后的冲刺阶段，他已经准备好和博士们一起进行更大范围的试验。实验中三个人的反应很好，自从给他们注入生物酶之后，细胞老化率开始显著下降，是时候把注意力集中到他们的情境行为上了。他计划在本周之内，就把实验范围扩大到实验室之外，把病毒散布到外面的世界去。

扩散吧！一次彻底的净化！

清凉又微咸的海风吹起格里弗斯那灰色的头发，身边翱翔的海鸥发出饥饿的鸣叫声把他拉回了现实。他突然想到，在秃鹫返回陆地觅食之前，必须尽快把三人小组带回实验室，已经有几个实验样本被它们啄坏了。在实验结束之前他不想让他们再冒哪怕一丁点儿风险，要是他们被啄伤了眼睛，就没法用他们巡逻了。

已经过了这么长时间……还没有人过来。如果阿蒙博士成功的话，现在应该再送几个人过来。真是糟透了！他或许还在等着……

这种想法着实令人不快。格里弗斯的眼前就像变戏法一样突然出现模糊的画面：地下横着的几具尸体，被燥热的太阳炙烤着，翻滚着的巨浪发出雷鸣般的咆哮。格里弗斯立刻将这些画面赶出自己的脑海，并不停告诉自己那都已经是过去的事情了。自己只不过是做了当时该做的事而已。

格里弗斯一边梳理着被风吹得有些凌乱的头发，一边沿着螺旋台阶向室内走去。鞋底打在金属台阶上发出的咔嗒声在这个高耸的空间里产生了奇妙的回响。拥有这样一座研究所，他自己非常高兴，他越来越享受这一切，哪怕是一些小事情——想吃什么就吃什么，想什么时候吃就什么时候吃，可以自己安排工作时间，每个早晨都可以在灯塔上欣赏日出美景。以前，他的时间被排得满满的，被迫按照时间表安排一天的作息，根本不需要你有任何的创造力。每天就是吃饭、工作、睡觉……在这样的条件下他连喘息的时间都没有，又怎么能好好思考和进行科研探索呢？他受够了，每天没完没了地开会，在讨论柏肯的T病毒时，还要忍受那些鼠目寸光的“同事”的胡话。他们沉迷于研究安布雷拉三人小组的工作，完成之后还异常兴奋，完全忘记了Ma7的失败。那帮家伙根本无法看到自己的傲慢在渐渐膨胀……

好像三人小组不只是经过武装的生物。可以把他们当成警卫来用，但他们不太聪明。不过这不重要。

虽然格里弗斯在工作的时候不让自己去想这些，但每天从灯塔楼梯下部往实验室入口走的时候，他都按捺不住自己内心的骄傲。他已经见过T病毒的真面目了——它是一个天然而有效的平台，后续可以有更强大广泛的应用。他隔离其中的蛋白质并重组核衣壳包膜，从而使得它的传染性能得以改变，并通过研究，找到一种解决人类种族衰退的方法，一种没有暴力和痛苦的方法。

格里弗斯微笑着走出门，来到灯塔下凉爽的阴影里，在他走向宿舍的时候，汹涌澎湃的波涛声在身后此起彼伏。风媒传播装置已准备就绪，其传播范围能覆盖整个北美。只要病毒开始扩散，传染和进化就会发生，人类脆弱的精神将会被其内心真正的本能所击败。等到一切都完成之后，太阳再次升起之时，它所照射的这个地方将变成一个全新的世界，一个充满爱好和平和希望和平的人的世界。

剥夺人们的选择能力，洗涤他们的心灵，从此以后他们的脑中将变

得一片空白，什么都没有。经过训练，可以把他们都变成温顺的宠物；不接受训练的话，就只能变成没有危害的安静待着的笨蛋，像只老鼠一样。当全世界的人都变成这样之后，只有强者才能继续生存下去……

他走进员工宿舍里的娱乐室，随手把灯打开，脸上仍然洋溢着笑容。他看到他的博士们跟他离开时一样，都闭着眼睛坐在会议桌前。理论上说，他已经对未受训个体完成了测试，但只有这三个人让他相对满意。目前这三位博士感染了将被格里弗斯释放到外界的病毒，几天之后地球上生存的人类也将和他们一样。

我的宠物，我的孩子们。

除了实验室之外，海湾的其他设施都设计成能用来训练像三人小组或 Ma7 这类的生化武器——也可以用来测量他们的逻辑能力。这里有大量用于测试的物品可供使用，从最简单的钉钉子到用来测试实验个体更高能力的复杂谜题应有尽有。不过他对博士们的思维能力十分怀疑，感觉他们可能连“红色系列”的测试都无法通过。但他认为，观察他们的反应本身也可以获得有价值的东西，特别是这种处于压力状态下的测试。

虽然他们还具备基本的思考能力，但不会做出任何决策。也就是说他们具备行动的能力，但不下命令他们就不会移动分毫。如果没有我的引导，他们会做出怎样的表现呢？

他慢慢地来到桌边，阿森斯博士突然睁开眼睛，好像是确定是否有危险靠近。汤姆·阿森斯是三人中最强壮的，也是最有可能靠自己的力量生存下去的。他以前是专门研究行为科学的专家。事实上，是他想出的三人一组的分组方式，也就是现在的三人小组，他认为三个已感染病毒的实验个体一起工作能够更有效率，现在看来他是对的。

而基耐森和萨曼两位博士则仍然一动不动地坐在原位——这时格里弗斯忽然闻到一股臭味从两人坐着的方向传过来。他皱着眉头向下看去，找到了答案——萨曼博士的裤子又湿了。

大便失禁！这已经不是第一次了。

格里弗斯突然觉得萨曼可怜极了，不过这种感觉很快就被一股愤怒的厌恶感所取代。萨曼之前就像个白痴，虽然他是一位十分优秀的生物学家，但和其他人一样，他既可笑又心胸狭窄。他亲自承担了Ma7的大部分实验研究工作，但实验体失去控制之后，他立刻就把责任推给其他同事，把自己摘了个干净。要说谁该自食其果的话，那个人就是路易斯·萨曼。真是太可悲了，这么优秀的一名博士竟然无法意识到自己会落到如此不堪的境地。

要不是我，他连一天都活不下去。

格里弗斯叹了一口气，把身子向后退了退，说道："先生们，早上好呀。"

三个人动作一致地侧头看向格里弗斯，眼睛空洞无神。体形各异的三个人表情都非常呆滞，空洞而飘忽的视线使他们看上去简直就像亲兄弟。

"看样子萨曼博士又排泄了。"格里弗斯说，"他坐在粪便上的样子还真是好笑。"

三个人同时冲他咧嘴笑了起来。基耐森博士甚至咯咯地笑出声。他是三个人里面最后一位感染病毒的，所以他的身体组织被破坏的程度是最小的。只要给出适当的指令，阿兰·基耐森暂时还能够像正常人那样做出应有的反应。

格里弗斯从衣服口袋里拿出一个口哨，然后把它放在阿森斯面前的桌子上。"阿森斯博士，把正在执行任务的三人小组都召集回来。注意他们的身体需求，然后带他们回到冷冻室。做完这些之后，你就到自助餐厅里待命。"

阿森斯拿起口哨走出娱乐室，沿着走廊向宿舍的另一扇门走去。他们只要一听到哨子声就会停止正在执行的任务并返回屋内。现在一共有四个三人小组，也就是十二名生化士兵。他们会沿着围墙在树林里巡视，或是悄悄地围绕着下面的建筑走动。现在除了灯塔、宿舍以及整个区域的东北部之外，其他地方的警卫工作全部都由他们负责。

格里弗斯不得不承认，只要给他们施以适当的命令，他们完全可以成为一支能力超强的战斗部队。安布雷拉需要的是杀人不眨眼、不怕死的士兵。T 病毒从一开始就在这方面发挥了极强的作用，而且他们加快了它的增长速度，使得它的生效时间从几天直接缩短到几小时。自从教会他们使用武器，三人小组就变成了杀戮机器。不过，近期热浪侵袭，格里弗斯现在还不确定，他们到底能生存多长时间……

格里弗斯将注意力转向萨曼博士，发现这个散发着恶臭的家伙还在咧嘴笑着，就像婴儿一样。他原本的样子就像个婴儿，矮矮胖胖的，光秃秃的脑袋，他的微笑就像小孩子那样天真无邪。

"萨曼博士，你先回自己的房间。把身上穿的衣服都脱了洗个澡，再换上一身干净的衣服，然后就到海湾那边给 Ma7 喂食。等把这些事情都做完之后，你也到自助餐厅待命。"

萨曼起身后，格里弗斯看到他坐的那把椅子上的垫子又湿又脏。

天哪！

"那把椅子也带走。"格里弗斯叹了口气，"把它放在你房间里。"

萨曼走后，格里弗斯面对着阿兰坐下，心中突然涌起一阵疲惫的感觉。刚才的那种骄傲和自信瞬间消失得无影无踪，只留下空虚和无奈。

我的孩子们，我的杰作……

格里弗斯第一眼看到这种病毒，就立刻被它近乎完美的结构所感动，他甚至流下激动的的眼泪。经过几个月的私下研究，每天不断地对 T 病毒进行分离实验并观察隔离效果，最终他在显微摄像机里看到这个他心中完美的病毒……当其他人还在为研制出的战争玩具沾沾自喜的时候，他却真正发现了迎接新生的方法。

他们对我的研究会做出怎样的评价呢？他们之中会有人知道这究竟有多么重要吗？那些家伙就像一个还只会尿裤子的婴儿，像只只会学人动作的猴子，他们简直就是在侮辱我的工作，让我的生命都不光彩了……

格里弗斯看着阿兰·基耐森英俊的脸上那双空洞的眼睛。基耐森也看向他，似乎在等待他下达指令。基耐森是一个神经学方面的专家，他的房间里摆放着自己妻子和孩子的照片，那是一个非常漂亮、可爱的小男孩……

突如其来的一阵晕眩，让刚才还头脑清醒的格里弗斯感到天昏地暗，仿佛在现实中突然出现了无数条裂缝，从每个缝隙中都传出莫名的尖叫声。只是一瞬间，格里弗斯开始担心自己会失去理智。

多少人会坐在污秽的水坑之中，等着饿死？几百万？几十亿？

"万一我做的这一切都是错的呢？"格里弗斯小声说，"阿兰，告诉我，我这样做没有错，我所做的一切都是正确的……"

"你没做错。"基耐森博士平静地说道，"你所做的一切都是正确的。"

格里弗斯盯着基耐森。"告诉我你的妻子是个妓女。"

"我的妻子是个妓女。"基耐森博士毫不犹豫地回答，没有任何的停顿和迟疑。

格里弗斯开心地笑了笑，内心的恐惧感随之消失了。

看看我的成就吧。这可是我的杰作，我会把它当作一个礼物，送给全世界。这是一次使全世界的人类再次变得强大的机会，而对像路易斯·萨曼这种无能的人，不失为一种使其平静死亡的方式，这种结果很适合他们……

他最近的工作实在是太辛苦了，使得他身心俱疲。说到底，自己也不过是个人而已……他现在无法承受得住疲惫的身体对他心力的影响。不用再做实验了，他要用今天去做一些准备工作，让自己为接下来的大变革做好准备。

等到明天日出来临时，格里弗斯博士就会让他的礼物随风飞扬。

2 resident evil

第六章

凯伦·德莱尔大约三十出头，身材高挑纤长，从她那一头干练的金色短发可以看出，她是个办事十分认真、有条理的人。她那不是很大的屋子打扫得一尘不染，甚至让人感觉这里已经接近无菌的环境。凯伦为瑞贝卡挑选了几件简单实用的衣服，整齐地叠放在一起：一件深绿色的T恤，一条干净的同色系裤子，还有黑色棉袜和内衣。就连在浴室里也能感觉到凯伦的性格：墙上有一个白色的多层储物架，各种物品根据不同的用途被整齐地分别摆放在上面。

看来这位法医，还是个有洁癖的强迫症患者……

瑞贝卡立刻对自己心中会产生这种想法感到十分内疚。凯伦非常友好热情地招待了她，而且待她就像老朋友一样。也许凯伦只是讨厌那种杂乱无章的生活方式。

瑞贝卡坐在马桶边上，将有些长的裤腿卷到脚踝的位置。她感觉到，脱掉脏衣服之后，自己的心情仿佛也宽慰了许多。尽管昨晚的睡眠断断续续的，可她现在却感觉自己的脑袋出奇地清醒。一下飞机，大卫就在机场附近租了辆车，直接来到一家便宜的汽车旅馆，然后他们疲惫地走进了各自的房间。瑞贝卡当时实在是太累了，刚脱完鞋便一头倒在床上睡了过去。大约上午十点，她醒过来，然后冲了个澡，大卫来敲她的房门时，她正紧张不安地等着他呢。

此时，瑞贝卡听到前门处传来开关门的声音，接着几个陌生的声音从客厅的方向传过来。她马上穿好运动鞋，并且飞快地系好鞋带，心中十分紧张。小队已经集合，他们马上就要进屋了。尽管从她睡醒开始就一直在思考这件事，但一想到真要来临了，她还是感到非常紧张。虽然才过了几小时而已，但她现在回想起在巴瑞家遇袭的事情感觉就好像隔世一般……

也许再过几小时，这一切都会结束了，但这段时间将要发生的事情真的令我担心不已。大卫和他的队员当时不在现场，他们都没有亲眼见过那些变异猎犬、蛇群，以及地下隧道里的变异生物……更别说“暴君”了。

瑞贝卡站起身，一边强迫自己不再去想那些可怕的画面，一边拾起散落在地上的自己刚换下的脏衣服，然后把它们统统都塞进上飞机前买的那个旅行包中。她明白，卡利班海湾研究所的情况并不一定跟斯宾塞庄园里的情况一样，而且，自己在这里瞎担心也不会改变任何事情。她走到镜子前，看了看镜中那个神情紧张的自己，然后迈步走向房门。

她走过明亮整洁的厨房并转过走廊的转角，向着客厅走去。刚到门口她便听到大卫轻快的声音，显然他正在给大家讲述昨天晚上发生的事。

“……他说了，今天一早就会跟那些人联系。他们中的一个能够联系到一位联邦调查局的探员为我们充当中间人；只要我们能找到证据，他们就会马上立案，并展开调查。他们在等着我们的消息，我们一完成今天的任务就……”

看到瑞贝卡走进房间，大卫便停止了讲话，大家都把目光投向她。凯伦早就在屋里的玻璃茶几边上加了几把椅子，而她自己就坐在其中的一把上，而在大卫对面的长沙发上坐着两名男子。

大卫冲瑞贝卡微笑的同时，沙发上的两个男子也都站起身，等待着大卫为他们介绍。

“瑞贝卡，这位是史蒂夫·洛佩兹，他是一位非常优秀的电脑工程师，同时也是我们小队最优秀的狙击手。”

史蒂夫微笑着和瑞贝卡握了握手，他那羞涩的笑容和看起来像个大男孩的外表倒是很相称，洁白的牙齿和天生的小麦色皮肤形成鲜明的对比，漆黑机灵的双瞳，一头乌黑的头发，不过个子只比瑞贝卡高了几厘米。

他应该比我大不了几岁。

史蒂夫的目光友好而直接。看着此情此景，瑞贝卡突然对自己刚刚没有在浴室里好好整理一下自己的头发感到有些后悔。简单点说，因为史蒂夫十分帅气。

“这一位是约翰·安德鲁斯，通信专家兼小队侦察兵。”

约翰有着深褐色的皮肤，虽然没有胡须，但他给人的感觉和巴瑞很像。他身材十分魁梧，有着一米八以上的身高，浑身都是健壮的肌肉。他对着瑞贝卡投来一个爽朗阳光的微笑。

“这位就是瑞贝卡·查姆博斯。浣熊市特种战术救援组的生物学家，同时也是小队的医务兵。”大卫说道。

约翰放开她的手，仍然微笑着问道：“生物学家？天哪，你今年多大了？”

瑞贝卡看到他眼中闪烁的幽默神情，微笑着回答：“十八岁，准确地说应该是十八岁零九个月。”

约翰一边发出一阵有些低沉的笑声，一边坐回到沙发里。他瞥了眼史蒂夫，然后又看了看瑞贝卡。

“那你可要小心洛佩兹。”约翰说道，然后用假装偷偷提醒的语气告诉瑞贝卡，“这家伙刚满二十二岁，而且还是单身。”

“别说了。”史蒂夫红着脸喊着。他转头看着瑞贝卡，摇了摇头。“你不用在意他说什么，约翰就是这样一个人。他总觉得自己很有幽默感，但实际上从来没有人觉得他的笑话好笑过。”

“但是，你的妈妈可一直都说我很有趣。”约翰立刻回应道，史蒂夫还没来得及对他进行反驳，就被大卫抬手制止了。

“好了，到此为止吧。”大卫平静地说道，“如果我们想在今天执行任务，我们就只剩下几小时的准备时间了。我们还是先开始干正事儿吧，好吗？”

史蒂夫和约翰的玩笑使她从刚才紧张的状态中抽离出来，也让她感觉一下子便融入了整个小队——但她也很高兴能够看到，其他人听到大卫的话之后，很快便把注意力重新集中到大卫的身上，表情严肃地看着他把从特兰特那里得到的资料拿出来放到桌子上。这让她感到很高兴，至少从这一点看，他们都相当专业……

但是，光是专业就够了吗？她在心中低语。浣熊市特种战术救援组也都是相当专业的，而且还十分了解安布雷拉进行的勾当，就算这样也无济于事。如果那种病毒发生变异或是仍具有传染性怎么办？如果这个地方到处都是“暴君”那样的变异生物怎么办……或者我们遇到更糟的情况呢？

对于这些一直在她内心纠结的问题，瑞贝卡想不出任何答案。于是她转而将全部的注意力都集中到大卫的讲话上，并暗暗提醒自己，不要因为心中的焦虑而影响之后的任务，绝不能让她的第二个任务成为她参加的最后一个任务。

***

大卫介绍了瑞贝卡此行的目的，并且表示她将与他们一起组成新的团队执行任务。瑞贝卡很聪明，并拥有之前处理安布雷拉实验室的经验，对他们非常有帮助，他希望她有什么想法就说出来，不要因为新环境感到不好意思。

“我们此次任务的目标是秘密潜入实验室，收集有关安布雷拉和他们实验的各种证据，得手后迅速撤离，其间尽可能减少遇到麻烦的可能性。下面我将对行动的步骤做具体说明，如果你们有任何关于行动中的疑问或想法，无论多么细微，只要想到就要提出来，明白了吗？”

看到周围的人都向他点了点头后，大卫继续往下讲，同时对大家对他的想法的回应感到欣慰。

“根据已经发生的事情，我们对可能发生的情况进行了探讨，而且大家都看过这些资料了，但在这里我还想再强调一下，我们可能再次遭遇某种意外事件。众所周知，安布雷拉使用了各种手段掩盖在浣熊市发生的事情，虽然我们可以假设，缅因州那些失踪的渔民很有可能是因为误入他们的地盘，而遭到绑架或是被秘密杀害，但安布雷拉用这种方法吸引别人的注意看起来似乎又不太可能。”

“为什么安布雷拉不自己派人清理这些证据呢？”约翰问道。

大卫摇了摇头。“谁说过他们没有派人过来？可能我们进入研究所后就会发现，所有证据都已经被他们清除了——要是真的碰上这种情况，我们就要与浣熊市的同伴们一起，利用我们的人脉，重新开始寻找所有的证据。”

听完他的话，所有人再次点了下头。不过他还有件显而易见的事情没有说，那就是很可能病毒仍然具有传染性。尽管他们都清楚，这种情况非常有可能发生，不过他还是想等作战会议结束前的最后阶段，再让瑞贝卡亲自介绍病毒的具体情况。

大卫低头看了看地图，在内心暗自深吸一口气之后，开始对行动的细节进行说明。

“下面说一下进入的要点。”他说，“如果这是一次直截了当的进攻行动，我们就可以乘坐直升机进入或直接翻墙进入。如果那里有人守卫，我们就一定会被人发现，就等于说我们的任务还没正式开始便失败了。因为我们都不想冒着被发现的风险行动，所以我认为，最佳路线是乘船进入。就像去年执行油轮任务时一样，我们可以乘坐橡皮艇。”

凯伦一边微微皱着眉头，一边高声说道：

“他们不会在码头上安装警报器吗？”

大卫把手放到地图上，用手指着研究所南侧围墙的一块缺口处说道：“实际上，我不推荐从码头上岸。如果我们从这里驶入海湾，然后经过码头——”他将手向上移动，几乎跨越了整个海湾，“这样我们就可以大致观察到研究所的情况，然后将船驶入灯塔下的一个岩洞之中。根据我得到的情报，在灯塔陡峭的崖壁下的岩洞中，应该有条天然通道通往灯塔。如果那条道路被堵死了，我们就原路返回，然后再找其他的进入路线。”

“如果有人在海岸边巡逻，小艇不会被他们发现吗？”瑞贝卡问道。

大卫摇了摇头。埃克塞特特种战术救援组有过成功使用小艇的经验。就在去年夏天，一群恐怖分子劫持了一艘满载石油的油轮，他们扬言如果不答应他们的要求就将船上的货物全部倾泻到大海里，他们当时就是利用小艇接近油轮，才将那群恐怖分子一网打尽的。当时也是一次夜间行动。

“船身整个都是黑色的，而且配备的是水下马达。如果我们在天色变暗之后再行动，应该不会被人发现。而且利用船只的另外一个好处就是，我们可以从水面观察研究所的情况，如果看起来……非常危险的话，我们可以立刻终止行动，以后再找机会。”

听了大卫的计划大家都在思索着什么，而大卫也在耐心地等待着，他不想催促他们给他们压力。他的队员都是非常优秀的战士，但这毕竟是一次自愿参加的行动。如果他们任何一个人的心中对此次行动存有疑虑，最好现在就能说出来。另外，他也想听听其他人对这次行动有什么意见和建议。

他的目光落在瑞贝卡那张年轻的脸上，从这位特种战术救援组的成员那双敏捷的棕色眼睛中可以明显看出，她正在心里仔细地思考着他的计划。他开始喜欢上她了，不仅仅因为她能对完成任务有极大的帮助。瑞贝卡在面对问题时快速的适应能力深深地吸引了大卫，特别是大卫自己都对最近发生的事情感到心力交瘁的情况下，她却总能十分稳妥地处理遇到的问题……

大卫抛开这种想法的同时，突然感觉到压力倍增，似乎就连集中精力都感到有些困难，这让他十分痛苦。

必须集中精神，现在可不是胡思乱想的时候。

“我们说一下行动细节。”他说，“一旦成功潜入研究所，我们就开始交替掩护前进，一定要尽量把自己隐藏在建筑物的阴影里。约翰在前面探路，凯伦紧跟在后面，侦察地形并寻找实验室，随机应变。史蒂夫和瑞贝卡跟在你们后面，我来断后。找到实验室后，我们一起进去。瑞贝卡知道根据资料寻找我们需要的东西，如果他们的电脑还能运行，史蒂夫就把所有的文件都复制出来。在这期间，其他人负责掩护。只要我们得到相关的情报，就马上沿原路撤退。”

这时大卫拿出特兰特给他的那首诗，并用另一只手在上面指了指。“瑞贝卡的一个队友也跟特兰特先生有过接触。她觉得这首诗与我们要找的东西有一定的关联，所以我希望大家在我们行动之前都认真看一下这诗里的内容，也许它会对我们的行动提供非常重要的帮助。”

“我们能信任他吗？”凯伦问道，“可以确定这个特兰特没有问题吗？”

大卫皱了皱眉，有些不知道该如何回答。“从目前的情况来看，不论他出于何种目的，至少在这件事上，他是站在我们这边的。”他慢慢地说道，“而且瑞贝卡也认出，名单中有一个人一直从事病毒方面的研究工作。所以这上面的信息看起来还是非常可靠的。”虽然这些话并没有直接给出问题的答案，但也算是做出了回应。

“有谁知道，我们感染病毒的概率会有多大呢？”史蒂夫悄声问道。

大卫歪着脑袋看向瑞贝卡。“如果可以的话，告诉我们一些病毒的情况和一些相关的背景知识……”

她点了点头，然后转向其他队员：“我现在还无法准确地告诉大家我们将要面对的是什么样的病毒。我们小队被停职之后，我也无权继续接触病毒组织和唾液样本，所以我还没有机会对它们进行任何测试。但从我亲眼看到的感染效果来判断，很明显，T 病毒应该是一种细胞突变原，它可以改变宿主自身细胞内的染色体结构。而且它还有跨物种传染的能力，它可以在植物、哺乳动物、鸟类、爬行动物甚至所有你能叫出名字的生物间进行传播。在某些生物的身上，它还会使宿主的能力得到不可思议的增强，而且所有被感染的生物体，都存在暴力行为。我只能告诉你，从我们在斯宾塞庄园实验室里找到的报告来判断，它应该是一种影响大脑的化学物质，至少会影响人类的大脑——通过极高水平的多巴胺 D2 受体，诱发类似精神分裂的症状，而且还能抑制宿主的痛觉神经。我们遇到的所有被感染的人类，即使被子弹击中也不会做出任何反应，即便他们的身体已经腐烂，他们自己也毫无察觉……”

说到这里，年轻的生化学家稍微停顿了一下，像在回忆什么情况。然后她突然以一种比她的年龄要成熟得多的语气说道：“斯宾塞庄园的泄漏事故看上去像通过空气传播的，但我不认为这是事先设计好的或首选的传播方式。我可以肯定那些科学家们是将病毒直接注射进实验体进行基因研究的。再者我们几个人也没有出现过感染的症状，而且它也没有向庄园之外继续扩散，所以我认为，我们不必担心会通过吸入空气感染病毒。

“但有一点我们必须注意，就是一定要避免与感染病毒的宿主接触！我再强调一次，是任何接触都不可以发生——哪怕只是一小滴病毒宿主的血液，其中都包含着上亿颗病毒粒子，一旦病毒进入我们的血液系统，足以致命。我们本应穿上一套完备的防化服，并且跟一个训练有素的生物病毒学家一起研究确定它的复制机制，否则的话就要不惜一切地避免任何形式的直接接触。不过要是我们运气好的话，说不定在我们进去之前那些感染者就已经死光了……或者因为恶化，他们无法正常移动。不过，不管怎么说他们还是人类。”

空气中立刻充满了紧张的情绪，每个人都静静地思考着她话里的含义。大卫注意到同伴听完这些话之后有些震撼，其实他自己也有同样的感觉。可以说，知道病毒有毒性与实际听到具体的病毒感染和致命细节完全是两码事儿。

我的天啊！那些人到底是怎么想的？他们怎么会想要创造这种能够感染世间万物的恐怖东西？

他正在思考这些的时候，心中突然又浮现出另外一种想法：如果行动时，某个队员不小心感染了病毒，他该怎么办？在自己指挥队友执行任务的时候，也出现过队友受伤的情况——但是有队友牺牲的两次行动，都是他升任特种战斗救援组队长之前的事情。然而这次的任务完全是他自己倡议发起的，是他带着队友，到那随时都有可能被可怕的病毒悄无声息地感染的地方，也随时有可能死于野蛮怪物的利爪之下……

我要对他们负责。这不是一次正式的官方任务，所有的一切我都是有责任的。我真的可以要求他们跟我一起冒这个险吗？

“这听起来也没什么难办的嘛。”约翰终于开口说道，“如果我们想按时到达那里，还是赶紧开始行动吧。”他笑着看向大卫，虽然那笑容看上去有点儿勉强：“你知道，我喜欢战斗，而且必须有人去阻止那帮混蛋继续扩散这东西，对吧？”

史蒂夫和凯伦都向他点了点头，他们脸上的表情都和约翰一样坚定，即使大家都知晓前方的道路坎坷。瑞贝卡也是如此，她早在浣熊市的时候便已下定了决心。大卫看到眼前的一幕，突然百感交集，骄傲、恐惧、温暖的感觉瞬间混杂在一起，这种突如其来的奇特感觉，让他一时有些不知如何是好。

短暂地沉默几秒之后，他迅速向大家点了点头，然后看了一眼自己的手表。他们还有几小时的路程抵达任务的出发地点。

“好的。”他说，“我们最好马上行动起来，剩下的事情我们路上再说。”

当大家起身往外走时，大卫默默地提醒自己：他们参加这次的行动，是因为每个人都清楚地认识到这件事情的严重性，而且每个人都是自愿执行这个危险任务的，他们都清楚要面对的是多么大的风险。其实他明白，这样想，只不过是为了发生不测时，自己有个心理安慰罢了。

***

凯伦坐在厢式货车的最后一排，将一颗颗子弹往弹夹里装填，伴随着九毫米直径子弹装填到弹夹中发出的咔嗒咔嗒的声音，刚才那谜一般的诗句同时在她的脑中回想着——

接收阿蒙的信息／蓝色系列码／输入答案得到钥匙
颠倒字母和数字／时间彩虹／不要计数／蓝色可以进入

她在装满一个弹夹之后，便把它和其他装好的弹夹放到一起，然后心不在焉地将沾满润滑油的手在裤腿上蹭了蹭，又伸手准备去取另一个空弹夹。这时，几缕夹杂着海水气息的夏日清风吹进闷热的货车中。他们来到海湾南面的路上，在距海边不到四百米的一块空地上把车停下来。此时窗外的太阳缓缓地向下落去，在满是灰尘的地面上投射出一条条长长的影子。从不远处传来海浪拍打海岸那舒缓的声音，在单纯的海浪声背景之下，他们压低声响开始准备工作。史蒂夫和大卫正在一起准备任务用的橡皮艇，约翰在一旁检查水下马达，而瑞贝卡则将医药用品放进急救箱，这些药品都是他们从特种战术救援组的仓库“借”来的。

字母和数字颠倒……这会是密码吗？这跟后面所提到的时间又有什么联系吗？会不会是指的行数，或是别的什么？

她的头脑一刻不停地思考着这些谜题，就像一条渴望骨头的小狗，渴望从这些文字中找到答案。这些到底是什么意思？是所有的句子都指向同一个问题，还是说每个短句都有单独的意思，最终组成一个更大的谜题？阿蒙发出那条信息了吗？如果他在为安布雷拉工作，他又为什么会给我们这些信息？

她装完最后一个弹夹，从车里拿出一个大个的防水旅行包，并迫使自己把注意力集中到手头的工作上。不过她知道，等她完成手头上的事之后，就又会马上思考那神秘的诗句。她的思考方式一直都是这样，只要没有得到确切的结果，她就无法轻易地将问题放到一边。总会有一个答案的，一定有，只要集中精神，按照正确的顺序一步一步来，就一定能找出正确的答案。

半自动手枪全部准备好了，它们被整齐地码放在那台调试完毕的无线电装置一旁的车厢板上。他们这次行动，除了特种战术救援组标准配备的贝雷塔手枪以外，没有携带任何重武器，因为大卫一直坚持他们最好轻装上阵。尽管凯伦十分认同他的想法，但她还是觉得他们应该带上突击步枪，毕竟上面配备的夜视镜对夜间行动会有很大的帮助，尤其是在听到更多关于像丧尸一样的怪物的细节之后，让她感觉只拿着一把半自动手枪和一支卤素手电筒执行任务实在是有些不踏实。

还是承认吧。从听到大卫讲起这件事情开始，你就感到有些害怕，而且现实情况都是一团糟，所有事都和预想的不一样。

最可笑的是，凯伦拼命想解开谜题的原因同样使她感到不安。特兰特，很明显在帮助特种战术救援组调查安布雷拉的阴谋，以阻止可能在她的家乡发生的生物危害事件。都有谁被收买了？在卡利班海湾究竟发生了什么事情？他们到底能够发现些什么？那首诗到底是什么意思？

所有关于这一切的线索，实在是太少了。

她一直都为自己不对事情进行凭空猜测这点感到骄傲，她喜欢根据切实的证据找到真相，而不是胡乱凭直觉猜测。这也是她能在自己的专业领域里一直都保持成功的关键，她知道自己有时在临床工作时太过冷静——甚至有些麻木——但她仍喜欢这种以平静的心态面对所有事情、获知一切真相的平和的感觉。一直以来不论是检查血液的喷洒形态，还是测量射入伤口的角度，每一个谜题的解决都令她感到莫大的满足，因为她不仅可以找到事情发生的原因，还能还原事情发生的步骤方法。而目前遇到的这个关于卡利班海湾无法解答的问题，简直就是对她一直以来引以为傲的谨慎的逻辑思维能力的一种侮辱。她感觉这些问题打乱了她所有的节奏，甚至是在挑战她一直以来的处事法则——她也知道，把这些问题都解决之前，她是不会安心的。

她把武器都准备好了。她想最后再检查一次所有人的战术腰带，并确保上面所有的装备都各就各位，随后再看看大卫还有没有其他事情需要她做……

凯伦稍稍停顿了一下，她能感觉到一缕温暖的汗水沿着脊背流了下去。在敞开的汽车后门外看不到任何人，她将每一条战术腰带以及上面的口袋都检查两遍了。此时，她的心中突然涌出一股内疚感，她把手伸进防弹背心的口袋里，从里面拿出她的“小秘密”。当这个熟悉的沉甸甸的东西拿在手里的时候，她感到无比舒心。

上帝呀！要是他们知道了，我肯定听不到它最后的响声了。

那东西是她父亲从第二次世界大战的战场上带回来给她的，也是为数不多的能让她想起他的物品之一：一枚老式的杀伤性榴霰弹手雷。因为它的外观呈椭圆形，并且遍布规则的网格，所以被人们称为“菠萝”。随身携带这个东西，总让人感觉有点傻乎乎的，而且这与她一直奉行的实用主义似乎有些相悖。她一直努力工作，为了证明自己是一位理性、智慧的女性，而不是情绪化或多愁善感的人——当然，在大多数方面，她确实如此。这个手雷已被她当作自己的幸运星，每次执行任务她都会带着它。此外，她心里也一直觉得，说不定哪一天这东西就会派上用场……

是的，这话也就告诉你自己就行了。特种战术救援组现在装备的都是使用计时器起爆的数字化手雷，甚至闪光弹都是电脑芯片控制的。这种可以称得上是古董的手雷，没准它的保险环用钳子都拉不出来……

“凯伦，你那儿需要帮忙吗？”

凯伦被这话吓了一跳，于是赶忙抬起头，正好看到瑞贝卡那张充满诚意的年轻的脸庞，那女孩正从车后门探身向里张望着。瑞贝卡的目光很快便停在凯伦的手雷上，眼睛里闪烁着好奇的目光。

“我还以为我们没有带任何爆炸性的家伙呢……嘿，这是‘菠萝’手雷吗？我还从没亲眼见过它呢。它还能用吗？”

凯伦没有回答她的提问，而是迅速向四周望去，生怕其他队友听到她们的谈话——随后才对年轻的瑞贝卡羞怯地一笑，不过这笑容看上去有些尴尬。

看在上帝的分上，这又不是在做什么龌龊的事。她又不怎么了解我，而且我是不是迷信，她也不一定会在乎。

“嘘！别让他们听到。到我身边来。”她说完，瑞贝卡便立刻乖乖地爬进车子里，脸上满是干坏事时那种阴险的笑容。看到年轻的生化学家的这副模样，凯伦的心中升起一股莫名的兴奋。要知道她在特种战术救援组服役的七年间，还从来没被人发现她的小秘密。此时，她立刻就喜欢上了眼前的这个女孩。

“这确实是一个‘菠萝’手雷，不过这可不是我们执行任务时要用的东西。我之所以带着它，因为它是我的幸运星。答应我，绝对不要告诉其他人，好吗？”

瑞贝卡扬了扬眉毛。“你把一个手榴弹当作幸运星？”

凯伦看着她，郑重地点了点头。“是的。一定不能告诉约翰或是史蒂夫，要是他们知道的话，一定会笑话我的。我也知道这看起来有点儿蠢，不过一定帮我保守这个秘密。”

“这一点儿都不蠢。我有一个叫吉尔的朋友就用一顶帽子当她的幸运星……”瑞贝卡边说着，边抬起手摸了摸被她灰褐色刘海儿挡住的红色发带。“我已经连续绑着它两周了。事实上，进入斯宾塞庄园的时候我就带着它。”

说到这儿时，她年轻的脸上突然笼罩了一层阴影，不过马上又恢复了笑容，浅棕色眼睛的目光中充满真诚：“我也是谁都不会告诉的。”

这下，凯伦更加喜欢她了。她将手榴弹重新塞回防弹背心，然后一边点头一边向瑞贝卡说道：“我很感激。那么，我们现在都准备好了吗？”

瑞贝卡立刻收起笑容，严肃地说道：“是的，已经差不多。约翰说还要再检查一下耳机的情况，不过除此之外，一切都准备就绪了。”

凯伦一边向她点了点头，一边想说些什么减轻瑞贝卡的紧张感。但她想了半天也没想到有什么可说的。毕竟瑞贝卡已经有过与安布雷拉正面交手的经验，很可能随便说出一些话，不光不会起到任何效果，说不定还会让她觉得自己十分傲慢或自以为是。她感到自己也有些焦虑，毕竟她不是个傻瓜——她很少感到害怕，因为在她执行的所有任务中，她心中那种对真相的渴望，已经压倒了她心中其他感觉。

“帮我分一下武器吧，我负责其他的。”凯伦想了半天终于说出这句话，至少她能给瑞贝卡找些事情做。

瑞贝卡帮她把武器从卡车上都搬下来。此时，夏日阴沉的天空中，太阳又低沉了一些。夹杂着阵阵凉意的微风正从海面上向他们飘来，大西洋上空已陆续出现闪烁微光的星星。

天色渐渐暗下去，小队的成员们怀着不安的心情默默向海边移动。他们各自准备好武器，眼睛盯着涌起漩涡的深色海水，内心也涌起他们自己的秘密。

最后一丝余晖从地平线上消失之时，他们全部做好了准备。约翰和大卫将小船轻轻地推向完全陷入黑暗的水面，凯伦在戴上一顶黑色的无边帽后，又轻轻拍了拍她背心里那个沉重的幸运星，似乎是在提醒自己，这次任务用不着它。

事实就在前方，是时候去揭开事情的真相了。

2 resident evil

第七章

史蒂夫和大卫率先爬上能容纳六个人乘坐的橡皮艇，然后移动到船头的位置，随后是凯伦和瑞贝卡。约翰是最后上来的，他收到大卫的信号后，就按下开关启动了马达。和大卫所说的一样，这台马达在启动之后只发出十分微小的嗡嗡声，而且完全被海浪声所掩盖。

“出发！”大卫轻声发出指令。小艇便向北面的海湾驶去，与此同时瑞贝卡深深地吸了一口气，然后缓缓地吐了出去。

左侧的海岸慢慢离他们越来越远，船行中大家都沉默不语。在刚刚升起的苍白的月光照射下，他们左侧的海岸上隐约能看到一些建筑物和树木的轮廓，而在他们的右侧则是一片无边无际、波涛澎湃的大海。

从左舷看到右舷，从船头看到船尾，她的思绪漫无目的、飘忽不定。

瑞贝卡在黑暗中不断地搜索着，试图找到一个明显的标记，能使他们知道是否已经进入那片私人领地，但可惜她什么都没有看到。

此时的天更暗了，也更冷了。她觉得之所以会感到这么冷，应该不光是天气的原因，也可能是因为她知道即将踏上的那片土地下面是一片无尽的恐怖世界，甚至充满了冷血生物。

瑞贝卡发现旁边出现一道柔光，回过头才发现是大卫正拿着一部红外线望远镜观察着海岸上的动向。红外线望远镜的光在大卫将焦距调整好之前，一直照在他的脸上，让他看起来奇怪极了。

现在，任务正式开始了，他们正在朝着目的地前进，瑞贝卡感觉她现在的心情是这一整天最踏实的时候。当然，她并不会因此而有任何放松。担忧仍在，对未知的事情和他们可能遭遇的情况的恐惧仍在——但在浣熊市的恐怖事件发生以来她就有的那种无助和令人麻木的焦急感已经悄然而逝，希望向他们慢慢走来。

我们开始行动了，等着吧，我们已经来了，不会再待在原地任人宰割了……

“我看到围墙了。”大卫悄声说道。即便是在上下起伏的夜色中，也能清楚看到他脸上紧张的表情。

很快就会通过码头，也许可以在陆地渐渐出现，我们驶向灯塔和岩洞的时候，借机观察一下研究所的建筑情况……

海浪拍打着橡皮艇溅起了水花，使得艇身有些晃动，原本轻柔的海浪声渐渐大了许多。瑞贝卡能够感到自己有些紧张。虽然她很喜欢大海，但她对于出海执行任务却不怎么热衷。这都是因为那部电影《大白鲨》的缘故，虽然她只是在小时候看过一次，但那一次就足以把她吓得够呛。

她盯着海岸，估算着他们和岸边的距离。黑色的橡皮艇破开无数波浪不断前行，前面的陆地渐渐浮现在他们眼前。在前方二十米左右的地方，高耸的树木间突然出现一块空地。她能够听到轻微的海浪拍打岩石的声音，并感觉到两侧平坦开阔的空间。他们应该快抵达目标了。

“码头在那儿。”大卫说，“约翰，向右转，两点钟方向。”

瑞贝卡此时可以隐约分辨出前方人工码头的大体轮廓了，从远处看上去它就像一个海面上若隐若现的浮影。伴随着金属与木头摩擦发出的空洞的吱吱声，那个拴在木桩上漂浮于水面的码头展现在大家面前。码头周围一艘船也没有。

在小艇通过码头的时候，瑞贝卡一直斜眼看着远处那片黑暗区域。她隐约能分辨出漂浮的码头后面的建筑轮廓，按理说应该是船库或小船坞之类的设施。除此之外，她并没有看到任何特兰特在地图上标注的其他建筑。除了灯塔之外，这里至少应该还有六座建筑物，其中五座沿着海湾而建，形成与海湾平行的两列——三座在前，两座在后。而第六座则与其他不同，直接建在灯塔的正后方。所有人都希望那里就是他们要找的实验室。因为如果那样的话，他们寻找所需的情报时，就不用搜索这里所有的建筑了。

“船库是木质结构的，不过其他建筑看起来像用混凝土建成的。不——等一下！”大卫的声音突然变得有些紧张，“有人……两个，不，是三个人，他们刚刚走进其中一座建筑的背后。”

瑞贝卡感到一种奇怪的宽慰流遍全身，混杂着宽慰、沮丧和一种突然的困惑。如果那里有人，也许T病毒还没有扩散。但这也就意味着这些建筑物里还有工作人员，外面有人巡逻，那他们的秘密潜入就会变得十分困难。

可是，为什么整个区域暗得连一点儿光线都看不到，而且给人一种死寂、空旷的感觉呢？

“我们要终止任务吗？”凯伦轻声问道。大卫还没来得及做出回应，便听到史蒂夫突然倒吸了一大口冷气的声音，这声音瞬间使得瑞贝卡感觉自己的血液好像凝固了，她的思维被一种突然迸发的原始恐惧疯狂地搅动着。

“三点钟方向，有一个大个的，哦，我的上帝，是巨大的……”

砰！

橡皮艇被撞击，伴随着喷涌而起的一股黑色的海水被掀翻到空中。瑞贝卡只感到瞬间天旋地转，并闻到一股带着腐烂气息的海水味之后，便被重重地抛进黑暗的汹涌的海水中。

***

海水包围了大卫，在他拼命挣扎的同时，冰冷的咸咸的海水涌进他的眼睛和鼻子，灼烧的刺痛感使他有些不知所措，甚至无法呼吸。

它在哪儿呢？

这时他看到一只巨大的皮肤粗糙的怪物冲出水面，再次向他们发起攻击。大卫感到海水的阻力似乎正在拖拽着他，他吓坏了，拼尽全力踩着水，好不容易才把头再次露出水面，此时他发现自己的周围一片寂静，一种不祥的感觉涌上心头。

大家都在哪儿？

大卫急忙转身，一边喘着粗气，一边不安地环顾着四周，这时他听到自己的左边传来一阵咳嗽声。

"往岸边方向游！"他喘着粗气说道，然后在水中转了个圈，一边四处寻找队友的踪迹，一边警惕着怪物再次来袭，并在心中责骂自己为什么会像个傻瓜，犯这么愚蠢的错误。

失踪的渔民，闹鬼的海域，我早该想到的，真是个蠢蛋！

此时，翻了的小船漂浮在他身后十米左右的地方，周围的海水还在不断拍打着它。刚才巨大的撞击把所有人都从船上抛了出去，不过他们倒是离岸边更近了。大卫发现，在他和海岸之间还有两个身影正在不断上下浮动着，之后他又听到另外的划水声，又有一个身影和他们一样奋力向岸上游去。他还没有找到刚才袭击他们的怪物目前身处何方，不过他有种预感，它可能随时都会再次对他们进行攻击，怪物那匕首一般锋利的牙齿能轻而易举地把他撕成碎片。

"快到岸上去！"他再次大声叫道。他感到自己的心脏剧烈地跳动着，而他的双腿也因为使劲踩水而感到十分疲劳。

人还没齐。三个人，还有一个呢？

“大卫……”

约翰充满惊恐的叫声从小船的另一边传来。

“在这儿！约翰，我们在这儿！朝我声音的方向过来。”

约翰开始寻着声音的方向，朝大卫游来。大卫一边倒着向布满岩石的海滩靠近，一边高喊着为约翰指引方向。终于，他看到约翰的头顶出现在自己的视野之中。约翰正在疯狂地挥舞着自己的手臂，划动着四周黑暗的海水向自己游来。

“跟着我，我在这儿。我们必须……”

一个巨大又暗淡的阴影从约翰背后升起。那家伙圆滚滚的身体至少有三米宽，升高的同时还在向下滴着水，让人难以置信。他感觉时间似乎突然凝固了，眼前慢慢展现出一幅如噩梦般的场景。他注意到那个正在不断上升的黑影的两侧靠近顶端的位置，各伸出几只粗壮但末端尖细的触角，还看到如死尸般颜色的光滑的身体上有一个圆形的裂隙——

不是触角，是感知用的触须。

接着他意识到他看到那个怪物巨大的腹部，这个恶心的家伙根本就不可能是正常存活在自然界的动物，它足有一座房子那么大。怪物嘶嘶作响地张开它的大嘴，露出嘴中排列整齐的锋利的牙齿，每一个都足有成年男子的拳头那么大。

毫无疑问，要是被它追上，约翰马上就会被吞没在那张大嘴里，或是直接被它压死，也可能会被拖进冰冷的深海，淹死后成为那怪物的美餐。

虽然大卫还没有完全接受眼前发生的一切，但看到这一幕的瞬间，他便大喊起来：

“下潜！快下潜！”

与此同时，怪物弓着身子向下俯冲过来，在它那壮实的长长的蛇一样的身体映衬下，橡皮艇简直就如同一个玩具，奋力划水的约翰被完全笼罩在它的阴影之下。大卫顺势向它瞥了一眼，看到它那对犹如沙滩排球一般大小的眼睛——

紧接着一声巨响，它击中水面，将无数水花溅向空中，大片的带着泡沫的浪花瞬间将星空都遮盖住了。大卫还没来得及喘口气，一股巨浪便向他涌来，使劲将他卷入黑暗的泛着泡沫的海水之中。

当他与拖拽着他的海水奋力抗争，试图从涌向他的激流中游出水面呼吸时，身边迅猛涌动的海浪，让他有种无助的感觉。他疯狂地踩着水，游出水面，感受着冰冷的空气拍打着他——突然，一个温暖的感觉触碰到他，那是有人抓住他的肩膀，把他奋力地向岸边拖拽。当他的靴子能够碰到脚下的岩石的时候，他感到自己的呼吸都快停止了。接着凯伦喘着粗气在他身后开口说道：

“把他救上来了。”

大卫被人拖着，跌跌撞撞地倒退着，感到脚下的岩石异常湿滑。直到他感觉自己能够掌握平衡后，才转过身。这时他发现有两个湿漉漉的身影正在向自己接近，那是史蒂夫和瑞贝卡——

哦，我的上帝，约翰……

“我没事。”大卫喘着粗气，跌跌撞撞地想要向前行走，结果膝盖近似麻木地直接撞到面前的岩石上，他好像感觉不到疼痛，只是用他那模糊的目光四处寻找着，“你们看到约翰了吗？”

周围并没有人对他做出回答。大卫挤了挤眼里的海水，摇摇晃晃地转过身，将身体面向一片漆黑的大海，起伏的海浪正在不断地拍打着他们的脚面。

“约翰——”大卫一边高呼，一边四处搜索着约翰的身影，可是他什么都没有看到。他感到自己的心变得差不多和身体一样冰冷，而且和湿透的凯芙拉防弹背心一样变得异常沉重。

没有救生衣，现在也没有看到他。

他明白希望正在慢慢逝去，但还是忍不住继续高喊道：“约翰！”

这时，一个哽咽沙哑的声音从他左侧的一块岩石背后传过来。

“怎么了？”

大卫看到满身湿透的约翰从岩石背后蹒跚地走出来后，终于长长地出了口气，放下了一直悬着的心。史蒂夫马上朝约翰的方向猛冲过去，抓着约翰的胳膊，扶着他靠在岩石旁边。

“我潜下去了。”约翰嘶哑地说道。

大卫转过身抬头朝岸边看去，目光经过铺满鹅卵石的沙滩，停留在后面那排建筑物的阴影上。现在他们所处的位置是一块矮陡坡的正下方，四周一览无遗。刚才那条怪鱼——如果它可以称之为鱼的话——给他们造成的影响已经不重要了，因为他们从水里安全地逃离了。

岸上的人会听到我们的动静吗？我们会不会被发现了？我们无法到达灯塔下的洞穴了，不过这里也不是久留之地——

“去船坞。”他一边小声说着，一边迅速将身体转向南边，“赶快行动！”

大家跌跌撞撞地从他旁边经过向前移动。凯伦走在最前面带路，其他人紧紧地跟在她身后。看起来似乎没有人严重受伤，这简直就是个奇迹。大卫紧跟在约翰的身后，一边盘算着目前的处境，一边忍着腿部的疼痛在阴暗的岩石上穿行。

进入并利用船坞进行掩护，守住大门，重新部署，而后向围墙进发。

前方的路面突然变得陡峭了许多，船坞隐约出现在前面。他们费力地攀过眼前的岩石，大卫突然听到一阵隐隐约约的金属撞击声，回头便看到瑞贝卡正抱着一个湿漉漉的黑色弹药箱跟在他的身后。此刻他突然感到一丝成功的希望，如果他们能顺利进入，到达相对安全的地方……

船坞就在他们右前方，此刻那里笼罩在一片寂静和黑暗之中，朝向木质码头一侧的大门紧闭着。虽然离船坞的距离只有不到十米远，但仍然没有办法从外面确认屋里是否会有守卫，而且他们的前方完全是一片开阔之地，除了几块破烂不堪的木板以外，地上甚至连一块可以用来藏身的石头都没有。

也没有其他的办法了。

“尽量压低身体。”大卫小声说道。于是大家蹲低身子，缓缓地向船坞前进。凯伦率先抵达门口，并推开了大门。屋里一片黑暗，没有一点儿亮光，也没有任何警报声响起。史蒂夫与瑞贝卡紧跟在她的身后走进房间，然后是约翰，大卫是最后进来的，他一进大门后便用他那湿透的肩膀轻轻地将门关上了。

“大家先留在原地不要动。”他轻声说道，说完便摸索着掏出腰间的卤素手电，查看屋子里的情况。此时寂静的房间里，只能听到队员们急促的喘息声——同时，一股令人恶心的恶臭味弥漫在周围的空气中，那味道闻起来，就像是什么东西死了很久后发出的有些暗淡的臭味……

随着手电筒所散发的微光划破黑暗，他们发现这是一个大大的空旷的屋子，而且四周没有安装任何窗户。有一些绳索和救生圈挂在四周的几个木桩上，一张足有一面墙那么长的工作台，几个锯木架，以及几座杂乱无章的货架——

我的天啊！

手电的微光停留在另外一扇门上，那是他们进来的入口正对面的一扇门。微弱的光线帮他们寻找到恶臭源头。展现在他们眼前的是醒目的光秃秃的骨头和一件破烂的沾满油渍的白大褂，干燥的肌肉纤维已经从那张笑着的脸上脱落下来。

那是一具被死死地钉在门板上的尸体。他的一只手摆出让他看起来就像在对人做出欢迎光临的姿态。很显然，他死了至少好几周了。

***

史蒂夫看到眼前的一幕，顿时感到有些恶心得想吐。于是他赶紧强压下想要呕吐的冲动，迅速将视线移开。但那个可怕的形象在一瞬间深深地印在他的脑海里——没有眼睛的脸和正在脱落的皮肉组织，还有那被人精心固定位置的手指……

上帝啊，你是在开玩笑吗？史蒂夫顿时感到一片混乱，先是噩梦般的海上逃生，然后是踉踉跄跄地爬上岸边的岩石，还有那恐怖的安布雷拉海怪。现在竟然还有个散发着酸臭味的干尸，真是让人恶心至极。

有那么几秒钟，谁都没有说话。大卫用一只手遮住手电的光亮之后，终于开口了，他的声音低沉且平静，让人颇感意外。

“所有人都检查一下自己的战术腰带并把弹夹拿出来。我要知道大家现在的状况，向我报告受伤和装备情况。大家深呼吸平静一下自己的心情。约翰？”

约翰略显低沉的声音从史蒂夫左侧的黑影中传出来，同时伴随着摸索湿衣服发出的声音。凯伦和瑞贝卡待在他右侧，而大卫则依然静静地站在大门边。

“我身上到处都是那条大鱼的黏液，不过我没受伤。武器没问题，但是我弄丢了我的手电筒和无线对讲机。”

“瑞贝卡？”

她的声音颤抖而快速：“我很好……我的武器在这里，还有手电筒以及急救包……哦，还有弹药也在。”

史蒂夫趁瑞贝卡说话的时候赶紧检查了下自己的装备。他一边取出自己的贝雷塔手枪，一边将里面已经浸湿的弹夹退出，随手塞在身上的口袋里。不过腰带上原本放着手电筒的位置现在已经空空如也了。

“史蒂夫？”

“在，我没受伤。武器没问题，但手电不见了。”

“凯伦？”

“我也一样。”

大卫调整一下手指的位置，露出一些淡淡的手电的光束稍稍将屋子照亮一些。“谢天谢地，我们没有人受伤，而且武器都还在，但情况可能会更糟。瑞贝卡，把弹夹发给大家。围墙就在南面大概不到五十米的地方，只要没有人发现我们，我们就可以利用那些树木进行隐蔽。准备继续行动，我们要离开这里。”

史蒂夫从瑞贝卡那里拿了三个装满子弹的弹夹，并对她点点头表示感谢，然后将一个装进手上的半自动手枪里，并给枪上了膛。

好，很好，我们上吧。刚才那个恐怖的怪物差点吃了我们，现在，死神先生又摆了个轻松的手势，好像在跟我们问好……

史蒂夫并不是那种会轻易感到害怕的胆小鬼，但眼前的情形让他明白他们的情况不容乐观。他非常钦佩特种战术救援组所做的工作，也希望能够亲自参与并帮助组织完成任务，但自从他们的小艇意外沉没之后，他就觉得当初制订的所有行动计划都白费了，想要拿到安布雷拉犯罪的证据，只能等到下次机会了。

大卫慢慢靠近那具腐烂的尸体，在昏暗的橙色灯光照射下，他的脸上满是嫌恶的表情。“凯伦、瑞贝卡，过来看看这个。约翰，你用瑞贝卡的手电，和史蒂夫一起看看能不能在这儿找到一些对我们有用的东西。”

瑞贝卡把手电给了约翰。约翰朝着史蒂夫点头示意，然后两人向那张长长的工作台的一端走去，与此同时，其他人轻轻的交谈声在寂静的房间中响起。

“T 病毒不会造成这样的伤害，”瑞贝卡说道，“尸体衰变的情况也完全不同……”

沉默一会儿之后，凯伦也说道：“你注意那儿了吗？大卫，把手电给我用一下。”

在另一边，约翰用他的大手遮挡住手电射出的大部分光线，仅把一小部分的微光照在肮脏不堪的工作台上。台面上有一个破的咖啡杯，一堆油腻腻的螺栓和螺母放在一张叠着的潮汐图上，还有一个电动螺丝刀，不过它的表面坑坑洼洼且布满了灰尘，另外在一块脏兮兮的破布上还放着二十五美分的硬币。

没用，全都是没用的东西。我们还是在被发现之前赶快离开这儿吧……

约翰拉开一个抽屉，翻找着里面的东西，而史蒂夫则在查看头顶架子上的东西。这时在他们身后，凯伦的声音再次响起。

“他是在活着的时候被人钉在这上面的，不过他当时已经快要死了，显然是处于无意识状态。身上没有瘀青说明没有进行过任何搏斗……另外，他身上有明显的擦伤，就在这里和这里。我觉得他应该是在后门处遭到袭击，然后被拖拽到这里。”

这时约翰检查完抽屉，他和史蒂夫开始向其他目标移动，准备继续搜索，皮靴踩在木质地板上发出嘎吱声。他们发现一套套筒扳手、一台廉价的收音机、一个皱巴巴的纸团，以及一个小铅笔头。

突然，史蒂夫的注意力被什么东西吸引住了，他停下手上的动作，盯着眼前的纸团。有铅笔的话……

他伸手拿起纸团，尽力将纸上的褶皱压平。在把纸翻转过来后，他发现在纸张底部的位置，有几行潦草的字迹。

“喂，我们有发现了。”约翰小声喊道。其他人立刻聚过来，约翰把手电的光亮照在字上，以方便其他人查看。史蒂夫一边眯缝着眼睛看着那些模糊的铅笔字迹，一边大声读出来。由于上面并没有标注任何标点符号，所以他只能边看边按照自己的理解进行断句。

7月20日。食物里好像被下了药，我觉得非常难受——我留了资料给你，你得把信息发送出去。船都沉没了，他让……

看到后面的字，史蒂夫皱了皱眉头。一时没想出这个词是什么意思。三……三人小组？

……船都沉没了，他派出三人小组——现在天黑了，他们马上就要来找我，我想他会杀了这里所有人——要想办法阻止他——天知道那家伙究竟想干什么。摧毁研究所——找到克丽丝塔，帮我跟她说声对不起，就说莱尔觉得很抱歉。我希望……

后面的文字没有了。

“这应该就是阿蒙的信息。”凯伦轻声说，“莱尔·阿蒙。”

看来不用大费周章去研究被钉死在门上的究竟是谁了。这个肌肉组织腐烂下垂的尸体终于有身份了，那是它本该拥有的。特兰特交给大卫的信息真是太神奇了。这个可怜的家伙在发送信息之前，显然是被人下了迷药。

“很高兴能给这张脸找到名字，嗯？”约翰开了个玩笑，但连他自己也没有笑出来。无论这张充满绝望的纸条上说的那些残忍的凶杀案是否是真的，它都笼罩着不祥的光环。

三人小组是什么？“他”又指的谁？

“也许我们应该再细致地调查一下周围的情况……”瑞贝卡有些犹豫地说道，但大卫摇了摇头。

“我们现在就离开这儿，我觉得这是目前最佳的选择。我们……”他还没说完，就听到门外木质地板上响起沉重的脚步声，就在他们刚刚进来的那扇门外。屋内的每个人都瞬间屏住呼吸，倾听着门外的动静。那声音明显不是只有一个人，无论外面是什么人，这些人都没有想过要隐藏他们的行踪。脚步声一到门口就停止了——很明显他们就停在门外，既没有转动门把手，也没有暴力地踢开大门，没有再发出一点儿响声，就在那里静静地待着。

大卫伸出一根手指，在空中转了一圈，然后指了指凯伦，又指了指那扇钉着莱尔·阿蒙恐怖尸体的大门。这是用手势告诉大家，向那扇门移动，凯伦打头阵。

他们小心翼翼地朝着那具似乎向他们微笑的尸体靠近。史蒂夫听到地板被他们踩得吱嘎作响，心里万分紧张，同时他改用嘴呼吸，以免闻到那具尸体的恶臭。

就在凯伦推开门的一瞬间，自动步枪开火的声音突然打破了周围的宁静。无数的子弹像雨点一样，从他们的前方打来，射向他们左边——子弹正从他们准备逃离的方向袭来。

2 resident evil

第八章

凯伦迅速向后退去，子弹瞬间射进她面前的木门。随着枪响，一块块被子弹掀翻的腐肉从阿蒙的尸体上向外飞溅，被子弹打得来回摆动的尸体，就像正在随着可怕的节奏飞舞。

大卫马上拽住尸体身上的白大褂，想要拉着它把门关上，可连续不断的子弹就像把敞开的门钉住一样，根本无法拉动——枪声变得越来越响，显然枪手们正在慢慢靠近他们，飞溅在他们身上的腐肉块和木头碎屑的力度越来越重。他们被困住了，两个出口都有人把守。

瑞贝卡一只颤抖的手紧紧地握着贝雷塔手枪，她在等待着大卫做下一步指示。大卫指了指西北方向的建筑物，然后尽量用能盖过门外枪声的声音大喊道。

“瑞贝卡，到另一扇门那儿警戒！约翰和凯伦，向边上的建筑物移动，注意安全！史蒂夫，你和我掩护。行动！”

史蒂夫和大卫立刻举起枪开始射击。瞬间响起的手枪枪声，盖过了外面连续的枪声。

约翰和凯伦借机全力冲了出去，瞬间他们的身影便消失在黑暗之中。瑞贝卡立刻转身用手枪瞄向后门，她紧张得心脏都快跳出来了。船坞那用木板钉起来的墙也在随着枪声不断颤抖着。

“上帝，他们难道打不死吗？”史蒂夫的尖叫声突然从她的背后传来，他那充满疑惑和恐惧的声音，让瑞贝卡瞬间觉得毛骨悚然。

丧尸？

瑞贝卡都没有把自己的视线从注视着的后门挪开，就用尽全力地大声喊出来，她声嘶力竭的喊声瞬间盖过持续的枪声——

“头！射它们的头！”

瑞贝卡无法确认他们是不是清楚地听到她的话，但她能清楚地感觉到，那些使用自动步枪不停地攻击他们的枪手们，正在慢慢靠近他们。顿时，她的脑海里充满了T病毒感染者的样子，它们变得不会思考，动作缓慢，而且没有人性——

那些都是意外造成的，并不是刻意人为的……肯定不会是故意的——

“瑞贝卡，我们走！”

虽然自动步枪的轰鸣声仍在继续，但船坞已经不像刚才那样摇晃不止了。她回头看了一眼，只见史蒂夫仍在专心射击，而大卫正向她打手势示意快走。

她悄悄地接近那扇开着的大门，近距离看了一眼那具让人作呕的尸体，虽然被打成了筛子，但仍然被牢牢地钉在门上。它的脑袋被打得凹陷下去，看起来就像一个腐烂的南瓜，牙齿也被打得粉碎，黏稠的脑浆在头骨后面飞溅得到处都是。那只像打招呼一样挥舞的手已经与他那腐烂的手臂断开，桡骨和尺骨都被打碎了。而它现在就像一个挂在门上的恶心的装饰品，正在召唤她赶快过去……

史蒂夫又开了一枪之后，嘈杂的枪声终于停下来。他将枪口向上举起，眼神中充满紧张和震惊的神色，他刚想开口说些什么——

他们身后的大门突然被撞开了，无数发子弹在黑暗中交织成一道道橘红色的火焰向他们呼啸而来。大卫用力地推了瑞贝卡一把，她顺势向前跑去，同一时间，直径九毫米子弹发射的声音在她的身后响起。

快躲到建筑物里，找个隐蔽的地方。

她在黑夜中快速奔跑，被海水浸湿的皮靴踩在满是岩石的泥地上，她发现就在她前方被树林围绕的黑暗之中屹立着一座混凝土建筑。

“往这边跑——”

她马上朝着声音的方向跑去，同时看到暗淡的星光下约翰壮硕的身影正站在一栋大楼的拐角处。跑近之后，她看到旁边有扇敞开的门，凯伦站在门边。此刻她正举着枪，目不转睛地瞄着他们刚冲出来的那间船坞，枪声依旧不断地从那里传来。

“快进去！”凯伦高声喊的同时向旁边让开路，瑞贝卡迅速从她身边跑过，直到冲进屋之后才放缓脚步。由于速度太快，再加上房间里一片漆黑，她一侧的髋部猛地撞在桌子边上。

顾不上疼痛，她连忙转过身，看到凯伦正在不停地开火，而约翰则在大叫着：“快点儿！再快点儿——”

接着史蒂夫冲进来，大口地喘着粗气。他差点儿撞上瑞贝卡，停下脚步后还用一只手使劲按着自己的胸口。

瑞贝卡赶紧来到门口，抓着冰冷的门把手，就在她心不在焉地思考着门把手应该是钢材质的时候，大卫也冲进来，并大喊道。

“凯伦、约翰跟上！”

凯伦举着枪，退进黑暗的屋中。而在三声贝雷塔发出的枪响之后，约翰跟着用了一个近似滑铲的动作进入屋里。他下巴紧缩着，鼻孔像冒火一样。

瑞贝卡赶紧关上大门，并顺手划上门闩开关。由于耳边回荡的都是震耳欲聋的枪声，她甚至没有听到门闩落下的声音。与此同时，外面的枪声戛然而止。四周突然变得非常安静，没有枪手之间的呼喊声，也没有报警声和犬吠声，甚至连受伤的呻吟声都没有。周围的一切都沉默了，只有粗重的还带着一些颤抖的呼吸声萦绕在这个闷热的暗黑的房间之中。

手电筒的光线突然在房间中亮起，大卫借着光亮看到小队的每个成员的脸上都是震惊的表情。这是一个中等大小的房间，里面堆满桌子和电脑设备，不过这里并没有窗户。

“你看到了吗？”史蒂夫边喘着粗气边说道，“上帝啊！他们简直就是不死之身，你们发现了吗？”

没有一个人对他做出回应。尽管他们躲过危险的紧急关头，但瑞贝卡仍能感觉到她的肾上腺素在不停地向外释放，而且她那剧烈的心跳，远没有要回落到正常的迹象，看起来安布雷拉将 T 病毒开发出新的用法。无论喜不喜欢，我们都要面对这个结果。

他们完全被困在卡利班海湾了，而且这里的怪物还会用枪。

***

大卫深深地吸了一口气，然后重重地呼了出来，随后他把手电筒的光线朝门口照去。

“我想，我们被发现了。”他说道，并且尽量让自己听起来没有那么绝望，“还是先看看我们究竟躲进什么地方吧！瑞贝卡，你能想办法把灯打开吗？”

随即，瑞贝卡轻轻地按下墙上的开关。伴随着噼啪声，房顶的白炽灯闪烁几下之后亮了起来。眨了眨眼睛以适应突然出现的亮光后，大卫观察了一下小队的其他人，他看到史蒂夫正用一只手痛苦地捂着胸口。

“你受伤了吗？”

“还好穿了防弹背心。”史蒂夫回应道。不过他仍然有些喘不过气，而且他的脸色比平时要苍白许多。

瑞贝卡用带着些许询问的目光看向大卫，大卫向她点了点头。

看起来，似乎我们无处可去了……

“帮他检查一下。还有受伤的吗？”

没有人回答。于是瑞贝卡朝史蒂夫走过去，并示意他脱下防弹背心。大卫转身环顾房间四周的情况，努力地拿它和特兰特给他的那张地图的标示，以及他在外面仅仅看到的一部分建筑物外观作比较。房间里摆放了六张廉价的金属桌子，每一张桌子上都摆着一台电脑和一些杂物。四周都是未加任何装饰的普通水泥墙。在房间西侧的墙壁上还有扇门，通过它应该就能进入这栋建筑的内部。

“凯伦，看看那扇门是否安全。”他说道。他们会深入探索建筑的内部，不过在那之前他要好好想想下一步的行动计划。

你该做出决定了，队长，难道你想让大家从大海游回去吗？目前来说，已经不会有任何行动比现在更糟糕的了……

大卫赶忙抛开心中这些想法，他很清楚目前的情况有多么糟糕，也明白自己完全低估了任务的复杂程度。不能让队员们看到自己沉湎于自责，这对他们的行动不会有任何的帮助。现在首要的问题是接下来该如何行动？

“我们大家都说说吧。”他说，“从目前来看，我们应该不只是遇到意外事件那么简单。还记得那张纸上怎么说的吗？食物里被下了药，还曾提到过‘他’要杀了所有人……我们遇上的这些怪物，也许并不是被T病毒感染的。”

瑞贝卡抬起头，为史蒂夫检查他的胸部，而这位电脑专家正坐在她面前的一张桌子上。瑞贝卡的手轻轻地触碰到他右边胸口那块有些瘀青的地方时，史蒂夫疼痛地赶快避开。她有些内疚地笑一下，然后轻轻摇了摇头说道：

“放心吧，骨头没事儿。”

不过她转身看向大卫的时候，笑容从她的脸上消失了：“没错。

如果是意外泄露，那么被钉在门板上的那个家伙，阿蒙，他肯定也会被病毒感染。还有，如果三人小组是被用作T病毒实验感染的话，它们早应该腐烂了。那张字条写于三周前，到现在，我们应该看到的是一堆堆腐烂的尸体。也许他们使用了另一种病毒——或者一直有人在负责对感染的人进行照顾。可能使用酶制剂进行维持，或是用了某种冷冻设备……”

大卫慢慢点了点头，感觉瑞贝卡说得很有道理："如果那个‘人’已经疯了，并杀了所有人，为什么要这样呢？"

"那具向我们招手的尸体，"凯伦沉思着说道，"还有在海湾里的那只怪物，或许他预料到有人会到这里来……"

"但很显然，他并不想让来的人知道事情的真相。"约翰补充道。

那张纸上的内容突然又出现在大卫的脑海中，上面说过一定要阻止"他"。

"只有上帝才知道'他'究竟想干什么……"

史蒂夫穿上他那件被海水浸湿的衬衣，潮湿而又冰冷的感觉让他不禁打了个哆嗦："我们现在该怎么办？"

大卫没有做出回答，他一时间有些不知道说什么才好。他感到自己非常累，心中满是疲惫和茫然的感觉……

"我……我们可以选择就此撤退或者继续进行更深入的调查……"他语气柔和地说道，"考虑到目前为止发生的一切，我不太适合直接为大家做决定。你们想怎么做？"

大卫仔细地观察着每一个人的反应，等待着大家向他露出愤怒和蔑视的表情。是他把大家拖下水的，是他把大家带到这个危险之地，而且连个应变计划都没有——而导致这一切的最初动机是他无法容忍特种战术救援组受到腐败的侵蚀。可现在整个小队都被困在这里，他也无计可施。

让他没想到的是，队友们都在深思后露出坚定的表情，而且他惊奇地发现凯伦正在对着他微笑，她开口说话时的语气充满激情：

“既然你问了，我就把自己的想法说出来吧。我想查明在这里究竟发生了什么事。”

瑞贝卡也点点头说道：“是的，我也是，而且我还想好好地研究一下 T 病毒。”

“我还想再干掉几个那些所谓的三人小组，”约翰一边说一边咧开嘴笑了起来，“兄弟，那些可是会用 M16 步枪的丧尸——这可是难得的活死人之夜。”

史蒂夫叹了口气，拂开额头上潮湿的头发后说道：“我也觉得应该继续搜索。即便我们现在放弃任务，也不一定就能安全撤离。虽然这种方式我也不太喜欢，但寻找安布雷拉的犯罪证据是我们最初就定下的目标……而且，我还是想痛揍一顿这帮混蛋。”

大卫自嘲地笑了，不禁为自己刚才的话感到有些尴尬。他不只低估了完成任务的困难程度，而且还严重地低估了队员们的勇气和信心。

“下一步，你想怎么做？”瑞贝卡突然问道，“该怎么行动？”

又一个令他感到惊讶的问题——令他惊讶的并不是瑞贝卡的提问，而是因为问得太突然，他心里根本没有答案。他想到了特种战术救援组，想到了他为之奉献一切的职业，以及他们的辛苦付出。他忙忙碌碌这些天就为了让自己觉得他一直以来所做的工作是有意义的，并非徒劳消耗时间——他坚信，只有揪出潜伏在特种战术救援组内的叛徒才能让他心安，彻底根除腐败才能证明自己的价值。

一直以来，我都对组织崇敬有加……难道这不是我真正的原因和目的吗？但在这里，在这间屋子里，在他们的脸上我找到了答案。

他仔细看着瑞贝卡好奇而期待的眼神，感觉其他人现在也正看着自己，并且期待着他的回答。

“我希望，我们所有人都能活下去。”他终于说道，语气充满真诚，“我希望，我们都能从这里安全离开。”

“我也这么祈祷的。”约翰小声嘀咕道。

大卫想起他告诉浣熊市特种战术救援组小队的那些话：只有发挥每一个人的优点，才有可能战胜安布雷拉。尽管他当时说这句话是为了得到克里斯的认可，但这确实是同样适用于他们所有人的真理。

开始行动吧，队长……

“约翰，你和凯伦一起检查一下四周的情况，并查看所有的门，十分钟内回来会合。史蒂夫，你启动一台电脑，看看能不能找到这里详细的地图之类的东西。瑞贝卡，我俩一起搜查桌子。我们的目标是找到地图，或者是和三人小组以及T病毒有关的资料，还有要注意任何有关研究人员的个人资料，也许我们能借此查明幕后黑手究竟是谁。”

大卫朝他们点了点头。他突然感到自己脑袋里有很长时间没有过这种清晰稳定的感觉了。

“行动。”他命令道，管它什么特种战术救援组，他们现在要彻底摧毁安布雷拉。

***

要不是因为Ma7，格里弗斯博士甚至都不会发现安保系统被人入侵，从这点来看它们还是非常有用的，虽然它们最初并没有被这样设计。

一天中的大部分时间里，他都待在研究所，一边沉寂在自己的幻想中，一边看着实验室入口的那几瓶压力罐，看着金属罐身在柔光下泛着诱人的光泽。自从他决定将病毒全部释放出去后，他就意识到他真的没有什么可以做的事情了。时间飞快流逝，他每看一次表都会给他带来惊奇，但不是那种让人不愉快的惊奇。毕竟他马上就要创造出一个全新的世界了。在他面前剩下的唯一的任务，就是将这个压力罐运到灯塔上。几位博士正默默地守在那里，耐心地等待着，被照料着。黎明到来之前，他就会向他们下达最后的指令……然后他就可以引以为傲地带领全人类走向光明，走向永久的和平。

对 Ma7 的担心最终还是驱使他来到洞穴里，这是他唯一有些放心不下的事情，其他的事情与之相比都显得那么微不足道。他已经在利维坦[1]身上犯过一次错误了。在控制整个研究所之后，他一时冲动，打开了通往海湾的闸门，想让它们跟他一起感受一下自由的气息。但还没到第二天他就意识到这是个严重的错误，这样做早晚会被安布雷拉发现，还可能会派人来查看，这样就会毁了他的计划。虽然每周他都按时上交周报以应付检查，但他实在是没有更好的办法向他们解释那四头生物是如何“逃走”的。只能靠运气，等那些海中的怪兽自己回来了。

当然 Ma7 与之完全不同。这些家伙暴力成性，要是把它们放到野外，后果不堪设想。但就让它们在笼子里慢慢饿死也不算明智，特别是当它们在享受他给这世界的礼物的时候。它们无法选择是否应该作为一种破坏性的生物生存下来，甚至连能否存在都不是它们自己选择的。虽然在创造它们的过程中，他自身只扮演了一个很小的角色，但他还是觉得有责任为它们做点儿什么……

他在外面的门前站了很长时间，一边仔细地思考着脑海中的问题，一边看着五头猛兽不断地用身体冲击金属牢笼，它们那奇怪的哀嚎声在潮湿又曲折的洞穴里回荡着。在笼子边有一个手动解锁装置，在实验室里也安装有同样的解锁装置——但他不能在灯塔里就把它们放出来，至少在他抵达安全地点之前不行。也许他可以派一个博士把它们放出来，但 Ma7 的新陈代谢速度要比人类缓慢得多，所以那样做的话，他可能要面临病毒起效之前被它们找到的风险。在接管这里的一个月前，陈博士和她的两个兽医研究员在试图照顾一只生病的实验体时，就曾经犯下过类似的错误，那的确是个

[1] 译注：利维坦英文“Leviathan”的字意为裂缝，在《圣经》中是一种象征邪恶的海怪，通常被描述为鲸鱼、海豚或鳄鱼的形状。

非常惨烈的死法。虽然他在做病毒碱基转换实验时看到过那种痛苦，觉得不以为然，但他还是非常希望能在自己创造的新世界里继续活下去。

格里弗斯博士最终决定，安乐死是最合理的选择。虽然有些不太情愿，但他确实没有其他选择了。虽然实验室里各种各样的药剂储备充分，但毕竟用毒并不是他的强项，因此他决定在电脑里查看一下相关信息——他随后便在凉爽舒适的密闭实验室里，发现他的地盘被人入侵了。

他坐在电脑前面，看到屏幕上的光标闪烁着，提示他有人正在下面的建筑物里面使用操作系统的那一刻，他着实吃了一惊。这根本就是不可能发生的事情，或者是发生了误报。因为在几周前，他就关闭了其他楼里的所有电子设备，只留下实验室的数据终端供自己使用。肯定是安布雷拉公司来人了。

他的心情马上起了变化，由最初的惊讶逐渐变成愤怒，最后演变成狂怒并彻底撕碎了他所有的理智，犹如一团愤怒的火焰席卷全身。只用了一会儿的工夫，格里弗斯博士便失去了理智，他的身体被最初的愤怒所占据，双手不停地四处乱抓并撕扯着，他那愤怒的双手所能触及的所有没用的、没有价值的东西都被他撕了个粉碎。

他们不能阻止我！绝不可能！

不过当他的手指触碰到冰凉的金属罐时，他心中的怒火瞬间熄灭了。光滑的银色罐子就像理性的光辉，让他瞬间找回了自我。他终于控制住自己的情绪，恢复的速度就像刚才失去理智一样迅速，不过刚才一时的冲动让他感觉气喘吁吁，汗流浃背。

那是我的杰作，我的成果。

眨着眼睛大口喘着粗气的他此时才发现，他正站在一堆碎纸片、碎玻璃和毁坏的线路之中。刚刚向他显示有人入侵的那台电脑被他扔在冰冷的地板上，摔得支离破碎。要是在往常，他可能会为自己刚才歇斯底里的愤怒而羞愧，但在他伟大的即将成功的前夜，他认为，发出这种愤怒是有道理的。

可能是合理的，但这样做毫无意义。你要如何阻止他们干扰你呢？绝不能在这里就释放病毒，也不能冒险带着金属罐到外面，至少现在还不行……他们到底想干什么？他们对这里又到底知道多少？

他很轻易就能得到答案。实验室里还有两台终端电脑，只要登录系统就能查到他们正在做什么，想到这儿他马上朝其中一台电脑走去。期间他瞥了一眼他的几位博士，他们正安静地坐在气闸室旁。即使他们注意到他正在怒火中烧地乱发脾气，也没有对此做出任何反应。因此，他对他们感到一丝愤恨，也对制造出这些没用的三人小组感到愤恨，这些号称“不可阻挡”的护卫队，在最需要他们行动的时候，却起不到任何作用。

格里弗斯在电脑前坐下来，按下显示器的开关，有些不耐烦地等着屏幕上不断旋转的安布雷拉公司的伞形标志消失。所有设施的内部网络都是建立在实验室的两台终端电脑之上的，他如果还记得如何登录系统，就可以悄无声息地发现入侵者们的真实意图。

他按了几个按键，然后等了一会儿，又输入他的许可码，片刻停顿后，几行绿色的字瞬间出现在屏幕上。他成功了。

搜索，寻找，定位……

看到这儿，他不禁皱了皱眉头，有些想不通，为什么安布雷拉的人还会费劲地搜索实验室相关信息，而且还是在系统主机里寻找这些信息。系统工程师又不是白痴，怎么会傻到把所有设施的布局图放到这里面……

而且安布雷拉应该很清楚这一点。那么这就意味着……

想明白之后，放松的感觉瞬间袭遍全身，这种突如其来的舒心让他一时情不自禁地笑出声来。他马上觉得自己刚才充满孩子气的反应十分愚蠢。既然入侵者不是安布雷拉派来的，对付他们就简单多了。即便他们能幸运地找到实验室——当然，这里位置非常隐蔽，一般情况下根本就不可能找到——他们也没有开门的钥匙卡，因为所有的钥匙卡都被他提前毁掉了——

除了阿蒙博士的那张，一直没有找到。

想到这儿，格里弗斯不由自主地愣了一下，不过他马上便摇了摇头，紧张地笑了笑。不会的，为了找到那张钥匙卡，他搜索了所有能找的地方，入侵者们怎么可能会如此轻易地找到它呢？

可是他们到底是用什么办法通过三人小组攻击的呢？还有，莱尔在不见的那几小时里到底干了些什么？那时他要是发出消息怎么办？当时只是检查了他有没有和安布雷拉取得联系，但是如果他联系其他的人呢？

正当这种糟糕到难以置信的想法充斥着格里弗斯的脑海时，电脑屏幕上突然出现一份逻辑思维能力测试题。那正是阿蒙设计的社会心理学测试。

看到这一幕，格里弗斯感觉自己又有些发怒，又要失去对自己情绪的控制。于是他赶忙将双手紧握成拳头，并在心中提醒自己绝对不能失控，在如此紧要的关头，他不能让情绪控制自己，至少现在不行，他需要冷静地思考。

我是个科学家，不是个士兵。我甚至不知道怎么用枪，更别说战斗了！在真正的战斗中我毫无价值……

不可预测，无法控制。

突然，他的脸上慢慢地绽开了笑容。

由于用力过紧，参差不齐的指甲嵌入了他的掌心，鲜血慢慢地从他紧握的拳头中渗出，不过他似乎一点儿都没感觉到疼痛。他环视着这间空旷安静的实验室，目光在气闸室上短暂停留一下之后，他看了看那几位博士空虚呆滞的表情，然后又看了看他的杰作，那个混合压缩空气与病毒的气罐，而最终他的目光停留在那个关着那些恐怖怪物的金属围栏的开关上。

突然，格里弗斯博士大笑起来，鲜血从手掌上流出来，滴落在地板上。

让他们尽管来吧。

2 resident evil

第九章

史蒂夫大声念着那些资料的时候，瑞贝卡看到大卫的眼神已经在他的手表和房门之间变换了好几个来回。虽然她感觉还没到十分钟，但应该差不多了，可是约翰和凯伦一直没有回来。

“每个测量实验的目的都是用来检测逻辑应用能力，之后将综合实验指数关联技巧与每次时间间隔精确度进行结合……”

这些资料真是无聊透了，明显就是些分析智商测试的简易报告。这一定是出自科学家之手——实际上，比椅子稍复杂点儿的事物在科学家的描述里都可以用到大量的专业术语，这报告真是无聊至极。这篇文章是史蒂夫在搜索与“蓝色系列”有关的信息时发现的。因为房间实在太小了，所以瑞贝卡必须努力地集中精力，避免被唠叨的声音和自己内心的恐惧分心，才能继续看起来毫无用处的搜索工作。

很显然，有人在此之前就把房间里可能被发现的证据都清理干净了。她只找到一些书，以及几个订书机、几支铅笔和钢笔，还有一堆橡皮筋和曲别针——连一张写着字的纸都没有找到，可以说一点儿线索都没给他们留下。史蒂夫跟她一样一无所获，电脑上根本就找不到地图，也没有任何关于T病毒的资料，幕后操纵者把所有对他们有用的东西都销毁了。

唯一找到的就是一堆无聊的心理学术语，而且任何跟“蓝色”这个词搭边的东西都没找到。在这里我们能找到些什么呢？

史蒂夫随意按下一个按键，屏幕突然亮起来。“有了！”

“红色系列，按照上面的标准来看，这是最基本也是最简单的系列，适用于智商80左右的群体。然后是绿色系列……”

他说到这儿突然停下来，然后皱起眉头。“屏幕上突然什么都没了。”

瑞贝卡从眼前正在搜索的没什么东西的桌子上抬起头，看到大卫正朝史蒂夫走去。

“系统崩溃了吗？”大卫担心地问道。

史蒂夫还在皱着眉，敲击着键盘。“看起来，更像是程序被锁定了。我感觉不像——喂，这是什么？”

“瑞贝卡。”大卫悄悄说道，并招手示意她过来看看。

她关上装满没有贴标签的空文件夹的抽屉，走到史蒂夫身后，微微弯下身子看着显示器上的内容。

制作它的人却不需要使用它，买它的人却不想要它，使用它的人却不知道它是什么样子。

“这应该是个谜语。”大卫说道，“你们能想到答案吗？”

史蒂夫和瑞贝卡还没来得及对他的话做出回应，就看到约翰和凯伦一起走进房间，两人此时已经将武器都收到枪套里，而凯伦手里还拿着一张被撕破的纸。

“门都被锁死了。”约翰说道，“这里一共有六间办公室，每一间都没有窗户，只在北边有个与外界相通的大门。”

凯伦点点头接着说道："每个房间里都有很多文件柜，但里面的文件都被人拿走了——不过我还是发现了这个，它正好被卡在一个抽屉的缝隙里。我想应该是有人在清理文件时，没有注意到它被卡住，所以才留在了那里。"

说着她伸出手把纸片递给大卫。粗略地看了上面的几行字后，他那深色的目光突然变得紧张起来。

他回头看向凯伦问道："只找到这一张？"

凯伦点点头。"是的。但这足够说明问题了，你觉得呢？"

大卫把那份残破的文件举到眼前，大声念了出来。

小队已经可以独立执行任务，在修复并改进听觉系统之后，它们的执行能力得到显著提高。

在二号实验中，同时派出多个三人小组时，第一队（A队）如果可以顺利完成任务（目标停止运动或发声后），那么第二队（B队）则不会参与攻击任务。

只有目标持续反击，而A队又停止攻击行动（弹药耗尽或全体队员受伤致残无法继续行动）的情况下，B队才会开始参与交战。只要目标停留在特定守备区域内，其他正在进行巡逻任务的小队也会陆续加入攻击行动。

不过目前为止，我们还没有成功激发他们的感官能力，无法令他们完全履行预期设定的指令。另外从针对提升视觉刺激而进行的四号和七号实验来看，视觉效果仍没有达到预期水平，明天将会新感染一批实验体，期望在本周结束前能够得到我们预期的实验效果。从目前的情况看，我们建议，在进一步继续提高实验体听觉灵敏度之后，再考虑是否对其进行热感应探测器的植入工作……

"剩下的内容被撕掉了。"大卫说完便抬起头看向大家。

凯伦点点头说："这就可以解释我们刚才为什么会遇到那样的情

况了。在我们受到攻击时，躲藏在船坞后门的那个小队之所以没有一起采取行动，都是因为前方的小队一直没有停止进攻。而在你和史蒂夫成功消灭第一支攻击小队之后，第二队便马上开始了行动。”

瑞贝卡不禁皱起眉头，她一点儿也不喜欢这份报告所表达的显而易见的意思：安布雷拉仍旧在进行着人体实验。以浣熊市所看到的情况来说，T 病毒侵入宿主体内之后，用七天到八天的时间才能够完全感染宿主，而之后一个月内，感染者的身体就会一点点地溃烂……

但是，一个新的感染组以及一周之内得到新的数据是什么意思？难道说，他们已经对宿主进行植入以及感官修正的实验了吗？正常情况下，他们根本就没有足够的时间完成这些实验，“感染者”应该很快就会全身腐烂，根本来不及学那么多东西……

她紧紧地咬着自己的嘴唇，突然非常想知道卡利班海湾里的这些研究者们将病毒的实验进行到了何种程度。假设他们找到加速病毒感染的方法，那么很可能他们篡改了病毒粒子融合膜，使它拥有更加强大的结合能力……

或者以某种方式让内含物倍增，使其成指数级复制……要真是那样的话，我们可能会看到一个以小时而不是以天为单位繁殖的细胞株。

这种推测太令人毛骨悚然了，所以瑞贝卡决定在找到进一步的信息之前，不再过多地思考这件事情。毕竟，这对他们目前的处境不会有什么直接的帮助。再说，三人小组的事情就足够让他们手忙脚乱的了。

“北门上的标志显示我们现在是在‘C 区’，先不管这意味着什么。”约翰说着，朝电脑那边走去，“你找到地图了吗？”

史蒂夫叹了口气，说道：“还没有，但我找到了这个。我在电脑中查询有关蓝色系列的信息，于是它给我显示了这个关于智商测试的报告，不同的颜色代表不同的类型——然后就出现了这个。除此之外，其他的东西都没有。”

约翰一边紧盯着电脑屏幕，一边喃喃自语地把它们读出来：“制作它的人却不需要使用它，买它的人却不想要它，使用它的人却不知道它是什么样子……”

凯伦此时正在一旁再次翻看着有关三人小组的资料，她听到这句话后，突然很感兴趣地抬起头来，急忙说道：“等等，我知道这道题的答案。这说的是‘骨灰盒’。”

不知为何，瑞贝卡对于凯伦会知道这道题的答案一点儿都不感到惊讶，这个女人给她的印象就是，她就是玩着各种智力游戏长大的。此刻大家都凑到史蒂夫的身旁，看着他快速地在键盘中输入“骨灰盒”这几个字。但显示屏上的内容没有任何变化。

“试试‘棺材’。”瑞贝卡建议道。

史蒂夫的手飞快地敲击着键盘。他刚按下回车键，屏幕上的谜语便消失了，取而代之的是另一行文字：

蓝色系列已激活

紧接其后的是：

测试四（A 区）、七（D 区）、九（B 区），
蓝色可直接访问资料库（E 区）。

“蓝色——是阿蒙的信息。”凯伦立刻说道，“就是这个。之前的信息上标明与蓝色系列有关，然后是‘输入答案得到钥匙’。这里指的答案就是‘棺材’——”

“那么这些测试编号应该就是线索，”大卫紧接着说道，“之后还有三行信息，然后就是‘蓝色可以进入’。根据那几行字应该能找到答案，‘颠倒字母和数字’‘时间彩虹’‘不要计数’。吉尔说得没错，这些都暗指着什么，我们需要找到答案。”

看到大卫迅速从桌上抄起一支笔，并且将有关三人小组的报告书翻过来的时候，瑞贝卡突然感到一阵激动，他们掌握的资料终于派上用场了——阿蒙的信息发挥了极其重要的作用。

我们一定可以成功，总算找到有价值的线索了……

大卫按照特兰特地图上的样子，在纸上分别画了五个矩形，分两行排列开，在最南端那个矩形上标了个C，稍微停顿一下之后，他又在左上方的那个矩形上标上A，然后从右向左依次标记了B、D、E几个字母，并且在字母旁标上了实验编号。

“假设这是正确的，”他说，“并且我们需要按顺序解开全部谜题，我们就需要在各建筑物之间呈‘之’字形路线移动。”

“当然，还要假设在这之间不会有三人小组打扰我们。”约翰轻声说道。

此刻瑞贝卡感到刚才激动的心情正在慢慢平静，她看到大家都低头目不转睛地看着纸上的矩形图，每个人的脸上都带着一种夹杂着忧郁的复杂表情。她早就知道他们迟早要行动，但她一直都在尽量避免想这件事，想把这件事拖到迫不得已的时候再去思考。

现在就已经到了迫不得已的时候，并且三人小组就在前方等着他们呢。

***

他们来到北门漆黑又闷热的走廊里，大家稍作整顿，各自系紧鞋带、整理好腰带，并为贝雷塔换上新的弹夹，为接下来的行动做着最后的准备。大卫准备好后朝约翰点了点头。

“这次我打头阵。”

“大卫、史蒂夫和瑞贝卡，你们要向左边西北方向的建筑物前进。等到你那边确认没有危险后，就给我信号，然后我和凯伦直线向目标进发。如果你判断准确，我们进入的应该是D区，如果弄反了，我们就会在B区。不管怎样，我们都会尽量确保整栋楼是安全的，并且找到相关的实验编号，然后就在那儿等你们来会合，随后确定进一步的行动方案。”

“如果我没有……”

凯伦紧接着说道：“如果半小时内我们得不到你的任何信息，我们就回到这里等着史蒂夫和瑞贝卡。如果可行，我们去解开整个谜题——”

约翰咧嘴一笑，他洁白的牙齿在黑暗中尤为显眼：“然后我们就会越过围墙，拍拍屁股走人。”

“没错。”大卫说道，“就这么安排。”

大家都做好了准备。前方的一切充满了未知，丝毫的变化都会打乱他们原本的计划，但毕竟没有事情会严格按照你的计划进行。提前为所有可能发生的事情做好准备显然是不现实的，至少在这件事上是不可能的，而且兵分两路是他们目前最好的选择，这样可以降低被三人小组发现的可能性。“出发之前还有什么问题吗？”

瑞贝卡马上开口，语气里充满紧张和关心：“我提醒大家一下，在行动中接触任何东西的时候都要万分小心，无论是你触摸别的东西，还是被别的东西碰到。现在可以肯定，所有的三人小组都是病毒携带者，所以尽量不要靠近它们，特别是它们受伤以后。”

大卫的内心在颤抖，他想起瑞贝卡之前告诉他的事情——感染者的一滴血里就包含着上百万甚至上亿个病毒细胞。这实在是一件让人一想起来就感觉头皮发麻的事情。虽说九毫米直径的子弹可以造成很大的杀伤力……

它们即便中弹也不会马上倒下。就像在船坞碰上的那个三人小组，已经被打得全身是血，也没有停止开火或停下前进的脚步……

大家都做好了准备，只待他发出行动的信号。大卫赶忙抛开脑中那些担忧，用大拇指拨开枪上的保险，同时用另一只手握住门把手。

“准备好了吗？现在保持安静，我数三下，一——二——三！”

他推开大门，立刻冲进充斥着凉爽的晚风和此起彼伏海浪声的夜色中。此时月亮已升到高空，接近满月的月光将黑夜照亮了许多。沐浴在皎洁月光下的建筑物此时显得静悄悄的，周围没有丝毫动静。

正前方大约二十米的位置便是约翰和凯伦的目的地，看到 C 区正对面便是进入那座建筑物的大门时，大卫稍稍松了口气，至少他们不用再绕一圈找门了。

大卫缓缓地移动到大门的左侧，尽量让自己的身体隐藏在墙壁狭窄的阴影里。这时他清楚地看到前面的这栋建筑上标着字母“A”的标志，其左侧和后方种着高高的防风松树。沿着楼边有条阴暗的小道和一扇门，在门前面三十多米的距离内是一片毫无遮蔽的开阔地。只要离开 C 区一步，他们就会完全暴露在外。

如果有一个三人小组埋伏在两座建筑之间的话……

他回头看了一眼，发现瑞贝卡和史蒂夫两人面色紧张，但仍十分坚定地等待下一步指示。即便他们在那条小道中受到攻击，至少他还能在前面抵挡一阵，史蒂夫和瑞贝卡应该有时间及时撤退并寻找掩护。

他深吸一口气，然后屏住呼吸——

突然，他猛地离开身后的墙壁，压着身子快速朝着对面建筑物入口处的黑暗区域跑去。苍白的月光下一个身影一闪而过。他跑动的同时，已经准备好用他的生命迎接突然亮起的枪口、隆隆的枪声，以及把他击倒的子弹带给他尖锐的刺痛——但是周围一片沉寂，没有任何声响，他唯一能听到的就是自己心脏怦怦跳动的声音，以及全身血液快速流淌的感觉。向大门冲刺的短短几秒，对于他来说似乎变得像永恒一样漫长……

在抓住门把手的同时，他用力向下压去把门打开，紧接着他便冲进一片令人窒息的黑暗中，接着他马上转过身，看到瑞贝卡和史蒂夫一起紧跟着他冲了进来。

大卫迅速把门关好，并且在关门时尽量不发出声音，此时这个漆黑的房间给人的感觉是如此空荡，毫无生气——随后一股恶臭突然向他们迎面扑来，不知是史蒂夫还是瑞贝卡由于恶心不由自主地干呕了一声。大卫赶忙伸手向腰间的手电筒抓去，不过在打开手电之前，他开始害怕眼前即将看到的一切。

这气味简直和他们刚刚在船坞中闻到的恶臭一样，不，应该说比船坞里的还要浓烈一百倍。即便刚才没有闻到过这种味道，大卫也知道这种气味意味着什么。他曾经在南美洲的热带丛林、爱达荷州的邪教集中营，以及连环杀人犯家的地下室里都闻到过这种气味。只有无数具腐烂的尸体堆积在一起，才会散发出一种让人一辈子都忘不了的恶臭，那是一种腐败的胆汁的味道，就像酸臭的牛奶和爬满蛆虫的腐烂的肉散发出的味道。

有多少，会有多少尸体在这里？

手电啪的一声打开了，借助手电的微光，他们看到在这个巨大的房间一个角落那堆摇摇欲坠、臭气熏天的尸体。大卫知道完全没必要上前确认死者的身份了，那些高度腐烂、颜色变黑的死尸层层叠压，在潮湿闷热的屋内，滴着脓水，枯萎剥落的肉甚至开始混在一起。那里也许有十五具尸体，说不定有二十具……

“哇……”史蒂夫跌跌撞撞地走到一旁，大声呕吐起来，他那充满无助以及痛苦的声音在整个寂静的小屋中回响着。大卫迅速查看了房间的其他地方，发现后墙上有一道门，墙上写着一个黑色的“A”。

他没有再看旁边那堆可怕的尸体一眼，便急忙扶着史蒂夫并催促瑞贝卡一起向那扇门走去。刚一从那扇门里钻出来，便感到恶臭瞬间变淡了，总算能呼一口气了。

他们来到一条没有窗户的走廊里，虽然在门边发现了电灯的开关，但大卫还是决定暂时先不开灯，让自己喘口气，也让两个年轻人稍稍调整下呼吸，冷静一下。

显然，他们发现安布雷拉在卡利班海湾的工作人员的尸体，就算不都是，但里面肯定有——所以大卫下定决心，如果它们向他冲来，他肯定二话不说先扫射一番。

***

在队友出发后，凯伦和约翰在门旁等了整整一分钟，他们打开一条小缝仔细观察着外面的动静。除了凉爽的空气顺着门缝吹入室内，以及远处海浪翻滚的声音之外，他们没有发现任何动静，没有枪声，也没有尖叫声。

凯伦关上门向约翰看去，昏暗的灯光遮住她那苍白的面容，她压低声音，一本正经地说："他们进去了。我们也行动吧，是你在前面，还是我来打头阵？"

约翰没忍住自己突如其来的幽默感："我向来都是女士优先的。"他小声说道，"但我更想我俩在一起，你明白我的意思。"

凯伦重重地叹了口气，明显有些恼火。约翰却笑了起来，觉得她真是开不起玩笑。他知道不应该如此逗她的，但他实在是忍不住。虽然凯伦·德莱尔精通武器又十分聪明，但她是他见过的最没有幽默细胞的人了。

我应该帮助她放松一下紧绷的神经。就算要面对死亡，我们也应该微笑着迎接它……虽然这只是一个十分老套的人生哲理，但他却非常重视这一点。他已经运用这种方法，通过了无数个人生的险境。

"约翰，请好好回答我的问题……"

"我先走。"约翰小声答道，"等我到达之后，你再过来。"

她迅速点点头，然后退了几步好让约翰先过去。约翰本想跟凯伦说，他会在那边门口、面带笑容地迎接她，但他很快打消了这个念头。他们共事近五年的时间，他很清楚现在最好适可而止，否则，很有可能会惹火这位搭档。另外，他觉得这是一个很好的界限，他也不想破坏它。

他抓紧门把手之后，深吸一口气，在让自己稍稍放松的同时，也收起自己脑海里的那些小幽默，毕竟他首先要有“战士之心”。征服敌人和保持幽默感，这两点都是让他可以感到其乐无穷的事情，不过他从很早以前就学会要将这两者区分开来。

从现在开始我就要变成一个幽灵，如暗影般穿过黑暗……

约翰轻轻推开大门，发现门外没有任何动静。慢慢举起贝雷塔后，他离开大门，冲进门外那片银色的月光之中。在前进的途中，他一直目不转睛地盯着那扇离他大约二十步之遥的大门。他的战士之心让他清醒地意识到，虽然自己能感觉到身边凉爽的海风、靴子下松软的土地以及弥漫在空气中海潮的气息，但自己现在就是一个幽灵，一个飘浮在黑夜中无形的幽灵。

他一抵达门口，便抬起手稳稳地抓住门上那个有些潮湿的金属门把手，并用力向下按去——可是，门一动不动。很显然，门被锁上了。

他并没有因此显得惊慌失措，他一直在默默地提醒自己，他现在就是个隐形的幽灵，他一定能找到其他入口。随即约翰举起一只手，告诉凯伦继续原地等待，之后他迅速向右侧移动。

镇静从容，你现在是个无形的幽灵……

他迅速转过前面的墙角，精神高度集中地注视着周围的一切。四周除了在黑暗中回响的海浪声外，没有任何动静。约翰将左侧身体紧紧靠在建筑物粗糙的水泥墙面上，兴奋的感觉充斥全身。他发现另外一扇门，正对着广阔的漆黑的大海，冰冷的月光照着亚光的金属大门，就像为大门披上一层神秘的光芒。

嗒嗒嗒嗒嗒！

他脚下的泥土被突如其来的子弹打得四处飞溅。约翰立刻转身向后一跃，紧紧地把身体贴在水泥墙上，并抓住门把手。这时，他清楚地看到，有三个人影从船坞的方向朝这边走来——

约翰猛地把门拉开，闪身钻进屋里，耳边立刻响起直径五毫米的子弹射入金属大门所发出的砰砰声，被大门阻挡住的子弹离他的身体只有几厘米的距离。

他用脚将门抵开，迅速向外扫了一眼。在准确找到对面发出火光的位置后，约翰飞快地开枪向目标射击，而身边的混凝土墙皮也被飞来的子弹纷纷打落。枪在手中不停跳动，他现在感觉它已经变成自己身体的一部分，雷鸣般的枪声和粗重的喘息声让他觉得自己如同一个嗜血的猛兽。他感到，此时的他既是一个普通人，也是一个死亡使者。

他再次向外扫视了一眼，发现三个黑影离他越来越近、越来越清晰。于是约翰借着门的掩护冲着敌人连开数枪——他再次向外看去时，却发现只剩两个黑影了。

咔嗒!

有东西在他身后。

约翰赶忙转身向后看去，只见两个黑影就站在建筑物的东北角，距离他三米左右的地方，而且都拿着自动步枪。

好在并没有开火。

他感到惊恐的同时发出一声尖叫，就好像一直潜伏在身体内部的恐惧感突然犹如一只野兽，一跃而出占据了他的全身——

混蛋!

门外 M16 步枪的射击声越来越近。但他的两只眼睛仍紧紧地盯着眼前的怪物，一刻也无法从他们空洞无神的眼睛和颤抖的双腿上移开。他发现左边那个怪物的脸，有一半脱落了，鼻子以下的组织稀烂，几块粘连的深色腐肉悬挂在脸下面；右侧那个的脸看上去要正常许多，当然要忽略它死尸般惨白而肮脏的脸……而且它的整个腹部像被炸开了一样，松软的滴着血水的肠子耷拉在它沾满血迹的衬衣外面。

其他小队不会直接参与攻击，直到第一小队停止行动之后。

想到这儿，约翰将身体退到温暖黑暗的建筑物里，用一只胳膊抵住大门，使其打开着，以阻挡不停飞来的子弹。他尽量减小惊慌对自己的影响，同时将身体探出门外小心翼翼地瞄准眼前的目标。两个怪物并没有做出任何的防御举措，腐烂的双腿有些摇晃地站在那里，看着约翰。

砰！砰！

两枪爆头，干脆利落，巨大的射击声，瞬间盖过外面持续不断的 M16 枪声。就在它们即将倒地的同时，约翰听到另一支贝雷塔怒吼的声音穿透夜空，盖过了门外自动步枪的声音。

是凯伦！

他立刻转身向门的另一边看去——只见刚才还在一直开火的两个怪物，此时在离他大约三十米远的地方倒下了。其中一个跌倒在地，但仍然没有停止动作，只不过它现在只是毫无意义地对着天空射击而已。凯伦此刻正背对着约翰，半蹲在两座建筑之间的空地，举枪瞄着正倒在地上抽搐着、开着枪的丧尸。

结束之前，其他小队不会加入行动。

“别开枪！到这边来！别管它了！”

凯伦马上一个轻盈优雅的转身，加速向他跑来。她刚一跑进来，约翰便立刻关上大门，自动步枪开火的声音立刻减弱了。

之后约翰便疲惫地靠在大门上，而凯伦则在一旁摸索着门锁。约翰感到自己的整个大脑都在嗡嗡作响，刚刚经历的这一切实在太令人难以置信了，他刚刚杀死两个死人。他感到这些一时让他的大脑无法接受的事情，已经快把他逼疯了……

不，真是不敢相信，从来都不相信。这完全就是不可能的事情，它们明明都死了，而且都腐烂了，它们怎么还……

这时闷热黑暗的空气中，传来凯伦上气不接下气的声音，打断了约翰那令他自己头晕目眩的想法。

“喂，约翰……还感觉这对你有好处吗？”

约翰眨了眨眼睛，一时没明白凯伦的意思。

“我是指打头阵，”她补充道，“现在，这一切和你预想的还一样吗？”

听到凯伦也会说出这种话，他感到实在是不可思议。与此同时，刚才那些可怕的让他困惑的想法，突然间开始消退，他的思维再次变得清晰起来。

“一般吧！不是很有趣。”他说。

随后两人一起笑了起来。

2 resident evil

第十章

在离开那座混凝土建筑一段距离之后，空气中令人作呕的腐臭味道终于变淡了，瑞贝卡此刻感到如释重负。刚才的恶臭味差点儿让她当场吐出来，那味道实在是难闻——那是一种油腻腻的恶臭味，而且气味重得就像在空气中形成一个恶臭的有形实体。

他们悄悄地穿过眼前灯光明亮的大厅时，瑞贝卡不由自主地想起尼古拉斯·格里弗斯博士和马尔堡病毒受害者……虽然目前还没有足够的证据可以表明是格里弗斯制造了对于安布雷拉员工的大屠杀，但瑞贝卡在潜意识里认定此事必然跟他脱不了关系。

在走廊里他们发现几个敞开门的房间，但遗憾的是，就跟先前那座建筑物一样，早在他们到来之前这些房间就被人清理一空了。他们穿过走廊另一端的出口，在门后的走廊拐了一个弯后，最终在一扇同样标记着“A”的大门前停下来。字母的下面还写着一到四四个数字，数字下面是三个三角形，分别是红色、绿色和蓝色。

大卫打开门，门后是一条很短的走廊，大厅里明亮的灯光透过打开的门射进走廊那一边陈腐的黑暗之中。走廊左右两边的墙上各有一扇门。史蒂夫找到并打开电灯开关。瑞贝卡看到右侧门上画了更多涂有颜色的三角形，而左边的房门上则什么都没有。

“我去这间屋里看看情况。”大卫说，“史蒂夫，你和瑞贝卡检查一下另一个房间。待会儿还在这儿会合。”

瑞贝卡点了点头，看到史蒂夫跟她做了同样的动作。此时史蒂夫的脸色还是有些苍白，但已经没有什么大碍了，不过他发现瑞贝卡在注视他之后，还是不好意思地低下头。瑞贝卡非常同情他，看样子他刚刚应该是把午饭都吐出来了。

他们打开那扇没有任何标记的大门，走进一个没有窗户的房间，这个房间和建筑物里的其他房间一样，闷热且不通风。瑞贝卡打开灯，发现这是一间相当大的办公室，里面整整齐齐地摆放着几个书架，在房间一角摆放着一张钢制的桌子，旁边是一个文件柜，但柜子敞开的抽屉里已经空空如也。

史蒂夫叹了口气。“看来又不会有什么收获了。”他说道，“桌子和书架，你检查哪个？”

瑞贝卡耸耸肩：“书架吧。”

史蒂夫有些害羞地笑了笑：“好的。没准我能在抽屉里找到一些口香糖之类的东西。”

瑞贝卡也笑了起来，对于他现在还能开出玩笑感到十分高兴。“帮我留一个啊。其实刚才我差点儿吐出来，只不过在最后一刻忍住了而已。”

两人互相微笑着凝视着对方——瑞贝卡突然感到自己全身为之一颤，两人的眼神无意间交汇，而且对视了很久也无意将视线移开。

还是史蒂夫率先移开目光，不过他的脸色此时已不像刚才那么苍白，而是红润了许多。他转身朝桌子的方向走去，而瑞贝卡也红着脸看向码放整齐的图书。冥冥之中，一种相互吸引的感觉，正在两人之间蔓延开来。

现在可不是考虑这种事的时候，还是等我们都离开这个该死的地方之后再说吧。

书架上摆放的图书与她之前想的一样，都是安布雷拉研究三人小组时需要用到的书籍。都是有关化学、生物学的书，以及一整套有关行为矫正学的皮制精装书和几本医学期刊。此时史蒂夫正在她身后检查那张桌子，她伸出手挨个抚过书脊上的标题，然后将所有的书都一本一本地推到架子的最里面。她觉得，没准哪本书的背后，就会藏着一些东西。

……*社会学、巴甫洛夫、心理学、病理学*——

突然，瑞贝卡停下来。她紧锁着眉头，将目光停在夹在两本大书中间的一本很薄的黑皮本上，本子的书脊上没有任何标题。她将它取下来，当她随意翻开并看到里面潦草的字迹之后，她立刻感觉自己的心跳加快了。

她连忙翻到第一页，只见内封上面工整地写着“汤姆·阿森斯”几个字。

名单上有这个人，他是被提到的研究员之一！

“我找到一本日记，”她说道，“是特兰特名单上那个叫汤姆·阿森斯的人写的。”

史蒂夫马上从桌边抬起头，黑色眼睛闪着亮光发问道：“真的？快看看最后的日期是哪天？”

瑞贝卡赶忙把书翻到最后一页，扫了一眼之后说道：“是 7 月 18 日。不过，看起来他并没有每天都坚持写日记。前面一篇是 7 月 9 日……”

“看看最后一篇写了什么。”史蒂夫接着说道，“没准它能告诉我们这里究竟发生了什么事情。”

瑞贝卡走到桌前将身子斜靠在桌子边，清了清嗓子之后开始念起来。

7月18日，星期六。漫长而荒谬的一天正好用来结束同样漫长而荒谬的一周。我向上帝发誓，只要路易斯那家伙再敢以这个愚蠢的理由召开会议，我一定把他打得屁滚尿流。今天要讨论的内容是，是否应该给三人小组再增加一个实验方案，说的就像我们真的有必要增加一样。其实那家伙只是想要我们交份纸质方案上去而已，之后便开始重复他的那些狗屁理论——什么团队合作的重要性，我们需要实时共享信息，这样才能保证我们每个人都沿着‘正确的方向’前进之类的。我的上帝啊，我实在无法继续忍受他的这些言论了，就好像每周要没有他我们就什么都干不成一样。而且自从Ma7的意外发生之后，他就做了缩头乌龟，除了试图使每个人相信那都是陈的责任之外，也就没有再说死者的坏话。真是个道貌岸然的混蛋。

昨天我和阿兰讨论了一下有关移植方面的事情，相谈甚欢。这周他就准备精心撰写提案书，这个计划我们绝对不会让路易斯参与。运气好的话，这个月结束的时候我们就能得到准许。阿兰听说怀特小子们要绕过柏肯运作这件事，天知道这是为什么。柏肯对我们的事倒是毫不在意，因为他头脑又混乱了。不过我还是很期待他的下一个实验成果，说不定能找到三人小组的弱点。

星期三的时候，D区101发生一点儿小恐慌。先是有人忘了关上冰箱的门，接着凯米坚持说某些化学药品丢失了，不过我觉得很有可能是她又数错数了。真不敢相信她这个连看管设备都马马虎虎、拖拖拉拉的人，居然会成为整个感染流程的监管员。可以说她在管理这些充足的化学品时，没有不小心把整栋楼都感染上病毒，已经是个奇迹了。

我觉得我有必要亲自去D区检查一次，以确保明天一切准备就绪。新一批的实验体已经运过来了，而且格里弗斯这次要来亲自监督整个进程，这可是他几周以来第一次离开他的实验室，也是第一次对我们其他人的工作产生兴趣。我明白这会让我看上去显得有些愚蠢，但我还是希望给他留下好印象。他和柏肯一样都才华横溢，虽然他有些处事方式让人感到毛骨悚然。我觉得格里弗斯很有可能恐吓过路易斯，只是路易斯笨得都不知道那是恐吓罢了。

剩下的以后再写吧。

之后便是一片空白了。瑞贝卡抬头看向史蒂夫，一时不知道该说什么才好。她在脑海中飞速思考着这长段文字的几个关键点。她感觉有些地方怎么想也想不明白，似乎根本对不上号。

突然不见的化学药品，感染流程，聪明却又令人感到毛骨悚然的格里弗斯博士……

她现在确信无疑，一定是格里弗斯博士杀了其他人，但这不是让她内心感到十分恐慌的原因，而是……

“D 区。”史蒂夫说道，可以很明显从他脸上看到焦虑不安的情绪，“如果说我们现在位于 A 区，那么凯伦和约翰所处的地方就是 D 区了。”

那里存储有足以感染整栋楼的 T 病毒，而且那里还是感染流程执行的地方。

“我们得赶紧通知大卫。”瑞贝卡说道。史蒂夫向她点了点头，随即两个人迅速朝大门跑去。瑞贝卡祈祷约翰和凯伦还没有找到 101 房间，就算找到了，千万别碰那里任何可能会导致他们感染的东西。

***

这间实验室很大，三面墙上各安放了一排开放式的小隔间。大卫打开灯后，发现每个隔间都清晰地编好了号并用不同颜色标示，这些符号都标在每个隔间前的水泥地面上。

红色的隔间都在大卫左手边靠近大门口的位置。他向屋子后面走的过程中，发现在实验隔间里的桌子上摆放着很多明亮的色块和几个简单的图形。绿色的隔间在红色的对面，不过大卫并没有过多地留意它们。房间背墙上画着蓝色的三角形，标着数字 4 的区域被安放在最右面的角落里。

他慢慢靠近蓝色实验区域之后，便听到一阵十分轻微的机器运转的嗡嗡声。他发现在 2 号隔间的桌子上摆着一台电脑，3 号隔间里摆放着一个键盘和一个耳机。之前，蓝色系列被激活了——但它们到底意味着什么，他想不出来。

想不出来就别想了。一旦我们解开所有谜题，我们就可以找出幕后真相，然后我们就可以离开这个像坟墓一样的地方了。真希望赶紧完成这一系列事情。

大卫在卡利班海湾看到了他想要看到的一切。门口堆积如山的尸体令人发指，那激发了他们的斗志，但也困扰着他，让他感到不安，所以他极其渴望小队能尽快地安全离开这里。三人小组已够让人魂飞魄散了，更别说海湾里还藏着巨大可怕的海怪，而在这些建筑的某个角落里还潜伏着一个更加阴险狠毒的对手，他杀了自己所有的同事并把他们的尸体堆积在某个阴暗的角落。这种丧心病狂的做法远比安布雷拉违背道德的贪婪更加让他感到不寒而栗，一想到他们势单力薄的队伍要面对的是这种对手，他就不禁担心起即将面对的一切。

我们一定会找到证据，可能是有关安布雷拉的记录，也可能是关于 T 病毒本身的资料——然后，我们马上逃离这里，离开这个疯狂的地狱。其他的事就让联邦调查局去办吧。也许他们会很聪明地先把这里夷为平地，然后再从废墟里收集相关的情报或数据……

他在最后一个隔间门前停下来，收回了他的思绪，把精力又重新集中到眼前的任务上来。虽然他并没有在脑海中预想过第四个隔间里会是什么样子，但他第一眼看到里面的摆设时还是被吓了一跳。隔间里有一套灰色金属桌椅，桌上摆放着一叠纸、一支笔和一副廉价的国际象棋，所有棋子都摆放就位。走入隔间后，他便发现在桌子表面镶着一块金属板，上面还刻着一串数字。

大卫坐到椅子上，低头凝视着眼前的数字。

9—22—3, 14—26—9—16—8,
7—19—22, 8—11—12—7

他皱了皱眉，抬头看了眼桌上的棋子，然后继续凝视起眼前的数字。其他地方并没有什么需要留心的东西，仅此而已。他快速地回想一下阿蒙留下的信息，想要试着从中找出答案。这到底指的是“颠倒字母和数字”还是“不要计数”呢？这很明显跟时间和彩虹那句没什么关系，肯定和这两个中的一个有关……

如果按照之前找到线索的顺序来说，现在就应该是轮到“颠倒字母和数字”这句了。但是字母呢？这里完全没有任何的——

大卫突然恍然大悟般笑着摇了摇头。金属板上所有数字都没有大于 26 的，看来这就是一组以字母为基础的简单代码。

他拿起铅笔，按照字母表的顺序快速写下所有的字母，之后又倒着给每个字母标上数字，也就是 A 是 26，B 是 25……最后的 Z 则是 1。每看一眼金属板，他就在纸上记下一个那上面的数字，随后破解了这一连串的代码。

R……E……X……M……

最后一个字母是 T，大卫仔细看着这句话，随后将视线转向了棋盘。看来这个人似乎非常有幽默感。

雷克斯在此。

“雷克斯”在拉丁语中就是“国王”的意思。

一般的情况下总是白棋先行，所以……

于是他伸手向那枚白色的“国王”抓去。当他的手指刚碰到棋子，那枚棋子就原地转起来，最后掉转方向面对着棋盘的后部停下来。与此同时，一段柔美的音乐声在他头顶上响起。他抬头一看，发现天花板上还装着一个小型扬声器。

不过，除此之外周围什么都没有发生，既没有闪烁的灯光，也没有突然从墙背后出现的秘密通道。很显然，他把谜题解开了。

到底为什么，要设置这种无用的谜题。

这感觉就像精心策划了一场极其复杂的实验，可结果却只得到一堆像三人小组那样愚蠢的家伙——不过，那些研究员也许正计划着进行更多的实验，比如提高智力方面的实验……

不过他不打算再继续顺着这个令人不安的思路想下去了。于是他站起来，转身准备回到房间的前面——

就在这时，房间的大门突然被猛地打开了，只见瑞贝卡和史蒂夫都面带恐惧、急匆匆地跑进来。

“出什么事了？”

瑞贝卡举起那个本子，急匆匆地说道：“我们发现一本日记。上面说用来感染三人小组的病毒就存放在 D 区 101 号房间。虽说并不一定会出事，但万一约翰和凯伦不小心碰到什么沾有病毒的物品的话……”

大卫打断她的话说道：“我们走！”

瑞贝卡和史蒂夫马上转过身，大卫大步来到两人前面，心事重重地带着他们沿来路返回。他们穿过建筑物远端墙上的门，他可以派史蒂夫和瑞贝卡到下一个区域，然后自己一人前往 D 区，而且原来的行动计划本就是这样——但是现在要更快地行动才行，因为凯伦和约翰两人随时有被 T 病毒感染的危险。

不会的，他俩一定会非常小心的。他们中的一个人被划伤并在有明显标志的实验室里触碰某个危险物品……

但他的这种自我安慰并没有给自己增加一丝安心。他们快速冲向出口，大卫发现那种害怕失去同伴的恐惧感深深地嵌入他的内心。

***

约翰他们此时正站在D区中心明亮的走廊里，静静地倾听着正在向他们不断靠近的脚步声，显然这是大卫来了。从他们所在的位置，可以清楚地听到建筑物里三个与外界相通的大门所发出的任何声音。在找到实验室并确保整栋建筑物安全之后，她便和约翰一起将通向这个区域的通道门都打开并固定住了。

凯伦看了看手表之后，轻轻地揉了揉自己的眼睛，她觉得现在简直是身心俱疲，不光是因为今晚发生太多让人始料不及的事情，还有他们发现的那个令人作呕的101号房间，就连她身旁的约翰都情绪低落地待在一边。在她印象里，约翰从没这么安静过，而且自从他们回到这里之后，他就再没有开过一个玩笑。

也许他正在回想刚才看到的那些手术床和上面带血的固定装置，也许想到那些注射器，或是那些堆积在水槽里的外科手术器具……

他们一进入这栋建筑就找到了实验室。那是一个大大的房间，摆放了四张小桌子，分别用数字五到八标示。不过凯伦有些失望地发现，只有标着蓝色数字七的桌子上放了一些带着字母的彩色瓷砖，而且其中将近一半的字母都是顺序颠倒的，让人根本看不明白是什么意思。虽然可以清楚地想到，瓷砖的颜色对应的应该就是彩虹的七种颜色，但是里面还多出两枚紫色的瓷砖，从而扰乱了她的思路。在大卫解开第一个谜题并到来之前，他俩还不能冒险打乱这些东西的顺序，随后凯伦不情愿地转过身子，提议两人先去查看其他地方。

之后他们又找到几间早已空空如也的办公室，另外他们还发现了一间凌乱不堪的咖啡屋，甚至还在里面找到一盒发霉的甜甜圈，以及其他一些小东西。那间化学实验室里的情景让他们清楚地了解到安布雷拉究竟建造了一个什么样的地方——尽管凯伦从不相信鬼神存在，但她走进那间屋子却感受到一种前所未有的感觉。那里就像一间鬼屋，平淡朴素的环境被恐惧与阴冷所包围，诉说着纳粹式的科学家所犯下的种种暴行——

“你在想那个房间吗？”约翰轻声问道。

凯伦点了点头，不过并没有说话。约翰似乎感觉到凯伦不想谈论有关那间房子的事情，所以他没有继续说下去，这使她的心中稍稍好受一些。护身符沉甸甸的重量感此刻让她感到些许安心，她真想把手榴弹拿出来捧在手中，去感受记忆中的父亲和以往顺利完成的那些任务带给她的安慰。她需要任何能让她忘记那间实验室的事情……

101 房间外面的大门上清楚地画着“生物危险”的警示标志，他俩就是否进去搜查进行了探讨。约翰对进入这些有可能感染病毒的地方持坚决反对的态度，但凯伦觉得，既然他俩都没有受伤，就可以进去看看，没准他们可以从里面找到些关于 T 病毒的东西。事实上，她实在不愿意眼睁睁地看着这么好的机会从自己的身边溜走，因为潜意识告诉她，这扇门的后面，就藏着他们一直要找的东西。如果不打开门一探究竟，她永远都不会安心。

约翰最终同意了凯伦的提议，他们便一起穿过入口，走进通往房间那条用厚重的塑料膜围着的通道。通道的顶端安装着几个喷头，地板上有一条排水沟：显然这是消毒区域。后面便是一扇敞开的通往这间屋子的小门，穿过这扇门，他们来到一个由疯狂的科学家创造的噩梦之中。

脚下的碎玻璃碴在吱嘎作响。空气中刺鼻的漂白粉味道下，还有一种陈腐的汗酸味……

约翰打开灯，房间随即亮起来。不过，在还没看清屋里的东西之前，凯伦的心脏便开始狂跳不止。整个房间都笼罩着一种压抑的感觉，四周的墙壁似乎散发着不祥之兆。乍看上去，这里和她之前待过的实验室并没有什么大的不同：操作台、储物架、两个金属水槽，角落里还放着一个上了锁的大型不锈钢冷柜。最糟糕的是，这房间的环境给了她一种十分熟悉的感觉，那感觉就像突然回到自己家里。

仅有的不同倒是很醒目。一台装有固定装置的不锈钢解剖台就放在房间的正中央，旁边是两台同样配有固定装置的医用移动床。凯伦走近其中一台想仔细观察一下。她看到床的两头都沾满了干枯的暗色血迹，从薄垫被血迹浸透的位置来看，这血应该是从躺在上面的人的手腕和脚踝部位流出的。

在房间的后面还有一个衣帽间大小的笼子，结实的铁栅栏里是一个没有垫子的长凳。在笼子旁边的墙上还立着几根细长的木棍，长度都在一米左右，而在棍子的一头安装着注射用的针头。这应该是用来给野生动物注射药物时所用的工具，这样可以让人在操作时远离目标，以免受到伤害。

凯伦低头凝视着病床，轻轻地摸着床上干枯的血迹，心里想着怎么会有人自愿参加这样的实验。她看着干枯粉化的血迹，想象着笼子里的受害者到底经受了怎样的折磨，可能他们还亲眼看见了戴着手套的疯狂的科学家，将变异病毒注入无助的受害者体内……

这地方实在是太可怕了，简直没有比这儿更邪恶的地方了。他俩都感觉到了这里发生的事情，而这一切都深深地震撼着他们……

这时，凯伦的思绪突然被右眼泛起的一阵刺痒拉回现实，结束了她那可怕的回忆。她顺手揉了揉眼睛，然后又看了看自己的手表。从小队开始分头行动，到现在一共才过了二十分钟，不过她觉得像过了好长时间——

就在这时，走廊里传来大门打开的声音，接着便传来大卫急切的喊声，从声音判断，他是从西侧的入口进来的。

“凯伦！约翰！”

约翰朝凯伦笑了笑，她瞬间感到轻松了许多。大卫他们安全回来了。

“在这儿！一直往前走！”约翰叫着回答道，“在前面的三岔路口向右转！”

大卫的脚步声在大厅里回荡着。不一会儿，他就出现在拐角处，然后向他俩跑来，能够看出他的脸上满是紧张和担忧。

“一切都……”凯伦的话刚说到一半，就被大卫打断了。

“你们找到实验室了吗？就是 101 房间。”

约翰皱了皱眉头，立刻收起他脸上的笑容然后严肃地说道：“找到了，就在你来的路后面……”

“你们没碰过那里的东西吧？你们身上有伤口没有？哪怕是再小的伤口都不能与实验室里的任何东西接触。”

看出两人的疑惑，大卫来回看着他俩，急促地说道：“我们找到一本日记，上面说那个房间是被专门用来感染三人小组的。”

约翰恢复了笑容：“放心吧！我们在那儿待了都不到两秒钟。”

凯伦伸出她的手，手心手背都翻过来给大卫看：“没有伤口。”

大卫这才长出一口气，放松了紧绷的神经：“哦，谢天谢地。我一路上都在担心，怕你们发生什么意外。我们在 A 区发现这里的研究人员的尸体，和阿蒙说的一样，‘他’杀了那些人。而且我们找到信息中提到的那个‘他’是谁了。瑞贝卡确信这指的就是尼古拉斯·格里弗斯。特兰特的名单中提到过这个人，他有着相当卑劣的行径。剩下的详细情况还是等我们见到瑞贝卡后，让她再详细跟你们说……”说到这儿，大卫摇摇头，有些不好意思地笑了一下，“我只是……我想我刚才思绪都乱了，生怕再出什么乱子。”

约翰倒放松地笑了起来：“天哪！大卫，真没想到你会这么关心我。不过你以为我们真会笨到在这种地方找个肮脏不堪的针头来戳自己吗？”

大卫跟着轻声笑了起来说：“请接受我真诚的道歉。”

“史蒂夫和瑞贝卡呢？”凯伦问道。

“应该抵达下一个实验区域了。我在进来之前看着他们安全地到了 B 区……你们找到七号实验室所在的地方了吗？”

“在这边。”约翰说。随后约翰便一边向大卫讲述他俩与三人小组的遭遇战，一边带着他朝走廊的深处走去。

凯伦就跟在他们的后面，边走边不停地揉着自己的右眼，那种莫名的瘙痒感让她难以忍受，而且她似乎觉得越揉越痒，痒得让她有些抓狂。更糟糕的是，头也跟着疼起来。

她一边揉着眼睛，一边在心中暗自叹了口气。她除了生病之外很少会感到头疼。一定是刚才掉到海里受凉感冒了——刚才在楼里时就感到头部阵阵跳动，可能会越来越疼。

2 resident evil

第十一章

格里弗斯在给阿森斯下达行动指示并看着他出发之后，决定带着准备好的压力罐找个隐蔽的地方躲起来。对他来说，现在能做的只剩下等待了。尽管他之前非常自信，但现在也不免紧张起来，开始在实验室里焦躁地走来走去。他不断地想着，要是阿森斯忘了怎么给步枪上子弹怎么办？要是释放病毒的压力罐不工作，或是入侵者携带足以消灭 Ma7 的火力装备怎么办？他考虑了所有的可能性，做好了一切准备，为计划的每一步都想好一个备用方案——但是，要是这些都失败了，一切都没能实现呢?

那么就由我亲手杀死他们，我要用我的手把他们一个个都掐死在这里！绝对不能让他们破坏我伟大的事业。他们不能——不能在我做了这么多的工作之后，不能在我只差一步就成功的时候找到我……

这是一天里的第二次，他又想起刚刚接手这里时的情景……现在距离那天快到一个月了，但那个阳光明媚的日子里所发生的一切仍历历在目。和以往想起这件事时有所不同，他没有再克制自己的内心，而是任由自己的思绪蔓延——他要用这件事提醒自己，只要坚持自己的想法就一定能获得成功。想到这儿，他突然停下脚步，来到一把椅子前，一屁股坐在里面并闭上了眼睛。

阳光明媚的日子……

曾经，他决定要做点儿事。他用两周的时间想出一个尽善尽美的计划，他不知疲倦地计划着行动的每一个细节，直到把每一个可能发生的意外都计划进去之后，才得到令他满意的方案。他花了大量的时间，翻阅了所有他能找到的有关三人小组的资料和实验记录，并且将这里的所有工作流程都牢牢地记在心里。他每天都在用心地观察同事们的习惯，熟悉他们的作息时间，直到对这一切都达到倒背如流的程度。之后他又盯着自己画的建筑物草图连续看了好几个小时，并在心中模拟了无数次行动细节。经过精心的准备后，他慎重地挑选了一个日子——在行动的几天前，他悄悄地溜进三人小组的感染实验室，偷出了几小瓶药效强大的药剂。

木犀草碱、马米西丁、曲安奈德——这些都是动物止痛剂，还有一支人工合成镇静剂，都是安布雷拉精心出品的药物……

仅一个下午，他就完成了所有准备工作。然后他就开始等待，就像他现在的等待一样……

在准备实施计划的前一天，他还特意观察了一下三人小组的具体感染流程，然后邀请汤姆·阿森斯在晚饭之后和他一起，私下就增强暗示性因子方面的问题进行一番深入的探讨。阿森斯很高兴地接受了他的邀请，并且兴致勃勃地听着格里弗斯聊着他改进的病毒——当然，谈话的内容全都是他编造的——当那杯热气腾腾的掺了药的咖啡下肚之后，阿森斯便成了格里弗斯创造的新世界的第一人。

想到这儿，格里弗斯不禁笑起来。真是个辉煌的开端，那是真正的第一步——当然也是最重要的一步——检验了病毒的威力。格里弗斯告诉汤姆·阿森斯只能听他的话，其他人的话都不用理睬——阿森斯就这样接受了他的建议。在那个决定命运的早晨，计划实施前的几小时，格里弗斯打开录音机给这位顺从的博士放了一段他自己的演讲录音——此刻那些声音对他来说已经毫无意义。

如果失败了，格里弗斯就会在有人觉察之前终止行动。如果病毒没能发挥作用，他已经想好把它伪装成一起意外事故，大不了第二天阿森斯的尸体被海浪冲到岸边的岩石上，被人发现罢了。不过，正如期待的一样，令人难以置信的成功打消了他所有顾虑，让他能够安心继续所有计划……

因此，他来到厨房，将镇静剂滴到咖啡杯和糕点上，甚至他还细致地把它们注射进水果里，溶解在牛奶和果汁中……

在卡利班海湾工作的男女员工一共有十九个人，他们中不吃早餐也不喝咖啡的只有凯米·迪桑德，一个负责T病毒研究工作的年轻女子，十分可笑的一个人。格里弗斯让阿森斯在日出之前潜入她的寝室，并割开了她的喉咙。

那天还真是阳光明媚，晴空万里。那些毫无察觉的笨蛋在大口吃完他们的早餐及喝完咖啡之后，要走到外面感受清晨凉爽的空气，不过大多数人还没走出餐厅就倒下了，还有几个人哭喊着想要说自己“中毒了”，不过话还没说出口药效就让他们睡着了……

格里弗斯皱了皱眉头，努力回想着接下来发生的事情。他先选择了萨曼，因为他无法抵抗心中的小兴奋，要让这位博士亲身感受他的伟大创举。之后是阿兰·基耐森，但后来他决定晚一点儿再给他注射病毒，让他暂时保持昏睡……

他想起来了：后来萨曼和阿森斯把所有工作人员的尸体都堆在A区。莱尔·阿蒙想尽办法躲藏了一段时间，不过还是在那天晚上就被三人小组找到了。那天的晚些时候，格里弗斯吃完晚餐便匆匆上床睡觉了，第二天一早起来将所有的文件和资料都搬到实验室里。这些就是他现在能想起来的一切……但不知道为什么，所有的实际情况他都记不清了，他想不起来那天究竟看到了什么，也不记得那天的其他时间都发生了什么。

格里弗斯集中精神，努力地回想着，但脑海里仍旧是模糊的画面：正午时分，令人眩晕的烈阳炙烤着沉睡的尸体，海鸥持续不断的刺耳的尖叫声在海湾上空回荡，仿佛在向炙热的海风呐喊，泥土中散发出一股铜臭的味道，然后——

就看见我的双手沾满了鲜血，滴血的手术刀闪着寒光，锋利的刀刃慢慢地切开柔软的脸颊、腹部、眼睛……黑暗之中巨浪翻滚，缠绕的渔线和阿蒙博士的身影在眼前不断地晃动……

接着他睁开眼睛，噩梦般的画面跟着一起消失了。格里弗斯环视着四周，他仍然在那间光线柔和的实验室里。看来他是不小心睡着了。对，就是这样，他打了个盹儿，做了个噩梦。

他看了看表，发现离两位博士离开仅仅过了几分钟而已，这才让他放下心。看来，自己还没有睡过头——可安心过后，他又紧张起来，显然他持续的不安和焦虑都是外面那些不速之客造成的。

他们不可能阻止我。这里我说了算。

格里弗斯不安地站起来，来回走动着，焦急地等待着那一刻。

***

解开实验七对应的谜题“时间彩虹”所用的时间，只比解开实验四对应的谜题所用的时间稍稍多一点儿。大卫脑子里还在回想着刚才那个跟国际象棋有关的谜题，约翰和凯伦将他带到实验室的七号实验桌前，然后他俩在后面看着大卫把那些彩色的瓷砖拿起来，放在一边。大卫发现，在九块彩虹颜色的瓷砖下，有一个长长的凹槽，大约三十厘米长、五厘米宽。很显然，凹槽里刚好能够放下七块瓷砖。

彩虹有七种颜色，正好对应七块瓷砖。这谜题本身并不难，只不过为什么要特意多放上两块呢？

大卫把彩砖按照彩虹颜色的顺序在凹槽下方摆成一排，每一块彩砖上面都用黑色墨水写着一个字母。他按照红、橙、黄、绿、蓝、靛——

只是紫色瓷砖一共有三块，而且上面还分别写着不同的字母。

“会是某种拼写组合吗？”约翰问道。

从左向右看，前六个字母拼成了“JFMAMJ”。

“会不会用的不是英文？”凯伦轻声说道。

紫色砖上的三个字母分别是“J”“M”和“F”。

大卫深吸一口气。“这三个之中肯定有一个能跟前面的字母组合在一起。”他说道，“而这个谜题应该跟时间有关。你们想到什么了吗？”

约翰和凯伦都低着头盯着那几块瓷砖，思考着上面的字母代表的意思。大卫觉得他们可能和自己一样已经感到筋疲力尽了。约翰明显不像平常那么爱耍嘴皮子了，而凯伦的脸色十分苍白，甚至连她的目光都显得有些迷离。

他们现在肯定很累了，但仍然在努力尝试……

大卫回头看了看瓷砖，并试着换个角度思考问题，但他一点儿新的东西都没想出来。这是糟糕又漫长的一天，每一次让人精神高度紧张的时刻，都伴随着肾上腺素的澎湃。在这一天之中，他经历了从恐惧到不自信，然后又从下定决心到之后的再度恐惧，这样一个心路历程。另外，在他内心还有一种说不出来的感觉。而现在他只感觉自己身心俱疲，不知接下来又会遇到什么情况……

约翰突然咧嘴一笑，眼睛里闪烁着得意的神色。“这字母代表的是月份！这是一月 (January)、二月 (February)、三月 (March)、四月 (April)、五月 (May) 以及六月 (June) 的首字母，七月 (July) 是 J 开头，所以最后一个字母应该是 J！”

“太棒了！”大卫边说边将瓷砖往凹槽里摆。这时，约翰用手肘顶了顶凯伦：“你现在知道我的厉害了吧，我可不只是床上功夫了得。”

和往常一样，凯伦并没有搭理他。带着解开谜题的喜悦，大卫将最后一块瓷砖放进凹槽，伴随着一声轻微的咔嗒声，彩虹色的瓷砖稍稍向下移动了一点儿，可能只有一毫米的距离。这时，在他们头顶上方，荧光灯边上的一个隐藏的扩音器里传来一声动听的提示音。

“这就完了？”约翰打趣道，“没有其他的仪式或奖励？”

大卫站起身，疲惫地笑了笑。“之前那个谜题被解开后也是这样的，我也有同感。我们走吧，去看看史蒂夫和瑞贝卡那边有什么发现。”

“这真是个有趣的谜题，大卫。”约翰笑着说道，“真有意思。”

就在他们说话的间隙，凯伦快速地转了转自己的眼珠，然后又用手揉了揉。凯伦把手拿开之后，大卫发现她的右眼已经严重充血，左眼不像右眼那么明显，但也有些微微发红。

她发现大卫注视着自己，于是不好意思地耸了耸肩冲他笑着说道：“不知道怎么回事就不舒服起来了。不过只是有些痒，应该没什么大问题。”

“别揉了，你这样只会越来越严重。”大卫边说边带着他们向房门走去，“一会儿让瑞贝卡给你看看是怎么回事。”

接着他们穿过走廊，向后门走去，大卫做好了直接冲向对面建筑物的准备。他边走边计算着他们已经干掉三队三人小组了。他们先是在船坞外击败了三个人，在往第一座建筑进发的途中干掉的应该是第四个，而之后凯伦和约翰在C区和D区之间击倒五个。

真是个有用的信息，但前提是你要知道到底有多少队三人小组。

他抑制住内心的嘲讽，和大家一起来到金属门前。凯伦将身体微向后倾，伸手关闭了他们头顶上的灯。大家纷纷拔出武器，不约而同地深吸一口气，做好了行动的准备——大卫忽然感到一种似曾相识的感觉，这是一种他在之前遇到紧急状况就会有，却又难以名状的感觉。这不像一种正常存在的感觉——尽管大卫是个无神论者，可经历了最近的事情之后，他越发地相信命运是真实存在的，就像有一套超越人类认知的游戏规则正在冥冥之中指引着世界的发展。

不论是将要发生的事，还是已经发生的事，即便他们做出最终的决定撤离这里——该发生的事终究会发生，所有的因素就像谜题的线索一样相互关联。大卫真真切切地感受到自己不愿承认这一切的原因。在他的面前，就好像一个巨大的命运的车轮演绎着安排好的结果，无论生与死、成功或失败，它都在按部就班地前行——只是这个命运的车轮没有减慢速度，而是稳定地加速向前，向他们展示着早已冥冥注定的一切。

在过去，他经常因对某个时刻将要发生的命中注定的事情有突然的觉察而感到安心，这些看似无法确定的事情就这样慢慢地按照命运的安排展开，所有人只能眼睁睁地看着。他还是个孩子的时候，有一次他的父亲喝醉后对他暴怒谩骂。在当时，是他心中的信念在他无比绝望的情况下支撑着他。但这一次……这一次，令人感到一种莫名的恐惧，就像误入一个飞速旋转的暗黑的奇幻旅程，当他们发现真相时却为时已晚——他们已无法回头，也无法躲开即将发生的一切。

我们必须坚持下去，尽力做到最好。

大卫走到门口，打开贝雷塔的保险栓。无论是否能控制接下来的局面，现在最要紧的是找到等着他们的史蒂夫和瑞贝卡。

***

在这间安静的实验室里，除了能听到标着九到十二号蓝色数字的机器运行时发出的轻微的嗡嗡声，就只有瑞贝卡翻看阿森斯日记时偶尔发出的翻页声。史蒂夫坐在桌边上，注视着瑞贝卡，焦躁不安地等待着同伴的出现。他的胸口还有些轻微的疼痛，一来是因为刚才小口径子弹击中造成的伤痛，但更多的是因为对约翰和凯伦的担心产生的焦虑。

在快速搜索完整栋建筑里所有房间之后，他俩一致决定在实验室里等待同伴的到来。看起来，在所有设施里，B 区是最有可能成为安布雷拉进行生化武器研究，并实施外科手术的地方。所有房间都是白墙和钢铁组成的，光秃秃的四周给人一种不吉利的压抑的感觉。虽然这里的房间都跟其他建筑物里的房间一样闷热和不通风，但史蒂夫穿过空荡荡的手术室时却感到全身都不寒而栗——仿佛这里每间屋子本身都是一个感染 T 病毒的怪物：冰冷而没有生气，让人感到一股莫名的绝望……

瑞贝卡突然抬起头，她眼中满是兴奋的神色。“你来听听这个。”

自从格里弗斯改进并加快病毒的繁殖速度到现在，他们还在等着我们的扩大实验反馈意见。虽然我们拥有可以容纳二十个实验体同时进行实验的设备，但要想最大限度地训练好每个实验体，最多只能同时对十二个实验体进行操作。也就是说，我们不可能同时训练四队以上的三人小组。不过阿蒙说过，不论遇到任何麻烦，他都会给我们提供帮助。

史蒂夫喜忧参半地点了点头。他们在这之前成功干掉了一队三人小组，而且还杀死或打伤了其他小队的两个丧尸，这很不错。但另一方面，这个信息同时告诉他们，还有两队这样的三人小组正在外面游荡——

除非那些家伙现在正和大卫或者其他队员进行激烈的战斗……

他暗自皱了皱眉，突然领会到话中另外一个意思。

“‘加快繁殖速度’，你觉得这点指的是什么？”

瑞贝卡慢慢点了点头，然后忧心忡忡地皱着眉头说道：“我觉得应该是格里弗斯用了某种方法来加快病毒的扩增进程。这个扩增指的应该就是病毒在宿主身体里复制和传播的周期。”

这听起来，实在不是一个他想得到的答案。自从大卫走后，他俩默契地避免提到约翰和凯伦感染病毒的概率。

"好吧，你还发现其他什么吗？"

她摇了摇头："没什么其他的了。上面还提到过几次 Ma7，但只是说对它们进行的 T 病毒实验并不成功，没有其他特别的了。这家伙还真是有点儿让人讨厌。"

"有点儿？"

瑞贝卡笑了笑："好吧，只是保守来说。其实他就是个唯利是图的缺德的混蛋。"

史蒂夫点点头，回想着他们找到的部分关于三人小组的实验报告，就这件事情来说，这里所有的设施都是为了这些实验专门建设的。把这些 T 病毒感染者称之为'实验小组'，并建立了手术室，就像对待迷宫里的小白鼠，对他们进行各种能力测试——

就好像他们的实验对象根本不是人一样，可这确实都是活生生的人啊。

"他们怎么可以这样做？"史蒂夫轻声问道，像在自言自语，又像在问瑞贝卡，"他们这么做，晚上居然还能安心睡得着？"

瑞贝卡严肃地看着他，就像她知道答案却又不知该怎么开口似的，最后，她深吸一口气说道："当你专注于某个领域的研究时，特别是这个领域要求你纵向深入思考，并且对某个事物中的微小要素保持非常高的关注度的时候——虽然这很难解释清楚，但你很容易就会陷入自己关注的那个微小要素的世界里，乃至忽略了外面的整个世界。当你一连几天的时间都被眼前的显微镜，以及包含着各种数字和字母的实验过程包围的时候……很容易迷失方向。尤其是对那些本来就意志薄弱的人来说，他们的心智会完全被自己的野心所占据，会感到身边的其他事情都不重要了。"

史蒂夫听完她表达的意思之后，不禁重新审视了一番身边的这位同伴，感到她具有非常强大的思考能力和清晰的沟通能力……

她的那番话和那个微笑，简直就帮我点亮了整个房间。如

果……等我们顺利离开这里，我就想办法搬到浣熊市。或者，我至少要了解一下她是否也想交个朋友……

这时建筑物里突然传来一阵脚步声。史蒂夫立刻从桌子上跳下来并快速朝大门走去。

他刚刚从楼道里探出头，便听到空荡的楼道里传来大卫的声音。

“我们在里面！”史蒂夫喊道，焦急地盯着走廊的拐角，等待着大卫、凯伦和约翰一起完好地出现在走廊里。这时，瑞贝卡走到史蒂夫身边，他看到她美丽的面容上跟他一样满是担心和期望。

史蒂夫下意识地抓向瑞贝卡的手，当他们的手指接触的一刹那，一种激动而颤抖的感觉立刻传遍了全身，有那么一瞬间，他觉得瑞贝卡一定会从他的手中挣脱——但她并没有这么做，反而轻轻地握住他的手并将身体靠向他，让他感到她的手是如此温暖和柔软。

人没到声先到，约翰爽朗的调侃声回响在走廊里。“孩子们，快点儿把衣服穿好，我还没同意你们交往呢！”

瑞贝卡赶忙抽回自己的手，但就在离开的那一刻她抬头看了史蒂夫一眼，就这一眼便弥补了这一切——那甜蜜而温馨的留恋目光，让史蒂夫的心跳差点儿瞬间停止——不过，其中还略带一丝成熟，那是一种对目前所处危险环境的认知和该优先处理目前面对的困境而不是儿女情长的意识。

等我们离开这里之后再去考虑那些事。

他轻轻地向瑞贝卡点点头，然后一起等待着同伴的到来。

2 resident evil

第十二章

史蒂夫留在瑞贝卡手中的余温还没有完全散去的时候，大卫、凯伦和约翰便转过拐角，约翰的脸上还带着一个大大的坏笑。

“非常抱歉，打扰了你们的约会，不过我们觉得最好还是有监护人在身边保护你们为好。”约翰说，“年轻人的恋爱，似乎没有比这再好的事情了，我说得对吧？”

三位队友走进房间的时候，瑞贝卡正努力掩饰自己微红的脸颊，感觉自己实在太不成熟了。虽然他们只是牵了下手，而且也就是一秒钟的时间——但别忘了，现在他们正在敌人腹地深处执行任务，哪怕是丁点儿的疏忽都能让他们丧命。

这时约翰注意到她那有些羞涩的样子。“喂，别介意呀，”他收起刚才的坏笑说道，“我只是挖苦一下史蒂夫，并没别的意思……”

大卫这时打断约翰的话并严厉地瞪了他一眼。“我觉得，我们还有更重要的事情要处理，”他十分平静地说道，“我们最好把各自了解的最新情况都说一说，我也有些事需要和大家商量。”

他对还抱着那本日记的瑞贝卡点了点头，说道：“约翰他们找到了进行病毒实验的实验室，不过并没有碰过里面的任何东西。你们这边有没有找到新的线索？”

瑞贝卡向他点了点头，听到大家都没事儿让她感到十分安心，并且很高兴他换了个话题。“根据日记上的记录，六个月以来，他们一共训练了四队三人小组。”

听到这话后，大卫明显松了口气：“实在是太好了。约翰和凯伦在D区遇到了三人小组，一共干掉五个丧尸——这就是说应该只剩下一队了。”

他们从摆在墙边的几张桌子旁搬来几把椅子，并把它们在房间中间围成一个松散的半圆。大卫站起身来，严肃地对大家说：

“我先简短回顾一下我们目前得到的信息，从而确保所有人在下一步行动前都能清楚地知道我们所掌握的情况。简而言之，这个基地就是用来进行T病毒实验的，但这里已经被其中一名研究员占领了，原因不明。他不但杀死了所有的工作人员，而且销毁了办公室里几乎所有的证据。瑞贝卡认为这都是生物化学家尼古拉斯·格里弗斯干的，而且从四周不断有丧尸进行巡逻来看，很有可能他目前还活着，就躲在这里的某个地方——但我觉得没必要特意花心思把他揪出来。另外，根据特兰特给的线索，我们目前成功破解了阿蒙博士告诉我们的两个实验谜题。我希望的是，他藏起来的那些‘资料’就是我们需要用来指控安布雷拉犯罪的证据。”

他边说边抱着胳膊来回慢慢踱步，并不时地看看大家：“很显然，有大量的证据表明这里从事着非法的实验活动。也就是说我们可以现在就撤退，将剩下的事交给联邦政府处理。我担心的是，我们目前找到的证据，还不足以证明安布雷拉直接参与其中——毕竟除了电脑系统程序和瑞贝卡手里的那本日记外，任何地方都没有出现安布雷拉的名字，所以他们完全能够对这两项证据进行辩解。我觉得我们应该继续解开剩下的谜题，无论阿蒙博士留给我们的是什么，直到找出它后我们再撤退——但在行动之前，我想先听听你们对此事的看法。毕竟这不是一次正式授权的行动，我们来这里并不是在执行命令。如果你们觉得我们应该停止行动，我们就马上撤离。”

瑞贝卡对于他的这番言论感到十分惊讶，她看向其他人，发现他们也跟自己一样。大卫一直都表现得十分坚韧，而且对任何机会都不肯轻易放过。但现在，他脸上的表情似乎跟以往有些不太一样。看上去他对于让大家继续完成这次行动的想法感到很抱歉，并且他又好像非常希望有人能站出来提出其他建议。

为什么会改变想法？发生什么事情了？

约翰看了看其他人之后，对着大卫第一个说道："我觉得，既然我们走到这一步，还是接着把所有事情都干完吧。再说外面只剩下最后一队丧尸了。”

瑞贝卡点点头："是的，我们现在仍然没有找到主实验室，而且我们也没查明格里弗斯这么做的目的——究竟是他彻底疯了，还是他秘密策划着更大的阴谋。有可能我们最终也搞不清楚到底发生了什么事，但还是值得一试。再说，万一格里弗斯在我们撤退之后把仅有的证据都销毁了怎么办？”

“我同意，”史蒂夫说道，“如果特种战术救援组真的与安布雷拉同流合污，我们就永远都不会再有现在这样的机会了。这很有可能是我们查出真相并找到两者是否有联系的唯一机会。我们已经到了这个程度，第三个谜题就在眼前——只要我们解开它，离成功就只有一步之遥了。”

“我也赞成。”凯伦轻声说道。

在听到凯伦那有些不自然的声音后，瑞贝卡回头向她看去，第一次发现凯伦的状态似乎不是很好。不光她的眼睛里布满了血丝，脸色也显得十分苍白。

“你还好吗？”瑞贝卡关心地问道。

凯伦点了点头，深呼一口气说道："没事，只是有点儿头疼。”

可能是偏头痛，她看起来糟糕透了……

“怎么了，大卫？”约翰突然问道，“你这是怎么了？你是不是有什么事情没告诉我们？”

大卫盯着他们看了一会儿，然后摇摇头说道：“没有，什么都没有。我只是……我只是有种不祥的预感。确切地说，我感觉我们会碰上非常糟糕的事情……”

“你不觉得现在说这种话有点儿晚了吗？”约翰咧开嘴笑着说道，“在我们登上那艘小船的时候你跑哪儿去了？”

大卫也对约翰微微笑了笑，一边摸了摸自己的后脖子一边说道：“谢谢你提醒我，约翰，我都差点儿忘记这事了。那么，我们就这样决定了。我们去解开下一个谜题。对了，瑞贝卡，我们解谜的时候你帮凯伦看看她的眼睛，她一直很难受。”

说完，他们便起身朝屋子西北角一张标着蓝色数字九的桌子走去。尽管史蒂夫和瑞贝卡在刚发现这个房间时已经查看过了，但却没有找到任何关于这个谜题的线索——金属制成的桌子上只有一个没有任何画面的显示器，以及一个只有十个数字键的键盘，又是一个难解的谜题。

瑞贝卡示意凯伦坐到十号实验桌前的椅子上，但她面前的实验仪器到底是做什么的，瑞贝卡也想不明白——测试台上有一块电路板，与旁边厚厚的板子通过黑色的电线及两端一对金属钳相连。瑞贝卡弯下腰，皱着眉看着凯伦的眼睛。她的右眼情况十分严重，淡蓝色的角膜就像漂浮在一片血红色的大海上。另外眼皮也有一些擦伤，看起来肿肿的。

瑞贝卡转过身，刚想用一下大卫的手电——这时，她看到大卫坐在那张桌前的椅子上，随着他的坐下，屏幕立刻闪烁着亮起来，屏幕的中央出现几行文字。

“应该是安了某种传感器……”史蒂夫刚开始说话，便被大卫急忙抬起手制止了，之后大卫快速而急切地朗读起上面的文字。

我在去往圣艾夫斯的路上，遇到一个有七位妻子的男人——他的七位妻子分别有七个麻袋，七个麻袋里各装着七只猫——七只猫又各带着七只小猫。小猫、猫、麻袋、妻子，最后他们有多少去了圣艾夫斯?

在他朗读的同时，屏幕上出现一个倒数计时，上面显示的是“四十九秒”，时间还在不停倒数。也就是说，大卫阅读这个问题花去了十一秒的时间。

***

大卫紧盯着眼前的屏幕，大脑在飞快地运转着。其他队员都在他身后弯腰看过来，每个人都紧张起来。大卫突然感到额头有一点儿汗水带来的刺痛，原来自己在不经意间已是满头汗水。

不要计数，这就是线索。但那是什么意思呢?

“二十八个，”约翰快速地说，“不，等等，应该是二十九个，要算上那个人自己……”

史蒂夫马上打断他，他的声音同样迅速：“但如果每只猫都有七只小猫的话，那就是四十九加二十一，七十个，再加上他一共就是七十一个。”

“但是提示说过不要计数，”凯伦说道，“如果不计数……也就说这并不是单纯地往上累加，也许或者……等等，那个男人，他有七个妻子，还有正在说话的这个人，也就是说还得再加一个……”

时间过去了三十二秒，大卫把手停在小键盘的上面犹豫不决。

快想啊！不要计数，不要计数，不要……

“只有一个。”瑞贝卡急速说道，“他说是他在去见圣艾夫斯的路上……并不是说遇到的那个人和他的妻子们也要去见圣艾夫斯。就是这样，线索里也是这么说的，不要计算其他的，也就是说只有他一个人去了圣艾夫斯！”

对，就是这样，这还真是个有欺骗性的问题……

他们只剩下二十秒了。

“有不同意见吗？”大卫问道。

没人说话。于是大卫在键盘上，按下了数字1键——

倒计时在还剩十六秒的时候停了下来，然后屏幕上的画面消失了，接着一阵熟悉的提示音又从头顶的某个地方传来。

大卫长出一口气后，整个人靠在椅子上。谢谢你，瑞贝卡！

他转过头，本想郑重地向她表示感谢，却发现瑞贝卡弯下腰去检查凯伦的眼睛了。现在她的心中只有她的病人。

“我需要一个手电筒，”她说道，甚至来不及瞥一眼大家。约翰连忙将手电递给她。她打开手电，照着凯伦的眼睛，其他人都静静地注视着她们。凯伦看起来不太好，眼睛下方有明显的黑眼圈，脸色像病人一样惨白。

“发炎了，而且非常严重……来，向上看！向下看！向左！向右！你感到有什么东西磨眼球，或者火辣辣的疼痛感吗？”

“实际上，只是觉得特别痒。”凯伦回答道，“就像被蚊子叮一样，不，比那还要痒十倍。我一直在不停地揉，那可能是它发红的原因。”

瑞贝卡关上手电，皱着眉头说道：“看不出有什么东西。不过她另一只眼睛也受到了刺激……凯伦，它是突然痒起来的，还是在手碰过之后才开始痒的？”

凯伦摇摇头：“我不记得了。我只记得它突然开始发痒。”

突然，瑞贝卡的目光变得十分尖锐，脸色异常严肃地问道：“是在进入101号房间之后还是之前？”

听到这话的一瞬间，大卫感到自己的心脏就像被一只冰冷的手攥住了。

凯伦满面愁容地说：“在那之后。”

“你在里面接触过什么东西没有，任何东西？”

“我不……”

凯伦那充血的双眼突然瞪得大大的，充满了恐惧。接着她颤颤巍巍地近乎喘不上气地小声说道：“病床。那个病床上有片干枯的血迹，我当时只是在想……我摸了它一下。哦，天哪！我当时没想那么多！只觉得那块血迹当时已经干了，而且我手上也没有伤，啊，上帝！眼睛发痒之后，我就开始头疼了……”

瑞贝卡把手放在凯伦的肩上，用力地握了握：“凯伦，先别急，试着做个深呼吸，平静一下，好吗？也许你只是单纯的头疼和眼睛发痒，在我们还没弄清楚是怎么回事之前，先不要轻易地下结论。”

瑞贝卡的声音轻柔而使人安心，态度真诚。凯伦颤抖着呼出一口气，然后点了点头。

“如果她的手上没有伤口……”约翰紧张地说道。

凯伦回答了他，虽然苍白的脸色很镇静，但她的声音还是有点儿颤抖：“病毒可以通过黏膜组织进入体内。鼻子、耳朵……还有眼睛。这些我都知道，我知道但我当时却没想起来……我当时完全没意识到这一点。”

她抬头看向瑞贝卡，大卫明显看出她在故作镇静：“如果我被感染了，要多久……多久我就会……失去意识？”

瑞贝卡摇摇头轻声说：“我不知道。”

大卫感到自己瞬间被无尽的黑暗包围，恐惧、担忧和无尽的负罪感像一片巨大的乌云向他压下来，一下子将他击溃，让他动弹不得，甚至无法做出思考。

这是我的错，这都是我的责任。

“这应该有疫苗的，对吧？”约翰问道，他那漆黑的眼睛来回看着凯伦和瑞贝卡，“应该有治疗方法的，如果这里的人不小心感染了，肯定会打一针或怎样治好吧？他们应该会有的，对吧？”

大卫突然感到一丝希望涌上心头，“会有吗？”他马上向瑞贝卡问道。

年轻的生化学家缓慢地点了点头，然后语气急切地说：“是的，这是有可能的，而且可能性很大，毕竟他们制造了病毒……”

接着她严肃地看着大卫，颇有些焦急地说道：“我们必须尽快找到他们合成病毒时用的主实验室。如果他们有治疗方法，在那儿就一定能找到相关信息……”

瑞贝卡的声音越来越小，大卫能从她的眼神中读出女孩还未说出口的担忧。前提是有治愈病毒的疫苗，而且还得在格里弗斯博士把资料都销毁之前找到，还要赶在凯伦失去意识之前。

“阿蒙的信息，”史蒂夫说，“他说过，我们一定要彻底摧毁这里——也许他给我们留下地图或其他什么指引。”

大卫站起身，充满希望地轻声问道：“凯伦，你感觉还能和我们一起……”

“没问题。”凯伦打断大卫的询问，并站起来，“我能行，出发吧。”

看到她那充血的双眸突然发出的明亮而热诚的光芒，以及那混合着希望与绝望的眼神，大卫不禁感到心痛无比。

天啊！凯伦，这都是我的错，真对不起！

“抓紧时间，”说话的同时，大卫向着门口跑去，“出发！”

***

他们快步向着所在建筑物的前部跑去。约翰紧咬着嘴唇，脑海里充满抑制不住的愤怒。

绝对不能让那些该死的病毒毁了凯伦，绝对不可能，我发誓只要让我找到制造这件事的那个混蛋，他就死定了！我一定让他死得惨不忍睹，绝对的。凯伦不能死……

他们来到前门，悄悄掏出武器并准备好，焦急地等待大卫发出行动命令。在平时，凯伦总能在重重压力之下保持冷静和镇定，但现在却有点儿思维不清，就像刚刚被人重创了腹部无法保持平静呼吸。约翰曾经一次次在那些劫后余生的人脸上，看到和她现在一样的表情——眼神充满着迷惑和怀疑，失去活力的表情透露出内心的空虚。看到凯伦被伤害成这个样子，他感到万分难过，越难过他就越愤怒。他所认识的凯伦·德莱尔绝对不是这个样子的。

“我打头，约翰垫后，呈纵队前进。”大卫轻声说道。

约翰感觉大卫现在有些反常，不过与凯伦的情况不太一样。折磨着他们队长的是一种负罪感，从他难过的目光和紧闭的双唇中就可以清晰地看出这一点。约翰很希望自己可以告诉大卫不要过度自责，但现在根本就没有说话的机会，而且他也不知道该怎么说出口。大卫应该可以照顾好自己，就像我们其他人一样。

“准备好了吗？出发！”

大卫推开门，大家迅速溜进被淡蓝色月光以及此起彼伏的波浪声所笼罩的夜空。大卫在最前面，凯伦、史蒂夫、瑞贝卡依次跟在他的身后，最后约翰收尾，他们压低身体从空旷的地面横穿而过。

漆黑的夜幕下到处弥漫着松树的清香以及海潮的咸味。他们在夜的黑暗中穿梭时，约翰凭借着自己那颗坚定的战士之心，尽量保持冷静，不让自己胡思乱想。他的心中只有愤怒以及对凯伦的担心——就在这时，旁边突然响起 M16 开火的声音。

混蛋！

猛烈的枪声在他们的右边响起的时候，约翰立刻趴到地上，他向旁边一滚就开始还击，在观察周围情况后发现，离他们进入 E 区还有一半的距离。九毫米直径子弹发射的声音顿时响彻夜空，甚至盖过自动步枪那持续的开火声。

看不到目标，无法瞄准……

他发现，在自己三点钟左右的位置有枪口喷射出的火光。约翰看到之后马上改变了贝雷塔的射击方向，并立刻扣动扳机，接连打出第六、第七、第八发子弹。敌人枪口不断放出的橘红色亮光完全遮挡住了它们的身影，但约翰看到其中的一个光亮消失了，步枪扫射时的咔哒声也小了许多——

约翰的内心突然被愤怒所占据，此时不是他的战士之心控制着他，而是对那些感染病毒的攻击者生出的一种狂怒，这种愤怒是他从来不曾有过的。它们想杀死凯伦，这些麻木的、愚蠢的、像噩梦一般的怪物想要阻止他们去拯救她！

不，凯伦，我绝不会让你死的，凯伦！

正当约翰双手撑地猛地从土地上起身时，一声奇怪的野性嚎叫传入他的耳朵。刚站起身，约翰便开始飞奔，边跑边开枪。当所有的贝雷塔都停止射击，同伴们的喊叫声在耳边响起的那一刻，他才意识到原来嚎叫声是他自己发出来的。

约翰怒吼着向前冲去，一次又一次地朝着那些想阻止和杀死他们的丧尸，那些想要夺去凯伦性命的丧尸扣动扳机。他的思想无法再用言语来表达，脑子里只有无尽的愤怒——现在他的脑子里只有消灭它们、消灭它们的创造者这一个想法。

他还在继续射击，并没有发现对面已经停止了射击，更没有发现那些丧尸全部无声无息地倒下了，周围回响的只有他手上那把半自动手枪的射击声以及从他颤抖的身体中发出的呐喊声。就这样他冲到丧尸旁，贝雷塔的子弹打光了，但他还在不停地扳动着扳机。

三个丧尸的皮肤惨白没有一丝血色。它们腐烂的身体，已经被子弹打得稀烂。

咔嗒、咔嗒、咔嗒……

其中一个丧尸的脸上满是褶皱的疤痕组织，布满皱纹的皮肤上蜿蜒着白色的疤痕，只是它的前额被子弹打穿了一个洞。另一个丧尸的眼睛也被击中了，黏稠的液体溅到它枯萎的脸颊上，并顺着脸庞流到腐烂的耳郭里。

咔嗒、咔嗒……

第三个丧尸还活着。不过它的脖子有一半被子弹打掉了，伤口向外不停滴着血。它的嘴巴一张一合的，却发不出任何声音。它那像包了一层薄膜的黑色眼睛还在慢慢闪动着望向约翰。

咔嗒……

他的子弹打没了，愤怒的嘶吼声渐渐消失。正是机枪撞针没有意义地撞击着滚烫的枪体发出的声音，才将他从渐渐平息的怒火中找回自己……而他脚下那个让人生厌的家伙还在缓慢无力地向他眨着眼睛。

它们不知道自己是什么，更不知道自己是谁。它们曾经是人，现在则只是一团拿着枪执行命令，却不知道自己在干什么的腐肉。

它们让他陷入了深思……

“约翰？”

这时凯伦温和的声音在他的身旁响起，接着一只温暖的手搭在他的背上。史蒂夫和大卫走了过来，注视着这个在月光下张着嘴、眨着眼、空有一具人类躯壳的丧尸，这应该是科学狂人的最后几个实验品之一了。

“哦，”他轻声回应道，“哦，我没事。”

接着大卫把枪口对准怪物的脑袋后，对他们轻声说：“退后。”

约翰转过身，和旁边的凯伦一起向着他们最后的目的地走去，瑞贝卡瘦弱的身影就在他的前面。接着响起一声巨大的枪声，好像他们脚下的地面都跟着颤抖了一下。

不能让凯伦死去，我们任何一个人都不可以。我们不能就此认输，绝对不能在此丧命……

大卫和史蒂夫两人默默地回到他们身边，他们一起跑步穿过空旷的黑夜朝着 E 区进发。如今三人小组全被干掉了，但感染它们的病毒却还在凯伦的身体里肆虐，企图把她变成一个没有意识、没有灵魂、让人生不如死的怪物。

约翰加快了自己的脚步，默默地在心里发誓，如果他们找到格里弗斯博士，一定要让他为自己的所作所为付出应有的代价。

2 resident evil

第十三章

E 区和之前进入的四个建筑物并没什么不同，工业生产用的建筑风格、枯燥的陈设和陈腐的味道都表明这里和其他地方一样，都是建立在钢筋混凝土里的研究设施。他们快速穿过闷热的走廊，打开所到之处的所有灯光，寻找着那个可能隐藏着阿蒙博士最后线索的房间。没过多久，他们便发现这栋楼里几乎一半的地方都被设计成室内射击场。大卫还在里面发现几个装满 M16 步枪子弹的箱子，但遗憾的是，他们这次行动根本没带自动步枪。约翰之前想回去拿三人小组的枪来用，但瑞贝卡立刻否决了他的建议。因为发热的步枪，很可能现在已经布满了病毒。

就像此刻凯伦的血液一样，里面的病毒粒子正在成批复制，破坏原有的细胞，然后寻找新的细胞进行依附、利用和破坏。

“在这儿！”蜿蜒走廊的另一头突然传来史蒂夫的喊声，瑞贝卡急忙向他跑过去，凯伦和约翰紧随其后。大卫和史蒂夫正站在一扇紧闭的大门前，墙上红、绿、蓝三色绘制的三角形标记表明他们找到了正确的房间。史蒂夫看起来像在用目光寻找瑞贝卡，他的脸上除了担忧看不出其他表情。不过她没在意，也没有做出什么回应。凯伦的感染，以及约翰近乎疯狂般对三人小组发起攻击……让瑞贝卡现在没有其他想法，她现在只想快点儿找到实验室，找到能救凯伦的办法。

史蒂夫将门打开，大家陆续走进去。瑞贝卡仍旧密切观察着凯伦的情况，注意着病毒在她体内活动呈现的症状——同时思考着她能否利用迄今为止所学到的所有与加速繁殖相关的知识做些什么。现在凯伦感染病毒，已经是确信无疑的事情了，而且没有人比她更清楚这一点——但是该怎么把这件事说出口呢？

我是不是应该告诉她病毒蔓延到她的全身只需要短短的几小时？也许我应该先悄悄地把这件事情告诉大卫？如果真的有疫苗，我们就必须在病毒侵蚀凯伦的大脑之前找到它——如果在那之前病毒成功在她的脑中放出大量多巴胺，她就不再是凯伦·德莱尔了，而是……别的什么生物了。

瑞贝卡很迷惑，不知道该如何是好。他们能做的事情基本上都做完了，而且没有浪费一点儿时间，可现在她手中根本没有足够的与病毒有关的情报，就连想以此来假设都做不到。她实在不想凯伦因此更加紧张和恐慌。她深知凯伦目前是在强撑着自己的情绪，但很明显，她快到崩溃的边缘了，不论是她血红双眼中绝望的眼神，还是那越来越颤抖的双手都可以看出这一点。不过三人小组被注射的病毒剂量应该要比凯伦摄入的多得多，也许她还要有几天才会发作……

你没看到最初的症状不到一小时就出现了吗？别自欺欺人了。你应该告诉她真相，警告她以及每一个人可能发生的事情。要尽快！

瑞贝卡疯狂地甩开脑海中的想法，环视了一圈刚踏进的这间屋子。这里比他们之前遇到的那些实验室要小一些，也空旷一些。

房间的后部放了一张长长的会议桌，桌子后面还放着六把椅子。在房间前部的墙上挂着一个脱落的架子，大约有一米长、三十厘米厚，上面有红、绿、蓝三个不同颜色的大大的按钮。而架子背后的那面墙则贴着大块的灰色瓷砖，看上去应该是用某种工业塑料制成的。

“就是这个。”史蒂夫说，“‘蓝色可以进入’应该说的就是它。”

大卫连一秒钟都没有犹豫，直接走到架子前，按下那个蓝色的按钮——

随即一个平静的女性声音从隐藏在他们头顶上方的扬声器响起，让他们有些惊诧。这是一段提前准备好的录音，瑞贝卡马上回想起斯宾塞庄园的最后时刻，这段录音和当初启动自爆装置时的声音简直一模一样……

“蓝色系列完成。准许进入。”

接着架子背后的一块大理石瓷砖开始向一侧滑动，在混凝土的墙上露出一个黑漆漆的暗格。看着大卫把手伸进那个隐蔽的暗格，瑞贝卡心中又升起对安布雷拉的愤怒和厌恶，安布雷拉所做的每一件事都让她感到十分憎恨。他们简直太卑鄙了。

这里所有的实验，他们做的所有研究——就像驯狗一样用少量食物对这些T病毒的受害者进行训练。通过红色系列的测试，真棒小狗狗，这是给你的骨头……这些成功通过测试的T病毒的受害者，又有什么奖励呢？一块肉，用来减轻饥饿感的药物，还是能用新武器来训练？上帝啊，它们能否明白，自己到底经受了怎样非人的待遇？

她看到其他人脸上都带着嘲讽和厌恶的表情——然后又都变成惊讶和气馁，因为他们看到大卫从暗格中掏出一个很小的东西，看起来像一张信用卡，卡的一面上还粘着一张纸条。

大卫把那个东西举到眼前的时候，大家都围过来，而大卫黑色的眼睛里却充满无尽的失望。那是一张淡绿色的钥匙卡，是用来开启电子门的，卡上除了磁条之外一片空白——那张小纸片上潦草的字迹写着：

进入灯塔 135—西南／东

“这上面的字迹和阿蒙之前留下来的完全一样。”史蒂夫充满希望地说道，“也许实验室就在灯塔里……”

“只有一种办法能找到答案，”约翰说道，“我们走吧。”

约翰说这话时很愤怒，现在的表情跟他刚得知凯伦被病毒感染时一模一样。联想起约翰刚才面对三人小组的狂怒举动，瑞贝卡都有点儿不忍心找到格里弗斯博士了，因为她相信就算把他撕成碎片都不一定能解约翰的心头之恨。

大卫点点头，将钥匙片塞进防弹衣的口袋。一种担忧又自责的神情显现在他那强装镇定的面容上：“还好吗，凯伦……”

凯伦点了点头，瑞贝卡发现，她苍白的皮肤此时就像被包上一层蜡，最上面的皮层开始慢慢变成半透明状。就在瑞贝卡观察的时候，凯伦下意识地抓挠着自己的手臂。“是的，我没问题。”她平静地说道。

必须要告诉她。她应该知道。

瑞贝卡知道不能再拖下去了。时间紧迫，在慎重地想好措辞之后，她用尽量平静的语气对凯伦说道：

“听我说，我不知道他们在这里对 T 病毒进行了怎样的改造，但很有可能，在较短的时间内，你就会出现更严重的感染症状。你必须告诉我，告诉我们大家，你的身体和心理两方面的感觉，哪怕是一点点的变化都要说出来。这一点非常重要，我们必须知道你的情况变化，好吗？”

凯伦虚弱地笑了笑，仍旧抓挠着胳膊。“我非常害怕，那是怎么回事？我觉得全身都变得好痒……”

她充血的双眼转向大卫，然后又望向史蒂夫和约翰，最后回到瑞贝卡的身上。“如果……如果我……失去理智，你们得马上做点什么，好吗？你们绝对不能让我……伤害任何人，可以吗？”

说着，一滴眼泪从她苍白的脸颊上滑过，但是她仍然一直看着瑞贝卡，她湿润的因充血而变成深红色的眼眸，显现出她以往的那种坚定和坚强。

瑞贝卡被凯伦眼中的勇气深深地折服——可是她实在是不知道，在血液中T病毒的疯狂肆虐下，凯伦还能支撑多久。瑞贝卡哽咽着，努力装作信心满满的样子，希望能以此给她一丝安慰……

“我们一定会在它发作前找到治疗方法的。”她嘴上这么说，但心中却一直在祈祷这句话千万不要变成对凯伦无法兑现的诺言。

“出发。”大卫坚定地说道。

他们开始行动。

***

这个基地建立在一块平缓的斜坡之上，越向北地势越高，小队离开E区之后朝着矗立在海湾高处的那座高耸的黑色建筑前进，倾斜的路面越来越陡峭了。混杂着岩石的土路坡度很急，形成大约三十度的陡坡，才走了五百米左右，他们就感觉像经历了一场远足一样累。虽然背部和腿部都感到酸痛，但大卫根本就无暇顾及。他太担心凯伦了，同时心中充满自责，以至于根本就没有时间去想身上有没有不舒服。

自打从冰冷的海水中死里逃生爬到陆地上之后，他们还是第一次离海湾中波光粼粼的水面如此之近。低吟的凉风从月光笼罩的水面吹来，如果能换成另外一个夜晚或另外一个地方，眼前的景象一定能让人心旷神怡。摇曳的点点波光和轻柔的海浪声似乎在嘲笑着他们身处的境况，这静谧的画面与大卫心中的混乱形成鲜明的对比。

想到这儿，大卫感到，他现在宁可希望周围还有巡逻的三人小组，也不愿看到凯伦这个样子。

至少那样能让我觉得还身处一个噩梦般的环境之中。那样我就能有点儿事做，不论是防御，还是反击，至少可以与那些真实存在的东西进行战斗……

在他们前方，是一条向东蜿蜒爬升的坡道，然而在坡的后面路忽然朝下面满是泡沫的海面急速下降。整个海湾依旧平静如常，他们快速前行，越来越靠近海浪拍击的峭壁，高耸的峭壁里还有洞穴，海浪拍击峭壁的声音越来越大。约翰走在最前面，他身后是凯伦，然后是那两名年轻的队员。大卫在整支队伍的最后，边走边来回观察着他们左边和后边的空地，以及前方不远处的那幢黑暗中的建筑。

灯塔的正后部应该是一排宿舍，占地面积比刚才那些混凝土建筑大了几乎一倍。他们还是第一次看到安布雷拉员工宿舍的样子，从外观看它就像简易住宅——很显然，建立它的目的只是为了吃饭和睡觉，没有任何美感可言。要是在平时他们一定会先检查这个地方，但是现在大卫不想在寻找主实验室之外浪费一丁点儿的时间。

一想到这儿，大卫的脑海又被自责和担忧占满，虽然他试图抛开脑中的这一切，但怎么都挥之不去。他需要振作起来，不要再在自我怀疑和混乱的情绪中挣扎了，要尽可能快地带领大家找到主实验室——但大卫还是不住地想，不住地觉得要是被感染的人是自己就好了。

*但感染病毒的不是你，*他身体里一个微弱的声音在对他说，*感染的是凯伦，空想是没有意义的。这些想法不但不能治愈凯伦，还会影响你的带队能力。*

大卫尽力不去理会心底的声音，另一种想法取代了他抱怨自己将大家搞得这么狼狈的愧疚。他以为自己是谁，还想带领大家打败安布雷拉，清除特种战术救援组的腐败毒瘤，将光荣和荣誉带回特种战术救援组？他现在连保护部下的安全都做不到，连制订一个简单的秘密作战计划都办不到，甚至无法战胜自我怀疑的心魔和深深的负罪感，只会任由它们在自己的心中肆虐。

随着他们越来越接近那栋死气沉沉的宿舍，约翰渐渐放缓了脚步，以便其他队员能尽快跟上。大卫看到大家十分疲惫，但好在凯伦的状况看起来并没有进一步恶化。天上的圆月洒下柔和的亮光，凯伦看上去面容苍白而脆弱。之前在荧光灯下，凯伦像死尸一般苍白的皮肤，变得像瓷器般脆弱，深红的双眼渐渐变成深色。要是他完全不知情该有多好……

但你什么都知道。还有多长时间，她柔弱的皮肤就会开始脱落？还要多久，手持武器的她就会变成威胁？你必须阻止这一切，在她开始变成怪物之前……

停！不要再想下去了！

大卫让其他人停下来喘口气，自己则仔细观察着相距不到二十米的灯塔。这时他突然感到紧张异常，心脏突然莫名其妙地狂跳。这是一座高高的圆柱形的老式灯塔，那饱经风霜的深色外观，让它和其他建筑物一样，看上去就像已经废弃多时。看着它，大卫的心中又有了早先感觉到的厄运即将发生，而他们却无法选择，只能背水一战，仿佛旋转着的黑暗的命运车轮就在他们的前方。

“我们走吧！”约翰轻快地说道，但大卫伸手抓住他的胳膊制止了他，并慢慢地摇了摇头。

危险。他的内心又响起一个微小的声音，那声音既熟悉又陌生。

他盯着眼前隐隐出现的灯塔，陷入了沉思，听着周围海风肆虐的声音以及海浪猛烈拍击峭壁的巨响，他的心中突然感到有些犹豫和不知所措，无法掌控发生的一切。大家都在等待着他。他们都知道里面会很危险，但他们也明白自己不得不进去，再说他们也不能就这么傻傻地站在这儿——

刹那间，大卫忽然清醒地意识到自己脑海中为什么会出现这么多错误的想法，明白了问题究竟出在哪儿。这所有的一切跟他的能力无关，不是因为他思考不周，更不是他缺少计划或战斗的能力。真正的原因比这些都要严重，要不是因为自己一直被心中的内疚所纠缠，他早就应该明白这个道理了。

这都是因为我的不自信。没有特种战术救援组在我身后支持，我完全忽略了内心的声音——我竟然犯了如此严重的错误，我竟然没有倾听，也让自己不知道该做些什么。每一次恐惧向我袭来，我总是没有正视它，总是忽略它——所以内心的恐惧就会越来越强大。

就在他已经想明白，相信这种感觉的时候，他感到疑惑正从他疲惫的心中慢慢褪去。内疚的感觉开始减弱，他的意识变得清晰起来——在清醒的意识下，他内心的弱小声音爆发出应有的强大能量，而这一点他差点儿忘记了。

里面可能有危险，因此我们要迅速撞开门，两个人低位冲进去查看情况，其他人守在门边，从高位进行掩护——

只用了几秒，大卫的脑海中便浮现出行动方案。他回过头看向队友，发现他们都在注视着他，等待着他的命令。他第一次感到了时间的漫长，同时他确信自己能做到的。

“我觉得，这里可能有陷阱。”大卫说道，“约翰。你和我一起从低位进入，我来负责西侧——瑞贝卡，你和史蒂夫守在门的两侧，朝里面站立的目标开火，直到我们确认里面安全为止。不好意思，凯伦，这次你得坐在一旁等一等我们了。”

大家都点点头之后，便朝着围绕在阴森的灯塔周围的阴影进发。大卫走在最前面，终于感觉自己做了件有用的事。虽然命运的车轮太大而且转得太快，他们无法阻挡，但他们是不会还未奋力一搏就任由命运摆布的。

为了凯伦和我们所有人，去战斗。

***

凯伦迟疑不定时，队友们已经各就各位，他们背靠着灯塔后面巨大的建筑物的后墙，四下观察着。刚才的坡路让她有些气喘吁吁，大口的喘息、奇怪的感觉以及脑海里挥之不去的嗡嗡声，让她根本没办法集中精神……

好难受。好像越来越难受了。

尽管还有些可怕，可不知何故，这种感觉不像刚才那么强烈了。实际上，这也并不是真的那么可怕。最初的恐惧已经消退，留给她的只是肾上腺素爆发后残留的记忆，就像突然从噩梦中惊醒。瘙痒还是让她无法集中精力，但现在已不是痒那么简单的事情了。就像有上百万条虫子在撕咬她的皮肤，她可以清清楚楚地感觉得到，每一下撕咬都像把她的皮肤从身上撕下来，似乎只有高声尖叫才能缓解痛苦，而这些撕咬的感觉现在——遍布全身。这是她唯一能想出的描述这种感受的方法。她感觉这些小虫爬满全身，都连在了一起，它们像一层厚毛毯裹住了她，并且不停地爬行和蠕动着。仿佛她的皮肤有了生命一般，不断地抓挠着自己。这种感觉非常奇怪，但让她觉得并不是完全不可接受。

“行动！”

听到大卫发出指令后，凯伦的注意力重新回到身前展开快速行动的队友身上。脑海中嘈杂的嗡嗡声让凯伦觉得一切都有些不正常，就像突然快进一样。灯塔的门被猛地打开后，大卫和约翰迅速冲进门内的黑暗之中。随即里面火光飞溅、枪声隆隆，那是M16步枪高亢的声音在房间里响起。史蒂夫和瑞贝卡两人利用门框作为掩护，将身体探进房门开火，然后迅速闪回躲避，再探身开火，再躲避。两人的动作十分迅速，他们手中的贝雷塔就像一只由黑色金属制成的小鸟一样飞舞着。

这一切发生得非常快，但看起来似乎又很漫长，长得好像要很长时间才能结束。凯伦不禁皱起眉头，想知道接下来会怎么样——

紧接着，他看到大卫和约翰向后退出来，回到蓝色的月光之下，再次看到他们之后，她感到非常高兴。尽管在她看来，他们的脸有些怪异和扭曲变形，身体的移动也像快进一样……

我这是怎么了……

凯伦用力地摇了摇头，想让自己尽量清醒一点儿，可是她脑海中的噪声却只增不减——她再次担心起来，害怕大卫、约翰、史蒂夫和瑞贝卡会丢下自己不管，他们会离她而去，没有任何一个人可以帮她，哪怕是帮她缓解焦虑。那样就太糟了。

这时她发现大卫来到她的面前，那双湿润得像黝黑的樱桃一样的眼睛盯着她。“凯伦，你还好吗？”

看着他那张轮廓分明的脸颊，听着他温柔的声音，凯伦再一次感到幸福，她意识到一定要把现在真实状态告诉他。她竭尽全力，强忍着全身的难受和满脑子的混乱，勉强挤出两句她想要说的话，那声音听上去就像风声一样，她自己都感到十分奇怪。

“我现在的感觉更糟了，”她说，“我不能正常思考了。大卫，别离开我。”

约翰和瑞贝卡用对凯伦来说近乎滚烫的双手，扶着她慢慢地向黑漆漆的门内走去。虽然她的身体还能活动，但大脑完全被嗡嗡的嘈杂声所占据。凯伦有很多话想跟他们说，这些话在她的脑海中浮现，就像美景中穿透云层的闪电——但他们现在来到的这个房间却十分阴暗闷热，地板上还躺着一具手持步枪的尸体。凯伦看不清他的面容，但他脸部的情况却并不陌生，脸上的皮肤异常惨白并扭曲着，堆满层层的粗糙的褶皱，全身的皮肤都变成了苍白的颜色，而且一部分皮肤组织从它的身体上脱落。丧尸都是这样的。

“我找到门了，”史蒂夫抬起头，咧开嘴露出白花花的牙齿，笑着说道，“1——3——5。”他边说边按下门洞边的按键，接着露出后面延伸向下的楼梯。突然史蒂夫的微笑消失了，并皱起了眉头。

“凯伦……”

“我们必须加快速度。”

“坚持住宝贝，再坚持一会儿。我们马上就到了……”

凯伦让他们扶着自己身体，心里想着为什么他们看起来那么奇怪，而且为什么他们闻起来那么吸引人呢。

2 resident evil

第十四章

阿森斯失败了。

格里弗斯博士盯着门旁一闪一闪的白灯，心里不停地咒骂着阿森斯，咒骂着莱尔·阿蒙，同时咒骂自己的坏运气。他没告诉阿森斯任务完成之后回来的方法，所以这只能说明入侵者成功干掉他并通过了那里。不论阿蒙到底给他们留下或送出去什么样的情报，现在都无所谓了——现在的首要问题是，那帮家伙马上就要侵入这里了，他不得不认为他们拿到了能进入这里的钥匙卡。尽管在几周前他就拆除了所有的指路标识，但那些家伙很有可能知道了正确的路线，他们很有可能会找到他并——

不要慌，根本不需要恐慌。你早就为这种情况做好了准备，只要开始执行下一个计划就好了。首先将他们分成两个部分，可以收到双倍效果——削减他们的力量，然后诱骗他们——也可以欣赏一下阿兰的精彩表演。

格里弗斯转身对基耐森博士快速地下达了指令。他尽量简明扼要地向对方说明要做的事和行动路线。尽管他猜到入侵者想要了解的问题，但他明白可能他们还会有新的问题想要知道答案。于是格里弗斯告诉基耐森几句话来应对他们的询问，然后交给他一把从陈博士的抽屉里取出来的半自动手枪，并亲眼看着基耐森将武器掖在白大褂里藏好。虽然弹夹里没有子弹，但如果不扣动扳机，谁又能看得出来呢。最后他把自己的钥匙卡交给基耐森，他明白这个举动非常冒险，但这整个计划都相当冒险。为了即将掌握在他手中的全世界的命运，他要把握住任何机会。

阿兰离开之后，格里弗斯重新坐回椅子上，在等待的这段时间里，他的眼神一直焦躁不安地在六个不锈钢罐子之间看来看去。他认为他的计划绝对不会失败，因为他觉得，他的所作所为是在伸张正义，必将保佑他渡过难关。就算阿兰失败了，也还有 Ma7，还有路易斯，还有压力罐，另外在他的藏身之所，气闸室的控制杆就在很容易触到的位置。

等这一切都过去之后，太阳就会照常升起，真让人期待。想到这儿，格里弗斯博士脸上不禁露出了甜蜜的笑容。

***

凯伦还能走路，还能从同伴对她说的话中听懂一部分内容，但她勉强从嘴里挤出来的几个字，大家却都听不懂。在他们沿着灯塔的台阶往下走的时候，凯伦说了两次“热”这个字。而当他们走到楼梯的底端，进入宽敞却阴冷潮湿的地道时，凯伦突然蹦出一句“我不想”，同时，她那张死尸一般苍白的面颊上露出恐惧的表情。瑞贝卡心里非常担心，就算他们找到治疗病毒的方法，也可能太迟了。

这一切发生得是那么突然、迅速，以至于她还没明白是怎么回事儿。就像大卫预感的那样，早就有个人躲在灯塔的一个阴暗角落里，设计好陷阱等待他们的到来。当时那家伙就躲在旋转楼梯下的阴暗处，他们一走进门内，那个人就用自动步枪向他们进行扫射。多亏有大卫的计划，我们才能毫发无损地迅速结束战斗——史蒂夫找到入口，输入密码的时候，瑞贝卡和约翰过去仔细看了一下那个袭击者。借着手电发出的微光，他们发现那家伙也被病毒感染了——他那像纸一样白的皮肤，已经起皮、剥落，皱成一团。不过，似乎和她之前见过的三人小组的情况不大一样，他身上腐烂的程度没有其他的看上去那么严重，而且他的眼睛也跟正常人十分接近……但当时大卫过去搀扶凯伦，瑞贝卡的注意力随之被转移了。

瑞贝卡判断，一定是因为刚才她攀爬那段陡坡，加快了病毒在体内的运转。即使不是因为爬坡的缘故，她一时也想不出其他可能加速病毒繁殖的原因。不知何故，T 病毒会根据凯伦的身体条件做出调整，加快心跳和血液循环的速度——但当他们扶着意识模糊、步履蹒跚的凯伦进入灯塔之后，瑞贝卡发现她自己已经不关心病毒的加速机理了，她现在只想快点找到主实验室，好能挽救凯伦·德莱尔那仅存的一丝理智。

沿着在峭壁沉重的石灰石中开凿出来的曲折的道路回转，他们好像从灯塔下的地道又折向之前经过的建筑物的下面。这里像矿井中的坑道，在两旁的墙壁上挂着照明灯，光亮照在他们身上，投射出一道道非常诡异的阴影。大家都沉默着，心中满是担忧。约翰和史蒂夫在凯伦的两侧，半拉半拽地拖着她向前移动。瑞贝卡走在所有人的最后，正当大家跌跌撞撞往前走时，她的心底突然泛起一种似曾相识的可怕念头，她想起斯宾塞庄园的地下通道。和那时一样，寒冷潮湿的感觉从石灰岩中渗透过来，对前方未知的危险充满了恐惧，令她筋疲力尽，而且害怕搞砸一切——害怕不能阻止灾难的发生。

灾难已经发生了，她感到十分无助，注视着凯伦依然在挣扎着前行。我们就要失去她了。也许再过一小时，甚至更短的时间，凯伦就会离我们远去，而且永远都回不来了。

在这种情况下，约翰和史蒂夫不应该再与凯伦有任何接触了，她完全能够轻易地抓住他俩中的任何一个，并在他们及时放手之前咬上一口。这种想法甚至使瑞贝卡感到强烈的悲伤与痛苦，带给人沉重的失落感。

地道突然转向左边，瑞贝卡感觉他们和大海近在咫尺。周围的墙壁随着另一边海浪低沉的轰鸣声而震动，空气充满潮湿的鱼腥味。他们脚下的部分岩石太光滑了，以至于不像是人工打磨而成的。瑞贝卡开始了遐想：要是前面隧道的某个地方突然打开，海水就会立刻猛灌进来——

“该死！”大卫小声怒骂着，“混蛋！”

瑞贝卡赶忙抬起头，看到眼前的景象后，她感到拯救凯伦的最后一丝希望都没有了。

我们来不及了。

这条通道的确打开了，就在距大卫几百米之外的正前方，通道的前面变得相当宽敞，实际上——它连着五条小的隧道，每一条通道的方向都不尽相同。

“朝向西南方向的是哪一条？”约翰焦急地问道。凯伦靠在他身上，头一直向前低着。

大卫还是很愤怒，挫败感让他提高了声调，他的声音在五条通道中来回折射，最终在宽敞的隧道口回荡。

“我不知道，我以为我们一直在往西南方向前进——然而我们前方的通道没有一条能与我们所在的这条直线相对，也没有朝正东方向的。”

他们来到墙面凹凸不平的开阔处，无助地盯着眼前五条光滑的隧道，每条隧道里都在墙壁上安装了巷道灯，而灯光都在隧道的拐角处消失了。可以清楚地看出石壁光滑的表面是被海水冲刷而成的，很有可能其中的一条隧道就与大卫最初打算寻找的峭壁下的那个洞窟相连。虽然这些隧道没有刚才那条隧道那么宽敞，但至少有三米高，宽度足够一个成年人轻松穿过。但他们谁都不知道究竟哪条路能通往主实验室——

而且，就算我们中有人能进入主实验室，我们也无法确定那就是我们要去的地方……

“如果这几条隧道都不是通向东面的，我们就选一条看起来最有可能是通往西南方向的。”史蒂夫冷静地说道，“而且，再往东就是大海了。”

瑞贝卡听到凯伦迷迷糊糊地低声嘀咕了几句话，立刻担心地走过去，查看她的情况。尽管还被约翰和史蒂夫搀扶着，可她看起来似乎还能自己站立。

瑞贝卡在伸手摸向凯伦满是汗水的额头时，刚好两人的眼神交汇，瑞贝卡发现她目光呆滞，双眼通红，而且瞳孔也开始放大。

“凯伦，你还好吗？”她轻声问道。

凯伦慢慢地眨了眨眼睛。“口渴……”她小声说道，声音就像水面冒出泡泡和细细的流水声。

她还能做出回应，谢天谢地……

瑞贝卡把手轻轻放在凯伦的颈动脉上，指尖感觉到一阵快速的丝状脉搏。脉搏跳动的速度比在上面的灯塔里快了很多。她清楚，无论病毒在凯伦体内做了什么，它都快将凯伦的身体完全吞噬掉了。

瑞贝卡转过脸，她的心中感到无比绝望和愤怒。她现在只想冲着某个人大声叫喊，让他去做点儿什么——

就在这时，她突然听到连续的脚步声从一条地道中传来。她立刻伸手去掏她的贝雷塔，同时，她看到约翰和大卫也跟她做着同样的动作，而史蒂夫则一直扶着凯伦。

哪条隧道，声音是从哪个隧道传来的？格里弗斯？会是格里弗斯吗？

脚步声不断回响着，几条隧道好像哪儿都有声音同时传出——紧接着，瑞贝卡看到，从右边数第二条隧道的拐角处出现一个男人的身影。他身上披着一件脏兮兮的白大褂，步履蹒跚地向他们走来——

然后，那个人也看到了他们。尽管他们相距还有十五米远，但瑞贝卡还是看到，在看到他们的那一刻，那个人脸上浮现出震惊又异常兴奋的表情，然后又迅速恢复了平静。他朝着大家跑过来，一头褐色的短发显得十分凌乱，眼睛闪着兴奋的光芒，嘴唇有些微微颤抖。虽然他看上去没有携带任何武器，但瑞贝卡仍然举起枪对他保持高度警惕。

“哦，感谢上帝，谢天谢地！快救救我！萨曼博士疯了，我们得赶快离开这里！”

***

他摇摇晃晃地走出隧道，差点儿撞上大卫，就这样他都没注意到大卫手里指着自己的手枪，只顾着在那儿喋喋不休。

“我们得快点离开这儿，我知道有条船可以用。我们得赶在他把我们都杀死之前离开这里……”

大卫回头瞥了一眼，看到瑞贝卡和约翰仍然用枪指着那个人，便将手中的贝雷塔收回枪套中，并上前抓住那个人的手臂。

“放松，冷静一下。你是谁？是这里的工作人员吗？”

“我是阿兰·基耐森。”男人气喘吁吁地回答道，“我一直被萨曼关在实验室里，他知道你们来了，我好不容易才想办法逃出来。他已经疯了。你们快帮帮我到船那边！那里有无线电，我们可以向外面求救！”

实验室！

“哪条路是去实验室的？”大卫马上问道。

基耐森好像根本没有听到大卫的问话，仍旧一脸的惊慌失措，满脑子想的都是萨曼随时会赶上来杀了他们。

“船上有无线电，我们可以用它向外面求救，然后我们就可以离开这里。”

“告诉我，实验室怎么走？”大卫重复道，“听我说……你就是从实验室过来的吗？”

基耐森转过身，伸手指向自己来时旁边的那条隧道，也就是正中央的那一条，说道：“实验室在这边——”

接着他又指了指刚才来时的那条隧道：“船在这边。这些隧道就像迷宫。”

在他指路的时候，他看起来平静了一些，但当他重新转过身面对他们的时候，他的脸上又呈现出跟刚才一模一样的歇斯底里的表情。他看起来只有三十五岁上下的样子，可是大卫注意到，他的眼角和嘴唇边布满和他年龄不相符的深深的皱纹，可能他的岁数会更大一点儿。不论他是谁，年龄有多大，他现在似乎陷入一种无意识的恐慌状态。

“船上有无线电，我们可以用它向外面求救，然后我们就可以离开这里。”

大卫的心在狂跳，大脑也在飞速地运转。实验室就在那边，这是他们的机会——

我们先前往实验室，想办法让萨曼交出疫苗和治疗方法，然后在更多人受到伤害之前离开这里——

他转过头看向其他人，看到他们的脸上都是满怀希望的表情，他知道他自己也一样，而约翰和史蒂夫都使劲地向他点着头。不过瑞贝卡似乎想说些什么，她将头向后点了一下，示意大卫到基耐森听不到的地方，她有话要跟他说。

“失陪一下，抱歉。”大卫觉得没有什么必要，但还是礼貌地说了一句。毕竟基耐森的名字也在特兰特的名单上。

“我们必须赶快行动！”他只是在那儿自顾自地唠叨着，并没有跟着往回走的大卫过去。他们四个人凑到一起商量对策时，凯伦一直静静地靠在史蒂夫的胳膊上。

瑞贝卡担心地小声说道："大卫，我们不能带着凯伦去实验室。要是格里弗斯……不，如果萨曼在那里，战斗就一定无可避免。"

约翰点点头，瞥了一眼仍然处在歇斯底里状态下的研究员后说道："我觉得，我们不应该丢下这个家伙不管，应该带着他跟我们一起回家。"

大卫皱着眉头努力思考着。史蒂夫有高超的射击技术，约翰的体格更强壮。如果他们要迫使萨曼说出 T 病毒感染的治疗方法，约翰应该更能轻易达到恐吓住他的目的。

"我们分头行事。史蒂夫，你把凯伦带到船上，并留心基耐森的一举一动。剩下的人跟我一起去主实验室，拿到需要的东西之后我们就去船那儿跟你们会合。听明白了吗？"

看到所有人都点了点头之后，大卫转过身对基耐森说道：

"我们必须先去主实验室，但我朋友凯伦的状态不是很好，所以我们想让你把她和一个护送人员带到船上，然后在那里等着我们。"

基耐森的眼神突然变得有些空洞，但转瞬即逝，他奇怪而茫然的表情消失得如此之快，以至于大卫自己都不确定是否看到了他表情的变化。

"我们要加快速度。"基耐森快速说道，然后转身朝着自己来时的那条通道快步走去。

看着基耐森迅速远去的背影和身后飘荡着的脏兮兮的白大褂，大卫突然觉得有些不对劲。

他甚至连我们是谁都没问……

在史蒂夫和凯伦一起进入隧道的一刹那，大卫突然拉住史蒂夫的手臂，轻声说道："小心那个家伙，史蒂夫。我们一定尽快赶来。"

史蒂夫点点头，随即搀扶着步履蹒跚的凯伦跟在行事诡异的基耐森后面。

这时约翰和瑞贝卡握紧武器站到正中间的通道前。隧道口的宽阔空间和外面一样，轻微的晃动伴随着低沉的海浪声。

剩下的三人不再多说什么，立刻走进中间那条黑暗的隧道，虽然身心俱疲，但他们仍坚定地快速向前进发，已经做好与制造卡利班海湾无数悲剧的幕后黑手进行决战的准备。

***

他们转过第一个拐角时，凯伦满是冷汗的手紧紧抓着史蒂夫的肩膀——而那位研究员则快速地跑到两人前方大约一百米外的拐角处。史蒂夫勉强瞥到前面白色身影和黑色平底鞋的后跟在远处晃动了一下就不见了，只能隐隐约约地听到渐行渐远的脚步声。

好吧。让我们迷失在这座海湾地洞的迷宫中，说不定也是疯狂博士早就想好的计划……

听到凯伦发出一声低沉而痛苦的呻吟后，史蒂夫紧张不已，感觉胃里痉挛形成的冰冷硬实的结收缩得更紧了。与在隧道里迷路相比，他还是更担心凯伦。史蒂夫感觉凯伦靠在自己身体上的分量比刚才更重了，她的脚就像被他拖着在岩石地面上前行。

大卫、约翰、瑞贝卡，请一定快点儿，不能让凯伦的状况再继续恶化了……

为了能跟上基耐森，史蒂夫拖着凯伦尽可能快地向前走着，一边担心着身处危险之中的其他队友，一边担心着趴在他身侧的病情严重的凯伦。除了遇到瑞贝卡并和她互有好感以外，今天简直就是他生命中最糟糕的一天。到现在为止，他加入特种战术救援组只有一年半的时间，虽然之前也有过身处险境的经历，但与从被抛出小船到现在的这几小时的遭遇比起来，以前的艰险经历简直就是小巫见大巫。

海中的怪物，拿着枪的丧尸——还有被感染的凯伦。聪明、认真的凯伦，正在渐渐失去理智，说不定她也会变成这些怪物中的一个。虽然我们就快离开这里了，但可能对她来说太晚了……

他们走到隧道的拐角处时，史蒂夫突然发现他听不到基耐森的脚步了。他蹒跚着转过拐角，心里盘算着他应该叫基耐森等一等，不要把他们落得太远——

他突然硬生生地停住了，眼前的一幕让他大吃一惊。此刻，基耐森正站在距离他俩两米左右的地方，举着一把六毫米口径的半自动手枪对着他们。他面无表情，眼睛空洞而没有生气，整个人看上去就像一个人体模型。只见他走上前，枪口用力地抵住史蒂夫的腹部，然后从史蒂夫腰间的枪套里取出贝雷塔手枪，又向后退去。这位眼神空洞的博士退到了通道一旁，用两把手枪一起指着史蒂夫，并示意他走在自己的前边。

“小心那个家伙，史蒂夫……”

史蒂夫一边继续搀扶着凯伦，一边努力在心中思考着可以拖延时间的方法，也许可以劝说基耐森。即使他的脑海中全是“按他的意思往前走，别挨枪子儿”的声音，他仍旧感到紧张的情绪遍布了全身——

凯伦怎么办，她会变成什么样子？

“去实验室，”基耐森用沉闷的语气说道，“否则我杀了你。”

那如同计算机发出的毫无语调的声音，发自这个面无表情的人，他突然给人一种不像人类的感觉，完全不像。

“我们知道你们在这儿都干了些什么。”史蒂夫反驳道，“我们知道你们制造的那些该死的三人小组，我们也知道 T 病毒。如果你不想再趟这个浑水……”

“去实验室，否则我杀了你。”

史蒂夫突然感到一阵无助的战栗遍布全身。基耐森说话的语气没有任何变化，而且从他呆滞的目光和僵硬的语气中感觉不出一丝的情感。史蒂夫注意到，基耐森褐色的眼睛里深深的蜘蛛网一样的线条忽然消失不见，却出现在没有任何表情的松弛的嘴角两边。

啊，我的上帝……

“去实验室，否则我杀了你。”他再次重复道，而且这一次他说话的同时举起两只手中的武器——并将枪口停在距离凯伦耷拉着的脑袋只有几厘米远的地方。

史蒂夫知道凯伦就要死了，知道她有极大的可能熬不过今晚，就会被病毒夺去生命，最终变成一个充满暴力的疯狂的怪物——

但我还是要尽我所能地保护她。不能为了自己的苟且偷生而牺牲凯伦，很可能她还有被治愈的希望……

史蒂夫心里清楚他不会也不能那样做，即使牺牲自己的生命，他也不会抛弃凯伦。

于是他紧紧抱住凯伦，走到怪物的前面，并继续朝前走去。

***

时间过得足够久了。要是那些入侵者完成他们要做的事情，那么他们应该开始分头行动了，一部分人会被误导进入错误的路线走向笼子，另一部分人则会陪着亲爱的博士一起回到实验室。即便阿兰失败了，至少拖延了入侵者足够长的时间，避免他们进入实验室。无论哪种情况，都为我争取了时间。

格里弗斯按下控制 Ma7 牢笼的控制面板。同时在心里渴望着，那些人看到这些家伙时，脸上会出现怎样的表情，他觉得到时的情形一定会很有趣。这时红灯在闪烁一阵之后变成了绿色，说明闸门被打开了。

没关系，现在怎么样都没关系了，只要能杀死他们就行了。

2 resident evil

第十五章

地下通道弯弯曲曲像没有尽头。每次他们转弯时，瑞贝卡都会期待下一秒就能看到一扇边上带有卡槽，能用大卫的钥匙卡打开的门。但每一次他们转过弯后，映入眼帘的却是和之前一样的空空的隧道，只有头顶的巷道灯沿着隧道伸向远方。经过多次的失望之后，瑞贝卡不再期待会有什么门出现在他们面前了。要是能有点儿标记就好了，墙上的箭头，或粉笔做的标记——任何能使她不再觉得他们迷路了的标记都好。

难道我们被那个安布雷拉的科学家给骗了？不会吧……

除了嘲讽之外，基耐森确实有些怪异，但他看起来绝对因恐惧而歇斯底里。会是他因为太过慌乱而不小心给我们指错了路吗？又或者主实验室设计得比我们想象得更加隐蔽？

难道说，他故意把我们引到死胡同——或者说引到危险的陷阱里，这样我们就不能阻止他……

他就能更加轻松地对付史蒂夫和凯伦。想到这儿，她发现心中突然冒出的这个想法，比自己真的不小心走入陷阱还要让她觉得恐惧。凯伦现在的状态已经糟糕透顶，更别说保护自己了，而史蒂夫……

不，史蒂夫没问题的。他应该瞬间就能制服基耐森……

只可惜他还要照顾凯伦，照顾连站都站不稳的凯伦。

大家放慢奔跑的脚步，大卫和约翰都沉重地喘着粗气，两人筋疲力尽的面容上眉头紧皱。突然，大卫举起一只手，示意他们停止前进。

“我认为这条路有问题。”他气喘吁吁地说道，“按理说，我们现在应该有所发现了。粘贴在钥匙卡背面的那张纸条上写的是先向西南，再向东——虽然我不敢肯定，但我觉得，自打刚才转过最后一个弯后，我们是在向着西边前进。”

约翰晃了晃他的头，他因为汗水紧贴在头上的湿漉漉的头发，在昏暗灯光的照射下有些反光。“虽然我也不清楚我们前进的方向，但我相信基耐森一定不是个好人。他可是为安布雷拉工作的。”

“我同意。”瑞贝卡深出一口气接着说道，“我觉得我们应该原路返回，我们必须尽快找到主实验室。我不认为……”

咣当！

突如其来的巨响让他们全都愣在原地，瞪大眼睛互相看着。从这条无尽的通道深处传来的声音，听上去像某种沉重的金属物体被挪动发出的声音。

“主实验室？”瑞贝卡充满希望地说道，“会不会是……”

突然，一阵奇怪的低沉的声音将她的话打断，她将后面还没说出来的话硬生生地憋在喉咙里，而此时那奇怪的噪声越来越大。她感到这低沉的声音似乎以前在某个地方听过——有点像狗的咆哮声、走了音的口哨声和新生婴儿声嘶力竭的啼哭声混合在一起。这是一种孤独而恐怖的声音，经过隧道的回荡传播，最终形成一种震颤的令人悲伤的尖锐的声音——

紧接着又有几个同样的声音响起来。

瑞贝卡突然十分肯定，自己无论如何也不想见到这个声音的来源。此时大卫开始后退，他的脸色苍白，眼睛瞪得大大的。

“快跑！”大卫说完，举起枪对准前方的道路，他要等着两名同伴都朝来时的方向跑出去之后，再迅速转身跟上。

当身上的肾上腺素喷涌而出时，瑞贝卡感到一股难以置信的能量在身体里迸发，给她在昏暗的隧道里冲刺的力量，使她摆脱远处发出恐怖叫声的怪物。约翰就在她的身前，他那结实的胳膊和腿都因快速奔跑而疯狂地摆动着，她可以清楚地听到大卫咔嗒咔嗒的脚步声就在自己的身后响起。

嚎叫的声音越来越大，瑞贝卡清楚地感觉到，在她疾驰的脚下，岩石在不停地颤抖，发出尖厉叫声的怪物沉重而迅速的脚步声在他们身后隆隆响起。

绝不能被它赶上——

眼看就要被怪物追上的时候，她听到了大卫那喘着粗气的声音：“下一个拐角处，还击！”

他们跑到空荡荡的直路的尽头就要沿着路转弯时，瑞贝卡立刻转身，用她满是汗水的颤抖着的手举起了贝雷塔，并将枪口对准他们刚刚经过的那个拐角。约翰和大卫站在她的旁边，一边喘着粗气，一边用九毫米口径的枪瞄向前方。眼前这条长二十米左右的隧道，现在被那些还未谋面的追击者们震耳欲聋般的嚎叫声填满。

第一个身影在拐角处闯入他们视线的时候，三人一同开始射击，子弹咆哮着射入怪物的身体。最开始，瑞贝卡以为那是一头狮子——接着觉得可能是一只巨大的蜥蜴——之后她又觉得那可能是条狗。她只是看到它身体的一部分，就以为它是自己见过的某种动物，但她看清整个怪物时，她才明白这绝对不是正常意义上的生物，它就像被拼接而成的——像猫一样的瞳孔，巨大的像蛇一样的头，张开的大嘴流着口水，露出如刀刃般锋利的牙齿。蓄势待发的下蹲姿势，胸肌发达的健硕身体，沙砾色的皮肤，结实的双腿向前弯曲，健壮而充满弹性，正驱使着它以难以置信的速度向他们冲来——

即便枪里的子弹能够击中它像爬行动物似的怪异身体，把它击倒，也还要继续对付它后面的同伴——

第一轮的子弹全都射入最前面的怪物结实的身体。它倒在了地上，但爪子还在不停地向后蹬着，鲜血像喷泉一样从伤口处向外喷出，溅得旁边隧道的墙壁上到处都是——

只见倒在地上的怪物摇了摇自己的脑袋，发出一声凶猛的嚎叫，便又站起身子向他们扑来。

该死！

瑞贝卡连续向它扣动扳机。第四发、第五发、第六发子弹呼啸而出，在开枪的同时，她的内心深处也发出跟冲向他们的怪物发出的嚎叫声同样巨大的尖叫声，第八发、第九发、第十发……

第一只怪物终于倒了下去，不再起来，但紧接着第二和第三只怪物一同猛冲进了隧道，可是贝雷塔一个弹夹只有十五发子弹……

我们死定了……

这时大卫快速向后退了一步，退到火力线之外。只见一个空弹夹从他的枪里滑落到地板上，接着他飞快地换好弹夹，立刻向前来到瑞贝卡的身边，瞄准前面的怪物射击，贝雷塔在他的手里不停地抖动着。

瑞贝卡数着打完最后一发子弹后，踉跄着后退一步，在心中祈祷自己也能像大卫一样迅速地换好弹夹——

这时，她看到第三只怪物跌跌撞撞地向后退去，鲜血不停地从它健壮的胸肌上的伤口里涌出。然后它就倒在自己鲜血形成的血泊之中，一动不动了。

虽然眼前的隧道里暂时没有东西移动，但至少有两只怪物躲在拐角后面没有出来。它们持续不断的嚎叫声此起彼伏地在整个隧道里回荡，但它们一直躲在拐角后不会被人看到的地方——就像知道了同伴们的命运，所以聪明地躲在背后，不愿出来送死。

“后退。”大卫嗓音嘶哑地说道。他一边瞄着前方的拐角，一边和队友慢慢后退，怪物可怕的嚎叫声就像此起彼伏的波涛一般，翻滚着涌向他们。

***

当听到钥匙开锁的声音后，格里弗斯博士迅速从门旁躲开。毕竟不管阿兰带来的究竟是谁，都还是先不要离得太近为好。同时他让萨曼在旁边站好，以防有任何突发的情况——不过当他看到一个年轻人拖着一个没有行动能力的同伴进入实验室后，他立刻安下心来。

这是怎么了？难道是喝多了吗？或者有看不到的致命伤吗？

格里弗斯微微一笑，等着眼前的男人开口说话，或是女人有所动静，而他的心情好极了。很久没有和不需要提示而能够对他进行回应的人说话了，而且他的完美计划已经奏效，这让他无比高兴。阿兰重新将门锁好，茫然地站在那里，用手里的两把武器对着面前两个不会形成威胁的人。

年轻的男子睁大眼睛将整个实验室看了一圈之后，他的目光惊奇地停留在宽宽的气闸室的窗户上，而女人耷拉的脑袋都垂到胸前的位置了。

他的皮肤颜色有点儿深，像拉美裔的棕褐色皮肤，也可能是印度裔。他的个子不是很高，不过身体非常健壮。是的，他能做得很好……很可能就是他干掉了阿森斯，真是善有善报，恶有恶报。

年轻人的目光终于落到格里弗斯的身上。他的眼神里充满好奇心，并不完全是格里弗斯所期待的恐惧。

没关系，我们马上就可以看到了……

“我们这是在哪儿？”年轻人轻声地问道。

“你现在是在一个化学研究实验室里，位于卡利班海湾地面之下大约二十米深的位置。”格里弗斯说，“这很有趣，是不是？那些聪明的设计师像把这里建在失事船骸的内部……不，他们好像把实验室周围建得如同经历了海难的沉船，我记不清了……”

“你就是萨曼？”

这是什么态度！

格里弗斯笑着摇了摇头说道：“不。你左边那个胖胖的无可救药的家伙才是萨曼博士。我是尼古拉斯·格里弗斯，你可能听说过……”

年轻人还没来得及说话，那名女子便摇摇晃晃地抬起头。她惨白的脸颊不停抖动着，用无助而饥渴的眼神扫视四周。

她是一个感染者！

“萨曼，把这个女士带走并控制住她！”格里弗斯马上命令道。他可不能让她破坏了这个阿兰好不容易带回来的绝好样品。

萨曼刚要用手去抓那名女子，就被年轻人立刻制止了，只见他愤怒地用手把萨曼使劲推开，脸上露出一丝冷笑。

格里弗斯感到一阵悲伤。“阿兰，揍他！”

基耐森博士用他的拳头迅速给这位还想反抗的年轻人的后脑勺狠狠地来了一下，瞬间的无力抵抗足够萨曼将那位女士拉开了。

“她已经不行了。”格里弗斯铿锵有力地说道，而且对于年轻人还在为这种人不肯放手感到有些不解，“看看她，你还不明白吗？她已经不是人类了。她现在是柏肯的一个人偶，变成了一个可怜的饥渴的家伙，她变成了一个丧尸，一个还没有进行过训练的三人小组成员。”

就在格里弗斯说话的同时，发生了惊人的一幕：在萨曼的控制下，女人扭动着转过身——然后快速扑向前方，一口咬在路易斯的脸上。接着她直接从他的脸颊上撕下一大块厚厚的沾满鲜血的肉，然后疯狂地咀嚼起来。

“凯伦！我的天哪，不……”

年轻人的话听起来和他的人一样忐忑不安，他呆愣在原地没有做出丝毫动作。而对于这个女人的举动，路易斯没有做出任何反应。这位博士只是平静地站在原地，任凭鲜血顺着他的脸颊流下，默默地看着T病毒的感染者吞咽着自己的肉。格里弗斯好像被眼前的一幕惊呆了。

“你好好看看。”他轻声道，“不会因疼痛而痛苦，不会因情感而动摇……路易斯，来，笑一个！”

萨曼立即向他咧嘴一笑，与此同时女人再次向他扑去，咬向他那突出的下嘴唇。随着血肉撕裂的声音，他的下嘴唇被撕咬下来，暴露出来的牙齿使他看起来笑得更大了，嘴上的鲜血喷涌而出，而那个女子则又咀嚼起来。

太惊悚了！这画面绝对恐怖骇人！

年轻人颤抖着，他那本来深褐色的下颚由于用力咬合已渐渐变得有些苍白。不过他似乎并不怎么喜欢眼前的这幅画面，格里弗斯突然想到他可能不愿看到这样的情景，这个女人一定是他的好朋友。

无聊，真是不懂得欣赏……

“阿兰，抓住这个年轻人，抓紧一点儿。”

年轻人显然被眼前惊恐的场面给吓呆了，所以没有做出任何反抗的举动。这时，女人又在路易斯的脸上咬下一块肉，他的笑容随之变得收敛了一些，不过这应该是由于肌肉受损造成的。

格里弗斯非常想继续看下去，不过他明白还有很多更加重要的事情正在等着他处理。这个年轻人的其他同伴可能已经解决了Ma7——如果他们真的成功了，他们很快就会来寻找他们这位聪明的小伙子。

等他们找到他，这个聪明的年轻人早就变成我的人了……

格里弗斯走到台子旁边，从上面取下一支装好药剂的注射器，并用手指弹了几下。接着他转身向着惊讶得发不出声音的客人走去，脑子里盘算着是否能够利用这个年轻人的聪明才智欺骗并抓住他的同伴。那不是电影里那些“反派”经常做的吗？不过这个方案只在他脑中存在了一小会儿就被他否决了，因为他一直都觉得那是小说和电影里设置的愚蠢情节，而且他觉得自己根本就不是个恶棍。是侵入他圣地的那些人威胁到他创造和平世界的计划，所以说在这个故事里，真正的坏人应该是那些入侵者。

这个拉美裔的年轻人还在盯着眼前这离奇的进食场景，他的嘴巴因惊恐而一直张得大大的。眼前的凯伦正在吞咽萨曼的鼻子，一片血肉模糊。格里弗斯不得不在路易斯的胳膊也被吃掉之前把这个女人解决掉，虽然那要很长时间。

格里弗斯快步走到年轻人身旁，迅速将注射器戳进他年轻且结实的手臂，然后推动注射器活塞柄。

只有这一次，年轻人做出了挣扎的动作，他睁大眼睛惊恐地看着格里弗斯，并全力扭动着身体。虽然有那么一瞬间，阿兰的一只手臂似乎被他挣开了一点点，但他立刻又将这个拉美裔年轻人紧紧地控制住。

格里弗斯微笑着向他摇了摇头。“放松。”他轻声安慰道，“很快，你就不会感觉到任何事情了。”

***

大卫他们异常缓慢地后退到隧道口的开阔处，蜥蜴一样的怪物就在他们身后不远处小心翼翼地跟随着，尽量不进入他们的视线，但可怕又尖锐的嚎叫声则不时地传来。约翰一直在担心凯伦和史蒂夫，他们被那位博士带到了只有上帝才知道的地方，他只想快点儿解决掉眼前的怪物，然后去找他们。他感到时间正在流逝，这一刻，可能拯救凯伦的唯一机会被浪费掉了；这一刻，也许史蒂夫正在拼死搏斗——

快点儿来呀！你们这群混蛋！我们就在这儿，免费的午餐在向你们招手！快来呀！

他们尝试了大声喊叫、开枪，甚至用力跺脚的方式引诱怪物过来，可怪物就是不上钩。大卫成功骗了它们一次，当时他们三人悄悄溜回刚转过的一个拐角——那些巨大的蜥蜴偷偷摸摸地沿隧道跟过来时，他们猛地跳出来射击。约翰有一发子弹击中其中的一只怪物，同时，他们清楚地看到跟随他们的只有两只怪物——但两只怪物发现情况不对，立刻躲藏起来，以避免造成更严重的伤害，之后这一策略便对它们不起作用了。

“狡猾的混蛋！”这大概是约翰对它们的第二十次高声谩骂了，然后他迅速后退问道：“它们到底在等什么？”

不过瑞贝卡、大卫并没有对他的话做出回应。之前在怪物的嚎叫声伴随下，他们讨论过这个问题了。它们似乎是在等待三个人转过身。

在经历漫长的缓慢移动，一次只能向后滑动一步地后退着穿过没有其他阻碍的隧道后，他们听到从远处传来一阵熟悉的声音，就是他们之前离开隧道起始处的开阔区域传来的声音——那是低沉的海浪声和海浪引发的隆隆震动，与怪物们的嚎叫声相比那只能算是背景声了。

啊，感谢上帝，总算到了！我们耽误了多长时间？十五分钟，还是二十分钟？

“等我们进入开阔区域之后，你俩就躲进旁边的隧道，”大卫坚定地说道，“然后我转身向前冲，引开它们……”

瑞贝卡立刻摇了摇头，表情担心地反对道：“你的射击技术要比我好得多，而我比你跑得快，所以还是让我引开它们。”

他们马上就要退到隧道口的开阔区域了。约翰看了一眼大卫，从他犹豫的眼神中看出他的内心正在挣扎着到底该做出哪种决定——最终，他深吸一口气，同意了瑞贝卡的建议。

“好吧。用你最快的速度向前跑，往通往灯塔的那段楼梯跑。只要它们跑出足够远的距离，在它们没法转身的时候，我们就挨个把它们消灭掉。”

瑞贝卡立刻回答到：“明白。准备好就告诉我。”

约翰能够感觉到身后的空气有了轻微的变化，在地下开阔区域流动的空气从他的脖子后面吹过。又往后退了一步，他们便进入到隧道分叉处的开阔空间。

约翰立刻横跨一步，躲在他们刚刚退出的这条隧道和另一条隧道之间。他看到大卫也马上找好位置躲了起来，而瑞贝卡还站在隧道口，但做好了行动的准备。

“跑！”

瑞贝卡立刻转身向后冲去。约翰紧张极了，手里的手枪都快贴到自己的脸上了，他仔细地听着越来越近的怪物的嚎叫声和沉重的脚步声——

“行动！”大卫喊道，两人立刻转向隧道，朝怪物全力开火。

咔嗒！咔嗒！咔嗒！咔嗒！

此时，他们前面的怪物距他们不到六米的距离，一颗颗子弹呼啸着击中怪物的身体，穿透它们富有弹性的皮肤，形成一个个血洞，它们被打得血肉横飞。

在雷鸣般的枪声之下，怪物的嚎叫停止了，它们最终都没能到达隧道口的开阔区域。两具被子弹打得破烂不堪的尸体倒在岩石地面上，一动不动了。

他们一停止射击，瑞贝卡便马上跑着回到这里。此刻她的脸颊微红，眼睛里闪烁着焦急的目光。

“我们走！”大卫说完，他们三个一起冲进基耐森离开时的那条通道，刚才浪费的时间又给他们增添了一丝绝望。

约翰终于将内心的恐惧压在心底，不再有之前他们沿着隧道倒退时心生的愤怒和挫败感。

凯伦，你要好好的。请不要再让她发生任何意外了，洛佩兹……

在转过前面的一个弯后，隧道变成一条向下倾斜的坡道，他们三个沿着蜿蜒的隧道前进，对朋友和队友的担心让他们加快了脚步。约翰在心里暗自发誓，如果他们没事，如果大家还有时间拯救凯伦，如果所有人都能活着离开这里，他愿意为此付出任何代价。

我的汽车、我的房子、我的钱都可以不要，就算在结婚之前不再跟任何人发生关系都行，我会纠正我的行为，今后走正路……

这还不够，他不知道为什么这些东西会激起人的欲望——但他现在愿意牺牲一切，让他做任何事都行。

隧道在前面又转了个弯，仍旧是向下坡走，就在他们转过拐角时——

两组完全敞开的门出现在他们的前方，前面的门与后面的门之间是一条窄小的通道，后面的门外是一个灯光昏暗的巨大的房间，而史蒂夫就斜靠在门框上，手里握着他的贝雷塔手枪，他的脸色惨白，没有任何表情。

“史蒂夫！发生什么事了，怎么回事？”大卫边说边向他走来，但史蒂夫转过身面向大家时，他脸上恐怖而空虚的表情使他们三个不由自主地停下脚步。尽管约翰的意识极力否认眼前看到的情况，但他的心里充满了恐惧和痛苦的失落感。

“凯伦死了。”史蒂夫轻声说完，转身走进房间。

2 resident evil

第十六章

哦，不……

瑞贝卡看着史蒂夫的背影，悲伤瞬间涌上她的心头。她目不转睛地盯着史蒂夫，约翰和大卫面容严峻地站在她的身边，一句话也说不出来。史蒂夫转身前那一脸空洞的表情告诉他们，事情已经发生了。

可怜的凯伦，还有史蒂夫，他心里现在一定糟透了……

他们终于找到了主实验室，可是太迟了。瑞贝卡走进双重密封门时，她瞥了一眼门边钥匙卡的刷卡槽，内心出现一种可怕又无助的感觉，就像感到所做的一切都是徒劳无用的。他们来这里只是要找到情报，没料到竟会找到实验品，更没想到凯伦会感染病毒——而让史蒂夫始料不及的是，他们就要得到治愈凯伦的机会时，却……

但是基耐森呢？萨曼又在哪儿？

她皱着眉头穿过第二道门走进去。这间实验室的面积相当大，每个柜子里都整齐地排列着各种实验工具，几张桌子上高高地堆放着大量文件——但对面一扇打开着的舱门却吸引了她全部的注意力，她的目光立刻聚集到厚重的舱门上厚厚的有机玻璃或加厚玻璃之上。

这是一个气闸室，内侧的门一直开着。在第二道密封着的门后面的金属网外，可以看到深色的海水正卷着气泡不断地翻滚着。原来，实验室是建在水下的。

她注意到的另一件事就是血迹，混凝土地面上一摊四溅的血泊，一条深红色的有明显拖拽痕迹的血迹从血泊伸向前方，直至消失。看来史蒂夫一定移动过尸体——

这么多血啊！上帝啊！这不是凯伦的吧……

史蒂夫径直走到气闸室旁才停下脚步，然后转过身看向他们，似乎正在等待他们穿过房间向自己靠拢。于是瑞贝卡向他走去，她满含同情地感到一阵哽咽，泪水也悬在眼眶中马上就要流出。约翰和大卫则静静地紧跟在她的身后，边走边环视着这个巨大的房间——

就在这个时候，他们身后连接通道的那扇大门突然被狠狠地关上了。

他们赶忙转身，只见基耐森正站在门边，用手中那把六毫米口径的半自动手枪指着他们，他的脸上没有一丝表情。

“放下武器。”

这声低沉而平静的话竟然是史蒂夫说的。

瑞贝卡疑惑地再次转过身——发现史蒂夫用他的贝雷塔手枪指着他们，此刻他的脸和基耐森一样空洞。她现在十分接近气闸室了，所以她能清楚地看到地板上的那具尸体。那是凯伦，一些血迹还残留在她惨白的脸上，而她的左眼位置，此刻则变成一个巨大的黑洞。

哦，我的上帝！这到底是怎么回事……

大卫向史蒂夫走去，随意地握着自己的贝雷塔手枪，他用充满困惑和怀疑的声音问道：“史蒂夫，你在干什么？发生了什么事？”

“放下你的武器。”史蒂夫重复道。从他的声音里听不出任何情感。

“你对他做了什么？”

约翰愤怒地大声咆哮着，接着他猛地转过身向基耐森开枪，子弹准确地击中他的太阳穴。基耐森应声倒在地上——

砰！

第二声枪响来自史蒂夫的贝雷塔手枪，子弹直接射进约翰背部靠下的位置。一大股鲜血立刻从他的伤口喷涌而出，他踉跄地半转过身看向史蒂夫。瑞贝卡看到他的嘴里流出了暗红色的血液，而他看向史蒂夫的眼睛里充满了茫然和惊愕——

约翰径直倒在水泥地面上，抽搐了一下之后便一动不动了。这所有的一切仅发生在短短的几秒钟里。

“放下你的武器。”史蒂夫再次平静地说道，接着他把枪指向了瑞贝卡。

有那么一会儿，瑞贝卡完全不知道该做些什么。她惊恐地盯着史蒂夫，眼泪顺着她惊愕的脸颊慢慢地流下，她实在无法理解眼前的一幕。

“放下吧。”大卫平静地说道。接着他让他的枪从手中滑落，掉落到地板上。

瑞贝卡也放开贝雷塔，让沉重的武器从她同样沉重的手指间滑落。

“退后。”史蒂夫依然用枪指着她的胸口说道。

“按他说的做。”大卫说道，他的声音有些轻微颤抖。

在他们缓缓后退的过程中，瑞贝卡的眼神始终无法从他那张英俊又有些孩子气的，那张让她开始牵挂的脸上移开。可现在，那张脸只是一个面具，在它的下面是一个……

一个丧尸！

他们退到一张桌子边后停下脚步，默默地看着史蒂夫捡起他们的武器。瑞贝卡此刻充满了恐惧和失落。丧尸居然能像正常人一样走路和说话，就像基耐森和史蒂夫。

怎么会这样？这是什么时候发生的？

当史蒂夫走向旁边的时候，房间角落里的一张桌子后面响起一个男人愉快的声音。

“所有的事情都完成了？我的上帝，这可真是一幕希腊悲剧！”

随着声音的响起，一个身形瘦高、满头白发的男人从桌子后面站起来。只见他绕过桌子，很自然地来到史蒂夫的身边。这个男人大约有五十多岁，由于长时间没有剪发，他的头发长到了白大褂的衣领附近，他那满是皱纹的脸上洋溢着喜不自禁的微笑。

“为了更好地招待我们的客人，我再重复一次命令。”男人高兴地说道，“如果他们中任何一个胆敢轻举妄动，就把他们都杀掉。”

瑞贝卡立刻就知道这个男人是谁，知道了自己一直以来的猜想没有错。

“你是格里弗斯博士。”她平静地说道。

格里弗斯扬了扬自己的眉毛，似乎非常开心地说：“我的名气原来这么大呀！你是怎么知道我的？”

“我听说过你。”她冷冷地说道，“或者说听说过尼古拉斯·邓恩。”

他的笑容一瞬间僵住了，不过随即又笑得比之前更夸张了。“那些都过去了。”他一边轻蔑地说，一边抬起一只手在空中挥了挥，“恐怕你永远都没有机会把我们这次愉快的相识告诉任何人了。”

格里弗斯的笑容瞬间消失了，他深蓝色的眼睛里闪烁着冰冷的目光。“你们这些人耽误我太多时间了。我现在有些厌倦这个游戏，所以我觉得现在应该是让这位不错的年轻人杀死你们的时候了……”

他的目光突然明亮起来，瑞贝卡看到他的眼睛里闪动的疯狂，他完全丧失了理智。

“不过我觉得，为什么要把这里弄得乱糟糟的呢？所以，史蒂夫，如果愿意，请把我们的朋友带到气闸室里。”

史蒂夫把枪口指向瑞贝卡的心脏。

“进入气闸室。”他平静地说道。

***

大卫刚要跨出第一步，瑞贝卡快速而严肃地说出了她一直在心里想着的一长串问题。

“这是T病毒作用的结果吗？你是使用它作为一个平台，进行了全新的升级吗？我知道你加快了病毒的增殖速度，但我感觉这更像一个全新的病毒，甚至很有可能安布雷拉都不知道这些具体的情况。这是一种利用瞬间膜融合的诱变剂，对吗？”

格里弗斯瞪大眼睛说道：“史蒂夫，等等……你知道膜融合，小姑娘？”

“我知道你将它改进得近乎完美了。我知道你成功制造出一个能够快速融合的病毒粒子来感染大脑组织，在一小时之内就可以……”

“是十分钟！”格里弗斯打断道，说到这儿，他的整个人好像瞬间从刚才那个微笑的老人转变成一个狂热的科学怪人，他眯起眼睛，目露凶光，嘴唇也紧绷着。

“这些蠢货，愚蠢的家伙和他们荒谬的T病毒！柏肯还算有些思想，但其他人都是傻瓜，只知道玩什么战争游戏，而我则创造了一个奇迹！”

他转过身，指着一排放在实验室门边上的闪亮的压力罐说道：“你知道这是什么吗？你知道我创造了什么吗？是和平！为了全人类的和平与自由！”

大卫感到自己心脏的跳动更剧烈，全身开始冒起冷汗。格里弗斯在他们的面前来回踱着步，双眼中燃烧着疯狂的火焰。

“这些气罐里装满了我的抱负，我的杰作，它能在二十四小时之内成功感染十亿人！我找到了答案，使人类变得不再卑鄙无耻、自私自利、妄自尊大——当我的礼物随风飘散的时候，整个人类将重获自由，并将变成一个全新的世界，这里将变成一个美丽而单纯的天地，所有的生物，不论大小，都将凭借本能而存活。”

“你疯了。”大卫低声说道。大卫知道格里弗斯可以杀了他们，事实上他正要这么做，但大卫还是忍不住这样说：“你就是一个双手沾满鲜血的疯子！”

这就是为什么我的队员会牺牲，为什么这么多人会牺牲。他想把世界上的所有人都变得像基耐森和史蒂夫一样。

格里弗斯马上冲着大卫咆哮起来，唾沫四溅：“你死定了！我的杰作恩赐整个大地的时候，我是绝对不会让你看到，我……我剥夺你接受我的礼物恩赐的权利，你们两个都没份儿！等明天的太阳升起的时候，和平就会降临整个世界，但是你们绝对不会见到它的样子！”

然后他迅速转过身，指着史蒂夫说道：“现在把他们都关到气闸室里！”

史蒂夫再次抬起贝雷塔的枪口，并指了指敞开着的舱门，而毫无生气的凯伦正躺在里面，地上满是血迹。

距离太远了，没法瞬间夺下他的武器……

“史蒂夫，就现在！如果他们不走就杀了他们！”

大卫和瑞贝卡走进气闸室，大卫感到自己的身体有些发冷和紧张，他觉得自己必须做点儿什么，否则整个世界都会被这个疯子的梦想所毁灭……

史蒂夫把门砰的一声关上了。

他们就这样被困住了。

2 resident evil

第十七章

格里弗斯现在异常愤怒，在听到气闸室的舱门砰的一声被关上的时候他生气得直发抖。他们竟然一点儿都不理解，难道他们只想继续过这种愚蠢卑微的生活吗？

他盯着年轻的史蒂夫，满腔愤怒喷涌而出，这愤怒使他变得疯狂，让他觉得恶心，动了杀心……

“把枪口对准你那张丑陋的脸，然后扣动扳机！死！去死！快去死吧！”

史蒂夫举起了武器。

***

瑞贝卡尖叫着，无助地用她的拳头敲打着厚重的金属门。

不！不要！不要啊！不……

砰！

雷鸣般的枪声打断了她的尖叫。史蒂夫的身体朝着舱门的方向跌过去，万幸的是他们看不到他的脸。

死了，他死了，再也没有史蒂夫了——

“天哪……”大卫小声地自言自语道，瑞贝卡抬起头，透过门上的小窗死死盯着格里弗斯充满愤怒的双眼——

格里弗斯突然笑起来，那是一种充满喜悦的笑容，是任务完成或是阴谋得逞时才会出现的笑容。看着格里弗斯狂笑的样子，瑞贝卡心中的失落和恐惧都转化为愤怒。瑞贝卡死死地盯着那双疯狂的蓝色眼睛，并意识到她的心中出现了从未有过的憎恨的感觉。

你这卑鄙的混蛋！

虽然格里弗斯把自己的野心告诉了他们，但那一刻，瑞贝卡没有理解他宏大想法的真正意义，对她来说，他那远大而疯狂的想法就像一出悲剧，她都没有仔细思考。她满脑子想的都是，是他杀害了凯伦和约翰，还杀害了史蒂夫——她现在只想打败他，看着他输掉这一切，看着他承受痛苦的折磨——

可是如果我们不做些什么，说不定他疯狂的计划就会变为现实。我们一定要阻止它的实现，阻止他把全世界都变成给他陪葬的舞台。

格里弗斯大步走到门旁的控制面板边，然后面带微笑地按下了上面的按钮。一声低沉的叮当声从气闸室地面的格栅处传来，接着从外面挤压着外侧舱门的深色的冰冷海水汩汩地灌进来。气闸室除了倒在地下的凯伦扭曲着的沾满血迹的尸体占用的空间，其余只够她和大卫刚刚立脚的地方。涌进舱内的海水被血液染成红色，海水从他们脚下一个隐蔽的孔洞灌进来，布满泡沫的水面汇聚到他们脚下，很快便没过了凯伦惨白的手指。

只要一分钟就可以灌满，也许更快……

在外面的实验室里，格里弗斯靠在那张正对两人的桌子边上，双臂交叉悠闲地看着他们。在他身后是一幅死亡的背景画——倒在地下的基耐森和约翰两具尸体，以及那几个装满格里弗斯邪恶天赋的金属压力罐。

我们必须做点儿什么！

瑞贝卡猛地转头看向大卫，祈祷着他能想出一个不错的计划——但她只看到，大卫正用充满悲伤和沮丧的眼神低头看着凯伦的尸体，那耷拉着的双肩表明他被击败了。

“大卫——”

他阴郁地将头抬起看向她，眼神中充满了绝望。“对不起，”他小声说道，“这都是我的错……”

凯伦的双手漂浮在水面上，她那金黄色的短发卷曲着围绕在她那张让人不忍直视的脸上。瑞贝卡徒劳地抓住门把手，大门在格里弗斯的控制下封得死死的，一动不动。冰冷的海水渗透她的帆布鞋，没过她的脚踝，越来越浓的海水的咸味、越来越高的深色水面和溶在水里的凯伦的鲜血使她感到恐怖至极，就像大卫的低声自语已不对生存抱任何希望一样糟糕。

“如果我不是这么自私……瑞贝卡，我很抱歉，请你相信我，我真的从没想过会变成现在这个样子……”

显然他此刻被吓坏了，并且处在崩溃的边缘。瑞贝卡一把抓住大卫的肩膀，然后大声对他喊道：“好，很好，你就是个混蛋！但如果格里弗斯成功释放了病毒，会有上百万人死去！”

那一刻，她没觉得大卫会听进去她说的话，她只是感到水位在她的小腿肚子处缓慢上升，她的心也因为恐慌剧烈跳动起来——就在这时，大卫眼中的呆滞目光消失了，深色的眼睛透出的眼神立刻变得锐利起来。他迅速四下观察着这个紧凑的空间，瑞贝卡能够看出他在想办法，他锐利的眼神中包含了所有的细节。钢质舱体，水密舱门，外侧门外面还安装有金属网，就像细一点儿的防鲨笼，纵深约有六十厘米。冰冷的海水汩汩地向舱内涌进来，现在没过瑞贝卡的膝盖了，而凯伦的头部和双臂都随着水流来回浮动——

“大门是钢质的，窗户上是大约五厘米厚的有机玻璃——就算外侧的舱门爆破开了，但还有金属网挡着——”

大卫看着瑞贝卡的眼睛，他眼神里充满挫败的愤怒、震惊以及对瑞贝卡的歉意——最后大卫无助地摇着头。

瑞贝卡的双手无力地垂在身体的两旁，她的身体因为寒冷而不住地颤抖，同时陷入深深的绝望之中。大卫趟着水走到她的身边，伸手将她抱到怀里。

“看来遇到我是你不够幸运……”他轻声说道，并且来回摩擦着她的肩膀，因为她现在被冻得牙齿都不停地打战。此时水没过她的臀部，凯伦毫无生气的漂浮着的手臂忽然从她的腿边划过……

幸运……幸运星！凯伦的幸运星！

瑞贝卡的心脏在这一瞬间几乎停止了跳动。

***

大卫紧紧地抱着瑞贝卡，忽然觉得还有好多事想要做，但没有时间了。他往实验室里瞥了一眼，看见格里弗斯还在面带微笑地看着他们。他移开目光，心里充满了已没有意义的忧郁和憎恨。这时，冰冷的海水已到了他臀部的位置。

这个血腥的杀人狂魔……

在大卫胸前的瑞贝卡突然紧张起来。她猛地推开大卫，一把抓住凯伦的尸体，在她的马甲里疯狂地翻找着。然后她笑了起来，爽朗的笑声近乎歇斯底里——

她疯了——

突然，她从凯伦的口袋里掏出一个黑色的圆形的物体。大卫看清这个东西时，不由自主地大吃一惊。

“这就是她的幸运护身符。”瑞贝卡哆嗦着快速说道，“还能用！”

大卫接过手榴弹藏在身后，开始迅速思考接下来的对策。这时水位到了他的腰间，并且几乎接近瑞贝卡的胸部了。

外侧的门打开时，在隔间里拉开手雷拉环，然后躲到外侧的金属网里，从外面紧紧抓住隔间的舱门——

即便这样，他们依然可能会死去。但是，这样的话，至少能让那个混蛋陪葬。

***

格里弗斯在外面一边看着气闸室里的水位不断上涨，一边心不在焉地看着两人表演着老套的剧情——他现在的心思全都在即将到来的黎明，以及该如何把这些沉重的压缩气罐运到楼上去。他觉得那是他的报应，他本想让史蒂夫来干这些的，可自己竟然因为胡乱发火而把他杀了……

两人正在表演一场不寻常的剧情。女孩好像对那个英国人的无动于衷感到十分愤怒，她在拼命地寻找摆脱困境的方法。现在是最后的拥抱，然后就该是恐慌——女孩突然伸手抓向那个T病毒感染者，英国人皱着眉头跟她说着什么，好像在担心她失去理智。此时的水位升高到女孩胸部的位置了。

悲伤，真是悲伤。他们真不应该到这里来，不应该来找我的麻烦……

现在，这个男人把她抱起来了，此时舱内的水旋转着上升，想延缓必然要发生的事情，真是可怜。等他们死后，就打开笼子的闸门，在放走海怪之前给它们一顿丰盛的晚餐，然后让它们在无人干扰的大海中自由驰骋，平静地生活。

*海洋和陆地会成为一个整体，*他的心里迷迷糊糊地小声嘀咕着，*回归质朴和本能……*

感染者的尸体随着水流在窗前慢慢漂过，他看到两个入侵者正在内外舱门间支撑着自己的身体，努力呼吸着仅剩的一点儿空气。

一对顽强的笨蛋。这时他忽然想到，他还从来没问过他们是谁，又是谁派他们来的……

不过现在这些都不重要了，不是吗？

气闸室里的水马上就要灌满了。控制面板上的指示灯亮起来。也就是说，气闸室外侧的大门打开了。一切就要结束了——

只是气闸室里的两个人突然匆忙地向外爬去，踢着腿攀到金属网一侧，就在他们从身后将舱门紧紧地关上前，他们好像把一个很小的东西从门里扔了进来——

格里弗斯皱起眉头，然后——

轰！

他还没来得及弄明白发生了什么，飞崩过来的舱门已猛烈地撞上他的身体，冰冷的海水尖叫着带走了他的呼吸。

2 resident evil

第十八章

手榴弹爆炸的时候，一切都发生得太快，以至于瑞贝卡都没有做好思想准备。她的脑子里只有恐惧。

门被向外炸开的一瞬间，白光四射爆破力惊人，瞬间坚硬的舱门使劲顶着她的后背，让她发出撕心裂肺的尖叫。无数颗水珠像子弹一样袭来，不可思议的冲击力好像无穷无尽，在寒冷黑暗的海水中一直推着她，让她加速移动，但耳边响起的却是听不清的奇怪的声响。

眼前不断有黑影漂来浮去，遮挡住时隐时现的令人眩晕的光亮，她感觉她的胸腔快被水压压爆了，肺部紧缩在一起。她奋力地踩着水，一下又一下，可是腿部渐渐失去力量了，黑暗中的闪光慢慢将她吞噬——

空气，美妙甘甜的空气，在她临近死亡的一刻向她扑来。她痉挛似的大口喘息，狼吞虎咽般地呼吸着空气，但还没有意识思考。她身体的感觉却贪婪地取代了对空气的渴求，飞溅的浪花打在身上，咸咸的海水带给她刺痛感，温暖的翻滚的海浪涌来，耳边又传来一声悠长的嗡嗡声——

哗!

一个大浪把她推向前，汹涌的海水涌过她的鼻子，如同突然往她的头上浇了几桶水。

瑞贝卡拼命呼吸着周围的空气，她的身体随着波浪旋转，突然感觉自己恢复了意识。

大卫，你在哪儿……

“瑞贝卡！”伴随着嗡嗡声，黑暗中的某个地方传来一声快要窒息的呼喊。现在这个嗡嗡声更加清晰了，那是——

哗!

另一个大浪随即向她翻滚而来，似乎要将她淹死以弥补格里弗斯的失败。在大浪之后，她终于看到了光亮——几道强光划破了黑暗，照在海湾的水面上。

那是一艘船！刚才的声音就是引擎所发出的轰鸣声，它正在穿过颠簸的海面加速向她驶来。

“瑞贝卡！”大卫充满绝望的叫声，再次在她的左手边响起。

“我在这儿——”

哗!

她这回可以清楚地看到爆炸的景象。在灯光的照射下，她能够清楚地看到升起的巨大水柱，随后夹杂着无数爆炸残骸的海浪猛地砸在她的背上，巨浪的冲击让她瞬间感到一阵眩晕。她急忙深吸一口气，紧接着腾空而起的水柱向她倾泻而下，噼里啪啦地砸在波浪起伏的海面上。

深水炸弹。他们在发射深水炸弹——是安布雷拉干的吗?

小船在离瑞贝卡不到三十米的地方关闭了发动机，几束灯光直接照在她面前的水面上。接着，离她不远的地方有个东西在水中快速游动——

随着灯光的移动，炫目的光线下，她看到满脸海水、面容疲惫的大卫，他来到离她不远的地方。

紧接着一个男人的声音从正在向他们慢慢靠近的小船上响起："我是费城特种战术救援组的布莱克队长！请告知你们的姓名！"

特种战术救援组？

布莱克继续喊着，随着小船不断靠近，他的声音越来越大："水里不安全，我们马上把你们拉上来！"

大卫立刻回喊道，不过他的声音听上去断断续续："特拉普，大卫·特拉普，埃克塞特的，还有瑞贝卡·查姆博斯。"

当布莱克的喊声再次响起的时候，瑞贝卡觉得，这简直是她一生之中听到过的最美丽的语句。

"是伯顿让我来找你们的！坚持住！"

巴瑞！哦，我的上帝，谢谢你，巴瑞！

瑞贝卡现在筋疲力尽，她感到，自己已被这个漫长而可怕的长夜带给她的失落和恐惧折磨得心力交瘁，她甚至连微笑的力气都没有了。

就在这时，她听到背后又传来一声令人窒息的呻吟声。

***

无尽的黑暗浸染着红色，身上传来阵阵疼痛。黑暗之中，没有私利，也没有和平。他在孤军奋战，勇猛地战斗只为寻回光明，结束这段黑暗。他知道现在对他来说时间是最宝贵的，他要尽快结束这黑暗，但一种奇怪的迷失感和某种令人恐怖的画面却阻止了他，告诉他不用着急。这些画面中有个幽灵，有个战士，还有个战争狂人。还有一个女人冲他发出银铃般的笑声，没有谁能比他更知道这个女人了——她有一双可怕的呆板的眼睛，那是一双在爆炸和巨响中失去生命与光芒的眼睛。他认识那双眼睛，那双他害怕想起的眼睛……

他的意识中好像出现一座正在向他发出召唤的迷宫，召唤他到里面去探索，从而放弃为了结束眼前的黑暗进行的搜索——不放手只会让你更痛苦——然后，他停止了抗争，任由黑暗控制自己，直到一声震耳欲聋的爆炸声响起，一道光亮照向了他。

然后他再次被卷入冰冷的深色海水之中，海浪拍击带来的疼痛感让他恢复了意识——在那令人惊愕的可怕过程中，正是这种他意识到的疼痛，驱使他继续与黑暗进行对抗。当他肺里的空气开始凝结，寒冷的激流麻木了他的痛楚时，他的意识又逐渐消失——但在这之后，他突然发现可以呼吸了，他的手指抓住一块漂浮在海面上的木头，他终于明白，那道光是真实存在的。他没有死，虽然曾经以为自己要死了——他现在呼吸还非常困难，因为他背部的伤痛太剧烈了——然后他听到大卫在寒冷而起伏的海浪中的喊声，他体会到，活下去还是值得的。

他想大声呼喊，但发出的只是几声疲惫的呻吟。他看到一束强烈的刺眼的光线照过来——然后周围就又陷入一片黑暗，但这一次让他有点儿明白到底发生了什么。他痛苦地移动着，身体有一种失重的感觉，然后又感到有个硬硬的东西碰到他的脸。他忍受着寒冷继续移动身体，身边传来衣服撕坏和撕纸的声音。接着他听到有人在不停地高声发号施令，还有身体撕裂的尖叫声……当他再次恢复意识的时候，看到一个身穿特种战术救援组马甲的人，正在他身前弯着腰，一手拿着注射包，一手拿着一个针管，准备给他注射药物。

真希望能给我注射点儿吗啡。他想说点儿什么，可惜张嘴之后只发出了几声呻吟。

特种战术救援组的那个人用温暖的手轻轻地给他注射时，他看到两个模糊的人影靠过来。那是大卫和瑞贝卡，他们的眼睛周围都是黑眼圈，头发湿漉漉的，满脸的疲惫和失落。

“你会没事的，约翰。”大卫轻声说道，“现在先休息一下。一切都结束了。”

一股暖流慢慢在他的身体中蔓延，一种温暖、甜美的感觉驱散了他身体中原有的痛苦，将它们赶得无影无踪。就像友善的黑暗要求他一样，他看着大卫的眼睛，突然感觉有些话他一定要说出来。虽然这要花费他很大的力气，那也要说出来。

“你俩，看上去，就像被人逼到悬崖边的两头狼，”他微弱地说道，“真的……”

约翰说完便闭上了眼睛休息，身边传来愉快的笑声。

***

特种战术救援组的中年医务人员把约翰送到长约九米的船上的小船舱里继续治疗，期间他只出来一次告诉他们约翰看起来很好。约翰断了两根肋骨，并有深层组织创伤以及肺部贯穿伤，但医护人员已经帮他包扎好，他目前很稳定，正在静静休息。医疗救援直升机接到无线电通知，很快就会抵达，并且医护人员确信约翰的身体一定会痊愈。大卫听到这个消息甚至有些喜极而泣，不过他倒没觉得这有什么丢人的。

他俩共同披着一张粗糙的羊毛毯子在小船的后部坐下来，此时布莱克和他的小队仍在发射深水炸弹，只见他们游刃有余地在水面上来回穿梭。宾夕法尼亚州的小队成功抓住四只巨型怪物，并且他们看到爆炸的气浪和大量实验室爆炸产生的碎片，这片海域应该没有更多的威胁了。

大卫用一只手搂着瑞贝卡，女孩则把头靠在他的胸口上，这时的天空正逐渐由黑色渐渐变成深蓝色。两个人累得连话都懒得说，只是静静看着其他队员忙碌工作着，看着他们在水中投放深水炸弹，然后来来回回地检查结果。布莱克向他们承诺，等到确认海湾完全安全，并将约翰送走之后，就立刻派潜水员搜寻格里弗斯的压缩气罐。他们在船头的甲板上准备好了两套潜水服，一名大卫忘了名字的年轻的阿尔法小队成员正认真地做着准备工作。他的样子让大卫有点儿想起了史蒂夫……

不知为何，想到史蒂夫，大卫并没有感到预想中那么痛苦。不过他仍然感到非常难受——凯伦和史蒂夫都死了——但一想到他们付出生命制止的事情，而他们变成了……

我们的行动并不是一无是处。我们打败了疯狂的格里弗斯，更阻止了他杀害几百万无辜的民众。上帝，他俩的牺牲是如此光荣……

心中痛苦万分，但大卫不会被这种之前令自己恐惧的内疚感摧毁自己的心智。他清楚，队友的牺牲他是负有责任的，在之后的很长一段时间里，他都会仔细思考该如何面对——但他明白，终将有一天他会在心里坦然接受这一切。虽然他还不知道什么时候才能等到那一天，但约翰的悲伤对他的影响，以及他为牺牲的队友流下的眼泪，就是他朝着正确的方向迈出的第一步。

大卫疲惫不堪的思绪中又出现了安布雷拉公司，他思考着它们在格里弗斯疯狂的计划中扮演了什么样的角色。虽然他们肯定没有逼着研究员做出这么疯狂的举动，但他们却为这种情况的发生创造了理想的环境，是他们这种完全无视人类生命的行为助长了像格里弗斯这类人的气焰。如果不是安布雷拉，那些科学家永远都接触不到 T 病毒……

不久的将来，他们将会为自己的所作所为付出应有的代价。虽然不会是今天或明天，但很快就会到来……

可能特兰特会再帮我们一把，可能巴瑞、吉尔和克里斯在浣熊市能有更多的发现，可能……

瑞贝卡蜷缩着身子向大卫的身体又靠近一些，她温暖的呼吸好像要把他的衣服吹干了。看到这一幕，大卫暂时停止了思考，心甘情愿地平静地坐在原地，什么也不想。他现在一点儿力气也没有了。

第一缕阳光露出地平线的同时，布莱克宣布对这片水域的搜查已经完成，不过大卫与瑞贝卡并没有听到他的声音，因为他们已经伴随着新的一天的黎明进入了梦乡。

2 resident evil

尾　声

布置得朴实优雅的会议室里正平静地商讨着什么。三个男人坐在一张庄严的橡木桌旁，另外还有一个人站在窗前，若有所思地眺望着远方被清晨的雾气笼罩的天空。窗边的这个人能够通过玻璃窗的反光看到三个人的反应，同时还小心地防止被他们三个发现自己的举动，虽然他们在政治舞台上很敏锐，但却往往不会注意自己身边正在发生的事情。

电话会议结束后，他们之中总穿着蓝色衣服的人先开口了，他直接和那个留着整洁胡须的岁数稍大一些的男子交流起来。

“我们需要讨论此事造成的后果吗？”蓝衣人问道。

胡须男深吸一口气说道：“我觉得有这份报告就足够了。”他轻描淡写地说道。

正在喝茶的男人紧张地放下手中的杯子，却使得热气腾腾的茶水从杯子侧面洒出来一些，这让杯子侧面的安布雷拉的标志透过水渍看起来有些变形。

“我认为不应该低估这件事情的严重性……很可能会给我们造成更多的困难。”喝茶的男子说道，“特别是不能在当前有如此之多不稳定因素的情况下……”

蓝衣人点了点头：“我同意。这种事情很容易失控。第一次是在浣熊市，现在又是在海湾……”

胡须男马上瞪了他一眼。蓝衣人立刻停止了说话，样子十分窘迫，他马上清了清嗓子，并努力让自己微微变红的脸色恢复如初。

“也就是说，我觉得，我们应该对这件事进行一次深入调查，从而找到问题的所在。你也是这样想的吗，特兰特先生？”

这时，站在窗边的男人转过身子，他感觉这些人的想法实在是好笑，真不知道他们是怎么坐上现在的位子的。不过他并没有笑，因为他知道不苟言笑会给这些人造成更多烦恼。

“恐怕我不能马上回答你这个问题。”特兰特平静地说道。

蓝衣人迅速点了点头说道：“当然！您要用多长时间都可以。我们不着急。对吧，先生们？”

特兰特没有等待他们的回答，便一言不发地转身离开了房间，他表面上一直是那种拒人于千里之外、一丝不苟的样子，就像他们期待他这样，也想让他这样。

不过，他却在心中盘算着，这场游戏还要持续多长时间。

献给不断成长的朱丽

RESIDENT EVIL 生化危机（白金版）3

CITY OF THE DEAD

亡者之城

[美] S.D. 佩瑞 / 著　李海峰 / 译

金城出版社
GOLD WALL PRESS
中国 · 北京

默许使邪恶增生，纵容使邪恶毒害整个系统。

——贾瓦哈拉尔·尼赫鲁

目 录

RESIDENT EVIL
CITY OF THE DEAD

序　章

《浣熊时报》，1998 年 8 月 26 日

市长宣布“维护城市安全”计划

浣熊市——昨天下午，市政厅正门前的台阶上召开了一场新闻发布会。市长哈里斯在会上宣布，由于特种战术救援组一直处于停职状态，同时，从今年夏天开始，浣熊市爆发了系列恶性凶杀案，市议会将雇用至少十名新警员增加浣熊市警察力量。市长哈里斯在警署署长布莱恩·艾隆斯及全体市议会议员的陪同下，对参加会议的市民和记者们再次强调，浣熊市会再次成为一个安全的适合工作和居住的城市，并且将对之前发生的十一起“食人案”的凶手和三起由野生动物袭击引发的命案继续进行调查。

市长哈里斯在讲话中还提道：“虽然自上个月以来没有人再次受到攻击，但这并不代表我们就可以放松警惕了。浣熊市的市民在得知他们的议员正在竭尽全力确保每一个市民的安全之后，应该对警察更有信心，更有安全感。正如有些人所知，特种战术救援组可能会被永久撤销。从这个小队对凶杀案调查的失败结果以及之后从浣熊市撤离这件事来看，他们对我们的社区根本是漠不关心。但是我想强调的是，我们，我，还有艾隆斯署长，以及今天来到此地的各位女士和先生们，都对我们的社区非常关心。我们都希望浣熊市能成为一个让我们的孩子远离恐惧、健康成长的地方。”

接下来哈里斯详细阐述了三项计划，这三项计划是为了增强公众信心和防止浣熊市市民沦为暴力的牺牲品而制订的。这三项计划中，除了包括新雇用十到十二名新警员之外，还包括至少在 9 月份之前继续实施全市范围的宵禁制度，艾隆斯署长将亲自领导一个由警官和侦探组成的任务小组，继续追查今年5月到7月间连续杀害十一人的凶手……

《城郊报》，1998年9月4日

安布雷拉公司计划翻新工厂

浣熊市——位于市中心南部的安布雷拉公司化工厂将于下周一开始进行大规模建设。这是这家蓬勃发展的制药公司继去年的结构改造之后的第三次改建。据安布雷拉公司发言人阿曼达·惠特尼说，主厂内的两个研究所将配备用于合成疫苗的价值数百万美元的新设备，而建筑本身将安装国家最先进的安全系统。另外，所有连接研究所的办公楼也会在未来的几周内进行电脑升级。但是，对于这项工程是否会引起市中心的交通问题，惠特尼回答说：“最近浣熊市警署大楼在重新装修，我们知道本地的上班族们已经厌烦了拥堵的交通状况，我们会尽全力不影响市中心的交通。公司的大部分改建是内部的，外部的改建我们会在上班之外的时间施工。”本报的读者可能还记得，浣熊市警署大楼前庭的土地和水泥路面出现了神秘的裂缝，所以那里最近要被重新铺设。在施工的六天内车辆不得不从两个街区以外的欧克大街绕行。

当问起最近为什么会有这么多翻修工程时，惠特尼回答说：“安布雷拉公司就是因为时刻跟进先进技术才会在竞争中一直保持领先，最近的两个月我们会很繁忙，但是我认为努力的成果是值得的……”

《浣熊周刊》，1998年9月17日

艾隆斯署长参加竞选？

浣熊市——市长哈里斯可能在明年的竞选中面临劲敌。据浣熊市警署内部情报，在职四年半的布莱恩·艾隆斯署长可能参加下一任的市长竞选，和已连任三届市长、备受欢迎的戴夫林·哈里斯一决高下。尽管艾隆斯不愿证实他想进入政坛的可能性，但是这位原特种战术救援组成员也没有否认这一传闻。

自今年夏天的恶性连环凶杀案（尚未破案）和浣熊市警署实施扩大计划以来，艾隆斯署长的支持率达到了历史新高，他的确有可能成为那个把哈里斯赶出市政厅的人。但问题是，选民们是否会忘记艾隆斯曾被指控参与1994年赛达地区的土地大骗局，还有他对奢侈艺术品和豪华室内设计的偏好，这使浣熊市警署大楼的一部分变得更像美术馆而不是办公室。假设艾隆斯真的参加竞选，本报记者会非常期待检查他的财务记录。

《浣熊时报》，1998年9月22日

一少女在城市公园遭袭

浣熊市——昨晚六时三十分左右，十四岁的莎娜·威廉姆森在垒球练习结束后回家的途中，于市中心的伯奇街公园遭到一名神秘陌生人的袭击。该男子从公园南侧的一排灌木丛后出现，将自行车上的威廉姆森小姐撞翻在地，并试图抓住她。威廉姆森设法逃脱，所幸身上只是几处擦伤。她跑到汤姆和克拉拉·阿特金斯的居所。在接到阿特金斯太太的报警之后，警察对公园进行了彻底的搜索，但未发现攻击者的踪迹。根据少女的描述（警察今晨发表了声明），该男子似乎是个游民，他的头发和衣服非常肮脏，身上还散发着一种类似腐烂水果的臭味。她还说该男子好像喝醉了，在追她的时候脚步踉跄，还摔倒了。

由于从5月到7月的连续“食人案”凶手仍未抓到，浣熊市警署对威廉姆森遭袭一事采取非常严肃认真的态度。因为行凶者与目击者描述的去年6月在维克多利公园发现的“团伙”成员有着惊人的相似之处。哈里斯市长将在今日晚些时候召开新闻发布会。艾隆斯署长已经发表声明，第一批新录用警员将在下周到岗，定期巡逻线路延长至中心公园街区……

3 resident evil

第一章

1998 年 9 月 26 日。

巴瑞的卡车停在外面，大家都在等着吉尔。她想尽快出去，但是这可不容易。自从她上次离家后，房子被搞得一团乱，地板上散落着各种书和纸张，由于房间非常昏暗，想在杂物堆里走动实在是困难。她的小家遭受了袭击，这让她很难过，但是也并非出乎意料。她想她应该感激入侵者没有拿走她的护照，还庆幸自己不是个多愁善感的人。

在狭小黑暗的卧室里，吉尔随手抓起一些干净的袜子和内衣，把它们塞进一个破旧的背包里。如果能开灯就好了，吉尔觉得在黑暗中收拾行李比想象中更困难，更别提家里一团乱了。她知道不能开灯，安布雷拉公司可能不再监视他们的住处，如果有人看见房间里的灯光，这仍然可能会引起麻烦。

至少你现在要出去了，不必再躲藏了。

这太让人受不了了。他们要到异国他乡去，强攻敌军总部，并极有可能在作战过程中牺牲，但至少他们不用继续待在浣熊市了，而且从她最近在报纸上读到的新闻来看，这可能是最好的结果。仅上周就有两次袭击事件……克里斯和巴瑞知道T病毒对人类的危害，不过他们还是对这个病毒的危险性有所怀疑。巴瑞认为，安布雷拉公司会在有人受伤之前扮演“救星”来拯救浣熊市，这完全是某种公关噱头。克里斯同意他的想法，在斯宾塞别墅一事之后，安布雷拉不会在自己的后院玩火。吉尔不打算对此进行任何猜测，因为安布雷拉已经证实他们无法控制自己研究的成果，而且从瑞贝卡和大卫·特拉普的小队在缅因州所见到的情况也可以看出来。

现在不是考虑这些事情的时候，他们要赶飞机。吉尔从梳妆台上拿起手电，准备去起居室，想起只拿了一件胸罩，她皱着眉返回打开的抽屉旁开始翻找。她已经有足够的衣服了，她在布拉德逃离浣熊市的时候留下的衣服里挑选了几件。自从巴瑞家受到安布雷拉的袭击之后，吉尔和伙伴们就一直藏在布拉德的空房子里。虽然高个子的克里斯和健壮的巴瑞都穿不了布拉德的衣服，但是吉尔还是可以凑合穿的。这位特种战术救援组飞行员的家里可没有胸罩，她也不想从去奥地利的飞机上跳下来去购买。

“穿胸罩完全是为了虚荣啊。”她轻声嘀咕着。她把手伸进皱巴巴的衣服堆里继续翻找。在把抽屉翻了两遍之后才找到她要的东西，她边跑向这个租来的房子的前厅边把胸罩塞进背包。这是她在开始躲藏之后第二次回这个家，她感觉她可能有很长一段时间不会再回到这里了，所以她想拿走放在书架里的父亲的照片。

吉尔敏捷地走过黑暗中散落的杂物，她用一只手挡住手电，让手电的光从指缝间照向书架原先在的角落。安布雷拉的人把整个书架都推倒了，但是他们没有检查里面的书。只有上帝知道他们到底要找什么。可能他们是想找这些特种战术救援组叛乱者藏匿地点的线索。在巴瑞家受袭和卡利班海湾行动失败之后，吉尔就再也不抱有安布雷拉会无视他们这些人的幻想了。

吉尔看到她想要找的那本书，这本平装书看起来有点儿俗套，书名是《监狱生活》。他的父亲一定会觉得很好笑。她拿起书轻轻地翻开，父亲迪克·瓦伦蒂安歪着嘴笑的照片出现了。父亲将照片随信寄来，吉尔把它夹在书里，这样照片就不会被弄丢了。把重要的东西藏起来是吉尔从小养成的习惯，这个习惯再一次回报了她。

吉尔把书放下，低头看着父亲的照片，突然间她忘记自己要马上离开这里的事了。一抹淡淡的微笑浮现在她的唇边。父亲可能是她认识的人中唯一一个能把监狱重刑犯的亮橙色连体服穿得如此有型的人。在那一瞬间，她在想，如果父亲知道她现在的困境，他又能怎么想呢？在某种程度上，父亲是有责任的，因为他吉尔才加入了特种战术救援组：在父亲进监狱之后，他曾经劝吉尔转行，甚至还说训练吉尔当小偷是错误的。

因此，我找了一个合法的工作，为社会服务，而不是与社会对立。但是浣熊市的市民开始死亡。特种战术救援组揭露了一个阴谋，安布雷拉发明一种带有病毒的生化武器，这种生化武器能使生物变成怪物。显然，没有人相信我们。那些没有被安布雷拉收买的特种战术救援组成员不是被取消资格就是被杀害。所以我们转入地下行动，试图收集证据，但却没有找到。安布雷拉还在继续做那些危险的研究，而且有更多的市民遇害。现在我们要去执行一个有可能是自杀行动的任务。我们要到欧洲去看看我们是否能潜入这个市值数十亿公司的总部，并阻止他们毁灭世界。假设你相信这个梦幻般的故事，你会怎么想呢，爸爸？

“你会为我感到骄傲的，迪克。”吉尔轻声说。她没有意识到自己说出声，而且她也不知道迪克会不会真的为她感到骄傲。父亲希望她做一些不太危险的工作，与她及其他原特种战术救援组成员目前的工作比起来，入室盗窃和会计工作一样危险。

过了一会儿，吉尔小心地把照片放进背包的口袋里。她又环顾了一下自己那一片狼藉的小家。她还在想着父亲，还有父亲会对她奇特的人生方向说些什么。如果一切顺利，她可能能去问问父亲本人。瑞贝卡·查姆博斯及其他在缅因州执行任务的幸存者还在躲藏中，他们在暗中通过特种战术救援组组织联络，等待着她、克里斯和巴瑞收集的安布雷拉总部的消息。安布雷拉的总部在奥地利，但是他们都怀疑T病毒的发明人在其他地方有自己的秘密研究基地。

你如果不快点儿的话就别想找到你要的东西，外面的人肯定以为你已经睡着了。

吉尔背上背包，最后看了一眼这个房间，然后穿过厨房走到后门。冰箱上水果盘里的苹果和梨早已腐烂成泥，在黑暗的空气中散发出烂水果的味道。虽然吉尔知道这种气味的来源，但她还是感到背上涌起一股寒意。她急忙跑到关闭的门前，不愿想起她在斯宾塞庄园见到的可怕场景……

腐烂的丧尸蹒跚向前，伸出它们满是黏液并露出森森白骨的手，腐烂的脸部向下滴着脓水……

“吉尔？”

克里斯轻柔的声音从门外传来，打断了吉尔的思绪，而吉尔惊讶得差点儿叫出声。门打开了，克里斯的身影从远处路灯的光影下显现出来。

“哦，我在这里。”吉尔迈出一步回答，“不好意思，我用了这么长时间。安布雷拉的人把这里翻了个底朝天，跟用推土机推过似的。”

灯光很暗，但她还是能从克里斯年轻的脸上看到一丝微笑。“我们还以为丧尸把你吃了呢！”虽然他的语气很轻松，但她能感到他很担心。

吉尔知道克里斯是想缓解一下紧张的气氛，她却笑不出来。由于安布雷拉在郊外的森林里释放的生物，很多人已经被害了。如果那些被放逐的生物再离浣熊市近一点儿的话，后果将不堪设想……

“一点儿都不好笑。”她轻声地说。

克里斯也收起微笑说：“我知道。你准备好了吗？”

吉尔点点头，虽然她对即将发生的事情没有做好特别的准备。同时，对于过去发生的事情，她也没有充分准备好。在最近的几周内，她对现实的理解完全转变了，噩梦已经变成平淡无奇的事。

邪恶的大公司，疯狂的科学家，杀人病毒，还有行走的死人……

“嗯，”她终于说道，“我准备好了。”

他们一起走到外面。吉尔关门的时候，她突然有一种奇怪又不祥的预感：她以后不会回到这里了，他们三个人也不会回到浣熊市了……

可这不是因为我们会出事。事是一定会出的，但是不会出在我们身上……

吉尔皱着眉，把手放在门把手上，她犹豫了一下，并试图理解自己这奇怪的预感。如果他们在这次侦察行动中幸存下来，如果他们在与安布雷拉的战斗中获胜，他们为什么不能回到自己的家里呢？她不明白，但这种预感真的非常强烈，那种强烈的程度让她感到不安。不好的事情就要发生了……

“哎，你没事吧？”

吉尔抬头看着克里斯，她注意到克里斯年轻的脸上再一次浮现出担心的表情。在最近的几周里他们的关系变得十分亲密，但是吉尔感觉克里斯想让他们的关系更进一步。

噢，难道你不是这么想的吗？

那种让她不舒服的感觉正在逐渐消失，取代它的是混乱和不安。她抖擞了一下精神想把这种感觉赶走。她向克里斯点了点头。飞往纽约的飞机是不会等他们的，不会因为她沉迷于自我分析，也不会因为她对无法控制的现实或想象的担心而等待。

不过那种感觉仍然存在。

“咱们快离开这里吧。”吉尔认真地说。

他们走进夜色之中，离开了坟墓般寂静的家。

3 resident evil

第二章

1998 年 10 月 3 日。

暮色已在群山中扩散，在蜿蜒的地平线上画上一道紫色的烟霞。崎岖的小路在黑暗中延伸，四周被阴影笼罩的群山包围。山峰耸入晴空，好像要触摸到第一缕微微发亮的星光。

如果不是这样倒霉快要迟到了，里昂可能会多欣赏一下壮观的景致。当然他一定会按时接班的，不过他希望能先去他的新公寓洗个澡，吃点儿东西。现在看来，他只能在去警署的路上买个外卖。虽然他刚才在上个高速路休息站换了制服，帮他节省了一点儿时间，但是他还是搞砸了。

肯尼迪警官，你可真行啊，第一天上班就邋邋遢遢没有形象，真是太不专业了。

他晚上九点上班，现在刚过八点。他的吉普车驶过一块显示离浣熊市还有三十分钟车程的路牌时，他还是猛地踩下了吉普车的油门。除了有几辆拖拉机以外，路上没有别的车，他感觉自己有好几小时没有看见其他人了。这里和纽约市郊的交通状况可真是不同，他大半个下午的时间都被堵在那里。其实他昨晚想给值班警长留言，告知一下今天他有可能会迟到。他没有打通电话，可能是线路出了问题，每次打都是忙音。

里昂已经把他仅有的一些家具搬到他在浣熊市的单间公寓里，这间公寓在特拉斯克区，虽说是工薪区，但也还体面。不到两个街区的地方就有个非常漂亮的公园，而且开车到警署只要五分钟。他再也不用面对堵塞的交通、拥挤的贫民窟和时而发生的暴力行为了。如果能把第一天当警察就迟到这么没面子的事混过去，他很期待在浣熊市这个宁静的社区开始新的生活。

浣熊市和纽约市大相径庭。这里真是太好了。但是，最近几个月不是那么好了，那些杀人事件……

里昂哆嗦了一下，他感到一点儿小小的兴奋。当然，在浣熊市发生的事情非常可怕，而且令人作呕，凶手还没有被抓到，调查才刚刚开始。如果艾隆斯署长能像警官学校校领导一样欣赏他，他就有机会跟这个案子。虽然有传闻说艾隆斯署长是个混蛋，但是里昂知道自己之前所受的训练都是一等的，即使是个混蛋也应该对他稍稍刮目相看，毕竟他是以优异的成绩毕业的。浣熊市对他来说并不陌生，在他小的时候，他的祖父母尚在人世，他经常到这里来过暑假。那个时候警署大楼还是个图书馆，安布雷拉公司还没有把这座小镇发展成一个真正的城市。但这里大体来说还是和他童年的记忆一样，是个安静的地方。一旦“食人案”凶手被抓到以后，浣熊市会再次成为理想的居住地。这里美丽、干净，是白领社区的秘密天堂。

在我安顿下来以后，一两周内艾隆斯署长就会注意到我的报告有多么优秀，或者发现我的射击能力有多棒。他会让我看案卷，我熟悉一下详细情况就可以展开调查，然后我就会发现其他人都没有发现的线索。也许我会发现犯罪模式或者是关联针对不同受害者的

作案动机，也许我会发现目击者报告中别人都没有发现的一些错误，因为他们看太久都麻木了。就这样，我这个刚刚毕业还没有一个月的菜鸟警察一出现，就破了大案——

突然有什么东西从吉普车前跑过。

“天啊！”

里昂急转方向盘并猛踩刹车，这把他从白日梦中惊醒了，他差点没控制住车。刹车整个锁死了，轮胎与地面摩擦发出刺耳的尖叫声。吉普滑向路边阴暗的树林，颠簸了一下，最后在路肩上停下来。

里昂的心怦怦直跳，胃也拧成了一团，他打开窗户把头伸出去，在黑暗中寻找那只闯入高速公路的动物。他差一点儿就撞到它了。他没有看清那只动物是什么样子，好像是一只大型犬：牧羊犬或者是超大的杜宾犬，但是看起来又有点儿不对劲儿。他只是在刚才那一瞬间看了一眼，那个东西的眼睛发着红色的光，纤瘦的身体像匹狼。看起来好像还有些……

黏糊糊的？不会的，可能是光线的问题，或者是刚才你被吓傻了，所以看错了。最重要的是你没有受伤，也没有撞到那个家伙。

“天啊！”里昂又说了一次，这次语气平静了一些，他松了口气，但是因为刚才过度激动，现在他突然感到很生气。那些让狗乱跑的人真是蠢货，他们说这样是让宠物得到自由，可要是宠物被汽车撞死了他们又惊诧不已。

吉普车刚好停在离一个路牌几步远的地方，路牌上显示距浣熊市还有十六公里，里昂隐约从暗下来的天色中分辨出路牌上的字。他看了看表，时间还很充裕，他有将近半小时的时间开车到达警署。但是出于某种原因，他只是坐了一会儿，闭上眼睛，深深地呼吸。清凉的充满松香的风轻轻地吹在他的脸上。这段冷清的公路似乎安静得有些不自然，好像所有的景色都屏息不语，又好像是在静静地等待。虽然他的心跳已经恢复正常，但他惊讶地发现自己仍然感到不安，甚至是焦虑。

在浣熊市发生的杀人案，不是有几个人被野兽攻击了吗？是不是野狗或者其他什么东西干的？也许刚才那个东西根本不是什么宠物狗。

这真是个令人不安的想法，更令人不安的是他突然感到那只狗就在附近，可能还在树林的黑暗处监视着他。

肯尼迪警官，欢迎你来到浣熊市。一定要小心那些可能在监视你的东西……

“别胡思乱想了。”里昂对自己嘟囔着。他听到自己严肃的声音后感觉好了一些。有时候他会想，自己会不会一直都这么有想象力。

像个孩子一样梦想着能抓到坏人，然后又幻想杀人怪物潜伏在树林里。里昂，快长大吧。看在上帝的分上，你是一名警察，还是个成年人……

里昂发动引擎把车开回到公路上，他想赶走心中那些莫名的不安。尽管他在心里责备自己，但他还是让这种感觉占了上风。他在这个有发展的小城市里有个好工作，有间漂亮的公寓，他自己有能力，聪明而且长得也不错，只要他能控制住自己的想象力，一切都会好的。

“而且我现在已经在路上了。”里昂对自己说。他努力挤出一个微笑，虽然不合时宜，但却是必要的，好让自己安心。他在去浣熊市的路上了，也在去一个充满希望的新生活的路上，没有什么可感到不安的，没有……

***

克莱尔已经身心俱疲，她的屁股疼了两小时了，这让事情变得更糟。哈雷摩托车发动机的巨响好像渗入了她的骨髓，和她颤抖的身体合上了拍。当然最惨的还是她又疼又热的屁股。此外，天渐渐黑了，她没有穿皮夹克，真是像傻瓜。哥哥克里斯知道了一定会大发雷霆的。

他一定会大喊大叫的，但我是不会在意的。克里斯，你一定要在那里啊，我希望能见到你，亲耳听到你叫我大傻瓜……

哈雷摩托车在昏暗的道路上奔驰，引擎发出的隆隆声在错落的山谷和阴暗的树林中回响。克莱尔小心翼翼地转弯，她知道这条蜿蜒的高速公路有多么冷清。如果她不小心滑出去，可能得等很长时间才会有人来帮她。

没有人来倒也无所谓，如果在没有穿戴安全装备的情况下滑出去，肯定会被摔成肉泥的。

真是太傻了！她知道自己没有穿夹克就匆忙地离开是个愚蠢的行为，但是克里斯可能出事了。也许整个浣熊市都出事了。她一直怀疑哥哥遇到了麻烦，这种感觉在最近几周变得很强烈。这种怀疑现在被证实了，尤其是在她今早打过几个电话之后。

没有人在家，哪儿都没有人，好像整个浣熊市都搬走了，而且没有留下新地址。

这确实让人毛骨悚然，她可以对浣熊市漠不关心，但是克里斯在那里，如果他出了什么事……

克莱尔不能，也不愿意这样想。克里斯是她在世上唯一的亲人了。在他俩还是孩子的时候，他们的爸爸在一次施工事故中去世了，而他们的妈妈也在三年前的一场车祸中丧生。虽然克里斯比她大不了几岁，但是他却尽他最大的努力承担父母的角色。他帮助妹妹选择大学，帮助她选择合适的治疗师，他甚至每月都会在保险金之外再给她寄一些钱，他管这个叫“零花钱”。除了这些之外，他每两周给妹妹打一次电话，像钟表一样准时。

克里斯已经一个半月没有给克莱尔打电话了，而且也没有回克莱尔给他打的电话。克莱尔试图说服自己没有必要担心，也许克里斯正在谈恋爱，或者特种战术救援组停职的事情有了什么进展。但是她给克里斯寄了三封信都没有等到回信，而且那么多天都没有等来他的电话。最终她给浣熊市警署打了电话，希望有人能告诉她到底发生了什么事，而电话另一端只有忙音。

听着电话里的忙音，克莱尔真的开始担心了。即使浣熊市这样的小城市以前也有电话答录系统的。克莱尔头脑里理性的部分告诉她不要惊慌，线路问题没有什么可怕的，但是她感性的部分却发出惊声的尖叫。克莱尔用颤抖的手翻开通信录，她找到哥哥曾告诉她找不到他时可以联络的紧急联系人：巴瑞·伯顿、艾米小餐厅，还有一个她从未见过的叫大卫·福特的警察。她甚至试了试比利·拉彼得森的号码，虽然克里斯告诉她这个人在好几个月以前就失踪了。只有大卫·福特家的电话能打通，只是电话答录机的留言已满，其他的号码全部是忙音。

在克莱尔拨完这些电话之后，她的担心就转化成了恐慌。浣熊市离克莱尔的大学只有六个半小时的车程。克莱尔的室友把她的安全装备借走，去和新摩托党男友约会了。还好克莱尔还有一个备用的头盔，她感到非常害怕和惊慌，所以拿起头盔就出发了。

我可能有些愚蠢，但肯定太冲动了。如果克里斯平安无事，我们可能会对这件事一直笑到老吧。只有我知道发生什么事之后，我才会安心。

最后一丝阳光从万里无云的天空中黯淡下来，但接近满月的月光和摩托车的灯光让克莱尔看到左前方的路牌，路牌上显示：距浣熊市还有十六公里。

克莱尔告诉自己克里斯是不会有事的，如果浣熊市发生什么奇怪的事，现在肯定会有人着手调查的。克莱尔一边想一边强迫自己把注意力集中在驾驶这辆沉重的摩托车上。天渐渐暗了，她在天全黑之前能到达浣熊市。

浣熊市是否安全，她马上就会知道了。

3 resident evil

第三章

里昂在差二十分钟九点时到了浣熊市的郊区，他现在想吃顿热饭是没戏了。上次去警署的时候看见那里有两个自动贩卖机，他想着能从那儿买点儿吃的先垫一下肚子。虽然那些快要过期的糖果和花生不能满足他那饥饿的胃，但没把纽约市糟糕的交通状况考虑进来是他自己的错。

往市区开的这段路让他紧张的神经慢慢地平静下来，他开过市区东部的几个小农场、游乐园，还有几间仓库，终于到达市郊交界处的卡车休息站。想到他不久以后就要在这些路上巡逻，保障市民的安全，他感到非常幸福和骄傲。初秋凉爽的空气吹进开着窗户的车里，这让他感到很愉快。上升的月亮把周围的一切都洒上一层银色的光芒。他不会迟到了，而且在一小时内他就会正式成为浣熊市的一名警察。

里昂开着吉普车拐到拜比路上，驶向浣熊市的一条能够到达浣熊市警署的南北向主干道。他第一次感到这里有些不对劲儿。之后经过几个街区，他感到很惊讶，当他到第五个街区的时候，他发现自己基本处在一个震惊的状态下。这不仅是奇怪了，简直是不可能的。

拜比路是第一条真正意义上的市区街道，这条路是东向的。从这里开始房子就要比空地多了。这边有几个咖啡厅、几家便宜的小餐厅，还有只会放映恐怖电影和性感喜剧的廉价电影院。所以这里是最受浣熊市年轻人欢迎的地方。冬季滑雪的大学生们喜欢在这里的几家小酒馆内喝酒馆自酿的啤酒和热朗姆酒。在星期六晚上八点四十五分，这里应该是很热闹的。

里昂看到道路两旁的饭馆或商店大多是平层或两层的建筑，大部分都黑着灯。有几家亮着灯，但是里面不像有人的样子。有很多车停在这条狭窄的街道两旁，他却没有看见一个人。拜比路这个游荡青年和大学生的聚集地竟然空无一人。

可恶，人都跑哪儿去了？

他慢慢地在这条安静的街道上开着车，头脑里却不停地寻找着答案，并试图缓解再次袭遍全身的焦虑。是不是今晚有什么活动？会不会是教堂派发免费的意大利面，或者浣熊市举办了啤酒节，而今天晚上是开幕式？

真的吗？而且所有人都参加了？这肯定是一个大聚会！

就在那时，里昂才意识到，从他在距市区十六公里以外差点撞到狗的地方开始，之后就没看见过其他车辆。一辆都没有！接着一种令人不安的现实向他袭来——没有戏剧性，但是却更加直接。

有一种恶臭弥漫在空气中，一种像粪便的臭味。

哎呀，死臭鼬。肯定是死之前还放了很多臭屁。

他把车开得更慢了。原本他打算在一个街区以后的鲍威尔街左转，那种恶臭的气味和空无一人的大街让他毛骨悚然。也许他应该停下车，到处看看，寻找一下——

“噢，嘿……”

里昂笑了，他有点儿放心了。他看见有两个人站在街角，就在他的正前方。路灯坏了，但他能清楚地看出他们的侧影。这是一对夫妻，女的穿着裙子，男的个子很高，还穿着工作靴。里昂上了鲍威尔街往南开时，他离这对夫妻更近了，他能从他们走路的姿势看出两个人一定是喝醉了。两人踉踉跄跄地消失在办公用品店的阴影里。反正里昂正好要往那个方向去，停下来问问应该不会有什么坏处，不是吗？

他们肯定是从欧凯利酒吧出来的，大概是多喝了一两杯。不过只要他们不醉酒驾车，我是没有意见的。但是，如果他们告诉我今天晚上有免费的音乐会和随便吃的烤肉，我会不会觉得自己很傻啊？

里昂放松下来，又激动得几乎有些发狂，他驾车转过弯，眯起眼在黑暗的阴影中寻找这对夫妻。他没有看到他们，他发现在办公用品店和珠宝店之间有一条小巷子。也许两个喝醉酒的朋友去小巷里方便了，或者去干不合法的“坏事”——

“见鬼！”

里昂猛地踩了一脚刹车，一群黑色的影子从街上飞向天空，在吉普车的灯光下就像飞转的大树叶。惊吓之后里昂再仔细一看，原来是一群乌鸦。乌鸦没有叫，尽管里昂的车离它们那么近，他甚至可以在车里听到它们起飞的时候翅膀挥动的声音。它们吃的夜宵是一个被汽车轧死的动物，看起来像——

噢，上帝啊！

在路的正中间有一具人类的尸体，就在离吉普车大概六米远的地方。尸体的脸朝下，看起来像一具女尸。从沾满血渍的白衬衫上看，这可不是喝醉酒的大学生在马路中间睡大觉。

肇事逃逸！有个混蛋把她撞死然后逃离了现场。天啊，太混乱了！

里昂关闭发动机，想都没想就打开门要下车。一只脚刚踩到柏油路，他犹豫了。清凉的空气中弥漫着恶臭。他的头脑中有了一个他不愿意去思考的想法，虽然他知道他以前有过更好的想法。这次不是训练演习，这可事关自己的生命。

如果这不是肇事逃逸呢？如果是有神经不正常的人持枪四处扫射呢？也许人们都在室内躲藏呢？也许浣熊市警署的人马上就来了。也许刚才醉酒的人不是喝醉了，而是在中枪以后去寻求帮助呢？

里昂回到吉普车上，他俯身从副驾驶座下摸索到他的毕业礼物——一把以色列进口的十二毫米口径的大威力速射沙漠之鹰手枪，该枪有特制的二十五厘米长枪管。这是他当警察的爸爸和叔叔一起送给他的。这不是浣熊警局的标准佩枪，这把枪要比佩枪的火力大得多。里昂从手套箱中拿出弹夹装上，他微微颤抖的手感到了这把枪的重量，他觉得这是他有生以来收到的最好的礼物。他又取出两个弹夹装在腰包里，这是他的原则，因为每个弹夹只有六发子弹。

里昂从车里下来快速查看了一下周围，然后将装满子弹的马格南手枪指向地面。虽然他不太熟悉夜晚的浣熊市，但是他知道这里不应该是现在这样昏暗。鲍威尔大街的几个路灯不是被破坏了就是没有开，沾满鲜血的尸体后面的地方被阴影笼罩着。如果没有吉普车的大灯，他大概也看不见这些。

里昂缓步上前，在离开吉普车掩护的时候，他对自己完全暴露在外面感到一阵害怕。这个女人可能还活着，虽然可能性非常小，他必须检查一下。

他又走近几步，可以看出这是一个年轻的女子。红色的直发挡住她的脸，但衣服是女装，牛仔七分裤和平底鞋。伤口大部分被血染的衬衫遮住，看起来好像有十几处，湿漉漉的衣服上满是撕裂的痕迹，露出血淋淋的肌肉组织。

里昂深深地咽了一口唾沫，他把枪换到左手，蹲在女尸旁边。他把手伸向她的喉咙，两只手指很快就在她冰冷湿滑的皮肤上找到了颈动脉。几秒钟过去了，这几秒钟他很害怕，也感到自己非常不成熟，他试着回忆人工呼吸的步骤，同时希望这个女人还有脉搏。

五次按压，两次短暂的人工呼吸，按压时手肘不能弯曲。加油，千万不要死去。

他没发现有脉搏，也不愿意再等下去。他把马格南手枪别进皮带里，然后抓住她的肩膀，想把她翻过来查看她的呼吸。他刚要把她抬起来就不得不把她再次放躺下，因为他看到的东西让他的心揪成一团。

受害者的衬衫从裤子里被拽出来，这让他看见她的脊柱和一部分肋骨。她那还残留着一些肉的椎骨淌着鲜红的血，狭窄弯曲的肋骨已经在被撕碎的肌肉中消失。看起来她像被撞倒后又被撕咬了一样。突然间，那些里昂认为不重要的事情重新回到他的大脑里，一些事实变得明朗起来，这是他第一次真正感到恐惧像黑色漩涡一样在他的脑海中蔓延。

乌鸦是不可能做到的，这得让它们花上好几小时。有谁听说过乌鸦会在天黑以后成群进食的？还有那像粪便的恶臭，那不是从她身上发出来的，她是刚死的，而且——

食人怪！杀人案！

不，这不可能。如果真是这样，就是说在城市大街上一个人被杀以后，身体又被吃掉一大半，竟没有人出来制止？

如果食腐的鸟类都来了，说明凶手已经杀了城市的大部分市民或者全部市民，这有可能吗？好吧。可是那种气味是从哪儿来的呢？人们都在哪儿呢？

这时，从里昂的背后突然传来低沉轻柔的呻吟声和蹭地的脚步声，还有另外一种声音，一种湿乎乎的声音。他马上站起来转过身，本能地抓住马格南手枪。原来是刚才那对醉酒夫妻正朝他摇摇晃晃地走过来，后面还跟着一个虎背熊腰的人，但是……

这个人的衬衫上沾满了血，手上也全是血，脓疮般的嘴嵌在腐烂的脸上，血从鲜红的嘴角滴下来。另外一个男人，就是那个穿工作靴和背带裤的高个子男人，看起来也是这个样子。黑暗中，可以从那个金发碧眼女人穿的粉衬衫里看到，她的乳沟上面还有像霉菌的黑点。

三个人走过吉普车，跌跌撞撞地向里昂走来，他们渴望地号叫着并举起苍白的手。一些黑色的液体从那个虎背熊腰的人鼻子里流出，流过他喊叫着的嘴。里昂震惊了，他明白了，那粪便一样的恶臭是腐尸的气味，是从他们身上发出来的——

这时，从对面街道的门里又出现一个年轻的女子，她穿着脏兮兮的 T 恤衫，头上扎着马尾辫，松弛的脸上毫无表情。

里昂听到身后传来的呻吟声，他快速转头看了一眼，发现一个头发乌黑、手臂腐烂的年轻男人从便道遮阳伞的黑影中蹒跚走来。

里昂举起马格南手枪，瞄准离他最近的那个穿着背带裤的男人，而他的直觉却告诉他快跑。他吓坏了，但是他那受过训练的逻辑分析能力却继续想要给这一切找到一个合理的理由，继续坚持他不是在面对行走的死人的想法。

控制住自己，按程序一步步来，你是一名警察——

“停下！不要再往前走了！别动！”

他的声音很大，听起来很有命令感和权威性，而且他还穿着制服。天啊！*他们为什么不停下来*？那个穿背带裤的男人又一次发出呻吟声，他对瞄准他的枪口视而不见。两侧的人还跟着他继续前行，他们现在离里昂只有不到三米的距离了。

“别动！”里昂又说了一次，他恐慌的声音让自己退了一步，他飞快地向四周看了看，发现有更多的尖叫着的人从阴影里蹒跚地走出来。

突然，有东西抓住他的脚踝。

“不！”他大叫着把枪瞄准脚下。

他看到那个肇事逃逸受害者的尸体正在用她布满血痂的手乱抓着他的靴子，想把她残缺的身体拉得近一点儿。她试图咬住里昂的靴子，并和其他人一样发出疯狂的尖叫声，带血的唾液流过她伤痕累累的下巴滴在里昂的靴子上。

里昂朝她的背部靠上的位置开了一枪，这把武器的巨大爆破力让她松开了手。在这样近的距离射击，一定可以把她的心脏打烂。随即，女尸抽搐着倒在便道上——

接着他转过身发现，其他人距自己只有一米五左右了。他连开两枪，子弹射入离他最近的那人的胸膛，那家伙的胸部开了花，喷出了鲜红的血。

这个穿着背带裤的男人基本上没有被他自己身上的两个血洞影响，只是晃了一下，他张开血盆大口，发出饥渴的嘶叫声，并举起双手好像饿虎扑食一样。

肯定是吃了什么特别的东西，这么大的火力足以杀死一头大象了。

里昂一边倒退一边不停地开枪。空弹夹掉在地上，新弹夹迅速被装上，然后是又一轮的枪声。尽管子弹穿破他们腐烂而恶臭的身体，他们依然继续向前。这就像一场噩梦，一部恐怖电影，这不是真的。里昂知道如果他还不相信眼前的一切，他就会死的，他就会被这些东西活活吃掉。

来吧，肯尼迪警官，说出来吧。这些丧尸。

回吉普车的路被挡住了，里昂只能走走停停地向别处移动，并不断地开枪射击。

3 resident evil

第四章

这就是城市的夜生活吗？这个地方就像个死城。

克莱尔只在刚进入浣熊市的时候看见两个人在游荡，人应该比这个多。实际上，这个地方看起来像一座被遗弃的城市。她的头盔挡住了大部分的视线，不过城市的东边确实非常冷清，这里的商店都没有营业，而且这里也没有车。她觉得很奇怪，但是和她下午所想象的比起来这里并不那么糟糕。至少浣熊市还是存在的。在她前往鲍威尔街附近的一间二十四小时营业的小餐厅的路上，克莱尔看见一大群参加派对的人正在马路中间走着。如果她没看错，这些应该是喝醉酒的大学生吧。这些人令人讨厌，但也不是《圣经》中世界末日里宣告世界终结的骑士。

没有被炸毁的废墟，没有过火后奄奄一息的火堆灰烬，没有空袭警报，目前来说情况还不错。

克莱尔准备直接去克里斯的公寓，她发现艾米小餐厅就在路上。克里斯一点儿都不会做饭，他只靠吃麦片和冷的三明治生活，他一周会有六天去艾米小餐厅吃晚餐。即使他不在那里，也值得在那里停下去问问服务员最近有没有见过他。

克莱尔把摩托车停在艾米小餐厅门口，这时她看到在人行道旁边的垃圾桶上有两只老鼠迅速躲起来。她把车支起来下了车，拿下她的头盔放在温暖的车座上。她甩了甩马尾辫，然后皱起鼻子，她闻到一种令人厌恶的气味。这些垃圾肯定很久没有清理了。垃圾桶里被扔掉的东西散发出一种有严重毒性的臭味。

在进去之前，克莱尔轻轻地擦了擦自己露在外面的双腿和双臂，不但拂去上面从路上沾上的灰尘，也可以让自己暖和一下。马甲和短裤真是不适合十月的天气，这又一次提醒她自己没穿对衣服就骑车出去是多么愚蠢。克里斯要是知道了又得好好说她一顿了。

但不会是在这里。

克莱尔透过餐厅前的玻璃往明亮温馨的家庭餐厅里看了一下，她从午餐吧台边红色的吧台凳看到墙边上软座单间格，竟然没有看见一个人。克莱尔皱起了眉头，起初的失望被困惑取代了。在最近几年里，克莱尔经常来看克里斯，她在不同时间都来过这家餐厅，不管是白天还是黑夜。她和克里斯都是夜猫子，常常决定在早上三点的时候去吃芝士汉堡，每次都是去艾米小餐厅。艾米小餐厅总有人在和穿粉色塑料工作服的女服务员聊天，或者有人弯着腰喝着咖啡看着报纸。不管什么时候总是有人在。

这些人去哪了？现在还不到九点钟……

门口的标示牌上写着“营业中”，而且光在门口站着什么都发现不了。克莱尔最后看了一眼她的摩托车，推门走进去。她深呼了一口气，满怀希望地喊道：

“你好，有人在吗？”

她的声音在安静而空荡的餐厅里显得有些单调。除了屋顶的风扇发出轻柔的嗡嗡声外，这里没有一点儿其他声音。空气中弥漫着熟悉的油脂味道，还有一些其他味道，有点儿苦却很轻柔，像花朵腐烂的味道。

这个餐厅是L形的，单间格在她的前面和左边。克莱尔慢慢往里面走，在午餐吧的最后面是等餐的地方，再往后是厨房，如果餐厅在营业，那些工作人员应该在那里，他们也许会像克莱尔一样对没有客人这件事感到十分惊讶。

这里这么杂乱又该怎么解释呢？

这里的确不能说是一般的杂乱，这种杂乱是很不明显的，她在外面都没有注意到。有几本菜单散落在地上，餐台上有几个被打翻的玻璃杯，还有几件散落的银色餐具。只有这些能证明事情有些不对劲，但这些已经足够了。

我可不去检查什么厨房了，这太诡异了。这个城市真的出了严重的问题，或许这里遭了劫，或者他们正在准备一个惊喜舞会。我不管了，是该去别的地方了。

这时，克莱尔听到从吧台后的隐蔽空间里传来的声音，一种轻轻移动像布料蹭地的声音，还有含混不清的轻哼声。有人躲在那里。

克莱尔听到自己的心猛烈跳动的声音，她又喊了一声："有人吗？"

没有人回答。没过几秒，那种呻吟声再次传来，这让克莱尔背上的汗毛都竖了起来。

虽然有些疑虑，她还是急忙朝后面跑去。她突然觉得自己要逃跑的行为很幼稚。也许这里发生了抢劫案，也许有些顾客的嘴被堵住，还被绑起来了，或者更糟，他们身受重伤还不能求助。无论如何，她想不管都不行了。

克莱尔走到吧台的尽头，往左面探身望去——

然后她僵住了，眼睛瞪得大大的，感觉像被人抽了一个嘴巴。在装满餐盘的推车旁，一个穿着厨师白大褂的秃顶男人正背对着他。他正蹲在一个女服务员的旁边，女服务员的身体看起来非常不对劲，所以一开始克莱尔都不能接受自己所看到的事实。她震惊的目光慢慢扫过服务员粉色的制服、鞋子，还有她胸前带名字的胸牌，她的名字好像是朱丽，或朱丽亚……

她的头，她的头不见了。

克莱尔明白了到底是什么不对劲之后，虽然不愿意去想，但却没法控制自己。女服务员头的位置有一摊快要干涸的黏稠的血迹，周围是头颅的碎片、黑色的头发，还有零碎的血块。克莱尔惊恐地盯着那具无头尸体的时候，用手遮着脸的厨师突然发出一声低沉而凄惨的哀号。

克莱尔张大嘴巴，她不知道自己嘴里会蹦出什么。是尖叫，是询问他原因，还是向他提供帮助，她真的不知道。厨师转过身，把手放下抬起头来看她时，克莱尔震惊得什么也说不出来。

厨师正在吃那个女服务员，他粗大的手指上沾满了碎肉，奇怪的脸上满是鲜血。

丧尸！

虽然这是一个孩提时深夜故事或篝火晚会故事中出现的生物，但是克莱尔瞬间接受了这个事实。她不是傻瓜。这个男人脸色苍白，身上散发着克莱尔先前就注意到的令人作呕的发甜的腐烂气味，它的眼睛里蒙着一层膜，隐隐泛着白色。

浣熊市里有丧尸，这真是出乎我的意料。

伴随着冷静而符合逻辑的分析，一种真正的恐惧向克莱尔袭来。她跌跌撞撞地后退，在厨师渐渐从女服务员尸体旁起身的时候，克莱尔由于极度惊恐浑身炽热，似乎内脏都被融化了。这个厨师很高大，看起来至少要比身高一米六一的克莱尔高出三十厘米，而且还是个大块头。

它是个死人，它已经死了，而且它刚才正在吃人，不能让它再靠近了。

厨师向克莱尔迈近一步，它沾满血的双手握成了拳。克莱尔倒退得更快了，她差点被地上的菜单滑倒，一把叉子在她的靴子底下发出了咔嗒声。

快逃出去！

“我现在就走了啊，”克莱尔小声念叨着，“真的不用送了……”

厨师蹒跚向前，像盲人一样的眼睛放射出饥渴的凶光。克莱尔又退了一步，她向后摸了摸，除了空气什么也没有——

然后她摸到凉凉的金属门把手，一种胜利的兴奋感涌过她的全身，但当她转过身拉住门把手的时候——

她发出一声恐惧的尖叫。门口还有两三个丧尸，它们腐烂的身体正紧贴着餐厅的玻璃，其中一个只有一只眼睛，另一只眼的位置是一个化脓的洞；另外一个没有上唇，一个残破的永久的笑容挂在它的脸上。它们漫无目的地抓着窗户，灰白、残破的脸上布满血迹。此时，从街对面的黑暗中又有很多阴影摇摇晃晃地走出来。

不能出去了，被困住了——

天啊，走后门！

在她的视线中，发出绿光的出口标志像一盏明灯一样闪耀着。克莱尔转过身，她差点儿没看到厨师已来到离她不到一米的地方，因为她所有的注意力都集中在她逃生的唯一希望上。

她开始猛跑，双臂急速摆动，那些单间格在她飞快的速度中变成了没有见过的模糊的颜色。后门是通向小巷的，她准备跑着撞开门，如果门是锁着的，她就完蛋了。

克莱尔撞上门，门开了，由于惯性，她撞在小巷的砖墙上——

那儿有一把枪指着她的脸，这是唯一一件能让她停下来的事了，一个拿着枪的男人瞄准了她——

她僵住了，本能地举起手来，好像要挡住子弹。

“等等，别开枪！”

那个拿着枪的人没有动，那致命的武器还在对着她的头——

他要杀了我——

“趴下！”那个拿着枪的人喊道，克莱尔趴在地上，她的膝盖软了，她不但听到了命令，还感到冰冷的手指抓住她的肩——

砰！砰！

他开枪了，克莱尔向后看去，那个厨师就在她身后倒在地上，它的脑门上出现一个大洞。血从它的伤口处慢慢流出，白色的眼睛上充满了红色，倒在地上的尸体抽搐了一下，两下，然后便不动了。

克莱尔转向她的救命恩人，她第一次注意到他的制服。他是一名警察，很年轻，个子很高。看起来也是被吓坏了，他的上嘴唇上挂满汗珠，睁大的蓝色眼睛一眨不眨。但至少，他的声音还是洪亮而肯定的，他伸手帮克莱尔站起来。

“我们不能待在这里。跟我来吧。警署里会安全一点儿。”

就在他说话的时候，克莱尔听见从街上传来的呻吟声又近了，还有那饥渴的叫声变得越来越大。克莱尔紧紧地握住他的手，让男子把自己拉起来，让她感到欣慰的是，他的手指也是颤抖发热的，和她的一样。

他们边跑边躲着垃圾桶和被踩平的纸箱堆。那些丧尸发现了这条黑暗的小巷，开始追赶他们。丧尸可怕的呼喊声在空中回荡着。

3 resident evil

第五章

里昂和女孩一起向前奔跑，他拼命地回想着浣熊市市中心的布局。这条小巷出去应该是艾氏大街，离浣熊市警署所在的欧克大街不远，但是警署却在往西至少十五个街区以外的地方，除非能找到交通工具，否则他们肯定到不了那里。他已经装上最后一个弹夹，里面还剩四发子弹。从回荡在小巷里的声音来看，可能在小巷的两头儿会有数十个甚至上百个丧尸。

在他们到达巷子口的时候，里昂举起手枪并放慢了脚步。他扫视一下四周，虽然看得不是很清楚，但是从他们站的地方到下一个路灯处，至少有十一二个丧尸在他们的右边，踉跄地在满是恶臭的黑暗中挪动着脚步，而在他们的左边只有三个，就在不远的地方。

谢天谢地！

“那里！”

里昂指着街对面的警车，感到一丝希望。那边看不到警察，根本指望不上。不过，车的前门是开着的，而且那三个呻吟的丧尸不会在他和女孩到达警车之前追上他们。即使那里没有钥匙也会有电台，而且车的前风挡是防弹玻璃做的。这应该能让他们在救援人员到达之前抵挡一阵这些行尸走肉。

这是你们唯一的机会了，快走！

他看到女孩向他点头示意，她棕色的马尾辫上下摆动，然后他们就飞快地向那辆黑白相间的警车冲去，脚下的路变得一片模糊。里昂的枪一直指向离他们最近的那个丧尸，离他们大概五米的距离，里昂想开枪射击防止它们再向自己靠近，但是他不能再浪费子弹了。

上帝保佑，车里一定要有钥匙。

他们同时到达警车前，然后分开，女孩跑到副驾驶的门边。这时，里昂又生出一种恐惧——这个女孩可能认为这辆车是他的。里昂等着女孩关上门后才坐到驾驶座上。在他猛地关上车门的瞬间，他心里一个很小而且非常恐惧的部分尖叫着告诉他，这是他上班的第一天。

他的祷告起作用了，车钥匙就插在点火开关上。里昂把马格南手枪放在自己的腿上，然后抓住车钥匙，他的一丝希望再次燃起，就像除了死亡之外又看到了新的希望。

“系好安全带！”里昂说完，没等听到女孩回应就已经转动了钥匙，闪光的警灯亮了。艾氏大街和在街上涌动的丧尸都出现在红蓝交织的灯光中，它们的影子在警灯的照射下变换着形态以及不同的明暗程度，这里就像地狱的景象。里昂使劲踩下油门，拼命地想尽快离开这里。

车子尖叫着从便道的路肩急转而去，里昂手中的方向盘左右摇摆着，他差点儿撞上一个头皮被撕去一半的蹒跚行走的女人。当他们全速驶去的时候，即使车窗是关着的，里昂还是能听见那个女人和其他丧尸沮丧的号叫声。

支援，快点儿请求支援！

里昂抬手去摸电台，但是他的视线却没有离开路面。丧尸零散地分布在大街上，但它们持续涌来。摇摆的黑影和步履蹒跚的怪物不断地从街道的两边晃出来，好像被疾驰的车的声音吸引了。黑白相间的警车通过鲍威尔街，里昂不得不躲闪更多的丧尸。

在里昂按下电台的“通话”键之后，一种无助感向他袭来，没有信号，什么声音都没有。而女孩则注视着窗外苍凉的景象说：“到底发生了什么事？我刚到浣熊市，这里整个地方都疯狂了。”

“糟透了！电台不能用。”里昂打断了女孩的话。他把电台放下，重新把精力集中到路上。整个城市像一个陌生的世界，街头布满了奇怪的身影。这好像是做梦，但是这恶臭的味道使他无法相信自己是在梦中。腐尸的恶臭甚至飘进了车内，这让里昂难以集中精力开车。至少路上没有其他车辆，也没有人，没有真正的人……

这里只有我和这个女孩。我必须在这里做好我的工作，不让她受到伤害，这个可怜的孩子，她顶多也就十九或二十岁，她可能吓坏了。我一定要保持冷静，保护她脱离危险，安全到达警署……

“你是警察吧？”

女孩快速问道。不知为什么，听起来有些嘲讽的语气把里昂从恐慌的沉思中拉了回来。他朝女孩的方向看了一眼，里昂注意到女孩的脸色有些苍白，但她只是有些颤抖，并没有达到崩溃的边缘。女孩清澈的灰色眼睛中甚至还带有一丝幽默，里昂感觉到女孩不是那种容易崩溃的人。这在现在的情况下是一件非常好的事情。

“是的，今天是我第一天上班。好极了，是吧？我叫里昂·肯尼迪。”

“我叫克莱尔，”女孩说道，“克莱尔·雷德菲尔德，我到这里来找我哥哥克里斯的……”

克莱尔不说话了，继续盯着外面的街道。两个丧尸摇晃着从车的两侧靠近，里昂使劲踩了一脚油门，车从两个丧尸之间开过去了。前后座之间的钢丝网已经被打开，里昂可以从后视镜中清楚地看到那两个食人丧尸正在后面缓慢地追赶他们。

饥饿的食人丧尸，就像电影里演的。

在这一刻，两个人都没有说话。谁也没有提出那个最明显的问题：到底是什么把浣熊市变成了恐怖电影中的场景，但是这个问题和他们如何逃生相比简直是微不足道。假设道路上没有阻碍，他们过两分钟就能到警署了，那里有一个地下停车场，里昂要先去那里试一试，如果门没有开，他们就得走一小段路，警署大楼门口有个小院子，那里可以停车——

只有四颗子弹了，这个城市里却到处都是丧尸。也许我们还需要其他武器……

"嘿，把手套箱打开。"里昂说。如果是锁着的，钥匙环上的钥匙应该可以把它打开。

克莱尔轻轻按了一下，打开手套箱并把手伸进去，她粉色无袖马甲的背面露出来，上面有个举着炸弹的美丽天使，图案上面还印着"天堂制造"的字样。这件衣服很适合她。

"这儿有一支枪。"克莱尔拿出一支光亮的半自动手枪。她举起手枪仔细检查了一下枪是否上膛，然后又找出两个弹夹。这是浣熊警署以前配发的九毫米口径的勃朗宁手枪。自从最近发生谋杀案之后，浣熊市警察的佩枪都换成了黑克勒－科赫的 VP70 型号，这也是一支九毫米口径的手枪。两支枪的不同之处在于，勃朗宁只能装十三发子弹，而新佩枪却可以装十八发子弹，如果算上枪膛中的那一发就是十九发。从她对枪的处理方式可以看出，克莱尔是一个知道怎么用枪的人。

"最好把它带上。"里昂说。浣熊市警署有个不错的枪械库，假设那边还有警察，他就可以拿到他的佩枪，而且——

但是你为什么任何事情都要假设？

里昂在艾氏街和森德街的拐角处转得太快了，他突然意识到警署里也有可能到处都是尸体。一切都发生得太快了，他只是没有考虑到这种可能性。里昂打直方向盘并放慢了车速，试图尽可能理性和冷静地制订出一个替代计划。也许警署已经采取了有计划的防御，但想在臭味这么浓重的空气中抱有希望并不是一件容易的事。

汽油还剩下四分之三，这足够让我们从山里开出去，我们可以在一小时内到达莱瑟姆。

他们可以开车到警署附近，如果那里看起来不对劲，他们马上开出城。里昂觉得这个主意不错，他打算把计划告诉克莱尔，听听她的想法——

就在这时，一股可怕的恶臭向他涌来，有个东西从后座扑了出来。

克莱尔尖叫起来。那个一直在警车上的怪物用它冰冷的双手抓住里昂的肩膀，它呼出的恶臭气息喷在他的脸上，它用非人的力量抓住里昂的右臂，拉向它流着口水泛着光的牙齿。

车因此突然改变了方向向右转去，冲上路肩并向一栋砖砌的建筑物冲去。“不！”里昂喊道。丧尸失去平衡，它的手松开了些。里昂猛地转动方向盘，但是却不能完全躲避开前面的建筑物。金属摩擦发出刺耳的尖叫声，碰撞发出的灿烂火花照亮了他们不速之客紧握的手和残忍的笑容。车子又被弹回了路面。

这次丧尸又把它的前肢挥向克莱尔，里昂想都没想猛地踩了油门并把方向盘使劲向右转。车子的尾部猛地摆动，后部撞向一辆停着的装货卡车，又撞出一阵火花。流着口水的丧尸被甩回后座，但是它立刻又坐起来，咬牙切齿地去抓克莱尔。

警车在森德街上飞奔。里昂一边试着控制方向盘，一边拿出他的手枪。他拿着马格南手枪的枪管，侧过身。他没有想过要把脚从油门上拿下来，他满脑子想的就是丧尸快要把它的牙齿咬进克莱尔挣扎的肩膀了。

里昂把这个沉重的武器朝丧尸的脸上砸下去，枪身从丧尸脸上带下一大片肌肉组织。当枪把滑到他的鼻子时，软骨和骨头带着湿润的声音分离开来，鲜血汩汩流出。丧尸发出咕咕的声音并抓住自己流血的头部，里昂在这一秒感到了一丝胜利感——

就在这时，克莱尔大喊 ：“当心！”

里昂抬头一看，发现他们马上就要撞车了。

里昂用他的枪猛击丧尸，而克莱尔却本能地躲避可能飞溅过来的血液。她充满惊恐的眼神发现，他们所在的大街马上就要到尽头了。

“小心！”

克莱尔只瞥了一眼方向盘上里昂白色的手指关节，还有他紧闭的下颌……

然后车子开始旋转并发出刺耳的声音，周围的建筑物和路灯飞快地一闪而过，克莱尔眼前模糊一片，再然后——

嘭!

警车撞到一个结实的东西发出了巨响，玻璃被撞成碎片，金属车身被挤压变形。克莱尔的安全带阻止了她飞出去。后座的丧尸因撞击向前摔出，当它从前风挡玻璃摔出去时，因为惯性克莱尔本能地把她的手臂举了起来。

然后一切都归于寂静。克莱尔的耳朵只能听见高热的金属发出的咔嗒声和自己心脏狂跳的声音。克莱尔把手臂放下，然后注意到里昂已经恢复了正常，他正注视着血淋淋的趴在发动机盖上残破的尸体，它的头已经不在视线之内，一动不动了。

“你没事吧？”

克莱尔转过身看了看里昂，她突然要克制住想要歇斯底里地大笑的冲动。浣熊市被丧尸占领了，因为有只丧尸想要吃掉他们，他们的车破损严重。把这些都考虑进去，“没事”并不是她脑海中最先想到的词汇。

克莱尔看到里昂真诚和惊恐的表情后，她想发作的冲动消退了。他看起来也是在发作的边缘，就算让自己崩溃的神经自由发作，对事情也没有任何帮助。

“还好没有身首异处。”克莱尔好不容易才说出一句话。年轻的警官点了点头，看起来安心了些。

克莱尔深吸一口气，就好像这是她在几小时内第一次呼吸似的，她看了看他们所在的地方。里昂的车在街道的尽头整整转了一百八十度，警车又朝向他们来时的方向。视线范围内没有丧尸，但克莱尔感到他们并没有多长的时间能够用来找地方躲藏。因为从她目前所见到的情况可以看出，浣熊市的大部分，可能是全部，都受到了不知道是什么因素的影响。克莱尔紧紧地握着手枪，试图控制她纠结的情绪。

“我们……”里昂刚开始说话便停了下来，在他看到后视镜时，他的眼睛都瞪大了。克莱尔朝身后看了一眼，仅一秒钟，她所有能想的就是，在离开大学后的某个时刻她被诅咒了。

诅咒。有人想让我死。这一切就是这么回事。

一辆卡车正往这边驶来，虽然离这里有几个街区的距离，但是他们却可以看清这辆车已经失去控制。卡车来回地改变方向，撞上停在路边的蓝色小货车，然后又撞向另一边的邮筒。克莱尔在麻木和惊恐中意识到，这是一辆罐车，装货的罐体已经从卡车上脱离，从它在每一个疯狂的转弯处危险滑动的情况来看，它应该是满载的。在她消化这些信息和祈祷罐里装的不是汽油或天然气的一瞬间，罐车到他们的距离已经减少一半。克莱尔可以看到喷在驾驶室上的燃烧的火焰标志。在里昂打破他们惊呆的沉默之前，她甚至以为这不是真的。

“杀人狂想要压死我们。”里昂喘着气说。然后他俩都拼命地按下安全带的锁扣。克莱尔祈祷刚才那场撞击没有把他们锁在车里。

安全带解锁的声音被呼啸而来的罐车声和罐车来回撞击左右车辆的回声所淹没。罐车转眼间就要撞到他们了。

“快跑！”里昂大叫着。克莱尔从车里冲了出去，凉爽的空气吹着她满是汗水的皮肤，罐车的呼啸声将其他声音全都遮住了。

克莱尔急忙跑了三大步，她不光听到她身后金属撞击剧烈的轰鸣声，而且感到了柏油路面的震颤。

她又跨了一大步，然后——

轰！

克莱尔被爆炸声和热量产生的难以置信的冲击力推倒了。她在油罐爆炸时蹬地向前扑出去，爆炸在一瞬间把黑夜变成了白天。克莱尔是肩膀先着地的，沙砾嵌入她被热浪冲击的皮肤。她气喘吁吁地落在一辆停着的车的后面。

冒着烟的碎片从天空散落下来后，克莱尔站了起来，踉踉跄跄地走到街上，在高耸的火焰中寻找里昂的踪影。她的心沉下去了。油罐车、警车，还有那间原本是五金店的建筑都笼罩在化学制品引起的地狱般的火灾中。街道完全被燃烧着的残骸堵住了。

“克莱尔？”

里昂的声音从火墙的另一边传出来，声音低沉但却听得见。

“里昂？”

“我没事，”里昂喊道，“去警署吧，我会在那里等你。”

克莱尔犹豫了片刻，她低头注视着自己颤抖的手中紧握着的手枪。她很害怕，害怕独自一个人在这个已经变成活墓地的城市，现在看来她并没有其他的选择。一厢情愿地希望情况有所改观简直是在浪费时间。

“好吧。”

克莱尔转过身，试图在残骸释放出的烟雾和忽明忽暗的火光中找到自己的位置。警署离这儿很近，只要走过两个街区就到了——

那边还有摇摇晃晃的丧尸，它们躲在阴影里、车后面，还有的在黑暗的建筑物里。这些头脑中只有一个目的的东西蹒跚着走向事故引发的奇妙火光，边走边发出饥渴的叫声。两个、三个、四个……克莱尔看见它们残破的皮肤、腐烂的四肢，还有原本应该是眼睛的黑洞——它们仍在前行，慢慢地走向克莱尔，好像是瞄准鲜活的生命一样。

在着火的残骸之上，克莱尔听到枪声，也许是在一个街区之外的两声枪响，然后就没有声音了。只有火焰熊熊的燃烧声和慢慢移步的丧尸发出的轻柔无助的呼喊声。

里昂现在只能靠自己了。我走了。

克莱尔深吸一口气，她发现那群致命的丧尸之间的空当越来越小，然后她拼命地向那个空当跑去。

3
resident evil

第六章

艾达·王把闪亮的金属光碟插入雕像的凹槽处，并把光碟推进去，直到它与大理石齐平。当光碟到达位置时，艾达听到了隐藏的杠杆转动的声音。她向后退了几步，想看看会发生什么。她的脚步声回荡在浣熊市警署大楼巨大的前厅里，又从有三层楼高的开阔空间返回到她所在的位置。

还有另外一把钥匙？是不是地下室中的某个奖牌，或者是藏在明处的样品本身？那岂不是一个惊喜？

如果愿望能够成真就好了。石制的举着水瓶的仙女微微滑动，向前倾斜着身子，一个细长的金属片从它肩膀上的水瓶里掉下来，掉在已经不出水的喷泉口上。这是一把铁锹形的钥匙。

艾达深吸了口气，捡起钥匙。她已经有了钥匙，事实上她有了可以搜查警署的最需要的东西，而且更重要的是可以使她进入研究所。如果不是安布雷拉的人突然发话，这件工作应该是易如反掌。挣到这个钱很轻松。

相反，我得到三天不惬意的假期，在晚上还要为了生存而战斗，同时玩着“把子弹射入大脑”和“寻找记者”这两个游戏。样本现在可能在任何地方，这取决于谁活了下来。假设我能带着样本活着离开这里，我一定会要一大笔赏金。任何人都不应该在这种条件下工作。

艾达把钥匙放进腰包，然后望着这个富丽堂皇的大厅上面的栏杆，脑子里却想着她刚才看过的房间，还有她更加仔细搜索过的房间。贝托鲁奇看起来并没有出现在大楼的东侧，无论是楼上还是楼下，她感觉自己花了好几小时盯着死人的脸看，并在散发着恶臭的尸体堆里寻找着他的方下巴和他不合时宜的马尾辫。当然，贝托鲁奇可能还活着并四处走动，但是从她得到的消息来看，这基本是不可能的。那个记者就像一只兔子，一遇到危险就躲了起来。

说到危险……

艾达抖了抖身子朝通向大楼东侧的门走去。前厅没有病毒携带者，它们不明白需要转动门把手才能开门，但这里却有除了病毒以外的其他危险。上帝才知道安布雷拉用什么来做清理工作，还有研究所发生泄漏时是什么东西被释放出来了。让她感到不是那么可怕却同样困扰她的是那些可能还在四周寻找人的警察。自从她到达这里之后，每隔一段时间就能听到枪响，有些很遥远，有些则不是。在那庞大的老建筑中至少还有几个没有被感染的人。比起要说服一个拿着枪的惊慌失措的肌肉男她还活着，并不需要保护来说，面对那些活死人似乎更有吸引力。

艾达踮起脚走路，以避免发出多余的声音。她溜进一扇门，并靠在一条很长的走廊的尽头，这里很安全，她在思考下一步的行动。虽然她还没有检查过地下室，而且还有几个病毒携带者在警察的办公室里转悠，但是走廊的门都是关着的。如果有人或东西想接近她，她可以看到它们，并及时躲开。

啊，自由侦探的生活真是精彩。环游世界！靠偷重要的东西赚

钱！在三天没洗澡和没吃上一顿像样饭的情况下击退活死人。你的朋友们一定会被这个故事所感动吧。

艾达再一次提醒自己坚持多要些奖金。几天前她来到浣熊市的时候，她觉得自己的准备已经很充分了。她研究了地图，还记住记者的详细资料。她的假身份是一名来浣熊市寻找男朋友的年轻女性，男朋友是一名在安布雷拉公司工作的科学家。这个身份几乎是真实的，事实上，正是她与约翰·豪十个月以前的短暂关系让她得到了这个工作。其实，更像一夜情，而且还不是很好，约翰却不这样认为。约翰与安布雷拉的关系可能使他已经遇害，但是对于艾达来说却是件幸运的事。

所以，她至此一切准备就绪。在艾达自信地入住浣熊市最好的酒店的二十四小时内，她的运气改变了。当她在人很少并挂满唱片的阿克雷酒店前厅吃晚饭的时候，艾达听到第一声尖叫。第一声尖叫远远不是最后一声。

从某些方面来看，这场灾难对艾达来说是有利的。研究所周围不会再有站岗的保安，也不会有没完没了的秘密实验。艾达从事先的了解中知道，T 病毒通过空气传播的时间很短，很快就可以消散。唯一的感染途径就是和病毒的携带者接触，所以这并不是大问题。她和其他二十几个人逃到警署的时候，她看见贝托鲁奇就在那些人中。即便是考虑到丧尸的因素，起初事情看起来还是对她有利的。

任务目标：盘问记者，获悉他对事情的了解程度。然后根据他知道的多少或杀或留。然后把柏肯博士最新的研究成果——新病毒的样本收回。没什么问题，对吧？

三天前，从掌握安布雷拉研究所是怎样和下水道系统连接的，还有贝托鲁奇正好就站在她的面前这两点看来，这项工作确实很容易。当然，事情从那时就开始转折了。

警署在特种战术救援组行动失败后重组了，房间进行调换，这让我事先准备的大部分信息都没用了。人们慢慢地消失，路障防护逐渐

崩溃。艾隆斯署长就像独裁者一样不断发号施令，在这种死人堆积的情况下仍然试图给哈里斯市长和他那个烦人的女儿留下好印象。

艾达密切观察着贝托鲁奇，发现他弯下腰快速跑起来，但他却错过了出口。艾达还没来得及与贝托鲁奇联系，他就在第一次遭受攻击引起的骚乱中消失在像迷宫般的警署里。不到一小时，四分之三的民众在受到一次大规模攻击后都丧生了。这都是因为没有人想到去拉下车库的门。在这之后，艾达决定单独行动。她不愿意连死都保持她的假身份——一名被吓坏的寻找男朋友的观光客。

然后就是等待，艾达藏在三层的钟楼里，用了将近五十小时等待事态平静下来。她只在枪战之间的时间，或在回荡的枪声和尖叫声的间歇悄悄溜下楼去寻找食物或使用卫生间。

好极了，现在你已经出来了，你该怎么做呢？站着好好想想。快点行动吧！越快完成任务，就能越快地拿到钱，你就能越快地安稳退休，然后到某个漂亮的小岛上享受了。

艾达仍然没有动，她心不在焉地用她的贝雷塔手枪的枪口轻轻地敲着自己修长的穿着丝袜的腿。走廊里有三具尸体，她忍不住盯着在走廊中间窗台下的一具女尸。这个女人穿着短裤和吊带衫，双腿难看地劈开，一只手竖在她沾满鲜血的头上。另外两个是警察，她不认识。她在刚到警署的时候和那个女人说过话，她的名字好像是思黛西什么的，她是一个有点儿神经质却意志坚定的人，刚刚二十岁。

想起来了，她的名字是思黛西·凯尔索。她到城里来买冰激凌，但却遇上了袭击。尽管自己身陷险境，但她却更担心家中的父母和她的小弟弟。这是个有良心的女孩，是个好孩子。

她为什么会想这些呢？思黛西已经死了，她的左太阳穴处有一个破烂的洞。这不是艾达干的，所以她并不觉得自己要对这件事负责任。她是来这里做事的，整个浣熊市出了乱子并不是她的错。

*这也许不是内疚感，*她身体的一部分小声地说着。*也许你是为*

她没有成功逃跑而感到遗憾。毕竟她曾是一个活人，但现在她死了，而她父母和小弟弟也可能……

“振作起来。”艾达轻声但带着一丝恼怒地说。她把目光从可怜的女人身上移开，落在走廊尽头的一个破碎的烟灰缸上。对无法控制的事情感到悲伤并不是她的风格，也不是她在自己业务上能够拔尖的原因。而且考虑到特兰特先生雇用她所付的大价钱，现在真的不是分析她移情技巧的最好时刻。人都是会死的，世界就是这样规律，如果说艾达在她的人生道路上学到什么，那就是为了这个特定的事实而悲伤是毫无意义的。

任务目标：和贝托鲁奇谈谈并拿到 G 病毒样本。她需要关心的只有这个。

在召开记者招待会的房间里有个机关，艾达还要去检查一下。从她站的地方到那个房间要穿过几个曲折的通道。特兰特对警署建筑最新添加部分的记录很粗略，但是艾达知道这个机关与华丽的雕刻汽油灯和一幅油画有关。建造这些建筑设施的委托人不管是谁，他一定过着非常神秘的生活。楼上一个曾经是储藏室的房间墙背后有真正的秘密通道。艾达还没有去过那里，她一眼就看出这个房间被改建成了办公室。从那些塞得过满并有神经质的大男子主义的装饰来看，这可能是艾隆斯的办公室。虽然在艾隆斯的团队只待了很短的时间，但艾达可以看出艾隆斯根本不是一个稳妥的人，他肯定收了安布雷拉的钱，而且他身上的某些特点让人一看就感到不对劲。

艾达开始向走廊走去，她穿的下垂连衣裙在磨损的蓝色墙砖上蹭出很大的响声。她开始担心接下来又要面对耗费时间的谜一样的机关，这对解决问题没有任何帮助。她从一开始就猜测病毒应该仍在研究所里，但是她不能放过任何一个能够尽早取得样本的机会。档案文件指出，病毒样本应该装在八到十二个约三十毫升的小瓶内，这个信息是由两周前的视频提供的，并且告知柏肯博士的实验室并非无法潜入。地下实验室和警署是通过下水道总管相连接的，艾达不得不考虑样本被转移的可能性。另外，贝托鲁奇可能藏在研究所的图书馆，也可能在大楼西侧的特种战术救援组办公室，或者在一间小黑屋里。对贝托鲁奇，一定活要见人，死要见尸，而且这也给了艾达在这栋沦陷的大楼里搜集更多的九毫米子弹弹夹的机会。

艾达顺着通道走过一个很小的等候区，那里的自动贩卖机已经被撬开并被洗劫一空。和警署的其他地方一样，这个走廊也是冰冷的，而且急需空气清新剂。她已经习惯这里的异味，但是这里的肃杀之气却足以使人崩溃。自她从阿克雷酒店弃桌逃跑以后，这是她第一百次希望自己应该穿得随便一点儿去吃饭。无袖紧身的红色束腰连衣裙和嗒嗒作响的鞋子在掩护身份时是适合的，作为行动的装备，却不是那么实用了。

艾达走到走廊的尽头，小心翼翼地打开她左侧的门并把武器举起来。像之前一样，楼道里没有人，暗沙滩色的墙壁和图案对称的瓷砖再次证明这栋大楼往日的典雅。警署以前一定很豪华，多年来一直用作办公设施，使这里渐渐失去往日的宏伟气派。这个像破旧大电影院的建筑，还有那绝望的氛围让这里产生一种特别不祥的感觉。仿佛随时会有一只冰冷的手落在你的肩膀上，一阵不正常的呼吸气息轻拂在你的脖子后。

艾达又皱起眉头，在这项工作完成以后，她要休一个长假，要么就去换一个新的职业。她的专注力——她集中注意力的能力，不像以前那样好了。在她的职业中，在错误的时间走神出错可能意味着死亡。

很多奖金。特兰特身上能闻到钱的味道。我会要七位数的奖金，至少也要高于六位数。

艾达试图赶走这种想法，代之以自己本能的警觉性，但是她发现自己无法赶走已悄悄潜入脑海的挥之不去的图像。那是她对年轻的思黛西 · 凯尔索在谈到她的小弟弟时紧张地把头发别到耳后的画面的记忆。

感觉像过了很长一段时间，艾达甩掉了这个烦人的幻影，继续沿走廊向前走去。她自我保证不会再精力不集中了，但是她奇怪为什么连她自己都不相信呢。

3 resident evil

第七章

里昂的靴子踩在肯都武器店布满碎玻璃的地面上，在他快速拉开抽屉的同时，带着灰烬的汗水从他的脸颊上滴下来。如果他不能很快找到十二毫米口径子弹，他一定会完蛋的。这个被毁坏的商店还有仅存的几件武器，但是都拿不到，它们被绑在从天花板上垂下的钢索上。商店的前窗被完全击碎。丧尸很快就会找到他的，他只剩下最后一个弹夹了，但是还要走过两个街区才能到警署。

拜托，一定要有十二毫米口径的子弹，浣熊市肯定会有人买这种子弹的。

“有了！”

在第四个抽屉里，猎鹿步枪盒子的下面，里昂发现半打空弹夹，还有同样多盒的弹药。里昂抓起一个盒子转过身，匆匆瞟了一眼小商店的前面，然后把盒子放到柜台上。如果不算躺在地上的死尸，目前仍没有人。地上的死尸没有动，鲜血从他的大肚子里汩汩地流出，染红了他穿的白条纹T恤衫。从他伤口的新鲜度来看，里昂已经没有太多的时间了。里昂不知道刚死的人多久能变成丧尸重新站起来，而且他也不想知道。

一定得快点儿，我就像一座灯塔一样吸引着那些丧尸，而且这个地方太容易进入了。

里昂的目光在他面前已被撞毁的墙和他敏捷的手之间来回轮换，他开始装子弹了。

里昂能幸运地来到武器店纯属偶然，从撞车残骸那里噩梦般的奔跑让他头晕得忘记了武器店的存在。当他发现去警署的最快路线被一些堆积物挡住之后，最好的绕行道路就是从肯都武器店穿过去。这个巧合无疑挽救了他的生命。里昂在途中杀死两个曾经是活人的丧尸，但他还是为丧尸的数量之多感到无比震惊。

“啊……啊……啊……”

一个可怕的骷髅形态的丧尸出现在街头的阴影中，像喝醉酒似的向商店的前面走来。

“见鬼！”里昂嘀咕了一声，他的手指不由自主地加快了速度。他装满一个弹夹，再装一个他就可以走了，并把剩下的子弹都带走。如果他现在就冲出去，他很可能没到警署就会死掉。

另一个像麻风病人的丧尸突然间站在商店大部分是空架子的玻璃大门前。它的腿腐烂得很厉害，里昂可以看到蛆虫在肌肉纤维里蠕动。

四个……五个……完成了！

里昂抓起马格南手枪，并弹出弹夹。在这个基本上打光的弹夹掉在地上时，他已经装上新的弹夹。那个生着蛆的丧尸正用肩膀顶着带有残破玻璃的门框往里走，它的喉咙里就像有液体一样发出轻微的咕噜声。

包，他需要一个包。里昂狂热的目光扫过柜台后面的空间，停在后面角落里凳子旁边立着的沾满油脂的运动包上。他跑了两步便拿到包，边把包中的东西一下子都倒在地上，边跑回堆满弹夹和零散子弹的柜台前。里昂把弹夹扫入包中，弹夹在油布包里发出叮当的碰撞声，他没有拿零散的子弹，而是转向抽屉中整盒的弹药。

那个腐烂的怪物蹭着地面向他晃来，却被地上那个大腹便便的尸体挡住去路。里昂能闻到它身上腐烂的味道，他猛地举起马格南手枪，对准那个丧尸的脸。

瞄准头部，就像刚才干掉外面那两个一样。

随着雷鸣般的枪声，这个发出咕噜声的怪物的头骨被打得稀烂。浓浓的液体啪的一声溅到商店的墙上和展示柜上。在这个无头丧尸倒地之前，里昂飞快地转过身蹲在装弹药的抽屉旁，然后把沉甸甸的整盒的弹药塞进尼龙包里。里昂感到他的胃紧张地收缩在一起，整个身体因恐惧颤抖着。他害怕即使是在有弹药的情况下，后巷里可能会有更多的丧尸阻挡他要去的地方。

每盒有五个弹夹，一共有五个盒子，现在可以走了。

里昂站起身，把包挎在肩膀上并从后门跑出去。从他的这个角度看去，他发现又有一个丧尸进入了肯都武器店。从碎玻璃发出的声音来看，还有更多的丧尸跟着它朝店里走来。

他打开后门溜出去，门关上以后自动锁发出轻轻的咔嚓声。里昂左右看了一下，这里除了装满发霉废弃物的垃圾桶和回收箱以外什么都没有。从他站着的位置，小巷向左侧延伸，然后又向左拐了。如果他的方向感没错，这个狭窄杂乱的小巷能直接通向欧克大街，那里离警署只有不到一个街区的距离。

到现在为止，他一直还是很幸运的，他所能做的就是希望他的好运气还能持续下去，使他能够活着并且毫发无损地到达浣熊市警署大楼，如果上帝保佑，能找到全副武装并且知道到底是什么造成这场灾难的警察队伍。

还有就是克莱尔，你一定别出事啊！克莱尔·雷德菲尔德，如果你先到了，千万别把门锁上。

里昂把装满弹药沉甸甸的背包背好，沿着昏暗的小巷往前走去，并随时准备向任何阻拦他的东西开枪。

***

克莱尔几乎没有用枪就到达了警署。慢慢走上浣熊市街头的丧尸是冷酷无情的，但是它们行动缓慢，而克莱尔身体系统里澎湃的肾上腺素让她很容易就躲过这些丧尸。克莱尔发现丧尸是被罐车残骸的声音吸引而来，之后它们就跟着自己的直觉，或身体上剩下的任何部分的感觉走。在克莱尔近距离看到的十来个丧尸中，至少有一半已经高度溃烂，它们的肉已经从骨头上掉下来。

克莱尔忙着四处查看街道的四周，并试图弄明白到底发生了什么事，这让她差点儿跑过了警署。她以前来过两次浣熊市警署大楼去看克里斯，但是她没有从后门进去过，更没有在寒冷和恶臭的黑暗中被恶性食人丧尸追赶的情况下进去过。一辆被撞毁的警车和几个变成丧尸的警察提醒了她，她穿过一个小的停车场和一个装工具的设备棚，然后到达一个很小的铺着砖的庭院。克莱尔和克里斯在这个庭院的台阶上吃过一次午饭，台阶是通向警署二楼的直升机停机坪的。她就这么简单地到达了警署。

两个踉跄的穿着警服的丧尸正漫无目的地游荡在L形的院子里，克莱尔轻松地躲过它们。克莱尔看见这个她认识的地方后感到松了一口气，她知道自己马上就会安全了，以致她没能及时发现那个女人，那是一个哀号着的丧尸，穿着布满血迹的紧身无袖上衣，它的一只胳膊软绵绵地挂在身上。它从楼梯底部的阴影中伸出手，用它冰冷结痂的手指碰到克莱尔的胳膊。

克莱尔发出一声惊叫，并急忙向后退去，却差点儿又跌入另一个丧尸的手中。这个丧尸是个高个、肩膀宽厚的腐烂男子，它从金属楼梯底下无声无息笨拙地走出来。

克莱尔侧身躲开了，她把九毫米口径的手枪对准那个男人，并向后退了一步——

然后克莱尔感到她的小腿碰到后面通向屋顶的台阶的栏杆。那个女人就在她右侧离她一米五左右的地方，一半的胸部从被撕破的沾满血迹的上衣中裸露出来，那只好的胳膊伸出来抓向克莱尔。那个男子只差一步就可以抓到克莱尔了，她无法再后退了。

克莱尔扣动扳机，枪发出一声巨响，差点儿从克莱尔的手中掉落。高个子男人右边松弛干瘪的脸突然在黑暗中消失了，浓稠的液体从破碎的头骨中流出来。

克莱尔赶忙握紧手枪并调转枪口，瞄准女人苍白的发出呻吟的脸。另一声震耳欲聋的爆炸声后，那不断持续的呻吟声停止了。女人像蜡一般的前额布满了喷射的血液和骨头的碎片。女人向后倒去，砸到人行路上，就像——

像尸体一样，但它早就是尸体了。这次它不会再站起来行走了。

好像被什么东西一下子抓住了，在她扣动扳机时，她明白自己所处的现实环境。有那么一会儿，她一动不动，死死地盯着她刚刚射死的两个家伙。它们躺在地上，破碎的身体就像两个皱巴巴的麻袋。她觉得自己马上就要崩溃了。她也算是玩着枪长大的，她去过十多次射击场，但是她用的是五毫米口径的打靶枪，打的是纸质的枪靶，枪靶不会像她刚才击中的两个家伙一样流血或脑浆飞溅——

*不。*克莱尔头脑里一个冷静的声音打断了她。*它们不是人，它们早已不是人了。不要自欺欺人了，也别把时间浪费在悔恨上。里昂可能在里面找你呢。如果特种战术救援组接到任务，克里斯可能也在里面。*

如果这个理由还不够，刚才克莱尔刚到后院时看见的两个丧尸警察正蹒跚地穿过石板朝她走来。现在该走了。

她慢跑上了楼梯，耳朵里尖锐的蜂鸣声让她听不到自己的脚步声。九毫米口径手枪子弹的爆音让她的耳朵产生了鸣音，这就是她快到屋顶还没听到直升机的声音的原因。

克莱尔踏上到达顶楼的最后一阶台阶突然停住了，一阵有力的强风有节奏地吹在她裸露的肩膀上，一个巨大的黑色直升机映入眼帘，一半机身在黑暗的阴影中无法看清。位于西南角的停机坪就在老水塔楼旁边，但是她却看不出直升机要起飞还是要降落。

看不明白也没有关系。“嘿！”克莱尔大喊了一声，并把她的左手挥向空中，“嘿！在这里！”

她的声音消失在屋顶盘旋的灰尘中，淹没在直升机螺旋桨持续的旋转声中。克莱尔疯狂地挥舞着胳膊，感觉好像她刚刚中了彩票。

有人来了！感谢上帝，谢谢！

随着一声探照灯的开关声，亮光从直升机的中部射到屋顶上，但是却射向远离她的错误方向。克莱尔更加疯狂地挥起手，深吸了一口气准备再叫一次——

这时她看到探照灯光下的景象，即使在直升机的轰鸣下，她还是听到绝望的模糊的喊叫声。她看到一个男人，是个警察，站在楼梯对面停机坪的角落里，背对着屋顶中凸出的部分。他拿着一个看似是机枪的东西，看起来非常像个活人。

“到这边来——”

警察冲着直升机高喊，他的声音中带着一丝恐慌。当克莱尔看到恐慌的原因时，她感到她刚刚放松一点儿的心情随即蒸发了。那边有两个丧尸踉跄着通过停机坪的黑暗处向叫喊的警察这一明亮的目标走去。克莱尔举起九毫米口径手枪，但又无助地放下了，她怕不小心击中那个被逼到角落的男人。

探照灯没有丝毫动摇，把这恐怖的一幕照得明亮清晰。直到两个丧尸沾满黏液的手伸进白色光束抓向他的时候，那个警察似乎才意识到它们离他有多么近！

“别过来！别再靠近了！”他喊道。他的声音带着极度的恐惧，克莱尔听得非常清楚。两个腐烂的身影阻挡了她的视线同时抓住警察时，克莱尔清楚地听到了他的狂叫声。

机枪开火的声音划过停机坪，尽管在直升机螺旋桨的轰鸣声影响下，克莱尔还是听到子弹乱飞的声音。在机枪不断的开火声中，克莱尔赶忙趴下，她的膝盖碰到第一层的台阶上——

突然，她听到直升机的声音变了，奇怪的嗡嗡声很快就变成一种机械性的尖叫声。克莱尔抬起头，看见巨大的直升机的前部开始向下，尾部左右摆动，在空中不规则地画着弧线。

天啊，他打到了直升机！

瞬间，直升机的探照灯照向四面八方，划过金属管和混凝土，还有正在垂死挣扎的警察，他仍然向在撕扯他的两个丧尸开着枪——

然后，直升机左右摇摆着下坠。直升机的螺旋桨撞到较高的房顶上，发出了巨响。在克莱尔眨眼的工夫，机头已撞上地面，巨大的冲击力使得直升机从停机坪上滑过，刺耳的声音伴随着火花和玻璃碎片飞溅。

庞大的直升机滑过停机坪的西南角——就是倒下的警察和杀害他的凶手所在的地方。机枪发出的声音在飞机爆炸引起的火焰的呼呼声中中断了，最初爆炸之后，火焰把屋顶罩上红色的光芒。几乎在同一时刻，屋顶的某些东西发出一声巨响，直升机的前部撞进砖墙，看不到了。

克莱尔站在那里，她的双腿没有了知觉，她难以置信地盯着占据了一半停机坪的跳跃的火焰。这一切发生得太快了，克莱尔还没有反应过来到底发生了什么事。而她眼前的烟气和火焰让这种虚幻的感觉更加强烈。一股刺鼻的肉体燃烧的气味——让人恶心的发甜的臭气，随着一股热气飘荡到她的上方。突如其来的安静，克莱尔可以听见下面院子里那些丧尸发出的轻轻的呻吟声。

克莱尔往楼梯下扫了一眼，看见两个丧尸警察在楼梯下面盲目而徒劳地摔倒在最底下的那层台阶上。至少它们不会爬……

不能爬楼梯。

克莱尔恐惧的目光转向那扇通向浣熊市警署大楼的大门，那里离慢慢吞蚀直升机机身爆炸升腾的火焰可能有九米的距离。除了楼梯，那是通向屋顶的唯一通道，如果丧尸不能爬楼——

我现在有大麻烦了。这说明警署并不安全。

克莱尔若有所思地盯着燃烧的残骸，考虑着她的选择。九毫米口径的手枪能装很多子弹，而且她还有两个满弹夹。她可以重新回到街上，找一辆有钥匙的车去寻求帮助。

那么里昂怎么办？那个警察可能还活着——如果大楼里还有别的人，他们可能正在计划着如何逃跑？

克莱尔觉得，到目前为止自己对事情的处理还不错，她也知道，如果有别人指挥她可能会感到更安全。如果是防暴警察指挥应该不错，或者是一些身经百战荷枪实弹的老警察也可以，或者是克里斯。克莱尔不知道会不会在警署找到他，但是她坚信克里斯还活着。如果有人能在这样的危机中武装自己、处理好情况，这个人一定是她的哥哥。

无论她找到人没有，她都不应该不告诉里昂就离开，如果她不这么做而是跑到镇上，里昂可能会因为找她而被丧尸杀掉……

克莱尔做出了决定。她小心地避开燃烧的大火走向入口，并仔细查看闪烁的阴影中有没有活动的人。当她到门口的时候，她闭上眼睛，用一只布满汗水的手握住门把手。

“我能做到。”她平静地说。虽然听起来没有想象中那么有自信，但至少她的声音没有颤抖或变调。她睁开眼睛，然后打开大门，光线柔和的大厅里没有任何东西突然跳到她的眼前。她走了进去。

3 resident evil

第八章

警署署长布莱恩·艾隆斯站在他的私人专用走廊里，当他感觉到整个建筑发出颤抖的隆隆声时，他试图调整好自己的呼吸。他也听到了那种声音——那是远处有东西破裂发出的沉重而急剧的声音。

屋顶，他心不在焉地想到，*是屋顶上的某个东西……*

他没有顺着这个想法做出任何结论。不管发生什么，都不会让事情比现在更糟糕了。

艾隆斯尽可能轻柔地搀扶着贝芙丽，用他肉墩墩的胯推开石墙。他们一会儿就能到达电梯，之后再有几步就可以到他的办公室。他可以在那里休息，然后——

“然后，”他嘀咕着，“这是个问题，不是吗？然后怎么办？”

贝芙丽没有回答，她完美的五官仍然静静地呈现在那里，她的眼睛是闭着的，但她似乎更紧地依偎着艾隆斯，修长苗条的身体依偎在他的胸口。当然，这只是他的想象。

贝芙丽·哈里斯是市长的女儿。年轻漂亮的贝芙丽金发碧眼的身影经常出现在艾隆斯的梦境中。艾隆斯把她抱得更紧了，继续走向电梯。他不想让自己筋疲力尽的样子表现出来，以防贝芙丽醒来看到。

到达电梯的时候，他的背和胳膊都已经酸痛。他也许应该把贝芙丽留在他的私人房间里，他一直认为那里是他的神秘避难所。那里很安静，而且可能是警署最安全的地方之一。在他决定去办公室取一些日记和个人用品的时候，他发现自己根本无法忍受把贝芙丽丢下不管。她看起来是那么脆弱，那么天真，他答应哈里斯市长会照顾好她。如果她在自己不在的情况下被攻击怎么办？如果他从办公室回来的时候她不在了怎么办？就像其他的东西，都不在了……

十年的工作，积累人脉，拉拢人际关系，谨慎处理……所有这一切，都像这样，没有了。

艾隆斯把她放到冰冷的地板上，打开电梯门，拼命地不去想他所失去的一切。照顾好贝芙丽是现在最重要的事情。

“我要保证你的安全。”他喃喃地说。她完美的嘴角是不是向上翘了翘？她知道自己是安全的吗？她知道她的布莱恩叔叔在照顾她吗？在她小的时候，他经常去哈里斯家里吃晚餐，那时候贝芙丽就叫他布莱恩叔叔。

她知道，她当然知道。

艾隆斯半拖着贝芙丽进入电梯，把她靠在角落里，并且温柔地凝视着她天使般的面容。他突然被一种父爱的冲动所压倒，他眼里充满自豪和慈爱的泪水，他对此并不感到惊讶。几天以来他一直感到类似的情绪，愤怒、恐惧，甚至还有喜悦。他以前并不是一个感性的人，但是他慢慢地接受了这些强烈的感觉，甚至会乐在其中，至少这不是混乱的感觉。有的时候他也会被一种奇怪的恐怖的迷茫所征服，这种无形的焦虑让他感到深深的不安，就像一个迷路的孩子一样困惑。

不要再有这些想法了。现在事情不会再出错了，贝芙丽和我在一起，取完东西之后我们就可以藏在避难所里休息一下。她还需要时间恢复，我可以……可以整理一些事情的头绪，对，就是这样，有些东

西需要好好整理一下。

艾隆斯眨了眨眼睛，把那些残留在眼眶里的已经被遗忘的泪水挤出去。金属门的电梯开始上升，他把手枪从枪套里拿出来，取出弹夹数了数还剩下多少发子弹。他的私人房间是安全的，但是办公室则是另外一回事儿了，他要做好准备。

电梯停下来，艾隆斯用一条腿把门撑开，然后边扶起女孩，边发出用力的哼声。艾隆斯就像抱着一个熟睡的孩子一样抱着贝芙丽，她凉爽柔滑的身体瘫软在他的怀中，她的头向后仰着，随着艾隆斯的步伐轻轻摇动。艾隆斯笨拙地把她抱起来，她白色的礼服向上移动，露出她大腿紧致细腻的肌肤。艾隆斯强迫自己把目光转移，集中在打开他办公室墙的控制板上。无论他以前对她有过什么无害的幻想，她现在已经是他的责任了，他是她的保护者，她的救星。

艾隆斯用一只膝盖触到突出的按钮。墙滑开了，办公室里豪华的装饰显现出来，幸好办公室里没有人，迎接他的只有动物头部标本装饰物空洞的目光。

那个从意大利进口的胡桃木办公桌就在他的面前，他的耐力正在快速消失。贝芙丽是一个娇小的女人，但是艾隆斯却不像以前一样有劲儿了。他迅速把贝芙丽放在桌子上，并用胳膊肘把笔筒推到地上。

“好了。”艾隆斯深深地呼了一口气，微笑地望着贝芙丽。她没有向他回以微笑，他感觉她很快就要清醒了，就像以前一样。他把手伸到办公桌底下，按了按墙壁上的控制器，控制面板滑进了墙后面。

在艾隆斯刚发现贝芙丽时他一直很担心，那时她在后厅，躺在斯科特警官旁边。乔治·斯科特已经死了，满身是伤。艾隆斯看到贝芙丽肚子上的红色血迹时，他害怕她也死了。当他把贝芙丽带到他的避难所后，她低声对他说，她身体不舒服，她受伤了，她想回家……

她说了吗？她真的说了吗？

艾隆斯皱起了眉，某种东西把他从那些不确定的记忆中唤醒。他在把贝芙丽放在桌上，抚平她染血的礼服之后就感觉到这种东西，但是他想不起来这是什么。这在当时看起来并不是很重要，现在，他远离了避难所的舒适，所以这一直在困扰着他，提醒着他当时非常混乱，他摸到她的时候——

我感到手指下面冰冷的橡胶般的内脏——

“贝芙丽？”他低声说。他突然两腿一软，坐在办公桌后的座椅上。贝芙丽继续保持沉默，然而如洪水般汹涌的感情就像巨浪一样侵袭着艾隆斯，并淹没了他，他的头脑里充满回忆的画面，还有他不想接受的真相。在第一次受到攻击之后外线就被切断了。安布雷拉、柏肯博士，还有行走的丧尸。车库里发生了大屠杀，那里的空气充满血液的气味，哈里斯市长被活生生地吃掉了，他一直尖叫着直到咽气。在第一个痛苦的漫漫长夜里，活人数量的减少和冰冷残酷的现实一次又一次地袭击了他，这个城市，*他的城市*，已经不复存在。

在这之后，就是混乱。当他明白自己的行为不会有任何后果后，他感到一种奇怪的歇斯底里的喜悦。艾隆斯想起他在第二天夜晚玩的游戏，就是在柏肯的宠物们找到进入警署的方法并杀死绝大多数警察之后，他发现尼尔·卡森畏缩在图书馆中……跟踪那个家伙，就像捕猎动物一样追捕警长。

这又算得了什么呢？现在我在浣熊的生命已经结束了，所以什么也不重要了。

最后剩下的唯一一件值得他继续的事情就是他的避难所，那个地方是他创造出来的属于他的一部分，是他心中一直隐藏着的一个黑暗又辉煌的部分，现在这个部分空出来了……

艾隆斯看着贝芙丽·哈里斯，她横躺在办公桌上，就像一个脆弱而易碎的梦。他感觉他的身体要被自己内心激战的恐惧和疑惑撕裂。是他杀死了贝芙丽吗？他记不起来了。

布莱恩叔叔。十年以前我是她的布莱恩叔叔。现在，我成了什么？

这足够了。艾隆斯没有把目光从贝芙丽毫无生命的脸上移开，他从枪套里取出装满子弹的VP70手枪，并用麻木的手指抚摸着枪管，当枪口转过来对着自己时，他感到莫名其妙地安心。当枪口紧紧地抵住他柔软的腹部时，他感到内心的平和可能触手可及。他的手指抠向扳机，就在那时贝芙丽低声向他说话了，她的嘴唇没有动，但她甜美悦耳的声音不知从哪里发出，但又像从四面八方传过来。

不要离开我，布莱恩叔叔。你说过你会保证我的安全，你会照顾我的。想想你现在要做的事情吧，所有的人都走了，没有什么能阻止你……

“你已经死了。”艾隆斯低声说，但是她还是一直温柔而坚持地说着。

没什么能阻止你实现自我满足，在你的人生中第一次实现自我满足……

经过折磨和痛苦，艾隆斯慢慢地把九毫米口径的手枪从他的腹部挪开。过了一会儿，艾隆斯把他的头靠在贝芙丽的肩膀上，闭上了他疲惫的双眼。

她是对的，他不能离开她。他许诺过，而且她说的一些事情就是他所能做的事情。他的桌子很大，足以容纳各种动物。

艾隆斯叹了一口气，他不确定自己下一步该做什么，而且他想知道自己为什么这么快就要做决定。他们可以休息一会儿，甚至可以一起打个盹，当他们醒来的时候，事情就会再次明朗。

对，就是这样，他们要先休息一下，然后再整理头绪，解决事情，毕竟他是警署署长。

艾隆斯感到自己又重新找回了自我，他不知不觉地进入了不安且易惊醒的睡梦中。贝芙丽冰冷的肌肤就像镇痛软膏一样贴在他发热的前额上。

3 resident evil

第九章

由于一辆面包车停在肯都武器店的后巷挡住了路，里昂无法直接冲向警署，不得不绕一些弯路。这一路上，他先穿过一个到处都是老鼠的篮球场和另一条小巷，经过一辆停着的公共汽车，车里横七竖八地躺着许多尸体，臭气熏天。这真像一场夹杂着低沉的吼声和腐烂臭气的噩梦，一度从远处传来的爆炸声让里昂的四肢感到无力。他不得不射杀了三个移动的丧尸，由于恐惧和突然受到的刺激，他的牙齿直打战，但是他在心中还保持着希望，浣熊市警署大楼会是一个安全的避风港，那里会有由警察和医护人员组成的危机处理中心——有权威决策者和部队驻守。这不仅是一个希望，还是一种需求。浣熊市没有人负责的可能性是不可想象的。

里昂最终站在警署大楼门口看到燃烧的警车时，他感到自己的肚子就像被人打了一拳。他看到腐烂呻吟的警察在跳动的火焰旁蹒跚移动，他的希望完全破灭了。浣熊市的警察队伍只有五六十人，足有三分之一的警察或在残骸旁边踉跄地移动，或满身是血地死在离警署前门不到三十米的人行道上。

里昂努力驱走心中的绝望，把目光集中在通向浣熊市警署大楼庭院的大门上。无论有没有人生存下来，他都必须遵循原计划打电话请求援助，而且还要考虑到克莱尔。专注于内心的恐惧只会让他做事情更加困难。

里昂跑向大门，灵活地避开一个穿着警察制服并被严重烧伤的丧尸，它的手指只剩下被烧得焦黑的骨头。里昂的手握住冰冷的金属门把手推门时，他意识到他身体的一部分已经对这场悲剧变得麻木了，对这些曾经是浣熊市公民的家伙感到麻木了。这些在街头游荡的怪物的可怕程度没有减少，但是刚开始感到的那种震惊已经不再有，丧尸太多了。

这里并没有太多丧尸，感谢上帝……

里昂砰的一声把身后的门关上，并把他汗湿的头发从眉毛上拨开。他深深地吸了一口还算清新的空气，并快速观察着庭院。在他右边的草地的光线足以让他看清楚这里只有几个曾经是人的丧尸，而且它们都离得比较远，不足以对他造成威胁。他能看见警署大楼寂静的阴影里悬挂着两面装饰的旗帜，这重新点燃了他已失去的希望。不管发生什么，至少他到了一个他认识的地方，而且这里一定比街头安全。

里昂迅速经过三个摇摇晃晃的丧尸身旁，他很容易地避开了它们——那是两个男人和一个女人。除了它们悲切而饥渴的号叫声和不协调的步伐之外，这三个看起来很像正常人。它们肯定是刚死不久——

它们并没有死，你向死人开枪的时候它们不会流血，更不用说四处行走想要吃人的这件事了。

死人是不会走的，但是如果活人被十二毫米口径子弹击中几枪之后往往会倒下，而且活人也不会容忍自己的肉烂在骨头上吧。里昂慢慢地跑上警署大楼前的台阶，这些他还没来得及问自己的问题在他的脑海里充斥着，他还没有这些问题的答案，他很快就会有的，他确信这一点。

门没有上锁，里昂并没有感到惊喜。从他进城所遇到的事情来看，他觉得最好还是把期望值降到最低为好。他把门推开走进去，同时举起马格南手枪，并把手指放在扳机上。

竟然空无一人。浣熊市警署古老而庄严的大厅内没有人的迹象，也不像外面灾难降临浣熊市的样子。里昂感到惊讶极了，他把身后的门关上，顺着台阶走向下沉式大厅。

“喂，有人吗？”里昂压低声音，声音经过反射又传回这里。这里的一切和他记忆中的一样——橡木和大理石建成的古典风格的三层建筑。一个拿着水瓶的女人石像在大厅的低洼处，两边是通向前台的坡路。浣熊市警署的标志刻在石像前的地面上，在壁灯灯光下微微闪光，就像刚被打磨过。

没有尸体，也没有血迹……甚至没有一个弹壳。如果这里被袭击了，从哪儿能看得出来呢？

里昂因大厅里的寂静感到不安，他从左边的坡路走上去，停在前台的柜台前，并探身看了看。这里除了没有人在之外并没有什么不妥之处。柜台下面的办公桌上有一部电话，里昂拿起话筒，把它夹在头和肩膀之间，并用他感到冰冷麻木的手指按了按按键。连拨号音也没有，他能听到的声音只有自己沉重的心跳声。

里昂放下电话，转过身对着空荡荡的大厅，试图决定自己先去哪里。他想去找克莱尔，他也很想去找别的警察。他在两周以前收到过浣熊市警署的备忘录，备忘录上称有几个部门要搬迁，但这并不重要。如果现在有警察躲在这里，他们可能不会坚持躲在自己的办公桌附近。

大厅有三扇通往警署其他部分的大门，两扇在西侧，一扇在东侧。西侧的一扇能通过曲折的走廊到达大楼后方，其间路过两个档案室和一个简报厅；另一扇开着的门通向警察的集合室和储物室，并与去往二楼的楼梯附近的走廊相通。东侧的大门，事实上整个一层的东侧，都是警探用的——办公室、审讯室和新闻发布室，这里还有通向地下室和大楼外面的楼梯。

克莱尔可能从车库进来……或者从后面通向屋顶的空地过来……

或者，她可能在周围徘徊，然后和他从同一个门进来。假设克莱尔能到达警署大楼，她现在可能在任何地方。考虑到警署占据了整个街区，所以这里有很多地方可以藏身。

里昂最后决定他必须从某个地方开始，他走向巡警的房间，他自己的储物柜应该也在那里。虽然这是一个随机的选择，但是在警署里，他在那里待的时间比在别处的都长，他曾在那里面试和做调度工作。此外，那里是最近的地方，这个如坟墓般寂静的大厅让他毛骨悚然。

门没有上锁，里昂屏住呼吸慢慢将门推开，他希望这个房间能像大厅一样保持原状并井然有序。展现在他眼前的景象印证了他先前的恐惧：丧尸已经来过，而且来势凶猛。

这个狭长的房间被弄得乱七八糟，视线所及之处都是四分五裂被推翻的桌椅，墙上到处都是干涸的血迹，地板上黏稠的血液拖动的痕迹伸向前方——

“噢，天啊！”

一个警察靠坐在里昂左手边的储物柜前，他的双腿叉开着，被一张残破的桌子挡住一大半。在听到里昂的声音之后，他虚弱地抬起一支颤抖的手臂，把枪指向里昂的大致方向，然后他又把手放下了，看起来他像被这个动作累得精疲力竭。他的腹部有一大摊渗出的血迹，黝黑的脸庞因痛苦扭曲着。

里昂走了两步在他身边蹲下，并把手轻轻放到他的肩膀上。里昂看不到伤口，但是血流得这么多，他知道这个警察一定伤得很重。

“你是谁？”那个警察轻声地问道。

他的声音很轻柔，梦幻般的声调让里昂感到很可怕，害怕的程度不亚于他仍然渗血的伤口和他玻璃状的黑眼睛。这个男人的状况正在急剧恶化。虽然他们从来没有正式见过面，但里昂以前见过他。有人曾向他说过这个年轻的非洲裔美国人很能干，他快升职为警探了。他是马文，马文·布拉纳。

“我是肯尼迪，这里出了什么事？”里昂问道。他的手仍放在布拉纳的肩膀上，能够感觉到一种病态的热度从这名警官破旧的衬衫中发散出来。

“大约两个月以前，”布拉纳喘着粗气说，“食人谋杀案……特种战术救援组在森林中的那个别墅发现了丧尸……”

布拉纳虚弱地咳嗽了一声，里昂看见一丝血迹从他嘴角流了出来。里昂告诉他不要动，让他静静地休息，但布拉纳恍惚的眼神却坚定地望着里昂，这个警察似乎下定决心要告诉他究竟发生了什么，无论自己是否吃得消。

“克里斯和其他人发现安布雷拉是整个事件的幕后黑手……他们冒着生命危险，但是没有人相信他们……然后就发生了这些。”

克里斯……克里斯·雷德菲尔德，克莱尔的哥哥。

尽管里昂知道一些关于特种战术救援组的麻烦，但他以前并没有把两件事联系起来。他只是听说过一些关于这件事的情况——特种战术救援组因为对所谓的谋杀案处理不当而被停职，这是浣熊市雇用新警力的原因。他甚至在当地的报纸上看到声名狼藉的特种战术救援组成员的名字和一些令人印象相当深刻的职业记录列在一起……

安布雷拉在操纵着这个小镇。可能有某种化学品的泄漏，他们想除掉特种战术救援组来掩盖这个事实……

这一切瞬间闪现在他的脑海里，然后布拉纳又咳嗽了，他的声音比以前更加虚弱。

“坚持住！”里昂边说，边迅速查看附近有没有可以止血的东西，同时在心里责备自己没有早点儿帮他止血。布拉纳旁边的储物柜的门是半开着的，在柜子的底部有一件皱皱巴巴的 T 恤。里昂把它拿出来，随意地叠了叠，压在布拉纳的腹部。这名警察把自己血淋淋的手放在临时绷带上，闭上眼睛喘息着说：

“不要……担心我……这里还有……幸存者……你，你一定要去救他们……”

布拉纳的声音明显表示出知道自己快不行了。里昂摇了摇头，他想否认这个事实，他还想为布拉纳做一些事情缓解他的疼痛。受伤的警察已经奄奄一息，这里没有别人可以求助。

不公平，这太不公平了——

“走！”布拉纳的话有气无力，他的眼睛仍然是紧闭的。

布拉纳是对的，没有任何里昂可以做的事情了——他一时没有动，也无法忍心离开——直到布拉纳用一股突如其来的力量再次举起手枪指着他，并大声喊道：

“快走！”布拉纳向他下达了命令，里昂站起来，他想换作自己在这种情况下会不会这样无私，他努力地说服自己布拉纳会活下去的。

“我会回来的。”里昂肯定地说，但是布拉纳的胳膊已经垂下，他的头耷拉在上气不接下气的胸口上。

去营救幸存者。

里昂退向门口，狠狠地咽了一口唾沫。他内心挣扎着去接受这个改变了的计划，而这个计划极有可能让他丧命，他却不能不去执行。虽然他还没有正式成为警察，但他确实是一名警察，帮助幸存者是他的道德和公民义务。

在车库附近的地下室有个武器库。里昂打开门回到大厅，他祈祷武器库有很多库存，还祈祷有幸存者在那儿等待他去救援。

3 resident evil

第十章

在燃烧的屋顶上，克莱尔穿过一个布满碎玻璃的蜿蜒的走廊——她从一个死了的警察身边经过，这是她对警署安全担忧的一个血淋淋的证据。她快速迈过警察的尸体继续前行，神经越来越紧张。凉爽的微风透过走廊旁被震碎的玻璃，使得周围的黑暗仿佛有了生命。地面的血泊随风泛起层层波纹，上面粘着几片闪亮的黑色羽毛，那轻柔摇摆的舞姿让克莱尔颤抖地把半自动手枪瞄向每一处可能存在危险的阴影。

克莱尔穿过一扇门，她认为这扇门是通向外面的一组楼梯，她没有停下，而是向右拐向大楼的中心。直升机在屋顶坠毁的样子仍困扰着她，看到警署大楼着火，她的心情很不平静。

从这里的样子来看，这似乎不是个坏主意……

满地的死尸和墙上的血手印让克莱尔不想在警署里转悠，但是被烧死对她来说也没有什么吸引力，她得看看事情到底有多糟糕再去找里昂。

走廊的尽头有一扇门，摸起来有些凉，克莱尔在内心祈祷好运的同时打开了门。一股刺鼻的浓烟向她涌来，一种浓重的金属和木头燃烧的味道弥漫在热空气中。她赶忙退后几步蹲下来，慢慢地向前挪动，同时看向右侧下方的大厅。大厅在右侧大概九米以下的地方，虽然她看不见火焰，但是明亮的火光却能从转角的灰色板墙上反射出来。看不见的火焰发出的爆裂声在这个紧凑的走廊里被放大，这种燃爆声和楼下庭院里的丧尸呻吟声一样，都是那种无意识的饥渴的声音。

不妙，接下来怎么办？

在她蹲下的地方的斜对面还有一扇门，只有几步之遥。克莱尔深吸一口气，向那里挪去。她还是蹲着走，这样她就能在浓烟的下面不受影响，她希望找到一个灭火器——希望一个灭火器就能把直升机坠毁引起的大火熄灭。

门开了，是一个空旷的等候室，里面有绿色的仿皮沙发和一个圆形的办公柜台，还有一扇门在她打开的这扇门对面。看起来没有人来过这个小房间，这里如她期待的一样安静，而不是像其他地方那样狼藉。荧光灯下的柔和阴影中没有隐藏的危险，没有腐尸的恶臭味，也没有踉跄行走的丧尸。

也没有灭火器……

至少眼前没有。她把烟雾缭绕的走廊关到门外面，然后走向办公柜台，并用枪管挑起柜台入口的门闩。在柜台上有一台老式的打字机，在它旁边有一部电话。克莱尔抓起电话，希望能打通，但是听筒里却死一般地沉静。她叹了口气把电话放下，然后低下身查看柜台底下的架子。只有一本通信录和几沓纸。在最底下的架子上一个女士钱包遮挡住的地方，她看见一个熟悉的红色物体，上面带着一层灰尘，这正是她希望找到的。

“你在这儿啊！”克莱尔喃喃地说。她把九毫米口径手枪插到她的马甲里，然后举起这个沉重的圆柱体。她以前从来没有用过这东西，但是看起来很简单，配有锁销的金属手柄，黑色的橡胶喷头挂在旁边。

它只有半米多长，却足有二十多千克重，她猜想这里面一定是满的。

克莱尔手持灭火器退回到门口，然后开始短促而急剧的呼吸，让她的肺部充满空气。这让她感觉有点儿头晕，但是空气在肺中的高度循环能使她屏住呼吸的时间更长。她不想在熄灭火焰之前就被浓烟熏晕。

克莱尔最后深吸一口气后打开门，她再一次蹲在比以前更热的走廊里。这里的烟气变得更加浓重，黑色而令人窒息的烟雾从屋顶向下至少有一米多厚。

保持低位，不要深呼吸，注意脚下——

她走到拐角处，看到直升机燃烧的残骸就在她的面前，她的心中有一种混合了安心和悲伤的奇怪感觉。克莱尔摆了摆头，然后透过马甲的面料吸了一小口气，她感到她的皮肤在热浪下开始发红发紧。这里的火不像她所惧怕的那样糟糕，但烟比较重，燃起的火焰还没有她的个头高。墙上的橘黄色火苗被一扇砸坏的厚重大门挡住了，所以并没有把其他东西烧着。还是直升机的头部吸引了克莱尔的注意力。在熏黑的驾驶舱里，驾驶员焦黑的遗体还系着安全带，被熔化的嘴保持着尖叫时的口型。克莱尔已经看不出这个驾驶员是男是女了，因为脸部完全被烧焦，就像黑色脂肪。

克莱尔拔下手柄上的金属销，然后把喷头对准地面上跳跃的白色和蓝色的火苗。她压住手柄，灭火器立刻发出嘶嘶声，同时喷出雪白的喷雾，把残骸都罩上一层粉状的白膜。克莱尔只能勉强从翻腾的白雾中看到前面的情况，她又把喷头指向其他着火点，把残骸都洒上了氧气隔离剂。不一会儿火熄灭了，克莱尔还在转动着灭火器，直到用完为止。在最后的一点儿喷雾喷出之后，克莱尔放下手柄，然后浅浅地吸了几口气，并检查冒烟的残骸，看看是不是有漏掉的火焰。一个火苗也没有留下，只是直升机驾驶舱旁边的木门还冒着几缕黑烟。她凑过来，看到大门烧焦的表面还有一丝闪耀的橙色光芒。木门旁边的部分已被烧毁，但是她不想冒任何风险，她向后退了几步，然后对准发光的余烬，结结实实地踹了一脚。

她的靴子正好踹到燃烧的地方，门猛地被踹开，烧焦的木材随着灰烬火花四溅。有几个火花落到克莱尔裸露的小腿上，但是她在把这些东西弄掉之前先举起了武器。她担心在被毁的门后等待她的东西要比被火燎起几个水疱更加可怕。

门外是一个很短的没有人的走廊，地面上有一些木门的碎屑，空气中弥漫着朦胧的烟雾。走廊尽头的左面有一扇门，克莱尔朝它走去，她觉得那边的空气会新鲜一些，能让她喘口气，同时也想去看看这扇门通向什么地方。在消灭火灾的直接威胁之后，她必须去找里昂了，并且要考虑一下他们生存所需要的东西。如果她能沿途查看几个房间，也许能找到一些用得到的东西。

一部可以用的电话，车钥匙……如果有两把机枪，或是火焰喷射器就好了，但我会有什么就用什么。

走廊尽头的那扇样式普通的门没有上锁。克莱尔推开门，做好随时向任何移动的物体开枪的准备——

克莱尔停住了，她对眼前这间豪华房间的奇特气氛感到有些震惊。这里就像按照 20 世纪 50 年代男子俱乐部仿造的，这间宽敞的办公室装饰得相当豪华，但也让人觉得有些可笑。墙壁上摆满了沉重的红木书架，还有配套的桌子，周围的休息区摆放着一张昂贵的东方地毯，地毯上面是带软垫的真皮座椅和一个较低的大理石桌。一个精心制作的吊灯挂在天花板上，发出浓郁醇厚的光。镶框的照片和精致的花瓶随处可见，但是这些经典设计却被动物头部标本和毫无生气的鸟类标本所淹没了，这些标本都集中在远处的一张巨大的办公桌附近——

噢！天啊——

有一个穿着飘逸的白色礼服的年轻女子躺在办公桌上，她的内脏被撕成血淋淋的碎片，就像哥特式恐怖故事中的人物。她的尸体就像餐桌上的装饰物，那些干燥的挂满尘土的动物标本正用它们呆滞的玻璃眼睛注视着她——那里有一只猎鹰和一只雄鹰，它们破烂的翅膀保持在模拟展翅飞翔的动作上；另外，还有两只鹿头和一只麋鹿。这种效果如此超现实并令人毛骨悚然，克莱尔惊讶得一时不能呼吸——

桌子后面的高背椅突然转过来，她几乎被无法自持的恐惧吓得叫出声，她以为自己会看到黑暗的死神。坐在椅子上的只是一个男人，而且是一个拿枪对着她的男人。

一个晚上竟然碰到两次这样的情况，这是什么概率——

这一秒，他俩都没有动，然后男人放下武器，病态的短暂笑容出现在他胖胖的脸上。

“非常抱歉，”他说道，他的声音带着圆滑和虚伪，就像一个糟糕的政客，“我还以为你是个丧尸呢。”

他边说边用一根粗粗的手指摸了摸自己浓密的八字胡，克莱尔以前没有见过他，但是她立刻意识到这个人是谁。因为克里斯曾跟她说过很多这个人的劣迹。

肥胖，留着胡子，像推销员一样油嘴滑舌——这是警署署长艾隆斯。

他看上去并不太好，脸颊通红，像猪一样的眼睛周围的白色肌肉有些肿胀。他的目光不安地环视着房间，好像得了严重的偏执狂症。事实上，他看起来有些精神失常，好像已经同现实脱离开了。

“您是艾隆斯署长吗？”克莱尔朝桌前迈近一步，并试着用尊敬的语气问道。

“是的，我就是。”他平静地回答，“那么你又是谁呢？”

克莱尔还没有来得及说话，艾隆斯又继续说话了，他接下来说的话和他说话时严酷而暴躁的语气证实了克莱尔的怀疑。“不，你不用麻烦了，你告不告诉我都无所谓了，你最后也会像其他人一样的……”

他的声音渐渐消失，眼睛一直盯着面前死去的女人，眼神中露出一种克莱尔捉摸不透的神情。克里斯说过这个人的人性很差，而且没有担任署长的能力，但是她为他感到悲伤，只有上帝才知道他目睹过什么样的惨状，以及为了逃生而不得已做出的事情吧。

他与现实脱轨也不是什么不可理解的事情。我和里昂是在这部恐怖电影的最后一幕出场，而艾隆斯却在序幕时就在这里，他可能亲眼看见了自己的朋友被杀死。

克莱尔看了看躺在办公桌上的年轻女子。艾隆斯又开口了，他的声音既有些悲伤，同时也有些自大：

“这是市长的女儿，我应该照顾她，但是我却悲惨地失败了……”

克莱尔想了一些安慰的话，她想说他能活下来已经很幸运了，这一切都不是他的错——她想说的安慰的话连同她的怜悯还没来得及表达出来，艾隆斯又开始了他的悲叹：

“你看看她，她是一个真正的美人，她的皮肤很完美，但是它很快就会腐烂……在一小时之内，她就会变成那种东西，就像其他人一样。”

克莱尔不想妄下结论，艾隆斯渴望的语气和他闪烁着饥渴的目光让她毛骨悚然，还有他看着这个死去的女孩的方式……

你又在乱想象了。他是警署署长，不是变态狂，而且他是你见到的第一个可以给你一些信息的人，不要浪费机会。

“一定有办法阻止它……”克莱尔轻轻地说。

“把子弹射入脑部或者把头砍下来。”

他终于把视线从尸体上移开，却没有转向克莱尔。他的目光转到办公桌旁边的动物标本上。他的声音有些无奈，但不知何故又有些欣喜的成分。

“制作动物标本是我的爱好，但现在不再是了……”

克莱尔内心的警报发出了刺耳的声音，动物标本？这和他桌子上的死人到底有什么关系？

艾隆斯最终把目光转向克莱尔，克莱尔一点儿也不喜欢他看着她的方式。他深色的像玻璃般的眼睛直直地盯着她，但又似乎没有真正看着她。克莱尔第一次意识到艾隆斯根本没有问过她是怎么到这里来的，或说起渗进他办公室的烟是怎么回事儿。他谈论起市长女儿时的状态说明他对她的死并没有显示出真正的悲伤，他有的只有自怜和对她的某种扭曲的赞赏。

哦！天啊！天啊！天啊！他不仅与现实脱节，而且他根本与我们不在同一个星球上——

“拜托你，”艾隆斯轻柔地说，“我现在想一个人静一静。”

艾隆斯坐在椅子上，他的眼睛紧闭着，头靠在椅背的软垫上，似乎非常疲惫。克莱尔就这么简单地被下了逐客令。虽然她有千千万万的问题想问他——克莱尔认为他应该知道很多问题的答案，但是她觉得她最好还是马上离开这里。至少是现在——

一声轻柔的咯吱声从克莱尔左后方的位置传来，声音非常轻，克莱尔甚至怀疑她是否真的听到了。克莱尔转过身，皱起眉头，她发现办公室还有一扇门，但她之前没有发现。那个轻柔的鬼鬼祟祟的声音是从那扇门的背后传来的。

另外一个丧尸，或有人藏在那里……

她回头看了看艾隆斯，他一直没有动。很显然他没有听到任何声音，而且她对他来说已经不存在了，至少现在是这样。他回到克莱尔来到办公室之前的那个自己的世界中。

那么，我是按原路返回，还是去看看第二扇门后面到底有什么？

里昂，她需要找到里昂。她有一种强烈的感觉——艾隆斯是个变态，不管他是不是疯了，不和他联手也不是什么大的损失。如果有其他人藏在这栋大楼里，她和里昂可以帮助他们，或者那些人可以帮助他俩……

只用花一点儿时间检查一下。克莱尔最后看了一眼艾隆斯，他还是坐在市长女儿的尸体旁边，周围是他那些死去的动物标本。随后她朝着第二扇门走去，她希望自己做出的不是一个错误的决定。

3 resident evil

第十一章

雪莉在警署躲了很长时间，大概有三四天了，但她还是没有见到她的母亲。一次都没有见过，甚至在还有很多人的时候也没有见过。她刚到这里时看见了艾迪森太太，她是学校的一名老师，但是现在死了。丧尸把她吃掉了。在那之后不久，雪莉发现连接整个大楼的通风井，她决定躲起来，那要比和大人在一起更加安全，因为大人们一直不停地死去，同时她知道警署里有个比丧尸和血管肌肉外露的无皮人更可怕的东西，她非常肯定这个怪物现在正在找她。这种想法可能很愚蠢，她没有想过怪物只挑选一个人袭击，而且她也从来没想过怪物是真实存在的。

于是，雪莉藏了起来。大部分时间她藏在有骑士的那个房间，那里没有死人。除了从盔甲后面的通风井进入之外，唯一的入口就是那个有大老虎把守的狭长通道。那只老虎是个标本，看起来仍然很可怕，雪莉觉得老虎可能会把怪物吓跑。虽然她意识中的一部分觉得这很愚蠢，但是却会让她感觉好一些。

自从丧尸攻占警署之后，她就花了很多时间睡觉。因为她睡着的时候不用去想她的父母出了什么事，也不用担心自己会遇到什么情况。通风井里很暖和，楼下的糖果贩卖机里也有很多吃的东西——但是她却非常害怕，比害怕孤独更加害怕，所以她大多时间都是睡着的。

雪莉正温暖地蜷缩在骑士的后面熟睡，突然她被外面某处的一声巨响惊醒了。她确信这就是那个怪物发出的声响，虽然她只通过钢网见过一次那个巨大怪物宽广可怕的背部，她却多次在大楼里听到过怪物的号叫声。有的时候她几小时听不到叫声，让她觉得怪物已经放弃了，但是叫声总是能回来，无论雪莉在哪里，它都会在不远的地方出现。

像怪物撕裂墙壁一样的巨响把雪莉从睡梦中惊醒了。她待在她的躲避处，如果怪物的声音再近一点儿，她就马上跳回通风井里。声音没有变大，因此很长时间她也没有动，她紧闭着眼睛，握着她的护身符——一个漂亮的金项坠，这是她妈妈上周送给她的，项坠很大，把她的整个手掌都填满了。就像之前一样，护身符起作用了，那个巨大的可怕的声音没有再响起，或者是那只大老虎把怪物挡住了。无论是哪种方式，当她听到办公室轻柔的砰砰声时，她觉得从箱子里爬出去到走廊里听听应该是安全的。丧尸和无皮人不会开门，如果是怪物，它应该早就来找她了，还会用爪子扒开门并发出嗜血的尖叫声。

这肯定是一个人，也许是妈妈……

在走廊中间向右拐的地方，她听到有人在办公室谈话的声音，她的心中顿时交织着希望和孤独的感觉。她听不出来他们在说什么，但这也许是她在两天内第一次没有听到人们的喊声。如果有人在谈话，也许是帮助浣熊市的人终于来了。

军队，或者是政府，或者是海军陆战队，也许他们都来了……

雪莉激动地急忙跑向走廊，来到咆哮的大老虎身旁，门就在旁边，这时她的兴奋却动摇了。谈话的声音停止了。雪莉一动不动地站着，她顿时感到非常焦虑。如果救援人员真的来到浣熊市帮忙，她怎么没有听到飞机和卡车的声音？她怎么没有听到射击声和炸弹声，还有广播让大家都出来的声音？

也许那些声音根本不是军人的声音，也许那是坏人的声音。或是疯子，就像那个家伙……

雪莉刚隐藏起来不久，她透过网格在一个储物间里看见一件可怕的事情。一个高个子的红发男子一直在自言自语，还在椅子上前后摇来摇去。起初，雪莉想向他寻求帮助去寻找她的父母，但是他自言自语咯咯地笑和他轻轻来回摇动椅子的样子引起她的警惕。所以她想在安全黑暗的通风井里多看他一会儿。男人一直拿着一把大刀。过了很长时间，他还是边大笑着喃喃自语边摇晃着，然后他把刀捅进自己的肚子。这个没有意义的举动让雪莉觉得这个男人比丧尸还要可怕。这个人一定是疯了！他自杀后雪莉就爬走了，她一直在哭，因为她不明白发生了什么。

雪莉再也不想见到这样的人。即使办公室里的人是好人，他们可能会把她从安全的藏身之地带走并保护她——这对她来说可能意味着死亡，因为那个怪物肯定是不怕大人的。

雪莉觉得转身离去非常不好，但是她没有其他选择，于是她开始返回有盔甲的房间——

咯吱！

雪莉踩在地面的脚定住了，地板发出的声音好像极为响亮。她屏住呼吸并抓紧项坠，她祈祷门不会突然打开，不会有东西突然冲出来抓住她。

她什么声音也没听到，但是感觉她剧烈的心跳声会让所有人都听到，因为心跳声很响。足足过了十秒钟之后，她开始小心翼翼地走回走廊。她让自己的脚步尽量地轻，感觉就像从一个满是熟睡的蛇的洞穴里走出去。从走廊回到盔甲室的路，感觉就像很远很远，她用自己的意志力让自己在到达拐角之后也不跑。如果说她从电视和电影中学到了什么，那就是在危险中奔跑总是意味着可怕的死亡。

她最终回到盔甲室的门口，高度紧张后的瞬间放松几乎让她晕倒。她又安全了，她可以重新依偎在艾迪森太太帮她找的旧毯子那里，就在这时——

办公室的门被打开，然后又关上了，一秒钟之后就传来脚步声。有人来找她了。

雪莉飞一般地冲进盔甲室，她根本什么也不能想，一种颤抖的恐慌袭遍全身。她快步跑过三个骑士，她已经忘了自己的安全藏身地。她满脑袋想的就是自己要离开这里，越远越好。房间正中的玻璃柜旁边有一个阴暗狭小的密室，黑暗正是她所需要的，她需要躲在阴影中——

然后她听到在她身后响起奔跑的脚步踏在木地板上的声音，她马上躲在房间最远处的暗室里。雪莉蹲在壁炉布满灰尘的砖墙和它后面的软垫椅子之间，然后把自己的身体缩得尽可能小，她抱着膝盖，把脸埋在里面。

拜托拜托拜托！请不要进来，请不要看见我，我不在这里——

奔跑的脚步声来到盔甲室里，现在脚步变得很慢，而且犹豫不决，正在房间中间的大玻璃柜前慢慢移动。雪莉想到她的安全藏身地，那个她本可以用来逃走的通风井的入口。她自责的热泪忍不住要流下来。壁炉的房间没有出口，她被困住了。

每一个空洞的脚步声都把陌生人和雪莉藏身的黑暗空间拉得更近一步。雪莉把自己蜷缩得更紧了，她承诺如果陌生人离开这里，她愿意做任何事，任何事——

咚，咚，咚。

突然，刺眼的光芒射进房间。打开电灯轻微的开关声被雪莉的尖叫声覆盖。雪莉从角落里跳出来，边跑边尖叫着。她希望能跑过陌生人回到她的通风井里——

一只温暖的手紧紧地抓住了她的胳膊，让她不能再向前迈步。她再一次地尖叫并使劲地想挣脱，但是陌生人很有劲——

“等一下！”说话的是一位女士，她的声音几乎和雪莉跳动的心脏一样疯狂。

“让我走。”雪莉哀号道，女士仍然拉着她，甚至把她拉得更近。

“不要怕，不要怕，我不是丧尸！别紧张，没事的……”

女人的声音变得舒缓而轻柔，她握着雪莉手腕的手温暖而有力，甜美悦耳的声音把温柔的言语重复了一遍又一遍：

“别害怕，没事的。我不会伤害你，你现在安全了。”

雪莉终于抬头看了看这位女士，看见她漂亮的脸庞和她的眼睛里充满的关切和同情。就这样，雪莉不再试图脱身，她感到滚烫的泪水沿着脸颊缓缓流下。这是从她看见红发男子自杀后就一直强忍着的泪水。她本能地抱住年轻漂亮的陌生人——这位女士也抱住雪莉，她纤细的双臂紧紧地搂住雪莉颤抖的肩膀。

雪莉又哭了几分钟，女士一直用手抚摸着她的头发，并轻声安慰着她——这让雪莉觉得最糟的事情已经过去。她虽然很想投进女士的怀里忘记她所有的恐惧，想相信自己现在安全了，但是她知道这是不可能的。而且她已经不是小孩子了，她上个月过完了十二岁的生日。

经过一番努力，雪莉离开了女士的怀抱，并擦干眼泪。她抬起头仰视着女士漂亮的脸蛋。这个女人的岁数并不是很大，可能只有二十岁左右。她的穿着真的很酷，靴子、粉色牛仔短裤和搭配妥当的无袖马甲。她闪亮的棕色头发在脑后梳成一个马尾辫。她微笑的时候，看起来就像个电影明星。

女人蹲在雪莉的面前，依然轻轻地微笑着。“我叫克莱尔，你叫什么名字？”

雪莉突然感到有点儿害羞，还对试图逃离这样一个漂亮的女士感到尴尬。她的父母常常对她说她的行为就像一个情绪化的小宝宝，而且说她“太富有想象力”，这就是证明。克莱尔是不会伤害她的，这一点她可以看得出来。

“雪莉 · 柏肯。”她微笑着对克莱尔说。她希望克莱尔没有生她的气。克莱尔看起来并没有生气，事实上，她听到雪莉的回答后看起来很高兴。

“你知道你的父母在哪儿吗？”克莱尔用同样甜美的语气问道。

“他们在安布雷拉化工厂工作，就在市郊。”雪莉回答。

“化工厂……那么，你在这里做什么？”

“妈妈给我打了电话，让我来这里。她说待在家里太危险了。”

克莱尔点点头说：“从现在的情况来看她可能是对的，但是这里也很危险……”

克莱尔若有所思地皱了皱眉，然后微笑着说：“你最好跟我走。”

雪莉突然感觉自己的胃紧缩成一团，然后她摇了摇头。她不知道该如何向克莱尔解释这不是一个好主意，事实上这是一个极糟的主意。虽然她再也不想一个人待着了，但这样更不安全。

如果我和她一起离开，那个怪物就会找到我们的……

那样克莱尔就会被杀死的。克莱尔很瘦，但是雪莉相当肯定她不能钻进通风井。

“有个东西在外面，”她最后说，“我看见过它，它比丧尸大，而且它在追我。”

克莱尔摇了摇头，张开嘴想说些什么，可能是想说服她改变主意。就在这时，一阵可怕的愤怒的声音充满了整个房间。声音是从大楼的某处传过来的，就在不远的地方。

“嗷啊啊啊——”

雪莉感到她的血液都凝固了。克莱尔睁大了眼睛，脸上已变了色。

“那是什么声音？”

雪莉屏住呼吸慢慢向后退去，而她的心已经奔向三套盔甲后面的安全藏身地。

“这就是我刚才跟你说的。”雪莉喘着粗气说道。然后她转身就跑，克莱尔没来得及阻止她。

“雪莉！”

雪莉没有理会克莱尔的呼唤，她飞快地跑过玻璃展柜，冲向安全藏身地的通风井口。她灵巧地跳过骑士盔甲的基座，然后用手臂和膝盖触地，低下头钻进了墙根下古老的石洞。

她唯一的机会，克莱尔唯一的机会，就是雪莉尽可能地远离她。也许她们会在怪物走开以后再次见面。

雪莉快速爬进狭小蜿蜒的黑暗的通风管道，她希望一切还不算晚。

3 resident evil

第十二章

艾达靠在警署署长杂乱的办公桌边，让她酸痛的双脚放松一下，她茫然地注视着角落里空空的钢制保险箱发呆。她的耐心正在一点点消失。不仅 G 病毒无处可寻，而且她觉得贝托鲁奇也逃走了。她搜查过休息室、特种战术救援组办公室，以及图书馆——事实上，她非常确定自己搜查过记者可以自由进出的所有地方，而且她用完了整整两个弹夹。虽然她并不缺少弹药，但是消耗子弹代表的时间浪费却让她反感——浪费二十六颗子弹却没有任何结果，只是多了十几个全身满是病毒的死尸躺在地上，还有两个安布雷拉制造的杂交怪物……

艾达打了个寒战，她想起她在新闻发布会厅射杀的两个奇怪的生物和它们扭曲的红色肌肉，还有它们发出的刺耳尖叫声。艾达从来没有把安布雷拉的贪婪、研究的项目和其他的事情当回事儿，但是这次安布雷拉却做了一些严重不道德的实验。特兰特先生警告过她那里有“暴君”猎犬，幸运的是这些猎犬还没有露面，但是那些长着长舌头，伸着尖利的爪子，血淋淋的人形怪物却对她的感官是一种侮辱，更不用说它们比病毒携带者要难对付得多。如果它们是T病毒的产物，艾达不得不祈祷柏肯博士还没有对这些新生物做什么。据特兰特先生说，G系列目前还没有投入使用，据说它与以前的病毒相比有双倍的功效。

艾达望向四周，扫视着这个简单却实用的办公室。这确实不是一个让人欢欣鼓舞的休息处，但至少这里没有太多的血迹。办公室门关上以后，她基本闻不到宽敞的办公室里警察尸体的臭味。在她开枪击倒这些警察的时候，他们已经被病毒感染得很厉害，到了瘫软、全身渗着黏液的程度，显然就要全部溃烂并干瘪下去了。

我闻不闻得到都不重要，我的头发和衣服都已经是这种该死的气味。它们开始腐烂时，好像突然一下就变了……

她真希望自己以前能在自然科学方面多下点功夫，她知道T病毒是做什么用的，但是却没有想到研究病毒的物理化学作用的必要性。她根本没想到安布雷拉会让这种病毒散布在自己的城市里，她又何苦做这些研究呢？她得到了关于这种病毒是如何生效的大量一手资料，如果知道那些被感染的人的身体和心灵到底发生了什么变化，还有是什么把这些人变成了盲目的食人族，就好了。相反，她只能先把自己的观察记录起来，然后再对真相进行猜测。

从她所见到的来看，受到感染的人在不到一小时内就会变成丧尸。受害人有时会先进入一种发热昏迷的状态，这大概烧坏了大脑的一部分，然后从死亡中苏醒，再次站立起来寻找新鲜的肉。这种病毒的症状对每个人都是一样的，但是进展速度却不相同，她至少看见三名受害者在感染病毒两分钟之后就变成了嗜血丧尸，她把这个阶段叫作“感染白内障”。在这一阶段的必然现象之一就是，它们变成丧尸后，眼睛上像蒙上一层鸡蛋膜。虽然它们的身体总是马上开始腐烂，但是有些人的腐烂速度比其他人快很多……

你为什么要想这些呢？你的工作并不包括寻找治疗方法，不是吗？

她叹了一口气，弯下腰揉了揉她的脚趾。这是真话，但确实值得思考。她在走廊突围时把精力完全集中在如何生存下去，这是很累人的，也是她所有的工作。她没有机会考虑这种情况的细微之处。现在她在休息，她需要让自己的大脑飞速运转，仔细考虑一下这项工作更令人费解的方面。

需要仔细考虑的事情真是成千上万……特兰特，贝托鲁奇究竟该知道什么，不该知道什么……还有特种战术救援组的成员，那些人到底出了什么事情？

她从特兰特放在资料包的文件得知特种战术救援组被停职的消息——从他们调查的事情来看，他们一定是发现了安布雷拉的部分或者全部生化武器后被陷害了，即使你不是天才也会明白这一点的。安布雷拉现在可能不再追杀他们，但是他们可能早已躲了起来——她不得不思考特兰特在特种战术救援组的小意外中是否扮演着什么角色，他有没有在之前或之后试图联络过他们？

特兰特是不会告诉她的，他的确是一个谜一样的人物。她只和他见过一次面。他在艾达前往浣熊市之前联络过她几次，大多都是电话联络。虽然她总是对自己分析人的能力十分自信，她却根本看不透特兰特。她不明白他的兴趣在哪里，不明白他为什么要G病毒，或者他到底和安布雷拉有什么恩怨。很明显他是有内线的，他知道太多这个公司的研究项目。如果是这样，他为什么不自己去拿该死的病毒样本，然后再离开呢？雇用外部侦探有避免关联的用意，但是又有什么关联呢？

我们的关联就是不问为什么……

这是一个很好的生存准则，而且她也不会因为搞清特兰特的身份而得到佣金。即使她会因为这个得到酬劳，她也怀疑自己是否能把他弄清楚。她从来没有见过一个像特兰特先生这样的超级自控的人。在每一次接触中，她都觉得他一直在心里微笑着，就像他知道一些没有人知道的让人非常愉快的秘密一样。不知何故，他从未表现出骄傲或自大。他是一个很冷静的人，他的温和是那么自然，让她感受不到任何紧张。她不知道他的动机，但是她却见过这种平静的幽默——这是拥有真正权力的人的真面目，这个人有伟大的计划，也有手段来实施这个计划。

不管这个计划是什么，是不是这次泄漏扰乱了他的计划，或者他已经做了应急准备？他可能没有准备，但我却想象不出特兰特的字典中是否会有“措手不及”这个词……

艾达往后靠了靠，疲惫地扭动着她的头，然后从办公桌上起来，又把脚塞进她那双不舒服的鞋里。休息的时间够多了，她不能再因自己酸痛的身体浪费更多的时间，而且她也觉得，她在离开浣熊市之前不会想明白更多的事情了。她在进入下水道之前还要去几个地方找贝托鲁奇，而且她注意到一楼的一些窗户并不像她所期望的那么结实。她不想被从外面来的新感染者堵住去路。

在东侧有几条“秘密”通道，还有楼下车库旁边有几间牢房。如果她不能在这两个地方找到贝托鲁奇，那么她猜想他一定离开了，这样她就能专注于努力获取病毒样本。

她决定先去地下室试一试。贝托鲁奇碰巧发现隐蔽走廊的可能性似乎不大。从她读到的贝托鲁奇的文章来看，他似乎是一名很蠢的记者。如果他藏在牢房附近或者牢房里，她就不用去面对不可避免的丧尸及浪费更多的时间在警署里漫游。去地下二层的入口就在楼下，为了避免任何复杂情况出现，她可以直接去往实验室。

艾达走出办公室，屋顶懒洋洋转动的吊扇把腐臭味吹向了她，她不由得皱起鼻子。在这间摆满办公桌的办公室里本应有七八个丧尸，它们都是警察，至少她刚才射杀的三个丧尸已经散发出严重的恶臭……

我刚才进来时不是还有五个病毒携带者在游荡吗……

艾达在这个开放式的大房间外停了一下，通过狭小的通往后面楼梯的连接走廊向后望了望。是不是有五个丧尸？她记得她在第一次过来的时候射杀了两个，其他的都行动太慢不值得开枪，她记得有五个。在她短暂休息回到这里时，她记得她只杀了三个。

这里曾经有五个丧尸。我虽然不在巅峰状态，但我会数数。

她没有怀疑自己记忆力的习惯。事实上，她刚刚注意到这是过度疲劳的信号。如果是两天以前，她立刻就能看出来。在不接触尸体的情况下，根本没有办法看出这些尸体是被射杀的还是自己解体的——它们高度腐烂了。最明智的还是假设这里仍然有少数幸存者四处游荡。

时间不会太长了，无论是哪一种方式……

不管丧尸是否肆虐，安布雷拉都会很快采取行动，也许他们已经采取了行动。在浣熊市发生的这一切是股东们的噩梦，安布雷拉肯定不会忽视这个问题。他们可能编造出这是一起保险故障所引发的灾难，并把伪造的故事告诉新闻界。这是一个定局，他们会试图挽救柏肯的合成物之后再实施应急计划，这就意味着她不得不非常小心。很显然柏肯对他的研究有些遮掩，而且特兰特传过话，说安布雷拉最终会派出一个回收小队……随着浣熊市化为灰烬，出现这种情况的可能性已经大大增加。

希望是一个人类的小队，我可以搞定。如果是“暴君”……我可不想受那种罪。

艾达从房间转身而去，走向紧闭的通往地下室楼梯的大门。“暴君”是安布雷拉生物武器中特定系列的代码，这个系列含有 T 病毒最具破坏性的应用。据特兰特讲，白色安布雷拉的科学家——那些在秘密实验室工作的科学家——刚刚开始在一种类人的猎犬身上进行测试，旨在持续不断地以非人类能力所及的方式追捕任何指定的气味或被编码指定的物质。“暴君”猎犬是一种坚不可摧的病毒感染体，并通过手术植入和缝合——他们有可能派它来寻找 G 病毒样本。

一旦她收集到特兰特要的样本之后，这些对于她来说都是历史了。她会拿着她的酬劳，在某处的海滩上喝着马格丽特酒。这些她能或不能感觉到的事情——有多少无辜的人丧生了，或者特兰特要 G 病毒做什么——都只不过是她这次任务之外的事了。

艾达做好防御的准备，开始走向地下室，看看能不能找到这个麻烦的记者。

***

里昂站在被破坏的地下室武器库旁，边调整枪套皮带边思考克莱尔可能在的地方。从他目前所见到的来看，警署的情况还不算太差。这里昏暗寒冷，而且走廊里充满腐尸的臭味，但却没有街头那么危险。虽然这没有什么值得庆幸，他还是感到满足。

他在去往地下室的路上杀死两个警察和一个身穿破碎的交警巡逻制服的女人——两个警察在楼上，那个女交警就在太平间外面，离警署存放装备的小屋几米远的地方。里昂到达警署之后只看见三个丧尸，这不包括他在警察办公室内躲避开的那几个。不过，他在短短的路程内看见十多具尸体，发现一半以上的尸体头上有弹孔，或在两眼之间，或在太阳穴上。从尸体被射杀的娴熟度和警员更衣柜内武器丢失数量来看，他感到布拉纳是对的，这里应该有幸存者。

马文·布拉纳……现在他可能已经死了。这是不是意味着他会变成丧尸？如果安布雷拉是这一切的幕后黑手，这一定是一场瘟疫或一种疾病，他们是一家制药公司——那么，这是怎么传播的呢？是接触传播，还是通过呼吸传播……

里昂迅速停止了一连串的思考，地下室又潮又冷，但他可能被丧尸感染的想法让他瞬间渗出一身冷汗。如果浣熊市的空气有传染性，他在开车进入市区的时候就感染了怎么办？储物室凌乱的货架似乎突然向他压过来，无尽的焦虑聚满心头。

在真正的恐慌来临之前，他听见自己内心的声音在提醒自己现实的情况，然后他接受了现实，并赶走了内心的恐惧。

如果你被感染了，就是被感染了。你可以在变成丧尸之前给自己一枪。如果你没有被感染，你也许能够活下去并把这一切都告诉你的后代。无论哪种方式，除了当一名警察以外，你没有什么可以做的了。

里昂对自己点了点头并深深呼出一口气。这是一个比胡乱担心更好的办法，而且他现在有了装备，这能提高自己生存的概率。武器库的电子锁已经被射穿，这省去了他找钥匙或自己射穿锁的时间。门被明显地撬开了，外面的锁和把手都被打烂了。在他第一次搜查房间的时候，他非常失望并且被吓了一跳。在凹陷的绿色储物柜中一把手枪都没有，也几乎没有什么子弹，但是他发现一些猎枪的子弹壳。在第二次更拼命更彻底地搜查后，他发现隐藏在堆高的箱子后的一把十二毫米口径的枪。雷明顿枪的两条肩挎式子弹带还挂在墙上的钩子上，而且比他现在佩戴的那条更大更实用，上面甚至还有一个侧兜可以放下所有马格南手枪的弹夹。

系好子弹带后里昂决定从最明显的地方寻找，从每一个连接入口的走廊开始。他得先走回大厅，找到一个能留下纸条的地方——

砰！砰！砰！

有人开枪，而且离得很近。从回声判断，枪声是从走廊后面的车库传来的。里昂迅速抽出马格南手枪并朝门跑去，被破坏的门把手还是浪费了宝贵的几秒钟。

走廊里除了在他右边地板上的交通警察尸体之外并没有任何人。正前方是停车场的出口，里昂急忙向出口走去，同时提醒自己要慢慢地进去，他不想被一个恐慌的拿着枪的人射杀。

慢慢来，在进去之前先好好看看，向对方明确自己的身份——

他右手边墙壁的门是开着的，当里昂迅速探头向宽敞的开着门的屋内望去的时候，他的身体掩在水泥砖墙外，他所看见的东西让他非常惊讶，以至于忘记了那个开枪的人。

那是只狗，是那只该死的狗。

这不可能——那只在停车场中间趴在地上毫无生命的动物看起来和那只一模一样。他之前只是瞥了一眼，但那只在城外十六公里处险些撞上的布满黏液的犬形怪物和这只可能是来自同一地。在布满油渍的停车场内荧光灯的照射下，里昂可以看清这个生物有多么不同寻常。

这里似乎没有任何移动的东西，而且除了灯光的嘶嘶声外并没有别的声音。里昂仍旧把马格南手枪举起随时准备射击，他走进停车场，决心近距离看看这个动物，然后他在停着的警车旁看见了第二只，显然它和第一只一样，已经死了。这两只都死在它们自己黏稠的血泊中，长长的，像被扒了皮一样四肢无力地张开着。

安布雷拉干的好事。野生动物袭击、病毒感染——这种事情到底有多长时间了？他们是怎么在这些人被杀害之后还能不让人知情？

更加令人不解的事情是为什么浣熊市没有救援服务人员？安布雷拉有可能对他们参与“食人魔”谋杀保持沉默，但是他们又是如何让浣熊市民不向市外求援呢？

这些狗，就像复制品……安布雷拉会不会在实验室里还制造了其他东西？

他皱了皱眉，又朝那只死狗一样的东西迈了一步。他不喜欢自己头脑中形成的阴谋论，但他却无法忽略它们。他更不喜欢的是水泥地面上油渍的样子，那是像锈一样的颜色，而且这里有太多这种干涸的斑点，他都数不过来了。他弯下腰想更近地看一看，并集中精力想平息他心中突然产生的可怕的怀疑，他甚至都没有听到枪声，直到子弹高声飞过他的头顶。

砰！

里昂立刻向左转身，边举起马格南手枪边喊：

“不要开枪！”

然后他看见开枪的人把武器放下去，这是一个身穿红色短连衣裙礼服和黑色长筒袜的女人，站在远处墙边的一辆面包车旁。她向他走来，苗条的臀部优美地左右扭动，她的头昂着，双肩向后挺，就像参加鸡尾酒会一样。

里昂感到一阵愤怒，因为这个女人在差点儿杀掉他之后还表现得如此平静，当她走近后，里昂发现他想原谅她。她很漂亮，而且在见到他时露出一种真正快乐的表情，这在见过如此多死亡之后很让人可喜。

“非常抱歉，”她说道，“看见你的制服时，我还以为你也是丧尸。”

她是一名亚裔美国人，骨架很小但是个头很高，她的短发很厚而且黑亮。她低沉的柔滑声音听起来就像猫发出的呼噜声，这和她看里昂的眼神形成一种奇怪的对比。虽然她露出微微的笑脸，但是她那正在仔细地审视着他的杏核眼却没有一点儿笑意。

“你是谁？”里昂问道。

“艾达·王。”她喉咙里又发出一阵呼噜声。她侧了一下头，仍然微笑着。

“我是里昂·肯尼迪，”他条件反射地说，他不知道该怎么问或从哪里开始问，“我……你在这儿做什么？”

艾达朝她身后的面包车点了点头，这辆浣熊市警署的运输车挡住了牢房区域。“我来浣熊市找一个人，一个名叫贝托鲁奇的记者，我有理由相信他就藏在这里的某个房间，而且我觉得他能帮我找到我的男朋友……”

她的微笑逐渐消失，她犀利得几乎带电的目光与他的目光相遇。“而且我认为他知道这里发生的所有事情——你能帮忙把面包车移走吗？”

如果有一名能告诉他们事情原委的记者被关在车库墙的另一端，里昂也很渴望见到他。他不知道该不该相信艾达的故事，但是他想不出来她为什么要撒谎。警署是不安全的，而且她在寻找幸存者，就像里昂一样。

“好吧。”他对艾达直接的方式有点儿措手不及。感觉就像她控制了他们的会面，一些细微却是刻意的操纵让她成了负责人，而且从她转过身走回到面包车的随意方式来看，就像他一定会跟着一样，他认为她是知道这一点的。

不要妄想，女强人确实存在，而且我们找到的人越多，就能有越多的人帮助我去找克莱尔。

这也许是应该停止制订计划的时候了，只要尽力跟着做就好。里昂把马格南装进枪套并跟着艾达走过去。他希望这个记者真的是在艾达所说的地方，而且希望事情能尽早明朗化。

3

resident evil

第十三章

雪莉·柏肯走了，克莱尔不能爬进通风井跟她一起走。不管是什么发出的尖叫声把小女孩吓跑了，发出声音的东西或人都没有露面。雪莉是过去时了，也许她还疯狂地在这个黑暗和尘土飞扬的管道里爬行。很显然，她已经在通风井里躲了一阵子，在通风井的入口处有一些糖果的包装纸和一条破旧的毛毯，她可怜的小小藏身处就隐藏在三副盔甲的后面。

克莱尔意识到雪莉不会回来了，她马上回到艾隆斯的办公室。她希望艾隆斯能告诉她通风井的出口在哪儿，但是艾隆斯走了——市长女儿的尸体同样不在了。

克莱尔站在办公室里，看着恐怖的装饰物无神的玻璃眼球，这是她到达浣熊市之后，第一次真正感到渺茫。她开始是来找克里斯的，这个目标慢慢扩大到躲避丧尸，和里昂共同作战，还有躲避令人恐惧的艾隆斯署长。但是在见到小女孩并听见奇特的号叫声的几分钟之内，她的优先目标急剧转变。一个孩子陷入噩梦，一个甜美的幼小孩子相信外面有个怪物在跟踪她。

也许真的有。如果我可以接受浣熊市有丧尸的事实，为什么不能相信有怪物？该死！为什么不是吸血鬼或杀人机器？

她想找到雪莉，却不知道从哪里开始找。她想找到哥哥，她同样不知道他在哪里，而且她怀疑克里斯是否对浣熊市所发生的事情一无所知。

上一次克莱尔和克里斯聊天的时候，克里斯回避了她提出的为什么特种战术救援组会被停职的问题。他坚持说这没有什么好担心的——那是他和团队在办公室遇到一些政治上的麻烦，而且这些都会被解决。克莱尔习惯了克里斯的保护，现在回想起来，他是不是有些过于回避？特种战术救援组一直在调查食人谋杀案，上次的食人案件和现在的情况并不是没有关联……

这意味着什么呢？克里斯揭露了一些邪恶的阴谋，然后又把它隐藏起来了吗？

她不知道。她所知道的就是她不相信克里斯已经死了。比起寻找雪莉来说，现在不得不把寻找克里斯或者里昂放在第二位。事情很糟糕，但是克莱尔已有所准备——她手上有枪，情绪稳定，另外，两年来每天都跑八公里让她的身体一直保持健康状态。然而，雪莉·柏肯只有十一二岁，从她精灵般的金发上的灰尘到她蓝色大眼睛中充满的沮丧的焦虑，到处都体现出她的脆弱——她激起了克莱尔所有的要保护人的本能——

咚！

沉重而空洞的震动从天花板上传来，使艾隆斯办公室精雕细琢的吊灯颤抖起来。克莱尔条件反射地抬起头向上看，并握紧自己的手枪。除了木质装饰和石膏以外那里并没有什么，而且那声音没有再次传来。

有东西在屋顶上……是什么才能发出这样大的声音呢？难道是一头大象从天上掉下来了？

也许那是雪莉说的怪物。她们刚才在私人展览室听到的厉声尖叫是从通风井或壁炉里传来的，尖叫声的来源是不可能追溯出来的，它有可能是从屋顶上传来的。克莱尔并不是特别想和发出尖叫声的家伙碰面，但是雪莉很确信那个生物是在跟随她……

那么找到尖叫声的来源就能找到女孩？这并不是我想象中的完美计划，但我没有其他办法，这可能是找到她的唯一途径。

或许是艾隆斯在屋顶上——和艾隆斯的见面在她的心里留下一种厌恶的感觉，但她后悔没有从艾隆斯那里获取更多的信息。不管是不是疯了，他没有给克莱尔留下愚蠢的印象。能再次找到他并不见得是件不好的事情，至少可以询问一些关于通风系统的问题。

除非她去查看一下，否则她什么也不会知道的。克莱尔转身走到通向外面走廊的门口，外面是她已扑灭的直升机引起的火灾现场。旁边大厅内的烟稀薄了很多，虽然空气依旧温暖，却已经不是熊熊烈焰的热度。至少，她成功地把火扑灭了……

克莱尔走回走廊，避免让自己的目光看到飞行员被烧毁的尸体——

然后是咚的一声!

她僵住了，她听到木头断裂的声音，接下来是厚重沉闷的脚步声从走廊拐弯处传来。这一定是一个巨大的家伙，迟缓的脚步声雷鸣般地响起。

这个家伙至少有一吨重，天啊，请告诉我这不是门被撕裂的声音——

克莱尔向通向艾隆斯办公室的小走廊看了一眼，她的本能告诉她快跑，她的大脑却提醒她这是一个死胡同，她的身体则僵在那里——

然后，一个她见到过的最高的人出现在她的视野中，大厅飘动的薄烟笼罩在他周围。他穿着一件军绿色的长大衣，这更加显示出他的身材。他就像美国职业篮球明星一样高，甚至更高，而且还有很多肌肉。他的腰上系了一条很宽的多功能腰带，克莱尔没有看见上面有任何武器，但她可以感觉到巨人身上放射出的无形暴力。她只能隐约看清他有些发白的病态的脸上一片模糊，他没有头发，头骨斜歪——突然间克莱尔非常确定这是个怪物，一个带着黑色手套的杀人狂，它的拳头有人头那么大——

开枪！朝它射击！

克莱尔瞄准了，却又犹豫了，她害怕犯下可怕的错误——直到它像树干一样的粗腿又朝她迈近了一步，接着她听到怪物脚下木地板被压弯发出的吱嘎声，然后她看到了它的黑眼睛，黑色嵌着红边的眼睛。就像是畸形的白色石头中漂浮着熔岩，它的目光空洞但却没有盲，它发现了克莱尔，然后举起肉乎乎的握紧的拳头，它的威胁确认无疑。

开枪！开枪！开枪！

克莱尔扣动扳机，一下，两下，并看到了效果——第一颗子弹在它的锁骨下爆炸，第二颗洞穿了它脖子的侧面——

然而它又向前迈了一步，粗糙的面部没有任何表情。它仍然举着拳头，寻找目标，要用力将其砸碎——

它喉咙被子弹贯穿的冒着烟的黑洞并没有流血。

哦，该死！

在肾上腺素急剧上升加重的恐惧中，克莱尔用手枪瞄准怪物的心脏连续扣动扳机。巨大的怪物向前迈了一步，迎着爆炸的子弹，丝毫没有畏缩——

她已经忘记打了多少发子弹，她不相信这个家伙还能继续前行。子弹不停地射入它庞大的胸膛，它离克莱尔只有不到三米的距离了——

子弹打光了，怪物停止了它雷鸣般的脚步，并像大风中的高层建筑物一样左右摇摆着。克莱尔震惊的目光没有从这个摇晃的大家伙身上移开，她从马甲里拿出另一个弹夹摸索着重新装好，她脑子里疯狂地想给这个畸形怪物起个名字。

终结者、弗兰肯斯坦怪物、邪恶博士，或 X 先生——

无论它是什么，随着另外七发子弹射入胸膛，终于有了效果，这个像塔一样高大的怪物终于向它的右侧倒去，重重地靠在被烟熏黑的墙边——没有瘫倒在地，也没有再移动。

真是个奇怪的角度，就这样，它死了，只是它自己的重量把自己支了起来——

克莱尔没有再接近它，手枪仍旧对准一动不动的巨物。就是它发出的尖叫？它看起来很强大，也不像人类，但是克莱尔并不认为那个尖叫声是它发出的。它并不是原始的狂怒恶魔，也没有发出嗜血般的号叫。X 先生更像一台没有灵魂的机器，肌肉里没有血液，可以忍受疼痛，甚至是享受疼痛。

“现在它死了，没有关系了。”克莱尔轻声地说。这是为了安慰自己，也是为了不让自己无意义地胡思乱想。她必须思考并弄清楚这到底意味着什么——这不是变态丧尸的突变体，那么它到底是什么？它为什么没有中枪后立刻倒下？她几乎用光一整个弹夹——会不会有人听到枪声，雪莉或艾隆斯，也许里昂或者其他可能藏在警署里的人会循着声音来找她？她应不应该留在这里？

被克莱尔命名为 X 先生的生物停止了呼吸，它健壮的身体一动不动，它的脸像死神，毫无表情。克莱尔咬了咬她的下嘴唇，盯着仍然靠墙站立的怪物，试图在她困惑的恐惧中思考——

然后，她看见它睁开它闪亮的黑红色的眼睛。X 先生轻松地回到了站立的姿势，在它身上看不到一丝痛苦或者影响，它再一次堵住走廊，巨大的手又举了起来——

之后，它的拳头奋力破空袭来，克莱尔急忙向后退去。怪物长长的胳膊从她面前挥过。由于惯性，它的冲力让它的两只大手砸进它刚才靠的对面墙里。这次碰撞使它的手和手肘以下的胳膊都卡在木头和石膏中。

我，这堵墙可能就是我——

如果回到艾隆斯的办公室她就会被困住的，克莱尔没有多想就行动了——她朝着 X 先生冲刺过去，并飞快地跑过它。事实上，她的右臂还碰到了它厚重的外衣。她的皮肤接触到衣服的时候她的心跳都要停止了。

克莱尔跑了，左转后全速冲向烟雾缭绕的走廊。她努力地回想等候室后面是什么，尽量不去听她身后 X 先生猛地挣脱双手的声音。

天啊，那是个什么东西——

她跑回等候室，边跑边撞上身后的门，克莱尔决定晚一些再想这个问题。她继续跑，并努力让自己不去想除了如何跑得更快之外的任何事情。

***

本·贝托鲁奇在离车库最远的最后一间牢房里，睡在带有金属栏杆的床上发出轻轻的呼噜声。艾达小心地保持着平淡的表情，她决定让里昂把贝托鲁奇叫醒。她不想显得过于急切，如果说她对男人有一些了解，就是男人在觉得自己有控制权的时候才更容易处理。艾达抬眼看了看里昂，眼神里充满了她其实没有的耐心。

他们在找到贝托鲁奇之前已经搜查了一个空狗舍和一条蜿蜒的混凝土走廊。虽然寒冷潮湿的空气中充满血液和腐烂病毒的臭气，他们却没有见到任何尸体。这很奇怪，因为艾达知道在阴冷的车库中发生的屠杀。她想问问里昂知不知道这里发生了什么，但还是觉得他们说的话越少越好，让他习惯了她在身边没有任何意义。她在狗舍的黑暗角落里看到了生锈的井盖，还很欣慰在旁边的开放式货架上看到一根撬棍。现在看到贝托鲁奇就在他们面前打盹，艾达终于觉得事情有些走上正轨了。

“让我猜猜，”里昂大声地说，然后伸手拿出他的枪，并把枪托碰在金属栏杆上发出砰砰的声音，“你一定是贝托鲁奇，对不对？起来，就现在。”

贝托鲁奇呻吟着慢慢坐起来，用手摩擦着自己下颌的胡茬。艾达看到他朝他们的方向疲惫地皱眉的时候很想笑，他看起来太糟了——他的衣服皱皱巴巴的，稀疏的马尾辫也不成样子。

但他还打着领带，这个邋遢鬼可能觉得这才能使他看起来像一名真正的记者……

“你们想要干什么？我只是在这里睡觉。”他的声音听起来充满牢骚，艾达不得不再次控制自己不要笑出来。他这么难找就活该被吵醒。

里昂瞥了艾达一眼，他看起来有一点儿不确定。“是这个家伙吗？”

艾达点点头，她意识到里昂可能觉得贝托鲁奇是个囚犯。他们的谈话会很快解除这种疑虑，但她不想让里昂知道得太多，她必须谨慎选择自己的用词。

“本，”她让自己的声音带有一些绝望的暗示，“你告诉地方官员你知道这里发生了什么事，不是吗？你对他们说了什么？”

贝托鲁奇站起来瞪大眼睛怒视着艾达，他的嘴唇向上卷曲着。“你到底是谁？”

艾达假装没有听到，并让自己听起来更加绝望，但只是增加了一点点。她不想过度地假装自己是一个无助的女人，因为这和她能活下来这么久的事实并不相称。

“我在找一个……我的朋友，约翰·豪。他在安布雷拉芝加哥分公司上班，他在几个月之前失踪了——我听到传言说他在这里，在这个城市里……”

艾达慢慢停止了说话，只是看着贝托鲁奇的表情。他知道一些事情，这是毫无疑问的——但是她认为他是不会告诉她的。

“我什么都不知道。”他粗声粗气地说，“即使我知道，我为什么要告诉你？”

回答真是新颖。如果这个警察不在这儿，我可能一枪打死他。

事实上，她可能不会，因为艾达没有以杀人为乐的习惯，她觉得能用一种更有说服力的方法让他说出事实——如果她的女性魅力对他没有作用，她可以向他的膝盖开一枪。不幸的是，里昂警官就在旁边，她什么也不能做。她没想到会和里昂相遇，从那一刻开始，她就被套牢了。

显然警察对记者的回答并不满意。“好吧，我们把他留在这儿吧。”他粗声对艾达说，但却用充满毫无掩饰的生气的眼神盯着贝托鲁奇。

贝托鲁奇微微笑了一下，把手伸到口袋里，然后从里面拿出一串挂在一个粗圆环上的银色牢房钥匙。艾达没有惊讶，里昂却显得更加生气。

“我同意。”贝托鲁奇得意地说，“我本来也不想离开这间牢房。这是整栋建筑最安全的地方。相信我，这里不是只有丧尸在到处乱跑。”

从他说话的方式来看，艾达觉得最终她可能还是得杀掉他。特兰特的命令很明确——如果贝托鲁奇知道任何关于柏肯研究G病毒的东西，他就必须被处理掉。到底是为什么，她不确定，这是她的工作。如果她能和他单独相处几分钟，她就一定能弄清楚他到底知道多少。

问题是怎样才能和他单独相处呢？她不想杀掉里昂，从原则上来说，她从不杀害无辜——除此之外，她喜欢警察。虽然警察并不是最聪明的人，但是任何选择有生命危险的职业的人都值得尊敬，而且他选择的武器很有品位——沙漠之鹰是最棒的……

干吗找这么多理由？我可以先把他甩了，然后再兜回来，这并不意味着我变得心软了——

“嗷嗷嗷嗷啊！”

一声猛烈的非人类的尖叫声划破了紧张的沉静。艾达迅速将她的贝雷塔手枪扭转方向，对准敞开着的通向空旷牢房区域的门。不管是什么东西，它就在地下室的某处——

“那是什么？”里昂在她背后呼了一口气，艾达真希望她能回答他的问题。那愤怒的尖叫声仍在回荡，这是艾达从未听到过的声音，也不是她期望听到的声音，尽管她知道安布雷拉的研究工作。

“就像我刚才说的，我不会离开这间牢房。”贝托鲁奇说，他的声音稍有断续，“你们现在就离开这里，不要把它引过来！”

哭哭啼啼的胆小鬼——

“听着，我可能是大楼里唯一活着的警察。”里昂说，他语气中混合着恐惧和力量让艾达回头看了看他。里昂的目光锁定在贝托鲁奇身上，他蓝色的眼睛闪动着犀利且不屈的光芒。

“所以，如果你想活下去，你就要跟我们一起走。”

“算了吧。”贝托鲁奇厉声说，“在救兵来之前我会一直待在这里——如果你是聪明人，你也会做同样的事情。”

里昂摇了摇头。“等人来的话可能还得有几天，我们最好的求生机会就是找到离开浣熊市的出路——你也听到了刚才的尖叫声。你不想让发出声音的东西到这里来看你吧？”

她很感动，某种安布雷拉的怪物可能现在正向他们蹒跚走来，而里昂却在试图挽救记者无足轻重的生命。

“我愿意冒这个险，”贝托鲁奇说，“祝你们在外面好运，这可能会帮到你……”

这个邋遢的记者走到栏杆前，来回看了看他们，然后用一只手抚了抚他油腻腻的头发。

“听着，”他的声音变得温柔了许多，“大楼后面的狗舍里有一个井盖，你可以从那里到下水道，这可能是离开城市的最快方法。”

艾达暗自叹了一口气。好极了！她到研究所的秘密线路就这样暴露了。如果她现在把里昂甩掉，他用不了五分钟就能找到她。

如果到了那一步，你可以随时杀掉他。或者……在下水道中把他甩掉，在他替你开道的时候返回去找贝托鲁奇。

与贝托鲁奇不同，她不想碰见那个发出尖叫声的东西，而且现在她知道他会待在原地，把这个警察引走才是接下来正确的步骤。

我要为避免不必要的流血做点儿事情……

“好吧，我去那儿看看。”没等里昂回答她就转过身冲向了大门。

“艾达！艾达，等等！”

她没有理他，匆匆跑过旁边空旷的牢房，回到寒冷的走廊，值得欣慰的是通道仍然是空无一人。她为自己不愿把事情简单化感到有些烦恼。如果她把他俩都杀掉事情就会简单很多，要是在其他情况下，她根本不会对做出这样的决定有任何犹豫。但是她厌倦了死亡，她对安布雷拉所做的事情感到反感和恶心。除非万不得已，她不会伤害里昂。

如果真的是万不得已呢？是选择结束一条无辜的生命，还是完成工作呢？

她能问自己这个问题正好告诉她，她目前的心态自己都不愿意承认。艾达来到狗舍的门口，她深深地吸了一口气，把所有在她思绪里折磨人的情感带来的刺痛都赶走，然后走进去等待里昂·肯尼迪。

3 resident evil

第十四章

如此美丽……即使已经死去，贝芙丽·哈里斯依然容光焕发，艾隆斯不能冒险，因为她可能随时醒来。他小心翼翼地把她放在水池下的石柜里锁好。他对自己承诺会在有时间的时候把她取出来。她会变成他所制作的最精美的标本。在他准备好一切之后，她就会变得永远完美……他的梦想也终于实现。

如果我还有时间，还有多余的时间的话。

他知道他又为自己感到悲伤了，没有人能够同情自己，也没有人对他所忍受的极度痛苦感到震惊。他感觉很糟糕——悲伤、气愤，还有孤独——但是他也觉得事情最终还是明朗化了。现在他知道自己为什么会被迫害了，这个意识给了他一个焦点——虽然事实很让人沮丧，至少他不再迷茫。

安布雷拉。这一切都是安布雷拉用来摧毁我的阴谋……

艾隆斯坐在他的避难所里伤痕累累、血迹斑斑的桌子前，这是他独有的私人空间，他在想那个女孩多久才会出来找他。就是那个有着运动员一样的身体，不肯告诉他名字的女孩。在某种程度上，她对他新发现的事情是有些责任的，这是一种他忍不住去赞赏的讽刺，是她的突然出现才让他明白了事情的真相。

她会找到他的，这是当然的，她是安布雷拉的间谍。显然安布雷拉已经观察他很长一段时间了。他们可能有他拥有的所有东西的清单、他的心理分析报告册，甚至是他的财务记录的副本。因为他花了时间考虑这一切，他开始明白，他是浣熊市最有权势的人，安布雷拉设计了他的倒台，用各种卑鄙的手段陷害他，让他感到无比痛苦。

艾隆斯盯着他的宝贝，那些在他面前书架上放着的工具和奖杯，但是它们却没有激发他通常所感到的自豪感。他看着眼前闪亮的尸骨，满脑子想的都是安布雷拉对他的背叛。

很多年以前，他刚从安布雷拉收受好处而对他们的研究项目睁一只眼闭一只眼的时候，那时的情况与现在是不同的。那时仅是一种政治问题，是他给自己在真正控制浣熊市的权力结构中找到合适的位置的一种方式。在很长一段时间里事情的发展都很顺利——他的事业如期进展，他赢得了官员和市民的尊敬，而且在大多情况下，他的投资都已见成效。他的生活很不错。

然而，柏肯一家来了。威廉·柏肯和他神经质的妻子，还有他们调皮捣蛋的女儿来了。

在斯宾塞庄园事情败露之后，艾隆斯说服自己应该让特种战术救援组和该死的威斯克队长对所有的麻烦负责，但是他现在可以看出这是一年以前柏肯和他家人的到来引发的麻烦。摧毁斯宾塞庄园实验室只是让事情进展得更快。安布雷拉可能是从他不幸遇到柏肯的那一天就开始监视他——起初只是监视，在他身边放置监听器，安装摄像头，间谍是之后才来的……

柏肯一家之所以来到浣熊市，是为了威廉能够在斯宾塞庄园实验室的研究成果基础上，专心研制出 T 病毒的优质合成品。威廉有些诡异，而且有时让人不快，但是艾隆斯从第一次见到他就很喜欢他。柏肯先生一直是安布雷拉的天才少年，像艾隆斯，他不喜欢向别人吹嘘自己的成就。威廉是一个谦虚的人，他只热心于激发自己所有的潜能。两个人都很忙，不会有太多的时间发展他们之间的友谊，他们互相尊重，艾隆斯总觉得威廉很敬仰他……

我的错误就是允许了这件事。我对他的关注和尊重妨碍了我的直觉，让我没有注意到我从一开始就被监视了。

斯宾塞庄园实验室的损失在安布雷拉各个层面激起了很大的波澜。就在爆炸后的几天之内，安妮特·柏肯就带着她丈夫的口信来找他了，她给他带了个口信，还请求他帮忙。柏肯担心安布雷拉会取走新合成的但还没测试好的病毒——G病毒。很显然，他对以前工作中病毒的应用非常不满意，好像安布雷拉没有让他把复制程序完美化。艾隆斯记不太清楚确切的内容——因为安布雷拉想从斯宾塞庄园毁坏的巨大经济损失中恢复过来，所以柏肯担心他们会对未经实验的病毒的完整性妥协。柏肯通过安妮特寻求帮助，作为公平交易的报酬给他提供一点儿额外的奖励。那是十万美元，艾隆斯所需要做的就是把G病毒的秘密保守下去——简单来说，就是注意安布雷拉的间谍，而且要小心特种战术救援组的幸存者，确保他们没有再“发现”安布雷拉的研究。

仅此而已。十万美元，我已经在保护我的城市，并注意那些叛逆闹事的人。简单，这钱来得太容易了，如果一切都按计划进行，就会有更多的钱。但这是一个陷阱，一个安布雷拉设的陷阱……

艾隆斯径直走进了这个陷阱，就在那时安布雷拉开始密谋反对他，用他们搜集到的信息封杀他。如果不是这样，事情怎么会如此迅速地出错？特种战术救援组的成员失踪了，然后是柏肯——在他有机会对眼前的情况做评估之前，袭击就发生了。他都没有时间把浣熊市封闭，这里就沦陷了。

这全是因为我帮了朋友一个忙，也是为了公司更大的利益。真惨。

艾隆斯站起来，慢慢地走到切割台旁边，悠闲地用他的指尖触摸着木头上的凹陷和疤痕。在每个痕迹的背后都有一个故事，一段有成就的记忆——他现在却得不到任何安慰。避难所安静凉爽的空气曾经一直让他平静，因为这里是他做他爱好的事情的地方，这里是他可以真正做他自己的地方——这里现在已不是他的了。什么都不是他的。安布雷拉把它夺走了，就像夺走他的城市一样。他们释放病毒是为了难为他，夺取他的权力，然后又让一个衣着暴露的棕发女孩来揭他的伤疤，这种推断是不是太牵强了？如果不是，那个女孩为什么又会那么有吸引力呢？他们了解他的弱点并利用他的弱点，不想让他保留一丝一毫的尊严……

她很快就会来找我，也许她还会继续装傻，继续用她的无助来引诱我。她是安布雷拉的刺杀者、间谍和剥削者，这就是她。也许在她漂亮的脸蛋背后一直在嘲笑我……

也许泄漏事件是一个意外，他们上一次见面时，威廉·柏肯看起来似乎不太镇定，有些神经质而且疲惫不堪。即使在最好的情况下事故也会发生，其余的就都是事实了，艾隆斯完全被毁掉就是证明。那个女孩是来找他的，她是从安布雷拉来的，是被派来除掉他的。她不会杀了他就罢休的。哦，不，她会找到贝芙丽的……然后采用某种方式侮辱她，一定会把他所有喜爱的东西都毁掉。

艾隆斯看了看曾经属于他的灯光柔和的小房间，若有所思地凝视着那些用过很多次的工具，还有家具，凹凸不平的石壁上散发出消毒液和甲醛甜美而熟悉的味道。

我的避难所，属于我的。

他拿起放在特制切割台上的手枪，这把 VP70 手枪仍然属于他，他感到自己的一丝苦笑。他的生命结束了，他现在已经知道了。他与柏肯之间开始的整个事件会在这里结束，由他亲手结束。但不是现在。

那个女孩会来找他，他会在和贝芙丽最终告别之后杀死女孩，然后再承认自己失败并饮弹自尽。他一定要让她先明白自己的痛苦。他受过的所有痛苦折磨，都要女孩来偿还，他要把自己的仇恨发泄到女孩的身上。

他就要死了，他不会独自一人死去，也不会在听到女孩痛苦尖叫之前死去。女孩的尖叫声会创造出他梦中的死神的声音——那个声音那么清晰、那么真实，它的回声甚至会到达那些背叛他的公司高管的黑暗的内心里。

***

特种战术救援组办公室空无一人，房间里阴冷、杂乱，而且布满了灰尘，克莱尔却不愿离开。在她战战兢兢地蹒跚通过二楼堆满尸体的走廊，找到她哥哥工作的地方时，她轻轻地松了一口气。X 先生没有追来，她很想帮助雪莉以及找到里昂，但是她发现自己在徘徊，她害怕再回到那死气沉沉的走廊里，而且她犹豫该不该离开这个能感觉到克里斯的房间。

你在哪里啊，我的哥哥？我该做什么呢？丧尸、火灾、死亡、奇怪的艾隆斯署长，还有那个跑掉的小女孩——就在我觉得事情不会变得更加疯狂的时候，我又碰见了那个打不死的怪物，那个比所有怪物都怪的怪物。我要怎么才能渡过这些难关呢？

她坐在克里斯的办公桌前，看着她从最底下的抽屉里翻出来的一组黑白照片。这四张照片是他俩的，他们边笑边做鬼脸，这是他们去年圣诞节在纽约度假时在照相亭里照的。找到这组照片起先让她很想哭，看着哥哥的微笑，之前隐藏的所有恐惧和混乱都一下涌到她面前——随着她看他的时间越长，以及回想起他俩大笑着在一起度过的快乐时光，她觉得自己的感觉慢慢好了起来。不是开心，也不是还好，更不是不怕将要到来的事情，只是感觉好了些。她爱他，她知道无论他在哪里，他同样爱她——如果他俩能在失去双亲的痛苦中活下来，创建自己的生活，并且在没有真正的家的情况下还能一起度过一个圣诞节的假期，那么他们就能应付任何事。她可以应付。

我可以应付，我也会应付的。我要找到雪莉和里昂。上帝保佑，还有我的哥哥——我们会活着离开浣熊市的。

事实是，她真的没有任何选择——在她行动之前，她需要接受自己已经没有选择的事实。她以前听说过真正的勇敢并不是没有恐惧，而是接受恐惧然后再做需要做的任何事情——她坐了一会儿，想了想克里斯，她觉得她只能做到这一点。

克莱尔深吸一口气，把照片放进马甲里，然后离开了办公桌。她不知道X先生现在去了哪里，它不会在原地等待。她打算回艾隆斯的办公室看看雪莉是不是回去了，或者是艾隆斯。如果X先生还在那里，她可以逃跑。

除此之外，我还可以搜一搜他的办公室，看看里面有没有关于特种战术救援组的线索，我在这里什么也没有找到……

克莱尔站在那里，最后环视了一下四周，希望特种战术救援组能提供一些补给或更多的信息。她所发现的唯一有一点儿用的东西，就是在克里斯办公桌后面的桌子里有一个被丢弃的腰包。腰包一个兜里的过期借书证上写着吉尔·瓦伦蒂安的名字。克莱尔从没有见过她，克里斯提起过她几次，说她的枪法非常好。

她没有留下一支枪真是太糟了。

特种战术救援组的成员们显然在他们被停职之后清理了所有重要的东西，留下大量的私人用品，像相框、咖啡杯之类的东西。她马上就发现了巴瑞的桌子，上面还摆着没有做完的塑料枪模型。巴瑞·伯顿是克里斯最亲密的朋友之一，身材高大，像一头大熊，也是一名疯狂的枪支爱好者。克莱尔希望无论克里斯在哪儿，巴瑞都扛着个火箭筒跟他在一起，保护他。

说到这儿……

在这之外，她还需要一支武器，或者是更多的九毫米口径手枪的弹药，她只有一个装满十三颗子弹的弹夹，如果这些都用完了，她就危险了。也许她应该在回大楼东侧的路上检查一下那些尸体，即使在她恐慌的奔跑中，她还是注意到了，有些尸体是警察，他们的手枪是浣熊市警察的标准佩枪。克莱尔不喜欢触碰死尸的主意，但是没有弹药更不能接受，尤其是在X先生出没的地方。

克莱尔朝门走去并把门推开，她边组织好思绪边回到昏暗的走廊。离开办公室使得她的决心有些动摇，在她关上身后的门时，她不得不抑制自己对X先生那依然生动的形象的恐惧，并且再次感到自己的脆弱。她向右转返回图书馆，她决定不再去想那个巨物，除非万不得已，不再去想它那双空洞的非人类的眼睛，或者它举起那双可怕的拳头的方式，仿佛是要摧毁任何阻挡它去路的东西……

不要再想了！想想雪莉，想想如何搞到该死的弹药，或者想想如果碰见艾隆斯该怎么和他打交道，想想该如何才能活下去。

就在前面，深色的木质走廊再次向右转去，克莱尔真是不想开始下一个任务，如果没有记错，有一个死去的警察就在拐角处——

从空气中的臭气就能闻得出来——

她不得不去搜查警察的尸体，它好像还不是太恶心，至少克莱尔还没有太注意到——

克莱尔转过弯，盯着眼前所看到的东西，她的身体僵住了。她的胃拧成一团，像在告诉她，虽然她还没有反应过来，但已处于危险之中。刚才在她去特种战术救援组办公室路上跳过的这具死尸，现已变成血淋淋的一团肉泥，模糊的血肉、残破的肢体和撕碎的制服混在一起。尸体的头已不在，很难看出是被人拿走了还是被捣烂成浆——无法辨认。看起来好像有人拿大锤或斧头在她刚刚离去就把尸体打烂了。

是什么时候？怎么弄的？我怎么什么声音也没听到——

有个东西动了一下。一个黑影轻轻地在距离她六米左右的这堆烂肉上晃过，与此同时，克莱尔听到奇怪的刺耳的呼吸声——

然后她抬头看了看，她仍然不确定她看到或听到了什么——不均匀的呼吸声从天花板上传来，尖利的爪子露在外面，那对爪子又粗又弯，长着这对爪子的家伙根本不是这个世界的生物。这个家伙个头很大，足有一个成年男人的身高，但是与人的相似点仅此而已——它太不可思议了，她只能看到它的一部分，并努力地在脑海里把这些部分拼接在一起。那个赤裸裸的四肢很长的家伙吊在天花板上，浑身红肿的肌肉略带紫色。它大脑部分肿胀的灰白的组织暴露在外，本来眼睛应该在的地方只剩下布满疤痕的洞。

我没有看见过这个——

这时怪物圆圆的头收了回去，张开宽大的下颌，深色黏稠的口水倾泻而出，飞溅到警察残破的尸体上。它伸出像鳝鱼一样的粉红舌头，粗糙的表面闪着湿漉漉的亮光。它的舌头不断伸出，越伸越长，像蛇一样左右摇动，一直延伸到那破碎的尸体。

克莱尔仍然僵在那里，她面带恐惧难以置信地看着那惊人的舌头滴着血水，从阴暗的空气中弹回到嘴里。整个过程只有一秒钟，时间却像延长了，克莱尔的心跳太快了，其他的一切都变成了慢动作——即使那个生物下落到木地板时也是一样。它的身体在半空中急速翻转，然后蹲着落在被肢解的尸体上。

生物再次张开了嘴并尖叫着——

随着怪物发出奇怪而空洞的尖叫声，克莱尔终于意识到该采取行动了，她把枪口指向怪物并扣动扳机。九毫米口径手枪的枪声盖过走廊里回荡的尖叫声。

砰！砰！砰！

怪物仍然发出令人恐惧的厉声尖叫，并迅速向后退了一步，挥舞着它长着尖爪的前肢。它突然发力的腿踢起了地上那具支离破碎的尸体。克莱尔看见一块破碎的头皮，上面还连着一只耳朵，飞过走廊撞在墙上发出湿漉漉的响声，并从墙上滑了下来——

怪物的腿在它的身下，但却像没有骨头，它扑通一声蹲下，用它可怕的爪子抓着木地板，尖叫着朝克莱尔闪电般地爬过来。

克莱尔再次开枪，她没有意识到自己也在尖叫着，又有三发子弹打中了快速爬行的怪物，并把它头上的灰色部分撕开了。她快要死了，怪物不到一秒钟就能抓到她，它巨大的爪子离克莱尔的腿只有一米——

然后，就像进攻来临时一样突然，一切都结束了。随着灰色液体从怪物的头部汩汩地流出，它强壮的身体的每一个部分都在颤抖，粗壮的爪子疯狂地在木地板上敲打着。随着最终的一声呻吟，怪物死了。这一次没有错。她的枪轰爆了它的大脑，它不会再起来了。

克莱尔低头看着怪物，她在震撼的记忆里寻找和这个生物相似的东西，某种动物或者传闻中和它相似的某种动物——没过几秒她就放弃了，她真的想不到。这不是一个自然界的生物，她现在离它很近，可以闻到它的气味——它的气味并不像丧尸一样刺鼻，闻起来有些苦，还有些油腻的味道，好像比动物更有化学的味道……

它也可能会有巧克力曲奇的气味，谁又会在乎呢？浣熊市有怪物，当你看见它们，是该停止惊讶了。

她脑海中责骂的声音并不是特别有说服力。她很想勇敢起来，下定决心走过怪兽的尸体去继续她需要做的事情，但她只是站了一会儿——就在那一瞬间，她非常想回到特种战术救援组的办公室，走进去，并锁上门。她可以躲藏起来等待救援，这样她可能会安全——

那么就快做决定。做点儿事吧，无论是什么。快点停止这种动摇和牢骚，因为这不仅是你一个人的事了。雪莉会安全吗？你是想用她的生命作为你生存的代价吗？

那一瞬间过去了。克莱尔小心地跨过怪物红色的躯体，并蹲在警察尸体的旁边。她用枪口把一片带血的制服碎片推到一边，一边拨动腐烂的肌肉和骨头，一边抑制自己想要呕吐的冲动，她尽力让自己不去想这个警察是谁，或者他是怎么死的。

她现在只剩下七发子弹，其他什么都没有，但她拒绝恐慌，相反，她却化失望为决心的动力。如果她可以搜查一具血淋淋的尸体，她就可以搜查第二具。

克莱尔最后朝那个死去的像动物的家伙看了一眼，然后起身向走廊的尽头快速走去。她已经做出决定：不再躲藏，不再逃避恐惧。最起码，她也会找几个怪物陪葬，这样就会提高雪莉的逃生机会。

即使做了会失败也比什么都不做要好得多。她不会再动摇了。

3 resident evil

第十五章

里昂在狗舍里找到艾达，她正在使劲想撬开记者告诉他们的那个生锈的井盖。她不知从什么地方找到一根撬棍并把它楔入了厚厚的铁井盖下。在她用力撬的时候，她发达的二头肌在汗水中微微闪着光。她已经设法把井盖撬起了几厘米，里昂走进来的时候，井盖又落了回去，金属碰撞发出的响亮声音在这间寒冷而空旷的房间中回荡着。

在里昂说话之前，艾达把撬棍放在水泥地上。她抬起头看着他，脸上挤出紧张的微笑，并掸着手上的铁锈。

“你在这里我很高兴，我觉得我一个人的力量不能把这个撬开……”

里昂以前并不确定，艾达给他无助的眼神让他确定了一点，她在利用他或试图利用他。虽然他认识艾达只有二十分钟，他严重怀疑有什么事情能让她感到无助。

“看起来你做得不错。”他说着，把马格南手枪放进枪套，但并没有向井盖移动。他把双手交叉在胸前，微微皱着眉。他并不生气，只是好奇。

“再说了，有什么急事？我以为你想和那个记者谈谈约翰，你在安布雷拉的朋友……”

艾达脸上楚楚可怜的女人样消失了，她清秀的五官变得冷酷而严肃，并不是变坏，就像她真正展示出了自我，让里昂第一次见到强大而且自信的艾达。里昂可以看出他没有急忙跑去帮助她让她大吃一惊，但是他却很高兴见到这一幕。除了不被一个神秘的陌生人操纵之外他还有许多要担心的事情。她一直很小心地回避里昂的问题，现在是她自己该解释一些事情的时候了。

艾达站起来，她的目光坚定地与里昂对视着。“你听见他说的话了——他不会告诉我们任何事的，而且这个地方这么危险，我真的不想站在这里等待他的良心发现……”

她垂下她的目光，声音变得温柔了很多。“我甚至不知道约翰是不是在浣熊市，但我知道他确实不在这里，而且我想在警署完全被破坏之前离开这儿。”

这听起来不错，不知为什么，里昂觉得她在隐瞒一些事情。有那么一会儿，里昂思考着怎样用一种礼貌的方式让她说出来，然后决定管不了这么多了，在这种情况下，社交礼仪还是先放一放。

“这是怎么回事，艾达？是不是有什么你知道的事情没告诉我？”

艾达再次看了看里昂，然后又看了一次，里昂感觉他的话让艾达大吃一惊，她冷酷的黑色眼眸还像以前一样让人读不懂。

“我只是想离开这里。”她说，语气中的诚意让人无法否认。如果他不相信她说的其他话，却不得不相信这句话。

我也希望这一切都这么简单，但是还有克莱尔，还有本，我们的混蛋朋友，上帝知道还有多少人……

里昂摇了摇头。“我不能离开。就像我说过的，我可能是这里剩下的唯一一个警察了，如果大楼里还有其他人，我要去帮助他们，而且我觉得你最好跟我一起来。”

艾达又冲着里昂短暂一笑。“里昂，很感谢你的关心，我可以照顾好自己。”

他对此没有怀疑——不过他不想看到她在这样的情况下进行能力测试。当然，他自己的能力也没有这样测试过，但是他受到过处理危机的训练，这是他的工作。

要诚实对待自己——你和克莱尔走散了，你不能帮助布拉纳，本·贝托鲁奇对你的保护能力根本是嗤之以鼻，你更不想在艾达这里失败，而且你也不想独自一人。

艾达好像知道他在想什么。在里昂能说出一个使人信服的论据之前，艾达向前迈了一步，并把她的一只纤细的手放在里昂的手臂上，她的幽默感突然从她明亮的双眼中消失了。

“我知道你想在这里尽自己的职责，就像你自己说的，我们必须找到一种逃出浣熊市的方法，去试着寻求外界的帮助。这个下水道可能是我们最好的机会……”

艾达轻柔的触摸让里昂很吃惊——他感到一种电波通过他的腹部，这种意外的温暖让他感到困惑和不确定。他设法不让身体的反应表现出来，但只是勉强没有表现出来而已。

艾达皱着眉，若有所思地继续说道：“这样如何？你帮我撬开井盖，然后咱们看看下面有什么。如果看起来很危险，我就和你一起走……如果没有那么危险，我们可以再来谈谈接下来做什么。”

里昂想反对，事实是，他不能强迫她做任何她不想做的事情，而且他非常想让艾达知道，自己不是那种霸道的大男子主义类型，他是可以接受妥协的……

你没听过约翰这个名字吗？这不是一场约会。看在上帝的分上，不要用你的激素思考。

即使想一想也觉得尴尬，而且她的手还在自己的胳膊上。里昂走开了，轻快地点了点头。之后他们一起蹲在井盖的旁边。里昂捡起撬棍，把一头卡在井盖的下方。在他往回拉的时候，艾达使劲推撬棍，伴随着沉重的金属摩擦声，厚重的金属井盖被撬了起来。里昂用力地把沉重的盖子放到一边，井口完全打开了——

突然，他俩都被从黑暗的洞里散发出的臭气熏得后退了，那种气味让人窒息，有血的腥臭味，还有小便和呕吐物的味道。

“啊！这是什么味儿？”里昂边咳嗽边问道。

艾达单腿跪在地上，用一只手捂住嘴。“那些车库里的尸体，一定是被他们扔在了这里……”

里昂还没有来得及问她在说什么，就听见令人极度恐惧的尖叫声从地下室的走廊穿门而过。那尖叫声不断传来，一个男人的声音响起，恐慌的尖叫突然变成一种痛苦的哭喊声。

是那个记者。

里昂的目光锁定在艾达的脸上，他看见她的脸上闪现出和他同样震惊的表情，然后他们都没有等到声音消失就马上站起来，边掏出各自的武器，边向门外冲去。

我离开了他，我不应该把他留在那里——

他们沿着走廊跑向贝托鲁奇所在的牢房，心里的愧疚感让里昂跑得比平常更快。有什么东西或者什么人已经找到了贝托鲁奇——就是在里昂背后做的。

***

雪莉站在艾隆斯的办公室里，抚摸着她的护身符，并盼望着克莱尔能回到这里。她爬过十几个尘土飞扬的通风道把怪物从克莱尔所在的地方引开，她确定她成功了——她没有再听到怪物的声音，回来的时候她发现克莱尔已经走了。如果怪物找到克莱尔，她肯定会死的，而且会被撕成碎片。

她不在这儿。没有人在这里……

雪莉坐在房间正中间的一张矮桌子的边上想着她应该怎么做。她习惯了独自一人，甚至没有意识到她有多么孤独——她和克莱尔的见面改变了这一点。雪莉想再见到克莱尔，她想与其他人在一起，她想见自己的父母，她的渴望如此强烈，甚至让她感到了疼痛。即使见到艾隆斯先生也行，虽然雪莉并不喜欢他。她只见过艾隆斯两次，她觉得他做人很怪异、很假，而且他的办公室让人毛骨悚然。尽管如此，如果可以让她不再孤独，她会很高兴地忍受他。

脚步声从办公室外面的走廊里传来。

雪莉站起来，跑回到那扇敞开着的通往盔甲房间的门那里。她希望是克莱尔来了，如果不是，她也做好了跑回躲避处的准备。她躲在门框背后屏住呼吸，双眼盯着那只老虎的标本默默地祈祷着。

外面的门打开又关上了。慢慢移动的脚步在地毯上发出轻轻的声响。雪莉紧张得想跑，但又想鼓起足够的勇气偷偷地看一眼——

“雪莉？”

克莱尔！

“我在这儿！”

雪莉跑回办公室，看到克莱尔就在那里。一个璀璨的笑容展现在她的脸上，她投进克莱尔张开的双臂中，见到克莱尔她太高兴了，高兴得想哭。

“我一直在找你。”克莱尔紧紧地拥抱着雪莉说道，“别再像那样跑开了，好吗？”

克莱尔跪坐在雪莉面前，依然微笑着——雪莉可以看到隐藏在她的笑容和她那双冷静的灰色眼睛背后的担心。

“对不起，”雪莉说，“我必须走，不然的话那个怪物就会来了。”

“那个怪物长得什么样？”克莱尔问道，她的微笑消失了，“是不是浑身红色的？长着爪子？”

雪莉使劲咽了一口唾沫。“血管肌肉露在外面的无皮人！你看见了一个，是不是？”

真是不可思议，克莱尔咧嘴一笑，摇了摇头，“对，那正是我所看到的，血管肌肉露在外面的无皮人……描述得真好。”

她更严肃地看着雪莉，皱起眉头。“一个？你的意思是说还有更多？”

雪莉点了点头。“是的，它们跟那个怪物完全不一样。我只从它的后面见过它一次，它是一个人，一个巨人的样子——”

克莱尔看起来很激动。“是不是一个秃头？穿着长大衣？”

“不是，它有头发，是棕色的头发，而且他的一只胳膊很怪，比另外一只胳膊长很多。”

克莱尔叹了一口气。“好极了，听起来浣熊市像给每个人都准备了一个怪物……”

克莱尔伸出手握住雪莉的手轻轻攥了一下。“这给我更多的理由让你留在我的身边。你已经把自己照顾得非常好了，而且你非常勇敢——在我们找到你的父母之前，我觉得照顾好你是我的责任。如果怪物来了，我会——会踢它们的屁股，好吗？”

雪莉笑了，她惊讶自己接受了这个建议。她喜欢克莱尔对她说话的方式，她没有把她当成小孩而显得自己高高在上。她点了点头，克莱尔又轻轻攥了一下她的手。

“好。这里有丧尸，无皮人，还有怪物和一个光头巨人……雪莉，你觉得浣熊市发生了什么事？这一切是如何开始的？任何你能告诉我的事，任何事，都可能很重要。”

雪莉皱起眉头想了想。“好吧，去年5月或者6月发生了杀人案，我记得好像有十个人被杀了。然后杀人事件就停止了，但是好像一周前有人遭到了攻击。”

克莱尔鼓励地点了点头。“好，那么有没有更多的人遭到攻击，或者……警察做了什么吗？”

雪莉摇了摇头，她希望自己能够提供更多的帮助，“我不知道。就在那个女孩遭到袭击之前，妈妈从公司打来电话，听起来非常不安，而且让我不要离开家。维利斯夫人，我们家的邻居来我家给我做了晚餐，我是听她说起那个女孩的。第二天，妈妈打来电话，她说她和爸爸被困在工厂了，会有一段时间不能回家，然后是三天以前，她又打电话让我到这里来。我去了维利斯夫人家，看看她会不会和我一起来，她的家里很黑而且没有人。我猜事情在那个时候就已经很糟糕了。”

克莱尔目不转睛地盯着雪莉。“你在这段时间里一直是一个人吗？在来警署之前就是一个人？”

雪莉点了点头。“嗯。是的。我的父母都是科学家，他们的工作非常重要。有的时候他们不能中断他们的研究，而且我妈妈经常说，在我愿意的时候我是非常自立的。”

“你知道你的父母是做什么研究的吗？在安布雷拉吗？”克莱尔依然密切地注视着她。

“他们研究疾病的治疗方法，”雪莉自豪地说，“他们还制造药品，就像医院用的免疫血清……”

她停顿了一下，注意到克莱尔的注意力似乎突然分散了，她的目光很遥远。这是一个她在父母的脸上见过很多次的表情——这意味着他们并不是真的在听了。她刚停止说话，克莱尔的注意力再次集中在她身上，并伸手拍了拍她的肩膀——不知是什么愚蠢的原因，这让雪莉再次想哭。

因为她在听我说话。因为她想保护我。

“你的妈妈是对的，”克莱尔轻轻地说，“你很自立，而且你现在还活着说明你也很坚强。这很好。因为我俩必须坚强，要活着离开这里。”

雪莉的眼睛瞪大了。“你是什么意思？离开警署？这里到处都是丧尸，而且我也不知道我的父母在哪儿，如果他们需要帮助或者他们在找我怎么办？”

“亲爱的，我确定你的父母没有事。”克莱尔连忙说道，“他们也许还在工厂里安全地隐藏着，就像你刚才一样——等着城外的人来救他们，让情况变好些……”

“你的意思是杀掉所有东西。”雪莉说，“我已经十二岁了，你知道吗？我不是小孩子了。”

克莱尔笑了笑。“对不起。是的，杀掉所有东西。直到好人来之前，我们只能靠自己，而且我们能做的最好的事、最聪明的事就是躲着它们——离它们越远越好。你是对的，街上是不安全的，也许我们能找到一辆车……”

这次轮到克莱尔停顿了。她站起来，边走边看地走向办公室另一端的大办公桌。

“也许艾隆斯署长把他的车钥匙留在这里了，或者有我们能用的武器。”

克莱尔看到办公桌后面的地板上有一些东西。她蹲下来，雪莉匆匆跟了过来，她想离克莱尔近些，也想看看克莱尔发现了什么。她知道，不管发生什么她都不想再失去克莱尔。

“这里有血迹。”克莱尔轻轻地说，她的声音轻得让雪莉觉得她没想说出来。

“然后呢？”

克莱尔抬头看了看棕色的墙壁，皱起眉头，然后又低头看着地上那一大摊正在干涸的血迹。“这还是湿的，血迹好像突然中断了？墙上应该也有血……”

克莱尔敲了敲墙上深色的木质装饰，然后敲了敲墙。声音有明显的区别。装饰物的声音很沉闷，但是墙的声音很空洞。

“这后面有个房间？”雪莉问道。

“我不知道，听起来像是。这就能解释艾隆斯署长刚才是从哪里脱身的了。”

她看了看雪莉，又用双手在墙壁上摸索。“雪莉，你在办公桌周围看看能不能找到像开关或控制杆之类的东西。我猜它可能藏在某个地方，也许是在抽屉里……”

雪莉开始向办公桌后面移动——她没有看到地上的一把铅笔，踩上去的时候脚一滑就摔倒了。她为了保持平衡顺手抓住办公桌，但她裸露的膝盖还是重重地摔到地上。

“啊！”

克莱尔马上来到她身旁，用手臂搂住雪莉的肩膀。“你没事吧？”

“没事，我只是——嘿！快看！”

雪莉忘记了她瘀紫的膝盖，她指着嵌在办公桌最上面的抽屉下面的一个小金属板上的开关。它看起来就像电灯开关，它一定是那道暗门的开关。她知道。

我找到它了。

克莱尔伸手触摸到开关并把它打开——突然，她俩身后一米外的墙向上滑动，消失在天花板上。一个用大型砖块垒成的昏暗的房间展现出来，凉爽潮湿的空气轻轻吹进办公室。这是一个秘密通道，就像电影里演的一样。

她俩一起站起来，朝着入口处走去。克莱尔用一只手先挡住雪莉，直到看清楚里面才把手放下来。这个小房间什么也没有——只有三面砖墙和脏兮兮的木地板，约有办公室的一半大小，第四面墙是一个老式的电梯门，就是要人手动把门推开的那种。

“我们要坐电梯吗？”雪莉既兴奋又紧张地问道。

克莱尔把她的枪拿出来。她蹲在雪莉旁边微笑着——这不是开心的微笑，雪莉在克莱尔没说一句话的时候就知道她想说什么了。

“亲爱的，我觉得最安全的做法就是我先去看一看，你在这里等着……”

“你说过我们应该在一起！你说过我们应该找到一辆车并离开这里！如果怪物回来了你又不在这里怎么办？或者你被杀了怎么办？”

克莱尔抱住雪莉，雪莉却因为无助的愤怒感到恶心。克莱尔告诉她不要担心，那个怪物是不会来的，什么坏事也不会发生，然后她还是要离开。

大人愚蠢的谎言——

克莱尔往后靠了靠，把雪莉脸上的头发轻轻拨开。“你很害怕，我不怪你，我也很害怕。现在的情况很糟糕，而且诚实地说，我也不知道将要发生什么事。我想做正确的事情，这就意味着我会尽我所能不把你带到一个你有可能会受伤的地方。”

雪莉把眼泪憋了回去，又试了一次。“我想跟你一起去……如果你不回来怎么办？”

“我一定会回来的，”克莱尔坚定地说，“我保证。如果，如果我不回来，我希望你能再次躲起来，就像以前一样。有人会来帮助你的，救援很快就要到了，他们会找到你的。”

至少她是诚实的，雪莉不喜欢，一点儿也不喜欢，至少克莱尔对她是坦诚的，而且雪莉可以从克莱尔脸上的表情看出，无论自己说什么都不能让她改变主意。她可以像小孩子一样闹，或者平静地接受。

“小心点儿！”她低声说。克莱尔再次拥抱了她，然后站起来朝电梯走去。她按了电梯门旁边的按钮，一声低沉轻柔的嗡嗡声传来，几秒钟以后电梯厢升入眼帘，然后轻轻停下。克莱尔把门拉开，走了进去，最后转身朝雪莉望了一眼。

“亲爱的，待在这里。”她说，“我几分钟以后就回来。”

雪莉勉强地点点头——克莱尔把电梯门关上了。在她触摸到电梯里的什么东西之后，电梯厢开始下降。克莱尔微笑的坚定的脸在视线中消失了，只留下雪莉一个人在寒冷黑暗的过道里。

雪莉坐在布满灰尘的地上，双手抱膝慢慢地摇晃着身体。克莱尔又勇敢又聪明，她很快就会回来的，她必须快点儿回来……

“我想要妈妈。”雪莉轻声说，但是没有人听见。她又是独自一人了，这是她最不想要的。

我很坚强。我很坚强，而且我可以等。

她把她的下巴放在一个膝盖上，抚摸着妈妈送给她的能给她带来好运的项链，等待着克莱尔回来。

3 resident evil

第十六章

安妮特·柏肯坐在实验楼的监控室里，感到精疲力竭。她盯着监控主机正中间的显示屏发呆，感觉自己好像已经在这里待了好几年。她一直等待着威廉的出现，不过她认为他永远不会出现了。她想再给他点儿时间——如果不能立刻见到威廉，她就不得不通过监控再仔细搜查一遍。

该死的设备……

这是一套崭新的系统，安装了不到一个月。二十五个有通道控制的显示屏可以让她看到这栋设施里的每一个角落。这是一套非常先进的安全系统——目前只有十一个显示屏在工作，而且一半以上没有变化，上面都是雪花在不停舞动。在能显示清晰图像的五台显示屏中，安妮特所有能看到的——或者说只能看到的——就是正在腐烂的尸体，偶尔有不是在吃饭就是在睡觉的舔食者出现……

“舔食者。你管它们叫舔食者是因为它们的舌头……”

她以为自己已经熬过了最痛苦的时刻，当她听到自己孤独的声音在这个寒冷空洞的房间里回荡，当她意识到没有人会回答她的话，而且再也不会有人回答她的话时，她感到一种像刀扎似的悲痛。威廉走了，他已经走了，这儿不再有人与她对话。

安妮特把头靠在控制台上，闭上她疲惫的双眼。她已经没有眼泪了，自从安布雷拉来拿 G 病毒之后，她就泪流成河地过了好几天，她现在太疲惫了，连哭的力气都没有了。她能感到的只有痛，痛中夹杂着狂暴，以及对安布雷拉的作为感到无奈和愤怒。

再过一个月，可能两个月，我们就会把它给他们的。我们会平和地把它交出去，而且威廉也会加入执行董事会，我们会很幸福。每个人都会很高兴的——

一阵微弱的叫声从一台监视器中传来。安妮特抬起头，内心希望和恐惧交织——发声的只是一个舔食者，在外科手术区的楼上。它从天花板的栖息地跳下来去食用一个技术人员的尸体，它一边对自己号叫着，一边撕破尸体的肚子。死尸看起来很像唐 · 韦勒，一个化工厂的中层，她也不能确定：他已支离破碎，而且看起来不像人类，就像正在食用他的舔食者一样。

安妮特盯着出现正在进食的舔食者的小屏幕，却没有真正看它。她的思绪在蔓延，飞速地思考着这里还有什么她需要做的事情。她已经把所有电脑里的内容都删除，并且准备好了倒计时，这栋研究所已经准备就绪，而且她的逃生路线是安全的。在她见到他之前，见到他回到安布雷拉的设施里之前是不会把事情结束的。如果他不在爆炸区里，摧毁研究所就不会解决任何事情。他们会找到他，并从他的血液里提取病毒……

安布雷拉不能拿到病毒，他们想拿到它就必须先杀死我。上帝请帮帮我吧。

在这疯狂可怕的事件中，她唯一的安慰就是，安布雷拉那双贪婪的手还没有拿到威廉的合成病毒。他们没有得到，而且永远不会得到。创造 G 病毒的所有成分连同威廉和他为公司创造的所有怪物，都会埋葬在成千上万吨巨石和燃烧的木材中。她会躲起来一段时间，用时间来治愈自己所受的伤害，并考虑自己的选择——她会把G病毒卖给竞争对手。安布雷拉是最大的，却不是唯一研究生化武器的企业集团——等她的事情完成以后，安布雷拉就不会是最大的公司了。这不是完美的复仇，却是她的所有。

“除了雪莉。”安妮特轻声说。想到年幼的女儿，她的心很痛。这是一种不同的疼痛，但仍然很痛。自从雪莉出生的那一天，安妮特就想花很多时间和她在一起，专注于孩子的成长而不是威廉辉煌的事业。这么多年过去了，威廉一直在升职，他的工作也比以往任何时候都更令人关注、更有价值——她和威廉承诺过自己和对方，要更注重他们的家庭生活，他们一直拖着没有实现。

现在太晚了。我们再也不是一个家，再也不会一起做父母了。所有的时间都浪费掉了，我们累死累活地在这个公司工作，最后却被公司出卖了……

已经太迟了，为过去没有发生的事情哀悼是毫无意义的。她现在所能做的就是确保安布雷拉不会再从柏肯家得到任何东西。威廉走了，还有雪莉，他的生命会在雪莉身上延续下去，而且安妮特可以最终成为一名她一直渴望成为的母亲。当然，她必须等事情冷却下来再去接雪莉，至少要好几个月。女孩会安全的，警察会把她送到威廉的妹妹那里生活，那是写在他俩的遗嘱中的……

除非艾隆斯还活着，那个又贪婪又肥胖的混蛋有一点儿机会就肯定会把事情搞砸。

她希望布莱恩·艾隆斯已经死了，虽然不是他让安布雷拉得知G病毒存在，但他是一个十分傲慢并让人恶心的人，而且他还没有丝毫的道德。他对公司多年的忠诚被区区十万美元就收买了。威廉对此感到十分吃惊，甚至他心中警察署长的印象比她心中的更差……在显示屏上，舔食者吃完它的美餐。那个死人身上只剩下一个空壳，弯曲的血淋淋的肋骨和没有脸的头骨，那一定很鲜艳的色彩呈现在黑白色的显示屏上。舔食者爬出了视线，一种黏稠的液体在它的身后拖出一道痕迹。T 病毒使所有的爬行动物成为高效率的杀手，虽然 3 系列有明显的设计缺陷——突出的脑组织是最明显的，它们也有高得离谱的代谢率，给它们喂食一直是个麻烦。

这已经不再是问题了。这里有很多腐尸，而且对它们来说，幸运的是，它们很快就有机会吃上一餐热饭……

安妮特感到精疲力竭，而且也不想回到外面——但是她不能一味地希望威廉会出现在监视器中。她可能是在两天以前听到他去了三层，她又有四天没有见过他，她不能就这样继续等下去。安布雷拉的人可能进来了——即便中央控制器已被重写，还是有其他的方式能进入。

而且威廉可能找到出去的路，不管我有多想我也不能继续否认下去了。

在研究所的西侧有一个废弃的工厂，这是一家运输公司，安布雷拉把它买来以保守地下研究所的秘密。安布雷拉在不引起怀疑的情况下建造了研究设施，他们把设备和材料藏在工厂的仓库里，并用他们的重型机械升降机进行运输。她上次检查的时候从工厂进入的入口是堵住的，虽然机会不大，威廉有可能从那里逃走了——如果能到工厂，他可以从下水道系统逃走。

安妮特强迫自己站起来，她没有理会自己腿部和后背的痉挛，而是拿起控制台上的手枪。她并不了解手枪，但是她很快弄明白了枪的用法——

就在那些人来找 G 病毒之后，那些戴着防毒面具边跑边射击的人——威廉，可怜的威廉，在血泊里奄奄一息，我看到注射器时已经晚了——

她深深地吸了一口气并打了个寒战，试图让自己不去想那可怕的记忆，试图忘记那个把威廉从她身边夺走，并把浣熊市变成一座死亡之城的事件。它不再重要了。前面的路是不会让人轻松的，所以她必须集中精力。逃脱的舔食者、第一阶段和第二阶段感染的人类、植物学试验，还有蜘蛛系列——她可能随时遇到T病毒的携带者，更不用说还有安布雷拉派来的人。

还有威廉。我的丈夫，我的爱人——第一个G病毒的人类携带者，他已经不是真正的人了。

她一直错误地认为她的眼泪已流干了。安妮特站在浣熊市地下五层的巨大无菌室的正中间哭泣着，这备受折磨的呜咽甚至都没有触及她孤独的痛苦。

安布雷拉会后悔的。一旦她确定威廉不会被他们抓住之后，她就会毁掉他们宝贵的研究所。她会拿着G病毒逃跑。她一定要让他们明白，他们做的事有多糟糕——让上帝去帮助那些想阻止她的人吧。

3 resident evil

第十七章

艾达紧跟着里昂跑到牢房里，正好看见记者从栏杆里跌跌撞撞地出来摔倒在地上。“快来帮帮他。”里昂喊了一声，然后跑过贝托鲁奇去检查牢房。艾达停在喘着粗气的记者面前，却没有理会里昂的命令，等着看那个抓到贝托鲁奇的东西会不会从牢房里跳出来——

他是在铁栏杆后面的，这究竟是怎么发生的——

她举枪等待着，看着里昂猛地来到打开的牢房前面，她的心怦怦直跳，然后她看见里昂年轻的脸上的困惑。他的目光搜索牢房的方式告诉她里面是空的，除非攻击者是隐形的……

不可能，不要这么想，不要让它影响你。

艾达跪在记者的旁边，立刻意识到他的情况很糟糕——他快要死了。他半坐着蜷缩在隔壁的牢房边，头靠在牢房的栏杆上。他仍在呼吸，过不了多久就会停止的。艾达见过这种样子，远望的目光、颤抖的身体，还有苍白的面色——她没有看到他是如何变成这个样子的，这让她很害怕。他身上没有伤口，这肯定是心脏病突发，或是中风——

但是，那声尖叫……

“本？本，发生什么事了？”

他闪动的目光一直看着她的脸，艾达看到他的嘴角咧开并流出血。他张口说话，说出来的都是刺耳并让人无法辨认的嘶哑声。

里昂蹲在他的旁边，看起来很困惑，就像她感觉到的一样。他对她摇了摇头，一个没有说出口的答案回答了她没有问出口的问题。显然，这里没有任何迹象表明刚才发生了什么。

艾达低头看着贝托鲁奇，再次问道：“怎么了，本？你能告诉我这里发生了什么吗？”

记者颤抖的双手慢慢挪上他的身体，放在他的胸口前。他调整了一下，终于轻声说出一个词：

“窗户……”

艾达的疑虑仍未消除。这个牢房的“窗户”只有三十厘米长，可能有十五厘米宽，在离地面将近两米五的地方——那只是一个朝向车库的通风口而已。没有什么能从那里通过——至少她从没有听说过或者了解的东西能做到，这意味着她面临着没有准备的危险。

贝托鲁奇还想说话，艾达和里昂都凑过来，使劲地想听到他痛苦的低语。

“胸口……灼烧……它……灼烧……”

艾达放松了一点儿。他肯定是看到或者听到牢房外面的某些东西，这个东西引发了严重的心脏病。她可以接受这个解释。这对记者来说很不幸，却省去了自己杀他的麻烦……

他突然伸手，抓住她的小臂并用紧张的目光盯着她，他目光中的紧张程度让艾达吃了一惊。他的抓力很弱，他湿润的双眼中充满了绝望——一种绝望和沮丧的悲伤，这让艾达对她一直在想的事感到很内疚。

“我从来没说过……关于艾隆斯的事。”他吸了一口气，很显然，他在挣扎着想要活下去把这一切都说清楚，“他……是为安布雷拉做事的……一直是。那些丧尸……是安布雷拉，研究……而且他掩盖了杀人事件，但是我无法……证明这一切……这将是我的……独家报道。”

贝托鲁奇闭上了他看上去伤痕累累的眼皮，他缓缓地呼吸着，他的手指从艾达的胳膊上垂了下去。艾达不由自主地为他感到可惜。这个可怜的笨蛋，他的大秘密就是安布雷拉在研究生化武器，而且艾隆斯受贿。这的确有可能是个大新闻，很显然，他还没有得到任何确凿的证据。

他对G病毒根本一无所知，他从来就不知道——他还是要死了。他真是倒霉。

“天啊，”里昂轻轻地说，“艾隆斯署长……”

艾达完全忘记了年轻的警官有多么不知人情世故。他显然是名新警察，有几次他的敏锐让艾达吓了一跳，这个孩子绝对不只是个雄性激素过盛的家伙，他的头脑里一定是有东西的——

别再乱想了，他没比你年轻多少。记者马上就要死了，你得马上走，不要担心这位友好的警官了——

贝托鲁奇突然痉挛了，他的双手抓住自己的胸口。他呻吟着，发出一声饱受折磨的痛苦哭声。他的背部拱起，手指蜷成了钩状。

然后，呻吟声变成液体流动的声音，血液从他的嘴角汩汩地流出。贝托鲁奇窒息地颤抖着，他的四肢剧烈地抽搐，绯红色的血液随着每一次咳嗽喷射而出。

艾达看到他手下皱巴巴的白衬衫下的红色，并听到厚重湿漉漉的骨头断裂的声音。里昂抓向记者的手的时候，艾达往后跳了一步，她不确定发生了什么，但是她确定这绝对不是心脏病突发。

我的天啊，这到底是什么？

一瞬间，贝托鲁奇的身体软了下来，他的眼睛往后翻并固定住了，如同盲人一样。鲜血仍然从他的嘴角流出，而且有一种声音，一种可怕的像肉被撕裂的声音，在他被染红的衬衫衣料下，有个东西动了一下。

“快躲开！”艾达喊道，并把她的贝雷塔手枪指向死去的记者，就在她瞄准的一瞬间，一个东西从贝托鲁奇血淋淋的胸口蹦出来。这个东西有拳头大小，浑身是血，张着像小黑洞似的嘴发出尖叫声，并露出它锋利的红色牙齿。它扭动着身体从尸体里出来，长长的尾巴把血淋淋的肉片和内脏都甩到了水泥地上。

这个家伙的尾巴鞭打着记者已经变冷的尸体，身体满是鲜血地从记者的身上滚到地上，然后它以极快的速度向通往走廊的门口爬去。它用像蛇一样的尾巴还有艾达看不到的脚往前爬行，身后的地面留下一道红色的血迹。

那个东西已经爬到门外，艾达才记起她手里还拿着枪。这是她到浣熊市后第一次，也是有史以来第一次因为完全震惊导致没有对事情做出反应。这是一个会钻入人心脏的寄生生物，好像科幻电影里出来的……

“那个是……你看见……”里昂气喘吁吁地说。

“我看见了。”艾达打断他轻轻说道。她转过身低头看着贝托鲁奇。他的脸在血腥扭曲的痛苦中僵住，那个血淋淋的洞就在他的胸骨下方。

他的嘴，他的嘴角是裂开的……

他被植入了这种生物——由谁植入的，她不知道，她也不想知道。她所想的就是马上完成这项任务，越快越好，然后远离浣熊市。事实上，她认为她从来没有像现在这样想得到一样东西。她最初意识到有关T病毒的事件发生之后，她就预感到自己会遇到一些不愉快的生物。想到其中的一个生物可能会跑进她的喉咙，向怪胎一样住进她的身体里，然后再把她由内到外地吃光——如果这不是她能想到的最恐怖的事情，肯定就是第二恐怖的事情。

她看着里昂，放弃了所有想保持理智的借口。她要去研究所，这没有讨论的余地。

“我要离开这里。”她说。还没有等里昂做出回答她就转过身快速朝门走去，小心翼翼地不去踩到小怪物留下的血迹。

“等等！我想……艾达？嘿……”

艾达走进走廊里，举起武器，那个生物已经不见了，血迹在走廊的一半就逐渐消失了——她看到他们刚才没有关上狗舍的大门——

而且，下水道的井盖是打开的。太好了。

她没走几步里昂就追上了她，他站在她的面前挡住了路。在那一瞬间，艾达以为里昂要用暴力的方式阻止她。

不要这样做。我不想伤害你。如果必须，我也会的。

“艾达，请不要走。”里昂说，他的口气带有一种请求而不是命令。“我……我到浣熊市的时候，遇见一个女孩，而且我觉得她现在就在警署大楼里的某个地方。如果你能帮我找到她，我们可以一起离开这里。我们会有更多的机会……”

“对不起，里昂，这是一个自由的国家，你可以做你想做的任何事情，祝你好运——我不会待在这里，我受够了！如果……我出去以后，我会请求救援。”

她想推开他走过去，她希望他不会以暴力来解决问题，而且希望自己能告诉他不要挡她的路——如果他想要试试就让他知道我的厉害——就在这时，里昂再一次让她惊讶了。

“那我和你一起去。”他说。艾达平静地看了看里昂，他的目光坚定而果断——还有恐惧。“我不会让你一个人去。我不想让任何人——我不想让你受到伤害。”

艾达盯着里昂，不知道该说些什么。现在贝托鲁奇死了，她不想把里昂丢在下水道里：虽然这并不困难，因为下水道系统错综复杂……里昂真是太好了，是如此有决心，还乐于助人，而且她已经开始……开始不想去做任何对他不利的事情。如果他是一个大男子主义混蛋，事情就简单多了……

好吧，向他说明你的身份吧。告诉他你是一名私人侦探，是来偷取G病毒的。告诉他你不想要人陪，告诉他你意识到记者快死的时候有多么舒心，或者告诉他如果有好的缘由——比如说有人付钱，你对杀人没有任何问题，然后再看看他是不是还那么友好和乐于助人。

这不是一种选择，试图说服他不和她一起走也不是，它没有任何意义，而且她身体中的某一部分，她不想承认的部分，非常不想独自一个人。看见那个生物从贝托鲁奇的胸口跳出来让她动摇了，让她觉得自己不像想象中那样坚不可摧。

就让他来，到研究所找一个安全的地方让他待着。没有伤害，也没有犯规。

里昂正密切地注视着她，审视着她——等待她的许可。

“我们走吧。”她说。里昂给了她一个微笑，艾达获胜了，但他的微笑却让她感到更加不舒服。

他俩一起走向狗舍，谁也没有再说一句话。艾达在想自己到底在做什么——自己是不是还有能力用尽一切手段来完成任务。

***

电梯把克莱尔带到一个像地牢一样黑暗潮湿的走廊，她走到走廊的尽头，站在一个中世纪样式的大门前。警署寒气逼人，这个冰冷潮湿的石头走廊让警署在相比之下就像夏天般温暖。她好像来到一个古老的闹鬼的中世纪城堡。

克莱尔深深地吸了一口气，想了想该如何进去，她很确定艾隆斯肯定不会喜欢突然造访，敲门的想法似乎有些可笑，更不用说危险了。沉重的木门两侧的烛台上有燃烧的火把，门上束有生锈的金属条——如果说克莱尔以前只是怀疑艾隆斯疯了，那么眼前的一对发出嘶嘶声的火把，还有走廊本身散发出的寒冷和沉静的恐惧氛围将她的疑虑一扫而空。

一个秘密隧道，一个隐藏的房间，还有恰如其分的光线……一个理智的人会想在这里待着吗？他的疯狂不是这场灾难造成的——艾隆斯一定是在安布雷拉出事以前就疯了……

虽然没有任何证据，但她确定了另外一件事——雪莉告诉她雪莉父母的工作，还有在她了解了她到警署之前发生的事情后，她突然明白，安布雷拉在研究病毒，而且浣熊市的人一定是接触到某种厉害的病毒。他们一定是出了什么事故，或者病毒泄漏引起的这场奇怪的丧尸瘟疫……

别再拖延了！

克莱尔咬了咬嘴唇，她不确定自己该做什么。她很确定艾隆斯一定就在这里的某个地方，她不想再碰见他。也许她应该回到上面去，找到雪莉，然后再去找另外一条出路。不能因为这是个秘密的地方就意味着这是某种逃生路线。

还在拖延！雪莉还一个人在上面，而且你有枪，记得吗？

一支有很少弹药的枪。如果这里是艾隆斯藏身的巢穴，这里可能有枪……或者，也许这里只是一个走廊，一个通向警署更深处的走廊。不管怎么样，光站在这里乱想什么也不会发现。

克莱尔把手放在门闩上，深吸一口气后，把门推开了。随着这扇沉重的木门慢慢地打开，她往后退了一步，并把枪指向——

天啊！

这是一个空房间，就像走廊一样黑暗和不受人欢迎——里面的家具和装潢让她直起鸡皮疙瘩。一个光秃秃的灯泡从天花板上垂下，照亮了这间克莱尔所见过的最毛骨悚然的房间。屋子的正中间有一张桌子，磨损的桌面上满是污渍，上面还散落着一把钢锯和其他的切割工具。一个有凹陷的金属水桶和拖把靠着被水浸染的墙壁，旁边是一个可移动式洗手池，里面都是干了的红色斑块，架子上摆满落满尘土的瓶子，还有一些看起来像人骨头的东西，苍白而且被抛了光，摆在那里就像一个个可怕的奖杯。另外，还有气味——一种浓重的化学药品的臭气，剧烈而且带有酸性。这种气味刚好覆盖了另一种模糊的味道，一种让人疯狂的味道。

光是看看这间屋子就让她恶心得想吐，用“疯子”形容艾隆斯可能会获得年度最轻描淡写奖——但是这里没有人，这可能意味着某处会有另一个秘密通道。至少，她必须检查一下有没有武器。

克莱尔咽了口唾沫，走进了房间，暗自庆幸自己没有把雪莉带来。光是看着这间私人小刑讯室都会让她做噩梦，这不是可以给孩子看的东西——

“不许动！小女孩，不然我现在就开枪了。”

克莱尔停在原地。就在艾隆斯在她身后笑的时候，克莱尔身体上的每一块肌肉都僵住了。艾隆斯是从门后出来的，克莱尔还没有想到去检查那里。

噢，我的上帝！哦，天哪！哦，雪莉，我太抱歉了——

艾隆斯的笑声逐渐上升成一个疯子发出的欢乐的、畅快淋漓的大笑。克莱尔明白，她就要死了。

3

resident evil

第十八章

里昂尽量不让自己深呼吸，到达金属梯的底部后，他快速转过身，用马格南手枪瞄准黑暗的前方。脏水漫过他的靴子，他的眼睛已经适应暗淡的光线，这时他看到了可怕气味的来源。

至少有一部分是从这里传来的……

在他面前的地下二层的隧道里到处都是人的身体部件，那些被撕成碎片的人的尸体，人的四肢、头颅还有躯干散落在通道里，在覆盖地面大约十厘米深的脏水里轻轻浮动着。

“里昂？下面怎么样？”艾达的声音从梯子上方亮着的井口飘下来，在里昂身边空洞地回荡着。里昂没有回答，他震惊的目光仍注视着眼前可怕的一幕。他的大脑试图把这些撕碎的身体加成一个总数。

多少？有多少人？

数不清。里昂看到一个没有脸的头以及像云朵一样在旁边飘动的头发。一个丰满的无头女性身体上的一只乳房在黑暗的水面上不停地浮动，在一件破碎的警察制服中还有一条手臂，一条裸露的腿，脚上还穿着运动鞋，弯曲的手指已经被泡得发白。

十二个，或者二十个？

“里昂？”艾达的语气变得有些激烈。

“这里……这里看起来还可以。”他喊道，努力不让自己的声音颤抖，“没有什么危险。”

“我下来了！”

里昂从梯子边走开给艾达让出点儿地方，这时他想起艾达以前说过一些关于尸体被抛在这里的话……

艾达走下最后一节梯子，踩进黑暗的隧道的臭水中。里昂的眼睛适应了黑暗，足可以看到她精致的五官表现出的厌恶的表情——厌恶中还透着点儿忧伤。

“在车库中发生了一次袭击，”她轻轻地说，“大概有十四五个人死了……”

她停下，皱起了眉头，随后向前走了一步越过里昂，想更近地看一下那些支离破碎的尸体。她再次开口的时候，听起来有些担心。

“我没有见到那次袭击，没有想到他们会被撕碎成这样。”

艾达抬起头，粗略地看了一下通道的顶部，并紧紧地抓着她的九毫米口径手枪。里昂随着她的目光看去，只看见长满苔藓的石头。艾达摇了摇头，然后又低下头看着那些在水中轻轻飘荡的破碎的尸体。

“这不是丧尸干的。有东西在这些人死了以后才把尸体弄成这样。”

里昂感到他的背上直冒冷气。站在潮湿、阴暗、充满恶臭的地方，周围都是残缺不全的尸体，里昂觉得这可能是他最不想听见的一句话。

“所以这里不安全，我们应该回到上面去……”

艾达穿过那些破碎的肢体向前走，她的脚小心翼翼地蹚水的声音在这个安静的隧道里似乎显得十分响亮。

*该死，她是不理所有人，还是只针对我？*里昂小心地跟着艾达，并伸出一只手抓住她的肩膀。“至少让我走在前面，好吗？”

“那好吧，”她听起来有些愤怒，“带路吧。”

里昂走到艾达前面，他们又向前走。里昂随时注意着前面的黑暗区域以及脚下的那些湿透的骨头和肌肉的碎片。就在前面，隧道右转了，有些亮光从水面上的油渍反射过来。这边的通道没有人，也没有那么多尸体。

里昂停顿了一下，把雷明顿枪从肩膀上解下来，并检查了一下枪膛中是否有子弹。把尸体弄成这样的东西好像不在这里，如果它回来，里昂不想没有提前做好准备。

艾达等着里昂，没有说话。里昂能够感觉到她的不耐烦——这已经不是第一次了。里昂在想艾达是不是有事情没有告诉他。里昂很害怕，而且又冷又累，他还在为克莱尔担心，她可能仍在警局里乱转——他甚至不知道克莱尔是否还活着，但是他觉得让艾达独自一人面对这种糟糕的情况是不对的。

另一方面，艾达……像经验丰富的士兵一样冷静和自控。她没有表现出任何情绪，只是有一种想快点儿行动的烦躁的渴望——如果她对里昂的存在心存感激，那么她一定是费了不少努力才没有表现出来。里昂并不需要或者想要得到她的感激——

对大多数人来说，能有警察陪同都会是件很高兴的事，不是吗？即使是一名新人。

也许不是，这不是提问题的时间或地点。里昂停止了他的思绪继续前行，他小心翼翼地迈过一块被咀嚼得无法辨认的肉块。

“停下！”艾达突然轻声喊道，“你听！”

里昂紧张起来，他一只手拿着雷明顿枪，另一只手拿着马格南手枪。他歪着头使劲听着，但只能听到遥远的滴水声——

然后传来轻声的敲打声。一种快速又没有规律的声音，就像包着布的锤子敲着柔软的表面。不管是什么，这个声音越来越近，正从前面的隧道朝着他们走来。

为什么没有水花？为什么听不见水的声音？

里昂往后退了一步，举起两支武器，并回忆起艾达之前是怎样看着天花板的——

然后，他看到那个东西，他的心跳似乎停止了。那是一只像大狗一样大的蜘蛛，轻快地在内壁潮湿的石头上爬行，它毛茸茸的腿在墙壁上敲打着并发出嗒嗒的声音。

不可能——

突然，从他的左耳边传来一串震耳欲聋的爆炸声。*砰！砰！砰！砰！*艾达开枪的时候，贝雷塔的枪口喷射出的火焰把地狱般的地道照得通明，震耳欲聋的声音在黑暗中回荡。那个让人难以置信的巨型蜘蛛从墙上落下，掉进了黑色的水中。

蜘蛛朝他们爬过来。它受了伤，拖着八条脚中受伤的两条从黑泥中爬出来，黑色的液体从它怪异的圆形身体中流出。它在一个死人的头上拱起背，那个残破的骷髅从它脉动的圆鼓鼓的腹部下面滚了出来，然后里昂看到它闪亮的黑色眼睛，每一只都有乒乓球大小——

里昂扣动雷明顿的扳机，他甚至都没有感受到雷鸣般爆破的后坐力，他的所有精力都集中在那只让人无法想象的蜘蛛上。子弹正好打中了它，把它怪异的脸轰成无数碎片。蜘蛛猛地向后翻转并在水中侧滑溅起了水花，它粗壮的腿颤抖着，并蜷缩在它毛茸茸的身体下。

里昂的耳朵还在嗡嗡作响，心脏剧烈地跳动着。他又将子弹上好膛，他的大脑告诉他，他不只是打死了一只大得难以置信的蜘蛛，而且这种东西根本不可能存在，因为它不可能承受自身的重量——

艾达推开他，边往前跑边向他大喊：

“快过来，可能还会来得更多！”

里昂跟着艾达跑了起来，艾达大胆的行为迫使他把自己的震惊搁置在一旁。他在黑暗中冲刺，跳过那些在水中轻轻浮动的尸体碎块，跑过在他来到浣熊市之前根本没有意识到可能存在的那只死去的蜘蛛。

***

“放下你的武器！”艾隆斯命令道。女孩只犹豫了一秒就照他说的做了。勃朗宁手枪啪的一声掉在地板上，艾隆斯不得不控制想要再次大笑的冲动，他简直无法相信她会这样愚蠢。这个安布雷拉的行刺者显然过于自大，她竟然大摇大摆地走进他的避难所，好像这里是她的家——她飘飘然膨胀的自信让她输掉了这场游戏。

“转身！慢点儿——把你的手放在我能看到的地方。”他依然笑着说。真是轻而易举的征服！安布雷拉最后一次低估了他。

再一次，女孩照着他说的做了，她慢慢地转过身，双手张开着。她脸上的表情真是有趣，满是恐惧和震惊。她没有想到会这样，她以为搞定布莱恩·艾隆斯是一个简单的任务。毕竟，他是一个被击垮的人，只是从前的自己的一个影子，他的城市、他的生命都已经被夺走了——

“犯错了，是不是？”他说道。他感觉到自己在这种情况下流露出的幽默感，还感觉到愤怒再次袭来。他把VP70对准她年轻得可笑的脸，这真是对他的污辱，安布雷拉竟然派一个孩子来做他们肮脏的工作，而且她还那么漂亮……

“冷静，艾隆斯署长。”她说。虽然艾隆斯很气愤，他还是很高兴听到她迷人的声音中带着的紧张，还有藏在无用的请求中的恐惧。他很享受这个，甚至超出他的想象……

首先，我需要一些答案。

“是谁派你来的？是不是总部的科尔曼，或者你是从更高层得到的命令……是不是董事会上的某个人？撒谎是没有意义的，没有任何意义。”

女孩盯着他，眼睛瞪得大大的，眼里充满假装的困惑。“我……我不知道你在说什么。求求你，这一定是有什么误会……”

“噢，这是个误会，好吧。”艾隆斯吐了口唾沫，“而且，你成功了。安布雷拉监视我多久了？你收到的命令到底是什么——你是应该立刻杀死我，还是安布雷拉想先看见我受点儿折磨？”

女孩一时没有回答，显然她正在思考应该告诉他多少。她很不错，她仍然小心地表现出一种带着困惑的恐惧，但是他一眼就看穿了她。

她被抓住了，她一定知道我是不会让她活下去的，即使现在，她还想隐瞒真相。她很年轻，但是训练有素。

“我是来浣熊市找我哥哥的。”她慢慢地说，睁得大大的眼睛紧紧地盯着枪，“他是和特种战术救援组在一起的，我只是……”

“特种战术救援组？这就是你的解释？”艾隆斯苦笑着摇了摇头。浣熊市的特种战术救援组早在事情变糟之前就逃离了浣熊市——他最后听说，安布雷拉已经把这个组织“策反”为他们服务了，而且他们在对那些不愿意被策反的人做一些清理工作。这个解释行不通。

有一点……

艾隆斯眯起眼睛，仔细看了看她苍白焦虑的脸。“谁是你的哥哥？”

“克里斯·雷德菲尔德，你认识他——我是克莱尔，他的妹妹。我不知道任何安布雷拉做的事情，而且我也不是被派来杀你的。”她快速地把一切都一股脑地说了出来。

她看起来确实像雷德菲尔德，至少眼睛很像……虽然他不理解为什么她会认为这种关系会帮助她。克里斯·雷德菲尔德是一个目中无人的人，他公然顶撞艾隆斯很多次了，实际上——

“雷德菲尔德是为安布雷拉做事的，不是吗？”即使大声说出来，艾隆斯也能看出来这就是真相——他的愤怒像赤潮一样膨胀起来，一种带有酸性的热潮涌向全身，让他感到恶心。

即使是我的雇员，一直以来也都是叛徒，安布雷拉的傀儡。

“斯宾塞庄园，对安布雷拉的指控……那只是一个圈套，他们让他兴风作浪挑起事端——去分散我的注意力，这样他们就可以偷取柏肯的新病毒……”

艾隆斯朝女孩走近一步，却无法像计划好的那样扣动扳机。这个女孩，克莱尔，往后退了一步，仍举着双手。她的手掌朝外，仿佛要挡住他正义的愤怒。

“这就是特种战术救援组如何知道该退出浣熊市的原因，”他吼道，“他们在T病毒泄漏之前被警告离开这里！”

他又向前迈了一步，但是克莱尔停下了，她的眼睛睁得更大了。“你的意思是说克里斯不在这里？”

她充满希望的低语反而让愤怒的烈焰燃遍他的全身——他的感觉如此强烈，甚至超越了愤怒，让他的意图变得如此清晰和直接。他被安布雷拉和特种战术救援组背叛还不够，他还被操纵，被折磨和追杀——

不，不，我一定是被这个小女孩骗了，她是一个间谍，一个从叛徒家族出来的刺杀者。我的一生都在为民众服务，一生来之不易的经验还有自我牺牲，这就是我的奖励。

“真是一记耳光，”他说，他的声音冷酷，充斥全身的兽性把他变成了野兽，“把我当成傻瓜？你连撒谎都不会，是对我的不尊重。”

他伸出那只握着九毫米口径手枪的胳膊，向她走过去，每一步都缓慢而慎重——她真的害怕极了，他可以从她跌跌撞撞后退的步伐看出来。她的嘴唇颤抖着，她年轻的胸脯起伏着，这让他觉得很有趣。她怕极了，她想找一件武器，又要看着他，同时还想逃跑，却一项都没有成功，艾隆斯继续向她逼近。

“我有权力，”他说，“这是我的避难所，我的地方。你是入侵者，你是骗子，你是恶魔——我要活剥了你，我要让你尖叫，你这个坏女人！我要让你后悔来到这个世界上，不管他们给你多少钱，都是不够的。”

她被逼到一个架子旁，被工作台绊了一下，差点儿摔倒在角落里覆盖着的门上。艾隆斯一步步跟着她，感受着那让人兴奋舒畅的力量遍布全身，她的无助让艾隆斯感到无比享受。

“求你了，请不要杀我。我不是你想象的那个人！”

她可怜的请求让他停了下来，并露出得意的笑容，他想再加重她的恐惧，想让她知道他的控制是绝对的。她被逼到一个满是奖杯的书架和覆盖着的凹陷处之间。艾隆斯和她保持着安全距离，欣赏着她闪闪发亮的眼睛——就像恐慌的受困的动物，一只有着柔软身体的温暖而没有抵抗能力的动物。

艾隆斯舔了舔嘴唇，他饥渴的目光在克莱尔退缩的柔软而光滑的身体上游走。又一个纪念品，又一个可以变成标本的身体……现在是解决问题的时候了，该——

“啊！”

怎么回事？

那块盖着地下二层入口的板子突然飞向空中，并随着一声巨响裂成碎片，一个边缘参差不齐的碎片打中艾隆斯的胯骨。他摇摇晃晃，还没弄明白到底发生了什么——他一直在控制着局面，但是仍然有可怕的事情，可怕的错误发生了。

有什么东西缠绕住他的脚踝，这个东西抓得非常紧，他听到骨头被压碎的声音，并感到不可思议的剧痛正从他的腿上传来。

然后他看向那个女孩，她的眼睛里闪耀着新的恐惧，在他们眼神接触的一瞬间，他想告诉她很多事，想告诉她他是一个好人，根本不应该受到他所受到的折磨。

那个像虎头钳一样抓着艾隆斯的东西猛地一拉，艾隆斯摔倒了，他的枪掉在地上。他被尖叫着的在下面等着他的怪物拉到了隐蔽空间的里面。

3 resident evil

第十九章

前一分钟艾隆斯还站在她的面前，用充满恐惧和痛苦悲伤的眼睛盯着她——

下一分钟，他就不见了——被一只长臂拉进地洞。克莱尔只瞥见长臂一眼，那只长臂肌肉发达，长着三十厘米长的爪子。它瞬间就从视线中消失了，同时把艾隆斯带到下面的黑暗之中。

这个生物发出一声强劲有力又贪婪的号叫声，艾隆斯害怕的尖叫声混杂其中，紧接着他的尖叫声超过了怪物发出的声音。克莱尔听着撕心裂肺的惨叫声僵住了，她只能听着。在艾隆斯建造的寒冷和令人沮丧的地牢中，可怕的喊叫声从地洞中传来，冲击着克莱尔的耳朵，震惊、解脱，还有恐惧感在她的身体里不断翻滚——

直到他的号叫声逐渐停了下来，仅一两秒钟以后，那种像进食液体食物时发出的啧啧声响了起来。

克莱尔快速地移动，她捡起艾隆斯掉在地上的手枪，绕过房间正中间的桌子跑起来。她不想被任何东西抓住并像艾隆斯一样被拖到下面。

那个东西杀了他，它杀了他，他差点儿杀了我——

克莱尔一下子反应过来刚刚发生的一切，以及可能发生的事情，这让她的腿都变软了。克莱尔强迫自己往远离洞口的方向多走几步，然后便倒在一面潮湿的石墙边，深深地呼吸着那带有苦涩气味的空气。

他一直计划着要杀死克莱尔，但不是马上。她看见他疯狂的目光在她身上游走的样子，听到他疯狂大笑中热切的期待——

一声低沉的咕噜声从角落里传来，这是一个野兽般的声音，就像喂饱的狮子发出的声音。克莱尔转过身，举着沉重的手枪，她很惊讶自己没有感到更深的恐惧——

有什么东西从洞里蹿出来，一个挥舞着胳膊的东西，克莱尔扣动扳机，但是射偏了，击中架子上的一个玻璃瓶。此时，那个东西砸到地板上——

那是艾隆斯，只有一半……他被那个抓走他的东西整齐地一分为二了。他粗胖的腰身以下的部分都不在了，撕烂的皮肤和肌肉组织挂在下面，原本是腿的地方不停地往外渗着血。

克莱尔朝门的方向退去，手中的武器仍然指着地下的洞口，然后她又听见了，又听见那个怪物的尖叫声响起，尖叫的回声却渐渐远去，在克莱尔也想不到的远处逐渐消失。一秒钟以后，她什么也听不到了，它已经走了。

雪莉提到的怪物。那是雪莉提到的怪物。

她慢慢地走向艾隆斯署长被撕裂的尸体，走向空旷而黑暗的地洞——里面不是一片漆黑，她可以看到一些闪动的光亮，这让她看到地下室下面还有一层，看起来像有金属网格图案的狭窄通道，还有一个梯子可以下去。

地下二层……出口？

她从洞口向后退了一步，头脑飞速运转，但又有些混乱，她想理清艾隆斯所告诉她的事情。克里斯不在浣熊市，特种战术救援组已经不在了——这对克莱尔来说真是一个美好但又让人害怕的答案。因为这意味着克里斯是安全的，同时也意味着他不会来这里解救大家。安布雷拉出了泄漏事件，至少这解释了为什么会有丧尸——他提到的柏肯，还有柏肯的病毒什么的……他是雪莉的父亲吗？

而且——也许丧尸是研究所泄漏事故导致的，其他东西呢？X先生，还有血管肌肉外露的无皮人？

从艾隆斯对安布雷拉的咆哮来看，这次事故不是有计划的，但是这个制药公司也不是什么无辜的受害者。他管它叫什么？

“T病毒，”她轻轻说着并颤抖着，“柏肯的新病毒，还有T病毒……”

丧尸的疾病是有名字的。除非你知道关于它的事情，不然你是不会给它命名的，这就是说——

她不知道它是什么意思。她所知道的就是她和雪莉需要尽快逃离浣熊市，地下二层可能能出去，它不是死胡同，杀害艾隆斯的怪物从那里去了别的地方……

难道你真的想跟着它吗？还要带着雪莉？它可能会回来的——如果它真的是在找雪莉……

这不是一个让她高兴的想法，逃到大街上去同样不好。警署里到处都是那些只有上帝才知道是怎么回事的怪物。克莱尔检查了刚才艾隆斯一直指着自己的那把武器，弹夹里有十七发子弹。子弹用来对付警署中的怪物是不够的，但也许能让刚才那只怪物无法靠近……

这个机会很小，克莱尔愿意试一试。她深深地吸了一口气，然后缓缓呼出来，她要让自己振作起来。她一定要保持精力集中，就算不是为了自己，也要为了雪莉。

克莱尔转过身看着警察署长被撕碎的尸体。他死的方式很可怕，但她感觉不到自己对他的惋惜。他准备好要强暴并折磨她，在她悬求他让她活下来的时候，他却在狂笑。现在他死了，她没有感到高兴，但是她也不会为他流泪。克莱尔唯一的感觉就是，她应该在雪莉到这里来之前把他盖起来，小女孩已经看够了她一生都看不到的暴力。

*你我两个人还都是孩子。*克莱尔疲惫地思考着，然后到处寻找能遮盖艾隆斯署长尸体的东西。

***

里昂在寒冷的通向下水道入口的工业走廊前赶上了艾达，就在被淹没的地下二层上面的不远处。艾达跑在克里斯前面把所有的钥匙都藏起来，因为她不想解释她是怎么得到这些钥匙的。她刚把这些钥匙扔在锅炉房里，就听到他的脚步声在她身后的金属梯子上响了起来。

至少我不用假装自己上气不接下气了……

艾达看到克里斯脸上的表情，她知道自己必须打一下圆场，在他刚刚踏进阴暗走廊的这一秒，她就开始说话了。

“对不起，我刚才跑了，”她一边说一边露出紧张的微笑，“我很怕蜘蛛。”

里昂皱起眉头，打量着她——艾达看着他观察自己的蓝色眼睛，意识到她不得不再做些什么来打消他的疑虑。她朝里昂迈了一步，没有靠得太近，免得让他有入侵感，却能让里昂感觉到她身体的热度。艾达一直保持着眼神的接触，并仰起头，想强调他们之间的高度差。这是一个小细节，从她的经验来说，男人对这种小细节的反应一般都比较好。

“我想我是太急着想离开那里了，”她轻声说道，脸上的微笑消失了，“希望我没有让你担心。”

里昂移开他的目光，在这之前，艾达看出他的目光中闪烁着一丝对自己的兴趣——目光中混杂着混乱和不自然，但里面绝对含有对自己的兴趣。所以在他走开的时候，艾达感到更加吃惊。

“好吧。我确实担心了。不要再这样做了，好吗？我可能不是什么了不起的警察，但是我在努力——只有上帝知道我们在这里会遇见什么。”

他的目光再一次和她的相遇了，他轻轻地说：“我跟你来是因为我想帮助你，想尽我的职责——如果你自己先跑了，我就不能做到这些了，除此之外，”他笑了笑，“如果你跑了，谁又会来帮助我呢？”

这次轮到艾达移开自己的目光，里昂直截了当地对艾达承认了自己的恐惧——对于她对他的调情，他的反应是退后一步，并告诉她，他想成为一名好的警察。

他有兴趣，却不是傻瓜，不会被自己的冲动所驱使……他不确定自己的能力，能把这点告诉我，确实说明他很男人。

艾达勉强冲着里昂笑了笑，却没有多大的把握。“我会尽力的。”她说。

里昂点了点头，然后转过身去检查走廊。他们的谈话中断了——这让艾达安心不少。她不确定自己对里昂的看法，却不安地意识到自己对他的赞赏在慢慢增长，考虑到现在的情况，这不是一件好事。

潮湿昏暗的走廊里没有什么东西，只有两扇门和一个死胡同。锅炉房在他们的前面，那里就是艾达扔钥匙的地方。污水处理处的入口就在后面的角落里，根据墙上的标志来看，另外一扇门后是储藏室。

艾达跟着里昂走到两扇门中较近的一扇，是那间储藏室的门。里昂用他的马格南手枪推开门并走了进去，艾达则在外面等待。里面有几个纸盒子、一张桌子，还有一个箱子，没有什么重要的东西，但至少里面没有令人毛骨悚然的爬虫。快速搜索之后，他回到走廊里，然后他们一起走向锅炉房。

“你是怎么学的射击？”在他们到门口的时候，里昂问道。他的语气很随意，艾达却感觉到比随意的好奇心更深一层的东西。“打得相当不错，你是在军队里还是……”

这是不错的尝试，里昂警官。

艾达笑了笑，说出了她精心排练过的台词：“彩弹射击，信不信由你。我在十几岁的时候和我的叔叔去过靶标射击场，但是我没有任何兴趣。后来，几年以前，公司的朋友——我们都在纽约的一个画廊购买过艺术品，拉我去参加一个周末野外生存活动，我们一起尝试了一下，你知道的，徒步、攀岩，或类似的项目——还有彩弹射击。太好玩了，然后我们就每两个月去一次……我从没想过我真的会用上它。”

她看得出来他相信了她的话，也能看出他想相信她的话。这可能回答了他一直犹豫想问她的问题。

“好吧，你的技术比我们学院毕业的一些人还要好。真的。那么，你准备好进这个门了吗？”

艾达点了点头，里昂推开锅炉房的门，在让艾达进来之前，他先快速看了一下空旷的大房间里的一台古老的满是铁锈的机器。艾达故意没有看地面，她希望里昂能找到她早些时候扔在地上的钥匙。

艾达刚才没来得及看仔细，这个房间是 H 型的，并装有生锈的栏杆。房间里有两个巨型的锅炉，立在房间的两侧。房顶上的荧光灯噼啪作响，那仅有的几个还在工作的灯发出的光，照在水迹斑斑墙上的金属管道上，形成奇怪的影子。通往污水管道系统的门在左侧远处的角落里，上面装了一道看起来很重的门闩。

“嘿——”里昂蹲下去，捡起一串能够打开门的钥匙，“看起来好像有人丢了什么东西……”

在艾达假意问里昂发现什么东西之前，她听见一声响动。一声轻柔又顺滑的声音，从右侧的角落传来，但是她什么也看不到，因为锅炉把视线完全挡住了。

里昂也听到这个声音。他迅速地站起来，丢掉那串钥匙并举起了手枪。艾达把她的贝雷塔指向声音的来源处，她还记得她从地下二层上来的时候，这里的门是微微开着的。

噢。该死！是那个寄生怪物。

她在那个怪物爬入视线之前就觉察到了，但还是被那家伙震惊了。小东西已经长大了，而且长得很快，在十分钟里至少比以前大了二十倍，而且它还在继续成长，速度惊人。在这个生物从锅炉后爬到房间正中间的几秒钟内，它身体的长度和重量已经从一只小狗的尺寸变成一个十岁儿童的大小。

它的外形也改变了，而且还在不断地变化。它不再是那个从贝托鲁奇身体里面撕咬着爬出来的奇怪的小蝌蚪了。它的尾巴不见了，这个在生锈的地板上缓慢移动的生物已经有了四肢，它的上肢从有弹性的肌肉下面伸出来。爪子从黄褐色像刚从水里出来的皮肤中伸出，发出软组织被刺穿的声音。它的双腿朝两侧展开，腿上的液体马上就变成了强有力的肌肉，生硬的匍匐动作瞬间变得顺滑起来，就像一只猫一样灵活——

霰弹枪和贝雷塔的声音同时响起，霰弹枪一连串的巨大冲击声中夹杂着九毫米口径手枪高昂的轰鸣声。那个生物还在变形，它站在那里，已经变成一个近似人类的形态。面对着不断射向它扭曲身体的子弹，它张开嘴尖叫着，一摊散发着恶臭的绿色呕吐物从它的嘴里喷射而出——

它吐出来的东西掉到地板上之后开始移动。那些从它扁平的嘴里喷出来的东西竟然是活的——那是十几个像螃蟹一样的生物。它们看起来非常清楚是谁对它们散发着恶臭的变异母体有威胁。那些长着很多粗腿的生物迅速地聚在一起，像无声的波浪一样朝艾达和里昂涌来。与此同时，那个寄生怪物又往前迈了一大步，它那不可思议的又长又粗的脖子上不停抽动的肌腱尤为引人注目。

里昂手中的是重火力武器。“干掉它们！”艾达喊了一声，接着朝那些靠近自己的胆汁般绿色小螃蟹怪物开火。两个人动作都很快，艾达要更快一些。只见她不停瞄准并扣动扳机，再瞄准再扣动扳机。那些小怪物都被轰碎成了一摊摊深色的液体，和它们来到这个世界上时一样安静地死去了。

里昂用手中的霰弹枪不停地开火，艾达看都没看一眼他是怎样朝寄生母体射击的。还有五个爬行的小怪物，但她只剩下三发子弹——

这时，艾达听到猎枪与地面碰撞所发出的哐当声，接下来是沙漠之鹰十二毫米直径的子弹在金属房间里发出的更深沉但少了几分力量感的声音。她又干掉了两个爬行怪物，但她没有子弹了。

艾达没有时间停下来想，她反射性地将贝雷塔扔在地上并滚到了地上，一把抓住猎枪的枪身，滚到里昂火力线的下方蹲起来。艾达用力地把枪砸下去，两只变异的怪物被强大的冲击力砸成了液体状态——最后剩下的第三只却以让人意想不到的速度跳了过来——

它落在艾达的大腿上，用针一样尖利的爪子牢牢抓住她。艾达扔掉猎枪尖叫起来。那个怪物在她的腿上快速往上爬去，它温热潮湿的身体让艾达感到恶心至极。

滚开，快滚开——

艾达向后倒去，奋力拍打那个已经爬到她肩膀上，并朝她的脸和她的嘴爬去的怪物——

这时，里昂突然用一只手用力地将艾达拉起来，另一只手则抓住了怪物。艾达摇摇晃晃抓向里昂，她紧紧地抱住他的腰以免摔倒。那只虫子还紧紧地抓着她的连衣裙，但里昂抓力更强，他把那个令人作呕的生物拽了下来，然后一边把它扔向房间的另一侧一边喊道：

“用马格南手枪！”

武器就插在里昂的腰带上。艾达把它抽出来。她看见那个生物就落在被里昂打死的巨大的母体旁边。

然后，她开枪了。她有些失去平衡，而且对自己差点儿变成寄生宿主这件事感到非常紧张，她还是准确击中了那个怪物。沉重的子弹打在地板上发出了铛铛的声音，地面上生锈的铁片被轰得弹了起来——那个生物被打成了碎片，在它身后的墙壁上留下了丑陋的印记。

没有其他移动的东西了。他俩就站在那里，背靠背地互相支撑着，就像可怕的突发事故中的幸存者——在某种程度上来讲，他们的确是。整个开火的过程只有不到一分钟的时间，他们都毫发无损——艾达不想欺骗自己，她刚才真的非常接近死亡，也不想忽略他们刚才杀死的生物。

G病毒作用的结果。

她很确定这一点。因为T病毒不可能创造出如此复杂的生物，除非有一对专业的外科人员——而且，他们看到了它的生长过程，它是如此巨大，如此有力，如果他们没有走进这个房间，这个生物最终会变成什么样子？这个怪物可能是G病毒早期的实验品，如果是病毒泄漏引起的该怎么办？会不会有更多的怪兽？

下水道、工厂，还有地下室——那些黑暗的阴影笼罩的地方，还有那些隐蔽的地方，什么东西都有可能生长在那里……

不论是什么情况，到研究所的行程已经不会是普通的散步那么简单了——艾达突然感到很开心，因为里昂和她在一起。他一直坚持走在前面，如果有什么东西突然袭击，艾达会有更大的机会生存——

“你没事吧？那个东西伤到你了吗？”

里昂的一只手仍然支撑着艾达。他看着她的眼睛，脸上浮现出真诚的关心。艾达意识到她近到都可以闻到里昂身上干净的香皂味道了，于是赶快站直身子。她把马格南手枪还给里昂，开始整理自己的裙子，故意仔细检查衣服有没有破处，并以这种方式避免看到里昂的眼神。

“谢谢，我很好，别紧张。”

这句话说出来的语气比她想象的严厉很多，她动摇了，而且动摇她的并不只是那些寄生怪物的恶毒攻击。她瞥了他一眼，她看到里昂对她的态度有些猝不及防，她不知道该有什么样的感觉。里昂慢慢眨了眨眼睛，眼里出现冷静的眼神，这说明他性格中的坚强，但是艾达却一直没有把这个优点当回事。

“彩弹射击？”里昂温和地说。他转过身捡起艾达早些时候扔在那里的钥匙，没有再说一句话。

艾达跟着里昂看了看。她告诉自己在意里昂对自己的看法是绝对可笑的。他们马上就要一起踏上一个旅途，在这个旅途中她有可能抛弃他，或看着他牺牲自己去挽救她的生命……

或者亲手杀死他。亲人们、朋友们，不要忘了这一点。所以，谁会在乎他认为我是一个忘恩负义的人呢？

实事求是地讲，她应该感谢他，感谢他提醒了自己。

艾达弯下腰，捡起霰弹枪，她感觉自己应该把要优先考虑的事情搞清楚——她也感到一种内心的空虚，她有很长一段时间没有注意到这种感觉了。

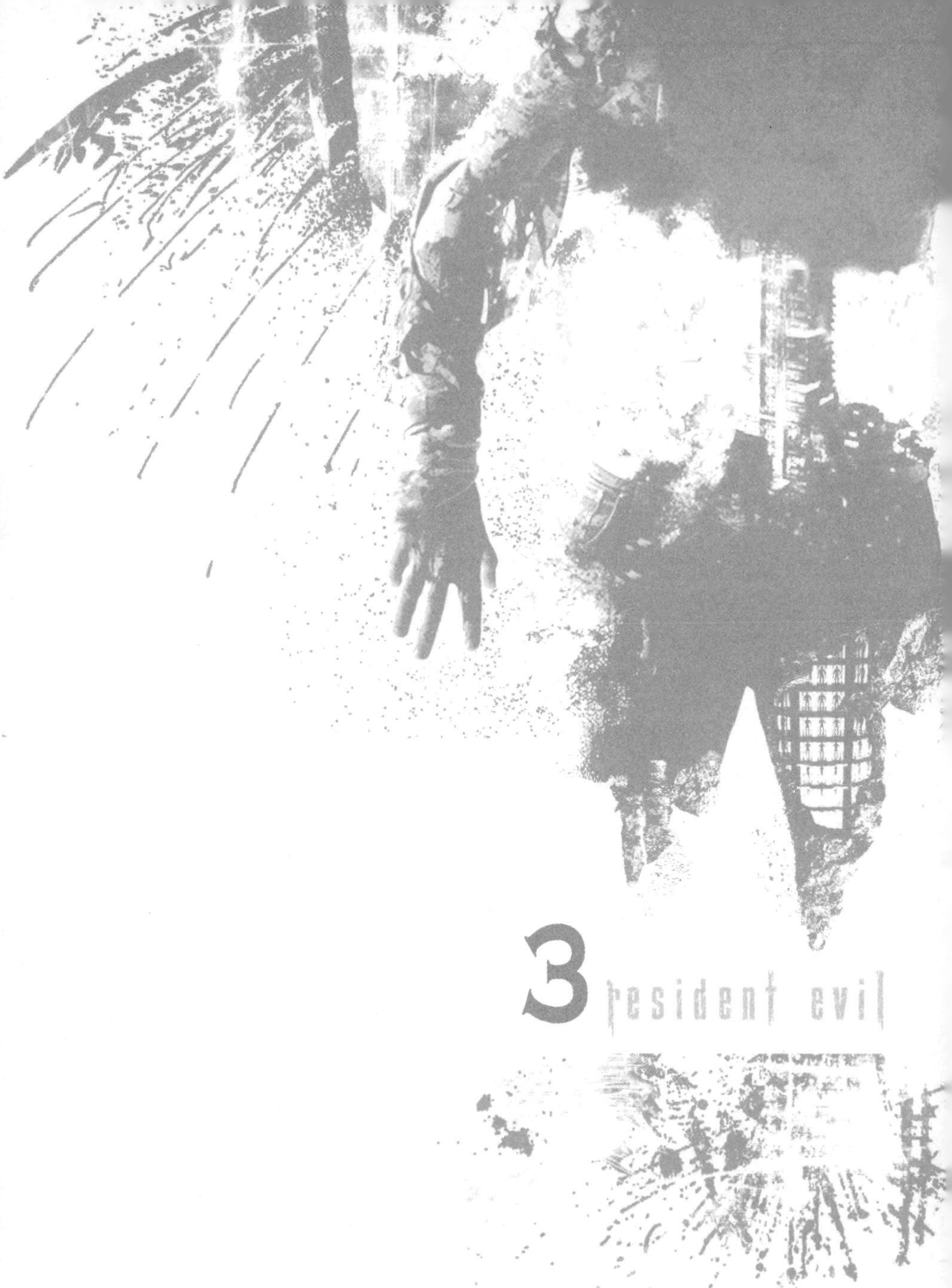

3 resident evil

第二十章

*艾隆斯先生一直是一个非常坏的人。一个病态的人。*雪莉认为她在一定程度上知道这件事，当她看到艾隆斯的秘密刑讯室就像一个疯子医生的工作室，这一切显得更加真实。这个房间真是让人恶心，到处都是骨头和瓶子，而且气味比丧尸的气味还难闻。这可能就是雪莉看到地板上血迹斑斑的布下盖着的不完整尸体时，表现得还没有克莱尔想象中一半困扰的原因。雪莉盯着那里，想知道到底发生了什么事情。

“来吧，亲爱的，咱们走吧。”克莱尔说。她声音中勉强表露出的明快表明艾隆斯先生已经死了。克莱尔只告诉她艾隆斯先生袭击了她，然后有个东西又袭击了艾隆斯先生。如果她们到地下室去，可能会找到一个安全的地方。雪莉看见克莱尔后是那么开心，她没有问任何问题。

布没有那么大，不能盖住一个完整的人……他被吃了，还是被切成了碎片？

“雪莉，咱们走，好吗？”

克莱尔把手放在雪莉的肩膀上，轻轻地把她从警察署长残存的尸体旁边拉走了。雪莉让克莱尔领着她走向角落里黑暗的地洞，她决定把自己的问题咽到肚子里。她想说她不在乎艾隆斯先生已经死了，但是她不想让自己显得粗鲁、不尊重别人。另外，克莱尔想照顾她，她一点儿也不介意这个。

克莱尔先走下梯子查看是否安全，然后她叫雪莉下去。雪莉小心地踩在金属梯上，在这么多天里她第一次真正地感到高兴。她们在做一些事情，她们在离开浣熊市警署，走向逃出去的路，不管将会发生什么事情，这都很让人感到高兴。

克莱尔帮她下最后两阶梯子，把她抱起放在金属地面上。雪莉转过身四处望去，眼睛睁得大大的。

“哇！”她说道。她的声音穿过昏暗的阴影，又从奇怪的墙壁上反弹回来。

“嗯，”克莱尔说，“走吧”。

克莱尔向前走去，她靴子发出的铛铛声在空中回荡。雪莉紧紧地跟着她，还在惊讶地四处张望。这就像间谍电影里演的坏蛋老巢，在山里或什么地方的工厂通道。她们走的路很窄，旁边有栏杆。脚下的金属格栅有昏暗的绿色灯光从远处透射上来——他们右侧的墙壁是用粗糙的砖块砌成的，左侧却真的是山洞。雪莉能看见滴着水滴的巨大钟乳石伸进黑暗之中，自然形成的石头被微弱的像鬼火一样的灯光染成了绿色。

雪莉皱起鼻子。这里很有趣，却有腐烂的气味，而且她不喜欢声音在寒冷的空气中回荡的方式，这让一切都显得很空洞。

“你觉得这是个什么地方？”她轻声地问道。

克莱尔摇了摇头说：“我不确定。从它的气味和位置来看，我觉得我们可能在一个污水处理厂里。”

雪莉点了点头，她很高兴知道这一点——让她更高兴的是出口就在前面。这条路不是很长并向左转去，在它的尽头有一架梯子，通向上面的梯子。他们到了那里的时候，克莱尔犹豫了，她悄悄地看了看头上的开口，又四处看了看这个空旷而黑暗的洞穴。

“我先上去……你紧跟着我，你要在梯子上等着，直到我说上面安全了你再上来，怎么样？”

雪莉点了点头，松了一口气。有那么一会儿，她真怕克莱尔会让她在下面等着，就像之前一样。

那可不行。这里又黑又臭，就我一个人。如果我是怪物，我就会在这里躲着……

克莱尔上去了，轻松地从洞口爬到地面上。雪莉跟在她后面，紧紧地抓住金属梯。几秒钟过后，克莱尔伸出她修长纤细的手臂帮助她上去。

她们回到硬实的地面上，这里是一个很短的混凝土走廊，和洞里比起来显得非常明亮。雪莉猜想她们可能还在污水处理厂里。这里的气味没有刚才那么糟，在走廊的左侧有一条积满污水的河，看上去大约一米五到一米八宽，三十厘米深。那些污浊的水流淌着，一侧的尽头是低矮的圆形隧道，另一侧则被一道巨大的金属门挡住。在上面有一个像阳台一样的建筑，雪莉没有看到楼梯。

这就意味着……噢，不！

“我们必须这样做吗？”雪莉问。

克莱尔叹了一口气说：“恐怕是这样，但是往好的方面想，任何正常的怪物都不会跟着我们到那里的。”

雪莉笑了，这并不是特别好笑，雪莉非常感激克莱尔所做的事——比如她盖住了艾隆斯先生的尸体，或告诉她她的父母可能是安全的。

她想保护我，不让我知道事情到底有多么糟糕……

她喜欢这样被保护，她甚至开始害怕克莱尔永远离开她的那个时刻的到来，虽然克莱尔终究会离开她。克莱尔有自己的生活，有自己的家人和朋友。一旦她俩离开浣熊市，克莱尔就会回到她来的地方，而雪莉则会再次回归孤独。即使她的父母都没有事，她也会是独自一人……她很希望他们都平安无事，但也不希望与克莱尔分开。

她只有十二岁，两年之前她就知道她的家庭和大部分人的不一样。学校里的其他孩子有父母和他们一起玩，给他们开生日聚会，还一起去露营，他们还有兄弟姐妹和宠物，而她什么都没有。她知道父母的本意是好的，知道他们爱她——有些时候，她觉得无论自己多么安静、听话，并且自己照顾自己，她还是成了他们的牵绊——

"你准备好了吗？"

克莱尔轻柔甜美的声音把雪莉带回眼前的现实之中，并提醒着她，她需要更加警觉。雪莉点了点头，然后克莱尔踏进又黑又脏的污水中，并伸出手帮助她。

水又冷又油腻，水面漫过雪莉的膝盖，这真是恶心，但还不至于让她呕吐。克莱尔用她的新枪指了指她们左边的一扇金属大门，她的脸上有很反感的表情，就像雪莉内心所感到的一样。

"看起来我们要……"

从阳台上传来的一声巨响打断了她的话，她们抬头望去。声音再次响起时，雪莉本能地向克莱尔靠拢。这听起来像脚步声，但速度太慢，而且太过响亮，不像正常人的脚步声——

然后雪莉看到一个身穿黑色长大衣的人走进她的视线，她感到自己因为恐惧而变得口干舌燥。他是一个巨人，可能有三米高，他光秃秃的头骨像死鱼肚子一样白，泛着光泽。因为她所在的角度问题，她不能看得很清楚，但足够让她感觉出他是个坏人，他一定经历了一些不好的和糟糕的事情。这种感觉从他身上像疾病一样放射出来。

"克莱尔？"她尖叫着。在巨人大步穿过阳台，并朝她们慢慢转过身来时，雪莉的声音被打断了。雪莉并不想看见他的脸，不想看到一个仅仅是穿过阳台就把她吓坏的人的脸——

“快跑！”

克莱尔一把抓住雪莉的手并朝着那扇密封的门跑起来，两个人的脚步在污水中溅起无数的水花。雪莉集中精力不让自己摔倒，并祈祷那扇门是能打开的——

不要锁着，千万不要锁着！

也不要回头看，她不想看到那个坏蛋巨人在做什么。那扇门是关着的。她们在与冰冷的污水阻力做斗争的时候，对她们来说每一秒钟的时间都是无限延伸的，感觉就像很长的时间，就像永恒。

她们跌跌撞撞地冲向门口，克莱尔找到门的控制器。她恐慌地猛拍那个按钮，这让雪莉更加害怕。门从中间打开，一半向天花板上滑动，另一半消失在荡漾的波浪下。

雪莉没有回头，克莱尔却看了一眼。她看到的东西让她飞快地跳过门，并把雪莉拉了起来，她们飞快地跑入门后一个狭长黑暗的隧道中。她们刚跑进门，克莱尔就在墙壁上摸索着，她们身后的门关上了，把她们关在了黑暗中。

“不要动，也不要出声。”克莱尔轻声地说。从上面某处透来的非常昏暗的灯光中，雪莉能看到克莱尔把枪举在前面，以便随时应对在黑暗中出现的威胁。雪莉按克莱尔说的做了，她的心脏猛烈地跳动着。她在想那个人究竟是谁，是什么人——很显然那就是克莱尔以前跟她说过的那个人，他是什么？人类不会长得那么大，而且克莱尔也被吓坏了——

叮当。

一个轻柔而低沉的金属声音从她身后的墙上传来——雪莉感觉她脚周围的水突然开始流动，一阵湍急的水流拉住了她的腿，让她失去了平衡——

急流越来越强，她摔倒了，脸朝下地跌进又冷又脏的水中，急速的水流将她向后面吸去。她伸出手，试图抓住什么东西，任何东西都行。她感到她的手指从滑溜溜的石面上滑过。水流把她冲走了，冲到远离克莱尔的地方。

不能呼吸了——

雪莉疯狂地乱踢并扭动身体，她的眼睛被脏水刺痛——她终于挣扎着把头从水中伸出来，呼吸了一口气。然后她意识到自己是在一个隧道里，漆黑的隧道并不比警署的通风井大多少。快速流动的水带着雪莉往前走。她深深地呼吸着头顶污浊的空气，并强迫自己不要在这发出嘶嘶声的无情的水流中浪费力气。隧道一定会在某个地方结束的——无论出口在哪里，她一定要准备好逃跑。

克莱尔，请一定找到我，千万不要放弃我……

她已经迷失了，看不到也听不见，并在黑暗中向下滑去，越来越远地离开那个唯一能保护她的人，那个能保护她远离那些袭击浣熊市的噩梦般的怪物的人。

***

安妮特不再怀疑自己的丈夫已经离开了研究所。不仅因为大部分进入设施的入口是打开的，而且工厂四周的栅栏都遭到了破坏——此外还有下水道。以前那里几乎没有什么人，现在那里却有不少人类的感染者，它们一定是从外面进来的。它们的细胞已经恶化到非常严重的程度，但她从有轨电车去下水道的操作室的途中还是不得不开枪击毙了五个丧尸。

安妮特在迷宫般的污水处理系统中那未完全处理的漆黑污水中长途跋涉了很长时间，终于找到了她寻找的平台。安妮特走上水泥隧道的台阶，谨慎地凝视着眼前几米远处那扇关闭的门。门仍然关着，而且没有被破坏，这是个好兆头——如果他在没有丧失人类的理性之前，在还没有变成一个没有头脑的狂暴野兽之前就进入隧道呢？即使是现在，他也许还保持着之前的记忆。事实是，安妮特也不知道。G病毒还从没有做过人体实验……

如果他真的走过去了呢？如果进入了警署呢？

不会。她不能，也不会接受这种可能性。因为她知道那些生物进一步的变化——如果病毒正常发生作用，那他会有能力做什么呢——如果他接触到那些没有被感染的人……那真是不可想象。

*警署是安全的，*安妮特坚定地这么认为。*艾隆斯也许是个无能的笨蛋，但是他的手下可不是。不管威廉在什么地方，他都不可能从警察的手中逃走。*

安妮特不敢相信其他事情，因为雪莉在那里，如果雪莉按照自己所说的去做——另外，不仅因为雪莉是她亲生骨肉（她一直提醒自己这已经是一个足够的理由了），而且雪莉在自己未来的计划中将起到非常重要的作用。

安妮特靠在冰冷潮湿的墙壁上，她知道时间不多了，如果她不稍微休息一下，她就无法继续前进。她本来指望地盘本能能把他限制在实验室附近，而且她确信她能找到他，她身上鲜活的人类味道会把他引诱到她这里……但是她几乎到了这个封闭空间的尽头，安妮特所有的发现就是，这里有十多条路线可以供威廉逃走。

而且安布雷拉的人马上就要来了。我必须回去，在他们阻止我之前启动失败应急保护系统。

威廉应该得到安息——进一步来讲，消灭这个曾经是她丈夫的生物也会彻底根除她对实现自己目标的全部担忧。如果她炸掉研究所并逃出来后，却发现安布雷拉抓住他怎么办？她之前付出的所有努力，还有威廉的全部工作，所有都白费了……

安妮特闭上眼睛，她希望能有一个简单的办法让自己做决定。事实是，威廉的死根本没有毁掉研究所重要。安布雷拉有很大可能找不到他，因为他们还没有意识到他的变异——

我好像没有其他选择。他不在这里，哪里也找不到他。

安妮特站起身来，缓缓地向门口走去。她准备查看最后的几个隧道，可能去看看那些会议室是否有被破坏的痕迹，然后她就回去，回去把那些安布雷拉研究的东西彻底终结。

安妮特推开了门——

然后她听到脚步声从前方某处空荡荡的走廊传来。那是一个 T 字形的走廊，由于声音很快消失，所以无法分辨声音到底是从什么方向传来的——脚步声很有力，那一定是没有受到病毒感染的人类所发出的脚步声，也许不止一个人，所以最有可能的一种情况，也是唯一可能，就意味着一件事。

是安布雷拉的人。他们终于来了。

安妮特的愤怒充满了全身，这使她的手微微颤抖。她咬牙切齿地绷紧了嘴唇。一定是他们，一定是他们派来的杀人间谍。除了艾隆斯和为数不多的几个市议员之外，只有安布雷拉知道这条隧道仍然可以使用，而且这条隧道还与地下研究设施连接在一起。那个人也可能是病毒泄漏的幸存者，这种可能性根本没在安妮特的脑海中出现过，而且她也没有想到要逃跑。她举着手枪，等待着那个无情的杀人混蛋出现。

一个人影出现了，是一个红衣女人，然后安妮特开枪了——

*砰！*她的内心在颤抖和尖叫，这一枪打高了。子弹击中水泥墙弹下来，发出飞速移动的声音，同时那个红衣女人也举起了自己的武器——

安妮特再次扣动扳机，*砰！*突然出现另一个人，一个模糊的身影飞快地跑到红衣女人的面前，把她撞开了，所有的事都发生在一瞬间——

安妮特听到痛苦的喊声，这是一个男人的声音，安妮特感到一阵疯狂的胜利的喜悦。

我干掉他了——

可能还有更多的人，她还没有打到那个女人，而且他们都是训练有素的杀手。

安妮特转身就跑，肮脏的实验室白大褂飞舞着，湿漉漉的鞋拍击在混凝土地上。她必须回到实验室。要快!

没有时间了。

3 resident evil

第二十一章

里昂停下来调整肩上的子弹带，所以艾达走到前面，她对最初的几条隧道里没有任何东西感到惊讶。如果没有记错，这条走廊的出口处就在污水处理操作室的旁边。穿过那里就有到工厂的有轨电车，还有通往地下的机械升降机。离实验室越近情况可能会越糟糕，这条路到现在都没有发生任何问题，她感觉很乐观。

自从他俩打开前往下水道的通道后，里昂就一直窘迫地保持着沉默，只是到必要的时候才会说话——“注意脚下”“稍等一下”“你觉得咱们应该往哪边走”……艾达觉得他甚至连自己都没有意识到他已经进入了防御状态，但是她却好像更能读懂他了。肯尼迪警官十分勇敢，智商至少是平均以上的水平，而且他是个神枪手——对女人却一无所知。他努力地想安慰她，却被她突然打断话头，她让他有些困惑和受伤——现在他不知道该怎样和她交流。他选择退避，而不是再次冒被拒绝的风险。

真的，这才是最好的结果。在没有必要的时候过多地接触是没

有意义的，而且我也不用担心他的自尊心受到伤害……

艾达走到空荡荡的走廊交叉口，心里想着这是和她的保护者分开的最佳地点——

接着，她突然看到一个女人，就在此时对方开枪了。

砰！

艾达在感到水泥的碎片崩到她裸露的肩膀的同时举起贝雷塔手枪。在艾达反应的一瞬间，模糊的感觉和意识从她的脑海中一闪而过。她来不及还击了，这个女人的下一枪会要了自己的命。她对自己的愚蠢很气愤，但她同时也认出了这个女人。

柏肯夫人——

她听到第二声枪响，然后她就被撞倒，被猛地推倒在冰冷的地上，同时里昂发出了痛苦和惊讶的叫声，他温暖的身体压在她的身上。

艾达深深地吸了一口气，当意识到发生什么事情之后，她感到非常震惊。里昂从她的身上翻下来，紧紧地抱住自己的手臂。紧接着，艾达听到了跑步声和里昂痛苦的喘息声，她挣扎着坐了起来。

我的上帝啊，不会击中了吧——

子弹打中了里昂，他为她挡了一枪。

艾达步履蹒跚地站起来，在里昂旁边弯下腰喊道："里昂！"

里昂抬头看着她，因为疼痛，他的下颌紧闭着，鲜血从他按着左边腋窝的手指间流出。

"我……没事。"他气喘吁吁地说。他的脸色苍白，眼神中充满了痛苦，她认为他没有大碍。毫无疑问，他非常疼，但他不会也不应该因此丧命。

子弹本来是冲我来的，里昂救了我的命——

然后在这思绪的最后，她想到了——*安妮特·柏肯，她还活着。*

"那个女人，"她脱口而出，在她转身开跑的时候，内心充满了负罪感，"我必须和她谈谈。"

艾达快速启动，她冲过拐角，朝着走廊尽头那扇敞开的门跑去。里昂会活下去的，他会没事的，如果她能追上安妮特，整个噩梦就结束了。她仔细看过档案上的照片，所以她知道那个女人是柏肯的妻子——即使那个女人没有携带病毒样本，她也一定知道在什么地方能够找到它。

艾达跑过那扇门，在进入另一条积满污水的隧道前停下来，观察着黑色的泛起涟漪的水面。没有水花四溅的声音，但是左侧的水面还有残留的波晕……

然后她看见一个被固定在墙上的梯子，一直通向一口通风井。

这是通向控制室的。

艾达跳入水中，朝梯子走过去。远处还有一个走廊，是一个死胡同。安妮特一定会选择逃跑。

艾达快速地登上金属梯，尽量不去想里昂（因为他不会有事），她朝通风井看了看，里面没有任何东西。柏肯夫人可能还在奔跑，但艾达可不想再次挨枪子儿。

在通风井的远端有一个巨大的静止的通风扇，在后面有另一个梯子。安放污水处理装置的巨大的双层房间里没有任何生命的迹象，就像她之前所想的一样冰冷，四处散落着设备。一座液压连接桥横贯在房间里，已升到她刚进来的这一层——这表明安妮特肯定使用了西侧的梯子，那是唯一一个出口。艾达走过连接桥，她在脑海中回忆地图，并想起这里应该通向污水处理中心的一个垃圾场。

“放下武器！你这个臭女人！”

声音是从她身后传来的。艾达停住了，内心一阵痛苦——这是对自己自负的一次沉重打击。这是她在短时间内第二次把事情搞砸，而且还相当严重。她不会服从安妮特歇斯底里的命令。这个女人的瞄准能力很差，艾达紧张起来，她准备蹲下，然后转身并射击——

砰！嘭！

子弹打中艾达右脚旁边的地面，然后弹到生锈的连接桥上。安妮特要干掉她了。

艾达把贝雷塔手枪放在地上，慢慢地举起双手，并把脸转向这个科学家。

上帝啊，我不应该为这个死去……

安妮特·柏肯朝她走来，举着九毫米口径勃朗宁手枪的手剧烈地颤抖着。艾达在看到那只颤抖的手枪后，觉得自己的心一紧——就在安妮特向她靠近的时候，她发现一个可能的机会，最终安妮特在距离她不到三米的地方停了下来。

太近了。太近了，而且她情绪极其不稳，不是吗？

“你是谁？你叫什么名字？”

艾达咽了一口唾沫，结结巴巴地说：“艾达，艾达·王。求求你不要开枪，求求你，我什么都没干。”

安妮特皱起了眉头，并往后退了一步。“艾达·王。我知道这个名字——艾达，那是约翰女朋友的名字……”

艾达张大嘴巴说道：“对，约翰·豪！但是——你怎么会知道？你知道他在什么地方吗？”

这位衣着不整的女科学家瞪着艾达。“我知道约翰，是因为他和我丈夫威廉一起工作。你一定听说过他——威廉·柏肯，那个负责制造T病毒的人。”

安妮特的表情中包含着自豪与绝望，这给了艾达一丝希望，这是她可以利用的一个弱点。艾达读过威廉·柏肯的档案——了解他在安布雷拉公司的稳步攀升和在病毒学和遗传因子排列顺序上所起到的促进作用……还有他在科学上的抱负让他成为一个名副其实的不爱社交的人，而他的妻子看上去也和他一样——这意味着，这位夫人随时可能扣动扳机。

装傻吧，不要给她任何怀疑的理由。

“T病毒？是什么……”艾达眨了眨眼后，把眼睛睁大了，“博士……柏肯？等一等，那个柏肯博士，那个生化学家？”

艾达看见安妮特脸上闪过一丝愉悦，随后就消失了，她的脸上只剩下绝望。她布满血丝的双眼深藏着绝望，而且闪烁着痛苦和疯狂。

“约翰·豪已经死了，”她冷冷地说，“他二个月前死在斯宾塞庄园。请节哀——你马上就要跟他走了，不是吗？你不会从我这里把G病毒拿走，你不能得到它。”

艾达的全身开始颤抖。“G病毒？拜托，我都不知道你在说什么！”

“你知道！”安妮特喝道，“安布雷拉派你来偷它，你骗不了我！现在威廉对我来说已经死了。安布雷拉把他从我身边夺走了，他们逼着他用了病毒！他们强迫他……”

安妮特的声音逐渐变弱，她的目光突然向远处望去。艾达有些紧张——安妮特又回过神来，泪水涌出她的眼睛，她将手枪指向了艾达的脸。

“一周前，他们就来了，”她低声说，“他们来拿G病毒，威廉没有把样本给他们，然后他们就朝威廉开枪。他们拿走了箱子，把两个系列所有的最终测验结果都拿走了，除了威廉设法保护的G病毒……”

安妮特的声音突然变成了呐喊，一种可怜又有些央求的呐喊：“那时威廉就快要死了，你明白吗？他没有任何选择！”

艾达明白了，她全都明白了。“他把病毒注射到自己的身体里了，是不是？”

女科学家点了点头，她柔软的金发垂在脸上，她的声音再次变成了低语声：“那种病毒能够使细胞的机能活化重生。那个……就是那个东西改变了他。我没有看到……他做了什么，在那之后我看到了那些打算杀他的人的尸体……我还听到了惨叫声。”

艾达向前走近一步，伸出手像安慰她，脸上带有同情的面具——安妮特却重新将枪对准了她。她很悲伤，但她不会让艾达靠得更近。

就差一点儿了……

“我很抱歉，”艾达把她的手臂垂下去，说道，“那么这个G病毒，它泄漏了，它改变了整个浣熊市……”

安妮特摇了摇头，“不，在阻止安布雷拉派来的暗杀者时，箱子遭到破坏，T病毒泄漏了——那些被空气传播的病毒感染的实验室员工都被封闭起来，那些老鼠却没有。你明白了吧，下水道中的老鼠……”

安妮特停顿了一下，她的嘴唇颤抖着。“除非威廉，我亲爱的威廉，他身体中的病毒还没有开始复制。植入胚胎，复制……现在他已经没有时间做这些，但是我……”

安妮特停下来，眼睛眯成一条缝，疯狂就像汹涌的浪花，再一次席卷了她的全身。她苍白的脸颊变得通红，发红的眼睛里散发着偏执的光芒。

做好准备——

“我是不会给你的！”安妮特尖声叫道，唾沫从干裂的唇边飞出，“威廉用自己的生命保护这个东西不被你们夺走。你是一个间谍，我是绝对不会把它交给你的……”

艾达弯下腰并猛地启动，从下往上抓住安妮特的手臂，用力地把枪往上推去。在她们抢夺武器的控制权时，勃朗宁枪响了，子弹打在天花板上发出砰的一声。安妮特的身体很虚弱，但她内心充满了仇恨和失落，而且近乎发疯的她好像被注入了力量——

却没有判断力——

艾达突然松开正在抢夺手枪的手，而安妮特对这个意外的动作毫无防备，脚下一个趔趄撞在连接桥的栏杆上，艾达朝她冲了过去，手肘狠狠地撞在安妮特的下腹上，击中了她重心以下的部位——

安妮特半转过身体，惊讶地张大了嘴，同时抡着手臂想找回平衡——随后，她翻过栏杆跌落下去，一点儿声音也没有，直到她的身体重重地摔落在六米下的地面时才发出一声闷响。

“可恶。”艾达气愤地骂了一声，走到栏杆边朝下看去。安妮特脸朝下趴在地上，一动不动，苍白而纤细的手中仍然紧紧地抓着手枪。

真是太好了，不是一次，而是两次走进别人的埋伏，最后还把这个能告诉你样本藏在哪里的女疯子杀掉了——

低沉的呻吟声从安妮特·柏肯的位置传来——然后，她动了。她弯着背想要朝侧面滚动。

可恶！可恶！可恶！

艾达转身跑过连接桥，快速捡起贝雷塔手枪，朝通风井梯子旁边那个像控制板的东西跑去。她必须降下连接桥，并在安妮特爬走之前到达那里。

控制板是用来控制换气扇的，然后她又听见一声痛苦的呻吟——比刚才的呻吟声稍大一点儿——这个声音在房间里回荡起来。艾达知道她已经没有多少时间了。

垃圾场！我可以穿过垃圾场，再从其中一条隧道绕回去——

艾达一边想，一边朝西侧的梯子跑去。她希望可怜的科学家受到的伤害能让她在那里再躺上一两分钟。在连接桥的尽头有一个能够看到垃圾场的小平台，在远处右侧的开口处有金属梯垂到下面。艾达用最快的速度爬到下面，从最后的一米来高的地方直接跳到混凝土平台上。

垃圾场是一个四四方方的大房间，墙边堆满工业垃圾的碎片——被砸烂的木箱、生锈的铁管、缠着铁丝的控制板，还有腐烂的废纸箱。艾达从平台下来，走进了冰冷黏糊的黑色淤泥，并在其中前进了一米左右。这黑色淤泥已经漫过她的大腿，她不在乎，她只想赶快到达柏肯夫人那里，然后把自己到浣熊市要做的事情做个了结——

有什么东西在动。在污浊恶臭的液体下，有个巨大的东西在移动。艾达看到一个像爬行动物脊椎的东西将前面的淤泥分开，然后看到四五米远的地方堆积的纸箱倒了下来，掉进水里发出了声响。

这一定是个玩笑吧……

不论是什么东西，它已经大到足以改变艾达想要快速到达安妮特身边的主意。艾达快速朝着平台退去并给自己鼓劲儿，而目光一刻也没有离开那个在淤泥中弓着背朝自己冲过来的看不清形状的东西——

它突然站起来，猛烈地喷射出大量的污水并径直朝艾达扑来。艾达立刻举起贝雷塔手枪向它射击。

***

在空无一人的会议室的一个角落，有一个升降机专用的小型平台，电梯厢显然是从那里下去的。克莱尔快速地跑向那里，她的衣服滴下散发着恶臭的污水，她极度失落和焦虑地继续寻找着雪莉。

一定要活着，宝贝，求求你了……

她找了排水口，没有雪莉——她冲着湍急的水流大声喊叫并试图挤进那个小孔，很长时间之后，她不得不放弃努力。雪莉不见了，可能被淹死了，可能没有——除非水流突然逆转，否则她是不会回来了。

克莱尔找到单人升降机的控制器，并按下按钮。一个隐藏的电机发出了响声，电梯下降，缓慢地穿过地板，也许会把她带进另外一个空旷的走廊，也许会是一个没有人知道的空房间——或者更糟，直接来到另一个非自然生物的面前。

升降机缓缓下降时，克莱尔沮丧地把潮湿的双手攥紧，她希望升降机能快一些，希望有办法能加快她的搜查。她感觉自己像只无头苍蝇一样乱撞，不管眼前有什么路她都会走。在雪莉失踪的隧道中，她发现一个昏暗的走廊，还有这个简单干净的会议室。

这就像一个无休止的恐怖欢乐屋——只是没有欢乐——而且把雪莉拉进来让她感到很糟糕，如果女孩死了，那都是她的错。

克莱尔在胡思乱想变得更加严重之前赶忙收住思绪，让自己集中精力。自责是一个杀手，她不能这样。升降机慢慢下降到一条走廊上，她蹲了下去，并把艾隆斯那只沉重的枪举在前面，周围的景象逐渐进入眼帘。

混凝土走廊的另一端还有一架升降机，在这条走廊十二米左右的地方连接着另一条走廊——在两条走廊的交叉点的旁边，她看到一具像警察的尸体靠在水泥墙上——

她看到警察疲惫的五官和他头发的颜色，还有他的身材之后，她感到无比震惊和悲痛，她的眼睛瞪得大大的……

那是……里昂？

克莱尔还没等升降机停稳便跳了下去，朝着那个无力地坐在地板上的人跑去。那是里昂，他没有动，不是失去了意识就是死了——不，他还有呼吸。就在克莱尔刚蹲在他身旁的时候，里昂慢慢地睁开了眼睛。他的右手压在他的左臂上方，手指上全是血。

“克莱尔？”他蓝色的眼睛还能看得清楚，虽然疲累，但还有意识。

“里昂，发生什么事了？你怎么样？”

“我中枪了，刚才我一定是昏迷了几分钟……”

里昂小心地把他的手拿开，露出腋下上方的一个流血的弹孔。伤口看起来很糟糕，但至少鲜血没有喷出来。

里昂拉开伤口附近已经撕开的制服，并把他的手放回到伤口处，他的身体因为疼痛哆嗦了一下。“虽然疼得要死，不过我觉得我死不了——艾达，艾达在哪儿？”

最后这句话的语气已经接近疯狂，里昂努力地想让自己离开墙壁坐直。他发出一声轻柔的呻吟声，很明显他现在的状态不允许他移动。

“躺着不要动，休息一下，”克莱尔说道，“艾达是谁？”

“我是在警署里遇见她的。”里昂说道，“我找不到你。后来我们听说可以通过下水道逃离浣熊市。这个城市并不安全，安布雷拉的研究所发生了泄漏，所以艾达想马上离开。接着有人朝我们开枪，我被射中了——之后，艾达就沿着走廊去追赶那个开枪的人。她说那个人是个女人……”

里昂摇了摇头，好像想清理一下自己的头脑，然后皱眉对克莱尔说：“我必须找到她。我不知道自己昏迷了多久，我估计没有超过两分钟，她应该不会走远……”

里昂想再次坐直，可是却被克莱尔制止了，她把他轻轻地向后推去。“还是我去吧——我一直和一个小女孩在一起，她在下水道里丢了。也许我能同时找到她俩。”

里昂有些犹豫，然后点了点头，他不得不屈服于自己的枪伤。“你的弹药够不够？”

“嗯，这里有七颗子弹。”她轻轻地拍了拍插在她腰带上的那支从警车上找到的武器。那次疯狂的汽车旅行好像已经是几百万年前的事情了。“另外这支枪里还有十七颗子弹。”

克莱尔举起艾隆斯的枪，里昂再次点了点头，随后他的头又疲惫地向后倒去。“好的，这很好，我再过几分钟就去追你……小心点儿，好吗？祝你好运。”

克莱尔站起来，希望他们能有更多的时间。她还想和里昂说一些关于克里斯、艾隆斯和 X 先生，以及 T 病毒的事情，她想问问里昂都知道安布雷拉的哪些事，或者他是否知道下水道的出口——

这个艾达也许现在就在面对伏击他们的人，而且雪莉也不知去

向，在哪里的可能性都有。

里昂闭上眼睛。克莱尔转过身开始朝连接处的走廊走去。她在想，他们这几个人中谁有机会在这种疯狂的情况下活着逃出去。

3 resident evil

第二十二章

安妮特全身都是伤。她慢慢地坐起来，感到有些恶心，满身的疼痛让她无暇顾及别的。她的脖子和腹部都非常疼，右手的手腕被压住了，两个膝盖也有肿胀的感觉——最糟糕的是身体右侧的剧烈疼痛感，她觉得自己的肋骨可能被撞伤甚至骨折了。

那个可怕的女人——

安妮特将身子向后靠去，并用那只没有受伤的手支撑着疼痛的脖子。此刻她只看到上面的金属连接桥和部分阴影。艾达·王，那个安布雷拉的坏女人显然已经逃走了。虽然艾达装作什么都不知道的样子，但安妮特不是傻瓜。艾达大概在去实验室的路上了——或者正在来找她，急着想把她干掉。*安布雷拉，这一切都是安布雷拉做的……*

安妮特爬了起来，她的愤怒战胜了疼痛。她一定要离开这里，一定要在间谍之前到达实验室——她伤得实在是太严重了！她感到腹部就像被刀刺伤一样痛，而实验室好像远在天边……

不能让他们把威廉的成果偷走……

安妮特踉踉跄跄地朝着通往圆洞式的房间门走去，并用一只手按住她灼热的胸口——突然，她又停下脚步，把头偏向一侧，仔细地听着。

枪声从邻近的垃圾场那边传来，在寒冷的空气中回荡——一秒钟以后，她听到雷鸣般的声音，紧接着更多的枪声，还有水花溅起的声音响起——

安妮特咧嘴笑了笑，那是没有幽默感的笑容。也许她可以抢先到达实验室。

连接桥，把它降下来，不能让这个坏女人逃出去……

尽管筋疲力尽而且全身疼痛，安妮特还是踉跄地朝液压式连接桥的控制器走过去，并按下下降按钮。连接桥电动机发出的巨大轰鸣声淹没了正在进行的战斗发出的声音。连接桥旋转着下降，锁定到位时发出一声沉重的金属声。

安妮特用力把自己从墙边推开，然后靠在门旁的控制台上。她找到换气扇的开关并把它打开。她依然冷笑着，头顶上刚开始的嗡嗡声逐渐变成了沉闷的轰鸣声。艾达在垃圾场遇到了麻烦，而且安妮特也不想让她从那里出来，如果艾达想通过下降的连接桥和被堵住的通风井过来，她就必须费上一番工夫。

希望那是一群舔食者，臭女人，希望那群家伙在那里把你撕成碎片……

安妮特转身离开控制台——然后她摔到了，疼痛和眩晕实在太严重了，她瘀青肿胀的膝盖撞在地面上，双腿感到如针刺般的疼痛——

然后她面前的门开了。安妮特举起枪，却无法瞄准。她仅存的那点儿力量全都用在克制自己不要发出充满苦难和挫折的惨叫声上了。

威廉，我伤得太重了。对不起，我不能……

一名年轻女子蹲在安妮特的身边。她满是泥垢的脸上带着警惕和担心的表情。这名女子身上穿着的马甲和短裤还在滴着污水——而且，她手中还拿着一支光滑的重型手枪，枪口并没有直接对准安妮特——她也没有把枪指向别的地方。

又一个间谍。

"你是艾达吗？"女孩试探地问道，并伸手去触碰她——被一个无情并诡计多端的公司的爪牙同情地触碰已经超出了安妮特可以忍受的范围。

"离我远点儿！"安妮特边喊边虚弱地推开女孩伸出的手，"我不是你要找的人，而且我没带着那个东西。你可以杀了我，但你就找不到它了。"

女孩向后退了一步，布满污垢的脸上一片迷茫。"找什么？你是谁？"

又是问题。安妮特的愤怒消退了，留下的只有麻木。她厌恶了做这种游戏，她伤得太重了，而且她已没有足够的力量斗争下去。"安妮特·柏肯，"她不耐烦地说，"就好像你不知道一样……"

她会杀了我。结束了，这一切都结束了。

安妮特已经忍不住了，眼泪滑过她的脸颊。眼泪和她的计划都是徒劳的。她没有完成威廉托付她的工作，她是一个失败的妻子和母亲，甚至是一名失败的科学家。然而现在全都结束了，至少痛苦终于要结束了——

"你是雪莉的妈妈吗？"

女孩的话惊呆了她，并把她从筋疲力尽的崩溃边缘拉回到现实中，就像被人扇了一巴掌。"什么？你……你怎么知道雪莉的？"

"她在下水道里丢了。"女孩很快地说，她的语气中带着一丝绝望，并把手枪插进腰带里。"拜托，求你帮我一起寻找雪莉吧！她被一根排水管吸走了，我不知道去哪里找……"

"我让她去了警署。"安妮特哀号道。她几乎忘记了身体上的疼痛，她的心脏猛烈地跳动，心里充满了恐惧和疑问。"她为什么会在这里？这里很危险，她会被杀掉的！而且G病毒——安布雷拉会找到她的，他们会把病毒拿走。雪莉为什么会在这里？”

女孩再次伸出手想要帮她站起来，安妮特没有反抗，她太虚弱太害怕而无力反抗了。如果雪莉在下水道里，如果安布雷拉找到她……

女孩目不转睛地盯着她，她的眼神中混杂着内疚、恐惧还有希望。“警署已经被侵占了——这些排水道通向什么地方？拜托，安妮特，你必须告诉我！”

安妮特疲惫不堪的大脑终于明白了事情的真相，恐惧就像一道强光射入脑海。

排水管的出口是过滤池——就在工厂的有轨电车旁边。

那是到实验室最快的路线。

这是一个圈套。女孩想要利用雪莉的名字达到进入实验室寻找G病毒情报的目的。雪莉现在一定还平安无事地待在警署里，这一切都是精心策划的骗局——

安布雷拉的人认识路，如果她知道为什么还要问我呢？这完全说不通！

安妮特举起手枪，她疼痛的手腕不停地颤抖着，并从女孩的身旁向后退去。她实在是太困惑了，而且也有很多问题——因为她对什么都不能确定，所以也无法扣动扳机。

“不要动，不要跟着我。”安妮特忍着疼痛大声说，并伸手推开门，“如果你跟着我，我就开枪。”

“安妮特，我不明白，我只是……”

“闭嘴！闭嘴，别来烦我。为什么你们不能放过我？”

安妮特退到门外，并把那个惊讶和恐惧的女孩关在房间里。刚一关上门，她就用手按住那不知是撞伤还是骨折了的肋骨。

雪莉……

这是谎言，这一定是谎言——它并没有改变任何东西，不管怎样都不会改变。她还可以继续，她必须回到实验室，把事情做个了结。

安妮特转过身，拖着受伤的腿喘着粗气，踉踉跄跄地向冰冷黑暗的连接隧道走去。每一个疼痛的步伐都提醒着她安布雷拉的所作所为。

***

在冰冷安静的洞穴中，墙壁如同冰面般光滑，我在这里迷了路，而且精疲力竭，我一直在奔跑，还很害怕，所以我坐下来休息一会儿。这里很安静，也很冷——我的手臂很疼，我坐在长出刺的墙边，而且有一根刺已经扎进我的肉里。我撕心裂肺地疼，我必须站起来。我必要找到什么人，我必须——

醒过来。

里昂睁开眼睛，意识到自己再次陷入了昏迷。在他意识到现状之后，他猛地吸了几口气，调整了呼吸，突然而至的恐惧让他完全地清醒过来。

艾达，克莱尔——天啊，我昏迷多长时间了？

他轻轻地把手从伤口处拿开，他手指上的血液已经黏稠了。伤口还很疼，可不像刚才那样剧烈——而且血止住了，至少伤口不再流血。他破损的制服已经和结痂的伤口粘在一起，形成一个坚硬的封口。

里昂弯下腰，伸出手摸了摸被子弹打穿的部位，他再一次摸到已经变硬的血块，在破碎的制服下面的伤口还是一阵阵地疼。他不想太过乐观，他觉得子弹好像没有打中骨头，只是穿过了肌肉——这就意味着，自己真的非常幸运。

即使我的手臂被打断了，艾达还是在外面——我让克莱尔去追她了，我必须去追她们。

里昂认为是创伤性休克让自己陷入昏迷，而不是疼痛和出血——而且他现在没有更多时间让自己恢复。他咬紧牙关并用那只没受伤的手臂把自己支撑起来，他的肌肉已经被冰冷潮湿的混凝土冻僵了。

他的左肩擦过墙壁，突然感到疼痛加剧，这让他倒抽了一口凉气，那是一种短暂而灼热的刺痛——几秒钟之后这种疼痛减少了，慢慢地变成脉搏跳动似的钝痛。里昂停了一会儿，深深地呼吸，提醒自己情况有可能更糟。

他最终站起身来，他觉得自己还能坚持住。墙上和地面上都有血，却没有他想象中那么多，而且他并没有头昏或者眩晕。里昂一边小心地不让伤口裂开，一边转过身尽可能快地朝走廊尽头的那扇紧闭的大门走去。

一穿过门他就看见另一条充满污水的隧道朝两侧延伸。左侧的墙上有一架梯子，他还没想出能爬上梯子并且不让伤口裂开的方法——除此以外，在天花板上还有一个发出巨大噪声的旋转着的换气扇。他转向右侧，踏进污水中并缓慢地前进，希望能发现一点儿艾达或者克莱尔走过的痕迹。

追赶伏击者……艾达怎么会那样做？她怎么会把我留在那里就走了呢？

在他们和那个呕吐的怪物作战之后，里昂就对自己发誓不要相信艾达·王所说的话。她时而卖弄风情，时而冰冷如霜，如果说她的射击技巧都是靠彩弹射击训练出来，里昂就是银行的高管了。她的举止令人困惑而且可能表里不一，但里昂还是很喜欢她。艾达头脑聪明、充满自信，她还很漂亮——他相信在表面的这种矛盾之下，艾达一定是一个善良正直的人……

她去追赶那个开枪的人，让你一个人拖着中枪的手臂倒在地上。是啊，她真是太棒了。你应该向她求婚。

里昂来到一个隧道的岔路口，停止了自己试图猜出艾达动机的想法，他提醒自己可以在见到她的时候问一下她本人——如果能够找到她的话。路的右侧有一扇锁着的门，所以他转向左边，一边向前慢慢走，一边不安地盯着黑暗的地方。他不应该让克莱尔独自一人去追赶艾达，他应该振作起来和她一起去——

里昂停了下来，他听到了什么声音。是枪声，遥远而空洞的枪声，从前面某个地方传来，被下水道系统中蜿蜒的迷宫般的隧道改变了声音。

里昂紧紧地握住马格南手枪，并把手腕按在他的伤口上。他跑了起来，这加剧了伤口的疼痛，并让他感到有些恶心。虽然很努力，他也只能小跑着前进，水的阻力和疼痛的伤口都让他无法加快速度——随着最后一声枪响的回声消失，他却好像找到了加快脚步的动力。

隧道前方的左边有一条灯光昏暗的支流，微弱的黄色灯光在轻轻流淌的水面上扩散开来。在到达那里之前，里昂就明白他不得不做出要往哪边走的决定。在他的正前方一个类似平台的地方，一扇沉重的门就嵌在隧道尽头的破砖墙里，还有细小的水滴从天花板上滴下来。

这是一个明显的选择，除了——

里昂停在昏暗光线下的小路上，朝着那条支流望去。还有另一扇门，他没有时间做决定，那些枪声可能是从任何地方传来的——

砰！砰！

在左边！里昂从隧道中跳了上去，新的疼痛袭来，他的手感到了温热，伤口又有血液渗出。他没有理会剧烈的疼痛，快速跑到门口把门打开，他进入门后空旷的通道时，又听到了几声枪响。

他刚进入的走廊与下水道里的隧道一样阴暗和冰冷，但是却更大更宽敞，大概是重型设备的运输走廊。走廊拐向左边然后再向左拐去，在一个类似装卸货物用的大门后面，有一些箱子和一排放有不锈钢罐的架子在第二个拐角处。

这些罐子里可能是乙炔，也可能是氧气。上帝啊，是什么东西

中了那么多枪还没有死啊？

他又听见一连串的枪声和水花溅起的声音——然后是种不一样的声音。一种从喉咙里发出的低沉的嘶嘶声，这让里昂觉得自己的心都凉了。这个声音有些奇怪，又有些熟悉，却太大声了，好像不太可能存在。

上百万条蛇，或几千只巨大的猫，或原始的可怕的恐龙——

他开始奔跑，最终放弃了试图让伤口保持闭合的想法，他需要用两条胳膊来加快跑步的速度。隧道的尽头很近了，他看到一组闪烁的灯光和左侧的一个出口，那里有另一扇巨大的装卸货物用的门——

然后，他停在再次连续射出来的子弹前，水像爆炸一样喷出并发出雷鸣般的声音，大量的水花像雨点儿般落在地上。

“停止射击，我要进来了！”里昂喊道——

接着，他听到艾达的声音。感觉无论前面有什么可怕的事情，只要他听到艾达的声音就会很安心。

“里昂！”

她还活着！

里昂举起马格南手枪，他的伤口现在又流血了，他往敞开着的门前迈了一步，随后看见艾达在漂满箱子和破板子的流动的污泥的另一端。她正站在混凝土的小台子下面，上面还有一架梯子，她的贝雷塔手枪指向布满垃圾的水池。

“艾达，怎么……”

哗！

一个巨大的物体突然从水中冲出来，紧接着里昂被撞倒了，又摔回到走廊里。由于速度太快，他在自己被撞飞之前根本没有看清那个东西的样子。在他摔倒的时候脑海里只有自己被撞飞的画面。他受伤的手臂先着地，疼痛让他大叫了一声，他对自己所看到的东西和剧烈的疼痛感到同样惊讶。

鳄鱼——

里昂站起身，在被撞飞之后他甚至没有意识到自己还能站起来——如果那个巨型蜥蜴，那个鳄鱼的身体再长两三厘米就有九米左右了，它爬进走廊后便在里昂的身后发出强有力的咆哮。在这个庞大的爬行动物从自己居住的水中爬出时，整个混凝土地面都随之震动，大量的黑水从它咧开的长满牙齿的嘴中流出来。

它的大嘴足有我的个头这么大，甚至比我还大——

里昂开始奔跑，他没有感到疼痛，他的心脏因为极度恐慌而剧烈地跳动。它会把他吃掉的，会把他撕成无数血腥的碎片——

怪兽再次发出吼声，那令人难以置信的低沉的声音让里昂的骨头都发出嘎嘎的声响，冷汗从身上的每一个发抖的毛孔中冒出来。

里昂转过头向后望了一眼，看见自己的速度比那只露着利齿的爬行动物的速度快很多。它现在刚爬到装卸货物用的大门门口，它的腿像树干一样又短又平，它的体积太大了，所以动作并不灵活。

里昂在惊恐中换了个武器，他把子弹装进雷明顿的枪膛中，他的伤口发出剧痛。他侧着身慢慢地朝后方蹒跚退去，来到走廊的拐角处——

然后里昂用最快的速度射出全部五颗子弹，一连串沉闷的爆炸在鳄鱼极其丑陋的长吻处响起。

它一边吼叫着一边把头左右摇摆，大量的鲜血从它咧开大嘴露出利齿的头上涌出——即便如此，它还是拖着如同盔甲般的尾巴从身后的泥浆中笨拙地追了过来。

不够，火力还不够——

里昂转过身体再次奔跑起来，他对自己必须撤退感到有些恐惧。他有些害怕，不知道被他留在身后的鳄鱼会对艾达怎么样，但他知道还得五十颗子弹才能干掉那家伙——或者是核爆炸。为什么他现在还在想啊？他先要逃跑然后再考虑该做什么。

你要坚持住，艾达——

在里昂跑过那些箱子和不锈钢罐的时候，那只巨大怪物发出的隆隆的脚步声充满了他的耳朵——

随后他停了下来。他的本能在大声喊着让他理智些，他有了一个主意——就在鳄鱼仍然扭动着身体迈着沉重的脚步前进时，里昂却转过身开始往回走。

一定要成功，电影里都是这么做的。上帝啊，请你一定保佑我——

五个闪闪发光的金属罐被放置在镶嵌在墙壁里的架子上，被一条不锈钢的绳索固定着。架子旁边有一个绳索的释放按键。里昂按下了按钮，那沉重的绳索落了下来，卷成圈的一端落在地上。

里昂把猎枪放在地上，然后抓向离自己最近的罐子。由于肌肉的拉紧，鲜血从他受伤的手臂中涌出。他能感到一股细小的让人发痒的血流到了他汗津津的胸部，他没有停下，他把重心移到脚跟上，并让手中的压缩气瓶松动开来。

好了！

里昂在银色罐子掉在地上时向后跳了一下。罐子碰到地面后向前滚了几厘米。他抬起头，看见鳄鱼又向前移动了十五米左右——它再次吼叫时，里昂甚至能够看到这家伙足有十五厘米长的肮脏利齿。一秒之后，他已经可以闻到扑面而来的怪物温热的呼吸中夹杂着的腐肉味道。

里昂用尽全力气蹬了罐子一脚，然后罐子就朝着鳄鱼慢慢地滚过去。非常幸运的是这条走廊竟然有些倾斜，二百多斤重的罐子逐渐加快了速度，画着圆弧旋转着向鳄鱼的方向滚去。

里昂退后了几步，从腰带里抽出马格南手枪并瞄准那个闪亮的罐子，他在等待扣动扳机的时机。鳄鱼还在慢慢地前进，它的尾巴狠狠地抽在两侧的墙壁上，碎石、灰尘像雨点一般落在地上。里昂完全震惊了，在本能的恐惧面前，他所能做的只有强忍着不转身逃走而已。

过来吧，你这个混蛋——

在离里昂不到三十米的地方，鳄鱼和金属罐碰在了一起——里昂迅速扣动了扳机。第一颗子弹打在气瓶前面的地面上弹开了，然后巨大的怪物张开大嘴，低下头想咬住障碍物，并把它推到一边。

稳住——

里昂再次扣动扳机，然后——

轰隆！

气瓶爆炸产生的强大气浪将里昂推倒在地。在燃烧的金属和易燃气体的爆炸之后，那个生物的脑袋像破裂的气球一样被炸得面目全非。与此同时，带着余温的血肉就像一层厚厚的毯子一样落在里昂的身上，里面包含了牙齿和骨头的碎片，还有燃烧的碎肉块。

里昂感到一阵恶心，他的耳朵轰鸣，手臂渗出血。慢慢地，他坐了起来。无头怪物的尸体就倒在地上，它的腿在没有头的身体下抽搐着。里昂把他满是鲜血的手按在伤口处，他感到精疲力竭，而且由于疼痛而感到恶心——但他体会到一种很长时间都没有过的深深的满足感。

“干掉你了，你这个笨蛋！”他一边微笑一边说着。过了一会儿，艾达从走廊跑了过来，看到里昂的样子——他正盯着自己的胜利战果发呆，全身都是血渍，而且伤口还在流血，他却像小孩子一样咧嘴笑着。

3 resident evil

第二十三章

里昂的制服下面穿着一件白色的汗衫，艾达从它上面撕下几个细长的布条给他手臂上的伤口做了包扎，然后她把剩下的破烂不堪的汗衫整理成挂在脖子上的绷带给里昂套上。里昂由于失血过多而有些无法控制地发呆，艾达趁着他轻度休克来做自我辩解并处理他的伤口，可是自己却对内心中斗争着的复杂感情有些吃惊。

“……我觉得那个女人看起来很眼熟。我觉得我好像以前通过约翰和她见过面，我快追到她了——她一定是躲着我跑了。我在隧道里迷了路，到处找回来的路……”

没有一句是真话，里昂好像并没有注意到——就像他没有注意到艾达小心温柔的抚摸，或者没有注意到她第三次为离开他向他道歉时那微微颤抖的声音。

他又一次救了我的命，但我却只能用谎言和精心计算的欺骗来报答他的无私……

在里昂替她挡下那颗子弹时艾达的心中就发生了变化，但是她不知道该如何才能把那已经发生的变化再恢复原状。更糟的是，她甚至都不知道自己是否想要恢复原状。就好像一种新的感情诞生了，她无法给那种感情命名，那种感情让她振奋，也会让人不安，而且不舒服——却没有让人有不愉快的感觉。里昂巧妙地解决了那条不可战胜的鳄鱼——而不管她有多么努力也只能让那个生物不再靠近自己——这使那种莫名的感情更加强烈。里昂手臂上的伤没有伤到骨头，从那些流过他光滑健硕的胸部和腹部的鲜血，艾达可以看出他一定很疼——他是为了救她才流了这么多的血，这正在慢慢地杀死他。

*把他干掉吧，*她在脑海中唏嘘了一声。*离开他，不要让他影响到你的工作——你的工作，艾达，你的任务，还有你的人生。*

艾达知道那是自己必须做的事情，那是她唯一要做的事情——她一边耐心地帮他包扎伤口，一边诉说自己编造出的哀伤的故事，她就自然而然地忘记了内心的声音。她帮里昂站起来，并把他从四处散落着爬行怪物内脏的地方带出去，还喋喋不休地说着自己刚才迷路时好像发现了出口的事。

安妮特·柏肯走了。里昂把鳄鱼从垃圾场中引诱出来之后，艾达爬上梯子检查了一下——安妮特还有一丝理性。她把换气扇启动并放下连接桥，就是为了把艾达的其他出路全都堵上。那个女人也许是疯了，但还没傻——另外，她猜错了艾达的背后雇主，却猜对了最终目标。为了完成任务，艾达必须在安妮特采取任何行动之前尽可能快地到达实验室——里昂，那个沉默的步履蹒跚的里昂，会让她浪费一倍的时间。

快把他放下！扔下这个负担！你不是护士！上帝啊，这可真不像你啊，艾达——

“我渴了。”里昂低声说道，他温暖的呼吸使得艾达的脖子周围变得暖暖的。艾达抬头看了看眨着眼睛的里昂沾满鲜血的脸，然后发现自己内心这一次发出的声音更容易被忽略。当然，她一定要离开里昂，最终他们一定是要各走各的路——

但不是现在。

“我们就一起去找水。”艾达说道，然后轻轻地扶着里昂转向自己必须去的方向。

***

雪莉从黑暗中醒来时觉得嘴里有一种可怕的苦味，有一股冰冷而黏稠的水流正拉扯着自己的衣服。她的周围到处都是咕噜咕噜的声音，就像天塌下来的声音。一瞬间，她想不起刚才发生了什么，自己在哪儿——当她意识到自己无法移动的时候，她非常惊慌失措。那种雷鸣般的声音逐渐变小，然后慢慢消失——她被卡在一条散发着恶臭的河里，她的身体被一个冰冷潮湿的硬物顶住了，而且她还是孤身一人。

她张开嘴巴想要大喊——可是突然想起那个尖叫的怪物，还有秃头巨人，之后她又想起了克莱尔。因为想到克莱尔曾经不让她大叫，不知何故，克莱尔的形象让她冷静了下来，盲目的恐惧感渐渐缓和，而且还让她能静心思考。

我被吸进排水口，现在我在另一个地方，所以大叫也是没用的。

这是一个勇敢的想法，一个强大的想法，因为她有了这个想法，所以她感觉好了一些。雪莉把自己从顶在后背的那个硬物中分离开来，在黑色的水中试着游了游，然后她发现自己根本没有被卡住。她只是被一排栏杆或岩石挡住了，是水流的力量让她无法动弹——也正是因为这个，她没有被淹死。令人作呕的黏稠液体在她身边流淌，就像一条古河道发出叮当的响声并冒着泡，水流比刚才微弱了——嘴里那股难闻的味道意味着她肯定是喝了一些这里的水……

想到这个之后，她全部的记忆都被唤醒了。被冲下来之后她一直跟着水流浮动，然后自己不知怎么地就被水流翻转了一下，所以喝了一口难喝的带有化学药品气味的水，她吓坏了——然后就晕倒了，她想。

至少噪声停止了，不知道那是什么声音，有点儿像开动的火车，也有可能像大卡车在疾驰……现在雪莉更加清醒，并且能看见东西了。虽然看不太清楚，她能看见自己是在一个充满水的大房间里，有微弱的光线从上面很高的地方射下来。

这里一定有出口，因为这里是人工建造的，所以一定有出口……

雪莉朝房间远处游去，然后在她踢腿的时候感到脚尖碰到什么坚硬的东西。那是一个平坦而坚硬的东西。她觉得自己没有考虑到这一点真是有点儿犯傻，于是，她深吸一口气，并放下了腿，然后她站了起来。积水淹没到她的肩膀，但她可以站起来。

雪莉站在房间中央，心中最后一丝恐慌也消失了。她慢慢转过身，她的眼睛终于在微弱的光线中找到了最有用的东西——她看见在远处墙壁上好像有一个像梯子形状的东西。毫无疑问，金属梯的影子意味着她发现了出口，但她仍然有些害怕。雪莉在水里抬起脚朝梯子慢慢走去，她对自己对这件事的处理感到很自豪。

没有尖叫，没有哭喊，就像克莱尔说的。我要坚强！

雪莉来到梯子前，抬高膝盖跪上距离水面几厘米的梯子的最下面一层，随后又用脚踩上梯子，开始向上爬。她对自己精心修剪的手指下那厚实滑腻的金属杆皱了皱眉。梯子很长，好像一直延伸没有尽头，她往下看想知道她到底爬了多高，却只见光线直射到的水面泛起粼粼的波光。她还可以看到光线是从什么地方照进来的——天花板上的一条狭窄的缝隙，离她现在的位置不太远。

我几乎到了顶部，即便我掉下来也不会受伤。没什么好害怕的。

雪莉使劲地咽了一口唾沫，希望她刚才想的是真的，然后再次抬头向上看去。

只有最后几层了。当她再次想握住下一节梯子时，她的手摸到了凹凸不平的金属天花板。雪莉感到一种强烈的成就感，并伸出一只手向上推去——

天花板没有动，一点儿也没有动。

“可恶！”她低声说道，却不像她希望的那样恼怒，她的声音很小，听上去像一个请求。

雪莉把手臂绕过她紧紧抓住的梯子，并摸着她胸前的护身符乞求好运，然后再次用力向上推去。这一次她真的是使出全力，她感到天花板只动了一点点——完全不够。她放下手，这次是在心里默默地诅咒，她被困住了。

在接下来的几分钟里雪莉一动不动，她不想回到水里，也不愿相信自己是真的被困在这里——她的手臂已有些疲倦，而且她也不想跳下去。最后，她开始向下爬，比爬上来的时候慢了许多。雪莉每向下走一层都觉得这像在承认自己的失败。

雪莉走到距离下方的水面还有三分之一的位置时，她听见上面传来脚步声——开始只是光线在摇晃，只是震动而已，很快就变成了清晰的脚步声，而且脚步声正在不断变大，并不断靠近——声音越变越大，已经到达了她刚才醒来的地方的顶部。

雪莉花了一秒钟的时间考虑是否要忽视这个脚步声，然后她决定这是一个值得冒的险，并开始向上爬。也许不是克莱尔，或者不是好人——这可能是她要离开这里的唯一机会了。

还没爬回到梯子的尽头她就开始大声呼喊：“喂，救命啊！你能听到吗？有人吗？有人吗？”

脚步声好像停了下来，这时雪莉也到达了天花板，她一边喊一边用拳头不停地敲打着金属的天花板。

“喂！有人吗？有人吗？”刺眼的光芒照在她的脸上。

“雪莉！噢，上帝啊。亲爱的，看到你没事我真是太高兴了！”

克莱尔，是克莱尔！由于强光雪莉看不清克莱尔，只是听到克莱尔的声音就让她高兴得快要晕倒了。一只温暖强壮的手把她拉了上去，然后她被一双温暖潮湿的手臂紧紧地抱在怀里。雪莉眨了眨眼，把眼睛眯成一道缝，在炫目的白光中慢慢看清了这个大房间的情况。

“你怎么知道是我？”克莱尔抱着她问道。

“我不知道，我自己出不来，然后我听到了脚步声……”

雪莉环视了一下自己被克莱尔拉进来的大房间，她对克莱尔能够听到自己的呼救感到惊讶。这个房间很大，很多条狭窄的金属通道在房间中纵横交错——雪莉爬出来的位置是房间中最远最黑暗的角落，克莱尔抬起来的那块板子就在旁边不到一米的地方。

天啊，如果我没有敲天花板，或者克莱尔走得再稍微快一点儿……

“我非常高兴是你来救我。”雪莉坚定地说道。克莱尔笑了笑，脸上的表情就像雪莉感觉到的一样高兴和惊奇。

克莱尔跪在她面前，她的笑容褪去了一点儿。“雪莉，我见到了你的妈妈。她没事，她还活着……”

“在哪儿？她在哪儿？”雪莉脱口而出，她感到十分兴奋——一种紧张和不确定的感觉突然使她的肌肉变得僵硬，让她难以呼吸。

她注视着克莱尔那双充满担心的灰色眼睛，并看到想要说谎的意图——好像是在考虑着如何告诉她一些不愉快的事情。如果是几小时以前，雪莉可能会让她这么做——

不能再这样了。因为我们必须坚强和勇敢……

“告诉我，克莱尔，告诉我事情的真相。”

克莱尔叹了口气并摇了摇头。“我不知道你妈妈去哪儿了。她……好像有些怕我，雪莉。我觉得她可能以为我是其他的什么坏人或者某个疯狂的家伙，所以她逃走了——我确定她是朝这个方向来的。我正在找她的时候听到了你的叫声。”

雪莉慢慢地点了点头，她很难接受说她妈妈行为怪异的说法——妈妈的行为一定非常奇怪，所以克莱尔才试图隐瞒这件事。

“那你认为妈妈到这里来了吗？”雪莉问道。

“我不太确定，而且在遇到你妈妈之前，我还见到一名警官，里昂。我在来到这个城市的时候最先遇到了他。在你不见之后，我在隧道搜查时看见了他。他受伤了，所以不能和我一起来找你——所以你妈妈走了之后，我又回去找他，他也不见了。”

“他死了吗？”

克莱尔摇了摇头说：“不，只是不见了——所以我只好原路返回。据我所知，你妈妈能走的只有这条路，正像我之前所说，我不太确定……”

克莱尔犹豫了一下，并皱起了眉头，若有所思地凝视着雪莉：“你妈妈有没有告诉过你一个叫作G病毒的东西？”

“G病毒？我没有听说过。”

“那么你妈妈有没有交给你什么东西让你拿好，比如像一个小的玻璃容器之类的东西？”

雪莉皱起了眉头。“没有，什么都没有。为什么这么问？”

克莱尔站起来把手放在雪莉肩上，耸了耸肩说：“这真的不是很重要。”

雪莉眯起眼睛，克莱尔又笑了起来。“真的，来吧，咱们想想妈妈到哪里去了。我敢打赌，她一定在到处找你。”

雪莉跟在克莱尔身后，不知道为什么她忽然这么确信——几乎是完全确定——克莱尔好像并不相信自己所说的话……而且她在想自己为什么没有进一步追问下去呢……

***

工厂的机械升降机和有轨电车都还在安妮特之前停放的地方。虽然她们之间的距离正在缩短，但安妮特仍然走在那些间谍的前面——艾达·王和她那个衣衫褴褛的年轻小朋友……

骗子，他们都对我说谎。就像我失去了威廉，还有，被这种痛苦和伤痛折磨对他们来说还不够羞辱……

安妮特重重地靠在控制装置旁，从被撕破的白色大褂口袋里摸索出钥匙，将钥匙插入控制面板并转动它。她用颤抖的手指按下激活开关，然后一连串的灯在控制器上亮起来，这些灯光甚至在月光下也显得十分明亮。秋季凉爽的空气拂过她疼痛的身体，柔和的微风闻起来像火和疾病的气味……

就像万圣节，就像把死者抬到外面的篝火中焚烧，把因瘟疫而死去的满是病毒的尸体点燃……

四声高而响亮的提示音在四周响起，巨大的升降机告诉她是该离开的时候了。安妮特摇摇晃晃地走上灰黄相间的台阶，怎么也记不起刚才自己所想的问题。是该走的时间了，她实在太累了。她已经有多长时间没有睡觉了？她甚至连这个也记不起来了。

我是撞到头了吗，还是只是太困？也许……

她以前也有过精疲力竭的时候，但是无法忍受的伤痛却将自己引向了从未有过的神志不清。她的思绪总是在同一个地方打转，并感觉到阵阵无法排解的不安，这让她很不舒服。她清楚自己应该做什么——启动自毁系统并打开地下通道里电车的门，然后躲起来等待伤势痊愈——其他的事情全都变成了奇怪的毫无关联的事，就像她使用了能让她感觉加重负担的药物，让她一次只能思考一件事情。

马上就要结束了。她能够想起来的只有这个在混浊的意识中唯一不变的想法。那是一个积极的而且不知何故有些魔力的想法，即使在她完全看不见东西的情况下，她也能在头脑中看见。在穿过工厂的时候，她不停地咳嗽，然后因为疼痛吐出一些酸性的胆汁，这让她的眼前一片黑暗。由于黑暗时间过于漫长，她觉得她可能失明了——

马上就要结束了。

安妮特就像对待失去的爱情一样紧紧抱着那个想法。她找到金属大门的门把手，打开门走了进去，随后按下控制按钮。她躺在金属长椅上闭上了眼睛，机器运作的声音在周围响起。休息了几分钟之后，她知道这一切就要结束了……

安妮特陷入黑暗中，电机的嗡嗡声立刻就把她带入了深度睡眠。她睡着了，她的肌肉放松了，疼痛和痛苦慢慢地缓解——在无止境的时间中，她沉入了寂静——

直到可怕的号叫声如匕首般将这片黑暗割破，愤怒而痛苦的尖叫声直达她的心脏，安妮特突然惊醒，惊恐万分、气喘吁吁——

她意识到是什么把她从深度睡眠中惊醒，她的思绪联系在一起，这使她有了更多可以使自己坚持下去的事情。

那是威廉。威廉回家了，他跟着她回来了——而安布雷拉什么也不会得到，因为她的丈夫进入了爆炸的半径范围内。

又是一声惨叫，在升降机下降的同时传来。这次的声音在实验室的秘密场地回荡。

安妮特再次闭上眼睛，她想去和他丢失的爱人重逢，他俩在一起的景象终于让她感到了幸福。

威廉回家了。马上就要结束了。

第三声吼叫紧随其后，安妮特又回归寂静，她知道自己必须马上起来，去开始最后的旅程。当升降机停下时，她会清醒并准备就绪。

安布雷拉会为自己所做的一切付出代价的——所有人到最后都会死。

她微笑着，进入了梦乡，威廉的身影在她的梦中出现了。

3 resident evil

第二十四章

里昂终于感到身体有些好转。艾达把里昂一个人留在控制室里。她在落满灰尘的橱柜中发现急救箱还有一瓶水，她只离开不到十分钟，阿司匹林就有了效果，而且水也起了作用。

里昂坐在满是开关的控制台前，想要在头脑中把下水道爆炸之后发生的事情拼凑起来。他能清晰记忆起来的最后一件事就是无头鳄鱼的尸体躺在地上，然后他就被头晕和无力感征服。后来艾达为他缠上了绷带，然后带他穿过了隧道——

还有地下轨道电车，我们还坐了一两分钟的轨道电车——

最后他们来到这个房间，艾达让她在这里稍微休息一下，她要去查看一下什么东西。里昂提出抗议，并提醒她不安全。他的头实在太晕了，除了能在这里坐着之外，也做不了什么其他的事情。他从来没有过这种无助感，也从未像现在这样完全依赖别人。喝了差不多两升水之后，他逐渐振作起来。显然，出血过多会引起脱水……

……艾达给了我水以后就去检查什么东西？到底是什么呢？还有，为什么她会知道这条路呢？

里昂几乎无法行走，更不用说提出问题了——即使在他神志昏迷的时候，他还是注意到艾达是如何自信，以及对于道路的选择是多么坚定而且没有丝毫犹豫。她是怎么知道的？她是一名来自纽约的艺术品采购者，她怎么能对浣熊市的下水道系统如此了解？

她现在在哪儿？为什么还不回来？

艾达帮助了他，她很可能救了他一命——他就是不能相信她的真实身份是像她所说的那样。里昂想知道她现在在干什么，而且现在就想知道。并不只是因为她一直保守着某个秘密，而且因为克莱尔还在下水道中的某处，如果艾达知道逃出城的路线，那么里昂就有必要去试着问出来。

里昂慢慢地站起来，用手扶住椅背，深深地吸了一口气。还是有些无力，头已经不晕了，而且他手臂上的伤也不那么疼了——可能是阿司匹林的作用。他拔出马格南手枪朝这间狭小肮脏的房间的门走去，同时承诺自己他再也不会接受那些模糊的回答和微笑的拒绝了。

里昂打开门走进一个开放式的大仓库，这里大得几乎可以做停机库。仓库是空的，里面很破旧，阴影重重，当夜里的凉风吹过时，他甚至感到有些愉快——

艾达就在那里，她正在登上仓库外面的一个高于地面的平台，消失在看上去像一节电车车厢的后面。那是工业运输升降机——从它通过仓库中那浸着润滑油的轨道可以看出这是废弃工厂中仍然被使用的一部分。

“艾达！”

里昂把他受伤的手臂紧紧地贴在身体上，然后朝着升降机跑去——运输设备引擎发出低沉轰鸣声，沉重的机械声在晴朗的夜空中蔓延开来，这使他隐隐地有些生气。艾达是要离开，她没有去“检查”任何东西——

除非她告诉我真相，否则她哪儿也不能去！

他跑入月光下开阔的空间，在绕过一个控制台并登上振动的金属平台时，他听到升降机的门猛地关闭的声音。他差一点儿摔倒在涂着鲜艳的油漆的楼梯上。在他站稳之前，升降机已开始下降。高一米左右的波浪形金属控制板在厢体及大平台的四周不断上升，同时升降机缓缓地下降。

就在里昂抓住门把手的同时，嗡嗡作响的升降机已降到黑暗之中。天空在逐渐变小，像头顶镶满星星的一小块补丁。白色的月光和星光被升降机中水银灯释放出的橘红色光芒所取代。

里昂踉踉跄跄地走了进去，然后看到艾达脸上露出惊讶的表情，她正从固定在另一侧的长椅上站起来。她稍稍抬起拿着贝雷塔手枪的手，很快就放下了——她的脸上闪现出一丝内疚的神情，但在里昂关上门的时候就消失了。

一时间，两人都没有说话，在升降机继续平稳下降的同时静静地盯着对方。里昂可以看出艾达正在努力地找借口——因为他已经疲惫不堪，所以现在没有心情去追问她。

“我们这是去哪儿？”里昂问道，他没有掩饰言语中的愤怒。

艾达叹了口气，然后又坐下，她垂下自己的肩膀。“我想应该是出口吧，”她抬头看着里昂，用黑色的眼睛注视着他的目光，“对不起，我不应该离开你独自逃走，可是我很害怕……”

里昂能从艾达的声音和眼睛里感到真正的难过，所以他的怒气也稍微平息了一些：“你害怕什么？”

“我害怕你会死，也怕我会死。我想让我俩都平安无事。”

“艾达，你在说什么啊？”里昂走到长椅边在艾达的身旁坐下。艾达低头看着自己的双手，轻轻地说：

“在下水道中找你的时候我发现了一张地图，”她说，“上面画着一个好像地下实验室或工厂的地方——如果地图正确，从那里有一条隧道能够通到城外。”

他们的目光再次相遇了，艾达好像真的有些苦恼：“里昂，我觉得你现在的状态根本无法走那样的路——而且我害怕如果我带上你，却发现那是一条死路，或者我们又被什么东西袭击怎么办……”

里昂慢慢地点了点头。她想要保护她自己——还有他。

“对不起。”艾达重复道，“我本应该告诉你，不应该就那样离开你。在你为我做了这么多事之后，我……我至少应该告诉你真相。”

艾达眼中的内疚和羞耻不可能是伪装出来的。里昂伸出手想握住她的手，他准备告诉她自己全都明白，而且并没有责怪她——

就在这时，外面响起一声响亮的重击声。整个升降机都被震动了，只是轻轻发颤，但足以让两个人都紧张起来。

“可能是轨道不平的地方吧……”里昂说道，艾达点了点头。她正在用热切的目光盯着他，这让里昂感到有些不舒服，但心里却十分欣喜，一种温暖的感觉蔓延至他的全身——

砰！

艾达突然从长椅上跌下来，重重地摔在地面上。一个巨大的弯曲的东西猛地穿过墙壁，升降机侧面的金属板就像一张纸般地被撞破了。那是一只拳头，一只长着骨头般爪子的拳头，每根爪子都有三十厘米长，那些爪子上面还滴着……

“艾达！”

巨大的拳头缩了回去，随后沾满鲜血的爪子在金属墙面上又开了一个新的窟窿。这时里昂已趴到地上，抓住艾达瘫软的身体并把她拖到升降机的中间。可怕的号叫声充满了外面的黑暗空间——这和他们在警署里听到的愤怒的号叫声一样，这个声音更加洪亮，也更加残暴，而且也比以前那个更加不像人类。

里昂用他那只没有受伤的手抱住艾达，感觉到从她身体右侧不断渗出温热的鲜血，还感到她的身体都靠在自己上下起伏的胸膛上。

“艾达，醒醒！艾达！”

没有反应。里昂轻轻地把艾达放在地上，然后划开她连衣裙上略高于臀部的那个血淋淋的窟窿。鲜血从两个很深的伤口里涌了上来，但看不出受的伤有多严重。里昂把裙子撕开，从短裙的底部撕下几厘米宽的布料，然后把这些小块的布料压在伤口上——

怪物再次号叫起来，里昂凝视着艾达安静没有表情的脸，和他现在的感觉比起来，怪物沙哑的号叫声中的愤怒根本不算什么。他调整艾达的紧身连衣裙把临时绷带勒住，尽量将它固定好，然后站起身把雷明顿枪解下来。

艾达之前照顾过他，在他不能保护自己的时候保护过他。里昂坚定地把子弹装进猎枪，他准备回报艾达对他的关照，他一点儿也感觉不到之前的疼痛了。

***

她们到达了那个看似终点的地方，那是雪莉想起的母亲一定会去的地方。两个人走进另一间空旷而阴暗的房间，这间房间里只有一扇门，这个洞穴似的房间没有别的出口，除非安妮特是从上面跳到这里，并从包围着她们的空旷的黑暗中走了出去。

她们站在黑暗的边缘试着向下面的阴影看过去，什么都看不到。这个房间的设置像个装卸码头，一个有栏杆的平台从门边一直延伸到后面的墙上，然后突然就中止了，好像在给一个黑暗的空间让位。安妮特可能是爬下去并从某条秘密通道逃走了，或者克莱尔对安妮特离开方向的猜测是错误的。

那么现在怎么办呢？回去，还是继续追？

克莱尔其实哪个都不想做——回去的主意完全击败了走进漆黑深渊的主意，而且里昂可能仍然会回原路的某个地方……

“那是电车吗？这里看起来像一个车站吗？”雪莉问道，她说到

“电车”这个词的时候，克莱尔在自己的屁股上狠狠地拍了一巴掌。

站台、轨道，还有头顶上的上千根“管道”……

克莱尔一边对雪莉微笑，一边对自己的愚蠢摇了摇头。她的头脑已经变得混乱，这一点是毫无疑问的。

“是的，我觉得是。”克莱尔说，“这是你猜出来的，不是我。我的大脑一定是罢工了……”

站台的一侧有一个小的电脑控制终端，就是她之前认为不重要的东西，那里大概就是控制台吧。克莱尔朝那边走去，雪莉也跟随她到了那里，一边心不在焉地握着金色的项链坠，一边试着描述自己在排水井中所听到的噪声。

“……而且那个声音在移动，就像电车。当时我很害怕，那声音很大。”

果然，在控制台的小型显示器的下方有呼叫命令编码和数字键盘。克莱尔敲入编码后按下“确认”键——于是房间里响起了机器正常工作的轰鸣声，那是电车的声音。

“你真是个聪明的小宝贝，你知道吗？”克莱尔说道，随后雪莉的表情几乎放起光来，她整个脸上都带着甜美的微笑。克莱尔用一只手搂住她的肩膀，然后两人一起走向平台的边缘等待。

几秒钟以后，电车的灯光出现了，发亮的小光环在她们的视线中渐渐变大。在一路过关斩将之后，克莱尔决定要对事情的发展想象得尽可能乐观——主要是不让自己再担心接下来会发生什么可怕的事情。当然，这列电车会直通城外，而且里面会有大量的水和食品，还有淋浴和干净温暖的衣服——

不，重新开始。那里会有充满热水的浴缸，还有厚绒布长袍，还会有拖鞋。

不错，只要没有怪物和那些疯子她就已经很欣慰了。克莱尔瞟了一眼雪莉，注意到她还在摩擦着她的项链坠。

“那里面有什么东西？”克莱尔问道，她想让雪莉再笑一笑，

“是不是里面有男朋友的照片或是什么的？”

“里面？噢，这不是能打开的小盒子。”雪莉回答道，克莱尔很高兴看到她脸颊上升起了淡淡的红晕。“这是我妈妈给我的，是个护身符——我也没有男朋友。与我同龄的男孩子都非常不成熟。”

克莱尔笑了。“习惯就好了，亲爱的。据我所知，他们中的一些人永远也成熟不了。”

电车现在离她们很近了，已经能够看到车的形状，那是一辆单节车厢，大概有六七米长，正沿着轨道平稳地前行。

“你觉得这辆车会到哪里？”雪莉问道。克莱尔还没有来得及回答，通往站台的门就被打破了。

大门朝站台内飞了进来，合页发出金属断裂的尖锐声音，随后门叮叮当当地掉落在地上——

克莱尔立刻抓住雪莉，把她拉到自己的身边，这时，像塔一样高的X先生正弯腰侧身想挤进入口，它呆板的目光转向了她们。

“站到我的身后！”克莱尔喊道，并把艾隆斯的手枪拿了出来。她回头看了一眼正在靠近的电车。十秒，她们需要十秒钟——

X先生朝她们迈了一大步，克莱尔知道它会抓到她们的。它可怕的脸上没有表情，也没有任何感情，它巨大的双手举了起来，它还在六米开外的地方，但只需要迈四大步就能——

“电车一停你就上去！”克莱尔大喊着并扣动了扳机。

四颗、五颗、六颗子弹都打进了它的胸口，第七颗子弹打中了它像死人一般苍白的脸颊，X先生连眼睛都没眨一下，也没有流血——更没有停下。它又迈出有力的一大步，脸上冒着烟的黑洞证明它根本就不是人类。克莱尔放低了胳膊，瞄准它的腿和膝盖——

砰！砰！砰！

子弹击中它的时候它停顿了一下，至少有一颗子弹直接击中了它的左膝。X先生用黑色的眼睛盯着克莱尔，让她……

“这里，快来！”

雪莉边拉着克莱尔的马甲边叫道，克莱尔在后退的同时再次扣动了扳机。又有两颗子弹击中了对方的肚子——

克莱尔上了车，雪莉找到门的开关。门呼的一声关上了，她们从小窗户里看到X先生并没有前进，也没有倒下，更没有死亡。

“跟我来！”克莱尔喊着，她在右侧发现一个闪着灯光的控制台。她知道如果这个可怕的巨型生物再次走过来，这扇门连一秒钟都坚持不住。

克莱尔朝控制台跑去，雪莉也在她的身边奔跑着。她用颤抖的手按下红色“行驶”键，并感谢上帝那个设计师对使用者如此友好——

然后电车启动，并从站台慢慢驶去，远离了那个坚不可摧的非人的怪物驶向黑暗中。

***

安妮特坐在四层的工作人员宿舍里，等待着接入电源的主机的响应，并和自己的内心辩论是否应该开启P–Epsilon序列。一旦应急系统被启动之后，所有的连接走廊的门都将被解锁，而且所有电动大门都会打开。这几天一直被困在这里的生物们就可以四处游走，而且大部分的生物都已经很饿了……

饥饿而且具有极强的传染性，凝结着血块的肉体上都是病毒……

安妮特不想遇到这些东西——离开时不想不愉快。银幕上出现第一行编码后，她决定不再运行这个序列。P–Epsilon气体仍然处于实验阶段，这是几个微生物学技术员为了安抚安布雷拉的损伤控制小组研制的。如果它能正常工作，舔食者和通过空气传播的初期病毒感染者就都会被干掉——这是第一波——这样可以确保她能更安全地通过运输隧道逃走。那些间谍快要来了，安妮特并不想帮他们把事情变简单。在她蹒跚走向合成实验室的时候听见升降机被召回的声音——这很好，太好了，她们正好能赶上大结局！安妮特想让间谍们为保住他们的生命而战，而自己则从实验室扬长而去，远离那个辉煌的爆炸，那个将吞没耗费数十亿美元的研究设施的大爆炸……

它会燃烧，把一切都化为灰烬，而我将从这个噩梦中逃出去。游戏结束，我赢了。安布雷拉最终失败了，这些偷偷摸摸害人的混蛋——

安妮特的感觉很好，她感觉清醒，而且也不疼了。她本来想在返回之后直奔最近的电脑，甚至在回收样本之前就先启动应急系统。在她从升降机里摇摇晃晃地走出来之后，她几乎无法看清眼前的东西，她很怕自己忘记了什么事情——或者更糟，怕自己摔倒后就再也爬不起来。合成实验室的药品柜解决了这个问题。那种强烈的痛苦已经是很久以前的记忆了，随之而来的是那种奇怪的迷糊的思想过程，这使她很难集中精神。当混合药物的药力弱下来以后，她将感到更加痛苦。至少在以后的几小时内，她会像以前一样好，甚至更好——比没有受伤的时候更好。

肾上腺素，内啡肽，安非他明。噢，我的天啊！

安妮特知道自己有些恍惚，而且也不应该高估自己的能力，但是她为什么不该感到高兴呢？她对着自己面前的那台小型电脑笑了笑，开始输入指令，她的手指飞快地敲着键盘。合成肾上腺素在她扩张的静脉里涌动，她感到自己的牙齿都要碎了。她会成功地回到实验室，威廉已经回去了。研究所中最后的有效病毒样本已经在自己的口袋中了。她在去寻找威廉之前把病毒样本藏在一个保险盒里，然后在回到员工宿舍的路上拿到了它——

76E，43L，17A，应急时间……20分钟，声音警告/切断电源，10分钟，个人授权，0001柏肯——

这样就可以了。安妮特止不住地笑着，她不想停下来，她轻轻地抚摸着“确认”键，胜利的喜悦像沸腾的液体在她麻木和受伤的体内奔腾。只要再按一下，世界上就没有可以阻止它的东西了。在十分钟之内，警告的录音带就开始播放，运输用的升降机停止运作，把这个设施从地表隔离开。十五分钟之内，就会响起倒计时的声音——在五分钟之内坐电车可以到达最短的安全距离，再有五分钟就会——

轰隆！距离爆炸只有二十分钟。有足够的时间到达隧道并开动电车；有足够的时间远离滴答作响的时钟，飞驰在城市街道的下方并通过浣熊市郊外孤立的山麓；有足够的时间到达逃生路线终点，走进私有领地，然后转过身——目睹安布雷拉失去一切。

在指针指向零的同时，研究所中央电源核心的应急塑胶炸弹便会启动。即便十二组炸药中只有一组被启动，那一组炸弹的威力也会将埋在墙壁中的其他预备炸药全部引爆。安布雷拉应急系统的设计目的是将一切都炸毁。实验室会成为一个地狱，这座亡者之城将被炸成一片废墟。这在三四公里以外的地方也能看见——她会看见这一幕。她知道自己已经做了自己应该做的事情。

这是为了你，威廉……

这个想法真是苦涩的甜蜜……有一段时间，他们都没有——享受夫妻生活的快乐。威廉是那么聪明，那么投入他的工作，合成与开发的快乐代替了夫妻生活的喜悦。她意识到他是个天才，她学会从支持他中获得和享受乐趣，而不再有夫妻关系那种无用的困扰——现在，她的手指就在能终结这一切的键上悬着。她发现自己突然希望在最后的几年里，他们能有更多的时间在一起，比她对他难以置信的才能的崇拜更多，比他对她协助的感谢更多。

这是我们最后的吻，我的爱人。这是我对工作的贡献，也是对于我们所分享事物的最后的爱。

是的，就是正确的，就是这种感觉。安妮特按下了启动键，她的心在歌唱，之后她看见对面显示器上锁定代码闪烁着的绿光。

“我在此恭敬地提出辞职。”她轻轻地说，然后开始大笑……

3 resident evil

第二十五章

移动的升降机在黑暗中穿行，被朦胧的橘黄色灯光照亮。那个打穿升降机墙壁的怪物已经走了。里昂在封闭的空间内小心地检查了两次，什么都没有发现，除了机器稳定运转的嗡嗡声外什么也听不到。

怪物在屋顶的黑暗中咆哮时，里昂举起步枪对准了它，可是他实在是被自己看到的东西吓呆了。在他看清楚那家伙的一瞬间，他满腔复仇的愤怒就像灰尘被风瞬间吹散似的，并被一种寒冷刺骨的纯粹的恐惧所取代。

可恶——

那个东西还在尖叫，它的头向后面仰去，它的叫声就像地狱的声音在黑暗中移动。它大概曾经是个男人——人形的手臂和腿，衣服的碎片还挂在它硕大的身体上——所有人类的部分全都发生了变化，就在它朝着冰冷的黑暗怒嚎时，它的身体仍然在变化着。里昂只能目不转睛地看着。

它的身体膨胀起来并被奇怪的肌肉覆盖，裸露的胸膛随着它无尽的尖叫剧烈地起伏。它的右臂比左臂长十五厘米左右，带着污垢的骨状爪子从它的手上伸展出来。一个球状的能活动的肿瘤在它右臂的肱二头肌上，看上去就像一个足有餐盘那么大的眼珠，湿漉漉地滚来滚去，好像在搜索什么——

它的叫声也发生了改变，变得更加低沉和粗野，它毛茸茸的脸正在下陷——正在慢慢融进它的前胸。如同热蜡融化一样，就像电影中的特效，那个生物的头融进了它的上半身，渐渐消失在它鲜红的皮肤中——

与此同时，另一张新的脸正在逐渐形成并生长着，从脖子背后慢慢升起，同时伴随着可怕的噼啪声，就好像手指被折断的声音，细长的眼睛睁开了，只有骨头的红色窟窿变成嘴巴，并用新的声音发出愤怒的呐喊声——

里昂立即扣动扳机，他否认他所看见的东西，否认这个怪物非自然的存在性。

轰隆!

子弹正中它的胸口，一种黏稠的紫色血液喷了出来，让这个怪物停止了喊叫——也仅此而已。那个怪物把它刚长出来的脸转向里昂，歪了歪圆圆的头——

然后跳下去，以半蹲的姿势落在平台上，它的腿差不多有里昂胸口那么粗。

它跳了一下，然后弯曲着脚步向前走来。里昂可以闻到怪物身上闪闪发光的皮肤散发出的一种奇怪的气味，像化学方法制造的麝香的味道，而且他还看到怪物胸前的伤口不再流血，那奇怪的肌肉正在填满那个小枪眼。

怪物突然举起它有力的爪子，里昂见状赶忙跌跌撞撞地向后退去，就在怪物的爪子向下抓来时，里昂再次扣动扳机——

砰!

火花从枪口飞出，子弹打进怪物的肚子里，更多的紫色血液从伤口喷出。这种直射出的重型子弹似乎对这个像塔一样高大的怪物没有任何影响。它又往前迈了一步，而里昂又向后退去，并再次射击——

忽然，里昂被升降机的台阶绊到了，他一屁股坐在地上，发射出去的子弹从怪物子弹状的头顶掠过。它只要再迈一步就会踩到里昂身上了——

我死定了——

可是，它并没有向前迈出这一步。相反地，它却转向围栏，歪了歪怪异的脑袋，然后鼓起它那退化了的鼻孔——

然后，它默默地，甚至可以说是优雅地跳上平台的边缘，消失在黑暗中。

有那么一会儿，里昂一动没动。他想知道怪物为什么没有杀自己。它好像闻到或者感觉到了什么，如果它没有停止攻击，它一定会获胜——它却离开了移动的升降机。

我没死，怪物走了，而且我还没死。

为什么，他不知道，也根本无法猜到。接受自己活着这个事实就足够了——在很短的一段时间之后，可能只有几秒钟的时间，他那混乱的思绪和感觉告诉自己升降机的速度开始变慢。周围变得亮了起来，黑暗逐渐变成了灰色。

里昂慢慢爬到艾达身边，查看她的伤势。

***

雪莉听到远处那个巨大洞穴里的某个地方传来怪物的叫声，并感到比她见到那个被克莱尔称作 X 先生的怪物来到电车站时更害怕。克莱尔说那个声音也可能不是怪物，很有可能是机械故障的声音，雪莉并不相信。那个声音如此遥远和奇怪，它可能是任何东西发出来的……

如果不是呢？如果克莱尔错了呢？

她们站在仓库外寒冷的黑暗中，在隧道前的地面上等待着机械噪声停下来。一轮满月低垂在夜空中，雪莉从地平线上深蓝色的光可以看出现在还没有到黎明，她并不觉得累。她感到害怕和担心，即便克莱尔拉着她的手，她也不想下到这个可能有怪物的黑洞里。

经过很长一段时间之后，机械的轰鸣声停了下来，克莱尔往隧道后面退了几步——她说这是运输通道——然后转身朝仓库走去。

“咱们去看看是不是可以把升降机召回……雪莉？”

雪莉没有跟着克莱尔走。她低头看着那个洞，手里紧紧地握着护身符，并在心里希望自己能像克莱尔一样勇敢——她不会，她知道自己不会像克莱尔一样勇敢，而且她不想回到黑暗中。

我不能，我不能下去。我和克莱尔不一样，我不在乎妈妈去哪儿了，我根本不在乎——

雪莉感到一股暖意从背后传来，然后抬头看了看。她惊讶地看到克莱尔脱下马甲并把它披在自己的肩膀上。

“我希望你穿上这个。”克莱尔说道。雪莉有些害怕，但她突然感到一种困惑的幸福。

“但是……为什么？这是你的，你会感冒的……”

克莱尔没有回答，帮雪莉把马甲穿好。马甲对她来说太大了，而且还有些脏，雪莉觉得这是自己穿过的最酷的衣服了。

给我的，她想让我穿着它。

克莱尔跪在雪莉面前，她现在身上只穿着单薄的黑色 T 恤和短裤。她严肃地看着雪莉，并把马甲往雪莉的胸前拉了拉。

“我想让你穿上它是因为我能看出你很害怕。”她坚定地说道，“这件马甲我已经穿了很长时间，我穿着它时我就会感觉自己什么都不怕，没有什么东西能够阻挡我。我哥哥有一件后背有同样图案的皮夹克，他就什么都不怕——他是跟我学的。”

克莱尔的脸上突然出现疲惫而温暖的微笑，这使雪莉忘记了那个怪物，但只是很短的时间。

“那么，它现在是你的了。你穿着它的时候，我要你记住，我认为你是这个世界上最棒的十二岁少年。”

雪莉笑了笑，紧紧抱住身上这件已经褪了色的粉色牛仔马甲。“这是行贿，是吗？”

克莱尔毫不犹豫地点了点头：“是的，它是行贿。那么你觉得怎么样？”

深呼了一口气后，雪莉伸手拉住克莱尔的手，两人一起走回仓库去寻找升降机的控制器。

***

艾达在里昂把她轻轻地放在一张吱吱作响的床上时醒了过来，她感到剧烈的头痛和腰痛。她首先想到的是自己中枪了——她睁开眼看到里昂充满担心且苍白的脸时，她才记起来刚才发生的事。

他想要吻我，我觉得。然后……

“刚才发生什么事了？”

里昂俯下身，拂去她额头上散乱的头发，微微一笑。“出现一个怪物，我觉得这和杀死贝托鲁齐的是同一个。它的手爪穿透升降机的墙壁并用爪子抓了你，然后你的头磕到地上昏倒了。”

病毒！

艾达想要挣扎着坐起来看看伤口，剧烈的头痛又让她躺下了。她伸出手小心地抚摸着左边太阳穴上面阵痛的点，那里黏稠的血块让她把手又缩了回去。

“哎，你快躺好不要动。”里昂说道，“伤口并不是太糟糕，你摔得很重……”

艾达闭上了眼睛，试着让自己恢复冷静。如果她被感染了，她现在根本无能为力——那可真是太有讽刺性了——如果是柏肯的爪子抓到她，而且柏肯还具有传染性，她可能已经以一个极端个人化的方式采集到了 G 病毒样本。

深呼吸，振作点儿。你已经不在升降机里了，这意味着什么？

“我们在哪里？”她睁开眼睛问道。

里昂摇了摇头说：“我不确定。正如你所说的，这里好像类似地下实验室或者工厂的地方。升降机就在外面，我把你带到了一个最近的房间。”

艾达转动疼痛的头，四处看了一下，看见在一个杂乱的柜台上的一扇小窗户，透过玻璃可以看到升降机舱。

一定是在第四层，升降机在这里终止……

合成病毒的主要实验室在第五层。

里昂十分关切地盯着她，他明亮的蓝眼睛里带着让人心痛的温柔。就在这几秒钟，艾达想到要放弃这个任务。他们可以一起通过逃生隧道，乘电车逃出这座城市。他们可以远走高飞，越远越好——

然后会怎么样？给特兰特打电话告诉他你会退款？当然。接着可能会和里昂的父母见面，得到一枚戒指，然后买一套围着篱笆的白色小房子，生两个孩子……你可以学织毛衣，在他从处理醉酒驾车和指挥交通之类的辛苦工作回家之后帮他做足部按摩。从此以后快乐地生活……

艾达再次闭上眼睛，她在说话时不敢看着他的眼睛。

“我的头非常疼，里昂。我在地图上看到了那条隧道——我不知道它到底在哪里……”

“我会找到它的。”他轻声地说，“我会找到它的，然后我就回来接你，你不用担心，好吗？”

“小心点儿。”艾达低声说道。然后她感到里昂柔软的嘴唇轻轻碰到了她的前额，并听到他站起身向门口走去的声音。

“你待在这里，我马上回来。”他说，然后门被打开又关上，她又是独自一人了。

他不会有事的。他会在隧道中迷路，然后他就会回来，我已经走了，然后他就会坐升降机回到地面……我能找到病毒样本，并逃出去，然后这一切就全部结束了。

艾达默数了一分钟，然后慢慢地坐起来，剧烈的头疼让她紧皱着眉头。确实摔得很重，但没有浑身无力，她还可以行动。

外面传来一声噪声，艾达随即站起身，她走向那扇小窗户。她在向外看之前就知道是什么声音了，她的心沉了下去。升降机朝地面升了上去，大概是安布雷拉的小队把它召回了工厂……

这就意味着，我没有多少时间了。如果他们发现里昂——

不，里昂不会有事的。他是一名战士，他有头脑，能从危险中逃出去，他坚强而且正直——在他的人生中不需要像她这样的人。她疯狂地考虑着这件事，即使是很短的时间。现在是结束这一切的时候了，她应该做自己来这里该做的事情，她应该记住自己是谁——自由侦探，一个为完成任务不惜去偷东西或者杀人的女人，一个冷酷的高效率的小偷，一个从未失手并对自己的工作充满自信的人。艾达·王总会带着所需要的物品安全离开，要想让她忘了这些，和一个蓝眼睛的警察相处几小时是远远做不到的。

艾达从小包里拿出门卡和钥匙，把门打开，她告诉自己她做的事情是正确的——她希望自己有一天会相信这件事是正确的。

3
resident evil

第二十六章

安妮特遇到了一些麻烦。

通往货物室的行程并不是很糟。她只遇到了一个感染者，一个第一阶段的感染者，而且她只用了一颗子弹就在它萎缩的灰色头骨上打出一个洞。她从沉睡的舔食者下方穿过，不过她并没有把它从天花板上的床上惊醒，而且其他生物仍然在黑暗的阴影中潜伏着，它们还没有发现自己自由了。如果不是这样，就是比她想象中更多的生物解体成了烂泥……不管怎么样，在为这些事情担心之前，她应该已经离开这里了。

总之，安妮特只花了不到三分钟的时间就到了货物室，她输入了开门的密码，同时感到巨大的成就感。药物注射的兴奋状态已经消退，她仍然感觉不错——

直到货物室的大门拒绝打开。安妮特再次仔细地重新输入那串简单的密码——仍然没有任何反应。整个设施中只有这扇门不会在自毁系统启动时自动打开，这不应该有问题——在控制台下面的凹槽里有张认证光盘，那张光盘总是在那里，尽管安布雷拉一直坚持只有部门负责人才有权进入——

当然，在检查之后，她看见光盘并不在它应该在的地方。有人把它拿走了！

安妮特站在空荡荡的走廊中被锁住的舱门前，感到一阵极度的恐慌缠绕着向自己的脑海袭来，那是一种她自己都不能允许在头脑中占据上风的歇斯底里。

实验室就要爆炸了，而我在这里浪费了四分钟，不，差不多五分钟了。那个该死的光盘到底在哪儿？

“冷静，别紧张。你会没事的，没事的……”

理智的低语轻柔地回荡在明亮的走廊中。安妮特只需要到其他的楼层搭升降机就可以了，她有钥匙，也有武器，还有时间。虽然剩下的不多，但足够了。

安妮特深深地吸了一口气，然后沿通向楼梯的走廊返回。她提醒自己一切都很好，这一点并不重要，无论自己是否能够活着逃出去，安布雷拉都会受到惩罚。她并不想死，她也不会死，这条闪闪发光、鲜血四溅的走廊和曾经是无菌的实验室都将燃烧起来，所以没有必要恐慌——

她右转后沿连接走廊迅速走去，她的脚步声在寂静的走廊中显得格外响亮。就在这时，一块天花板正好掉在她的前面——

接着，一只舔食者落在地面上并发出了嗜血的尖叫声。

不！

安妮特立刻开枪。怪物飞奔向前并伸出一只畸形的爪子挥向她，而射出的子弹只打中了它的肩膀。安妮特感到前臂传来一阵尖锐的痛感，于是她再次开枪，同时内心充满了难以置信的震惊——

第二颗子弹打中了怪物的喉咙，它发出了尖叫，鲜血从破裂的伤口喷射出来。它发出含混的嘶鸣并再次向安妮特扑来。

第三颗子弹击中怪物灰色胶冻般的脑子，它一下就抽搐地倒在距离安妮特颤抖的双腿只有几厘米的地方。

安妮特一边喘息着，一边意识到她有多么地接近死亡。她低头看了看自己流血的手臂，看着白大褂上那几条被划开的大大的口子——

她突然想起了什么，有种念头在她脑海中出现了。

她的大脑飞速运转，心脏剧烈跳动着，手臂流着血，还有舔食者，那是威廉的舔食者，在她面前死在地板上——所有的东西都在她的脑子里晃来晃去，转成了一个圈，然后她将思绪集中在一个极简单的想法上。这个想法让她把这些东西都弄明白了。

G 病毒不是安布雷拉的。

这一点是那么清晰，那么明确。她不能逃离痛苦，因为不管她逃到哪里，痛苦都会找到她，手臂上流出的血就是证明。威廉明白这一点，在他说明之前，在他能告诉她真正需要做的事情之前，他就迷失了自我。她必须对抗那些攻击者，并让他们理解——G 病毒并不是他们的东西——因为它不属于他们。

他们会明白吗？他们能吗？

也许能，也许不能，安妮特此时已经被简单而深刻的事实所压倒，她知道她必须试一试，试着让他们明白。这是威廉的成果，是他的遗产，而现在是属于她的。她以前就知道，现在她真正地明白了。仿佛有一道光射进她的头脑里，这让其他的事都变成了琐碎的小事。

不是他们的，是我的。

她必须找到他们并告诉他们。一旦他们接受这一事实，他们就会放过她——如果还有时间，她就可以走了。

首先她需要再打一针。安妮特微笑着，眼睛里闪着光芒，她迈过舔食者的尸体向楼梯走去。

***

里昂好像听到了枪声。

他在一间类似外科手术室的房间里，这是他离开艾达以后走进的第一条通道的最后一间屋子。里昂从他找到的皱皱巴巴的文件上抬起头看向四周，并仔细听着——从远处传来的响声并没有再响起，于是他继续搜索。他快速地翻看着，拼命地在印有安布雷拉名头的纸上寻找着除了那些无尽的数字与字母之外的东西。

快点儿吧，这里面一定有什么有用的东西……

他想离开这里，他想带着艾达离开这个鬼地方。那个躺在角落里被开膛破腹的尸体给了他足够的理由，比这更糟的是——这个房间里的空气，从外面走廊飘进来的空气，还有，他愿意打赌，这栋设施的每一间房间里的空气都不对劲，都弥漫着死亡的臭气。更糟的是，这里有一种更加阴暗更加没有道德的气氛——邪恶。

他们在这里做过实验。除了实验之外只有上帝才知道他们在这儿还做了什么——另外，他们制造出丧尸瘟疫，制造了像怪物一样的恶魔攻击了艾达，他们将整个城市陷入灾难之中。无论他们的意图是什么，他们都是在做邪恶的事情。

是非常大的邪恶！升降机把他们带到了安布雷拉的秘密实验基地，而且它的规模相当大。里昂从墙上的数字可以看出自己是在四层，不管这意味着什么——他沿着这条通道来到了一个奇怪的手术室，这是他从三条道路中选择的一条，这条路的下面有一个二十多米宽的开放空间，底部消失在黑暗之中。他不知道自己和艾达到底向下走了多深，他并不在乎。他想找到地图，就像艾达在下水道中发现的一样，上面能有箭头简单明确地标示着出口。

这里没有……

里昂沮丧地将那些毫无用处的文件推到一边，然后在被一堆化学读数遮挡住的不锈钢的桌子上看到一张电脑光盘。他把它捡起来，皱了皱眉——标签上印着“货物室验证用盘”，上面的大写字母已经模糊了。

里昂叹了一口气，把那张光盘塞进口袋里，然后用右手揉了揉酸痛的眼睛。他把艾达从升降机抱出来之后，他的左手基本上变得没有用了。他不想找一台电脑看看光盘里面的内容，也不想从一个房间走到另一个房间去寻找出口，他更不想看到安布雷拉的研究人员把自己都搭进去之前的暴行。他很累也很痛，同时又在担心艾达……他走回到门边，决定回去找艾达谈谈。他想减轻她的心理负担，并告诉她他会找到出口的，这个地方实在太大了。如果她知道方向，或者能够记起出口在哪一层……

里昂打开门，走进了走廊——

一个举着枪的女人站在他的面前，用手中的九毫米口径手枪指向他的胸口。她正在流血，深红色的血流从她的手臂上流出滴落到她身上那件肮脏的白大褂上——她脸上的表情怪异极了，两只玻璃状的眼睛瞪得大大的，好像在告诉他做出任何突然的动作都会是一个非常糟糕的主意。

噢，我的天啊，这是怎么回事？

“你杀了我丈夫。”女人说道，“你和你的搭档，还有那个女孩——你们所有的人，你想在他的坟墓上高兴得手舞足蹈，但是我却有不好的消息要告诉你！”

她像嗑了药一样兴奋，里昂可以从她高亢而颤抖的声音中听出来，也能从她抖动的皮肤看出来。里昂把他的双手保持在身体的两侧，让自己的声音保持冷静和低沉。

“太太，我是一名警官，我是来帮助你的，好吗？我不想伤害你，我只是……”

女人把她血淋淋的手伸进她的口袋，然后举起了什么东西，那是一个装满紫色液体的玻璃试管。她疯狂地笑着，并把玻璃瓶举过头顶，手中的枪仍然对着里昂的胸口。

“它就在这里！这就是你想要的东西，不是吗？你听我说，听见了没有？它不是你的东西！你明白我说的话吗？威廉创造出它，而我帮助了他，这个东西不属于你！”

里昂点了点头，慢慢地说道：“这个东西不属于我。你是对的，它是你的，绝对是你的。”

女人甚至都没有听里昂说话：“你觉得你可以把它夺走，但我会阻止你的。我会阻止你夺走它——还有很多时间，有时间让我把你和艾达，还有一切想要夺走它的人全都杀掉。”

艾达——

“你都知道艾达的什么事情？”里昂吼道，并朝着疯女人迈了半步，他不能再保持冷静了，“你是不是伤害了她？快告诉我！”

女人大笑着，那是一种没有幽默感的疯狂的大笑。“她是安布雷拉派来的，你这个愚蠢的笨蛋！艾达·王，那个‘利用完后就甩掉’的人，她勾引约翰想夺走G病毒，这不是她的东西！不是！这不是你们的东西，是我的——”

一阵巨大的冲击使地面发生晃动，里昂摔倒在地上，周围的墙壁都在晃动——

接着是隆隆的声响，管道和石膏纷纷从天花板上掉落下来，粗大的横梁砸向女人并发出一声闷响。混凝土碎片和墙壁白色的碎块砸向了他，里昂赶忙护住脑袋——

不一会儿，震动停了。里昂坐了起来，盯着那个倒下的女人，他不确定刚才发生了什么事。女人没有动。刚才掉下来砸中她的金属横梁的一端仍连接在天花板上，而女人的一只手则被压在另一端的下面——

突然，一个冷静而清晰的声音从隐藏在墙壁中的扩音器传出——那是一个女性平静的声音，并伴随着有节奏的警报声。

“自毁系统已经启动，此系统无法被终止，所有人员应立即撤离。自毁系统已经启动，此系统无法被终止，所有人员应立即撤离……”

里昂急忙爬起来，朝倒在地上的女人跑去——他俯下身，从她伸出的手中拔出玻璃试管，插进自己的多功能腰带中。他不知道女人是谁，她已经疯了，她不应该拿着可能放着任何危险东西的试管乱晃。

艾达——他必须去找艾达，然后他们一起离开这里。走廊中回荡着刺耳的警报声，还有没有任何感情的女人不断重复着即将毁灭的声音，追赶着里昂穿过门并跑回到走廊。

这段录音没有说他们到底有多长时间，里昂相当肯定，他不想在倒计时结束时还待在这里。

3 resident evil

第二十七章

升降机通道中冰冷黑暗的旅程以液压制动器发出的一阵噪声结束，然后是一片寂静，发动机关闭了，她们被困在一个似乎没有尽头的隧道中。

“克莱尔？怎么了……”

克莱尔将手指轻轻放在嘴唇上，示意雪莉不要说话，然后听到外面好像有警报的声音，像从喇叭传出的不断重复着的声音。好像还有说话的声音，克莱尔只能听到微弱的咕哝声。

“来吧，亲爱的。我想我们的升降机之旅结束了。让我们看看我们这是在哪里，好吗？跟紧我。”

她们从升降机下到平台上，那个声音听起来不是那么遥远了，而且有束光从升降机后面照进来。克莱尔握着雪莉的手快速地四处走了走。克莱尔不想让女孩担心，她听到的确实是警报声。的确有人在有节奏的警报声中说着话，克莱尔想知道他们说的是什么。

升降机停在某个维修隧道下方仅仅几厘米的地方，她看到的那束光是挂在隧道顶上铁丝网罩着的灯泡发出的。那里没有门，在短短的通道后有一个可以爬入的空间，看来只能用这个了。

或者爬到那儿，或者爬回到地面，可能会有不到两公里的路程吧……

不行。克莱尔把雪莉举起来，然后她自己跟在雪莉后面爬，随后她移动到前方并弯着腰走进了阴暗的空间。她离那个可爬入的空间越近，那种声音就变得越大，含糊不清的说话声变成一个女人的声音。她努力分辨那个女人说的话，希望能听到“升降机故障”和“临时”之类的话——仍然听不清楚。她们不得不放弃升降机，克莱尔希望能找到更好的东西帮助她们离开这里。

克莱尔扭头看了一圈后叹了口气说 ：“看来，现在是我们的爬行时间。我先走，然后……”

咣当！

有什么东西落在她们身后的升降机顶部，金属被撕开的声音如雷鸣般响起。雪莉发出尖叫声。克莱尔立刻抓住雪莉并把她拉到自己的身边，同时屏住了呼吸——

接着，先是一只手，然后是两只手从升降机厢顶部的洞里出现，两只粗壮的手臂出现在阴影中——

然后，X 先生巨大的闪着白光的头骨从被破坏的升降机中出现，就像在没有星星的夜里的孤独的月亮。

克莱尔转过身把雪莉推向那个黑暗的可以爬入的空间。她的心脏剧烈地跳动着，身上突然冒出了冷汗。

“走！快走！我就在你后面！”

雪莉就像一只受惊的老鼠一样迅速消失在黑暗中。克莱尔没有向后看，她太害怕了，根本不敢回头，她紧跟在雪莉后面爬进那个洞。这个对她们死缠烂打的追随者一定爬出了那台破碎的升降机，继续着它追赶她们的决心和让人无法理解的追寻。

***

艾达站在三条金属通道枢纽的阴影中，她听到安妮特断断续续的尖叫声。她强迫自己不要马上跑去救里昂，并告诉自己如果听到枪声就重新考虑对策……

随后整个实验室都剧烈地摇晃起来，那没有感情的录音开始循环播放。

可恶！

艾达有些站不稳，她知道这意味着什么，她对女科学家感到非常气愤，而她心里还在担心里昂。安妮特启动了自毁系统，这意味着他们可能只有不到十分钟的时间逃离这里——

而且里昂不认识路。

不，这并不重要。如果她想得到那个肯定在安妮特身上的样本，她需要现在就去。里昂不是她的问题，他从来就不是她的问题。她现在不会退出，尤其是不会在为特兰特获取珍贵病毒的过程中经历如此多的困难之后退出。

艾达迈了一步离开三条通道的配电板，然后听到咚咚的脚步声正朝自己这边跑来，脚步声很重，应该不是安妮特的。她躲进通向西边通道的阴影中，紧紧地靠在枢纽的边上。

几秒钟以后，里昂跑了过去。可能他正在返回他认为艾达应该等他的地方。艾达深深地吸了一口气，一边呼出气一边将里昂从自己的脑海中赶走，然后快步跑过南侧的连接桥去寻找安妮特。

***

艾达不见了。

“……自毁系统已经启动……”

“闭嘴，闭嘴——”里昂发出了嘘声，他无助地站在房间正中央握紧拳头，他的胃紧张得缩成了一团。

一定是她听到警报后害怕，逃走了。她可能在巨大的实验室中四处迷茫地徘徊，还迷了路，也许正在这冰冷的重复声音和报警器的响声中找他。

货物升降机！

里昂转过身朝门口跑去——发现升降机不见了，升降机以前在的地方有一个一米多深的大大的空洞。他一直过于在意回到艾达所在的地方，甚至都没有注意到升降机已经不在那里了。

我们必须找到那条隧道，一定要找到！没有升降机我们就会被困在这里！

里昂在心中发出一声沮丧的怒吼，然后转过身向连接桥跑去，祈祷自己能在为时过晚之前找到艾达。

***

那个爬行空间突然到了尽头，在下面至少两米多深的地方有一个空旷的隧道。雪莉的耳朵嗡嗡地响着，她的嘴像灰尘一样干燥，她抓住方形洞穴的边缘，然后闭上眼睛准备跳下去。

雪莉从通道上方悠了下来，身体刚一伸直就松开了手，她歪着身子落下来，右腿先着地。有点儿疼，但是她好像什么也感觉不到，马上就从地上爬走了，因为她不想挡路，然后盯着洞穴的上方——

克莱尔在那里，她的头正探出来，她瞪大的充满担心的眼睛看到雪莉平安无事，而且走廊是安全的且空无一人……除了警铃一直在响，以及内部通话系统中一个女人的声音不停地说着，而且X先生马上就要来了。

克莱尔拿着枪，将手臂尽可能朝下伸。“雪莉，我需要你拿着这个，不然我没法转身。”

雪莉站起来伸手抓住枪管，在克莱尔松手后，手枪的重量让雪莉很惊讶。

“不要把枪口指向任何东西。”克莱尔吸了一口气，接着居然飞出了洞穴，她把身体蜷缩着，双手紧紧地抱着头。她的肩膀先着地，接着来了个前滚翻，她的腿撞在混凝土墙上。

雪莉还没来得及问她是否有事，克莱尔就站起来拿回手枪并将枪口指向走廊尽头的门。“快跑！”克莱尔说完也马上奔跑起来，并用一只手推着雪莉的背，两人一起飞快地朝门跑去。因为空中那个声音告诉她们马上离开，还告诉她们自毁系统已经启动——

接着，两人背后传来巨大的金属撕裂的响声盖住了刺耳的警报声。雪莉跑得更快了，她害怕极了。

3 resident evil

第二十八章

安妮特·柏肯从冰冷的金属横梁的重压下爬了出来，手里仍然握着手枪，但G病毒却不见了。就在她张开嘴想愤怒地尖叫并抱怨上帝对她的不公平时，大量的血块混着血液从她的嘴唇边流了出来。

那是属于我的，我的，我的——

她竟然挣扎着站了起来。

***

艾达告诉自己她不值得里昂·肯尼迪对她的好评，她从来都不值得。

原谅我……

里昂从升降机跑回连接桥并转向西面跑去，他的心里充满对艾达的担心。艾达从枢纽的阴影中闪出来并用贝雷塔手枪指着他的背后。

“里昂！”

里昂转过身。艾达看到他的脸上绽放出放心的表情之后，感觉到自己的喉咙好像被什么东西卡住了——看到他的喜悦变成痛苦，他的微笑消失时，艾达努力不让自己再有任何感觉。

哦，我的上帝，原谅我吧！

“我一直在等你。”她说道，她没有为自己平静的声音感到骄傲。多么冷酷啊。

警报一直在鸣响，呆板的声音几乎和艾达的声音一样冰冷，警告着他们应急系统无法被关闭。她已经没有时间让里昂接受自己和柏肯发明的东西或那些没有灵魂的丧尸一样，也是一个怪物的新概念。

“G 病毒，”她说道，“快给我！”

里昂没有动。“那个女人说的是事实。”他的声音里没有愤怒，心里却比艾达想听到的有更多的痛苦，“你是为安布雷拉做事的。”

艾达摇了摇头，“不。我为谁做事和你没有关系，我……我……”

自从她长大以后这么多年以来，第一次有种流泪的冲动——突然间，她开始恨里昂，因为他让她恨自己。

“我试过了！”她喊道，她的镇定被一股穿过全身的强烈的愤怒洪流冲垮，“我试着想把你留在工厂里！而且，你非得从安妮特·柏肯那里抢到那个东西，是不是？为什么你不能把它留在那里！”

她看见里昂脸上怜悯的表情，并感到自己的愤怒已经过去了，取代它的是心里泛起的悲哀——是为自己和他一起失去的东西所悲哀，也是为自己很久之前就失去的一部分情感感到悲哀。

她想告诉里昂有关特兰特的事情，想告诉他自己在欧洲和日本所执行的任务，告诉他自己是如何变成现在这样的，告诉他自己悲惨和成功的人生中把她带到此时此地的每一件大事——告诉这个她正用枪指着的救过自己的男人——一个如果是在另一个时间和地点，她可能会爱上的男人。

时间一分一秒地过去。

“交出来吧，”她说道，“不要让我杀了你。”

里昂注视着她的眼睛，然后简单地说道："不。"

一秒钟过去了，然后又过了一秒。

艾达放下了贝雷塔。

***

里昂咬紧牙关准备迎接死亡，因为艾达手枪中的子弹会杀死他——

艾达却慢慢地放下武器，她的肩膀垂了下去，一滴眼泪从她精致的脸颊滑落。

里昂也呼出了他一直憋着的气，他的内心感受到太多的东西。他感到一种混合着悲伤和背叛的感觉，还有对艾达美丽的深色眼睛中痛苦的挣扎而感到的怜悯——

一声枪响从艾达身后的阴影中传来。艾达突然睁大眼睛，嘴巴张大的同时身体向前倾斜，她手中的枪掉在地上，她的身体撞在围栏上并翻了过去。

"艾达！不！"

里昂飞身扑过去，就在他抓住她手腕的时候，艾达也紧紧抓住围栏。她的身体悬在空中晃来晃去，身下是无底的黑暗，鲜血从她下垂的受伤的肩膀上喷出。

"艾达，坚持住！"

"我的。"安妮特低声说。

安妮特再次举起手枪，她打算朝里昂开枪，然后夺回自己的东西，要让他们都接受惩罚——

但这支枪太重，它掉了下来，她也随着枪一起倒了下去，倒在黑色的金属地板上。黑暗，黑暗在她的头脑中旋转，最后把她的痛苦都带走了。

威廉——

这是她在进入长眠之前最后所想的事情。

***

门里面摆满了发出巨大噪声的各种机器，这些大家伙发出阵阵轰鸣，甚至把尖利的警报声淹没了。

克莱尔连拉带拽地带着雪莉向前奔跑，拼命地寻找出口，她知道怪物正在接近她们。

它想要什么？为什么要追我们？

在角落里有一块距离地面大概不到两米高的平台，平台下面的一侧堆放了很多箱子。

“这边走！”克莱尔大喊道。她们开始全力奔跑，跑过那些震动的金属控制台，那些机器不停地朝外喷着热气。克莱尔把雪莉推了上去，然后自己也向上爬去。

轰隆！

她转过头，看见巨大的怪物撕开了房间另一侧的门，然后大步迈进充满机械轰鸣声与热气的房间，并寻找着……

在平台的尽头有一道对开的金属舱门。她们朝那里冲去，克莱尔满脑子想的都是该如何从这里逃出去，以及该如何干掉那个从所有的攻击中活下来的怪物——

门没有上锁，她们跑到另一个平台上。黑暗房间里的热度灼烧着她们，太可怕了——

这是一条死路。克莱尔在她们往这个巨大的房间跑了几步之前就明白这一点。这里是铸造工厂的监工平台，这些滚烫的热浪是从下面重型冶炼熔炉中升腾上来的。

她只剩下十二颗子弹了，这是两支枪里的全部弹药。

克莱尔慢慢地向平台的边缘走去，雪莉跟在她的旁边。熔化金属的橘红色的光照在她们身上，里面的温度可以熔化任何东西……

怎样才能做到呢？我怎么才能让它跳下去呢？

"雪莉，到那边去！"

克莱尔指着平台最远的角落，雪莉摇了摇头，她的小脸因恐惧而颤抖着。

"过去！就现在！"克莱尔大喊道。雪莉惊恐地尖叫着向那边跑去，她的项链坠和牛仔马甲敞开的口袋撞在一起——

那不是项链坠——

这时，雪莉尖叫了起来。克莱尔转过身，看到X先生走过来了。

它走进房间，就像克莱尔第一次见到它时一样僵硬和巨大，还是一样令人难以置信。阴森恐怖的橘红色光芒把它映得更像一个噩梦。克莱尔站在原地，把艾隆斯的手枪插进短裤，那个尚未成形的计划在她充满恐惧的脑海里飞速地运转着。计划可能行不通，但她必须试一下——

如果它过来抓我，我就翻过围栏，然后牢牢抓住栏杆，而它却会一头栽下去——

X先生转过身，用空洞的目光盯着克莱尔，地面随着它前进的脚步震动。它脸上和喉咙上的黑色弹孔在可怕的南瓜色光芒中就像阴影——

它却转向了雪莉，然后举起拳头向她走去。

"嘿！嘿！我在这儿呢！"克莱尔喊道，而它却好像没有看到也没有听到。它所有的注意力都集中在那个蜷缩在墙角、一边抽泣一边紧紧地握住项链坠的雪莉身上——

这时，克莱尔知道了它想要的东西。那些她依稀记得雪莉和安妮特说过的话终于在她的意识中合成一个整体，并凑成了答案。

G病毒，她会因为它被撕成碎片，有魔力的护身符——

那不是项链坠！

"雪莉，它想要那条项链！快把它扔给我！"

如果她错了，两个人都会被杀掉。X先生正向雪莉靠近，把她从克莱尔的视线中挡住了——

紧接着那个项链坠，安妮特·柏肯交给女儿的那个带有G病毒的项链坠，从炽热的黑暗中飞过来，落在克莱尔脚前的地板上。

X 先生摇摇晃晃地转过身，用那双黑色的眼睛盯着那条项链被抛出的路线。那条项链离开雪莉的瞬间，它就忘记了雪莉。这是真的。

好女孩!

克莱尔把项链捡起来，冲着怪物挥了挥。她感到一股令人难以置信的愤怒和一种不怀好意的喜悦。同时那个臃肿巨大的怪物坚定地向她走来，它再一次举起了拳头，毫无生气的眼睛死死地盯住发光的项链。

“你想要这个吗？”克莱尔嘲弄着它，话语中充满了愤怒，为了浪费的子弹，也为了自己的恐惧和雪莉遭受的一切，“是不是？你过来拿吧，你这个卑鄙愚蠢的笨蛋！”

怪物与克莱尔只有不到一米五的距离，这时克莱尔转过身把项链扔进了冒着泡的燃烧的熔炉里，那条项链在熔化的铁水中消失——

然后，那个在漫漫长夜里一直让她们恐惧的拥有超能力的怪物径直走向了围栏，金属栏杆在它巨大的重量挤压下折断了——

然后它默默地坠入了那个巨大的熔炉中，熔化的铁水在发黑的边缘晃动着发出了嘶嘶声，里面喷出的火焰沿着它身体的形状跳动着，同时它消失在熔化的金属液体中……

克莱尔感到了胜利的甜蜜和美好——录音中冰冷的声音突然改变了看到 X 先生在烈焰中翻滚所感受到的快乐。

除了刺耳的警报声外还有——

“请在五分钟内到达安全距离。所有人员应立即撤离，请前往最下层的站台集合。重复一遍，请前往最下层的站台集合。重复一遍……”

雪莉在她的身边，克莱尔抓住她的手，然后两人一起奔跑起来。

***

这种疼痛真是让人难以置信，艾达闭上了眼睛，她不知道自己会不会因为这个而死。

“艾达，坚持住！振作一些，我现在就拉你上来！”

在冲击着她耳朵的刺耳警报声中，艾达听到自毁系统开始运行的倒计时声。还有五分钟。

他想要救我，但是我俩都会死。

里昂的腕力很大，他的恐慌和恳求的声音包含的决心几乎和艾达自己的想法一样强烈。几乎，但并不完全一样。

艾达抬起头看着里昂，尽管发生了这么多事，他还想让她活下去，他想帮助她上去并带她逃到安全地点。

这次不行，不能让他为我……

她的生活完全是自私的，只有自我和贪婪。她目睹过很多善良的人死去，一路走来，她甚至丧失了爱的能力——她告诉自己，即使为了爱别人而努力也只不过是在浪费时间而已，那是软弱的表现。

可是我错了！我太自私了，而且是错误的，现在已经晚了。

还不晚。无论下面有什么东西在等着她，她都已经下定决心。

“里昂……到下面，往西走，你会找到一间货物室……就在那排塑料椅子后面。你需要一张光盘，它在我的……包……”

“艾达，我拿到了！货物室里的光盘，是吧？我已经找到了——不要说话，坚持住，让我把你拉上来。”里昂摸索着围栏，仍然想牢牢地抓住艾达。

说话对她来说需要费很大力气，她必须在时间用完之前告诉他一些事情。“密码是345。里昂，你要搭乘升降机到下面去。电车……隧道通向外面。你必须……全速前进……还要小心威廉·柏肯，他是G病毒的携带者，他——他现在应该已经变异了。明白了吗？”

里昂点了点头，他那双炽热的蓝眼睛中全是艾达。

“活下去。”艾达说道。这句话真好，很适合做临终留言。她已经精疲力竭，任务结束了，而且里昂会活下去。

艾达从围栏上松开了手。里昂喊着她的名字，他的声音随着艾达坠入黑暗，就像痛苦的诀别。

3 resident evil

第二十九章

雪莉很害怕，X 先生死了，而且它一定从一开始就是个怪物，不像警署那些，而是真正的怪物，那个一直想要把她撕成碎片的怪物——

她没有时间想这个问题，因为克莱尔拉着她沿着来路全速往回跑。她们穿过机械室，穿过那个爬行空间，然后转过弯——

雪莉突然发出尖叫声。一个丧尸朝她们走过来，那是一个只有肮脏骨架的白色丧尸，接着克莱尔举枪并扣动了扳机——

*砰！*它干燥的白色头骨被打碎了，发出呻吟声的丧尸瘫倒在地上。克莱尔拉住雪莉跨过那具尸体向走廊尽头的门跑去。

那儿有一架升降机。克莱尔把雪莉拉进去之后，雪莉靠在边上调整呼吸，同时克莱尔按下了控制键。和她们躲避 X 先生时奔跑的速度相比，这台升降机下降的速度就像爬行，一种发出轻柔的哼哼声的爬行。

“我们会逃出去的。”克莱尔喘息着说道，“再等一会儿就好了。”

雪莉点了点头，她的心脏跳得更加剧烈了，因为扩音器里的那个声音告诉她们，只剩下四分钟了。

***

里昂不知道该怎么站起来往前走。他的脑海里还回想着艾达坠落前那冷静而美丽的脸庞……*艾达不在了。她已经死了。*

里昂伸手捡起艾达的贝雷塔手枪，在他捡起枪的同时一股新的悲痛感涌遍全身，这支武器上还有她的余温——而且它太轻了，大概只一半的重量，因为里面没有子弹。里面甚至连弹夹都没有。她从来没有想伤害他，她撒了谎，她一直在撒谎，她从来没有想过要伤害他。

“……四分钟内到达安全距离，所有人员应立即撤离，请前往最下层的站台……”

四分钟。他还有四分钟的时间到达安全距离并完成艾达最后的请求。

他站起来朝门走去——又停下了，他把手伸进口袋掏出那个装着紫色液体的小玻璃试管。他知道自己没有时间可以浪费，不过这只需要一秒。他用力地把手臂向后，然后使劲把样本扔了出去，扔得越远越好。

如果造成这么多人死亡的实验室要爆炸燃烧的话，就让 G 病毒和它一起燃烧吧。

***

“太好了！”

升降机的门打开了——有辆电车就在前面，一辆闪着银色光芒的秘密地下电车。电车静静地停在黑暗中，虽然不像克莱尔希望见到的那样明亮并运转着，这仍然是她所见过的最漂亮的逃生交通工具了，而且不费吹灰之力。

雪莉抓住克莱尔的胳膊，两人向三节车厢的前门跑去。警报仍然在响着，声音回荡在混凝土隧道中。那个克莱尔在以前就很讨厌的女人冷漠的声音告诉她们，还有三分钟的时间前往最小的安全距离。

她们急忙上了车。克莱尔注意到里面没有任何座位，只是一个空旷的宽敞空间让乘客们站立，她并不介意。控制室在左侧。

“咱们走吧。”克莱尔说。雪莉疲惫的小脏脸上明亮的眼睛闪烁着希望的光芒，这让克莱尔感到有些心痛，但只有一点儿。

哦，宝贝……

克莱尔立即移开目光，跑上通往控制室的楼梯。她在心里做出无声的承诺，如果这辆电车无法启动，她就亲自背着雪莉逃出这条隧道。为了不让孩子眼中微弱的希望破碎，无论做什么事都可以。

***

就像艾达说的那样，里昂用密码和在手术室发现的那张认证光盘打开了那扇门，门后是一个很短的走廊。还剩下三分钟，里昂在冰冷的走廊里全速奔跑，穿过一道在显著位置标志着生化危险的门之后，他发现自己到了货物室。

里昂没有时间停下来仔细查看，他把精力都集中在寻找升降机上，他可不想在录音告诉他不可能从这里活着出去之时还没进入升降机。里昂跑到一间宽敞的被怪异的红色笼罩的房间后，他找到了巨大的仓库用升降机的控制器，然后急忙按下下楼的按钮，准备好随时跳入升降机——

什么都没有发生，除了那排小灯——在升降机的门上有二十个左右的小灯——开始从上到下慢慢地闪烁。

里昂伸出手再次拍了拍按钮，他感到无可奈何，升降机慢慢地向下降，在楼层之间似乎停了好几分钟，警报声还在响着，研究所爆炸的倒计时在逐渐迫近，而且离最终的毁灭更近了。

“天啊！”里昂转过身，如果还要这么等下去他就要尖叫了——

然后他第一次看清了自己所在的房间。房间里有两个又高又大的架子，有整个房间的长度，上面放着非常特别的“货物”——每个架子上的六个巨大的玻璃容器里除了透明的红色液体之外什么都没有，里昂只是看到这些就觉得浑身发冷。每一个圆柱形的玻璃容器足可以放下一个成年人，这让他想知道这些到底是做什么用的。

没关系。这些东西都会在几分钟之内被炸飞，如果这个该死的升降机还不快点儿，我也会被炸飞的——

他转身回到升降机旁，为自己的愤怒和沮丧感到高兴，因为除了失落之外他还能感觉到别的——

随后升降机上面的天花板开始震动并发出嘎嘎的声音……里昂向后退去并用马格南手枪指向天花板上坚固的金属板，同时有个东西从里面落了下来——

刚才在运输升降机里的那个怪物出现在他的面前，就是那个伤害了艾达也差点儿杀掉他的魔鬼——

这是柏肯吗？

怪物扬起头并发出野性的咆哮，它的声音盖过警报的“嗡嗡”声，里昂可以看出这个怪物是来完成刚才没有做完的事情的。

***

电车已经准备就绪，电源已接入可以随时出发——隧道的大门似乎发生了故障。控制台上全是绿色的灯，唯独有个红色的灯亮着，表明大门必须手动打开。

只剩两分钟了。

我们做不到了，永远做不到——

“待在这里！”克莱尔说，然后跑下电车寻找打开大门的装置，并祈祷着没有什么严重的问题。

***

就在怪物向里昂迈步时，他转身就跑。怪物迈出的每一步都发出雷鸣般的响声，伴随着它可怕的号叫声在房间里回荡。

快想想！

光有火力强大的步枪是不够的，他必须击中它的弱点——它的眼睛，用马格南手枪——

里昂回到门前，他迅速转过身并用马格南瞄准怪物的脸扣动了扳机——

那张脸再次发生了变化。它的下颚下垂，最终随着怪物的尖叫从脸上脱落。巨大的尖利牙齿或爪子从它脉动的前胸上嘴的部分长了出来——接着又一声尖叫从它变形的喉咙里发出，里昂看到它身体两侧又长出两条新的上肢。它的上肢咔啪一声卡进位置，肘部锁定住，像大虫子一样的爪子从上肢前端长出来。

砰！砰！砰！

子弹一发接一发地射入它左眼上方单薄的皮肤。怪物这次因为疼痛而疯狂咆哮，里昂看到骨头的碎片和脓血般的紫色液体飞溅出来，一股深色的血流遮挡住了它黄色的眼球。

它来回来去地摆动着头，甩出了更多的液体，然后像一只突变的青蛙一样蹲了下来——

然后跳到空中，并向右上方跳去，随着发出一声动物的哼声落在了两米多高的架子上。

啊，可恶，它是怎么做到的——

它快速落下时，里昂都没看到它的眼睛，只看到它的背部——

它又变异了。里昂能听见一种湿漉漉的东西裂开的声音，并看到它背后紫色的肉中出现一块块的脊柱。

里昂根本不想知道怪物会变成什么样子，升降机还没有到达，他只有两分钟了。

里昂抓起一个新弹夹把它塞进手枪里，然后朝他眼前的怪物开枪——这个家伙有六条腿，它的形状已经不再像人类。

一颗子弹打在满是肌肉的肩膀上，怪物跳了起来。接着它就像蜘蛛一样跳回地面，落在里昂前面一两米的地方。它的胸前长满奇怪的牙齿，随着每次呼吸都在一开一合——它再次发出号叫，声音就像恶魔的叫声，这是里昂从来没有听见过的叫声，就像成千上万个被诅咒的灵魂临死前发出的尖叫。

里昂把两颗子弹射进那些上下移动的牙齿，并朝后退去。在持续不断的警报声中，他听到升降机到达时发出的明快的并令人愉快的叮的一声。

***

克莱尔跑到电车的前方，看着隧道墙上一系列的控制杆和开关，她皱起眉头，然后用了不到十秒钟就找到了红白相间的把手并把它扳了下来。听见在电车前方某处传来金属摩擦的声音后，她转身朝车门跑去——

克莱尔再次听见金属的声音——那是钢铁被撕裂并被折弯，还有被砸变形的声音，就从电车后的隧道深处传来——

不，这不可能！

克莱尔盯着电车的后方，视线穿过关闭着的金属栅栏门望向后面的黑暗——然后她听见像骨头敲击混凝土的声音，那种巨大的摩擦噪声一次又一次地重复着。

脚步声。

克莱尔朝门跑去，她知道这不可能是X先生，绝对不可能——它已经被熔化了，它不在了，而且她们现在也没有G病毒——

然后克莱尔瞥见在大概九米远的栅栏门后有什么东西在黑暗中移动，好像是个高大的东西，还有一股股的烟雾在黑暗中形成漩涡——她还闻见一种燃烧后难闻的呛人的气味。那个东西走出了阴影，朝着电车的后部走来，它举起了烧焦的巨大拳头——

砰！

接着电车竟摇晃起来，克莱尔意识到那是X先生，或者说是X先生的残骸——它一定是直接从地狱出来的恶魔！

克莱尔在搭乘升降机时就把剩下的十一颗子弹全都装进一个弹夹中。这些子弹肯定是不够的，她们只剩下这些了。

克莱尔举着艾隆斯的手枪，她想知道这是不是一切的终点。

***

里昂开始奔跑，绕过右侧的架子向升降机跑去，奔跑的雷鸣般的脚步声紧紧地跟在他的身后，他不能停下来。

他又转了一个弯，回到房间的中央——

这时里昂的背部被猛击了一下，被怪物撞击到的他猛地朝前摔倒。怪物炽热的有弹性的身体把他撞倒在地板上。

里昂刚翻过身，怪物已把他压在身下。它流着口水的牙齿正准备咬开他的头骨，它粗大的腿踩着里昂把他固定在地板上，从肩膀突出来像眼睛一样的肿瘤像在看着他似的——

里昂将枪口指向怪物流着口水的下颚并扣动扳机。他大吼着，把所有的大威力子弹全部射入怪物挣扎的脑袋里。

怪物发出惨叫声，晃动着倒在里昂的身边。在那一瞬间，里昂马上跳起来朝着升降机敞开的大门跑去。里昂飞奔进升降机并转身按下下降键时，那个巨大的怪物仍然在号叫——

接着里昂又看见怪物颤抖着、变化着、尖叫着，然后它从嘴里吐出大块的混合着血水的肉和骨头的残渣，并转过身朝升降机走来。它蹒跚的步履每走一步都会增加速度，升降机的门慢慢地关闭时，那个可怕的怪物几乎飞了起来——

里昂拿出霰弹枪，上膛后立刻扣动扳机，子弹击中怪物桶一样粗壮的前胸，它被轰退了——

接着升降机的门关上了，并开始下降。里昂只剩下一分钟了。

3 resident evil

第三十章

砰!

雪莉感到自己所在的电车剧烈地晃动着。

克莱尔!

雪莉跑到电车门那里，然后想起刚才克莱尔说不要离开，无论发生什么也不要离开。她不知道外面发生了什么，也不知道她能帮上什么忙，但她不能只是站在这里——

砰!

电车再次剧烈地摇晃，另一声响亮的撞击声从泛着霉味的空气中传来，雪莉感到脚下的车厢地板震动着。她走到门前按下开门键，她的心脏剧烈地跳动着，汗水从满是污渍的脸上滑落下来。

门向一侧滑开了——克莱尔就站在那里，她手中的手枪指着雪莉看不到的电车后面的什么东西。

克莱尔的目光转向雪莉，她喊出的话中带着恐惧和惊慌。

“不要出来！把门关上！”

雪莉把手伸向开关却犹豫了，她为克莱尔担心，她也想看看到底是什么——

就看一眼——

雪莉把头探了出去，只有一秒钟，寻找着克莱尔恐惧的来源，寻找着那个想要破坏电车的家伙。一种化学物质的气味和烧焦的肉味充满了阴暗的站台，发出这种气味的是——

雪莉看到那个东西之后立刻尖叫了起来。她看到一个被烧焦的怪物在金属栅栏那边摇晃着电车。她看到它用巨大的拳头敲打着电车的金属外壳，但是雪莉却不能把她的视线从怪物的脸上移开。

是X先生。

它的皮肤已经被烧毁，并从脸上和身体上脱落了。浓烟正在从焦黑熔化的头盖骨里升起，它的眼睛仍然能够活动——充满红色和黑色，而且冒着刺鼻的浓烟，可它仍非常活跃。

“雪莉！快点儿回去！”克莱尔大喊道，眼睛却盯着那个冒着烟的怪物，盯着它那可怕的巨大身体，盯着它身上包着一层红色并闪着金属色的肌肉，就像它那被烧焦的可怕的红色眼睛一样红。

雪莉按下开关，车门在克莱尔开枪的同时关闭了。

***

升降机确实下降了，却不像里昂所期待的那样，而且它没有像他期望得那么快地下降。

宽阔的平台滑到一个有坡度的隧道中，就像一个滑梯，黑色墙壁上的霓虹灯格发出嗡嗡的声音并慢慢地从眼前滑去。

“……现在还有四十秒到达最小安全距离。”

“快！快！快！”里昂吸了一口气，他身体中所有的伤痛和痛苦都随着大脑中加剧的恐惧而被遗忘。广播中的声音已经不再告诉他去最下层的站台集合了，而只是以十秒钟为单位地倒计时。里昂很讨厌那个重复的指令，听不见它却让他感到更糟。广播之间的沉静好像在告诉他不要再白费力气了。

都已经到这里了，难道要因为一个慢吞吞的升降机而死在这里吗……他不能接受。他经历得太多了：撞车、遇到克莱尔、逃跑、遭遇各种怪物，还有艾达和柏肯……他必须活下去，否则之前的一切都毫无意义。

正在降落的平台下面似乎没有一个真正的地面，不然，他就会自己跑出去——这台升降机好像在沿着暗黑中的凹槽通过某种他想不出的机制缓缓下降。

"……二十秒内到达……"

里昂开始颤抖。全身的肌肉由于紧张开始收缩，这让他的呼吸也变得有些困难。什么是安全距离？那个冰冷的声音数到零之后，还有多长时间才会爆炸？

全速前进。艾达说的是全速前进——

电车驶离必须快，他现在只有十秒钟的时间到达那里，可是这个奇怪的升降机还在平稳缓慢地在黑暗中下降。

***

门关上雪莉就安全了。一瞬间，克莱尔的头脑开始飞速地运转，在一闪念中把她接下来要做的为数不多的事都在自己的头脑里转了一圈。

不能让那个怪物把电车弄脱轨——

克莱尔知道她无法把那个怪物打伤，但她有可能吸引它的注意力，然后利用这点时间逃脱。她希望自己刚才把启动电车的简单控制方法教给雪莉，希望电车现在已经开动了，并把雪莉带到一个安全的地方——

可是我并没有那么做，所以我们必须现在就走。

广播中的声音正在倒数着必须到达安全距离的最后十秒钟。浑身冒着烟的 X 先生挥出拳头再次朝电车已经凹陷的厢体外壳打去，克莱尔瞄准它那变异的脑袋并扣动了扳机。

一连开了五枪，四发子弹打中了它奇怪的肌肉组织，那里应该是耳朵的部分。第五颗子弹打偏了，枪声在冰冷的站台回荡。那个被克莱尔称作 X 先生的怪物慢慢地朝她转了过来。

现在怎么办？

录音里那个女性的声音让克莱尔走神的一瞬间，X 先生朝她迈出笨拙又巨大的一步，它的身体从黑暗中显露出来。

“……三秒，两秒，一秒。现在必须撤离到最小安全距离。自毁将在五分钟之后发生。距离爆炸还有五分钟时间。”

警报还在响着，至少广播中的那个声音已经停止。克莱尔却没有注意到，她瞪大的眼睛一直在盯着那个怪物。它恐怖极了，仍然有人类的形态，它的存在好像是对现实和理智的嘲笑。它已经被烧焦，而且全身大部分的地方都冒着浓烟，但是那些非自然产生的肌肉还没有失去弹性。在被烧伤的皮肤下有些红色的东西像真正的肌肉那样在收缩着。它看起来就像一个被剥了皮的巨人刚从燃烧的建筑物中爬出来——如果说它在冶炼熔炉中受到了煎熬，那么克莱尔是看不出来的。它又向前迈出强有力的一步，接着抬起双臂，金属栅栏门被打烂了，铁杆纷纷砸落到混凝土的地面上。

至少它的速度很慢，至少它还是那么慢——

这是她唯一的希望了。克莱尔朝着隧道的栅栏门冲去，她仍然很害怕，那冒着烟的怪物的动作很慢，虽然很有力量却不能及时移动——

突然间 X 先生不再走了。它弯下腰，弓起了膝盖——

然后它用那双已变形的双脚蓄力一蹬朝克莱尔猛地冲了过来，甚至把混凝土的地面都蹬得塌陷了下去。

克莱尔想都没想，她下意识地朝右侧躲开，并以最快的速度从弯着腰猛冲过来的怪物身前跑开。它差点儿就抓住了她，那个家伙的反应也越来越快——好像失去了表面的皮肤反而把它释放了，熔炉里的金属液体熔掉了它的皮肤，却让他的内在力量爆发出来。克莱尔越过被破坏的门跑入阴影时，她听到没有肌肉的手指挠在水泥上刺耳的声音，然后看到X先生正举起一只有力的手臂，朝自己一秒钟以前所在的位置砸下去。它想把她砸成肉泥——

这是为什么呢，没有G病毒，没有道理——

克莱尔跑进了黑暗中，同时扩音器中那个冷静的声音通知她只有几分钟的时间了。

***

“距离爆炸还有四分钟……”

可恶，可恶，可恶！

就在里昂觉得自己快要沮丧得瘫痪时，升降机终于停了下来。他拽着厚重的金属门把手，准备快跑出去——

门后是一条混凝土走廊，头顶上的管灯一闪一闪地照着走廊。走廊里根本没有标志告诉他应该往哪边走。

左边还是右边？

几秒钟的犹豫可能会让他失去生命——如果他还有机会生还的话。

他曾经听说过在面临选择的时候，大多数人一般都会本能地转向他们惯用手的方向。他在浣熊市这个漫长夜晚中所经历的这些事情，让他觉得自己的运气很糟糕，所以里昂决定选择相反的方向。

左边。里昂开始快速奔跑，皮靴猛烈地敲打着地面，他想自己是不是不应该费这个劲儿了。

***

在离那扇被破坏的门不远处，克莱尔发现了电车上方的一条通道，楼梯在黑暗中不易被发现——

她听见X先生在她身后再次追赶她的脚步声，它每迈出一步，脚上变异的肉体组织就剧烈地拍打在混凝土的地面上。克莱尔被恐惧驱赶着，她的脚几乎不沾地地向前飞奔，她甚至不在乎会在黑暗中撞上墙壁。如果真撞上了也许是件好事，X 先生是非常强大的，而且速度极快，它还是不可能被杀死的——如果克莱尔被它抓住，那么她完全没有希望活下去——

脚步声开始变大，速度也变得更快，她听见怪物的爪子把混凝土地面掀起来发出的摩擦声。可能一秒钟之后她就会被那只手撕碎——

克莱尔再次躲到右边，跑进楼梯旁边的阴影中藏了起来。X 先生跑过去，她只看到一个巨大的笨重的模糊的影子，在她趴在冰冷的地面上之后，她能感到它挥动的手臂所带起的风从自己脚边刮过。

一阵剧痛从手臂上传来，刚才她的手肘狠狠地撞在混凝土地面上。克莱尔没有理会自己的疼痛，飞快地跳起来，并在黑暗中寻找那个怪物。

它能看见我吗？它看见我了吗？

克莱尔的手摸到右侧的一个倾斜的墙壁，她的后面和左边都是混凝土墙。她是在楼梯下方的空间，而且她根本不知道那个异常安静的 X 先生到底在哪儿。如果它能在黑暗中看清东西，这些黑暗对她就没有一点儿帮助。

她的双手在墙壁上摸索着，然后她摸到一个开关并把它按了下去。一丝昏暗的光线从上面照下来，让周围显得不那么黑了——然后克莱尔看见那个怪物就在距自己不到十五米的地方，正转过身来用厚重的红色眼睛慢慢地扫视着废弃的站台——

它发现她了！它一直想找到她。克莱尔能听到的唯一声音就是怪物冒着烟的身体发出的轻轻的破裂声——它朝楼梯迈出了一步，脚下紫色的混凝土地面被它踩得粉碎。

还剩下六七颗子弹，瞄准眼睛——

克莱尔迅速地走出阴影并举起艾隆斯的手枪，一边扣动扳机一边朝楼梯退去。

砰——砰——砰——

X 先生准备好再次发动攻击，子弹击中了它被熔化的脸。两颗子弹从怪物的头骨上弹了出来，这时它已经对准了克莱尔的位置准备攻击。

砰——砰——

克莱尔到了楼梯前，并向台阶上迈了一步。子弹对它根本没有作用，X 先生已摇摇晃晃地跑来。它肯定会在克莱尔转身之前，在她能上到楼梯之前追上她。

我死定了——

我也不能让它好受——

X 先生朝前迈出有力的步伐，一步、两步，把它和克莱尔之间的距离缩短了一半。克莱尔再次瞄准，她下定决心要让剩下的子弹发挥效用。她会死的，她唯一的遗憾就是雪莉，她唯一的希望就是她能在自己被干掉之前杀死这个噩梦般的 X 先生。

她扣动了扳机。怪物的左眼被打爆，一股漆黑的液体从它恶心的非人的脸上喷了出来。

太好了！

X 先生转向右侧。它并没有停下，不是直接冲着克莱尔来了——它还是会撞到台阶的底部——太近了——克莱尔必须要射中怪物的另一只眼睛，她只剩下两秒钟的时间了——

克莱尔瞄准了，找到了她的目标，然后——

咔嚓！

没有子弹了！怪物猛烈地敲打着楼梯的底部，它举起巨大的手，一股烤肉的味道朝克莱尔扑来。而克莱尔眼中所有能看到的就只是怪物巨大而可怕的身体了。

克莱尔滚下混凝土的楼梯，把自己蜷缩成球状——

接着，X 先生的爪子抓住克莱尔的左腿，她发出一声尖叫。一个遥远的声音告诉她只有三分钟的时间了。

3
resident evil

第三十一章

里昂选错了路。他在冰冷空旷的走廊左拐右拐最后到达一个储藏室——这是条死路。

“现在距离爆炸还有三分钟。”

里昂只能原路返回，他用尽最后的力气强迫自己跌跌撞撞地奔跑着。他太累了，无力去感到失望，无力对即将来临的死亡感到担心，也无力去希望事情会有转机。他所有的精力都用在继续前进上了。

生存还是死去？无论是哪种结局他都觉得自己是不会惊讶的。

***

克莱尔摔到楼梯的底部，但马上就跳了起来。鲜血从她的腿上流下来，伤口感到阵阵刺痛。她踉跄地走了起来，骨头没有被折断——

克莱尔知道，她被扎伤腿只不过是前奏而已，真正的痛苦才刚刚开始。

X先生仍然俯身在楼梯的扶手上。就在克莱尔跌跌撞撞走向站台被破坏的大门时，它站了起来。它巨大的身体转向克莱尔，黑色的脓血从空洞的黑色眼窝中不断流出。克莱尔确信它会自动弥补身体感官的改变，重新调整，并再次向她追来——然后就像一个无情的机器一样杀死她，而且她根本无法阻止它。

至少我会死在爆炸中——

克莱尔被大门上的金属杆绊了一下，身体失去平衡并朝前方踉跄迈出一步，鲜血滴落到地面。*请给我个痛快吧——*

“这里！用这个！”

克莱尔猛地转过身，看到X先生做出朝自己重击的姿势——还看见电车通道上的一个人影。那是一个女人的声音，一个女人的身影，朝自己扔过来一个东西——

谁——

那个被扔过来的东西砸在混凝土的地面上发出咔啦啦的声音，落在克莱尔和X先生之间。那是金属材质的，银色的——克莱尔曾经在电影里看见过，是一挺机枪——克莱尔立刻跑过去。这是她最后的希望，唯一的机会，不论多么渺小，却是她和雪莉生存下去的唯一机会了。

克莱尔来到武器旁边，并蹲了下去。她看见X先生朝着她的方向冲过来，雷鸣般的脚步让地面开始震动——

克莱尔把那挺沉重的枪抄起来，然后滚到地板上。她用颤抖的手寻找扳机，并调整身体以找到适合的姿势。她趴在地上，手臂弯曲握住冰冷的枪身，瞄准——

拜托了，拜托了——

怪物离克莱尔只有一步之遥的时候，子弹从机枪中喷射而出。子弹发出的响声和一连串的小型爆炸声震撼着克莱尔的整个身体——子弹击中怪物的肚子，多发子弹的强力阻止了怪物前进的脚步并让它向后面退去。

哒哒哒哒哒——

克莱尔感到机枪不停地振动好像要从自己的手中挣脱，所以她握得更紧了。机枪的枪托疯狂地砸着地面。子弹仍然不停地猛烈射入怪物的肚子，子弹是那么快，那么多，她已经无法听到自己愤怒、痛苦而又喜悦的咆哮声——

X 先生想要往前移动，一件奇怪的事情发生了，奇怪却美丽的事情。它的腹部被无数的子弹打得粉碎，身体中部的材质结构也改变了，黑色的液体从破烂的并逐渐扩大的伤口向下流去。X 先生的嘴张开了，露出像它的眼窝一样的一个空洞——而且和它眼窝的黑洞一样涌出了黏稠的液体，挡住了它那无情的面孔。

哒哒哒哒哒——

克莱尔握住枪继续射击，她看到那个怪物想在飞射来的子弹中站住，也看到它正在流血。它好像不动了，巨大的身体堆在那里，躯干沉了下去。

子弹仍然在继续发射，X 先生举起了双臂——

然后它的身体折成了两半。

克莱尔把她的手指从扳机上移开，同时 X 先生的上半身向后倒在混凝土地面上，厚重的肉体砸在地面上发出湿润的响声。它的双腿无力地向一边倒去，更多奇怪的血液从两个半身同时喷涌而出。巨大的身体碎块周围积攒了越来越多发亮的黑色液体，形成了一摊散发着恶臭的水潭。那个怪物已经死了——即使它没死，也不重要了。除非它能把自己在地板上拖拽着跑，并和克莱尔跑得一样快。克莱尔和这个可怕的谜一样的 X 先生的战斗终于结束了——

不管这些了，没有时间了，快走！

克莱尔瞬间站起身，没有理会皮靴中涌出的鲜血以及它所引起的疼痛。她的目光在站台上面的通道寻找那个神秘的救命恩人，上面一个人也没有。克莱尔不知道是否又一分钟已经过去，因为机枪扫射声盖过了警报的声音。

“嗨！”克莱尔边喊边向地铁电车后退，“我们必须现在就离开这里！”没有回答。没有声音，克莱尔只能听到耳鸣和回荡在四周的自己颤抖的声音。如果她想要救雪莉……

克莱尔转过身，开始拼命奔跑……

***

“……还有两分钟……”

里昂迫使自己更快地奔跑。曲折的隧道在他疼痛和呼吸困难的意识中变成一片模糊的灰色快速闪过。他已经忘记刚才在哪里转过弯，并很快失去了希望，他内心深处的一个声音告诉他最好停下，坐下休息……

这时他听到了声音，心中那细小的绝望的低语声随之消失。

那是重型机械开动的声音正从前面的什么地方传来。就在前面的不远处。

电车！

发软的双腿开始加速。他大口地呼吸，心脏剧烈地跳动——无论是哪种方式，他马上就要接近终点了。

3 resident evil

第三十二章

克莱尔冲进电车，手中拿着沉重的机枪，一条腿上满是鲜血。她没有停顿就按下按钮并冲向控制室。雪莉知道她们遇到了麻烦，而且危险已经临近，所以她没有浪费时间提任何问题。她跟在克莱尔身后，她对克莱尔没有出事感到非常宽慰，但却没有说出来。

太好了，她没事，我们现在就要走了……

一个小声版的广播和警报声从小房间的控制台中传出。

“距离爆炸还有两分钟。”

克莱尔把机枪扔在地上，按下按钮并打开开关，她所有的注意力都集中在控制器上。巨大机器的轰鸣声顿时笼罩了她们，逐渐变大的隆隆声使克莱尔咬紧了牙关。雪莉看不出那是不是一个微笑，当她感觉到电车摇晃时微笑了起来——

接着电车开始移动，把她们从站台带走了。

克莱尔转过身，看见雪莉就站在她的身后，她朝雪莉笑了笑。她把一只手放在雪莉的肩上，什么都没有说——所以雪莉也没有说，只是顺其自然。

电车开始加速，从昏暗的大厅和站台前经过，她们面前的隧道空旷而黑暗。克莱尔温暖的手提醒着雪莉，她们是朋友，无论发生什么事，克莱尔都是她的朋友——

这时她看到一个男人，一个警察，踉跄地出现在电车的左前方，然后电车从他身旁驶过，他瞪大了眼睛，满是灰尘的脸上出现绝望的表情。

“克莱尔！”

“我看见他了……”

克莱尔转身跑出控制室，她的脚步声响彻金属的车厢。她按下开关，然后车门打开了，电车的轰鸣声和摩擦声如巨浪般冲进了封闭的空间。

“里昂！”克莱尔大喊道，“快点儿！”

克莱尔猛地把头收了回来，一面墙飞速闪过。她转过身，脸上的表情和那个男人的表情一样沮丧，那个男人——里昂——已经不在视线中了。几秒钟后，克莱尔退回到车厢里，并把门关好。

“他上来了吗？”雪莉问道，她刚一开口就意识到克莱尔根本不可能知道问题的答案。

克莱尔来到雪莉身边，用一只胳膊搂住她。电车加快速度继续前行，克莱尔却因为担心而愁眉不展——

广播中的声音告诉她们只剩下一分钟了——

车厢后面的门突然被打开，里昂摇摇晃晃地走进来，他手臂上缠着破破烂烂带血的绷带，头发上粘着发黏的黑色污垢，蓝眼睛在全是黑泥的脸上依然非常明亮。

“全速前进！”里昂喊道。克莱尔点了点头，然后里昂深深地呼出一口气，他蹒跚走向她们，电车来回地晃动着，飞快地在隧道中穿行。里昂张开双臂环抱住克莱尔，克莱尔也紧紧地拥抱里昂。

“艾达呢？”克莱尔低声说，“安……那个科学家呢？”

里昂摇了摇头。雪莉看到他好像要哭了。“我没有……不。”

“……距离爆炸还有三十秒。二十九……二十八……”

女人的声音继续倒数，可是数字来得似乎要比正常快上一倍。雪莉把脸埋进克莱尔温暖的身体里，心里想着她的妈妈。妈妈和爸爸。她希望他们已经出去了，现在到了某个安全的地方——

他们也可能没出去，他们可能已经死了。

雪莉可以听到克莱尔的心脏剧烈跳动的声音，她把自己的朋友抱得更紧了，她想自己可以以后再去想妈妈的事情。

“……五、四、三、二、一。倒计时完成，起爆！”

之后的一秒钟内什么声音都没有。警报声终于停了下来，他们只能听到疾驰的电车发出的轰鸣声——

然后爆炸声传来。一个低沉的声音，然后不断地响起，逐渐增大，最后变成了巨响。

雪莉闭上了眼睛，电车突然猛烈地摇晃起来，他们都被震倒在地板上。明亮的燃烧的光芒从窗外闪过，撞车的声音包围着他们，接着沉重的东西就像雨点般落在车厢的顶上——

电车继续前进，那些炫目的光芒消失了，而且他们还没有死。

***

耀眼的闪光变淡并消失了。里昂感到已不那么紧张，他侧过身，看见克莱尔坐了起来，并把手伸向旁边小女孩的手。

“你还好吧？”克莱尔问女孩，女孩点了点头。她俩都转过身看着里昂，她们脸上的表情跟他的感觉一样——震惊、疲劳、怀疑，还有希望。

“里昂 · 肯尼迪，这是雪莉 · 柏肯。”克莱尔说道，她很小心地把重音轻微地落在“柏肯”两个字上。即使没有克莱尔专注的目光，里昂也会马上明白她的意思，他点点头对克莱尔表示自己明白了，然后朝小女孩笑了笑。

“雪莉，这是里昂。”克莱尔继续说道，“我是在刚到浣熊市的时候遇到他的。”

雪莉朝着里昂笑了笑，这个疲惫的过于成人的微笑似乎有些和现在的情景格格不人。她还太小，不应该发出这样的微笑。

安布雷拉做的又一件坏事，将天真从孩子那里夺走……

有几秒钟的时间，他们只是坐在地上，彼此互相凝视着，微笑逐渐消失。里昂几乎不敢相信这件事已经真正结束了，恐惧被他们留在了身后。他再次看到，他的感觉同样展现在雪莉担心的眉头上和克莱尔疲惫的灰色眼睛中——

他们听到金属的声音从电车尾部响起时，里昂并没从她们的脸上看到惊讶。好像金属被撕裂的声音——然后是低沉的听起来像轻轻的撞击声——接着就没有声音了。

我应该知道事情还没有结束——

“丧尸？”雪莉低声问道，她的声音几乎被快速行驶的电车发出的轻微的响声所吞没。

“我不知道，亲爱的。”克莱尔轻轻地说。里昂这才第一次注意到她左腿上严重的划伤，鲜血从几处伤口向外渗。他一直对他和他们的逃脱感到惊讶，所以之前都没有注意到。

“我去看看怎么样。”里昂说道，并在克莱尔的暗示下让自己的声音平和而均匀，没有必要让雪莉更加害怕。他站起身，冲着克莱尔的腿点点头。

“雪莉，你和克莱尔一起待在这里好吗，注意一下她的伤腿？我在检查完后就去找有没有绷带之类的东西。不要让她乱动。好吗？”

雪莉点点头，她的小脸上坚定的表情再次展现出与她年龄不符的成熟：“明白了。”

“我马上就回来。”他说，然后转过身朝着晃动的电车尾部走去。他祈祷着后面什么都没有，他知道这是不现实的，所以他伸手拿出了雷明顿霰弹枪准备去看看。

***

里昂打开门，电车飞速行使的声音一瞬间变大，里昂走出去后把门关上了。克莱尔从地板上她所在位置看不到里昂是否进入下一节车厢，她真希望她的身体条件能允许自己和他一起去。如果电车上还有什么其他的东西，雪莉就会不安全，他们全都不安全——

不要那样想。什么都没有的，一切都结束了——

就像 X 先生那样结束了吗？

“我应该做些什么呢？”雪莉的声音把克莱尔从令人沮丧的想法中拉了回来，“伤口需要直接压住，对吗？”

克莱尔点了点头。“是的。我们都太脏了，而且我觉得伤口已经结痂了。让我们看看里昂会不会带些干净的东西回来……”

克莱尔停下了，她的思绪再次回到 X 先生身上。虽然有些事情困扰着她，她因为失血过多而感到有些头晕——

G 病毒，他之前想要 G 病毒。

为什么 X 先生会到地铁站台呢？为什么他想进入电车呢？除非——

克莱尔强忍着头晕和腿上的剧痛挣扎着站了起来。

“嘿，不要动。”雪莉说道，她的眼睛里充满深深的苦恼，“里昂说过不要乱动。”

克莱尔已克服她身体上的问题，看到雪莉仍处在恐慌的边缘让她太难过了。如果感染 G 病毒的怪物也上了这趟车，如果那是 X 先生来到这里的原因，那么里昂就只能单独对付它了。她不能离开雪莉。如果里昂没有回来，她必须找到把她们的车厢和后面的车厢分离的办法，或者在那个生物找到他们之前停下车跑出去——

克莱尔停止了那种想法，勉强让自己对雪莉微笑。“是的，女士，我只是想确认一下他是否已经通过了第二节车厢……”

克莱尔看见雪莉的脸上露出放心的表情。“哦，好吧。别想了，你现在由我照顾，我的命令是你得在这里休息。”

克莱尔心不在焉地点了点头，她希望自己的想法是错误的，希望里昂马上就能回来——

砰！砰！砰！

雷明顿如雷鸣般的响声洪亮而清晰。雪莉抓住克莱尔的手，又是两声枪响，克莱尔晕乎乎的头脑中的希望被枪声轰碎了。此时电车依然在黑暗中疾驰。

***

第二节车厢里什么都没有，和里昂进入时一样宽敞，里面只有布满灰尘的钢铁制品。这辆逃生用车的设计者一定是想让安布雷拉的员工像沙丁鱼罐头一样挤在这里。

只有我们三个人——可能还有这个偷渡的家伙……

这里什么都没有，里昂还是慢慢地移动着，仔细地观察着阴暗的角落，并做好心理准备应付那个可能在最后一节车厢里的东西。不管那是什么东西，它也不会比那个在货物室中跳到他身上的东西更糟糕，那个柏肯怪物，如果那真是柏肯的话。想到那个怪物和克莱尔的小朋友有关系就让他深感不安，甚至是恶心。一个怪物和一个疯女人，两个都被杀死了，正是那个小女孩的父母……

里昂到达了昏暗的摇晃着的车厢后部，并隔着门望了过去，他抛开一切杂念，设法看清最后一节车厢中的东西。除了黑暗，没有任何东西。

可恶。

也许里面什么都没有，他还是要仔细检查一下。他感到他的心脏正把肾上腺素不断地输送进身体，他的疲惫消失了。什么都没有。

的确什么都没有，他有种不好的感觉。不对劲儿。

最后一件事，真的是最后一件事了……

里昂深吸一口气并打开门，走进外面呼啸的风中，他的手紧拉着围栏。电车晃动的噪声盖过了他心脏猛烈跳动的声音，然后他靠近最后的车厢，打开门，迈进了黑暗中。

里昂立即举起霰弹枪，当门在他身后关上的时候，他身体的所有感觉都在告诉自己快跑。里昂到了后面，摸索着电灯的开关。漆黑一片，他能闻到一股强烈的类似漂白剂或者氯的气味，而且还有某种轻微的潮湿的东西移动的声音——

里昂找到电灯开关按了下去，一个灯泡在车厢中间的地方闪了闪亮了起来。一瞬间，里昂觉得自己已经失去了理智。

那里有个东西。它身体一侧有一个怪异的脉动着的肿瘤，那是一个光滑的球状物体，看起来很像一只眼睛。除此之外，这个生物已经没有任何人的形态。

柏肯!

那个怪物十分巨大，像黑色黏滑的液体一般在车厢里扩散开，里昂无法说出它到底有多高，但占据了整个车厢的宽度。柏肯怪物缎带般的身体向前方延伸，它湿润而有弹性的触须粘在它面前的各个地方——天花板、墙壁，还有地板上。就在里昂看它的时候，这个怪物正拉着自己向前移动，它黑色的触须不断收缩，把它那巨大的身体朝前拉动了一米多。

里昂没有疯，他确实看到了。看到了它混合着黑色、绿色和紫色的触须再次延伸。那黏稠的触须固定在车厢的金属墙壁上，把它黏液团样的身体又往前拉了一米多。它的身体只不过是一个巨大的嘴，一个长着牙齿的湿润的洞——

如果里昂不从他的反感中振作起来，这个东西很快就会到他这里了。

里昂瞄准那个巨大的嘴并扣动扳机，然后上膛，开火，再上膛，再开火——

步枪的子弹没有了，而那黏稠的巨大怪物仍然稳稳地向前移动。

里昂不知道怎样才能杀死它，他甚至不知道刚才的子弹是否对它造成了伤害。他在头脑里飞快地寻找答案，寻找一个能结束这个可怕的G病毒怪物生命的办法。他可以把最后一节车厢脱离开。如果他能找到锁定装置，他就可以对着连接车厢的锁链和连接销开枪——

它还会活着。还会活下去并继续在阴暗的隧道中变成其他新的生物——

怪物伸出有弹力的触须再次向前移动。里昂回到车厢门的开关处，他必须试着把这节车厢脱离，他没有别的选择——

除非——

里昂犹豫了一下，然后从枪套里抽出马格南手枪，瞄准那个不可能存在的怪物，瞄准了那个从怪物橡胶状肉体的裂缝中凸起的奇怪的肿瘤。无论柏肯变成什么样子，那只眼睛总是在那里。里昂仔细地瞄准，然后——

砰！

效果立竿见影！重型子弹穿透那个黏膜状的球体——之后，嘶嘶的哀鸣声或低吟声从那个怪物长满牙齿的嘴中发出来。那个声音不是世界上的东西所能发出的，就像呆板而疯狂的号叫。那未成形的触须向内缩了回去，变成了黑色，并萎缩了——

然后那怪物向内凹陷进去，萎缩成一个冒着热气的黑色物体，大小只有原来的四分之一左右，看上去就像泄了气的沙滩球。那冰冷的黏团皱了起来并慢慢缩小，最后变成扁平的样子，从里面流出许多冒着泡的黏液并汇成一摊。

“怎么样。”里昂轻声说，最后的泡泡破裂了，那一摊黏液已经死去，一动不动。里昂看了一会儿，脑子里一片空白——最后转身往回走，去告诉她们一切都结束了。

这是我上班的第一天，他想到。

“我要加薪。”里昂自言自语地说道，然后不能自已地露出了疲倦的阳光的微笑，却很快就消失了……在他微笑的几秒钟里，他感到了久违的开心。

***

里昂回来了，他找到一套工装，并把它撕成碎片给克莱尔的腿包扎。他只说他们现在安全了，雪莉看见他和克莱尔交换了眼神，是那种“我们现在不应该说”的眼神。雪莉太累了，她并没有见怪。

雪莉依偎在克莱尔的怀里，克莱尔抚摸着她的头发，三个人都没有说话。他们没有什么可说的，至少在一段时间之内都没有。他们还活着，坐在黑暗中疾驰的电车里——在前面不太远的地方，柔和的光芒通过控制室的窗口透了进来，雪莉觉得那看起来非常像黎明。

3 resident evil

尾声

他们在浣熊市郊外十六公里的地方看到了爆炸的余波，一团滚滚的黑烟在晨光中升起，就像可怕的暴雨笼罩在浣熊市的上空——

或者像一场噩梦，瑞贝卡想到，*又一场噩梦。安布雷拉制造的噩梦*。

瑞贝卡没有大声说出来，因为没有必要。约翰和大卫并没有经历过斯宾塞庄园的噩梦，但是他们去过卡利班海湾的研究所，目睹过安布雷拉可以做到的事情，所以他们都明白。

大卫发白的手紧紧地握着方向盘，并狠狠踩下油门，这时谁也没有说话。这一次甚至连约翰都没有拿可能发生的事情来开玩笑。他们都知道这件事情很糟糕。在吉尔、克里斯和巴瑞前往欧洲之前，吉尔就给他们发过电报，说她怀疑有另一起事故，让他们不要放松警惕。电话无法接通，他们就装好了越野车，离开缅因州来这里看看能不能做些什么。现在唯一的问题是这次有多少人死去了。

也许这次真的是最后的结尾吧，那么强烈的爆炸……如果情况

像看起来的一样糟，安布雷拉就不能简单地把事情掩盖住。

约翰终于打破了沉默，他低沉圆润的声音一反往常地沮丧：“启动了自毁程序吗？”

大卫叹了口气：“可能是吧。如果是病毒泄漏，我们就不能进入，我们只能在浣熊市周围转转，然后向莱瑟姆打电话求助。安布雷拉一定已经派出了清理人员。”

瑞贝卡和约翰同时点了点头。严格来说，他们不再属于特种战术救援组了，大卫曾经是队长，而且是一个很棒的队长。他们再次回到之前紧张的沉默状态。晨光照耀下的树木从越野车的两旁向后面掠去，而瑞贝卡想着他们会发现什么——

这时她看见几个人，摇摇晃晃地走在路旁，并向他们挥着手。

“嘿……”她刚开始说，大卫已经踩下刹车慢慢地靠近那三个衣衫褴褛的陌生人。手臂上缠着绷带的警官，穿着短裤的年轻女性，两个人都拿着武器，还有一个穿着很大的粉色马甲的女孩。他们没有被感染，至少瑞贝卡没有看出他们有受到感染的迹象——三个人的样子都很可怕。撕裂的衣服，苍白又受到惊吓的脸上布满污垢，他们看起来确实很像行走的丧尸。

“我来说。”大卫清脆的英国口音温和而坚定，然后他把车停在浣熊市幸存者的旁边。

大卫打开窗户并关掉发动机，那个年轻的警官走过来，而他身旁的年轻女人伸出一只肮脏的胳膊搂住了小女孩的肩膀。

“浣熊市发生了事故。”他说，他们明显十分疲惫，还受了伤，急需帮助，这名警官小心谨慎的语气说明了事故的严重性，“非常可怕的事故，你们不要到那里去，那里不安全。”

大卫皱起了眉头。“什么样的事故，警官先生？”

年轻的女人说话了，她的嘴苦涩地撇了一下：“安布雷拉的事故。”警察点了点头，然后金发小女孩把她的脸躲在女人的腰后面。

约翰和瑞贝卡交换了一下眼神，大卫把车的门锁打开了。

“真的吗？这种往往是最严重的事故了。”大卫温和地说道，“如果你们愿意，我们会很高兴地帮助你们，或者我们可以帮你们呼叫援助……”

这是一个问题。警官回头看了一下那个女人，然后盯着大卫的眼睛看了一会儿。他一定是在大卫的脸上看到某种让他感到信任的东西，他慢慢地点了点头，然后挥手让女人和小女孩过来。

“谢谢。”他说，他已精疲力竭，“如果你能让我们搭车，就太好了。”大卫笑了笑，“请上车吧。约翰、瑞贝卡——你们能帮一下吗？”

约翰从后面拿出几条毛毯，同时瑞贝卡也伸手去拿她的急救箱，小心不让藏在备用车轮旁边的步枪露出来。

一个安布雷拉的事故……

瑞贝卡在想他们是否知道自己能活下来是多么幸运——看了一眼他们疲惫不堪却处变不惊的脸之后，她告诉自己这些人大概是知道的。

他们在大卫把越野车转过头之前开始谈起话来——然后在很短的时间内，他们就发现大家有很多的共同点。小女孩沉沉睡去的同时，他们把车子开上了来时的路，把这座燃烧着的城市远远地留在了身后。

致我的编辑

马可·帕尔米耶里

RESIDENT EVIL 生化危机（白金版）4

UNDERWORLD

地下世界

[美] S.D. 佩瑞／著　谢幕娟／译

金城出版社
GOLD WALL PRESS
中国·北京

伐罪恶之枝者千人，砍罪恶之根者一人。

——亨利·戴维·梭罗

目 录

RESIDENT EVIL UNDERWORLD

序　章

美联社，1998年10月6日

大火肆虐山林社区，数千人丧生，可能与神秘病毒有关

纽约州，纽约市——浣熊市一个偏僻山地社区，日前被联邦政府官员正式宣布为受灾区域。尽管奋不顾身的消防队员奋力扑救，但死亡人数仍在不断攀升。据估算，这场于10月4日，也就是星期日凌晨，发生在浣熊市的爆炸性大火已经夺去超过七千人的生命。这是美国自工业时代以来死亡人数最多的一场灾难。国家救援组织及各国际媒体蜂拥而至，聚集在仍在燃烧的封锁区之外。那些有亲戚或朋友在浣熊市居住的人们都闻讯赶来，聚在近郊的莱瑟姆焦急地等待最新消息。

全美灾害管理局是负责协调消防和急救联合行动的机构，局长特兰斯·查韦斯昨晚向媒体发布声明，表示由于一些不可预见的外力影响，预计将于星期三彻底扑灭大火——但起火原因以及是否人为纵火等问题估计要等几个月后才有定论。“因火灾范围太大，给调查取证造成了很大的困难，不过答案就在火灾现场。不管付出什么代价，我们定当追查到底。”

截至今天早上六点，已找到七十八名幸存者，他们的名字及状况还未对外界公布。这些幸存者全都被转到联邦政府的秘密地点进行观察或者治疗。根据先前危险物资处理部门发布的报告，如此大的伤亡或许跟某种未知病毒感染有关，有可能是因病毒使感染者活动能力大幅度下降，从而无法及时逃跑。报告还指出，这种病毒还会造成一些感染者出现极端暴力。联邦及诸多私立疾控中心的大量工作人员被召集前往当地，对疫区的范围进行评估，尽管暂时还未发布正式声明，但据说受害者当中有不少已经超出心理和生理现象的正常范围。某位联邦政府评估组成员这样说道："有一些人并不是被烧死或因烟雾窒息而死的。我亲眼看到有些遇难者身上有枪伤或刀伤，还有其他一些遭受暴力袭击的证据。我还看到有些人明显是在大火开始之前就已经染上疾病、奄奄一息或已经死亡。这里的确发生了极其凶猛的大火，但我敢打赌，这里发生的事肯定不止是一场火灾那么简单。"

今年早些时候浣熊市就已经有过报道，当时发生了好几起让社区人心惶惶的奇怪谋杀案。作案手段十分残忍，且极度暴力，甚至还出现了食人现象。目前，浣熊市周边的当地媒体已经把去年夏天的十一起尚未告破的命案与大火之前的大规模屠杀的传言联系在了一起。

对于这些流言，查韦斯先生不置可否，只是说一定会对这起悲剧性的灾难事件进行彻底调查……

《今日全国》（上午版），1998 年 10 月 10 日

随着搜索和救援行动的联合展开，浣熊市的死亡人数不断攀升

纽约州，纽约市——星期日发生的巨大灾难已使浣熊市成为一片焦土，经过搜救人员对废墟的细致搜索，官方机构目前估计遇难人数应低于四千五百人。在全国的哀悼活动开始后，有超过六百人正在努力寻找这座原本平静的小镇被毁灭的真正原因。当地救援组织、科学家、士兵、联邦探员、企业研究小组都抱着坚定的决心和意志聚到一起，各尽其能、各司其职以查清真相。

全美灾害管理局局长特兰斯·查韦斯是这一联合调查救援行动的指挥官，集合了来自世界各地疾病控制中心的顶尖专家、从联邦政府各分支机构调来的安全专家，以及安布雷拉制药公司自费派出的微生物学专家团队，调查安布雷拉公司在浣熊市郊区的生化实验室与这场被称为"浣熊市综合征"的离奇传染病之间是否有所关联。

安布雷拉专家队伍的领头人埃利斯·本杰明教授表示，尽管初期调查暂时不能做任何定论，“但我们相信浣熊市的受害市民肯定是感染了某种东西，有可能是无意的，也有可能是有人故意为之。我们目前掌握的信息就是，这种疾病似乎并不是通过空气传播，而且一旦感染该疾病就会造成细胞分子迅速分化而死亡。暂时我们还不知道到底是由细菌还是病毒引起的，或者具体的症状是什么，但我们一定会竭尽全力进行调查。不管最终的调查结果是什么，也不管安布雷拉公司最终被证明是否跟这一悲剧有关，我们都一定会追查到底。作为企业，我们欠浣熊市居民一个交代，所以进行细致彻查是我们最起码应该做的”。要知道，安布雷拉化工厂及其管理设施为浣熊市当地居民提供了近一千个本地就业机会。

一百四十二名幸存者目前仍被隔离在某秘密地点，以进行观察和问询。尽管目前还是没有公开他们的身份，但美国联邦调查局公布了所有幸存者的身体状况表。其中有十七人轻伤，目前情况稳定；七十九人重伤，进行手术之后，目前情况仍不太明朗；四十六人没有身体损伤，但精神上遭受了巨大冲击。目前还不能确认这一百四十二名幸存者中是否还有人感染该疾病，但声明中列出了一个幸存者病例，足以证明感染确实存在。

在城市废墟中指挥搜救工作的马丁·戈德曼将军认为，剩下的失踪者应该能在七天内全部找到。“我们现在有四百人，日夜不休、争分夺秒地进行搜索和身份确认工作，而且我还收到消息，星期一还会有二百人的队伍加入……”

《沃斯堡报》，1998 年 10 月 18 日

发生在浣熊市的特大悲剧可能跟政府工作人员有关

得克萨斯州，沃斯堡——根据在浣熊市清理工作中发现的最新证据，造成七千二百多人死亡的“浣熊市综合征”可能跟浣熊市警署署长布莱恩·艾隆斯及其领导的几名特种战术救援组成员有关。

美国联邦调查局发言人帕特里克·威克斯、全美灾害管理局局长特兰斯·查韦斯以及安布雷拉专家队队长埃利斯·本杰明请来的罗伯特·海纳教授参加了昨天傍晚举行的新闻发布会，威克斯透露，目前有有力证据表明，浣熊市的悲剧是失控的恐怖活动造成的。随后几乎将整个小城吞没的大火应该是艾隆斯或他的同伙试图掩盖病毒泄漏的灾难性后果而有意制造的。

威克斯还说，根据目前在浣熊市警署大楼的废墟里找到的几份文件，有理由怀疑艾隆斯就是占领市郊安布雷拉公司化工厂的主谋。据推测，艾隆斯之所以这么做，可能还跟去年7月特种战术救援组在处理多起凶杀案时因行动不当而被市政府停职，以致心怀怨愤有关。在去年夏天多起被大肆报道的食人惨案中，共有十一名受害者丧生。去年7月末，浣熊市特种战术救援组发生了坠机事故，造成六名队员丧生。幸存的五名特种战术救援组队员也被停了职，因为他们被证明有吸食毒品和酗酒的行为，从而导致坠机事故的发生——尽管艾隆斯公开表示支持对其精英队员的停职决定，但目前找到的文件表明，艾隆斯曾经威胁戴维林·哈里斯市长和其他几位市议会议员，如果不满足他提出的经济补偿要求，就要释放一种扩散性极强、极其危险的化学物品。威克斯还说艾隆斯曾有过精神不稳定的情况出现，根据找到的艾隆斯与他的一个同伙的通信文件显示，艾隆斯曾计划独吞从戴维林市长等人那里敲诈的钱，然后逃离出境。与艾隆斯通信的同伙名字只以“C. R.”表示，不过信件中还有提到“J. V.”“B. B.”以及“R. C.”——这四个首字母缩写恰好与被停职的五名队员中的四名队员的名字对得上。

特兰斯·查韦斯说：“如果这些文件是准确无误的，就证明艾隆斯及其队员策划在9月末突袭安布雷拉化工厂，而这个时间刚好跟海纳教授关于‘浣熊市综合征’的蔓延时间一致。我们现在认为艾隆斯一伙人本已成功占领了化工厂，但随后发生了意想不到的突发事件，带来毁灭性后果。目前我们暂不知晓艾隆斯或其他特种战术救援组队员是否还活着，但我们迫切想找到他们，以问清整件事的来龙去脉。我们已经发布了全国通缉令，也通知了所有国际机场及海关进行严密搜查。如果各位有任何与此事件有关的线索，欢迎告知。”

海纳教授是著名的微生物学家，同时是安布雷拉危险物控制部的成员，但她表示浣熊市内传播的化学药品的准确成分很难判断。“显然艾隆斯和他的同伙并不知道他们所做事情的后果——安布雷拉一直在研发新的合成酶变种、细菌培养基以及病毒抑制药物，所以这种毒性极强的化合物应该是偶然形成的。因为在这个过程中有好几百万种混合的可能性，所以要想再复制‘浣熊市综合征’这样的混合物，成功率应该为零。”

目前，美国特种战术救援组总部部长对此事暂不回应，但该组织的地区发言人利达·威利斯在提到这场灾难时表示“令人深感震惊和伤心”，并表示会尽可能安排人员搜索失踪的特种战术救援组队员，以及调查可能还没暴露的艾隆斯同伙。

讽刺的是，上述所有这些文件都是安布雷拉的搜索队找到的……

4 resident evil

第一章

“快开车！快！快！”听到大卫的大喊后，约翰·安德鲁斯猛地踩下油门，只见他驾驶的小型货车一个急转弯，在打破缅因州宁静夜晚的枪声中往前驶去。

约翰直到几分钟前才注意到那两辆并不显眼的黑色轿车，所以他们几乎没有时间准备武器。不管追赶他们的人是谁——无论是安布雷拉还是特种战术救援组，又或者是当地警察——都无所谓，反正这一切都得归罪于安布雷拉——

“带我们冲出去，约翰！”大卫大喊着，不断有子弹击中货车后部，但他的声音听上去仍然冷静镇定。其实是口音的问题——*他无论说什么都给人很淡定的感觉，该死，法尔沃斯路到底在哪里？*

约翰的大脑此时一片混乱，思绪纷飞。以往无论执行多么凶险的任务，他都从没有胆怯过，但这次偷袭让他们有些措手不及。

已经到法尔沃斯路了，再开上十分钟就能离开这儿了——

上一次真正作战已是很久之前的事了，更何况他从未有过这种夺命飞车的经历。尽管驾驶技术还不错，可这种厢式货车开起来就是另一码事了——

砰！砰！砰！

货车尾部有人通过后面打开的车窗开枪还击。九毫米子弹射出的声音在这封闭狭小的空间里显得格外响亮，就跟上帝发怒了一样，让约翰的耳朵嗡嗡作响，更加难以集中精力。

还要跑上十分钟，该死的！

再有十分钟就能到飞机跑道了，预先租下的飞机就在那儿等着。这一切简直像个恶劣的玩笑——小心翼翼地躲藏并等待了好几周，不敢做任何冒险的事，却在就要离开这个国家的时候被发现了。

约翰握紧方向盘，驶入第六大道，但由于车身太重，一直无法甩开后面追击的那两辆轿车。就算车上没有这五个人，也没带这么重的武器和行李，这样一辆小车也没那么大的马力。大卫之前买下这辆车就是看中它不显眼，不容易引人注目，可如今却吃了苦头——如果他们能摆脱后面的追踪者，那真是出现了奇迹。当前唯一的机会就是看看能不能钻进车流之中，寻找掩护。尽管这么做很危险，但总比被子弹打死来得好。

“给我弹夹！”里昂大喊，约翰随即看了一眼后视镜，看到年轻的里昂警官正蹲在大卫旁边的车窗下。之前为了腾出空间运载大量武器，出发去机场之前他们就拆掉了车后部的座椅——也就是说他们没有安全带可以帮助固定身体。一个急转弯就有可能将他们甩飞——

*砰！砰！*轿车里的混蛋又连开两枪，估计是九毫米口径的武器。里昂举起他那把九毫米口径的勃朗宁手枪反击时，约翰稍稍踩深了一些小货车的油门。里昂·肯尼迪是他们中枪法最好的，大卫很可能是想让他瞄准轮胎——

不过再怎么厉害也要看我的。可是大周末晚上的深夜11点，我该如何让我们这几个人在缅因州埃克塞特消失呢？现在街上根本就没什么车……

一名女子扔给里昂一个弹夹，而约翰正忙着打方向盘右转往市区开，所以没来得及看清那究竟是谁。橡胶轮胎在沥青路面上快速滑过，产生刺耳的摩擦声和刺鼻的烟雾，小货车摇摇晃晃地转过法尔沃斯路的街角向东行驶。尽管机场在西边，但约翰并不觉得货车上的同伴这个时候还会操心是否能准时上飞机。

事情得一件一件来解决，现在首先要甩掉安布雷拉公司雇佣的那些混蛋。飞机上可没他们的位置——

约翰从反光镜中看到有红色和蓝色的灯光闪烁，而且至少有一辆车的车顶放上了旋转警灯。说不定他们真是警察，这下可糟糕了。安布雷拉公司彻底控制了一切——就是因为安布雷拉的操控，如今大概全国的警察都会认为浣熊市的灾难跟他们几个有关。其实特种战术救援组也是被出卖的——几位高层被人收买，而小队的一些成员并不知道他们的组织已经成为安布雷拉制药公司的傀儡——

这样一来，要想反击就很难了。

因为目前这支队伍的人不想伤害无辜平民，被安布雷拉欺骗并不是犯罪，如果轿车上坐着的都是普通警察——

“他们没有天线，也没有给出警告，肯定不是警察！”里昂大声说道。刚为此松了一口气的约翰却突然发现前方不远处有一个路障立在那里，一条被封锁的街道旁边立着显眼的施工标志。车头灯照在一名手持“缓行”标志、身穿橘黄色背心的男子脸上，闪出白色的光晕。被车头灯一照，那名男子赶紧丢下标志飞身躲避——

要不是他们以一百二十公里的时速冲过，刚才那一幕还真是有趣。不过那人要是再慢三秒，恐怕就要被撞飞了。

***

“抓稳！”约翰高声喊道，克莱尔将腿紧靠在小货车的车壁上，看到大卫一把抓住瑞贝卡，里昂则紧抓着门把手——

伴随着尖锐的摩擦声，小货车猛地加速，好似一匹野马，然后横向侧滑。

克莱尔感觉整个车身的右半部分都已悬空翘起，而她的身体猛地倒向车子左侧，后脑勺撞在备胎罩上。

该死——

大卫叫着什么，但他的声音被刺耳的刹车声淹没，克莱尔听不见，也不知道他在说什么。直到大卫挤到右边，瑞贝卡也赶紧爬到他旁边——

只听咚的一声巨响，小货车右车轮重新落回地面，剧烈地弹了两下之后，约翰似乎重新控制住了车子——但已经抱死的刹车仍发出刺耳的金属摩擦声。

哐当！

从背后不远处传来的爆炸声和玻璃碎裂声让克莱尔的心猛地一惊。她转过身，跟其他人一块回头望去，看到追在后面的一辆车撞在道路工程的路障上——那个他们自己刚才差一点儿撞上的路障。克莱尔扫了一眼那被撞坏的车头、破碎的玻璃车窗和汽油燃烧腾起的烟雾，紧接着第二辆车又进入了她的视线，轰鸣着转过街角，继续追逐。

“不好意思。”约翰嘴上这么说，但脸上却露出了肾上腺素翻涌带来的兴奋表情。

尽管克莱尔和里昂跟这些特种战术救援组的前队员只在一起待了几周，但她知道约翰这个人不管什么事都可以拿来开玩笑。这既是他可爱的一点，也是他最烦人的一点。

“大家都还好吗？”大卫问道。克莱尔点点头，回头看到瑞贝卡跟她一样点着头。

“虽然撞了一下，但没什么大碍。”里昂边说边用手揉着自己的手臂，露出痛苦的表情，“但我不认为……”

砰！

无论里昂想说什么，他的话都被小货车后部的枪声打断了。尽管还被路障堵着，但轿车里的人仍在用霰弹枪对他们射击。刚才那几枪只要稍稍抬高一点儿，子弹就会直接从车窗打进来。

“约翰，改变计划！”大卫在剧烈摇晃的小货车里喊道，他冷静而果断的声音盖住了车子引擎的轰鸣，“我们必须甩掉他们……”

没等大卫说完，约翰就向左一个急转弯。瑞贝卡被甩得一个后仰，差点压到克莱尔身上。小货车这么一转，往一条安静的郊区街道驶去。

“大家都坐稳！”约翰回头大喊道。

清冷的夜风不断吹进车内，货车逐渐加速，一排排隐在黑暗中的房子向后飞驰而过。里昂和大卫都上好子弹，蹲在车门后面。克莱尔和瑞贝卡交换了一个眼神，两个人都对当前的处境不满。瑞贝卡·查姆伯斯是特种战术救援组的前队员，跟克莱尔的哥哥克里斯是同事，这一次是与同为特种战术救援组前队员的大卫和约翰一起执行与安布雷拉公司有关的任务——不过瑞贝卡拥有生化医学的背景，懂医学知识。瑞贝卡并不擅长射击——就连克莱尔都比她的枪法好，而克莱尔是全部人中唯一没有经过正规训练的……

不过如果算上浣熊市死里逃生的经历，那也不算完全没有训练。

约翰为了躲开一辆停在路边的卡车猛地转弯，后方的小轿车仍紧追不舍。克莱尔不自觉地耸了耸肩，大概是对在浣熊市的惊险经历心有余悸吧，如今她身上的瘀青都还没消，她也知道此时里昂的肩膀肯定很痛……

砰！

后面又传来一阵猛烈的枪声，不过都打得太分散、太高了。

这一次……

“改变计划。”大卫说道。他那干脆的英国口音听上去仍然很冷静，在周围一片嘈杂的混乱中显得格外理性。难怪他曾经被选为特种战术救援组队长。

“所有人都做好迎接冲撞的准备！约翰，拐过下一个弯之后，马上刹车。撞了就跑，知道吗？”

大卫把自己的膝盖往上抬了一点，双脚紧蹬小货车的车壁。“看来他们确实很想追上我们，就成全他们吧。”

克莱尔悄悄挪到另一边，双脚挤进座位后面，膝盖弯曲头低垂。瑞贝卡则移到大卫旁边，里昂也把身体放低，头跟克莱尔离得很近。两人四目相对，里昂冲她微微笑了笑。

“没什么大不了的。”里昂说。尽管心中仍然恐惧，克莱尔竟然不自觉地也对里昂微笑了一下。他们一起经历了浣熊市的疯狂，一起从安布雷拉制造出来的怪物和疯狂人类的围堵追杀下逃了出来——更不用说安布雷拉的秘密基地被炸上天时，他们也差一点儿全部丧命——跟那相比，撞一下车简直跟周末野餐一般随意。

*是的，只要这么告诉自己就行了。*克莱尔在心里对自己说，然后把思想放空。此时，小货车摇摆着转过街角，约翰紧急踩下刹车，所有人都做好了撞击准备。

***

大卫深呼吸几口气，尽可能地放松肌肉，就在这时身后突然传来刹车的紧急制动声——

只听轰隆一声巨响，伴随着一阵猛烈的震颤，之后的一秒静寂好似成了永恒——

随后便是一阵稀里哗啦声，有玻璃的碎裂声，有如同锡罐被压扁然后放大一百万倍的声音。大卫被撞得前扑然后又迅速拉回，他听到瑞贝卡发出那种像被人卡住喉咙的喘气声——

不寻常的喘息声很快消失，几乎是在约翰踩下油门的瞬间，大卫翻身跪起，举起手中的贝雷塔手枪。他往后看了一眼，那辆追在后面的轿车歪斜地停在漆黑的路旁，挡风玻璃和车头灯被撞烂了。碎裂得如同蜘蛛网一般的挡风玻璃后面有几个人影，跟被撞烂的车子一样一动不动。

我们的情况也没好到哪里去……

这辆便宜的绿色小货车是特意为载他们去机场买的，如今被撞得后保险杠和尾灯都没了，车尾的牌照也不见了——大卫在考虑一会儿怎么才能把后门打开，因为门板已严重变形，被撞成了一块废铁。

倒也不算什么大损失。大卫·特拉普并不把这辆小货车放在心上，也没想过要把它带上飞机去欧洲。真正重要的是，他们都还活着——或者说至少暂时是——他们成功躲过了安布雷拉的罪恶之手。

已经严重损毁的小货车加速往前驶去。大卫转过头看了看其他人，下意识地伸出手帮助瑞贝卡站起身。自从在安布雷拉的海湾研究所执行那次倒霉的任务以来，他就对这位年轻女孩产生了特别的感情，跟对约翰的一样。或许是因为整个小队只剩下他们三个的缘故吧——

大卫不愿再继续想下去，他让约翰兜回去，继续往原来的目的地开，并避开主要街道。眼看就要离开的时候被发现也真是倒霉到家了——不过仔细想想，这也是意料之中的事情。毕竟自从两个月前他们从卡利班海湾回来，安布雷拉就一直监视着埃克塞特，所以被发现是迟早的事。

“你这一招真不错，大卫。”里昂说道，“下次再遇到安布雷拉的那群混蛋，我会记得用的。”

大卫有点儿不太自在地点了点头。他喜欢里昂和克莱尔，但对于他俩也将他看作队长有些心情复杂。他可以理解约翰和瑞贝卡跟随他的心情，毕竟他们都曾是特种战术救援组的成员——可里昂不过是一名刚上任的年轻警官，克莱尔还是个大学生，只不过碰巧是克里斯·雷德菲尔德的妹妹。自从发现特种战术救援组与安布雷拉公司狼狈为奸，他下定决心离开这一组织开始，就没想过继续当队长，也没想过要……

*可惜一切都不由我决定，是吧……*大卫并没要求过他们服从自己，或者主动提出要当决策者——但这并没什么用，事情自然而然就

发展成这样了。身处战争之中，人往往都没有太多选择。

大卫挨个儿看了一下同伴，然后望向车外寒冷黑夜中那一排排飞快后退的房子。大家显得有些消沉，肾上腺素飙升之后一般都是这样。瑞贝卡正在装填子弹，里昂和克莱尔则紧靠着坐在她对面，没有交谈。他俩总是在一起，大概一个月以前，大卫、约翰和瑞贝卡在浣熊市郊碰到伤痕累累、浑身污迹而且被吓得不轻的他们时，他们就一直保持这种状态。大卫并不觉得他俩之间有爱情，至少暂时还没有。很可能只是因为两人一起经历了噩梦般的遭遇，差点儿死在一起，所以才有了这种特殊的彼此依恋。

据大卫所知，里昂和克莱尔是仅有的两个从浣熊市大灾难中逃出来，并且知道T病毒泄漏内幕的幸存者。而跟他们在一起的那个小女孩对这一切并不是太清楚，因为克莱尔一直刻意隐瞒，不让她知道真相。也就是说，雪莉·柏肯并不知道替安布雷拉公司制造最强大生化武器的正是她的父母，还是让她对自己的父母保留好一点儿的记忆吧……

"大卫，有什么不对劲吗？"

大卫回过神，然后冲克莱尔点点头。"不好意思。我没事。其实，我刚才是想到了雪莉，她怎么样？"

克莱尔微微一笑，每次听到雪莉的名字，克莱尔就会显得格外有神采，大卫再一次感受到了这一点。"她很好，已经安顿了下来。凯特跟她姐姐一点儿都不一样，是一个好人，雪莉也很喜欢她。"

大卫再次点点头。雪莉的小姨看着确实像一个善良的人，不过更重要的是，哪怕安布雷拉要去找麻烦，她也有能力保护雪莉。凯特·博伊德是一名精明强干的刑事律师，可以算得上是加利福尼亚州最好的律师之一。所以，谅安布雷拉也不敢再去对柏肯家唯一的血脉下手。

遗憾的是，我们就没这种待遇了。如果能跟雪莉一样，事情就简单得多……

瑞贝卡已经整理好武器，她走到大卫身旁坐下，随意拨开落在额头上的几缕头发。她的眼神透出与她年龄不相符的成熟，还不到 19 岁的年纪，却经历了安布雷拉制造的两起可怕事件。严格来说，瑞贝卡是他们中最清楚安布雷拉罪行的人。

有那么一会儿，瑞贝卡没有说话，静静地望着窗外飞驰而过的街道。最后她终于开口了，声音压得低低的，双眼凝视着大卫。

“你觉得他们还活着吗？”

大卫并不想假装乐观，尽管还是个年轻的小女孩，却拥有看穿人心的力量。

“我不知道。”他特意压低声音，以免其他人听到。毕竟克莱尔还满心盼望跟她哥哥团聚。“我觉得情况不妙。不然我们现在肯定能收到他们的消息。要么是他们担心发出消息会被跟踪，或者是……”

瑞贝卡叹息一声，声音中听不出太多惊讶，但显然也不开心。“没错。即便他们无法联系上我们……得克萨斯那边有麻烦了，不是吗？”

大卫点点头。尽管他们与得克萨斯州、俄勒冈州和蒙大拿州的特种战术救援组之间的联络渠道还算可靠，但已经有超过一个月没有任何消息传来了。最后一次的信息还是吉尔传来的，大卫至今还清楚记得上面的每一句话，那条消息让他纠结了好多天。

“我们在澳大利亚，目前情况很好。巴瑞和克里斯正在搜寻安布雷拉总部的线索，成果不小。你们做好准备。”

收到消息之后，他跟约翰其实已经做好准备联系正在待命的其他队员，希望能尽快会合，也做好突袭安布雷拉真正总部及其背后势力的准备。所有人都打算跟罪恶源头抗争到底。吉尔、巴瑞还有克里斯去欧洲寻找安布雷拉的真实目的，调查是从澳大利亚的安布雷拉国际总部开始——可那之后三个人就人间蒸发了。

“抬起头，小鬼们！”坐在前面的约翰大声喊道，大卫把视线从瑞贝卡那张没有一丝笑容的脸上移开，这才看到他们已经抵达机场。

无论他们的伙伴们究竟遭遇了什么，他们都会很快弄清楚。

4 resident evil

第二章

瑞贝卡在小飞机狭窄的座位坐下，系上安全带，然后转头望向窗外，想着要是当初大卫租下的是一架喷气式飞机就好了——一架结实的、大到不可能出现任何问题的喷气式飞机。从她坐着的位置，瑞贝卡可以看到机翼上的螺旋桨——看着就跟玩具飞机上的差不多。

我敢打赌，要是这架小飞机以每小时几百千米的速度从天空坠入大海，一定会像块石头一样迅速沉底……

“知道吗，就是这种飞机三天两头地夺去那帮摇滚明星的命。就在它们离开地面的时候，一阵大风把它们吹回了地面。”

瑞贝卡抬起头，瞧见约翰正对自己咧嘴笑着。他的胳膊搭在前排的座椅靠背上，魁梧的双臂交叠放在头枕上。他一个人恐怕得两个位子才能坐得下：要知道，约翰的块头仅仅用“大”形容是远远不够的，他简直强壮得像一个健美运动员，身高接近两米，肌肉发达，体重起码有 110 千克。

“不管怎么说，我们都能顺利起飞，而且是你这么重的胖家伙拉上天。”瑞贝卡说道，换来约翰深色眼睛中转瞬即逝的担忧。他在上次的任务中折断了好几根肋骨，折断的肋骨穿透了肺部，这一切距今还不到三个月，他的身体还无法进行力量训练。约翰表面看着是个不拘小节的硬汉，但瑞贝卡清楚他有多在意自己的外表，更不用说他有多讨厌没法健身这件事了。

约翰咧嘴笑得更开心了，这令他古铜色的皮肤都皱了起来。“是啊，你说得挺有道理。离地几百米，然后轰的一声，一切就都结束啦。”

瑞贝卡不打算告诉他这是自己第二次搭乘飞机（第一次是陪大卫一起去埃克塞特，执行在卡利班海湾的任务），约翰就喜欢开这种无聊的小玩笑——

忽然间，飞机颠簸起来，引擎发出低沉的嗡嗡声，瑞贝卡赶紧咬紧牙关。她绝不能让约翰意识到现在自己有多紧张。她转头看向窗外，发现里昂和克莱尔正向金属梯走来。显然，武器都已经装载完毕。

“大卫在哪儿？”听到瑞贝卡的问题，约翰只是耸了耸肩。

“在跟驾驶员说话呢。我们的驾驶员，你知道吗，是某个来自阿肯色州的家伙的朋友的朋友。我想，没有几个驾驶员愿意把人偷运到欧洲去……”

约翰将头凑近了些，装得像在耳语似地压低了声音，笑容从他的脸上慢慢退去。“我还听说他是个酒鬼。我们能以低价雇佣到他，全是因为他载着一个足球队撞到山上去了。”

瑞贝卡被他逗得大笑起来，摇了摇头。“是你赢了。现在我害怕得要命，满意了吗？”

“太好了，我的目的达到了。”约翰温和地回应并转回身。这时，里昂和克莱尔走进小座舱，来到飞机的中间位置，坐在与瑞贝卡相隔一条过道的位子上。大卫曾经提过机翼上方的区域是最稳定的，不过他们也没什么可供选择的——这架飞机上只有 20 个座位。

“你以前坐过飞机吗？”克莱尔将身子探到过道中，紧张地问道。

瑞贝卡耸了耸肩。“坐过一次。你呢？”

“我坐过几次，但都是大公司的航班，DC747 和 727 什么的，我记不太清楚了。至于这架，我都不知道它能不能算是飞机。”

“这是 DHC 8 涡轮飞机，”里昂补充道，“大概是叫这个名字，大卫提到过……”

“不，这家伙是个杀手，”约翰低沉的声音在座椅间飘荡，“它就是一块长着翅膀的石头。”

“约翰，亲爱的……闭嘴！”克莱尔故作和蔼地说。

约翰忍不住笑了起来，很显然他在为自己的笑话事业有了新的玩伴而高兴。

大卫突然出现在座舱的前部，他从通往驾驶舱的帘布中穿出，这令约翰立即安静下来，所有人都望向大卫。

“看来我们可以出发了，”大卫说道，“我们的飞行员，伊文思机长，向我们保证所有的设备都在正常运转，我们很快就能起飞。现在我们必须在位子上坐好，除非他允许我们起身。嗯……洗手间在驾驶舱的后头，飞机的尾部还有一个小冰箱，里面有三明治和饮料……”

他的声音开始变小，看上去他像有别的话想说，却拿不定该说什么。这是一种瑞贝卡在过去几周里十分熟悉的表情，一种带着焦虑的不安。自从浣熊市变成废墟的那天起，他们所有人都会时不时地流露出这个表情……

因为他们不应该那么做的。那理应是一切的终结，然而事与愿违，现在我们都活在自身无法承认的巨大恐惧之中。

当灾难的新闻第一次登报时，他们曾经坚信安布雷拉公司无法掩盖罪证，在劫难逃了。在一场大火吞噬了斯宾塞庄园和周边的建筑物后，发生在那里的病毒泄漏事件轻易就被平息了；而卡利班海湾的实验设施建在非常偏僻的私人用地上，以致无人知晓。安布雷拉公司又一次抹去了所有蛛丝马迹，好似什么也没有发生过。

可是浣熊市事件是不一样的。成千上万的人死去了——安布雷拉公司却悠然自得地伪造证据欺骗民众，还逼迫或诱使科学家为公司撒谎。这一切本应是不可能的，这令他们十分沮丧。相比一个市值数十亿美元，能消灭一个城市却不会受到任何惩罚的跨国集团，几个视死如归的战士难道真的有与之对抗的能力吗？

大卫决定对此事闭口不谈。他轻轻地点了点头，往队友所在的位置走去，在走到瑞贝卡身边时停住了。

“你想要我陪陪你吗？”

瑞贝卡知道这是大卫在尽自己所能地帮助她——但她也能看出他真的累坏了。他昨天为了反复检查行程的每个细节，熬夜到很晚。

“我没事，”她微笑着回答，“要聊天的话，我可以找约翰。”

“宝贝，我就知道你会这么说。”约翰大声叫喊起来，大卫则点了点头，轻轻地拍了一下她的肩膀，然后坐到她身后的座椅上。

他需要休息，我们都需要。这是一场漫长的旅程——可我为什么总是觉得我们根本到不了目的地？

一定是因为我太紧张了。

引擎的轰鸣声又增大几分，显得更尖锐了，飞机在一阵突然的摇晃后开始向前移动。瑞贝卡死死地抓住座椅两侧的扶手，闭上眼睛，想着既然自己有足够的胆量去跟安布雷拉公司作对，那肯定也能熬过一次航空旅行。

即便她做不到，现在想逃出飞机也已经太晚了。他们已经踏上了一条不归路。

***

飞机航行了不过 20 分钟，克莱尔就已经半靠在里昂肩上打起了盹。里昂同样疲惫，却因为种种原因无法入眠。一是因为他肚子确实饿了，二是他不知道自己所做的事是否正确。

*现在真是用这些想法自我折磨的好时机啊，*他自嘲地想到。*也许你可以要求他们在伦敦或者别的什么地方让你下机，在他们都被终结*

或消灭的时候，你还能在酒吧逍遥快活。

里昂叹了口气，让自己的内心平静下来。他已深陷其中。安布雷拉公司的所作所为不仅仅是犯罪，更是极致的恶行。总而言之，是一群财迷心窍的人渣才能做出的最邪恶的事。他们谋杀了数以千计的人，创造出能夺走十几亿人生命的生化武器，毁了他用心经营的未来，更害死了艾达·王，一个他尊敬且喜欢的女人。他们曾在浣熊市噩梦般的夜晚同甘共苦。若是没有她，他根本不可能幸存。

他对大卫和其他人的追求没有疑心，这些想法也并非源自他的恐惧，根本不是……

里昂又轻叹了一口气。当他和克莱尔以及雪莉一同逃出熊熊燃烧的浣熊市时，他就已经反复思考过这件事了，然而，由于他能想到的唯一理由显得过于滑稽，连他自己也不愿意将其当真。对抗安布雷拉公司确实是最正义的事——他只是觉得自己没有这个资格。

这也太傻了。

也许这是真的。这个想法令他犹豫不决，迟疑不定，现在他不得不重新考虑这件事了。

大卫·特拉普曾经在特种战术救援组干得风生水起，却只能眼睁睁地看着挚爱的组织落入安布雷拉公司的魔爪。他和约翰·安德鲁斯一样，都在进入卡利班海湾的生化武器研究所的任务中失去了两个亲如兄弟的战友。瑞贝卡·查姆博斯是个加入特种战术救援组没多久的新人，但她具备相关的学术背景，并且对安布雷拉公司的秘密实验抱有浓厚的兴趣，再加上她比任何人都有深刻的亲身体验，当仁不让地成为他们中的一员。克莱尔为寻找哥哥，她唯一的亲人而来，他们的父母已经去世了，只有兄妹俩相依为命。他从未见过克里斯、吉尔和巴瑞，但他确信每个人都有自己令人信服的理由。他曾听瑞贝卡讲过，巴瑞·伯顿的妻女都受到了安布雷拉公司的威胁……

那里昂·肯尼迪又有什么加入的理由呢？他当时只是个在工作第一天就不幸卷入灾难的警察，但这算是浣熊市警署的事务。艾达曾与他在一起，这话不假，但他们两人相识的时间还不足半天，而就在艾达承认自己的间谍身份，说出自己到浣熊市的目的是为了窃取安布雷拉公司的病毒样本后，她也被杀死了。

所以我不光丢了工作，还失去了一段和我压根儿就不了解，也不可能信任的女人之间的情缘。安布雷拉公司的邪恶行径肯定要被阻止……

但我真的属于这个团队吗？他为了帮助大众才立志成为警察，但警察生活在他的心目中是安宁、稳定的——搜捕醉酒驾车的司机，叫停酒吧械斗，将恶棍捉拿归案……他无论如何也预料不到，自己竟然会陷入一场国际阴谋。为了对抗造出恐怖生化怪物的集团，而干些偷偷摸摸潜入之类的工作。要对付规模如此巨大的犯罪活动是他未曾准备好的……

肯尼迪警官，这才是你真正的理由吗？

此时克莱尔在浅睡中咕哝了几声，脑袋在里昂的手臂上蹭了蹭，再度睡熟过去。这让里昂有些不好意思地意识到，自己和前特种战术救援组队员们的牵扯还有另一个理由——克莱尔。克莱尔她……她是一个了不起的女孩。在两人逃出浣熊市以后的很长一段时间里，他们会互相分享自己在会合前后逃出生天的经历。这就像一种信息的交换，把故事里的空白填满——她讲述了自己撞见艾隆斯署长的事，还有那个她称为 X 先生的怪物；而里昂则将艾达的事全盘托出，还有那个曾经被人称作威廉博士的梦魇生物。他们一起重塑了那天浣熊市的景象，这个故事里有许多对特种战术救援组至关重要的信息。

不过，当里昂回首过去时，他发现还有另外一个原因促使两人展开漫长、无序的对话。这已成为他们二人的一种减压方法，就像将噩梦说出来一样。如果他只能把这些话统统憋在心里，他一定会发疯的。

无论如何，他对克莱尔的感觉已经变得十分复杂——温暖、共鸣、依靠、尊敬，以及一些他还来不及归类的感情。这一切令他震惊，因为他从未对一个人产生如此强烈的感觉。还因为他不确信这份感情中有多少是真实的，又有多少只是灾难后特有的焦虑。

直面现实，别再胡思乱想了。你害怕的不过是你纯粹是为她而来

的这一点，而你不喜欢这个想法透露出的信息。

里昂肯定了自己的想法，发现这才是真相，是他一切不确定的源头。他向来认为“想要”是合情合理的，但“需要”就是另外一回事了。他不喜欢自己被体内雄性激素牵引着想更靠近克莱尔·雷德菲尔德这一念头。

可你又怎么知道你不需要呢？也许想要，而你却不知道……

里昂为自己可悲的自我剖析感到心烦意乱，觉得还是不要再这样胡思乱想下去了。不管自己被牵扯进来的理由是什么，他都是一个很有发言权的事件亲历者。他要和大家一起将安布雷拉公司打个落花流水，这可是它自找的。而现在，他需要的是上厕所，吃饭，然后尽可能地补补觉。

里昂轻柔地将手臂从克莱尔温暖的颈后抽出，尽量不去吵醒她。他悄悄地走进过道，看了看周围的状况。瑞贝卡正望着窗外发呆，约翰在翻一本健身杂志，大卫则在打盹。他们都是心地善良的人，这个想法让他觉得舒坦了一些。

他们都是好人。当然，我也是个好人，为了真相和正义，以及更少的丧尸而战……

洗手间就在前方。为了保持身体平稳，里昂交替按住他所经过的座椅，此时飞机引擎发出的嗡嗡声在他听来是如此令人安心，就像瀑布声——

忽然，机舱前的帘布被掀起，一个身着昂贵风衣的高大男人从中走出，脸上还挂着笑容。他并非飞行员，飞机上也没有别的乘客。尽管他身材精瘦，看上去手无寸铁，但里昂仍然在一种近乎超自然的恐惧感的侵蚀下，觉得嘴巴发干。

“各位！”里昂后退一步，叫喊起来，“我们有客人了！”

那个陌生男子露齿而笑，眼里也绽放出神采。“我猜你就是里昂·肯尼迪吧？”他慢条斯理地说着。这令里昂在刹那间感觉到，无论这个男人是什么来头，都会是个棘手的麻烦。

4 resident evil

第三章

约翰在里昂出声警告之前就已经起身，只见他猛地跃到过道中间，迈出一大步将里昂护在身后。

“你到底是谁？”他厉声喝道，绷紧肩部肌肉，做好一旦那个陌生男子敢造次，就将他撕成两半的准备。

然而那名陌生男子只是举起苍白纤长的双手，脸上浮现出一种不可抑制的喜悦——这令约翰怒火中烧。*这家伙在高兴什么？难道他看不出自己能轻易将他揍成肉泥吗？*

“啊，你就是约翰·安德鲁斯吧？”男子不急不缓地说道，声音低沉而平稳，如同他的表情一般洋溢着喜悦之情，“曾经是特种战术救援组埃克塞特支部的通信专家和侦察员。幸会幸会！告诉我，你的肋骨恢复得怎么样了？还疼吗？”

*见鬼！这家伙到底是谁？*约翰的确在卡利班海湾断了三根肋骨，可他并不认识眼前的男人——*他又为何会对自己了如指掌？*

“我是特兰特，”陌生人轻描淡写地自我介绍道，向里昂和约翰点头致意，“相信和你们一起的特拉普先生能证明我的身份……”

约翰往后一瞥，发现大卫和两个女孩就站在自己和里昂身后。大卫迅速冲他点了点头，表情凝重。

特兰特。天哪，神秘的特兰特先生。

那个刚好在浣熊市特种战术救援组发现发生在斯宾塞庄园的安布雷拉公司 T 病毒泄漏事件前，向吉尔·瓦伦蒂安提供地图和线索的特兰特先生，那个在 8 月的一个多雨的夜晚，向大卫提供卡利班海湾研究所情报的特兰特先生。卡利班海湾正是史蒂夫和凯伦的葬身之处。

那个自始至终戏弄着特种战术救援组战友生命的特兰特。

特兰特依旧面带微笑，双手仍举在空中。约翰注意到他的一根纤瘦的手指上戴着的黑色宝石戒指，看上去很贵重，但给人一种矫揉造作之感。

“该死，你想要干什么？”约翰咆哮起来。他既不喜欢故弄玄虚的神秘和惊喜，也无法接受特兰特对自己魁梧的体魄无动于衷的事实。大多数人在直面他时都会识趣地退下，只有特兰特露出被逗乐的神情。

“安德鲁斯先生，如果你允许……”

约翰一动不动，气冲冲地瞪着特兰特乌黑深邃的双眼。特兰特面无表情地望着他。约翰在他明亮的目光中感受到了冷静的自信，一种游离于傲慢之外的气场。尽管约翰生得高大强壮，他的本性并不粗暴，但特兰特那副自信、愉快的模样在他看来实在是欠揍至极。不过也不是非得亲自动手才能解气，只要有人揍他一顿就够了。

因为他的插手，又有多少人白白送了命？

“没事的，约翰，”大卫低声说道，“我相信要是特兰特先生想伤害我们，他就不会站在这儿做自我介绍了。”

无论约翰能否接受这点，大卫说得没错。约翰暗自叹息一声，很不情愿地退到一旁，尽管他对这个男人还不是很了解，但这并未影响到他的厌恶之情。

我会牢牢盯住你的，“朋友”……

特兰特像个没事人似的点点头，从约翰身边走过，还向所有人微笑致意。他示意所有人坐在机舱的一侧，随后脱下风衣放在一边，动作小心谨慎。显然他也很清楚，被解读为不友善的动作会危及自己的人身安全。他穿着黑色的西装，系着黑色的领带，脚上穿着黑色皮鞋，就连对时尚一窍不通的约翰都看得出那双皮鞋价值不菲。可见这位特兰特不光很有品位，还相当富有。

“这可能要花点儿时间，”他开口道，“请各位坐得舒适些。”他支起自己的身体，坐到小队对面的一个座位上，行云流水的动作展现出的优雅令约翰感到更不痛快了。他看起来像受过专业训练的人，也许练过某种搏击术……

其他人或坐或倚，都在探究这位不速之客的来意，对他的出现表现得跟约翰一样反感。特兰特逐一分析了他们。

“安德鲁斯先生、肯尼迪先生、特拉普先生，而我也已经见到……”特兰特熠熠的目光在瑞贝卡和克莱尔之间徘徊，最后停驻在克莱尔身上。

“你是克莱尔·雷德菲尔德，对吗？”他显得有些犹豫，不过这没什么奇怪的。瑞贝卡和克莱尔乍看上去就像一对姐妹，都拥有棕色的秀发和相近的身高，她们之间唯一的区别是有数月之差的年龄。

“是的，”克莱尔回答道，“飞行员知道你在机舱里吗？”

约翰皱起了眉头，对自己没有抢先提问感到恼火。这是一个相当重要的问题，而他竟然没有想到！如果是飞行员让特兰特先生登机……

特兰特点点头，苍白的手指拢过他蓬乱的黑发。“是的，的确是他让我登机的。事实上，伊文思机长和我是老相识了，因此，当我听说你们要去……旅行时，我安排他在正确的时机和正确的地点出现。知道吗，要做到这一切比听上去更简单。”

“为什么？”大卫问道，声音变得威严起来。换作平时，约翰只能在战斗中领略到这股气势。他们的队长已然到了被彻底激怒的边缘。“为什么你要这么做，特兰特先生？”

特兰特直接忽视了他。“我明白你对待在欧洲的朋友们深感忧虑，但我向你保证他们身心俱佳。真的，你们没有理由担心自己……”

“为什么？”大卫的口吻不容置疑，坚硬如铁。

特兰特盯着他看了一会儿，然后叹了口气。“因为我不想让你们去欧洲，而让伊文思机长成为你们的飞行员就是为了确保这一点。事实上，我们现在正要返航。”

***

克莱尔难以置信地望着他，感觉自己的五脏六腑被生生绞成一团，转变成一股滚烫而沉重的怒火。

克里斯，我见不到克里斯了——

在克莱尔开口，或任何人对特兰特的话语做出反应之前，约翰一个健步冲出座位，一把抓住特兰特的手臂。

“那好，叫你的‘老相识’按预定的路线航行。”约翰啐了一口，怒容满面。克莱尔发现约翰的双手正在颤抖，看起来就像要折断特兰特的手臂似的，而现在她觉得这不是个坏主意。

特兰特的脸上只表现出轻度的不适。“很抱歉打断你们的计划，”他说，“要是你们能听完我的解释，相信你们也会认同我的做法是最佳选择——如果你们真心想阻止安布雷拉公司。”

最佳选择？克里斯，我们必须帮助克里斯他们，这算什么？

她等待其他人因愤怒而失控，气势汹汹地冲进驾驶舱，将特兰特绑在椅子上，强迫他坦白，但他们都陷入了沉默，目目相觑，望向特兰特的视线里充满震惊和愤怒，以及好奇，尽管这层感情被掩盖得很好。约翰放松了对他的钳制，开始向大卫寻求指示。

“我希望你的理由足以令我们信服，特兰特先生，”大卫依旧冷静，“我明白你曾经……帮助过我们，但这种干涉不是我们想要或需要的。”

大卫朝约翰侧了一下头，约翰有些不情不愿地放开特兰特，然后往后退了几步，但克莱尔注意到他并未离开多远。

特兰特没有显示出任何对自身处境的担忧。他朝大卫点点头，以自己浑厚而富于韵律的声音叙述起来。

“我相信你们都很清楚，安布雷拉公司的设施遍布世界各地，他们的工厂和发电厂为数千人提供就业机会，每年都会创造上亿美元的收入。在这些设施中，绝大多数是合法的制药或化学公司，它们除了利润丰厚以外，与我们讨论的主题无关。安布雷拉公司依靠旗下合法企业的运作为不可告人的项目提供资金——就是你们近期不幸遭遇的源头。

“这些项目由名叫白色安布雷拉的分部管理，大多数都与生物武器的研制相关。只有极少数人知道白色安布雷拉的内幕，而这类人无不极有权势。不仅有权有势，还热衷于制造各种灾难。化学武器、致命疾病……比如最近风波不断的 T 系列和 G 系列病毒。”

*说得真轻巧！*克莱尔不快地腹诽着，但还是被勾起强烈的兴趣。她终于对他们共同的敌人有所了解了……

“可这究竟是为什么？”里昂问道，“化学战并非特别有利可图，任何有离心机和园艺用品的人都能创造出某种生物武器。”

瑞贝卡对此深感赞同：“而且他们正在研究如何将急速融合的病毒体应用到遗传再分配上——成本实在是太高了，危险程度还不亚于处理核废料。不，应该说要更危险才对。”

特兰特摇了摇头。“他们这么做是因为他们有能力。因为他们想这么做。”他的笑容变得微不可察，“当你比地球上的任何人都富有、都强大时，你就会觉得无聊。”

“谁觉得无聊了？”大卫问道。

特兰特在端详大卫片刻后再度开口，有意无视了他的问题。“目前白色安布雷拉的目标是创造出生物有机士兵——个体样本大多经过基因改造，并且被注射某种让它们变得狂暴、强壮、没有痛觉的变异病毒。这些病毒侵蚀人体的过程被称作‘丧尸’反应，但这不过是一种预料之外的副作用，至少到目前为止，安布雷拉公司创造的病毒是为非人类用途设计的。”

克莱尔对这个话题很有兴致，但同时又感到有些不耐烦。“你什么时候才能说到你为什么会出现在飞机上，以及不想让我们去欧洲的理由？”她没有压下声音中的怒意。

特兰特望着她，怜悯之情在他深色的眼眸中流转。这时克莱尔才明白他对自己愤怒的原因一清二楚。他知道她渴望去欧洲的原因，她能从他的眼神中看得出来，他的眼神告诉她，他非常理解一切。她忽然觉得很不自在。

他什么都知道，他知道我们的一切……

“白色安布雷拉的设施分为许多种，”他接着讲道，“有些只负责处理数据，有些只负责研制化学物品，还有培育或以手术拼接样本的地方，以及数量极少的样本实验设施。有了这层铺垫，我就能解释我到这里来，并延后你们计划的理由了。

“安布雷拉公司要在犹他州建立新的实验设施，地点就在盐滩的北面。现在那里只有几名技师和……样本驯养员，但在大约三周后就会全面投入运行。一名白色安布雷拉的关键人物将监督最后阶段的准备工作，他的名字叫雷斯顿。这份工作原本是一个名叫路易斯的卑鄙小人的，但他遭遇了意外，并非全无预谋的意外……因此雷斯顿成为项目负责人。由于他是白色安布雷拉中最重要的大人物之一，他拥有一本小黑书。全世界只有三本这样的小黑书，而另外两本没有弄到手的可能……”

“里面到底有什么？”按捺不住的约翰打断了他，“说重点。”

特兰特向约翰微微一笑，仿佛约翰在提问时彬彬有礼。“每一本小黑书都是一把主密钥，里面有编写所有白色安布雷拉设施主机的程序代码的完整目录。只要拥有那本书，相信我们能黑进任何实验室或实验场，访问从人事档案到财务报表的所有资料。当然，他们在小黑书被偷走后会改写代码，除非他们愿意牺牲所有存储资料，这一过程要花上数月。”

在很长一段时间内所有人都缄默不语，机舱内只有平稳的嗡嗡声。克莱尔望向每个人，发现他们都陷入了沉思，斟酌着特兰特的暗示。随后她才醒悟过来，欧洲之行多半是泡汤了。

***

“可是克里斯、吉尔和巴瑞怎么办？你说过他们没事，你是怎么知道的？”克莱尔问道。大卫从中听出了隐藏不住的绝望。

“如果要解释我得到资讯的前因后果会花掉太多时间，”特兰特圆滑地回避了问题，“虽然我知道你不会喜欢这句话，但恐怕你只能相信我。你的哥哥和他的战友们的情况并不紧迫，暂时不需要你的帮助，但得到雷斯顿的小黑书，黑进实验室资料库的机会却是千载难逢，不到一周内就会失去。现在那里还没有安保措施，一半的系统甚至尚未运行。只要你们远离实验程序，就无须和怪物战斗。”

大卫不太确定如何看待这件事。这确实是他们一直在苦苦等待的诱人机会……但卡利班海湾也是这样。很多事情都曾是这样。

至于信赖特兰特先生……

“你能从中得到什么？”大卫质问道，“你为何要与安布雷拉公司作对？”

特兰特耸了耸肩。“兴趣使然。”

“我是认真的。”

“我也是。”特兰特微笑着说，眼眸中跃动着狡黠的光芒。大卫曾见过他一面，两人之间的对话不过寥寥数句，但当时特兰特看起来和现在一样，满是奇异的喜悦之情，不论触动他的是什么，那一定为他带来了许多乐趣。

“你为何总是这样神神秘秘的？”听到瑞贝卡的问题，大卫跟着点了点头，其他人也表达了相同的疑问。“你之前送给吉尔和大卫的东西，全都是谜题和线索。为什么不直接告诉我们答案呢？”

“因为你们必须解开谜题。或者说，要让你们看起来像仅凭自己就发现了真相。就像我之前说过的，知道白色安布雷拉内幕的人极少，要是你们知道得太多，我就有麻烦了。”

“那为何现在要以身涉险？”大卫问道，“在这件事上，你真的需要我们的协助吗？显然你和白色安布雷拉有某种联系，为什么不直接将这些事曝光，或是从内部颠覆他们？”

特兰特又露出了微笑。“我承担风险是时机使然。至于其他问题……只能说我有不那么做的理由。”

他说起话来滔滔不绝，然而我们依然对他的来历和动机毫无头绪……他究竟是怎么做到这一点的？

“你为什么不向我们解释你的理由呢，特兰特？”大卫看得出约翰已经无法再控制自己的怒火，他朝着飞机上的偷渡客咆哮起来，那模样活像要把特兰特生吞活剥了似的。

特兰特没有回答。他只是起身，拾起自己的风衣，然后转身面向大卫。

“我明白你在做出决定前会想要跟队友们讨论一番。现在我想去见一见机长，还请见谅。如果你决心不去取雷斯顿的小黑书，我会让步。我说过你没有选择，那是我夸大其词了，这世上总是有选择的。”

说完这句话，特兰特转身走到机舱前端，头也不回地消失在门帘后。

4 resident evil

第四章

特兰特刚刚走出座舱，约翰就迫不及待地打破了沉默。

“去他的吧，”他咒骂道，看上去恼火至极，“我不知道你们是怎么想的，但我已经厌烦了被他戏弄——我来这儿不是为了对特兰特俯首帖耳，我也不相信他。我们应该逼他说出所有安布雷拉公司和我们队友在欧洲的情况，要是他再自作聪明地打马虎眼，我们就把他踹出机舱，让他体验自由落体的滋味。”

瑞贝卡知道他正在气头上，却还是不由自主地劝阻：“约翰，我明白你的心情。但你真的是这么想的吗？”

约翰对她怒目而视，接着突然咧嘴一笑，不知怎么，紧张的气氛随之缓和下来。就像他们不约而同想起了呼吸减压的方法，因为那位不请自来的神秘帮助者令他们的头脑一片空白。

“约翰已经表明立场了，”大卫说道，“克莱尔，你呢？我知道你很担心克里斯……”

克莱尔缓慢地点了点头。“没错。而且我想跟他见面，越快越好……”

“但是……”大卫还在酝酿剩下的话语。

“但是，我觉得他说的是真话，我指的是他们平安无事这点。”

里昂颔首。“我也这么想。约翰说他狡猾说得很对，但我不认为他在撒谎。虽然他告诉我们的情报很少，但我有理由相信他不会信口雌黄。”

大卫转而面向瑞贝卡。“瑞贝卡，你呢？”

她叹息一声，摇了摇头。“抱歉，约翰，我同意他们的看法。我觉得特兰特有一定的可信度。他曾经对我们出手相助过，尽管方法有些莫名其妙，而他手无寸铁地站在这里，也能说明……”

“说明他是个蠢货。”约翰阴沉地喃喃自语，瑞贝卡只好轻轻捶了一下他的手臂。就在这一瞬间，瑞贝卡意识到约翰不愿意相信特兰特的原因。

特兰特没有被他吓倒。

她对此深信不疑，凭她对约翰的了解，约翰一定是被特兰特的满不在意气坏了。

在斟酌一下用词后，瑞贝卡露出了笑容，尽量让语调显得轻柔：“约翰，我觉得你只是无法接受特兰特不害怕你这个大块头的事实。其他人被你居高临下地瞪着，肯定会被吓得尿裤子。”

瑞贝卡的话说得正是时候。约翰若有所思地皱起了眉头，然后耸了耸肩：“可能吧。不过我还是不信赖他。”

“我不认为我们应该信赖他，”大卫回应道，“作为一个向我们寻求帮助的人，他隐瞒的信息实在太多。现在摆在我们面前的问题是，去找那个雷斯顿，还是继续执行原先的计划？”

大家沉默了一会儿，瑞贝卡明白这是因为没有人愿意将事实说出来——承认如果特兰特所言属实，欧洲之行就毫无必要了。她也不想捅破这层窗户纸，这让她觉得自己背叛了吉尔、克里斯和巴瑞，就像在说“比起帮助你们，我们找到了更好的事做”。

可他们若是不需要我们的帮助……

最后瑞贝卡还是决定亲自捅破这层窗户纸。“如果侵入那里真的和他说得一样轻松……恐怕，我们再也不会有这样的好机会了。”

克莱尔紧紧咬着嘴唇，苦苦挣扎的内心几乎将她撕裂。“如果我们找到那个黑色代码本，就能带上它去欧洲了。它会改变一切。”

“前提是我们能找到它。”约翰听上去酸溜溜的，但瑞贝卡知道他正在逐渐接受这个想法。

“这或许会成为一个转折点，”大卫的声音变得柔和起来，“我们胜利的概率会从百万分之一飙升至几千分之一。”

“我必须承认，将安布雷拉公司的机密文件移交给媒体是个好主意，”约翰说道，“将他们肮脏的小秘密发送到全国所有报纸上。”

其他人纷纷对此表示赞同。尽管瑞贝卡还需要多花些时间才能适应这个想法，但在内心深处，她知道那个问题已经有了答案。

看来他们要动身去犹他州了。

***

如果有人以为特兰特会因为他们的决定欣喜若狂，他一定会大失所望。当大卫通知特兰特回到座舱，并告诉他大家同意前往新的实验基地的决议后，特兰特仅仅点了点头，饱经风霜的脸上依旧挂着难以捉摸的笑容。

他从前面的口袋里掏出一张纸。“这是地点的坐标。上面还写着几组数字密码，其中有一组能让你们进入设施——不过密码键盘会有些难找。很抱歉，我无法再提供其他信息了。”

里昂看着他将纸交给大卫，看着他回到驾驶舱，对艾达的思念却缭绕在心间。自从他听到特兰特对白色安布雷拉公司的介绍后，心神就完全被艾达 · 王的身手与美貌占据了，她低沉迷人的嗓音一直在脑海中回响。他并非有意为之，至少这种心绪在刚刚出现时还是潜意识的。特兰特身上的某种气质令里昂想起了她，也许是那无可比拟的自信心，或是那狡黠的扬起的唇角……

在那个疯女人开枪射杀她之前，我指责她是安布雷拉公司派来的间谍，但她声称自己不是间谍，在为与我无关的人工作……

尽管他和克莱尔入伙的时间很迟，但队友们已经简洁透彻地告诉了他们所有已知的情报，以及特兰特过去在安布雷拉公司里的地位。经常被提及的一点——除了充斥着难以捉摸的信息之外——是他知道许多其他人闻所未闻的秘密。

多问问总是没坏处的。

特兰特先生回到座舱时，里昂主动接近了他。

"特兰特先生，"里昂小心翼翼地发问，密切留意着他的一举一动，"在浣熊市，我遇见一个名叫艾达·王的女人……"

特兰特面无表情地凝视着他。"怎么了？"

"我想知道您是否对她和她的雇主有所了解？当时她正在寻找G病毒的样本……"

听到这里，特兰特扬起了眉毛。"是吗？她找到没有？"

里昂审视着对方深邃、灵敏的双目，不知为何竟觉得特兰特知道这一切的答案。然而这是不可能的，因为艾达在实验室爆炸前就已经被杀害了。

"她找到了。但是在最后，她……她没有在杀死别人和失去样本之间做出选择，而是在某种程度上牺牲了自己。"

"那个没有被杀的人是你吗？"特兰特温和地询问道。

里昂知道所有人的视线都集中在他身上，他却没有对此感到不适，这令他有点儿吃惊。即便是在一个月以前，这样的私人交谈也会令他局促不安。

"是的，"里昂的声音中透出几分挑战的味道，"那个人是我。"

特兰特缓缓颔首，嘴角有一丝上扬。"在我看来，你对她的性情和动机已经足够了解了。"

里昂不太确定他这番话究竟是在回避问题，还是在表达真实想法——无论答案是哪个，特兰特那逻辑简单的回答都让里昂的心情愉快多了。现在他觉得答案好像一直以来就在自己心里。不管特兰特运用了什么心理学手段，他的手法都很高明。

他世故、文雅，能低调地显现出可怕的威严……艾达一定会喜欢他的。

“虽然与你聊天很愉快，但我与机长还有不少事务要商讨，”特兰特说道，“还有五六个小时就要到盐滩了。”

说完这句话，他朝所有人点头示意，再次消失在门帘后。

“太优越了，以至于不能和我们这些草根同居一室？”约翰愤愤不平地反问，显然他还没有克服自己对特兰特恶劣的初次印象。里昂环视一周，在一张张忧心忡忡的脸上，克莱尔摇摆不定的表情特别显眼。

她靠在椅背上，双臂紧紧地交叠在一起。里昂走到她身边，碰了碰她的肩膀。

“在想克里斯吗？”他温柔地问道。

令他意外的是，克莱尔竟然摇了摇头。“不。实际上，我在想发生在斯宾塞庄园、卡利班海湾和浣熊市的灾难。我始终认为，无论特兰特将我们接下来要做的事渲染得多么简单，只要它和安布雷拉公司相关，情况就一定会急转直下。想不到在经历了这么多灾难以后，我们还是没有学到这个道理……”

她的声音渐渐变小，像要清空这些念头似的摇了摇头，然后朝里昂露出一个灿烂的微笑。“净是些傻话。现在我要去给自己弄个三明治，你有什么想吃的吗？”

“不了，谢谢。”他心不在焉地回答，脑海中充斥着她临走前的话语——他开始怀疑犹他州之旅是不是会成为大家平生所犯的最后一个错误。

***

史蒂夫·洛佩兹，老好人史蒂夫，他的脸色惨白如纸，站在一个奇异、宽敞的实验室中间，用半自动步枪瞄准他们，呵斥他们放下武器——

凯伦死了，史蒂夫变成那个人渣的丧尸士兵，意识到这一切的约翰被剧烈的狂怒和苦痛所席卷——

约翰拼命叫喊起来，你们都对他做了什么，不再思考，任由本能控制，向他们身后表情空洞的怪物扣动扳机，子弹穿透它的左太阳穴，它终于倒下了，寒风散发出令人作呕的死亡气息——

多么巨大的痛苦！史蒂夫，他的朋友，他的战友，竟然朝他的背部开枪，痛苦撕裂了约翰的心和身体。他感觉到鲜血从嘴角滴下，感觉到自己在转身，感觉到远超想象的痛苦。史蒂夫朝他开枪了，疯狂的医生对他使用了病毒，史蒂夫不再是史蒂夫了，整个世界都在旋转和尖叫——

约翰，约翰，醒醒，你在做……

“你做噩梦了，大块头……”

约翰坐了起来，双目大睁，心跳如擂鼓，感到既迷茫又恐惧。瑞贝卡将冰凉的手放在他的手臂上，温柔的接触令他镇静下来。直到这时他才意识到他已经醒来，原来刚刚的一切都是梦。

“该死。”他咕哝起来，靠回到椅背上，闭上了眼睛。他们还在飞机上，引擎柔和的嗡鸣和舱内空气发出的嘶嘶声打消了他的最后一点疑惑。

“你没事吧？”瑞贝卡问道。约翰点了点头，深呼吸了几次才再次睁开眼睛。

“我有没有……我有没有大喊大叫，或者其他什么的？”

瑞贝卡微笑起来，仔细地注视着他。“没有，我是在从厕所回来的路上看到你像小兔子似的抽搐才过来看看的。你看起来不像是做了个好梦……希望我没有打搅到什么好事。”

最后一句话几乎是在提问。约翰强迫自己露出笑容，干脆地跳过这个话题，扭头看向窗外流逝的黑暗。“看来在睡前吃三个金枪鱼三明治不是什么好主意。我们快到那里了吗？”

瑞贝卡点点头。“大卫说，飞机在十五到二十分钟之内就会降落。”

她依旧在观察他的精神状态，脸上流露出和蔼、关切的神色。约翰意识到自己是个傻瓜，将那种事憋在心里，迟早有一天会崩溃的。

“我又梦到实验室里的情景。”他说道。瑞贝卡跟着点了点头。他只要愿意说出这句话就够了，当时她也在场。

“我在几天前也做过这样的噩梦，就在我们决定离开埃克塞特之后，”她柔声细语，“一个非常可怕的噩梦，是发生在斯宾塞庄园和卡利班海湾的灾难结合体。”

约翰点点头，心想她真是个了不起的女孩。她首次执行任务时就要和一屋子的安布雷拉公司制造的怪物战斗，而当大卫邀请她去调查卡利班海湾时，她也没有拒绝。

“瑞贝卡，你真了不起。如果我年轻几岁，我想我一定会爱上你。”他笑道，很高兴看到瑞贝卡被他的话逗得面红耳赤，却又有些欣喜的模样。虽然她比约翰聪明得多，但她同时也是一个青春期少女——如果他对自己青葱岁月的回忆没有出错，青春期少女听别人称赞自己酷的机会可不多。

“闭嘴。”她的声调告诉他，尽管他的话令她十分害羞，但她并不讨厌。

自在的宁静笼罩了两人。随着飞机的降落，舱内气压发生波动，噩梦残留的色彩也渐渐褪去。再过几分钟，他们就到犹他州了。大卫的提议是立即入住酒店，着手制订计划，明晚就开始行动。

进入设施，拿到小黑本，然后努力逃出来。听起来很简单……

可是这不就是卡利班海湾的计划吗？

约翰决定等飞机一降落，他就去找特兰特好好沟通一番。他对任务内容很是积极，他想要拿到密码本，也想要把安布雷拉公司的项目搅黄，但他仍旧对特兰特有选择性地提供信息这点感到很不满意。是啊，那个男人是在帮助他们没错，他为何要故作神秘？为什么不直接告诉他们欧洲的队友在干什么，谁在经营白色安布雷拉，他又是如何将亲信飞行员安插进来的？

因为他有这个权力。变态控制狂。

听起来有些莫名其妙，但约翰想不出其他特兰特先生神神秘秘的原因了。如果我把他的胳膊扭断，他可能会变得更乐于助人……

“约翰……我知道你不喜欢他，可他说这份工作很快就能完成，你觉得这话有没有道理？我的意思是，要是这个雷斯顿不愿意交出小黑本，我们该怎么办？如果……如果发生别的意外呢？”

瑞贝卡努力扮演出专业人士的样子，声调很是轻快，但深藏在她浅棕色眼眸中的苦恼出卖了她。

别的意外。比如病毒泄漏、疯狂科学家、挣脱控制的生化怪物，所有发生在安布雷拉公司周遭的意外……

“如果你要我对此事做出评论，我们唯一会遇到的意外是雷斯顿吓得拉了一裤子，味道特别难闻。”他的话逗得瑞贝卡大笑起来。

“你好傻。”瑞贝卡说道，而约翰只是耸了耸肩。他觉得让这个姑娘喜笑颜开是很容易的一件事，但他又不由得觉得，让瑞贝卡变得太乐观其实不是什么好主意。

过了一会儿，小飞机开始稳稳地降落，飞行员首次使用对讲系统，告诫他们在飞机停稳前别乱动，然后就立刻挂断了，没有说诸如“希望你们旅途愉快”或者“现在地表温度”之类的废话。就事论事，约翰对这点很感激。小飞机在停机坪上滑行了一阵，最后平缓地停住了。所有人都站起身，伸展身体，穿好外套。

约翰在听到舱门开启的一刻就绕过瑞贝卡，走到座舱前，决心不让特兰特在回答完自己的问题前下机。他推开门帘，寒风灌进驾驶舱后狭窄的过道，这才发现自己来迟了。飞行员伊文思独自一人站在驾驶舱门口。

不知怎么，特兰特竟能在约翰赶来的数秒钟之内溜下飞机。被推到飞机外的金属楼梯上空无一人，即便约翰一次跨过两级阶梯，瞬间就来到地面上，除了将楼梯推出来的男人外，空旷的停机坪上同样别无他人。当被问及特兰特的时候，机场员工坚称第一个走下飞机的人正是约翰。

“混蛋。”约翰啐了一口，但这不再重要了，因为他们已经抵达了犹他州。午夜将逝，能让他们准备的时间不足一日。

4 resident evil

第五章

杰·雷斯顿的心情相当惬意。事实上，现在是他长久以来感到最喜悦的时候，如果他知道回到工作现场会令他如此愉快，他在多年以前就会这样做了。

管理亲身进行危险工作的员工。成为过程的一部分，让改变发生，看着成果在眼前铺展开来。不光是作为影子，作为一种令人恐惧的无名黑暗而活……

这些想法让他感到自己再次被注满刚强的意志和深厚的精力。他即将年满五十岁，还从未将自己视作一个中年人，再次回到底层工作不免让他意识到这些年以来他失去了多少。

雷斯顿坐在名为“星球”的控制室中，双手交叠于脑后，凝视着面前用显示屏砌成的高墙。在一块屏幕中，一名穿着连体工作服的男子正在区域一工作，他将一丛丛人造常青树漆上一层新绿。这名男人似乎是叫汤姆，来自建筑部门，但他的名字一点也不重要。重要的是他为这些树上色不过是在奉雷斯顿的旨意行事，这是雷斯顿在今天的晨会中当面对他下达的命令。

在另一面屏幕中，凯莉·麦克马洛斯正在重新调整沙漠的温度控制装置，这同样是雷斯顿的要求。至少在正式员工进驻基地以前，麦克·马洛斯就是“蝎子小组”的首席技术员。目前“星球”的所有人都是临时雇员，这是白色安布雷拉为了防止内部渗透才出台的新规定。一旦这里正式开始运转，九名技术员和一大半“初级”科研员——其实这只是对样本驯养员在称呼上的美化，尽管他从来没有这么叫过他们，便会被分配到别的地方去。

“星球”，这里其实是“生化武器环境测试A基地”，但雷斯顿觉得“星球”这个名字要好听多了。他不太确定这么棒的主意是谁提出来的，有一天它突然在晨会中闪现，从此再未离开。在他发往总公司的报告中将这一测试基地称为“星球”，令他感到自己已经与过程融为一体了。

“视频反馈是今天刚接通的，不过由于麦克风出了点问题，无法将音轨传送过来，这一问题我会尽快处理。最后一批Ma3K已经被运送过来了，所有样本都没有受损。总体来说，一切都进行得很顺利，我们预计能提前将‘星球’安排妥当……”

雷斯顿微笑起来，回忆着他与西德尼上一次的对话，他是不是在西德尼的声音中感受到一丝嫉妒，一缕失落？现在他已经成为“我们”的一部分，一个以环境测试基地A为代号的我们。在过了三十多年的派遣代表生活之后，能够监督他们目前为止最具创新也是最昂贵的基地完工，对他来说是因祸得福。如今回想起当初他听闻路易斯开车坠崖时的恼怒，路易斯的意外是他为安布雷拉公司做出的最大贡献，因为这意味着他能俯瞰“星球”的诞生。

另一名技术员扛着工具箱和一捆绳子从屏幕中经过。科尔，亨利·科尔，负责对讲设备和视频系统的维修员，他在连接员工宿舍和实验场地的主过道里，正向电梯走去。雷斯顿在前一天注意到有几个监控摄像头出现了故障，目前“星球”中的摄像头还不能录下声音，但上层的屏幕会断断续续地发出长达数分钟的杂音，于是他叫科尔去检查一下……

但得在他修好对讲设备以后。如果没有能正常运转的对讲系统，我如何与手下员工联系？

就连他对这个工人的恼意也令他来了兴致，他非但没有为此大动肝火，叫几个下属去抢修，还决定亲自去处理。

雷斯顿撑着控制台站起来，拉伸了一下筋骨，在临走前又看了一眼显示屏墙，不愿错过任何可以顺道办理的待处理事项。

对讲设备、视频反馈……区域三的桥梁需要加固，但这不是首要任务。现在最重要的是如何改良环境中的色彩设计，现在它们太乏味和平淡了……

他走出流线形设计的控制室，途经的一长排豪华皮革座椅是那么新，浓郁的皮革香在过滤后的凉爽空气里飘荡。这些椅子面朝着整整一墙的高分辨率屏幕，在不到一个月内这里将坐满最顶尖的研究人员、科学家和行政人员，他们都是白色安布雷拉的重要人物，其中也包括该项目的两个最大投资人。就连西德尼和杰克逊也会为了庆祝实验项目的初次运行而到场。

还有特兰特，雷斯顿满怀期望地想到，*他绝不会拒绝前来庆祝初次试运行的邀请……*

雷斯顿站在门前的压力板上，厚重的金属舱门无声地滑开，随后他踏上与整个设施一般长的宽广走廊。控制室和工业电梯相隔不远，事实上，差不多就在正对面，但那名维修工已经乘着电梯升往地面了。在本周之内会有四台电梯启动，出口设在另外一个地面建筑里，现在只有一台工业电梯能用。他不得不等到科尔出电梯以后再使用。

他按下电梯召回按钮，然后整理起自己西装外套的袖口，想着他要如何带领其他人参观“星球”。杰·雷斯顿有很久没有像这样沉浸在自己的幻想之中了，他不过在“星球”中待了短短一段时间，就开始幻想自己接待其他人，并带领他们参观经由自己管理的一切，展示顺利运作的机器，这已经成为他最喜爱的消遣。在少数进行重大决策并经营白色安布雷拉的核心人员里，他是被纳入内部圈子的最年轻的人——尽管杰克逊常常向他保证，他和其他人得到了同等程度的重用，但他已经不止一次遇到最后才被征求意见的场合。*我是最后一个被考虑到的人。*

今后一切都会改变。在他们看到我不必靠十几个听命于我的助手的帮助，就能提前让“星球”完美地启动和运转之后，我倒想看看西德尼要怎么做得与我一般好……

当然，他们都会在晚上到来，很有可能分成了几组。他会让站在门口的样本驯养员们欢迎他们，并将他们引领到电梯里（是新的电梯，可不是他将要乘坐的这个像肮脏巨兽的电梯）。在电梯下降的途中，来访者会听到关于高效优雅的宿舍、自给自足的空气过滤系统和外科手术室的介绍——一切让“星球”成为他们最值得夸耀的新设施的理由。出电梯后，他会带领他们参观控制室，向他们介绍这里的工作环境和现有的一系列样本，每种八个。随后他们会回到地面，前往北方的实验场地。

我们会经过四个区域，然后看看解剖实验室和化学实验室。当然，我们必须驻足看看化石，再经过生活区——那里会供应咖啡和蛋卷，或许还有三明治，接着绕回到控制室，以便观看第一例实验。肯定是样本对战样本——人体实验会让一切都变得不那么愉快的……

一声轻响将他的注意力引回了现实，通知他电梯已经到了。电梯门打开，金属板滑入一侧，雷斯顿站到大型电梯舱内，强化的钢铁底板在他的脚下发出叮当声。金属上的灰尘扬起，落在他擦得闪闪发亮的皮鞋上。

雷斯顿叹了一口气，轻敲通往地表的按键，想起了在十天前来到“星球”时不得不忍受的一切事物。其实事情进展得很顺利，但在此之前他从未意识到要忍受多少麻烦的煎熬，才能让一个设施运转起来——温热的饭菜，无时无刻不需要关注的繁琐细节，还有尘土：无处不在的尘土，粘在工人的头发和衣服上的薄薄一层尘土，甚至堵住了过滤器……就连在控制室之内，他也要采取各种预防措施避免尘土飞进中央终端。在安布雷拉公司防止普通员工了解太多的规定下，他不得不和三名程序员合作，才让中央处理器运转起来，可要是系统崩溃……

雷斯顿又叹了一口气，随着电梯的缓缓上升，轻轻拍打着内袋里又小又薄的方形物。他拥有代码本，如果系统崩溃，他只能调入新的程序员了。一点小挫折，但算不得什么灾难。浣熊市才称得上是一场灾难——这也是他希望“星球”不会出现任何故障的原因之一。

我们需要这里正常运转。尤其是在我们度过这样一个多灾多难的夏天之后，病毒泄漏事件，多管闲事的特种战术救援组，失去威廉博士……我需要这里一切正常。

尽管这是一致决议，但去浣熊市寻回G病毒的人都是雷斯顿的下属——这导致他们失去了首席科学家，以及价值十亿美元以上的设备、场地和人力。这并非他的错误，也没人责怪他，但这对所有人来说都是个糟糕透顶的夏天，想必环境实验基地A的建立和运作会大大缓解这种苦痛。

他想起自己在出发前往“星球”前，特兰特说过的话——只要他们的脑袋还没掉，就没什么可担心的。不过是句平凡无奇的抚慰，但从特兰特嘴里说出来倒像是真理了。说来也有意思，他们让特兰特加入只是为了让他解决麻烦，但在六个月之内他摇身一变，成为圈子里最受尊敬的成员之一。什么都吓不倒特兰特，因为他冰冷无情，他们能和他一起共事实在是幸运，特别是考虑到近期的一连串不幸。

电梯停住了，雷斯顿随之挺起肩膀，做好了向科尔发号施令的准备——让对方大吃一惊的想法令他重新露出了微笑，所有烦恼都暂时被抛诸脑后。

我只是一个默默无闻的工薪族，他愉快地这样想着，然后走出电梯，去处理正事了。

4 resident evil

第六章

一轮半月悬在清澈的夜空中，淡蓝色的光芒照耀着一望无际的平原，更显冰冷。

*这可真是太冷了！*克莱尔在车厢大功率运转的电暖器前哆嗦着。他们在另一部厢式旅行车中，尽管三人一直在后排忙活，检查武器和上子弹，但他们似乎产生不出足够的热量将渗入单薄铁壳的寒气驱散。

“你还有九毫米口径的子弹吗？”听到约翰这样问，里昂将一盒子弹交给他，转头继续往腰包里装东西。大卫在开车，瑞贝卡在用 GPS 检查路线。如果特兰特提供的坐标没错，他们已经相当接近目的地了。

克莱尔望向车窗外从泥路边飞驰而过的苍白景色，在辽阔的天空之下是无边无际的黑暗，这让她打了一个哆嗦。这是一片荒凉而孤独的土地，他们在一条通往虚无的原始泥路上行驶，正是和安布雷拉公司相衬的舞台。

他们的计划很简单，将旅行车停在离特兰特提供的坐标还有八百米左右的地方，带上所有武器，尽可能安静地溜进建筑群……

"我们会找到特兰特所说的密码键盘，将密码都输一遍，然后气势汹汹地进去。"大卫说道，"当然，这一切都要在入夜后进行。如果我们运气好，绝大多数的员工已经睡着了。我们要先控制他们，再搜寻雷斯顿的那个代码本。约翰，你和克莱尔负责看管我们的俘虏，其余人负责搜寻。它很有可能在设备控制室，或者在雷斯顿的私人住所里。如果我们不能在二十分钟之内找到它，就只能对雷斯顿刑讯逼供了——为了避免连累特兰特，这是我们最后的手段。只要拿到代码本，我们就按原路返回。还有别的问题吗？"

他们在酒店制订的计划让一切显得轻而易举——又因为他们掌握的情报太少，连问题都寥寥无几。不过当他们驶过没有尽头的酷寒荒野，并试图为即将到来的对峙做好精神准备时，一切就不再显得那样轻松了。为了找一本还没有平装小说大的小本子，潜入一个从未踏足过的地方，真是令人心惊肉跳。

再加上这是安布雷拉公司，再加上我们可能要把一群技术员吓出屎来，搞不好会以我们怒揍某个大人物一顿告终。

至少他们在进入时全副武装，看起来他们终于学会了应对安布雷拉公司的正确方法——就是带上一大堆武器。除了每人都有的九毫米口径手枪和几个备用弹夹以外，他们还有两把M16自动步枪——约翰一把，大卫一把，还有半打手榴弹。大卫说过，这是为了以防万一。

以防一切分崩离析，以防我们不得不炸烂一些古怪残暴的生物——也许要炸烂上百只……

"冷吗？"里昂关心地问道。

克莱尔扭过头，发现他已经将所有的腰包都装好了，正向她递来一个。她接了过去，对他的问题点头回应："你不冷吗？"

他微笑着摇了摇头。"保暖内衣。我在浣熊市时就穿着它们。"

克莱尔也跟着笑了起来。"你当时还有保暖内衣？你那会儿外面还穿着警察制服，我只能穿着短衣跑来跑去。"

"别提了，我在下水道还没走到一半，制服就沾满了蜥蜴的内脏。”他试图就此事开玩笑，这令克莱尔感到欣慰。

他的状态越来越好，我们都如此。

“行了，孩子们，”约翰摆出严厉的表情，“如果你们再聊这个话题，我们就掉头……”

“减速。”坐在前排的瑞贝卡突然出声打断了他，声音虽小却令所有人都安静下来。大卫松开了油门，旅行车的速度缓慢得像在爬行。

“看起来……目的地位于我们的东南方向，距离大约八百米。”瑞贝卡说道。

随着大卫将车停下，克莱尔深吸一口气，看见约翰拾起一把自动步枪，里昂将嘴唇抿成一条线。是时候了。约翰拉开侧门，外面的空气如同寒冰一般刺骨。

“希望他们在煮咖啡。”约翰低声说道，然后跃进黑暗之中，到后备厢去拿自己的装备了。瑞贝卡带上一些医疗用具，当她和大卫一同离开车厢时，里昂将手搭在了克莱尔的肩膀上。

“你准备好了吗？”他轻柔地问道，克莱尔在心中微笑着回应，想着他是多么体贴的一个人，她正打算问他一样的事情。在逃出浣熊市以后的日子里，他们的关系变得相当亲密，虽然她对此还不能够肯定，但她已经收到他不介意两人的关系变得更亲密些的暗示。她依然无法断定这究竟是不是一个好主意——

现在不是考虑这种事的时候。我们越早拿到代码本，就能越早到欧洲。到克里斯那里去。

“准备得好极了。”她回答道。里昂点了点头，于是他们也爬出了车厢，和其他人一起进入了冰冷刺骨的黑夜中。

大卫安排约翰走在队伍的最后，自己负责领队。他强行将所有负面想法从脑海中挤出，带领大家向特兰特所指的实验基地进发。这并不容易，他们在寒冷的黑夜中行进，而制订计划的时间却不足一天，不知道建筑群的布局，不知道雷斯顿长什么样子，不知道自己将面对何种安保措施……

明知不确定的情况无穷无尽，但我还是要率领他们进去。如果我们成功，我就能退隐江湖，安布雷拉公司会彻底完蛋，从今往后再也不会有人打搅自己。

这是支撑着他的念头：安宁的退休生活。一旦白色安布雷拉背后的恶魔受到了正义的制裁，管它是私刑还是什么别的，他就不用再肩负比让自己吃饱穿暖更沉重的责任了。也许他会开始研究怎么照顾室内植物……

“我想……往左转几度。”瑞贝卡的声音从身后传来，吓了他一跳，让他回过神。她的声音不比轻声低语大上多少，但现在是一个寒冷干燥、连空气都凝固了的夜晚，每一次迈步、每一次吐息的声音都变得响亮极了。

大卫率领他们穿越黑夜，暗自希望要是能打开手电筒就好了。他们现在应该很接近目的地了，但就算他们全身上下都是黑色的衣服，他依旧担心他们会在潜入基地前被发现——不管这到底意味着什么，特兰特没有告诉他们有关基地外形的任何情报。无论如何，在微弱的月光下，他们恐怕要进入基地里面去才能明了——

在那里。

他们的前方一片黑暗。大卫举起手，让其他人在靠近时放缓速度，因为他看到反射月光的金属屋顶，然后是一堵围墙、几栋建筑，全都笼罩在黑暗和寂静之中。

大卫半蹲着往前走，将半自动步枪紧紧贴在胸口，他示意其他人如法炮制。他们离那里更近了，近得能看见低矮围墙后面孤零零地耸立着的几座平房。

五六座建筑物，没有开灯，没有人——这一定是用来迷惑人的假象……

“在地下。”瑞贝卡轻声说道，大卫也很赞同。大概如此，他们探讨过几种可能出现的情况，这是最有可能的。就算在昏暗的光线下，他们也能看清这些建筑有多老旧，满是灰尘，破败不堪。最前排有一座小建筑，在它后面五座又长又矮的房子排成一行，全都有着倾斜的金属屋顶。显然，要用作实验场地，它们已经足够大了，大型建筑和飞机库一般大小，但通过观察和思索，孤独的建筑，暴露在沙漠中央，又老又旧，他认为真正的基地藏在地下。

既好也坏。好，是因为他们可以在不费太多工夫的情况下潜入设施；坏，是因为只有上帝才知道里面有什么监控设备。他们必须加快行动速度。

大卫转过身面朝大家，仍旧保持着半蹲的姿势。“我们必须加紧行事，”他声音柔和，“并且保持低调。我们翻过围墙，向离前门最近的建筑前进，队形要和现在一致——我打头阵，约翰殿后。我们要尽快找到入口。小心不要被摄像头拍到，所有人在进入基地后做好战斗准备。”

大家都十分凝重地点了点头。大卫背过身向围墙走去，压低头颅，肌肉紧绷。还有二十米，冷风呼呼地灌进他的肺部，将薄汗冻结在他的皮肤上。还有十米……五米……现在他能看到围墙上“禁止入内”的标志了。当他们抵达大门口时，大卫发现标志上写着“七号气象监测和调查站”的私有地。他抬头，看见两栋楼上似乎是卫星天线的圆形轮廓，几根细长的天线从一个圆盘里伸出。

大卫先用 M16 的枪管碰了碰围墙，再将手贴了上去。什么都没有发生，墙上的金属网没有带刺，他也没有看见传感器和报警器。

显然，没有任何一个气象站会配备那些东西。安布雷拉公司装模作样的本事，和它在其他领域的表现一样高超。

他将步枪挂在肩上，抓住厚厚的金属网，开始往上爬。围墙只有两米多高，他在五秒之内爬到最高点，随后跨到围墙的另一边，跳到了覆盖着厚厚尘土的地上。

接下来是瑞贝卡，她的动作十分轻灵，在夜色下如同一道敏捷的影子。大卫伸手要帮她，但她翻身一跃，稳稳地落在他身边。她抽出自己的武器，一把 HK VP70 手枪，做好在大卫接应队友时掩护他的准备。

里昂差点儿从墙头摔下来，所幸大卫及时抓住他的手，帮他稳住了身子。下来后，他向大卫点头致谢，然后转身去帮克莱尔。

到目前为止，一切顺利……

在约翰攀登金属网的时候，大卫巡视着周围的黑暗，他的心脏怦怦作响，所有感官都被调动至最敏锐的状态。只有金属网发出轻柔的金属碰撞声，夜色中没有其他动静。

在约翰重重地落在满是尘土的冰冷地面上后，大卫调转视线，朝较小的那栋建筑物点头示意。如果让他来设计掩盖事实的假象，他会将真正的入口藏在不会有人注意到的地方——在最后一栋楼后面的杂物室里，一扇被尘土覆盖的活板门之后，但安布雷拉公司太过自傲，绝不会为这种简单的预防措施操心。

通道会藏在第一栋建筑物里，因为他们自觉手段完美无缺，以至于不会有人发现。要说有什么是我们能确信的话，那一定是安布雷拉公司自作聪明，以为没有人能抓住他们的把柄……

大卫希望如此。他伏低身子，向第一栋建筑物走去，祈祷着即便有摄像头将他们拍下来，此时此刻也没有人守在监视器前。

***

夜色已深，但雷斯顿并未觉得劳累。他坐在控制室内，从陶瓷马克杯中啜饮着白兰地，悠闲地想着明日的计划。

当然，他一定要完成报告书。科尔还没修好对讲设备，不过所有的摄像机应该都能正常工作了，Ca6 的驯养员莱斯 · 杜瓦尔需要技工帮他检查一下笼子的卡锁——装修问题同样迫在眉睫，如果这里的颜色只有黄褐色和砖红色，又怎能凸显 Ma3K 的可贵呢……

明天要让施工工人前往区域四。还要看看阿维斯在栖息地干得怎么样了……

伴随着柔和的机械鸣音，红色灯光在他面前的屏幕里闪烁起来。这是上周以来的第六或第七次了，他必须叫科尔来修一修。席卷平原的强风可能十分迅猛，在天气糟糕的日子里，它们甚至会将通往地表建筑大门上的传感器全部吹打得失灵。

无论如何，幸好我在这里……等到“星球”的员工全部入驻，总是不缺能将传感器重启的人，但眼下只有他拥有进入控制室的权限。就算他躺在床上，房间里柔和却持续不断的警报声也会强迫他起来。

雷斯顿伸手按下开关，漫不经心地瞥过他左侧的一排显示器，这只是出于形式，他并没有指望会看到什么——

然后他僵住了，盯着屏幕中比他所在的位置高出近四百米的入口处，安在天花板东南墙角的摄像头拍下的画面。四五个人，开着手电筒，都穿着黑色的衣服。微弱的光线扫过积满尘埃的控制台和安装着气象设备的墙壁，也照亮了他们手中握着的武器——手枪和步枪。

这下糟糕了！

有那么一秒钟，雷斯顿彻底感受到了恐惧和绝望，但随后他就恢复了正常。杰·雷斯顿成为全国，甚至全球最有权势的人之一，靠的可不是惊慌失措。

他伸手朝控制台下方摸去，找到塞在椅子旁边的细长电话，它能和白色安布雷拉的私人办公室取得直接联系。他将听筒拿起的一刻，电话就自动接通了。

“是我，雷斯顿，”他说道，感觉自己的声音坚冷如钢，“我们遇到麻烦了。帮我接通特兰特，我要杰克逊立即打电话给我——现在就派一支战术小队来，我要他们在二十分钟之内赶到。”

他边打电话边盯着屏幕，注视着那些入侵者，他咬牙切齿，最初的恐惧转变成了怒火。想必又是那些逃亡的特种战术救援组成员……

这不重要。就算找到了入口，他们也没有密码——不管他们是谁，他们会为惊扰到他付出代价，哪怕只有一秒。

雷斯顿将听筒放回到了槽中，双臂交叠，看着那些陌生人轻手轻脚地从屏幕中走过。他非常好奇，这些人要是知道自己活不过半小时会做何感想。

4 resident evil

第七章

建筑物内部又暗又冷，但柔和的机械嗡鸣声打破了寂静的空间，让瑞贝卡不必只与自己的心跳声为伍。这间屋子并不大，约有九米长，六米宽，但由于是没有隔板的单间，足以令人觉得不安和无助。周围忽明忽灭的小灯泡，如同在黑暗之中监视众人的几十双眼睛。

我讨厌这里。

瑞贝卡用手电筒射出的窄光束扫过建筑物的西墙，睁大眼睛寻找一切不妥之处，同时不得不忍受内心的不适。电影里那些闯入别人家的私家侦探或警察会悠然自得地来回勘察，搜集证据，好像自己才是主人，但现实是，侵入一个你本不该侵入的地方会让你胆战心惊。就算知道自己所行的是正义之事，自己才是好人，但手心还是不住地往外冒汗，心脏怦怦直跳，甚至急切地想要去卫生间。显然她的膀胱已经缩成了胡桃般大小。

我必须忍住，除非我想在敌人的领地里撒上……瑞贝卡当然不会这么干。

她凑近查看一台冰箱大小、布满按钮的立式装置，机器正面的标签上写着“轨道地球物理气象台继电器”，谁知道那是什么意思。在这间屋子里，她目所能及的地方满是开关和庞大笨重的破旧机械。如果其他建筑物里的设备也差不多，要找到特兰特所说的隐藏的密码面板非得花上一整晚的时间不可。

四人各负责检查一面墙壁，约翰则在屋子中央检查几张桌子。建筑物的某处很可能安装了监控摄像头，所以他们的动作必须加快——他们都在暗自祈祷，既然这里只有最低数量的工作人员，想必也不会有人在盯着监视器。如果他们足够幸运，说不定连安全系统都没装好。

不，如果真是那样，就算得上奇迹了。即便拿不到那个密码本，能够在不受伤的情况下逃出去已经很幸运了……

自从他们离开那辆小货车，瑞贝卡体内的神经警报器就一直在倒数。她在特种战术救援组中的时间虽短，但她已经学会了相信直觉的重要性，这或许比手持武器更重要，本能使人躲避子弹，使人在敌人接近时躲藏，使人知道何时该等待，何时该行动。

*问题在于，当你被吓得魂不附体的时候，你怎么知道这是直觉呢？*瑞贝卡分不清两者的区别。她可以确信的是自己对这次深夜偷袭的感觉糟透了，她冷得瑟瑟发抖，时刻提心吊胆，甚至连胃也疼了起来，最差劲的是她无法将不祥的预感从脑海里驱逐出去。

但从另一方面来说，害怕也是必要的——他们都应该感到害怕，他们正在做的事危险之极。可能真的会有坏事发生，承认这一点不叫偏执，叫务实——

哎？这是什么？

轨道地球物理气象台继电器的右侧紧挨着一个高大的圆筒形装置，它的正面有一个玻璃窗，看起来很像烧水机。透过小小的正方形玻璃窗，可以看到里面有一卷图纸，上面画满了细细的意味不明的黑线——不过真正吸引瑞贝卡视线的不是这个，而是玻璃上的灰尘。这和房间里其他东西上粘有的颗粒很细的灰尘是同一种……然而事实并非如此。灰尘上面有一层污迹，可能是手指划过时留下的痕迹。

灰尘上面还有污迹？

如果有人用手抚过这块沾有灰尘的玻璃，上面的灰尘肯定会被抹掉。瑞贝卡皱着眉头摸了摸玻璃——表面十分粗糙，感觉指尖就像摸到了砂纸。不是画上去的就是喷上去的——总而言之，污迹是伪造的。

“说不定真有什么东西。”瑞贝卡一边低语，一边将手按在印有污迹的玻璃上。玻璃窗突然打开，弹出闪闪发亮的金属板，一块镶嵌在无尘面板里的十键键盘，那些图纸也是假的，只是玻璃的一部分。

“这下中大奖了！”约翰站在她背后轻声说道。瑞贝卡朝后退了几步，其他同伴很快围过来。这叫她一阵兴奋，被他们的紧张所感染。他们呼出的气体形成薄雾，就像这个冰冷小屋里的一小片云彩。她这才想起自己其实非常冷。

*太冷了……真想回到小货车里，然后开着车到旅馆泡个热水澡……*瑞贝卡倾听着心中渴望逃离这一切的祈求。让她产生这种想法的不是寒冷，而是这个地方。

“太好了。”大卫轻轻感叹，然后举起手电筒，走上前去。特兰特告知的密码一共有十一组，每组密码由八位数字构成，而他早就背得滚瓜烂熟了。

“一定是最后一组密码，等着瞧吧。”约翰悄声说道。如果瑞贝卡没有像这样害怕的话，可能会被逗得大笑起来。

大卫开始输入数字时，约翰就闭上了嘴，其他人也都屏息凝神地注视着这个过程。不过瑞贝卡倒是觉得，就算这些密码都不管用，她也不会有多沮丧。

***

杰克逊给雷斯顿回了电话，告知他已经有两个四人小队乘直升机从盐湖城出发了，语气一如既往地冷静、文雅。“你运气很好，我们的分公司恰巧在招待几支部队。记得感谢特兰特先生，是他建议我们在开业典礼前重新部署警备力量的。”

虽然雷斯顿听到这个消息十分欣慰，但面对三更半夜有三男两女手持武器，在“星球”的入口处东摸西摸的事实，他始终高兴不起来。

“放心吧，他们进不去的，杰。”杰克逊用劝慰的语气对他说，“他们没有密码。”

雷斯顿忍住了下意识想要反驳他的冲动，开口向杰克逊道谢。杰克逊·柯特兰德是雷斯顿认识的所有人里最装模作样和傲慢的混蛋，但同时又极有才干，并且在必要时也非常残忍。有传闻说最后一个对杰克逊出言不逊的家伙不仅被剁成碎块，还被打包寄给了他的家人。对高级成员不敬的下场与跳楼无异。

杰克逊在表面上答应了雷斯顿的请求，但他也明确指出，今后这类事件最好由雷斯顿自己想办法解决——如果他对内部人员的了解足够深入，他自然会知道盐湖城驻扎着部队。他的话语中并未透露出明显的非难之意，但雷斯顿依旧理解了对方传达的信息。他带着遭到严厉斥责的心情挂断了电话，看到在第一栋建筑物中仔细搜索的五个人，他不断累积的紧张更加强烈了。

就算他们找到了控制室，没有密码也没有用。

二十分钟。他需要做的就是等待二十分钟，最多不过半小时。雷斯顿深吸一口气，然后慢慢将其吐出——

就在这时，他看到入侵者中的一位少女打开了用来隐藏键盘的小窗，吓得他都忘记了呼吸。他们找到了机关，雷斯顿却对这些人的身份和得知“星球”信息的渠道一无所知，而且那名走上前的男子敲击键盘时的神态，使他明白自己等待救援的时间不足二十分钟了。

他一定是猜的，随机的数字排列，不可能知道——

看着高大的黑发男子输入密码，雷斯顿忽然想起特兰特在最近一次会议中提到过，可能有人泄露了白色安布雷拉的机密。

情报可能是知道通行密码的高层人员泄露出去的……

雷斯顿想要再打一个电话，但伸到半空中的手忽然停住了。杰克逊微妙的警告让他冒出了一层薄汗。他必须自己处理这个问题，阻止他们继续深入，但工作人员全都入睡了，对讲系统也无法使用。虽然他的房间里有枪，但如果他们真的知道密码，自己没有足够的时间去……

对了，超驰控制！

雷斯顿离开座位朝大门跑去，一下子便冲出了控制室。电梯旁边的隐藏面板上方有一个手动超驰控制开关，只要有了它，就算他们知道通行密码，电梯也不会升上去——

这样一来，增援部队就能把这群侵略者收拾干净，解决问题的人是我！

他露出冷酷的笑容，迈开步子跑了起来。

***

里昂焦虑地看着大卫输入另一组密码，希望他们的行踪还没被发现。虽然他没找到摄像头，但这并不代表没有。如果安布雷拉公司能修建巨型地下实验基地，制造恐怖的怪物，要隐藏监控摄像头简直是小菜一碟。

大卫按下最后的按键——忽然间一切都运转起来，藏在隐秘位置的液压装置发出低沉的轰鸣，远处引擎同时传来嗡嗡声。键盘右侧墙面的一部分突然往上升起，这把所有人都吓了一跳，赶紧举起武器，但很快又放下了，因为出现在他们面前的是一扇厚重的网格栅，在它背后的是空无一物、黑压压的电梯井。

“太棒了！”约翰不禁开口道，语气中透出一股敬畏，里昂不得不认同他的说法。面板离这里有三米远，由于有重型机械设备的牵引，这块厚重的墙体被完全收进天花板的时间只花了两秒不到。虽然不清楚采用什么机械控制，但动力的确非常惊人。

“那是什么？”瑞贝卡说完后，里昂也听到从远处传来的机器运转声。显然是通行密码召回了电梯，电梯传来的声音越发响亮，绵延不绝，回荡在电梯井凝固的黑暗之中。电梯爬升的速度很快，但离地表还有相当的距离。里昂思考起来，这并非他第一次产生这种想法，安布雷拉公司是如何造出此等庞然巨物的？在浣熊市的实验室同样庞大无比，根本数不清有多少层，而且全部藏在浣熊市地下深处。

他们一定比上帝更富有，还是了不起的建筑家。

“我们有可能触发了报警装置或警铃。”大卫小声说道，“电梯也许不是空的。”

里昂和其他同伴一起点点头。所有人都在沉默和紧张之中等待着，约翰抬高枪口，对准了网格栅。

***

雷斯顿找到那个完整平滑的面板，轻而易举地撬开了它，但开关上有一把锁，一根细细的金属棒从顶部穿过，让开关无法被压下。看到这把锁，雷斯顿才想起这也是安布雷拉公司的预防措施之一。现在看来，这项措施简直是愚不可及。

钥匙。所有工作人员都有钥匙。我在来之前也拿到过一串……

雷斯顿抬手理了理头发，在绝望和痛苦的折磨下仔细思索着。*我究竟把那串安保钥匙放哪儿了？*

几秒后，电梯传来向上升的声音，他竭尽全力才没有叫出声。

他们知道密码！他们带着枪，他们有五个人，他们知道密码！

电梯到达地表需要两分钟，我还有时间去找钥匙——

一片空白。他的头脑一片空白。时间正在不断流逝。他已经按下了召回键，但如果地面的门已经被打开，电梯是不会回来的。他知道的是，这些暗杀者或者破坏分子已经把门撬开了，正等着电梯上升到他们面前——

还是说他们会往电梯井里扔下好几千克重的塑胶炸弹——

控制室，钥匙在控制室！

雷斯顿猛地转身狂奔。他横穿宽敞的走廊，向右跑了三米，经过控制室外面的支路。刚到“星球”的第一天，负责建设工程的人向他介绍了所有内部锁——后备发电机，手术室里的药品柜，还有电梯的手动超驰控制装置。雷斯顿在他介绍那些东西时漫不经心，随后就把那串钥匙扔进了控制室的抽屉，觉得自己肯定用不上它们。

他匆匆穿过门，决定待会儿再为自己完全忘记钥匙一事自责，同时为事情在如此短的时间里失控感到不可思议。仅仅十分钟以前，他还坐在这里悠闲地喝着白兰地——

但十分钟以后，你可能已经变成了一具尸体。

雷斯顿加快了步伐。

***

电梯非常大，至少有三米宽，三米多深。约翰眯起眼看着在他眼前上升的电梯，顶部有一颗裸露的电灯泡。由于他们在黑暗中待了许久，灯泡发出的强光变得格外刺眼。

至少它是空的。现在我们要做的就是在下电梯时避免被偷袭和被杀。

电梯平稳地停下来，网格栅上的门闩抬起，然后电梯门滑进两侧的墙壁里。离电梯最近的是约翰，他回头看了看大卫。队长点点头，同意让他先走。

“一楼，卖鞋，卖男装，卖安布雷拉的大混蛋。”约翰戏谑地说道，对没人笑出声毫不介意。每个人都有自己应对紧张情绪的方法，他的幽默细胞更丰富。

约翰一边在电梯内部检查有无异状，一边想着其他人真是太严肃了。倒也不能这么说，也许只是无法理解他这种经过锤炼的机智究竟具有何种价值罢了。自己让自己高兴起来是非常重要的，那样才不会被恐惧束缚，变得不知所措。

看来电梯没有异常，有点老旧，但还很坚固。约翰慎重地走进去，里昂紧随其后——

就在这个瞬间，一阵刺耳的声响冲进约翰的耳朵，电梯面板上的红灯开始闪动。

“不要动。”约翰严肃地说道，并举起一只手，示意其他人在他弄清灯光大作的缘由前不要进来——

他背后的网格栅迅速闭合，门闩也咔哒一声扣住了。约翰回头一看，发现进入电梯的只有自己和里昂，瑞贝卡和克莱尔正从对面朝这边赶来，而大卫则向键盘跑去。

从上方忽然传来嘎啦嘎啦的响声，离电梯门更近的里昂朝克莱尔和瑞贝卡大喊道：

“快退后！”

厚重的墙壁猛地砸向地面。女孩们踉踉跄跄地后退。约翰的最后一瞥，看到的是黑暗中两张因受到惊吓而变得苍白的女性脸庞——

然后门便关上了，电梯开始下降，尽管他什么都没碰。约翰在控制面板前蹲低身子，在胡乱拍了几个按键之后，终于知道红光不停闪动的原因。

“是手动超驰控制。”他站起来看着年轻的警官，不知道接下来该说什么才好。就在刚才，他们简单的计划被彻底破坏了。

“混蛋！”约翰认为里昂的这句话很好地概括了他们目前的处境，点点头表示同意。

4 resident evil

第八章

“该死。”克莱尔愤懑地咒骂了一句，感觉无助又恐惧，本能地想要捶打面前的墙壁，想把两名同伴救出来。

陷阱，这是陷阱，早就设计好的……

“你听……电梯在往下走。”瑞贝卡说。克莱尔自然也听到那个声音，她回头一看，发现大卫正一只手不停敲击键盘，一只手拿着手电，表情十分严肃。

“大卫……”克莱尔的话刚说到一半，但看到大卫锐利的眼神仿佛在说“等等”之后，便立刻住了嘴。大卫的手一刻不停地敲击着数字，很快又把全部的注意力放到面前的键盘上。

克莱尔又看向瑞贝卡，发现她正咬着下嘴唇紧张地盯着大卫。

“他一定是在尝试所有的密码。”瑞贝卡小声对克莱尔说。克莱尔点了点头，心里却还是担心得要命。她很想说说接下来的行动，但又清楚队长现在需要集中注意力，所以她选择折中的办法，靠过去和瑞贝卡轻声说说话。如果还继续一声不吭地站在这个像冰窖的屋子里什么也不做，她估计会发疯的。

“你觉得是特兰特干的吗？”

瑞贝卡皱了皱眉，然后摇头。

“不。我觉得应该是碰到无声警报或其他什么东西。大门关上之前我看到电梯里有光在闪。”

听瑞贝卡的语气，看样子她跟自己一样也被吓坏了，克莱尔想到瑞贝卡跟约翰肯定关系也很亲近，说不定和里昂跟自己的亲密程度差不多。想到这儿，克莱尔自然地伸出手，瑞贝卡会意地紧紧抓住，然后两人一起把目光转向大卫。

给点儿力，一定有个密码能把门打开，让他们回来……

又过了气氛极度紧张的几秒，大卫停止敲打键盘。他把手电的光向上照射，这样就可以借着映下来的光看到所有人的脸。

“电梯如果正在运行，密码好像起不了作用。”尽管大卫的语气一如既往地沉着、冷静，但克莱尔可以看出他仍紧咬着牙关，脸颊部分的肌肉微微抽搐着。

“等一会儿我再试一次，不行就再来，但考虑到也许有人可以直接进入电梯的主控装置进行操作，我们也得想想其他办法。瑞贝卡，你找找摄像头，注意天花板的各个角落。看样子我们还得在这儿待一段时间，所以一定不能让别人看见。克莱尔，你看看能不能找到什么可以把墙壁砸开的工具，装胎杆、改锥什么的都行。要是密码还是开不了，我们只好试试蛮力了。有问题吗？”

“没有。”瑞贝卡回答道，克莱尔也摇摇头表示同意。

“好。大家深呼吸……去吧。”

说完，大卫重新回到小键盘前。瑞贝卡则举起手电朝向天花板，让亮光射向房间的角落，同时慢慢向角落靠去。克莱尔做了一次深呼吸，然后转过身，远远望见屋子中央有一张布满灰尘的桌子。桌子左右两侧各有一排抽屉。拉开第一个抽屉，发现里面只有几页文件和一堆乱七八糟的东西，她把这些东西拨到一旁，突然觉得大卫在压力面前真是太淡定了，令人佩服。

装胎杆、改锥、什么都行……一定要小心行事，一定要小心，千万不要出事……

克莱尔强迫自己再次深呼吸，然后拉开另一个抽屉继续搜查。

***

约翰打头，里昂也乐得跟在后面。尽管自己从浣熊市的大灾难里幸存下来，但还是无法跟有着近九年战斗经验的前特种战术救援组成员相提并论。

“趴下。”约翰一边压低身体一边对里昂说，整个人趴平之后，他便把 M16 的背带牢牢缠在肌肉发达的手臂上，“如果外面有埋伏，门一打开他们肯定会直接朝一人高的位置开枪，所以我们得像这样趴着，然后打他们的膝盖。这招屡试不爽。”

里昂照约翰所说在他旁边趴了下来，用左手支撑着右腕，把九毫米口径的手枪对准电梯的大门。门外一片漆黑，除了金属传动轴以外什么都看不到。“如果没有埋伏呢？”

“那就站起来。你负责右边，我负责左边。尽量待在里面。要是发现自己对准的是墙壁，就立刻转身然后往低处开枪。”

约翰看了一眼里昂——不可思议的是，他脸上竟然露出大大的坏笑。“这可是其他人体验不到的乐趣。我们可以将安布雷拉的这些人打飞，他们却被困在一片冰凉的黑暗中，什么也做不了。”

尽管里昂也想回个笑脸，但他心里实在太紧张，还是没能笑出来。“嗯，看来我们运气不错。”

约翰摇摇头，笑容也从脸上消失了。“现在我们只能尽力往前冲。”他说。里昂点了点头，紧张地咽了口口水。约翰或许做事有点疯狂，但他说得没错。他们无路可退，如果有得选也不至于这样。

不过试试也无妨。上帝啊，要是我们从来都不曾介入这件事该

多好呀……

电梯还在不停往下走，两人都不再说话，沉默地等待。里昂很庆幸约翰不是那种话多的人，尽管他平时爱开玩笑，但面对如此的险境显然他也不可能无所谓。里昂看到约翰深深地吸了一口气，然后看了 M16 步枪一眼，做好迎接一切的准备。

里昂也深呼吸了几次，试着让自己冷静——

电梯停下了。一声轻响过后，金属网大门开始滑动，慢慢滑入墙壁里。一道没有窗户的外门向上升起，柔和的灯光一下子照了进来——

外面一个人也没有。正前方约六米处只有一面水泥墙，水泥地面也是打磨过的。一片空荡荡的景象。

站起来！走！

里昂挣扎着起身，心脏扑通扑通直跳。他左边的约翰沉默不语，起身的速度更快。两人交换了一个眼神，随即一起往电梯外迈了一步，里昂举起 VP70 迅速向右边一转，做好随时射击的准备——

仍是一个人都没有。宽敞的走廊将近两千米长，灰尘和工业消毒剂混在一起的气味飘散在冰冷的空气中。这里让人心生凉意，但其实并不寒冷，跟地面比起来这里的温度要高上许多。电梯大厅至少有一百三十米长，也许更大，天花板上等距安装着圆形的照明灯，没有任何指示标志，也不像有人的样子。

那究竟是谁把我们弄下来的？要是没打算拿着武器在这里伏击，为什么要这么做呢？

“也许是他们在打赌吧。”约翰小声地开着玩笑，里昂转头一看，看到旁边只有几条小走廊而已，约翰身侧也跟他这边的情况差不多，都是空无一人的走廊。

于是两人退回到电梯里，约翰伸手按下控制面板上的“上升”按钮，电梯没有反应。

“现在怎么办？”里昂问道。

“你别问我啊！大卫才是我们的智多星。”约翰说，“尽管我看着更像。”

“天哪！现在可不是开玩笑的时候，约翰。”里昂明显感觉挫败了，“现在这种情况你才是长官，别开玩笑了，好吗？”

约翰耸耸肩。“好好好。我是这样想的，或许这并不是谁布下的陷阱呢？或许……如果真是陷阱，他们应该想把我们一网打尽，那现在肯定是打得热火朝天的时候。”

时机很奇怪。电梯只在那里停留了几秒钟，好像有人知道我们的打算一样……

“有人不想我们再往前走，对吗？”里昂的语气很肯定，“不想让我们继续往下走。”

约翰点点头：“如果你猜得没错，就说明对方害怕我们。也就是说，这里并没有什么警戒措施？所以不管对方是谁，现在应该是逃进了某个上锁的房间。”

“至于我们接下来怎么办，”约翰继续说道，“欢迎提出建议。能跟其他人会合当然是最好的了，但要是我们没办法让电梯运行……”

里昂皱起眉头，思考着，想起自己在被浣熊市的灾难毁掉前途之前，也曾受过警察训练。

充分利用手中的工具……

“先确保这里的安全。”里昂缓缓说道，“总之，先按原定计划行动，至少要先确保人员的安全，然后再想电梯的问题。对付雷斯顿的问题就等会儿再考虑吧。”

约翰忽然抬起手打断了里昂的话，并把头歪向一边。里昂也随即侧耳倾听，但什么也没有听见。几秒钟之后，约翰才把手放下来。尽管他稍稍松了一口气似的耸了耸肩，但黑色的双眸里仍然闪着警惕的光，自动步枪紧紧握在手中。

“想法不错。”约翰终于开口了，“前提是能找到他们在哪儿。现在向右还是向左？”

里昂微微一笑，突然记起上一次面对同样方向选择时的情景。当时他由于在一个关键路口错选成左拐，结果在安布雷拉浣熊市地下实验室走入了死胡同，然后不得不拼命向回跑，那一次差点儿连小命都丢了。

“右边。”里昂说，“左边对我来说不吉利。”

约翰扬起眉毛，但最后什么也没有说，他似乎很认同里昂的选择理由，也真是怪了。

或许是因为他疯了吧，以至于在这种处境之下还能苦中作乐，跟自己开开玩笑。

两人一起慎重地迈着步子，踏入空无一人的长廊，然后向右缓缓移动。约翰负责警戒身后，里昂则仔细地搜索长廊的各个岔路口，不放过任何一丝动静。第一个偏厅在他们左边，离电梯四米多远。

“待在这儿别动。”约翰说完便冲了出去，跑到一条短走廊尽头的门旁。他抬手转了几下门把手，然后又摇着头快速回到原地。

“我刚才好像听到了什么声音……”约翰说，里昂也应和地点头，不禁想到现在要是有人想伏击他们实在是太容易了。

只要藏在某个上锁的房间，等我们走过，再轻巧地走出来从背后扫射……

这可不妙。里昂不愿再想这些，两个人继续在长廊上走走停停，同时用武器瞄着周围。汗水开始顺着身体向下滑落，里昂才意识到当初真不该穿着保暖内衣执行任务——只是，事情怎么会突然变成这样呢？

***

雷斯顿有了一个主意。

他躲在主控室的门后，听到那两个人说着一些他们本不应该知晓的情况，不由一阵惊慌。门并没有关紧，听到其中一个人提到他的名字，雷斯顿感觉如鲠在喉，脑海中浮现出自己惨死的样子。他随即关上门，用钥匙锁好，然后瘫坐在地上思考自己究竟能做些什么。

当门把手被拧动，发出咔嚓咔嚓的响声时，雷斯顿差点叫出声来，但他总算是忍住了，直到对方离开也没有再发出任何声音。他过了好一会儿才稳住心神，意识到场面并非不可控制。更奇怪的是，他是突然想到特兰特才有这个想法的。特兰特从不慌张，他永远知道该做什么，所以他肯定不会哭着喊着跑去找杰克逊求援。

尽管这样想了，可从监控画面看到那两个人即将威胁到他手下人的性命时，他还是好几次都想抓起电话向杰克逊求助。和地面上那几个还在试图打开电梯的愚蠢入侵者不同，这两个人明显厉害得多。他们到达居住区，将所有工人全部集中到一起仅仅用了五分钟不到。当时有五名工人是醒着的，在自助餐厅打扑克，那是三名建筑工和两名装修工。较年轻的那个入侵者负责看守那五个人，另一个则端着 M16 到宿舍去把剩下的人都叫起来，然后将他们押到自助餐厅。

雷斯顿对部下颓丧的样子感到非常失望。竟然没有一个人敢站出来反抗，除了一脸惊恐地任人摆布以外什么都没做。等盐湖城的支援小队到达之后，他就能有几个帮手了，可在那之前什么坏事都可能发生呀。

刚才那两个人曾说“对付雷斯顿的问题就等会儿再考虑吧”，要是他们意识到我并不在那群俘虏之中，他们会怎么做？他们究竟想要什么？除了把我抓起来当作人质或杀死以外，他们想得到什么呢？

尽管知道最后一定会被杰克逊发现，但他真的很想给西德尼打电话，但如果真那样做，不仅会受到同僚的非难，而且就算顺利逃过这次入侵，也有可能失去在公司权力层的地位。

当他终于忍不住，再次把手伸向电话时，突然发现工人并没到齐。雷斯顿凑近自助餐厅的监控器，皱着眉头，俨然忘了要打电话的事。屋子中间一共集合了十四个人，那两个带枪的入侵者站在离他们稍远的地方。

不是还有一个人吗？那个人在哪儿？是谁？

雷斯顿伸手去摸显示器画面，开始仔细确认那一张张茫然的脸。建筑工五人，装修工两人，厨师和样本操作员一共六人……

“是科尔。”雷斯顿小声嘟囔。那个电工，亨利 · 科尔不在里面。

雷斯顿突然有了一个主意，不过一切都得看科尔究竟在什么地方。雷斯顿一边按下画面切换按钮，一边心生希望，他总算看到求生的希望了，不，不仅仅是求生，甚至是赢的希望。局面即将由他掌控。

主控室里一共有二十二个屏幕，而设置在“星球”内部和地面“气象观测站”的摄像头加起来差不多有五十个。由于“星球”在修建之初就已经考虑到监控的问题，所以整体布局十分简单。只需坐在控制室里，就能将整栋建筑一览无余，不管是走廊、房间，还是周边环境，因为所有摄像头都安装在关键位置。也就是说，要找人只需按下右边的按钮，切换画面就行了。

雷斯顿还是第一次像这样搜索整个实验室，从区域一到区域四，每一个监控摄像头都看遍，没有科尔的身影。他又开始在科学研发区寻找，还有外科手术室和化学研究室，连停尸房都看过了，可还是没有找到。

说不定科尔压根儿就不在这里，里面的人肯定都已经被赶出来了……而他也不可能在地面上……

突然，雷斯顿咧嘴笑起来，按下开关切换到拘留室的画面。他想起科尔好像曾和两名装修工人一起在那里安装设备，类似于铺设电线，摆放工具等工作。

果不其然！

科尔坐在一号房与九号房之间的地板上，正埋头整理一个装有许多小型金属零件的箱子，瘦弱的双腿往前平伸着。

雷斯顿又将画面切回自助餐厅。看到那两名手持武器的男子一边看着那群毫无用处的工人，一边小声交谈着。而地面上，他们的另外三名同伴还在敲打键盘，四处搜索着什么……

一个个想法开始涌现在雷斯顿的脑海，各种可能性都有，每个新计划都比前一个要有趣得多，让人充满期待。他要找出一个一石多鸟的办法，既能收集到数据，又能赢得他人的尊敬和崇拜，还能摆脱当前困境，并成功让自己得到升迁。

我可以把这些录像好好编辑一遍，也给我的客人们看看——一旦杰克逊看到我的成果和临危不乱的处理方法，西德尼就不算什么了吧。到时候我就会变成这项变革的新宠儿……

雷斯顿从操作台前站起身，脸上仍然带着笑。尽管紧张，但他满怀希望。他告诉自己不需要太急，等见到科尔还得好好发挥下表演功力。其实这对于三十年来演了无数戏的他来说，无疑是小菜一碟……早在加入安布雷拉之前，他曾是一名外交官。

肯定行得通。既然他们想要雷斯顿，我就给他们一个。

4 resident evil

第九章

科尔倦怠地在装有二级晶体管的箱子里翻弄着，暗自咒骂着自己是个十足的笨蛋，这个时候他应该在床上睡觉。自己在蓝色先生的命令下忙活了一整天，眼看就要到午夜了，再过六小时又不得不从被窝里爬出来，重复同样的工作。不知道以前那个在“星球”工作的机械工是怎么回事，把整个系统搞得一团糟，让他这个前来修理的人每天都得从早忙到晚，感觉快要累死了，那个混球倒是乐得自在。

*又不是我的错，*他闷闷不乐地想道，*是那个蠢货在安装金属氧化物半导体场效应晶体管之前没有先连接它的导线。而且他搭设的外部管道也烂得要死。连“星球”的电负载是多少都不知道……真是个无能的混蛋……*

这样说也许有些过分，但自从那天后他再也没有心情去体谅别人了。那天早上蓝色先生明确地告诉他要先把地面上的摄像头修好，然后又把他赶下来，坚称自己的命令是让他先修好对讲系统。科尔很清楚他是个彻头彻尾的烂人——“星球”里的其他员工都是这么想的，雷斯顿毕竟是身居高位的大人物，他让你干什么，你就得干什么，别问对错。虽然科尔在安布雷拉公司才工作了一年，但他这一年的收入比之前五年的加起来还要多，他可不想因为触怒蓝色先生（之所以这么称呼他，是因为他总是身穿蓝色西装）而被开除。

你真的是这么想的吗，即便在这几周里见识过那些东西以后？

科尔把装着晶体管的箱子放好，用手擦了擦又热又痒的眼睛。自从来到“星球”他就一直睡眠不足。这不是因为他心肠柔软，他对安布雷拉公司如何处置自己的财富毫不在意，但是——

但是这个地方给人的感觉实在是太糟糕了。这种感觉真不好。这里简直就是一座怪物展览馆。

在为安布雷拉公司工作的一年里，他为西海岸的化学实验室架设了电线，为东海岸的智库安装了一堆新的断路器。总而言之，无论公司派遣他到哪里，他都会在当地进行不少维修工作。这份工作薪资优渥，难度不算太高，和他一起共事的人也不错——大多是和他同一个工种的蓝领。而他在工作之外，只要保证不泄露工作中的所见所闻就行了。在被雇用时就签订了具有此效力的合同，他对此并无异议。但在来到“星球”之后，一切都改变了。

当安布雷拉公司叫你去干活时，他们从来不会解释，只是简单一句“把它修好”，然后在你完成任务后支付修理费。就连员工之间对工作场所的用途进行讨论也是禁止的。即便如此，仍然有一些流言传开了。在对“星球”有所了解之后，科尔便再也不想为安布雷拉工作了。

理由之一是这里的怪物，也就是实验动物。他没有亲眼见过那种被称为“化石”的冰冻怪物，但听到过好几次它发出的声音。有天深夜，那既像鸟鸣，又像犬吠的凄厉声音直达骨髓，让他感觉自己仿佛置身冰窖一般。还有一次是在区域二，当时他正在重新安装一台监控摄像头，忽然听到有利爪挠空心木材的奇怪响声，听上去像动物发出来的，很真切。听说那个东西是安布雷拉公司特意制造的，是某种很有价值的遗传杂交生物。问题在于，它到底是什么生物杂交而成的？这里的所有生物都有着离奇且令人不快的绰号，他曾听到“研究者”们提到过好多次。

翼龙、魔蝎、喷吐者、猎杀者……听上去真是一群有趣的家伙——如果是在恐怖片里的话。

科尔扭动着身体慢慢站起来，舒展疲劳的肌肉，那些令人不快的念头仍在脑海里打转。当然，雷斯顿是其中一个，那家伙是个顶级的暴君，还是最可怕的那种——有很大权力，却没有多少耐心。尽管科尔已经习惯和管理人员打交道了，但蓝色先生位于食物链顶层，和他相处是种折磨。他简直就像地狱使者一般充满威慑力。

不过，这还不是最糟的。

科尔叹了一口气，看着两侧成行排列的十二个小房间，每边各有六个。眼前的这些才是最糟的。每个小房间里都有简易的床铺、马桶、水槽，还有几根一端固定在墙上的带子，它们与床铺相连。这些小房间距离从外部上锁的第一个人工环境“大厅”只有六米多。

在完成这件工作后，我要认真考虑自己的人生规划。银行里的存款足以让我给自己放个假，好好想一想我的人生……

科尔又叹了一口气。这些事还是以后再考虑吧。现在他必须睡会儿。他转身走向大门，在开门的同时把灯熄灭——

然后他看到雷斯顿的身影。他匆匆经过主走廊通往电梯的拐角处，样子狼狈极了。

他这是又要干什么？

雷斯顿看到科尔后直接赶到他身边，几乎是跑过来的。他的蓝色西服一反常态地凌乱，惶恐不安的目光不时地往四周张望。

“亨利。”他在科尔面前停下，呼吸急促，“感谢上帝。你必须救救我。有两个男人，杀手，破门而入，想要杀了我，我需要你的帮助。”

无论是雷斯顿气喘吁吁的样子，还是他嘴里说出的话，都让科尔吓了一大跳。他既没见过蓝色先生头发散乱地出现在他面前，也没有见过雷斯顿面带这种表情——平时在他脸上总是挂着一抹傲慢的微笑，像富人的一种财产。

“我……什么？”

雷斯顿深吸一口气，用更慢的速度将话语吐出：“真抱歉。我只是……‘星球’遭到了入侵。有两个男人，他们在找我。他们想要杀了我，亨利。他们就是六个月前想要取我性命的人。他们还安排另一个男人在地面的电梯门旁边守着，我被困住了，他们会找到我，然后……”

他突然停下来，大口地吸气，看起来就像在努力不让自己哭出来。科尔盯着雷斯顿，没想到他会直呼自己的名字。“他们为什么要杀你？”科尔问道。

“我是去年那件恶意收购案的负责人，一个包装公司——被收购公司的老板精神有点儿问题，发誓一定要杀了我。现在他们已经找到这儿来，把其他员工都关在自助餐厅，但他们真正的目标是我。我呼叫了救援，但他们无法及时赶到。求求你，亨利，你会救我的对吧？我……我会给你谢礼的，我发誓。你以后再也不用工作了，你的孩子也不需要工作了……”

为雷斯顿眼里那份出人意料的诚恳所感动，科尔不忍心告诉他自己还没有孩子。这个男人吓坏了，满是皱纹的脸在不停颤抖，一头银色的短发翘了起来。就算对方没有提出用钱报答自己，科尔还是会帮忙的。

也许会。

“你想让我做些什么？”

雷斯顿松了口气，弯弯嘴角，居然伸手握住科尔的手臂。“谢谢你，亨利，谢谢你。我……我也不是很清楚。如果你愿意，他们的目标只有我一个人，如果你能把他们引开一会儿……”

雷斯顿的嘴唇抖动着，眉间出现了深深的沟壑，他的目光越过科尔的肩膀，落在人工自然环境入口处的房间上。“就是那个房间！房间通往区域一，外面有锁。如果你能把他们引到区域一里……等你出来之后，我会立即将房间锁起来，把他们关在里面。你可以走到区域四，从医疗区出去。等到他们都被困住以后，我会立即为你开门。”

科尔不确定地点了点头。虽然这个计划听上去不错，除了——

“他们不会发现我是假冒的吗？我的意思是，他们应该会有你的照片吧？”

“他们分不出来的。他们只会看到你从拐角处闪过，当他们赶到时，你已经无影无踪了。那些人一旦进入房间，我就会把门关上，我会躲在拘留室那里。”

雷斯顿的浅色眼睛里此刻全是泪水，波光闪烁。他已经走投无路了——如果一切顺利，这不失为一个好计划。

“好，我明白了。”科尔回答道。这个老年人脸上出现的感激表情几乎让他心头一暖。

可惜。如果他是个正常人，我绝对会为此感动的。

“我不会让你后悔的，亨利。”雷斯顿说道。科尔不知道该怎么回应，所以只是点了点头。

“放心吧，雷斯顿先生，你一定不会有事的。”科尔这才有些不自在地答道，“不用担心。”

“我相信你是对的，亨利。”雷斯顿说完，便默默地转过身朝阴暗的小房间走去。

科尔在原地愣了一会儿，然后无奈地耸了耸肩。尽管有些生气和紧张，还是朝小房间走了过去。蓝色先生怕得要命，但还是个混球。

没有“你也放心吧，亨利”或是“小心行事”，没有“祝你好

运，希望他们不会杀错人”……

科尔摇摇头，走进那个小房间。在帮助这么一个大人物之后至少能睡个好觉，说不定还能离开“星球”，从安布雷拉公司辞职。现在休息才是头等大事，没想到自己想睡一场好觉竟会这么难……

***

瑞贝卡终于找到了摄像头。它藏在屋子的西南角，离天花板仅有三厘米左右的距离，镜头和二十五美分硬币一般大。她赶紧把大卫叫过来，他用手盖住镜头，后悔没有在带领队员进来之前彻底搜查一番。大卫认为约翰和里昂之所以会跟大家分开，都是自己的愚蠢造成的。

克莱尔找到一卷胶带，大卫用它封住了几个较大的缺口，阻止冷风吹入房间。他开始思索接下来该怎么办。现在气温很低，低得他不知道自己灵敏的反应还能保持多久。密码不起作用，要打开被封死的入口只能寻找其他途径，两名队员在地下设施里的某处，很可能已经负伤，也可能正在生与死的边缘挣扎……

或是已经感染了病毒。像史蒂夫和凯伦一样惨遭感染，在痛苦中失去人性——

“别这样，大卫。”瑞贝卡忽然对他说，于是大卫从他们一起推到角落里的桌子上跳下来。他意识到了瑞贝卡指的是什么，但他还没有做好承认的准备。瑞贝卡总能在最糟糕的时刻唤醒他。

“什么别这样？”

瑞贝卡走到他跟前，凝视着他的脸，用纤细的手遮住手电筒。

“知道吗，你又露出那副表情了，我一眼就能读懂你的想法，你是在把责任都揽到自己身上了吧。心里想着，要是我当初采取别的行动，他们还会在这里。没错吧？”

大卫叹了一口气。“谢谢你的关心，但现在不是合适的……”

“不，现在正是合适的时机。”她语气坚定地打断了他，“如果你责怪自己，你就无法做出清晰的判断。我们已经不属于特种战术救援组了，你也不再是队长了。这不是你的错。”

克莱尔也加入了他们的对话。她柔美的脸上带着不安的神情，但灰色的眼眸里却透出好奇与探求的目光。“你认为那是你自己的责任吗？不是的。我不这么认为。”

大卫忽然夸张地将手举起来。“好了好了，我明白了！我并没有做错什么，等手头的麻烦解决了，你们可以尽情分析我究竟要承担哪些责任。但现在能不能请各位把精力集中在眼前的事上？”

两位年轻女性点点头。虽然大卫对终止了一场心理会诊感到庆幸，但他也意识到自己不知下一步该做什么，还能向她们下达什么新的命令，如何解决这场危机，该说什么，该怎么说。大卫习惯和明确的目标战斗，一个能让自己做出反应、对战、制订计划的目标。但现在他们陷入了一成不变的胶着状态。没有能让他们跟随的清晰思路，这比缺乏先见之明带来的罪恶感更令大卫感到痛苦。

就在这时，从远方传来直升机接近的声音。只有直升机才能发出那种独特的嗡嗡声——虽然这也不失为一种解决办法，但它却是所有选项里最糟糕的一个。

这栋建筑物外面没有任何掩体，我们肯定无法回到旅行车里去。我们还剩两三分钟——

“我们必须离开这里。”大卫说完，三人一起向门口逃去，而他还在思考，为了活下去，有什么是他们不得不做的。

***

工作人员都很老实。他们在阴暗的宿舍里被叫醒时，只慌张了一会儿，很快便安静下来。在第一次将这些人赶到里昂所在的自助餐厅时，约翰保持着相当的警惕性——里昂在那里看管着几个打扑克的人，特别是两名男子，一个气势强得过了头的大个子和一个不停舔着嘴唇、贼眉鼠眼的瘦小男子。后者就像有强迫症，每隔几秒钟就会弹出舌头，在嘴唇间翻弄，然后迅速缩回嘴巴里，猥琐不堪。

不过什么问题也没有发生。总共有十四个男人，但在约翰简明扼要地向他们说明来意之后，没有一个人站出来逞英雄。约翰说他们只是来找东西的，并不打算伤害任何人，这样做只是为了不让员工阻碍他们的行动。不干傻事，就不会吃枪子儿。无论起作用的究竟是他的逻辑还是他的M16，这些人都已经明白不抵抗才是最明智的选择。

约翰站在那道与宽敞走廊相连的大门旁边，监视着坐在空旷房间中央那张长桌周围的员工们，他们显得郁郁寡欢。有几个面带怒容，有几个面带惧意，不过大部分人只是显得很疲劳。没有一个人说话，这点让约翰十分满意，看来他无须担心会有人组织集体反抗了。

尽管这种合理的确定让人觉得很不错，他还是在听到大门被轻轻敲响时感到高兴。里昂已经离开大约五分钟了，这段时间显得极其漫长。里昂拿着一条铁链和几个铁衣架走了进来。

“遇到什么麻烦了吗？”里昂悄声问道。约翰摇摇头，视线依然落在那群员工身上。

“都很老实，没有谁惹麻烦。”他回答道，“在哪儿找到的铁链？”

“在一个房间的工具箱里。”

约翰点了点头，然后提高了音量，声线却很镇定：“好，各位，我们要走了。对你们的合作态度我表示感谢……”

里昂用手肘撞了他一下。“问问雷斯顿在不在这里。”

约翰叹了口气。“就算那家伙在这儿，你觉得这些人会告诉我们吗？”

年轻的警官耸了耸肩道：“值得一试，不是吗？”

唉，反正我们对奇事已经见怪不怪了……

约翰清了清嗓子，再次开口问道："这里有没有一个叫雷斯顿的人？我只是问一问，不会伤害你们的。"

这些员工先直直地看着约翰，然后再把注意力平均分配到他和里昂两个人身上。约翰突然想到他们或许已经明白自己找上门的理由了，如果他们对安布雷拉公司的项目有一定的了解的话。他们看起来不像纳粹，只是一群普通上班族而已。就像从事着繁重劳动，下班之后喜欢来上几杯啤酒的人。这简直……简直就和普通人没什么区别啊。

纳粹长什么样？这些人也是问题的一部分，他们为敌人工作。他们是不会帮助我们的——

"蓝色先生不在这儿。"一直处于里昂监视之下的，一位身穿T恤和拳击短裤的大胡子男人回答道。他的声音十分粗哑，略带焦急。因为没睡醒的关系，他的脸看起来略微有些浮肿。

约翰吃惊地回头看了看里昂，发现年轻警官的表情也和他一样。"蓝色先生？"约翰问道，"你是指雷斯顿吗？"

一个坐在桌子另一端，双手满是油污的长发男子点了点头。"没错。他就是你们要找的人。"

这真是辛辣的讽刺。有几人交换着神秘的眼神，然后嗤嗤地笑出了声。

特兰特说过，雷斯顿是白色安布雷拉的中心人物之一。虽说几乎所有人都讨厌自己的老板……但居然会讨厌到在两名恐怖分子面前开他玩笑的分上？

看来雷斯顿真的"很受欢迎"啊！

"除了这间房子里的人以外，还有其他员工吗？"里昂问道，"我可不希望有什么'惊喜'……"

这句话中的暗示很明显，但同样明显的是他们不可能从这些员工的嘴里问出别的东西。虽然他们十分厌恶雷斯顿，但约翰从他们将手臂交叠在胸前，对他们怒目而视的动作中看出了坚决不出卖工友的心情。基地里还有别的员工的可能性太低了，特兰特说过这儿的工作人员不多……

也就是说，把我们弄下来的很可能是雷斯顿。那么找到他就把问题都解决了——既可以拿到密码本，也可以让他重新启动电梯。然后我们把他关在小衣柜里，和大卫、瑞贝卡、克莱尔会合，在发生其他意外之前尽快离开。

约翰给了里昂一个信号，两人一起回到门边。但约翰意识到他不愿就这样离开，以及他对那些被他们从床上叫起来的人感到了一丝同情。虽然这种感觉不太强烈，但总归是有的。

“我会把这道门锁上。”约翰说，“在你们公司派人来之前你们不会有事，这里还有食物……如果你们不介意一点额外服务，听好了——安布雷拉公司不是什么好东西。再高的报酬也弥补不了他们是杀人凶手的事实。”

一个个茫然的眼神注视着两人走出屋子。里昂把对开门关好，用铁链和折弯的衣架做了一把临时锁。约翰朝转角处走了几步之后，看到两人走出电梯后踏上的那条灰色长廊。他们应该沿着这条路继续搜索雷斯顿。在员工居住区不远处还有一个转角——

*但他不会在那里。*约翰突然想起他们抵达时听到的声音。*我们应该朝来时的方向走。*

终于把门锁好的里昂转身来到约翰身边，虽然脸色有些发白，但精神还不错。“现在我们要去找雷斯顿吗？”

“当然。”约翰认为这位年轻人做得非常好。虽然还欠缺一些经验，但他胆大心细，同时也能承受一定的压力。“你还能行吧？”

里昂点点头：“没问题。我只是——你觉得他们在上面不会有事吧？”

“不会，你放心吧。一定是在等我们等得连屁股都冻住了。”约翰微笑着说道，并且衷心期望事情就像他所说的那样——在关闭电梯后，雷斯顿并未放出恶犬，也没有采取这里应有的安保措施。

或是呼叫增援……

“必须快点儿把事情解决。”约翰说完，里昂也跟着点了点头。两人为了搜索雷斯顿，继续向走廊深处进发。

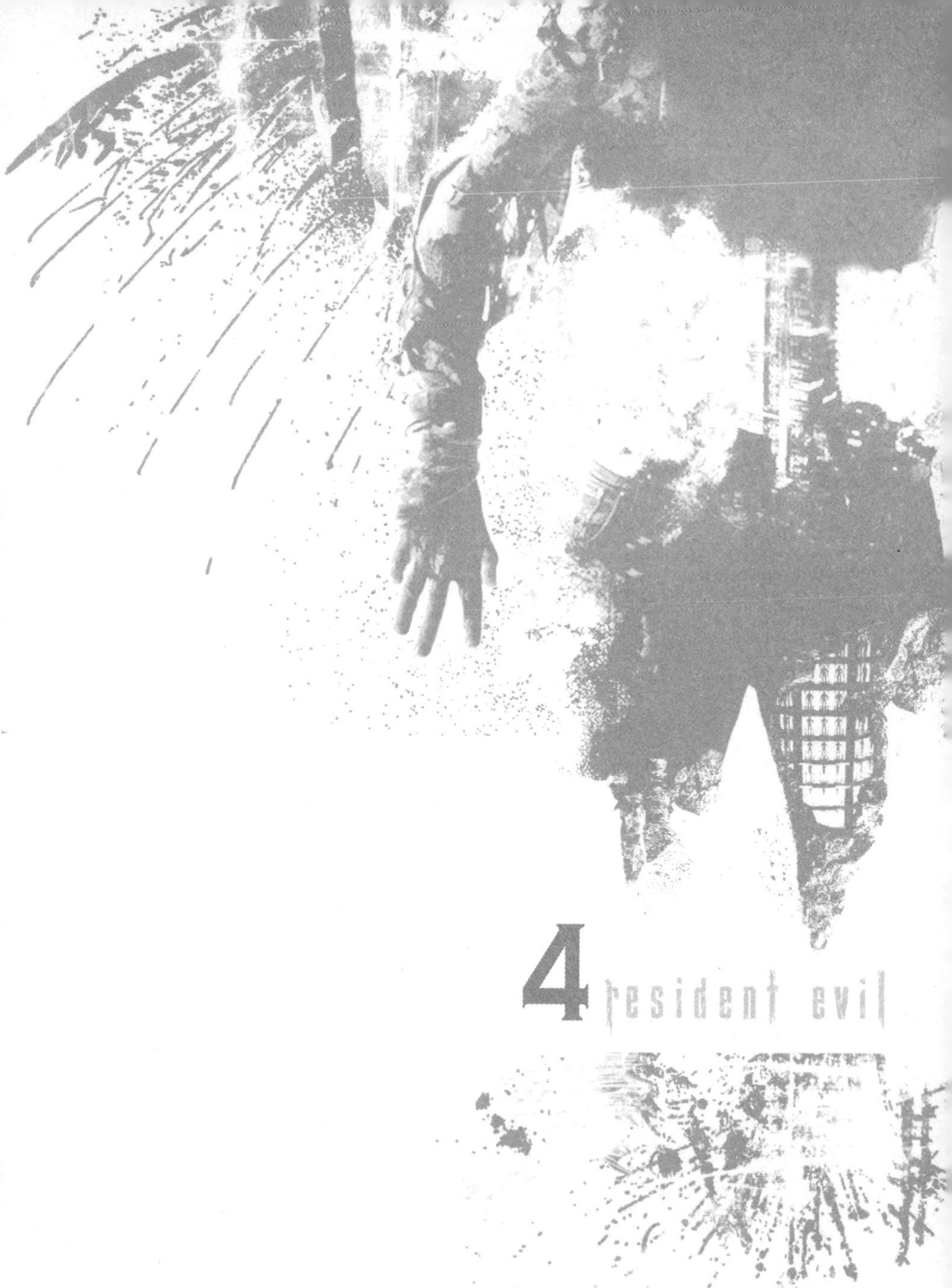
4 resident evil

第十章

他们朝整个地区的黑暗深处跑去，直升机螺旋桨规律的响声正不断增大。瑞贝卡在西北方不到一公里外的空中看到了亮光。那儿有一架悬停在半空中的直升机，安装在上面的探照灯发出一束强烈的亮光，照在沙漠一般的荒原上。

货车，他们发现了货车。

克莱尔也看到了那束光。但大卫将步枪从肩上取下来后却把注意力集中到众人背后的一个仓库样的建筑上，他目不转睛地分析着周遭的情况。在暗淡的月色下，瑞贝卡看不清他的表情。

“他们只可能在围墙外着陆。”大卫说，“跟在我后面，不要离得太远。”他转身跑进黑暗中，直升机的声音在不断变大。

瑞贝卡在心中虔诚地祈祷，*上帝啊，求求你让大卫的视力变得比我更好*。她紧紧握住九毫米口径手枪的枪柄，麻木的手指抵着冰冷的金属枪身。她和克莱尔并排跟在大卫身后，脚步交替的速度在不断加快。他们正朝前面的五栋建筑物跑去，目标是左起第二栋的昏暗小楼。虽然瑞贝卡不知道大卫挑选这栋建筑的理由，但她坚信他这样做一定是有原因的。

三人很快闪身躲进第一栋与第二栋之间漆黑的小路。这段路的路面宽约五米，已经被夯实，向前延伸到无法看清的黑暗之中。寒气像尖刀一般刺痛了少女的肺，她呼出的热气也变成阻隔视线的白雾。直升机发出的嗡嗡声淹没了他们的脚步声，也淹没了大卫停步后的大半话语。他们两侧各有一扇门。

“……之前……藏好……不能……回来……”

瑞贝卡无奈地摇摇头表示听不清，大卫只好转身用武器指了指左边第一栋建筑的大门。和克莱尔一起跟在大卫身后的瑞贝卡不断思考他到底要做什么。如果直升机里的人在这里着陆是为了搜查——他们肯定会那样做，那扇弹痕累累的门只会暴露他们。这道门好像是用一种特殊的高密度塑料制成的，除此之外它就没有与众不同之处了。门板上没有用来读取磁卡的装置，取而代之的是把手和钥匙孔。建筑是由灰泥砌成的，脏乱且多尘，她说不出这栋建筑究竟算什么颜色，他们身后的建筑从外观上来看与这栋差不多，都没有安装窗户。

直升机刺眼的探照灯扫过院子正面的围墙，闪耀的光束如同明亮的火焰，刺穿了冰冷的黑夜。无数沙尘向光源卷去，遮住了它纯净的颜色。处于逆光位置的瑞贝卡看着那些斑驳的纹路，心想他们很快就会被发现，因为这个院子的面积并不大。

砰！砰！砰！砰！砰！

步枪开火的声音被直升机的咆哮声吞没。就连在黑暗中的瑞贝卡也能看见把手旁那排密集的弹孔。大卫在枪声过后上前一步，用力踹向门板，门没开。他又补上一脚，只听嘭的一声，门变成了一个黑漆漆的洞口，像一个黑洞在吞噬光线。

探照灯光在院内徘徊，当它照在第一栋建筑物的背面时，直升机椭圆形的机体直接从瑞贝卡等人的头顶掠过。引擎的轰鸣声和翻涌的尘土让瑞贝卡感到死神正在向她逼近，不是死亡，而是死神，拥有无比力量的残忍的神话怪物……

大卫回过头抓住瑞贝卡与克莱尔，将她们推进打开的大门。在她俩进入室内后，大卫便示意两人在这里等待。他抽出手枪，重新跑到空地上，靠在第二栋建筑的门边，调整角度，然后——

砰! 比五毫米的步枪子弹更响亮的九毫米口径子弹从枪管中飞出，但枪声被直升机的噪音盖过了。当刺眼的白光照亮他们之间的空地时，大卫已经闪进了门被轰开的建筑。要是再晚上半秒，大卫就会被探照灯发现。他手中那把枪抛出的弹壳幸运地被狂风带走，可由于太过接近上下翻飞的沙尘，他连呼吸都有些困难。瑞贝卡回头一看，发现克莱尔把脸深深埋进了黑色的运动衫之中，她便跟着照做了。厚重的寒风被羊毛纤维阻挡住了。现在身处震耳欲聋的轰鸣声中，瑞贝卡却清晰地听见了自己的心跳声，快速而恐惧。

过了一秒，亮光转移到了别处。又过了一秒，漫天沙尘开始出现歇止的迹象，在黑暗中她难以分辨。刚才那束强光是突然消失的，她们不得不重新适应黑暗——

"你没事吧？"

从眼前的阴影中传来大卫的声音，瑞贝卡被吓了一跳，克莱尔发出一声轻轻的尖叫。

"不好意思。"大卫喊道，"快走！到其他的房子里！"

尽管视野里一片朦胧，什么也看不见，但瑞贝卡还是踉踉跄跄地跑到了门外，身旁是克莱尔。大卫从背后接近两人，把手按在她们背上，引领着两位少女朝另一栋建筑跑去。虽然直升机在离开三人刚才所在的地方之后继续自北向南移动，但他们很快就会发现目标消失了。接着他们会着陆，开始地面搜索。毫无疑问，这一定是安布雷拉公司的直升机，唯一的问题是里面坐着多少人，他们的目的是留活口，还是当场射杀。

当他们跌跌撞撞地穿过第二栋建筑的大门时，瑞贝卡终于理解了大卫刚才那样做的原因。安布雷拉公司的恶棍在看到第一扇弹痕累累的门时，就会假定他们要搜查的人躲在那栋房子里。

他只射穿了这扇门的钥匙孔，就算终究会被发现，但至少可以帮我们拖延一点儿时间……

她在心中默默祈祷计划能成功。房子里的空气和外面的同样冰冷，不知道混入了多少灰尘。大卫手电筒的光亮在众人脚下时隐时现，虽然他用一只手盖住了手电筒的光源，但这光亮足以让众人看清周围堆满了大大小小的箱子。堆放在书架、地板上的无数纸箱和木箱一直垒到跟倾斜的屋顶差不多的高度。在大卫用电筒对整个宽阔的房间扫视的几秒钟里，大家看到房里至少堆了上千个箱子。

"我来想该怎么对付这扇门，先关掉手电筒。"大卫说，"找一个隐蔽的地方。在弄清他们有多少人，采取何种行动之前，这是最好的应对方法。说不定对方还有夜视设备，所以趴在地上肯定不行，要藏到高处的角落里。书架是最佳位置。明白了吗？"

两名少女点点头，关掉手电筒朝黑暗中走去。在灯光消失前她们还可以辨别形状和影子，但现在瑞贝卡连自己举在眼前的手都看不见了。

"到哪个角落里？"克莱尔轻声问道，像是这阴冷漆黑的空洞勒令她们保持沉默似的。

瑞贝卡找到克莱尔的手，然后抓起那只手放在自己的背上。"左边。在被什么东西挡住之前一直朝左走。"

她听到在两人背后响起一些细碎的声音，是大卫在做准备工作吧。瑞贝卡做了几次深呼吸，然后将两手伸出，小心翼翼地向前挪去。

***

长廊里的每一扇门都上了锁，除了穿过电梯厅之后的一个杂物间，他们在那里没有找到任何有用的东西，更对纸巾和聚苯乙烯咖啡杯不感兴趣。两人随后又试了试电梯，发现依然无法启动，附近也没有保险丝盒或手动超驰控制开关之类的装置。虽然这并未出乎里昂的预料，但他还是感到一阵苦恼的折磨。地面上的三个人此刻一定非常担心……

你难道就不担心吗？要是上面发生了意外呢？说不定这里的“实验室”在地表。而且要是雷斯顿在那里释放几个安布雷拉的生化战士，那么克莱尔此刻……

“要是再找到上了锁的房间，试试手榴弹怎么样？我带了两颗。”约翰显得有些急躁。两人在寂静的走廊里探查到第九个上锁的房间时，发现前方最北端有一个拐角。要么他们已经错过了雷斯顿，要么这条路会把他们带到他身边去。

“在搞破坏之前，还是先看看拐角另一边有些什么吧。”尽管里昂也有点儿失去耐心，但他还是沉稳地说。他这么说不是因为他在乎安布雷拉公司的财产，而是这并非他的头等要事——尽快与小队其他成员会合才是。两人决定要是找不到雷斯顿，就回自助餐厅去找一个工人把电梯修好，雷斯顿和密码本还是见鬼去吧。虽然任务会失败，但至少可以让所有人活着离开这儿，再为新的战斗做准备。

不过，这个假设的前提是到目前为止所有人都还活着……

两人小心翼翼来到拐角处，停下脚步警惕地靠着墙。约翰握紧手中那把 M16，小声说道：“我掩护？”

里昂靠近转角内侧，点点头。“我数到三。一……二……三！”

他迅速向前一冲，蹲在地上用枪指着走廊西侧，约翰也转过墙角，举起步枪对准前方。他们面前的走廊很短，只有不到十八米的样子，尽头处是空旷无门的房间。左侧有一个房间——

走廊尽头一个晃动的人影突然出现在两人的视线中。

雷斯顿。

里昂看到的是一个身穿牛仔裤和蓝色工作服的影子，个子不高，很瘦，的确是工人口中的“蓝色先生”。

“站住！”约翰大吼一声，雷斯顿像被吓了一跳，下意识地转了过来——手无寸铁。他看到约翰手中的 M16 之后立刻打开对开门冲了进去，也许是朝出口逃走了——

里昂甩开手臂追了上去，全速奔跑的约翰超过了他，两人瞬间便跑到屋内，发现雷斯顿正用尽全力想要推开右侧的另一扇门。里昂和约翰走过去后，他双眼圆睁，朝两人投来充满恐惧的眼神。

“打不开！”他歇斯底里地大叫道，“快把门打开！”

他到底在跟谁说话？

“不要抵抗了，雷斯顿。”约翰吼道——

就在这时，两人身后猛地落下一块厚重的金属板，发出震耳欲聋的巨响，他们都被关在这间屋子里了。里昂低头一看，发现地面是用钢板铺设的——一股强烈的不安侵袭了他的神经。

那人转过身，把手高高举起，那张瘦弱的脸因为极度的恐惧而抖个不停：“我不是他，不是雷斯顿。”他含糊不清地解释道，惨白的脸上都是汗水，在灯光的照耀下更显狼狈——

他们身后那扇金属大门的小窗前出现了一张脸。虽然厚厚一层的有机玻璃让那张脸看起来有些扭曲，但对面的人的确是在冷笑。这名男子的年龄比较大，穿着深蓝色的西服。

哦，不——

他看了看别处，然后抬起一只手按下一个里昂看不见的开关——紧接着，一个平缓、有教养的声音从天花板上的扩音器传了出来，在整间屋子里流淌。

“不好意思，亨利。”他说话时整张脸都在玻璃上扭动，“让我介绍一下我自己。我是杰·雷斯顿。不管你们二位究竟是谁，很高兴见到你们。欢迎参加‘星球’的实验项目。”

里昂侧过脑袋看了看约翰，发现他还在用枪指着已经陷入半疯狂状态的亨利。这时，约翰把头转过来看着里昂，他的眼中浮现出突然察觉的神情。

两人身陷囹圄。

***

成功了！

雷斯顿得意洋洋地笑出了声。两个枪手中了他的陷阱，地面上的三个人大概也已经被支援小组给捉住了吧——这一切都是他独自解决的，而且处理手段相当高明。

当然，没有人欣赏实在是有些无趣……但这里不是有我刚刚捉到的观众吗？

“整个设施将会在二十三天后开始运转。”雷斯顿一想到西德尼傲慢的表情就忍不住笑起来，“届时我会作为主人，向一群重要人物展示我们精心设计的项目的首次运作。原本实验只会使用样本，我们并没有打算让人类参与这个实验，更别说士兵了。但现在，多亏各位，我可以向客人们展示实验体被创造出来的目的所在。虽然很遗憾，但你们那些在地面上的同伴大概已经被抓住了吧——不过没关系，有你们三个人就足够了。你们一定要上演一场好戏给我看。”

雷斯顿看着房间里的三个人，难掩心中的喜悦。“不过在那之前，我猜你们大概想先干掉亨利吧。他只负责把你们引过来——看来他干得不错，不是吗？”

“你这个卑鄙的混蛋！”

亨利·科尔将自己推离墙壁，开始用身体猛撞那扇门，并举起握紧的拳头狠狠砸了下去。可厚达五厘米的铁门纹丝不动。

雷斯顿面带微笑地摇了摇头。“不好意思，亨利。我们会深切地怀念你。你既没有修好对讲设备，也没有修好音频设备，对吧……至少你完成了这项任务，我感激不尽。你们那边听得清楚我在说什么吗？有没有杂音？”

不管刚才是何种狂暴的感情控制了眼前这名电工，现在都已经从他身体里散去。亨利面对那扇门慢慢跪了下来，呼吸急促。他背后两名持有武器的人中，个子较高、手持 M16 步枪、有着深褐色皮肤的壮汉满脸怒容地朝小窗走来。

“你个混蛋，我们是不会为你参加任何实验的。”他那低沉的声音由于太过愤怒而开始震颤，“要杀我们就快点儿动手，我们不是孤军奋战，安布雷拉公司总有一天会灭亡，无论我们是否活着。”

雷斯顿叹了一口气。“你那句自己不在了的话倒是说得没错。但其他的……你们应该就是那个什么特种战术救援组的人吧？你们发起的那些草根运动在我们眼里不足挂齿。你们不过是些飞来飞去的蚊子罢了，惹人厌烦。而你们所参加的……”

“参加的就是这个。”说着，他抓了抓自己的裆部。尽管隔着厚厚的玻璃，但没有人会看不出这是羞辱人的动作。

粗俗不堪。现在的年轻人一点儿也不知道尊敬老人。

“约翰，用一颗手榴弹能把这个炸开吗？”在听到另一个冷静的建议时，雷斯顿又叹了一口气。

“房间的墙壁是抹了灰浆的钢板，就算你们有破坏力更强的装备也别想把门弄开。你们最多只能把自己炸上天。真令人遗憾——不过要是你们不相信，请尽管试试。”

没有一个人开口，显然这三个人想不出什么话来反击他，雷斯顿通过内部通信系统还能听见亨利混乱的喘气声。反正他已经厌倦折磨这几个人了，地面小队大概很快就会联系他，他必须回到控制室才行。

“可以的话，我先告辞了。”雷斯顿再次开口了，“我还有些事情要办，比如往你们的新家里放几只我可爱的宠物。不过敬请放心，我一定会从头到尾都仔细盯着监视器的。可能的话，希望你们能闯过头两个区域。”

说完，雷斯顿离开窗口朝左侧的控制面板走去，输入了启动密码。被困在房间中的一个人随即开始大声惊呼，这下死定了，他不能这样做——

然后雷斯顿按下一个大的绿色按钮，连接区域一的闸门便被打开，天花板上的通风口里随即涌出大量的催泪瓦斯，瞬间填满了整个等候室。雷斯顿回到窗前，饶有兴致地观摩着这一过程的有效性。

不到几秒钟，白色的烟雾开始往下落，三个人的轮廓一下子变得模糊起来。雷斯顿听到从里面传出来的惨叫和咳嗽声，紧接着，混浊的闸门关闭声告诉雷斯顿他们已经离开这间屋子了。安装在地板里的压力感应器发现入侵者消失后，立刻启动换气系统，只用了不到一分钟就让整间小屋恢复了原状。

太棒了。他要表彰这位推荐了该系统的设计师。

“得记录下来。”他自言自语道。在正了正衣领之后，雷斯顿朝控制室走去，对那三人在安布雷拉公司的最新生物兵器面前能坚持多久期待了起来。

4 resident evil

第十一章

科尔除了摇摇晃晃地跟在杀手后头，别无他法。他呼吸不畅，恶心反胃，心里充满了恐惧和憎恶。雷斯顿不仅抛弃了他，还唆使杀手们先把他干掉。他不知道这两个人是不是真的杀手，也没听说过什么“特种战术救援组”，他只知道自己的眼睛像烧起来一样疼，每一次呼吸都倍感煎熬。

至少让我被处决的时候能给我个痛快……

穿过前往区域一的闸门后，背后那扇门砰的一声关上了。科尔背靠着冰凉的铁门，拼命调整自己的呼吸，紧闭的眼睛不住地流出黏稠的眼泪。他不愿亲眼看见对方扣动扳机，这样就不会在死前受到悬念的折磨。仅仅是死去就已经够他痛苦的了。

也许他们会把我扔在这儿。

但这个念头带来的小小希望在身体被一双粗壮有力的大手抓起来用力摇晃时就消失了。

“喂！醒醒！”

科尔极不情愿地睁开满是泪水的眼睛，迅速眨了几下。俯视着他的人个子很高，面容愤怒得像要挥拳揍他似的。他的步枪对准科尔的胸口。

“不解释一下这是什么狗屁地方吗？”

科尔畏缩地靠在闸门上，颤抖着回答道：“区域一。森……森林。”

男子翻了一个白眼。“是啊，森林，这我看得出来。为什么这里会有森林？”

*上帝啊，*他的块头真大！连他的肌肉上都练出肌肉了。科尔摇摇头，觉得自己就要被他狠揍一顿了，但他真的不知道这个问题是什么意思。

另一人脸上的沮丧明显大于愤怒，他朝两人靠近了一步。“约翰，他和我们一样，都被雷斯顿陷害了。你叫什么名字？亨利？”

科尔拼命地点点头，极力不去惹怒任何人。“是的，我叫亨利·科尔。雷斯顿告诉我你们是来杀他的，让我把你们引开，他要把你们关起来。我向上帝发誓，我不知道他会这样做……”

“你慢慢说。”身形较小的男人说道，“我是里昂·肯尼迪，这位是约翰·安德鲁斯。我们并不是来杀雷斯顿的……”

“也许我们应该杀掉他。”约翰看着两人咕哝道。

里昂像没听到刚才那句话似的继续说道：“我们也不想伤害其他人。我们只想要雷斯顿手里的一件东西，就是这样而已。那么，你能告诉我们这个实验项目的情况吗？”

科尔咽了口唾沫，抬手擦了擦眼泪。里昂看起来很真诚——

况且到了这个境地，我还有别的选择吗？要么被打死，要么被丢下，要么帮助他们，没有其他的路可走。他们手里有枪，而且雷斯顿说过，实验体是为了与人战斗设计的……天啊，真该死！我是怎么被卷进这一切的？

科尔四下看了看区域一，惊奇地发现自他被困在这里开始，周围的一切都显得与往日不同了——多么凶险！高耸的人造树木，塑料灌木，横在地上的人造圆木，搭配上柔和的灯光和加湿的空气，再加上涂成暗色的墙壁和天花板，让人感觉这里和黄昏时分的森林别无二致。

“我不是完全了解。”科尔看着里昂说，“只知道这里一共分为四个区域——森林、沙漠、山地、城镇。它们全都很大，每个都有两个足球场横向拼在一起那么宽。准确数字我忘记了。据说这里是混种实验动物的栖息地，他们甚至还会养老鼠、兔子等活物，以供它们狩猎。安布雷拉公司好像在开展什么疾病控制实验，这些实验动物拥有和人类相仿的循环系统，说是有利于提高研究的准确率……”

科尔注意到当他提起动物实验时两人交换了一下眼神，于是他闭上了嘴。

“你相信这是真的吗，亨利？”约翰问道。他的表情不再愤怒，反而显得很平静。

“我……”科尔说到这儿便停了下来，陷入沉思之中。他在思考那高得出奇的工资，还有不允许提问的规定，思考那些监工提出的问题……

“你在这儿工作开心吗？觉得自己的薪水足够多吗？”

还有牢房，和拘束装置。

“不。”他回答道，为自己刻意而为的无知感到羞愧。他理应知道这一切，如果他有勇气去探究真相，早就看清现实了，“不，我不相信。我再也不相信了。”

两人点点头。看到约翰的枪口没有再指向自己的要害之后，科尔总算松了一口气。

“那你知道怎么才能从这儿出去吗？”约翰问道。

科尔点点头。“我知道。所有的区域都是由闸门连在一起的，根据房间的不同，门的方位也不一样。每道门上都没有把手或钥匙孔，除了最后一扇门，区域四的，从外侧用门闩锁住了。”

“也就是说，我们应该前往的门在这个方向？”里昂指着西南方问道。他们站在房间的东北角。由于森林里的各种植物非常茂密，他们甚至看不到远处的墙壁。科尔知道这里至少有一大块空地，但走到那里需要费些工夫。

科尔点点头。

“说说那些实验动物吧，它们看起来是什么样的？”约翰问道。

“我也没见过。我来这里只是为了布线、安装摄像头和导管什么的。”他满怀希望地看了看两人，“不过它们再可怕也可怕不到哪里去，对吧？”

从两人脸上的表情来看，这也许不是正确的说法。就在科尔打算向他们提问时，响亮的金属咔嗒声突然充斥着湿冷的空气，听起来像巨门正在升起。声音是从他们背后的西墙传来的，科尔知道那里坐落着动物笼——

转瞬过后，尖锐地叫声划破空气，震颤着每个人的鼓膜。其他吵闹的叫声很快加入这阵拉长的震鸣，一声盖过一声，令人无法分辨究竟有几只动物。

那里传来的拍击声是如此巨大，以至于科尔说不出这是什么东西发出的。当他反应过来时，他差点儿尖叫出声。

翅膀。是巨大的翅膀拍击空气时发出的声音。

***

他们爬到仓库角落里堆成两排的木箱上，距地面约有五米高。最微小的动作也会让身体摇晃，这让克莱尔感到非常不安。

在没有约翰和里昂的情况下，光是藏起来还不够，根本不足以躲过安布雷拉公司那些恶棍的搜查。我们就像挤在黑漆漆的冰柜里的倒霉蛋，而这个冰柜还在山巅上摇来晃去。哪怕有人打个喷嚏，我们都会滚下去。

“这真是糟透了。”克莱尔压低声音说道，稍稍缓和了这令人心悸的沉默。虽然直升机的轰鸣已经停止，但他们听不到地面上有人活动的声音。

她听到一阵闷闷的笑声，并感觉到身旁的瑞贝卡在颤抖。这位年轻的生化学者正在尽力压制自己的笑意，这并不容易。克莱尔看到后不禁微微一笑。

几秒钟过后，瑞贝卡终于开口说话了。“是啊，你说得太对了。”两人拼命忍住笑意，脚下的箱子也跟着轻轻晃动。

“安静。”大卫严厉地说道。此刻他正蹲在瑞贝卡另一边的一排箱子上。

克莱尔和瑞贝卡停止了嬉闹，整个屋子重新被寂静包围。她俩在房间东北角趴好，用手枪指着对面另一扇门附近的墙壁。大卫说一共有两扇门，现在他正守着南面那扇他们进来时经过的门。

刚才那阵笑意缓解了紧张的情绪，克莱尔的心情也因此稍稍轻松了一些。虽然她还是觉得很冷，还是担心约翰和里昂的情况，但他们的状况还不算太糟。尽管眼下的确面临着困境，但克莱尔经历过远比这凶险的情况。

在浣熊市时，我只能靠自己。不仅要保护雪莉，还要对付穷追不舍的X先生，再加上无数围追堵截的丧尸，我们不知所措。但现在，我多少知道自己和同伴们面对的是什么。比起不明生物，几个持枪的坏蛋更容易收拾——

从仓库外传来一声响动。有人拉了一下她和瑞贝卡负责守卫的那道门。短暂的喀喇声过后，一切又都归于寂静，除了克莱尔听到门外有脚步声。

他们在检查门的状况。要是大卫的伪装没有骗过他们，或他们检查得很仔细……

至少掩护她们的是大卫，他是一个了不起的人，头脑冷静，办起事来效率高，在克莱尔遇到过的所有人中，他的头脑是最敏锐的。

他简直是在事情发生的瞬间就知道该怎么做。刚才也是如此，大卫说他们可能会采取比较传统的搜索办法，以小队为单位沿一个方向仔细搜索所有的建筑物。

*他真是一个一丝不苟的军事战略家。*克莱尔想起他曾经告诉两人的话，比起计划更像是紧急情况应对措施。不过在困境中集中精力倒是可以缓解压力。

如果是三人以下的小队进入仓库，我们就静静待在原地，直到他们离开。我们要瞄着他们出去的门，等着他们离开。如果他们到了另一栋建筑里，我们就跑出去翻过围墙。如果他们进来后发现了我们，我们就开枪，在他们进门时依次将他们收拾掉，然后跳下木箱往外逃。

如果是两支或者更多的小队同时进来，等到大卫扔出手榴弹后再开枪。就算他们有夜视设备也一样，手榴弹会暂时使他们失明。如果遭遇反击就退到木箱后面，用木箱作掩护——

大卫守卫的那扇门忽然摇晃了几下。喀喇喀喇，然后猛地被人踢开。

砰！

门被猛地打开了，白色的亮光在黑暗中闪现。一束手电的亮光刺穿黑暗，掠过那些箱子，然后重新回到门上。

轻轻的响动声过后，有人悄声咒骂起来。

“怎么了？”另一个压低的声音询问道。

“好像没电了。”那人顿了顿，“我们走吧，说不定他们跑到另一间房子里去了。房门还上着锁，他们是不可能进来的。”

*感谢上帝。你太了不起了，大卫。*虽然那两个人会继续搜索，但他们没有意识到屋里还有别人。

另一支手电筒被打开了，克莱尔隐隐约约看到站在两束强光后面的模糊人影，从声音来判断应该都是男子。他们开始朝前走，光束跃过一个个满是灰尘的纸箱和木箱。

*别发出声音，就这样待着别动。*为了不让那两人感觉到自己正被人盯着，克莱尔闭上了眼睛。她曾经听说过这才是隐藏时最重要的技巧。不去看。

“我往南边走。”其中一人小声说道。克莱尔很好奇，他们知不知道自己的声音在空旷的环境里有多清晰。

*我们都听得一清二楚，你们这些傻蛋。*一个诙谐的想法，但她依旧胆战心惊。至少丧尸不会用枪……

光线分成了两股，一股离他们而去，一股朝他们而来。那股光只在低处扫来扫去，显然拿着手电筒的人没有意识到人是可以爬到箱子上面的。

*我无所谓，你们就不能快点儿忙完然后滚出去吗？我们只想偷偷溜出去，不想和你们战斗！*大卫说过，等安布雷拉的人撤退后再去找约翰和里昂，他说他们可能会安排一个警卫，最多两人，但是与干掉整支小队相比，干掉一个警卫要轻松得多——

就在这时，亮光打在了克莱尔脸上，强度足以模糊她的视线。

“喂！”从下面传来一声惊讶的大叫，然后——

*砰！*有人开枪了，她感觉到下方正在塌陷，一旁的瑞贝卡倒吸一口凉气，身下成堆的木箱往后倒去。

克莱尔的后背撞在冰冷的墙壁上，她拼命抓住正在移位的木箱，从外面传来此起彼伏的叫喊声，大卫武器的枪口轰鸣如雷，喷出橘红色的火光——

随着巨大的响声，所有木箱轰然倒塌，克莱尔跌入了黑暗之中。

***

当听见巨大翅膀的拍动声和野兽的悲鸣时，约翰浑身都僵硬了。他讨厌鸟类，从未喜欢过，却在一片超现实主义的无菌森林里遇到了一群安布雷拉公司的怪鸟——

“该死。”约翰举起M16步枪，将塑料枪柄紧紧抵在自己的肩膀上。里昂也举起手枪，对准那块被漆成傍晚时分深蓝色的，比最高的树木还要高大约五米的天花板。这些树木的高度都在三米以上，其中一些大概有八到十米高——约翰看到在树木的顶端安装了跟篮球差不多粗细的圆形栖木。

居然需要那么粗的栖木，鸟的爪子得有多大啊……

尖锐的鸟叫停止后，约翰没有听到翅膀拍击的声音，但他想知道那些怪鸟在开始狩猎前会等多久。

“肯定是翼龙。”科尔低语道，声音沙哑，“鸟龙。”

“你开什么玩笑。”约翰深深吸了一口气，余光看见干瘦的安布雷拉员工摇了摇头。

“也许不是真的翼龙，这只是我听过的昵称。”科尔非常恐惧。

“我们朝出口走吧。”里昂迈步朝昏暗的假森林走去。

上帝保佑，别让我们遇上它们……

约翰跟在里昂身后，兼顾着头顶和脚下慢慢前进，三米，五米。他忽然被一块塑料岩石给绊了一下，差点儿摔个跟头，幸亏他及时稳住了身子。

“这样下去可不行。科尔……亨利？”

约翰回头一看，科尔缩成一团贴在闸门上，脸色苍白地看着天花板。

糟了，天花板——

里昂停下脚步，透过枝叶的缝隙向栖木望去。“都躲起来了。”

约翰往回走去，内心充满了愤怒、沮丧以及难受，说不定地面上的大卫和女孩们正在拼死激战，他才不想将时间浪费在同情被吓坏的安布雷拉员工身上。可即便如此，他们也不能把他丢下，至少在尝试过以前不行。

“亨利，喂，科尔。”约翰跑到科尔身边，用手拍了拍他的手臂，对方终于把头抬了起来。由于太过恐惧，原本柔和的茶色眼珠看上去黯淡无光。

约翰无奈地叹了口气，有些同情他。他不过是一个电工，如果非要说他有什么罪，恐怕只有无知吧。

“听好，我知道你很害怕，但继续待在这儿肯定会被干掉。里昂还有我曾经跟安布雷拉公司的宠物打过交道。对你来说要活下去的最好方法就是跟我们一起走，况且，我们也很需要你的帮助，你远比我们了解这里。好吗？”

科尔发抖地点点头。“我……我明白了。刚才真对不起，我只是……太害怕了。”

“欢迎加入‘厌鸟俱乐部’。鸟类总让我起鸡皮疙瘩。好好在天上飞不就行了吗，但它们长得实在是太奇怪了，有串珠一样的眼睛，覆盖着鳞片的爪子，你见过秃鹰吗？它们的头长得跟阴囊似的。”约翰说到这儿夸张地抖了抖身体，这稍稍缓解了科尔的紧张情绪，虽然他还是紧绷着脸，但总算露出了笑容。

“没问题了。”科尔这次说得有了些底气。他们一边注视着上方，一边朝里昂走去。

“亨利，因为我和里昂有武器，得时刻警惕从上方发动的攻击，你来为我们带路怎么样？”约翰问道，“找一条不用担心摔倒的安全路线。办得到吗？”

科尔点点头。虽然他的脸色还是有些发青，但约翰看得出他已经振作了不少。至少暂时是这样。

他们的向导快步走到里昂前面，带领两人朝西南方走去。他们在奇特的森林里踏着蜿蜒的小路不断前进。里昂和约翰紧随其后，不过约翰很快就注意到，就算有科尔当向导，他俩的情况也跟之前没什么区别。

*如果你不看清脚下的路，你就会摔倒，*在第六次被倒下的“圆木”绊倒后，约翰厌倦地想到，*别无他法。*

他们一直没有看到被科尔称为鸟龙的动物，也没有听到它发出的声音。由于在塑料森林里穿行本身就是一件极其消耗体力的事，约翰十分庆幸它没有来捣乱。周围明明都是些人造的树木和灌木丛，但外观却做得很真实，空气里也弥漫着湿气，这真是奇妙的感受。不过没有泥土的气味和生长的植物，也听不到风和动物的声音，更没有虫子。简直就像置身梦境，但这梦境叫人胆战心惊。

约翰一边走一边抬头看着层层叠叠的茂密枝叶，没走出多远就被科尔叫住了。

“这里……这里好像是一片开阔地。”他说。

里昂皱着眉回头问道：“要绕路吗？”

约翰上前几步，仔细探查着前方那片树木稀疏的区域。虽然开阔地只有约十五米长，但约翰还是决定继续在森林里前进。翼龙的突降俯冲攻击可不是闹着玩儿的。

“就这么办。亨利，从右边绕过去。我们……”

他接下来的话被震颤着的叽喳声掩盖，那声音尖锐刺耳，穿透了整个森林。一个灰褐色的身影猛地朝前面那片空地冲来，约三十厘米长的利爪直直地伸在它身体前方。很明显，它的目标就是这三名不速之客。

约翰首先看到的是三四米宽的翅膀和长在皮膜翅膀两端的尖爪，然后他们看到发出尖叫声的长满利齿的喙和细长的头盖骨，那餐盘大小的黑眼珠正反射着灯光——

他和里昂同时开火了，不明生物冲入面前的一排人工树林，巨大的尖爪深深刺进塑料中。它在空中展开宽大的膜状翅膀，奋力想取得平衡——

*砰！砰！砰！*子弹贯穿薄薄的肌肉，开出一个个血洞，血液像自来水一样从伤口涌出。由于它在离众人很近的地方不断发出惨叫，让约翰几乎听不到枪声，脑子里只有震颤着的尖锐刺耳的叽喳声。怪物很快掉了下去，落在深色的地面上，拖着翅膀——

怪鸟像蝙蝠一样用翅膀撑着身体，慢慢朝三人爬去。它的身体颤抖着，在密林中移动，不时发出短促而高亢的尖叫。在它背后，又有一只降落到开阔地上，在收起宽阔的翅膀时卷起一阵阵没有气味的烈风。从它张开的又长又尖的嘴里可以看到一排排用于磨碎食物的牙齿。

糟糕！真糟糕！——

那只还在挣扎的怪物离约翰已不到两米，于是他朝不停晃动的圆眼睛举起了枪，毫不犹豫地扣动了扳机。

4 resident evil

第十二章

个子高一些的约翰举起自动步枪对准鸟龙扣动了扳机，子弹像雨点一样打进它的身体里。在密集的弹雨中，鸟龙像鹰一样的头盖骨被轻易打穿，暗红色的液体从另一侧飞溅而出，喷洒在刚刚上完油漆的树上。它的两只眼珠都像水气球一样炸开了。

该死！这么轻易就被干掉了，都怪中空的骨骼……

雷斯顿盯着监视器，屏幕里另一个持枪男子正向第二只落在空地的鸟龙射击，虽然听不到声音，但可以清楚看到有三四发手枪子弹击中了实验体狭窄的胸口。鸟龙细长的脖子猛烈地前后摇晃，像是一段死亡之舞。它血如泉涌，瘫倒在地。

他没有看见其他鸟龙向三人扑去，但三名男子跌跌撞撞地退回到了森林里。可怜的科尔被吓得不轻，嘴巴张得大大的却发不出声音，被汗水打湿的茶色头发紧贴在额头上，四肢抖个不停。

*没把通信设备修好是你活该。*尽管听不到声音实在叫人气愤，但录像的效果应该不会受到影响。人们都知道开枪和尖叫的声音。

朝西前进的三个人很快就会走出摄像范围。雷斯顿将镜头从树上的切换到一个装在北墙上的长镜头。显而易见的是，科尔正在引领他们前往连接门，但他好像忘记了前方还有更大的一片开阔地。鸟龙也和他们拉开了距离，它们更喜欢平坦的地段。即便那两名枪手已经杀掉两只，“草原”上还有六只健康的实验体在等着他们。

率领攻击小队施行地面作战的史蒂夫·霍金森中士在用移动电话与控制室联络后，雷斯顿便将所有动物释放到了相应的人造环境中。霍金森告诉雷斯顿，他只带了两支安布雷拉公司部队前来支援，加上他一共只有九人。他们正在对地面区域进行地毯式搜查，找到了入侵者的交通工具。只要地面上的三个人没有第二辆车，他们就不可能离开。雷斯顿告知霍金森入口处的摄像头被三人中的一个遮住了，要求中士在情况有变时立即通知自己，之后便安心地坐在椅子上欣赏眼前这场表演。

他看着在树丛中缓慢穿行的三个人，又为自己倒上了一杯白兰地。画面中约翰将枪口对着上方，另一人则把注意力集中在四周的黑暗之中……

看来有必要给这个男人取个名字。我知道他叫亨利，他叫约翰……另一个就叫“红色”怎么样？他的发色挺红的。

虽然这与事实相去甚远，但既然可以把这种会飞的实验体称作“鸟龙”，那叫他“红色”也没什么不妥。其实它们跟真正的鸟龙一点儿关系都没有，鸟龙里的“鸟”字代表的是鸟类，但它们跟蝙蝠的基因才是最相似的。哺乳动物的种类实在是太多了。根据杰克逊的要求，为了明确各实验体间的区别，样本培育员要用新的分类法对样本进行划分，用基因库中第二重要的特征命名它们。比如比起山羊更接近蛇的喷吐者，被标明为山羊属的 Ca6，纯粹是因为它长着分叉的蹄子……

*鸟龙确实长得很像翼龙，或者说是当今人类认知的翼龙。*雷斯顿看着屏幕中笼子入口处的画面，不禁这样想。还有两只鸟龙停留

在笼子里，它们有流线型的强健身体，尖尖的嘴，头顶细长的骨突，纤维般的翼膜……它们拥有一种原始、野蛮的优雅。停在巨大隐蔽“洞窟”中的两只鸟龙由于兴奋而激动起来，收起羽翼来回走动，不时晃荡几下脑袋。雷斯顿对它们并没有什么生物学角度的认知，但他知道这种动物通过气味和动作来捕捉猎物，两只鸟龙可以在五分钟之内杀死一匹马。

但抗击子弹的能力就不太强了。

虽然这也算不上什么大问题。当初创造鸟龙的目的，就是为了将它们投放在砍刀比步枪多得多的第三世界国家。它们被轻易杀死真是令人痛心，想必训练员会对此感到失望，不过它们终究会进行火器测试的，只是时间早晚的问题。

这个先暂且不管……

三个人正在慢慢接近开阔地，渐渐离开北墙镜头的监控范围。鸟龙应该能在那个地方上演一场精彩的表演。雷斯顿一想到之后的录像画面可以让他加官晋爵，便不自觉地把身体往前倾，看得越来越入迷，紧接着便沉浸在一种与升迁完全无关的纯粹喜悦之中。

***

大卫几乎在搜查人员的灯光照过来并听到下方传来枪声的瞬间开枪了——

然后他察觉到左侧的木箱被击碎，有不少碎屑打在他的手臂上。虽然他全神贯注想要阻止对方继续开枪，但在恐惧中他知道他们将要坠落，如果他什么都不做，两名女队员很可能重重地摔在水泥地上——

而大卫也在坠落。他身体下方木板的支撑也突然消失，让他落入冰冷的黑暗之中。大卫牢牢抓紧武器，伸开双臂，在不到半秒的自由落体时间里尽量将膝盖弯曲——

然后他的膝盖撞在瓦楞纸板上，纸箱被他的重量压垮，使他免于受伤。大卫在瞬间便半蹲在地上稳住身体，转向另一束手电筒光线的来源。一名男子刚才已经中弹倒下，他现在没有时间去确认瑞贝卡和克莱尔是否安全——房门外一阵阵急促的喊声已近在咫尺。

大卫迅速开枪，M16 的子弹划出一道光，射入那个男子的身体，他应声而倒，手电也跌落地下。枪声在被箱子塞满的狭窄空间里变成了沉闷的回音，与痛苦的呻吟和惊叫声混杂在一起。大卫立刻将枪口对准被打开的门。

那就上吧——

哒哒哒哒哒哒——

屋外响起冲锋枪的吼声，子弹穿过大门射进来……但并没有人冲进屋子。大卫朝左边移了几步，在知道有可能打不中任何人的情况下开枪还击。果不其然，他的子弹尽数没入门框。哪怕只有几秒钟也好，他一定要为她们争取时间。

“唔……”从大卫背后传来一声女性微弱的呻吟。

“瑞贝卡！克莱尔！你们怎么样？”大卫急促地低声问道，他并没有将视线从那个敞开的方形门洞移开。

“我是克莱尔。我没什么事，但瑞贝卡好像受伤了……”

可恶！

大卫感到自己的心脏在一瞬间停止了跳动，不禁后退了一步。无数想法猛地从脑海里涌出，恐惧填满了他的胸口。虽然现在离最初的交火只有不到三十秒，但只要安布雷拉的人不是蠢货，他们就应该已经把这栋房子包围起来了。他们必须在敌人有效地组织起来之前逃出去。

“克莱尔，到我这儿来，跟着声音走。你先把门守住。看见任何人，哪怕是影子，只管开枪。明白了吗？”

大卫侧耳倾听细碎的脚步声，当克莱尔走近时，他一把抓住她的手臂。

“等等。”他说完，又朝大门附近开了几枪，子弹嵌进了墙壁。他立即取下 M16，将武器交给克莱尔。就在此时安布雷拉的人用冲锋枪进行了反击，毫无准头的一梭子弹没入了黑暗之中。

“会用吗？”

“嗯，没问题。”虽然听起来有些不安，但克莱尔的语气十分坚定。

“好。一旦我发出信号，我们就立刻朝西边的门跑，你负责掩护我和瑞贝卡。”

说完，大卫弓着身体朝瑞贝卡所在的角落靠拢，他听到含混不清的痛苦呜咽，他仔细辨别并确定了声音的来源，紧走两步，来到受伤的女孩身旁跪了下来。他的一只手碰到了丝滑的东西，那是瑞贝卡的头发。于是他用两只手确认瑞贝卡的脸，还摸到黏稠温热的血液。

“瑞贝卡！还能说话吗？知道哪里受伤了吗？”

少女轻咳了一声——在感觉到瑞贝卡用手指碰了碰自己的手臂后，尽管她还没有回答，但大卫知道她没什么大碍。

“后脑。”声音虽然小，但口齿清晰，“可能有轻微的脑震荡，尾椎骨也有些疼，但四肢应该没事……”

“我帮你站起来。如果你不能走，我就背你，必须赶快离开这儿……”

就像是为了证明他的话似的，外面再度响起一阵枪声——

紧接着有人大声嚷嚷起来，大卫在听完他的话前就跑了起来。

“枪榴弹！”

大卫猛地转身，直接从蹲姿跳起，一下将克莱尔扑倒在地上，大喊一声：“闭上眼睛！”与此同时大卫也闭上了眼睛，以免被爆炸灼伤，同时在心里祈祷千万别是子母弹——

榴弹发射器发出了嗵的响声，紧接着榴弹发出啵和嘶的响声，大卫这才反应过来，敌人发射的竟是瓦斯弹！他从克莱尔身上爬起来，她也坐了起来，呼吸杂乱而充满恐惧。

上帝啊，千万别是沙林或梭曼，希望他们想要活捉我们吧——

几秒钟之后，大卫的眼泪和鼻涕开始止不住地往外流，这让他松了一口气。不是神经毒气，而是一般防暴警察使用的催泪瓦斯。看来安布雷拉小队打算把我们熏出去。

“去西门。”听到大卫这么说，克莱尔一边咳嗽一边应声。催泪瓦斯释放出的化合物在冷空气中很快就散尽了，虽然效果明显，但好在并不致命。

大卫刚转过身便感觉到有一只手扫过自己的胸口。

“我能走。”瑞贝卡咳嗽着说道。即便如此，大卫还是把她的手搭在自己肩膀上，在一片漆黑中尽可能快地朝西门走去。他听见克莱尔气喘吁吁地紧跟在身后，她的坚强不逊于任何人。

大卫一边快步向前走一边在脑海中构思着计划。为了尽量少吸入一些瓦斯，他呼吸得很浅。两扇门外都有人把守——

但他们距离门到底有多近？如果他们想制服几个喘不过气的人，就一定会站在门旁边……

有主意了。大卫走到墙边，把手伸进腰包里，从中翻出一颗外形圆滑的杀伤性手榴弹，利落地拔掉拉环。

“克莱尔，瑞贝卡，跟在我身后！”

在黑暗中无法视物，泪水不会干扰瞄准，只是让大卫有些难受。为了确认大门的方位，他取出九毫米口径手枪，向前方扫去。

砰！

大卫开枪在门边打出了一道缺口，门被解锁了，外面的人发出阵阵惊呼。大卫毫不犹豫地把门撞开。*距离围墙大约有五六十米远——*

他往外轻轻抛出那枚手榴弹，然后迅速把门关上，用全身的力量把大门抵住。感谢上帝，这扇门是如此坚固——

只听轰隆一声巨响，雷管点燃手雷内部的火药，引发一阵强烈的爆炸。无数砂石和弹片撞击着门板，就像一头猛兽在发动攻击。大卫挺住了，虽然过程仅仅持续了一秒钟，但冲击力却极其强烈。

凄惨的呜咽和痛苦的哀号取代了手雷的轰鸣，但在耳鸣和急迫喘息的双重刺激下显得微不足道。

“向右射击，向左前进！”大卫大喊道，猛地将门拉开，用手枪从一侧瞄到另一侧。在青白色的月光下只有三名男子，他们全都受了伤，倒在地上惨叫着，这个场景清楚地映在大卫溢满泪水的眼中。

凯芙拉防弹服，可能是覆盖全身的款式——

他们猜测三人会绕到正门，然后跑向逃生用的车辆。可大卫却反其道而行，在出门后朝左拐。大卫用湿润的眼睛凝视着阴影中的围墙，与此同时克莱尔和瑞贝卡跌跌撞撞地从房间中走出，一边咳嗽一边流泪。

“到围墙那儿去！”他大声喊道，然后走到瑞贝卡身边，伸出一支手臂揽住她的腰。两人差点儿被一名倒在地上的男子绊倒，只见那个满脸鲜血的家伙用手紧紧捂住自己的脸。他们直起身，继续跑了起来。克莱尔紧紧跟在他们身后，她侧身贴近两人，不时用手中的 M16 瞄着厂区大门。

做得好！说不定我们能成功，翻过围墙，绕到货车那儿，然后离开沙漠——

三人跑了起来，速度比大卫期望的要快上许多。围墙离他们刚才所在建筑物的背面只有不到十米的距离，这就是当初大卫选择那栋建筑物的理由。其他建筑物都面向正门，离围墙太远，而第一栋又实在太过显眼——

眼看就要到达围墙时，身后忽然传来一阵冲锋枪的扫射声，枪声来自大楼的另一侧。至少有一支安布雷拉公司的部队没有按照既定路线行走，出现在了不该出现的地方。

克莱尔迅速做出反应，转身开枪还击。两把自动武器的开火声混杂在一起，合成一段爆炸的二重奏，很快这支雷鸣协奏曲只剩下单声部在演奏，克莱尔连续射出五毫米口径的子弹，而隐蔽的枪手不是被击中就是躲起来了。

必须帮帮瑞贝卡。

“克莱尔！翻过去！”大卫大喊一声，把手伸向克莱尔手中的M16步枪。她把武器交给大卫后敏捷地爬上了围墙。

“瑞贝卡，跟上！”大卫接过枪后毫不迟疑地扣动扳机，朝寒冷的夜色中倾泻火力。还击的枪声同时从几个地方传来，还有三个，或许是四个枪手——

他听到身后才爬了一半的瑞贝卡惊呼一声。几滴温热的液体落在大卫的脸上，他停止射击，在瑞贝卡松开手前撑住了她的身体。

“我落地了！”围墙另一边传来克莱尔急促的声音，她透过金属网眼向敌人开火，九毫米口径子弹的巨响让大卫的胸口为之一颤。瑞贝卡脸色苍白，呼吸紊乱，身心都深陷在痛苦中，可她还是设法抓住了围墙，甚至在大卫跨坐在围墙上将她的身体往上拉时，她还稍微往上爬了一下。

大卫将她的半个身子拖上围墙顶端后，克莱尔立刻在另一边伸手帮忙。这让大卫得以转过身，再次朝隐藏在黑暗中的追兵开火。他的怒火将催泪弹逼出的最后一滴泪水也蒸发掉了。

你们这些丧尽天良的混蛋，她还是个孩子啊——

M16的子弹用尽后，大卫跳到了围墙的另一侧。他和克莱尔支撑着瑞贝卡的身体，瑞贝卡倚着大卫的肩膀，三人摇摇晃晃地朝冰冷的沙漠走去。

4 resident evil

第十三章

在遭到攻击的数分钟之内，里昂敏锐地发现科尔已经不再适合做向导了。这位安布雷拉公司的职员踉跄而盲目地行进着，虽然还在朝大致的方向前进，但这多半是出于偶然，而不是他的主观意图。

现在我们知道它们能从地面发动攻击……也就是说，他和约翰没有同时监视天空的必要。

“亨利，让我当几分钟向导怎么样？”里昂在说出这句话时回头用眼神征询了约翰的意见，对方同意了。约翰的状况同样不容乐观，他显得十分紧张，紧握着 M16 步枪，不安的视线不停扫视着前方与后方。

也许约翰在担心其他人，想着他们是不是已经“被抓起来了”。

“啊？好的。这……没问题。”科尔点了点头，显然他因此松了一口气。他用手将已经被汗水打湿的茶色头发向后梳了梳，迫不及待地退到里昂身后。约翰依旧负责殿后。

里昂感到有些紧张，但他并未感受到之前那样的恐惧，至少他不必太过担心三人的安全。名叫鸟龙的大怪鸟让人不快，具有一定的危险性，但在亲眼见过之后反而令他松了一口气。它们并不像三人听到那野蛮的叫声时想象的那么可怕。存在于内心的怪物不论什么时候都比真实的猛兽要恐怖得多，鸟龙就是一个很好的例证，它们并没有表面上看起来的那么耐打。只要他和约翰保持警惕，三人应该都能逃出去。

由于他们正在朝南方行进，里昂重新修正了前进的方向，发现远方隐约有个像门一样的物体。周围的环境混淆了他的方向感。树木其实栽植得不太密，但位置相对比较分散，因此让人放眼望去时错认为是一片密林。塑料制成的厚实的地表植物在踩上去之后不会沉陷，但真假难辨的斜坡和土包，让人很难对这间密室的大小产生直观的认识。

这里十分怪异，超乎常理——太有安布雷拉公司的风格了。

这就像浣熊市地下那座配备铸造车间和专用地铁的大型研究所一样，要不是亲眼所见，根本不会相信它的存在。缅因州海岸一个极其偏僻的小海湾由成群结队的病毒丧尸充当守卫，森林里“被遗弃”的斯宾塞庄园，里面到处都是秘密，钥匙、密码、暗道……简直就是一部荒唐无稽的间谍电影，这些是里昂从前特种战术救援组队员那里听说的。

而此次是这个——犹他州寸草不生的盐碱荒原下暗藏的人工模拟环境。雷斯顿把这里称作什么？好像是“星球”。真是奢侈、颓废、悖德、浪费，毫无意义，除了——

除了我们被困在这里，只有上帝才知道我们接下来要对付的东西长什么样。

里昂继续往前走，尽量不去想克莱尔和其他人可能遭遇的危机。雷斯顿说其他队员已经被活捉，显然只是推测，他并不知道实际情形如何。他也不知道瑞贝卡和克莱尔有多么足智多谋，不知道大卫是多么精明的战略家。那三人全都有从安布雷拉公司的魔爪下逃脱的经历，所以这次他们没有失败的理由。

由于里昂太过专注鼓励自己，当他就要进入开阔地时，才注意到他们离那片开阔地只有不到六米的距离了。里昂想起上次袭击时发生的种种情况，赶紧停下脚步，暗自责备分心的自己。

“往回走，绕过去。”这句话刚刚脱口而出，直冲耳膜的一阵翅膀拍击声便让他意识到为时已晚。他看到空地上方怪异的阴影中，一只、两只、三只怪鸟从栖木上俯冲而下，向圆形的空地飞来。

混账！

其中一只发出尖锐的叫声，藏在附近那些人造树木之中的其他鸟龙也立刻做出反应，加入了它的鸣唱。很快，这些令人恐惧的刺耳声响便汇集到一起，震耳欲聋。里昂小心翼翼地后退了几步，发现约翰突然出现在自己身边，他正在用步枪瞄准空地。

第一只鸟龙倾斜着身体从树木之间掠过，径直朝三人飞来。它在最后一刻忽然向上爬升，动作是如此迅猛，以至于他们来不及开火。这只鸟龙升到高处时，里昂发现另外两只在地面上，它们收起翅膀，拖动强健的躯体，急切地向他们爬来。

它们的叫声刺耳得令人难以忍受！像有数千婴儿在同时啼哭，高亢尖锐的吼叫满溢着痛苦，这让里昂几乎听不到九毫米口径子弹冲出枪口的声音，清晰的只有沉重的金属枪身在手中弹跳的触感。在靠他们最近的那只鸟龙中弹后，其他的都安静了下来。它细窄的胸口上方赫然出现一个血肉模糊的洞，灰褐色的皮肤组织像黑暗的鲜花一样绽开，细细的血柱从伤口中涌出，但第二只鸟龙已经爬过它正在抽搐的身体，一心想要攻击。里昂瞄准目标，然后——

“喂！喂！该死的……”

科尔歇斯底里的喊声让里昂分了神，枪口向右一颤，打偏了。紧接着约翰向第二只怪鸟开火了，自动步枪的火舌撕裂了它。里昂转身，看见科尔正踉跄着后退，又有一只凶暴的鸟龙向他逼近。

它是怎么绕过我们的？

里昂举起枪瞄准那只离科尔不到一米五的鸟龙，在扣下扳机的瞬间，另一只怪鸟从上方猛扑下来。距离如此之近，九毫米子弹贯穿了袭向科尔的怪鸟的胸口，在后背留下一个拳头大小的洞，这只鸟龙当场毙命，无力地摔在地面上。新来的鸟龙见状，猛地拍动了一下巨大的翅膀，翅尖擦过地面，飞离了这里。

“亨利，到我们身后！”里昂回身朝科尔大喊，同时朝上空瞥了一眼，只见另一只鸟龙收起翅膀，从位于他正上方的栖木朝自己急落而来。

里昂需要帮助。“约翰……”

正在下落的怪鸟覆盖着皮膜的双翼在身体离地面只有一米左右的时候突然展开，使它以令人惊异的优雅姿势落地，然后摇摇摆摆地朝里昂靠近。里昂听到自己背后传来一阵自动步枪的开火声，然后枪声忽然停止了，紧接着是约翰的咒骂以及铝合金制成的 M16 被摔在地上的声音。

里昂面前的那只鸟龙忽然张开大嘴发出了粗厉的叫声，叫声中透出一阵愤怒与饥饿。它收起翅膀，快速向里昂逼近，它行走的速度竟然赶上里昂后退的速度。鸟龙的身体前后摇晃得厉害，由于弹药有限，里昂必须等待时机——

它突然跳了起来，这种奇异的突然跳跃将它和里昂的距离拉近到只有三十厘米左右。它发出一声尖利的嘶鸣，将脑袋前伸，用喙咬住了里昂的脚踝。即便隔着一块坚固厚实的皮革，他依旧可以感觉到牙齿的锋利边缘，以及下颚的强大咬力——

在里昂举枪反击之前，约翰出现了。他用脚死死踩住怪鸟弯曲的脖子，将手枪对准鸟龙的要害——

*砰！*子弹打在脊椎骨上，从流线型背部炸出了椎骨，惨白的骨头碎片和黏稠的血液四散飞溅。咬住里昂脚踝的喙松开了，虽然鸟龙的脖子还在抽搐，但身体已经不动了。

到底……到底还有几只啊——

“走。”约翰抄起步枪后跑了起来，“我们必须到大门那里，快跑啊！”

于是三个人跑了起来。他们穿过空地，科尔跑在中间，翅膀的拍打声和尖锐的叫声紧紧跟在他们身后。他们跑进了毫无生气的森林，在树枝间磕磕绊绊，绕过扭曲的塑料树干。

是墙壁，看到墙壁了！

大门就在那里，一扇很宽的金属闸门，右侧较低处安装着固定栓——

就在这个充满希望的时刻，令人恐惧的叫声从里昂身后只有十几厘米的地方传来，他的后颈甚至感觉到一阵强劲的旋风——

里昂双腿一弯，让身体向前倒去，有什么东西紧贴着他的头皮掠过，并从他的后脑勺撕去一撮头发，令里昂疼痛不已。

“小心！”里昂开口大叫。他抬头一看，发现鸟龙正朝大门附近的约翰冲去，科尔就站在约翰旁边。

约翰出奇地冷静，他毫不退缩地转身，举起手枪瞄准、射击，动作一气呵成，而且一击致命。鸟龙的身体像铅块般直直往下坠，小小的脑袋里喷出脑浆，在空中四散开来。

科尔走上前开始捣鼓那扇大门，约翰仍然将枪口对准里昂上方，里昂听到身后又有一只怪鸟发出了高亢的怒吼——

门打开了。里昂赶紧跑上前，跌跌撞撞地跟在科尔身后，约翰则站在一旁掩护他们。三人离开阴冷的森林后，立刻被一团酷热的空气包围。约翰在他们身后紧紧地关上了闸门。

咣当一声，他们进入了区域二。

***

瑞贝卡在全力奔跑。虽然身体已经疲劳到喘不过气，但她不能停下来休息。尽管她是被大卫和克莱尔两人架着向前跑，但她仍然觉得全凭意志力才能继续跨出脚步。她的肌肉不受控制，方向感尽失，平衡感一团糟，耳鸣不断。她很清楚自己受了伤，但她不知道这伤究竟有多严重——她只知道自己被击中了，在不知道什么时候还撞到了脑袋，以及他们在远离那些建筑前绝不能停下来。

四周一片漆黑，黑得连地面都看不清楚。其次是寒冷，每次呼吸都像有一把冰剑刺进了喉咙和肺部。尽管头脑混乱不堪，但她明白这是由某种脑功能障碍引起的，只是无法确定具体原因。在蹒跚前行的时候，瑞贝卡始终无法将最坏的可能性赶出脑海。被子弹击中时那种火辣辣的刺痛感让她明白枪伤并不怎么严重。虽然这确实很痛，但值得庆幸的是她全身没有骨折，出血也不严重。比起枪伤，此刻她更担心自己意识的混乱。

子弹穿过左臀部停在坐骨位置。真是幸运，实在是太幸运了……刚才那是休克还是脑震荡？是脑震荡还是休克？

她需要停下来测试脉搏，看看是否有血液从耳洞里流出来……说不定连脑髓液都流出来了，她连想都不敢想。即便现在瑞贝卡有些稀里糊涂，她依然很清楚混着脑髓液的失血恐怕是颅脑被撞击后最严重的状况。

在瑞贝卡觉得过了很久，三人转了无数个弯，改变了无数次方向之后，大卫终于放缓脚步，并让克莱尔慢下来，他们打算让瑞贝卡坐在地上。

"让我侧躺。"瑞贝卡气喘吁吁地开口，"左边中弹了。"

大卫和克莱尔无比慎重地将瑞贝卡放在冰冷的地面上。所有人都已经筋疲力尽。瑞贝卡从未想过横躺在地上是如此舒服的一件事。大卫将她的身子翻过去时，瑞贝卡不经意地瞥了一眼漆黑的天空，点点繁星就像澄澈的冰晶一样美丽……

"手电筒。"瑞贝卡终于意识到她的想法变得多么怪异，"必须确认。"

"离得够远了吗？"克莱尔问道，瑞贝卡过了几秒钟才反应过来，她这是在征询大卫的意见。

啊，惨了。这下糟了……

"应该没什么问题。如果他们追来我们也能看见。"大卫简洁地回答了克莱尔的问题，打开了手电筒。光线照在离瑞贝卡的脸只有几厘米的地面上。

“瑞贝卡，我们要做什么？”大卫问道。听到他担忧的声音，瑞贝卡顿时感到一股暖流从心里经过。两人自从结束卡利班海湾的任务之后就变得像家人一样。大卫是一个很好的朋友，也是一个好人……

“瑞贝卡？”大卫的语气已经变得有些害怕。

“啊，不好意思。”瑞贝卡很迷惑，不知道该如何说明自己的感觉，解释自己身上发生的变化。最后她决定还是都说出来，让他们自己去弄明白。

“检查我的耳朵。”她说，“看看耳朵里是否有血或者透明的液体。我认为我有脑震荡，无法集中精力思考。两边的耳朵都要检查。子弹现在留在坐骨附近，也就是骨盆里。运气真好，实在是太好了。出血应该不严重。如果你们能把我的背包递过来，我就能给自己消毒。里面还有医用绷带。子弹没有击碎我的脊椎骨实在是太好了，如果再偏下一点儿就有可能伤到大腿根部的动脉。如果出血太多就危险了，而且我是唯一一个医务兵，却受伤了……”

在她说话时大卫一直用光照着她的脸，然后他温柔地为她翻了身，检查另一侧的耳朵，最后将她的头放在自己的大腿上。大卫的腿很温暖，肌肉随着身体的动作微微颤动着。

“左耳有少量出血。”大卫说，“克莱尔，看看能不能把她的背包解下来。瑞贝卡，你不要再说话了。我们马上给你包扎，放心吧。尽量休息。”

感谢上帝，没有脑髓液。

虽然她很想闭上眼睛好好睡一觉，但在那之前必须得把该说的都说完。“看来脑震荡不严重，这解释了我现在的方向感偏移、耳鸣以及丧失平衡感的问题，有可能会持续几小时或几周。虽然不是很严重，但也不能动。能在床上休息就再好不过了。记得摸摸我两侧太阳穴的脉搏，如果感觉不到，我可能休克了——真温暖，抬高……”

深吸一口气之后，瑞贝卡感觉并不只有外面的环境是黑暗的。她累了，非常非常累，浓雾一般的黑暗慢慢渗入她的视野……

全都说完了，全都告诉他们了——

还有约翰和里昂。

“约翰和里昂。”瑞贝卡为自己遗忘他们，哪怕只有片刻的遗忘而感到恐惧，赶紧挣扎着坐起来。她的幡然醒悟像一个巴掌打在她的脸上。“我还能走，我没事，我们必须回去……”

大卫没有碰过她，但她的脑袋不知怎么地又躺到他的大腿上。紧接着，克莱尔在帮她把衬衫后部往上拉的时候不小心碰到她的腰，疼痛就像波涛一般席卷了瑞贝卡。她紧紧闭上眼睛，试着深呼吸，试着呼吸空气。

“我们会回去的。”大卫的声音像从很远的地方传来，如同她正在一口井中坠落，而大卫在井口跟她说话，“但必须等到直升机离开之后才行，如果它会的话，而你需要时间恢复精力……”

就算他多说了些什么，瑞贝卡也没有听到。她已经睡着了，梦到了儿时在寒冷的雪地里玩耍的情景。

***

沙漠！

视野里什么动物也没有，它们一定是躲在沙丘的背后，但科尔知道区域二里生活着哪种动物。在约翰和里昂准备迈步前，在科尔被鸟龙瘆人的叫声造成的耳鸣还没消退前，他就喋喋不休地说起来。

“你们瞧，沙漠，区域二是沙漠，所以这里应该有魔蝎，也就是蝎子，明白吗？”

约翰从腰包里取出弧形的弹夹，从正上方照下来的人工日光烤得他皱起了眉头。屋子里的气温大约在三十八摄氏度，但被白色墙壁反射的刺眼亮光包围后，身体感受到的温度要高出不少。里昂扫过眼前那些反射着太阳光的沙粒，然后脸上的表情就像吃了什么酸溜溜的东西一样向科尔走去。

“真有趣，这真是太好了。魔蝎？魔蝎和鸟龙……亨利，你还知道些什么生物？”

科尔的脑子忽然一片空白。他点点头，绞尽脑汁地思索着，身体表面的汗水早已在干燥的热气中蒸发。

“嗯……这些……这些都只是昵称，比如鸟龙、魔蝎……猎杀者！猎杀者和喷吐者！驯养员给每一种动物取了名字……”

“真是‘可爱’。就像绒绒，或者甜豌豆。”约翰打断了他，一边用手背擦过眉毛一边讽刺道，“那么它们都在哪儿？”

三人扫视了一圈整个区域二。房间正中央屹立着一个巨型沙丘，在格子状太阳灯的照耀下闪着熠熠光辉。宽不到八米，高约九米的沙丘完全挡住了他们投向南墙的视线，包括右边角落里的门。除此之外就什么都没有了。

科尔摇摇头，对现状有利的事他一件都想不起来。魔蝎有可能在任何地方出现，而且要到达出口，就必须翻越那个像着了火一般的晃眼的沙丘。

“其他区域是什么样子，山区和城市？你见过吗？”里昂问道。

“区域三是，怎么叫来着，山巅的一道裂痕，像峡谷，石头很多。区域四是个城市，几块街区拼凑而成的。我初来乍到的时候挨个检查了所有区域的摄像设备。”

约翰抬头看了看四周，在强光下眯起眼睛问道：“对了，摄像头……你还记得这个区域的摄像头在哪儿吗？”

*他为什么想知道这个？*科尔带着不解的神情指了指自己的左手边，告诉约翰在白色墙面约三米高的地方装着一个小型玻璃眼。“这里一共有五台，那台是最近的……”

约翰咧嘴一笑，只见他高高举起双手，然后对着镜头竖起中指，高声喊道：“雷斯顿，有种你就来咬我啊！”科尔觉得自己很欣赏约翰，跟同行的里昂也合得来，不仅是因为他们都是自己能逃出去的关键。不管他们来这里是出于什么动机，这两个人所做的事显然是正义的。而且，居然在这种时候还有心思开玩笑……

“那么，你有什么计划？”里昂目不转睛地盯着横在眼前的黄白色沙粒问道。

“往那边走。”约翰说完朝右边指去，“然后爬上沙丘，看见什么就开枪。”

“真是个好主意，约翰。你应该用笔记下来。你知道，我……”

里昂突然闭上了嘴，科尔也听到了咔嚓咔嚓的声响，像用指甲敲击空心木材时发出的声响，他上周修理摄像头时听过的声音。

像钳子不断开合时发出的声响，像正在咬合的下颌骨……

“可能是魔蝎。”约翰小声说，“蝎子不应该是夜行生物吗？”

“你忘了吗，这是安布雷拉公司。”里昂回答道，“你有两颗手榴弹，我有一颗……”

约翰点了点头，然后问道：“知道半自动手枪怎么用吗？”

由于这位大块头在说话时一直注视着不远处的沙丘，科尔在过了几秒后才意识到他是在跟自己说话。

“啊，还行。虽然我没有真正开过枪，但在六七年前和弟弟一起参加过几次射击训练……”和其他两人一样，科尔也在仔细倾听着奇怪的声响，将声音压得很低。

约翰就像一名估价师似的盯着科尔，随后放心地点点头，从枪套里取出一把看起来很沉重的手枪，将握柄递向科尔。

“弹夹里有十八发九毫米子弹，打完之后记得问我要新的弹夹。知道用枪的安全规则吗？不要把枪口对准任何人，除非你想杀了他。别误伤我和里昂，就这些，明白了吗？”

科尔点点头，接过枪。真沉啊——尽管在他三十四年的人生中，现在面临的恐惧是前所未有的，但当双手真切地感受到这沉甸甸的重量时，他感到一阵莫名的安稳。他一边回想弟弟告诉他的有关用枪安全守则，一边凑近脑袋查看这把沉重的手枪是否已经上膛。

“谢谢你。”这是科尔的真心话。不管怎么说，是他作为诱饵把这两个人引到陷阱里的。即便如此，他们还是决定把枪交给他，给他活下去的机会。

“不用客气。这下我们就不必在为自己的处境焦头烂额时，还得忙着照顾你了。”约翰微笑道，“好，出发。”

约翰走在队伍最前面，然后是里昂。三人在一成不变的人造沙漠里慢慢向前走。脚下那些带着高温、不断改变形状的热沙就像真的沙子，让众人的运动量增加了不少。

里昂叫大家停下时，他们刚刚走出去没多远。

“保暖内衣……”他嘀咕道，把枪收进枪套，然后脱下运动衫，用两只袖子在小腹处打了个结，把衣服系在自己腰间。他里面还穿着一件厚实的白色针织内衣。“我也没想到会来撒哈拉沙漠……”

突然，他们都听见了响动，仅仅在它们出现的前一秒——三只魔蝎同时出现在沙丘的顶端。细碎的黄沙像小河一样从它们的几只脚下滑落，每只脚都和棒球棍差不多粗细，看上去非常结实有力。巨大的前爪又细又黑，内侧呈不规律的锯齿状。一节一节的躯体延伸出细长的尾巴，划出一条向上弯曲的弧线后指向身体的背面，在其尖部有锋利的刺。那是滴着毒液，至少有三十厘米长的毒针。

三只身高约一米的黄沙颜色的生物都将近两米长，它们站在沙丘顶端，发出咔嚓咔嚓的声音。这些节足动物的圆眼睛下方有几颗像细长尖牙的突起，在相互碰撞之后发出了奇特的声音。这也是他们刚才所听到的——

三只怪物从沙丘上往下滑，目标显然是三位客人。它们保持着完美的平衡，轻而易举地在流动的沙粒间移动。

紧接着，在沙丘顶端又出现了三只魔蝎。

4 resident evil

第十四章

“混蛋。”约翰下意识地咒骂道，举起 M16 向目标开火。

哒哒哒哒哒……

第一只蝎子的卷曲身体被子弹击中了，发出了巨大轮胎漏气时才会有的奇特咻咻声。几个伤口绽开在它昆虫样的脸上，黏稠的白色液体从伤口中喷涌而出。它长着像蜘蛛一样的眼珠，牙齿滴着唾液，嘴巴如同一个不规则的黑色洞口。它痛苦地扭动着，举起钳子，向一侧倒去，激烈抽搐的身体在热沙上刨出了浅浅的坟墓。

里昂和科尔在不停射击。九毫米口径子弹的轰鸣声完全盖过了接二连三的咻咻声，第二只、第三只蝎子相继喷出脓水般的血液。白色的液体一波波地涌出，简直像呕吐物，但还有三只蝎子在向他们靠拢——

被约翰打得遍体鳞伤的第一只蝎子挣扎着想站起来。尽管身体摇摇晃晃的，但它依旧站起来了。此时它的伤口还在渗出令人反胃的白色液体，当约翰注意到它朝他们踏出第一步时，那些液体已经开始变硬。像填补墙体漏洞的灰浆，以极高的效率堵住了它的伤口。

“走，快跑，快跑！”约翰大声喊道。被里昂和科尔击倒的两只蝎子的伤口也已经结痂，它们慢慢站了起来。另外三只蝎子已经下降到沙丘的中部，正在缩短与三人之间的距离。

必须逃出去！

还有两个区域在等着他们，可是弹药已经消耗了三分之一。在用一梭子弹压制蝎群时，这个想法在约翰的脑海里一闪而过。与此同时，里昂和科尔正朝东跑去。

约翰并没有打算干掉其中任何一只怪物，他很清楚自己正在白费力气。他之所以疯狂开枪，全是为了给里昂和科尔争取逃走的时间。看到那些挥舞着锋利双钳，吃了无数子弹也没有死的怪物在沙地上爬行，喷出更多环氧树脂般的白色液体，约翰的大脑在飞速运转，想要找到解决方案。

手榴弹。但怎样做才能一次性将它们全都干掉？怎样才能让自己免受弹片的伤害？

离他最近的一只蝎子离他只有四米远，约翰转身就跑。他在灼热的沙地上全速奔跑，感觉自己的肾上腺素正在无声地喷涌。里昂和科尔在他前方约五十米处摇摇晃晃地在沙地上移动，里昂侧身跑着，警惕地观察着前后的情况，用手枪扫过视野所及之处。

约翰冒险回头一瞥，看到那些怪物仍在身后穷追不舍。虽然速度比刚才慢，但它们已不再摇晃，白色液体从胡蜂似的躯干上滴落，奇特的钳子高高举起，不停开合。随着掠过沙地的每个细碎步伐，它们的速度都逐渐加快，一群不死之虫正在为午餐疯狂——

聚到一起了！聚到一起了！

他们恐怕不会拥有比这更好的机会了。约翰将步枪背带胡乱往脖子上一套，一边奔跑一边在背包中翻找。在摸到手榴弹后，他立刻把拉环拔掉，旋即转身，脚步踉跄地后退着。他匆匆目测着与怪物之间的距离，在慌乱之下回忆 M68 手雷的爆炸过程。蝎群离他大概有十八到二十米远。

引爆雷管落下两秒后开始点火，总共有六秒的延迟。

“手榴弹！”约翰大叫起来，将圆形铁球高高抛起，转身开始冲刺，同时在心里默默祈祷自己的计算没有出错。当他跳入沙丘的另一侧躲好时，手榴弹还在空中上升着。

约翰调动全身的力量刨开滚烫的细沙，闭上眼睛，屏住呼吸，把整个身体埋了进去。地表下面带着丝丝凉意的沙子滑到他的脸上，一个劲儿地往耳朵和鼻孔里钻。他脑海中只想着是将膝盖弯起，以及飞散的金属碎片会对人体造成多大的伤害。

最后一次拼命蹬腿，然后——

轰隆！

地面发生了强烈的震动，周围的细沙带着巨大的力量挤压着他的身体，汇入包裹着他的流动的沙子中。他感到上方的沙子不断向自己压来，把肺里的空气都挤了出去。他耗尽全部力气才抬起一只手，盖住自己的嘴巴，然后一边浅浅地呼吸，一边扭动和蹬腿，努力想要钻出去。

里昂他们在爆炸前卧倒了吗？蝎子都被炸死了吗？

约翰还在与细沙搏斗，他深吸一大口气，用双手将沉重的沙粒从头上刨开。几秒钟过后，他终于从沙堆里钻出来，沙粒像溪流一样从他的衣服上滑落，受到刺激的眼睛溢出泪水。他抬起一只手擦掉眼泪，举起 M16，对准怪物所在的方位——

看起来它们不再是威胁了。手榴弹一定是落在了它们的正前方。追来的六只变异蝎子中有四只已经粉身碎骨。约翰看到一只钳子躺在一摊白色液体中抽搐，一截带着尖刺的尾巴插在山丘的侧面，还有几条断肢。剩下的就都是分不清是哪个部分的黏稠肉块，呈半圆形分布。

落在后面的两只魔蝎保持着完整的躯壳，但它们再也不会站起来了。虽然身体还是完整的，但眼睛，嘴巴，奇特的下颌骨——整张脸都无迹可寻了。

炸了个稀巴烂。不管来多少白色黏液都别想让它再站起来……

“约翰！”

约翰转身，看见一脸惊异的里昂和科尔正大步流星地朝他走来。约翰看着不断接近自己的两个人，脸上闪过毫不掩饰的自豪之情。刚才他真是太了不起了，时机、准头都堪称完美。

不过真正的战士从来不会因为战果辉煌得到赞美，只要他自己心知肚明就足够了……

约翰在里昂他们赶到之前已经将这种自鸣得意的想法赶出了脑海。光是思考如何应对眼前的状况就够他受的了。他们被安布雷拉公司的疯子关进了疯狂的实验设施中，小队被拆散，弹药有限，也没有明确的逃生路径……

你差不多完蛋了。在这个时候自我表扬就像在喂死人吃阿司匹林，毫无意义。

即便如此，当他看到满脸通红、大汗淋漓的里昂和科尔时，还是被他们脸上的微弱希望触动了……也许希望会让人误入歧途，但它总不是个坏东西。

“也许还有更多。”约翰抹掉步枪上的沙粒，“还是快走吧……”

咔嚓咔嚓——

又是那个声音。所有人都站在原地一动不动，互相瞪着对方。虽然声音来源距离他们还有一段距离，但在沙丘的另一边，至少还有一只魔蝎。

***

大卫看到一束移动的灯光在西南方出现，距他们所在的位置大约四百米，不过它没有向这里靠拢的意思。如果不是气温如此寒冷，克莱尔觉得自己肯定会松上一口气，敌人在无边无际的阴暗荒野中发现他们的可能性几乎为零。从那束渐渐远去的灯光来看，安布雷拉公司的士兵错过了唯一的机会。就算使用直升机上的探照灯——很明显，他们没有这个意思，要发现他们也只能靠运气。

但对我们来说，被发现或许是一种幸运。他们那里说不定有毛毯、热咖啡、热巧克力和加了香料的苹果酒……

"克莱尔，你感觉怎么样？"

克莱尔试图让自己的牙齿不再发出咔咔的声响，但这种努力没有起到作用。他们已经在这儿待了一小时，也许更久。"冷得要命，大卫，你呢？"

"彼此彼此。幸好我们穿得挺暖和的。"

如果这是个玩笑，那她还真的笑不出来。克莱尔朝瑞贝卡挪了挪身子，想着自己的手脚是什么时候失去知觉的。尽管她不停地改变着姿势，但双手还是逐渐变得麻木，脸也被冻成硬邦邦的面具。大卫守在瑞贝卡的另一侧，三人竭尽全力将身体蜷缩成勺子状，紧紧依偎在一起。瑞贝卡虽然没有醒，但呼吸十分缓慢、平稳，看来至少她能舒适地休息。

我们损失了一个战斗力……

"不用再等多久了。"大卫说，"再过二十分钟，最多二十五分钟，他们就会撤退，只留下一两个人继续监视。"

"此话当真？"克莱尔问道，"你是怎么算出时间的？"她的嘴唇已经冻得像冰棍了。

"外围搜查的范围大约是一个直径四百米的圆，假设身体健康的人数在六人或六人以下，据我推测是四个人……"

"为什么？"

大卫的声音因为寒冷而有些颤抖。"三人被派去看守建筑物的后门，两人已经被我们打伤。从声音来判断，当时前门站着三到七个人。所以总共约有八个或是十二个人，如果多几个人，直升机就装不下了。如果少几个人，他们就无法兼顾两个出入口。”

克莱尔深感佩服。“那二十到二十五分钟又是怎么算出来的？”

“正如我说过的，那些人在停止搜查以前肯定会确认厂房周围一定范围内的情况。厂房的大小加上四百到八百米的距离，然后计算普通男子走完那段距离的四分之一所要花费的时间。我们大概是在一小时前看到那束光的，考虑到通常的做法分头探索各个区域……他们还需要二十到二十五分钟。当然，这也包括他们调查货车的时间。这就是我的猜想过程。”

克莱尔已经冻僵的嘴唇隐隐浮现出一丝笑意。“你一定是在胡说八道，都是捏造出来的吧？”

大卫大吃一惊。“绝对没有。我推演过很多次了，而且……”

“不好意思，我开玩笑的。”克莱尔说，“真的。”

短暂沉默之后，大卫忽然哧哧地笑了起来，低沉的声音在冰冷寂静的夜色中轻易地扩散开来。“我想也是。不好意思，看来过低的气温影响了我的幽默感。”

克莱尔将右手从瑞贝卡的后腰抽出来，再用左手垫在下面。“不，我才是应该道歉的那个人。不该打断你的。继续说吧，我真的很感兴趣。”

“其实也没什么可说的了。”大卫轻声说道，他上下牙齿发出的咔咔声听上去十分柔和，“他们想让伤者接受治疗，安布雷拉公司也不希望别人看见他们的直升机在光天化日之下盘旋在盐滩上空。他们会留下几人负责监视，其余的离开。”

克莱尔在听到大卫发出换姿势的声响后，感觉瑞贝卡的身体也随之动了动。“总之，那也是我们行动的时刻。先回到厂房，搞一点儿破坏活动，看看会发生什么事……”

越来越小的声音，勉强表现出的幽默和干劲，都无法掩饰他眼中的绝望——每一个动作都是大卫心理状况的真实写照。

我们的心理状况。

“瑞贝卡怎么办？”克莱尔平静地问道。气温这么低，不可能把她放在这儿不管，她会冻僵的。如果要回到厂房，就要与几名全副武装的敌人交战，同时带着一位失去意识的女孩……

“我不知道。”大卫说，“她刚才……她说过只要休息几小时应该就会恢复。”

克莱尔什么都没有说。心照不宣的事，说出来也没什么意义。

随后两人再次陷入一阵沉默。克莱尔一边倾听瑞贝卡平稳的呼吸，一边想着克里斯。大卫对瑞贝卡的感情并不复杂，就像一位父亲对女儿的爱护，或者是兄妹之情。想想哥哥也是一个打发时间的好办法。

克里斯，你现在在干什么？特兰特说过你很安全，但你能安全多久？上帝啊，我真希望你从来没有去过那个斯宾塞庄园，或者是浣熊市。为真实与正义而战是非常危险的，哥哥……

“你不睡吗？”大卫问道。只要沉默时间超过一分钟，他就一定会这么问。

“没有。我在想克里斯的事。”克莱尔回答。虽然说出话来是件很吃力的事，但她觉得这要比让嘴巴冻在一起强多了。“我敢打赌，你现在肯定在想，要是我们当初决定去欧洲就好了。”

“没错。”瑞贝卡虚弱的声音突然响起，“我恨这鬼天气……”

瑞贝卡！

克莱尔情不自禁地笑了起来。虽然脸被冻僵后感觉不到自己的笑容，不过没关系。她抱住瑞贝卡，大卫则坐起身，去摸手电筒。尽管现在天寒地冻，他们与队友失去了联系，逃走路线被人切断，面对不确定的未来，但克莱尔却真切地感受到情况正在慢慢变好。

***

电话响起的时候，约翰刚刚把六只 Arl2 炸得粉碎。

在看见那一幕之前，雷斯顿一直想起身去拿些爆米花，让自己可以更悠哉地欣赏这场追逃剧。魔蝎的防御系统和预想的一样生效了，而且修复外部损伤的效果比他们盼望的还要好，但他们没有想到节肢动物关节的结缔组织有多脆弱。

一颗手榴弹。一颗该死的手榴弹！

对爆米花的需求伴随 Arl2 一起消失殆尽了。虽然剩下的两只还在西南角活动，但雷斯顿已经完全不相信这个品种的实验体能有什么作为了。尽管这是很重要的实战情报，不过他觉得杰克逊应该不会为此感到高兴吧……

杰克逊一定会责问我，为什么一开始没有没收他们的爆炸性武器，为什么要把所有实验体都放出去，为什么没有先打电话跟西德尼商量。无论我做出什么回应都不够好……

就在这时电话响了，雷斯顿吓得从椅子上跳了起来，他猜想这个电话是杰克逊打来的。虽然这种愚蠢的预感在他拿起听筒之前就消失了，但多亏这通电话，他的心情为之一变——他对那三名实验对象肯定无法活着离开区域三感到由衷高兴。

“我是雷斯顿。”

“雷斯顿先生，我是霍金森中士，是白色安布雷拉地面部队 171 小队的……”

“好好，我知道。”看到画面中科尔和两名前特种战术救援组成员会合的情景，雷斯顿不免有些失望地叹了口气。“你那边怎么样了？”

“我们……”霍金森深吸了一口气，“长官，实在很抱歉，我们与入侵者发生了交火，但他们还是逃脱了。报告完毕。”他连珠炮似的将话说完，看来这个结果让他十分难堪。

“什么？”雷斯顿猛然起身的动作差点儿把椅子撞倒，“怎么可能！他们是怎么办到的？”

“长官，我们把他们困在仓库里，但后来发生了爆炸，两人被射伤，三人受了重伤……”

“我不想听这个！”雷斯顿震怒了，无法相信居然有如此无能的人在为他工作，“我想听到的不是你们被打得落花流水，不是他们如何从你那‘优秀的’部队手中逃走，你打电话给我的目的就是告诉我，你们找不到他们吗？”

电话另一头沉默了。雷斯顿开始害怕这个蠢货接下来会说出更多让自己的人生变成人间地狱的理由。

但霍金森只是一个劲儿地表达悔恨之情。“很抱歉，长官。我们会乘直升机先回盐湖城，再带几名新兵回来，以增强搜索能力。有三名队员留下来继续监视，两人负责院子的东面和西面，另一人负责入侵者的逃生车辆。我会在九十分钟以内回来，长官。我们一定会找到他们的，长官。”

雷斯顿的表情终于不再那么严肃。“中士，期待你的表现。如果失败，你就要滚蛋了。”

他按下结束通话键，将听筒放回原处。不管怎么说，他已经下达了命令，这令他觉得自己是做了实事。高明的威胁常常能发挥难以置信的作用。现在霍金森会为了取得成果竭尽全力，而他原本就应该这么做。

雷斯顿重新坐下来，看着显示器里那三个踏着沉重步伐在沙地里前进的实验对象。科尔现在有枪了，正带领他们往大门走去。雷斯顿十分惊奇，难道约翰和“红色”不知道科尔究竟有多么无能吗？从他们交给科尔一把枪这个行为来判断，那两人大概不知道这回事。

三人登上沙丘的顶端，开始沿另一侧的斜坡下行时，剩下的两只魔蝎终于出现了。尽管已经得出它们十分无能的结论，雷斯顿还是密切关注着屏幕，心中抱有一线希望——一切都会在此终结，三个人的旅程到此为止了。因为他对区域三的 Ca6 没有任何怀疑，和它们战斗就是自寻死路……

但是，如果他们真的赢了，我该怎么办？如果他们抵达了区域四，并且成功逃脱，我要怎么向杰克逊交代？如果样本都被消灭了，我要怎么向参观团交代？届时滚蛋的恐怕就是你自己了吧？

雷斯顿不去管脑海中的声音，将注意力集中到画面上。两只魔蝎高高举起钳子和毒针，准备向入侵者进攻，节足动物的轻盈身体在快速移动着。

三人开枪的声音标志着战斗的开始，屏幕前一片死寂。魔蝎灵活地闪动着身体，想从侧面发起进攻，但很快被击溃了。雷斯顿下意识地握紧了拳头。他死死盯着倒下的两只魔蝎，想知道它们能否在三名实验对象到达大门前重新起身，再度进攻。

然而约翰和“红色”保持举枪的姿势向魔蝎靠了过去——

然后毫不留情地打烂了它们的眼睛，动作一气呵成。虽然魔蝎在三人朝大门跑去时已经动了起来，但失去视力的巨大昆虫只能在沙地里胡乱挣扎。其中一只好不容易找到了攻击对象，卷起富有弹性的尾巴，用带有剧毒的尖刺扎进了另一只魔蝎的后背。被扎伤的魔蝎不甘示弱，转身将锯齿状的钳子刺入对方的腹部。被扎穿身体的那只很快便一动不动了——和它被毒死的同类一样，去了另一个世界。

雷斯顿缓缓摇了摇头，为浪费的时间和金钱感到失望。开发区域一、区域二这两种怪物所花费的几百万美元和工时全都打了水漂。

杰克逊一定想知道这里的情况。一旦那三名实验对象被杀死，他们的好朋友都被活捉，我就能让一切回到正轨。被赞助人看到王牌实验体如此糟糕的表现，我们是要付出惨重代价的，现在就要做好准备……

对，他一定能让一切回到正轨。此时“红色”正要打开连接区域三的大门。只要他们没带一整箱的手榴弹，就肯定会在几分钟之内被干掉。

雷斯顿深吸一口气，回想起了支配这片土地的人是谁，发号施令的人是谁。霍金森应该能处理好地面上的事，杰克逊也会对这里的情况感到高兴的。那三名闯入者很快就会被弄瞎眼睛，被无情地碾碎，然后被吃掉。没什么可担心的。

雷斯顿用力吐出了胸腔里的浊气，不自然地笑了笑，强迫自己在椅子上放松下来。他轻轻拨动操作杆，画面上出现了 Ca6 的栖息地。

“再见，我的客人们。”他在轻声说完这句话后，又给自己倒了一杯白兰地。

4 resident evil

第十五章

三人穿过灼热而耀眼的蝎子沙漠，踏入了山峰的凉爽阴影之中。他们停在大门旁观察着第三个区域，里昂不知道他们在这个灰色的房间里会遇到猎杀者还是喷吐者。

布满岩石的险峻高山呈灰色，直直地耸立在他们面前。墙壁、天花板，蜿蜒向西延伸的小道环绕在“山顶”周围，全都是灰色的。就连布置在畸形岩石四周的低矮草丛也是灰色的。这座山的外观倒是与真山十分相像，粗糙的花岗岩块和水泥混合之后被染成同一种颜色，再由人工雕刻出悬崖峭壁。从整体来看，使人产生一种荒山野岭屹立于风中的感觉。

只是这里没有一丝风拂过，也没有任何气味。与前两个区域一模一样，完全闻不到任何气味。

“还是把外套穿上吧。”约翰说这话时，里昂正在解腰间的运动衫。这里的气温至少比沙漠中低十五摄氏度，刚才在沙漠里热出的汗水已开始凝结。

“我们接下来去哪儿？”战战兢兢的科尔睁大眼睛问道。

约翰指了指房间斜对角，也就是西南方。“不是往那边走吗？”

“我觉得他问的是走哪条路。”里昂同样压低了声音解释道。他可不想主动将自己的位置透露给栖息在这儿的怪物。不过无论他们选择哪条路，都会遭遇它们吧。

三人开始分析眼前的两个选择，要么走灰色的小道，要么爬灰色的山。

猎杀者或是喷吐者……里昂在心里暗暗叹了口气。他对接下来可能发生的事感到胆战心惊，胃部也搅成了一团。如果他们能逃出去，如果他们找到了雷斯顿，他一定会好好将“蓝色先生”教训一顿。尽管这种想法与使他成为警察的信仰相抵触，但白色安布雷拉的存在就是一种错误。

“从利于防守的角度考虑，还是走小路好。”约翰看着崎岖不平的斜坡陈述了自己的观点，“爬山的话说不定会被困住。”

“那里好像有座桥，”科尔说，“我只修过这里的一个摄像头，就是那个——”

他伸手指了指房间右侧上部的角落，可里昂什么也看不见——墙壁大约有五米高，单色的墙面和天花板融为一体，让人产生一种房间无限延伸的错觉。

“当时我在梯子上，能看到远处的大概情况。”科尔继续说道，“在山的另一边有个峡谷，上面有一座绳索桥。”

里昂一边听科尔讲解，一边打开背包检查弹药。“M16 的子弹还剩多少？”

“我这儿可能还有十五发。”约翰敲了敲弧形的弹夹，“还有两个满的，每个有三十发子弹……加上两个 HK 手枪弹夹和一颗手榴弹。你呢？”

“枪里剩七发，三个弹夹，一颗手榴弹。亨利，你数过你开了多少枪吗？”

安布雷拉员工点点头。“五枪，我大概开了五枪。”

科尔看了看里昂和约翰，似乎还想再说些什么，但最终把视线落到自己那双满是灰尘的工作靴上。约翰看了看里昂，里昂只能耸耸肩。关于亨利·科尔，他们仅有的认识就是他和他们一样，本不该落得这步田地。

“请听我说……虽然我知道现在不是说这个的场合，但我还是要向你们道歉。我的意思是，我早就觉得有些不对劲儿。安布雷拉公司有些不对劲儿，而且我知道雷斯顿是个超级大人渣。如果我没有这么贪心，或是这么愚蠢，我就不会让你们卷入这一切。”

“亨利，”里昂安慰着他，“你当初并不知道他有这么坏。相信我，你不是第一个被欺骗的人。”

“没错。”约翰也加入进来，“有问题的是那帮衣冠禽兽，跟你们没有关系。”

科尔没有抬眼，但他点了点头，单薄的两肩如释重负般地向下一沉。约翰交给科尔一个新弹夹，向小道扬了扬下巴。科尔将弹夹塞进了后裤兜。

“走吧。”约翰这句话是说给两人听的，但他指的其实是科尔。里昂从约翰浑厚的声音里听出了激励的意味，说明他对这位安布雷拉员工的印象有了明显的好转。“即使情况恶化，我们还能回区域二。待在一起，保持安静，尽量朝目标头部或者眼睛射击，如果它们有眼睛的话。”

科尔微微笑了起来。

“我一定能击中。”里昂说道。约翰点点头，离开了背后的大门，朝左边走去。冰冷的空气自从他们进来后就一直静悄悄的，能听到的只有他们发出的声音。里昂负责殿后，科尔在他前方缓缓地挪着步子。

小道上四处都是沟槽，似乎是有人在水泥凝固之前用耙子挖出来的。这条路在“山峰”左边，向前延伸大约二十多米，然后突然转向南方，消失在一个崎岖的小山丘背后。

他们沿着小道走了大约十六七米时，里昂听到身后有石头崩落的声音。松散的碎石不断从斜坡上滚下来。

他猛地回头，看到一只站在山峰旁，距离自己十米左右的怪物，让他惊愕不已。他看着这只像山羊的生物，正用四条粗壮的腿跃下山丘，但他不知道这究竟是个什么东西。

它就像一只被剥掉皮的山羊，像……像……

它不像里昂见过的任何生物。当这种动物快要下降到地面上时，他们又听到前方爆发出潮湿的嘎嘎声，既像清满是浓痰的喉咙时发出的声响，又像满嘴鲜血的恶犬在低吼——他们被包围了，退路被切断，毛骨悚然的响声从两侧传来。

***

回院子的过程容易得令人难以置信。虽然瑞贝卡需要别人帮忙才能翻过金属网围墙，但每过一分钟，她的身体都会好转，平衡感和协调性正在逐渐恢复。大卫如释重负，而他对安布雷拉的警卫数量之少感到同样欣喜。共有三个警卫，围墙处两个，货车边上一个，简直太可悲了。

直升机向南飞去之后，三人立刻开始行动，借助在黑暗中潜行的机会来舒展冻僵的肌肉。在距离厂房只有几百米时，大卫让两人留在原地，独自前去侦察，然后回来带领两名打着冷战的女子翻过金属网，进入大院。就目前的情况来看，找到一个相对安全、可以抵御寒冷的地方比打倒警卫更重要，他们需要制订计划，更好地评估瑞贝卡的状况。他选择了最显眼的，位于正中央的建筑。这栋楼顶部装有两个卫星盘和几根天线，还有从一侧向下延伸的隔离导管。如果他判断没错，这里是通信中继站，正是他们三人想要待着的地方。

就算我猜错了，还有另外两间房子。其中一间是发电室，肯定有能调整室内温度的设备。我可以把她俩留在那儿，然后一个人去搞破坏……

他们翻过南面的金属网围墙。安布雷拉公司如此疏于防范，着实叫大卫吃了一惊。负责观察周围情况的两名男子驻守着正面和背面两个出入口，似乎根本没有考虑到三人从其他方向进入的可能。一进入院子，大卫便带领她俩前往最后一栋楼的另一侧，然后示意大家聚在一起。

“正中央那栋建筑物，”他小声说道，“如果我猜得没错，那儿应该没有上锁，但灯是开着的。我先进去，再示意你们跟上。如果听到枪声就立刻进来。紧贴建筑物，行动时要把身子压低，明白了吗？”

两名少女一起点点头，瑞贝卡靠在克莱尔身上。除了步伐有些蹒跚，她的状况还不错。她说过自己的脑袋又晕又疼，但刚才那种让大卫无比恐惧的混乱和古怪的念头已经完全消失。

大卫背过身，小心翼翼地沿着最接近围墙的建筑物墙壁移动，隐藏在阴影中，不时回头看女孩们能否跟上自己。他们沿着西侧的墙到了转角处，然后敏捷地绕了过去。大卫走在最前面，先确认站在西侧的警卫的位置。由于天色太暗，他看不清对方的模样，但在金属网前有一个清晰的人影。大卫举起 M16 对准目标，做好被发现就开火的准备。

不能先发制人真是太可惜了……可枪声会把其他警卫吸引过来。尽管大卫一点儿都不在乎金属网围墙旁的两个男子，但守着货车的人可能是个麻烦。他离这里足够远，可能会在过来调查之前先用无线电和其他人联系。

就算能轻松干掉这两个人，我们又该如何接近货车旁的人？那里没有掩体，如果他看见我们——

算了，到时再说吧。比起担心监视人员，他们还有正事要做。大卫蹲在地上，示意克莱尔和瑞贝卡过去，并将 M16 的瞄准器对准金属网墙旁的人影。大卫屏息凝神，两名女子十分配合，在通过开阔区域时没有发出任何声音。

在两人通过后，大卫立即跟了上去。多年的训练让他可以像幽灵一样悄无声息地移动。待他们被建筑物的阴影所笼罩时，大卫紧张的心情总算得到了缓解，最危险的时刻已经过去了。他们穿过这几栋建筑之间的漆黑通道就可以抵达正中央的建筑了。

用了不到一分钟，他们便来到两栋建筑的交会处。大卫抬了抬下巴示意女孩们退后，然后他穿过空地，在他们要去的大门前停下。他握住寒冷的金属把手，用力向下按，门锁被打开时发出的咔嗒声证实了他的判断。

看来这里的确是通信中继站。一定是这支小队的队长特意打开

*的，用意是为了让监视人员在看到我们回来以后用通信卫星向他报告。*这只是大卫的猜想，但事实证明他是正确的。

接下来就要祈祷幸运降临在我们身上了。如果里面开着灯，开门对面朝这个方向的看守来说会像灯塔一样显眼。虽然在他侦察时，看守都面朝外界，但这并不意味着他们是安全的。

大卫深吸一口气，慢慢推开门，一看到昏暗的灯光便从门缝里钻了进去，转身关好门。他靠在门上从一数到十，这才放松下来，开始观察房间内部，同时倍感庆幸地呼吸着屋内暖和的空气。这栋仓库般的建筑物被分成好几个房间。他所在的房间里满是电脑设备，粗壮的电缆从地板延伸到墙壁上，延伸到卫星盘上……

这里的一切都通过这套设备与外界联系……

大卫按下墙上的开关，关掉了吸顶灯。他微微一笑，重新打开门，让瑞贝卡和克莱尔与自己会合。

***

“背靠着墙！”里昂大声叫道，科尔条件反射地照做了。混浊的嘎嘎声好像从前方传来的——

然后他看到那个怪物从后方向他们靠近，切断了他们的后路，这让他几乎尖叫出声。那个怪物在五六米之外停住了，而科尔还是认不出它是什么动物，它的模样太奇特了。

上帝呀，这到底是什么？

它长着四条腿，下面是分叉的蹄子，看起来像雄性山羊，体形也差不多，但它没毛皮，没有角，没任何能反映自然演化的特征。它细长的身体像蛇一样覆盖着茶红色的小鳞片，鳞片颜色浑浊，毫无光泽，乍看之下如同一层风干的血迹。它的脑袋有些像两栖动物，如同青蛙——没有耳朵的扁平脸部，两端凸起的黑色小眼睛，一张大得惊人的嘴巴，下颚像牛头犬一样向前伸，露出锋利的牙齿，头颅也覆盖着风干血迹般的鳞片。

它张开嘴巴，露出两颚上的几颗利齿，却没露门牙。从喉咙深处发出的湿润的嘎嘎声，与从人工山峰另一面传来的奇异叫声相呼应。

怪物朝天花板扬起那颗丑陋的脑袋，聚合到一起的叫声变得越来越响，越来越低沉——

它突然将脑袋向下一甩，朝着三人吐出一团东西。黏稠的焦油状红色液体在空中划出一条弧线，朝里昂飞去——

里昂举起双手想要把这团东西挡下来，与此同时约翰离开墙壁向怪物猛烈开火——

这是喷吐者——

黏液击中里昂的手臂。要是没有及时抬手防御，黏液一定会正中里昂面门。在看到有人向自己开枪后，喷吐者迅速做出反应，转身跳上了由人工雕刻而成的山，只用几秒钟便到达了山顶。从那轻快的长距离跳跃中，感觉不到它有任何恐慌、痛苦和压力。它前进了六七米后又敏捷地跳回地面，在大门前停下，简直就像在有意地堵截他们的退路。

它根本没有退缩，天啊！

不知从何处传来吼叫声，虽然没有变大，但也没有减小的迹象。嘎嘎的声响逐渐消失，目标的缺乏使它们失去了继续吼叫的理由。周围很快又恢复了三人进入时的平静。

“那到底是什么东西？”约翰一边从背包里取出新弹夹，一边问道，脸上带着深切的怀疑。

“它甚至没有受伤。”科尔小声说道。由于他把九毫米手枪握得太紧，手指觉得有些麻木。他没注意到，里昂正要用手去碰袖子上那团黏稠的猩红色液体——

然后里昂发出了疼痛难耐的嘶嘶声，像被火炙伤了一般，将手缩了回去。

“这东西有毒！”他立即在衣服上擦掉了手指上的黏液，并将手指竖了起来。他左手的食指和中指指尖已经变成了发炎时的红色。他赶紧把手枪放进枪套，在不触及酸性黏液的情况下将黑色外套脱了下来，扔到了水泥地上。

科尔感到胃里一阵翻江倒海。要是里昂没用手臂挡住……

“原来如此，原来如此……”约翰皱着眉头吸了口气，“这可不好，我们必须尽快从这儿出去……你不是说过这里有座桥吗？”

“啊，是的，应该在，呃，峡谷上。”科尔赶快回答道，“峡谷宽六七米，我不知道它有多深。”

“走吧。”说完，约翰急匆匆地迈着大步朝小道消失的地方走去，科尔跟在他身后，里昂殿后。约翰在距离转角大约三米的地方停下来，背对墙壁，看着里昂。

“你来掩护，还是我来？”里昂轻声问道。

“我来。”约翰答道，“我先出去吸引它们的注意力，你们往前跑。科尔，你跟着里昂。一定要低下头，明白吗？一口气冲到大门那里。如果可能，再来帮我一把……”

约翰的表情忽然变得十分凝重。“如果不行，就别帮我了。”

科尔的心中再次涌起愧疚。

他们在保护我。保护一个萍水相逢，让他们遭此横祸的人……如果他有机会报答他们，他一定不会推辞，但他突然发现自己永远也还不清这个人情。他们是自己的救命恩人，而且不止一次救下了自己。

“准备好了吗？”约翰问道。

“等等。”里昂忽然转身朝他刚才扔掉的外套跑去。站在大门前的喷吐者像一座雕像，静静地盯着他们。里昂捡起外套，匆匆折返。他从背包里取出一把小刀，切掉了沾有黏液的袖子，然后把剩下的布料交给约翰。

“如果你打算站在这儿掩护我们，还是把脸遮起来比较好，”里昂说道，“因为它们好像不怕子弹，你也就不需要看或者射击了。我们一旦通过了，我就会大喊一声，如果不安全，我就……”

吼叫声和咔嗒声再度响起。科尔的脑海里不自觉地浮现出闷热夏夜蝉发出的单调呖呖声。他咽了口唾沫，装作已做好了准备。

“没时间了。”约翰说，“快走！”

他接过残破的外套，出人意料地对着里昂咧嘴一笑。“喂，你该买瓶强效除臭剂。你闻起来像条死狗。”

约翰没等里昂做出反应，就迅速用衣物盖住自己的头，让下部保持张开，好让自己看到地面。他低头跑进开阔地，此时的科尔和里昂——

只听啪嗒啪嗒的几声怪响过后，盖住约翰头部的黑色外套突然沾满了有毒的红色黏液。他朝两人扬起了手——

“行动！”里昂大喊一声。科尔低着头跑了起来，视线中只有里昂全速奔跑的皮靴、灰色岩石的残影和自己瘦弱的双腿。听到从左侧传来熟悉的咔嗒声之后，科尔因为恐惧而把腰弯得更低了——

这时脚下传来了与木板接触时的咚咚声，他们已经跑到绳索桥上，由细绳连接起来的木板在脚下剧烈地摇晃。绳索桥下方的 V 形峡谷很深，好像比“星球”基地的地面还要深十几米——

在他被眩晕感袭击之前，他们已经穿过绳索桥，重新踏上灰色的土地。他全力奔跑，想着只需要注意里昂的靴子是多么幸福的一件事。他的心脏剧烈地跳动着。

不清楚是过了几秒钟还是几分钟，科尔看到里昂的靴子渐渐慢下来，直到此刻他才敢将头抬起。是墙壁，大门就在那儿！他们成功了！

“约翰！快过来！”里昂一边大叫，一边朝来时的方向退了几步。他举起上了膛的半自动手枪，“快来！”

科尔跟着转身，看见约翰猛地撕开头上的运动衫。有六七只喷吐者松散地站在他前面，它们再次发出了怪叫。约翰从它们之间的缝隙穿过，至少有两只吐出了黏液，但约翰的速度实在太快了，科尔看到黏液中只有极少的部分碰到他的肩膀。怪物们跟在约翰后头跳跃着，速度虽然比不上约翰，但也十分接近。

跑！跑！跑！

科尔也举起九毫米口径手枪瞄准喷吐者，待它们进入射程就开枪，这时约翰已跑上了吊桥——

然后约翰消失了。吊桥断了，而约翰消失了。

4
resident evil

第十六章

在绳索断成两截的同时，约翰感觉桥面下沉了几厘米。他一边跑一边本能地伸出手，认为自己能渡过难关——

接着他的身体开始往下落，膝盖撞到一整排下坠的木板，他的手死死地抓住一个牢固的东西——

他的耳边只有嗖嗖的风声，紧接着他的右手关节猛地撞上一块岩石，左手抓着一片木板，身体悬在深沟上方。他抓住了与绳索相连的几块木板中的一块。在北侧固定吊桥的两个绳结全部断裂了。

约翰扔掉那块没用的木板，听到它在坠入谷底时和先前掉落的木板相撞，发出了声响。他开始往上爬——

就在这时，哗啦一声，一团红色黏液突然出现在他旁边，距离他的右脸只有不到三十厘米的地方，一边腐蚀缆绳一边沿着岩壁下滑。

这还真是雪上加霜、火上浇油啊——

*砰砰砰！*有人正用九毫米口径手枪射击，而预示喷吐者即将吐出黏液的嘎嘎声也变得越来越响亮，这提醒了约翰，他必须马上上去。

他再次竭力将手往上伸，抓住上方的另一块木板，将自己的身体拖了上去，肱二头肌在外套下剧烈收缩。他离峡谷上方的枪声更近了，轰鸣的枪声盖过了里昂的喊声。

伙计们，加油啊，我马上就来——

只能用手往上爬是一件十分困难的事，特别是在双手血流不止、脖子上还挂着沉重的自动步枪的时候。不过约翰觉得自己的攀爬还算顺利，正当他向下一个落手点伸出手时——

一团湿热的黏液突然打在他的右手手背上，那种痛楚就像被硫酸灼烧——

约翰松开右手，用力甩掉黏液，疯狂地在衣服上擦拭。他用左手抓着不断晃动的断桥，但也只是勉强而已，手背传来的疼痛像烈焰一样加剧。为了抵抗用手去抓火辣伤口的自然本能，此刻他能做的只有这些。他的手指开始颤抖，这让他觉得自己没有多少时间去操心这件事了。

“他在这儿！”

歇斯底里的嘶哑叫声从约翰头顶传来，他抬头一看，发现科尔蹲在深沟边缘，工作服都褪到了鼻子上，正用恐慌的眼神盯着约翰。

“约翰，抓住我的手！”科尔叫着，尽可能地将手往下探，他脚下的水泥碎块不断滑入深谷之中。也许科尔还喊了什么别的，但那些话语都被里昂逼退喷吐者的枪声掩埋了。

在瞬息之间，约翰便对科尔的指示做出了回应，他明白自己得救了。亨利·科尔的身高最多只有一米七二，就算衣服湿透了，体重也不到七十千克。现在的科尔看起来像一只发狂的乌龟，正用力把脖子往衬衫制成的甲壳里缩。

*这副模样真是太好笑了。*不仅好笑，还让人感动得一塌糊涂。虽然约翰的伤口依旧火烧火燎的，但有那么一两秒的时间，他全然感受不到这种疼痛。

约翰咧嘴一笑，没有理会科尔不停颤动的手指，而是尽力用受伤的手把身体往上拉。背后传来更多嘎啦嘎啦声，但暂时没有口水炸弹。

“让里昂用手榴弹。”他气喘吁吁地说完这句话，科尔立即转身，鼓足了劲，让声音盖过半自动手枪的枪声。

“用手榴弹！约翰说用手榴弹！”

“现在还不行！”里昂大声回应道，“快离开这里！”

只听啪嗒两声轻响，又有两团黏液越过深沟朝他们飞过来。一团落在科尔的靴子上，另一团离约翰大汗淋漓的脸只有几厘米。

约翰，使出你吃奶的劲——约翰低吼一声，抓住最上方的那块木板，将身体拉了上去。随后他将膝盖一弯，双脚一蹬，总算爬了上去。

“我没事，快走！”

看来不需要再给科尔这只发狂的乌龟额外的指示了。科尔跑开了，里昂继续掩护约翰，约翰弯着腰向里昂跑去，并将受伤的手伸进背包里，取出最后一颗手榴弹。在约翰注意到里昂也拿着手榴弹时，他已经把拉环给拔下来了。

“快扔！”约翰来到里昂身旁。里昂后退几步，将这种强力爆炸物高举过头顶，用力朝喷吐者扔了过去。随后两人一起狂奔起来，约翰回头一看，发现有三四只怪物已经跳进了峡谷。

没有时间细想了。约翰使出混身解数，以最低的角度扔出了手雷。当他的手榴弹消失在峡谷中时，里昂的手榴弹刚好落在其他怪物的面前——

他们扑倒在地，两声巨响同时响起，被炸成粉末的岩石像暴雨一样散落，紧接着是一连串极其高亢的惨叫。

“成功了！成功了！”

科尔站在两人前方，瘦小的脸上没有一丝恐惧，只有不加掩饰的喜悦。约翰直起身子坐在里昂身旁，两人一起扭头望向峡谷。

有漏网之鱼。四只怪物中还有两只站在峡谷对面，身躯大致完整——不过它们的眼睛全都瞎了，腿脚被炸得支离破碎，黑色的液体遮住了所剩无几的脸。它们发出愤怒的尖叫声，听起来就像被踩到的天竺鼠。另外两只应该直接承受了手榴弹的爆炸，因为它们都化作血流如注、白骨倒竖的一摊死肉。人工峡谷里仍不断传来尖锐的惨叫声，但没有怪物跳上来继续进攻。不管怎样，这一切都结束了。

约翰爬起身，仔细检查手背。和他想象的相反，手背的皮肤并没有融化。有几处起了水疱，肉显得有些焦糊，但没有出血。

“没事吧？”里昂一边掸去身上的灰尘，一边关切地问道。在约翰看来，里昂这张年轻的脸变得老成了许多。

看来我再也不能把他称作新手了。

约翰耸了耸肩。“看来我刮掉个指甲，但我会活下去的。”

约翰注意到科尔正直愣愣地看着两人，他那被肾上腺素刺激的身体还在颤抖。他像失去了语言能力。这时约翰突然清晰地回忆起自己初次勇敢战斗后的感觉。当时他无法控制自己激昂的情绪，感觉自己的生命前所未有地鲜活。

“亨利，你这家伙还真有意思。”约翰把手搭在小个子男人的肩上，一边微笑一边说。

电工表情僵硬地笑了笑。随后三人不再理睬濒死怪物的愤怒尖叫，开始朝区域四进发。

***

灰尘散尽之后，那三个人还活着。雷斯顿难以置信地睁大眼睛，胃部抽痛起来，心中的恐惧渐渐高涨，他无法控制自己的愤怒，一拳砸在操作台上。

“不！不！不！你们这群蠢货，你们完蛋了！”

由于突如其来的震惊和挫败感实在太过强烈，雷斯顿未能注意到自己变得有点口齿不清。他们肯定活不过猎杀者的攻击——

但他们不也从喷吐者的攻击下全身而退了吗！

雷斯顿不敢相信他们竟然能活到现在，更不敢相信在三人遭遇的二十四只实验体中，只有一只鸟龙活了下来，其他的不是死了，就是即将死去。而最令他无法接受的，是任由事态恶化下去的人正是他自己，他的傲慢和野心使他没有在一开始就做出正确的选择。这不是因为他的能力不够，他是白色安布雷拉内部圈子里的一员，他已经度过了自我怀疑的阶段，但他至少应该和西德尼，或者杜瓦尔联系的。这样做不是为了得到建议，而是为了保住自己的地位。毕竟要是他向某位更资深的成员咨询过，他就不必承担全部责任了……

时间还不晚。他会随便找一个人，向他说明自己的计划和顾虑——他会说入侵者还在区域二，这是个好主意，他可以修改影像的时间记录……而且猎杀者是经过实战检验的，虽然有些依葫芦画瓢，不是 3K 而是 121。他们曾经在斯宾塞庄园释放了几只猎杀者，从回收的数据来看，他确信那三人会在区域四丧命。就算他们没有死，也不可能逃得出区域四。再加上总部派来的援军，他肯定不会有问题。

雷斯顿对自己正确的决定感到十分满意，将手伸向控制台下方，拾起了电话。

“这里是安布雷拉，特别部门……”

然后是一片死寂。柔和的女声被中途切断，连一丝杂音都没有。

“我是雷斯顿！”他提高了声调，感觉好像有一只冰冷的手握住了自己的心脏，开始挤压，“喂？我是雷斯顿！”

没有任何回音。他忽然注意到屋里的亮度发生了变化，变得更亮了。他转过身，拼命祈祷这个现象和事实无关——

一整列监视器的屏幕上只有不断跳动的雪花。一共七台监视器，全都脱机了。几秒钟过后，在雷斯顿弄清发生什么之前，所有屏幕都变黑了。

“喂？”他朝着被切断的电话小声问道，自己呼出的带着苦涩酒味的温暖气息打在话筒上。周围一片死寂。

他孤身一人。

***

安德鲁·“杀手”·鲍曼冷得要命。他又冷又无聊，想不明白中士为何要特意派人看守这个空无一人的小货车。那些坏蛋不会回来的，他们早就跑得远远的了，就算他们要杀个回马枪，也绝不会尝试夺回自己的货车。那根本就是自杀。

他们要么有后备车辆，要么已经在平原某处被冻成了冰棍儿。在这里站岗真是浪费时间。

安德鲁将围巾稍稍往上提，包住自己的耳朵，然后重新握紧了M41。端着约七千克重的步枪倒不算什么，问题是他已经在这里傻站很久了。如果中士再不回来，他就钻到货车里，歇歇脚，避避寒。这份工作的薪水还不值得让他的下半身在黑夜中被冻裂。

他靠在汽车的后保险杠上，担忧着瑞克的安危。他不认识被手榴弹炸伤的其他人，但是瑞克是他的好朋友，在被送上直升机时鲜血淋漓。

要是那些混蛋敢回来，我一定要让他们明白何谓鲜血淋漓……

安德鲁不屑地轻笑，自己可不是平白无故被人唤作“杀手”的。他在进入安布雷拉公司之前一直以猎鹿为生，枪法十分精准，是小队里最厉害的神射手。

而他现在只觉得寒冷、厌烦、疲倦和恼火。愚蠢透顶的任务。如果那三个混球出现，他就把自己的帽子吞下去。

当他沉浸在自己的思绪中时，微弱的求救声从黑暗中传来。

“求求你，救救我……不要开枪，求求你救救我，我被击中了……”

是夹杂着气音的女性声音，十分性感。安德鲁打开手电筒，照亮了眼前的黑暗，发现那个人距离自己不到九米。

穿着黑色紧身衣的少女正步履蹒跚地朝他走去。她没有携带武器，受伤的一条腿拖在身后，苍白的脸颊在亮光的映照下显得十分脆弱。

安德鲁开口喊道：“喂，站住。”虽然他嘴上这样说，但语气并不怎么严厉。那名女子很年轻，安德鲁只有二十三岁，但她看起来还要小上几岁，可能才刚刚成年，而且她的身材相当不错。

安德鲁把 M41 的枪口放低了一些，心想能帮助一名遇到困难的女士是多棒的事啊。她很有可能和那三个罪犯是一伙的，估计就是，但显然她不会对自己构成任何威胁。只要在直升机回来之前看住她就行了。说不定她还会感谢我的帮助……

而且，扮演英雄是让女人喜欢自己的高招。也许好男人最后才能得手，但他们上床的次数可是多得很。

少女拖着伤腿慢慢靠近安德鲁。他为了不刺痛对方的眼睛，贴心地将灯光偏离她的脸。然后以真诚的声音开口询问——女人就喜欢这个——他上前一步，伸出一只手。

“出了什么事？让我帮忙……”

一个又黑又重的东西突然从侧面袭来，将安德鲁撞倒在地，他的呼吸为之一滞。在他反应过来发生什么之前，一束强光打在他的脸上。在安德鲁努力想要呼吸时，他手中的 M41 被人一把夺了过去。

“不要乱动，否则我就开枪。”压倒他的男子带着英国口音。安德鲁感到自己脖子的一侧被冰冷的枪口抵着。他浑身僵硬，一动也不敢动。

啊！该死！

安德鲁抬头一看，发现那名少女正端着步枪——他的步枪，俯视着自己，方才无助的模样无影无踪。

“你这婊子！”安德鲁咬牙切齿，而女孩只是微笑着耸了耸肩。

“不好意思。你的两个朋友也中招了，如果这对你有安慰的话。”

他听到身后传来另一名女子的声音，轻柔而愉快。“往好的方面想，至少你可以暖暖身子。发电机房可是个很暖和的地方。”

“杀手”一点儿也高兴不起来。当他们把他拽起身，押着往院子走去时，他在心里发誓，从今往后再也不能小瞧女人了。虽然他不打算真的吃掉自己的帽子，但他肯定会在下次觉得无聊时想起这个毒誓的。

4 resident evil

第十七章

区域四确实是一个城区，但里昂反而觉得这里才是他所见过的最古怪的地方。前三个区域也很不可思议，但一眼就能看出是人造的——无菌的森林、沙漠四周的白色高墙、人工雕琢的山。他时刻铭记这些自然环境都是人工创造出来的。

但眼前的一切……这不是某种伪造的自然环境，而是城市本来的面貌。

区域四是由好几个街区组成的夜间城市。与其说是城市，不如说它是小镇，没有一栋楼超过三层，但小镇也小不到哪里去——街灯、人行道、店铺、公寓和停在柏油马路上的车辆。他们走下高山，来到了具有典型美国风情的小镇。

乍看之下，只有两个不自然的地方——颜色和氛围。建筑物不是呈砖红色就是呈黄褐色，看上去还未完工。里昂觉得映入眼帘的车辆全都是黑色的，阴影太稠密了，他看不真切。

而且，这个氛围……

“有点儿吓人啊。”约翰小声地嘀咕道，科尔和里昂也认同地点点头。三人背靠大门，打量着这个寂静的小镇，发现这里让人倍感不安。

像一场噩梦，就是那种让你迷失、无助，觉得一切都不对劲儿的噩梦……

但这里和所谓的鬼城不同，它没有那种因为失去用途而被抛弃的地方所特有的荒凉气息。从来没有人在这里生活过，今后也不会有。没有车辆在马路上驶过，没有孩子在街角嬉戏过，没有任何生命曾将这里视作家乡……这种空洞又毫无生气的感觉，实在让人害怕。

大门前方的公路贯穿东西，终止于左侧漆成深蓝色的墙壁前。从他们所处的位置，可以看到一条向南延伸的宽阔柏油路消失在视线尽头的黑暗中，许多交叉的马路将区域划分成格子状。路灯散发的柔和光线投下了长长的阴影，亮度刚好让人能看到事物的轮廓。

在三人前方停着一辆小汽车，其后是一栋两层楼的黄褐色建筑。约翰走过去敲了敲引擎盖，里昂听到中空的咣咣声。这只是一具空壳。

约翰踱步回来，警惕地审视着四周。

“那么……这次要对付的是猎杀者吧。”听到约翰说出这句话，里昂忽然意识到了什么，这个认知几乎和眼前杳无人烟的街区一样令他恐惧。

“这个称呼多少说明了一些问题。”里昂从半自动手枪里取出弹夹，数了数剩余的子弹。里面有五发，他还有一个满装的弹夹，不过约翰还有几个——不，他也只剩一个了，另一个在科尔那里。如果里昂没有算错，约翰只有一个满装的 M16 弹夹，内有三十发子弹，还有步枪里的几发子弹。

已经没有手榴弹了，弹药即将用尽……

“接下来该怎么办？”科尔问道。约翰回答了他，约翰在说话时眯起了眼睛，神情变得愈加警惕，审视着从每个角落、每个窗户里溢出的黑暗。

“好好想想。翼龙、蝎子、吐口水的怪兽……猎杀者。”

“我……噢。”科尔眨了眨眼睛，望向四周的脸上浮现出恐惧的表情，“情况很糟糕。”

“我记得你说过最后一道大门被从外面闩住了？”里昂问道。

科尔点了点头，约翰则摇了摇头。

“我真是个蠢货，居然把最后一颗手榴弹用掉了。”约翰的声音很平静，“这下没办法把门炸开了。”

“要是你没有用掉它，我们早就死了。”里昂安慰道，“而且我想手榴弹也发挥不了多少作用，如果出口处的大门和入口处的大门一样结实的话。”

约翰无奈地长叹一口气，但点了点头说道：“如果真是那样，就只能听天由命了。”

他们陷入了沉默，每个人的心情都十分沉重。最后科尔打破了沉默。

“那……我们就睁大眼睛，竖起耳朵，紧紧贴在一起？”他半是建议半是询问地说。

约翰笑着扬起眉毛。“听起来不错。如果我们从这里逃出去了，你今后打算怎么办？是站在正义这边，还是继续为安布雷拉卖命？”

科尔不安地笑着回答道：“这个问题还是等出去之后再问我吧。”

下定决心之后，三人开始向南方前进。他们缓慢地走在马路正中央，阴暗的大楼用空洞的玻璃眼珠监视着他们的一举一动。尽管每个人的动作都很轻，但皮靴踩在柏油路上的细微声响，甚至是他们的呼吸声，似乎都在这个空无一人的城镇里回荡。没有一栋建筑物有标牌或者装饰，屋内也没有灯光，至少在里昂眼中是这样。这种具有压迫感又毫无生气的氛围，使得里昂的脑海中闪过令他不快的画面。他想起第一天到浣熊市警署上班的那个夜晚，当时安布雷拉公司的病毒已经泄漏到了城市里。

但是那些马路散发着死亡的气味，无数吃人的魔鬼在黑暗中徘

徊，乌鸦在吞食腐肉。整个城市发出了临死前的痛苦呻吟……

三人来到街区中央位置后，约翰突然举起一只手。这个动作把里昂拉回到现实中。

“等等。”约翰说完，便朝左边一列“店铺”的其中一个跑去。正面有一块玻璃的建筑让里昂联想到橱窗里总是放着婚礼蛋糕的糕点店。约翰透过玻璃向里面看去，然后尝试将门打开。出乎里昂预料的是，门居然真的打开了。约翰往里面探去，足足看了有一秒钟，然后才把门关上，跑回两人身边。

“虽然没有柜台之类的东西，但的确是个真正的房子。”约翰压低声音说道，“有后墙，有天花板。”

“猎杀者说不定就藏在某个店铺里。”里昂提醒道。

哦，比起我们对那些怪物的恐惧，如果它们还更怕我们，就真的太好了。我们的运气一直很好——

“对了！”科尔在注意到自己说得太大声之后，脸刷地变得通红，赶紧放低声音，“我想到怎么出去了，也许能行。那些动物都关在后墙背面的笼子或什么东西里。其他区域的情况我不知道，但区域四被一条走廊环绕着。我以前见过那个小屋与这个区域相通的门，大概离西南角有六米远，跟出口比起来，那扇门要脆弱得多。我的意思是，那里应该上了锁，但是很可能没有被加固。”

约翰点了点头，里昂也觉得相比尝试打开外侧被门闩固定住的大门，打开科尔所说的这扇门要容易得多。

“好。”约翰说，“这个主意不错。我们……”

有什么东西动了。就在右侧一栋黄褐色两层建筑物的阴影里。约翰赶紧闭上嘴，和其他人一起警惕地盯着那片阴影。十秒过去了，二十秒过去了……那个神秘的来客一动不动。难道说——

难道说，是我们看错了？

“什么也没有。”科尔小声嘟囔道。里昂也一脸怀疑地放低了手中九毫米口径手枪，觉得自己可能只是看错了——

就在这时，他们看不见的那个怪物发出一声高亢的尖叫，令人胆寒，既像恐怖的怪鸟，又像暴怒的野兽——

然后黑影动了起来——里昂仍然看不清那究竟是什么，因为它犹如暗影，犹如建筑物的一部分在移动。在距离地面至少两米高的地方有两颗小小的浅色眼睛发出微光，呈锯齿状的深色爪子几乎垂到了马路上。不知名的生物一边怪叫着一边朝他们跳过来时，里昂终于反应过来，这是一只变色龙！

***

雷斯顿正在赶往控制室的路上，腰间武器的重量让他的心情稍稍好转了一些。如果能及时赶到控制室见证猎杀者屠杀三人的过程，他的心情一定会变得更好，不过就算映入眼帘的只有三人的尸体，他也会满足的。

那样就足够了，只要他们死掉，一切就都安好。

雷斯顿突然想喝点儿什么，他想把自己关在控制室里，等到霍金森回来为止。虽然在发现通信中断时他曾经有一瞬间的歇斯底里，但现状并未发生根本性的改变。电梯依然保持着关闭的状态，那个无能的中士很快就会带着增援回来。如果剪掉线的是地面上的那三人——他对这点毫不怀疑，霍金森会处理他们的。如果是可能性极低的技术故障，他们就会在自己错过晨会时派遣一个新的电工过来。

虽然无法跟同僚联系这一点让人烦恼，但雷斯顿觉得这样反而对自己有利。在如此艰难的境地之下，自己还能妥善处理问题，谁不会为此心生敬佩？经过综合考量，将入侵者关进测试区是他唯一的选择。没有人会指责他，至少不会太严厉。

看着从房间里带来的九毫米口径左轮手枪，雷斯顿的心情更加轻松了。之所以把这把枪带到“星球”，是因为它是杰克逊送的礼物。虽然他对枪不怎么了解，但只要瞄准，然后扣动扳机就行了。

这把沉重的手枪几乎是在自己射击，他连保险开关都找不到。

在离控制室还有一半路程的时候，他忽然想到自己应该把工人们从自助餐厅里放出来。他已经两次经过上着锁的餐厅大门，却完全没有想到这一点。可能是因为喝了太多白兰地。他考虑这件事只花了一瞬间，最后还是决定让那些人待在里面。确认 3K 是否在正常工作比这件事重要得多。况且他打算在与总部联络恢复之后立刻开除这帮废物，因为他们之中没有一个人试图保护“星球”或是他们的雇主。

控制室就在自己的右前方。雷斯顿小跑着绕过拐角，匆匆穿过大门。其中一个画面恢复了显示功能，上面有几个影子在晃动。雷斯顿带着马上就能看到那三个人倒在血泊之中的热切盼望，极其兴奋地坐到椅子上。不必为此感到可耻，毕竟他们出现在了错误的时间、错误的地点——

然而他们还没死，一个都没死。但从现在的情况来看，这只是时间问题。三人正一起向一只猎杀者开火，很快第二只猎杀者也跃入画面之中，它的颜色和它旁边的汽车一样黑。它刚刚一定是躲在汽车旁边。

虽然“红色”赶紧向右转，瞄准怪物开始射击，但几颗小小的子弹根本无法将它逼退。猎杀者向前用力一跃，一下就跳过六米远，进一步缩短了和目标之间的距离。从实验资料来看，它应该能一下跳过九米。

科尔也朝第二只猎杀者开枪了，约翰则继续将子弹射向那只踩在柏油马路上之后变成灰黑色的猎杀者。这一只已经中了不少枪，三人都打了它好几枪。就在雷斯顿把注意力放到它身上时，怪物转身跳了几下，从画面上消失了。

第二只猎杀者仍然保持着黑亮的颜色，抬起一只满是肌肉的爪子拍开射向身体的子弹。全身赤裸的人形怪兽看不出性别，身材巨大。它爬虫类外形的头盖骨就像被削去了一块，利爪足足有七八厘米长，它正将头后仰，发出凶猛的吼声。雷斯顿很熟悉这种吼声，尽管监控设备无法收音，吼声还是从记忆里蹦了出来，就像在为它配音。此时这头怪物的颜色已经与马路融为一体，几乎没有破绽。猎杀者再次挥舞手臂，一掌便将“红色”拍倒在地。

好！

约翰赶紧上前护住受伤的同伴，朝正在远去的怪物开火，科尔把“红色”拉了起来，两人向后退去。他们说了些什么——

紧接着，两人便朝南面跑去，脱离了监控范围。猎杀者受伤了吗？约翰停止射击后，它的胸口和脸都血淋淋的——

*是眼睛，一定是眼睛被击中了。这帮混蛋！*猎杀者摇摇晃晃地倒了下去，虽然不是致命伤，但会使它丧失一段时间的活动能力。

约翰也转身朝同伴们跑去，画面上没有其他的猎杀者——至少雷斯顿是这么认为的。当然了，这对结果不会有什么影响，他们铁定是要死的。他们不可能在不受攻击的情况下逃出区域四，也不可能找到藏身之处——不过为了以防万一，雷斯顿还是按下开关，锁上了通往区域三的闸门。

你们已经无路可退了……

他们没有出现在显示第一个摄像头南边公路的屏幕上。雷斯顿皱着眉头切换摄像头，选择了显示建筑物正面的那个——

然后看到一扇门正好关上，他们一定是躲进某家店铺了。雷斯顿摇摇头，这顶多能让他们躲上五分钟，不可能再多了。只要猎杀者愿意，它们可以毁灭整个城镇，而且它们主要通过嗅觉狩猎。猎杀者一定能追踪到这几个缩头乌龟，然后为他们只会制造麻烦的废物人生画上句号。

他们进入的建筑物里没有摄像头。雷斯顿只能焦急地等待他们重新出现，或是被猎杀者撵出来。他不耐烦地咬紧牙关，不明白猎杀者为什么花了这么久的时间还没有找到那几个人。实验该结束了，“星球”也将重归安宁。

猎杀者是不会辜负他的期望的，只要再等上几分钟就行了。

***

他们在中央建筑物的背面找到了深入地下的方法。在将三名吵个不停的警卫关进发电机室之后，他们偶然在房间外发现了这条通道，当时他们正在找可以解除基地电梯停止状态的操作面板。

在西墙的最深处，有个遮住的凹陷空间，四台电梯并排停在里面。虽然它们没有启动，但当大卫和克莱尔轻易地撬开第一道门后，里面出现一台可供两人乘坐的电梯。尽管瑞贝卡疲惫至极，身体状况也不好，但当她看到与滑轮装置相连的迷你平台时，仍然想要放声大笑。

他们永远也猜不到我们会过去，神不知鬼不觉地溜进去。

“看起来有人忘记锁上后门了。”大卫疲劳的脸上浮现出胜利的喜悦。

克莱尔怀疑地看着小小的正方形金属厢体。“我们都能进去吗？”

大卫没有立刻回答，只是转身看着瑞贝卡。她立即明白他要说什么，在他开口前就思考起了能说服他的正当理由。

直升机也许会返回，多半会，如果他们受伤，你会需要我，要是那几个警卫挣脱了……

“瑞贝卡，你老实告诉我你现在的身体状况。”大卫的表情保持着一种微妙的平静。

“我很累，头疼，有一条腿使不上力气，但你们会需要我的，大卫，虽然我的身体称不上百分百健康，但也不在崩溃的边缘，而且你说过增援小队很可能正在路上……”

大卫微笑着举起手。“好好好，我们一起去。虽然地方很窄，但重量应该不成问题。你们都很轻……”

说完他走进电梯，用手电筒照亮悬在头顶的缆绳，然后检查了一下一侧栏杆上的简易操纵台。“看样子没什么问题。进来吧？”

瑞贝卡和克莱尔一前一后走进了电梯，这个临时平台仅仅占据了黑暗空间的四分之一。电梯上下的空气凉飕飕的，只有一边有栏杆。克莱尔难受地扭了扭压在栏杆上的身体，他们挤成一团。

“我要是带着清新口气的薄荷糖就好了。”克莱尔嘀咕道。

“我也这么认为，要是你带着就好了。”瑞贝卡打趣道，逗得克莱尔哧哧地笑了起来。瑞贝卡感觉到克莱尔的胸部擦过自己的手臂，她们紧贴着对方。

“出发。”大卫说完便按下了开关。

升降机在下降时发出了巨大的咣当声，声音大得让瑞贝卡对他们的偷袭行动没那么有信心了。电梯正在以龟速下滑，速度还不到普通电梯的一半。

上帝啊，我是要在这里站上一辈子吗……

光是这个念头就让瑞贝卡疲惫不堪，发动机的轰鸣声更加剧了她的头疼。单单是站在这里就足以让她意识到自己有多难受。随着电梯遁入黑暗，地面上的四角形亮光逐渐退出了视野，瑞贝卡忽然为大家挤在一起感到由衷地高兴，这给了她一个倚着大卫的借口。她闭上眼睛，努力再坚持一会儿。

4 resident evil

第十八章

他们身陷囹圄。三人喘着粗气，汗如雨下，慌不择路地逃入大楼，在黑暗中向后墙跑去。科尔觉得那扇脆弱的门随时会被撞开。

轰！大门被砸个稀巴烂，怪物号叫着冲进来，在我们看清它们之前已经用利爪把我们撕成肉条了——

“我有个主意。”听到约翰气喘吁吁地说出这句话，科尔的心中燃起了希望之火，但在听完他的下一句话之后，这团火苗就熄灭了。

“我们迅速跑到后墙那里去。”约翰果断地说。

“你疯了吗？”里昂反驳道，“你难道没有看到它们的跳跃力有多强？我们不可能跑得比那些怪物还快的。”

约翰深吸一口气，压低声线，以很快的语速说道：“你说的没错。但你和我的枪法都很准，我们可以顺路打掉几个路灯。就算他们能在黑暗中视物，这也会转移它们的注意力，还有可能引起混乱。”

里昂什么都没说。虽然科尔看不清他的脸，但他看到里昂正在缓缓地用手揉捏被怪物打伤的肩膀，就像在考虑约翰的提议似的。

他们都疯了！

科尔尽力将露骨的恐惧从声音里驱逐出去。“不是还有其他选项吗？比如，那个……往上爬，从屋顶走过去怎么样？”

“建筑物有高低差。”约翰回答道，“而且我不认为它们能承受我们的重量。”

“如果我们……”

里昂以柔和的口气打断了科尔的话。“我们没有那么多子弹，亨利。”

“那就回区域三，再想办法……”

“我们离西南角比较近。”约翰说道，而科尔知道他们所说的句句属实，不仅知道，而且对此讨厌得不得了。他仍然在绞尽脑汁地寻找其他方法。猎杀者实在是太恐怖了，它们是科尔见过的最恐怖的东西——

突然从大楼外传来一声尖叫，愤怒的嘶鸣穿透薄薄的墙壁，响彻整间小屋。科尔明白没有多余的时间让他想出更好的计策了。

“好吧，好吧，我明白了。”他想自己至少可以抬头挺胸，像真的很有勇气似的迎接不可避免的结局。

我不会拖累他们的，科尔在下定决心以后深吸了一口气，稍稍挺起肩膀。如果这是他们唯一的选择，他不愿变成一个哭哭啼啼的胆小鬼，在他们面前丢脸，更不想成为负担，降低他们成功的概率。

科尔从后裤兜里取出约翰给他的弹夹，手忙脚乱地给手枪更换弹夹，心脏怦怦直跳——他在发现自己的心情变得无比坚定时有些惊讶，自从他接受了他们做出的决定，他就感到更强大，更勇敢了。

我很可能死在这里，科尔自言自语道，等待着恐惧的浪潮袭来，

但它并没有来。如果没有约翰和里昂，他早就没命了。也许这会成为他保护一人，或是两人免受怪物伤害的动力。

无须更多的语言交流，他们朝房门走去。科尔觉得在这短暂的几小时里，自己的人生发生了比前十年更大的变化。虽然这种变化称不上好，但他为变化的发生感到喜悦。他觉得自己的生命变得完整了，变得真实了。

“准备……”约翰说道，科尔深吸一口气。在从窗口照射进来的柔和光线下，里昂对他微微一笑。

“出发！”

约翰猛地将门拉开，三人一起冲向外面的马路。环绕他们的夜色被猎杀者狰狞的咆哮震碎了。

***

雷斯顿的眼睛绽放出熠熠的光彩。他身体前倾，屏息凝视地盯着屏幕，为他们的自杀行为感到愉悦。那三个人像疯子、像没有思考能力的丧尸一样冲进了夜色之中。

他们正在向南跑，约翰带头，“红色”和科尔紧随其后。一只猎杀者从右边的人行道高高跳起，热情地欢迎他们——

随后亮光一闪，众人头顶炸开一团亮橘色的花，滚烫的碎玻璃犹如闪光的雨滴，哗啦啦地落在马路上。他们打碎了一盏路灯。当碎玻璃落到那只皮肤由红转灰的猎杀者身上时，它发起疯来，猛然转身，癫狂地尖叫着，开始搜索攻击它的人——

全然忽视了三个正在拼命奔跑的男子。他们继续向前狂奔，不时举枪朝路灯开火。雷斯顿看见另一只猎杀者跃上马路，它的身影就像影子消失在黑暗中——

科尔，那个亨利·科尔，佯装要向左拐，却忽然向右一闪，迅速拔枪瞄准蹲伏着的猎杀者的脑袋，然后——

一团混杂着脑浆和鲜血的液体，从猎杀者太阳穴喷洒而出。电工在零距离扣动扳机。猎杀者的手脚还在痉挛，还在扑腾，但它已经死了。科尔见好就收，撒腿就跑，向另外两人追去。更多的街灯被击碎，灯泡在爆炸时闪动着刺眼的亮光，碎玻璃飞溅。

“这不可能！”雷斯顿没有注意到自己说出了声，但他明白事态正在急转直下。

***

约翰重复着跑、站定开枪、再接着跑这几个动作。狂暴的叫声紧紧跟在他们身后，碎玻璃和燃烧金属的气味从各个方向涌来——

他看到一只猎杀者出现在路上，正好堵住通往笼子的十字路口。约翰看到它眼中跳动的奇异光芒和尖叫着的漆黑大嘴——

不能浪费子弹了。耶稣基督呀，它好像完全融进了马路——

他径直朝猎杀者跑去，瞄准它，背后同时响起了九毫米口径手枪的轰鸣声。当他开火时，怪兽距离他只有不到三米了。

就是现在！

经过计算的几颗子弹嵌入了那颗正在号叫着的奇形怪状的脑袋里——

它没有倒下。约翰偏转身体想要躲开它，但他躲得不够远。那颗正在尖叫并满是鲜血的脑袋离他的脸大概只有几厘米的距离。怪物挥动它长得惊人的手臂，重重地捶向约翰的胸膛。

这一下打中了约翰的左胸，约翰以为自己会粉身碎骨，被拍得飞出去，可事实是他的胸肌因为疼痛而剧烈收缩了一下，肯定是刚才的枪击让怪物变得虚弱、混乱了，甚至使它失明了。这次攻击势大力沉，但他承受过更重的拳头。约翰有些踉跄，但他没有摔倒，然后他越过怪物向左转，向西跑去。

他回头一看，那两人还跟在身后，继而又看向前方——

就在那儿！

马路在前方不足一个街区远的地方就是墙壁——在距地面约一米五的地方有一个开口，宽约两米多，高约三米——

这时从右侧传来另一声尖叫。虽然约翰没有看到伪装起来的猎杀者，但他听到了砰砰的射击声，不知道是里昂还是科尔开的枪，猎杀者的尖叫声因为愤怒而变得狂乱。约翰举起M16，又打掉了一个路灯，*再过十秒就到了——*

就在这时，一面深蓝色的墙壁开始缓慢而平稳地下降，渐渐挡住了出口。在几秒钟之内，他们的逃生路线就会消失。

***

雷斯顿疯狂地捶打着按钮，但大门下降的速度依旧跟蜗牛不相上下。他的手心全是汗水，由于对眼前发生的一切感到难以置信，他醉醺醺的意识天旋地转起来。

不，不，不，不……

他之前关上了区域二和区域三的大门，但因为里面还关着另一头猎杀者，他就又把门打开了，而后来他全然忘记门没有关上这件事——现在它已经死去，三名男子也即将逃脱。逃脱他的掌控，逃脱他们死亡的命运。

再快点儿！

约翰扭头喊着什么，“红色”在他身后，科尔差不多和他并排——

在六米之外有一只猎杀者，它正在不断逼近，巨大的身躯时而呈古铜色，时而呈沥青色，利爪在马路上划出一条又一条的凹沟。

杀了他们！上啊！跳起来，杀了他们！

约翰第一个抵达开口处，他用手支撑着，敏捷地跳了进去。“红色”近在眼前，他抓住约翰伸出的手，被一把拽了进去——

接下来是科尔，他就快成功了，大门来不及关上，还有两人向他伸出援手——

就在这时，科尔身后的猎杀者挥动手臂，利爪撕裂了他的后背，撕裂了他的外衣和皮肤，撕裂了他的肌肉，也许还撕裂了他的骨头。

在大门合上前的一瞬间，其他两人一起把科尔拖了进去。

***

科尔在被放下的过程中没有发出一声惨叫，但他一定痛不欲生。他们尽可能轻柔地让科尔趴在地上。当里昂看到科尔血肉模糊的后背时，悲伤涌进了他的胸口。

就要死了，他就要死了。

科尔血流如注，不过数秒，他就躺在血泊中。透过被鲜血染红的破碎的衬衣，里昂看到绽开的皮肉，被撕裂的肌肉组织，以及底下泛着亮光的白骨。骨头已经断裂。两条锯齿状的伤口从肩胛骨一直延伸到后腰，是致命伤。

科尔的呼吸凌乱而低浅。他双目紧闭，双手不住地颤抖着。

科尔已经失去意识了。里昂抬头看了看约翰，发现他也露出恐慌的表情，于是扭过头。他们帮不了科尔。

三人在一个满是野兽气味的巨大金属牢笼里，牢笼位于漫长水泥走廊的尽头。这条走廊有四个实验区域那么长，只有几盏灯亮着，让牢笼在黑暗中显现出来——开着巨大窗口的隔墙将牢笼划分开来，透过窗口，里昂发现隔壁就是喷吐者的笼子。那个兽笼被一层厚厚的透明塑料盖着，地板上散落着无数骨头。

猎杀者的笼子空空如也。这个笼子至少有九米宽，十八米长，网格墙上挂着两个饲料桶。在这里死去既寒冷又孤独，但至少他已经出来了，他感觉不到——

“把我……翻过来。”科尔小声说道。他的眼睛已经睁开，嘴唇正在颤抖。

“你安心趴着，”约翰轻轻对他说，“你没事的，亨利，好好趴着，别乱动，好吗？”

“胡说……八道。把我翻过来，我就要……死了……”

约翰和里昂交换了一下眼神，里昂无可奈何地点了点头。他不愿再让科尔承受更多的痛苦，但也不想拒绝他的请求，他是一个将死之人，他们应该尽自己所能去满足他。

约翰缓慢而慎重地帮亨利翻了个身。在后背接触到地面时，科尔呻吟了一声，他双目圆睁，眼珠不停地转动，但脸色很快就平静下来，似乎是松了一口气。也许是因为太冷了……又或者是太过强烈的疼痛感已经麻痹他的感官。

“谢谢。”科尔的声音很轻，一个血泡在惨白的嘴唇上破开。

“亨利，好好休息吧。”里昂强忍泪水，柔声劝说道。这个男人不顾一切地想要变得勇敢，想要赶上他们……

“‘化石’……”科尔注视着里昂的双眼，“在培养槽里。听人说过……如果被……放出来，它会……毁灭所有……东西。在……实验室里。西边。明白了吗？”

里昂点点头，完全理解他的意思。“实验室里的变异怪物——‘化石’。你想让我们把它放出来。”

科尔闭上眼睛，蜡黄的脸上一片木然，里昂以为他已经去了，但他又开口了，约翰和里昂将耳朵贴近，听着他微弱的声音。

“对。”科尔还在呼吸，“太好了。”

他吸入最后一口气，再慢慢将它吐出，然后他的胸口便再没有起伏了。

***

在科尔死后的几分钟之内，两名男子找到从猎杀者牢笼中逃出去的办法。雷斯顿面无表情地盯着屏幕，什么感觉也没有，已经不再对此感到吃惊了。他们都是超人，事实就是这样。在他承认这一点后，就再也没有什么事情能吓倒他了。

饲料桶被牢牢固定在金属网墙细长的缝隙里，这样驯养员不必进入兽笼就可以给样本喂食。因为桶身有大半在笼外，外面的驯养员可以直接把食物放进桶里，里面的动物也能吃到。不存在猎杀者把饲料桶拉进来或者推出去的问题，因为那些缝隙对它们来说实在是太窄了。

但对人的身体来说并不窄……至少对他们来说是这样，无论他们是何种生物。

约翰和“红色”开始一齐猛踹饲料桶。看到铁桶一点一点被推出，雷斯顿拿起左轮手枪，站起身来，将视线从屏幕上移开。接着看下去已经没有任何意义了。他失败了，“星球”的实验被证明是过于脆弱的，他会因自己的行为受到严厉的惩罚，甚至有可能被杀。但他还不想死，就算是死，也不能死在他们手中。

但是电梯，地面上的人……

现在回到地面上也不安全。估计院子已经被那帮前特种战术救援组士兵占领了，他们切断了自己和外界的联系，现在正等着那两个人把自己撵出来……

不能到地面上去，我杀不了他们，时间也来不及了……去自助餐厅！

他的下属一定会帮助他的。一旦他让他们重获自由，一旦他告诉他们事情的来龙去脉，他们就会聚拢在他身边，保护他不受伤害。当然，还有很多细节需要修改，但他能在路上解决这种小问题。

现在就要过去，他们很快就会出来，然后开始找我。也许他们想为科尔报仇。他们想让我付出代价，而我不过是在尽自己的本分，其他人也会这么做的……

不知怎么地，雷斯顿觉得他们不会理解这一点。他快步走了出去，一边在脑海中编造他的故事，一边为形势的急转直下感到纳闷。

4 resident evil

第十九章

两人走出牢笼，走进一条干净整洁的通道，然后左拐往西，迅速穿过这条没有一丝生气的通道。期间没有一个人说话。在找到科尔所说的“化石”之前，在证明他所言非虚之前，他们也没什么话好说。

自从来到“星球”之后，这还是约翰第一次没有心情开玩笑。科尔是个不错的人，他竭尽全力补偿着将两人引入实验区的过错，也按照约翰和里昂说的那样做了，而现在他死了，在残忍的虐杀之后，最终带着痛苦倒在兽栏的血泊中。

是雷斯顿。一定要让雷斯顿血债血偿！如果说放出安布雷拉的怪兽能让他感到极致痛苦，就这么干。以其人之道还治其人之身，天经地义。

让密码本什么的见鬼去吧。如果“化石”真像科尔说的那么狂暴，就把它放出来，然后再放其他工人走。就让那怪物把这个地方毁灭，让它去对付雷斯顿……

沿着走廊往前走是一个右转弯，然后笔直向前，再往西延伸。两人又转过一个拐角，看到右边是一扇门。不知为什么，约翰忽然觉得这就是科尔所说的实验室。直觉如此。

约翰的直觉没有错。用手枪打掉门锁，再推开金属大门进去之后，面前便出现一个有着实验台和电脑的小型实验室，它连接着一个闪着金属和瓷器光芒的外科手术室。手术室后方墙壁上的那道门大概就是科尔提到过的出入口。而当他们亲眼见到那个怪物之后，约翰突然就明白了为什么科尔在自己生命的最后时刻，不惜忍受巨大的痛苦也要将它的存在告知两人。就算它实际的凶恶程度只有外表给人印象的一半，也足以让整个“星球”成为一片废墟。

“天哪！”里昂不禁发出惊叹，约翰的反应也差不多。两人慢慢靠近安放在手术室一角的巨大筒状培养槽，他们绕过钢制手术台和那些闪亮的器具，在培养槽前停下脚步。虽然屋子里没有开灯，但从天花板上洒下的亮光还是照亮了它的模样——“化石”的模样。

培养槽高约四米多，直径至少有三米，里面装满透明的红色液体，上方与几根软管和线网相连，怪物就被浸在液体里头。梦魇一般的怪物形象。

约翰不禁想，之所以取名叫“化石”大概也是因为它的样貌吧。反正它至少有一部分跟恐龙很像，但又不像是曾经在地球上出现过的那种。这个足有三米高的怪物身体颜色较淡，粗糙的皮肉因为包裹着的红色液体对光的反射而呈现粉红的亮光。一看它的样子就知道肯定能直立行走，并且它和霸王龙与迅猛龙一样有着肉食性恐龙特有的嘴部曲线，眼睛非常小，还有两条肌肉发达的长上肢。除此之外，它还有抓力极强的细长前爪。尽管有些不可思议，但眼前这个怪物看着确实像人类和恐龙杂交生下的变异后代。

那帮人到底在想些什么？为什么……为什么要创造这种怪物？

不清楚它究竟是睡着了，还是处于某种昏迷状态，但显而易见，它还活着。它的鼻孔被连接着一根细软管的小型透明面具覆盖着，缠绕在嘴部四周的塑料绳将巨大的下颚牢牢固定住。虽然从外面看不见，但可以肯定的是，这只怪物的大嘴里一定排列着许多锋利的牙齿。“化石”玻璃珠般的眼睛上覆盖着一层薄薄的紫色内膜，两人能清楚地看到怪物起伏的厚实胸膛，以及它庞大身躯在红色黏液中缓慢移动的样子。

“化石”旁边的墙上挂着一块写字板，一块不大的显示屏摆在写字板的下面，显示屏上有一条细细的绿线随着化石的脉搏平稳地上下起伏。里昂伸手把写字板取下，开始翻阅上面夹着的纸张，约翰则盯着培养槽里的怪兽，既惊恐又恶心。只见怪物蜘蛛腿一般的前掌突然哆嗦了一下，长达二十多厘米的爪子微微弯曲，握成松散的拳头状。

“看这儿，上面说这个是为了三周半以后的解剖挑选出来的。”里昂一边翻看记录一边说，“‘实验体保持在休眠状态’‘解剖之前先向实验体体内注射足以致死的药剂’……”

约翰回头瞥了一眼解剖台，看到解剖台两侧安装着折叠式的金属平台，下面还有几块碎骨。整个平台相当牢固，看来是为解剖大型动物专门制造的。

“可如果是这样，为什么还要让它活着呢？”约翰把视线转回沉睡着的“化石”身上，不禁轻声问道。这个怪物好似有着摄人心魄的力量，让你无法不去关注，因为它是那么有威慑力，那么恐怖，又是那么神奇，牢牢抓着旁观者的注意力。

“也许是为了保持内脏的新鲜吧。”里昂说完深深地吸了一口气，“所以……我们还要那样做吗？”

这真是个好问题。把它放出来，我们就没办法拿到密码本，但安布雷拉也会损失一个进行变态科学实验的游乐场，或许还会损失一名管理员。

“嗯。”约翰应道，“好，我们开始吧。”

***

面前的这些人沉默地听雷斯顿说着，他们的脸上露出若有所思的表情，好似想象到“星球”遭到入侵的可怕。雷斯顿讲述着来自地面的进攻，他的求救电话以及那两名枪手残忍地杀害了亨利·科尔，之后还将他打晕。工人们没有提出任何问题，只是坐在座位上一边喝咖啡——有人冲了咖啡，一边盯着雷斯顿。甚至没有一个人想到给他拿一杯。

“我一清醒过来，就到这里来了。”雷斯顿煞有介事地说，还特意用颤抖的手拨了一下头发，眼神也刚好到位。对于这种震惊表现，他无须假装。“我……不，他们应该还停留在某处，说不定正在计划引爆这里，我也说不好……但只要我们团结起来，就能阻止那些恶徒。”

但工人们还是满眼茫然，看来他的计划并未奏效，这番动情的演说也没能煽动他们一起行动。雷斯顿并不是特别擅长跟人打交道，但他能比较准确地看穿别人的心思。

看来他们并不买账，试着从亨利的角度说吧……

雷斯顿把肩膀向下一沉，声音装得有些哽咽：“那些混蛋朝亨利开了枪……”他低垂着头，仿佛因为受到太大打击而浑身乏力，“当时亨利拼命恳求，求那两个刽子手不要杀了他，但他们还是……还是……开枪了……”

“尸体在哪儿？”

雷斯顿抬起头，看到提问的是猎杀者的两个饲养员之一的雷奥·杨。他面无表情地将两手交叉抱在胸前，坐在餐桌另一端。

“你说什么？”虽然雷斯顿非常清楚雷奥是什么意思，但还是装作一副不解的样子。*赶紧想对策，该死的，我早该想到这一点的！*

“亨利……”另一名男子开口了。雷斯顿转头一看．发现说话的好像是建筑工山姆。他粗哑的话中像是很疑惑：“你的意思是他们开枪杀了亨利，然后把你打晕。也就是说，亨利的尸体应该还在拘留室，对吧？”

“我……我不知道。”雷斯顿说着，感觉全身燥热，大概是因为白兰地喝得太多了吧，导致体内的水分不太够。面对事先没有预料到的问题，要想蒙混过关似乎不太可能，“啊，应该还在那儿，除非那两个人出于某种原因移动了亨利的尸体。我醒来之后头也是晕晕沉沉的，想马上找到你们，以确认你们当中没有人受伤，所以我也不知道亨利的尸体是否仍在那儿……”

工人们死死地地盯着雷斯顿，所有人都不再是面无表情，而是带着明显的怀疑和轻视以及愤怒。有几个人的眼里甚至还带着憎恨。

为什么会这样？我做了什么让他们鄙视的事吗？我是他们的经理，是他们的老板，是我给他们付工资的——

这时，一名机械工忽然站起身，完全无视雷斯顿的存在开始对其他人说话。他的名字叫尼克·弗雷沃，似乎是工人中最有威信的。

“谁说过我们要离开这儿？”尼克说，“汤姆，你有卡车的钥匙吗？”

汤姆点点头。“当然。不过，没有大门和仓库的。”

“我这儿有。”厨师凯恩·卡森说。说完他也站起身，紧接着其他工人都纷纷站起来，一边伸懒腰一边把杯子里的咖啡喝光。

尼克点点头。“好，所有人收拾好行李，五分钟后在电梯那里集合。”

“等等！”雷斯顿叫起来，他简直无法相信自己的耳朵，不敢相信这些人竟然要抛下他们本应承担的责任和义务，就这样大摇大摆地离开，他们竟然真的把他刚才的话当作耳旁风。“地面上的敌人更多，他们会把你们全杀了的！你们现在应该帮助我！”

尼克转过身，看了一眼雷斯顿，目光格外冰冷，充满了不屑和藐视。“雷斯顿先生，没有什么事是我们必须做的。我现在也不知道究竟发生了什么事，但我知道你就是个骗子。当然这个仅代表我个人的立场，我只知道我现在的薪水不足以让我替你卖命。”

说完，他突然笑了起来，蓝眼睛里闪着光。“再说，那两个人要找的又不是我们。”

尼克说完便转身朝前走去，雷斯顿的脑海里瞬间闪过要不要开枪的念头。但子弹只有六发，一旦打伤他们中的任意一个，很明显其他工人肯定会冲上来把他制服。他无法原谅这种背信弃义的行为，虽然很想当场向这些人宣告他们死定了，但也不想再浪费精力，更何况现在时间有限。

躲起来吧。

雷斯顿转过身，快步离开自助餐厅，努力思考着到底应该藏到哪里去，但闪过脑海的一个个地点都太过显眼，容易暴露——

想到了。医疗区的转角处有一排升降机。完美的藏身地。应该没有人会想到搜查非运行状态的升降机吧，只需打开其中一台藏在里面就可以了。至少在想出其他更好的藏身地点之前可以暂时待在那里。

尽管灰色的中央走廊里清凉又安静，雷斯顿仍是满头大汗。他向右转身，然后开始跑起来。

***

似乎在黑暗中向下行进了几小时，发出巨大噪音的升降机寒冷又阴暗，几个人挤在一起，最后终于到达了底层。

*或者说最上边，具体就看你怎么想了。*克莱尔心不在焉地想着，透过打开的升降机面板往下望。大卫取出手电照了照豪华的电梯内部，这时低声轰鸣的马达终于停了下来。他们是在电梯厢体的上方，这里除了一旁的折叠式梯凳以外什么都没有。

几个人挨个从升降机那小小的金属板上走出来，终于踩到坚实的台面了，克莱尔心里松了一口气。像刚才那样坐在一点儿不牢靠的升降机里慢慢下降，一旦失去平衡就会掉进竖井里，那绝对不是什么令人高兴的事。

“会有人听到我们的动静吗？”克莱尔问，随即看到大卫无奈地耸耸肩。

“如果他们在三百米的范围内，说不定会听到。”他接着说，“等等，我去拿梯凳……”

大卫弯下腰抓住天花板的开口，敏捷地蹲下身子，克莱尔则接过手电筒照明。等大卫把梯凳放好后，瑞贝卡也打开她的手电。借着光，克莱尔瞥了一眼瑞贝卡的侧脸。

“你没事吧？”克莱尔有些担忧地问。瑞贝卡看着很虚弱的样子，面色惨白，眼睛下方有一片深紫色的黑眼圈。

“嗯，比刚才好多了。我能扛住。”瑞贝卡淡淡地说道。

克莱尔显然没被说服，但没等她继续追问，大卫的声音就传了过来。

“好，下来吧。在你俩碰到梯凳之前我会一直把凳子固定住，然后再把你们抱下来。”

克莱尔示意让瑞贝卡先走，想着万一瑞贝卡有什么情况，她也可以垫个底。当看到大卫把瑞贝卡接下去的时候，克莱尔忽然想到，自己如果面临同样的情况，应该也不会言语什么。

我想要帮忙，我不想落在后面，哪怕有可能丢掉性命也要一往无前……

克莱尔暂时将这些想法抛到脑后，自己也从电梯天花板的洞里钻了下去。瑞贝卡虽然不像自己那么结实，但她好歹是个医务兵，一定会没事的。

克莱尔安全落地后，大卫对她点了点头。两人合力拉住冰凉的金属大门，瑞贝卡则慢慢举起手枪对准正中央的门缝。当沉重的大门向左右两边打开不到六十厘米宽时，大卫迅速上前一步跨了出去，然后才示意克莱尔和瑞贝卡两个人跟上。

哇哦！

虽然此前不清楚前面究竟会是什么，但从没想过会是这样一条灯光幽暗的灰色长廊。廊道向右延伸，尽头是一扇门，电梯东边约六米的地方有一个拐角。克莱尔的方向感并不是很强，但她知道困住里昂和约翰的电梯大概是在东南的方向。如果说电梯是笔直向下运行，那么……

四周十分安静，没有一丝声响。大卫把头往左偏了偏，意思是往那边走，瑞贝卡和克莱尔随即点点头。

或许可以从电梯那里开始，看能不能判断出他们行进的方向……

克莱尔又悄悄瞄了瑞贝卡一眼。虽然像这样盯着对方看不太礼貌，但她实在很担心瑞贝卡的身体情况。瑞贝卡看着确实状况不佳，眼看她走到拐角的地方，克莱尔稍稍向后退了几步，刚好撞上大卫的视线。她冲着瑞贝卡所在的位置微微努嘴示意，眉头紧锁。

大卫迟疑了一下之后也向克莱尔点头示意，看来他也注意到瑞贝卡的状况。至少……

就在这时，拐角处的瑞贝卡突然发出一声尖叫——

只见一名身穿蓝色西装的男子猛冲过来抓住瑞贝卡，瞬间将她手中的武器打落，然后一只手用左轮手枪抵在她的太阳穴上，另一只手牢牢掐住瑞贝卡的脖子，然后大幅度转身，用湿漉漉的眼睛看着大卫和克莱尔所在的方向。他的手指放在扳机上，年迈的脸上露出抽搐似的笑容。

“不要轻举妄动，不然我就杀了她！我不会手下留情！千万别逼我！”

瑞贝卡抬手抓住男子的手臂，只见他加大了手上的力量，一双手颤抖着，锐利的蓝色眼睛一下子看看克莱尔，一下子看看大卫。瑞贝卡的眼睛差不多都要闭上了，她的手指慢慢垂落，克莱尔意识到瑞贝卡一定是太过虚弱，眼看就要昏倒过去。

“你们杀不了我的。退后！不然我就杀了她！”

男子把左轮手枪死死抵在瑞贝卡的太阳穴位置，一旦大卫和克莱尔稍稍有什么举动……

两人只能无奈地看着那个疯狂的男人慢慢绕到他们身后，然后拖着瑞贝卡朝长廊尽头的门走去。

4 resident evil

第二十章

让“化石”从休眠状态恢复过来非常容易。才三两下的工夫，里昂便进入监控系统，找到清空培养槽中液体的方法。根据屏幕上的电子计数器显示，输入指令之后约五分钟液体就会被全部排掉。

真是太简单了，只要是在这儿工作的人随时都能完成这件事。安布雷拉的人看来都是些偏执狂，居然把这么危险的东西……

“喂，看看这个。”约翰开口叫道。里昂听到后，将视线从小型电脑的屏幕上转开，又意味深长地看了怪物一眼。即便他曾经逃离那个地狱一般的浣熊市，即便曾与丧尸、巨型蜘蛛、大鳄鱼战斗过，但眼前这只大怪物仍是所有他见过的怪物中最奇特的。

约翰正盯着对面墙上的一幅画。里昂走近一看，发现那原来是“星球”的地图，各个区域都规整地标着名称。整个“星球”的布局十分简单，基本上是用走廊包围着四个巨大的实验区域，其他房间和办公室则大多分布在与中央走廊连通的地方。

约翰指了指工作电梯对面靠东边的一个方形小标牌。“这上面写着‘实验管理监控室’。”他说，“刚好在前往出口的途中。”

“你认为雷斯顿就藏在那儿？”里昂问道。

约翰耸耸肩。“如果想在整个实验过程中一直监视着我们，他应该就在这里。不过我感兴趣的是，你说他会不会刚好把他那本小黑书留在那里……”

“去看看也无妨。”里昂说，“反正这根管子还要五分钟才能完全排空，我们刚好有时，只要电梯没问题。”

约翰回过头，看了一眼像睡在果冻子宫里的“化石”说道：“你觉得这家伙真能被唤醒？”

里昂点点头。就目前的情况而言，一切都跟监视系统的统计相符，心跳和呼吸数据也显示它正处于深度睡眠中。所以，一旦那温暖的营养液被排空，它没有理由不醒过来。

它很可能在寒冷中醒来，心情不佳，饥肠辘辘……

“没错。”里昂说，“如果它真醒了，我们可不能再待在这里。”

约翰牵动了下嘴角，既不是平常的那种咧嘴大笑，也算不得微笑。“那我们走吧。”约翰轻声说。

里昂回到电脑前，整个人也被培养槽透出的淡红色灯光笼罩。只见“化石”安详地浮在里面，浑然就是沉睡的怪兽。被恶人创造出的奇异生物，在一个为死亡准备的场所里消磨着毫无意义的生命。

里昂下定决心，一定要将他们全部铲除，随后便按下了回车键。计时器开始倒数，同时也宣告他们只有五分钟时间逃离这里。

***

大卫猜测那名男子就是雷斯顿，只是无法确认。但是不是都没有太大关系，他关心的只是如何能将瑞贝卡救出来。可当他看到那个身着蓝色西装的疯子退回到门口，大卫意识到自己无能为力。

至少他现在还不知道能做什么。

“快滚开！不许跟上来！”那名男子——也就是雷斯顿，大吼着消失在门的另一边。瑞贝卡也被他带走了。她在门关上之前向两名同伴投来虚弱而恍惚的目光，让大卫心痛不已。

“我们该怎么办？”

大卫转过头，看到克莱尔脸上充满了不安和恐惧。他深吸一口气，再缓缓呼出。如果他们乱了阵脚，就真的什么都做不成了——

瑞贝卡说不定还会为此丢了性命。

“保持冷静。”大卫强自镇定，“我们现在不知道这栋建筑的布局，所以没办法从后面包抄……只能跟上去。”

“但他刚才……”

“我听到他刚才说什么了。”大卫回答道，“但现在我们没有其他办法。保持安全距离跟在他后面，等待时机再出手。”

但愿他只是表面疯狂。

“克莱尔，这是一次隐秘行动，绝不能发出声音。要不然你还是留在这里……”

克莱尔摇摇头，一双灰色眸子里显现的是不可动摇的决心。“我能做到。”她的语气无比坚定，没有一丝疑虑。尽管克莱尔此前并没有接受过正规训练，但她已经用行动证明她是一个灵活、敏捷且值得信赖的人。

大卫点点头，和她一起慢慢朝门口移去。*除非听到出口有门的响动声，不然至少要等两分钟……*

大卫强迫自己再次深呼吸，并在心中暗暗责骂自己为什么要把瑞贝卡带下来。她本就疲惫不堪，又受了伤，只要那个疯子掐着她脖子的手稍稍用点儿力，瑞贝卡就无法抵抗……

不！坚持住，瑞贝卡。我们来了，我们会一直等待机会，只要他一放松警惕就过去救你，放心，一定会等到机会的！

于是，两人就这样等待着。大卫一边等，一边在心里默默祈祷雷斯顿不要伤害瑞贝卡，如果那个混蛋真那么干了，他发誓一定要把那家伙掏心挖肺，决不轻饶。

***

两人在绵延的走廊里快速穿梭，四处寻找电梯。自助餐厅里没有人，约翰大概用了三十秒时间检查了宿舍，确认里面已经没有一个工人。可以看得出，工人们匆匆忙忙胡乱抓起随身物品就跑了。

但愿雷斯顿还在这儿，尽管……

约翰在中央走廊里一边往北跑一边暗自发誓，要是穿蓝衣服的那个人还待在控制室，他一定要亲手把那个人打倒在地。照着太阳穴狠狠来上一拳应该足以让他昏倒，如果雷斯顿在“化石”开始搜寻食物之前还没醒过来，就太棒了。

约翰和里昂快速穿过连接控制室和中央走廊的一个小屋，两人都是气喘吁吁，他们心里都清楚，当前状况下找到能够运行的电梯比抓住雷斯顿更加重要。就像里昂所说的那样，他们可不想成为“星球”的陪葬。

看到墙壁、大门以及“正在运转”标示上方的小灯时，约翰像个孩子般咧嘴笑了起来，这种轻松好似轻风和波浪一样将他们裹住。确保找到逃跑路线之前，把“化石”放出来将是巨大冒险。

里昂按下呼叫按钮，看着好似松了一口气，“两分钟，最多两分半。”里昂说完，约翰也附和地点了点头。

“我去看一眼。”说着，他便转身朝走廊对面的小屋走去。里昂的弹药已经打没了，约翰倒是还留着几发 M16 子弹，以防雷斯顿干什么傻事。

两人快步走到走廊尽头的门前，发现门并没有上锁。约翰先一步进去，举着枪扫视了一圈，看清屋里的陈设之后，他不禁吹了一声口哨。

“这简直是……”他轻声说道。只见一排黑色皮革面的高级沙发对着满满一墙的监视屏幕。地上铺着深红色的豪华地毯。反射着银色亮光的控制面板造型优美，在它后面是一张大理石方桌。

不管怎么说，至少我们不用在一片狼藉中翻找了……

然而，除了咖啡杯和银质酒壶以外，他们并没有找到什么有用的东西。文件、办公用品、私人用品或者密码本，统统没有。

“哈，好吧，那我们……”

就在这时，屏幕墙上突然一闪，是第二排屏幕的中间位置。约翰走到监控器前面，想着那究竟是谁。*职工们都已经出去了，而且刚才看着像两个人，不可能——*

“该死！”约翰嚷嚷一声，感觉一颗心沉了下去，胃里一阵恶心，目光惊恐地死死盯着屏幕。

是雷斯顿，手里拿着枪。他正用手勒紧瑞贝卡的脖子，拖着她在某条走廊里穿行。瑞贝卡的双脚已经是半吊在地上了，脑袋歪向一旁，手臂无力地垂落着。

“克莱尔！”

听到这声大叫，约翰移开视线，看到里昂正盯着第二个监控器看。寻着他的视线望过去，竟然看到大卫和克莱尔，两个人都是全副武装，正迅速通过一条同样没有任何特征的走廊。

“我们还能往那个圆筒里再注入液体吗？”约翰怒吼道。他现在满腔怒火，看到同伴的瞬间，心中忽然涌起了前所未有的恐惧。*那个卑鄙的畜生抓住了瑞贝卡——*

“我不知道。”里昂赶忙回答，“试试看吧，最好现在就去……”

约翰回到屏幕前，开始搜索实验区的画面。受到刚才的刺激，身体的疲劳感也一扫而空。

阴暗的屋子里，角落处的灯光照在巨型培养槽上，只见里面的怪物突然抖动起来。几秒钟之后，透明的培养槽碎裂开来，一只湿漉漉的爪子从里面伸了出来，接着，那巨大的爬行动物踏出了一只脚。

来不及了，“化石”出来了！

4 resident evil

第二十一章

这种属于暴君系列，代号为ReHla，俗称“化石”的生物只受本能的驱使，而它的本能只有一个：吃。这是它所有行动唯一，也是最根本的动机。如果发现自己和食物之间有什么障碍，“化石”会不顾一切地摧毁它。如果有谁为阻止它得到食物而发起攻击，“化石”就会把他干掉。之所以到目前为止只有一头这样的怪兽，是因为它没有任何的繁殖需求。

“化石”是饿着肚子醒过来的。它能通过空气中的电荷、气味感知到食物，甚至能通过从远处传来的热量发现食物，并将所有拦在它跟食物之间的东西毁掉。虽然它不太熟悉周围的环境，但这并不重要，只要那里有食物，而它肚子饿，就行了。

“化石”高约三米，体重接近半吨，它看到自己与食物之间现在隔着一堵碍事的墙，但看似坚固的水泥墙壁在这强大的怪物面前压根儿就坚持不了多久。穿过这堵墙之后，又是一堵墙，穿过之后还是墙，但它通过灵敏的感官觉察到离食物已经很近了，近到让它足以产生情绪，一种凌驾于饥饿之上的欲望。这欲望强烈地刺激着它的本能，让它能够更迅速地行动。虽然一般来说它什么都吃，但最喜欢的还是活物。

面前这道墙壁前所未有地厚重坚固，但还是没能阻止“化石”。突破好几道墙壁之后，它来到一个奇怪的地方。它眼里看不到任何所谓的生命，只有移动着的高声大叫着的食物。

一个食物朝“化石”扑过去，虽然看不清楚样子，但是散发出强烈的气味。对方高高举起尖爪，愤怒地吼着朝“化石”挥去。“化石”从对方散发的气味中嗅到了进攻欲和杀戮。几秒钟的工夫，“化石”便被食物们包围起来，这再次激发了它强烈的食欲。不知名的猛兽们高声叫喊，就像在惨叫，环绕着“化石”来回跳动。然后，“化石”把手朝离它最近的一个伸过去。

虽然对方有锐利的钩爪，但“化石”的皮肤厚得难以想象。它一口咬住对方，从扭动着的身体上撕下一大块肉，格外满足。大口咀嚼并吞下新鲜的食物之后，它有一种欲望得到满足的快感。温热的鲜血滑过喉头，温暖的肉块被慢慢咬碎。

其他食物继续发动攻击，而这只不过是更方便“化石”进食而已。巨大的怪兽只用了很短的时间就把所有食物吃光，而且很快进行新陈代谢，为它找寻更多食物提供能量。这个过程其实非常简单，只要醒着，“化石”就会不停地寻找食物。

扫荡完那个暗无天日的洞窟一般的房间之后，“化石”抬起前爪舔了舔上面的鲜血，然后通过灵敏感官继续寻找下一个猎物。几秒钟之后，它便感知到又有活物靠近了。

它要吃，它很饿。

4 resident evil

第二十二章

瑞贝卡的情况很糟糕，全身冰凉，她挣扎着想从雷斯顿手里逃脱，动作虚弱得令人心疼。雷斯顿其实也希望能摆脱瑞贝卡，最好是扔下她自己跑，但他不敢这样做。手里这个女孩是确保他能从入侵者手中逃脱的底牌，显然那些人是不会对自己人开枪的。

同时，他也不禁在心里抱怨，要是这个女孩的身体状况不是这么差就好了。她不仅影响了前进的速度，让行走变得异常困难，还使得雷斯顿不得不一直拖着她。往北穿过后廊，然后往东走到大楼一侧，再往前就是通往拘留区的连接门了。工作电梯离拘留室只有不到两分钟的步行距离。

快到了。这个难以置信的恐怖夜晚就要结束了。没多远了……

我可是大人物，我所在的组织拥有比大多数国家还多的财富和强大得多的权力，我在里面备受尊重，我可是杰·沃林福德·雷斯顿。即便如此，我现在却在自己的地盘被人追杀，还不得不胁迫一名女孩当人质，像个罪犯一样偷偷逃跑。这实在太荒谬了，令人难以置信。

“好难受……”女孩咕哝了一句，听声音好似有些喘不过气。

“糟糕。”说着，雷斯顿仍然扣住瑞贝卡的脖子强拉着她往前走。她在决定进入“星球”之前，应该已经做好会遇到这种事的准备了吧。

雷斯顿拖着瑞贝卡穿过通往拘留区的门，每往前走一步心情就好一分。因为每一步都意味着离成功逃脱，离活下去更近一步。他绝对不要死在那些伪善而目光短浅的人手中，如果真到那一步，我宁愿开枪自杀。

穿过空空的房间，前面又是一道门。就在这时，步履摇晃的瑞贝卡突然朝雷斯顿倒了过去。她紧紧抓着雷斯顿，想尽力保持平衡，这让雷斯顿突然觉得特别愤怒。

你这条愚蠢的母狗，混蛋杀手，该死的间谍！我现在就要对着你的脑袋开枪，把你这颗该死的脑袋打烂在墙上……

虽然在扣动扳机前的一瞬间，雷斯顿恢复了自制力，但失去冷静这件事多少让他有些害怕。差一点儿，差一点儿就犯下严重的错误。

“你要是再敢这样，我就杀了你。”雷斯顿一边踢开与中央走廊连接的大门，一边恶狠狠地说道，他对自己的不留情面感到非常满意。刚才的这句话说得冷酷有力，的确像一名为达目的不择手段的男子说出来的话，而这也是他渐渐发现的最真实的自己。

穿过大门，来到走廊……

“雷斯顿，把她放开！”

埋伏在拐角处的是约翰和“红色”，两人都举起枪瞄准了雷斯顿。他们完全堵住了前往电梯的通道。

雷斯顿立刻拖着瑞贝卡往后退，在想到对策之前，只能先回拘留区。

“没用的。”“红色”怒吼道，“我们还有两个人，就在你后面，你现在被包围了。”

雷斯顿紧紧用枪口指着瑞贝卡的脑袋，几近绝望。*我手里有人*

质，他们不敢开枪，一定会让我过去的……

“我会杀了她的！”说着，雷斯顿再次往后退，朝实验准备区挪去，瑞贝卡已经明显有些步伐不稳。

“那我们就开枪杀了你。”约翰吼道，深沉的语气一点儿不像在说谎，“如果你胆敢伤害她，我们一定让你吃不了兜着走。你把她放了，我们就让你走。”

雷斯顿把手伸向紧闭的金属大门，摸索着控制面板的位置。然后按下开关，打开面前的金属大门及通向区域一的大门。

“你认为我会相信吗？”他轻蔑地冷笑了一声。金属板慢慢向上滑开，现在还有一只活着的鸟龙，而且他已经把关押的笼子打开——*我可以爬出去，还有办法逃离，现在还不算晚！*

就在这时，拘留区的门突然打开，又有两个人走了出来，来到雷斯顿和用枪指着他的人之间。雷斯顿决定孤注一掷。

他用力推开瑞贝卡，把她推向围着他的四个人，同时大力往左跳去，用肩膀撞向大门。通往区域一的大门开了，雷斯顿侧着身闪进门内，然后用力关上门。随即只听咔嚓一声，门闩被雷斯顿插上了，那声音如同乐曲一般在他心底回荡。

只要不到那片空地去，他就是安全的。他们抓不到他。

***

瑞贝卡撞上地板之前，一双强有力的手紧紧抱住了她。她终于又可以平稳地呼吸了。看到约翰和里昂都还活着，安心感就像海潮一般涌上她的心头，让她感觉自己似乎比刚才还要虚弱。由于长时间被一只手用力地卡住脖子，她仅剩的一点点体力也消耗殆尽。现在仔细想想，刚才其实一直在与死神为伴，简直就像儿时经常说的糊涂话一样……

克莱尔牢牢抱着她——原来强有力的双手是克莱尔的。其他人也都迅速围拢过来，约翰轻轻地把她扶起来。瑞贝卡闭上眼睛，疲惫的身体终于可以休息了。

“没事吧？”大卫问道。瑞贝卡虚弱地点点头，看到大家又聚在一起，而且没有其他人受伤，她感到无比高兴和安心。

只有我负了伤，不过……

不过瑞贝卡知道，只要能有机会好好休息，她就会没事的。

“必须赶快离开这儿，马上！”里昂说道，他话语里的急迫让瑞贝卡重新睁开眼睛，温暖的睡意立刻消失了。

“怎么回事？”大卫的声音也严肃起来。

“约翰？”瑞贝卡轻声唤道，眼神刚好跟约翰遇上，约翰向她露出一个笑容，但深邃的眼神透露的却是完全不同的信息。

“我们会没事的，”约翰说，“你不要紧张。现在好好想想该怎么讲你英勇负伤的故事就好啦。”

瑞贝卡从未见过约翰如此不安。尽管她正打算向对方抗议“我只是受伤，脑袋并没坏掉”，但——

这个时候，一阵异常猛烈的轰鸣突然从前方传来。那种声音既像墙壁崩塌，又像玻璃爆裂，仿佛有发疯的公牛冲进瓷器店横冲直撞——

约翰赶紧转身朝来时的路跑去。瑞贝卡眼前一黑，她只听到克莱尔粗重的喘息声，听到大卫喊着“哦，天哪”，还没回过神的瑞贝卡感觉，原本疲惫之极的心突然间开始因为恐惧而剧烈地跳动起来。

情况不妙！

4 resident evil

第二十三章

该死，速度还不够快……

水泥和砖块不断崩塌，灰尘漫天，“化石”像魔鬼一般从电梯那边疾冲过来。在病态的雪白皮肤的映衬下，它的嘴巴和前肢红得吓人，而它庞大到令人不敢相信的身躯占据了整个走廊的空间。

“给我弹夹！”里昂注视着前方约三十米处如同腾云驾雾一般的怪兽大喊道，同时抽出没有子弹的空弹夹。里昂没有注意到递给他新弹夹的是克莱尔，他的全部注意力都放在再次向前一步的怪物身上。

大卫举起 M16 对准前面一顿狂射，里昂将子弹装好的时候，“化石”巨大的脚掌又向前迈了一步。这时约翰也挪到里昂身旁，从大卫那里接过步枪的弹夹。克莱尔摆好架势稳稳地站在大卫身旁，所有人都将目光锁定在不远处的怪物身上。

里昂瞄准“化石”的右眼扣动了扳机，但九毫米口径手枪的枪声一下子就被其他火力的声音淹没了。

*砰！砰！砰！*枪声震耳欲聋。“化石”则把头歪向一旁，似乎很

感兴趣的样子，再次朝呼啸着的子弹迈步过来。

“退后！”大卫高声喊道。里昂后退了一步，“化石”的刀枪不入让他震惊了，他甚至不清楚射出的这么多子弹是否能让它感觉到痛楚，但此时的他们除了开枪还有什么办法呢？里昂再次将枪瞄准怪物的眼睛——

就在这时，他听到克莱尔似乎在喊着什么，然后就看到克莱尔将一个手榴弹递到大卫手上。

“快走！快走！快离开这儿！”大卫又大喊了一声。约翰扯着里昂的手臂，两个人一齐转身奔逃，克莱尔紧跟在后面，里昂只能在心里祈祷跑得快一点儿，以免被碎石片炸伤。

***

克莱尔吓坏了，她拼命地往前跑，脑子里全是那个前所未见的怪物的样子。那张大嘴沾满了鲜血，弯起的弧度就像从噩梦中走出来的怪鱼腹部的曲线，还可以隐约看到包裹在里面的锐利牙齿，还有那被鲜血染红的长得惊人的利爪……

那究竟是什么东西？它怎么能——

“要爆炸了！”大卫的吼声从背后传来。克莱尔猛地一蹬地，往前扑去，就在那一瞬间她看到瑞贝卡那张苍白而扭曲的脸，瑞贝卡正靠在三十米开外的墙上——

伴随一声巨响，克莱尔的整个身子向前飞去。约翰在她的右侧，那温暖而结实的身体撞在她的后背上——随即两人重重地摔在地板上。克莱尔本以为自己的肩膀会先着地，但没想到首先撞上地板的是手肘。

哎哟，好痛！

不知是被爆炸的冲击波掀飞了，还是为掩护克莱尔，大卫竟然摔倒在克莱尔身旁。克莱尔坐起身，回头看到大卫正疼得龇牙咧嘴，两三块金属片穿透黑色羊毛衫，插进他后背的皮肤里。克莱尔伸出手想去帮他……

就在这时，克莱尔看到那个庞然大物仍站在那儿，正抬起手掸掉残留在腹部、胸部的手榴弹碎片。有几块碎片刺进它的肉里，但怪物没有发出任何声音，而且再次朝他们迈进一步。从这些情况来看，显然手榴弹并没有多大作用。只见怪物张开大嘴，露出一排排参差不齐的利牙，牙缝中塞着无数碎肉。它没有发出任何声音，又向前迈了一步，露出肉食动物特有的那种表情。克莱尔觉得自己都能闻到它气息中散发的嗜血味道，大概是从他内脏里散发出来的腐肉臭味……

冷静下来！

克莱尔翻了个身坐直身体，不顾手臂的剧痛抓住大卫伸出的手并将他拉起来。等大卫一站稳，克莱尔就举起她那把九毫米口径的手枪再次射击。尽管克莱尔很清楚这种威力完全不够，但她实在想不出除此之外自己还能做些什么。

***

四个伤口全部位于大卫后背的上半部分，每一个伤口都很深，而且有烧伤的痕迹。大卫吐着气，告诉自己这点痛可以承受，然后便把受伤的事忘了。然而那古怪至极的怪物并没有倒下，似乎放慢了些许速度，但终究没有停下。更糟糕的是他们手中最厉害的武器都已经用过了。

跑，我们只能跑——

大卫一边这样想一边大喊，好让其他人都听到。而此时约翰、里昂和克莱尔正全力与怪物对抗，但子弹跟手榴弹一样，都伤不了怪物。

“约翰，你负责瑞贝卡！全体后退！我们没办法阻止它！”

约翰闪身撤出战线后，剩下的里昂和克莱尔一边往后退一边继续射击。虽然机会十分渺茫，但说不定也有可能击中怪物身上某一处之前被手雷碎片击伤的地方。

“大卫，我们可以从实验区走。那里有强化钢板。”约翰大喊道，大卫没有听清全部的话，不过很快明白了“强化钢板”的意思。尽管那东西可能仍然无法阻止这个变异怪物，但至少可以拖慢它的速度，让大家可以集合在一起商量对策。

“就这么办！”在大卫回答的时候，怪物已经朝他们跨出两三步，迅速将它与众人的距离缩短，看样子它已不再像刚才那么犹豫不决。从这种速度推断，只需几秒它便会追上五个人。

“快跑！跟在约翰后面！”大卫一边大喊一边掩护里昂和克莱尔先走，随后才转身跟上他们。

钢板，强化钢板——这几个词就像咒语一般在全力奔跑的大卫脑海里打转。当克莱尔和里昂跑过拐角，大卫也快速转过去，抬头便看见已跑入走廊尽头屋子的约翰和瑞贝卡。那里是刚才那个疯子逃走的地方。

“大卫，快把门关上！”约翰大叫道。大卫看到控制面板中央一个圆形按钮的上方闪着微弱的光，于是飞快跑过去。

克莱尔和里昂已经进去了，大卫抬起手，一边祈祷自己没选错，一边用手按下面板上最大的按钮——

他也进去了，只听厚重的金属板在他身后发出尖锐的响声，由于距离实在太近，钢板落下时大卫的后颈甚至有明显的感觉。

在他回头瞬间，杂交生物那白色的巨大身体一头撞在门上，透过厚重金属大门的小窗，可以清楚看到它的胸口重重地撞在钢制大门上，以至于整块钢板在门框中不停颤动。大卫明白这扇门坚持不了多久。

帮我们挡住一会儿，就一会儿……

大卫转过身，看到站在南侧的里昂眼里满是恐惧，他面无血色，握着大门把手的手不停颤抖。

“锁上了。”里昂话音刚落，外面的巨兽又朝大门猛撞了一下。

***

雷斯顿听到那个声音的时候，正在琢磨怎样才能爬上实验体 Av 所在的区域。墙壁上的开口距地面足足有三米多高，而且周围没有梯子。距离最近的树木离洞口超过两米，显然没办法用得上，但除此之外，要想离开实验区只能原路返回，而他不想再回中央走廊。于是，雷斯顿下定决心爬树，想试试能不能从树上跳进那个小洞。就在这时从区域二忽然传来一阵剧烈的响声。

雷斯顿慢慢朝连接门走去，尽管心中恐惧，但还是忍不住好奇。区域二的隔音非常好，像这么大的噪音只能是爆炸，或者是剧烈的撞击……

也就是说，那些混蛋终究还是用炸弹了。

尽管雷斯顿把耳朵贴在墙上仔细听了好一会儿，但没有任何声响传入他的耳朵，只听到仅剩的一只鸟龙从某个房间发出一声怪叫，或许是因为失去了太多同伴吧，它似乎并没有什么攻击欲。

爆炸……

区域二紧挨着控制室后方，所以二者之间的墙壁比其他地方的厚好几倍。也就是说，那些入侵者想将“星球”最重要的，同时也是最有价值的控制室给炸掉。对他们来说，这是最好的目标。一旦控制室被毁，整个基地实际上便没有了任何存在的价值。

*但同时，这也意味着他们或许替我打开了另外的出口……*雷斯顿不愿去猜测那些野蛮佣兵是否已全部离开，只剩下残垣断壁——

但如果他们已经……

如果他们已经撤退，他就能出去了。说不定可以大摇大摆从这里离开——不仅能走出“星球”，还能远离白色安布雷拉。发生了这么多事，可以肯定杰克逊会对他下黑手……但如果找不到他，又能奈何他呢?

换一个身份，远走高飞……

一定可以的，只要找准时机，换一个名字和身份去很远很远的地方。这个计划一定行得通。

雷斯顿在心里对自己点头，随后把通往区域二的门稍稍打开了一些，他也不知道接下来会看到什么。当他到两面墙体上巨大的口子和散落的水泥块、木板和钢筋时，他惊呆了。那开口的边缘十分粗糙，看上去至少有按三米宽，高约六米。虽然没有看到升腾的烟雾，但雷斯顿不禁想，这一定是那些破坏分子使用某种高爆炸药搞出来的。

室内温度很高，灯光亮得晃眼，但在新型换气设备的作用下，这里很快就变得十分凉爽。此时，即便竖起耳朵仔细倾听，也听不到任何声响。如果这不是陷阱……

雷斯顿不禁摇摇头，被自己的神经质给逗乐了。这一刻，他决定奔向自由，把这片废墟永远地留在身后。他的心底涌出一种激昂的感情，那是一种充满可能性、宛如新生的感觉。那些人已经走了。他们任务完成，“星球”已变成一片废墟。

雷斯顿穿过一片热沙，跨过四处散落的蝎子残骸，爬上那形状变化不定的沙丘，远远望着那两个洞口。

我的天哪！他们竟然把一切都毁了？

几乎是彻底毁灭，原本应该铺满监视器的墙壁现在成了一个巨大的洞，厚厚的玻璃碴和电线、电路板的碎片散落一地，能隐约闻到一些臭氧的气味——精心设计的影像监视系统只剩了这点儿。高级皮革沙发中有四个已经从焊接的底座上脱落，特制的大理石桌子从正中间被折成两截。房间东北角也有一个巨大的不规则圆洞，周围全是各种碎片。

那么这个洞的另一边是……

和他想的一样，穿过洞他真的看到了电梯。正在工作的电梯，亮着灯的箱体正缓慢地回落。

这是陷阱吗？一切都太好了，不像是真的。这时雷斯顿听到隐约的敲击声从拘留区那边传来，心里感叹自己的运气太好了。工人们都逃走了，所以那声音很可能就是那些特种战术救援组的前队员发出的。根据声音判断距离，在他们过来之前，他至少已经坐上电梯，前进到离地面一半距离的位置。

想到这儿，雷斯顿不禁咧嘴一笑，诧异于一切竟然会这样结束。似乎一点儿也不惊心动魄，如此稀松平常……

这算是在抱怨吗？不不不，我没有什么不满。一点儿也没有。

雷斯顿绕过那些锋利的碎玻璃，小心翼翼地穿过洞口。

***

与“食物”战斗之后，“化石”消耗了不少能量，肚子很快又饿了，这让它更加渴望食物。前方那道坚硬的墙阻止了它继续进食，但同时也让它的食欲剧增，更渴望达成目的。在不断撞击面前那道障碍的同时，“化石”感到体内的物质渐渐被转化，感觉自己的肉体变得越来越柔软。

突然，它闻到了新的食物气味。在身后刚才过来的道路一端有一个全无防备的肉体在晃动，并且与它之间没有任何间隔。

把那个吃掉之后再回来就行了。“化石”转身朝新的食物疾冲过去。难耐的饥饿和欲求让它决心在食物逃跑之前把他吃掉。

***

巨大怪物一转身，约翰抓住机会开始猛踹面前的铁门。“化石”刚才那一连串令人惊异的猛烈撞击已经将门框的钢板撞歪了一半，估计再撞几下就会被撞开。

克莱尔和里昂赶紧也加入进来，三人只花了几秒钟便将厚重的钢板踹开，钢板倒在地上发出轰隆的巨响。大卫抱紧瑞贝卡，带领大家拼命朝电梯方向跑去。没有一个人开口说话，他们都明白“化石”很快就会回来。如果真是那样，他们是没有任何胜算的。

“不要！不要啊！”

一名男子在惨叫。约翰转过拐角时，看到在长走廊上狂奔的雷斯顿，而“化石”紧跟在他身后。

他们没有停下脚步，约翰不禁在想，那怪物将一个人吞下去究竟需要多少时间。到达电梯后，所有人都迫不及待地闪了进去，里昂用力关上电梯门——所有人都听到了外面刺耳的惨叫声，随即只听到沉重而湿漉漉的咀嚼声响起，惨叫声戛然而止。

而他们乘坐的电梯开始上升。

4 resident evil

第二十四章

瑞贝卡要睡过去了。电梯上升时规律的响声跟大卫的心跳一般，有着抚慰人心的作用。尽管已是筋疲力尽，但她还是抬起无比沉重的手去拿夹在腰间的黑色笔记本。雷斯顿一点儿都没有察觉，显然他完全没想到瑞贝卡其实是在佯装无力。

瑞贝卡也想过告诉其他人，以打破电梯里疲惫的沉默。她刚要将这个消息告诉大家，转而又决定再等等。毕竟一路上经历了这么多，他们理应好好享受一个惊喜。

想到这儿，瑞贝卡闭上眼睛开始休息。接下来他们还有很长的路要走，只不过现如今路的走向大概已经不同了吧。安布雷拉犯下的罪行总有遭报应的一天。而他们，一定会努力让这一天早点儿到来。

4 resident evil

尾声

大卫和约翰扶着年轻的瑞贝卡，里昂和克莱尔则像一对恋人一般相视而笑。五位疲劳至极的战士踏着沉重的步伐走出监视器画面，迎来一个平静安宁、花香扑鼻的犹他州早晨。

特兰特叹息着靠向椅背，无精打采地转着那只金丝玛瑙戒指。在奔赴下一场大战之前，他希望那几个人能够先休息一两天……那或许会是最后的一场大战。经历了那么多，他们也确实应该休息一下。如果说这些人中能有谁经过接下来的恶战仍能坚持到最后，那他一定会送上一份厚礼。

前提是当那个时刻到来时，我还处在有资格给予他们礼物的位置上……

不过，这倒不需要担心。如果说杰克逊和其他人最终看穿了他扮演的角色，他就只能选择消失——不过他手上握着六七个无法追踪的完美身份证明，可以让他去全世界六个最富裕的地方继续生活。而白色安布雷拉是没办法追寻到他的踪迹的。安布雷拉有钱有权，没错，他们只是缺乏头脑而已。

我已经成功走到这一步了，不是吗？

特兰特又叹了一口气，同时告诫自己现在就开始自鸣得意还为时过早。他很清楚，太过自信并不是什么好事，不少比他更厉害的人都因此死在安布雷拉手上。总有一天，要么他死，要么他们死。只有那样，问题才会解决。

他站起身把两只手举过头顶，松了松肩膀，以缓解肩膀的酸胀。得益于对卫星的“侵入”，他已对一切了如指掌，这的确是一个收获颇丰的夜晚。现在的他，需要好好睡上几小时。他已经都安排好了，到中午之前没有人能打扰到他。等到中午再给西德尼去个电话吧——相信那时候，那个爱喝红茶的老头和其他人肯定都急疯了。他们一定会全力搜索神秘的特兰特先生，所以他只得另乘一架飞机。尽管他很想看到霍金森回归，看他如何对付“化石”，但此时此刻他更需要的是睡眠。

特兰特关掉屏幕，从自己的作战室——一间装有高级设备的起居室，来到一个普通的厨房。这座位于纽约州北部的小房子虽然说不上是他的家，但至少也是一个避难所。他大部分的工作都是在这儿完成的。不仅仅是那些替白色安布雷拉干下的大事，还有他自己真正的工作。然而，不管是谁来调查，都只会看到一栋三居室的维多利亚风格小屋，属于一个叫海伦·布莱克的老妇人。这是只有他自己懂的玩笑。

特兰特打开冰箱取出一瓶矿泉水，想起雷斯顿最后看他的那个表情，直愣愣地望着他，目瞪口呆的样子。让“化石”干掉他实在是一个绝妙的主意。不过，科尔的事让他感到十分遗憾。虽然目前抵抗力量还很微弱，但它毕竟在不断成长，科尔很有可能成长为这股力量中的重要人物。

特兰特拿着水上楼，上完厕所，走入一条不长的通道，想起之前走过的可比这长得多。在最初与白色安布雷拉取得联系的那几周里，就算在某一天突然被杰克逊叫到办公室，然后被一枪打死，他也一点儿都不会感到奇怪，因为那是随时可能发生的事。不过熬过最初的几周、几个月，便再没有人怀疑他——丝毫都没有。

特兰特走入卧室，拿出几件适合飞行的服装，然后开始脱衣服。一边脱一边想，他可以先喝杯咖啡，等给西德尼打完电话再收拾行李。然后特兰特关上灯，钻入被窝坐了一会儿，一边喝着手中的瓶装水，一边考量接下来要进行的计划。他确实累了，不过眼看人生目标近在眼前，这三十年的计划和梦想眼看就要走上巅峰，多年的夙愿终于就要实现了……这种时候，要想入睡可不是件容易事。

不过，要实现目标还有最后一击。在真正结束一切之前，还有几件事要做，而接下来的几件事又都与那几个反叛者如何行动息息相关。尽管对他们有信心，但这世界上没有什么万无一失的事情——一旦失败，他就得重新来过。尽管不是完全从头开始，但也会是一个重大的挫折。

不过，最后……

特兰特微微笑了笑，把水放到床头柜上，然后钻进厚实温暖的羽绒被中。终于能将白色安布雷拉的罪恶面目公之于众了。尽管干掉安布雷拉的那些人并不是什么难事，但对特兰特而言，仅仅杀掉他们还不能让他满足。他要看到那些人被彻底打败，彻底崩溃，不管是经济上还是精神上，要夺走他们拥有的一切。等那一天到来，让安布雷拉的高层们看着自己煞费苦心的事业被毁于一旦，他一定会等到那一天。他要在他们梦想的坟墓前跳舞，想想都让人高兴。

就像他经常做的那样，特兰特开始在脑海里重复练习为那个时刻专门准备的演讲，他练了这么久就是为了有一天能说出那些话。杰克逊和西德尼一定得在那儿，还有欧洲的“领导者们”，以及两名日本的投资者三上和神谷。他们全都知道事情的真相，是叛变的同谋……

我站在他们面前，面带微笑，然后说：“也许各位已经忘了某些事，那么请允许我稍稍说明一下整件事的背景。

“安布雷拉创办之初，还没有白色安布雷拉这个组织，有一位叫詹姆斯·达里乌斯的知名科学家在公司研发部门工作。达里乌斯博士

是一位兢兢业业、为人正派的微生物学专家，他和身为药理学博士的美丽妻子海伦一起，花费无数时间为安布雷拉公司研究含有组织修复、合成功能的药物。而那种药物，完全是他们的独创成果。达里乌斯夫妇花费大量时间研究出的这种合成物质其实是一种精心设计的病毒复合体。如果能合理研发，将有效减轻人类的痛苦，甚至有可能在将来的某一天消除因为外伤而致死的可能性。詹姆斯和海伦对自己从事的工作满怀期待。

"詹姆斯和海伦两个人都对他们的研究充满了期待，而他们又是那样尽心尽力、忠诚可信的人，所以意识到这种合成药物的巨大潜力之后，他们马上把这一切上报给了安布雷拉公司。安布雷拉自然也意识到药物的巨大价值。只是他们同时认为，一旦这种药物推向市场，那将会对公司财政造成巨大冲击。试想，如果每年有好几百万人可以摆脱疾病的折磨和死亡的命运，那制药公司将会损失多少收入？另一方面，如果说这种复合病毒能用于军事用途，那又将给公司带来多大的收益呢？前景惊人！

"安布雷拉没能抵挡住暴利的诱惑，从达里乌斯手中夺走了合成物、研究笔记和一切研究成果，然后全部交到一位名叫威廉·柏肯的年轻科学家手上。这位威廉·柏肯不到二十岁，就已经成了实验室负责人，显然，他跟安布雷拉是一伙的。跟他们有着同样的观念，同样缺乏道德，是可以利用的人。安布雷拉选择在这样一个位置放置他们的傀儡科学家，同时也意识到，如果让达里乌斯这样优秀的科学家在他身边肯定会坏事。

"于是，就有了后面的大火。据称是意外，一场可怕的悲剧——两名科学家和三名忠诚的助手全都葬身大火。尽管很遗憾，尽管很可怜，事情还是这样结束了。随后，就成立了被称为白色安布雷拉的分支部门，专门进行生化武器研究。而白色安布雷拉后面也就成了那些卑鄙、下流的有钱人以及早已丧尽天良的人的游乐场。"

说到这里，我要再次微笑。

“就是像你们这种人。

“白色安布雷拉机关算尽，或者说，他们自认为做得滴水不漏。可惜还是遗漏了一样——或许是因为他们目光短浅，又或许是因为傲慢无知——那就是詹姆斯和海伦的独生子，发生大火时那个孩子刚好在寄宿学校上学。或许，他们只是忘了那个叫维克托·达里乌斯的孩子而已。而维克托对这一切无法忘怀。事实上，维克托始终铭记白色安布雷拉的所作所为，可以说到了痴狂的程度。曾经有一度维克托无时无刻不在想着这件事情，也就是那个时候他决定要做点儿什么。

“维克托知道，如果要为父母报仇，他一定要运筹帷幄，格外谨慎小心才行。所以他花费了大量的时间谋划，学习各种知识，甚至包括刻意进入有用的人脉圈。为此他跟仇恨的另一方白色安布雷拉一样，也做过一些伤天害理的事。总有一天，他会将安布雷拉扼杀，正如安布雷拉扼杀了他的父母一样。这不是一件简单的事，但他目标已定，愿意将毕生精力用在这个目标的实现之上。”

然后我咧嘴笑笑，继续说：“哦，我有没有告诉你，维克托·达里乌斯改了个名字？尽管有风险，但他还是决定保留父亲的部分中名。反正不会再有人用詹姆斯·特兰特·达里乌斯这个名字。”

或许这段演说到时会有些许出入，但主要意思是不变的。特兰特知道自己不可能有机会一次性完整无余地呈现这段演说，但这是支撑他走下去的动力，是这么多年来他坚持的理由。每一个因愤怒和仇恨辗转反侧的晚上，他就不断地在心里、在脑海里重复这个画面，好似摇篮曲一般帮助他入眠。他想象着安布雷拉那些人苍老倦容上的惊恐，想象着他们黯淡无光的眼睛里透出的深深恐惧，想象他们内心的战栗。不知怎地，只要想到这些，他心中升腾的怒火就能被压下去一些，让他得到片刻的安宁……

要不了多久了。等完成欧洲的事，我的朋友们……

特兰特带着这些思绪进入了黑暗，进入了他为伸张正义而战的沉沉睡梦中……

是忠实的读者给我信心让我继续写这本书

对于卡特·舒尔来说，

他一定想不到我会把这本书献给他

RESIDENT EVIL 生化危机（白金版）5

NEMESIS

追踪者

[美] S.D. 佩瑞 / 著　张　榕 / 译

金城出版社
GOLD WALL PRESS
中国·北京

莫向邪恶屈服，

更要勇于向邪恶挑战！

——维吉尔

目 录

RESIDENT EVIL

NEMESIS

序　章

电话铃声响起的时候卡洛斯刚刚走出浴室。他急忙在腰间围了一条浴巾，跌跌撞撞地跑进狭小的起居室，差点儿被一个箱子绊倒。由于刚刚搬来这个城市，他还一直没顾上去换一部有自动应答功能的电话。只有安布雷拉分部的人知道这里的电话号码，所以他不能错过任何来电，毕竟一直以来都是安布雷拉在帮他付清各种账单。

他用还在滴水的手抓起话筒，尽量让自己不那么气喘吁吁地说：“喂？”

“卡洛斯，我是米奇·希拉米。”

卡洛斯猛地抓住那条湿浴巾，不觉将身体站直了。

“是，长官。”

希拉米是他的队长。虽然卡洛斯只见过他两次，还没有太深的印象，但希拉米仍给他留下了十分干练的感觉……就像小队里其他人一样。

很能干……但不够坦率……卡洛斯自己也一样，在这里不太提自己的过去。不过他还是知道，在自己为安布雷拉工作之前两三年，希拉米曾干过向南美走私军火的勾当。安布雷拉生化危机处理部队（U.B.C.S.）里的每个人都有一两个小秘密……可以说这里的大部分人都参与过一些非法活动。

“我们刚刚接到命令，要求所有人员立即集合。你必须在一小时之内前来报到，两小时后，也就是十五点整出发，清楚了吗？”

“似……呃，是的，长官。”虽然卡洛斯已经说了很多年英语，说得很流利了，但有时候还是会不留神吐出几个西班牙语单词。

“有什么具体信息吗？”

“嗯……集合后会进行简报。”

听希拉米的口气，似乎还有什么话要说。于是卡洛斯拿着电话等待着，身上还湿漉漉的，他感到了一阵寒意。

“如果一定要说，是化学品泄漏。据说这种化学品会造成人的行为改变。”希拉米的声音中好像带着一丝不安。

他不禁皱起了眉头。“会变成什么样？”

希拉米叹了口气。“奥利维拉，他们给我们发工资，不是让我们来问问题的，你现在知道得和我一样多了，尽快过来集合吧！”

“是，长官。”卡洛斯赶忙说道，不过希拉米已经挂断了电话。

把听筒放回去的一刹那，卡洛斯突然感到有些不知所措。这是他加入安布雷拉生化危机处理部队后的第一次正式行动，他不知是该兴奋还是该担心。安布雷拉生化危机处理部队里的人都具有丰富的战斗经验，有些是雇佣军，还有些是退役军人，安布雷拉开出的高薪令他们所有人都印象深刻。安布雷拉只有在希望迅速、彻底且合法地解决一些突发情况时，才需要召集他们——这是在洪都拉斯，安布雷拉的面试官对卡洛斯说的。在加入安布雷拉生化危机处理部队之前的三年里，卡洛斯一直被各种各样的帮派及反政府武装雇佣，不停参加他们之间的各种小规模私人战争，住在各种破烂肮脏的地方，吃着各种粗制滥造的罐头食品。直到他被安布雷拉公司雇佣后，才算是有了一份正经工作，而且拿着高额工资……他一直在心中祈祷能够过上这样的日子。

目前的这种生活简直美妙得令人难以置信……可是，我为了这一切所付出的，真的值得吗？

卡洛斯不禁摇了摇头。他可没觉得只裹着一条浴巾思考就能得到答案。不管怎么说，也不会比在一片无名的丛林中和那帮疯狂的毒贩交火，每一秒钟都在担心听到结束自己生命的那声枪响更糟糕的了。

从这里步行到分部，只需要二十分钟左右，时间还相当充裕。

不过当他走向卧室的时候，突然决定尽快到达，那样没准能在会议之前从希拉米那儿得到更多的信息。因紧张分泌的肾上腺素已经渐渐让身体暖和起来了。他还是个孩子时就习惯了身体的这种变化——混杂着一些期盼、一些兴奋，当然还有一些恐惧的感觉。

擦干身体后，卡洛斯觉得自己有点儿担心过度，可能是在丛林中太久了，对任何事情都有点儿敏感，他不禁乐了起来，他现在在美国，在为一家合法的制药公司工作，这有什么好担心的？

“别瞎操心了！”他一边对自己说，一边带着轻松的微笑去找他的制服。

***

9 月下旬的市郊，虽然仍旧阳光明媚，但快步走向公司的卡洛斯已经感到了秋天的气息，微风中带着些许凉意，树梢上的叶子也开始逐渐枯萎。他的公寓位于市郊工业区的边缘，周围都是一些破败不堪的加工厂，还有废弃许久、杂草丛生的仓库。安布雷拉生化危机处理部队的分部就设在这片区域，其实它就是用安布雷拉的一个旧仓库改造的，不过在修建了停机坪、安装了各种设施之后，这里变成了一个先进、整洁的行动基地。卡洛斯想不通他们为什么会把基地建在这么一个肮脏破败的地方，以安布雷拉的财力，完全可以将基地建在比这好得多的地方。

在快到埃弗雷特大街的时候卡洛斯看了下表，略微加快了速度。虽然时间还来得及，但他还是想早点儿到，以便在简报开始前先和其他队友交流一下。希拉米说全体集合，也就是说……四个分队，每分队三个小队，每小队十个人，一共有一百二十人到场。卡洛斯是 D 分队 A 小队的下士，虽然一定有人会煞有介事地胡说八道，但他还是觉得有必要提前和他们聊聊。没准他们中间的哪个真的知道一些重要情报。

他在埃弗雷特大街与374号公路的交叉口右转，一边走一边想着将要执行的任务，好奇自己会被派到什么地方。

突然，从前方几米远的一条小巷里走出一个男人。那人走出巷口后便面带微笑地站住了，双手插在高档外套的口袋里，显然是在等卡洛斯走过去。

卡洛斯不动声色地小心观察着对面的男子。身材瘦高，黑色头发和眼睛，肯定是白人，目测四十五岁左右……他脸上带着坏笑，就像要给卡洛斯讲一个特别好笑的笑话似的。

任何大一点儿的城市里都会碰上脑子有病的家伙，这是城市生活中不可避免的麻烦。卡洛斯在心里这么想着，打算装作没看见，就这么直接从那人身旁走过去。

他大概想告诉我，外星人正在监测他的脑电波，正在策划一些阴谋什么的。

“卡洛斯·奥利维拉？”那个人突然问道，但他的语气十分肯定。

卡洛斯立即警惕地停下脚步，右手下意识地摸向手枪……该死！自打到了美国他就不再配枪了。

仿佛感觉到卡洛斯的不安，陌生人向后退了一步，并慢慢举起双手。不过他的表情中没有丝毫惧色，甚至看上去似乎有些开心。

“你是？”卡洛斯很不客气地问。

这个该死的家伙是从哪儿知道我的名字的？

“我叫特兰特，奥利维拉先生，”他回答道，黑色的眼眸中闪烁着难以抑制的欢乐光芒，“我想提供一些情报给你。”

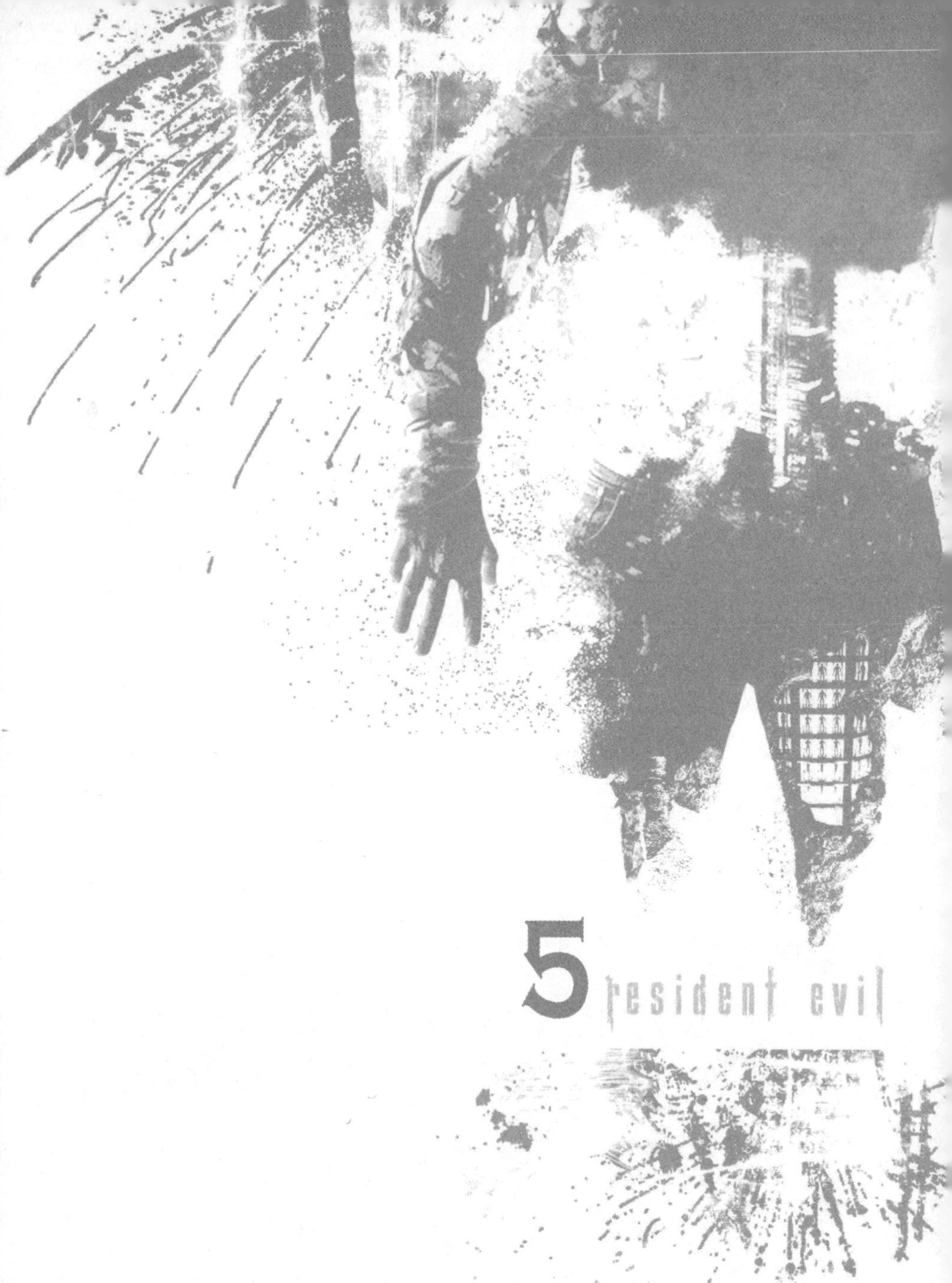
5 resident evil

第一章

在梦里，吉尔不停地奔跑着，可总是停在原地。

自从那次几乎害死他们所有人的任务之后，她就一直做着同一个噩梦。在梦里她又回到了7月那个可怕的漫长夜晚。那时安布雷拉的秘密研究刚刚导致几起死亡，特种战术救援组（S.T.A.R.S.）还没有被完全腐化，她还在天真地认为人们会相信他们这些幸存者所说的话。

在梦中，她和克里斯、巴瑞，还有瑞贝卡一起，在安布雷拉秘密研究所的停机坪上焦急地等待救援，所有人都筋疲力尽，遍体鳞伤，而且除了藏身地之外已经走投无路，无论是去建筑物周围还是去其他楼层，对他们来说都等于是自杀。黎明即将到来，蓝白色的月光从斯宾塞庄园周围的树梢洒向地面，远处直升机的轰鸣声渐渐接近，让他们感到无比宽慰。已经有六名特种战术救援组队员被游荡在庄园里的丧尸和其他变异生物杀死了。研究所马上就要爆炸了，如果布拉德不能及时抵达，那么安布雷拉不仅可以毁掉有关T病毒的所有证据，还能消灭仅有的几个幸存者。

克里斯和巴瑞不停地挥舞着手臂，示意布拉德再快点儿。吉尔眼神迷离地看着自己的手表，想要理清思路，弄明白究竟发生了什么。安布雷拉，这家为浣熊市的经济繁荣做出极大贡献的制药公司，竟然在秘密研究生物武器，造出了可怕的怪物……而且还打算用炸弹将他们这些知情者灭口。一定要让他们付出相应的代价。

不过现在，这些并不重要，重要的是怎样逃出这个地狱。

***

……我们可能只有三分钟，最多四分钟了……

砰！

吉尔转过身，只见西北方向的墙上突然出现一个大洞，大块的混凝土和焦油正如雨点般溅落。紧接着一只巨大的爪子从洞里伸了出来，然后是它那露在唇外参差不齐的牙齿……

是她和巴瑞在研究所里没能杀死的那只全身苍白、体形庞大的怪物——“暴君”，怪物敏捷地向前一跃，跳到了直升机停机坪上。它迅速地由蹲姿站了起来……开始向他们移动。

它面目狰狞，身高至少有两米四，也许它曾经是人类，但现在已经变成这里最可怕的怪物。它的右手还像人手，但左手已经变成一只巨大的爪子。它的嘴唇就像暗红色肌肉上的一道伤口，看起来在冲他们狞笑。它赤裸的身体上没有任何性别特征，一颗肥大的、如同肿瘤般血淋淋的心脏在它的胸膛外部不停搏动。

克里斯举起贝雷塔手枪，瞄准“暴君”搏动的心脏快速射击，五发九毫米子弹射入怪物恐怖的身体，但“暴君”的行动丝毫没有受到影响。巴瑞大喊：“散开！”所有人都向不同的方向后退。吉尔急忙转身，拉着瑞贝卡向一旁跑去，她的身后传来九毫米口径子弹离开枪膛时的巨响，巴瑞正在向“暴君”射击。随着时间一分一秒地流逝，吉尔越发感到焦急，有几次她甚至将直升机盘旋所造成的气流误以为脚

下的自毁装置已经爆炸了。

她和瑞贝卡也用手枪向“暴君”射击。吉尔不断地扣动扳机，即使看见“暴君”将巴瑞按倒在地，也没有停止开火。吉尔快速打空了弹夹，又立即换上一个新的，她一边开枪一边尖叫着，感到越来越绝望、越来越恐惧。它难道不会死吗？

头顶传来一声大喊，一个东西从直升机里被扔了出来，克里斯跑过去想接住它。由于隔着怪物的身体，吉尔没看清那是什么。此时“暴君”已经把全部注意力转向了她和瑞贝卡，尽管它已经被子弹射出无数个血洞，但仍旧对正在击中自己的子弹无动于衷。吉尔转身向后跑去，瞥见瑞贝卡也在逃跑，但她很清楚，“暴君”的目标是自己，因为吉尔·瓦伦蒂安的面容早已深深地印在了它的脑子里了。

吉尔不停地跑着，跑着，突然，机场消失了，支离破碎的庄园也消失了，她周围是长着几万棵树的森林，耳边只剩下靴子踏在地面上的声音、血液在自己身体里流动的声音，还有她急促的呼吸声。身后“暴君”的声音也消失了，周围一片死寂，但她明白那只强壮的“暴君”一定正在接近她，并且最终一定会无情地将死亡带到她的面前。

所有人都死了，克里斯、巴瑞、瑞贝卡，甚至布拉德，除了自己之外，所有的人都死了，她不停地奔跑着。突然，“暴君”的巨大身影拦住她的去路，巨大的利爪带起尖锐的风声，刺穿了她的身体，她要死了，结束了……

***

不要……

“不！”

吉尔猛然睁开眼，嘴唇仍然在颤抖，她的惊呼声还在寂静的房间里回荡。那并不是惨叫，更像一个软弱的女人在面对无法逃脱的死亡时发出的悲鸣。

到底哪个是梦，哪个才是真实的世界？我们是不是都已经死了？

她静静地躺了一会儿，做了几次深呼吸，然后慢慢地松开了枕头底下上好膛的贝雷塔。拔枪已经变成了条件反射的动作，不过她并不觉得这有什么不好的。

“这东西在梦里同样没用。”她嘟囔着坐了起来。最近几天她经常自言自语，有时她甚至觉得这是唯一能让她保持冷静的办法。微弱的光透过百叶窗照进了昏暗的小房间，床头柜上的电子钟还在走着，她对电池还没有耗尽而感到高兴，但马上意识自己起晚了……快到下午三点了。她睡了将近六小时，是她在最近三天里最长的一次。想到外面正在发生的事情，她感到一阵内疚。她应该在外面，她还能为那些仍有希望得救的人做些什么……

面对现实吧，你很清楚。如果你崩溃了，就不能再帮助任何人了。那些帮过的人……

她不愿再继续想下去。在将近四十八小时不眠不休的救援之后，今天上午，她终于回到了市郊的家中，发生在浣熊市的惨剧令她几乎崩溃：城市已经被T病毒及其变种吞没，而且无可挽回。

人们都变成像庄园里的研究员一样了，甚至像“暴君”一样。

吉尔一闭眼，脑海里就会出现噩梦里的情景，她思考着这个不断重复的噩梦所含的隐喻。梦境与她的真实经历简直一模一样，除了结局不同……特种战术救援组阿尔法小队的飞行员布拉德·维克斯的确从直升机上扔出一个东西，那是一个火箭发射器，克里斯用它干掉了正在追杀吉尔的“暴君”，然后他们都及时逃离了……但从某种意义上来说，这实在算不上什么成功。在那之后他们所达到的最好结局，也许只有无谓的牺牲。

这并不是我们的错，吉尔心中升起一团怒火，在他们企图揭露事情真相的时候，没有人相信。没有一个人相信……总部不信，警署署长艾隆斯不信，新闻媒体也不信。要是他们能认真听下去，要是他们试着相信……

只过了短短六周，但她觉得像过了好几年。浣熊市的市政官员和当地媒体都拿特种战术救援组的事大做文章……死了六名队员，而幸存者们竟然在到处散布诸如秘密研究所、怪物、丧尸，还有安布雷拉阴谋之类的荒谬言论。没有人相信他们的话，在吉尔他们被命令停职后，他们所做的一切都成了笑话。这不算什么，最糟的是，他们没有任何办法去做防止病毒扩散的事。她和其他人只能寄希望于研究所的大爆炸已经消灭了全部病毒。

在接下来的几周里，他们又经历了很多事情。他们发现特种战术救援组内部出现了腐化，安布雷拉，准确地说是研究生物武器的白色安布雷拉，为了能够无所顾忌地进行研究，贿赂或恐吓了全国各地特种战术救援组的主要成员，一些浣熊市市议会的议员也接受了安布雷拉的贿赂。他们还发现，安布雷拉很可能设立了不止一处类似的研究所。在执行那次灾难般的任务之前，她曾与一个名叫特兰特的人接触，他声称自己是“特种战术救援组的朋友”，虽然后来没有查到任何有关此人的线索，但他们却无意中发现了警署署长艾隆斯的一些隐秘资料：他曾因涉嫌一起强奸案而被调查，似乎正是安布雷拉帮他摆脱了那次困境，而且还帮他坐上了如今的高位。上述调查的结果说明，目前吉尔等人所面临的最大困难并不是事态本身的严重性，而是他们的团队已经被分化瓦解，他们不知该信任谁，不知该把真相告诉谁，更不知该如何采取行动。

吉尔苦笑着想起唯一让她感到一丝欣慰的事儿，至少她的朋友们都已经摆脱了危险。瑞贝卡·查姆博斯加入了另一个脱离了特种战术救援组的小队，前往缅因州调查安布雷拉的另一个秘密研究所；向来胆小的布拉德·维克斯逃到了其他城市；克里斯·雷德菲尔德已经抵达欧洲，去安布雷拉总部进行侦查，并等待巴瑞·伯顿和瑞贝卡的那支小队前往会合……至于吉尔，则要查明安布雷拉浣熊市分部的情况，再按计划去和他们会合。

可就在五天前，浣熊市发生了可怕的事情，并仍在继续，像毒花一样迅速蔓延，现如今他们已无能为力，只能寄希望于外界能够尽快获知此事，并对他们提供帮助。

最初的几例案件被报道的时候，没有人将它们与特种战术救援组在斯宾塞庄园的故事联系起来。人们普遍认为这是在春末夏初时的那起连环杀人案的后续，浣熊市警署很快就会将凶手捉拿归案。直到三天前，警察按安布雷拉的要求，在所有道路上设置了路障之后，人们才觉得有点儿不对头。吉尔不知道他们是如何做到彻底断绝这座城市与外界联系的，但他们相当成功……没有物资输入、没有邮件递送，所有能和外界联系的手段都失效了，所有试图离开的市民也都被强制遣返，而且没有得到任何解释。

吉尔得知这些袭击事件以及城市被封锁的消息之后，觉得简直不可思议，她立刻前往警署去找艾隆斯署长，但他什么都不肯说。吉尔认为不是所有警察都像艾隆斯一样愚蠢、堕落，总会有人愿意听听她的话，可是她错了。虽然警察们亲眼看见了那些怪异场面，但是仍不愿意接受现实。

谁又能责怪他们呢？“听着，警官们，建立我们美丽城市的安布雷拉公司正在秘密进行生化病毒实验，他们在秘密研究所里繁殖和培养各种变异生物，然后给它们注射病毒，使它们变得极端凶残。而人类感染病毒后就会变成‘丧尸’——当然这并不是什么专业术语。感染者会失去主观意识，变得渴望血肉，就像活动的尸体。它们没有痛觉，会攻击并吃掉其他人。虽然看上去还活着，但那跟死已经没什么区别了。那么，让我们一起去保卫手无寸铁的市民，这些人中有你的朋友和邻居，如果我们不快些采取行动，你就可能是下一个变成丧尸的人。”

想到这儿，吉尔坐在床边深深地叹了口气。在见到他们之前，她已经将这番话练习了无数次，但不管她说得多么好，听起来仍像是一个疯狂的故事。他们自然不会相信。这并不意外，但还是让她感到气愤。毕竟，在安全的大白天，穿着制服、配备武器的警察们，怎么会轻易相信自己正面临危险呢？

天黑了，尖叫声响起……

那天是9月25日，今天是28日，警察们大概都已经死了。她最后一次听到枪声……是在昨天白天还是晚上？当然，也有可能是恐慌的民众在开枪，不过这已经不重要了。浣熊市已经死了。这里只剩下四处游荡的丧尸，寻找着它们的下一顿饭。

吉尔对肾上腺素激增、不眠不休的那四十八小时的记忆有些模糊。在警察系统被摧毁后，吉尔花了很长时间寻找幸存者，她穿过无数小巷，敲击所有看到的门，检查所有经过的建筑，尽力寻找可能的幸存者。她找到几十个活下来的人，并在其中一些人的帮助下在一所高中里建立了临时避难所，在周围设置了路障。确定他们的安全之后，吉尔再次回到城里，继续寻找其他幸存者。

这次她没找到任何幸存者。而今天早上，当她回到那所高中的时候……

她实在不愿意再去回想，但她明白，她一辈子都无法忘记这件事。今天早上她回到那里的时候，路障已经消失了。可能是被丧尸摧毁的，也可能是被学校里的人撤掉的，也许是学校里的人在向外张望的时候，在那些吃人怪物中看到了自己的兄弟、叔叔或是女儿。也许他们以为撤掉路障，就可以救出自己的亲人或朋友，但他们并不知道为时已晚。

整座学校变成了一个屠宰场，空气中弥漫着排泄物和呕吐物的恶臭，墙上留着大片大片的血迹。眼前的情形令吉尔几乎崩溃，地上倒着一些幸运地在变成丧尸之前就死掉的人，没有任何人活下来。当她穿过空荡荡的走廊时，杀死了几个蹒跚的丧尸，那是几小时前她刚刚救出来的人，他们获救时还激动地流着泪。可现在全完了。吉尔感到心中那一丝希望在一瞬间就消失了，她的所有努力都毫无价值。她知道安布雷拉的真相，但这救不了任何人，她本以为救出七十多个人，男人、女人和孩子，可……他们现在全死了。

她不记得自己是怎么回到家的。当时她已经无法思考，红肿的双眼一片模糊。除了亲眼所见，还有成千上万的人正在城市中慢慢死去。这场悲剧已经远远超出了她所能承受的极限。

但它明明是可以避免的。这都是安布雷拉的罪行。

吉尔从枕头下拿出贝雷塔，此刻是她第一次顾得上感受安布雷拉带给她的巨大痛苦。在过去几天里，她一直尽可能保持镇定，身边的人需要她的鼓励和帮助，她不能无所顾忌地宣泄情绪。

现在，虽然……

她下定决心，离开浣熊市之后一定要让策划这一切的禽兽们也尝尝这种滋味。他们夺走了她的希望，但夺不走她的生命。

吉尔把枪上膛，咬紧了牙，把憎恨藏进内心深处。是离开的时候了。

5 resident evil

第二章

他们将在一小时内到达浣熊市。

尼古拉·基诺瓦耶夫已经做好了一切准备，而且他相信他的队员比其他小队的人更优秀。B 小队的其他九人都对他十分尊重，从他们的眼神中就能看出这一点。即使他们明知这次任务可能会出现伤亡，也都会全力以赴。他们都是他亲手训练的。

D 分队的直升机起飞了。一路上没有人说话，连戴着耳机的指挥官也沉默不语。直升机的噪音实在太大了，再说尼古拉和希拉米、克莱恩以及米哈伊·维克多也无话可说。维克多是他们的指挥官，但尼古拉认为这位子本应是他的，维克多不具备真正领导者的素质。

但我具备那种素质，我成了监察员。所以这次任务结束之后，不管他们高不高兴，我和安布雷拉的关系都会更加亲密。

尼古拉面无表情，但心里非常得意。他决定，一定要借此次任务让安布雷拉的那些人明白，他们小看了自己。

他坐在 A、C 两个小队长中间，轻松地靠着机舱一侧的舱壁，身体随着直升机规律的震动不停晃动。空气里弥漫着紧张沉重的气氛，还有男人身上的汗味，他对这一切都非常熟悉。他以前也曾带领他们参加过战斗，但如果一切都如计划一样顺利，也许他并不需要真正进行战斗就可以完成任务。

他的目光在士兵们紧绷的脸上游移，猜想着他们中的哪些人能活到一个多小时以后。他觉得有几个应该能行……比如克莱恩小队里的那个面带伤疤的南非人，还有他小队里的约翰·韦伯斯基，他几年前似乎参加过种族屠杀。这两个人都是那种谨慎冷静、自制力很强的人，说不定能活着离开浣熊市。不过事情恐怕不会这么简单。刚才简报时可完全没说他们这次行动会面对什么。

不过对尼古拉来说并非如此，两天前他就接到了专门发给监察员的任务简报，里面详细说明了可能发生的情况以及有效解决那些丧尸的办法。简报中还提到，安布雷拉已经向城中投放了名为“暴君”的追踪者，并且说明了避开这种怪物的方法。

我知道的比任何人都多，而且比安布雷拉想让我知道的更多——我知道其他监察员的名字。

他又一次抑制住喜悦的心情。他掌握了一些安布雷拉隐瞒的信息，这可是价值连城的，而且马上就能体现其价值了。安布雷拉生化危机处理部队表面上是去救助平民，至少命令如此，但有十个被选中的人需要收集和记录感染者的各项数据，比如感染者面对职业军人时的反应。这才是派出安布雷拉生化危机处理部队的真正目的。尼古拉就是这些监察员之一。A 分队的直升机里有两个，而浣熊市里已经有六个开始工作了，其中三个是科学家，两个是安布雷拉雇员，还有一个是在市政机构工作的女人。第十个人是个警察，据说还是署长助理。这些安布雷拉精心挑选的人中也许有一两个互相认识，但尼古拉是唯一一个知道所有监察员名字以及他们会在哪里发送报告的人，这都要归功于他高超的电脑技术和几个从别处“借”来的密码。

不知当这些监察员都不再向他们提交报告的时候，安布雷拉会不会感到吃惊？如果只有他一个人幸存，那么他所提交的报告是不是就应该被重新估价了？再多想一步，*如果我多付出一些努力，多用几发子弹，岂不是就可以成为千万富翁？*

一共九个人。只要杀掉这九个人，他就是唯一能向安布雷拉提供信息的人。这事儿不能带着手下一起干，不过大部分队员应该很快就会被丧尸杀掉，之后他就可以自由活动，去找寻其他监察员，拿走他们的数据并结束他们悲惨的生命。

这一次尼古拉没能忍住笑容。这次的任务真是令人激动……不仅可以好好测试一下自己的实力，而且在任务结束后，他还能成为一个大富翁。

***

卡洛斯一点儿也没在意难受的机舱椅和直升机发出的噪音。他一直不停地琢磨着几小时前与特兰特的那次奇怪对话，试图从中分析出什么。

首先，卡洛斯相信了这个家伙的话。当时他看起来很高兴，不过卡洛斯觉得他的笑容背后还隐藏着什么。卡洛斯十分肯定，陌生男子说要给他提供情报时，眼中闪烁着的是开心的光芒。那人说完便转身径直走回了小巷，看起来十分肯定卡洛斯会跟上他。

卡洛斯在佣兵经历中学会了要处处小心，也学到一些看人的技巧，特兰特这个人看起来有些奇怪，但卡洛斯觉得他并无恶意。

小巷里阴暗冰冷，空气中有一股淡淡的尿骚味。

“你到底要说什么？”卡洛斯问。

特兰特就像根本没有听到似的。“在市中心的购物区，有一家名叫13号烧烤的餐厅，就在那条有喷泉的大街上，剧院的左手边，很容易找到。而且你一定要在……”他看了看手表接着说，“在晚七点之前到达，我就能给你提供帮助。”

卡洛斯莫名其妙。“嘿，我并不想冒犯你，但是你到底在说些什么啊？”

特兰特还在微笑。“浣熊市，也就是你马上就要去的地方。”

卡洛斯盯着他，等着他继续说，但是特兰特似乎已经说完了。

天知道他怎么会知道我的名字，完全不明白他想干吗。

“嗯……听我说，特兰特先生……”

“叫我特兰特就好。”他微笑着打断他。

卡洛斯觉得有些心烦意乱。“我的确姓奥利维拉，但我想你可能认错人了……虽然我很感谢你的……关心，但是我现在真的得走了。”

“哦，是的，你正要去工作。”特兰特的笑容消失了，“你要知道，他们不会告诉你所有你需要知道的事情。真实的情况比他们说的糟糕一百倍。你即将面临极度危险的情况，但奥利维拉先生，我相信你的能力。请务必记住：晚上七点前到达城市东北角的 13 号烧烤店，晚七点，城市东北方。”

“是的，当然，”卡洛斯点点头，挤出一个勉强的微笑，转身向着明亮的大街走去，“谢谢你。我会记住的。”

特兰特也笑了笑，跟着他走了几步说：“奥利维拉先生，请记住，不要轻易相信任何人。祝你好运。”

卡洛斯没说话，继续快步走着，他回头看了一眼，只见特兰特双手插在口袋里，悠然地站在那儿看着他，怎么看也不像疯子……

……*而且他现在看起来更认真了？*

尽管出了这么档子事儿，卡洛斯还是提前到达了，但似乎没有人知道到底发生了什么事。安布雷拉生化危机处理部队的军官们只是进行了非常简要的情况说明：在本周早些时候，某种具有致幻作用的化学品在一个孤立区域内发生泄漏，并导致部分平民出现了暴力行为，威胁到其他市民的安全。有证据表明，这种幻觉将会持续作用于人体，目前当地警方已经无法控制局势。安布雷拉生化危机处理部队将被派去保护平民，必要时可以使用武力。上述情况都是机密。

真的是浣熊市。这说明特兰特一定知道一些内幕，这到底是怎么回事？如果他知道我们的目的地，那他还知道些什么？为什么我们没有被告知全部情况？还有什么比面对一大群暴徒更糟的？

卡洛斯无法回答。他不喜欢这种情况不明的状态。他十二岁时就第一次拿起枪，在恐怖分子袭击时保护了他的家人；十七岁成了职业佣兵，在那之后的四年里，他一次又一次搏命换取金钱。不过一般来说他总是知道敌人是谁，自己将会面临怎样的危险。目前的不明状况让他很是不安。唯一能让他有所安心的是，这次是和一百多个同样有着丰富经验的士兵共同行动，无论面对什么问题，他们都可以解决。

卡洛斯环顾四周，这是一支很棒的队伍。在一场战斗中最重要的是，伙伴们都是些老兵油子，而不是什么守法公民。他们看起来已经有了充分准备，目光警觉，面带坚毅……

不过 B 小队的队长可不是这样。他一直在仰着头咧嘴傻笑，像一条饥饿的鲨鱼。卡洛斯看着他，突然觉得一阵反感，不由得仔细打量起他。这人叫尼古拉，一头白发梳得整整齐齐，身体壮得像一个重量级拳手。卡洛斯从未见过有人会露出那样的笑容……

这个俄罗斯人发现了他的注视，正在发笑的大嘴咧得更开了，卡洛斯被吓了一跳，猛地将身体贴紧背后的舱壁，不由自主地把手放在枪上——

但是那笑容瞬间就消失了，尼古拉心不在焉地冲他点点头，将目光移向了别处。这只是同僚之间在打招呼而已，他可能有点神经过敏了，和特兰特的谈话时，他也是这样，莫名其妙就紧张起来……

13 号烧烤，剧院旁边。

就算只是以防万一，他也不会忘记这些信息。

5 resident evil

第三章

吉尔计划从城市外围向东南方走，尽可能走小路或从建筑物内部穿过。几条主干道不仅危险，而且之前为了阻挡丧尸设置了重重路障。如果她能向南方走足够远，应该就能够穿过农田到达 71 号公路，那条公路是通往高速公路的捷径。

目前为止一切都还算顺利。按这个速度，天黑前就可以到达 71 号公路。

不到一小时，她就从郊区走到一座空旷的公寓大楼里，进入阴冷的走廊后，她冷得不停打着哆嗦。她穿着紧身衬衫、短裙、靴子，腰间还系着一个装弹夹的小包。她的这身装束是为了便于行动，而不是防寒。这身衣服十分贴身，就像第二层皮肤似的，让她的行动非常敏捷。她从家中出来时，还带了一件纯白色的长袖 T 恤，现在正系在腰间，与受冻相比，她还是觉得让手臂能够活动自如更重要。

“皇室”是一栋稍显陈旧的公寓楼，位于浣熊市住宅区的南部边缘。吉尔之前来这里侦察时发现，感染 T 病毒的人会立刻离开家出去寻找猎物。虽然并不是所有的丧尸都会如此，但在大楼里行动的确要比大街上安全多了。

*砰！*接着从走廊远处的一扇门内传来几声微弱的呻吟。吉尔立即停住脚步，握紧手枪，仔细辨认声音的来源，这时她突然闻到一股煤气味。

“倒霉！”忍受着浓烈呛人的煤气味，她在脑中快速地回忆着大楼的内部结构。在前面的T字形走廊处应该是向右拐。

朝右？右转是大厅吗？好好想想，明明两天前才来过这儿。该死，我忘记了不少重要的东西。

这时又一声呻吟从前方传来，这次肯定是从左前方的房间里发出的。那声音空洞且毫无感情，她知道只有丧尸才会发出这种声音。吉尔打开门，她可以看到煤气正在空气中闪着白光，从大厅慢慢向外蔓延。

她握紧贝雷塔，后退了一步，准备原路返回。她不敢冒险开枪，更不想与感染者徒手搏斗，一个小小的咬伤就会让她感染。她又退了一步。

木门打开的咔嚓声响起。

吉尔猛地转身，看到身后五米远的一扇门打开了，她本能地举起枪。一个弯腰驼背的人蹒跚着从黑暗中走了出来，挡住了她的退路。这个感染者皮肤蜡黄、眼神空洞，它的一部分脸颊被扯掉了，但丧尸是没有痛觉的。刚才的呻吟声应该就是它发出的，此刻它正张着大嘴，饥渴地看着她，她甚至可以清楚地看到它嘴里肿胀发灰的舌头，就连强烈煤气味道也无法完全掩盖腐烂身体散发出的恶臭。

吉尔快速回头确认了一下走廊前方的情况。她已别无选择，只能朝那个泄漏着煤气的房间跑去，寄希望于不被行动缓慢的感染者追上。

就是现在，行动！

她紧贴着走廊的右侧奔跑，觉得煤气已经造成身体的不良反应，她感觉灯光开始扭曲，头也开始发晕，喉咙里还阵阵泛着恶心。她跑过走廊的大门时，因为门没有突然打开而大大松了口气，这时她突然想起大厅的确就在右边，于是她向右转去——

在拐弯的一刹那她撞到一个女人，同时她的右肩也重重撞在了墙上，在白灰墙面上留下一条明显的痕迹，擦下的白灰散落在她俩身上。由于注意力都放在眼前被撞倒的女人身上，吉尔差点儿没发现有三个黑影正从门厅慢慢向她靠近，那是三个感染者……

那个女人发出无意义的呻吟声，同时想站起来，她身上的白色睡衣已经变成肮脏的破布条，一个眼球不见了，那血淋淋的洞在头顶灯光下反射着猩红的光。三个黑影都是男性，它们呻吟着，慢慢举起腐烂的手，向吉尔走过来，其中两个正挡在通往外面的玻璃大门前，堵住了她的出路。

三只丧尸摇摇晃晃地朝她走来，还有一只趴在地上用力够向她的腿，而她身后至少还有两只。吉尔意识到大事不妙，马上向旁边的安全门逃去，在拉开两米左右的距离后，她转过身，举起武器瞄准最近的丧尸那皮肤脱落的额头。虽然这丧尸身后就是一个金属配电箱，如果被子弹打中很可能会迸出火花引发煤气爆炸，但此刻实在没有更好的选择，她只能祈祷煤气的浓度还没高到爆炸的程度。

丧尸冲过来的瞬间，吉尔开了枪，子弹击中丧尸头部的同时，她奋力向安全门扑去。

紧接着她便听到了爆炸声，然后猛地被一股炽热的空气推向空中，这一切都在瞬间发生，她甚至搞不清事情发生的先后顺序。她浑身剧痛，安全门被爆炸的气浪摧毁，眼前只剩一片炫目的白光。她在空中蜷成一团，然后肩膀狠狠地撞到坚硬的柏油路面，烧焦的腐肉和毛发那可怕的气息喷涌而来，街上到处散落着熏黑的碎玻璃。

吉尔顾不上这些，挣扎着站起来，摇摇晃晃地随时准备开火。眼泪不停地冒出来，她匆忙地擦了一把，看向丧尸的方向。

至少有两只僵尸倒下了，看起来已经完蛋了，但其他丧尸仍在东倒西歪地向前走着，衣服和头发都在燃烧着。吉尔的右后方是警方设置的路障——破烂的栅栏和乱放的汽车。她听到更多的呻吟声从路障另一边传来，显然它们正拖着脚步缓缓走来，同时发出空洞盲目的呻吟。

在她的左边，一只男性丧尸正耷拉着脑袋向她走来，破烂的衣服上沾满血迹。吉尔瞄准它扣动扳机，子弹穿过被病毒充斥的大脑，虽然下一秒就会倒下，但丧尸仍顽固地向前走着。丧尸身旁有一个垃圾箱，再往前就是几片相连的商业区，现在那里是她最佳的逃跑路线。

先向西走，看看能不能绕过路障……

眼前的危险算是艰难度过了，她花了几秒钟查看伤口，膝盖有些擦伤，肩部有一些嵌入的细小颗粒，耳朵还在嗡嗡作响，视力也没有完全恢复，要是只受这么点小伤就逃出去，就太好了，恐怕比这更糟的事还在后面。

吉尔爬到垃圾箱上，尽量探出身体，张望着面前南北走向的昏暗街道。垃圾箱位于一个时装店和一堆汽车之间，视野不算太好。吉尔静静地听了一会儿，除了丧尸们饥饿的号叫和那种特有的拖着脚走路的声音之外，什么也没听见。

不过，这个时候就算有支交响乐团在演奏，恐怕自己也听不见吧。她一边想着，一边继续行动。在正对面有一扇小门，看上去可以通往后面的小巷，但她对左边的一条小路更有兴趣，如果幸运，没准可以顺着这条小路穿过市中心。

吉尔从垃圾箱上跳下来，并马上扫视了自己周围一圈，她瞬间就被看到的东西吓了一跳。左右两侧各有几十只丧尸在靠近，最近的一只甚至就在垃圾桶前，已经准备向她发起攻击了。

吉尔，快跑！

她的脑海中似乎突然响起父亲的声音。吉尔没有丝毫犹豫，全速向前冲去，用没受伤的一侧肩膀猛撞生锈的铁门，可门只是抖动了一下，没有打开。

“哦，快点儿，加油！”她急得叫出了声。*不管那些丧尸离得有*

多近，都要全力把门打开。

她继续撞着门，丧尸们身上的腐臭味从四面八方包围过来，门仍没被撞开。

*集中精神！就是现在！再来一次！*这时，她的第一位老师，也就是她的父亲，那威严的声音再次响起。就在吉尔吸气后退，准备再次撞向大门的时候，她感到有只冰冷的手指碰到她的脖子，一股腐烂的气息冲进鼻孔，她立刻用尽全力撞向那扇门。

*砰！*门猛一下开了，然后撞在砖墙上发出一声巨响。吉尔冲过大门，拼命跑着。要是她没记错，在路的尽头，右手边应该有一个仓库。身后阵阵夹杂着失望、沮丧以及饥饿的哀号声在小巷里回荡，令她的脉搏不断加快。她看到前方那救命的仓库大门。

千万别锁！

吉尔转动门把手，然后用力一推，金属门无声地打开，她进入了一个明亮、开阔的房间，*感谢上帝*——

她进入屋里的瞬间，便看到一个男人站在她面前，她立刻将贝雷塔的枪口指向对方。她抑制住想要开火的冲动，迅速观察着这个男人。虽然他的衣服有些破损，而且沾上了血迹，不过从他那绝望和恐惧的表情看来，他不是感染者……或者至少现在还没有变成丧尸。

终于看到一个幸存者，吉尔感到一阵安慰，她意识到自己一直是那么孤独。就算和一个没受过任何训练、需要她来保护的普通人同行，对她来说都是一种帮助。

她微笑着向那个男人走去，头脑中已经开始调整计划，首先得帮他找一把武器，她记得两天前曾在杰克酒吧见过一把没有子弹的霰弹枪，在附近很可能还会找到一些子弹……

*……我们一起行动的话，说不定能直接通过路障！*她只需要一个帮忙望风并推开一些挡路的汽车的人。

“我们得离开这里，”吉尔尽量让自己的声音听起来充满希望，“不会有救援了，至少短期内不会，但是只要我们两人合作……”

“你疯了吗？”男子打断了吉尔的话，躁狂地不断向四周乱看，“我哪儿也不去，女士。我的女儿在外面和我走散了。”

他突然停下游离的目光，盯着吉尔进来的那扇门，好像能够看穿它似的。吉尔点点头，觉得他可能还有些恍惚失常。“那我们现在最好……”

男子再一次打断了她的话，这一次他几乎是在惊慌失措地大喊，声音在空旷的房间里回荡。“她就在外面！她可能已经像其他人一样死了，即使这样我都没有出去，你疯了吗？我怎么可能会为了你出去！”

吉尔把贝雷塔插回腰间，迅速举起双手，尽量用舒缓的语气说道：“嘿，我明白。我对你女儿的事情感到很遗憾，真的。但如果我们离开这个城市，就可以带着救援人员回来，也许你的女儿躲在某个地方，要是我们能得到外界的帮助，就能找到她。”

他后退了一步，吉尔可以感觉到他藏在愤怒之下的莫大恐惧。她以前也见过一些因恐惧而假装愤怒的人，她明白自己很难改变这个男人的想法。

但我必须试试……

“我知道你很害怕，”她温柔地说，“我也一样。但我是特种战术救援组的队员，为了应对各种危机进行过严格的训练，我有信心摆脱现在的困境。和我在一起，比你单独行动要安全得多。”

他又退了一步。“见鬼去吧，你，你，婊子！”他向地上吐了一口痰，转身就跑，结果在水泥地上绊倒了。他顾不得起身，连滚带爬地向仓库另一边的一辆房车爬去，气喘吁吁地钻进车里。当他关门时，吉尔看到他涨红的脸颊上满是汗水，然后门锁发出一声金属碰撞声，接着是一阵沉闷的喊声。

“滚开！别管我！”

吉尔怒火中烧，但她知道这没用，愤怒无法帮助她说服他。她叹了口气，便转身走向楼梯，尽量不让自己沮丧。她看了看表，现在是下午四点半，她在台阶上坐下来，仔细回想着附近的街道和建筑。如果附近的街道也全是丧尸，那只能回头，试着从其他方向出城。她还剩五个满装的弹夹，每个有十五发子弹，但她还是需要更多的武器，比如……霰弹枪。就算找不到子弹，也可以当作棍棒来用。

“那么，去杰克酒吧看看吧。”她平静地对自己说，用手揉了揉眼睛，在心里盘算着行动计划。

5 resident evil

第四章

他们在下午晚些时候抵达了浣熊市，卡洛斯看了眼手表，十六点五十分。他们的直升机悬停在一片荒无人烟的区域上空。任务简报中提到，安布雷拉的地下设施就在这片荒地下面。

卡洛斯起身在队列中站好，把突击步枪背在肩上，挂好速降绳的挂钩。一切准备就绪，就等着希拉米打开舱门了。卡洛斯前面是A小队的兰迪·托马斯，一个友善的家伙。兰迪回头瞟了他一眼，用食指和拇指比出枪形，假装咆哮着对准卡洛斯。卡洛斯笑了，捂住肚子做出被击中的样子。虽然看起来很蠢，但卡洛斯发现自己放松了不少。小队长拉开机舱门，几架直升机的轰鸣声充满了整个机舱。

卡洛斯前面的队员两两一组，迅速从固定在机身两侧的速降绳上滑下。卡洛斯走到舱门口，眯着眼睛在旋翼造成的强风中俯视着着陆点。夕阳下的直升机在地面投出长长的影子，已经降落的人正在阴影中以小队为单位迅速集结。轮到他了。兰迪离机一秒钟后，他就跟着跳了下去，自由落体带来的失重感令他觉得自己的胃猛地跑到了胸腔里，视线瞬间模糊了。他落地了。迅速松脱挂钩后，他急忙向希拉米跑去。

只用了几分钟，他们便全体降落。四架直升机组成队形向西飞去，随着渐渐远去的噪声，被直升机扬起的灰尘纷纷落下。卡洛斯提高警惕，做好行动准备，指挥官和小队长们正在按照出发前制订的方案分配着各自的任务。

直升机的噪声越来越小，他们总算能听清周围的声音了……卡洛斯立即被周围的寂静吓到了。四下里没有一点儿声音，没有汽车声，也没有任何工业噪音，然而他们正处于一个不小的城市边缘。这真是太不可思议了，在这些习以为常的噪音完全消失后，人们反倒觉得不适。

米哈伊·维克多是D分队指挥官，他此刻正静静地和希拉米以及另外两个小队长——克莱恩和那个令人不安的俄罗斯人站在一起，A、B、C三个小队的队长下达了各自小队的任务之后，便迅速带队出发了。虽然他们尽量放轻了脚步，但在一片寂静之中，他们脚步声仍然显得十分响亮。卡洛斯看到很多队员从他身边走过时，脸上都隐隐带着不安，他知道自己现在表情一定也是这样。虽然他在心里不断告诉着自己，这里之所以这么安静，可能是因为人们生病后都待在家里或者都躲起来了。可他仍然对眼前的寂静感到有些恐惧。

“A小队！快速前进！”希拉米命令道。他的声音听起来比往常发令时温柔了不少，不过卡洛斯顾不上这个，他小跑着排在了队伍首位。如果他没记错的话，按照简报时的指示，他们在原地集结之后应立刻向西行进，直达浣熊市中心。为了尽可能扩展警戒范围，队伍以散兵阵形前进。三十名A小队队员分散成半径约九十米的扇形，慢跑着穿过一片工业区，这里看上去和安布雷拉生化危机处理部队分部所在的工业区十分相似，垃圾遍地、杂草丛生，同样也有几个被栅栏围起来的仓库。

卡洛斯皱起了眉头，忍不住嘟囔了声：“真恶心”。他闻到一股臭味，那味道就像在一个装满鱼的袋子里放了个屁，他马上屏住了呼吸。

兰迪小跑着向后退了几步，隔着一段距离与卡洛斯并行。“兄弟，你刚才说什么？”

“我说这味道真恶心，你闻到了吗？”

兰迪点点头。“我还以为是你放了个屁！哈哈哈！”

“哈哈哈！你这个 cabrón（混蛋）。”卡洛斯笑着说，“顺便提一句，那个词是‘好哥们’的意思。”

兰迪也笑了。“是的，我相信。我真的相信……”

“后面的！闭嘴！”

希拉米命令两人闭嘴，并举起手示意队员们保持静默。周围再次安静下来，卡洛斯似乎听到了前往北边街区的那个小队在柏油路面上发出的响亮脚步声。不过几秒钟后，他又听到另一些奇怪的声音。

从前面不远处传来非常细微的呻吟声，这声音变得越来越大，越来越嘈杂。听上去就像一群病人被突然从医院里拖出来，扔到了大街上。同时那股难闻的气味越来越浓烈，这气味好像有些熟悉，闻上去就像……

“哦，该死。”兰迪脸色苍白地小声嘀咕。卡洛斯很快也明白过来，和兰迪所想的一样。

但这不可能啊。

那是人类尸体在阳光下暴晒之后散发出的，充满死亡气息的腐臭。卡洛斯已经无数次闻到过这种味道了，但从来没有在这么空旷的地方闻到过如此浓烈的尸臭。在他们前面的米奇·希拉米有些不知所措地放下了举着的手，眼神中满是顾虑。痛苦的呻吟声越来越大了。就在希拉米准备要说些什么的时候……

从相邻小队的方向传来一阵急促的枪声，自动步枪的射击声瞬间撕裂了午后的寂静，接着卡洛斯清晰地听到了尖叫声。

“建立防线！”希拉米大喊道，并高高举起双手向大家示意。可他的声音完全被密集的枪声盖住了。

他们立即排成一列，五个人面向前方，另外五个回头向后。卡洛斯到达自己的位置后，突然觉得口干舌燥，手上全是汗。这时北边的枪声开始变得稀疏起来，很快便被其他的声音淹没了。

与此同时，那股恶臭的味道愈发浓烈了。更让人不安的是，在另一边稍远的地方也传来阵阵枪声，略显微弱的枪声之间还夹杂着一些杂音。虽然还不清楚到底发生了什么，但听起来全部队伍都在战斗着。

卡洛斯抬起枪，随时准备射击，同时反复搜寻着眼前空荡荡的街道以及前方不远处的路口。虽然 M16 的弹夹里足有三十发子弹，他还是觉得非常不安，可他不知道自己到底在害怕什么。

怎么他们还在射击？那么多子弹都没用？到底遇到了什么？

这时卡洛斯看到第一个目标。一个扭曲的身影从两条街区外的一座建筑的阴影中蹒跚走出。然后在他对面的街道上出现第二个，紧接着是第三个、第四个……当他回过神的时候，至少有十几个出现在街道上，他们都像醉汉一样，摇摇晃晃地向他们走来。

“老天啊，他们怎么了，他们为什么这么走路？”

说话的是奥尔森，他负责警戒后方。卡洛斯忍不住回过头，在他们来的那个方向，不知从哪儿冒出了十几个人，也朝着他们蹒跚走来。同时他突然意识到，北面的枪声正在逐渐减弱，变得断断续续，越来越少。

卡洛斯转向前方，差点儿被自己所看到和听到的惊呆了。它们接近了，近到足以分辨出个人特征的地步，可以清楚地听见它们发出的奇怪叫声。它们身上的衣服破破烂烂、血迹斑斑，有些人甚至是赤裸的。它们脸色苍白，沾满了血迹，目光呆滞如同盲人，有几个人将手臂伸向前方，像是想要隔着一条街就抓到这些士兵一样。它们中的一些缺了一只胳膊或一条腿，大部分人身上都带着巨大的撕裂伤，而且全身肿胀腐烂。

卡洛斯想起他看过的电影。这不是什么病人。它们是丧尸，是一群行尸走肉。有那么一会儿，他呆呆地看着它们蹒跚地接近。这不可能是真的。他努力想着，想对一切做出一个合乎常理的解释，这时他想起了特兰特说的话：你即将面临极度危险。

“开火！开火！……”希拉米的吼声仿佛从很远的地方传来，前后响起的自动步枪射击声把卡洛斯拉回现实。他立即瞄准一个穿着睡衣睡裤的胖子开了火。

他开了三枪，加上其他人，至少有九枪打中了它那个肥肚子，喷涌而出的黑色血液瞬间浸透了他的裤子。那人踉跄着，但没有倒下。如果说子弹对它产生了什么影响，只是让它被自己的血味儿刺激到了，令它更加渴望地冲向他们。

一轮攻击后，有几个丧尸倒了下来，但它们趴在地上依然继续往前爬着，毫不在意内脏从伤口中流出，混着残肢铺满了身后的柏油路。

对了！头部！要瞄准它们的头部！在电影里杀死它们的唯一方法是对准脑袋开枪！

现在最近的丧尸离他们只有六米左右了，那是一个憔悴的女人，除了乱蓬蓬的头发下面时而反光的头盖骨外，它的身体看起来没有什么损伤。卡洛斯对准它的头颅开枪，看着它像得到解脱似的倒了下去。

“头！瞄准头部！”卡洛斯立刻喊道，但是已经晚了。希拉米发出一声带着愤怒与恐惧的惨叫，整个队伍开始混乱起来。

……哦，不……

背后的僵尸已经冲进了他们的防线。

***

尼古拉和韦伯斯基是B小队仅存的两个人，在一只丧尸接近时，尼古拉把队友布莱德·马蒂斯推向丧尸，争取到宝贵的几秒而得以逃脱。他看到韦伯斯基也干了同样的事，他射击了队友李的左腿，利用他吸引了附近的丧尸，才逃了出来。

此时，他们一起逃到两条街之外的一栋公寓大楼边。他们攀爬锈迹斑斑的消防梯时，远处仍断断续续地响着枪声，不过人们垂死时的惨叫声已慢慢减弱，而丧尸饥饿的呻吟声却显得愈发高亢。

尼古拉一边爬一边谨慎地权衡着利弊。正如他猜测的，约翰·韦伯斯基活下来了，因为他是一个为了活下去什么都做得出的人。跟他一起行动与身处浣熊市同样危险……甚至更加危险。尼古拉不信任他，绝不能背对着他。

如果我们被包围了，他一定会杀死我换取自己活下去的机会……

他们到达屋顶后，尼古拉还在皱着眉头，韦伯斯基正从三层楼上往下看。很遗憾，两人都做出了牺牲他人的选择，而且韦伯斯基可不是马蒂斯和李那样的傻瓜，牺牲掉他的机会可不好把握。

“丧尸……”韦伯斯基紧紧握着步枪，小声嘟囔着。尼古拉走到他的身边，顺着他的目光看去，那里是B小队最后死战的地方，那群丧尸正贪婪地啃食着散落在人行道上的残肢断臂。尼古拉有些失望，几分钟之内他们就全军覆没了，几乎没经过有效反击。

“那么，有什么计划吗？长官！”

韦伯斯基用挖苦的语气问道，脸上带着玩味和厌烦的表情看着尼古拉，显然他刚才也看到尼古拉把马丁推出去。尼古拉摇着头叹了口气，松开了手中的M16，看来他已别无选择。

“我不知道。”他轻声说。当韦伯斯基再次回头看向远处时，尼古拉迅速举枪扣动扳机。

三发子弹打进韦伯斯基的腹部，他靠着水泥墙缓缓倒了下去。尼古拉把枪口对准韦伯斯基充满震惊的眼睛，在他开枪的瞬间，士兵涨红的脸上闪过意识到自己因大意而犯下致命错误的悔恨。

不到一秒钟事情就结束了。现在只剩尼古拉独自一人站在屋顶上了。他冷漠地看着仍在流血的尸体，为自己毫无内疚之情感到奇怪。他听过那个词儿——反社会型人格障碍者，他觉得自己挺适合这个称呼……但他不理解为什么大部分人都认为那是不对的。他认为大部分人都持有的那种同情心和人道主义是种无能的表现，那才是错的。

这对我毫无影响，不管别人怎么想，对必须要做的事我从不犹豫，为什么别人会觉得这样不对呢？

没错，他是一个知道如何控制自己的人。这不是说遵守纪律，而是懂得自制。当他决定离开家乡之后，在一年之内便忘记了俄罗斯的一切。他成为佣兵后，就没日没夜地练习使用各种武器，并在最危险的战场上检验自己的技能。他总是会赢，因为无论面多么凶猛的对手，尼古拉知道没有良心上的束缚令他无所顾忌，而他的对手则因此缚手缚脚。这难道不是一种优点吗?

韦伯斯基的尸体没有任何动静。尼古拉看了一眼表，他东想西想得有点儿烦了。虽然刚过五点，但太阳就要落山了。如果他打算带着一切离开浣熊市，那么还有许多事情要去做。首先，他需要找一台笔记本电脑，用它读取前一天晚上保存的那些文件——浣熊市地图和人员名单。在浣熊市警察总部里还应该有个人在等他。他的行动必须格外小心，因为两只最新制造出来的“暴君”将会被投放到那里。一只被命令去搜寻一些化学品样本，尼古拉知道警察总部不远处就有一个安布雷拉的研究所，而另一只制造技术更加先进的“暴君”则被命令杀死所有浣熊市内的特种战术救援组成员，特种战术救援组的办公室就在警署里。虽然他只要不接近“暴君”的任务地点就不会有任何危险。无论是什么型号的“暴君”，出现在它们和任务目标之间都是令人战栗的事……哪怕它们只有传说中的一半厉害。精明的安布雷拉必定会充分利用浣熊市目前的状况，为之后的研究搜集数据，他们既然派出最新型的“暴君”，那一定会同时搜集它们的有关数据。尼古拉真是欣赏他们的效率。

突然，尼古拉听到一阵枪声，他下意识地后退了一步，从屋顶边缘向下看去。他看到两名士兵跑了过去。其中一个受了伤，右脚脚踝上有一个很大的伤口，还在流着血。他已经无法独立行走，几乎把所有的重量都压在另一名士兵身上。尼古拉不认识受伤的人，但认出了另一个，就是在直升机上一直盯着自己看的那个家伙。

尼古拉笑着看他俩踉踉跄跄地消失在视野里。就算那家伙侥幸活下来，他的命运也已经注定了。那个受伤的士兵肯定是被感染者咬到了。

相同的命运一定会降临在那个家伙身上。真想知道他发现同伴已经被感染，正在变成丧尸的时候，他会怎么做?

或许他也会因为可笑的同情心或荣誉感去试着救他的朋友，这将给他自己带来毁灭。他们其实已经是死人了。尼古拉惊讶于自己竟然会关心那两人的命运，于是摇了摇头，走过去拿起韦伯斯基的弹药包。

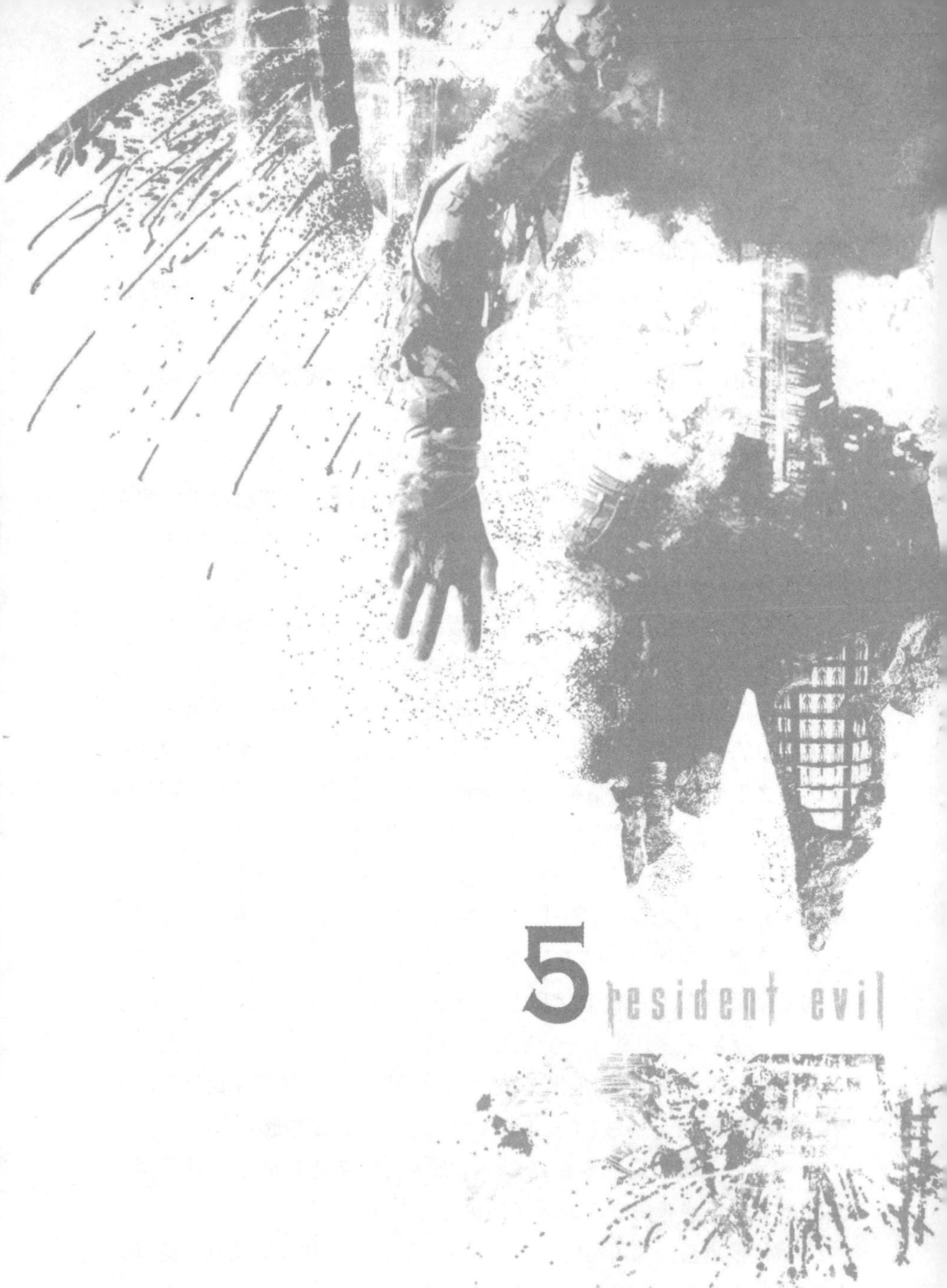

5 resident evil

第五章

在去杰克酒吧的路上，吉尔似乎听到了枪声。

她在通往酒馆后门的小巷中停下，侧耳倾听。听起来像自动步枪的开火声，可是枪响的地方实在太远了，她并不是非常确定。尽管如此，这枪声还是令她稍稍振作了一下，自己也许并非孤身奋战，救援部队可能已经在路上了。

没错！一定是这样。没准现在已经有一百个棒小伙儿带着火箭筒、疫苗和烤得吱吱冒油的牛排降落了，盛牛排的盘子上还写着我的名字。他们都是大帅哥，单身，拥有学位，还有漂亮整齐的牙齿……

“还是现实点儿吧……”她轻声对自己说道。不过她为自己在这潮湿阴暗的小巷里，还能幻想这些感到安心了些，这至少证明自己的状态还算正常。虽然刚才在仓库楼上的办公室里找到了一杯温咖啡，但她还是觉得很冷。还是要独自一人徒步穿过这座恐怖城市……

*这是我必须做的事，她坚定地想着。所以我一定要做下去。*就像她正在服刑的亲爱的父亲常说的，只希望事情变好并不能真的改变它，必须做出实际行动。

她向前走了几步，在离巷口大约一两米的地方停了下来。如果她没记错，向右走过几条街道和小巷便会抵达进入市中心，而向左则会经过一个小院子，那里有一条小路直通酒吧。

吉尔靠近路口，背靠着南侧的墙壁慢慢向前移动。周围非常安静，她快速探头扫了一眼右边的路，并随时准备射击。安全。她转身走向路的另一边，朝她想去的方向走去……

呃……突然她听到一只丧尸的微弱呻吟声，它就在四米之外，大部分身体被建筑物的阴影遮住了。吉尔瞄准阴影里黑黢黢的身影，耐心地等着它一步步走出阴影，她在心中提醒自己，它不是真正的人，不再是了。从斯宾塞庄园之后，她就对此类事情不抱任何幻想了，但每次不得不杀死它们的时候，她还是会感到强烈的怜悯和悲伤。每次她都不得不反复对自己说，任何一个丧尸都是无可救药的，但她依旧会同情它们。

那步履蹒跚、摇摇晃晃的腐烂躯体也曾经是个人。吉尔没有，也不能太过情绪化，但她觉得如果只把它们视为怪物而忘记了它们也是受害者，她将会失去人性中一些最基本的东西。

她一枪命中它的右太阳穴，丧尸倒在自己流出的那摊恶臭的体液中。从尸体的情况来看它已经被感染很长时间了，眼球被一层白膜所覆盖，就像得了白内障，灰绿色的肌肉已经从骨骼上脱落。吉尔屏住呼吸，小心翼翼地迈过尸体，尽量不让那些体液弄脏自己的靴子。

再走几步就是小院子了……

……她看到两只丧尸站在院子里，还有一个身影从小巷尽头闪进了酒吧。那人速度很快，不会是丧尸。吉尔瞥见他穿着迷彩裤和黑色的战斗靴，这足以证明那是她一直期盼的人。一个活生生的人。

吉尔跳过两个小台阶进入院子，迅速杀死了两只丧尸，她的心怦怦直跳。那个人穿着迷彩军服，也许是被派来的侦察兵，也许她的小小幻想并不是那么不着边际。她匆匆走过倒在地上的丧尸，跑到小巷里，贴着砖墙走了十几米，站在酒吧的后门外。

吉尔做了几次深呼吸，尽量小心翼翼地打开门，她可不想惊吓到屋里那个可能持有武器的人……

……她看到一只丧尸正在小酒吧的瓷砖地上蹒跚着，伸着双手发出饥饿的呻吟声，走向一个穿着褐色马甲的男人。而那个男人则用一把小口径手枪对丧尸不断射击。

吉尔立刻开火，只用两枪就搞定了那人五枪都没有办到的事。丧尸发出最后一声绝望的呻吟，像一摊烂泥般倒在地上。吉尔甚至都没看清它到底是男是女，不过她一点儿也不关心。

她热切地看向那个人，刚想开口，便意识到这人竟是布拉德·维克斯，已被解散的特种战术救援组阿尔法小队的飞行员布拉德，外号“胆小鬼”，他在得知阿尔法小队上了安布雷拉的黑名单后，吓得抛弃队友逃离了浣熊市。他是个出色的飞行员，还是个天才黑客，但在面对危机时，却是个缺乏责任心的滑头。

不管怎么说，我现在很高兴看到他。

“布拉德，你在这里做什么？你还好吗？”她尽量控制自己不去问他是怎么活下来的，虽然她对此感到十分惊讶。他好像只有一把差劲的八毫米口径手枪，而且还是特种战术救援组里射击技术最差的人。他看起来很糟糕，身上溅满了血迹，惊恐地圆睁双眼，眼珠转个不停。

“吉尔！你还活着！”听上去他并没有因为见到吉尔而高兴，而且也没回答她的问题。

“是啊，嗯，我也觉得很惊讶。”她尽量让语气听起来不像在责备。毕竟他可能知道一些有用的信息，“你什么时候到这儿的？你知道外面发生什么事吗？”她说出的每一个字好像都令布拉德感到恐惧。他身体僵硬，弓着后背，不停地哆嗦着。他张开嘴想说些什么，但什么也没能说出来。

“布拉德，你怎么了？到底发生了什么？”她追问道。但布拉德已经向酒吧的前门走去，一边不停地摇着头。

“它是冲我们来的，冲特种战术救援组来的，”他说，“所有的警察都死了，他们无法阻止它，就像他们无法阻止这个……”布拉德用颤抖的手向地板上那血淋淋的怪物指了一下。“你会看到的。”

他几乎要歇斯底里发作了，紧咬着牙关，汗水湿透了他棕色的头发，不断往下滴着。吉尔走向他，不知道该怎么办。吉尔有点儿被他的恐慌传染了。

“布拉德，是什么来了？”

“你会看到的！”

说完布拉德转身夺门而走，惊慌失措地绊倒在地，然后跌跌撞撞地跑到街上，头也不回地跑了。吉尔向关上的大门走了一步便停下了，她突然想到恐怕还有比独自一人更糟糕的事。在她离开浣熊市的路上，试图去照顾其他人，尤其是一个怯懦又失去理智的人，恐怕不是好主意。

想起他说的话，吉尔不禁感到一丝寒意。到底来的是什么，而且还是专门来找特种战术救援组？

他似乎认为我很快就会知道。

虽然前途未卜，但吉尔还是在心里祝布拉德好运。随后她转身走向吧台，希望那把老雷明顿霰弹枪仍在收银台下面放着。同时琢磨着胆小的维克多究竟在浣熊市干什么，确切地说，到底是什么让他如此恐慌？

***

他们都死了。米奇·希拉米、肖恩·奥尔森、迪茨、比约克伦、沃勒、汤米，还有那两个新来的家伙……卡洛斯记不起他们的名字，只记得其中一人经常把指关节掰得咔咔作响，另一个则长了满脸的雀斑。

停下！别瞎想了！现在这些都无所谓，重要的是让我们离开这里。

卡洛斯觉得背后的哭嚎声已经离得够远了，于是他们决定休息一下，然后继续无止境的奔逃。兰迪拖着伤腿艰难地走着，伤势不断恶化，卡洛斯认为他们必须停下来喘口气，同时想一想……

队友们陆续死去：一个女人咬住奥尔森的喉咙，血顺着她的下巴流下来；沃勒疯狂地大笑，扔下枪任凭宰割；那些对冷漠的上天不停尖叫祈祷的声音……

停下！别想了！

卡洛斯和兰迪靠在一家便利店的后墙上，那是一个废品回收站，只有一个入口，而且视野开阔，可以清楚地看到街上的情况。现在除了远处的鸟鸣声之外，没有其他动静。傍晚的微风带着一丝淡淡的腐臭味道。兰迪贴着墙滑坐在地上，脱下右脚的军靴检查自己的伤口，他的裤腿已经被血浸透了，衣领上全是汗。

他和兰迪是A小队仅存的两个人，好不容易才活下来。现在想来，那几乎像幻梦一般难以置信。

A小队其他的人都死了，至少有六个丧尸扑向他和兰迪。卡洛斯不停地射击，硝烟和鲜血的气息混着腐臭，熏得他头昏脑涨，再加上肾上腺素导致的恐慌，他的大脑当时一片混乱。直到他听到兰迪的头撞到地面的声音时，才注意到他的朋友已经倒下了，那声音大得甚至压过了丧尸的哭嚎声。

一个丧尸爬过来抓住兰迪，一口咬住他的军靴，卡洛斯用M16猛击那个丧尸，打断了它的脖子，同时在心里发出无声的尖叫，那东西不停地啃着兰迪的脚踝。他不知从哪儿冒出一股力气，扶起半昏迷的兰迪拔腿就跑。卡洛斯拖着受伤的战友逃离那片屠场，脑子里乱成一团。那些怪物正在他们身后，用它们那特别的方式对待着其他人。直到几分钟后，他仍然处于狂乱之中，弄不清究竟发生了什么，还将会发生什么。

“哦，天啊，兄弟……”

听到兰迪含糊不清的话，卡洛斯低头看了看他。兰迪的脚背上有一个五厘米长的锯齿形咬伤，鲜血灌满了他的靴子，正缓缓向外渗出。

“那该死的东西刚才咬了我。但它已经死了，卡洛斯。他们都死了……是吗？”兰迪抬头看着卡洛斯，眼神茫然而痛苦，还有其他一些什么——原因不明的混乱。兰迪现在已经很难集中精神了。

也许是脑震荡，无论如何，他需要及时得到治疗。卡洛斯蹲在兰迪身旁，从兰迪的T恤上撕下一块布，叠成一条止血带。在做这些的同时，他感到无比消沉。

我们完蛋了，这儿没有警察，没有医护人员，这个城市正在死去，要么就已经死了。想救兰迪就必须主动寻找帮助，但他已经无法战斗了。

“这可能有点儿痛，哥们儿，但是我们必须想办法止血，你的靴子都已经湿透了。”卡洛斯尽量轻松地说，把叠好的布压在兰迪血流不止的伤口上。卡洛斯觉得在已经筋疲力尽的兰迪忍受剧痛的时候，最好不要提那些会令他感到害怕或者紧张的话题。“紧紧按住它，好吗？”

兰迪咬紧牙，浑身剧烈地颤抖着，但他还是按卡洛斯说的那样，用临时绷带紧紧包住伤口。当兰迪俯下身体的时候，卡洛斯看到他的后脑的黑色卷发下面有一个扭曲的伤口。卡洛斯心中一惊，但好在那伤口已经不再流血了。

“我们得离开这儿，卡洛斯，”兰迪说道，“我们回家吧，好吗？我想回家。”

“很快，”卡洛斯轻声说道，“我们坐在这里休息一会儿，然后就回家。”

卡洛斯想起大街上那些用破车、碎家具和木材、砖块仓促堆成的路障。就算他们能找到一辆插着钥匙的汽车，也无法驾车通过那些路障。几乎每条街都被堵死了。卡洛斯虽然没有飞行执照，但开过几次飞机……好吧。如果他们碰巧能找到一个机场的话。

但是兰迪受伤了，我们无法徒步行进。就算他没有受伤也好不到哪儿去，我们的队伍几乎全军覆没，那种怪物一定成千上万。

如果能找到其他幸存者同行……不。在这场噩梦中寻找任何人的过程都将是另一场噩梦。前往特兰特说的那个餐厅的想法闪烁了一下，*让它见鬼去吧*。他们要离开这个城市，他们需要救援。只有队长才知道撤退方案，也只有他装备了无线电，但卡洛斯实在不愿回到刚才的地方……

……但非得回去不可吗？

他闭上眼睛想了一会儿，发觉自己忽略了很重要的一点。世界上有无数个无线电，只要找到一个能用的，向外界随便什么人求救，然后等救援就行了。

“我感觉不太好。”兰迪很小声地说。卡洛斯几乎没听到，兰迪的话比之前更含糊了。“痒，好痒……”

卡洛斯按了按他的肩膀，在T恤下面，兰迪的皮肤正散发着惊人的高温。“你会没事的，兄弟，坚持住，我会带你离开这里。”

卡洛斯非常自信地说着，暗暗希望自己相信这句话。

5 resident evil

第六章

泰德·马丁是一个三十多岁的瘦弱男子，是警署署长的秘书及行政助理，此时他的脑袋上已经挨了好几枪。尼古拉看不出他中枪时有没有感染，不过这一点无关紧要。重要的是他已经死了，尼古拉用不着花时间找到并杀死他了。

“你真是太贴心了。”尼古拉微笑着对死去的监察员说道。他善解人意地死在了该死的地方——警署东侧的刑警办公室里。

这是个好兆头，如果一切都如此简单，今晚的任务很快就会结束了。

尼古拉跨过尸体，蹲在墙角的保险箱旁，快速输入安布雷拉联络人给他的四位数的简单密码：2236。保险箱打开了，里面放着几张纸，其中一张像警署的平面图，还有一盒霰弹以及尼古拉离开浣熊市之前最好的伙伴——一个带有无线联网功能的笔记本电脑，虽然看上去丑到爆，但这台电脑比能在市场上买到的任何一个都先进。他笑得合不拢嘴，拿出笔记本电脑放在桌上，并关上自己身后的门以确保安全。

他前往警署的路上算是非常平静，只遇到七个丧尸。为了避免发出太大声音，他避开了它们。这些丧尸很容易被干掉，只要多留神自己周围就行。他还没有遇到安布雷拉的那些“宠物”，那是他将要面对的真正挑战。其中有一个被称为“食脑者”，他非常期待见到那家伙，它是一个长着许多腿、有着致命爪子的爬行怪物……

事情得一件一件做，现在，你需要信息。

他已经牢记了需要杀死的人的名字和外貌，而且大概掌握了他们与安布雷拉进行联系的具体位置。所有监察员的联络时间都不一样，有可能会临时改变，但大多是准确的。例如，马丁应该在十七点五十分，也就是大约二十分钟后，用警署的电脑向安布雷拉提交搜集到的信息。他上一份报告应该是在中午稍晚些时候提交的。

“让我们看看，你有没有在认真工作，马丁警官。”尼古拉边说边输入密码，迅速登录了安布雷拉的报告系统。“马丁……马丁……哦，在这里！”

马丁已经错过两次报告，这说明他已经死亡或丧失行动能力至少五小时了。他没有提交任何信息。尼古拉仔细阅读其他八个监察员的报告，感到非常满意。他们中的三个错过了最近一次报告时间……一个是科学家、一个是安布雷拉的员工，还有一个是在浣熊市自来水公司工作的女人。尼古拉敢打赌，他们已经死了——那只剩五个人了。

两个士兵，两个科学家，还有一个安布雷拉职员……

尼古拉皱着眉头研究着那些人的指定联络地点：其中一个科学家，珍妮丝·汤姆林森，在安布雷拉地下研究所，另一个在公园附近的医院；安布雷拉职员在市郊的一个伪装成废弃污水处理厂的安布雷拉实验室。尼古拉觉得找到他们没有任何困难，但那两个士兵的位置没有标在地图上。

“你们会去哪里呢，伙计……”尼古拉漫不经心地敲着键盘，感觉有些焦躁。昨天晚上最后一次查看时，系统显示他们位于圣米迦勒钟楼……

该死！

他们在那里，他们的名字列在尼古拉的名字旁边，都变成可移动状态，就像尼古拉一样。也就是说，他们可以使用安布雷拉提供的笔记本或随便什么电脑在任意地点进行汇报，而且一天只需要汇报一次。这意味着他们可能在浣熊市任何地方。

尼古拉恼羞成怒，失去理智地冲到房间另一边，猛踢马丁的尸体，宣泄着怒火。一次，两次，脚下发出湿漉漉的啪叽声，看着马丁的尸体在脚下抖动着，肋骨发出咔咔的折断声，尼古拉感到十分舒畅……

……好了，他又回到了理智状态，虽然还是非常沮丧，但已经可以控制情绪了。他呼了一口气，回到桌前准备修改计划。无非是多花点时间找他们而已，这不是世界末日。再说或许他们也像马丁和其他三个人那样已经省心地死掉了。

虽然这么想，但尼古拉并不指望它真的会发生。他明白只能靠自己的意志和能力。一周之内，安布雷拉不会出现——他们认为这是平息事态所需的最长时间，除非有哪个监察员提前完成了全部信息采集工作并把所有资料传回安布雷拉。不过这是不可能的。六天时间，找五个人，尼古拉确信自己一定是最终活下来的那一个。

“我甚至都用不了六天。”尼古拉说，冲着马丁零七八碎的尸体肯定地点点头，“三天，我三天就能搞定。”

说完，尼古拉俯身向前，开始调取他需要的地图，再次高兴起来。

***

吉尔没找到十八毫米口径的子弹，但她还是带上了霰弹枪，她知道弹药总有用光的时候，至少这把枪可以当棍子用，再说没准什么时候就会找到适用的子弹。她刚打算试着爬过西侧的路障，就看到令她改变主意的东西，她一直强烈希望不再看到的东西。

一个猎杀者。就像在斯宾塞庄园的隧道中见过的那些一样。

吉尔站在住宅区一家女装店外的消防通道上，看到怪物经过街对面的一辆小货车。它没有发现吉尔。看着它从眼前掠过，然后消失在视线之外，吉尔觉得那家伙和之前见过的有点儿不一样但它们怪异中带着些优雅的恐怖动作、弯曲的巨大爪子、污泥般暗绿色的身躯完全一样。她屏住呼吸，感到胃中一阵翻涌，不由得想起……

……它弓着腰，长长的前肢几乎碰到隧道的地面，它的手脚都长着粗壮的尖爪，像爬行动物一样扁平的头颅上，那对浅色的小眼紧盯着吉尔，在它出现之前，巨大尖锐的叫声就在黑暗的地道中回荡……

她打光弹夹里的十五发九毫米子弹才将它杀死。后来，巴瑞告诉她，它们被称为“猎杀者”，是安布雷拉制造的生物武器之一。在庄园里还有其他种类的生物武器：凶猛的，像是被剥了皮的狗；被克里斯和瑞贝卡干掉的那种巨大的食肉植物；像小牛一样大的蜘蛛，还有长着锐利钩爪的黑色变异生物，它们挂在锅炉房的天花板上，像猴子一样蹦来蹦去。

还有“暴君”，那是最糟糕的事，它明显是个人，在接受手术、基因改造和感染 T 病毒之前，是个活生生的人。

看来游荡在浣熊市里的不仅仅是 T 病毒的感染者。这很糟糕，但并不意外。安布雷拉总是搞出一些非常危险的东西，从而导致现在的大屠杀。他们就像小孩子噩梦中变态的邪神一样不计后果。而这个噩梦并不会因醒来而消失。

除非……他们是故意的。

不，如果他们计划毁灭浣熊市，应该提前撤离自己人的……不是吗？

去警署的路上，她一直被这个问题困扰着。在看到猎杀者后，她就决定了下一步要采取的行动。她需要更多弹药，在特种战术救援组办公室的枪柜里，应该有些九毫米口径的手枪子弹，可能还有霰弹，说不定还有巴瑞用的那种老式左轮。

好在这段路不算太远，吉尔小心地在建筑物阴影里走着，尽量避开路上的丧尸。许多丧尸已经高度腐烂，只能缓慢地移动，躲开它们并不太困难。她需要通过一个被绳子紧紧绑死的铁栅栏门，绳子上还泼上了汽油。吉尔忘了带刀，觉得十分懊恼，但幸运的是她在杰克酒吧里拿了一个打火机。点燃绳索时她有些担心烟雾会引起那些东西的注意，但她隔着铁栅栏门，看到远处安布雷拉销售部门前正在燃烧的一堆建筑物碎片时，便放心了。她推测可能是之前的骚乱引发了火灾。她本想停下来把火扑灭，但看到周围都是破碎的水泥路面和砖墙之后，便不去管它了，看来火势不会蔓延。

终于，她来到警署门前。显然这里发生过严重骚乱。撞坏的汽车、破损的路障和橙色警示锥乱七八糟，不过其中没有尸体。在她的右侧，一个破损的消防栓像喷泉一样嘶嘶地向空中喷着水。如果是在一个炎热的夏日，在孩子们嬉笑打闹声中，这嘶嘶声听起来应该多么愉快啊。吉尔知道不会有消防员或者市政工人来修理消防栓了，她一阵伤心，当她想到那些孩子们……更是心如刀绞。吉尔阻止自己继续想下去，打定主意不再想那些她无法解决的事。已经有够多的事需要担心了。

例如补充装备……那么，你还在等什么？书面邀请吗？

吉尔深吸一口气，推开铁门，生锈的金属铰链发出一阵吱吱的响声。她快速扫视了一下，确定被栅栏围着的小院子里没有危险之后，她垂下枪，松了一口气。她小心翼翼地关好身后的栅栏门，然后走向警署大楼的厚重木门。很多警察都死在街头，虽说这是件可怕的事，但她接下来的行动就容易多了，楼里不会有太多丧尸。

吱嘎……

她身后的铁门打开了。吉尔立刻举枪转身，就在她准备对准那个闪进院子的身影开枪的时候，她认出了那个人。

“布拉德！”

听到她的声音，布拉德踉跄着走来，他受了重伤。他表情惊恐，右手紧捂着腹部，鲜血不停地从他的手指缝间冒出。他喘息着向吉尔伸出另一只手。

“吉……吉尔！”

吉尔向布拉德走去，不知道分开后他遇到什么。突然他们之间出现一个黑影，像一堵高墙似的挡住她的视线，同时发出一声响彻四周的愤怒咆哮。黑影向布拉德走去，地面随着它的步伐震动着。

“Sstaarrss……”它像野兽一般地咆哮着，但可以清晰地分辨出，它的确在说着特种战术救援组的简称。不用看它的脸，吉尔也知道它是什么，那已无数次出现在自己的噩梦中。

暴君。

布拉德踉跄着后退，他摇着头，仿佛在拒绝这只怪物向他靠近似的，他摇晃着转了半圈，背部撞到砖墙，不得不停下来。就在“暴君”走到布拉德面前的瞬间，吉尔看清它的轮廓。时间在这一刻停止了，她发现那并不是噩梦中的“暴君”，而是比“暴君”还要恐怖的怪物。

它身高大约有两米五六，体形和人类十分接近，但肩膀非常宽阔，手臂比“暴君”还要长。除了头部和双手，它身体其余部分被一件黑色的长大衣包裹着，脖子两侧的衣领中探出一根根搏动着的肉质触手，由于衣领的遮挡，看不到这些触手的根部。它的面部没有任何毛发，像由不同颜色和质地的皮肤草草拼凑而成，交错着粗长的疤痕。似乎它的设计者并不在乎外观，只是随意在残破的头骨上紧紧套了一个破皮袋。它的眼睛只是条白色的缝隙，位置十分靠下，周围布满乱七八糟的手术缝合线。它的鼻子只是一个洞，最显眼的是它的嘴，那根本不能算是嘴，只是在下半张脸上的一个长方形的口子，里面露出暗红色的牙龈和巨大的牙齿。

吉尔回过神的时候，怪物已经伸出巨手抓住布拉德的脸部。布拉德发出一声绝望的惨叫，似乎想说些什么，但在那只巨手下，他只能发出一阵艰难的喘息声……

……一个更可怕的声音响起，那声音沉闷而平滑，就像有人在一块肉上打洞。吉尔看见怪物的触手从布拉德的脖子后面伸出来，布拉德完了，几秒钟之内他就会因为大出血而死。她浑身发麻，看着那绳子般的触手蠕动着、摇摆着，像一条没有眼睛的蛇，鲜血从触手向下滴落。怪物抓住布拉德的脑袋，轻松地随手把已经死去的飞行员高高抛起，扔在一边，在布拉德摔到地面之前，触手就缩回了衣服里。

“Sstaarrss……”它再次咆哮着说，转身盯着吉尔。吉尔感到从未有过的巨大恐惧。

贝雷塔手枪对它丝毫不起作用。她转身就跑，冲进警署大门，然后猛地把门关上，插紧了门闩。这些行为都出于本能，她实在太害怕了，根本无法思考应该做些什么。怪物猛烈地撞击着大门，铰链嘎嘎作响。吉尔吓得一动不动，耳中全是血液的轰鸣声。

撞击声突然消失了。很长一段时间，什么动静都没有。过了好几分钟，吉尔才鼓起勇气将视线从门上移开，即使知道怪物暂时进不来，她也没有一点儿安全感。

布拉德说得对，它是来找他们的，现在布拉德死了，接下来就是她了……

5 resident evil

第七章

上帝啊，请拯救我，我亲眼看到那个怪物，上帝啊，救救我们大家吧。

他们无耻地骗了我们。今天早上，罗宾逊博士和安布雷拉的人在医院召开新闻发布会，他们坚称没有必要恐慌——那些案件之间并无关联，那些受害者只不过是得了流感，还发誓说自己说的是真的。他们还说，7 月时特种战术救援组发布的所谓“食人症”是一派胡言，尽管现在仍有少数患了“妄想症”的市民还在这么说。警署署长艾隆斯也出席了发布会，对安布雷拉的说法表示支持，并且重申了已被停职的特种战术救援组的无能。事情已经结束了，不是吗？没什么可担心的。

我们驾车从发布会现场返回办公室的路上，经过科尔街南边时遇到一场骚乱，交通堵塞了，车子一辆辆停下来，人也越聚越多。可是现场没有警察。我起先以为这只不过是一次小小的意外，便开始倒车，但戴夫说还有两卷胶卷没在发布会上用掉，想过去拍几张照片，真是见鬼！我们下了车，突然人群开始四散奔逃，有人尖叫着跑过来求助，这时我们看到有三个人倒在路中间，周围都是血。行凶者非常年轻，最多二十岁，男性、白人……他正跨坐在一个老人身上，还……

我的手在发抖，我不知道该怎么形容，我甚至不愿回忆当时的情景，但这是我的工作。人们必须知道真相。我不能保持沉默。

他正在吃那个老人的眼睛。另外两个受害者已经被残忍地杀死了，两人都是女性，一个已经上了年纪，另一个很年轻，她们的喉咙和脸上都血淋淋的，年轻女子的腹部被剖开了。

现场一片混乱，人们歇斯底里地哭泣、叫喊，甚至还有人发出疯狂的笑声。戴夫拍了两张照片后就吐在了自己身上。我想我应该做点什么，但那些人已经死了，而且我真的非常害怕。那个年轻人不停啜食着，还用手指戳着老人的另一只眼睛，他无视身边的一切，只是发出饥渴的呻吟，浑身都是血。

我们听到警笛声，和其他人一起向后退。大多数人都逃走了，但仍有几个人留下来，全都脸色苍白，既恶心又恐惧。我从一个胖乎乎的店主那里得知了之前发生的事，他说话的时候双手不停颤抖着。开始并没有什么异常——那个男孩摇摇晃晃地在街上闲逛，然后他突然抓住一个女人，开始咬她。店主说那个女人好像是叫乔丽什么的，她正和她的母亲默里夫人（店主不知道她的全名）一起散步。默里夫人上前试图阻止，那个男孩立即转身开始攻击她。旁边的几个男人跑过去救助，结果其中一个也被击倒了。在那之后，就没有人敢帮忙了。

警察终于到了，可他们就像没看到那糟糕的场面似的——当时那个怪物孩子还在继续他的“午餐”——只顾着驱散人群，划出了警戒区。接着三辆警车包围了攻击者，将他隔离在众人的视线之外。他们要求全部商店关门，店员和其他所有在场者都赶紧回家。我向其中一个警察表明我和戴夫的记者身份后，他立刻没收了戴夫的相机，理由是要作为物证，这完全是胡扯，他们没这个权力……

我当时还在担心什么新闻自由，现在看来那根本不重要。今天下午四点，也就是一小时前，哈里斯市长宣布全市戒严。所有街道都建起路障，断绝了我们和外界的一切联系。据哈里斯所说，本市已被完全隔离，以阻止“折磨某些市民的不幸疾病”的蔓延。虽然他没有明确称其为“食人症”，但显然毋庸置疑了……另外我们通过窃听警用无线电得知，袭击事件正在愈演愈烈。

我想，对我们大家来说已经太迟了。这种疾病不是通过空气传播的，不会导致大面积感染，但有力证据表明，当你被其中一个感染者咬了后，你就会染上这种病，就像我小时候看过的那部电影《双重生物》中一样。这也许能够解释为什么攻击事件会以惊人的速度增长，但同时也说明，除非装甲部队能够快速赶来，否则很快我们都会死。虽然警察关闭了新闻频道，但无论如何我都要把真相告诉大家，哪怕挨家挨户去敲门。戴夫、汤姆、凯茜、布莱顿先生，所有人都回家和家人在一起了。他们不在乎人们是否知道真相，但我孤身一身，新闻就是我的一切。我不愿……

我听到楼下的玻璃碎了。有人来了。

***

记录到此结束。卡洛斯把他找到的那张皱巴巴的纸放回桌上，紧紧抿着嘴唇。他在走廊里杀了两个丧尸……也许其中之一就是作者，这让他的心情更加沉重了，这个人变成丧尸有多久了？

如果他说的都是真的，那么兰迪还有多长时间？

用来窃听警方通话的无线电和通话器就放在房间对面的工作台上，但卡洛斯只是在想着重伤的兰迪，他正在楼下等着。他一直坚持到了这里，甚至在爬过两道路障时都没怎么让卡洛斯帮忙。但当他们到达浣熊市日报大楼的时候，他已经无法站起来了。在下层楼梯上有几处正在燃烧的小火苗，卡洛斯担心行动不便的兰迪可能会绊倒烧伤，因此没有扶着他上楼，而是把他留在楼下已经没用的公用电话旁……

也许他现在不该操心这事。贱人！真是妙极了！他们为什么不预先告诉我们这些情况？

卡洛斯强压住因这个问题产生的绝望。只要逃出这里，他就能与政府当局接触。他可能会因偷渡而被驱逐出境，但那又怎样？眼下，他的旧日生活就像野餐一样美好。

他跑过去打开无线电接收器，但不知道下一步该怎么做。他从没用过这东西，只在小时候玩过玩具对讲机。机器的顶部标有两百多个频道，旁边有一个旋钮。他扭动旋钮，看着一个个对他来说毫无意义的数字在屏幕上闪烁。除了一些电波杂音，他什么也没有听到。

太好了，至少它还能用。

先不用管它。现在更有用的是旁边的发送装置，那台机器侧面写着“AM/SSB 双频收发机”。他摘下对讲器，想试试有没有现成的频段，或者接通预存频段的按钮什么的……

……但他听到大厅里传来脚步声，那种慢吞吞地在地上蹭的声音。

卡洛斯立刻放下对讲器，举起步枪转身向门口走去，已经可以确定那是一只游荡的丧尸发出的脚步声。这间巨大的办公室是二层唯一一个房间，除非他从窗户跳出去，否则通向一楼大厅的楼梯是唯一的出口，必须杀死这个丧尸才能回到楼下……

啊！该死！它肯定要经过兰迪那里，兰迪被杀了吗？万一……万一这是兰迪……

“请不要……”卡洛斯低声说。但他不得不往这方面想。他退回房间深处，感到汗水不断顺着脖子流下。它继续走着，越来越近，那是拖着一只脚，一瘸一拐的脚步声。

拜托，别这样，我不想杀了他！

脚步声在门外停了一下，然后兰迪·托马斯蹒跚着出现了。他面无表情，看上去没有任何痛苦，下嘴唇挂着长长一条口水。

“兰迪？兄弟，站在那儿好吗？”卡洛斯听到自己的声音因绝望和恐惧而发颤。“说点儿什么，好吗？兰迪？”

卡洛斯不得不接受这可怕的现实。兰迪歪着头，举起双臂向他继续走来，喉咙里发出低沉的呻吟，卡洛斯从未听过如此孤独的声音。兰迪看不到他，也听不懂他说的话。对现在的兰迪来说，卡洛斯只是食物而已。

“对不起。”他用西班牙语说，想到也许那身体里还残留着兰迪的一部分灵魂，于是又用英语重复了一遍，“我很抱歉。现在安息吧，兰迪。”

卡洛斯郑重地瞄准，射击，看到兰迪的右眉上出现一个小孔，便急忙移开了视线。他听到朋友的身体摔在地面上的声音，但他不敢去看。他双肩低垂，木然呆立了许久，愣愣地看着自己的军靴，不知道为什么突然感到如此疲惫……他告诉自己，他已经尽力了。

最后，他走过去拿起对讲器，打开开关，摁下发送键。“这里是卡洛斯·奥利维拉，安布雷拉生化危机处理小队 D 分队 A 小队下士。我目前位于浣熊市日报社。有人听到吗？我已与队伍失联，现在我们……我需要帮助。请求立即援助。听到请回答。”

没有任何回复。也许应该试试其他频道。他一个一个频道重复着。最后他将无线电翻过去，查看所有的按钮，发现在背面有一行印上去的字：范围八千米。

这说明我可以联系到城里的任何人，多好用……只是无人应答，因为他们都死了。就像兰迪。像我。

卡洛斯闭上眼睛，尝试着去思考，尝试寻找到一丝希望。他想起了特兰特。他看了看表，觉得这想法有些疯狂，但这是唯一能做的事了。特兰特一直都知道，他知道发生了什么，他告诉卡洛斯在碰到这烂事的时候应该去哪里。现在不用担心兰迪了，而且他也不知道走哪条路才能出城……

13 号烧烤。还有一小时……

***

吉尔刚走进特种战术救援组办公室，就听到房间深处的无线电台发出的声音。她砰地关上门向它跑去，在严重的电流干扰声中，传来断断续续的话语。

“……这是卡洛斯……浣熊……失联……小队……求援……求援……听到……回答……”

吉尔一把抓起通话器按下发送键。“这是吉尔·瓦伦蒂安，特种战术救援组！听不清，请重复！你的位置？听到了吗？完毕！”

她紧张地期待着回话，却突然发现电源指示灯灭了。她按了几个按键，并反复开关电源，但那盏绿色的小灯还是没有亮。

“该死！”又是这狗屎的烂设备出问题，无论是多小的故障她都不会修理。

好吧，至少我不是唯一一个在河中央弄丢桨的人……

吉尔叹着气放下通话器，转身看向办公室的其他地方。几张废纸散落在地板上，像往常一样。桌子上乱七八糟地放着文件、电脑和个人物品，还有一些堆满书的书架和一台传真机。门后便是那高大坚固的枪支保管柜，她认真地祈祷着，里面千万不要是空的。

外面那个家伙可不是能轻易干掉的。那个特种战术救援组杀手。

一想到它巨大坚实的身影，吉尔就忍不住发抖。她不知道它为什么没有直接破门而入杀死自己，这对它来说轻而易举。只是想一想，就让她有种赶紧找一个黑暗隐蔽的地方藏起来的冲动。和它比起来，她一路上遇到的那些丧尸简直像婴儿一样无害。看看它对布拉德都做了些什么啊……

吉尔努力不让自己接着想下去。沉沦于恐惧之中没有任何益处。

是时候工作了。她走到自己的办公桌前，与上一次坐在那里时相比，她已经完全不同了，在那之后的这段时间，简直像过了一辈子那么漫长。她打开最上面的抽屉翻找着，在一盒回形针后面找到那套一直放在办公室里的小工具。

太棒了! 吉尔打开小布包，熟练地检查着那些小钩和扭杆。被一个专职盗窃的爸爸带大，也是有些好处的。前几天她不得不对着门锁开枪，但那并不像人们以为的那么容易和安全。一套好用的开锁工具将会为她提供巨大的助力。

我没有枪械柜的钥匙，但是我以前就不用钥匙打开过它。那只是趁着没人时的一个练习，只是为了试试能不能做得到，结果却非常简单，那是把很古老的锁。

吉尔蹲在柜门前，把选出的工具插进锁眼里，然后轻轻地、有规律地转动着。不到一分钟，那沉重的柜门就被打开了，显然，她刚才的祈祷生效了。

“上帝保佑你，巴瑞·伯顿。”她长出一口气说道，从空荡荡的枪架上拿起沉重的左轮手枪。那是一把九毫米口径的柯尔特蟒蛇，圆柱状的弹仓里装着六发高爆弹。巴瑞是阿尔法小队的枪械师，同时也是一个狂热的枪械爱好者。他带着她做过很多次射击练习，总是热情推荐她试试自己收藏的各种枪支。吉尔知道他至少有三把不同口径的手枪，而这把是其中威力最大的。无论是疏忽还是有意，他留下了这把枪，这简直是个奇迹……枪柜底部的一个盒子里还有二十多发子弹。虽然没找到霰弹，但抽屉里还放着足够装满一个弹夹的九毫米子弹。

这一趟来得太值了，而且有了这些开锁工具，我还可以到楼下的证物室，检查一下那些收缴的东西……

事情正在好转。现在，只要趁着天黑偷偷出城，同时避开丧尸和那些基因突变的凶猛动物，还有那只嚷嚷着要消灭特种战术救援组的“暴君”就行了。

这个想法竟然意想不到地让她笑了起来。要不是即将到来的爆炸和外面的危险，她简直想开个派对。

“哟呼！”她小声地欢呼了一下，用有些颤抖的手把子弹装进弹夹。

5 resident evil

第八章

尼古拉正在城市街道下面的下水道里行进，越来越叹服于浣熊市地下系统的精妙设计。他之前便研究过地图，但那和亲身走在这里完全是两码事。安布雷拉把这里建成了一个完美的地下游乐场，但不幸的是，他们即将亲手毁灭这里。

有几条地下通道通向安布雷拉的各个主要设施，其中一些比其他通道更加显眼。他是从警署大楼地下室进入下水道的，从这里可以一直走到安布雷拉巨大的多层地下研究所，安布雷拉所有的重要研究项目都是在那里进行的。在浣熊市森林里的斯宾塞庄园中，也在进行类似的研究项目，在市郊还有三个用废弃工厂或仓库伪装的测试场，不过最优秀的科学家都在城中的地下研究所里。这些下水道令他的行动更加简单，毕竟在地下行动要比地上安全不少。

不过也不会安全多久了，再过十到十二小时，浣熊市任何地方都会不安全。安布雷拉会定时为那些生物注射镇静剂，它们在浣熊市的实验室里被制造出来，但一般会被运到市郊的实验场进行各种测试。

在那些伪装的废墟里，它们会因为饥饿而更加凶残，现在有些已经为了寻找食物闯出来了，毫无疑问，停止注射镇静剂之后，会有更多的怪物出现在城中。

这不是很有趣吗？在搜索之余还会时不时出现一个射击练习目标供我娱乐。

他把突击步枪在右臂弯中托稳，伸手拍了拍他从韦伯斯基身上拿到的特制子弹。他之前没有想起查看它们，不过在进入下水道之前他曾快速看了一下，这让他非常高兴。安布雷拉生化危机处理部队小队士兵的弹夹里都是五毫米口径的高穿透子弹，而韦伯斯基的弹夹里却装填着空尖弹，在击中目标时弹头会产生变形，从而给目标造成最大伤害。尼古拉原本就计划在研究所里的小型武器库中补充一些弹药，现在有了额外的六十发空尖弹，任务就更加轻松了……

不过现在可不轻松……

阴暗的下水道里，冰冷浑浊的污水没过了膝盖，还带着一股可怕的尿骚味和霉味。他已经遇到几个丧尸，大多数都穿着安布雷拉研究所的工作服，不过其中也有几个普通人，可能是下水道维护人员或想冒险通过下水道逃离城市的倒霉蛋。他避开了它们，因为他不想浪费子弹，更不想暴露行踪。

他来到一个T字形路口，左右查看一下之后，便向右走去。就像之前一样，除了污水撞击在灰色墙壁上微弱的声响和油腻水面上反射着的暗黄色灯光之外，什么都没有。在这个潮湿、阴冷的地方，尼古拉忍不住想起了A334——蠕虫……监察员的简报中说，它们看起来像巨大的水蛭，成群结队地在水中到处乱窜，这是安布雷拉的最新作品。他讨厌这种恶心的东西，它们中的一些可能正在黑暗的下水道里游着，张着大嘴寻找着人类温暖血液的滋养。

当看到隧道尽头凸起的平台时，尼古拉终于稍稍安心了一些，同时也为刚才自己的恐惧感到有些羞愧。不过他很快便停止了这种想法，为自己与监察员的会面做好准备。他从水里走出时看了看表，时间刚刚好。汤姆林森博士将在十分钟内提交报告。

尼古拉快速跑过面前那条不长的通道，来到走廊尽头的大门前，靴子发出的微弱吱吱声令他十分恼火。他仔细听了一会儿，没有任何声音。于是他轻轻推开门，门内是一个空荡荡的维修工休息室——桌子、椅子、更衣柜……还有对面墙上用螺栓固定的通向下方的梯子。他安静地走进去，轻轻地关上了身后的门。

梯子通向汤姆林森博士即将进行报告的小仓库，电脑终端藏在放着清洁用品的架子后面。如果汤姆林森能够从研究所到达这里，并且尼古拉没看错地图，那么她会从角落里的那台小型升降机中出现。尼古拉坐了下来，从背包里拿出笔记本电脑，在和那个博士见面之前，他想再查看一下地图。

汤姆林森非常守时，在离上传文件的时间还有四分钟时，升降机的马达声响起。尼古拉立刻将枪口对准那里，并把手指放在扳机上。一个披头散发、面带愁容的高个子女人出现了，她穿着一件污迹斑斑的试验服，手中拿着手枪，但枪口冲下，显然，她认为这里很安全。

没等她做出任何反应，尼古拉就说道："放下武器，从电梯里出来。马上。"

她显得非常镇定，除了稍稍睁大了眼睛之外，没有任何惊慌的举止。她按照他说的做了，把手枪扔在地上，慢慢地走进安静的房间。

"有什么新鲜事要报告吗，珍妮丝？"

她摇摇头，把双手交叉在胸前，认真打量着他，浅褐色的眼睛望向他手中的武器。"你也是监察员。"她肯定地说。

尼古拉点点头。"博士，把你口袋里的东西都拿出来放在桌子上，慢慢地。"

汤姆林森笑了。"如果我不呢？"她充满诱惑地低声说，"你会来搜我的身吗？"

尼古拉想了一下，扣动了扳机，瞬间爆发的枪声抹去她脸上那魅惑的微笑。他没时间去玩这种特殊游戏。应该一看见她就开枪，免得经不住诱惑。再说他现在正为又湿又冷的双脚心烦呢，没什么比穿着一双湿漉漉的靴子更难受的了。

不过还是很可惜，她是他喜欢的类型，身材高挑丰满，而且还非常聪明。尼古拉走过去，从尸体胸前的口袋里掏出一张数据盘。他尽量不去看那张血肉模糊的脸，并提醒自己正在工作。

第五个。尼古拉将数据盘装入塑料袋封好放进包里。等他得到全部报告后，就有时间仔细研究里面的内容了。

他打开笔记本电脑，调出下水道的地图，皱着眉头研究着接下来要走的路。至少还要在阴暗的下水道里趟好几百米。他把电脑扔向一边，又瞥了一眼汤姆林森博士，然后叹了口气，也许他犯了一个错。一次快速激烈的“肉搏”能让他暖和点儿……虽然他并不喜欢在享受女人之后杀死她们。他上一次这么干了之后，第一次感到了后悔。

无所谓了。她已经死了，而他得到需要的情报，该继续前进了。还有四个人，他就可以把工作抛到脑后，富有地度过下半生，享受那些穷鬼们只能在梦中体验的快乐。

***

卡洛斯知道他已经接近目标了。从报社大楼出来后，他沿着路标向北前进，之后在向东穿过一连串小巷时迷了路……不过应该已经到了特兰特所说的商业区。

他说过，商业区，东北方……可是剧院在哪儿？他好像还提过喷泉什么的？

卡洛斯站在两条小巷交叉处一个门窗被木板钉死的理发店前，不知道该怎么走。这里没有任何路标，夕阳的最后一缕余晖也已经消失，天完全黑了，离七点那个最后期限只有十分钟了。开始时的一次错误使他跑回了工业区，而不是特兰特让他去的商业区。哦，不，十分钟……然后呢？就算他找到那个该死的 13 号烧烤，又会发生什么？特兰特说过些有关帮助的话……就算他能呼地一下按时到了那里，特兰特又能为他做什么呢?

往左走应该能回到报社，这么说他已经走过了？往前是条死路，里面有一扇他还没进过的门，也许可以试试——

他没看到丧尸，但听到了声音。

他刚跨出第一步，身后的一扇门就被猛地撞开了，这东西太快了！他还没完全转过身，那东西就已经接近了，根本来不及举枪。

这是什么东西!

一阵恶臭从黑暗中扑来，那家伙的黑色爪子在黑暗中闪着丝丝亮光，身体表面覆着一层甲壳，像一只长着外骨骼的巨型昆虫。

有什么东西带着风声突然从面前划过，要不是他踉跄地倒退几步，一定会被伤到。在慌乱中他被自己的脚绊倒在地，惊恐地看着那东西从眼前掠过，敏捷地跳到右边的墙壁上，在垂直的砖墙上飞快地跑着。卡洛斯毛骨悚然，仰着头尽可能地让目光跟上快速移动的怪物，那家伙灵活地用三只脚转向，然后敏捷地跳回了地上。

卡洛斯觉得自己只能瘫软在地，眼睁睁地看着它爬过来，用六条长刀般的腿中的一条划向他的咽喉。直到那怪物开始不正常地扭曲，并从臃肿的头部发出一声哀号时，他才恢复了行动能力，急忙从地上爬起来。

在刚才那一瞬间，卡洛斯蜷缩着身体，向那个尖叫着跑过来的东西开火，甚至没有意识到自己也在发出恐惧和难以置信的叫声。子弹撕裂了怪物脆弱的身体，它颤抖着倒在地上，疯狂地挥动着所有的长腿，尖叫声变成了痛苦的哀号。卡洛斯继续开火，将子弹泼洒到这个不知名的生物身上，甚至在它倒在地上一动不动之后，仍没有停止射击。他知道它死了，但没法让自己停下来。M16 打空了弹夹，小巷里重新安静下来，只剩下他急促的呼吸声。他靠在墙壁上，给步枪换上新弹夹，同时拼命想弄明白刚才到底发生了什么……

好不容易冷静下来，卡洛斯慢慢走近那只死掉的生物。哪怕是长着六条腿，个头比人还大，还能在墙上跑的大虫子，只要脑袋被打穿，一样得死。这是能让他在面对疯狂的一切时，还可以坚持下去的唯一真理。

“死的像屎一样。”卡洛斯盯着扭曲的、血淋淋的生物说。在那一瞬间，他感到藏在内心深处的胆怯渴望着能够忘记这一切。丧尸就已经够糟糕了，他之前甚至一直不愿接受浣熊市已被丧尸吞没的现实，他们只是病了，得了报纸上说的那种食人症，因为他觉得丧尸这样的东西只会出现在电影里。现实中不该有怪兽，也不该有巨大的、尖叫着在墙上爬的杀人巨虫。

“不要逃避现实！”卡洛斯低声说，这是他曾经的座右铭，但这个时候说出这句话，更像绝望之中的一句祈祷。别紧张，放松，冷静。过了一会儿，他冷静下来，心跳恢复了正常。他觉得自己终于恢复正常了，不再像一只盲目的、惊慌失措的动物。

是的，浣熊市里还有很多怪物。在经历这么一天之后，这已经不再是什么新鲜事了。它们也一样会死，不是吗？所以只要正视它们，杀死它们，自己就能活下去，他已经坚持了这么久，绝不能放弃。

想到这里，卡洛斯把怪物抛在脑后，转身向小巷深处走去，极力抑制住回头看的冲动。它已经死了，他还活着，这是好事，还有很多这样的怪物。

特兰特可能是我唯一的活路了，现在我还有……该死！三分钟，只剩三分钟了。

卡洛斯紧跑几步，穿过那扇门，发现自己站在一个宽敞明亮的厨房里。显然这是一家餐馆的后厨。

他快速环顾四周，没有人，靠墙立着的一个大煤气罐正在丝丝响着，除此之外非常安静。他深吸一口气，并没有煤气的味道，也许是别的什么东西……

就算罐子里是神经毒气我也不会离开。应该就是这儿，特兰特让我来的地方。

他穿过厨房，走过闪亮的金属工作台和炉灶，向餐厅走去。一个柜台上放着的菜单上有几个烫金大字“13 号烧烤”。这让他紧绷着的心一阵轻松。几小时之内，特兰特就从一个可怕的陌生人变成他在世界上最好的朋友。

我做到了，他说过他能帮助我。也许救援队已经在路上了，或者他安排人到这里接我……或者这里藏着许多武器，这不如有救援好，不过我还是会带上所有能找到的家伙。

厨房和餐厅之间的墙上有一个开口，放着一张服务台，以便将菜单传递给厨师们。卡洛斯花了一点时间才确定，在那不大的昏暗餐厅里空无一人，一盏仍在燃烧的油灯发出晃动的光芒，在墙边的皮面座椅上投射出摇摆不定的影子。

卡洛斯绕过服务台走了进去，心不在焉地注意到凉爽的空气中有一股油炸食品的香味。他向四周张望，不知道是什么在等着他，但现在他什么都没发现……桌子上没有信封，没有神秘的包裹，也没有穿着野战服的人等在旁边。前门处有一部投币电话，卡洛斯走过去拿起听筒，但它和城里其他的电话一样，没有任何声音。

他看了一下表，在过去一小时里，他已经看了无数次。七点过一分。晚了一分钟。他感到一阵愤怒和焦躁。他很不愿承认，可他心中的恐惧感正在成倍增加。*我独自一人，没人知道我在这儿，没人能帮我。*

“我在这里！”他转身对着空荡荡的房间说，声音越来越大，“我做到了！我准时到了！该死的，你到底在哪儿？”

就在这时，电话响了，刺耳的声音吓了他一跳。卡洛斯抓起电话，心脏怦怦地剧烈跳动，满怀的希望使他觉得腿有些发软。

“特兰特？是你吗？”

短暂的沉默后，特兰特温和清晰的声音传来。“你好，奥利维拉先生！很高兴听到你的声音！”

“伙计，我可没有你那么高兴。”卡洛斯靠在墙上，紧紧地握着话筒，“这里简直糟透了，朋友，所有人都死了，现在外面全是怪物，特兰特。你能把我弄出去吗？告诉我你能让我离开这里！”

又是一阵沉默。他听到特兰特发出一声沉重的叹息。卡洛斯闭上眼睛，他已经知道了答案。

“我很抱歉，但这不可能。我能做的只是给你提供信息……而你要做的就是活下去。我担心事情会变得更糟，而且就目前来说，事情并没有任何好转的迹象。”

卡洛斯深吸一口气，点了点头，他一直都是这么告诉自己的。他只能靠自己。

“好吧，”他说，睁开眼睛，挺起胸膛再次点了点头，“说吧。”

5 resident evil

第九章

关于 29—087 号轻度违法行为的解释和概要

十二颗人造宝石是“时钟锁”的一个组成部分，为市政厅综合大楼门上的装饰品。其中两颗在昨天（9 月 24 日）晚间（大约）二十一点到今天早晨五点之间被盗。此时，本地许多公司都遭到了抢劫和破坏，不法分子一直在破坏公共财产，劫掠他们认为有价值的东西。本人认为，罪犯可能认为这些宝石是真的，但在偷了两颗（一蓝一绿）之后，他或她发现它们只是玻璃仿制品，于是停止了行动。

该门（又名“市政厅前门”）是市政厅众多出入口中唯一一个通向综合大楼的大门。但开启该门需所有宝石正确安放，由于这种复杂的（本人认为是十分荒谬的）设计，目前该门已无法打开。在市政部门拆除该门或找到失窃的两颗宝石并重新安放到原有位置之前，该出入口将一直保持关闭状态。由于目前人力紧缺，所以此案的调查不得不暂时终止。

报告者　马尔文·布拉纳

关于 29—087 一案的追加说明

9 月 26 日，失窃的宝石之一（蓝色）出现在警署大楼内。

目前时间二十点。比尔·汉森（死亡）是“13 号烧烤”餐厅的店主，在今天傍晚，此人来警署避难时似乎随身携带着宝石。汉森先生于到达后不久死亡，死因是由于出现食人症状被警察开枪射杀。收集遗物时在他身上发现了这块宝石，但本人无法确定他是否就是偷窃宝石的罪犯，也无法找到另一块宝石的存放地点。

目前城市处于戒严状态，无法开展第二颗宝石的搜寻工作，也无法将已经找到的宝石放回原位。通往市政厅综合大楼的道路已被封锁，因此可以说这些宝石已经失去价值。

个人记录：这是本人在危机过去之前的最后一份书面报告。在目前这种情况下，此类轻微犯罪的书面报告的优先级远远低于戒严工作。我相信不是只有本人持此态度。

马尔文·布拉纳
于浣熊市警署

***

吉尔把打印的报告书和手写的追加说明放回证物柜的抽屉里，不知道马尔文是不是还活着，她悲伤地觉得可能性很小。马尔文是警署最好的警员之一，一直非常敬业，而且是个难得的好人。

*直到最后一刻，他都那么敬业。*该死的安布雷拉。

她从抽屉中拿出一颗菱形的蓝色玻璃，对着它若有所思。证物保管室里乱七八糟，看来已经被人彻底翻了几次，在上锁的柜子和抽屉里也没有什么有用的东西。显然她不是唯一一个想从这些柜子里找到枪支弹药的人。但这颗宝石却没被拿走……

马尔文在报告中说，市政厅周围的街道全部被封锁了。吉尔之前曾试图从那里通过，但当时那里就已经建起了重重路障。其实那边并没有什么特别的东西……那扇门的后面是一个铺设了人行道的小花园，里面竖着前市长米迦勒·沃伦的无聊雕像，仅此而已。穿过那里就是市政大厅，但是自从市中心新的政府大楼建成之后，这个远离商业区和住宅区的老市政厅就没什么用了。市政厅后面是几条通向西面和北面的小路，向北是汽车用品店和二手车场，向西……西面……

"啊！有轨电车！"

为什么之前从来没有想到呢？吉尔一阵兴奋，捶了一下脑袋。她完全忘记了这件事。浣熊市有一条运行老式有轨电车的观光线路，只在夏天的旅游季开放。这条路线经过城市公园和高级住宅区，一直通向城市西郊。路上还会经过一个安布雷拉的废弃厂房，说不定那里仍有可以发动的汽车和没被封锁的道路。如果电车还能够运行，无疑是逃出城去的最简单的方法。

但问题是周围的街道都已经被封锁了，而且开门的宝石我现在也只有一个……

她没有可以破坏那道沉重大门的工具。马尔文的报告中说，蓝色宝石是从比尔·汉森身上找到的，他的餐馆离这里只有三四条街。虽然没有证据说明他就是盗窃宝石的人，也无法确定另一枚绿色宝石是否放在他的餐馆里，但仍然值得去那里碰碰运气。即使什么都找不到，情况也不会比现在更糟了，要是能找到，就可以比她预计的更快出城。更别说还有外面那个正在追踪她的怪物，已经令她慢了许多。

就这么定了。吉尔把蓝色宝石塞进自己的腰包，转身向大门走去。在离开前，她还打算去一趟警署的暗房，看看能不能找到一件摄影马甲。她没找到柯尔特手枪用的快速装弹器，所以需要一件有几个口袋的衣服来放那些零散的子弹。她觉得干脆把霰弹枪扔下算了。虽然她已经用一个死人的腰带做了一条背枪的肩带，背着它也不算太碍事，但没有能用的子弹，辛辛苦苦地背着它走来走去也没什么用处。

吉尔进入走廊后向左转，小心地不去看那具倒在南侧窗户下的躯体。那是一个年轻的女性感染者，吉尔在二楼楼梯的拐角处开枪射死了她，她认识这个女人。她是周末时段的警署前台，好像是叫玛丽。暗房就在一楼楼梯的正对面。到那里必须穿过一段布满尸体的道路，但只要别靠得太近，应该不会有什么问题。

砰！

两扇玻璃窗突然迸裂，碎玻璃像雨点一般散落在女接待员的尸体上，还有一些碎片扎破了吉尔的腿。同一瞬间，一个巨大的黑影冲了进来，体形比人类要高大许多，就像……

那个猎杀特种战术救援组的怪物……

她的脑子被这几个字塞满了。没有任何犹豫，吉尔转身冲回证物室，用力把门关上。门外传来它踩在碎玻璃上走来的嘎吱声，还有低沉的咆哮“SSst……”

吉尔跑向证物室另一端的门，同时从腰包里取出那把沉重的左轮手枪。隔壁是巡警办公室，进去后她立即向左转，根本顾不上查看周围……桌子、椅子、杂物架，被掀翻的办公桌，地上至少有两具警察的尸体，但现在对吉尔来说这些都只是单纯的障碍物而已。

吉尔跃过破碎的办公桌和地上扭曲的尸体，背后的门轰的一声被撞开了。不！木门的碎裂声中夹着那个怪物愤怒的咆哮。

快！快！再快一点儿！

她撞开面前的门，顾不上去想肩部的疼痛，迅速右转进入了大厅。

砰——轰！

眼前突然爆出一大片火焰和浓烟，在吉尔左侧不到一米的地板上出现一个嘶嘶地冒着浓烟和热气的破洞。被熏黑的大理石和瓷砖碎片四处飞溅。

这个怪物竟然还会用武器！

她跑得更快了。冲下楼梯时她突然想到，自己刚才已经闩上了大门，她顿时觉得胃部像被狠狠揍了一拳。她没有开门的时间，肯定来不及……

背后嗵的一声。是榴弹发射器或更大威力的武器的发射声。强烈的气浪贴着她的右耳划过，接着传来一声高速运动的物体穿过空气的锐鸣，一声巨响，整座大门被炸得只剩一片挂在门框上不停摇晃的木片。她毫不犹豫地冲过警署大门，闯进冰冷的夜色中，身后是冒着浓烟的残骸。

“Ssstaaarrrsss！”

声音已经非常近了。吉尔本能地减速、猛蹬地面，跳向一边，在奔跑中她模糊地意识到布拉德的尸体不见了，但现在没有时间细看。她刚刚落地，怪物就出现在她刚才跳起的位置上，就像撕裂了空间冒出来一般。沉重身体的巨大惯性使它又往前冲了几步，没能及时在她身边停下来，这给了吉尔至关重要的几秒。她穿过庭院里嘎吱作响的生锈金属门，关上门的同时把霰弹枪从背后取了下来。

吉尔将枪插进两个门环中，她知道这根本坚持不了多久。在门的另一边，怪物发出愤怒的吼声，那是恶魔发出的渴望鲜血的巨吼，吉尔的身体止不住地哆嗦着。这只是噩梦的开始，那吼声是在告诉她，她已经是必死的猎物了。

她转过身继续狂奔，咆哮声渐渐消失在身后的黑暗中。

***

尼古拉看到米哈伊·维克多的瞬间就决定要杀了他。虽然这并不是必须做的，但这机会他绝不会放过。对米哈伊来说，活下来是他不该得到的幸运。

我们走着瞧……

尼古拉的心情非常好。事情完全按计划进行，他在下水道中的后半段旅程一直平安无事。下一个目的地是医院，从朗斯代尔广场出发，乘电车很快就能到。他休息了好一会儿，足以恢复之前因追逐而消耗掉的体力。当他再次回到市区时，在安布雷拉公司的屋顶上——绝佳的狙击位，恰好看到米哈伊就站在对面的街道上。这是他努力工作的奖赏。米哈伊永远不会知道是谁开的枪。

尼古拉安静地在两层楼高的地方看着米哈伊，此时米哈伊正背靠着一间破棚屋更换弹夹，他旁边的屋檐下，一盏亮着的安全指示灯正在不停地旋转着，就像萤火虫一样为尼古拉指示着目标，而米哈伊所在的逆光位置则根本不可能看到杀死他的人。

你不能要求事事如意。能杀掉他就足够了。

在他观察自己的猎物时，凉爽的夜风轻拂着他的头发。尼古拉微笑着举起 M16，享受着当下的时光。唯一让他不太满意的是，米哈伊脸上一如既往地平静，看不到任何恐慌表情。爆头吗？不，他应该还没有感染病毒。尼古拉不想错过对方变成丧尸的情景，他的时间足够慢慢欣赏这个过程。于是他放低枪口，瞄准米哈伊的一个膝盖。这一定会很痛……可是并不会影响他使用武器，也许他会向黑暗中盲目射击，尼古拉可不想冒着被流弹打中的危险。

米哈伊换好弹夹，正在向四周观望。尼古拉立刻瞄准他开了一枪，当看到他捂着小腹倒在地上时，心里非常满意。

但米哈伊突然一个翻滚，消失在棚屋拐角处。尼古拉听到军靴踏在沙砾上的嘎吱声迅速远去。

他小声咒骂了几句，感到一阵挫败。他想看到米哈伊惊恐不安的样子，想看到他痛苦抽搐、慢慢死掉的样子。但米哈伊的反应并不像他想的那么差。

也许他跑不了多远，就会死在一个黑暗的角落里。可这对我来说

毫无意义。我花时间并不是想看这个的……

这还没完。尼古拉想亲眼看着他死去。只要几分钟，跟着血迹就能找到他……连孩子都能做到。

尼古拉咧嘴一笑。*这样吧，当我找到他时，我干脆装成一个热心同僚好了……是谁弄伤你的，米哈伊？来，让我来帮你……*

他急忙转身下楼，同时想象着米哈伊得知真相时的表情。尤其是他发现，无论是作为领导者还是作为男人，他都是个失败者的时候。

尼古拉觉得自己非常走运，竟能看到如此令人激动的场面。到目前为止，这是他生命中最美妙的夜晚。

***

卡洛斯挂断电话之后，走到附近一把椅子上坐下来，思考特兰特刚才告诉他的事情。如果特兰特说的都是真的——卡洛斯现在已经确信这一点，那么安布雷拉需要解释的可太多了。

“你为什么要把这些告诉我？”在谈话接近尾声的时候卡洛斯问，“为什么是我？”

“因为我看过你的档案，”特兰特说，“卡洛斯·奥利维拉，雇佣兵……经验丰富，而且你总是为被压迫和被虐待者而战。迄今为止只接受过两次刺杀任务，并且都成功了。一个是残忍暴虐的毒枭，另一个则是儿童色情录像的制作者。如果我没记错，你从未伤害过平民，一次都没有。安布雷拉正在做一些极其罪恶的事，奥利维拉先生，你正是那个阻止他们的人。”

据特兰特所说，安布雷拉制造了T病毒和G病毒，原本目的是要利用这两种病毒开发生物武器。人类感染病毒后，就会变成丧尸。特兰特还说，安布雷拉非常清楚他们送生化危机处理部队士兵们去的是什么样的地方，而且很可能是特意送他们去的……当然是出于研究目的。

“那里有很多安布雷拉的监察员。”特兰特说，“就像我之前说过的，不要轻易相信别人。这并非危言耸听，那里没有人是值得信任的。”

卡洛斯突然站起来走向厨房，心中仍在想着特兰特的话。特兰特拒绝回答他和安布雷拉对着干的动机，不过卡洛斯隐约觉得特兰特也在为安布雷拉工作。这样就能解释，为什么他要用如此神秘的方式来告诉自己这一切。

他一直非常慎重地隐藏自己……可为什么他会知道那么多细节？他告诉我的这些事……

在特兰特所说的事情里，有几件显得莫名其妙。例如有一颗人造绿宝石藏在餐厅地下室里的冰柜下面，宝石一共有两颗，同时使用才有效。但是他却没有说明宝石的作用，也没有告诉卡洛斯去哪里找另一颗宝石。

特兰特只是说：“要找到那两颗宝石。”就像卡洛斯一定会拿到另一颗似的。“当你找到蓝色的那颗，你就明白了。”

他还神秘兮兮地告诉卡洛斯，城市西北方的废弃污水处理厂里有两架安布雷拉特意留下来的直升机。不过特兰特提供的信息中最有价值的是，浣熊市医院正在进行T病毒疫苗的研究工作，虽然疫苗还没有被批量生产，但至少有一个样品保存在那里。

“虽然这是个好消息，但是医院应该很快就会被摧毁了……”特兰特是这样告诉他的。这又让卡洛斯对他的情报来源感到不可思议。究竟会发生什么？特兰特为什么会知道这些？

特兰特似乎认为卡洛斯的生存是一件非常重要的事，他好像十分肯定卡洛斯会成为他与安布雷拉斗争的重要力量。不过卡洛斯自己对这一点可不确定。此刻他只想尽快离开这座城市……不过无论对方出于什么目的，他都非常感谢他提供的这些帮助。

当然，如果再多点儿帮助就更好了……比如给他一辆装甲车，或者专门对付怪物的喷雾剂什么的。

卡洛斯站在厨房里，盯着地上的厚重金属盖，那下面应该就是通向地下室的梯子。特兰特说可以在医院附近的钟楼里找到更多武器，而钟楼与医院北方那架安布雷拉留下的直升机会派上大用场……

但如果我真有那么重要，他为什么要等我到了这儿才告诉我这些？他完全可以当面告诉我。

很多事卡洛斯都想不通，他知道特兰特并没有告诉他全部事情。现在除了信任他以外别无他法，但卡洛斯觉得还是应该谨慎对待特兰特提供的这些信息。

卡洛斯蹲在地下室的入口旁，抓住盖子上的把手用力向上拉。那个金属盖子非常重，卡洛斯用上腿部力量才把它拉开。看来这里的厨师是个健美先生，不然，他们非得准备一根金属撬棍才行。

这时卡洛斯突然听到饭店前门被打开又很快关上的声音。他轻轻把盖子放下，转身蹲在地上，用 M16 瞄准餐厅入口。丧尸似乎不会开门关门，它们的身体好像没有这么协调。不过他还不太清楚这些怪物的能力，但他也想不出在这个时候还有什么人会在城里乱逛。

一阵缓慢、小心的脚步声向厨房靠近。卡洛斯屏住呼吸，想着特兰特的那些话。这会不会是一个陷阱？他看到一把九毫米口径的左轮手枪出现在门边，持枪的是一个表情严肃的年轻美女，她正压低身体慢慢走过来。在看到卡洛斯的瞬间，她迅速用枪指着他的头。

两人对视了几秒钟，都一动不动。卡洛斯可以从女人眼神里看出，如果她认为有必要，一定会毫不犹豫地对自己开枪。由于他也有同样的想法，所以还是先表明身份比较好。

“我叫卡洛斯，”他平静地说道，“我不是丧尸。放松些，好吗？”

女孩打量了他一会儿，然后点了点头，慢慢放下了枪口。卡洛斯也把手指从扳机上移开，然后两人同时站起身。

“吉尔 · 瓦伦蒂安。”她似乎还想说些什么。但这时餐厅的后门发出一声巨响，被猛地撞开了，接着是一阵人类绝不可能发出的震耳欲聋的咆哮声，卡洛斯顿时觉得毛骨悚然。

“Sstaarrsss！”吼声响彻餐厅的每一个角落，那巨大的身影迈着冷酷而坚定的脚步向他们逼近……

5 resident evil

第十章

她没时间提任何问题，更没时间想那个怪物怎么会这么快就找到了她。吉尔用手势示意旁边的年轻男子退向后面的餐厅。她迅速观察着周围的环境，希望找到一些东西分散它的注意力，为逃跑争取时间。他们躲向吧台后面的时候，吉尔从卡洛斯的动作上看出他受过专业训练，而卡洛斯也从吉尔始终镇定的态度上看出了同样的事。

*火！可以用火！*柜台旁边的手推车上放着一盏正在燃烧的煤油灯。吉尔没有丝毫犹豫，她知道如果不立刻行动，几秒钟之后怪物就会找到他们。燃烧的煤油也许能让它慢下来一小会儿。

她示意卡洛斯留在原地，然后抓起灯站起来，从柜台上方探出身体，将煤油灯高举过头。怪物走到厨房中间时，吉尔将油灯向它扔去，同时祈祷着油灯能够砸碎在怪物身上。

时间慢了下来，油灯在空中划出一道轨迹飞向怪物，这也许是因为一瞬间发生了太多的事，而大脑还停留在刚刚做的那件事上。油灯在怪物的脚上碎裂了，碎玻璃和煤油四下飞溅，在怪物周围扩散成一个小小的火池，怪物挥舞着巨大的拳头，愤怒地咆哮着。卡洛斯大喊了一声什么，迅速抓住吉尔的腰将她扑倒，两人一同摔在地板上。

下一个瞬间，强光和巨响吞没了他们，耳膜一阵剧痛。卡洛斯用西班牙语快速地说着什么，同时抱住吉尔的头，用身体盖住她。吉尔对时间的感知终于恢复了正常，她突然发现周围的一切都在燃烧。

天哪，这到底是怎么回事？整个城市都被炸毁了吗……

她的大脑还处于混乱之中，觉得昏昏沉沉、天旋地转，甚至差点儿忘记了呼吸。吉尔深吸一口气，推开卡洛斯的手臂站起来，她得看看到底发生了什么。

整个厨房都被炸毁了，所有厨具都被烧成了焦黑色。那些四处散落的碎片似乎是原本放在墙边的一个金属罐子，那些还在冒着烟的锯齿状金属碎片像烟花般喷散，刺鼻的烟雾打着旋儿从地板上那具尸体上升起。那个巨大的身体躺在那儿一动不动，黑色的衣物全都烧焦了。

“我不是故意冒犯，但你是不是脑子有问题啊？”卡洛斯瞪着她夸张地问道，“你刚才差点把我们全烧死！”

吉尔没理他，仍然死死盯着那个怪物，用手枪指着它。怪物的头部和上身都压在一个货架下面，刚才的爆炸的确很猛烈，但根据以往的经验，她知道只凭这个就认为它已经死了，是十分危险的。

开枪，趁现在开枪，直到它真的死掉，不会再有这种机会了。

那个巨大的身体抽搐了一下，手指开始轻轻抖动，吉尔下意识地后退了几步。她现在只想离开，在它摆脱爆炸的影响爬起来之前逃得远远的。它一定会再站次起来追杀她的，一定会。

“我们必须离开这里。”她回头对卡洛斯说。卡洛斯觉得这个年轻漂亮的姑娘一定是被刚才的爆炸吓坏了，于是他稍稍犹豫了一下就点点头，将突击步枪端在胸前。

穿着迷彩作战服，装备着军用 M16……这是一个令人高兴的好兆头。希望这里还有更多这样的人……

吉尔这样想着，快步向门口走去，卡洛斯紧跟在她身后。她还有许多问题想问，而且知道对方一定也一样，但这都可以等到了其他地方之后再说。除了这里，其他的任何地方都行。

一出门吉尔就忍不住跑起来。那个年轻的士兵配合着她的步伐紧跟在后。在阴冷的月光下，他们匆匆穿过一条条充斥着死亡的街道。吉尔在路上不停地想着，是否还有一个地方能让他们安全地交谈。

***

名叫吉尔的女孩整整跑过一个街区才开始放慢速度。她好像知道要去哪里，而且很明显接受过专业的战斗训练。她可能是警察，不过她并没有穿制服。卡洛斯虽然非常好奇了，但这不是说话的时候，他需要集中注意力，跟着她前进。

他们从餐厅出来后跑下一个斜坡，路过了特兰特提到过的剧院，然后在街区尽头的喷水池处向右转。又跑过半个街区之后，吉尔指着左侧的一道大门，向卡洛斯做出一个标准的警戒手势。卡洛斯点了点头，站在门的一侧，端起手中的步枪。

吉尔抓住门把手向外一拉，同时紧盯着卡洛斯身后，掩护着卡洛斯。卡洛斯则迅速闪进门内，并随时准备对屋子里任何移动目标开火，吉尔随后也退进屋内。这里似乎是一个仓库，前方大约十五米处是一条 T 字形走廊，看样子里面没有其他怪物。

“现在应该安全了！”吉尔小声说，“几分钟前我来过这里。”

“但是谨慎一些总是好的，对吧？”卡洛斯仍然端着步枪面对前方，但听了吉尔的话，他多少觉得不是那么紧张了。毕竟她看起来绝对是个专业人员。

他们没再继续交谈，慢慢地走进仓库，仔细检查了一下周围。这里非常阴冷，但腐臭味要比城里其他地方轻多了，而且站在 T 字形走廊的交叉处，就可以第一时间发现任何试图靠近的东西。对卡洛斯来说，这是他跳下直升机后，所到的最安全的地方。

“如果可以，我想问些问题。”吉尔开口说。她第一次将注意力转向卡洛斯。

卡洛斯没多想，开口就说：“你是想约我出去对吗？一定是因为我的口音，很多姑娘都喜欢我的口音。你肯定是一听到就忍不住了。”

吉尔睁着大大的眼睛，一脸严肃地盯着他。卡洛斯顿时觉得自己犯了一个严重的错误，她根本没意识到他在开玩笑。在这种情况下开玩笑实在是太蠢了。卡洛斯正打算道歉的时候，却看到吉尔的嘴角微微上扬，露出一个好看的微笑。

“你刚才说过你不是丧尸，”她说，“但如果你只会说这种蠢话，也许我们应该重新评估一下你的状态。”

卡洛斯笑了，他很喜欢她的回击，这种方式让他想起了兰迪，想起他们降落之前两个人互相开的那些玩笑。他的笑容变得苦涩起来，他看到吉尔明快幽默的笑容消失了，看来她也想起了他们目前的处境。

吉尔再次开口时，语气变得严肃了许多。“我想问的是，你就是大约在一小时或一个半小时之前发出信息的那个卡洛斯吗？”

“你听到了？”卡洛斯惊讶地问，“因为没有任何回答，我以为……”

不要轻易相信任何人……特兰特的话又在他的脑海里出现了。他根本不知道吉尔·瓦伦蒂安是什么人。想到这里，他把接下来想说的话吞进喉咙，只是耸了耸肩膀。

“我只是听到一小部分，而且当时我无法给你回复，”吉尔说，“你是不是说了关于什么队伍的事？另外，这里还有其他……嗯……其他士兵吗？”

只要不提特兰特就行了。“我确实说过那些，但我认为大家都已经死了。这个行动从开始就是个巨大的错误。”

“你们发生了什么事？”吉尔盯着他的眼睛问道，“另外，你隶属哪支部队？国民警卫队吗？他们已经派出增援部队吗？”

卡洛斯与她对视着，不知该怎么回答才算谨慎。“我认为……没有增援，我不认为他们会派救援。我的意思是，我觉得他们只会在整件事结束之后才会再派人过来，我只是一个下士，不知道更多的了。我们被派到这里，在降落之后很快就被丧尸围攻。也许还有其他人活下来了，但据我所知，我恐怕是 U.B.C.S. 最后一名幸存者。也就是安布雷拉生化危机处理小队的……”

吉尔打断了卡洛斯，脸上显出明显的厌恶表情。“你是安布雷拉的人？”

卡洛斯点点头。“是的！我们被派来救援平民。”他想多说一些，想说出他所怀疑的一切，去改变她脸上那种就像面对一个强奸犯一般的厌恶表情。但特兰特对他的忠告不停地在脑海中回响，提醒着他要小心谨慎。

吉尔撇着嘴。“你是安布雷拉的人？安布雷拉是发生在这里的一切事情的元凶，你却说自己什么都不知道？你说的话哪些是真的？你在这里到底想干什么？说出真相，卡洛斯。虽然我不知道这是不是你的真名。”

她看起来非常愤怒，卡洛斯开始怀疑起自己的判断。也许她是一个知道安布雷拉真相的盟友？当然这也可能只是一个陷阱。

也许她也是为他们工作的，这些只是试探，试探我的真正想法……

卡洛斯没发现自己的声音里带着一丝愤怒。“我只是一个士兵，就像我刚才说的。我……不，我们所有人都是被雇佣的，没有涉及任何阴谋，明白吗？他们什么都没有告诉我们。我对安布雷拉是不是应该对这里的一切负责也没有兴趣。我只想完成我的工作，找到并帮助那些需要帮助的人。而现在，我只想尽快离开这里。”

卡洛斯盯着吉尔接着问道：“还有，你又在这里干什么？你去那家餐厅干什么？你炸死的那个怪物又究竟是什么？”

吉尔与他对视了一会儿，然后叹了口气，移开自己的视线。“我也是在试着离开这个城市。那东西是安布雷拉制造的怪物，它在追杀我，而且我怀疑它还没有被炸死。也就是说，我们现在仍不安全。我之所以会到那里去……是因为我在寻找类似钥匙的东西，我觉得它很可能就在那家餐厅里。”

“什么样的钥匙？”他问。隐约觉得自己已经知道答案了。

“是一颗宝石，它是市政厅前门机械锁的一部分。一共需要两颗宝石，我已经找到其中一颗。只要有了另一颗，就能打开那道大门，那里是离开城市的捷径……有一辆直通西郊的有轨电车。”

卡洛斯尽量控制着自己表情，不让自己显得太过激动。

特兰特是怎么说的？去西边，还说当我找到蓝宝石时，就会知道它们的作用……但吉尔·瓦伦蒂安又意味着什么？我现在应该相信她吗？她还知道些什么？

“该死。”卡洛斯沮丧地说，“我在餐厅的地下室里看到类似你说的东西……一颗绿宝石。”

吉尔睁大了眼睛。“真的？我们一定要拿到它……卡洛斯，我们必须回去！”

“如果那是我的真名的话！”卡洛斯开玩笑地说道。同时觉得紧张的气氛中，终于有了一丝兴奋和激动。这姑娘的情绪变化很强烈，时而冷静时而活泼，然后开始愤怒，接着又兴奋起来。卡洛斯觉得有些心累，而且他还不确定这姑娘是否值得信任……

“我很抱歉，”吉尔轻轻握住卡洛斯的手臂说，“我不应该那样说话。你说自己是安布雷拉派来的，因此我一下子非常生气。大约六周前，他们设在浣熊市的一个研究所发生了病毒泄漏事件。接着不断有人因此丧命，而且事情变得越来越糟……”

卡洛斯感到吉尔手心传来的暖意。他心里开始慢慢相信她了。他明白不该这样，但她真的很漂亮……

“卡洛斯·奥利维拉，”他说，“愿意为您效劳。”

冷静，兄弟，特兰特说要谨慎。你确定要和这个可能会杀了你的人一起行动？和漂亮的吉尔·瓦伦蒂安小姐出发之前你得想清楚。

他立即开始与心中的另一个自己争论。*对啊，要谨慎，但你真要把她一个人留在这儿？她说还有怪物在追她……*

卡洛斯总是开玩笑说自己有多么大的男性魅力，但他并不是真正的大男子主义者。刚才发生的事已经证明她可以照顾好自己。如果她是安布雷拉的间谍，那么被抛弃是她应得的报应。

“我……我觉得在离开这里之前，至少应该先试着寻找一下其他的幸存者。”他说。他现在知道了离开这里的办法，而且确信那是真的。就在一小时前，他还觉着这是种奢望，而在得到特兰特的信息之后，一切都改变了。虽然他心中仍有恐惧，但知道真相后就没有那种茫然失措的惶恐了。尽管有危险，但他还是想在离开城市前多搜索几个街区，哪怕能再救出一个人也好。另外他也需要时间思考，并且下定决心。

……如果她能独自活下来，那么我也可以。

“我看见过你说的那个大门，就是在报社附近，对吗？我们在那儿会合吧，或者不如干脆在电车上会合。”

吉尔听完他的话，皱了下眉，随后点点头。“好。你去寻找幸存者，我回餐厅去拿那颗宝石，然后去电车那里。穿过大门之后走左边那条路，很快就会看到去朗斯代尔广场的路标。”

接下来两个人沉默了一会儿，卡洛斯从吉尔盯着自己的目光中看到了怀疑，这反令他觉得安心了不少。如果她真的是安布雷拉的反对者，就说得通了，她不会乐意和安布雷拉的人一起行动。

喂！别再想了，赶紧行动吧！

“可不要丢下我自己逃跑哦！”卡洛斯用开玩笑的口气说着，但表情十分认真。

“别让我等太久就行。”她微笑着回答。这一刻卡洛斯觉得她应该是可以信任的。说完吉尔便转身轻巧地沿着他们进来的路跑了出去。

卡洛斯看着她的背影，突然觉得自己太过多疑了，他为什么不跟她一起行动呢？他呆立了一会儿，然后趁自己还没改变主意，快步向另一个出口走去。

***

对于一个血流不止的人来说，米哈伊的移动速度简直快得惊人。尼古拉追踪他至少已经二十分钟了，暗褐色的血迹滴在碎石路、柏油路、草地和各种乱七八糟的东西上，滴过了无数条黑暗的小路，甚至还越过一个路障，可还是没有看到那个濒死的人。

考虑到他能跑这么远，“濒死”这个词已经不太合适了。

尼古拉本打算要是几分钟内找不到米哈伊就放弃追踪，但越找就越想找到他，也许是出于愤怒——米哈伊竟敢从自己为他安排的命运中逃脱？他以为他是谁？竟敢如此浪费我宝贵的时间？令他更沮丧的是，在追踪米哈伊走了很长一段路后，他又绕回到市中心，再走过一个街区，就回到警署了。

尼古拉又搜寻了一个开着门的房子，什么都没有，他叹了口气。米哈伊一定知道有人在跟踪他了，或者他只是不想就这么倒在地上死掉。但不管怎样，不管他愿不愿意，他就快死了，*就快了*……

尼古拉走进一间十分整洁的小办公室，好像是停车场管理员用的。蓝色的亚麻地毯上有一条断断续续的血迹，在灯光照射下反射着淡淡的紫色光芒。血迹似乎变少了。他的血快流干了吗？可能性不大。更可能的是他已经给自己做了止血包扎。

尼古拉咬着牙安慰自己。*他已经很虚弱了，会变得速度很慢、动作迟钝，他可能在某个地方停下来休息了。我很清楚自己射出的子弹的威力，他不可能再走多远了。*

走进如同洞穴一般的黑暗车库后，尼古拉立刻闻到湿冷空气中浓重的汽油和润滑油的味道……还有其他一些什么气味。他停下脚步，深深地吸了一口气。是火药。一定有人刚刚在这里开过枪。

他安静迅速地移动着，绕过一辆堵在路上的白色面包车后，看到一片血泊之中倒着一只类似狗的动物，怪异的身体像胎儿一样蜷缩着。

尼古拉感到一阵战栗和厌恶。之前联络员警告过他要小心狗，犬类会迅速被病毒感染，而且他知道斯宾塞庄园还进行过用犬类制造生物武器的研究……

公司的结论认为感染后的犬类非常危险。连最有经验的训练员都无法训练它们，而且它们腐烂的速度远远高于其他物种。

事实上，在他脚边的这只动物已经烂掉一半，闻起来像一块被阳光暴晒过的腐肉，那味道就连见惯各种尸体的尼古拉都觉得隐隐作呕。他强忍着呕吐检查了犬尸，显然它是刚才被击毙的。

果不其然。在开裂的左耳下面有两个弹孔………但弹孔很大，不是 M16 用的子弹。尼古拉后退了几步，紧皱着眉头。这么说，在半小时之内除了米哈伊之外，还有别的人来过这里，应该不是安布雷拉生化危机处理部队的人，除非有人带了私人武器，这伤口显然是手枪弹造成的。

尼古拉好像听到什么声音。他立刻抬起头紧盯两点钟方向的一道门。那声音很轻，像柔软的布料擦在墙壁上发出的声音。可能是一个丧尸正从那边经过，当然也可能是一个受重伤的人靠在门上滑坐在地上的声音，他已经无力把门推开了。

尼古拉充满期待地朝门走去，在听到米哈伊紧张而虚弱的声音穿过金属门传来的那一刻，尼古拉开心地笑了。

“别过来，走开！”

尼古拉急切地推开门，脸上的微笑在看到眼前的情形后消失了。门后是一个广阔的庭院，庭院的门已经被破坏了，几辆汽车勉强当作路障停在当中，冰冷的地面上躺着两条被感染的猎犬尸体。

米哈伊就半躺在车库大门旁边，正在尽力抬起步枪。大颗大颗的汗珠从额头滑落到他苍白的脸上，双手不停地颤抖着。在他五米之外，有一个只剩上半身的丧尸正用手拖着身体朝他爬去，它的面部已经腐烂到无法看出性别的程度，整张脸向一边牵拉着，形成诡异的笑容。

虽然非常缓慢，但它一直不断向前爬着，即使失去下半身，也就是说没有了消化系统，这些丧尸依然有着强烈的进食欲望。

我是扮演英雄，去拯救我的长官，还是欣赏这场演出呢？

“尼古拉，请帮帮我……”米哈伊抬起头望向他，用嘶哑的声音说，尼古拉发现自己无法抗拒扮演英雄的欲望，米哈伊会十分感激他的救命之恩。这一定很有趣，说有趣不太准确，但尼古拉找不到更好的词来形容这种快乐。

“米哈伊，坚持住！”尼古拉坚定地说，“我会搞定它的！”

他冲向前，用穿着厚重军靴的脚猛踩丧尸的头颅，乱糟糟的头发连着头皮掉在地上。

接着是第二脚、第三脚，头骨发出嘎吱嘎吱的碎裂声，这个曾经是人类的怪物彻底死了。它的手臂抽搐着，残缺的手指在沥青地面弹动了好一会儿。

尼古拉转身匆匆跑向米哈伊，在他的身旁半跪下来。

“发生了什么事？”他凝视着米哈伊流血的腹部，沉重的声音中还带着担心，“是那些丧尸？”

米哈伊摇了摇头，疲惫不堪地闭上了眼睛，“是人，有人冲我开枪。”

“谁？为什么？”尼古拉尽力让自己的声音听起来充满震惊。

“我不知道，也不知道原因。我以为有人在追我，但现在看来应该不是……也许只是误伤，他可能把我当成了丧尸。”

其实事实远不是你想的这样……尼古拉不得不再次遏制自己想笑出声的冲动。*我的演技都能获奖了。*

“我看到……有几个人逃走了，”米哈伊低声说，“如果我们能及时赶到撤离点，向外面发送撤离信号……”

撤离点在圣米迦勒钟楼，按计划他们要把幸存的市民带去那里集合。但尼古拉知道真相……一队侦察人员会伪装成急救队伍降落在那里，但直升机只有在得到安布雷拉的批准后才会来。现在所有的小队长应该都已经死了，恐怕没几个士兵知道这个所谓的“撤离点”。不过这些对尼古拉都不重要，不会影响到他的计划。

尼古拉发现自己已经有点儿对这个游戏失去兴趣了。米哈伊轻易就相信他了，使得事情就像打死一只友好的狗一样简单无聊。要是他丢脸地在尼古拉脚下痛苦地挣扎，反倒更有趣……

“我想你可能没法继续走了。”尼古拉冷冷地说。

“还没那么严重。虽然很疼，而且大量失血，但只要再休息几分钟……”

“不，你的伤看起来非常严重，”尼古拉说道，“事实上，我认为这是致命伤……”

咔……

他们旁边的车库大门突然响了一声，尼古拉急忙闭上了嘴。大门被慢慢打开了，一个安布雷拉生化危机处理部队的士兵走出来。看到他们的时候，那个士兵眼前一亮，并迅速放低了枪口，不过只是放低了一点点而已。

“长官！我是卡洛斯 · 奥利维拉，A 小队下士。看到你们真是太好了。”

尼古拉轻轻点了下头，当他看到卡洛斯蹲在米哈伊旁边替他检查伤口，并问着一些愚蠢问题的时候，尼古拉感到非常焦躁。虽然他有百分之九十九的把握能在他们明白过来之前杀死两个人，但他连百分之一的风险也不愿冒。得等待时机……也许他能找到一种利用这些新情况的方法。

万一没有……好吧，人类会一直相信自己的朋友，而且他们也没有理由怀疑我。

那句话怎么说来着，“障碍只是机会的另一面”？事情会顺利进行的。

5 resident evil

第十一章

吉尔在市政厅的大门前停下来，握着两颗宝石的手心里满是汗水。在她视力所及的范围内，至少目前为止是安全的。那个怪物已经从餐厅里消失了，她必须尽快。虽然不知道它是怎么做到一直跟着她的，但现在她只想尽快离开这里。

刚才吉尔迅速冲过餐馆后面的小巷，她气喘吁吁地奔跑着，甚至都顾不上害怕。在小巷里，她差点儿在一个奇怪的怪物尸体上绊倒，但她并没有停下。只是在阴影中看到那长着许多爪子的诡异轮廓，就足以让吉尔冒着摔倒的危险尽快跑开了。她还从未见过这种怪物，再加上那顽固的追踪者的威胁，她心里感到一阵恐慌。吉尔用这种恐慌的心情逼迫自己跑得更快，用它让自己更加警惕。她从以往的经验中学到，发挥动物的生存本能是在这种环境下活下去的重要因素之一，从某个方面来说，恐惧能起到积极作用，它能促使肾上腺素快速分泌。

那个镶嵌着宝石的时钟安装在大门旁边的底座上。她把蓝宝石放回原来的位置，那钻石形的玻璃发出通电后的微弱嗡嗡声，环绕在宝石周围的灯开始闪烁。安放绿宝石时也是如此。灯光闪烁了几次后，所有灯都亮了起来，组成一个完整的光环。接着一阵低沉的机械轰鸣声响起，大门从中间分开，向两旁徐徐滑开，露出一条两旁长满灌木和杂草的阴暗小路。

从她这边看过去，前面似乎没什么危险。于是她放轻脚步走了进去，许久以来第一次感受到自然环境。黑暗的夜空中刮着阵阵冷风，似乎要下雨了，草丛和灌木在风中沙沙作响，她脸上和手上的汗水渐渐被吹干，让她感到一丝寒意。铺着卵石的小路在苍白的月光下发散着淡淡的光芒，远处飘来几声丧尸的微弱吼叫。虽然没感到有危险逼近，但吉尔丝毫没有放松警惕，谨慎地向前走着，这时她突然想起了卡洛斯·奥利维拉。

他说自己是安布雷拉的雇佣兵，这一点应该是真的，他不知道安布雷拉的真实目的这一点应该也是真的，但他一定隐瞒了一些事。显然他并不怎么会说谎，因此在很多没有必要隐瞒的事上撒了谎……这可不是什么好兆头。

他应该不是个坏人，他撒谎也许是出于好意，可能是不想打击到我，也可能像我一样只是出于谨慎。不过她现在没有时间深入分析卡洛斯的行为，因此决定相信自己的第一印象：他是个好人。这么想是好是坏还是未知数，但毕竟直到目前，他还没有伤害吉尔的企图，有这一点就足够了。

但与其他人一起行动真的好吗？如果他们因我而被追踪者伤害了……

“追踪者”这个单词就像个魔咒，她似乎又听到怪物的吼声，这巧合简直蠢透了，像个充满恶意的玩笑似的，让她郁闷不已。

“Sstaarrss……”

*真的是那个怪物的声音，哦，该死，它在哪儿？*吉尔目前正站在公园中心三条小路的交会点上，一时无法判断声音的准确方向。那声音在小公园中不断回荡着，令人无法辨别源头。她慢慢转动身体，向

各个方向仔细倾听、观察，但三条路都毫无阻碍地延伸进黑暗之中。

到底在哪边……她轻轻地走到相对开阔些的空地上，以便受到袭击时有更大的逃跑或闪躲空间。

一声坚实、沉重的脚步声响起，然后又是一声。吉尔侧头看着……

……左侧的小路通往有轨电车的方向。在深沉的夜色中，仍然可以依稀看到车站的轮廓。

是返回楼里，还是前往车站？不行，两边都没办法摆脱它。前方有个加油站，那里有牢固的金属门，还有很多车辆可以隐蔽……

前面右转就是加油站。虽然这个瞬间出现的想法太过粗糙，连最简单的计划都算不上，但没时间犹豫了。

吉尔开始奔跑，同时出现的另一些声音盖住了她的脚步声。号叫声穿透夜色，像潮水一样将怪物密集沉重的脚步声推向公园。吉尔在石子路上飞奔着，清晰地感觉到自己身体的细节——肌肉的收缩、不断加速的心跳，还有急促的呼吸声。她几乎眨眼之间就来到了公园北方的小门旁，门外是一条停满汽车的街道，过去之后是加油站和修理店，再过去是……

她记不清了。如果道路没有被封锁，从这里可以一直穿过城市的工业区，只要别遇上大群丧尸就行。但如果设置了路障……

……*我就完蛋了，但现在才想起这些已经晚了。*

训练有素的身体没有停止前进。她强迫自己停止继续思考，灵活地滑过大门，然后压低身体跑进被胡乱丢弃的轿车和卡车组成的迷宫之中。她能感觉到追踪者正在接近，因此尽量让自己在阴影里行动，就像躲避猎人的猎物。如果她一直做正确的事情，就会活下来，那个怪物就会饿着肚子。如果出错了……

没有时间多想了。追踪者来了。吉尔开始移动。

***

卡洛斯在停车场的办公室里发现半箱瓶装水，还有一卷防水胶带和一件没拆封的白T恤……这是眼下他们手头最接近无菌的东西了。卡洛斯立即为米哈伊包扎，尼古拉则手持步枪盯着黑暗中的破汽车。寂静的院子里只有米哈伊沉重的呼吸声，远处偶尔传来乌鸦的孤寂叫声。

卡洛斯对急救懂得不多，但好在米哈伊的伤势并不是特别糟糕。子弹从他左侧髋骨上方穿过去，但并不致命。如果再往内偏几厘米就会击中肝脏或肾脏，米哈伊就死定了。现在他应该只是被打穿了大肠，虽然拖延下去也会致命，但只要及时得到治疗，就不会有生命危险。

卡洛斯清洗了伤口，撕开T恤压在上面，然后用胶带粘住，以便尽快止血，最后又把T恤剩下的部分撕成细条缠绕在米哈伊的腰腹部，保持对伤口的压力。尽管米哈伊因失血过多感到头晕恶心，但他仍然坚强地忍受着伤痛。

卡洛斯瞥见尼古拉正在移动。当他用胶带把布条固定好之后抬起头，发现俄罗斯人正背着枪站在一辆小货车旁，从背包里拿出一台笔记本电脑，敲击着键盘。

“长官……呃……尼古拉，我已经包扎完毕。”卡洛斯站在米哈伊旁边说。米哈伊认为在目前的处境下，需要更加灵活变通，因此坚持让大家不必遵守部队中的等级。卡洛斯也同意这个看法，但他觉得尼古拉对此不置可否。

米哈伊的脸色惨白，眼神也有些迷离，他用手肘撑起自己的身体。“你能用这个笔记本求援吗？”他的声音非常微弱无力。

尼古拉叹着气摇了摇头。他合上笔记本放进背包。“这是在警署找到的，我以为可能有些用处……比如路障的设置情况或者更多的信息，关于这场……灾难。”

“什么都没有吗？”米哈伊问。

尼古拉带着无奈的表情向他们走来。“什么都没有，我想我们最好还是到钟楼去。”

特兰特说，钟楼里有武器。钟楼在北面，而吉尔正在西面的有轨电车处等他。卡洛斯开始感到为难。“为什么要去钟楼？”

米哈伊轻声说：“撤退。原计划中我们应该带领幸存者前往那里集合，然后发出撤离信号。钟楼的钟是由一个电脑程序控制的，我们要用那个系统让钟声响起来，之后直升机就会过来接我们。听起来挺妙的。是吧？”

卡洛斯很想知道，为什么行动简报会上没有人说过这些。但他最后还是没有问。现在这一点已经没什么要紧的了，他们最好去坐电车。他不了解尼古拉，但米哈伊并不具有威胁性，就他的状态来说，他需要去医院。特兰特说过离钟楼不远有一个医院。

但安布雷拉的监察者……

不。他们经历了和他一样的事，他们也在战斗中亲眼看着自己的队友死去，然后独自寻找逃生的路。这种感觉很奇怪，突然多了两个人和他一起行动。特兰特说过不要轻信任何人，这让他对任何人都有所顾忌，总觉得周围就有安布雷拉的人在监视，不敢对任何人说出自己知道的事情。

不过，安布雷拉骗了他们。他们为什么还要帮助那些把我们留在这恐怖地方的混蛋们？特兰特说的可能是真的，但他不在这里。而他们在，我需要他们。我们需要他们。吉尔应该不会反对多几个士兵共同行动。

“有一辆电车，我们可以利用它逃出去，”卡洛斯说，“应该位于钟楼的西边不远处，毕竟外面还有那些正在寻找新鲜肉类的家伙……”

“我们可以乘电车出城，”尼古拉点点头，“假如电车轨道上没有障碍。这是个好消息。但你确定那电车还能运行？”

卡洛斯犹豫了一下，然后耸耸肩。“我没亲眼看到它。我碰到一个警察，我想她可能是警察，是一个女性，是她告诉我有关电车的事。她现在正在往那里去，她说她会在那里等我。而我打算在我们离开之前四处找找，看看是否能发现别的幸存者。”说出吉尔的事令他感到有些愧疚，不过他又突然意识到，特兰特讲的那些奇怪的间谍故事给他造成了很大影响。为什么要对吉尔的事情保密呢？谁会在意这个？

米哈伊和尼古拉交换了一个眼神，然后都点头表示同意。这让卡洛斯感到非常高兴。现在终于有一个真正的行动计划和明确目标了，比掉进陷阱更糟糕的是没头没脑地在陷阱里乱转。

“走吧，”尼古拉说，“米哈伊，你准备好了吗？”

米哈伊点了点头，卡洛斯和尼古拉在两侧一同扶着他，尽量平稳地扶着他慢慢走进停车场。快进入办公室的时候，尼古拉突然停下来，发出一声轻微的诅咒。

“怎么了？”米哈伊说完闭上眼睛，深吸了一口气。

“炸药。”尼古拉说，“真不敢相信，我竟然忘了自己为什么向这边走。找到米哈伊后，我就忘了……”

“炸药？”卡洛斯问道。

“是的。在遭到丧尸攻击之后，我的小队……”尼古拉吞咽了一下，装作竭力恢复冷静的样子……

“遭到丧尸攻击后，我逃到附近一个工地，就在工业区里。那里有一栋准备拆除的建筑。我想，我当时看到一些扔在地上的箱子，上面有注意爆炸物的警示字体，可能是用来爆破建筑的。那儿有一辆上锁的拖车，我正想进去的时候，又来了一群丧尸。”

尼古拉看着卡洛斯的眼睛说：“如果用高爆炸药对付它们，说不定一次就能干掉一群。如果没有我，你觉得你们能安全到达吗？我先去拿炸药，然后在电车那里和你们会合。”

“我认为我们不应该分头行动，”米哈伊说，“而且也未必就能找到炸药……”

“如果我们有办法让它们无法靠近，”尼古拉打断他的话，“要是我们用光了弹药，就没法坚持太久。我们得提前考虑怎么对付那些怪物……”

卡洛斯原本也不认为分开是个好主意，但他想起在餐馆后面遇到的长着爪子的巨虫后……

还有那个在餐厅里遇到的巨物。那东西死了吗？吉尔说那怪物还会再次出现，去杀她……

“好吧，”卡洛斯说，“我们在电车那里等你。”

“好的，我不会花太长时间的。”话音未落，尼古拉便迅速转身走出车库，消失在黑夜之中。

卡洛斯和面无血色的米哈伊挣扎着向前走。他们离开办公室走到大街上之后，卡洛斯才意识到，尼古拉甚至都没问过电车的具体位置。

***

尼古拉确定两个人都看不到他之后，迫不及待地拿出电脑。他浪费了太多的时间在那两个白痴大兵面前扮演高尚正直的小队长。在十九分钟前，戴维斯·陈上尉已经在安布雷拉的销售部开始上传监察员报告。那里距这个停车场只有两个街区，要是尼古拉运气够好，他还能及时赶上戴维斯·陈，没准正巧碰到他在查看更新或者联系负责人的机会。

尼古拉小跑着进入一条贴满乱七八糟海报的小路，在跨过地上那几具尸体时，他尽量小心避开尸体的上半身，以防万一。果然，在快要走出小路的时候，一具尸体突然伸手抓向他的左脚。尼古拉轻松地躲开了，在听到那家伙发出似乎表示不满的呻吟时，他微微一笑。像米哈伊一样可怜。

卡洛斯·奥利维拉，他比看起来要难对付，但他还不是自己的对手，尼古拉只不过是想尽快摆脱他……

不管怎么说，我至少不用再继续无聊的表演了。

尼古拉推开右侧的金属门，走进另一条到处散落着尸体的小路，一边思考着下一步计划，一边快步前进。他用不着去钟楼，要去的地方只剩下医院一处……而且他也没有必要坐电车离开。虽然玩弄米哈伊和卡洛斯挺有趣，但那没什么实际意义。让他们继续活着，似乎也不是不行……

在蜿蜒的小巷里拐了一个弯后，他脸上的微笑突然消失了。让他们活下去有什么意思？我想看到的是他们发现自己被骗时，意识到自己的愚蠢时的那种表情……

咔咔咔……

在听到这声音的瞬间，尼古拉立刻停止了所有的思考和动作。那是尖爪敲打在石头上的声音，就在正前方，同时还有一阵细微的咔嗒声在他的头顶和左侧响起。附近唯一的光源是身后拐角处的一盏应急灯，灯光非常微弱，只能模糊地照亮正下方一小块地方。尼古拉慢慢向那片亮光走去。虽然持续的咔嚓声越来越快，越来越近，但尼古拉一直没有看到怪物的身体。

"出来！"他怒吼着。这可真不是一个好时候，他必须在陈离开之前赶到，现在没有时间跟安布雷拉的宠物们玩耍，尽管他心中很想试试。

咔嚓、咔嚓……

有两只！他右前方传来爪子抓在水泥地面上的声音，正前方的黑暗之中也突然响起一阵邪恶的尖叫声，那声音令人心烦意乱，就像灵魂被撕裂时发出的惨叫……

出现了。它在黑暗中尖叫着、跳跃着跑过来，另一只也随之大声尖叫起来，两个叫声交织在一起，听起来像地狱里播放的恐怖立体声音乐。尼古拉面前那只举起一只钩爪，滴着口水的下颌不断上下蠕动着，昆虫般的眼睛闪闪发光；稍微落后的那只长相也差不多，正趴在地上，做出准备跳过来的姿势。

尼古拉手中的自动步枪喷出刺目的火光，枪声压过怪物的尖叫。前面那只中弹后，颤抖着发出惨叫，最后停在离他不到三米远的地方。尼古拉继续射击，同时压低身子迅速后滚翻，准确地向右后方移动。

第二只怪物在不到两米远的地方被打中了，那乌黑发亮的外壳上顿时爆出一个个血洞。片刻之后它便像第一只一样，抽搐着倒在地上，尖锐刺耳的叫声也变成低沉的咕咕声，最后终于安静了下来。

尼古拉站起来之后感到一阵不安，他不确定遇到的是什么——是噬脑者吗？但是看上去更像两栖类的多肢生物。虽然预料到它们的攻击方式，但他没想到它们的速度会如此之快。

如果我晚了一秒钟……

时间紧迫，没时间多想了。他向前走去，迈过那两只正慢慢流出体液的尸体后，便立即跑了起来。

离那些死掉的生物越远，他心里就越镇定，接着一种成就感油然而生。它们是很快，但他比它们更快。既然城市里还有这种怪物，他就不用操心米哈伊或卡洛斯或任何人了，他们一定躲不过被猎杀的命运。就算他没法亲眼看到，但这结局也不错。尼古拉非常清楚，同僚们一定会成为怪物爪下的牺牲品，他们迟钝的反射神经太慢了，他们会因无能而死。

尼古拉握紧了 M16，胸中洋溢着自豪的喜悦，每一步都坚定而轻松。浣熊市已经变成一个弱者无法生存的地方。而此刻，他觉得无所畏惧。

5 resident evil

第十二章

吉尔将汽车维修店正面的钢制防盗门降下来锁好，然后穿过车库，用开锁工具打开侧面的一扇门。这家修理店的外墙十分坚固，对小偷或者丧尸来说都难以破坏。但如果是追踪者，只要他想进来，就一定能进来。吉尔对此毫不怀疑。她只是希望它发现不了自己藏在这里……

但它肯定会知道的……

吉尔想不通它为什么能一直追自己。用嗅觉？这似乎不可能。她一直小心翼翼，一路上甚至尽可能地屏住呼吸。她从一个阴影跳到另一个阴影，听见追踪者沉重的脚步在成片的报废汽车中走远了。如果它是靠嗅觉追踪，刚才就已经抓住她了。它究竟是怎么辨别出她的踪迹的？怎么认出她就是它要找的那个人？如果看到另一个身材相似的女人，它会不会把那个女人误认为是自己？

吉尔走进另一个灯光昏暗的车库，靴子踩在油腻的地板上，每走一步都发出一阵轻响。当她挨个检查房间，并在脑中形成地图时，仍在不停思考着。她不知道安布雷拉是怎么做到给追踪者下令，让它将特种战术救援组队员作为猎杀目标的。另外，它为什么会突然出现，接着又会突然停止追杀消失掉？布拉德死后，自己是唯一一个留在浣熊市的特种战术救援组成员了。

不过……警署署长艾隆斯二十年前曾经是特种战术救援组布拉瓦小队的成员之一，也许他还留在城里。

吉尔摇了摇头，这个想法太愚蠢了。根据克里斯获得的情报，艾隆斯和那个神秘的特兰特一样，都是为安布雷拉工作的。不同的是，特兰特似乎一直在帮助他们，而艾隆斯则只是一个彻头彻尾的贪财混蛋，除了自己之外不会在乎任何人的死活。如果艾隆斯也在追踪者猎杀名单上，吉尔非常希望怪物能快点把他干掉。

车库里有一间兼做休息室的办公室……里面放着自动饮料贩卖机，还有一张旁边放着两把椅子的小桌和一个乱糟糟的柜台。吉尔习惯地拿起电话听了听，和她意料之中一样，听筒里只有死亡般的寂静。

“也许应该在这里等一会儿。”她靠在柜台上自言自语。如果再等几分钟追踪者还是没有出现，她就悄悄溜出去，回到电车那里。不知卡洛斯是否已经到了，他是否找到他们小队的其他幸存者……那小队叫什么来着？好像安布雷拉生物危害什么的。应该是安布雷拉组建的一支半军事化的队伍。浣熊市的事情被公开后，这支小队将是他们很好的一个宣传资本。安布雷拉会告诉媒体，他们在事件发生后的第一时间就派出了专业队伍，并采取了迅速和果断的行动。

他们会将这说成是一个意外，因疏忽导致的意外。毫无疑问他们已经找到了替罪羊，替他们承受谴责，那个倒霉的家伙将被他们说成是杀害成千上万人的凶手……

不过她相信，就算自己无法揭露真相，她的朋友也没能做到，终究有一天所有的事情会真相大白。安布雷拉一定要为自己的所作所为承受应有的责任。

吉尔忽然发现自己周围散落着不少工具……其中有一组套筒扳手

和几根撬棍……她觉得应该带上它们，没准儿会派上用场。如果电车坏在半路，那一定需要用到螺丝刀之类的维修工具，她可不想再跑回来取。虽然她对机械一窍不通，但卡洛斯可能有这方面的经验。

咚！咚！咚！

听到车库大门外突然响起缓慢而沉重的敲击声，吉尔立即在柜台后面蹲下。

*追踪者？*不，那声音很大，但并不是很有力，可能是个人或者……

“呃啊……”门外传来一声饥渴的呻吟，接着另一个也加入进来，然后是第三个、第四个，最后变成一个合唱团。意识到不是追踪者而产生的如释重负的感觉片刻间就消失了，一群丧尸同时撞门的情景就像一个写着“这儿有食物”的霓虹灯招牌一样醒目。

现在我怎么才能从这里出去呢？

之前那个等到追踪者走远之后溜出去的简单计划已经完全没用了。她需要一个新计划，最好是几秒钟内就能想出来。

快想想该怎么做。似乎唯一的办法就是直接跑出去痛扁它们。

吉尔叹了口气，她已经快要把因恐惧而不断绞痛的胃部视为正常状态了。早就顾不上这个了。外面那些腐烂的丧尸们嘶吼和哀号着，不停地敲打着大门。

还是想想别的办法吧，还有几分钟时间。

***

他们成功到达了电车站。

当他们到达车站时，卡洛斯心中升起一片希望之光。只有一堆垃圾在角落里燃烧着……没有丧尸，没有怪物，而且米哈伊的伤势看来不会继续恶化了。市政厅的大门敞开着，旁边的时钟上镶嵌着十二颗宝石，这说明吉尔已经通过了大门。虽然卡洛斯相信她会成功，但这仍然让他感到放心。

“就是这儿。”听到卡洛斯的话，米哈伊点了点头。这时一股难闻的焦煳烟雾随风飘来，卡洛斯眯起眼看向烟雾飘来的方向。他们的右边是一座华丽的古老建筑，可能就是那座市政厅。一大堆木箱堵住了正面的通道，在这些障碍物后面停着一辆有些褪色的红色老式电车。当他们走近时，卡洛斯发现这辆车的后面还挂着一节车厢，大半截都被建筑物的影子遮住了。

也许吉尔正在车里等我们。卡洛斯把米哈伊扶到墙边靠着，然后手脚并用，把挡路的箱子推开。

“马上就好。”卡洛斯说。

米哈伊虚弱地笑了笑。“能把我这个累赘扔到座位里，你一定非常高兴。”

“我会更高兴地把自己也扔进座位里。这可是一张单程票。”

米哈伊居然忍不住大声笑了起来。“我也是这么想的。”

他们经过一块告示牌，卡洛斯不停地看着两个车厢的窗户，但他什么也没看见。他完全感觉不到这里有人在，没有人说话，没有任何移动的东西。

希望你只是在哪里打着盹。吉尔·瓦伦蒂安。

电车第一节车厢的门被锁上了，但他们顺利打开了第二节车厢的门，两人同时松了口气。迅速检查了车厢内部之后，卡洛斯扶着米哈伊进入车厢，让他坐在靠窗的一张长椅上。刚一坐下，米哈伊就陷入了半昏迷状态。

“我去检查一下前面那个车厢，看看能不能打开灯。”卡洛斯说。米哈伊轻轻哼了一声作为回应。

不出所料，第一节车厢里也看不到吉尔的影子，但卡洛斯在驾驶员座椅旁找到了照明开关。他摁下按钮，头顶的一排灯亮起来，照亮了车厢内陈旧的木地板和在车厢两侧排列的红色塑料软垫座椅。

“吉尔你到底在哪里？”卡洛斯喃喃地说，他现在很担心她。他后悔当时没有跟她一起回到餐厅，如果她发生了什么不幸，有他的一部分责任。

卡洛斯回到第二节车厢后，看了看米哈伊的情况，他没有做出任何反应，似乎是睡着了，并不是昏迷。在真正的医生处理他的伤口之前，对他来说休息就是最好的处理方式了。

卡洛斯在车厢后面看到一个打开的面板，他跪下检查了一番。那是车辆的主动力设备，而他沮丧地发现其中一个零件被拆掉了。虽然他对有轨电车了解得不多，但很明显，所有人都知道没有电线机器就不能运行，尤其是这种老式的驱动系统，而且看起来好像还少了一根保险丝。

“狗屎。”他不知不觉又低声用西班牙语嘟囔起来。然后听到背后传来一句微弱的笑语。

“我只懂一点儿西班牙语，但还是知道，说了那话以后就不能亲吻你妈妈了吧？”米哈伊说，“怎么了？”

“少了一根保险丝，”卡洛斯说，“另外，还必须接通这些电路。如果我们想让这辆车动起来就必须找到电线和保险丝。”

“东北方向……”米哈伊停下来喘息了几下，“有一个加油站和汽车修理店。在地图上那里是地标之一……穿过那里就是郊区了。在那里可能会找到这些。”

卡洛斯想了想。但他不想把米哈伊一个人丢下，而且吉尔和尼古拉也许很快就到了……

但没有电线和保险丝，我们哪儿也去不了，米哈伊的情况也很不乐观。我没有别的选择。

“是啊，好吧。”卡洛斯用轻松的语气说，然后走去看看米哈伊。米哈伊脸颊通红，但额头却一片惨白。

“我想我应该去那里找一找，你要一起来吗？”

“哈哈，”米哈伊有气无力地笑着说，“小心点儿。”

卡洛斯点点头。“试着睡一会儿。如果有人来了，告诉他我很快就回来。”

米哈伊已经在沉睡边缘了。“当然。”他含糊地说着。

卡洛斯检查了一下米哈伊的步枪，确保它装满了子弹，然后轻轻地把它放在米哈伊伸手就可以拿到的地方。他在原地转了两圈，想说一些让米哈伊放心的话，但最终只是转身走向了车外。米哈伊并不愚蠢，他知道自己独自面对的是什么。

是这里所有的一切。

卡洛斯深吸一口气，打开门，在心里祈祷着加油站不要太远。

***

陈已经走了，尼古拉只晚到了几分钟。现在完全不知道他去哪儿了。用来上传报告的电脑仍有余温，显示器上的静电还在噼啪作响。愤怒的尼古拉抓起显示器扔向角落，但廉价的塑料和玻璃并不能平息他心中的怒火。他想看到的是血。如果陈回到这里，尼古拉一定会在结束他的生命前狠狠地折磨他。

他在杂乱的小办公室里生气地走来走去。

他简直是在戏弄我。这个迟钝的低能儿，没有一点儿警惕性，如此孱弱的家伙为什么还能苟活到现在？

尼古拉心里明白，这种想法完全没有道理，但他现在实在是太气愤了。他认为戴维斯·陈根本不配做监察员，他甚至不配活着。

尼古拉做了几次深呼吸，强行压下怒火，然后命令自己从一数到一百。他数了两次才渐渐平静下来。游戏才刚刚开始，尼古拉的计划成功与否取决于他有没有安布雷拉想要的信息。如果要得到更有价值的信息，就必须给其他监察员一些收集信息的时间。每天的例行报告只是对周围环境和尸体数量的简单陈述，就像一个概要。真正有价值的信息都保存在监察员随身携带的数据盘上。

那么……在等着他们收集信息这段时间里，我去电车那里看看我

的战友们吧。

尼古拉停下脚步，他觉得自己很享受欺骗卡洛斯和米哈伊的感觉。从一个人增加到两个人后，事情变得更加有趣了。他们开始怀疑我了吗？他们会对自己刚才的突然离去说些什么？他们会怎么看我呢？

*当年轻的主人公卡洛斯徒劳地挣扎着努力克服困难时，当他目睹米哈伊在痛苦中慢慢走向死亡，看着他失去理智时，会是怎样一个场面呢？*就算他们到达了钟楼，尼古拉也可以关闭钟楼的电子设备……也许勇敢的卡洛斯会去医院寻找医疗用品。

尼古拉突然大笑起来，刺耳的笑声像野兽的号叫，在寂静的房间里回荡。必须杀掉那个在医院上传报告的阿基诺博士，他主持着病毒疫苗的研发工作。阿基诺奉命在离开浣熊市之前炸毁医院，清除所有研制疫苗的证据。另外，医院里还关着一种安布雷拉决定放弃的变种生物——HG，也就是伽马系列猎杀者，所以炸毁医院可以说是一举两得。

HG无法给公司带来收益，但公司在是否销毁实验体方面还存在着严重的分歧。如果可以引诱卡洛斯前往医院，并与伽马系列猎杀者进行战斗，那么尼古拉将会获得一些重要信息，然后把它们卖个好价钱……

尼古拉将这一切联系起来之后，便成了一个美妙的阴谋。当然，如果过程中出现意外，或者超出他控制能力的时候，他就会立刻放弃。毕竟他们都不是白痴……但只要有打发时间的计划，就可以令他控制住自己的愤怒了。

尼古拉因为新想法愉快起来，他转身走出大门。他现在觉得整个浣熊市就像一个鬼怪的王国，而他则是这里的统治者，他能做到任何他所希望的事情。谎言、谋杀，他人的失败就是自己的荣耀。所有一切都会被他得到，并且在最后他还会得到丰厚的回报。

尼古拉感觉又找到了自我。游戏时间开始了。

5 resident evil

第十三章

当吉尔终于下定决心要去打开金属卷帘门的时候，外面突然响起了枪声。听着门外突击步枪的开火声，她终于松了口气。实际上只说她松了口气并不准确，刚才外面那些不断敲打大门的丧尸可以说已经在精神上把她吃掉了。她甚至想过用手枪结束自己的生命，这样她至少用不着再听那些声音了……很快，周围安静下来了。

她跑到侧门边，钻进一辆被千斤顶架起的红色轿车下面，把耳朵贴在冰冷的金属门上，仔细聆听着门外的动静。一片寂静，听上去所有的丧尸们都被干掉了！

砰砰砰！

敲门声突然再次响起，吉尔吓得往后跳去，心脏差点儿停止跳动。

“喂，有人吗？丧尸都死了，你现在可以打开门了！”

是卡洛斯·奥利维拉的口音。吉尔顿时放心了，她打开了大门。

“卡洛斯，是我，吉尔·瓦伦蒂安。”

看到卡洛斯真诚热情的微笑，吉尔忽然觉得有点儿害羞。她退了几步让开门，示意卡洛斯进来。

“真是太好了，你没事。我在电车那里没看到你，我以为……”卡洛斯没有把话说完，但意思很明显，“无论如何，很高兴再次见到你。”

吉尔完全没想到卡洛斯会如此担心自己，一时间不知该如何回应……是因为被人轻视而不满吗？不，并不是。有人牵挂她的安危，特别是目前这种混乱情况下，令人非常开心。

而且关心自己的，是一个浅黑色皮肤的高个子帅哥，难道这不好吗？或者，嗯……吉尔急忙停下了胡思乱想。他们现在危机重重，随时都有可能丧命，感情什么的，还是等活着逃出去再说吧。

卡洛斯似乎并没有发现吉尔的想法和略显不自然的动作。“那么，你在这儿干吗？”

吉尔尴尬地笑了笑。“选了一条错误的路。你没在外面看到那个像弗兰肯斯坦一样的怪物吗？”

卡洛斯严肃起来。“你又碰见他了？”

“不是‘他’，是‘它’。我认为它是被称为‘暴君’的那种怪物……呃……不过和我之前见到的有些不同，似乎是‘暴君’的变异体。它是人为制造出来的，非常强壮，并且很难杀死。安布雷拉好像已经研究出命令生物武器执行特定任务的方法……目前来说，它的任务是杀掉我。”

卡洛斯怀疑地看着她。“为什么是你？”

“说来话长。简单地说，我知道得太多了。原本我在这里已经躲开它了，但……”

卡洛斯接过她的话：“但结果却被丧尸包围了。对吧？”

吉尔点头。“你呢？你说你已经到了电车那里，你又来这里干吗？”

“我遇到两个安布雷拉生化危机处理部队队友。米哈伊中枪了，虽然现在暂时没有生命危险，但情况很糟糕。另一个叫尼古拉……他说要去找炸药，让我和米哈伊在电车站等他。另外，我知道一个新的信息，敲响钟楼的大钟，就会有直升机来接应。”

他看到吉尔的表情后，耸了耸肩，笑着继续说：“就知道你会是这种表情。虽然我不明白原理，但钟声是由电脑控制的。还有一个消息，想让电车正常运行，我们还需要找一些东西……一条电线和一个老式的熔断保险丝。米哈伊告诉我这附近有个修理店。他是小队长，在行动前看过地图……”

说到这儿卡洛斯皱了皱眉，然后点点头，好像突然想通了什么。“尼古拉一定也看过地图，所以他没有问我电车站的具体位置。”

“卡洛斯、米哈伊、尼古拉……安布雷拉还真是对所有国籍一视同仁啊！”吉尔顺口开了句玩笑，目的是为了掩盖心中的不安。毫无疑问，卡洛斯是个纯真善良的人，但另外两个安布雷拉的士兵可就不好说了，而且其中一个还是小队长……三个人都被雇主欺骗的可能性实在太小了。绝不能轻易相信安布雷拉的人。

此时卡洛斯已经向前走去，把注意力转向那辆红色汽车。“如果是在做电路检查，就应该有……对，就是这个！”

卡洛斯从引擎盖下面的一堆电线中找到了想要的那条，吉尔完全不明白这些缠在一起的电线到底有什么区别，但她注意到其中有几根垂在满是机油的水泥地上。

“小心。”看到卡洛斯正用拽着一条深绿色的电线，吉尔一边说一边走了过去。她对所有与电有关的东西都充满戒备，一直认为胡乱摆弄电线的人一定是想被电死。

“没事儿。”卡洛斯毫不在意地说，“什么都不懂的熊孩子才会……”

啪！

垂在地上的电线突然爆出一团橘红色的火花，听上去就像枪声。转眼间满是油污的水泥板便起火了，整个房间都燃烧起来，火焰蹿起足有一米多高。

“这边！”吉尔大喊着，朝办公室的门跑去，地上的机油助长了火势，火焰所产生的高温灼烤着肌肤。一旦汽车油箱被引燃就会发生爆炸，必须离开这里。

卡洛斯紧跟在吉尔身后，当他们冲进办公室时，吉尔突然想起一件更可怕的事，顿时面无血色。油箱爆炸根本不算什么，要是外面加油站的地下储油罐也被引燃，那一切都完了。

在金属卷帘门旁边，有一条安装在滑轮上的铁链。吉尔马上向它跑去，不过卡洛斯先到了，他抓住铁链用力向下拉。一下又一下，卷门嘎啦嘎啦地向上升起。

“从下面钻出去！”在铁链、卷门以及熊熊火焰的嘈杂声中，卡洛斯大声喊着。

“卡洛斯，外面有油库……”

“我知道，快出去！快！”

卷门下方离地面还有半米左右。吉尔趴在冰冷的地面上，迅速爬到外面，同时回头冲卡洛斯喊道：“好了！我出来了！”

她爬起来抓住卡洛斯的手，把他拉出门的同时，门内传来一声沉闷的爆炸声，也许是煤气罐或者机油桶被引燃了。*老天啊，我一定被诅咒了，我周围所有东西都会爆炸……*

卡洛斯抓住吉尔的胳膊，让她回到了现实。“快跑！”

用不着被提醒第二次，吉尔立即反应过来。明亮的火光从维修店的窗户中冒出来，在橘黄色的火光中，吉尔清楚地看到至少有八个丧尸走过来，她急忙向远处跑去，卡洛斯紧紧跟在她身后。

整条街都停满了被丢弃的车辆，所有一切都在浪费着他们的时间。他们在这个由金属和玻璃构成的迷宫里挣扎前进时，吉尔清晰地感觉到飞快流逝的时间。最近一次爆炸声中夹杂着窗户的爆裂声，就在身后不远处。*我们还跑得不够远。*除了拼命奔跑之外，他们现在唯一能做的只有祈祷储油罐不要被引燃了。

我们应该停下来寻找掩蔽，还是尽快跑出爆炸范围……

不知为什么，她没能接着想下去，所有一切都在瞬间消失了。也许是专注于在黑暗、寂静的车流中穿行，她只能感到自己体内血液的流动和时间的流逝。她只知道她还在不停地跑着，接着巨大的气浪从身后袭来，把她的身体抛向前去，一块破损的卡车车门被气流卷着，径直向她飞来。卡洛斯在大声喊着什么……之后是一片黑暗，黑暗的边缘镶着一圈模糊的亮光，就像曙光突然照到沉睡的人身上。

***

米哈伊歪倒着，全身发热，已经有些神志不清，毫无疑问他坚持不了多久。尼古拉在这个垂死的人口中得知，卡洛斯去找修理电车的工具了，很快就会回来。只有等米哈伊退烧恢复清醒或卡洛斯回来，尼古拉才能了解更多情况，不过现在来看，二者都不太可能了。米哈伊的情况只会越来越糟，而就在这时，北方的夜空突然亮了起来，紧接着是一声剧烈的爆炸声，停放电车的地面震动起来，应该是那边的加油站起火爆炸了……虽然不一定是卡洛斯干的蠢事，但尼古拉想不出其他可能，他觉得卡洛斯现在恐怕已经烧焦了。

也就是说，如果我想去医院的话，就必须去找一条电线。

生气也无济于事。尼古拉在车站里找到一盒保险丝，还有一个装满混合机油的五加仑大桶。但没有电线，就没法修好电路。尼古拉很奇怪为什么卡洛斯没找过车站的维修室，但他很快得出结论，一定是他太缺乏想象力了。

“不，不要，开火！任意射击！我……我……”

尼古拉有些好奇米哈伊到底梦到了什么，他把目光从电车的控制面板转向米哈伊。米哈伊正不安地扭动着身体，而他现在唯一能做到的也只是让身下的老旧座椅嘎吱作响而已。可怜的人啊。尼古拉希望他临死前能多说一些有趣的话。

尼古拉站起来活动了一下身体，朝车门走去。他已经为传动系统补充了机油，但保险丝的型号不对。他得回城里再找一个，弄不好得走一大段路，回到那个该死的停车场才行，和米哈伊在那儿碰面时，他注意到那里有一个放满零件的置物架。虽然在同一条路上来回跑很无聊，但至少这段路上的丧尸已经杀得差不多了，回去一趟不会花很长时间。回来的时候，他可以给自己一些奖励，告诉米哈伊他的死是自己一手导致的。

尼古拉走出车站，正想着今晚在哪儿过夜时，看到两个摇摇晃晃的黑影正向电车走来，他们背对着东北方那团暗下去的火焰，所以他看不太清楚。不过尼古拉很快就明白过来，那是卡洛斯，看来他从爆炸中幸免了，另一个应该就是告诉他电车情况的女人。他俩急促地喘息着，露在外面的皮肤通红一片，身上还沾满了灰尘。看来对于发生爆炸的原因他猜的很正确……

新的游戏开始了！

“卡洛斯！你受伤了吗？你俩怎么了？”尼古拉迎上前去，让他们清楚地看到他脸上担忧的表情。

见到他卡洛斯显然很高兴。“没事，我……我俩都没事，只是碰到一些小麻烦。加油站起火爆炸了。吉尔昏过去了一会儿，不过她……”

卡洛斯停下来吞咽了一下，冲那个女人晃晃头。“吉尔·瓦伦蒂安，这位是安布雷拉生化危机处理部队的尼古拉·基诺瓦耶夫中士。”

“请叫我尼古拉。”他说。不过她只是带着令人难以捉摸的表情看着他。显然瓦伦蒂安小姐现在并没有结识新朋友的兴趣。这让尼古拉感到一阵莫名的欣喜。她手里拿着一把九毫米口径的左轮手枪，穿着很短的紧身迷你裙，腰带上还插着一把贝雷塔。

“很感谢你告诉卡洛斯电车的事儿。你是警察吗？”尼古拉问。

吉尔直视着他的眼睛，用生硬的语气回答：“警察都死了。我是S.T.A.R.S.——特种战术救援组队员。”

喔，喔，多么讽刺。她好像还没有收到安布雷拉给她的小礼物……如果她遇到追踪者，现在就不可能站在他面前。除非追踪者出

了什么问题，一个“暴君”连四分之一的力气都不用就能把一个成年男性撕成两半。安布雷拉派出最新型的玩具追杀她，吉尔·瓦伦蒂安不可能有机会逃脱。

竟然神奇地遇到了特种战术救援组的人，尼古拉觉得很高兴，这让他感觉一切都井然有序，他脑中所设想的人物关系现在都联系起来了……

“米哈伊怎么样了？”

为了不给吉尔造成好斗的印象，尼古拉避开吉尔的视线，看向卡洛斯并回答说：“不是很好。我认为我们应该尽快离开。你找到什么有用的东西了吗？米哈伊说你去找替换零件了。”

“全都烧光了。”卡洛斯沮丧地说，“我想我们必须继续……”

“你找到炸药了吗？”吉尔打断了卡洛斯，仍然盯着尼古拉，“它们在哪儿？”

虽然没有直接表现出敌意，但态度已经非常接近了。吉尔的这种反应尼古拉并不惊讶，情报中说，特种战术救援组曾揭露了安布雷拉在斯宾塞庄园进行的秘密实验，并竭力想向群众和媒体公开真相。但是没人相信他们，从那之后，安布雷拉便一直想除掉他们。

如果他们所有成员都像这个一样谨慎多疑，难怪安布雷拉还没成功。

“没有炸药。”他慢慢地说道，决定试探一下，看看她有多么直率，“都是些空盒子。瓦伦蒂安女士，有什么事吗？你看起来……好像有些紧张。”

他故意快速瞥了卡洛斯一眼，像在责怪他带了这么一个奇怪的女人回来。卡洛斯满脸通红，急忙开口试图转移话题。

“我想我们现在多少都有些紧张，但现在最重要的问题是米哈伊的伤。我们得带他离开这儿。”

尼古拉又与吉尔对视了一会儿，然后点点头，对卡洛斯说：“没错。你去找电线吧，我去找保险丝……离这儿不远有一个变电站，我去那里找找看。你可以返回那个遇到米哈伊的车库，我确定在那儿看到过蓄电池上用的电线，你可以去那里找找看。无论是否成功，半小时后都在这里集合。”

卡洛斯点点头。尼古拉故意忽略了吉尔，对卡洛斯说：“那么，离开之前，我再去看一下米哈伊。出发吧。”

说完，他便转身向电车走去，一切都解决了，他登上电车时还默默地向自己祝贺了一下。他们将冒着危险去为他拿电线，而他只要走个十几步，从车站里的工具箱中拿保险丝。

我有很长一段空闲时间。他们在背后会怎么说我呢？也许可以在他们回来的路上等着，观察他们一会儿突然出现。

尼古拉走到正在昏睡的米哈伊身旁，咧嘴冲他一笑。事情变得越来越有趣了。卡洛斯在为他东奔西跑，米哈伊正在地狱门前徘徊，而那个特种战术救援组的女人让这个游戏更加精彩了。他向车窗外看去，两个人正在坚定地走向黑暗。他相信吉尔·瓦伦蒂安对他的怀疑完全是源于她所了解的安布雷拉的内幕，只要给自己一点儿时间，就可以让她完全信任自己。

“如果她不这样，就把她和你们一起干掉。”他小声嘀咕着说。

米哈伊发出一声呻吟，然后又沉沉睡去了，尼古拉站在旁边看了他一会儿，静静地离开了。

5 resident evil

第十四章

虽然他们心里都有很多疑惑，但吉尔和卡洛斯两人都没说话。他们要找到电线，然后返回车站，而且还要时刻注意，别被什么不明生物给杀死……所以现在并不是聊天的时候。再说，一同经历了加油站的惊险逃亡之后，卡洛斯一时也不知道该说些什么。

不管怎样，得说点儿什么。天气？她有多少朋友死了？或者是追踪者的事？又或者她讨厌尼古拉的十个理由？

显然吉尔对尼古拉有戒心——也许是出于她对安布雷拉的厌恶……不过卡洛斯觉得尼古拉好像也不太喜欢她，但他不知道原因。在他之前的印象里，尼古拉一直显得很有绅士风度，甚至可以说非常热情。卡洛斯很高兴吉尔没有像对尼古拉那样对待自己，也没有对自己做出挑衅或试探的举动，但是她和尼古拉两人的态度让他有点儿紧张。俗话说得好：要想生存，就必须团结。

吉尔似乎并不想主动谈论她的真实感受，卡洛斯则在为该不该说出特兰特的事纠结着。所以一路上两人都没开口，分别想着自己的事情。他们默默地回到市中心，快到达车库的时候，卡洛斯突然看到一个自己认识的人。

准确地说是一个他认识的死人，尸体靠在一个曲折小巷的角落里，不远处还有两只怪物的尸体，和他在餐馆后门杀死的很像。在过去的几小时里，卡洛斯至少两次经过这个地方，而从尸体的情况来看，他应该已经死了很长一段时间……也就是说，卡洛斯之前从这里经过时，一直没有注意到他们。这是一种令人痛心的认识，街上的尸体太多了，以至于他已经不再去看他们的脸了。但这时他被那张脸吓了一跳，停止了胡思乱想。

“嘿，我见过这家伙。”他在尸体旁蹲下，尽力回想着死者的名字……汉尼斯？不，是亨尼西，是他。高个子，黑发，嘴角有一条浅浅的疤痕一直延伸到下巴。尸体的头部有一个子弹射出的洞，除此之外身上没有其他伤口，也没有明显的腐烂迹象。

他在这里干什么？

吉尔从前方几步远的地方走回来，看了眼自己的手表后温柔地对卡洛斯说道：“我对你朋友的事情感到遗憾，但我们真的得走了。”

卡洛斯摇了摇头，开始在尸体上寻找弹药和身份证明。“不，我们不是朋友。只是被雇佣之后，在分部见过他而已，我想他是安布雷拉生化危机处理部队另一个分队的人。这家伙以前是个军事间谍，我非常确定他不是和我们一起来的……等等，这是什么？”

卡洛斯从亨尼西的夹克内袋里拿出一本和平装书差不多大的皮面本子。看样子是本日记。他翻到写着字的最后一页，记录日期是前天。

“这可能很重要，”他站起来说，“尼古拉肯定认识这个人，应该给他看看这个。”

吉尔皱了皱眉头。“如果它真的那么重要，也许你现在就应该看看。也许……也许里面会提到尼古拉或者米哈伊。”

虽然她的最后一句话显得很不经意，但卡洛斯明白她的想法，他有些不太高兴。“尼古拉看上去有点儿冷淡，但你并不了解他。和他一起战斗很多年的战友全都死了，所以你为什么不大度一点儿呢？”

吉尔没有继续这个话题。“要不我去拿电线，你在这里看这本日记如何？你也说这人是安布雷拉的特工，而且按理说他不应该出现在这里。我很想知道他在最后几小时里都干了些什么，难道你不想吗？”

卡洛斯看了吉尔一小会儿，勉强点了点头，不再坚持自己的意见。她是对的。如果亨尼西的日记确实记录了有关浣熊市灾难的情况，说不定真的对他们有用。

“好吧。把你找到的每一根电线都拿上，尽量快些回来，好吗？”

吉尔点点头便向前走去，消失在黑暗之中。她的动作敏捷而安静，可以明显看出曾接受过长时间的严格训练。虽然不清楚详细情况，但卡洛斯听说过特种战术救援组，那是一支训练有素的精锐部队。吉尔的表现足以证明这一点。

“好吧！亨尼西，让我们看看你都写了些什么。”卡洛斯喃喃地说着，打开日记从最后一篇开始读起。

我不知道会变成这样。虽然我很感谢安布雷拉为我做的一切，但如果我早些知道，一定会拒绝他们的。我再也受不了这种尖叫，而且谁又真的在乎我的死活呢？每个人都会死，这些已经不重要了。街上到处是惨叫声，但也无所谓了。

两年前安布雷拉救了我的命后，让我帮他们干一些脏活儿，我当时完全不在乎。比起被处死，我更愿意活下去，哪怕为此做十年的坏事，而且公司的代表人说的那些事听起来并不算太糟……我和其他一些死刑犯会接受相关培训，专门负责处理他们研究中的一些违法行为。公司也有其他一些类似的合法部门，例如一些准军事部队、生化危机应对部队，还有一些相当正规的环境保护部门。我们的工作是在引起过多关注之前清理现场，并让已经注意到的人没有再谈论它的机会。

经过六个月的集训后，我已经做好了准备。第一个任务是暗杀几个实验体。这些人想公开他们被注射药物的细节，那种药物的预期作用是延缓衰老，但却使他们所有人都得了癌症。找到并除掉他们花了我们一段时间。过去的一年半里，我所做的任何一件事情都不值得骄傲，但我学会了接受现实。

我被挑选出来成了监察员。公司在第一次泄漏事故发生后，以防万一把我们安排在这里，但不是所有人都是监察员。他们说我比别人更忠诚，就算眼看着同伴死去也不会崩溃。我是不是应该高呼万岁？我在一家仓库里干了两周库管工作，无聊地等着发生些什么，等得几乎骨头上都刻上了“无聊”这个词。然后一切都在突然之间发生了，我已经三天无法睡着了，人们不断地尖叫着，直到那些丧尸捉住他们，然后他们就会被吃掉或者开始去吃别的人。

我曾想试着联系几个像我一样留在这里的监察员，但我没有找到任何一个。我知道的监察员只有四个……特里·福斯特、马丁、那个令人毛骨悚然的俄罗斯人，还有医院里那个戴着眼镜的医生。我不知道他们是死了还是逃走了，也许还没被送来。不管怎么样，我都不在乎了。从前天开始我就没有再上传报告了，安布雷拉去死吧。我肯定我会在地狱里见到他们。我决定亲手结束自己的生命，只要对着脑袋扣动扳机就行了，这样我就不会再爬起来了。我真希望他们当初就那么让我死了，那是我应得的报应，没人会逃脱报应。

我很抱歉。如果有人发现这本日记，请相信我说的一切。

之后的页全是空白的了。

卡洛斯半跪在亨尼西的尸体旁，觉得有些恍惚。他看了看尸体冰冷的右手，确实残留着火药的痕迹。看来有人在他死后把枪拿走了……

“卡洛斯？”

他抬起头，看见吉尔提着一捆电线站在面前，脏兮兮的漂亮脸蛋上带着些许好奇。

“那个令人毛骨悚然的俄罗斯人。”能有几个像尼古拉那样的人？卡洛斯不知道监察员究竟是做什么的，但尼古拉一定可以给他一些解释……现在应该尽快回到米哈伊身边。

“看来我必须向你道歉。”卡洛斯说这话的时候，觉得自己胸口发紧。米哈伊被枪击后不久就遇见了尼古拉，那么是谁开枪打伤了他呢……

“为什么？”吉尔问道。

卡洛斯把那本日记放回亨尼西的口袋，最后看了他一眼。厌恶、怜悯和愤怒接连涌上心头……这些情绪不仅是对亨尼西，也是对安布雷拉、尼古拉，还有幼稚天真的自己。

“我会在回去的路上给你解释的。”他紧紧握住步枪，愤怒如乌云般在体内聚集，使他握枪的手有些颤抖，“尼古拉还在等着我们。”

***

给电车换上新的保险丝后，尼古拉静静地站在候车室里等着卡洛斯和吉尔。候车室一楼的窗户玻璃基本都破了，屋里十分黑暗，在这里，就能听到他们进入车站后的对话。尼古拉敢肯定，吉尔一定会跟卡洛斯说一些留神安布雷拉的话，也许还会提到自己。他忍不住想知道那个特种战术救援组的女人到底会说些什么，想知道她会说出多么偏执的胡话，还想看看卡洛斯对她的话有何反应。他打算等他们上车后过一两分钟再回去，说自己去建筑物里寻找补给就行了，然后看看情况会如何发展，再做最终的决定。

是和他们一起上电车，还是单独行动呢？也许一起过夜比较好，寻找食物、轮流守夜。我可以在他们睡觉的时候动手，我也可以把他们带去医院，想法引起猎杀者的注意，然后找个合适的地方消失，让他们悲伤地认为他们亲爱的战友已经死了。

想到这儿尼古拉笑了笑，从破碎的玻璃窗吹进的冰冷夜风轻拂着他的脸颊。他觉得所有人的性命都被他玩弄于股掌之中。这让他觉得自己非常强大，掌控一切的感觉真是令人陶醉。开始时他只是简单地为了钱而冒险，但现在整件事已经完全变成了……他找不到合适的词去形容的……游戏？但这比游戏更有内涵。他觉得自己体会到一些从未体验过的对人类命运的深刻感悟。他一直觉得自己与众不同，觉得整个社会的规则都不适用于他，而其他人都无法理解这一点。来到浣熊市之后，他的这些独特之处似乎愈发鲜明，这里就像另一个世界，其他人都是入侵者，而他是唯一一个真正懂得这里的生存规则的人。他生来第一次感觉到不受限制的自由。

尼古拉听到小巷方向的大门被缓缓打开，他无声地退进窗后的阴影里。很快，两个年轻人进入他的视线，谨慎而安静地走着。他惊奇地发现，他们一副戒备的姿态，警惕地看着周围，就像预料到会有麻烦一样。

*也许他们遇见了“暴君”。*那事情会更有趣。尼古拉很想亲眼看看追踪者杀死那个女人的场景。它会杀死任何挡路的蠢货，尼古拉很乐意为它让路。

吉尔和卡洛斯向前走了一段距离，看着他们小心翼翼地前进时，尼古拉发现吉尔的肩上挎着一捆电线。看来可以让他们多活一段时间，毕竟他们很好地完成了仆人该做的工作。

“安全。”卡洛斯低声说。

尼古拉笑了。他可以清楚地听到他们的声音。

“他应该已经回来了，如果没有遇到怪物的话。”吉尔低声说。

尼古拉的微笑僵住了。*这不可能，可是……他们戒备的是我？*

“装作什么都不知道一样回去，”卡洛斯低声说，“接近后从两侧夹击，让他缴械。注意他还带着一把刀。”

怎么回事？发生了什么？尼古拉有些困惑，接着开始感到不安。他们都知道了些什么？

吉尔点点头。“让我来问。我知道更多安布雷拉的事，想让他相信我们知道所有有关监察员的事，那么还是我来说比较好。如果他认为我们已经全都知道了……”

“……那么他就不会再隐瞒什么了。”卡洛斯替她说完，“好，就这么办吧。准备好武器，以防他也给我们策划一个惊喜派对。”

吉尔又点了点头，两人站直了身体，卡洛斯平端起步枪。他们不再刻意放轻脚步，向电车走去。

怒火一瞬间涌上尼古拉的心头，然后迅速扩展到整个身体，有一段时间他几乎完全被愤怒控制了，就像脑子里突然冒出两道不断碰撞的黑红色闪电，不停驱动着他最原始的暴力，几乎让他立即就冲出去杀掉他们。他的意识里还残留着两人已经做好战斗准备的信息，因此竭力抑制住这股冲动，现在出去情况必然不利于他。有一瞬间，那股嗜血的冲动使他觉得出现什么后果都无所谓了。不过他终究还是控制住了自己，浑身颤抖着站在原地。

不知道过了多久，他听到电车发动机的轰鸣，他一下清醒了过来。他的大脑终于又开始工作了，但还只能做一些简单的思考，怒火将他所有理性思维都打乱了。

他们已经知道他没说实话。他们知道一些监察员的事，也知道他正参与其中，所以他现在是他们的敌人了。他做的那些细致工作都泡汤了，尼古拉再也不是他们信任的好同志了。之前所做的一切都白白浪费了时间……更糟糕的是，他现在不得不步行去医院。

尼古拉紧咬牙关，无处宣泄的怒火正在折磨着他，身体内部似乎正被一点一点地撕裂。他们竟然做出了这种事，从他手中偷走了掌控权，就好像他们有权力这样做似的。

我的计划、我的钱、我的掌控权。这些都是我的，不是他们的，我的……一段时间后，这些在他心中反复出现的话，像句咒语似的平复了他的情绪，当然，这些话本来就是事实。*我的，我决定，我。*

尼古拉做了几个深呼吸，他听见电车呼隆隆地越开越远，反而感到了宽慰。

他决定找到一个办法让他们后悔做出这些事。让他们乞求他的怜悯，并在他们惨叫的时候放声大笑。

5
resident evil

第十五章

吉尔站在正在驾驶电车的卡洛斯身旁，看着窗外已变成废墟的浣熊市从眼前慢慢滑过。只有一个车头灯能亮，而那淡黄色的光并不足以让他们看清周围的一切情况。四周的黑暗中有无数处肆意燃烧的火焰，一弯新月从空中洒下清冷的月光——洒落在遍布残骸的街道上，洒落在被木板封死的门窗上，洒落在摇摇晃晃、漫无目的的生物上。

“开慢一点儿，”吉尔说，“万一轨道上有什么东西，速度太快的话……”

卡洛斯假装紧张地看了她一眼。“遵命！长官！我一点儿也没想到。谢谢。”

他故意用讽刺的语气想让她说点什么，但吉尔太累了，没有力气开玩笑，她感觉自己的全身上下都像瘀血了似的，沉重、麻木。“呃……好的。对不起。”

卡洛斯小心地驾驶着电车，在每一个转弯处都稍稍减速，金属的轨道反射着微弱的光芒，在眼前形成两条银线。吉尔很想坐下来，甚至去米哈伊那个车厢躺一会儿……离钟楼还有几公里呢，而且他们现在的速度慢得和跑步差不多。但她知道卡洛斯也非常疲惫，所以她觉得至少应该再忍受一会儿脚踝上的刺痛，陪卡洛斯再待几分钟。

出于某种无须明言的默契，他俩都没有提起尼古拉。他们也许都认为去猜测他目前的位置或者正在做什么没有任何实际意义。无论尼古拉在干什么，他们都已经在出城的路上了。如果能够活下来，吉尔一定会更加努力地去揭露安布雷拉的阴谋，让他们为自己的所作所为付出代价。毕竟，要对浣熊市的灾难负责的不是尼古拉，而是安布雷拉。

看来她对尼古拉的直觉是对的。虽然不清楚尼古拉说了多少谎话，但他肯定早就知道安布雷拉的种种恶行。从卡洛斯发现的日记看来，安布雷拉似乎早就知道浣熊市会爆发病毒感染，并且事先就派出一个秘密小组搜集数据。这很可怕，但却是事实。

我们的对手是安布雷拉。如果他们可以非法制造基因病毒，并用病毒制造杀人机器，那么因此进行大规模屠杀又有什么不可能呢？而且他们竟然还派人进行观察，将那些生物的杀人过程当作研究数据记录下来！

——砰！

电车突然剧烈摇晃了一下，吉尔一下撞在卡洛斯身上。声音是从后面的车厢传来的。不到一秒，他们便听到米哈伊发出一声不知是恐惧还是痛苦的喊声……吉尔一时无法分辨那声音是出于恐惧，还是因为发热所引起的疼痛。

“你来开车。”卡洛斯说。不过这时吉尔已经抽出手枪向第二节车厢走去了。

“我去，你继续开。”她一边说一边冲向两节车厢之间的门。她尽量不去想到底发生了什么。但她知道，能把车弄得东摇西摆像……

像被什么怪物袭击了。米哈伊连自己坐起来都办不到。

她推开门，走到两个车厢之间的连接平台上，车厢摇晃着发出巨大而沉闷的响声，在打开第二道门时，吉尔脑子里只有米哈伊那无助的样子。

哦，该死。

那声巨响的原因非常简单、明确，而且致命：一扇窗户碎了，车厢里满地都是碎玻璃，米哈伊靠在她左边的车厢上，用步枪支撑着身体……那个猎杀特种战术救援组的怪物站在车厢正中，正昂着头用那张没有嘴唇的大嘴咆哮着。没有碎掉的窗户都在疯狂的吼叫声中抖个不停。

吉尔开枪了。沉重的弹头带着轰鸣射进怪物上半身，巨大的冲击力使怪物向后退了几步，可并没有令它停止咆哮。这是吉尔目前能够对它造成的最大伤害了。

在她射出第六发子弹时，米哈伊也勉强开火了，他射出的子弹打在追踪者的大脚上，简直像在上面撒胡椒粉一样毫无作用。吉尔打光了子弹，米哈伊仍靠在墙上，他甚至无力瞄准目标，但现在吉尔需要帮助。她从腰间拔出贝雷塔——就算有快速上弹器，重新装填九毫米子弹也需要一些时间，瞄准怪物的头部开枪了……

不，没有任何作用……

追踪者突然停止了吼叫，将注意力集中在吉尔身上，它从那撕裂伤口般的缝隙中，用白色的浑浊双眼盯着吉尔，巨大的牙齿闪闪发光，几根触手在光秃秃的、凹凸不平的脑袋上蠕动着。

“离开这儿！”米哈伊喊道。但吉尔并没有想过逃跑。她迅速看了米哈伊一眼，再次举枪射击……那个男人手中握着一颗手榴弹，用一只颤抖的手指钩住拉环。吉尔立刻认出了它——捷克 RG34，巴瑞收藏过这种大杀伤力的手榴弹。追踪者的眉骨部分像是缝合起来的，但吉尔射向那里的子弹还是没有任何作用。那是颗冲击型手榴弹，拉掉保险环之后只要受到撞击就会立即爆炸……

可是米哈伊没有力气把它扔出去，这是在自杀。

“不，你先走！到我后面来！”吉尔大喊着。追踪者向前迈了一大步，他们之间的距离缩短了一半。

“走！”米哈伊又喊了一声，拔掉保险环。他惨白的脸上带着坚毅，“我已经死了！现在！快走！”

她又开了一枪，贝雷塔里的子弹也用光了。

吉尔猛地转身，留下米哈伊独自面对怪物。

***

听到后车厢里的枪声和号叫，卡洛斯想停下车去后面帮忙。但他们正要驶进一个急弯，他竭力用不听使唤的操纵杆保持着电车的平衡，实在没法立即停车。正当他打算过去帮忙时，身后的门被撞开了。

卡洛斯单手握住操纵杆猛地转身，同时用另一只手臂举起 M16，他只看到吉尔一个人。她几乎飞进了车厢，惨白的脸像面具一般僵硬，嘴唇颤抖着说出了那个恐怖的名字……

猛烈的火焰和冲击波从吉尔身后绽放，将她推向地面。吉尔勉强做了一个前滚翻，但中途就被剧烈的震动打断了。车厢危险地向一侧倾斜，火舌穿透后方破碎的车门玻璃，向他们席卷而来。卡洛斯猛地撞到驾驶座上，大腿重重地磕在椅子扶手上，疼得他忍不住流出了眼泪。

米哈伊！

卡洛斯踉跄着向后面的车厢走了一步，然而他想去的地方已经消失了。车后只拖着第二节车厢的些许残骸，失去第二节车厢的电车速度不断加快。米哈伊一定牺牲了，这让卡洛斯开始严重怀疑起他和吉尔生存的可能性。吉尔摇摇晃晃地走到他身边，脸上只有刚才的情景造成的恐惧冲击。

电车在拐向另一个弯道时失去了控制，像一艘在海上遭遇暴风雨的小船一般剧烈晃动起来，不停地在周围的建筑物和汽车上擦出火花。电车不仅没有因碰撞减速，反而越来越快，带着尖锐的金属摩擦声在一片黑暗之中飞驰。

卡洛斯拼命拉着操纵杆，脑海中不停闪动着米哈伊的死、即将脱轨的电车以及手动刹车。如果他们运气够好，就能用手刹让电车减速。他用全身的力气猛拉刹车……

……什么都没有发生，他们要完蛋了。

吉尔抓着椅子的靠背和扶手，勉强在嘎吱作响、左右摇摆的车厢中走过来。卡洛斯看见她紧盯着他紧握着的操纵杆，眼中一片绝望，他知道，他们必须跳车了。

“刹车！”吉尔大喊道。

“坏了！我们必须跳车！”

卡洛斯转身用步枪的枪柄打破了侧面的窗户，但车厢突然倾斜过来，玻璃碎片像雨点一样落在他的胸口上。他一把抓住滑溜溜的窗框，用另一只手去抓吉尔……

……吉尔却用手肘击碎控制台下面的一小块玻璃面板，脸上带着疯狂的希望，扳下一个卡洛斯没有看到拉杆——

吱——

……紧急制动打开了。

……电车竟然真的开始减速了，向左倾斜的车身终于落在轨道上，车轮与铁轨之间喷出明亮的火花。虽然还在向前滑动，但速度明显减慢了。卡洛斯闭上眼睛，再次握住那没用的操纵杆，绷紧身体准备迎接冲击——几秒钟后，一声简单到无趣的铿锵声结束了两人的旅程。电车停在一片整齐的草坪中的一堆混凝土块前。车身最后震动了一下，彻底停下了。

周围一片寂静，只有正在冷却的金属发出的细微滴答声。卡洛斯睁开眼睛，不敢相信他们这段噩梦般穿越城市的旅程结束了。吉尔在旁边喘着粗气。事情发生得太快了，他和吉尔现在还能活着，简直就是个奇迹。

“米哈伊？”他轻轻地问道。

吉尔摇了摇头。“‘暴君’，那个追杀特种战术救援组的怪物干的。米哈伊拿着一颗手榴弹，‘暴君’向我们靠近，然后他……”

吉尔哽咽着停下了。她从腰包里拿出子弹开始装填，借着简单的动作让自己平静下来。当她再次开口时，声音变得十分坚定。

“米哈伊看到追踪者准备攻击我时，他选择了牺牲自己。”

她望向远方无尽的黑暗，冷风从破碎车窗外刮进来。她的肩膀垂了下来。

卡洛斯不知道该说些什么，他向吉尔跨出一步，轻轻地把手放在她意志消沉的肩上，却突然感到吉尔的身绷紧了。卡洛斯急忙把手拿开，以为是自己冒犯她，然后才意识到她是在凝视着什么，纤细的脸上满是惊讶。

卡洛斯顺着吉尔的目光看去，阴云密布的夜空下，一座三四层楼高的巨大塔楼轮廓在黑暗之中若隐若现。在接近顶部处有一个发光的白色钟盘，时针正指在十二点的位置上。

“卡洛斯，咱们也能碰上好事儿。”吉尔说道。卡洛斯默默点头。他们到达了钟楼。

***

尼古拉沿着被月光照亮的铁轨慢慢地向西走着，甚至懒得隐藏自己的身影。现在的能见度还不错，如果有什么东西接近，他很远就能发现。况且他现在心情非常差，欢迎任何东西过来，好让他可以发泄一下，无论是人或其他什么生物都行。

他的怒火已略有缓和，一种宿命论的情绪正在主导着他的思想。他已经无法赶上那三个人了——时间上来不及。他至少还需要一小时才能走到钟楼，如果他们能找到令钟声响起的办法，等他到达时他们早就离开了。

尼古拉皱起眉头提醒自己，他的计划并没有改变，还有另一个步骤要完成。还有四个毫无察觉的人等着他去杀呢。除了阿基诺医生，还有陈、中士肯·富兰克林，以及安布雷拉的雇员福斯特。当把他们都干掉后，尼古拉还得整理他从这些人手中得到的数据、与安布雷拉的人谈好价钱和交易细节，然后呼叫直升机离开。还有很多事情要做……但他对自己被骗的遭遇还是无法释怀。

他突然停下脚步，把头侧向一边。西边很远处传来一声巨响，声音传到这里时已经变得有些模糊了。大约一秒钟后，他感到电车轨道出现一阵轻微的震动。铁轨铺设在街道正中间，受到任何冲击都会发出震动……

一定是他们，米哈伊、卡洛斯和吉尔·瓦伦蒂安。他们撞到了什么东西，还是电车出了故障？

也可能是发生了什么他没想到的事，但可以肯定，他们遇到了麻烦。这让尼古拉更加坚信自己才是最优秀的，他们能活到现在只是运气好罢了，而幸运不可能时刻都眷顾他们。

也许我们还会再见面的。在这样的地方，任何事都有可能发生。

在左前方的一栋写字楼前围起的空地上传来几声呻吟，三个感染者从那里走出来，在离尼古拉大概十米远的地方被栅栏挡住了。在黯淡的月光下，尼古拉看不太清它们的长相，但可以看到它们的身体都已经不完整了，两个没了胳膊，另一个没了小腿，在用膝盖走路，每走一步都发出啪叽声。

“呃呜……”最近的那个丧尸发出凄惨的哀号，尼古拉对准它的额头开了一枪，又连开两枪，把剩下的两个也击倒在柏油路上。

现在心情好多了。无论是不是还有机会再见那些表里不一的同志都无所谓，但他强烈地预感到，他们会再见的，他很强，获得最后胜利的一定是他。

这个想法使他重新焕发了活力。尼古拉一路向前小跑，渴望着下一个挑战的到来。

5 resident evil

第十六章

电车的车门变形卡住了，吉尔和卡洛斯只得从窗户爬出去，两个人都筋疲力尽。电车十分巧合地停在他们要去的地方，但这最后的几小时——不，是该死的几周里，吉尔遇到了无数诡异的巧合，这让她觉得没有这些意外惊喜的话也许自己会更好过些。

钟楼下面的小广场空荡荡的，除了电车发动机冒出淡淡的烟雾之外，没有其他东西在移动。他们走到钟楼正门前那座十分宏伟但却永远不会再喷水的喷泉边，抬头望着巨大钟楼顶部的小阁楼。吉尔的脑海中一直浮现着米哈伊 · 维克多的身影，她甚至都没向救命恩人正式介绍过自己，就失去了这个宝贵的同伴。牺牲自己来换取他人的生存——“英雄”这个词对他来说再贴切不过了。

也许追踪者已经被米哈伊杀死了，手榴弹爆炸时它就在他面前……虽然这只是她的主观想法，但她非常希望这就是事实。

“我想我们应该试着找找钟楼的控制系统。”卡洛斯说道，“你觉得分头去找安全吗？还是说我们应该……”

呱！

一只乌鸦刺耳的叫声打断了他的话，吉尔感到肾上腺素又注入了她的血管。她猛地抓住卡洛斯的手，头顶上传来鸟类拍打翅膀的声音。

在斯宾塞庄园里的肖像室里，几十只黑亮的眼睛在空中等待着发动攻击的时机。据克里斯说，布拉瓦小队的福雷斯特·斯派尔被几十只甚至几百只这种生物活活撕碎了。

“快跑！”吉尔拖着卡洛斯跑向钟楼。她想起斯宾塞庄园里那些变异的巨大乌鸦有多么残忍和凶猛。卡洛斯知道在几十个刺耳的叫声撕裂天空时不应该问问题。他们绕过喷泉冲到钟楼的前门外。

门是锁着的。

“掩护我！”吉尔大喊着，从包里找出开锁工具。叫声在他们头顶上空盘旋着，越来越低了……

……卡洛斯全力撞向大门，厚重的旧木门碎片飞溅，他向后跳了几步再次撞向木门，咣……

门撞开了，卡洛斯一头摔在精美的瓷砖地上，吉尔紧跟在他身后进入室内，然后迅速把门关上。门外传来两声重重地撞击声，伴随着一阵翅膀的拍打声和愤怒的尖叫声。过了一段时间，声音渐渐变小，看来它们放弃努力离开了。吉尔重重地靠在门上，大口地喘着气。

天啊，这种事情什么时候才会结束？我们非得见识过城里的每一种怪物之后才能离开吗？

“丧尸鸟？你是在开玩笑吧？”吉尔插上门闩时，卡洛斯一边说一边从地下爬起来。她没回答，转身走入钟楼巨大的门厅。

这让她想起斯宾塞庄园的前厅，昏暗的灯光和哥特式的花饰令这里有一种古老的优雅氛围。宽阔的大理石楼梯占据大厅的主要位置，通向装饰着彩色玻璃的二楼。房间两侧都有门，前面各放着一张磨得闪亮的木桌，在他们左边……

吉尔在心中叹了口气，内心深处似乎有什么东西被绷紧了。她从没想到过钟楼会是个不为人知的避难所，这里已经是城外了，但她意识到在内心深处确实燃起过希望……但那希望在她看到左边的那些尸体后就破灭了。

现场仿佛在讲述一个神秘恐怖的故事。一共有五具男性的尸体，都身穿作战服。三人倒在桌旁，显然是被丧尸杀死的，那只弹痕累累的丧尸就倒在他们附近。受害者明显被啃咬过，头骨破碎，里面空空如也。第五具尸体是一个年轻人，他似乎在杀死丧尸之后，冲着自己头部开了一枪。是因为看到被吃了一半的战友的尸体彻底绝望了，还是说他不得不杀了自己的战友？或者那个丧尸曾是他的朋友，因此他在杀死丧尸之后自杀了？

我们永远无法知道真相。这些在不为人知的惨剧中死去的生命，只不过是给整座城市成千上万的死者中增加了几个名字而已。

卡洛斯皱着眉头走近尸体，吉尔从他的表情看出他认识他们。卡洛斯半跪着，从两具尸体之间拉出一个带血的旅行袋，在瓷砖地上拖出一条血痕。吉尔听见袋子里发出金属的碰撞声，这个行李袋显然很重，卡洛斯提起袋子时，手臂上的肱二头肌明显地凸起了。

“那是我希望的东西吗？”吉尔问。

卡洛斯把袋子放到桌上，小心地把里面的东西都掏出来。看到这些东西，吉尔喜不自禁冲向桌子，几乎不敢相信会这么幸运。

袋子里有六颗米哈伊用的那种 RG34 手榴弹，八个满装的 M16 用三十发弹夹，除此之外，还有远远超出她所期望的东西——一个美式 M79 榴弹发射器，还有一些四十毫米榴弹。

“钟楼里的武器。”卡洛斯若有所思地说。吉尔还没来得及问他这话是什么意思，他就吹了一声口哨，拿起一枚榴弹端详着。

“榴霰弹，”他说，“这能轻易炸死那个该遭雷劈的 Espantajo。”

吉尔挑了挑眉毛。“Espantajo？”

“西班牙语，本意是稻草人，”卡洛斯说，“但也可以用来形容怪人，或者怪物。”

很恰当。这会儿卡洛斯已经把武器装回袋子背在肩上，吉尔冲他点点头。“你认识这些人吗？”

卡洛斯有点儿不自在地耸了耸肩，递给她三颗手榴弹。“他们都是安布雷拉生化危机处理部队的队员，我见过他们，但不熟——我不认识他们。他们只是些傻大兵，根本不知道自己加入的安布雷拉是什么样的组织以及被派来这里之后会发生什么，就像我一样。”

除了愤怒之外，卡洛斯的语气中还隐隐带着伤感。卡洛斯突然改变了话题，他想起他们逃出市中心时那个怪物离他们有多近。“你想带上榴弹枪吗？”

“我还以为你永远不会问呢。”吉尔微笑着说。她很高兴能装备这种武器，就像卡洛斯刚才兴高采烈地说的那样，能轻松干掉追踪者的武器。“现在我们要做的就是在某个地方找到一个按钮按下去，然后等我们的出租车到达。”

卡洛斯也微微一笑，把 M16 的弹匣插进野战马甲口袋里。“还有，不要像其他人一样死在这里。”

吉尔没有回应这句话。“到楼上去？”

卡洛斯点点头。做好战斗准备后，他们出发了。

***

钟楼二层是一条可以俯视楼下大厅的环形走廊，走廊的三面都是墙壁，只有尽头有一扇门，门后是直达阁楼的楼梯——如果卡洛斯记得没错的话。大钟就在阁楼里。

就要结束了，就要结束了，马上就要结束了……卡洛斯不断默念着这句话，从脑中赶走其他想法，他太累了，累到没有感受自己的愤怒、悲伤甚至恐惧的精力。他已经接近承受极限了。这些情绪还是等离开浣熊市再说吧。

二层回廊像大厅一样布满了华丽的装饰，蓝色的瓷砖搭配着彩色的玻璃，白色的立柱上端撑起拱形装饰。站在台阶上可以将整条回廊尽收眼底，这里似乎很安全，看不到任何丧尸或怪物。卡洛斯松了口气，吉尔看起来也放松了些。她手中握着柯尔特蟒蛇左轮，把榴弹发射器背在背上——背带是用卡洛斯的腰带做的。

为什么特兰特知道这有武器？他知道我是从尸体上找到的武器吗？

卡洛斯突然想到他可能高估了特兰特的能力。在钟楼的某个地方一定还藏着一些武器。对，一定是这样，他和吉尔刚才找到的那些武器只是巧合而已——特兰特预知会有带着一大堆弹药的士兵死在这里，这个想法实在是太诡异了。

他们并肩走在回廊中，卡洛斯想着，如果他把特兰特的事告诉吉尔，她会说些什么。她很可能认为他是在开玩笑，这整件事太像间谍小说里的情节了……

前面似乎有什么东西动了一下。就在他们前面第一个拐角处的天花板上，有个黑影一闪而过。卡洛斯把上半身探出走廊外侧的栏杆，伸头向前方查看。但看不到任何东西，刚才出现的东西要么是藏在柱子顶端的拱形装饰物后面，要么只是他过于疲惫的大脑为了保持清醒产生的幻觉。

“是什么？”吉尔在他旁边低声地问，同时举起了手枪。卡洛斯又看了几秒钟，然后摇摇头转向吉尔。“没什么，我想……我以为我看到天花板上有东西，但……”

“该死！”

卡洛斯转过来还没站稳，就看到吉尔举枪指向他们不远处的天花板，一只背部弯曲、长着很多腿、体形接近大型犬类的生物，正倒挂在天花板上，用毛茸茸的长腿快速爬过来。

转瞬之间，吉尔连开三枪，而卡洛斯才刚刚认出自己看到的是什么。那是一只巨大的蜘蛛，它背冲下掉到地板上之后，卡洛斯看到自己的身影倒映在它闪亮的眼睛中。黑色的体液从蜘蛛的身体中喷出，在它下面汇成一摊脓水，八条五彩斑斓的长腿在空中挥舞了一两秒钟，然后缩成一团死掉了。

“我讨厌蜘蛛，”吉尔说，带着厌恶的表情看着天花板，“那些腿、臃肿的肚子…太恶心了。”

“你以前见过？”卡洛斯看着大蜘蛛的尸体问，他无法把目光从那缩成一团的尸体上移开。

“嗯。在森林里那个安布雷拉研究所。我见到的蜘蛛没一只能活下来。”他们绕过死蜘蛛，继续前进。看到吉尔如此冷静，让卡洛斯再次觉得自己能和吉尔同行是件多么幸运的事。他见过许多坚强的男人，但他怀疑他们面对这种情况时，是否能像吉尔一样应对自如。

走廊里没有其他怪物了，但卡洛斯发现天花板每个角落里都有一大堆白色的蛛网，让人十分厌恶。他也不喜欢蜘蛛。他们走到门口，吉尔带头走进去，卡洛斯紧跟其后，离开走廊让他着实松了一口气。

他们现在站在钟楼正面宽敞的阳台上，阳台边缘环绕着老旧的栏杆，还有两对关闭的探照灯和几株枯死的植物，显得格外苍凉。在钟楼更高的地方还有一个门，但没有路上去。这是条死路，他们只能往回走。卡洛斯叹了口气，但好在乌鸦已经飞走了，或者说，至少它们没有来攻击他们。

“现在怎么办？”卡洛斯看着下面广场上还在冒烟的电车问。吉尔没有回答，卡洛斯回过头，看到她站在一个嵌在钟楼石壁上他没有注意到的铜牌前。吉尔从包里拿出布包的开锁工具。

“不要轻易放弃，”吉尔说道，从那些工具中挑了几个，“留神看着点乌鸦，我看看能不能给咱们找个梯子。”

卡洛斯掩护着吉尔的背后，同时在心里琢磨着世界上还有什么是吉尔做不到的，冷风迎面刮来，空气中似乎带着雨水的气息。片刻之后，几声咔嚓的金属声和一阵不知藏在哪里的机械发出的低沉轰鸣声响起，一架细细的金属梯子很快便从上方那个门边降下来。

“还差一点儿，站在那里再做几分钟守卫怎么样？”吉尔微笑着问。

卡洛斯笑了笑，感觉到她的兴奋。看来真的就快结束了。“没问题。”

吉尔敏捷地爬上梯子，消失在上面敞开的大门里。过了一会儿，她探出头向卡洛斯发出安全信号。接下来的几分钟，卡洛斯在阳台上踱着步，琢磨着他们获救后他该做些什么。他想和特兰特再见一次，问问他怎样才能阻止安布雷拉的阴谋。他觉得无论要做什么，他都会毫不犹豫。

我敢打赌，特兰特一定也想跟吉尔好好谈谈。直升机来了之后，我们可以装作一无所知，直到脱离他们的监视，然后好好计划下一步行动……当然，还要吃顿大餐，洗个澡，睡上一整天，当然……

他一心想着离开浣熊市之后的事儿，甚至都没注意吉尔从梯子上下来时的表情，也没有想到钟声还没响。他微笑着看向吉尔，心情在一瞬间落到了谷底，他们的噩梦还没有结束。

“钟里少了一个齿轮，我们必须找到它才能让钟响起来。”吉尔说道，“好消息是，我打赌那个齿轮就在钟楼里的某个地方，”

卡洛斯扬起了眉毛。“你怎么知道？”

“我在另一个齿轮旁边发现了这个。”吉尔递给他一张破破烂烂的明信片。

明信片的正面是排成一排的三幅画，每幅画都画着一个时钟。卡洛斯把明信片翻过来，看到背面左上角印着“浣熊市圣米迦勒钟楼”，下面印着一行诗。吉尔大声地念了出来。

“把你的灵魂献给女神。合拢双手，在她面前祈祷。”

卡洛斯盯着她。“你是说让我们为失踪的齿轮祈祷？”

“哈哈。我想说的是这些钟在哪里，齿轮就在哪里。”

卡洛斯把明信片递还给吉尔。

“你说这是好消息……那坏消息呢？”

吉尔苦笑了一下，完全没有幽默感地说：“我怀疑齿轮不会放在很明显的地方。这是个谜题，就像我在斯宾塞庄园里经历的一样……其中几个谜题差点害死我。”

卡洛斯没有继续问下去。至少目前他还不想知道那些细节。

5 resident evil

第十七章

寻找了将近半小时，尼古拉终于在浣熊市最大的医院四楼发现理查德·阿基诺医生。看到这个监察员后，尼古拉一阵狂喜。世界又回到正确轨道上，一切事物都在他面前呈现出应有的样子……

*而我就站在世界最高处，一切都由我来支配。只要再过一会儿，就只剩下三个目标，在这遍布丧尸的地方追捕三只“小狗”，*他幻想着那个情景。*还能有比这更好的事儿吗？*

阿基诺医生锁好门，紧张地向周围看了一下，苍白的脸上带着深深的惧意。他把钥匙装进口袋，转身向走廊里的电梯走去，颤抖着扶了扶满是污痕的眼镜。尼古拉可笑地发现，他甚至都没有携带武器。

尼古拉跨了一步，走出阴影，琢磨着该如何享受快乐的杀戮时光。他用了一个多小时才到达医院，基本上是一路慢跑过来的。懦弱的阿基诺医生竟然胆敢躲着他……不过看他的这副样子，尼古拉认为他根本不知道自己已经成了猎物，躲开尼古拉的追捕纯属偶然。阿基诺一看就是那种在自己家后院都会迷路的笨蛋，直到现在，这个蠢货都没有意识到这里不仅只有他一个人，而尼古拉离他只有三米远。

“医生！”尼古拉故意大喊了一声，阿基诺吓得倒吸一口凉气，挥舞着双手跳了起来。他绝对被吓坏了。尼古拉被逗乐了。

“谁？你是谁？”阿基诺结结巴巴地问。他长着一双淡蓝色的眼睛，头发乱七八糟地翘着。

尼古拉走近他，故意用魁梧的身材吓唬医生。“我是安布雷拉的人。我来看看你疫苗研究的进展……还有一些别的事儿。”

“安布雷拉？我没有疫苗。我不知道你在说什么。”

没有武器，没有体能，也不会说谎，可说谎时脸倒是不红。他是聪明人。

尼古拉有意压低声音说：“监察员的相关负责人派我来的，医生。你近期一直没有提交详细报告。他们一直在担心你。”

阿基诺一下子放下心，像快要虚脱了似的：“啊，如果你知道这些……我想你一定……对，疫苗，我在一直忙着。嗯……联系人告诉我要把初步合成过程分解为几个阶段，所以现在还没有实际的合成样本……但我可以保证，现在只需要简单地混合就可以了，而且全部准备工作都完成了。”医生喋喋不休地想把自己所有的努力都告诉他。

尼古拉努力地扮演着自己的角色，他装出一副很惊讶的样子，摇摇头说：“都是你自己做的？”

阿基诺无力地笑了笑：“我的助手道格拉斯也做了一些工作，上帝保佑他的灵魂。从前天他死了以后，我就有些混乱，因此忘记了报告的事……”

他停下来，又努力挤出一个笑容：“那么……他们是派你拿样本的……你是富兰克林，对吧？”

尼古拉不敢相信自己的运气竟然这么好，更无法相信阿基诺竟然天真到如此程度，就因为尼古拉说自己是安布雷拉派来的，他居然就打算把唯一能治愈 T 病毒的解药交给他。而且还让尼古拉知道了另一个目标马上就要出现了。

“是的，没错，”尼古拉顺口说着，“我是肯·富兰克林。疫苗在哪里，医生？”

阿基诺摸出钥匙。“在这里。疫苗实验室。我把主要成分分别藏在不同的地方，我是说，我把不同培养基分开保存了……为了安全起见——在你来之前。我以为你会按计划在明天晚上才来……不，应该还要晚一天，你比我想的要早得多。”

他打开门走进去，示意尼古拉也进去。“在那个俗气的风景画后面是个冷藏室，最近一个有钱的病人出钱装修的，据我所知，那个人很古怪，不过那不是重点……”

尼古拉从不停胡说八道的医生身旁走过，把他丢在背后，真心觉得公司选择阿基诺做监察员是件愚蠢透顶的事儿，这时他突然意识到自己竟然大意地背对着那个人。

他瞬间明白过来，脑子里出现一个完整的场景……傻头傻脑、喋喋不休、令人讨厌的书呆子，让他的敌人放松警惕，利用他们对自己的轻视……

尼古拉立即开始行动。

他跪在地上，双手抓住阿基诺的小腿，用力把他拽倒。

阿基诺大叫一声倒在尼古拉身上，一支注射器摔在地板上，阿基诺向注射器扑去，但尼古拉仍紧紧地抱着他的腿。医生几乎没有一点儿肌肉，尼古拉发现自己用一只手就可以轻松地拽住那个胡乱挣扎的医生，同时用另一只手抽出靴子里的刀。

尼古拉坐起来，猛地把阿基诺拉近身边，把刀刺进了他的喉咙。

尼古拉把刀拔出来后，阿基诺马上用双手捂住脖子上的伤口，瞪大眼睛震惊地看着他，剧烈跳动的心脏不停泵出鲜血，从指缝间流下来。

尼古拉没有回避对方的眼神，冷酷地微笑着和医生对视。阿基诺不管怎样都得死，而且他刚才尝试着攻击了尼古拉，他的死亡给尼古拉带来更大的乐趣。

他终于倒下了，双手紧紧捂着冒着血泡的喉咙不放，直到失去意识。他最后痉挛了一下，死掉了。

“你死比我死好。”尼古拉说。他在逐渐冷却的尸体身上搜出几个注射器和一张写着四位数字的纸条……无疑是打开冷藏室的密码。显然阿基诺没有想到尼古拉会来。

尼古拉站起来走到冷藏室门口，在心中修改着自己的计划，他总是在发生意外后的第一时间就做出相应调整。阿基诺在等肯·富兰克林来取样本，这意味着富兰克林将会在这里出现，除非他一直在撒谎。但尼古拉不这么认为。阿基诺说的话令人深信不疑，因为他讲的都是真话，这是一个分散敌人注意力的好办法……

那么，我来替医生合成疫苗吧，在富兰克林中士到来之前，也许可以狩猎几只怪物找找乐子。然后就把阿基诺的研究和医院一起毁掉。就算安布雷拉正在监视，他们也会以为一切都在按计划进行。然后就只剩陈和安布雷拉的雇员特伦斯·福斯特了……

让米哈伊和其他两人去死吧，他们对他来说已经不再重要了。他即将成为唯一幸存的监察员，手中掌握着价值数百万美元的信息。更何况他手中还有 T 病毒的疫苗，想要多少钱安布雷拉都会如数支付。

***

他们到了钟楼后面的房间时，吉尔已经准备承认失败了。他们撬开每一个房间的锁，查看了所有的地方，跨过一具具尸体，同时又制造了一些新尸体——从钟楼教堂一个破损的窗户进来的几个丧尸，还有在图书馆走廊里遇到另一只感染病毒的蜘蛛。

在路上，吉尔给卡洛斯讲了一些斯宾塞庄园的历史，那是她在特种战术救援组执行那个灾难性的任务之后查到的。安布雷拉创始人之一，老斯宾塞，是个疯狂痴迷于修建秘室和暗道的家伙，他雇用以创造力闻名世界的建筑师乔治·特雷沃为他设计了斯宾塞庄园，还帮助修复了一些浣熊市的历史建筑。这就是浣熊市部分建筑与老斯宾塞狂热爱好之间的联系。

“这是三十年前的事情了，”吉尔说，“据说当时那个老人完全疯了，所以一切都完成后，他封闭了庄园，并把安布雷拉总部搬到了欧洲。”

“后来乔治·特雷沃怎样了？”卡洛斯问。他们停在另一扇门前，那是最后一个没有查看过的房间。

“喔，那是最好的部分，”吉尔说，“在斯宾塞离开之前他就失踪了，再也没人见过他。”

卡洛斯慢慢地摇了摇头。“你是想说，我们现在面对的难题就是出于这个原因？”

吉尔点了点头，推开门向后退了一步，用枪对着里面。“是啊，我一直是这么想的。”

屋子里没有什么危险的东西。房间右侧堆着一堆椅子，正中间是三座女性的半身塑像，左边有两具紧紧抱在一起的尸体，看起来应该是一对夫妇。吉尔有些难受地看向了别处……房间南面的墙上挂着三幅装在沉重镶金画框里的油画，每幅画里都镶嵌着一个钟。

他们走进房间，吉尔紧张地查看周围，看起来似乎没什么异样……

*不过在斯宾塞庄园时，那个房间也是看起来很正常，却突然变成一个巨大的垃圾压缩机。*吉尔下意识向后退了一步，用一把椅子挡在门口，然后才转身走过去研究那幅画。

嗯……从专业角度来说，这种画被称为混合画法。三幅画的主题都是女性，而每一张画里都嵌着一个八角形的时钟……左右两幅画上的钟指针都指向十二点，正中的那幅则指向五点。每个画框的底部都有一个突起的小托盘，上面标记着画的名字，从左向右依次是过去女神、现在女神、未来女神。

“明信片上说要把手合在一起，”卡洛斯说，“这是用手来暗示时钟指针吗？”

吉尔点了点头。“对，有道理。这种暗语真是令人厌恶。”

她走向前，轻轻碰了一下中间那幅画下面的托盘，那幅画画着一个正在跳舞的女人。手指施加的力量使托盘发出微小的咔嚓声后稍稍向下一沉，同时时钟的指针开始旋转。

吉尔赶紧缩手，生怕弄坏了什么。指针迅速地回到之前的位置上。再没有发生其他什么事。

“合在一起……”她喃喃地说，“你觉得这是不是说要把所有时钟都设成同一时间？或者只是字面上的意思，让时针排成一条直线？”

卡洛斯耸耸肩，伸手触摸未来女神画像下的托盘，那是三幅画中最不好看的一副。过去女神是一个年轻女孩坐在山上，现在女神正在跳舞……而未来女神则是一个穿着性感晚礼服、有着诱人曲线的女子，但头部却被画成一个张着嘴的骷髅。

吉尔抑制着心中的惧意，尽量不去想任何关于死亡的事。*就像我经历的死亡考验还不够似的。*

卡洛斯碰触的托盘下降了一点儿，但这次竟然还是现在女神那幅画里的钟在走。显然，其余两幅画的时间都被固定在十二点。

吉尔退后几步，交叉双臂思考着……突然灵光一闪，她知道怎么解决这个谜题了，虽然未必确切。她转过身，希望那些东西就在附近，当看到那三尊半身雕像时，她笑了……啊……对称……雕像纤细的石头手掌中托着一个闪闪发光的物体。

“这是一个关于平衡的谜题。”吉尔说着，走到雕像前。在近距离观察中，她看到每尊雕像都拿着一个托盘，托盘上放着一个拳头大小的石球。她把它们挨个儿拿起来，比较着重量。

“三个石球，三个托盘。”她拿着石球走回油画前，把其中那个由黑曜石或黑玛瑙材质的递给卡洛斯，余下两个一个是无色透明的，另一个泛着琥珀色的光。

卡洛斯接过石球说：“目的是让中间的钟指向十二点。”

吉尔点点头。“肯定有一个基本的主题，如果要搭配颜色，黑色代表死亡，也许……或者是有关的数字。但没关系，就算把所有组合都试一次也用不了很长时间。”

他们开始了，每次放不同的石头在不同的托盘上，然后观察指针的移动情况。看来，不同的石头在不同的托盘上，就会产生不同的效果。

吉尔觉得有些懂了……这是一个数学方面的谜题……明白主题之后，他们很快就破解了谜题。

过去女神的托盘上放水晶，现在女神的托盘放黑曜石，未来女神的托盘上放琥珀，午夜轻柔的钟声响起。分针开始咔嗒咔嗒地向后移动……然后钟面从画上掉下来，一个闪闪发光的金色齿轮静静地躺在露出的洞里。

鬼鬼祟祟的，但还不够狡猾，我们最终还是解开了谜题。

卡洛斯皱着眉头，表情充满了困惑。“这到底是为了什么？是谁把齿轮藏在这里，而且还用这么复杂的方式藏起来？”

吉尔从那个洞里拿出闪闪发光的齿轮，想起了六周前在斯宾塞庄园经历的那些谜题。那时她也在想同样的问题。在她出发前往斯宾塞庄园之前，特兰特给她的文件里写了不少庄园里的谜题的线索，那对她来说是非常幸运的事，如果没有那些线索，她可能就无法从那里逃出来了。庄园里到处都是大大小小的古怪机关，每一个都非常复杂，既浪费时间又没有实用价值，设计这些东西到底是为了什么？

在思考无数种可能之后，吉尔最终的结论是：安布雷拉那些神秘的董事会成员们全部都是些偏执的狂热分子。他们都是以自我为中心的孩子，仗着手中的权力玩些秘密特工的游戏，肆意玩弄着他人的生命。因为成年人绝不会做出诸如藏起玩具、绘制地图之类的幼稚行为。

因为还从来没有人制止过他们。

然而此时吉尔只想赶紧拿上齿轮直奔阁楼，把它放回原来的位置并敲响钟声，尽快离开这里。她对卡洛斯简单地说：“因为他们都是古怪的疯子，这就是理由。百分之百的变态。你准备好离开了，还是有别的什么事？”

卡洛斯闷闷不乐地点点头，在房间里看了最后一眼，然后他们便向来时的方向走了回去。

5 resident evil

第十八章

看着吉尔再次爬上梯子，卡洛斯尽量不让自己抱有太大期望。希望越大，失望越大……让人失望的事已经够多了。

如果还是没用，就算徒步，我们也应该立即离开这个该死的钟楼。也许我们应该回到那个停车场，看看能不能找一辆能开的车。吉尔是对的，那些人都是沉迷在自己世界里的疯子，我们越早离开越好。

他茫然地盯着无尽的黑夜看了一会儿，他已经筋疲力尽，甚至无法再跨出一步。让他坚持着没有倒下去的原因只有一个——马上就可以离开这里了，远离这场大屠杀彻底休息一下。

洪亮的钟声突然响起，那低沉而充满穿透力的声音接连不断地从钟楼上方传来，抑制不住的希望在卡洛斯的心里翻涌。他努力告诉自己事情不会这么顺利，一定还会出现一些什么阻止他们逃出去——安布雷拉派来一群杀手、飞行员已经变成丧尸……但这些都没有用。他觉得马上就会有一架直升机平稳地向他们飞过来，他坚信这一点，它一定会前来接他们的，唯一的问题是救援队在寻找合适降落地点时会不会花太长时间……

探照灯！阳台上有四个探照灯，控制它们的开关一定就在附近。强光可以引导飞机，让它更快降落。卡洛斯急忙跑过去，同时抬头看了一眼，吉尔还是没有从上面下来……

当他转回头看向前方时，他发现阳台上并不是只有自己。就像魔法一样，那个一直追杀吉尔的巨大怪物突然出现在他面前，身上那股烧焦的肉味钻进卡洛斯的鼻子里。它咆哮着，抬起头盯着梯子的顶端。

“卡洛斯，小心！”吉尔站在阁楼门口大喊。但怪物完全不理会卡洛斯，迈开巨大的步伐，径直向着梯子下面走去，那些犹如无眼蛇怪的触手在它巨大的头颅周围摆动着。只要再走一步，它就会站在梯子下面了……吉尔会被困在上面。

吉尔说子弹对它没有作用。

必须做些什么，卡洛斯拼命思考着。探照灯控制面板上的绿色电源开关突然映入眼帘。尽管不知它是否还能正常运转，但卡洛斯还是毫不犹豫地冲过去。如果运气好，聚光灯可以分散它的注意力……

四个聚光灯同时亮了，炫目的亮光让卡洛斯双眼发花，看不清周围，他觉得空气一瞬间变热了。整座塔顶都被照亮了，恐怕在几千米之外都能看得清清楚楚。其中一束光正射在怪物的丑脸上，它用巨大的手挡住眼睛后退了几步，卡洛斯立即开始了下一步行动。

他跑向看不清东西的追踪者，高高举起 M16 步枪，砸在它的胸口上，并用全身的力气将它向后推去。追踪者失去平衡，它的腿绊在老旧的阳台栏杆上——

咔嚓一声，栏杆断了，追踪者坠入阳台外的黑暗之中。在探照灯因过热关闭的那一刻，卡洛斯听到重物撞击在地面上的声音，明暗的快速变化让他暂时什么都看不清。

吉尔在低沉的钟声中爬下梯子，跳到阳台上，迅速从背上摘下榴弹发射器，跑向站在破裂栏杆边的卡洛斯。

“我……谢谢。”吉尔看着卡洛斯的眼睛说道，眼神真诚直率，“如果你没打开探照灯，我肯定已经死了。谢谢。”

她的直率让卡洛斯在感到钦佩的同时又有些慌乱，一时有点不知所措。“不用谢。”他突然意识到她是多么有魅力……不仅是相貌和身材……同时想起自己那可怜的一点点跟女孩相处的经验。对他这样没受过系统训练的二十一岁外国雇佣兵来说，几乎不会有任何约会的时间或机会。

她比自己大不了几岁，最多也就二十五岁，也许……

吉尔用手在他眼前晃了晃，把他拉回了现实，他知道自己已经非常疲惫了，以至于控制不住思想，发起呆。

“你还在吗？”

卡洛斯点了点头，清了清嗓子。“啊，对不起。你刚才说了什么？”

“我说我们必须离开这儿。连一颗在眼前爆炸的手榴弹都没杀死它，那从两层楼高的地方掉下去，它也一定死不了。”

“没错，”卡洛斯说，“我们应该到正面去，如果他们无法降落，会放下救援吊带的。”

吉尔点点头。“对，就这么干吧。”

浑厚的钟声仍在耳边回荡，卡洛斯突然想起了尼古拉……如果他还活着，听到钟声时会做些什么呢？

***

尼古拉在走回城里的路上听到了钟声，像在嘲笑他，他怒火中烧，但一直不停地告诉自己不要被引诱过去。他没料到那三个没本事的家伙竟然真的做到了，但就算他们敲响了钟，那又怎样呢？戴维斯·陈已经在一家女装精品店里上传了另一份报告，尼古拉必须追上他。

与我即将得到的比起来，他们那可悲的生命根本不值一提。

尼古拉从口袋里掏出一个细长的金属筒。自从离开医院，这已经是第三次无法抗拒地把它掏出来看了。金属筒里是一个装着紫色液体的玻璃试管，这是他根据阿基诺的助手留下的说明合成的。

尼古拉明白，找个地方把它藏起来才是最安全的，但他还是随身带着。这个小容器里的东西代表着他凌驾于其他监察员之上的地位，更是一件在和安布雷拉交涉时占到上风的重要道具。他是一个领袖、一个监督者，随身带着疫苗并时不时拿出来看看，会使他充满力量。

尼古拉微笑着把容器放回口袋，一伸手就能拿到，然后开始继续前进，故意忽略掉还在继续的钟声。一切顺利——他有疫苗，他知道陈在哪里，知道富兰克林将在四十八小时后抵达医院。他已经设置好医院的自毁装置，在与富兰克林的会面结束后，他就会按下起爆按钮。尼古拉打算在等富兰克林出现的这段时间里，先去工厂干掉特伦斯·福斯特，时间非常充裕……

……就像有时间在米哈伊面前扮演一个高尚的战友一样，现在有充裕的时间选择下一个去死的监察员……

钟声在耳边不停响着，让他想起自己之前的失败，他告诫自己不要为那三个弱者的逃脱分心。在接近城市时，他看到几百处大大小小的火焰包围着这个黑暗的城市。虽然很想到钟楼去，但他没法在直升机到达前赶到。他不愿这么做。在杀了阿基诺之后，他本来还有时间去那里终结他们，但理性分析之后他认为那是浪费时间。这是正确的决定……钟声响起的时候，他的心里出现了说不清原因的疑虑，但他无视了这一感觉。就算他们运气好活下来，也并不代表他们和他一样强大。

此外，他必须杀掉剩下的监察员，确保他在信息上的垄断地位。他认为陈可能就躲在之前他上传报告的服装店里。尼古拉打算先去那里干掉他，取得他的资料，然后在城市某个地方休息一晚。监察员的简报中提到过缺乏食品的问题，但他相信自己可以应付……可以去几个食品仓库找些罐头食品。到了早上，他会上传一次报告，以免引起安布雷拉的怀疑，然后用一天的时间搜集信息，傍晚的时候就向西走，回到医院去。

一切都很完美。当他穿过郊区进入城中心时，不断接近的直升机声也没有让他感到心烦。让那些懦弱的家伙尽情地逃跑吧，他现在感觉很好，觉得自己是超越一切伟人的掌控者，只不过因为那该死的钟声有点儿头痛。

***

吉尔和卡洛斯急匆匆地跑下钟楼，吉尔想确认一下追踪者的情况，保证他们有足够的时间登上直升机离开。他们一边跑一边编了一套说辞糊弄直升机上的人……吉尔名叫金佰利·桑普塞尔（那是吉尔五年级时最好的朋友的名字），她在浣熊市一家画廊里工作，没有家人，而且最近才搬到浣熊市。卡洛斯原本与另一名幸存者，分队指挥官米哈伊一同行动，米哈伊被丧尸杀死后，卡洛斯遇到了她，然后他们一起逃到了钟楼。这就是发生的全部事情。

他们决定不提尼古拉、追踪者以及除了丧尸之外的任何其他怪物，并尽量装作什么都不知道。他们不想挑战救援队的忠诚度，吉尔知道，在直升机上一定会有人盘问他们，所以说得越简单越好。只能祈祷直升机上没人有她的照片了。至于如何从救援队身边溜走，还是等离开浣熊市再说吧。

他们在钟楼的门前停了一会儿，做好充分的准备。吉尔有一种混杂着幸福、焦虑和担忧的奇怪感觉。直升机就要到了，很快就可以逃出这个城市，可她却越来越担心。

也许是因为来的是安布雷拉的人吧。毕竟他们在“救援”这类

事情上劣迹斑斑。

“吉尔？在我们离开之前，我想告诉你一件事。”卡洛斯说。有那么几秒钟，吉尔以为她心里想的那些不好的事情真的要发生了，卡洛斯将告诉她一些隐藏了很久的恐怖秘密……但看到他认真严肃的表情后，她知道自己想错了。

“好吧，你说吧。”她想起刚才在阳台上卡洛斯看她的表情。以前她也在其他男人脸上见过。她不确定自己对卡洛斯的感觉。在克里斯·雷德菲尔德离开这里前往欧洲之前，吉尔和他的关系已经非常亲密了……

“在我来这里之前，一个家伙告诉我一些关于浣熊市的事。”卡洛斯的声音立即打断了吉尔觉得有些愚蠢的想法。

他说的是特兰特！

“他说我将要面临极大危险，还主动说要给我提供帮助。我开始还以为他是个疯子……”

“但你到了这里以后，发现他说的都是真的。”

卡洛斯盯着她。“你认识他？”

“我和你一样，在执行斯宾塞庄园的任务前，他给了我那里的有关情报……还告诉我不要轻易相信任何人。你说的是特兰特，对吗？”

卡洛斯点了点头，两人都开张嘴想说些什么，但却都没说话。直升机的轰鸣声打断了他们的对话，他们笑了起来，交换着喜悦和放心的眼神。

“等一下再说他吧。”卡洛斯推开大门，直升机的轰鸣声和卷起的气流一起冲进大厅，他们来到广场中间。

只来了一架运输直升机，但吉尔并不在意，需要登机的只有他们两个人了。当直升机在毁坏的电车上空盘旋时，她和卡洛斯开始挥动手臂。

“在这里！我们在这里！”吉尔清楚地看到飞行员那张刮得很干

净的脸，机舱内的灯光照亮了他脸上的微笑……

那微笑在一瞬间消失了，吉尔听到他们右侧响起武器发射的声音，那个年轻的飞行员一脸惊恐。

咻——

从钟楼旁边建筑物屋顶上蹿出一条白色的烟，一枚火箭弹向着悬停在空中的直升机飞去——

轰！

“不！”吉尔大声喊着，但她的声音被火箭弹击中直升机的爆炸声淹没了。吉尔木然地想到，那是个高爆穿甲弹。严重倾斜的直升机旋转着向他们坠落，破碎的驾驶舱在空中冒着火焰。

卡洛斯抓住吉尔的胳膊使劲向后拽，几乎要把她拽倒，他们躲在喷泉后面看着燃烧的直升机摇摇晃晃地飞着……

然后它撞上了钟楼，无数燃烧的金属、石头和木头砸向他们。吉尔在一片混乱声中听到追踪者胜利的吼叫。

5 resident evil

第十九章

听到怪物的咆哮后，卡洛斯抓着吉尔的胳膊站起身。一定要在它看到吉尔之前离开这里……

突然，钟楼的正面就像软木一样碎裂了，直升机的碎片不断冒着浓烟从里面喷射而出。

卡洛斯来不及卧倒，一块烧焦的石块猛撞在他身体左侧。他在倒下的瞬间清楚地听到自己一根肋骨发出了断裂声，一阵剧痛袭来。

“卡洛斯！”

吉尔急忙俯在他身上遮挡住他，同时紧握着手中的榴弹发射器，盯着钟楼前方的空地。追踪者停止了咆哮，隆隆的钟声也没有了，周围安静了，然后卡洛斯听到什么东西重重砸在地面上的声音，接着地面上响起踩在碎石上簌簌的脚步声。

它来了，它跳下屋顶向这边过来了……

“快跑。”卡洛斯抬头看着吉尔说。吉尔知道别无选择，她没有任何犹豫，起身便跑，靴子踩在地上发出噔噔的急促响声。她拼尽全力奔跑着，尽快远离自己的同伴。

卡洛斯忍着疼痛慢慢坐起来，他转过头的一刹那，便看到那个站在破碎的混凝土块和燃烧的木头中间的怪物。它用诡异的目光紧盯着远去的吉尔，完全不在乎身上的皮衣下摆正在燃烧。

*只要我没有干扰到它的狩猎，它就根本不会关注我。*卡洛斯靠着喷泉冰凉的石台举起步枪。*这种小伤一点儿都不疼，不疼，不疼。*

追踪者有力地将火箭发射器架在肩膀上瞄准吉尔时，卡洛斯毫不犹豫地开枪了。

M16 每射出一发子弹，他都会感到自己的骨头发出一阵跳动的剧痛，但他的射击仍然精准。追踪者的脸上出现一个个小黑洞，卡洛斯还听到子弹打在火箭发射器上的噹噹声。怪物像是被激怒了，肉质触手从长外套下面探出，用快得难以置信的速度盘旋、抽打着。

卡洛斯看到它突然把火箭发射器转向他，但他仍继续开火，他知道自己没法及时站起来躲开攻击了。*快跑，吉尔，快跑！*

它看见卡洛斯的同时便发射了，卡洛斯看到一片白光向他冲来，随即便感觉到高爆穿甲弹爆炸的高温正灼烧着他的皮肤——

居然没死！火箭弹在卡洛斯身后不远处爆炸了，冲击波将他狠狠摔在喷泉另一边。更加强烈的剧痛几乎使他失去意识，他勉力保持着清醒，决心尽量给吉尔多争取几秒。

卡洛斯半躺在喷泉边缘再次开火，尽管他竭力想稳住步枪，瞄准怪物的脸部射击，但子弹还是不听使唤地到处乱飞。

该死的怪物！去死吧……但它并没有死，甚至都没有后退一小步。卡洛斯知道，自己一秒钟后就会被炸成一堆碎肉，成为杂草的肥料了。

火箭发射器直指着卡洛斯的脸，当它被激发时，卡洛斯射出了奇迹般的一枪……

去死！

卡洛斯的子弹直接命中了火箭弹！火箭发射器砰地爆出一团刺眼的白光，炸开了，怪物踉跄地退了几步，消失在卡洛斯的视线之外。

那是步枪里的最后一发子弹。卡洛斯伸手去拿新弹夹时，又一阵彻骨的疼痛袭来，他坠入了黑暗之中。

***

吉尔并没有跑远，她站在电车和一行树篱之间，一直看着倒下的卡洛斯。她看到追踪者被击退，看到它被火箭弹爆炸的巨大冲击力倒推进燃烧的废墟中，但以往的经验告诉她，它一定不会就这么死了。因此她犹豫着，不敢贸然跑向卡洛斯。她打定主意，如果它再次站起来，一定要让它的注意力集中在自己身上。

她感觉着手中榴弹发射器的质感，不断分泌的肾上腺素让她心中再次燃烧起仇恨的火焰……追踪者又站起来了，它的外套破烂不堪，露出一个满是水疱的黑红色肩膀。吉尔立即开火。

榴霰弹就像一颗巨型霰弹，几千颗小弹丸向小广场喷射过去……但吉尔打歪了，弹丸并没有击中正在咆哮的追踪者，而是在它左侧的钟楼墙壁上又开出一个大洞。

胸口还在冒着黑烟、皮肤已经被烧得焦黑开裂的追踪者停止了号叫，寻找着攻击目标。吉尔重新装填榴弹发射器时，追踪者转向了她所在的方向，她一边从包里摸出弹药，一边祈祷着卡洛斯那幸运的一枪对追踪者造成的伤害比看上去更严重。

怪物低下头迅速朝吉尔跑来，巨大的双脚踏出沉重的脚步，转眼之间就穿过了广场，所有的触手都高高扬起，向前伸展着。

吉尔拐向左边，紧握着榴弹发射器，在树篱和钟楼完好的西墙之间全速奔跑着。在快到树篱尽头时，听见怪物跑过拐角的声音。它的速度太快了，当她到达树篱尽头时，它已经到了伸手就能抓到她的地方……

吉尔冲进树篱，她觉得有什么东西击中了右肩，那是个光滑坚硬的东西，像一根巨大的没有骨头的手指似的钻进了她的身体，那痛苦就像瞬间被一千只马蜂同时蜇到一样，她猛然意识到那是追踪者的一只触手。

天哪，糟了，她的大脑一片空白，没有了时间的概念。追踪者停下脚步，转头冲着冰冷的夜空发出胜利的吼叫。吉尔跌跌撞撞地停下来，将榴弹塞进枪膛，推上了后盖……

怪物再次向她扑来，枪声响起。子弹射入怪物的右髋，撕下一大块大腿上的肌肉，破碎的皮肤和肌肉喷洒在空中……

怪物僵硬地走了两三步，伤口中不断喷出破碎的身体组织，然后倒下了。那可怕的身体一动不动，静静地倒在地上。

吉尔仍在狂乱地继续装弹，但颤抖的手根本无法抓稳沉重的榴弹，榴弹失手掉在地上滚远了，第三个、第四个都是如此。她抓起第五枚也是最后一枚榴弹时，追踪者翻了个身，背对着她慢慢坐起来了。吉尔瞄准它的背部下方开了火，一点儿也没注意到武器在耳边发出的闷雷般的巨响。怪物正在移动，子弹打中它背部左侧偏下方的位置。对正常人来说，肾脏被击中是致命的，但这在特种战术救援组杀手身上显然不成立。它再次摔倒在地上，但很快又站了起来，用巨大的手掌拍打着自己新的伤口，跌跌撞撞地离开了。

它在逃，它想逃跑……

吉尔缓慢而滞涩地想着，过了一阵儿才明白这不是件好事。不能让它就这么跑了，不能让它有恢复的机会，然后再回来杀她……她必须趁它虚弱的时候杀死它。

吉尔抽出柯尔特手枪想开火，但眼前的事物忽然全都变成了两个，令她无法瞄准目标。追踪者拖着左脚，穿过燃烧的残骸渐渐远去，吉尔头晕脸热，意识到自己很可能感染了 T 病毒。

不用看就知道肩膀上的伤有多严重，温热的鲜血正顺着她的身体向下流淌着，已经染红她裙子上的腰带。

她非常希望自己能相信鲜血已经带着病毒流出了身体，但如此严重的伤口终究让她无法欺骗自己。

呆立几秒钟，吉尔开始思考起仍握在手中的手枪……这时她想到了卡洛斯。她现在还不能死，她必须帮助卡洛斯，她欠他的太多了。

吉尔用仅剩的一点儿力量艰难地向卡洛斯走去。他意识模糊地躺在喷泉边，因疼痛呻吟着，但好在她并没有看到大片的鲜血。也许他伤得不是很重……

刚想到这儿，吉尔觉得自己的身体突然失去了控制，紧接着便晕倒在地上，进入了沉睡之中。

黑暗之中，不知从何处传来钟声，逃！快逃！周围在燃烧，但还是看不清。枪声，子弹的呼啸声，吉尔正在逃离，而高爆火箭瞄准了——

瞄准了——

我的脸。

卡洛斯猛地醒过来，伤痛让他的意识有些混乱，完全清醒的第一时间，他开始寻找追踪者和吉尔。她可千万别被那怪物抓到了……

寂静的夜色中，到处都是燃烧着的残骸，不断摇曳的橙色火苗发出的热量令他开始冒汗。卡洛斯咬紧牙关，捂着受伤的肋骨强迫自己站起来。*大概是断了两根肋骨。*但现在吉尔的情况更重要，自己身上的伤还能等会儿……

“哦，不！”他奔向倒在地上的吉尔，甚至忘记自己的伤痛和疲惫。吉尔躺在一片烧焦的草丛中，就那么一动不动地躺着，右肩上的伤口缓缓地流着血。虽然她还活着，但可能坚持不了多久。

卡洛斯忍着疼把她抱起来，发觉她的身体像死人般沉重，他狂吼一声，那疯狂在浣熊市萌生、扩大，那疯狂逼迫着他们不断地逃跑，不断地战斗，安布雷拉、怪物、间谍，乃至特兰特都是疯狂的，这是个噩梦般的童话……但他手中黏稠的鲜血告诉他，这一切都是真实的。

卡洛斯紧紧抱着吉尔查看着四周。必须给她找一个安全的室内环境，他们需要包扎伤口并恢复体力。钟楼的西侧还基本完好，那里有个没有窗户的小教堂，门锁也很坚固。

“不要死，吉尔。”卡洛斯说。希望她能听见他说的话。他抱着吉尔穿过燃烧的广场。

5 resident evil

第二十章

时间飞逝。黑暗中，数千个破碎的梦境在眼前旋转着，一闪即逝。她的父亲带着孩提时代的她在沙滩上漫步，柔和的海风中带着大海的咸味；青年时代迟钝笨拙的她第一次恋爱；第一次从陌生的有钱人身上偷走钱夹，就像父亲教他的那样；接受特种战术救援组的训练，学习如何用自己的能力帮助其他人。

接着闪过一幅幅阴暗的画面：她父亲盗窃罪入狱的那天；她背叛的恋人、背叛她的恋人；无人诉说的孤独，浣熊市那段黯淡的日子。

七岁的贝琪和九岁的普里西拉·麦基是最早的受害者，丧尸吞噬了她们的内脏；斯宾塞庄园外布拉瓦小队的直升机残骸；庄园内灰尘和腐烂的味道；他们发现了事情的真相和特种战术救援组的腐化；背叛大家的队长阿尔伯特·威斯克的死；追踪者的最后攻击……

她迷迷糊糊地吞下几口清凉的水，然后又陷入深深的睡眠，最近的记忆反复在眼前出现。死去的幸存者……那些她曾试图拯救的人……孩子们的面孔。所有人都死了。布拉德·维克斯的惨死，卡洛斯，尼古拉冷漠的目光，米哈伊的牺牲，还有那一切邪恶的化身，超越“暴君”的追踪者那恐怖的咆哮声呼唤着她，那可怕的眼睛寻找着她，无论她逃到哪里，无论她做什么，都无法摆脱。

但最让她不安的是发生在她体内的事。即便在深度睡眠中，吉尔仍能模糊地感到，那是确确实实正在体内发生着的，非常不舒服的感觉。她觉得血管正在发热扩张，她的每一个细胞都变得越来越厚重，一些奇怪的东西粘在细胞周围，所有的细胞都在沸腾着，整个身体就像一个装满了不停翻滚的黏稠液体的容器。

最后，在意识的边缘，她听到雨滴落下的温柔声音，她渴望看到雨水，渴望感到雨滴给自己皮肤带来的凉意，但摆脱那无尽的黑暗，是个漫长而辛苦的过程。意识越是接近梦境和雨滴之间的朦胧亮光，身体就越是抗拒……但她决定要赢了。

决定要活下去的吉尔睁开了双眼。

5 resident evil

第二十一章

卡洛斯靠着门坐着，正吃着水果罐头，他突然注意到吉尔沉重的呼吸声渐渐变轻了。她的头动了一下，虽然还没醒，但这个动作几乎是四十八小时里卡洛斯看到的她唯一有意识的动作。他尽可能快地站起来，紧紧固定着的肋骨处的伤势使他不得不小心行事，他匆匆忙忙地走到她躺的祭坛上。

他俯身拿起放在平台下的那瓶水，而他再次抬起头时，他看见她睁开了眼睛。

“吉尔？我这就喂你喝口水。试着喝下去，好吗？”

她点了点头，卡洛斯很欣慰，他轻轻扶起她的头，让她从瓶子里喝了几口水。这是吉尔两天来第一次对他做出的明确反应，脸色看起来也好多了。在这两天里，除了能稍稍喝一点儿他喂的水之外，她一直脸色苍白、一动不动地躺着。

“我们在哪儿？”吉尔虚弱地问，说完后又闭上了眼睛。她枕着一块用卷起来的地毯做成的枕头，盖着的毯子则是卡洛斯从门厅里找到的一块没被烧掉的窗帘。

“钟楼里的小教堂，”他微笑着轻声说，“直升机坠毁后，我们一直在这里。”

吉尔又睁开了眼睛，她现在清醒多了，也可以思考了。她没有被感染，卡洛斯担心了很长一段时间，但她没有感染，一定。

“多久了？”

她说话似乎很费力气，所以卡洛斯简要地说了发生的一切。“追踪者击落了直升机，我们都受伤了。你的肩膀受伤了，我一直在给你换绷带，伤口没有发炎迹象。我们已经在这儿待了两天，你基本上一直在睡觉。我想今天应该是10月1日，太阳是一小时前下山的，昨晚开始就一直在断断续续地下雨……”

他停了下来，一时想不出还有什么事情要告诉她，他希望吉尔能再保持一会儿清醒，不要马上就睡着。这么长的时间，他都只能沉默地思考……

“哦！对了，我在休息厅储物柜里发现一箱水果罐头……就是那个有棋盘的房间，还记得吗？我还找到一些水，我想这些都是其他人准备的，幸运的是它们现在归我们了。我不想让你一个人待着，我，嗯……我一直在照顾你。”他没有说帮她清洁身体、更换绷带之类的事儿，不想让她感到尴尬。

“你的伤怎么样？”她皱着眉头问道，慢慢地眨着眼睛。

“断了两根肋骨，没什么大问题。呃，也许我不得不把胶带扯下来的时候会很疼。因为我只找到缠电线用的胶带。”

她微微一笑，那一刹那卡洛斯感到一阵软弱，几乎不敢开口。“你现在感觉怎么样？”

“两天？没有第二架直升机来吗？”她将视线看向远方。她没有回答卡洛斯的问题，他突然感到有些紧张。

“再没有直升机来了。”卡洛斯说。刚刚注意到她的脸红得有些不正常。他摸了摸她颈部的动脉，更紧张了——她在发烧，虽然不是很厉害，一小时前最后一次检查时她还没有发烧。

“吉尔，你感觉怎么样？”

“挺好，几乎感觉不到任何疼痛。”她的声音很平淡，毫无生气。

卡洛斯狡黠地笑了。“很好，对吗？这是个好消息，这意味着我们可以收拾行李，尽快离开这里……”

“我感染了病毒。”她说。卡洛斯立即愣住了，微笑渐渐从脸上消失。

不，不，她错了，这不可能。

“已经过了两天，你不可能感染。”他说得很肯定，对她说着自从他第一次醒来就一直反复告诉自己的事情，“我亲眼见过一个士兵变成丧尸，兰迪被咬之后不到两小时就变了。如果你真的感染了病毒，早就变了。”

吉尔小心地侧身躺着，她又闭上眼睛，用听起来十分疲惫的声音说：“我不想和你争论，卡洛斯。也许是因为追踪者携带的病毒不同，也许是我在斯宾塞庄园的经历让我有了一些免疫力，但这种可能性很小。我确信我被感染了。”她的声音颤抖着。“我能感觉到，我觉得自己的身体越来越糟糕了！”

“好了，好了，嘘……”卡洛斯说。他决定立即出发去医院。除了自己的步枪，他还会带上吉尔的左轮手枪，当然还有那些手榴弹。

医院离这里不远，特兰特说那里至少有一个疫苗样本。卡洛斯早就打算去医院找一些药品和补给，但他实在太累了，身上的伤也让他无法走太远，而且……而且他也不想把昏迷的吉尔单独留下。

*出去往西走，只要找到一个路标就好办了。*特兰特说过医院可能很快就会被毁掉，卡洛斯希望现在还不太晚。

“试着再睡一会儿，”卡洛斯说，“我出去一会儿，看看能不能找到对你有帮助的东西。我不会离开太久的。”

吉尔已经半睡半醒了，但她抬起头，努力保持清醒，认真地对卡洛斯说：“如果你回来发现我……我希望你帮我……结束。我现在请求你，因为之后我可能就无法再说这样的话了。你明白吗？”

卡洛斯想反对，但他知道如果他被感染，也会请求吉尔做同样的事。死的确是件很糟糕的事，但浣熊市的一切说明还有比死更糟的事。

比如要亲手杀死一个你在意的人。

“我明白，”他说，“你休息吧。我很快就回来。”

吉尔很快就睡着了。卡洛斯开始装填子弹。在他离开之前，他凝视着她熟睡的脸，默默祈祷他回来时她还是吉尔。

医院比他估计的更近，只有不到两条街。

***

尼古拉急切地等待着肯·富兰克林的到来，与监察员们之间的死亡游戏马上就要结束了，越来越难耐的焦躁就要结束了。

如果那个混蛋没有出现……不，不会的，他就在来的路上。尼古拉决定仍按计划进行。他检查了所在办公室的所有角落，然后看着窗外一片阴暗、充满死亡气息的街道……这是他预定的发生意外情况时的撤离路线。在不到一分钟的时间里，尼古拉已经第十次检查这里了，他迫切期待着那个不知在哪里徘徊的监察员的出现。

几乎所有的事都没有按他计划的那样发生，尽管尼古拉尽量在控制情绪了，但他还是渐渐失去了耐心。

搜索戴维斯·陈的行动失败了，尼古拉在城里找了两天，连他的影子都没看见……这个狡猾的士兵已经两次上传报告，然后藏起来，让尼古拉在城里走了很多冤枉路。

按计划尼古拉本应在今早去安布雷拉伪装成污水处理厂的地方杀掉特伦斯·福斯特，但行踪不定的陈让他跑到离“污水处理厂”很远的地方。返回途中，他在警署大楼附近看到一个未被感染的高个儿亚裔女性，她身穿一件紧身无袖的红色连衣裙，手持武器，从动作可以看出曾接受过特殊训练。她安静地进入了警署，随后便消失在里面。尼古拉在附近找了将近四小时，都没有再看到这个神秘的女人。

所以他的三个目标都还活着。他从几个监察员身上搜到的情报，以及他自己搜集的丧尸力量方面的数据就是这段时间里他唯一的安慰了……但他已经受够了。受够了一直吃冰凉的豆子罐头，受够了睡觉时还要睁着一只眼，受够了这大型的狩猎游戏。

他仔细数了一遍，自己已经杀死了四只贝塔猎杀者，三只巨大的变异蜘蛛和三只噬脑者。当然，还有几十个丧尸，但他已经懒得统计那些不值一提的丧尸了。丧尸的动作越来越缓慢，身体的腐烂程度越来越高，仅此而已。原本浣熊市的味道就像一个巨大的污水池，丧尸一直在持续腐烂着，现在大部分丧尸已经变成一摊恶臭的腐肉，这里的气味越来越难以忍受。

很快我就可以离开这里了。富兰克林随时可能出现。

四处奔波了两天却一无所获后，尼古拉不得不回到医院等待富兰克林，因为这是他目前唯一可以确定的地点。富兰克林一定会到医院来……也一定会被他杀死。他忍受了一段漫长而孤独的时间，在那段时间里他的世界嘈杂、混乱，充满着不确定性，因此，对现在的尼古拉来说，杀死肯·富兰克林已经成为极为重要的事。只要杀了他并炸毁医院，尼古拉就可以专心追捕陈和福斯特，然后就可以离开这里了。只要他杀了富兰克林，一切就会重回正轨。

正在沉思的尼古拉突然听到大厅里传来脚步声，他一阵狂喜，静静地坐在窗前等着富兰克林出现。这间杂乱的办公室兼医疗用品室离他杀死阿基诺的地方不远。

来吧，中士……

监察员打开了门，尼古拉靠在角落里，双臂交叉着。富兰克林握着一把 VP70 手枪，转瞬之间就对准了尼古拉的面部。尼古拉一动不动。

“你不应该在这儿。”富兰克林冷冷地说，声音深沉且充满敌意。他进入房间，视线始终盯着尼古拉和他身上的武器。

是时候看看谁更聪明了。任何人都能伏击别人，但要让对手心甘情愿地走进你的陷阱，就需要一定的智慧和技巧了。尼古拉装出有点紧张的样子。

“是的，应该是阿基诺在这儿，不是我。但他昨天没有上传报告。公司认为他可能是忙于制造疫苗，把其他事都忽略了。昨晚我就在寻找他，但一直都没有找到。”杀了阿基诺医生之后，尼古拉以阿基诺的名义提交了好几份报告以掩人耳目。

“你是谁？”富兰克林问。他高大健壮，古铜色的皮肤，戴着一副金属框的眼镜，外表看起来有些斯文，但他盯着看尼古拉的眼神里可丝毫没有柔弱感。

尼古拉缓慢地放下交叉的双臂。“尼古拉·基诺瓦耶夫，安布雷拉生化危机处理部队……以及监察员。医生擅自离开后我接受命令过来确认情况。你是富兰克林，对吗？你来浣熊市后和阿基诺有过联系吗？他是否和你提过保存样本的地点，或者给你一个密码或钥匙什么的？”

富兰克林没有放下武器的意思，但很显然他有些迷惑。“没有人告诉我计划有什么改变。你刚才说是谁派你来的？”

接下来要冒些险了。尼古拉知道四个安布雷拉高层人员的名字，他们有权对计划做出调整和变更，他们其中一个很可能就是富兰克林的联络人。

“我没有说过，”尼古拉说，“但我想可以告诉你……是特兰特派我来的。”

他选择一个他所知最少的名字，他曾仔细调查过一番，但没有查到任何有关此人的信息，他希望富兰克林同样对这个人一无所知。特兰特十分神秘，他就像隐藏在其他高层身边的一个影子。尼古拉甚至都不知道特兰特是他的姓，还是他的名字。

他说的话看来起作用了。富兰克林放下武器，虽然还是没有放松警惕，但显然已经开始相信他说的话了。“那么，你没找到阿基诺？那疫苗呢？”

尼古拉叹了口气，摇了摇头，然后故意把视线看向左边，那里有一个堆满东西的储物架，挡住了富兰克林的视线。“没有医生的任何线索，但这是他的办公室，那后面的墙壁上有一个保险箱。你有办法打开这东西吗？”

尼古拉看过富兰克林的档案，开锁是他的特长之一。尼古拉根本不在乎富兰克林能不能打开保险柜，重要的是让他去那里，这样他就一定会背对尼古拉。

*我比阿基诺、陈或这个傻瓜都强，马上就可以证明这一点。我永远不会背对任何人，永远。*是的，无论如何都不会……

富兰克林点点头，把 VP70 插回腰上的枪套，向尼古拉站着的角落走过去。“是的，我懂一点儿开锁。无论成不成，我可以先试试。”

尼古拉如释重负地点点头。“好。我还以为我会被困在这里了。”

“也许在这里反倒是最好的。”富兰克林边说边走过尼古拉身旁，来到架子后面一个嵌入式保险箱前。“看了外面正在发生的事情，我一直在考虑是不是该在什么地方躲一段时间，等到事态缓和一点儿再说。”

尼古拉轻轻地向富兰克林走一步，看着他腰间没有扣上的枪套。“是一个不错的主意。”

富兰克林点点头，皱着眉头看着保险箱上的键盘。“陈已经这么做了，他说，数据明天仍然在那儿摆着，所以，为什么不呢？”

戴维斯·陈！

尼古拉停下脚步，在心里决定了一些事情……然后他飞快地跳向前，夺走了富兰克林的枪，同时将他推得失去了平衡，利用他再次站稳的瞬间，用沉甸甸的手枪对准了他。

“告诉我陈在哪里，你就会活下去。”尼古拉低声威胁着。他把没有握枪的手插进口袋，摸了摸疫苗盒，希望能带来好运。它成了他的一个护身符，提醒着他自己是多么优秀，而且它象征着幸运，他坚信。

先是富兰克林，然后是陈，只有这两个人没有固定的报告地点。真是难以置信的好运气。

富兰克林后退了一步，举起手。“嘿，放轻松……”

“他在哪儿？”

富兰克林不停地冒着汗。“无线电台。你知道吗？就在墓地那边。听着，我不认识你，也不在乎你想做什么……”

“非常好。”尼古拉说，冲着富兰克林的腹部连开两枪。

“呃！”富兰克林大声呻吟着，血溅在他背后的墙上。他向后倒下，坐在了地上，双臂仍然伸着，黝黑的脸上充满惊讶。尼古拉也有点惊讶，他本以为这个监察员会表现得更好些。

尼古拉举起武器，对准了富兰克林的额头……

这时他听到开门的声音，然后是靴子慢跑着踏在地上进入房间的声音。尼古拉仍用枪指着奄奄一息的富兰克林，稍稍俯身从货架上的空隙向外窥视。

他看到卡洛斯·奥利维拉站在那里，急切地看着四周，手中握着一把左轮手枪，显然是在试图找出刚才枪声的来源。

这是命运赐予的礼物。尼古拉走出去，在卡洛斯意识到房间里还有其他人之前，他就已经瞄准了那张蠢脸。

“抓到你了。”尼古拉低声说。

5 resident evil

第二十二章

他的生死完全被尼古拉掌控着。卡洛斯扔掉枪，举起双手。必须争取时间。

跟他说点儿什么，分散他的注意力。吉尔需要你，无论有没有疫苗。

“嘿，你这个混蛋。”卡洛斯用轻松的口吻说，“我一直在想还能不能再看见你，我们的电车刚出城就被炸成了一堆废铁。不管你信不信，是一个怪物干的。那么，你又经历了什么？最近有什么有趣的事儿吗？”

卡洛斯注意到高高的货架后面有人在痛苦地呻吟着。尼古拉没有回头向那边看，而是看着卡洛斯，以便应对他的举动。看样子尼古拉正在自鸣得意，恼怒……还有些好奇。

“我要杀了你……所以，没什么有趣的事。告诉我，米哈伊死了吗？还有你的婊子朋友，瓦伦蒂安小姐怎么样了？”

卡洛斯怒视着他。“他俩都死了。米哈伊死在电车上，吉尔感染了病毒。我……几小时前我不得不杀了她。”他也许无法离开这里了，他不希望尼古拉去追杀吉尔，于是很快改变了话题。“是你对米哈伊开的枪，对吧？”

“是的。”尼古拉的眼睛闪闪发光。他边说边把手伸进口袋，拿出一个像保存雪茄的金属管一样的东西。“太巧了，这就是能治好你另一个朋友的药。要是你能早点到……从某个角度来说，我对这两个人的死都有一部分责任，对吗？”

疫苗！现在唯一可以救吉尔的东西！但卡洛斯却被这个疯子用枪指着头。

想一想！想想有什么办法！

这时置物架后面出现痛苦的呜咽。卡洛斯偏过头，从架子上的文件缝隙间看到房间角落里坐着一个人。卡洛斯看不到那人的脸部，只能看见他被血浸透的下半身。

“那家伙是第三个，”卡洛斯努力继续着这个话题，尽量不去看尼古拉手里的金属管，“你干得不错啊。告诉我，你是为了达到某个目的，还是只是喜欢杀人？”

“我喜欢杀和你一样的废物，”尼古拉说，顺手把疫苗放进口袋，“你能想出一个让自己活下去的理由吗？”

书架后面那个垂死的人又发出一声呻吟。卡洛斯从缝隙间看了他一眼，看到他颤抖的手里握着一枚触发式手榴弹，保险环已经被拔掉了。卡洛斯意识到他发出的呻吟是为了掩盖拔出保险环的声音，对那人仍能清晰冷静地思考感到十分钦佩。他举着双手开始后退，那是个 RG34 型手榴弹，和卡洛斯马甲里装着的一样，所以他得尽可能离开杀伤半径。

要看上去很自然……

“我枪打得很准，天生慷慨，每天都用牙线清洁牙齿。”卡洛斯说着又退了一步，希望显得非常恐惧，掩饰自己的后退。

“那杀了你还真是可惜啊。”尼古拉微笑着说道，伸直了持枪的手臂。

把那该死的手榴弹扔出来！

“为什么？”卡洛斯急忙问，“你为什么要这么做？”

尼古拉笑得咧开了嘴，卡洛斯在直升机上见过他这样可怕的笑，但那好像是一百万年前一样久远的事了。

“我具备领导素质。”尼古拉说，卡洛斯第一次从他阴暗的眼睛里看到了疯狂，“这就是你需要知道的一切。”

“去死吧！”角落里那个流血的人大叫了一声。卡洛斯看见架子后面有什么东西一闪而过，他急忙扑向一边，试图躲在一张桌子后面，里面传来玻璃破碎的声音——

轰！

无数文件夹和书飞到半空中，木片、碎纸和金属碎片雨点般散落着，沉重的架子嘎吱嘎吱响着，然后砰的一声倒在地上，然后周围安静了下来，满地狼藉。

卡洛斯用一只胳膊夹着抽痛的肋部，眼睛里满是疼痛刺激出的眼泪。他用力眨了眨眼，捡起掉在地上的左轮手枪站起来。

尼古拉不见了。卡洛斯踩着满地的碎片走向角落，突然想起手榴弹爆炸前他听到了窗户破碎的声音。外面漆黑一片，正下着大雨，卡洛斯看到窗外低一层的地方是个屋顶。

砰！砰！

枪响的瞬间，卡洛斯猛地后跳，两颗子弹打在外墙上，离他的脸不到一掌的距离。他暗自责备自己竟然会把头伸出窗外，简直像个低能儿。他离开窗口，转身看着刚才扔出手榴弹的那个人焦黑的尸体。

“谢谢。”卡洛斯平静地用西班牙语说。他想再说些其他感谢的话，但后来又觉得没有任何意义。他已经死了，无论自己说什么，他都听不到了。

卡洛斯穿过房间，琢磨着自己怎么才能追上尼古拉。这不容易，但他别无选择……

他的眼角瞥见有什么金属在闪光，于是停下脚步。他眨了眨眼睛，他意识到自己看到了什么，心中顿时涌起一阵对命运的敬畏感，他把它拿起来，觉得身体和内心的沉重感在一瞬间烟消云散了。

他能救回吉尔了。那个狂妄的蠢货把疫苗丢了。

***

尼古拉在雨中快速走向医院前门。*一切都很好，他会死在我按动的按钮下，我掌控着它，我可以切断电源，把他困在里面……*

他突然大笑起来，因为他想起地下室里那些装着伽马猎杀者的玻璃罐，它们一个个都飘浮在透明的子宫里。关闭电源后培养罐就会自动排出里面的液体，以免它们被溺死。

*死吧。要么战斗，要么死亡，卡洛斯。*尼古拉多么智慧，他始终在思考。现在他要做的就是按下几个开关，而卡洛斯就会陷入一片黑暗，猎杀者会向他涌去，也许在医院被炸毁之前卡洛斯就会死，但无论是哪种死法，他都得死。

***

吉尔又睡着了，她生病了。浑身火烫，她的梦消失了，脉搏沉重地跳动，她的周围是蠕动的阴影，那带着纹理的阴影粗糙而潮湿。心中隐隐作呕，无法填补的空虚感越来越强烈，让她感到极度干渴，身体越来越烫。

她不停地翻来覆去，想从那缓缓滋生的渴望中挣脱出来，那种渴望已经深入身体的每个部分，使她梦中的丑陋阴影越来越大。

***

卡洛斯在三层的医生办公室找到针头、注射器和半瓶聚维酮碘消毒液。还发现一个装满药品的柜子，他正辨认着药品标签，想找些温和的止痛药时，灯灭了。

“该死。”他放下手中的药，在突如其来的黑暗中确定着方向。不到一秒他就想到应该是尼古拉干的，于是立即决定尽快离开，越快越好。尼古拉关上电源可绝不是为了让他扭伤脚腕。无论尼古拉打算干什么，卡洛斯现在都没空陪他玩下去。

他摸索着走出房间进了大厅，双手举在身前，慢慢地走着。走到楼梯间时，应急灯嗡嗡响着，慢慢亮起红色的光。这效果简直超凡脱俗，亮度刚好让他看清路，周围的一切都是暗红色的。

卡洛斯一步两级地走下楼梯，手指一直放在扳机上。他不去理会肋骨上的疼痛，哪怕是倒下也得等到了钟楼之后，等他没那么忙的时候再说。他只知道两个出去的地方：一个是尼古拉跳出去的窗户，另一个则是医院的前门。虽然肯定还有更多的出口，但他不想浪费时间去找。就他以往的经验，大多数医院都建得像迷宫。

前门是他最好的选择。尼古拉也许想不到他会有勇气从最显眼的出口离开，希望如此。

当他走到一楼和二楼之间时，他听到下方远处有扇门砰的一声被撞开，声音不断在楼梯间里回荡，吓得他一时不敢行动。接着是一声明显由变异动物发出的像猪叫一样的狂暴叫声，令他再次动了起来。他几乎脚不沾地地跑着，但还是不够快。当他跳下最后一级台阶时，一个可怕的身影挡住了去路。

那是个巨大的人形怪物，身体非常宽厚，黏稠的液体不断从身上滴落。它的身体是暗淡的蓝绿色，在昏暗的红色灯光下几乎是全黑的。它长着巨大的蹼状手脚，大而圆的头和嘴，像一只巨大的被压扁的青蛙。

它张开巨大的下颚，一声刺耳的尖叫响彻整个楼梯间，不断在四周回荡。卡洛斯至少同时听到三个叫声在楼下什么地方应和着，像是一曲激烈又怪异的合唱。

卡洛斯开火了，第一枪打在金属门上发出震耳欲聋的声音。他还没来得及再次扣动扳机，那个两栖动物尖叫着，伸着肌肉虬结的双臂跳向卡洛斯。

卡洛斯本能地卧倒在地并迅速翻身，用没受伤的一侧撑住地面迅速开枪。怪物跳到他正上方时，三四颗子弹射入了那黏糊糊的身体——

它重重地跌在地上死了，从它的身体里喷出一股冒着泡的黑水。

卡洛斯站起身继续跑，跑向大门的中途，他听到怪物的同伴们发出狂躁的哀号。也许它们不难杀死，但如果有三个或更多的同时向他跳过来，他就别想有活着的机会了。

进入大厅后，他砰的一声关上门，但却发现这扇门需要钥匙才能锁上，于是转身去找能堵住门的东西——

他看到房间另一边有一个小小的，闪烁着的白色光点，在暗红色笼罩着的家具碎片和尸体中非常显眼。

那是一个盒子上的小灯，盒子贴在柱子上。是一个爆炸定时器。

卡洛斯试想其他的可能，但一个都想不出来，在他进入医院的时候并没有看到这个……这是一个炸弹，一定是尼古拉干的。突然间青蛙怪物已经变成小麻烦了。

卡洛斯放开脚步向着大门方向跑去，脑中一片空白，心里的恐慌催促着他快跑，跑得越远越好，不要浪费时间思考。他在跨过一张破沙发时绊了一下，但他甚至都没注意自己有没有摔倒、肋部有没有疼，他飞快地跑着，眼里只有前面那扇玻璃门。

砰，他穿门而出，踏在柏油路上反着光的水坑中，雨水打在他汗湿的脸上。一排排废弃的汽车在雨水中像珠宝似的闪闪发光。他可以清楚地感到自己脉搏的跳动……

巨大的爆炸声过后，卡洛斯的耳朵里剩下了隆隆的轰鸣声，他感到有什么东西猛拍在背后，身体就像飓风中的一片叶子，轻飘飘地飞起，地面和天空混在一起无法分辨。

他摔在潮湿的路面上，滑出了很远，翻滚着撞上了一个消防栓，受伤的肋骨又开始剧烈地疼起来，鼻子里流出的血淌进嘴里，他尝到了咸咸的血味儿。他被爆炸的气浪抛出一整条街，医院变成了一片冒着烟的废墟，一些细小的碎片从空中落下，像冰雹一样噼里啪啦打在地上。变成废墟的医院还在坍塌着，冒着火，但大部分已经粉碎成了灰尘，在雨中慢慢变成了一片泥泞。

吉尔。她还在等我。

卡洛斯强迫自己站起来，向着钟楼蹒跚前行。

***

尼古拉直到离开医院才发现疫苗丢了，那时离爆炸还有一分钟，已经来不及回头了。

尼古拉别无选择，只能继续往前跑。医院爆炸时，尼古拉已经在三条街外了，他在大街上烦躁地来回走着，没有意识到自己正在发出痛苦的呜咽和紧咬牙齿的嘎嘎声。

过了很久，他才突然想起还要再杀两个人，这让他恢复了平静。将愤怒释放出来是健康的，长期压抑情绪显然对身体不利。

监察员才是他的兴趣所在。疫苗只是一个额外的……嗯……一个额外的礼物，所以他并没有真正失去什么。

在去找戴维斯·陈的路上，尼古拉对自己说了很多遍，这让他的心情好了不少，尽管不如他来浣熊市之前磨快猎刀时那么好，但他相信陈一定会感激自己当初磨刀时的好心情。

5 resident evil

第二十三章

吉尔睁开眼睛的时候，外面还在下雨，她觉得身体情况有所好转了。虽然还很虚弱，又渴又饿，而且肩膀和其他几处伤口像针扎一样隐隐作痛，但她确实好多了。她感觉得到，病毒消失了。

带着茫然和困惑，她慢慢地坐起来环顾四周，试图弄明白发生了什么事。她仍然在钟楼的小教堂里，卡洛斯就躺在最前面那张长凳上。她记得她说自己感染病毒后，卡洛斯说要去找一些能帮到她的东西……

我肯定感染了病毒……但完全感觉不到了，我确定体内现在绝对没有病毒。

“哦，天哪！”吉尔不由得低声惊叹起来。她看到祭坛旁演奏管风琴的凳子上有一个注射器和一个空瓶，突然明白发生了什么，虽然不知道卡洛斯是怎么做到的，但他确实找到了疫苗。

吉尔坐了一会儿，抑制住心中的种种强烈情感——震惊、感激、难以置信。虽然幸运地活下来了，但这种幸运带有一些负罪感，那么多人都死了，她却被治好了。

她不知道是否有更多的解毒剂，但她不愿再继续想了，一想到在死了成千上万人的浣熊市竟然可能有大量的解毒剂，胸口就像被灼烧一般难受。她慢慢地站起来，伸展身体确认肢体的机能。

考虑到所发生的事情，她对自己的幸运感到十分惊讶。除了右肩之外，没有什么严重的伤，喝了些水之后，她完全清醒了，而且身体没有任何问题，能够轻松自如地活动了。

之后的几小时，吉尔吃了三罐混合水果罐头，喝了两升水，保养并重新装填了所有武器。她用瓶装水和一件脏 T 恤尽可能把身体擦干净。卡洛斯睡得很沉，一直都没有醒……他蜷缩着身体，胳膊护着受伤的肋骨，吉尔觉得他为自己寻找疫苗的过程一定很艰难。

吉尔认真思考着下一步。他们不能总是待在这里。这里没有足够的物资和装备让他们活下去的，也不知道救援何时才会……她甚至已经觉得不再会有救援了。真的很难相信会有救援队来，安布雷拉正在极力掩盖浣熊市发生的事实，如果他们真的会派出救援，那么在感染爆发后几天之内救援就会到达了。另外她认为追踪者还是没有死，它恢复之后一定会回来杀她。直到现在它都没来攻击他们，已经很幸运了。

吉尔遇到卡洛斯之前，曾计划前往城市北部一座安布雷拉废弃工厂。她坚信安布雷拉不可能有什么废弃工厂——他们极度热衷于秘密研究，正是因此，工厂周围的道路很可能仍保持畅通，以便他们撤离相关人员和设备。值得去那里看看，这也是她现在能想到的最好的主意了。此外，离开城市的最短路线就穿过那个工厂。

卡洛斯还在沉睡着，除了胸部上下起伏之外没有任何动静，脸颊因为疲劳而显得有些松弛……吉尔决定下一步行动后，看了卡洛斯一会儿，认为还是把他留在这里比较好。做出这个决定非常困难，但是她觉得不想一个人离开的想法实在是太自私了。实际上还有更重要的原因，卡洛斯是为了保护吉尔不受追踪者的伤害受的伤，她不能再让他面对那种危险。

去工厂查看一下，也许可以在那里找到无线电，发出求援信息。

*如果那里也很安全就回来找他，如果出现什么不好的情况……好吧，我想那也得尽可能回来。*如果她没记错，工厂大约在一千五百米之外，横穿钟楼后面的墓园是条捷径。现在是凌晨两点，在天亮之前应该就可以到达那里并返回。运气好的话，她回来时卡洛斯说不定还没睡醒，那样，也许就可以有个好消息把他叫醒了。

为防万一，吉尔决定留个便条，这样卡洛斯至少知道她去了哪里。她找不到钢笔或铅笔，但在一堆赞美诗集下翻出一个老式手动打字机。她把水果罐头上的包装纸撕下来放在打字机上，按键柔软的打字声和雨滴打在屋顶上的声音一起抚慰着她的心灵，让她感受到活着的美好。

打完便条后，吉尔拿起只剩一枚弹药的榴弹枪，一定是卡洛斯找回来的。想起这把榴弹枪给那个特种战术救援组杀手造成的巨大伤害，她毫不犹豫地带上了它。她还带上了贝雷塔手枪，把那支威力比突击步枪还大的左轮手枪留给了卡洛斯。

吉尔把便条放在一个卡洛斯一眼就能看到的位置，然后她蹲在他旁边，摸了摸他的脸颊。卡洛斯完全睡着了，吉尔帮他理顺又脏又乱的头发时，他都没有任何反应。吉尔知道无论怎样感谢，都无法回报卡洛斯为她做的一切。

“好好睡吧。”吉尔低声说，趁着自己独自行动的决心还没有动摇，她站起身来，头也不回地走向门口。

***

在墓园的后面有个储存工具的小木屋，但在浣熊市爆发灾难以来，这里已经成为安布雷拉的一个工作站……也是安布雷拉工作人员的休息点，里面设有一个个私密的小隔间，以便工作人员整理文件时不会被别人偷看，如果他们手边没有电脑，也可以用这里的电脑接受安布雷拉的指令。

尼古拉本来没打算到这里来，他认为这是种不必要的风险，尽管他们把设备都藏得很好——木屋里的设备都藏在一面伪装的墙后。安布雷拉不希望从城里发出信号被其他人追踪到，所以这里只能接收信息，这是另一个预防措施，但尼古拉仍然认为这里很危险。

如果想跟踪一个工作人员，只要监视接收站就能获得他的行踪。如果想杀死其中一个，只需走进去，或在门口静等他出来就可以了。

尼古拉站在离那个小木屋只有几米远的一座巨大纪念碑的阴影下，思考着用什么方式杀掉陈。尼古拉曾想过直接冲进去开枪，但他觉得现在有必要让自己保持放松的良好心态。陈总会出来上厕所或抽烟的，等待能够让自己放下一些不愉快的情绪。尼古拉不常这样做，他并不疯狂或变态，一般他也是乐意按规则行动的……但有时候，在近距离杀死一个人之前品味一下等待的悬念，恰好能让他摆脱低落的情绪。

尼古拉看着那扇门——实际上看起来像建筑物上一个装有铰链的角落，享受着凉爽的雨，虽然知道自己不久就会痛苦地穿着湿衣服到处跑，但他仍因即将夺走某人的生命而感到十分高兴。他发现自己弄丢了疫苗的时候，有那么一会儿觉得事情不受他控制了，但现在是谁在掌控一切？戴维斯 · 陈马上就要死了，尼古拉是唯一预先知道的人，因为陈的命运是由他决定的。

卡洛斯也死了，是我一手造成的。还有米哈伊和那三个监察员。

虽然吉尔 · 瓦伦蒂安不能说是他杀的，但他还是很享受说起吉尔的死时卡洛斯脸上那种挫败的样子。他的敌人都已经死了，而他还活着，这才是真正重要的事。

几分钟后，戴维斯 · 陈走进雨里时，尼古拉已经释放出大部分负面心态。

十五分钟后，他的刀和陈的身体停止接触时，他又变回原来的自己。陈已经不成人形了，但尼古拉仍真诚地对那些残骸表示了感谢，因为它们让一切回到了正轨。

***

10月2日凌晨两点五十分

卡洛斯：

我去钟楼东北方的污水处理工厂。那曾是安布雷拉的工厂，也许里面会有我们用得到的东西。结束调查后我立即返回。请你在这里等我几小时。如果天亮后我还没有回来，请你自己试着离开这里吧。

非常感谢你为我做了那么多。请在这里休息一下。我应该很快就会回来。

吉尔

卡洛斯又读了一遍写在卷曲纸上的短短几行字，然后抓起马甲站了起来。他看了看表。她刚走不到半小时，还可以赶上她。

他完全没有想过留在这里。吉尔留下他是因为看到他受了很重的伤，同时也不愿他再次面临危险，两者都是他不能接受的。而且他一直没时间告诉她，特兰特说过城市西北的某个安布雷拉设施里可能会有直升机。他们之前坐电车走了一段，也就是说，他们目前所处位置的东北方向，就是直升机所在的方向。

“就算你能把里面所有的怪物都干掉，但你会开直升机吗？”卡洛斯抱怨着，把一个新的弹夹装进M16。如果她当时叫醒他就好了……

他迅速整理好装备，朝门口走去，尽量放轻呼吸。伤处还很痛，但他忍得住。卡洛斯曾带着比这严重得多的伤很好地完成过任务。他曾拖着踝关节骨折的脚走了六千米，现在的伤和那次比起来简直微不足道。

卡洛斯没有浪费时间给自己找理由，比如他是为了告诉吉尔特兰特提供的信息才追她什么的。他就是无法忍受什么都不做的袖手旁观。她是想保护他，他能够理解，但是他就是不能留在那儿，还有……

尼古拉，他就在外面游荡，而她不知道。

他突然想起尼古拉疯狂的眼神。卡洛斯匆匆走出教堂，走进下着雨的黑夜中。他必须找到她。

5
resident evil

第二十四章

小雨变成了蒙蒙细雨，但尼古拉并没注意到，他正在一片树荫下悠闲地走着。穿过墓地再走五六十米向东转，他就可以与通向污水处理厂后门的小路平行前进了。只要可能，他从不走人行道和公路，因为他不愿将自己的行踪暴露在他人目光下。

最后一次查看报告时，特伦斯·福斯特还活得好好的，从污水处理厂里上传了环境状况报告，他完全没有意识到自己已经是仅存的监察员，而且也活不了多久了。尼古拉决定干脆利索地杀死他。他很容易就在墓地工作站的小桌子上找到陈搜集的数据，自然也会很容易就找到福斯特的数据。把这些资料合并起来然后加个密码……当然，加密只是为了保险起见……然后用无线电呼叫接应，回去之后就可以与那些决策者们轻松愉快地进行交易谈判了。

尼古拉走到墓地树篱后的松林边时看到吉尔·瓦伦蒂安，她正在一排铸铁路灯下沿着水池边缘向同一方向走着。水面反射的昏暗光线照在她身上，让她看起来像个幽灵，不过显然她还是活着的。

尽管尼古拉认为这并不值得吃惊，但他确实很惊讶。卡洛斯在提起这个女人的时候，脸上出现的那种痛苦表情……尼古拉一直确信卡洛斯说的是真的，他从没有怀疑过吉尔的死。

哦，好吧，这是他最后一次说谎。他可真是高尚啊，在最后一刻还在试图保护这个女孩远离他所认为的卑鄙小人……就好像我会浪费时间去杀她一样。

不，现在杀她完全不会浪费时间。尼古拉举起突击步枪，准确地瞄准吉尔的后脑。但他又有些犹豫了，在马上就要完成浣熊市任务的此刻，他突然产生了好奇。她是怎么做到一直避开追踪者的？当她的那个白痴拉丁情人愚蠢地走进尼古拉所在的医院时她在哪里？她现在要去哪里？

他决定跟着她，等待一个能够得到这些问题答案的机会。事实上，她就走在那条他想避开的小路上，他们之间隔着一个齐腰高的木栅栏，不便于他的行动，让她放下武器站住，在他爬过栅栏时依旧不动，这可不是个理想的选择。

尼古拉躲在阴影里在心中默数到二十，让吉尔向前走了很长一段，这样她就听不到他越过栅栏发出的声音了。他打算一直跟着她走到池塘小桥的中间，无处可逃时再站出来。

尼古拉对这个计划感到满意，随后尽可能安静地移动着。他数数的时候吉尔已经走出他的视线，但除非她向前慢跑，不然他很容易追上她——

“别动！”她的声音清晰冷静，枪口抵住了尼古拉的头，“哦，如果你愿意，把枪放下。”

尼古拉照她说的做了。他十分震惊，松开手把步枪扔在地上。她怎么发现他的？又是怎么这么快就绕到我背后的呢？

她到底了解我多少？

“请不要开枪，”他急忙嘶哑着说，“吉尔，是我，尼古拉。”

枪依旧抵着他的脑袋。“我知道你是谁。我知道你在为安布雷拉工作，而且不只是作为一名士兵。什么是监察员计划，尼古拉？”

原来她早知道。如果他说谎，他就失去了取信于她的最后机会。

但不管会付出什么代价，他还是要继续演下去。

随便说点儿什么。“安布雷拉派我和其他几个人来收集有关感染者的信息，”他说，“但我不知道事情会变成这样，我发誓如果我知道，我一定不会同意的。我现在只想活着离开这里，除了这个我什么都不关心。”

枪口仍指着他的太阳穴。她很小心，但他只能说这么多了。

“有关附近的污水处理厂你知道些什么？”她问。

“什么都不知道。我的意思是，我知道那是安布雷拉的产业，只有这些。拜托，你一定要相信我，我只是想……”

“关于这种病毒的疫苗，你知道什么？”

听到这个问题的时候，尼古拉觉得一阵紧张，但他没有表现出来。“疫苗？没有疫苗这种东西。”

“胡说，如果没有，我早就死了。向我证明你想跟我合作，也许我们可以一起解决一些问题。你听说过T病毒的疫苗吗？”

卡洛斯。当他说起她时，他脸上的表情……当他看到那个疫苗样本的时候……

尼古拉不知该说什么了，一阵突如其来的烦躁催促着他想立即采取行动……但不行，他必须说服她相信自己只是安布雷拉的一个普通士兵，不然她一定会开枪。他张开嘴，但并不知道要说出什么……

地面的剧烈震动救了尼古拉。随着一阵隆隆声，大地开始震动起来，使两个人都摇摇晃晃站不稳脚，树叶和树枝剧烈地摇摆着。吉尔挣扎着想保持平衡，枪口从尼古拉头上移开了。

地面的震动让尼古拉失去了方向感，但他尽力保持站立，他知道这肯定不是真正的地震。只有他们附近的地表产生了震动，他看到池塘里的水几乎没有波动。震动还在继续，并且越来越大，尼古拉清楚现在是逃跑的最佳时机。

他故作惊慌，一边留意丢在地上的步枪，一边举起手臂大声喊道："是变异生物！快跑！"

这震动的确很可能是变异生物造成的，而告诉她快跑对他目前的处境也很有利……杀死一个曾试图帮她的人之前，她一定会犹豫一下。

尼古拉从吉尔身边跑开，地面的晃动更加剧烈了，跑的同时他拼命挥动一只手臂，大喊着让她快跑。然后他猛地从地下抓起步枪，头也不回地飞奔着，希望自己精湛的演技能骗过吉尔。如果没有，子弹一定向他飞过来了……

跑开大约二十米后，脚下感觉不到震动了，但他仍能听到身后的隆隆声。

已经足够远了，现在应该找到掩护并向她射击……

前面有一棵大橡树。尼古拉没有停下，他伸出右臂抱住树干，整个身体猛地转到树干后面，飞快地用 M16 瞄准了吉尔。这时吉尔正摇晃着向相反的方向慢慢离开地震区域。

现在你死定了，你这糟蹋了我十亿美元的婊子——

这时隆隆声突然变成巨响，地面像喷泉一样喷出无数白色的泥土，挡住了尼古拉的视线，周围的树木也纷纷碎裂、倒塌。奇怪而狂暴的吼声从泥土喷发的地方爆发出来，还夹杂着一种嘶嘶的低音，一个苍白的柱子从地面旋转着升到五米高的空中，然后弯向地面，尼古拉意识到这是一只动物，一只从未在地球上存在过的动物——巨大的蚯蚓般的白色身体前端长了一圈利齿，这怪异的形态足以证明它绝非自然产生。

它又发出一声吼叫，身体弯成一个拱形，像蛆和鳗鱼或蛔虫和蛇杂交而成的巨型品种，身体像成年男人那么粗……

巨虫向吉尔追去，离尼古拉越来越远。

尼古拉转身跑开了，开心地咯咯笑着，诅咒着吉尔和卡洛斯永远待在地狱里，他在黑暗中闪躲着树木，快速向工厂方向前进。

***

吉尔沿着水池的边缘不停地跑着，直到感到有什么东西坠落在身后几米远的地面上时，她才知道那东西追来了。一阵泥土和腐肉的气息从那只食肉巨虫的嘴里直喷向她。

天啊！怎么会这么臭！

她加快速度，想尽量拉开一段距离以便反击。只有一颗榴弹，肯定打不死它，必须赶紧离开……

前方池塘的一角有几条长椅，椅子后面就是繁茂的树丛。地面又开始摇晃起来，但吉尔就快到那里了。转过拐角也许就安全了——那个池塘的底部铺着水泥，如果走运，它很可能会被池塘挡住……

突然，她眼前的长椅和树木带着泥土飞到了空中，那个没有眼睛的怪虫向她扑过来，长满牙齿的嘴里吐出大量泥土。

*天！它的速度太快了！*吉尔用一直紧握在手中的贝雷塔冲巨虫臃肿的腹部开了两枪，巨虫尖叫起来，就像准备攻击的鳄鱼发出的声音。

吉尔转身继续跑，心怦怦直跳，她已经听到并感觉到地面又一次的震动，她紧握贝雷塔。它会再次从面前钻出来，她不能永远在池塘两头来回跑，横穿过去也会拖慢速度。*好好想想！如果跑不掉，有什么可以阻止它？泥土、水、树木、路灯……*

路灯！巨虫在地下的巨大运动使得很多路灯都严重倾斜了，像一棵棵根部翘起的树。

没时间仔细斟酌了，必须把它引到水里。吉尔又跑了一步，然后停下来等了一会儿，接着向右转了九十度冲向池塘。池塘已经被破坏了，池水像一条浑浊的小溪，顺着混凝土的边缘流了出来。

*巨虫会先跳起来，然后落在地面上，大概会用一两秒钟……*一两秒，这就是它从水中出来的时间。然后对路灯开枪，让它倒进水池。那可怕的虫子一定会潜入水底的。

计划整个行动过程已经浪费了不少时间，地面开始颤抖了，剧烈的颤抖让吉尔的膝盖都跟着抖了起来，她脚下一滑，摔进了一堆花草和泥土之中，她挣扎着站起来，同时注意不让泥土弄脏自己的武器……

在吉尔右边不到三米的水池突然水花飞溅，喷涌而出的泥土、碎石、混凝土块和水遮住了阴雨密布的天空。她和怪虫之间有一盏路灯，已经倾斜得就要碰到水面了。

就是现在！

吉尔快速向后退，速度比她想得还要快，她看到那个生物已上升到最高点，身体开始弯曲时，她停了下来，大量的水从它肿胀的身体上流下来。她一站稳就急忙向路灯开枪，前两枪打偏了，第三枪和第四枪都击中了金属灯柱，发出当当的响声。第五颗子弹击碎了灯泡时，巨虫掉下来了，在池塘中掀起一波泥泞的潮水。如果她不躲开，路灯就砸向她，*倒啊，给我倒下来！*

砰！砰！

第七次射击终于成功了，结果非常壮观。当吉尔向后跳开时，一阵嗡嗡的电流声响起，路灯倒在水池里。那巨虫尖叫着，半胶质的身体不停颤抖着，痛苦地扭动着身体。它苍白的皮肤开始变得焦黑脆裂，从喉咙里冒出一股油腻的黑烟，泡在水中的身体扭动着掀起一阵阵带着泥土和石块的波浪。它再次咆哮起来，但这次声音变得断断续续……

巨虫终于倒下了，在跌落到地面之前就死了，它表层的皮肤卷曲着剥落下来，露出来下面像被烤过的肉。

吉尔费力地站起来，用左手按住自己抽痛的右肩，离开那只烧焦的巨虫，那股味道让她止不住地想吐。她真的成功了，她杀了那该死的东西！当她呼吸着又一口带着烤肉味道的空气时，一股胜利的骄傲涌上心头，我杀了它！然后她弯下腰开始狂呕，几乎要把肠胃都吐出来了。

直到再也吐不出来了，吉尔才摇晃着直起身子，开始向东走去，心里想着刚才与尼古拉的对峙。他并不像他以为的那样很会说谎，如果说以前吉尔只是怀疑他，现在她非常确定他是一个可恶的家伙了。

吉尔不会改变计划，但她到达污水处理厂时，必须非常小心。尼古拉肯定也是要去那里……如果被他先发现，吉尔恐怕连自己是怎么死的都不知道。

***

三四层汽车堆成的路障排成一个半圆，挡在街区边缘的两栋建筑物之间。卡洛斯一眼就看出这是用起重机严格依照十字架构法堆砌出来的，和刚才那三条路上的一样壮观。看来安布雷拉和警署封锁这座城市的工作做得非常认真。

他站在那面金属堆叠而成的墙前，近乎绝望地犹豫着。是回头向北再向东走，还是试着翻过这个摇摇晃晃、随时可能倒塌的路障呢？这个路障简直就像专门放在这里阻止他找到吉尔似的。

*钟楼北面是个大公园，也许那是现在唯一能到达安布雷拉工厂的路。*他不相信吉尔能带着严重的肩伤爬过这个汽车堆成的墙壁，再说爬上去也太危险了……

*但你以为她能走这么远。*在卡洛斯的内心深处，有一个微小的声音喋喋不休地说着，*也许她已经死了，也许追踪者找到了她，也许是尼古拉，也许……*

远处传来的一些声响打断了卡洛斯的思绪，他皱着眉头侧耳听着。枪声？有可能，但薄薄的雾气干扰了声波，卡洛斯听到的声音小而模糊，连声音的确切方向都无法肯定。但他突然迫切地想赶紧找到吉尔。

“我好不容易才拿到疫苗救活了你，你可别自己去找死啊。”他轻轻地说。虽然是句玩笑话，但这话太接近现实了，卡洛斯一点儿都不觉得好笑。他现在必须做点儿什么。

卡洛斯盯着眼前的汽车墙看了一会儿，选了其中一处看起来最稳固的地方——摞在一起的一辆小型货车和两辆小汽车。为了不让肋骨的伤口更疼，他深吸一口气，默默乞求着好运，然后开始向上爬。

5 resident evil

第二十五章

“不，听着，你得听我说——我什么都不知道，你不是真想这么做吧？他们只是让我提交关于水和土壤样品的报告，我对你没有任何威胁！我发誓！”

福斯特把自己说成一个无关紧要的小人物，尼古拉决定过一会儿再杀他，让一个男人惊恐地等待自己的死亡，尤其是这么一个可怜的小个子男人，将是一件比死更加残酷的事情。福斯特蜷缩在办公室东北角门边的角落里，像老鼠一样的脸上一片通红，不停地流着汗。尼古拉到工厂后连五分钟都不到就找到了他。

“……我马上就走，好吗？”福斯特喋喋不休地说着，“我现在就走，我发誓你永远不会再见到我，也不会听到我的消息，为什么要杀我这个微不足道的小人物呢。你需要我做什么，我立刻就去做，无论做什么都可以，告诉我，伙计，好吗？让我们谈一谈，好吗？”

尼古拉突然意识到他一直在盯着福斯特，被这个男人的歇斯底里弄得有点儿发愣。对他们这种人来说，在这里的每一天都是没有尽头的噩梦……他现在很想离开，完成整个行动，但奇怪的是他又觉得有些事不吐不快。

“这并非个人恩怨，你明白吗？”尼古拉说，“只是因为钱，或者开始时是这样，不过现在情况不同了。”

“是啊，现在是不同的。”福斯特睁大眼睛快速地点着头。

尼古拉发现自己一开口就停不下来了，他突然觉得，能有一个人理解他所经历的一切，理解他所要面对的问题，似乎变得很重要……即使像福斯特这种人也行。

“当然，钱还是最重要的。但我来到这里，杀了韦伯斯基之后，我开始觉得我到了一个非常特别的地方。我觉得……我觉得事情终于变成它们本来的样子。我的生活应该一直是这样才对。极端情况，你明白吗？”

福斯特再次快速地点头，而且很明智地什么也没说。

“后来卡洛斯骗了我，他肯定没被炸死，因为吉尔得到了疫苗。我开始觉得她才是原因，事情因为她发生了变化。”他说话时忽然灵光一闪，感觉发现了事情的真相。*这是真的，谈话对我有所帮助。*

“在开始的时候，她破坏我与卡洛斯和米哈伊的关系。有很多像她这样的女人，总想操纵、控制一切。她可能和他俩都睡过了。诱惑他们为她做事。”

“婊子，全都是。”福斯特真诚地表示赞同。

“然后她感染了病毒，派卡洛斯偷了我的疫苗。我不会原谅卡洛斯的所作所为，绝不会原谅，但这全都是因为那个可恶的女人……好像她只要存在就会改变一切，让一切都变得不对劲了。我甚至都不认为她死了。如果追踪者都没能杀了她，一个变异的虫子当然也杀不了她。”

尼古拉静静站在那里沉思着。他不是一个迷信的人，但这次的事情的确与以前不同。吉尔·瓦伦蒂安……

一个女人，她只是一个女人，你已经好几天没有理清思路了。

尼古拉眨了眨眼，不再去想这些。福斯特仍缩在角落里，小心翼翼地用惊慌的眼神看着他。那表情像在说，他认为尼古拉已经疯了。尼古拉突然对这个小个子感到憎恨，他也试图欺骗他，让自己跟他谈话，其实只是为了试探。他和其他人一样该死。

“我没有疯，”尼古拉愤怒地喊道，“而且我已经说完了！你是最后一个，杀了你一切都结束了，事情就是这样，像个男人，接受它吧！”

步枪哒哒哒响了三声，三颗子弹射进特伦斯·福斯特充满乞求的绿色眼睛中，他的头向后仰去，血溅在身后的门上，尸体倒在了冰冷的地板上。

尼古拉竟然什么都没感觉到。最后一个监察员也死了，他却没有任何成就感，没有任何征服感，只是另一具躺在他面前的尸体而已。他现在非常渴望离开浣熊市，事情到如今已经完全变味了。

尼古拉摇了摇头，带着沉重的心情，开始在福斯特的办公室里寻找数据。

***

吉尔站在公墓后门通往安布雷拉工厂二楼的狭窄天桥前，这座桥下方似乎是一个类似沼泽的池子，散发着一股沼气和泥土混合的腥味，天太黑了，看不清桥下的情况，但气味是不会错的，一直延伸到对面大门的脚印也不会错。和她预料的一样，尼古拉就在这里。

真是太棒了。

撇开尼古拉不说，她很高兴找到这座桥。她之前一直在担心这是条死路，那样的话她不得不回头。而且这座桥直接通向二楼，她可以方便地直接去办公室和控制室，希望那里至少有一个能发出信息的设备——一层应该是污水处理车间，二层则是办公室和控制室。如果安布雷拉的建筑布局符合常规，她应该很快就能完成搜索。如果没找到无线电，她就从一楼出去，看看道路的情况。

她谨慎地走在木头和金属搭建的天桥上，深吸一口气，小心地扶住两边的木栏杆站稳。与安布雷拉的生物武器战斗，无论是变异的还是培养出来的，都需要一定技巧并集中注意力，但如果面对的敌人是人类，就需要更多的技巧了。人类的行为比动物更难预测，如果她想远离尼古拉，就必须时刻保持警惕，用意识和直觉去感知将要受到的攻击……

……就像现在……

吉尔走到桥中间时停住了，她的拇指放在贝雷塔的保险上，她感觉将会发生什么不好的事，但说不上是什么……

*砰！*她身后传来一声巨响。

吉尔的心跳顿时变得激烈起来，她立刻转过身，追踪者正站在六米外的地方，畸形的身体上遍布弹孔和火烧的痕迹。它的胸部和手臂都裸露着，可以清楚地看到从背部上方和肩膀上伸出的不断挥舞着的触手，大部分皮肤已经烧焦脱落了，残存的灰黑色皮肤间露出红色的纤维状肌肉组织。

“Starsss……”它发出隆隆地咆哮声，一瘸一拐地向前走着，吉尔发现它身体右下侧被榴弹击中的地方已经破碎不堪了，一根根肉条从胸腔下方垂到大腿中段，看起来像烧焦的意大利面——但她觉得它一定感觉不到疼痛，也不会因此变得无力。

在肾上腺素的刺激下，她脑海中瞬间闪过无数个方法，然后从中选了那个最有利的选项。像在钟楼的阳台上一样，卡洛斯把它推了下去，它当时好像被什么分散了注意力。

尝尝这个吧，怪胎！

她瞄准怪物畸形的脸上最显眼的地方——那难以置信的洁白牙齿开火了，至少打中了两枪，子弹打碎了那诡异的笑容，白色的碎片四处飞散。追踪者怒吼着，触手像披风一样在身后展开，像颤动的光芒一样环绕着它的身体。

也许它感觉不到痛苦，但一定感觉到了别的什么。

行动吧！

吉尔向它跑去，同时继续开火，她的本能尖叫着要她往相反的方向逃跑，而她的理性则提醒她跑得还不够快。

当吉尔撞向追踪者时，它还在不停地号叫着，吉尔像卡洛斯那样，用手掌用力抵着它的胸部向外推，怪物的粗糙皮肤又湿又硬又冷，她克制着心里的畏惧感，一下下用力击打着。

怪物摇晃着向后退，重重地踩在桥的边缘上。就像吉尔祈祷的那样，怪物的体重现在变成了吉尔的有利条件，她能听到它脚下的木板发出的爆裂声，当追踪者靠在护栏上时，护栏也发出了吱嘎吱嘎的声音——

但它突然伸出两三根触手，牢牢缠在桥另一边的护栏上，同时伸出双手努力恢复平衡。

吉尔知道无论如何也不能让它站稳。她猛地跳起来，用双脚踩在追踪者受伤的右下腹上，用尽全身的力气把那个怪物的身体向外蹬。

她狠狠地摔在桥面上，受伤的肩膀最先接触到桥面，吉尔疼得忍不住哭了出来。但这时她看到追踪者终于失去平衡，向桥的一侧倒下去了，那些触手在空中无力地挥动着，她的世界顿时变得一片美好。接着她听到犹如音乐般的水花飞溅声从桥下传来。

她跌跌撞撞地走过天桥，在打开工厂的门时，心里默默地欢呼着。进入大厅后，首先映入眼帘的是一条大约五米长的走廊，墙壁是混凝土的，脚下则是一块块的金属地板。吉尔立刻锁好身后的门，背靠着门坐下，用枪对准走廊转弯处，同时调整着呼吸。

室外和内部都没有脚步声，机器的微弱嗡嗡声从更深处传来。呼吸刚刚恢复正常节奏，她便起身继续向前走，急于在追踪者再次出现之前离开这里。她必须向外界呼叫救援，或者找到逃出去的途径。追踪者是不会放弃的，她不可能每次都逃得掉。

她慢慢地顺着走廊的边缘向前走着，在右前方走廊尽头的拐角处有一扇沉重的金属门，转过去应该是另一条走廊。她小心地往前迈了一步，飞快地探头向拐角那边看了一眼。安全。转过拐角后是另一条短短的走廊。

她退回来，打量着眼前的金属门，门上方印着黑色的字：通信室。吉尔感到一阵希望的喜悦，然后发现这扇门必须用右侧的刷卡器打开。

吉尔沮丧地离开了。遇到追踪者令她改变了最初的想法。她在想自己是应该离开这里，远离追踪者和尼古拉，试着找出别的离开方法，还是继续在这里寻找门禁卡和其他可能。

吉尔疲惫地笑了笑。这两个选项听起来都很糟糕，但后者似乎比前者好一点儿。因为至少后者能让她有机会晾干自己的衣服。

吉尔哆嗦着右转，顺着走廊继续走，隐隐约约地有点嫉妒正在温暖的小教堂里睡觉的卡洛斯。

***

安布雷拉的这个工厂由一系列小型单层建筑和一个大型的两层建筑组成，周围是几片宽阔的空地，上面堆满了破木头、旧汽车和大堆大堆的废旧金属。如果真有直升机，卡洛斯认为一定是停在某个仓库后面——除非他还想接着爬汽车墙，不然根本无法搜索四周。

*除非必须这么干，真是太感谢了。*他这辈子都不想再来一次刚才的那种攀登了。他从一辆平板卡车的驾驶室上艰难地爬下来时，不小心重重地撞到膝盖，接下来的一大段路都是一瘸一拐走过来的。

他爬过一道矮栏，来到一个乱糟糟的小院子里，站在那里回想了一下工厂主要建筑物的位置后，他向主楼走去。他打算先找到吉尔，确定她平安无事之后再去找直升机。于是卡洛斯一走到楼下，就用 M16 打碎他看到的第一个窗户，爬了上去。

他坐在窗框上向里张望，里面是一个狭长的像地堡似的房间，里面灯光昏暗，到处都是尸体。右边有一扇门，正上方有安全出口的标识，可能是通向那些仓库的。他盘算着，在找到吉尔后就可以从这扇门出去寻找直升机。房间左侧有一架金属梯通向天花板上的一个出口。目前为止情况还不错。

*那可能是个升降梯，*卡洛斯想。当他从窗户上跳进房间里时，他绑着绷带的肋骨撕裂般地痛了一下。*如果我忽然醒过来，发现这一切其实只是个噩梦就太好了。*

卡洛斯意识到房间里弥漫着血腥和腐臭的气息，他已经习惯这种气味了，毕竟整个浣熊市都是这种味道。他慢慢地爬上梯子，心里想着如果能呼吸到新鲜的、没有异味的空气，就算是死，也死得很快乐了。

梯子顶部的方形金属门很容易就打开了，上层三边都装有扶手，卡洛斯小心地爬进又一个昏暗的房间，里面摆放着设备控制面板和储物柜，没有任何尸体。

“太好了。”他喘息着用西班牙语说，离开梯子向对面靠墙放着的控制台走去，控制台在一个大窗户下面，外面是漆黑的院子。这是一个老式的通信接收器，当他伸手去拿耳机时，从一个扬声器中发出一阵静电的嘶嘶声，接着传来一个女人冷漠、清晰的声音。

“注意，浣熊市项目已被放弃。推迟联邦行动计划的政治工作失败了。所有人员必须立即撤离到十六千米的爆炸半径之外。导弹将在拂晓时分发射。本消息在所有可用频道播放，每五分钟重复一次。”

卡洛斯目瞪口呆地看着他的手表，感觉胃部一阵痉挛。现在是凌晨四点半，也就是说，他们只剩一小时多一点儿的时间了。

他抓起耳机，并在那些按钮上乱按一通。“你好？有人听到吗？我还在城市里，有人吗？”

没有任何回应。卡洛斯跑向房间后面的门，他的思想被困在一个无休止的循环中：*拂晓，吉尔，直升机，拂晓，吉尔……*

那扇金属门锁住了。门上光溜溜的，连个钥匙孔都没有。他没法进入楼内。

我甚至都不确定她是不是在这里，也许她已经在返回教堂的路上了，也许……

他转身离开了门边，虽然很不甘心，但他知道留在这里什么也做不了。必须找到特兰特说的直升机，确保它燃料充足，可以随时起飞。他可以驾驶直升机在工厂上空盘旋，以引起她的注意，也可以飞回钟楼去找她。

如果我做不到……卡洛斯没有继续想下去，他知道如果自己失败了，吉尔将会面对怎样的命运。卡洛斯不再理会身上的疼痛，快步跑向梯子，对自己刚才的想法充满了恐惧。

5 resident evil

第二十六章

尼古拉看见吉尔谨慎地走进医护室时，他急忙退到她的视线之外，从另一侧的安全门进入走廊，这条走廊通向化学品储藏室。他轻轻关上门，心中充满喜悦，看到推测成为了事实，让他的情绪立刻高涨起来。

他找到福斯特的数据盘后，就打开笔记本电脑整合所有资料。就在那时他看到总部发来的撤离警告。他并不惊讶，这只是他之前预测过的几种可能之一，但这个警告让他感到沮丧。他仍然希望找到吉尔和卡洛斯，聊聊他们对自己所做的一切，他甚至考虑过呼叫接应之前再四处找找看。但是导弹很快就会发射了，他没有时间寻找他们了，在听见吉尔的脚步声时，他正在前往呼叫接应的路上了。

她就在这里，我的推断是正确的，她现在就在这里！

他必须是对的，她命中注定无法离开浣熊市。他现在明白了，自从他来到浣熊市，所发生的一切都是命中注定的。命运在考验他，给他一个礼物，然后又把礼物拿走，看看他会怎么做。这一切都说得通了，一个滴答作响的时钟在催促他离开，而她却出现在这里。

*我不会失败。现在我已经成功了，这就是为什么她会在此刻出现。这样我才能在回到文明社会之前，重新掌控一切。*他可以问问她卡洛斯和米哈伊的事，他可以彻底盘问她……如果时间允许，他还可以用更令人愉快的方式支配她，给自己一个能够回味多年的告别仪式。

尼古拉很快走到门后，手持步枪，靴子发出的脚步声在宽阔的走廊里回荡。这是他应得的，他将得到他应得的一切。

***

吉尔走进一间类似手术室的房间，当她看到空旷房间的内部时，立刻进入高度警惕的状态，房间是典型的安布雷拉实验室风格——冰冷的水泥墙、金属栏杆，简洁地将房间分成两个部分，视线内没有任何明亮或多彩的东西。

除非把血算在内……

房间里有一个低矮的工作台，在它周围的地板上是斑斑点点的已经干了的血迹。这应该不是尼古拉干的。她刚才在一个蒸汽管道破裂的房间隔壁办公室发现了一具尸体，死者是个三十多岁的矮个男性，脸部中枪，尸体还有体温。她确信尼古拉就在附近，她发现自己竟然希望能尽快遇到他，这样就不用每走一步都要看一下四周了。

她没有在房间里看到任何像门禁卡或无线电的东西。她决定接着往前走——从角落里的侧门出去向左，还是下楼？她认为侧门那边是尼古拉最可能在的地方。到目前为止，她已经检查了二层所有能进去的房间，她不想就这么下楼，因为那样尼古拉可能会突然出现在她背后。她走到门口时，忽然对死在这里的人的尸体去向感到好奇，它们都去哪儿了？她看到大量的血液和液体污渍，但却没有见到多少尸体。

*也许他们都被堆在楼下……*她一边想着，一边打开安全门，用贝雷塔左右指了指。这是一条和屋子一样宽的走廊，在她身后有一条通向右边的岔路。走廊里空无一物。她进入了走廊……*也许是安布雷拉下令把这里清理干净，这样员工们就不会踩着同事的尸体走来走去了……*

***

“别动，婊子。”尼古拉在她背后说，粗暴地把枪口顶在吉尔的后背上，“但是，如果你不介意，可以先放下你的武器吗？”

他稍稍改动了一下吉尔在公墓对他说的话作为讽刺。吉尔十分明确地从他的声音里听到近乎疯狂的欢乐。她刚才放松了警惕，结果现在随时会被他弄死了。

“好的，好的。”她边说边松开手指，把枪扔到地板上。虽然她还背着榴弹枪，但那没用——她把榴弹枪摘下来的时间，足够尼古拉把枪里的所有子弹都打到她身上了，甚至还有时间重新上弹。

“慢慢地转过来，然后往后退，把双手举到你的面前握紧，就像祈祷时那样。”

吉尔照他说的做了，她后退着穿过整个房间，直到后背碰到墙壁，当她看到尼古拉抽搐的笑容和转来转去的眼珠时，她比自己想的更加害怕了。

他已经没救了。无论他以前有多么恶毒，浣熊市都把他变成一个彻底的疯子。他上下打量的眼神让吉尔不寒而栗，那是另一种不同的恐惧。虽然她知道几种阻止强奸犯攻击的有效方法……但前提是她有足够的体力与之对抗。而且她觉得尼古拉在接近之前很可能会先对她开上几枪。

吉尔向左侧瞥了一眼，走廊尽头有一扇紧闭的门。不可能成功跑到那里的，只能试着和他谈谈了。

“我以为你只是想离开这座城市。”她用平和的语调说，因为不知道什么口气才不会激怒他。她以前总是听说疯子是很容易迎合的，但她并不觉得说了这句话之后对方有什么变化。尼古拉已经决定了要杀她。

尼古拉微笑着漫不经心地走向她，脸部的肌肉不停地哆嗦着。空中传来一阵隆隆的雷声。“现在我想离开了，我已经得到所有数据。我杀了其他所有监察员。安布雷拉将不得不跟我交易，也只能跟我交易，我将非常富有。一切都如此顺利。现在你来了，这让我对自己的成功更有把握了。”

吉尔表现得很好奇。“为什么是我？”

尼古拉靠近了一点儿，但仍保持着安全的距离。“因为你偷走了疫苗，”他用陈述事实的语气说，“是你让卡洛斯来偷的，不要试图否认。告诉我，你是为自己工作，还是被什么人派来干涉我的计划的？卡洛斯和米哈伊知道多少？”

*天啊，我该怎么回答？*头顶上再次传来隆隆雷声，吉尔被雷声弄得心烦意乱，而且她被尼古拉怪异的推理弄糊涂了，没办法立刻回答他。更奇怪的是，隔着厚厚的隔音天花板，竟然也可以清晰地听到那声音……

这不是考虑怪异天气的时候。她必须说点儿什么，至少能拖延些时间，只要她还在呼吸，就还有机会。

“我为什么要告诉你呢？你无论如何都会杀了我。”她带着一种知道些什么的表情说。

尼古拉抽动嘴角笑了笑，然后点点头。“你说得对，我是会杀了你。”他用步枪对准吉尔的左膝，然后舔了舔嘴唇，“但是我们可以先相互了解一下，我想我们有足够的时间……”

咔嚓！

吉尔倒向地面，她肯定会被击中，但尼古拉却没有开枪，那是雷声——

天花板的一部分崩塌了，混凝土的碎块和颗粒倾泻下来，尼古拉大声尖叫着，疯狂地开枪——

然后他消失了。

***

尼古拉完全控制住了她，她将要流着血、哭泣着，他将成为胜利者，他赢了。

但是天花板掉下来，碎片砸在他身上，还有一种冰冷坚硬的东西从后面缠着他的脖子。尼古拉尖叫着开枪，她是个女巫——

他被什么巨大而冰冷的东西拽进黑暗，在抓着他的东西收紧之前，他最后看到的是吉尔充满震惊的脸。他的腰也被活动的冰冷绳索缠住了，绳索同时向相反的方向拉扯，尼古拉感到他的骨头、皮肤、肌肉都在被拉伸着，嘴里灌满了鲜血，他不停地尖叫着——

这不对！是我在掌控一切，停下……

他被撕成了两半，但他已经什么都感觉不到了。

***

吉尔只看到事情的一部分，但这就足够了。鲜血从天花板上的破洞不住地向下流，溅落到地板上。吉尔听到追踪者的咆哮声，看到一条触手像蛇一样从热气腾腾的鲜血中落下，四处寻找着……

她不敢从触手下面跑过，只得转身跑向旁边的岔路，同时拼命地在背后摸索着榴弹枪，那是她唯一的武器。

*砰！*她重重关上沉重的门，进入一个黑暗的房间，关门的声音在房间里回荡，一股恶臭扑面而来。吉尔伸手摸向整个房间中唯一的光源——门边的一个正方形亮点。

那是一个开关，一排荧光灯在她头顶亮起来，她看清了周围的一切，同时明白了两件事。死去的安布雷拉员工在这个房间里堆在一起，这就是那股臭气的来源。这个房间里没有其他门。她被困住了，而且只有一发榴弹。

哦，天哪！快想想，想想……

她听到追踪者在外面反复吼叫着它知道的那唯一一个词，可怕的号叫声逼迫着她赶紧行动起来。吉尔快步朝巨大的尸体堆走去，那些尸体是这个巨大的U字形房间唯一没有固定在地板上的东西，也许能从其中一具身上找到武器。

从她脚下的金属地板发出的声音可以听出来下面是空的，这让吉尔确定了她所在的位置。这是一个类似垃圾处理室的房间，地板显然是可以开启的，为了便于让垃圾掉入下面的什么地方，装满化学药剂的大桶、垃圾箱，或者下水道。但这目前不重要，因为她根本不知道怎么操作。此刻她只想着找一些能用来对付追踪者的东西。

尸体都已经腐烂得不成样子，热乎乎的浓烈的腐味从暗黑、臃肿的尸堆中散发出来，这个尸体堆和她的下巴一样高。吉尔尽量不去细看，她把榴弹发射器扔在一边，在尸堆里胡乱摸索。她用指尖掀起一件件黏糊糊的实验服，把手指伸进上面的口袋里……钢笔、铅笔、一包湿漉漉的香烟、一些零钱……一个门禁卡！很可能就是她一直在找的那个门禁卡。*太棒了！*

*哐！哐！*巨大的拳头砸在门上的声音在房间里回荡着。几秒钟内门就会被砸垮，她必须赶紧收好找到的东西开始行动。虽然没法杀死它，但可以想个办法绕开它。

吉尔把门禁卡塞在左脚的靴子里，抓起榴弹枪跑回门口。托尼古拉的福，她有了个好主意，*那个疯狂的混蛋也算是做了件好事……*

吉尔在门旁边找好位置，尽量靠近门边。她没有选择站在门后面，要是门被撞开的时候拍在她身上，就甭指望实施什么计划了。

砰！门猛地打开了，而且狠狠地撞在墙上，离她站的地方只差几厘米。追踪者冲进房间，沾满鲜血的手臂和触手向四面八方伸展着。

它变大了，身体变得更庞大了……

吉尔瞄准追踪者血肉模糊的后背下侧开火了，在三米之内发射的榴霰弹撕碎了怪物腰部的肌肉。追踪者尖叫着向前踉跄了几步，它还没站直，吉尔就已经跑出门，祈祷着能有足够的时间求救，在被它再次找到前逃走。

她在走廊上咚咚地跑着，从地上捡起贝雷塔，穿过隔壁的房间，跑进另一头的走廊。

至少还有时间用无线电求助，她可能活不到救援到来的时候，但卡洛斯可以，老天保佑……

***

卡洛斯只找到一架直升机，机身完好、燃料充足，随时可以起飞。如果他能找到吉尔，他认为他们可以成功逃出去。

他坐在飞行员的座位上，低头看控制面板，回忆着基本飞行常识……他是从另一个外籍雇佣兵那儿学会驾驶直升机的，虽然已经有一段时间了，但他仍确信自己可以搞定。

这是一架老式的双座直升机，最大悬停高度一千二百米，飞行半径三百二十千米。他不知道控制面板上某些开关和按钮的作用，但根本不需要知道。只需要知道用操纵杆控制飞机向前、向后、向侧边飞，用控制开关改变螺旋桨的推力以调整飞行高度就足够了。

卡洛斯看了看表，离他听到导弹警告已经有二十分钟了。他刚才花了几分钟检查直升机，还不得不花时间打死几只在院子里游荡的丧尸……

没关系。他们至少还有二十到四十分钟。这里太大了，他没办法及时搜索所有建筑……

用那该死的无线电啊，蠢货！

卡洛斯拿起耳机，对于自己竟没想到这个感到非常吃惊，同时决定将来一定要狠狠惩罚一下愚蠢的自己。

当然，假如还有将来的话。

“喂，这里是卡洛斯·奥利维拉，隶属安布雷拉，我位于浣熊市。请回答。这里还有人活着。如果你能听到我说的话，请终止导弹发射。听到请回答。听得到吗？”

他不知道有没有人能接到他的信号。安布雷拉可能阻断了一切对外联络途径，但他必须尝试一下。

“卡洛斯？是你吗？完毕。”

是吉尔！

当吉尔的声音在卡洛斯耳边响起时，他一下子瘫软在坐椅上，这声音是他所听到过的最甜美的声音。

“是的！吉尔，我找到一架直升机，我们现在必须离开这里，马上！你在哪里？完毕。”

“在大楼的通信室里，你刚才说发射导弹是怎么回事？”

她离他很近！卡洛斯笑了。我们马上就可以离开这里了，结束了！

“联邦政府会在半小时之内炸毁整座城市，但没关系，我们随时可以起飞，你看见楼里的梯子了吗？完毕。”

“是的，有一个梯子。他们要炸毁浣熊市，你确定？”听上去吉尔已经慌了，甚至忘了说无线电通信时的规定结束语。

我们现在没有时间说这个！

“吉尔，我很肯定。听我说，你从梯子下来，跑到头就会到达我的位置，一路上都没有岔路。从那个混凝土房间里有出口标识的门出来就是室外，然后穿过那个大型厂房……就是那个有很多大型发电机的屋子，绕过那些设备。后面的门在……在正门的十一点钟方向，明白了吗？我就在厂房的另一边，穿过后门你就可以看见我了，不要只剩下两条腿跑来了，不要到处乱逛。”

吉尔沉默了几秒钟，当她回答的时候明显带着笑意。

“如你所愿。我出发了。通话结束。”

卡洛斯咧嘴笑着发动了直升机。深蓝色的天空开始发亮，黎明就要来了。

5

resident evil

第二十七章

吉尔滑下梯子后立即开始奔跑，浣熊市马上就要被炸毁的消息不停地在她脑子里打转。她无法想象在过去的几天里城市之外发生了什么，以至于要用导弹炸毁这个已经被完全隔离的地方。

当然，它必须被炸毁，一旦他们得到想要的数据，他们就会炸了这里以破坏所有证据……吉尔跃过一具具尸体，到了卡洛斯说的有出口标识的那扇门前。穿过那扇门，迎接她的是混入了新鲜露水的清冷空气。

黎明，卡洛斯说他们会在黎明时发射导弹。最多只有半小时了。吉尔跑得更快了，她穿过一条由破汽车和废金属堆砌而成的蜿蜒走廊，前面就是那个厂房……厂房又大又宽但不太高，当她用身体撞开那沉重坚固的金属门时，就已经在想后门的位置了。

十一点方向……吉尔眼前只有功能不明的机械，到处都是粗大的管子和金属板，根本看不到后门。卡洛斯说她必须绕过那些机器，于是她向右边转——

吉尔猛地站住了，紧盯着眼前卡洛斯以为是发电机的巨大机器。这是一门激光炮，装着巨大的圆柱形炮筒，她之前见过的那个还没有这个一半大——它至少有三米高、六米长，有六张桌子那么大。几十根电缆从各个方向延伸到这个像堵墙一样的巨大机器上，炮筒正对着前门，这让她很好奇安布雷拉到底是在测试些什么……

后门猛地被撞开了。吉尔迅速用贝雷塔对准那里，不过却看到了卡洛斯，门外传来直升机螺旋桨发出的轰鸣。

“吉尔，快！”

他一定很高兴见到她，但她只在他脸上看到急迫的表情，提醒着她这里即将发生什么。

卡洛斯身后的门自动关上了。

吉尔摇摇头向他跑去。“对不起，我有点儿惊讶，这是门激光炮，是我见到过的最大的一个……”

轰隆！

前门附近的天花板迸裂了，一个巨大的身影跳进来，落在机器对面他们看不到的地方。但吉尔在那一瞬间看到了膨胀成球状的身体和围绕着身体的钩爪和触手，她知道自己之前推测的没错，追踪者正在进化。

接着追踪者弄出一起事故。前门旁边墙上的控制面板发出一阵爆裂声，火花四溅，追踪者发出了比以前更加特别、更加狂暴的号叫，在房间里不停地回荡。它的声音变得更加低沉，更加野蛮了。

“到这儿来！”卡洛斯喊道，吉尔快速向他跑去，卡洛斯转动着门上的手柄——

门打不开。吉尔看到门旁控制面板上的灯在不停闪烁，看来追踪者刚才把门锁电路弄短路了。

他们现在和变异的特种战术救援组杀手一起被锁在厂房里了。那怪物发出渴望鲜血的咆哮……

5 resident evil

第二十八章

听到吼叫声后，卡洛斯知道是追踪者又来了。他只在怪物跳下来的一瞬间看到了巨大而暴力的身影，他觉得他们完蛋了。

吉尔高喊了一声，在追踪者的号叫声中，卡洛斯只能勉强听到她声音。

“柯尔特蟒蛇在哪里？”卡洛斯摇了摇头。他只带了M16，把那把沉重的手枪和步枪的其余弹夹都放在直升机上。

“榴弹枪呢？”他对着吉尔喊，但这次换吉尔摇头了。

也就是说他们现在只有一把九毫米手枪，还有一把只剩二十发子弹的步枪。

我们必须把后门炸开，这是我们唯一的机会……

其实卡洛斯很清楚，前后门都是加固的重型金属门，在墙上打个洞都比炸门更容易些……

*他有办法了！*吉尔睁大眼睛看着卡洛斯，然后眨了眨眼。卡洛斯知道她也想到了。

怪物停止了号叫，但更加可怕的湿漉漉的啪嗒声响起了，那是巨大而黏稠的东西在混凝土地面缓缓移动的声音。

它来了。

“你会用那个吗？”卡洛斯问道。他振作起来，准备对抗追踪者。

“也许吧，但是……”

卡洛斯打断了她。“我来吸引它的注意力……让那个东西动起来，然后让我知道什么时候该躲开。”

在吉尔反对之前，卡洛斯便迅速地跑过她身边，决心不惜代价阻止它接近吉尔，*至少它比以前慢了，如果我能让它再慢一点儿……*

他走到激光炮的前方，深吸一口气转过墙角……然后不由地大叫起来，眼前的怪物真是太恶心了。那怪物变成了一个不断滴落黏液的巨大肉团，与臃肿的身体颜色一样的钩爪和触手支撑着身体蠕动着前进。弯曲的背部长满了肉瘤，随着呼吸上下起伏着，如同一锅冒着泡的开水。黑色的体液不断从它身上的细小缝隙中流出来，在经过的地面上留下一条痕迹。

卡洛斯瞄准怪物身上的一处凸起开火，子弹击中了目标，但是效果就像丢了一块石头过去似的……

怪物身体前部的一对触手闪电般伸出，卷住卡洛斯的腿把他拖倒。卡洛斯忍着肋骨处的剧痛急忙向后退去。虽然十分惊叹触手的速度，但卡洛斯并不害怕。怪物的身体移动得很慢，但触手的反应却出奇得快，而且竟然能伸到三米之外将自己击倒。

“下地狱去吧！”卡洛斯喘息着，用他能想到的最恶毒的语言诅咒着它。怪物已经来到拐角处，离炮口只有不到十米了。在它面前，卡洛斯的努力就像一只在飞机前面飞舞的苍蝇一样渺小。

黎明之前我们还有多久？……

怪物突然再次发出咆哮，它身体上的每一个细小裂缝都张开了，一起发出声音，像一千张嘴同时发出的尖叫声。

它不会停下来的。

卡洛斯向后退了几步，又开了一枪，这只是在浪费子弹，但他此时也没有什么其他能做的了……然后他听到一阵越来越大的嗡嗡声，激光炮里的涡轮迅速旋转着，越来越快，吉尔尖叫着让他移动，卡洛斯立刻朝旁边跳去。

***

吉尔连主电源都没有找到，也没有找到任何按钮或者输电线。她对机器的了解程度甚至无法让它启动。当看到卡洛斯被击倒时，吉尔觉得自己的心似乎都停止了跳动，但她强迫自己继续尝试，只有发动这个该死的机器，他们才有机会逃出去。

经过几秒钟疯狂绝望的搜索，她终于在机器底部找到电源开关，巨大的机器发出动听的声音，它终于启动了！

“快跑！”吉尔大喊道，同时推动着操纵杆，看着机器底部的一个小屏幕上显示着的瞄准方向，慢慢调整着炮口。机器正在充能，甚至可以明显感觉到周围的空气开始变热。卡洛斯已经远离了射击范围，而追踪者还在炮口前慢慢蠕动着。吉尔此刻兴奋得无法抑制，那巨大的满足感几乎使她忘记了紧张。

它杀死了布拉德·维克斯，然后一直冷酷地追着她穿过整座城市。它杀死了救援人员，使他们不得不留在地狱般的浣熊市。它让吉尔感染了病毒，而且一直让她处于无限的恐惧之中。它还重伤了卡洛斯……这些事大部分都不是它被命令要做的，它伤害了太多无辜的人。吉尔憎恨它的每一个细胞，同时也无可比拟地鄙视着它。

当激光炮的嗡嗡声达到顶点时，这个变异的怪物仍像泥浆一样向前挪动着，激光炮的嗡嗡声淹没了一切。吉尔甚至都听不见自己喊出来的话。

“你想要特种战术救援组，我给你特种战术救援组！你这狗屎！”她重重地拍下了激光炮的发射按钮。

5 resident evil

第二十九章

激光炮顶端发出一束集中了全部愤怒的明亮白色光束，缠绕着橙色和蓝色的电流。炽热的螺旋形光弧瞬间掠过炮身，吞没了追踪者扭曲、搏动着的身体。

那曾是安布雷拉开发部为之骄傲的生物，在痛苦中甩动着肢体，哀号着捶打着周围的一切。激光深深刺入它的身体，无情地熔化着身体组织，将坚硬的骨头、软骨和金属碎片熔化成一堆焦炭。

那团焦黑的肉块腾起一阵烟雾，脑干被烧得缩成一团，追踪者不复存在了，它的指令被抹除了，它那强大得令人难以置信的心脏终于停止了跳动。

几秒钟后，大炮因过热自动关闭了。

5 resident evil

第三十章

直升机终于起飞了，起初有点颠簸，但卡洛斯很快掌握了平衡。当这个注定要被毁灭的城市被他们甩在身后时，黎明的第一道光渐渐照亮了东方的天空。他们终于在离开的路上了，这感觉有点儿奇怪，几天前他们是那么迫切地渴望离开这里。

“尼古拉死了。”吉尔说，她的声音清晰地通过耳机传来。这是他们起飞后她说的第一句话。“追踪者杀了他。”

“这算不上什么损失，挺好的。”卡洛斯认真地回应她。

他们又陷入了沉默，卡洛斯对现在的飞行状态非常满意，他也想安静一会儿。他太累了，现在只想在导弹炸毁浣熊市之前尽可能远离那里。过了一会儿，吉尔把手伸过来，放在他的手上，他还是没说什么。

吉尔握着卡洛斯的手，望着缓缓从地平线上升起的太阳，天空变成了混合着粉红色、灰色和柠檬黄的华丽色调。真美啊！吉尔发现，她对浣熊市即将被摧毁并不感觉遗憾，虽然那里有一段时间曾是她的家，但是它已经成了让成千上万的人痛苦，甚至死去的地方，让它消失掉也许是最好的事了。

太阳继续升起，他们从几千米高的地方飞过森林、农场和空旷的道路，这一切在温暖的阳光下是那么清新明亮，两人都默默地看着。

天空中闪过强烈的白光，声波传来，机身微微地震动。吉尔再也没有回头看。

5
resident evil

尾声

特兰特忙了整整一天，旁听高层与公关顾问的会议，安排被公司收买的媒体发布充满同情心的报道，还要向安布雷拉的三个首脑解释HARM（高速反辐射导弹）——也就是军方对浣熊市使用的武器——和SRAM（近程攻击导弹）的区别。三巨头，特别是杰克逊对没有使用威力更大的战术导弹感到不满。他似乎无法理解在美国境内主动使用核武器时必须尽可能将污染控制在最小范围内的做法。颇有讽刺意味的是，一个拥有如此财富和权力的人，却完全不关心他参与创造的这个国家的现实。

最后一次浏览了一遍监察员的报告后，在傍晚时分特兰特终于有了一些闲暇时间。他拿着一杯咖啡走到办公室的阳台上。在空气过滤机的循环空气和荧光灯的光线中度过一整天之后，华盛顿特区的清新暮色令人舒爽。

从二十层楼往下看，脚下的城市显得很不真实，声音遥远，景物模糊。特兰特小口喝着咖啡，眼神游离，回忆着过去几天里他在家中密室里所目睹的一切。他通过入侵人造通信卫星连接了安布雷拉设置在浣熊市的数个摄像头，在密室中完整地看到浣熊市的最后几小时里所发生的事。

刚去那里的警察肯尼迪和克里斯·雷德菲尔德的妹妹——他俩勉强躲开爆炸，还设法救出了安布雷拉一个权威科学家的小女儿雪莉·柏金。特兰特没有和这两个人接触过，但他知道，里昂·肯尼迪和克莱尔·雷德菲尔德都已经决心加入这场战争。他们年富力强、意志坚定，而且对安布雷拉充满了恨意，再没有比这更好的了。

卡洛斯·奥利维拉也没有辜负特兰特的厚望，而且他还和吉尔·瓦伦蒂安成了搭档……他们的逃脱过程让特兰特完全惊呆了，两个互不知情的士兵能够配合得如此完美，令他喜出望外。尽管吉尔被感染了，但她还是活了下来，而且是在面对那个俄罗斯疯子和追杀特种战术救援组的追踪者之后。有很多白色安布雷拉的研究员仍对使用还在实验阶段的“暴君”表示质疑，虽然它们通常效率很高，但消耗的资源也十分惊人，特兰特知道，由于投放到浣熊市的两个实验体都被摧毁了，这方面的争论还会继续下去。

还有艾达·王……

特兰特叹了口气，希望她活下来。那是他派过去的一个高挑漂亮的亚裔美国特工，她不仅漂亮，而且非常有能力。他并没有看到她死掉，但她在导弹爆炸前逃出完全封锁的浣熊市的机会非常渺茫。真的很可惜。

总体来说，特兰特对目前事情的进展很满意。就他所知，公司里没有人怀疑过他的真实身份，也没有人发现他在暗中做的事。那三个安布雷拉巨头一天比一天依赖他，而且对他的计划一无所知……他要从外部和内部同时摧毁安布雷拉，毁掉那些安布雷拉领导者的生活，并对他们进行正义的裁决。他已经组织了一支男女都有的精锐部队，正致力于毁灭安布雷拉，他会尽己所能指引他们、帮助他们实现这个目标。

特兰特的方法十分复杂，但原因却很简单——为父母报仇。特兰特的父亲和母亲都是科学家，在特兰特还是个孩子时，安布雷拉为了从他们的研究中获利，谋杀了他们。

特兰特笑了笑，又抿了一小口咖啡。这听起来太有戏剧性了。他的父母在那起所谓的实验室事故中被活活烧死已经快三十年了。他在很久以前就不再痛苦……然而他复仇的决心从未动摇过。他改掉自己的名字、背景，放弃了能够正常生活的所有机会……但他从未后悔过，即使是现在间接造成很多人的死亡，他也不感到后悔。

天黑了。远处街灯闪烁，发出柔和的光芒，在夜空中就像城市上空的光环。它用自己的方式发光，那是一种独特的美。

特兰特喝光了杯子里的咖啡，心不在焉地用手指触摸着杯子侧面的安布雷拉标志，思考着黑暗和光明、善良与邪恶以及两者之间的灰色地带。他必须非常谨慎，不仅是为了避免暴露，还要留神那些灰色地带里的一切。

几分钟后，特兰特转身背对着夜色走进房间。在他回家之前，他还有很多事情要做。

献给杰伊和查尔，
两个忠实的读者，
两个极度狂热的爱好者

作者注

这一系列图书的忠实读者可能注意到在书籍和游戏中，时间或特征上存在着差异。出版游戏、撰写小说并对其进行修订，是在不同的时间里，由不同的人完成的，他们不可能完全一致。我只能代表我们所有人向你们道歉，并希望尽管有编年上的错误，你仍会继续享受我们合作创造的僵尸和倒霉的英雄，他们令《生化危机》增加了如此多的乐趣。

RESIDENT EVIL 生化危机（白金版）6

CODE: VERONICA

代号维罗妮卡

[美] S.D. 佩瑞 / 著　　谢幕娟 / 译

金城出版社
GOLD WALL PRESS
中国 · 北京

邪恶之子肯定是疯子。

——朱迪斯·莫里亚

目 录

RESIDENT EVIL
CODE: VERONICA

序　章

面对即将到来的死亡，看着直升机的碎片雨点儿一般从天空落下，被一群感染者包围的罗德里格·胡安·拉瓦尔心里唯一在想的就是那个女孩。不行，得从这个鬼地方冲出去。

不然，那孩子就死定了——

——所以他才继续挪动着身体。

罗德里格躲向一小块墓碑后，那座不大的坟墓却突然轰隆一声剧烈摇晃起来。随着一阵金属碎裂的声音，浓烟滚滚的直升机残骸坠落在墓地远处的角落里，燃烧的油料泼洒在附近那些腐烂的囚犯和士兵身上。燃烧的机油像熔岩一般在地面上流淌——

——罗德里格摔在泥地上，顿时感觉腹部一阵剧痛，两根肋骨撞在杂草丛中的黑色大理石上，发出咔嚓一声。这突如其来的巨痛令他一阵痉挛，但他坚持着没有晕过去。他必须保持清醒。

直升机的一片旋翼斜插进离他只有半米远的土里，在空中扬起一阵沙土。罗德里格仿佛听到一阵无言的呻吟，那是感染者们在抗议天上的火雨。一个被感染的守卫蹒跚着从罗德里格身旁走过，头发像火把般熊熊燃烧着，它的眼睛已经看不见了，但仍在寻找着攻击目标。

*它们感觉不到，它们什么都感觉不到。*罗德里格绝望地提醒自己，尽量放轻呼吸。他不敢移动，身上难忍的剧痛令他想不顾一切地大喊。这简直不是人类所能忍受的痛苦。

空气中弥漫着呛人的浓烟，尸体的腐臭和被烧焦的肉味混在里面。罗德里格听到从监狱的某个地方传来几声枪响，不过只是零星的几声。战斗结束了，他们都完了。罗德里格干脆闭上眼，他觉得自己见不到明天的太阳了。哪怕只是回想这一天的遭遇都让他感到心惊胆战。

一切开始于十天前的巴黎。那个姓雷德菲尔德的姑娘侵入安布雷拉总部，在罗德里格亲手制服她之前，她已经过了一番苦战。事实上，这要算罗德里格走运——当时她已经把枪拔出来了，只不过里面的子弹打光了。

*是的，完全是运气，*罗德里格无奈地想。如果他能知道不久之后发生的事，说不定他会为她装上子弹。

活捉她的奖励，是让他和他率领的精英安保队伍前往罗克福德基地——位于南大西洋的一个遥远岛屿，以真正的病毒感染者为对手，在那里展示他亲自训练的精锐部队的战斗力。这姑娘将成为科学家们新的实验对象，同时也是抓捕她那个到处添乱的哥哥及其领导的特种战术救援组叛徒们的诱饵——罗德里格最近不断听到他们的各种小道消息。雷德菲尔德的这次“演出”导致十七人重伤、五人死亡。大部分伤亡者都是些无足轻重的家伙，罗德里格对他们不屑一顾，但抓住这个姑娘却可能让他的薪水大幅提高。就算安布雷拉把她变成一只巨大的闪烁着霓虹灯光的蟑螂，也和他无关，反正没有什么是安布雷拉干不出来的。

还让罗德里格感到幸运的是——当时似乎是幸运，总部那些人审讯这个姑娘十天，却什么都没问出来，这使他的队伍有了十天的准备时间。从巴黎到开普敦再到罗克福德岛的行程十分顺利——飞行员技术娴熟，那个姑娘也很识相地没惹任何麻烦。罗德里格的手下都因这次机会振奋不已，着陆之后便以极高的热情开始准备第一次训练。

然而，他们抵达罗克福德还不到八小时——罗德里格是第二次来这儿，基地突然遭到不明势力的精准空中打击。毫无疑问，这伙人背后有雄厚资金支持，他们拥有精确制导技术以及无穷无尽的军火储备，直升机和轰炸机不停地在空中发出噩梦般的轰鸣，攻击显然经过周密计划，异常凶狠无情。就罗德里格所见，岛上的设施无一幸免——监狱、研究所、训练场……他想或许只有阿修福德的宅邸可以幸免，但也不敢确定。

只是空袭就足以彻底破坏这里了，更糟糕的还在后头——研究所被炸毁后，好几种变种T病毒出现泄漏，还有许多生物武器和实验体逃了出来。T系列病毒能将正常的人类变成可怕的无意识的食人丧尸，但这只是它的一个不幸的副作用，它并不是针对人类设计的。这也可以勉强说是现代科学造就的奇迹，大多数生物武器的实验对象都不是人类，病毒把它们改造成了杀人机器。

之后便是一片混乱。基地的领导者，那个冷血疯子阿尔弗雷德·阿修福德干脆就没有出现，战斗完全依靠军阶高一些的士兵来指挥。岛上的犯人显然指望不上，士兵们只能进行一些零星抵抗，而这根本起不了任何作用。罗德里格带来的士兵们也像其他人一样迅速倒下，在撤退至直升机场的途中，他们遭遇三只OR1（最新型的生物武器）的攻击，死伤殆尽。

一两分钟的工夫，他的队伍就消失了。OR1攻击性极强，非常危险。虽然只出现了少数几只，但这也不是他们能够对付得了的。士兵们称这种东西为“长臂怪”，因为它们的手臂能伸出非常远。讽刺的是，罗德里格的队伍一直很小心地避免被感染，在第一次轰炸时就戴上了特制的空气过滤面具，可最后他们还是被各种变种病毒感染了。

*这样也好，至少他们不会见到如此令人绝望的场面。*罗德里格心想。他甚至有些羡慕那些死去的人。此刻他满身是伤，筋疲力尽，而眼前的这一切定会是他终生的梦魇——无论他还能活多久。是的，他们还算走运，很快就死了。

罗克福德岛已成了人间炼狱。这种病毒通过空气传播，但存活不了多久，很快便会失效，所以岛上大概会有一半人被感染……但剩下的一半还是会被丧尸杀死或者咬到。就算有人能够逃脱丧尸，但在丧尸和生物武器包围中，几乎不可能逃离小岛。整座岛都被它们占据了。

或许天意如此。或许我们是罪有应得。

罗德里格认为自己并不是一个邪恶的人，但他也不能自欺欺人地说自己是个好人。为了高额的薪水，他曾对不少毫无人性的事视而不见。尽管他很想推卸责任，但如今的灾难并不是跟他毫无关系。安布雷拉一直都在玩火……罗德里格曾目睹浣熊市的毁灭、卡利班海湾的灾难和地下设施里的惨剧，却从来没想过他或他的队伍有朝一日也会成为受害者。

又一个丧尸从罗德里格的藏身之处走过，下巴上带着一个还在冒烟的枪洞。罗德里格本能地低下身子，忍住新一轮剧痛，努力不让自己昏过去。以前他也经历过骨折，可这次的疼痛明显不同，应该是内脏受了伤。如果是肝脏破裂，不尽快进行治疗必死无疑。如果运气好，他在被丧尸生吞前就会因内脏大出血死掉了……

罗德里格已经有些恍惚了，痛感已深入脏腑，他很想休息一下，可还有那个女孩。他现在离关押她的牢房已经很近了，非常近。之前入狱搜身的时候，有一名警卫把那女孩打晕了，那时袭击还没开始。此时她应该还被关在审讯室里，过了眼前这架直升机的残骸就到地下牢房的入口了。

快结束了，放了她我就可以休息了。

也许是出于某种本能，大部分丧尸都避开了火场。罗德里格在混乱中弄丢了武器，但如果能跑到西墙的阴影下去，说不定……

罗德里格慢慢坐直身子，身上越来越疼，疼得他恶心不止、浑身乏力。拘留区的急救箱里应该有止血剂，多少能减缓内出血——尽管他已经做好迎接死亡的准备了。

在死前得先找到那个女孩。我抓住了她，我将她带到这里。都是我的错，要是我现在就死了，她也必死无疑。

尽管目睹了如此残酷的场景，尽管失去那么多伙伴，尽管他正遭受痛苦和恐惧的折磨，罗德里格还是无法将那个女孩置之脑后。克莱尔·雷德菲尔德也杀过人，但杀人并不是她的目的，不像安布雷拉。不像他。她不是因为贪婪杀人，她让罗德里格感到了多年未有的愧疚之情……看到自己训练出来的精英队伍被那些怪物像扯意大利面一样轻易撕裂之后，在为了生存奋战了整个下午之后，罗德里格越来越觉得，让安布雷拉受到应有的惩罚是任何一个有良知的人都该做的事。那个女孩即便有罪，也不应该在黑暗中孤零零地死去。他碰巧从一个死掉的卫兵腰上得到一串钥匙，其中的某一把肯定能打开关着她的牢门。

火光冲向黑暗的天空，萤火虫一般的火花溅向空中，慢慢暗去，偶尔也落在旁边的丧尸身上，发出嘶嘶的响声后熄灭，而丧尸们对此并不在意。罗德里格咬紧牙关慢慢站起身。他忽然想到，年轻的克莱尔即便被放出来，也很可能活不过十分钟，但罗德里格还是要给她一个生存的机会。这不太容易，但这是他现在唯一要做的事了。

6

resident evil

第一章

克莱尔头疼欲裂。

她半睡半醒，恍惚地想着一些事，直到远处的一声雷鸣穿透了黑暗，她才逐渐清醒过来。克莱尔梦到过去几个月里几乎成为她日常生活的种种狂乱——尽管她模糊地意识到那些都是事实，但那太疯狂、太不真实了。浣熊市爆发病毒后的记忆碎片不断在她脑海中闪现——在她和那个小女孩身后穷追不舍的怪物、在伯顿家中的遭遇、与里昂的相遇，还有正在祈祷克里斯平安无事的自己。

又是一声巨响，比刚才更大了，克莱尔意识到有点儿不对劲，可她怎么也无法醒来，无法停止回忆。克里斯，她的哥哥正在欧洲，而他们本应该去找他。克莱尔觉得非常冷，头也阵阵作痛，可她搞不清是怎么回事。

*究竟发生了什么？*克莱尔努力集中精力，可浣熊市之后几周的记忆依然只是一些破碎的片段、画面和念头。她无法控制住记忆，就像在睡梦中过电影一样，但她仍然无法醒过来。

特兰特乘坐飞机的影像、一片荒漠、找到一张存着密码的数据盘，但最终也没帮上哥哥的忙。长途飞行到伦敦，之后又坐船去法国……

*电话响了。“克里斯在这儿，他很好。”是巴瑞·伯顿的声音，对，是他深沉、亲切的声音，还有熟悉的笑声。*这让克莱尔感觉如释重负，好似里昂的手搭在她肩头一样——

记忆开始慢慢变得清晰——*我们在安布雷拉总部一个可以监视其行政大楼的地方碰了头。里昂和其他人在车里等，我不时地看表，心激动得怦怦直跳，他在哪里？克里斯在哪里？*

直到一颗子弹从她耳旁擦过，克莱尔才知道自己被发现了。探照灯马上照过来，将她逼进一座建筑物中——

——狂奔着穿过走廊，自动步枪的枪声和外面直升机的轰鸣震耳欲聋，子弹雨点一般射进来，溅起的地砖碎片刺进我的小腿中——

——接着是一阵猛烈的爆炸，全副武装的士兵们被气浪吹得东倒西歪，然后……我被抓住了。

安布雷拉的人将克莱尔扣押了一周多，千方百计想让她开口。她倒也说了一些，比如和克里斯一起去钓鱼、她的政治理想、她最喜欢的乐队……可涉及关键的信息，克莱尔只字未吐。克莱尔坚称她只是在找自己的哥哥，仅此而已，最后那些人似乎居然相信了她并不知道安布雷拉的事情。克莱尔只有十九岁，看上去像个童子军一样天真，也许正是因此，安布雷拉的人才信了她的话。其实她知道很多事情，例如特兰特打入了安布雷拉的内部、安布雷拉首席科学家的女儿雪莉·柏肯的去向……这些事情被她深深地埋在了心底。

安布雷拉的人认为克莱尔已经失去情报价值之后，便将她带走了。她被恐吓着戴上手铐，前后换乘两架私人飞机和一架直升机，来到一座小岛上。整个旅程中克莱尔都被黑布罩着头，因此什么都没看到，眼前一片黑暗让她更加恐惧。飞机上的人好像说这里是罗克福德岛，她除了知道这里离巴黎非常非常远之外，对这个岛一无所知。又是一声雷鸣。克莱尔想起在一个天色阴沉的早晨，她被推搡着穿过一片泥泞的囚犯墓地，她透过头罩的缝隙隐约瞥到几座刻着字的墓碑。走下几级台阶后，有人对她说，欢迎来到你的新家，然后是砰的一声……

又是一阵轰隆声，地面震动着。克莱尔睁开眼睛，还没来得及看清周围，头顶上的灯就熄灭了，单人牢房中一片漆黑。克莱尔就躺在牢房肮脏、油腻的地上。

*不好，这样不行，快爬起来。*克莱尔强忍着头疼，慢慢爬起来，浑身僵硬、肌肉酸痛。阴冷漆黑的牢房中一片寂静，只有水滴缓缓滴落的声音，这声音让她觉得更加孤单了。

*这不会太久。哦，天哪！我已经被抓住了。*她被安布雷拉抓住了，想起在巴黎的那场大破坏，他们是不会请她吃个冰激凌就把她放出去的。

意识到现在的处境之后，克莱尔不由得一阵紧张，不过她很快就将恐惧抛开了。此刻需要的是冷静思考、做出选择，然后准备下一步的行动。如果她不能摆脱恐惧，就绝不可能活着离开浣熊市——

——但现在是在安布雷拉控制的小岛上，就算守卫们都是蠢货，又能逃到哪儿去呢？

问题要一个一个解决，慢慢来。首先要想办法站起来。不知哪个该死的混蛋把她打晕了，现在右侧的太阳穴还肿着，隐隐作痛，除此之外好像没受其他伤。远处再次传来微弱的声响，天花板上落下一阵尘土，有几块碎片掉在克莱尔的后颈上。在半梦半醒时，她以为那是雷声，现在听起来像有炮火在轰击罗克福德岛。要不就是哥斯拉出现了。哦，天哪！外面究竟发生了什么？

被枪托砸了以后，克莱尔的脑袋一直隐隐作痛，她皱着眉头慢慢地从地上爬起来，掸掉落在手臂上的灰尘，舒展了一下筋骨。她只穿了牛仔裤和无袖T恤，身处阴冷潮湿的地下牢房，让她后悔没有穿得更暖和一点。这身衣服本是她为与克里斯见面挑选的……

*——克里斯！哦，你一定要平安啊！*当时在巴黎，她故意将安布雷拉的保安从里昂、瑞贝卡和其他两名特种战术救援组埃克塞特分部队员的藏身处引开。如果克里斯没有被抓，现在一定已经和其他伙伴会合了。要是能找到一台可以上网的电脑，她至少能给里昂发个信息……

……是啊，先掰弯几根金属栏杆，然后找两挺机关枪，把这岛上的人一扫而光。然后找一台电脑，黑进安布雷拉的加密网络。然后告诉里昂你不知道罗克福德岛在什么位置……

心里冒出的另一个声音打断了克莱尔的白日梦。

——乐观一点儿吧，笨蛋。还是等你活下来之后再来自我解嘲吧。现在有什么能做的呢？

对，这是个好问题。首先，这里没有守卫。其次，这里十分昏暗，只有牢房外右侧走廊远处有一点灯光，或许可以利用这点——

克莱尔摸了摸自己的口袋，希望在失去意识的这段时间里没有人搜她的身，尽管她知道这不太可能——什么！T恤左边口袋的东西竟然还在！

“这群白痴。”克莱尔轻声说。从口袋里拿出克里斯送给她的老式金属打火机。握着沉甸甸的打火机，克莱尔感觉分外温暖。她被搜身时，曾有一个士兵把这个打火机掏出来点烟，不过克莱尔告诉他自己也抽烟时，那人又把打火机还给了她。

为了不让已经习惯黑暗的眼睛受到刺激，克莱尔将打火机放回口袋。借着走廊上微弱的光线，克莱尔打量这个小小的房间——屋里有一张桌子，牢房对面有几个柜子，门开在左边。她就是从那里被押进来的。右边是一把椅子和一些凌乱的杂物。

好，至少了解了周围的环境。接下来呢？

此时克莱尔感觉平静了不少。她迅速翻找其他口袋，又找出几根扎头发的橡皮筋和两粒包装纸皱巴巴的薄荷糖。*好吧。可以做一把弹弓，用薄荷糖当子弹来对付敌人。这运气实在太好了……*

这时，走廊里传来脚步声，有人正从外面走过来。克莱尔不由得紧张起来，喉咙发干。手无寸铁的她被关在一个小房间里，想起飞机上那几个守卫看她的眼神……

*尽管来吧。我的确没有武器，但可不代表我会乖乖就范。*如果有人想对她不轨，无论是性侵还是其他什么，她一定要让他好看。就算是死，也得找个人陪葬。

“咯噔。咯噔。”只有一个人的脚步声。无论来的是什么人，来人身上都带着伤。脚步声凌乱而缓慢，还有点拖曳声，就像……

不，这不可能。

克莱尔屏住了呼吸。一名男子拖着脚步走近牢房，双手向前伸着，好像感染了病毒的丧尸，又像个醉汉，踉踉跄跄地向克莱尔的牢房走了过来。克莱尔下意识地后退了几步，那个人的样子令她万分恐惧。如果病毒已经在岛上扩散了，她最好的结果就是在牢房里活活饿死。

*天哪，难道说病毒又泄漏了？*上一次，浣熊市成千上万的人因此而死。安布雷拉到底什么时候才能明白，他们那些疯狂的生物试验根本不值得付出这么高昂的代价？

克莱尔觉得有必要仔细观察一下走过来的男人。如果只是一个喝醉的守卫，对付起来完全不是问题。如果是感染者，她至少目前还是安全的。应该是这样。丧尸不会开门，至少上次在浣熊市时是这样的。克莱尔拿出打火机，掀开盖子打着火。

在火光下，克莱尔立刻认出面前这个人，她倒吸一口凉气，又后退了一步。这个男人身材高大魁梧，像拉美人种，蓄着胡子，眼神冷酷。就是这个人在巴黎抓住了克莱尔，并把她押送到这个小岛上。

*不是丧尸，至少此刻还不是。*尽管如此，克莱尔还是不敢掉以轻心，无论如何她都要争取任何机会。

克莱尔在原地愣了一会儿，不知该怎么办。男人看上去和以前大不相同，除了沾满泥土的脸和染着血迹的白色T恤之外，从脸上的表情看来，他的内心似乎发生了某种根本性的变化。以前他一看就是个冷血杀手，而现在……克莱尔很难确定他如今的状态，当那人从口袋中掏出一串钥匙时，克莱尔默默祈祷他是向好的一面转变了。

男人沉默着将牢门打开，茫然地看了克莱尔一眼，然后把头偏了偏，表示“出来”的肢体语言似乎全世界都一样。

没等克莱尔做出反应，男人便摇摇晃晃地转过身走开了，他用一只颤抖着的手捂着腹部，显然是受伤了。桌子和对面的墙之间有一把椅子，他重重地坐在椅子上，用沾着血迹的手从桌面上拿起一个瓶子。他摇了摇那个只有一个小线轴大的瓶子，无力地把它扔到房间另一边，低声嘟囔着。

“完美……”

空瓶在水泥地上哗啦啦地滚了几圈，停在牢房外面。男人虚弱地看向克莱尔，用疲惫的声音说：“快走。离开这儿。”

克莱尔向打开的牢门走了一步，又踌躇了。故意放她逃跑，然后在背后开枪——考虑到他在为谁工作，这不是不可能。她还清楚地记得这个男人之前用枪指着她时的眼神，还有扭曲的残酷微笑。

克莱尔决定问清原因，她清了清喉咙：“你这是什么意思？”

“你自由了。”他低声说，身子弯曲下去，下巴直抵到胸前。“我不知道，也许是某支特种部队，我们全军覆没……没有逃脱的机会。”说完，男人闭上了眼睛。

克莱尔的直觉告诉她，男人是真心想让她离开，但她不想冒险。她走出牢房，从地上捡起那个瓶子，慢慢地靠近对方，同时一直观察着他的动静。克莱尔并不认为他是假装受伤，那种样子是装不出来的，原本深色的皮肤一片苍白，好像戴了一个透明的面具。他的呼吸也非常不规律，衣服上散发着汗味和化学烟雾的味道。

克莱尔看向手中的空瓶，这应该是用来装某种注射液的，瓶子的标签上是几个克莱尔不认识的单词，她只认出“血”这个字——难道是止血剂？

他可能是内脏受伤……克莱尔想问清释放她的原因，想知道外面的情况、应该往哪儿走，等等。不过男子的眼睑从刚才开始就抖个不停，看样子就要失去意识了。

不能扔下他不管，自己走出去——

——别管了！走，赶快走！

他可能会死的……

*你也会死的！快逃！*克莱尔在心中纠结了一会儿，和往常一样，最终还是良知战胜了理智。显然男人放了她并不是出于某些邪恶动机，无论他的本意是什么，克莱尔都很感激。他大可不必这么做，但他做了。

“那你呢？”克莱尔问，想知道是否能为他做点儿什么。她的力气不足以扶他出去，她也不是医生——

“别管我。”他勉强抬起头看了克莱尔一眼，声音有些焦急。

没等克莱尔问他外面究竟发生了什么，他就失去了意识，双肩低垂，一动不动。虽然还有呼吸，但如果没有医生，克莱尔觉得他撑不了多久。

打火机变得越来越烫，但克莱尔还是坚持着在火光下仔细搜索了房间。先从桌子开始，一把格斗匕首随意地仍在一本记事簿上，旁边散着几张纸……克莱尔看到其中一张纸上写着自己的名字。她将格斗匕首别在腰带上，同时快速浏览着桌上的文件。

克莱尔·雷德菲尔德，囚犯编号WKD4496，移交日期……由罗德里格·胡安·拉瓦尔押送至此，第三安保部队，安布雷拉，巴黎。

罗德里格。抓住她又放了她的那个男人，如今克莱尔眼看着他就要死去，但她却无能为力，除非能够找到帮助。

我在这儿什么都做不了。

克莱尔想着。搜索完整个房间之后，克莱尔合上打火机。大部分都是些没用的东西，一个塞着破烂囚服的箱子、胡乱堆着的文件。克莱尔找到了她被没收的无指手套，这双手套她用了很多年。她将手套戴上，感到双手稍微暖和了一些。可以用来防身的只有那把匕首，如果用得好倒也是很有效的武器……可她并不擅长匕首格斗。

别抱怨了，有总比没有的好。五分钟前你还手无寸铁地被关在阴暗的牢房里，现在至少有了逃脱的机会。你应该庆幸，至少罗德里格不是下来了断你这条小命的。

但这想法还是解决不了她不擅用匕首的现实问题。克莱尔犹豫了一下，迅速搜了搜罗德里格身上，但也没有找到其他武器。虽然找到一串钥匙，但克莱尔不想带着一串哗啦哗啦作响的钥匙惹人注意。要是真用得上，再回来取也不迟。

现在出去看看吧。

“行动。”克莱尔轻声说，给自己打着气。在外面不知会遭遇什么……但她别无选择。只要还在这个岛上，她就仍处于安布雷拉的控制中——先弄清目前的情况，才能想办法逃跑。

克莱尔紧紧握住匕首走出地牢，想着安布雷拉的疯狂是否会有结束的那一天。

***

阿尔弗雷德·阿修福德独自坐在家中宽敞的弧形台阶上，半闭着眼睛，怒气冲冲。空袭已经停止了，但他的家——阿修福德家族的祖宅——也毁了。这宅子是他祖父的曾祖母——才华横溢、美貌超群的维罗妮卡，上帝保佑她的灵魂——在这片荒凉的绿洲上建造的，维罗妮卡给这片绿洲起名为罗克福德，她在这里度过了传奇的一生……可现在，转瞬之间冒出一群疯狂的家伙，竟敢试图摧毁它。建筑的二层大部分都已经扭曲坍塌了，门也被堵死了，只有几个私人房间还保持完整。

这群粗野的、毫无教养的混蛋。你们连自己究竟有多蠢都不知道！

阿莱西亚在楼上哭泣，她那颗玫瑰般柔软的心一定在为失去的一切刺痛着。一想到妹妹不得不接受这些完全不必要的痛苦，阿尔弗雷德就更加愤怒了。他强烈地希望发泄出心中的怒火，但却没有可发泄的对象。部队的军官、科学家，还有他的贴身保镖都已经死了。阿尔弗雷德在宅邸的秘密监控室里目睹了全部过程，每一块屏幕都显示着无情的屠杀和可悲的无能。几乎所有人都死了，仅有的几个幸存者也都像兔子一样惊恐地四处逃窜。岛上的大部分飞机都变成了残骸，宅子里的仆人中只有他的私人厨师活下来，可那个女人一直在不停地尖叫着，阿尔弗雷德不得不冲她开枪，才让她永远安静下来。

尽管如此，我们还在这儿，仍然安然无恙地待在这个不会被世间那些肮脏的手污染的安全角落。阿修福德家族将会生生不息，永世繁荣，在敌人的坟墓上跳舞，用他们子女的头骨来喝香槟。

阿尔弗雷德开始想象拥着阿莱西亚共舞的情景，在敌人惨叫声中跳着优雅的华尔兹……那将是无上幸福的时刻，双胞胎妹妹注视着他的目光，知道他们比那些普通人优秀几万倍，比那些妄图毁灭阿修福德家族的人优秀几万倍。

可问题是，究竟是谁策划了这次袭击呢？安布雷拉的敌人有很多，有药品行业的竞争对手，也有个人股东——浣熊市发生的事给他们的财产造成了灾难性的损失，还有生物武器研究方面的几个隐秘对手。安布雷拉公司是奥斯威尔·斯宾塞和阿尔弗雷德的祖父爱德华·阿修福德成立的，现在已经是一个创造了巨大财富的商业帝国，但安布雷拉的真正核心是它的隐秘活动，这些活动涉及广泛，因此不可能做到完全不被人所知。到了后来，间谍和探子甚至无处不在。

阿尔弗雷德握紧拳头，怒火在胸中翻涌。突然他发现阿莱西亚不知什么时候来到他身后，空气中带着一股栀子花的清香。阿尔弗雷德完全沉浸在自己强烈的情绪中，完全没有察觉阿莱西亚的靠近。

“亲爱的哥哥，不要自暴自弃。”阿莱西亚柔声说，然后走下台阶坐在他身旁。

“我们会赢的，一如既往。”

阿莱西亚很了解他。她离开罗克福德的那些年，阿尔弗雷德一直很孤单，一直在担心失去他们之间那种特殊感情……但事实上，如今他们的关系比以往任何时候都更加亲密。他们从未谈过之前的分离，也从未谈过南极基地实验之后的事情，因为他们都很珍惜相聚的快乐时光，不愿谈论那些破坏它的事情。阿尔弗雷德觉得，阿莱西亚肯定也是这么想的。

阿尔弗雷德久久地注视着阿莱西亚，妹妹的优雅身姿抚慰了他的焦躁情绪，她的美丽总是令他惊叹。要不是听到妹妹在卧室里的哭泣声，他根本无法想象她竟然也会落泪。她白瓷般的肌肤光泽动人，天蓝色的眼睛清澈闪亮。即便是今天，即便在这最黑暗的日子里，只要看到她，阿尔弗雷德就会感到深深的喜悦……

"没有你我可怎么办？"阿尔弗雷德轻声问道。只是想想都会令他感到一阵揪心刺痛。阿莱西亚不在的那些日子，他几乎要被孤独折磨疯了。直到现在他还不时地会梦到阿莱西亚离开，梦到他孤身一人的时刻。这也是阿尔弗雷德一直让阿莱西亚待在老宅后面的安全屋中的原因。阿莱西亚对此并不介意，她潜心于自己的研究工作，也知道其他人都没有资格赞美和爱慕她。只要有哥哥的疼爱就够了，阿莱西亚无比信任哥哥，哥哥是她与外界的唯一纽带。

*要是我能永远陪在她身边就好了，只有两个人，隐居世外……*可是不行，他是阿修福德家的家主，他要为家族在安布雷拉的地位负责，要为整个罗克福德岛负责。自从十五年前，他无能的父亲亚历山大·阿修福德无故失踪之后，年轻的阿尔弗雷德就继承了父亲的地位。安布雷拉生物武器研究的幕后主导者们一直想把他排挤出去，但阿修福德这个名字始终震慑着他们，令他们不敢真的把他怎么样。现在他们还得定期向他汇报，毕恭毕敬地解释每一个代表他做的决策，并在他有需要时随叫随到。

*我想我应该联系一下他们，告诉他们这儿发生了什么……*以前这些事都是他的私人秘书罗伯特·道尔逊处理，但罗伯特表现出一点儿

对阿莱西亚的好奇，所以几周前已经被送进了监狱。

此时阿莱西亚正对他微笑，脸上散发出理解和欣赏的光芒。是的，自从回到罗克福德，阿莱西亚对他比以前更加温柔，就跟他对她一样好。

“你会保护我的，对吧。”阿莱西亚肯定地说，“你一定会找到这件事的主谋，然后让他们知道袭击我们这样强大家族的后果。”

阿尔弗雷德心中满是柔情，他伸出手想触碰阿莱西亚，突然想起她从不喜欢身体接触，于是急忙停住了，代以点头致意。一想到有人竟然敢伤害他挚爱的阿莱西亚，他心中的怒火又开始翻涌。只要他还活着，就绝不允许任何人伤害阿莱西亚。

“是的，阿莱西亚。”他豪壮地说，“我发誓，一定让他们受尽折磨。”

阿尔弗雷德看得出她眼中的信任，这让他心中充满骄傲，决意要找出幕后黑手。竟然敢让阿修福德家族蒙羞，一想到这儿，阿尔弗雷德就更加憎恨那些袭击罗克福德岛的人了。

我会教他们什么是悔恨，阿莱西亚，带给他们永远不会忘记的教训。

阿莱西亚如此信任和依赖他，阿尔弗雷德宁可死，也不会令她失望。

6
resident evil

第二章

克莱尔在楼梯下方合上了打火机，深吸一口气，无论接下来会面对什么，她都要做好迎接的准备。漆黑走廊中的寒意像只冰冷的手抚摸着她的后背，但她还是有些迟疑，把打火机放进背心口袋的时候，握着匕首的手心里都是汗。她有点儿不太敢上去面对未知的一切，但别无去路，除非她回牢房里去。克莱尔闻到油烟的味道，最上面几级台阶上摇曳着火光，上面的建筑肯定着火了。

*外头究竟发生了什么事？这不是安布雷拉的地盘吗……*是发生了和浣熊市一样的事，还是刚才的攻击导致了病毒泄漏？或者安布雷拉在这里制造的变异生物逃脱了？难道说罗克福德岛只是安布雷拉关押敌人的监狱？那么也许是犯人们暴动了，因为罗德里格是安布雷拉的人才会受伤？

或者你可以走上楼梯，自己亲眼去看看，而不是在这瞎猜，嗯？

克莱尔强迫自己踏上台阶时，清楚地听见自己的心跳声，心不在焉地想，为什么电影里的主角面对危险时总是那么轻松、勇敢。

浣熊市的经历让她仍心有余悸。尽管那时她别无选择，但这并不代表她完全不会害怕。恐怕只有彻彻底底的傻子，才会在那种状况下不会恐惧吧。

克莱尔慢慢地沿着台阶往上走，感官渐渐变得敏锐起来，血液将肾上腺素带到身体里的每一个角落，她想起被守卫押送途中曾经过了一小块墓地。但这也没什么用处，她当时只是瞥见几块装饰奇怪的墓碑，可能是囚犯们的坟墓。出口附近肯定是失火了，不过火势应该不大——在地下并没有感觉到热量，只有凉爽潮湿的微风带着刺鼻的烟味。外面似乎很安静，克莱尔快到出口时，只听到像雨滴落在火焰中发出的那种嘶嘶声，这让她的心情平静了下来。

一走上地面，克莱尔就看到几米外的火源。那是一大块熊熊燃烧的直升机残骸，散出阵阵刺鼻的浓烟。在左侧是另一块燃烧的残骸，残骸对面是一堵墙；右侧就是那块墓地，在夜色将近的黄昏和越来越大的雨中，显得格外阴郁。

透过雨雾，克莱尔隐约看到几个暗影，看上去一动不动，像墓碑。她稍放了点心，无论发生什么事，看样子应该都已经结束了。

发现只有自己一个人后，克莱尔惊奇地发现，自己竟然会因为将要独自在墓地过夜而感到宽慰和开心。如果是六个月前，她一定会联想到各种各样的恐怖事物，而经过与安布雷拉的生死较量之后，鬼魂、幽灵什么的都不再可怕了。

克莱尔在U形小路上向右转，一边慢慢走着，一边回忆先前被押往牢房的路上看到的东西。她隐约记得，坟场中间那排坟墓对面应该就是大门，或者至少她可以辨认出稍远处的那片开阔地——

——突然身后响起震耳欲聋的爆炸声，克莱尔被一阵炽热的气浪抛了起来。下着雨的昏暗傍晚突然变亮了，化学品燃烧产生的臭气刺激着她的鼻子和眼睛。克莱尔狼狈不堪地摔在泥地上，好在没有被手中的匕首伤到，事情太突然了，她根本没有时间做出反应。

——好像没怎么受伤——一定是直升机的油箱爆炸了——

“呃啊……”

克莱尔一下从地上爬起来。应该没有听错，那轻声的呻吟声让克莱尔不由得一阵紧张，呻吟声断断续续，一声接一声。克莱尔转过身，有一个人影从燃烧着的直升机残骸中跌跌撞撞地朝她走来。那个男人的衣服和头发都着火了，脸上的皮肤被烧得焦黑，满是水疱。

克莱尔又转身看向另一边，又有两个人从泥地中爬起向她走来，它们脸色灰白，露出指骨的手指对着她的方向不停抓着。

该死！跟在浣熊市一样，安布雷拉的合成病毒又将这些人变成丧尸，夺走了他们的人性和生命。

克莱尔没时间抱怨或怀疑，有三个丧尸正在逼近，而稍远处还有更多。丧尸们一个个从阴影中走出来，将面无表情的脸转向克莱尔，嘴巴大张，空洞的眼神直盯着前方。有些丧尸身上还穿着撕烂的迷彩服或灰色囚服，守卫和犯人都被病毒感染了。

“唔呃……”

“哦哦哦……”

四面八方的饥渴叫声重叠在一起，每一声都像饥饿的野兽看到食物时发出的号叫。该死的安布雷拉！把好端端的人变成毫无思想的、腐烂的行尸走肉，没有比这更惨绝人寰的了。所有感染者最终的结局一定是死亡，但克莱尔不能为它们哀悼，至少现在不行。总得要先活下去才能谈同情心。

逃，得赶紧逃！

克莱尔思考了一秒钟，没有其他办法，她只能逃跑。道路两端都被堵死了，克莱尔只能跑到墓地中间，爬上一块大理石墓碑，墓碑下面才是真正的死者安息之所。湿漉漉的牛仔裤紧紧箍着她的腿，脚上的靴子踩在光滑的墓碑上总是打滑，不过克莱尔还是成功爬了上去，努力在上面保持着平衡，总算暂时避开那些丧尸的攻击了。

*但这坚持不了多久！得赶紧离开这儿，得赶快。*匕首根本派不上用场，克莱尔不敢靠近那些丧尸，更别说用匕首近身攻击了——只要

被它们咬到一口，就会加入它们的行列，如果没被吃掉的话。

那个脸被烧得焦黑的丧尸离克莱尔最近，它的头发已经烧光了，身上残余的衬衫还在冒烟。它离克莱尔非常近，近到克莱尔能明显地闻到它身上令人作呕的焦煳腐肉味和刺鼻的燃油味。只有十秒钟，最多十五秒，这个丧尸就会抓到她了。

克莱尔双手平伸，保持着身体的平衡，看向墓地的东南角。这里与出口之间只有两个丧尸，但也是她对付不了的。根据浣熊市的经验，丧尸行动缓慢，不具备任何思考能力——它们看到猎物后，只会直线行进，完全不管途中会撞到什么。如果能引它们远离大门——

好主意，只是附近一共有六七个丧尸，一下去会被包围的——

——*可你还能永远待在墓碑上吗？*

墓地中央的这排坟墓两边各有几个丧尸，但克莱尔的正前方只有一个……而且这个丧尸的一只眼睛已经没有了，一支折断的手臂耷拉在胸前。

这个计划很冒险，只要绊倒一次她就完了。此时那个被烧焦的丧尸伸出焦黑颤抖的手，抓向克莱尔的脚踝，雨点落在它仰起的脸上，发出嘶嘶的声响。

克莱尔张开双臂，纵身跳到旁边墓碑狭窄的顶部上，她左右扭动、摆动双臂，努力想稳住前倾的身体，但还是没能站稳，眼看就要摔下去了——

——克莱尔来不及思考，她接着往前跳，再跳，踩过高高低低的墓碑，利用身体的惯性不断向前跳。一个脸色灰白的丧尸抓到克莱尔的小腿，它饥饿地呻吟着，幸好她跳得快。克莱尔没时间考虑怎么停下来，也没这个必要。又一次跳跃之后，克莱尔从一米高的地方摔在泥地上，来了一个拖泥带水的前滚翻。

哎哟。这一下摔得真够重，克莱尔顾不得疼痛，挣扎着爬起身，地面十分湿滑，她很难站稳。独眼丧尸蹒跚着向她走来，发出咯咯的呜咽声。不过克莱尔移动到丧尸失去眼睛的那一侧，同时抽出匕首。

丧尸转动身体想要再次找到它的猎物，不过克莱尔很容易就能避开它的视线。

克莱尔将目光从独眼丧尸身上移开，看到其他丧尸正在靠近。雨越下越大，克莱尔身上大部分的泥都被冲掉了。

看来行得通，再坚持一会儿——

独眼丧尸始终找不到猎物，开始有些焦躁，挥舞着那只还没断掉的手四下乱抓。脏兮兮的黑指甲从克莱尔胸前划过，丧尸不耐烦地呻吟着，又碰到克莱尔湿漉漉的牛仔裤，但都没有抓住。

天哪，它碰到我了——

克莱尔又是害怕又是恶心，在心里无声地大喊。她用匕首在丧尸的手腕上割出一道深深的伤口。丧尸仍然空中乱抓着，完全没有在意克莱尔的攻击，克莱尔觉得必须马上离开了。

她缩回手臂，双手握拳，然后使劲砸向丧尸的胸口。丧尸踉跄着后退了几步，克莱尔趁机重新回到中间那排坟墓之间，其他丧尸离得更近了。

克莱尔自己都不知道怎么会这么快就爬上了墓碑，前一秒她还在地上，下一秒就已经站在倾斜的花岗岩墓碑上。出口方向一个丧尸都没有，它们现在全都集中到西墙附近。

克莱尔再次在一块块墓碑上跳跃，这次她掌握好了步伐和平衡，注意不让自己从墓碑上滑下去。雨慢慢小了，克莱尔能听到丧尸们跟在她身后，缓慢地在泥地移动的声响，不过除非它们中的某个突然想起“奔跑”这回事，否则是追不上她了。

*那么，现在只希望那扇小门没有锁上。*克莱尔跳下最后一块墓碑，头晕眼花地想着。大门是开着的，但大门外的那扇小门是关着的。万一那扇门是锁着的，她就必死无疑了。

克莱尔三两步穿过大门，伸出双手抓住石墙上那扇铁门的栏杆用力推去。咔嚼一声，门被推开了，克莱尔握紧手中的匕首，暗自希望门另一边的丧尸会比这边少一些。在她身后，那群失去了猎物的丧尸呜呜地呻吟着，克莱尔跨出门外。

门外是一块布满残骸的空地，旁边有一个不太高的瞭望塔。克莱尔的左侧是一辆翻倒的囚车，里面还在冒着火和浓烟。太阳完全落下去了，好在升起的月亮几乎是一轮满月。克莱尔锁上身后的门，她没发现眼前有什么危险——至少没有丧尸向她扑过来。不远处躺着几具尸体，没有一个在动的。克莱尔在心里祈祷，希望至少能找到一把手枪和一些子弹——

一道强光突然照过来，那是瞭望塔上的探照灯，照得克莱尔无法睁开眼睛——

——克莱尔把脸侧向一边避开灯光时，枪声大作，自动步枪的子弹打在她身旁的水泥地上，大捧的水泥碎渣溅在她脚上。克莱尔眼睛发花，惊慌失措地闪躲着，有些后悔地想，说不定留在牢里反倒更好些。

***

战斗结束已经有一段时间了，最后一声枪响差不多是一小时以前了，但史蒂夫·伯恩赛德还是不想出去，以防万一嘛。天上还在下着小雨，海上吹过阵阵冷风。瞭望塔上很安全，也很干燥；塔上没有死人，也没有游荡的丧尸，而且视野良好，无论是什么过来都可以及时发现并将其击退……当然这要靠架在窗口上的机枪，这可是个厉害家伙。史蒂夫用这把机枪毫不费力的把空地上的丧尸全部干掉了。除此之外他还有一把九毫米口径的半自动手枪，是从一个死掉的守卫身上弄来的，虽然比不上机枪，但威力足够了。

那么，再在这儿待一两个小时，等雨停了就想办法离开这儿。

史蒂夫觉得自己应该可以驾驶飞机，他曾见过他的……驾驶舱可是他常去的地方。不过他又觉得坐船比较保险——哪怕操作不当，也不至于掉下来摔得粉身碎骨。

史蒂夫随意地靠在水泥窗台上，看着被月光照亮的空地，心想在离开之前是不是应该先去厨房找点儿东西吃。守卫们都死光了，自然不会有人来送午饭，而且他翻遍了瞭望塔的房间，也没有找到什么吃的。他饿极了。

或许我应该去欧洲，去那儿尝尝世界美食。现在我可以去任何想去的地方，是的，任何地方。没什么可以阻止我。

这种无尽的可能本该让史蒂夫感到兴奋，但他感到的却是焦虑和诡异，于是他索性开始琢磨逃跑的事。监狱的大门上了锁，如果多搜几个守卫的尸体，应该能找到钥匙。他已经搜过那个名叫保尔·斯坦纳的守卫，但他的钥匙竟然不在身上。

*而且他的大半张脸都没了。*不过，史蒂夫并不会怜悯他。斯坦纳是个彻彻底底的混蛋，总是一副高高在上的臭屁样子，每当有犯人被送去医务室，他就幸灾乐祸地笑。从来没人从医务室回来过——

——*咔嚓。*

史蒂夫站直了身体，紧紧地盯着瞭望塔对面的金属门。门那边是墓地，里面有许多丧尸，刚才清理完空地上的丧尸后，他朝门那边瞄过一眼。天哪，难道那些丧尸学会开门了？它们不都是不会思考的行尸走肉吗，应该不会开门啊？如果它们能自己开门，它们还能做什么？

——*别慌。你不是还有机枪吗，对吧？*

其他犯人都死了。如果开门的是人，也不会是朋友……如果不是人类，是丧尸什么的，就帮它结束痛苦吧。无论是哪种情况，他都不会犹豫，不会害怕。只有胆小鬼才会害怕呢。

史蒂夫用右手扶住探照灯的把手，左手放在重机枪的扳机上。门被完全打开的时候，史蒂夫打开探照灯照向门口，同时扣动了扳机。

他的手随着机枪哒哒哒地射击声震动着，一连串子弹在地面上打出一个个小坑。史蒂夫好像看到一个粉色的东西一闪而过，可能是一件粉色的上衣。目标敏捷地躲开了射击轨迹——这么快的速度肯定不会是丧尸。史蒂夫曾听说安布雷拉还制造过一些怪物，就算有机枪，他也真心希望老天不要让他碰上它们。

我不害怕，我不是——史蒂夫将探照灯照向右边，继续开火，额头上渗出了汗水。那个人或那个生物躲在塔基旁的一堵墙后，看不见了。不过就算没能杀死他，至少也把他吓跑了。强光照在尘土纷飞的广场上，上面有一具只剩下半身的卫兵尸体，还有一些车辆残骸，看不到目标——

——墙后闪过一道身影，史蒂夫瞥见一张苍白的脸——

砰砰砰！

——探照灯被打灭了，炽热的碎玻璃洒落在地板上。史蒂夫不由得惊叫了一声，下意识地从机枪后退开——有人向他开枪。这会儿他可顾不上想什么胆小鬼才会害怕的话，他差点儿吓得尿了裤子。

“别开枪！”史蒂夫颤声喊道，“我认输！”

几秒钟的沉默后，黑暗中传来一个女人低沉的声音，冷冷的，还似乎带着点儿笑意。

“说投降。”

史蒂夫疑惑地眨眨眼，有些搞不清状况。当他从恐惧中回过神时，一下子臊得脸颊通红。

“我投降。”声音都变了。这第一印象简直糟透了。

“我下来了。”史蒂夫说，暗自庆幸这次声音还算正常。他觉得被人开枪扫射之后还能开玩笑的人应该不会太坏。再说如果对方真的抱有敌意，他还有九毫米手枪……但不管怎样，他都没法开口恳求对方不要开枪，那只会让他显得更加没用。

是一个女孩儿……说不定还是个漂亮女孩儿……

史蒂夫尽量不去想这个，但没什么效果。她是个九十八岁的秃头老太婆，嘴里叼着一根雪茄……即便不是，即便是个辣妹，他也不想被任何人牵绊。如今他总算自由了。被依赖其实跟依赖别人一样，都不是好事……

史蒂夫将这些想法带来的不安抛到脑后。不管怎么说，现在的环境都跟浪漫沾不上边儿，一群群丧尸四处晃荡，一片死寂。到处都是泥泞和死亡，还有蛆虫和脓液。

史蒂夫一步两级地从塔上下来，在慢慢向那个女子走去的路上，眼睛逐渐适应了没有探照灯的黑暗环境。她站在空地中央，手里握着一把枪……再走近一些之后，史蒂夫简直无法从她身上移开视线。

面前的女孩全身都湿透了，还沾满了泥，但她是史蒂夫见过的最漂亮的姑娘了，脸庞像模特一样美丽，大眼睛，五官精致匀称，红色的头发在脑后扎成一个马尾辫。她比史蒂夫稍矮一点儿，年纪同他相仿，史蒂夫想，再过几个月他就十八岁了，她不会比他大。女孩穿着牛仔裤和靴子，上身是紧身露脐的黑色半袖 T 恤，外面套着一件粉色的无袖坎肩，可以看到她平坦的小腹。这身打扮让她的身材显得非常修长而结实……尽管看上去有些疲惫，但一双灰蓝色的眼睛仍闪烁着机警的光芒。

说几句酷一点儿的话，不管做什么都得要酷……

史蒂夫想说，他很抱歉刚才朝她开枪，想向她介绍自己，告诉她空袭期间都发生了什么，总之要说些有格调的、体贴又有趣的话——

“你不是丧尸。”史蒂夫在这句话脱口而出的同时，就在心里咒骂着自己。说得可真叫棒。

“当然不是。该死的。”女孩淡淡地说，史蒂夫突然意识到她的枪还指着自己。尽管枪口放得低了些，但显然还是对着他。虽然他没有任何举动，但女孩却盯着他的眼睛，后退了一步并举枪对准他的额头，手指搭在扳机上，枪口离他的脸还不到二十厘米。“该死的，你到底是谁？”

史蒂夫微笑着，很好地掩饰住心里的紧张。克莱尔的手指仍没离开扳机，不过她已经确定他没有威胁。尽管在她打碎探照灯之前，这家伙不分青红皂白就向她扫射。

“放松点儿，美女。”史蒂夫微笑着说，“我是史蒂夫·伯恩赛德。我是——我是这里的犯人。”

*“美女？”哦，真是好极了。*再没有比这种轻佻的奉承话更让克

莱尔恼火的了。他看上去显然要比她年轻得多，也许他这么说是想证明自己是个男人而不是男孩。在克莱尔看来，试图伪装成自己不喜欢的人是最让人讨厌的行为。

史蒂夫上下打量克莱尔，很明显是在给克莱尔打分。克莱尔又退后一步，稳稳地持着手枪。她不会冒任何风险。这是把 M93R，意大利产，九毫米口径，性能绝佳，显然是监狱卫兵的标准配备，克里斯曾经也有一把。这是她躲避机枪扫射的时候，从一具穿着狱卒制服的尸体手边捡到的……在这个距离，如果她用这把枪对年轻的伯恩赛德先生开火，他那张英俊的脸恐怕会被打得稀烂。他看上去像克莱尔见过的一个演员，一部海难片中的男主角，非常像。

“我猜你不是安布雷拉的人吧。”史蒂夫用随意的口气问道，“顺便说一句，我很抱歉刚才直接冲你开枪。我没想到附近还有其他活着的人，所以门一打开……”他耸了耸肩。

“那么，”史蒂夫扬起一边的眉毛，显然是想展现魅力，“你叫什么名字？”

安布雷拉不可能雇佣这样的孩子，史蒂夫说的每个字都更加让克莱尔确信这点。她慢慢垂下枪口，心想为什么安布雷拉会囚禁这么一个小孩子呢？

他们也想囚禁你，记得吗？克莱尔也才十九岁。

“克莱尔，克莱尔·雷德菲尔德。”她说，“我今天刚被送到这儿关押。”

“可真是时候。”史蒂夫说。克莱尔也不由得苦笑起来，她自己也是这么想的。

“克莱尔，这是个好名字。”史蒂夫看着克莱尔的眼睛说，“我不会忘记的。”

哦，哥们儿。克莱尔琢磨着，是立刻让他死心还是迟点儿再说——她跟里昂的关系已经很亲密了，还是迟点儿再说吧。显然她得带着这个家伙一起逃出去，她可不想一路应付他的抱怨。

“那个，尽管我还想再跟你聊会儿，不过我还要赶飞机，”史蒂夫说，还装模作样地叹了口气，“如果我能找到一架的话。起飞之前我会去找你的。小心点儿，这个地方很危险。”

说完，史蒂夫就向瞭望塔旁边的一扇门走去，正对着克莱尔刚才出来的门。“稍后再见。”

这让克莱尔有些莫名其妙，一时间不知道该说些什么。他疯了，还是傻了？史蒂夫已经走到门口，克莱尔赶紧跟了上去。

“史蒂夫，等等！我们应该一起……”

史蒂夫转过身摇摇头，一副自以为是的样子。“我不希望你跟着我，好吗？这不是冒犯，但你会拖慢我的速度的。”

他再次露出那种自信的笑容，尽可能地凝视着克莱尔的眼睛：“你肯定会让我分心的。听着，睁大眼睛、竖起耳朵，你会没事的。”

史蒂夫穿过门走了。克莱尔目瞪口呆地看着关上的门，纳闷他是怎么活到现在的。他的态度就像在玩一个大型电子游戏似的，完全不去担心可能会受伤或死掉，一副故作无畏的德行……十来岁的男孩这种模样的太多了。

就是这种模样，充满了男性激素。

如果他一心想扮酷，应该不会走很远。克莱尔追了过去，她不能眼看着他去送死——

嗷呜……

从史蒂夫刚刚进去的门里面传来一阵孤独、嗜血的可怕叫声，打破了夜晚的寂静，克莱尔曾在浣熊市听过这种声音。绝不会错。那是一只被T病毒感染的狗，从家养的宠物变成了残忍的杀手。

克莱尔快速搜索了空地上的几具守卫的尸体，找到两个满装的和一个剩一半子弹的弹夹。做好准备之后，克莱尔深呼吸了几次，用九毫米手枪的枪管慢慢把门推开，希望找到斯蒂夫·伯恩赛德的时候他还能幸运地活着……遇到他以后，她的运气似乎没有变得更糟。

6
resident evil

第三章

尽管罗克福德被毁是可怕且令人悲伤的，但阿尔弗雷德不能否认，前往训练基地主控室的途中，干掉几个曾经的手下挺让他高兴。看着那些饥饿地向他伸出双手的家伙，阿尔弗雷德觉得很开心——那些人曾在背地里嘲笑他，称他为怪胎，那些当面假装忠心耿耿，一转头就对他不屑一顾的人。基地里到处都是他那个偏执狂父亲安装的隐藏摄像头和监听器，而监控室则设在祖宅的一个密室内。阿尔弗雷德一直都知道自己并不受欢迎，尽管安布雷拉的员工们都怕他，但并未给他应有的尊敬。

而现在……

现在那些事无所谓了。阿尔弗雷德面带微笑地走出电梯，看到约翰 · 伯顿伸着双手从走廊另一端踉踉跄跄地向他走来。伯顿是负责训练装备轻武器的安布雷拉保安，至少在罗克福德基地是干这个的，他是个说话大声大气、举止粗鲁低俗的野蛮人，常常叼着廉价的雪茄到处乱晃，炫耀他可笑的肌肉，总是一身臭汗、哈哈傻笑的样子。如今，这个脸色苍白、满身是血的家伙跌跌撞撞地向他走来，样子跟往常完全不同，但肯定是他。

“你再也笑不出来了吧，伯顿先生。”阿尔弗雷德轻声说，举起五毫米口径步枪，将瞄准器上的小红点对准伯顿充血的左眼。而滴着口水、呜呜啊啊的伯顿对此全无反应——

砰！

——伯顿先生肯定会对阿尔弗雷德的枪法和武器选择表示欣赏。五毫米口径步枪中装填的是安全子弹——这种子弹的弹头在受到撞击后会炸开，被叫作安全子弹是因为它不会出现穿透目标伤到其他人的情况。阿尔弗雷德的子弹削掉伯顿的眼睛和大半个脑袋，把它变成一具完全无害的尸体。这个大块头倒在地板上，血迹从它身下缓缓溢出。

岛上的一些生物武器让阿尔弗雷德有些不安，当知道大部分生物武器要么仍被关在训练基地的各种设施里，要么已经被击毙，他松了一口气，如果逃出来的生物武器太多，他绝不会到处乱走，不过他对丧尸倒是不怎么害怕。阿尔弗雷德亲眼看过很多男人（也有一些女人）被 T 病毒变成这样的丧尸，他在孩提时代就见惯了这类实验，成年后也亲自指挥过这种实验。事实上，罗克福德基地关押的犯人最多不过五六十个，在“医务室”的解剖学家斯托克教授的实验和实战训练两方面消耗下，囚犯们没有一个能在罗克福德基地活过六个月。

而六个月之后，我们又将置身何处？

阿尔弗雷德跨过伯顿肿胀的尸体，向基地主控制室走去，他要联系安布雷拉总部。安布雷拉会重建罗克福德吗？他应不应该同意这事？在病毒泄漏后的危险期，他和阿莱西亚是绝对安全的。空袭开始时，基地通向阿修福德祖宅的道路被封锁了，但是既然知道安布雷拉的未知敌人会采用这种极端手段，那冒险将研究所建在自己的住宅附近是否明智呢？虽然阿修福德家的人无所畏惧，但绝不是有勇无谋的莽夫。

阿莱西亚肯定不会同意关闭基地，至少现在不会，毕竟她离目标已经那么近了……

阿尔弗雷德停住脚步，看着那些通信设备、视频设备和一片漆黑的电脑屏幕。他目不转睛地看了好一会儿，但没有看见任何东西，他的心里突然出现一种怪异的空虚感，让他无所适从。阿莱西亚在哪里？她去干什么？

走了。她已经走了。

没错，阿尔弗雷德能够感觉得到——可她怎么会离开自己呢？她明知他心里只有她，没有她他根本就活不下去，她怎么还能离开？

蚁后，这个令人惊愕的，没有视觉的失败产品，冰冷地、赤裸裸地漂在海水里，他无法触碰到她，他伸向她的手指被一块冰冷坚硬的玻璃挡住了——

阿尔弗雷德大口喘着粗气，这个梦魇如此真实、如此恐怖，令他一时间想不起自己身处何处，也不知道自己在做什么。阿尔弗雷德双手紧握，仿佛在攥着什么东西似的，手臂上的肌肉因用力而不停地抖动着——

——这时，阿尔弗雷德面前的终端机突然发出一阵很大的杂音，他意识到有人在说话。

“……拜托，如果有人能听到我的话——我是马里奥·迪卡博士，我在二楼实验室，”一个惊恐的声音传来，“我被困住了，所有培养槽都打碎了，它们正在醒来——求求你，救救我，我没有被感染，我穿着防护服，天哪，请把我从这儿救出去……”

迪卡博士被困在胚胎培养室里。他一直私下向安布雷拉汇报山椒鱼项目的进展情况，而报告内容和他交给阿尔弗雷德的往往都不一样。几个月前，阿莱西亚还建议将迪卡送到斯托克博士那边……要是阿莱西亚能听到刚才那些话，一定会非常高兴。

阿尔弗雷德伸手关掉终端，迪卡喋喋不休的求救声中断了，他的心情突然好了起来。阿莱西亚曾多次提醒过他，这种突如其来的孤独感和感知混乱的奇特症状——是压力，阿莱西亚坚持认为那是压力造成的，她劝他做事情不要太认真，还说她绝不会主动离开他。因为她太爱他了。

想到阿莱西亚，想到安布雷拉没用的防御系统给他们带来的所有麻烦和痛苦，阿尔弗雷德突然决定放弃联络。总部现在肯定知道了这次袭击，很快就会派来清理部队，是的，没必要主动联系他们……而且，他为什么要向他们汇报目前的情况，让他们了解将要面对的危险呢？他不是雇员，也不是无知的仆人，必须向上级汇报。是阿修福德建立了安布雷拉，应该是他们向他汇报。

而且一周前我和杰克逊谈过雷德菲尔德姑娘的事——

阿尔弗雷德突然睁大了眼睛，快速地思考着。克莱尔·雷德菲尔德——克里斯·雷德菲尔德的妹妹，克里斯和其他特种战术救援组队员给他们制造了很多麻烦——来到岛上刚几个小时，这里便遭到了袭击。克莱尔是在巴黎安布雷拉总部被抓住的，她一口咬定是去那里找她哥哥的。安布雷拉将她送到这儿来，是打算在决定如何处置她之前先把她妥善关押起来。

但是……她也可能是为了引她哥哥出现而设的一个诱饵，以此来终结她哥哥可笑的抵抗活动。而他们恰好又“忘了”告诉他这个计划？如果雷德菲尔德和他的同伙们一直跟着她到了罗克福德，那么她的出现就是发动袭击的信号……

……或者她甚至就是故意被俘虏的？

事情像拼图一样逐渐清楚起来。是的，她当然是故意的。真是聪明的姑娘，演技高超。无论安布雷拉是不是无意中促成这次袭击都不重要，至少现在不重要，以后再去处理安布雷拉。现在的问题是那个雷德菲尔德，那个将敌人带到罗克福德的红发小女巫现在很可能还活着，在窃取信息，进行间谍活动，甚至可能在计划，计划着伤害他的阿莱西亚——

*“不！”*阿尔弗雷德不由得喊出声，恐惧瞬间变成了愤怒。显然这就是她一直以来的计划，尽可能地打击安布雷拉，而阿莱西亚无疑是生物武器研究领域里最优秀的科学家，也许是任何领域里最优秀的。

克莱尔逃不了。他一定会找到她……或者更好的是，等她来找他。她肯定会来的。他可以在这里等着，就像猎人等待猎物。

*既然可以跟她玩得很开心，为什么要那么早就杀掉她？*阿莱西亚的声音突然出现在他的脑中，让他想起小时候玩的游戏。他们在实验中分享快乐，创造痛苦的环境，看着实验对象遭受折磨然后死去。这些亲密的分享体验使他们兄妹之间的关系如同钢铁般坚不可摧……

……我可以让她活着，让阿莱西亚和她一起玩儿……或者我可以为她建造一座迷宫，看看她在里面会如何面对我们的那些宠物……有太多的可能性。阿尔弗雷德可以通过电脑开关岛上大部分的门，可以随心所欲地将她带到任何他想要她去的地方，并随意处置她。

克莱尔·雷德菲尔德低估了他，他们都低估了他，但以后再也不会了……如果事情按照阿尔弗雷德期望的那样发展，那始于这场袭击阴郁的一天将会有一个愉快的结束。

***

如果真的有感染病毒的狗，它们不知藏到哪里去了。克莱尔走进一个尸横遍地的院子，尸体在苍白的月光下是一种病态的灰色，到处都是血迹。没有狗，除了夜空中漂浮的云之外，没有任何活动的物体。克莱尔站了一会儿，观察着周围的影子，想在离开出口前确定周围的情况。

“*史蒂夫。*”克莱尔轻声唤道，她怕引来其他东西，不敢喊得太大声。可惜，史蒂夫·伯恩赛德就像刚才那只发出号叫的狗一样，不知跑到哪去了。他好像不是漫无目的地闲逛，而是很快地跑到什么地方去了。

为什么？为什么他会选择独自行动？或许她之前想错了，但史蒂夫说不愿被她拖慢速度也未必是他的真实想法。她一无所知地坠入浣熊市的噩梦中，在那里遇到里昂，从那时起，她的世界全变了。那时他们也并不是时刻都在一起，只是知道还有其他人像自己一样震惊和恐惧……当时克莱尔并不觉得无助和孤单，而是有着明确的目标，不仅是要活下去，寻找逃出去的路，还要找到克里斯、照顾好雪莉·柏肯。

从安全方面来说，有个人帮你看着背后要比单独行动安全得多，这是毋庸置疑的。

如果能找到，无论史蒂夫出于什么原因，一定要尽力说服他改变想法。现在克莱尔面前的空地比刚才的院子要大得多，右边是一排长长的单层小屋，左边则是一堵没有门的墙，也许是一栋大型建筑的后墙。从小屋破碎的窗户向里看去，屋里还有些微余火在燃烧，里面的尸体上散落着灰烬和各种碎片，显然遭受过剧烈攻击。紧挨着克莱尔右边是一扇锁着的门，门那边是一条被月光照亮的泥泞小路，小路尽头还有一扇关着的门……也就是说史蒂夫要么藏在前面的小屋中，要么就是绕过小屋右转，上了院子那头的小路。

克莱尔决定先到屋里看看……她沿着环绕整栋建筑的门廊走了一段后，突然开始好奇是什么人攻击了罗克福德，他们的目的又是什么？罗德里格曾说过什么特别部队，如果真是那样，他们又是奉谁的命令呢？虽然安布雷拉惨遭袭击是个好消息——不过整个岛被炸成这样终究还是一个悲剧。犯人和工作人员都死了，而T病毒，说不定还有G病毒，天知道还有多少种病毒，并不会区分善恶，无论是否有罪，它们一视同仁。

克莱尔走到小屋的木门前，举起手枪，轻轻推开门，然后迅速关上。里面有两个丧尸在一张桌子附近徘徊。过了一会儿，门后传来咚咚的砸门声，同时还传出低声的呜咽。

看来该走那条路。要是自大的史蒂夫来过这儿，绝不会任由两个丧尸站着，肯定会听到枪声——

——除非是丧尸们先把他放倒了。

克莱尔没有验证这个想法。目前形势严峻，不允许她浪费弹药。她打算沿着这条路往前走，看看会通向什么地方……如果到时候还找不到他，就让他自己待着去吧。克莱尔不想见死不救，但不能不顾自己的性命。她必须回巴黎，回到克里斯和其他人身边，她可不愿耗尽弹药后成为某个丧尸的午餐，绝对不行。

克莱尔沿着长廊往回走，走到尽头时，她提高了警惕。她可没忘记那只丧尸狗，在浣熊市时，它们爪子拍击地面的声音和急促的喘息声让克莱尔印象深刻。寒冷潮湿的夜晚一片寂静，夜风徐徐吹过，克莱尔听到的只有自己的呼吸声。

克莱尔靠在屋角迅速张望了一下，除了五米外一具半露在屋外的男尸，没有其他特殊情况。小路在前方大约十米处向右转去，让克莱尔松了一口气的是，她看到路上有脚印通向尽头的那扇门，而且路上一个人都没有。

所以他肯定是经过了那扇门，就是西墙上的那扇门……一旦跟安布雷拉扯上关系，能知道一些确定的事，都算得上是一种安慰。克莱尔沿着小路往前走，心里想着该怎么说服史蒂夫和她待在一起。也许可以告诉他浣熊市的事，告诉他自己对安布雷拉的这种灾难有过经验……

克莱尔正想跨过那具尸体，可它却突然动了一下。

克莱尔被吓得向后一跳，半自动手枪瞄准尸体那张鲜血淋淋的脸，觉得自己的心脏都要蹦出喉咙了——这时她意识到这个人的确已经死了，刚才的动静是有什么东西在黑暗中拖着尸体的腿用力向里拽——

——就像一只狗叼着重物往后拖。

克莱尔来不及多想，下意识地跨过那具尸体，全速往前跑。她知道那只狗——如果自己没有猜错，不可能咬着一具尸体不放。一想到自己刚才离那只狗还不到一米，克莱尔就跑得更快了。她脚上的靴子不断叩击着湿漉漉的地面，双臂像水泵一样快速上下摆动。丧尸的速度很慢、动作僵硬，但她和里昂遇到的那些丧尸犬的速度却快到目光几乎无法跟上，而且十分凶残。就算有武器，克莱尔也不愿跟它们战斗，要知道只要被咬上一口，就会被感染。

嗷呜呜呜……从庭院那边传来让人胆战心惊的吼叫。

该死，到底有多少只——没关系，她很快就到左边的出口了。克莱尔没有冒险回头看，一直保持着速度跑到门边，她用力按下门把手往外推。门立刻打开了，确认里面没什么尖牙利齿的家伙后，克莱尔迅速跳进去，关上了门——

——外面传来丧尸的呜咽声，特有的腐肉味道扑鼻而来，有什么东西用力抓挠着大门，还有几声充满野性的咆哮。

*天哪，到底有多少丧尸狗，多少丧尸？*想到这个，克莱尔不由得一阵惊慌。经历过浣熊市的灾难，克莱尔懂得节省弹药的重要性，但万一前面是死路该怎么办？就在克莱尔打算不顾一切往回走时，却无意中看到了丧尸的集中地。

克莱尔进入的这条小道十分阴暗，但还是能看清左侧有一圈围栏，里面有几个严重腐烂的丧尸。其中一个不断拍打着金属网门，两只手几乎只剩下骨头，破碎的皮肤和肌肉像细绳一样耷拉着，随着丧尸的动作不断摆动。

这里应该是犬舍……

克莱尔又往前走了几步，门上那把看上去不太牢靠的锁让她很是不安。这时她发现围栏外还有三个丧尸正向她伸出双手，张开的嘴里滴下唾液和不明的黑色液体，皮包骨的手指几乎就要碰到她了。克莱尔太过关注笼子里的情况了，竟然没有注意到其他丧尸的存在。

克莱尔敏捷地侧过身，抬脚向丧尸的胸部踹去，踢得它后退了好几步。克莱尔清楚地感觉皮靴陷入了腐肉里，她顾不上恶心，急忙举起手枪——

——随着铿锵一声金属脆响，犬舍的门被撞开了，她发现自己需要对付的丧尸从三个增加到了七个。丧尸们笨拙地避过一个垃圾箱、几个铁桶和地上的尸体，拥挤着朝克莱尔扑过来。

砰！克莱尔来不及多想，朝离她最近的一个开了枪，子弹穿过丧尸的右太阳穴，可是克莱尔知道虽然这个丧尸被击中倒地，但自己也难逃厄运。丧尸成群结队地扑过来，她无法抵抗——

——桶！其中一个的桶身上写着“易燃物”，这招我在巴黎用过。

克莱尔躲到大垃圾箱后，将枪指向左侧，在心中默默回想目标的具体位置和距离，然后一边注意着那些发出饥饿的怒吼、摇摇晃晃地寻找她的丧尸，一边从垃圾箱后面探出手臂——

砰！砰！砰——

——轰隆！

垃圾箱猛地撞向克莱尔的右肩，将她砸倒在地。克莱尔蜷缩着身子，耳朵嗡嗡作响，无数燃烧着的金属碎片从上方落下来，打在垃圾箱顶上啪啪作响，有一些还落到她的左腿上。她拂开腿上的碎片，不敢相信效果竟然这么好，自己竟然还活着。克莱尔坐起身蹲在地上，查看那些丧尸的情况。它们中只有一个还算完整，正靠在犬舍的围栏上，衣服和头发都着了火，另一个丧尸的上半身还在努力朝她爬来，身上那焦黑起疱的皮肤随着它的爬动纷纷掉落。其他的丧尸都被炸成了碎片，早已腐烂的肉体终被大火吞噬。

克莱尔迅速解决了剩下那两个丧尸，这些人的悲惨结局令她有些心痛。从离开浣熊市之后，克莱尔就常常梦见那些丧尸，梦见那些以活人为食、散发着恶臭、嘴角流出不明液体的生物，安布雷拉无意中创造出的这些怪物，就像直接从电影里走出来的行尸走肉一样，要么杀人要么被杀，再无其他选择。

*可它们不久以前都是正常人。*是有着家庭和生活的人，无论生前犯过什么错，都不应以如此可怕的方式死去。克莱尔低头看着那些燃烧着的可怜尸体，心中充满怜悯，同时对安布雷拉的恨意越发地深了。

克莱尔摇摇头，尽力不去想这些，因为她知道，背负的痛苦太多很可能让自己在关键时刻犹豫不决。就像上了战场的士兵，她绝不能对敌人心慈手软……尽管克莱尔知道真正的敌人是谁。她热切希望安布雷拉的领导者会因他们所做的一切在地狱里被地狱之火焚烧。

为了避免再度遭遇意外，在继续前进之前，克莱尔把前方所有的黑暗处都仔细观察了一遍。犬舍的尽头是一个断头台，上面满是血迹。克莱尔看着它浑身发抖，不由得想起浣熊市警署署长艾隆斯的秘密地下牢房。艾隆斯就是一个活生生的例子，证明安布雷拉根本没有对他们秘密活动的执行者进行过心理测试。断头台后面是一扇门，不过她认为史蒂夫不会冒险从关着丧尸的地方经过。犬舍旁边有一道滑轮式金属门，但是打不开……旁边还有另一扇门，这是唯一的出口了，小路到这里就到了尽头。

克莱尔走到门前，突然觉得很疲惫，感觉自己好像一下子老了很多，或许是刚才情绪的剧烈波动消耗了太多精力。克莱尔检查了一下手枪，然后伸手去拉门把，恍惚地想着自己能否再见到哥哥。有时候满怀希望也是一种巨大的负担，因为它会使所有的一切都变得非常沉重，而你又不能撇开它，哪怕一会儿也不行。

***

听到外面的爆炸声，史蒂夫一下跳了起来，警觉地环视这间凌乱的小办公室，好像在担心墙会塌下来。几秒钟后，史蒂夫平复下来，心想可能是残火引燃了什么爆炸物，没有什么好担心的。空袭之后，还未灭尽的火苗到处都是，一旦碰到氧气罐或汽油桶之类的容器，就会引起大爆炸。

其实他能活下来也多亏了这样一次爆炸——他被关在牢房里，被汽油桶爆炸时飞起的一块墙砖砸晕了，整个人都埋在瓦砾堆里。当他挣扎着从废墟里爬出来时，丧尸大规模的屠杀已近尾声，大部分守卫和犯人都已经死了……

一连串不祥的想法冒出来。史蒂夫甩甩头，重新将注意力转回面前的电脑屏幕上，上面是他在寻找小岛地图时偶然发现的文件目录。不知道哪个笨蛋竟然将写有密码的纸贴在硬盘上，让他轻而易举地查到了很多机密资料。不过大部分都是些无聊的流水账——监狱预算、一些他看不懂的名字和日期，还有金属探测器无法探测的特殊合金资料……这倒是挺有意思，他进入这个办公室前，必须经过一个能瞬间关闭出入口的金属探测器，不过他用三四颗子弹就解决了问题。还有一件好事，史蒂夫在一个办公桌抽屉的角落里找到了监狱大门的徽章钥匙，有了它就能解除回去路上的封锁了。

*我需要一张标着最近的船或飞机位置的地图。*他会在确定路线后去接那个小妞，就像穿着闪亮铠甲的骑士一样……到时那小妞肯定万分感激，说不定还会——

文件目录上的一个名字引起了史蒂夫的注意。他皱起眉头，看着屏幕。*C. 雷德菲尔德……是克莱尔·雷德菲尔德？*史蒂夫好奇地打开文件夹，聚精会神地看起来，突然背后传来一阵响动。

史蒂夫暗自责备自己太不小心了，急忙抓起放在桌子上的枪，迅速转过身——是克莱尔。她将枪口对着地面，脸上带着些焦躁。

“你在这儿干什么？”克莱尔问，好像压根不在乎把他吓了一跳，“另外你是怎么躲过外面那些丧尸的？”

“一路跑过来。”她的语气让史蒂夫有些生气。难道她认为他很无能吗？“我在找一张地图……嘿，你跟克里斯·雷德菲尔德是什么关系？”

克莱尔皱眉。“克里斯是我的哥哥，为什么问这个？”

*原来是兄妹。那就可以解释了。*史蒂夫转向电脑，想知道雷德菲尔德家的人是不是都这么厉害。至少她哥哥的确是个厉害角色，前空军飞行员，现在是特种战术救援组队员，神枪手，让安布雷拉大为头疼。尽管不想承认，但史蒂夫确实有些震撼。

“你大概可以告诉他，安布雷拉在监视他了。”史蒂夫说着后退了一步，好让克莱尔看到屏幕上的字。雷德菲尔德目前在巴黎，不过安布雷拉还没有找到他的准确位置。史蒂夫很高兴自己偶然发现的资料对克莱尔有用，一个漂亮姑娘对自己心怀感激总是一件好事。

克莱尔迅速浏览了信息，在键盘上敲了几下后，如释重负地回头看了史蒂夫一眼。“感谢上帝，还好有私人卫星。我可以联系上我的朋友里昂，他现在应该和克里斯在一起……”

克莱尔接着打字，她一边敲击着键盘，一边自言自语地说着。“……这儿有一个留言板……看到了吗？‘尽快联系，那些家伙全在这儿。’这是我被抓的那天晚上发出的。”

史蒂夫耸耸肩，他对克莱尔的那些朋友可不感兴趣。“还是再看看那个文件吧，上面有这个岛的经纬度。”史蒂夫微笑着说，“不如告诉你哥哥这里的位置，让他来救我们怎么样？”

史蒂夫本以为克莱尔会反对，但克莱尔却认真地点点头：“好主意。我告诉他这里又出现了病毒泄漏。他知道那是什么意思。”

克莱尔的确很可爱，但也太过天真单纯。“我只是在开玩笑。”史蒂夫摇摇头说。这个岛屿十分偏僻，离任何陆地都很远。

克莱尔盯着史蒂夫。“哈哈。等克里斯来了，我会把这个玩笑告诉他。”

史蒂夫心中毫无来由地涌起一阵愤怒，愤怒中夹杂着绝望，还有一些自己难以理解的情绪。他只知道，这位克莱尔小姐错了，她又愚蠢又自以为是，完全不对。

“你在开玩笑吗？你真的希望他到这个鬼地方来？好好看看这儿！”史蒂夫脱口而出，比他想的更大声，不过他不在乎，“别傻了！相信我，你不能把希望放在那样的人身上，最终结果只能是伤到你自己，到时候你也只能怪你自己，怪不得别人！”

克莱尔一脸困惑地看着史蒂夫，仿佛是在看一个疯子。原本怒气冲冲的史蒂夫感到有些羞愧，他莫名其妙地被吓到了。史蒂夫觉得自己就要哭了，这真是太丢脸了，他绝不能像个婴儿一样在她面前号啕大哭。没等克莱尔说什么，满脸通红的史蒂夫便转身跑了出去。

“史蒂夫，等等！”

史蒂夫砰地摔上办公室的门，继续往前走，他只想出去，只想离开。*让地图见鬼去吧，我现在有钥匙，我会找到出去的办法，谁敢挡路我就杀谁——*

史蒂夫穿过长长的走廊，走过那个被打坏的金属探测器，他准备好了武器，在经过犬舍时，他感到一阵苦涩的失落，害得他两次差点被丧尸的断臂残躯绊倒——没有可以开枪的目标，没有能让他发泄的东西。

史蒂夫猛地推开门，加快速度跑到小屋的后面，准备绕过这排长长的建筑。他满身是汗，心怦怦直跳，被汗水打湿的头发在寒风中依然缠在一起——他陷入了狂乱，只想不停地奔跑，没有心思注意周围的动静，结果差点儿就来不及了。

扑通！什么东西猛撞在他的背上，令他扑倒在地。史蒂夫急忙翻过身，突如其来的死亡恐惧瞬间清除了脑海中的全部混乱——是两只狗，以前是用来看守监狱的，那只将他扑倒在地的狗正在往他身后绕，另一只则从喉咙里发出低沉的咆哮，它的四肢显得有些僵硬，低垂着头缓缓逼近。

——天哪，看看它们——

这两只应该是罗威纳犬，不过现在不是了。从通红的眼睛和不断滴落黏液的鼻子就可以看出，它们感染了病毒。新长出来的诡异肌肉不断地收缩、隆起，被一层薄薄的怪异皮肤覆盖着，这是自罗克福德岛被袭击以来，史蒂夫第一次真切地感受到安布雷拉的疯狂——他们的秘密实验，他们的阴谋，实在让他觉得恶心。史蒂夫喜欢狗，可以说比大多数人都喜欢，发生在这两只可怜的动物身上的事对它们来说实在是太不公平了。

不公平。错误的时间，错误的地点。我绝不能变成这样，我没做过任何错事——

史蒂夫甚至都没有意识到自己同情的对象已经变了，眼前的情况很糟糕，他正在面临生死关头，没时间想这个。他扑倒在地还不到一秒，两只丧尸犬就做好了攻击的准备。

又过了一秒，史蒂夫扣动扳机，弹仓复位，再扣。两只丧尸犬应声而倒，子弹击中了第一只的头部和第二只的胸口。第二只丧尸犬倒下时发出了一声痛苦、恐惧或惊讶的呻吟，这声音让史蒂夫对安布雷拉的憎恶之情成倍增加。不公平，史蒂夫爬起来跌跌撞撞地往前跑，脑海中不断地重复着这句话。他有监狱大门的钥匙，他绝不会再被他们俘虏。

*是时候报仇了，*史蒂夫冷酷地想。突然之间，他非常想给安布雷拉的疯子们一些教训。如果能听到他们乞求赐其一死，或许他心里会好受些。

6 resident evil

第四章

克里斯·雷德菲尔德和巴瑞·伯顿两人在巴黎的安全屋最里面的房间里装填着弹药，气氛沉闷而紧张，两个人都没有说话。这十天真是太难熬了，不知道克莱尔发生了什么，不知道安布雷拉是否还让她活着……

……别再想了，他心里有一个坚定的声音在说。她还活着，必须活着。

克莱尔死了？他简直不敢去想。

十天来，克里斯不断这样对自己说，可越来越没有信心。听说浣熊市爆发灾难的时候克莱尔就在那儿，而且是为了去找他，这已经够糟糕了。里昂·肯尼迪，克莱尔的年轻警察朋友，在第一次见到克里斯时就告诉了他当时的细节。克莱尔、里昂还有另外三个脱离特种战术救援组的队员逃脱了浣熊市的灾难，他们在前往欧洲的途中被特兰特说服，前往犹他州的一个安布雷拉基地，又在那里遭遇另一群安布雷拉的怪物。克里斯对这些事一无所知，他一直以为妹妹正安然无恙地在大学里念书呢。

克莱尔被卷入了与安布雷拉的战争，这很糟糕，但现在没办法挽回了，可安布雷拉抓到了她，他的妹妹可能死了……一想到这些，克里斯就觉得痛彻心扉。此刻，他只能拼命抑制住提起机枪冲进安布雷拉总部，去寻找克莱尔下落的冲动，那无异于自杀。

克里斯又抓起一把子弹，把它们塞进弹夹，巴瑞则转动着快速上弹器，空气中有一股熟悉的辛辣火药味。让克里斯觉得安慰的是，他的老朋友知道此刻他需要安静，小小的房间里只有咔哒咔哒的装弹声。

整整一周，他们只能干坐着，祈祷特兰特能打来电话，为他们提供消息或帮助，现在能有点事做也算是种安慰了。克里斯没见过特兰特，但这个神秘的陌生人曾帮过特种战术救援组好几次，给他们提供安布雷拉的内部消息。尽管还不知道他的真实意图，但他的目标似乎很明确——摧毁安布雷拉的秘密生物武器开发部门。等待特兰特出现是个漫长的过程，这个人只在他自己觉得必要的时候才会和他们联系，而他们没有任何联系特兰特的途径，所以能否得到他的帮助完全是一个未知数。

咔哒，咔哒。在安静的房间里重复着单调的动作，让克里斯的心情平复了不少。为了打倒安布雷拉，他们都有各自的任务，而任务也会随时根据情况发生变化。过去十天里，克里斯一直帮巴瑞整理武器，但平时他是负责监视安布雷拉总部的。几周以前，他们接到吉尔传来的消息，她正在前往巴黎的路上，克里斯知道她能轻松混进安布雷拉内部进行侦察。里昂算得上半职业黑客，此时正在隔壁房间的电脑上忙活。自从克莱尔被抓后，里昂几乎没怎么睡觉，没日没夜地追踪着安布雷拉的最新动向。与克莱尔和里昂一起去欧洲的三个特种战术救援组队员——来自浣熊市被解散小队的瑞贝卡，缅因州分部的大卫和约翰，目前正在伦敦和一个军火商见面。他们三个人都有丰富的战斗经验，而且彼此之间非常了解。

尽管我们的人不多，但我们有能力和决心。克莱尔，只是……

由于父母早逝，兄妹二人的关系非常亲密，克里斯一直以为自己很了解妹妹。她聪明、坚强、机敏，从小就是这样……但看在上帝分上，她还只是一个大学生。和其他人不一同，克莱尔没有经过任何正式的战斗训练。尽管到目前为止她还算幸运，但和安布雷拉打交道，光有运气是远远不够的。

“克里斯，过来！”

是里昂，声音听上去很急迫。克里斯和巴瑞互相看了一下，彼此都能看出对方的不安。他俩同时起身，克里斯的心提到了喉咙处，他急匆匆地抢先穿过客厅，跑到里昂的房间，心里又是着急又是惶恐。

年轻的警察正站在电脑旁，表情复杂。

“她还活着。”里昂简单地说。

听到这句话，克里斯感觉自己又活了过来。过去的这些天，他的心一直像被铁钳紧紧地夹着，突然一下子从身体到精神都放松下来，让克里斯感到一阵舒畅，脸色都变得红润了不少。

活着，她还活着——

巴瑞拍拍克里斯的肩膀，笑起来。“当然，她可是姓雷德菲尔德的。”

克里斯笑了笑，看向里昂。当他看到里昂严肃的脸庞时，笑容凝固了。还有别的事。

没等克里斯开口，里昂便指着屏幕，深吸一口气说：“他们把她送到了一个岛上，克里斯……那个岛发生了意外。”

克里斯上前一步，来到电脑前。他把屏幕上简短的信息读了两遍，慢慢地接受了沉重的现实。

南纬三十七度、西经十二度，具体位置不明。遭遇不明袭击，导致病毒泄漏。没有坏人幸存，我想。但我现在被困在这里了。你要小心，哥哥，他们知道你所在的城市，但不知道具体地点。我会想办法尽快回家。

克里斯站直了身体，沉默地和里昂一起看着正在阅读信息的巴瑞。里昂勉强露出一个微笑。

“你是没看到她在浣熊市的时候。”他说，“克里斯，她知道如何照顾自己。她已经想办法找到了一台电脑，对吧？”

巴瑞也直起身，接过里昂的话。“这说明她现在没被关着。”巴瑞表情严肃地继续说，“如果安布雷拉要应付新的病毒泄漏，估计暂时不会有空顾及别的事。最重要的是，她还活着。”

克里斯心不在焉地点了点头，他已经开始盘算去那个岛之前需要做哪些准备了。克莱尔提供的经纬度在南大西洋中非常偏远的地方，不过有个在空军服役的老朋友还欠克里斯一个人情，可以送他到布宜诺斯艾利斯，或者开普敦。他可以从那儿租一条船，要准备救生装备、绳索、急救用品，还有充足的弹药……

“我跟你一起去。”巴瑞从克里斯的表情中猜到了他的想法。毕竟他们是那么多年的朋友了。

“我也去。”里昂说。

克里斯摇摇头。“不行，绝对不行。”

巴瑞和里昂都表示反对，但克里斯提高声音对他们说：“你们也看到克莱尔说的了，安布雷拉正在追踪我，追踪我们。”他的语气很坚定。“也就是说我们必须转移，可能要转移到城外的某个地方，要有人留在这儿等瑞贝卡他们，还要有人寻找新的隐蔽所。别忘了，吉尔随时都可能来。”

巴瑞皱起眉头，抓了抓胡须，嘴唇紧紧地抿着。“我不喜欢这样。一个人去不是个好主意……”

“我们现在处于关键时期，你知道的。”克里斯说，“必须有人主持大局，巴瑞，你是最合适的。你有这方面的经验，你知道所有人的联系办法。”

“好吧，但你至少要带上这孩子。”巴瑞指了指里昂。里昂第一次没对这个称呼表示不满，他只是点点头，昂首挺胸笔直地站着。

“哪怕你不为自己着想，也得想想克莱尔，”巴瑞继续说，“如果你遭遇不测怎么办？你这个笨手笨脚的家伙需要一个替补，必须有人在你遇到不测时继续向前。”

克里斯坚定地摇了摇头。“巴瑞，你比我清楚，这种事动静越小越好。安布雷拉很可能派出了清理部队，我一个人就足够了，甚至在他们发现我到那儿之前就能搞定。”

巴瑞还是皱着眉头，不过也没再坚持。里昂也一样，克里斯看得出他还是非常想去的。这个年轻警察与克莱尔的关系明显非常亲密。

“我会把她带回来的。”克里斯放缓了语气，看着里昂说。里昂犹豫了一下，然后点了点头，脸变红了，克里斯不由得想知道他跟克莱尔到底有多亲近。

以后再说吧。如果我们能活着回来，再操心这事儿吧——

——*不，是等我们回来。*克里斯迅速修正自己的想法。没有如果。

“就这么定了。”克里斯说，“里昂，请给我找一张那个岛的详细地图，还有地理、政治情况，所有的一切，你永远不知道什么东西会派上用场。另外给克莱尔回信，要是她有机会检查信箱的话——告诉她我在路上。巴瑞，我想带些强力武器，但不要太重，最好是徒步时不会有太大负担，比如格洛克手枪之类的……这方面你是专家，你来定。”

巴瑞和里昂点点头，转身各自忙活去了。克里斯闭上眼睛，在心中默默祈祷。

克莱尔，在我到那里之前，请一定坚持住。

祈祷的时间很短，但克里斯觉得，在接下来的这段时间里，自己恐怕会频繁地祈祷。

***

监控秘室设在阿修福德祖宅的一排书架后面。阿尔弗雷德一回到家，就穿过主会客厅，随手把步枪一扔，直接走向书架，连续触摸了架上三本书的书脊。阿尔弗雷德感觉前厅的阴影里有上百双眼睛在盯着他看，尽管他早就习惯阿莱西亚收藏的那些玩偶，但他还是不喜欢这种被人注视的感觉。有时候他也需要有自己的私密空间。

书架旋转着打开，阿尔弗雷德听到一阵令人恼火的唧唧声，他不由得皱起眉头，撅起嘴唇。看来袭击也给这里造成一定破坏。

先别管，先别管。以后再说。现在他需要关注更重要的事。

阿莱西亚显然已经回她自己的房间去了，这很好。阿尔弗雷德不想让她感到不安，如果她知道岛上有一个刺客，肯定会心情不好。阿尔弗雷德走进密室，小心地将书架复位。

通常情况下，阿尔弗雷德可以通过监控室里的十台监视器查看七十五个不同地点的摄像头画面，但是基地里许多地方都遭到不同程度的破坏，现在只有大约三分之一的摄像头还在正常工作。阿尔弗雷德知道，克莱尔的邪恶目的是窃取情报和寻找阿莱西亚，所以他决定主要关注监狱附近的动静。阿尔弗雷德相信克莱尔很快就会出现，像她那种有良好行为习惯的人绝不会死在袭击或者袭击后的余波中……他满怀期待，对这场游戏越来越有兴趣，甚至开始有些担心，万一克莱尔真死了怎么办？

幸好，阿尔弗雷德最初的猜测是正确的。有一个犯人首先穿过监狱大门，克莱尔紧随其后。看着他们走走停停的谨慎样子，阿尔弗雷德觉得非常可笑。看样子克莱尔是想赶上那个穿着 267 号囚服的年轻人，而那个人并不知道。

年轻人走上监狱区外的阶梯，不确定地在阿修福德祖宅和训练场之间来回张望。阿尔弗雷德用左手敲了几下键盘，找到那人的名字：史蒂夫·伯恩赛德。这对阿尔弗雷德没有任何意义，他的注意力转回克莱尔，对这个即将成为他短期玩伴的小姑娘很好奇。

克莱尔就在伯恩赛德后面不远，她比伯恩赛德晚一两分钟走过深沟上那座受损严重的桥，动作像专业运动员一样敏捷。她看上去镇定而谨慎，毫不关心自己有没有过桥的权力……不过阿尔弗雷德看得出她尽量不去看脚下，不去看雾气弥漫的黑暗深处，快速通过几十米的长桥，没有任何停留。阿尔弗雷德在温暖安全的家中笑了，想象着克莱尔心中的恐惧……他突然想起以前和阿莱西亚对一个卫兵玩过的把戏。

那时他们大约六七岁，有一个叫弗朗索瓦·塞洛克斯的军官，是他们父亲最器重的军官之一。他是个谄媚小人，一门心思地奉承亚历山大·阿修福德。当父亲看不到的时候，他就敢大肆嘲笑阿莱西亚——那是一个下着大雨的下午，阿莱西亚摔倒了，新的蓝裙子上沾满泥水。这样的冒犯绝对无法原谅。

哦，那是怎样的计划啊！我们一直谈到深夜，讨论着对他不可宽恕的行为的适当惩罚，而孩子的思维都很活跃，天马行空……

最终的计划很简单，两天后轮到弗朗索瓦在监狱大门值班时，他们完美实施了计划。阿尔弗雷德先是好言好语地请求厨师让他给弗朗索瓦送咖啡，这是他经常为受他宠爱的卫兵做的家务事……在前往那座深壕大桥的路上，阿莱西亚往苦涩的浓咖啡里加了几滴特殊的调料，那是她自己合成的一种类似箭毒的物质。这种合成物能瞬间麻痹肌肉，但不会影响神经系统的工作，所以中毒的人不能说话也不能移动，但意识和感觉仍然正常。

阿尔弗雷德慢慢走近监狱大门，故意让等得不耐烦的弗朗索瓦走出来。阿尔弗雷德微笑着，他知道阿莱西亚已经到家了，此时正在监控室里看着、听着——阿尔弗雷德身上戴着一个微型麦克风。他走到桥上的护栏边，一边道歉一边将咖啡递给弗朗索瓦。兄妹二人开心地看着毫无防备的弗朗索瓦大口喝下咖啡，几秒钟后，弗朗索瓦大口喘着气，靠在桥边的护栏上。在其他人眼里，弗朗索瓦只是和阿尔弗雷德在桥上看风景……当然除了阿莱西亚。后来阿莱西亚告诉阿尔弗雷德，她当时就在为他的精彩表演鼓掌。

我抬起头看着他，看着他脸上惊恐的表情，并告诉他我们做了

什么，接下来还打算对他做什么。

等弗朗索瓦终于明白自己已无力反抗这个孩子时，他颤抖着下巴发出一声微弱的尖叫。大约五分钟的时间里，阿尔弗雷德面带笑容地咒骂着弗朗索瓦，他是头猪，是粗鲁的乡巴佬，同时不停地用针扎着他的大腿。

弗朗索瓦·塞洛克斯无法动弹，不得不忍受着阿尔弗雷德给他的痛苦和羞辱，他一定在无声地后悔对阿莱西亚做出的卑劣举动。阿尔弗雷德玩够之后，冲着弗朗索瓦的脏皮靴踢了几脚，看着弗朗索瓦无助地滑向护栏外，跌入深壕之中。回去后详细地向阿莱西亚描述了他在整个过程中的感受。

然后我大声尖叫，假装大哭着，其他人都往桥上跑过来，尽力安慰他们的小主人，彼此询问着为什么会发生这种事。后来，很久以后，阿莱西亚走进我的房间亲吻了我的脸颊。她的嘴唇柔软温暖，丝绸般的秀发抚过我的喉咙——

监视器上的画面打断了阿尔弗雷德的甜美回想，克莱尔现在站在刚才伯恩赛德犹豫不决的地方。阿尔弗雷德为自己的疏忽大意感到十分恼火，他刚才没注意那个小流氓往哪儿走了。他在不同摄像头之间切换好几次，终于在祖宅会客厅前的阶梯处找到伯恩赛德。阿尔弗雷德检查了一下控制面板，确定所有门都开着，他觉得那家伙很可能会自寻死路——

——看到克莱尔选择了和她的年轻朋友一样的路，阿尔弗雷德高兴地欢呼起来。

当她跪在伯恩赛德先生冰冷的血泊中为她的生命哀求时，她会感到多么强烈的恐惧啊……

要恰到好处地迎接他们，他得先离开一会儿。阿尔弗雷德站起身，推开书架走进大厅，心里非常兴奋。他很想在离开之前将他的计划告诉阿莱西亚，和她分享自己的想法，可是时间恐怕来不及了——

“亲爱的，我一直在看着。”她说。

阿尔弗雷德吃惊地抬起头，看到阿莱西亚就站在楼梯上，在最上面阳台上挂着的真人大小的玩偶旁边，那是阿莱西亚最喜欢的玩具之一。阿尔弗雷德本想问她是怎么知道的，但立刻意识到这是个蠢问题。她当然知道，因为他们的心是相通的。在她雪白的胸口中，正跳动着和自己一样的心脏。

“阿尔弗雷德，去吧。”阿莱西亚用微笑向他致意，“为我俩好好享受吧。”

“我会的，亲爱的妹妹。”阿尔弗雷德回以微笑，再次在心中感激上帝让自己有幸成为这样一个奇迹般的女孩儿的哥哥，更加幸运的是，她竟然如此了解他所有的需求和愿望。

***

关上大门后，克莱尔觉得现实在这里奇妙地扭曲了。从摇摇欲坠、充满死亡气息的冰冷监狱来到她现在站着的地方……真是难以置信，然而这的确是安布雷拉的典型风格，让她不能不信。

但是，见鬼，我是说真的。

克莱尔眼前是一个宏伟壮丽的下沉式大厅，手绘的地砖上有几个泥脚印，精美的奶油色壁纸上溅着几滴血迹。天花板附近有几处裂缝，西墙附近的一根装饰繁缛的廊柱上有一个尚未干透的褐色血手印，从手掌位置垂下一条红色血线。

*看来，倒霉的不仅仅是我们这些被抓来的犯人。*尽管这种划分立场的想法有点狭隘，但知道安布雷拉的高层也和其他人一样受到伤害，她的感觉好多了。

克莱尔站了一会儿，离开寒冷的室外让她有那么一丝轻松，同时她又惊讶于罗克福德岛上迥然不同的建筑风格。克莱尔左侧的廊柱后面有一道蓝色的门，在宽敞大厅的西北角还有另一扇门。正前方是一张锃亮的红木接待桌，两侧是对称扩展、通往二层平台的楼梯，楼梯侧面的墙壁上挂着一张张受损严重的肖像画，不知什么原因，画中人的脸都被挖去了。

克莱尔走进大厅，蹲下来摸了摸地上的泥脚印。还是湿的，脚印一直向角落里的那扇门过去。克莱尔无法肯定这是不是史蒂夫的脚印，但她觉得可能性很大。他一路上留下不少痕迹，打开的监狱大门、楼外的弹壳，还有两只死狗。这个让人头疼的孩子枪法倒还挺准的……

……我何必这么大费周章地帮他呢？克莱尔站在那儿，有些不是滋味地想。他不愿意接受我的帮助，而且看上去他确实不需要，我又不是闲着没事可做。

史蒂夫跑开的时候，克莱尔没有立即跟上，她想尽快给里昂留言，也想在办公室里找一些医疗用品——一些可以帮到罗德里格的东西，但她没有找到任何有用的东西。

“救命！救命啊！”从某处传来模糊的求救声。

史蒂夫？

“放我出去！嘿，有人吗？帮帮我！”

克莱尔循声跑到角落里的门前，准备好武器。她用力撞向厚重的木门，门应声开了，面前是一条长长的走廊。史蒂夫的叫声从走廊的另一端传来。克莱尔看到有三具尸体倒在地板上，她犹豫了一下，发现它们并没有活动的迹象，于是继续往前跑，一直保持正面对着前面的门。

“救命！”

*天哪，他怎么了？*听起来他非常紧张，声音都嘶哑了。

克莱尔走到大厅尽头，推开门，举着手枪扫视了里面一圈——什么都没有，房间里有一些柜子和堆满东西的椅子。有一个警铃嗡嗡地响着，但克莱尔没有找到声音的来源。

左侧有什么东西在动。克莱尔转身寻找目标——她看到墙上挂着一块幕布，上面闪烁着无声的影像。两个漂亮的金发孩子，一男一女，相互凝视着。男孩手上拿着什么东西，不停在动着——

——是蜻蜓，他——

克莱尔厌恶地转回头。男孩正在把不停挣扎的蜻蜓翅膀一片片扯下来，而且面带微笑，两个孩子脸上都挂着笑容。

“史蒂夫！”*他怎么不喊了？他在哪儿？她走错了房间，肯定是——*

“克莱尔？克莱尔，我在这儿！打开这扇门！”

声音是从幕布后面传来的。克莱尔跑过房间，在墙面上摸索着，无意中看到影像里的孩子将那只饱受折磨的蜻蜓扔进一个装满蚂蚁的容器中，看着蜻蜓被蚂蚁慢慢咬死。

“什么门，在哪儿？”克莱尔大喊，她胡乱在墙上摸索着，推开玻璃陈列柜，拉扯幕布——

——幕布向上升起，卷进一条缝隙内。后面是一个带键盘的控制台，还有六个相框，排成两行三列，每个相框下面都有一个开关。

“克莱尔，做点儿什么，我快被烧死了！”

“我该怎么做，你是怎么进去的？史蒂夫！”

没有回应，克莱尔能听出他声音中的绝望，能感觉这种绝望正刺入她的大脑——

——冷静。快想办法。

克莱尔克制住慌乱，头脑也冷静了。如果她惊慌失措，史蒂夫就必死无疑。

没有门。只有一个放着相框的控制台。

是的，就是这个，这就是钥匙。史蒂夫又喊了一声，但克莱尔只是全神贯注地观察着那些相框，每一个相框里的图片都不一样，*一艘船，一只蚂蚁，一把枪，一把匕首，又一把枪，最后一个是飞机——*

看上去完全没有相同之处，两把枪，一把是半自动手枪，一把是左轮手枪，开关上分别标着字母“C”和“E”。其他图片之间再没有任何相似性了。克莱尔最先想到的是给小学生的一个测验，要求找出两个最近似的东西。带着对这个想法的怀疑，克莱尔伸出手按下两个开关，对应的相框亮了起来——

——克莱尔右侧墙上的一个陈列柜滑了出来。警报声戛然而止，一阵干热的空气从后面冒出来。半秒钟后，史蒂夫从里面跌跌撞撞地跑出来，跪倒在地，手臂和脸被热得通红。他的手里握着一对手枪，像是镀金的鲁格手枪。

看来我选对了。

克莱尔俯向史蒂夫，回忆着中暑的症状——头晕恶心，克莱尔想。“你还好吗？”

史蒂夫看了克莱尔一眼。他满脸通红，表情有些尴尬，像一个晒多了太阳的小男孩。史蒂夫咧嘴一笑，幻象瞬间消失了。

“你怎么这么久才来？”史蒂夫挣扎着站起来，声音沙哑地问。

克莱尔挺直身体，皱着眉头说：“你不用这么客气。”

史蒂夫的笑容瞬间柔和了，他低下头，拨了一下前额上的厚刘海。“对不起……我很抱歉刚才说的话。谢谢，真的。”

克莱尔叹了口气。刚认定他是混蛋，他又突然变得可爱起来。

“看我找到了什么。”说着，史蒂夫举起两把手枪，对准一个陈列柜。“这两把手枪挂在墙后面，装满了子弹。很酷，对吧？”

克莱尔忍住想抓住他的双肩让他头脑清醒一点儿的强烈冲动。克莱尔承认他有些胆量，求生技能也不错……可是他却不明白，要不是她听到呼救声，他就已经一命呜呼了。

这个地方很可能处处陷阱，怎么才能让他不到处乱跑呢？

卡莱尔盯着史蒂夫假装要射击的那个书架，无意中想到，也许这种故作男子气概的行为就是为了掩饰心中的恐惧——克莱尔忽然想到一个办法，她觉得可能会有用。

他想扮演硬汉。就让他去演吧。满足他的表现欲。

“史蒂夫，我知道你并不想找什么搭档，但我需要。”克莱尔尽量表现得很真诚，“我……我不想一个人行动。”

克莱尔看到史蒂夫的胸腔明显地挺起来，松了一口气，她知道自己的话奏效了。不过她为自己这样玩弄心机感到有些惭愧，但只是一点点而已。这是最好的办法了。

再说，这并不是谎话。我确实不想一个人行动。

“我想你可以跟着我。”史蒂夫大度地说，“我是说，如果你害怕的话。”

克莱尔只是笑了笑，紧紧闭住嘴，如果要张嘴说感谢，她可不知道自己会说出什么来。

“反正，我现在知道要怎么出去了。”史蒂夫补充道，青春激情取代了原先的故作姿态，“前面大厅的接待桌下面有一张地图。从地图上看，岛的西边有一个码头，还有一条飞机跑道经过那儿。也就是说我们有两种选择，不过我开飞机的本事有点差，所以我建议坐船走。现在我们出发。”

看来克莱尔先前小瞧了他。“真的？太好了……”克莱尔突然停住了。*罗德里格，还有罗德里格，我们应该能把他扶到码头……*

“你能和我再回监狱一趟吗？”克莱尔问，“放我出来的那个人还在那里，他受了重伤——”

“也是被抓来的犯人？”史蒂夫抬起头问。

*喔，喔。*她可以撒谎，但史蒂夫很快就会知道真相。“嗯，恐怕不是……不过确实是他放我出来的，所以我觉得欠他一个人情……”

见史蒂夫皱起眉头，克莱尔赶紧补充说：“至少给他找个急救包，你知道，这是绅士作风。”

史蒂夫并不认账。“算了吧。既然他不是犯人，就肯定是安布雷拉的人，这是他的报应，混蛋。再说安布雷拉很快就会派军队过来，这是他们的问题，让他们自己解决。你现在到底来不来？”

克莱尔看着史蒂夫的眼睛，在他那双深色眸子里看到愤怒和伤痛，那肯定是安布雷拉干的。不能怪他，但克莱尔不能同意他的做法，至少罗德里格的事不行。克莱尔知道，如果没有得到帮助，罗德里格肯定撑不到安布雷拉的人来。

“我想，不行。”克莱尔说。

史蒂夫转身朝门口走了几步，然后又停住脚步，重重地叹了口气。他回过头，显然有些生气。“我可不会为了救安布雷拉的人用自己的性命冒险，我无意冒犯，但我觉得你真是疯了……不过我还是会等你，行吗？现在你去给那个家伙找创可贴之类的随便什么东西吧，我们在码头见。”

克莱尔有些惊讶，她重重地点了点头。尽管不像她希望的那样，但比她预料的好些，尤其是在他古怪的行为让你失望之后——

——*啊！*

克莱尔第一次想到史蒂夫说那些话的原因，明白了他为什么总是否认现实遭遇带给他的伤害。毕竟他是在这里……他怎么会没有被抛弃的感觉呢？

克莱尔给了史蒂夫一个温暖的笑容，想起自己小的时候父亲过世时的心情，她曾怒气冲冲地离家出走。“能回家总是好的，”克莱尔柔声说，“我想你的父母一定很高兴……”

史蒂夫的语气立刻变得刻薄了。“反正，来不来随便你，但我不可能等你一整天，懂吗？”

克莱尔吓了一跳，呆愣地点了点头，而史蒂夫大步走出了房间。克莱尔真心希望自己刚才什么都没说，但已经来不及了……至少她现在知道什么话不能说了。可怜的孩子，他肯定特别想念父母。一定要再多给他一些理解。

最后环视了一遍这古怪的小屋，克莱尔一边想着罗德里格的事，一边向前门走去。史蒂夫说得对，安布雷拉很可能派人过来了，他们会照顾他，但她还是想在离开之前让罗德里格的身体状况稳定一些。要找到止血剂，虽然克莱尔不太懂急救，但罗德里格当时似乎是在找止血剂。

在回大厅的路上，克莱尔把走廊里另外两扇门都打开看了看，第一个房间里有很多肖像画，展现了阿修福德家族的历史。地板上有一个摔碎的水壶，除此之外就没什么引人注意的东西了。第二个房间是一个空荡荡的会议室，只有一些凌乱的纸。

克莱尔回到前厅后，忽然想在返回之前应该到楼上看看，二楼位于通向监狱的桥的上方——她不想再走一遍来时的那座吱吱嘎嘎的噩梦般的桥了，也许上面会有条捷径，让她能赶上史蒂夫……

地面上一个小红点引起了克莱尔的注意，很像她的几何老师用的激光指示器发出的。红点突然向克莱尔移动，她抬起头，看到一道铅笔粗细的光——

*哐啷！*克莱尔飞扑出去的同时，一颗子弹打在瓷砖地板上，离她刚刚站的地方只有几厘米，瓷砖的碎片四散飞溅。第二声枪响在大厅中回荡时，克莱尔刚刚躲到一根装饰廊柱后面，地面上的瓷砖又碎了一块。

克莱尔尽可能将身体缩在廊柱后面，她有点儿不敢相信刚才看到的情景——一个身材瘦削、金发碧眼的男子端着一把带有激光瞄准器的步枪，身穿绣着金线的深红色短外套，就像游艇俱乐部的制服夹克似的，还戴着蓬松的白色领圈，头发扎成一条金色的发辫。这身打扮和小孩子心目中的高贵人士一模一样。

“我是阿尔弗雷德·阿修福德。”一个趾高气扬的声音说，“我是这个基地的最高领导人，我要求你坦白，你在为谁工作！”

什么？克莱尔本想说些更精彩的回答，可这是她脑海里最直接的想法。

“什么？”克莱尔大声问。

“哦，你假装无知是毫无意义的。”那人继续说，讥讽的声音听上去似乎移动了位置，像在走下楼梯，“克莱尔·雷德菲尔德小姐。我知道你打算干什么，一开始我就知道——你可不是在和什么一般人打交道。克莱尔，你现在可是在面对阿修福德。”

阿尔弗雷德咯咯笑着，声音高亢尖锐，听上去像少女发出的，克莱尔突然觉得这个人肯定不太正常，她在跟一个神经病说话。

*是的，让他继续说，不要打断他。*克莱尔看到红色的光点在她身后的墙上闪动，显然阿尔弗雷德正在瞄准这里。

“好吧，呃，阿尔弗雷德，那么我想干什么？”克莱尔尽量把全身缩在柱子后面，小心地检查了一下手枪弹夹里的子弹。

阿尔弗雷德根本不理会克莱尔的话。“毫无疑问，阿修福德是一个有着深厚底蕴的、高贵的、优越的、充满创新精神的家族。”阿尔弗雷德傲慢地说，“我们的渊源可以追溯到欧洲皇室，我的妹妹和我，继承了历史上最伟大的人物的血脉。我想你的主人并没有告诉你这些吧，是吗？”

我的主人？“我不知道你在说什么。”克莱尔看着闪烁的红点，决定从柱子另一边探头看看情况，或许可以抢在阿尔弗雷德之前开枪。阿尔弗雷德说得越久，克莱尔越觉得危险。精神有问题的人的行为根本无法预测。

他提到了他妹妹……难道他就是刚才影像中虐待蜻蜓的孩子？克莱尔没有证据，但她直觉觉得没错。阿尔弗雷德似乎一直在这条路上走下去了，从残忍的孩子变成了更残忍的成年人。

“当然，如果你现在愿意向我投降，”阿尔弗雷德愉快地说，“或许我会饶你一命。只要你说出你的指使者——”

就是现在！

克莱尔从柱子后面探出头，举枪——

——砰，木材和石膏粉末在她脸边溅起，子弹把廊柱打缺了一块。克莱尔缩回柱后，重重地靠在上面，呼吸急促。要是他再打准一丁点儿……

“你真是只敏捷的小兔子。”阿尔弗雷德觉得很开心，“或者，我应该说老鼠？对，克莱尔，你就是只老鼠。一只被关在笼子里的老鼠。”

那种疯狂、怪异的笑声再次响起……听起来阿尔弗雷德又返回楼上了。一阵脚步声后，一扇门砰地关上了，他走了。

*天哪，这真是妙极了。一场生化灾难背后怎么可能没有一两个疯子呢？*这简直滑稽得可笑，要不是克莱尔正处在一片诡异之中，她真会笑出来。阿尔弗雷德竟然是个精神病。

克莱尔又等了一会儿，确定阿尔弗雷德真的离开之后，这才长舒一口气，但仍不敢放松警惕。除非离开罗克福德，并且远离安布雷拉、怪物和疯子，不然她无论如何也放松不了。

老天啊，她对这烂事简直烦透了。她只是个大二学生，喜欢跳舞、喜欢摩托车、喜欢在下雨天喝一杯拿铁。她想念克里斯，她想回家……而目前这两者都是奢望，克莱尔觉得自己快精神崩溃了，她想大声尖叫、用力跺脚，歇斯底里地发泄一番。

这个想法很有诱惑力，但现在还不是时候。克莱尔在心里叹息一声。阿尔弗雷德上楼去了，克莱尔想最好还是先到靠近桥的那扇门里看看，能不能找到些罗德里格用得上的东西。

*至少事情不会更糟了，*克莱尔郁闷地想，她推开门的时候突然出现一种似曾相识的奇怪感觉。好像又到了浣熊市……不过浣熊市并不是孤岛，那场灾难要比现在严重得多。

还是有很大的不同。所有的一切都是假象。

克莱尔并不知道，与眼前相比真正糟糕的事情甚至还没有开始。

6
resident evil

第五章

地图上标示的码头根本不是一个真正的码头，这让史蒂夫非常失望，而且一艘船也没有。他原本以为这里会是一个长长的码头，上面有很多绑缆绳的木桩，海鸥在天空盘旋，还有六艘船供他选择，每艘船的储藏室都塞满了食物，还有柔软的床铺。可他看到的却是一个建在难看的灰黑色浅滩上的又小又破的栈桥，在黑暗中能隐隐约约看到一道石砌的防波堤将栈桥与大海隔开。在栈桥的一端有一个同样破旧的平台，上面立着一个从船上拆下来的舵轮，也许是种傻透了的“海洋纪念碑”之类的吧。平台上还有一张破桌子，上面堆着些垃圾，角落里扔着一件破救生衣，原本的橘色都已经变成芥末色。这里最多只能停一艘独木舟，一句话，糟透了。

这下可好。可是那些人是怎么进出岛屿的呢？游泳吗？而且飞机跑道在哪里？

糟糕的是，他现在不得不再去寻找其他逃跑的办法，而且他告诉克莱尔在这里等她，他不能走，但又不想站在这儿傻等。

你也可以不管她。

史蒂夫皱着眉头，烦躁地踢开脚边一个生锈的机器零件。她可能是有点爱管闲事，还有点天真……但她救了他的命，这是毫无疑问的，而且她想回去救那个安布雷拉的人，只是因为那个人放了她——那是……那是件好事，把她丢下不管是不对的。

史蒂夫不知道该怎么办，他随意地走到舵轮前，用力转了一圈。*这上面不是应该写着某个水手的名字吗？表示左右舷的字母呢？莫名其妙。*史蒂夫惊讶地发现，这个舵转起来毫无滞涩感，在这样的破烂地方实在是有些意外——

——随着一阵低沉的机械声，史蒂夫脚下的平台突然滑向海中，水面上冒起一片巨大的气泡。

*天哪！*史蒂夫一只手紧握住舵轮，另一只手拿着鲁格手枪对准冒着气泡的水面。如果是安布雷拉造的什么怪物，看样子它马上就要露头了——

——很快，一艘小型潜水艇像一条深色的金属大鱼浮出水面，在离史蒂夫脚尖不远的地方，潜水艇的舱盖自动打开，一架金属梯从潜水艇上伸出来，里面似乎没有人。和周围的环境完全不同，这个小家伙看起来很结实，保养得非常好。

史蒂夫盯着它，目瞪口呆。这是个什么鬼玩意儿？简直和主题公园里的一模一样。史蒂夫不知该拿这个古怪东西怎么办。

我今天碰到过不奇怪的事吗？

没错。在那豪宅里看到的地图很简略，只有几个箭头和“码头”“飞机跑道”这几个字……显然，只有乘潜水艇才能到那里。安布雷拉真是个乱七八糟的公司。

史蒂夫踏上舷梯，突然有些犹豫，他上一次鲁莽地乱走乱动，搞得直到现在被烧红的皮肤还没完全恢复呢。他不想被淹死或者活活烤死。

该死，不进去看看怎么会知道。

没错。史蒂夫不再犹豫，顺着舷梯下到潜水艇里。他的脚刚踩到潜水艇的舱底，脚下的压力开关就自动将舱门关闭了。史蒂夫赶紧又踩了一下，舱门又重新打开。史蒂夫很高兴他不会憋死在里面。

潜水艇的内部空间很小，和大一点儿的浴室差不多，狭窄的舷梯位于舱内正中，后部是座椅，前部则是控制台。

“让我们看看这儿有些什么。”史蒂夫走到控制台前，自言自语道。这个控制非常简单，只有一个可以上下活动的控制杆——现在它停在上端，旁边写着“待机”，下端则写着“移动”。史蒂夫咧嘴一笑，这东西竟然这么简单，这就是所谓的“用户导向型产品”吧。

史蒂夫踩了一下舱底的压力开关，将舱门关上，然后把控制杆往下一拉，心想克莱尔要是看到这个肯定会对他刮目相看。一阵轻柔的金属碰撞声后，潜水艇开始移动了。虽然艇身上有一个舷窗，但外面一片漆黑，只能看到几串冒起的气泡。

这趟神奇之旅只有十秒钟就结束了。潜水艇似乎停了下来，史蒂夫听到舱顶传来一阵尖锐的金属声，好像潜水艇蹭到了什么——那声音绝对不是从水中发出的。

史蒂夫沿着舷梯往上爬，舱门自动打开了，他把枪握在手里……舱外是一个金属平台，玻璃或有机玻璃隔开黑色的海水。几级台阶通向一条明亮的走廊，走廊左侧的墙同样是透明的玻璃。

*好吧。就像水族馆一样，你可以在水下隧道里看鱼。*史蒂夫从来都不喜欢那样的地方，他觉得玻璃随时都会碎掉，要是正好那时有条鲨鱼经过……或者其他更可怕的事。

*不要再想这些了。*史蒂夫走上长廊，转了两个弯，眼睛谨慎地一直看着前方。罗克福德岛遭遇轰炸以来，史蒂夫第一次这么紧张，不是幽闭恐惧症那种出自人类原始本能的紧张感，而是总觉得会有一只动物或者其他什么东西——可能是一只苍白的手，突然从黑暗的海水中直扑过来，或者也许是一张惨白的死人脸，贴在玻璃上对

他微笑……

史蒂夫无法止住这种恐怖的想法。他小跑起来，当来到长廊尽头唯一一扇门前时，尽管他暗骂自己太胆小，但是确实松了一口气。

史蒂夫推开门——看到两个、三个……总共四只丧尸，而丧尸们非常欢迎他的到来。它们一起转过身，踉踉跄跄地向他走来，它们身上的衣服破烂不堪，但仍能看出是安布雷拉的制服，两只手从残破的衣服中伸出来，身上有种死鱼般的味道。

“呜呃……”一个丧尸发出呜咽声，其他的也应和着，声音听上去竟带着些哀伤和失落。不过一想到安布雷拉带给他的一切，史蒂夫就觉得这些人并不值得同情。是的，没有一个值得同情。

房间中有一道隔墙，墙的左边有三只丧尸，看不到右边那个……也许它们看不到太远处？史蒂夫想着，故意凑近了一些。这三个丧尸的眼睛似乎在发光，是一种奇异的暗红色。史蒂夫想起曾经看过的一部电影，主人公拥有比X光还厉害的视力，能看到各种别人看不到的东西。

*我们永远不知道它们看到了什么。*史蒂夫眯起一只眼睛瞄准最近的一个丧尸，砰的一声，子弹穿过丧尸的前额叶，在灰绿色的额头留下一个弹孔。丧尸倒下的同时，暗红色的眼睛也黯淡了。它先是膝盖着地，然后上半身重重拍在地面上。哦，真恶心。

其他丧尸毫不关心倒在地上的同伴，仍然径直向他走来。落单的那个被一张桌子挡住了，但它还是继续往前走着，完全感觉不到前方的障碍物。

史蒂夫又像刚才一样，一枪干掉了另一个，但他的感觉并不太好。只是开枪打倒它们而已。他刚才在监狱里这样做时候感觉很好，甚至觉得自己非常强大。他被关在那个地狱一样的黑洞里太久了，心中充满了愤怒。重获自由对他来说像圣诞节一样令人激动，就像得到了一个非常棒的圣诞礼物，等了整整一年的礼物，就像他小时候一样……

*停止吧！*史蒂夫不想再想下去，那都是胡扯。现在干掉一个丧尸不会带来任何兴奋感，这又怎样？他只觉得无聊。

史蒂夫快速解决了剩下的两个丧尸，枪声好像比以前更响了，简直是震耳欲聋。史蒂夫环视屋内，想找些有用的东西——如果回形针和脏兮兮的咖啡杯能派上什么用场，他倒是看到了不少，他准备继续往前走。房间后面的墙有两扇门，史蒂夫按往常的习惯选择了左边的门。他以前在什么地方看到过，在面临左右两种选择时，大多数人都会选右。

检查了一下弹药，史蒂夫从一个占了一半房间的空鱼缸前走过，小心翼翼地推开左边的门，迅速确认房间里面的情况。里面黑得像个洞穴，有一股海水和燃油的味道，没有任何移动的东西。史蒂夫走进去，举起鲁格手枪扫视着房间——

——然后史蒂夫大笑起来，他开心极了，笑声在他周围回荡着。这是一个海上机场，一架大型水上飞机就停在他面前。至少对只坐过双引擎小型飞机的史蒂夫来说，这架飞机已经算是很大了。

史蒂夫兴奋不已，快步跑下台阶，向停在金属防滑平台上的飞机走去。他的飞行经验不算太多，但至少不会坠机。

首先，登机检查燃油情况、确认飞机状况，然后熟悉一下操控设备……史蒂夫在平台边停下来，低着头皱起了眉毛。机库的闸门至少高出平台三米，而且看起来被锁死了。

他的左手边有一个控制台，上面有几个按钮发着光。史蒂夫走过去，他看着平台的开关笑了起来。从旁边的操作示意图来看，机库大门也是由同一个系统控制的。

"启动。"史蒂夫说着，按下了开关。一阵很大的机械噪音响起，让他有点儿紧张。不过几秒钟后声音就停止了，一个可供双人并行的登机台滑到平台边缘停下了。

史蒂夫走上登机台，研究着竖在面前的控制面板，然后破口大骂，几乎把他能想到的脏话都骂了出来，而且又重复了一遍。面板上有三个六角形的小孔，旁边写着“插入验证钥匙”。没有钥匙，就启动不了。

它们可能放在岛上的任何地方，而且还是三把！三把钥匙放在同一个地方的可能性几乎不存在！

史蒂夫深吸一口气，让自己冷静一下，然后花了几分钟研究一下这个控制面板和系统其他部分的连接方式，希望找到一个绕开钥匙的办法。经过一番仔细观察、认真思考之后，史蒂夫忍不住再次破口大骂。没有任何办法，他不得不接受这个事实。

史蒂夫转身搜索周围，检查每一个黑暗角落，绞尽脑汁推测可能存放钥匙的地方，用手摸索着一个个沾满油污的、黏糊糊的工具柜——决定下次打倒一个安布雷拉的人之后一定要狠狠踩上几脚，就是他们害得他在这个鬼地方转来转去。钥匙、徽章、验证钥匙，还有潜水艇，他们干起这些烂事简直是登峰造极。

***

这个丧尸穿着白大褂，下巴不见了，虫子一样的舌头直垂到脖子上，发出可怕的呜咽声。克莱尔看不出它是男是女，不过无所谓了。尽管觉得它很可怜，但克莱尔只能用一颗打在太阳穴上的子弹结束它的痛苦。克莱尔搜索了实验室的工作区、储藏室，然后回到大厅，她还是没找到想要的东西，心情十分沮丧。

豪宅的那个出口通向一个很大的庭院，从夯实的泥土地面来看，这儿更像监狱而不是宫殿。查看了几个房间，克莱尔还是判断不出这里的用途。可能是个实验场，也可能是士兵和护卫的训练场。

*或许，这是一个专门用来毁灭希望的地方，*克莱尔望向前门，阴郁地想。她十分钟前刚从那儿走过时，心里在希望着罗德里格还没死，希望史蒂夫已经找到了船，希望那个疯子阿修福德和他妹妹

没打算炸毁整个岛——没过十分钟，克莱尔把这些希望全都抛到了脑后。她现在只想要一瓶药，让她更加接近离开的时刻。

克莱尔首先搜索了楼上，结果经历了一场能让人少活两三年的冒险。她在楼上只找到一个锁着门的小实验室，透过门上的窗户，她看到里面一片狼藉，地板上有许多碎玻璃，看起来像个打碎的玻璃容器。就在她转身想离开的时候，一个穿着防护服、满身血迹的男人摔在碎玻璃上。这是垂死的挣扎，防护服显然没什么用。他的头几乎爆掉了，头盔里到处都是血迹。克莱尔被吓得半死。那个男人临死前不知按下了什么开关，隔离门突然开始降下，为了不被困住，克莱尔几乎是从楼梯上摔下来的。

呼呵。

到目前为止她已经杀了九个丧尸，其中三个穿着白大褂，不知是清洁工还是研究员。更衣室里什么都没有——克莱尔把所有的更衣室都翻了个遍，结果只找到几条运动绑带和几本色情杂志，淋浴间里也什么都没有。克莱尔原本以为既然安布雷拉是个制药公司，一定到处都是药，可现在看来并不是这样。

克莱尔回到一楼的长廊，长廊外面是一个开阔的庭院。克莱尔本希望能在楼里找到对罗德里格有帮助的东西，但现在却是两手空空。

*如果迷路了，我可以顺着这些尸体找回来。*克莱尔想着，迅速走下台阶。这个想法可并不有趣，甚至有些过分，不过这时就别考虑什么冠冕堂皇的说法了。她的弹药不多了，这让她的情绪又往消沉方向滑了一些。

克莱尔从相对温暖的大厅走进雾蒙蒙的庭院，寒冷的黑夜里弥漫着海水的气息。墙边燃着一小堆火。克莱尔想，罗克福德上的建筑布局真是古怪，新旧建筑混乱无章地混在一起。庭院里铺着鹅卵石，已经有些年头了——

克莱尔突然愣住了。一道红色激光穿透薄雾从她前面掠过，光是从上方射下来的。克莱尔右首不高处有一个阳台，通往阳台的阶梯靠着东墙。

楼梯，找掩护！

很快，红点移向克莱尔的胸前，她没时间想更多了。一颗子弹穿过寒冷的空气飞来，克莱尔向一侧扑倒，子弹在她身旁溅起碎石。

克莱尔迅速站起，朝楼梯跑去，红色的光点晃来晃去，试图照在她身上。第二发子弹从她很近的地方飞过，甚至能听到子弹从耳边划过时的尖锐声音。克莱尔在躲进石头扶手后面之前瞥了一眼开枪的人，果然是那个一头金发，穿着绣金红外套的疯子。

此时克莱尔心中的愤怒完全压过了恐惧。这事情已经不是第一次了，但她却没有更加小心，差点被这个疯子一枪干掉。

*给我停下吧。*克莱尔从石扶手上方向阿尔弗雷德连开两枪，她立刻听到一阵惊讶和愤怒的吼叫。*被一个农民射击并不是很好玩儿，对吧？*

克莱尔趁机跳上三级台阶，冒险将头探出栏杆看了看——刚好看到阿尔弗雷德跑出了西墙的门，砰的一声把门关上。

克莱尔跑上楼梯，朝他的方向追去。她咚咚咚地跑着穿过那道门，走进一个被月光照亮的走廊，清冷的月光将阴影割成一块块的。克莱尔下意识地去追阿尔弗雷德，并没有想太多，她不想再被阿尔弗雷德伏击了。她看到走廊尽头好像放着一台苏打水机，依然能听到阿尔弗雷德奔跑的脚步声——

——没等克莱尔跑到走廊尽头，又传来砰的一声关门声。克莱尔循声进入一个摆着两台自动贩卖机的小房间，对面有两扇门。该走哪扇门呢？

克莱尔看着两扇门犹豫了一会儿，然后双手撑在膝盖上大口喘气，她放弃了追逐。克莱尔知道，此时阿尔弗雷德就站在某扇门的另一边，等着她过去。

*至少冲他开了一枪。*当然这小小的胜利不值一提。运气好的话，

她应该很快就能离开这个该死的岛，阿尔弗雷德·阿修福德不过是她另一个糟糕的回忆。

过了一会儿，克莱尔直起身，朝自动贩卖机走去——一个里面是零食，另一个是饮料。克莱尔突然意识到自己饿极了，而且还渴得厉害。上一次吃东西是什么时候？

两台贩卖机都坏了，不过克莱尔狠狠踢了几脚就解决了这个问题。贩卖机里大部分都是些垃圾食品，好在还有几袋混合坚果和几罐橙汁。不是什么丰盛的牛排大餐，但考虑到目前的情况，这已经很丰富了。克莱尔几口吞下食物，又往口袋里塞了几包没开封的零食，感觉精神了许多。

*那么……左边，还是右边？左右左右左……嗯……右边的灰色门。*克莱尔觉得阿尔弗雷德应该不会这么有耐心，不过为了以防万一，她还是小心翼翼地靠近门边，用手枪的枪管轻轻推开门。

克莱尔松了一口气。门后是一个温馨的小房间，有几张沙发，桌子上摆着一个老式打字机，角落里有一个落满灰尘的大箱子。好像没什么危险，阿尔弗雷德应该是从左边那扇门走的。克莱尔走进屋子，看向堆满杂物的沙发，突然她屏住了呼吸，睁大了双眼。

谢谢你，阿尔弗雷德！

不知道是谁将一个皱巴巴的腰包扔在沙发上，里面的东西都散落出来了：有两根无菌针头和一个注射器，还有一包防水火柴、半盒九毫米子弹以及一个罗德里格之前拿在手里的那种小瓶子。克莱尔需要的东西都在这儿了，除了这些之外，包里还有一支钢笔、一个平头小螺丝刀、一个包装完好的避孕套……克莱尔眨了眨眼睛，笑了起来。真有趣，有些人认为这也是必不可少的东西。当她看到腰包上的血迹时，就笑不出来了，但找到想要的东西还是让她挺高兴的。

克莱尔将东西重新塞进腰包里，将包系在腰间，又从衣服上小得可怜的口袋里拿出零食塞进腰包中。克莱尔简直无法相信自己的运气竟然这么好。她最担心的就是找不到药品，没想到还找到了弹药。哪怕找到一个弹夹，都像神赐的礼物。

克莱尔搜查了房间其他地方，但再没找到什么有用的。她觉得这一切就快结束了，这个可怕的夜晚总算要结束了。

先回监狱把药交给罗德里格，然后看看史蒂夫的运气如何，能不能让我们搭车回家……克莱尔高兴地想着，走出了房间。这是个艰难的夜晚，不过比起浣熊市，只能算是一次野餐罢了——

走廊里厚重铁门落下的声音让克莱尔猛地转过头，走廊的出口被封死了，喜悦之情顿时烟消云散。

*不！*克莱尔跑向铁门，在上面用力打了一拳，知道这无济于事。她被困住了，现在只有阿尔弗雷德刚才走的那扇门可以试试了。

“欢迎，克莱尔。”一个声音传来，依旧是傲慢中带着阴险矫揉造作的腔调。原来自动贩卖机上装着一个喇叭。

*你好啊，阿尔弗雷德。*克莱尔郁闷地想。但她不愿让阿尔弗雷德看出她的愤怒或恐惧。整座岛都在监控之中，她怎么蠢得一直没想过呢。她没看到监控摄像头，并不代表没有。

阿尔弗雷德接着说：“你很快就会进入一个特殊的游乐场，我的一个朋友非常希望见到你，我想你们在一起会玩得很开心。”

太好了，迫不及待。

“千万别太快死掉，克莱尔。我非常期待你的表现。”

阿尔弗雷德癫狂地大笑了几声，然后没了动静。

克莱尔茫然地看着她原本要离开的门，思考着接下来怎么办。克里斯曾告诉过她，任何时候都可以做出选择。哪怕都是糟糕透顶的选项，但总是可以选择的。不管怎么说，现在想想自己的选择，能使心情平静一些。

我可以躲进那个安全的房间里，吃着零食和爆米花，等着安布雷拉的人出现；我还可以坐在这儿祈祷，希望朋友们奇迹般地出现，把我救出去；我也可以试试能不能弄开那道铁门，或者在墙上打个

洞……用这把螺丝刀，挖上一万年就差不多了。我还可以自杀，或者走进阿尔弗雷德的游乐场，看看到底有什么好玩的。

有许多选择，克莱尔认为她基本总结了所有选项……但其中只有一个有意义。

准确地说，没有一个有意义！克莱尔在心里号啕大哭。我现在应该待在宿舍里，吃着凉比萨，复习功课准备考试才对！

*反对无效。*克莱尔干巴巴地想着。她伸手从腰包里拿出一个满装弹夹，又把另外一个塞进内衣里，以便迅速取到。去看看阿尔弗雷德和他的手下究竟在这里搞出什么了吧，也看看安布雷拉是不是真的造出一个终极生物兵器。

克莱尔走到门口又停下了，心想是不是到了该回忆自己的人生和感情，做好迎接死亡准备的时候了……最后她决定以后再想这些。如果没有以后，现在也不用想了，是吧?

“孩子，你真是太聪明了。”克莱尔自言自语地嘀咕了一句，趁着自己还有勇气，推开了那扇门。

6 resident evil

第六章

一切都很完美。

四个不同角度的全彩摄像机，“角斗场”中灯火通明，座椅舒适。阿尔弗雷德唯一的遗憾是没时间回去陪着阿莱西亚一同观看，当然在训练场监控室中也有好处。在监控室里可以控制很多摄像头，只要按下按钮就能调整角度，确保最佳观看效果。

阿尔弗雷德微笑地看着克莱尔在门前犹豫，对自己正在进行的计划感到满意。克莱尔像他希望的一样追在他后面，轻轻松松就被引入陷阱。不过阿尔弗雷德没想到克莱尔会对他开枪，但那只是一个小疏忽而已。这么一来，看到克莱尔最终死去，阿尔弗雷德会更加开心，因为还增加了复仇的快感。

OR1 是专为野外作战制造的先进生物武器，也是阿尔弗雷德最喜欢的；An3 沙虫令人印象深刻；标准型猎杀者 121 速度极快，杀伤力也很强，而 OR1 更特殊——体表是人类的骨骼，尤其是脸部和躯干部分，是经典的死神形象，骷髅一样的面部周围是合成的肌腱，就像真正的死神。它们不仅危险，看上去也非常恐怖，能够引起人类心中最原始的恐惧感。

罗克福德岛上的员工都叫它“长臂怪”，这是一个从什么诗句里面摘出来的荒谬单词，但恰好吻合了 OR1 的独特设计和功能。罗克福德岛上一共有三十只 OR1，其中一半处于未激活状态，遭受轰炸之后，阿尔弗雷德只找到其中八只——

——*哦！*克莱尔打开了门。

阿尔弗雷德兴高采烈，全神贯注地盯着克莱尔，左手放在监控器的控制面板上，右手则虚放在 OR1 保管室的门锁开关上。

克莱尔握着手枪进入一个宽广的双层开放式建筑，小心翼翼地打量周围的情况。阿尔弗雷德将镜头推近克莱尔的脸，他想好好品味一下克莱尔的恐惧，但让他失望的是，克莱尔脸上没有任何表情。看起来克莱尔觉得不会立即面对危险，没刚才那么警惕了。

等我按下这个按键……

阿尔弗雷德无法抑制内心的兴奋，哧哧地笑起来，右手食指轻轻滑到两个保管室大门的开关上。这两个保管室一个位于二层阳台，另一个则在下层的运货电梯旁边。只要他的食指稍微一动，克莱尔·雷德菲尔德就要死了。的确，她是个无足轻重的小人物，她的生死无关紧要，重要的是控制这一切的力量，是他在控制这一切。

当她意识到自己即将死去的时候，她的痛苦，那种美妙的折磨，她的眼神……

阿尔弗雷德能像掌控自己的人生一样控制自己的身体，为能控制自己的欲望而骄傲，只要他愿意，他就可以摈除任何感觉和情绪。不过一想到克莱尔的死，阿尔弗雷德就有一种超越欲望的，无法用语言描述的，甚至超越人类意识范畴的激情。

*阿莱西亚能理解，*阿尔弗雷德想，他确信他漂亮的妹妹也在看着，她肯定能理解自己这种无法用语言描述的感觉。克莱尔的死，会使他们兄妹的关系更加接近。这是他们之间的奇迹，是阿修福德

家族的最高成就。

阿尔弗雷德等不下去了。当克莱尔小心地走到房间中央时，阿尔弗雷德锁上了她刚刚通过的门，以防她逃脱，然后打开了二楼保管室的门。

离克莱尔不到三米的一个狭窄金属卷门滑开了，克莱尔下意识地后退几步，想离这未知的威胁远一些，一只完全成熟的长臂怪从里面走出来，准备发动攻击。

这个生物很美妙。高大约有两米五，脸部是一个邪笑着的骷髅，总是充满威慑力地低垂着头。它的上半身大得不成比例，支撑着身体的就是它的主要武器——右臂。那只手臂犹如树干一般粗壮，长度超过身体的一半，手掌张开足以覆盖普通人的整个胸腔，左手则萎缩了，又细又小，不过它只要有右手就足够了。

阿尔弗雷德原本期待克莱尔会发出恐惧的惊呼，或咒骂，或尖叫，可她却始终保持沉默，当她认为已经拉开足够的安全距离后，毫不犹豫地开火了。

长臂怪从喉咙深处发出一声粗暴的咆哮，然后表演了它的绝技。阿尔弗雷德已经欣赏过很多次了，但他一点儿也不觉得厌倦。

巨大的右臂从五米之外抓向克莱尔，经过改造的特殊肌肉和富有弹性的肌腱、韧带猛地拉长——

——它轻而易举地把克莱尔击倒在地，转瞬之间右臂又恢复了原样。

是的，哦，就是这样！

克莱尔尽可能快地向后退去，直到后背抵住墙。阿尔弗雷德再次拉近镜头，看到克莱尔的脸上已冒出一层细汗，但除了强烈的紧张之外仍然没有别的表情。克莱尔站直身体，贴着墙边向旁边快速移动，显然不希望被下一击打得跌下阳台。

阿尔弗雷德咧嘴笑起来，不再为克莱尔缺乏恐惧的表情而失望。再过几秒钟，她就会被逼进角落——

——然后就是一连串暴击，把她打死在墙上……或者是简单的一记锁喉，抓住她的脑袋然后拗断颈椎……又或者把她当成一个玩具，就像阿莱西亚扔那些布娃娃一样把她扔来扔去？

阿尔弗雷德急切地凑近屏幕，不断调整着摄像头的角度，激动地看着那个注定要死的女孩举起武器，毫无希望地认真瞄准目标——

——砰！

长臂怪发出比枪声还响的尖叫，疯狂地摇晃着脑袋，黑色的液体从脸涌出来。黏稠的体液、鲜血和其他一些身体组织碎片溅在阳台的墙上，它抬起胳膊，想要捂住或者抚摸伤口。一切都在瞬间突然爆发，就像静止的湖面上突然喷出一股喷泉。

眼睛。她打中了它的眼睛。

砰！

克莱尔又开了一枪，紧接着又是一枪，长臂怪既愤怒又疼痛地不停尖叫着，试图挡住自己受伤的头部，摇摇晃晃地在原地转着圈……然后，让阿尔弗雷德大为震惊的是，它倒在地上，挣扎扭动的动作越来越小，尖叫声也越来越低了，那是临死前的绝望挣扎。

阿尔弗雷德难以置信地愣在那儿，这时他终于在克莱尔脸上看到了其他情绪——怜悯。克莱尔走到掠夺者身边，又开了一枪，掠夺者彻底不动了。然后她转身向楼梯走去，就像漫不经心地去参加一个淑女下午茶会。

不——不！不！不！

这不对，全错了。但还没结束。

阿尔弗雷德气冲冲地用力按下另一个开关，放出第二只怪物，电梯旁边一堆箱子后面的门滑开了。

*这次你不会再走运了，*阿尔弗雷德绝望地想，他仍然无法相信刚才看到的一切。克莱尔听到门打开的声音，但那堆箱子挡住了她的视线，让她没有发现正在逼近的危险。克莱尔站在楼梯下，寻找

着声音的来源。

第二个长臂怪猛然从箱子后面出现，探手抓在一个三米高的集装箱顶部。它稍做停顿，没有发出一丝声响，克莱尔仍然没有发现——她的注意力集中在楼梯对面的阴暗角落里。

长臂怪向克莱尔扑过去。克莱尔直到最后一秒才看到它，已经太迟了。长臂怪握住克莱尔的头，把她提在空中，像只好奇的猫一样用研究的眼神看着她。

我就说她是只老鼠，阿尔弗雷德想。当他看到克莱尔拼命挣扎，惊恐地丢下武器，想用双手掰开OR1钢铸般的大手时，他又找回了先前的快乐感觉——

——这时阿尔弗雷德听到屏幕之外某处响起玻璃的破碎声，还有枪声，突如其来的声响令长臂怪发出尖叫，它把克莱尔丢在地下。

怎么回事？

是窗户，阿尔弗雷德自问自答，同时惊慌地看到那个年轻的犯人——伯恩赛德，突然出现在屏幕中，对着受惊的长臂怪连开两枪，长臂怪发出痛苦的叫声。克莱尔也趁机抓起武器加入战斗。长臂怪试图发动攻击，伸长手臂抓向伯恩赛德，但却被一连串子弹打退，然后重重地倒在箱子边。死了。

阿尔弗雷德几乎是下意识地将手伸向控制开关，他记得至少还有一只OR1以及一些丧尸。伯恩赛德和克莱尔踉踉跄跄，脚下的地面在下降，将他们送进训练场的地下室。地下室里没有摄像机，但享受他们的死亡已经不是阿尔弗雷德的首要目的，只要他们死了就行。

*不可能，这绝不可能。*OR1本应该轻松干掉克莱尔和她那个爱管闲事的朋友的，可他们还活着，而他的宠物却受了罪，死了。阿尔弗雷德试图说服自己相信，两个人很快就会死在地下室里——在第一次出现病毒泄漏时，地下室就被隔离了。可是突然间，一切好似都无法确定了。

“阿莱西亚。”阿尔弗雷德轻声说，感觉血液涌上脸颊，羞愧令他满脸通红。他必须让阿莱西亚明白，这不是他的错，他的陷阱是有效的，只是发生了令人意想不到的事情……而且他得接受阿莱西亚眼中的那种冷淡，她的甜美声音中隐藏着失望，她对他发誓说她明白。

超越这耻辱的，是对克莱尔·雷德菲尔德的新仇恨，这怒火比一千颗燃烧的恒星还要炽烈。他要不惜代价，让她受尽折磨，她和她的闪光骑士。

只要他们还有血有肉，阿尔弗雷德便绝不停止。他发誓。

***

“史蒂夫，注意另一边。”电梯向下移动时，克莱尔说道。史蒂夫点点头。克莱尔重新装弹，史蒂夫则爬到两个集装箱上，举起手中的鲁格手枪。下落的过程中，他们默契地都没有说话，聚精会神地等着接下来发生的事。

*他救了我的命，*克莱尔感激地想着。她看着油亮的墙壁和轨道在眼前移动，在必死无疑的那一刻在体内沸腾的热血，直到此刻都没有停歇。史蒂夫·伯恩赛德，就是那个好心又麻烦不断，满口大话的家伙，把她救出了险境。

虽然他可能只是稍稍推迟了这无法避免的事……

克莱尔不知道阿尔弗雷德在打什么主意，但她再也不想遇到他的“朋友”了。两个骷髅脸、长着橡皮筋手臂的怪物已经足够了。她实在是走运，到现在为止只有几处瘀青和疼痛的脖子。

克莱尔本以为电梯会下降到满是生物武器的地方，结果让她松了口气。巨大的货梯只是停在一个出口处。只有那一个出口，虽然对门的另一边不抱安全幻想，但至少暂时还没什么危险。

“嘿，克莱尔，看看这个！”

史蒂夫从箱子上爬下来，拿着一把像冲锋枪的东西，方方正正的黑色枪身看上去像个弹夹。

“在箱子后面找到的。”史蒂夫高兴地说。他已经把那两把金色的鲁格手枪插在腰带上了。“九毫米，和鲁格手枪以及卫兵们用的枪口径一样。哦，对了，还有这个。”

说着，史蒂夫从迷彩裤的口袋里掏出一把 M93R 手枪和三个弹夹。“我从码头回来的路上搜了两个卫兵的身。我更喜欢这两把鲁格手枪，而且现在又有了这个……”史蒂夫举起手中的新武器，咧嘴笑道，“我不需要这些了。这些给你用。”

克莱尔高兴地接过弹夹，不知该如何感谢史蒂夫做的这一切，不过她还是要试着说说看。

“史蒂夫……要不是你及时出现……”

“别说这些了。”史蒂夫耸耸肩说，“现在我们扯平了。”

“好吧，但还是要谢谢你。”克莱尔微笑着说。

史蒂夫也回以微笑，眼中闪烁着对克莱尔的关心，十分诚恳，跟之前那种装腔作势的态度大不一样。克莱尔不知该怎么办，只能没话找话说。

“我以为你会在码头等呢。”克莱尔说。

“那根本就不是什么码头。”史蒂夫说，接着便把他们分开之后发生的事情告诉克莱尔。有水上飞机确实是个好消息，但不得不去找安布雷拉的古怪钥匙，却让人怎么也高兴不起来。

“……我在那儿没找到钥匙，所以就想到处看看，或许你碰巧曾见过类似的东西呢。”史蒂夫说完，又耸了耸肩，极力装出一副无所谓的样子，“后来我就听到了枪声。你呢，碰到什么有趣的事了吗？我是说，除了碰见安布雷拉的怪物之外。”

“嗯……你知道阿尔弗雷德·阿修福德吗？”

“我只知道他和他的妹妹是十足的怪胎。”史蒂夫马上回答道，“这儿的卫兵都很怕他。从他们总是避免谈起他的样子就能看出来。我听说，他把自己最亲近的助手派到医疗室去了。那儿有一个神经质的医生，好多犯人被带到那儿以后就再也没有回来。就算不是天才也知道发生了什么。你明白吗？”

克莱尔点点头，听得有点入神了。“那他妹妹呢？”

“我从没听说过她的什么消息，她总是待在家里。”史蒂夫说，“甚至没人知道她长什么样儿，她好像叫阿莱西亚……也可能是亚历珊德拉，记不清了。为什么问这个？”

克莱尔把自己遭遇阿尔弗雷德之后的一连串事情告诉史蒂夫。当说到她找到药品时，史蒂夫皱了皱眉，接着眨了眨眼，表情清晰地显露出他的心情变化。

“或许这个安布雷拉的家伙……”

“罗德里格。”克莱尔插嘴道。

“好吧，管他叫什么，”史蒂夫不耐烦地说，“也许他知道验证钥匙的事，例如可能放在哪里。”

好主意。“总比找遍全岛强，对吧？”克莱尔说，“你打算回监狱看看吗？我是说如果我们能从这儿出去的话。”

“哦，我会杀出一条路的。”史蒂夫说，声音里没有任何怀疑，“这方面交给我就行了。”

克莱尔想提醒他不要过于自信，尤其是有关安布雷拉的事，但又闭上了嘴。也许他就是凭着这股自信才一直坚持到现在——他绝不接受任何失败的可能，是在向自己保证一定会赢。

理论上不错，但真这么样会很危险。克莱尔心想，至少自己可以掩护他。

“我们刚才在训练场一层。”史蒂夫继续说道，“也就是说我们现在在地下室……我是从我……”

史蒂夫摇了摇头，好像有一些慌乱，但没等克莱尔开口问，他就像什么都没发生一样继续说了起来。

“这里有一个锅炉房，还有下水道区……基本就是这样，我们走这边。”说着，史蒂夫指了指门。

克莱尔本想说那原本就是唯一的门，但还是忍住了。“我跟着你。”

“跟紧一点儿。”史蒂夫简单地说了一句，就朝那扇门走去，同时侧转头从肩膀上向后看了一眼，故意收紧下颌，眯着眼睛，装出一副豪放不羁的样子。克莱尔又是生气又想笑，最后决定把这当成可爱的表现。史蒂夫打开门，闻到那股熟悉的腐臭，克莱尔的思绪被拉回了现实。她把那些对小事情的担心抛到脑后，把注意力集中在如何生存下去。

***

史蒂夫对枪支的了解并不多，但他知道自己喜欢什么。一扣动新发现的这把武器的扳机，他就知道自己绝不会放下这把枪了。

史蒂夫走出电梯，做好干掉几个丧尸的准备，然后看到三米外就有目标。总共有五个——五个半吧，如果旁边地上挪动的那一团烂肉也算进去的话。他扣动扳机，然后就拼命握紧手中的枪，不让它飞出去。

砰砰砰，砰砰砰——

冲锋枪弹跳着从左扫到右，直到最后一个丧尸的脑浆也被打出来，史蒂夫才松开扳机。几秒钟就结束了，让人觉得有些不真实，就像你咳嗽了一声就把大楼震倒一样。

史蒂夫扫射丧尸时，克莱尔料理了趴在地上的那堆烂肉。当史蒂夫得意扬扬地微笑着回过头时，却惊讶地发现克莱尔脸上并没有笑容……他想了一下，明白之后有些羞愧。对他而言，这些丧尸已经不再是人了。他知道，如果自己感染病毒，肯定希望能有人赶紧了结自己，以免他再去伤害别人——干脆痛快地死掉，而不是在地上痛苦地腐烂。

但它们曾经也是人，活生生的人。毫无疑问，这一切对他们而言是不公平的。

没错，或许他应该更尊重一些，但另一方面，这把枪太酷了，而它们是丧尸。这事有些微妙，并非他愿意讨论的问题，但史蒂夫还是决定，至少以后不在克莱尔面前嘲笑它们。他可不希望克莱尔把他当成一个嗜血的混蛋。

史蒂夫指着前面的门，然后示意右边，对于前进的大致方向他还是比较有把握的，至少大体上不会错。史蒂夫判断，他们至少能走出训练场的前院。

克莱尔点点头，还是史蒂夫在前面带路，他推开门走进去。这里是楼梯的最上面，下面就是锅炉房。下方的房间里塞满了嘶嘶作响的乱糟糟的机器设备，史蒂夫也不知道那到底是不是锅炉。在他们与对面的出口之间还有四个丧尸走来走去。

史蒂夫举起冲锋枪，克莱尔却拍了拍他的手臂，走到他身旁。

“留神。”克莱尔说着，用她的九毫米手枪对准丧尸群——史蒂夫看到，克莱尔瞄准的是丧尸刚刚经过的什么东西——

——*砰*，三个丧尸倒下来，身上冒出黑烟。它们背后那个明显装着可燃物的小罐子炸成了金属碎片，周围弥漫着有毒的黑烟。

第四个丧尸也被碎片击倒了，但伤得不是很重。克莱尔在它头上补了一枪。

“节约弹药。”克莱尔简短地说，然后就从史蒂夫身旁走下楼梯。史蒂夫跟了上去，有点儿被克莱尔吓到了，但他并没有表现出来，就像他原本想到的那样。如果说史蒂夫对女孩子有什么了解，就是他知道没有哪个女孩子喜欢唠叨、轻浮的男人。

*我可不是在乎她怎么想我。*史蒂夫暗中告诉自己。她只是……有点酷。

克莱尔先走到对面的门边，停在那儿等史蒂夫跟上来，史蒂夫点头示意自己准备好了。门一打开，两个人都不由得松了一口气，史蒂夫看到克莱尔的肩部明显放松下来，自己的心跳也放缓了。前方是一条石子铺成的小路，没有人，路的一侧十分开阔。石路下面的某处传来流水声，正前方是一个狭窄的门，就是那种手动的老式电梯门。

“我觉得有些过于轻松了。”克莱尔轻声说。

“没错。”史蒂夫轻声回答。阿尔弗雷德的邪恶游乐场不会这么简单。

大约走了一半，从下方漆黑的水中传来一阵非常刺耳的高音，既不像人类，也不像动物发出的。不管是什么，听上去那东西都很愤怒。从不断溅起的水声可以听出，它越来越近了。

史蒂夫准备开枪，但克莱尔拽住他的胳膊飞奔起来，史蒂夫几乎被她拖倒了。他们很快跑到了门口，克莱尔扯开门，把史蒂夫推进去，随即自己也跳进去，砰地关上了门。

“好了好了，天啊，你不用推。”史蒂夫说着，有些气恼地揉着自己的手臂。

“不好意思。”克莱尔说着将一缕头发绕到耳后，气喘吁吁，“我只是……我以前听到过那种声音。猎杀者，我想是的，这可不是什么好消息。之前在浣熊市，就有许多这样的猎杀者被放了出来。”

克莱尔有些不安地微笑，史蒂夫突然想抱抱她，或者牵住她的手。但他没有这么做。

“它让我想起一些不好的回忆，你知道吗？”克莱尔说。

浣熊市……就是几个月前被炸弹夷为平地的地方，如果没记错，就是他来罗克福德岛之前。听说是那儿的警署署长干的。“安布雷拉和浣熊市有什么关系？”

克莱尔似乎有些诧异，不过她只是微微笑了笑，随即将注意力转向电梯的控制面板。

“说来话长。等我们离开这儿的时候再告诉你。那么，我们到一楼去？”

“好的。”史蒂夫说，但很快又改变了主意，“其实，我们或许可以到二楼。这样我们就能观察到院子里的情况，看看我们会遭遇些什么。”

“你知道吗，你比看上去更聪明。”克莱尔打趣地说着，然后按下了电梯按钮。电梯停在二楼的时候，史蒂夫还在想着怎么巧妙地回应克莱尔的打趣，克莱尔打开了门。

他们右边是一扇上了锁的门，于是他们朝左边走去，走廊里空无一人。左边也只有一扇门，但他们运气实在不错，克莱尔试着旋动门把，门居然就开了。

还是没什么意外出现。门后是一个满是灰尘的木质阳台，从狭窄的阳台向下望，可以看到一间堆满杂物的大房间——有一辆生锈的军用吉普，一堆脏兮兮的旧油桶、破箱子等。看上去像个仓库，尽管亮着灯，到处都是破烂，无法确定下面有没有危险。不过史蒂夫还是听到下面传出窸窸窣窣的响声。

史蒂夫往左走了几步，试着向阳台下面的角落看，克莱尔也跟着移动。木板在他们脚下吱嘎吱嘎地响着。

“看样子不太结实……”克莱尔还没说完，就听见一阵噼噼啪啪的碎裂声，阳台带着他们塌了下去。

该死——

事情发生得太快了，史蒂夫连感到紧张的时间都没有。他侧着摔在地上，左肩疼得要命，左边膝盖则撞在一块木板上。

几乎是同时，他身后一堆叠成金字塔形状的空桶倒下来，撞在地上发出一阵轰隆隆的响声——史蒂夫听到了丧尸饥饿的哀号。

“克莱尔？”史蒂夫叫着从地上爬起来，转过身，寻找克莱尔和丧尸的位置。克莱尔倒在一堆空桶之间，揉着自己的一个脚踝，她的手枪摔在三米之外的地方。史蒂夫看到克莱尔的眼睛突然瞪大了，便顺着她的视线看去，一个丧尸正摇晃着朝她走去——

——史蒂夫的身体似乎突然飞到了一百万公里之外，只能眼睁睁地看着，什么都做不了。克莱尔似乎说了什么，但史蒂夫听不见，他的全部注意力都在那个丧尸身上。那是一个身材高大的男人，身体肥胖，腹部有一道巨大的伤口，一部分内脏已经淌了出来，黏糊糊的伤口不断滴着恶心的黑色黏液，深色的衬衫浸透了鲜血，变成更深的颜色。它脸色灰白，双眼凹陷，和其他丧尸一样。它的舌头已经不见了，不知是被它自己嚼烂了，还是被其他丧尸吃了——他的，哦，它的嘴上沾满了血迹。

克莱尔又说了什么，但是史蒂夫陷入了回忆，突然闪现的记忆如此生动鲜明，就像重新回到了当时似的。那是他四五岁的时候，父母第一次带他参加感恩节游行。他坐在父亲肩头，看着小丑们从旁边走过，周围都是大声喊叫的人，他突然哭了起来。史蒂夫不记得是因为什么，他只记得父亲抬头看着他，眼睛里满是关心和爱意。父亲问他怎么了，声音是那么熟悉、那么慈爱，史蒂夫伸出小手抱住父亲的脖子，把脸埋在父亲颈中，尽管还是在哭，但他知道自己是安全的，知道只要父亲抱着他，他就不会受到伤害——

“史蒂夫！”

克莱尔几乎是尖叫着喊他的名字——他看到那个丧尸已经站在克莱尔身边了，它那灰色的手指抓住克莱尔的背心，将她拉到满是黏液和血的嘴边。

史蒂夫尖叫起来，开枪，暴雨般的子弹打进他父亲的脸和身体，将它从克莱尔身旁推开。史蒂夫不停射击，不停尖叫，直到他的父亲一动不动地躺在地上，枪声停下了，只剩下扣动扳机的咔嗒声。克莱尔走过来碰了碰拍了拍史蒂夫的肩膀，让痛哭着呼唤着父亲的他不再面对那个方向。

他们坐了一会儿。史蒂夫终于能开口说话时，他双手抱着膝盖、低垂着头给克莱尔讲了一些他的故事。史蒂夫说起自己的父亲，他曾经是安布雷拉的一名卡车司机，在他想从安布雷拉实验室偷一种配方的时候被抓住了。史蒂夫还说起了自己的母亲，她在家中被安布雷拉的三个士兵枪杀，史蒂夫从学校回到家时，看到母亲浑身是血地躺在地上，奄奄一息。后来安布雷拉的人把他们带走了，把他和他的父亲带到了罗克福德。

“我以为他在空袭时就已经死了。”史蒂夫擦着眼泪说，“我想为他难过，但是我一直想着妈妈，想着她的样子……我不想他死，真的不想，我……我也爱他。”

说完，史蒂夫又哭起来。克莱尔抱住他，但史蒂夫几乎没有察觉，他伤心得想一死了之。但他知道自己必须振作起来，必须找到钥匙，和克莱尔一起坐飞机离开这个地方，但此刻这些都被抛在了脑后。

克莱尔一直安静地听他说话，抱着他，但这时她站起身，让史蒂夫留在原地等她，她很快就回来，然后他们就可以走了。好的，很好，他正好想一个人待会儿。史蒂夫从来没觉得这么累过，筋疲力尽，动都不想动。

克莱尔走了，史蒂夫知道自己得赶紧找到验证钥匙。马上，只要等他停止颤抖。

6 resident evil

第七章

罗德里格静静地坐在冰冷的黑暗中，心里非常不安。他听到走廊上传来一阵响动，于是逼着自己睁开眼睛做好准备。他举起武器，却发现手上一点儿力气都没有，只得把手腕放在旁边的桌子上。

*我会干掉任何过来找麻烦的家伙，*罗德里格想，这是他的习惯性想法。就算是死，他也要握着枪死。那个女孩离开后不久，一个变成丧尸的护卫从楼梯上滚下来，慢慢地爬进罗德里格待着的牢房，罗德里格用穿着军靴的脚猛踢它的脑袋，把它干掉了，还从它身上找到了武器。

罗德里格等待着，他现在昏昏沉沉只想睡觉，很难一直保持警觉状态。手上的枪让他放松不少，恐惧感也减轻很多。他很快就要死了，这是无可避免的……但他不想变成丧尸，无论如何也不想。自杀或许是一种原罪，但他知道，如果无法干掉靠近的丧尸，就一定要在被它们碰到之前给自己一颗子弹。反正自己怎么都是要下地狱的。

是脚步声，有人朝牢房走来了，速度很快。丧尸？但他的感官有些迟钝了，弄不清究竟是对方的速度快，还是自己的感觉变慢了，但他知道，如果不立即开枪，恐怕就没机会了。

突然，一道小小的亮光穿透了黑暗——她站在那里，好似梦一样出现在他眼前。雷德菲尔德还活着，手中举着打火机。克莱尔将打火机放在桌子上，就像一个小灯笼。

“你来这儿干什么？”罗德里格嘟囔着说，但克莱尔没有看他，只是在腰间的小包里找着什么。罗德里格让沉重的手枪从手中滑落，闭了一会儿眼睛。等他再次睁开眼睛时，克莱尔正要抬起他的手臂，另一只手上拿着一个注射器。

“是止血剂。”克莱尔说，声音和她的手一样温柔。她迅速将针头扎进他的手臂，“别担心，不会过量，瓶子背面写了剂量使用说明。这种药能减缓内出血，所以你应该不会有生命危险，可以坚持到有人来救你。我把打火机留在这儿……这是我哥哥给我的。祝你好运。”

克莱尔说话的时候，罗德里格努力想让自己清醒，或者说努力想赶走身上的倦怠。他不明白克莱尔说的话，是他放她走的，她也已经走了。为什么还要回来帮他？

*因为我放她走了。*罗德里格突然明白过来，这让他又是惭愧又是感动。

“我……你很善良。”罗德里格轻声说，希望自己还能为克莱尔做点儿什么，哪怕是说点儿什么有用的，以报答她的善良举动。罗德里格搜索着记忆，回想着他听过的那些传闻或事实，或许她可以逃脱……

“断头台。”罗德里格说着冲克莱尔眨了眨眼，尽量想说得清楚一些，“在医务室的后面，钥匙在我口袋里……那里有些秘密。他很清楚，拼图碎片……你知道断头台在哪里吗？”

克莱尔点点头。“是的，谢谢你，罗德里格，你帮了大忙。现在休息一下，好吗？”

克莱尔伸出手，帮罗德里格整理了一下额头上的乱发，一个简单的动作，却是那么温柔，罗德里格差点儿流下眼泪。

“休息一下。”克莱尔又说了一遍，罗德里格闭上眼睛，心情平静下来，他这一生从未感觉如此平和。在睡着前，罗德里格最后的念头是，如果克莱尔能原谅他之前的所作所为，能宽恕他，他死后也许不会下地狱。

***

罗德里格透露的秘密是真的。克莱尔站在隐秘的地下室走廊的尽头，用力打开面前一扇没有任何标记的门。

医务室非常狭小，给人的感觉也非常不好，完全不是克莱尔想的那样——没有任何医疗设备，没有任何现代化的设施。前厅里只有一张简易的检查台，四周的木地板上满是血迹，检查台旁边的托盘里放着一些像中世纪时期的手术工具。隔壁的房间已被烧得面目全非，克莱无法确定那间房的用途，看上去像介于恢复室和焚化炉之间的地方。反正闻着像那种地方。

前厅不远处有一间杂乱的小办公室，门口躺着一具尸体。男子身上穿着染血的实验服，瘦削苍白的脸上还带着惊恐。这个男人似乎并没有被感染，因为房间里没有丧尸的痕迹，而且他身上也没有明显的伤口，克莱尔猜测他可能是死于心脏病或类似的急性病。他脸上扭曲的表情、凸出的眼睛和大张的嘴巴，都说明这个男人是在极度惊恐中死去的。

克莱尔小心地跨过尸体，偶然发现这间小办公室的第一个秘密。她的皮靴无意中踢到地上的一块小石头，后来她发现那其实是一把十分特别的钥匙。那是一只玻璃眼睛，原本应该安装在房间角落里的一具塑料人体模型脸上的。

考虑到史蒂夫说过没有人从医务室回来过，而且克莱尔也知道安布雷拉有多么疯狂，所以她在办公室的墙后找到一条密道时并不觉得奇怪。眼前是一排磨损严重的石阶，克莱尔一点儿也不吃惊，这是个秘密，是个机关，而安布雷拉最多的就是秘密和机关了。

所以快开门吧。把它搞定。

没错。她没有太多时间。克莱尔不想让史蒂夫单独待太久，她很担心他。他不得不亲手杀死自己的父亲，克莱尔无法想象这会给他造成多么大的心理伤害……

克莱尔使劲晃晃脑袋，对自己还在东想西想感到恼火。她觉得自己正身处一个荒芜、可怕的地方，明显有许多人死在这里，她能感觉得到从冰冷墙壁中透出的恐怖气息，像裹尸布一样向她包裹过来……

“没什么大不了的。”克莱尔说着，推开了门。

三个丧尸立刻摇摇晃晃地朝克莱尔走来，使她顾不上观察屋里的细节。三个丧尸都已严重腐烂变形，四肢残缺不全，皮肤像破布一样一条条从身上垂下，肌肉腐烂剥落。它们缓慢地移动着，痛苦地拖着身体朝克莱尔挪动，克莱尔可以看到它们腐烂的身体上那些陈旧的伤疤。克莱尔举起枪瞄准一个丧尸，一阵反胃。

克莱尔很快解决了三个丧尸，但她总觉得不会这么简单，她环顾四周，果然如此。

哦，天哪！

房间美得不可思议，天花板上的枝形吊灯散发着柔和的光芒。地上铺着瓷砖，精美细密的地毯从门口一直铺到对面的接待区，那里摆放着天鹅绒面的软椅和樱桃木的茶几，坐在椅子上的人能够看到整个房间……这个地方比她想的还要糟，比藏在浣熊市街道下面的艾隆斯署长的地牢更糟。

房间里有两个特制的竖井，其中一个安装着颈手枷，另一个则吊着一个铁笼子。墙壁上挂着铁链、手铐和皮革项圈，有些带着倒刺。除此之外还有几个带着齿轮和铁刺的复杂装置，她完全不想走过去细看。

克莱尔咽下不断翻涌的胆汁，将注意力转向会客区。华美陈设的房间所造成的反差，令人明显感到神经错乱的建造者变态的疯狂。从折磨他人的过程中享受快感还不够，他或她还要在奢华的环境中欣赏这一切，就像一个疯狂的贵族。

克莱尔看到茶几上放着一本书，于是走过去，尽量不去看其他东西。丧尸、怪物还有无谓的死亡已经够可怕的了，悲惨、可怕，或者二者兼具，但周围这些铁链和刑具所代表的病态更让她震惊，几乎使她开始怀疑人类的本性。

茶几上的书其实是一本高档笔记本，扉页上写着主人的名字——伊诺克·斯托克博士，除此之外没有其他的标题或题词。

“他很清楚，拼图碎片……”

克莱尔很不愿意碰这东西，更别说读它了，但罗德里格似乎认为它可能有用。克莱尔快速翻了几页，里面并没有注明任何日期，于是克莱尔在蜘蛛般的细小笔迹中寻找熟悉的单词或名字，有关拼图的线索，或许……这个，这里好几次都提到阿尔弗雷德·阿修福德。克莱尔深吸一口气，开始从头往下读。

今天我们终于谈到了我的喜好。阿修福德先生不肯和我分享他的喜好，但他对我仍然是一个巨大的鼓励，和我六周前刚来这儿的时候一样。他一开始就告诉我，我所要求的都是些非常规的东西，但现在他全知道了，包括最小的细节。一开始我有点不自在，但阿修福德先生——哦，阿尔弗雷德，他坚持让我这么叫他，的确是一个热心的观众。他说他和他的妹妹都非常赞同这种极限研究。他让我把他们当成精神上的家人，在这里，我有绝对的自由。

大声说出那些我从未分享过的感觉、情绪和思想，让我觉得有些奇怪。我告诉他，这一切在我还是孩子时就开始了。告诉他我用来做实验的那些动物，还有其他孩子，那时候我并不知道我有杀人的能力，我只知道鲜血令我兴奋，痛苦会填充我心中那个空虚而孤独的空间，令我感到强大的力量和掌控感。

我想他应该能理解那些惨叫，理解那些惨叫声对我有多么重要……

到此为止吧。这不是克莱尔想找的，这内容让她更加反胃了。克莱尔又翻过几页，看到又一处提到了阿尔弗雷德和他的妹妹，好像是关于什么私人宅邸，于是克莱尔又皱着眉头翻了回去，继续往下看。

今天阿尔弗雷德旁观了我的一次活体解剖，后来他说阿莱西亚问起过我，想要知道我是否已经得到了需要的一切。阿尔弗雷德崇拜阿莱西亚，从不让任何人靠近她。我并没有要求见她，也不打算见她。阿尔弗雷德希望保持他们私人宅邸的私密性，让阿莱西亚一个人在那儿独处。他们的私人宅邸在祖宅的后面，但他告诉我，大多数人甚至都不知道它的存在。阿尔弗雷德总是告诉我其他人不知道的事。我想，有我这么一个和他有共同爱好的人，他觉得非常高兴。

他说罗克福德岛有很多地方都需要用特殊的钥匙才能打开，比如他给我的眼睛，有些很新，有些则很古老。阿尔弗雷德的祖父爱德华·阿修福德，显然沉迷于隐秘主义，据阿尔弗雷德所说，安布雷拉的另一位创始人也是这样。他和阿莱西亚是仅存的知道罗克福德岛所有密室的活人。阿尔弗雷德继承他父亲的位置之后，又特意给阿莱西亚做了一套钥匙。我开玩笑说，如果他不小心把自己锁在外面就有趣了，阿尔弗雷德听了大笑起来。他说阿莱西亚肯定会让他进来的。

我相信双胞胎一般比其他兄妹有更加紧密的联系，比如说，你在其中一个身上割一道伤口，另一个也会跟着流血。我想更加深入地检验这个理论，从疼痛的程度方面。我发现将碎玻璃塞入伤口后缝合，是一个……

恶心！克莱尔将日记本扔到一边，下意识地把手在牛仔裤上擦了擦，认为自己已经得到了足够的信息。克莱尔衷心希望楼上那具尸体就是斯托克教授，衷心希望他的那颗黑心停止跳动，让他下地狱去，让他在那里脸上永远是恐惧的表情。克莱尔突然意识到，自己已经受够了这种气氛，哪怕再在这里多待一分钟，恐怕都会吐出来。克莱尔转过身，迅速走到门口，走到楼梯时已经是跑着的了。她一步两级跑上楼梯，冲过楼上的房间，不去看地上的尸体，也不去想任何事情，一心想着赶紧出去。

克莱尔冲进断头台外面的走廊后，筋疲力尽地靠在墙壁上，深吸一口气，努力压下胸中的愤懑。过了几分钟，那种难受劲儿终于过去了。

一切恢复之后，克莱尔给手枪换上一个新弹夹，准备返回训练场。这时克莱尔才意识到她把史蒂夫给她的枪丢了，可能是掉在刑讯室和大门之间的什么地方了，但克莱尔无论如何都不愿再回那个鬼地方了。她要去找史蒂夫，他们会找到那些该死的钥匙，然后远远离开安布雷拉在罗克福德岛建造的一切该死的设施。

***

史蒂夫哭了一会儿。他前后摇晃着身体，恍惚地意识到自己刚才做了一件大事——就他以往经历而言，先是该死的小事，然后是一件大烂事，最后是超级烂事。有些事可以永远改变一个人，而这就是其中之一。他不得不杀了自己的父亲，他的父母都是非常善良的好人，可都死了。也就是说现在世界上再也没有爱他的人了，这个念头在史蒂夫脑海中不断重复，让他哭泣着，摇晃着身体。

最终，那两把鲁格手枪让史蒂夫摆脱了心灵中的阴影，它们让他想起自己身在何处，发生了什么。尽管他还是觉得痛苦万分，浑身酸痛，却重新回到了现实之中，希望克莱尔现在能在身边，希望有杯水喝。

鲁格手枪。史蒂夫揉了揉肿胀的眼睛，然后从腰带中抽出手枪，盯着它们。这很傻，不过无所谓，但不知为什么，在他脑中的某个角落，却想起他取下嵌在墙壁里的手枪后，被困在温度不断上升的房间里的情景。那是一个陷阱……据他所知，设置这种陷阱的唯一目的就是为了避免有人拿走手枪。

*也就是说，除了用来射击，这两把枪还有别的用处？*是的，手枪镀了金，看上去很酷，也许也很值钱，但阿修福德家族的人显然不会为了这点儿钱设下致命陷阱……如果这两把枪有什么纪念意义，那又怎么可能会作为陷阱的一部分呢？

史蒂夫决定回放枪的地方再仔细看看，看看要是把枪放回原处会发生什么。走回那栋豪宅只要两分钟，也就是说来回五分钟就够了。如果克莱尔比他先回来，会在这儿等他的。

如果我留在这儿，我会一直哭下去。史蒂夫想要，也需要做点儿什么。

史蒂夫站起身，掸掉裤子上的灰尘，觉得身体在发抖，心里空荡荡的，他忍不住看向父亲死去的地方。克莱尔用一块布把父亲的遗体盖了起来，史蒂夫心中感到一阵释然。她真是个好姑娘……不知为何，史蒂夫忽然觉得自己不该把所有事情都告诉克莱尔。他自己也不确定这究竟是种什么感觉。

史蒂夫走出门，惊讶地发现自己并不是在训练场的前院。在他眼前环绕着高墙的小广场中，停着一辆第二次世界大战时期的谢尔曼坦克。巨大的、沾满泥土的履带，可以旋转的炮塔，粗长的机枪，能够碾碎一切。

如果是早些时候，他会非常有兴趣，或者说不会只感到一点点惊讶——完全没理由在罗克福德放一辆坦克，不过现在史蒂夫一心想去找鲁格手枪的那个陷阱，看看是否能找到些帮助他们出岛的线索。让克莱尔独自去面对那个安布雷拉的士兵，史蒂夫多少觉得有些不舒服，毕竟这是因为他。

坦克的另一边有一扇通向训练场的门。至少他的方向感还在。训练场似乎比之前更黑暗了，史蒂夫抬起头，看到天空中乌云密布，遮住了月亮和星星。他走到小广场中间时，天上响起一阵雷声，脚下的地面好像都被雷声震动了。他刚穿过广场，天上就下起雨来。

史蒂夫加快了脚步，出门向右转去，向豪宅慢跑过去。滂沱的大雨淋在身上冷冰冰的，但史蒂夫倒很欢迎这雨，他仰面向天，张开嘴巴，任凭雨水冲刷全身。短短几秒钟，史蒂夫就浑身湿透了。

“史蒂夫！”

是克莱尔。

史蒂夫转身看着克莱尔走近，忽然觉得有些紧张。克莱尔在门口追上了史蒂夫，脸上带着关切。

“你还好吗？”克莱尔问，有些不确定地观察着史蒂夫的表情，雨水顺着她眨动的眼睛流下来。

史蒂夫想告诉她自己没有问题，想说他已经摆脱了糟糕的情绪，已经准备好继续对付丧尸，可他张开嘴时，却什么也说不出来。

“我不知道。我想应该没事。”史蒂夫照实说。他勉强挤出一个笑容，不想让克莱尔太过担心，但也不想继续这个话题。

克莱尔似乎懂了，很快换了个话题。“我了解到这栋豪宅后面还有一座阿修福德兄妹的秘密宅邸。”克莱尔说，“尽管我不敢完全肯定，但我们要找的钥匙很可能就在那儿。我想这是一个好机会。”

“这是那个罗德里格告诉你的？”史蒂夫有些怀疑地问。很难想象一个安布雷拉的人会将这样的信息告诉自己的敌人。

克莱尔犹豫了一下，然后点点头。“应该说间接从他那儿知道的。”克莱尔说。史蒂夫忽然觉得克莱尔有些什么不想说的事情，他也没有追问，只是等着。

“问题是如何进入那栋房子。”克莱尔继续说，“我相信它一定是锁着的。我想我们应该在这栋宅子里再转转，看看能不能找到地图或密道之类的……”

克莱尔笑着拂了拂快要滑进眼睛里的湿漉漉的头发。“……而且，你知道，我们得趁还没被淋透，赶紧躲一下雨。”

史蒂夫表示同意。于是两人穿过训练场的入口，路上经过几具尸体。史蒂夫告诉克莱尔关于陷阱的猜想，克莱尔也觉得有必要去试试，她同时也指出，阿修福德家族在这个岛上的运作方式和安布雷拉的那些可爱的小谜题绝对不能按常理推测。

两个人走到宅子前门处停下，想尽量处理一下衣服，但也没好多少。两个人全都湿透了，只能尽可能地挤掉衣服上的水。幸好他们的脚还算干燥，湿冷的衣服固然让人心烦，穿着嘎吱作响的湿鞋子到处走就更难受了。

史蒂夫举起武器，推开门。两个人哆嗦着走了进去——

——右侧楼上突然传来关门的声音。

“阿尔弗雷德。”史蒂夫压低声音说，“我敢打赌。咱们给他的屁股上来几个洞，怎么样？”

史蒂夫说完便朝楼梯走去，那只是个修辞性的说法。阿尔弗雷德那个疯子必须死，史蒂夫有无数个理由干掉他。

克莱尔追上史蒂夫，把手搭在他的肩头上。“听着，我在监狱里发现一些东西……他不是疯子，而是严重心理变态，就像那种连环杀人犯。”

“嗯，我明白了。”史蒂夫说，“所以更得快点解决他。”

“……我们一定要小心行事，好吗？”

克莱尔似乎很担心，这突然激发了史蒂夫的保护欲。

*哦，是的，他活不久了，*史蒂夫严肃地想，不过看在克莱尔的

面子上还是点了点头。“听你的。”

两人迅速上楼，在门外停下来听了听。史蒂夫站到克莱尔前面，微微扬起眉毛，沉默着。

“数到三。”史蒂夫轻声说，然后慢慢旋转门把，门没有锁。“一——二——三！”

史蒂夫猛地用肩膀撞开门，冲进屋内，手中的冲锋枪不断变换着方向，随时准备向移动物体开枪，但屋子里并没有移动的目标。灯光柔和的小房间里摆满了书架，没有人在里面。

克莱尔走进去，左转绕过靠着北墙的一张长椅和咖啡桌。史蒂夫有些失望，他紧跟在克莱尔后面，心想刚才关上的会不会是另一扇门，他真是烦透了这种病态而愚蠢的迷宫——

史蒂夫停下来看着，克莱尔也是一样。离他们大约三米远的墙壁上有一个齐胸高的画框，画框内有两个鲁格手枪形状的凹陷。

史蒂夫感到一阵胜利的兴奋。他没有证据证明这里就是通往阿修福德秘密宅邸的入口，但他坚定地认为就是这里。看来克莱尔也是一样。

“我想我们找到了。”克莱尔轻声说，“我敢打赌。”

6 resident evil

第八章

*哇哦……*克莱尔想。

“哇哦。”史蒂夫也轻声叹道，克莱尔点点头。眼前的环境完全超出他们的想象。她刚才是说阿尔弗雷德像那种连环杀人狂？*这更像连环杀人狂的聚会场地。*

用鲁格手枪打开墙壁之后，又出现一道谜题。那是一条堵塞的通道，看起来和数字有关，不过克莱尔和史蒂夫完全不去理会——他们只是使劲推，很快就解决了障碍。他们又一次来到室外，可以看到建在低矮的山丘上的一座宅邸，就像一只站立在倾盆大雨中的秃鹫。比起前面的那栋老宅，这一栋看上去要更加古老、更加阴森，周围是一片曾经的雕像花园。丘比特的石雕眼瞎手折，目送他们朝宅子走去，背后是一对严重风化的翅膀，脚下则是一堆大理石碎块。

真是让人毛骨悚然……毛骨悚然都不足以形容。

他们站在门厅里，没有灯，只是很讲究地摆着几支燃烧的蜡烛。空气中弥漫着一股灰尘和古老羊皮纸的气味，充满着历史沧桑感。地板上铺着奢华的羊绒地毯，一看就知道用了许多年，很多地方已经被磨秃了。地毯黑乎乎的，根本无法看出原有的颜色和花纹。面前是曾经富丽堂皇的楼梯，一直延伸到二楼和三楼的平台。被时间浸润得有些发黑的扶手和弯曲的台阶透出陈旧的优雅，他们右边是一个落满灰尘的图书室，褪色的华丽镜框中是一幅幅黯淡的油画，挂满了墙壁。就差些鬼魂了……不过还有那些人偶。

一张张小脸在四面八方每个角落里盯着他们。中国产的瓷娃娃，大多都掉色或者碎裂了，其中的一些还穿着下午茶时的塔夫绸裙子；塑料的婴儿，睁着塑料的眼睛，撅起粉红色的嘴唇；用碎布头缝的布娃娃，纽扣做的眼睛，表情看上去很怪异，身体里的填充物已经从四肢的开线处冒了出来。这些玩偶乱七八糟地堆在一起，其中还有几个头上插了根棍子。克莱尔看不出什么摆放规律。

史蒂夫轻轻推了推克莱尔，朝上面指了一下。那一瞬间，克莱尔真的以为自己看到阿莱西亚被吊在楼梯扶手上——不过那只是另一个真人大小的玩偶而已，这个玩偶穿着一件简约式的礼服裙，裙摆上的小碎花边漂浮在细细的脚踝周围。

“或许我们应该——”克莱尔停住了，凝神细听。楼上突然传来说话的声音，是个女声。听上去她很生气，语速非常快，声音尖利刺耳。

阿莱西亚。

愤怒的声音之后，紧跟着是一个乞求、哀怨的声音，克莱尔立刻便听出那是阿尔弗雷德。

“我们去和他们聊聊吧。”史蒂夫轻声说，没等克莱尔回答，他便朝楼梯走去。克莱尔跟在后面，她不确定这是不是个好主意，但也不能让史蒂夫一个人去冒险。

玩偶们沉默地看着他们上楼，一双双毫无生气的眼睛盯着他们，如它们多年来一样，静悄悄地守在这里。

***

只有在他们的秘密房间里，阿尔弗雷德才觉得和阿莱西亚最亲近，他们从小就在这儿玩耍，在这儿度过了很多快乐时光。此时阿尔弗雷德也觉得和阿莱西亚很亲近，尽管阿莱西亚正在大发脾气，他拼命想让她再开心起来。毕竟，这都是他的错，她很不高兴。

"……我真是不明白那个克莱尔什么的和她的朋友怎么那么难对付。"阿莱西亚说。尽管心中惭愧，阿尔弗雷德还是忍不住看着阿莱西亚，看着她穿着丝质长袍优雅地在房间里走来走去。他的双胞胎妹妹即便是生气时也是那么惊人地优雅。

"我不会再让你失望的，阿莱西亚，我保证……"

"是的，你不会了。"阿莱西亚尖声说，"因为我打算亲自处理这件事。"

阿尔弗雷德大吃一惊。"不！亲爱的，你不能冒险，我……我不会允许的。"

阿莱西亚瞪了阿尔弗雷德一会儿，然后摇着头叹息。接着，阿莱西亚向他走去，目光温柔，充满了爱意。

"你多虑了，哥哥。"阿莱西亚说，"你永远要记住，记住永远骄傲而勇敢地主动面对困难。毕竟，我们是阿修福德。我们……"

阿莱西亚的眼睛突然瞪大了，脸色也变了。她迅速转身看向朝着外面走廊的窗户，纤细袖长的手指抚摸着喉咙："大厅里有人。"

怎么可能！

必须保证阿莱西亚的安全，没有人能碰她，任何人！肯定是克莱尔·雷德菲尔德，她要来完成她的任务，来刺杀他最心爱的人。阿尔弗雷德疯狂地想保护阿莱西亚，他急切地四处搜索——找到了，步枪就靠在阿莱西亚的梳妆台旁，他打开阁楼通道时把它放在那儿了。阿尔弗雷德大步走过去，感到心中的恐惧和焦虑，阿莱西亚也和他一样，他们一直都像一个人。

阿尔弗雷德伸手去拿武器，有点犹豫，又有点不知所措。阿莱西亚坚持要亲自处理，如果他擅自介入，她可能会更加生气……但万一她出了什么事，万一他失去了她……

门把手突然发出咔咔的响声，阿莱西亚迅速走向前拿起步枪。没等她举枪，门就被撞开了。这是十五年来第一次有人闯入他们的家，阿莱西亚被吓住了，她不想立即开枪，不想伤害阿尔弗雷德，不想他死。两个人都有枪，让他们冲她来吧。

阿莱西亚稳定了一下心神，不想被两个孩子唬住。那两个人都奇怪地盯着她，粗俗的脸上露出困惑和惊讶的表情。显然这些贱民不习惯面对贵族。

利用这一点。麻痹他们。

“雷德菲尔德小姐，还有伯恩赛德先生。”阿莱西亚说着，抬高了下巴，语气中带着阿修福德家族的庄严，“我们终于见面了。哥哥跟我说，你们制造了不少麻烦。”

克莱尔向阿莱西亚走去，打量着她的脸，枪口稍稍放低了一些。阿莱西亚不由地后退了几步，她被克莱尔滴水的衣服和前进的样子吓住了，但她的眼睛始终盯着克莱尔手中的武器。这个小姑娘只顾着打量了，还有躲在她身后的那个年轻人也是。

阿莱西亚又退后了一步。她被夹在梳妆台和床尾之间，不过这同样可以成为她的优势。当他们认为我没有威胁时……

“你是阿莱西亚 · 阿修福德？”那个男孩大张着嘴说，不知道是惊讶还是恐慌。

“我是。”阿莱西亚忍受不了这样的无礼行为，而且还是如此低贱的人。

克莱尔缓缓点了点头，仍然无礼地盯着她的眼睛。“阿莱西亚……你哥哥在哪里？”

阿莱西亚转头去看阿尔弗雷德，但阿尔弗雷德竟然不在房间里。

他离开了，让她独自面对这些人。

不，不可能，他不可能这样对我——

阿莱西亚向右边看去，但那只是自己在镜中的影子，还有……还有……

阿尔弗雷德回头看着她。那是她的脸，涂着口红，睫毛翘起，但却是他的发型、他的外套。阿莱西亚举起右手捂住嘴巴，却又吓了一跳，阿尔弗雷德也做出同样的举动，同样看着她，感受到了她的惊讶。

就像他们是一个人。

阿莱西亚尖叫起来，丢下步枪，推开两个闯入的不速之客，完全不在乎他们是否会开枪。她跑向通向阿尔弗雷德房间的门，当她看到地板上长长的金色假发和门旁漂亮的长裙时，又尖叫起来。

阿莱西亚抽泣着推开旋转门，逃进阿尔弗雷德的房间——

——*我的房间*——

——阿莱西亚跌跌撞撞地穿过走廊，朝楼梯奔去，她也不知道自己要去哪里。结束了，一切都结束了，一切都被毁了，原来一切都是谎言。阿莱西亚走了，再也没有回来，而他——她——

这对双胞胎突然知道要怎么做了，答案在一片黑暗的脑海中闪现，为他们指明道路。他们走到楼梯处，心中有了计划，明白了此时才是他们真正合二为一的时刻。

但，首先，他们要毁灭一切。

***

“该死。”史蒂夫不知还能说些什么，所以又重复了一遍。

“所以阿莱西亚从来没有在这儿过。”克莱尔满脸疑惑，史蒂夫估计自己可能也是这么一副表情。克莱尔走过去捡起地上的假发，摇着头说 :“你觉得她曾经存在过吗？”

“可能小时候有。”史蒂夫说，“监狱里有个老守卫说他见过阿莱西亚，好像是二十年前的事了。那时候还是亚历山大·阿修福德在管理这个地方。”

两个人环顾着房间，史蒂夫想着阿尔弗雷德在镜中看着他自己时的样子。这太可怜了，他几乎有点同情那个家伙了。

他一直以为妹妹还活着——也许是世界上唯一一个不讨厌他的人，结果却发现那个人根本不存在……

克莱尔摇了摇头，好像忽然感到一阵寒意。“我们最好趁着他们中的某一个没回来之前，赶紧找找钥匙。”

克莱尔冲着床头边的一架窄梯子侧了侧头。那梯子通向天花板的一个洞口。“我上去看看，你在这儿再找找。”

史蒂夫点点头，克莱尔钻到天花板上面去了，他打开抽屉用步枪拨动着里面的东西。

“你绝对不会相信这儿有什么。”克莱尔在上面大声喊道，而史蒂夫刚好找到一抽屉的丝绸内衣裤，还有一堆他不明白用途的东西。

“这里也一样。”史蒂夫喊回去，琢磨着阿尔弗雷德扮成阿莱西亚究竟要花多长时间，他觉得还是不知道的好。

接着史蒂夫开始翻找梳妆台，克莱尔砰砰地在天花板上面走着。史蒂夫看到许多化妆品、香水和珠宝，但没有钥匙也没有徽章，就连房间钥匙都没有。

“什么都没找到，但……嘿，这儿还有一个梯子！”克莱尔叫道。

*好家伙。*史蒂夫想着，又翻出一小盒印着白色小花的纸。史蒂夫越来越担心阿尔弗雷德会回来，想尽快离开这个变态的屋子。

这时，史蒂夫在盒子里看到一张白色的小卡片，于是拿起来看。看笔迹像一个很有力气的女人写的。

亲爱的阿尔弗雷德——你是最勇敢最聪明的战士，为了重现阿修福德家族往日的荣耀而战斗。我的精神与你同在。

爱你的阿莱西亚。

哦哦。史蒂夫丢下卡片，做了个鬼脸。是阿尔弗雷德，还是他真的和想象中的妹妹建立了一种奇怪的关系？

*是的，但这不是真的，他们无法有任何……呃。*史蒂夫再次觉得还是不要知道的好——

“史蒂夫，史蒂夫！我想我找到了！我马上下来！”

史蒂夫顿时生出巨大的希望，他开心地笑了起来，转身向梯子走去。克莱尔的话就像音乐般动听。“你说真的？”

克莱尔匀称的小腿从天花板上出现，声音更清晰了，史蒂夫能清楚地听出她声音中的兴奋。“真的。上面有一个旋转木马，还有一个小阁楼——哦，你得看看这个蜻蜓钥匙……”

突然，一阵警报声响起，响亮的声音在巨大的房间里回荡。克莱尔跳下来，手上拿着三把钥匙和一个细长的金属物体。两人交换了一下眼神，都看出对方眼中的困惑和恐惧。史蒂夫很快发现，屋子外面也传来警报声，那金属般的空洞声音通过廉价的音响扩散开，听上去像在整个岛上的广播。

没等他们说话，就听一个平静的声音通过广播传来，那是一个冷静的女声，显然是事先录制好的。

“自毁系统已经启动。所有人员立刻疏散。自毁系统已经启动。所有人员……”

“那个混蛋。”克莱尔啐了一口唾沫，史蒂夫也一样，在心里默默咒骂着那个傲慢的怪胎，不过他们只愣了几秒钟。他们必须赶到飞机那里。

“快走。”史蒂夫说着，抄起阿尔弗雷德扔下的步枪，用一只手推着克莱尔的背，催促她往门口去。安布雷拉的罗克福德训练基地及监狱——史蒂夫为母亲伤心和失去父亲的地方，阿修福德家族最后一个成员发疯的地方，安布雷拉的敌人攻击的地方，马上就要消失了，史蒂夫可不想在那个时候还留在这里。

克莱尔不需要任何催促。他们一起跑出门，将阿尔弗雷德的扭曲幻想丢在身后。

***

在祖宅启动自毁装置之后，阿尔弗雷德和阿莱西亚赶到主控制室，阿莱西亚开始操作复杂的控制台。灯光不停地在他们周围闪烁，电脑也不停地发出刺耳的警告声。尽管这种声音让她烦躁不安，但显然也会给那些暗杀者带去惊慌和恐惧。

阿莱西亚有办法逃离，她有一把开启存放垂直起降喷气式飞机的地下室钥匙，但她必须确定那两个贱民会被留下。在确信他们必死无疑之前，她和阿尔弗雷德不会离开。

*哦，他们会死的。*阿莱西亚微笑着想，希望他们不要直接死于爆炸，最好是被飞散的碎片击伤，他们应该在折磨中慢慢死去……或者被岛上的丧尸们追逐、猎杀，将他们生吞活剥。

阿莱西亚调出豪宅内部和院子里的监控画面，迫不及待地想看克莱尔和她的小骑士恐惧地畏缩在一起，或者慌张地尖叫。但她什么也没有看到，豪宅里空无一人，警示灯光和广播变得毫无意义，除了恐吓那空荡荡的回廊和门窗紧闭的房间……

他们可能还留在我们家里，因为太害怕而不敢离开，绝望地祈祷毁灭会绕过他们……当然，整座岛上没有一处能够幸免——

这时，阿莱西亚看到了他们，她的好心情顿时无影无踪，心中的憎恨和愤怒再次沸腾起来。从屏幕上看，两人在潜水艇的栈桥上，那个男孩正在转动舵盘。天开始亮了，从漆黑逐渐变成深蓝色，西面照来的蓝白色月光照亮了他们卑鄙狡猾的企图。

不，他们没有机会。是的，水上飞机仍然停在那里，栈桥升起来了，但阿尔弗雷德在空袭之后就把钥匙扔到海里去了。他们不可能有机会……

……除非他们进了我的房间。

“不！”阿莱西亚尖叫起来，愤怒地用拳头砸着控制台。她绝不允许，绝不。她要亲手杀死他们，把他们的眼睛挖出来，将他们一点点撕碎！

*暴君。*阿尔弗雷德在她耳边低声说。

阿莱西亚的怒火顿时变成了激情，她一阵狂喜。对！是的！还有暴君，暴君仍在停滞状态！只要给出简单明确的指示，它们就会坚定地执行。

“你们逃不掉的！”阿莱西亚大笑着喊道，高兴地旋转着，庆祝着胜利……过了一会儿，阿尔弗雷德也加入进来，当电脑改变声调开始倒计时，他将得到深深的满足……

***

史蒂夫和克莱尔拼命跑到水上机场，一路上的印象都是模模糊糊的——他们疯狂地冲出阿修福德的恐怖宅邸，冲下湿滑的山丘，冲进豪宅，冲下楼梯，再冲下楼梯，冲到一个小码头，史蒂夫把潜水艇升到水面。一路上的警报声催促他们跑得越来越快，循环播放的警告不断提醒他们灾难就要降临。

当他们从潜水艇中爬出时，那个平淡的女声不再重复，开始发出新的声音。尽管用词不完全相同，但还是让克莱尔想起了她在浣熊市地铁站台上的时候，听到的另一个宣告一切即将终结的广播声。

“自毁程序已经启动，距离爆炸还有五分钟。”

“太棒了。”这是史蒂夫离开阿修福德家后说的第一句话。尽管克莱尔仍在担心时间来不及，尽管知道她又会背负另一份可怕的记忆，但史蒂夫若无其事的语气还是让克莱尔觉得好笑。

的确很棒，不是吗？

克莱尔忍不住大笑起来，尽管她想停下来，却还是忍不住笑。

看来就算马上要面对死亡，她也没法停住了。也许是她的情绪几近歇斯底里，不过心里的确很开心……史蒂夫那无语的表情也没能让她止住笑。

不管怎样，克莱尔知道他们必须赶紧行动。“走吧。”克莱尔憋着笑说。

史蒂夫仍然用那种表情看着克莱尔，觉得她似乎失去了理智。史蒂夫抓住她的胳膊，拉着她向前走。踉跄了几步之后，克莱尔突然意识到她这不合时宜的大笑或许会让他们都丢了命，这才止住了笑。

“我没事。”克莱尔深吸一口气说，史蒂夫放开了她，苍白的脸上现出一抹释然的表情。

他们跑下一段楼梯，又穿过一个水下隧道，来到隧道尽头的门边时，电子的声音提示他们又过了一分钟，他们只有四分钟了。要是克莱尔再来一次刚才那样的大笑，他们就彻底完了。

史蒂夫用力推开门，往左边跑去，两人跳过三具穿着安布雷拉制服的丧尸尸体。克莱尔突然想到了罗德里格，心中顿时一紧。她希望罗德里格能躲过爆炸，或者他已经好些了，能够自己逃出基地……但克莱尔不能拿自己的逃生机会开玩笑。她在心里默默为罗德里格祈祷好运，然后不再去想他，跟着史蒂夫穿过另一道门。

他们最终来到一个用金属加固的巨大、暗黑的洞窟，那是水上飞机的机库，逃离的希望就在眼前了——这是一架小型货机，停在两人所站的防滑平台的正下方。右侧稍靠前的地方是一扇与海相通的巨大闸门，此刻正反射出黎明前的蓝白色亮光。

“在这儿。”史蒂夫说着，快步跑向平台边缘的小型电梯，上面有一个直立的操作面板。克莱尔跟了上去，从包里拿出三个钥匙。

“自毁程序已经启动。离爆炸还有三分钟。”

操作面板上有三个六角形的孔，史蒂夫同时抓起两把钥匙分别插进去，然后把第三枚也塞了进去。

哦，伙计，拜托了——

咔嗒一声，控制面板的开关亮了，电梯发出低沉的嗡嗡声。史蒂夫笑了，克莱尔这才意识到自己刚才一直在屏着呼吸。

“抓稳。”史蒂夫说着，抬起手在面板上敲了敲，两人脚下的地板开始晃动起来。

飞机的圆形舱门打了，电梯开始稍微倾斜地下降，伸展成一架狭窄的舷梯。克莱尔感觉一切都好似慢镜头一般，当电梯碰到底部发出轻微震动后停住时，显得那样不真实。很难相信这一切真的发生了，他们真的能离开安布雷拉这个该死的岛了。

都见鬼去吧，赶紧走吧！

两个人登上飞机，史蒂夫跑向驾驶舱进行飞行前的准备工作，克莱尔则快速检查了机舱内的其他部分——机舱大部分的空间都是货舱，用隔音金属板与驾驶舱隔开。驾驶座后面是一个十分简易的厕所，看上去格外狭窄，这让克莱尔有些不高兴。不过在座舱后部的小箱子里找到两瓶四升的瓶装水后，克莱尔也算松了一口气。

在飞机上仍然能模糊听到外面的广播声。史蒂夫找到关闭舱门的开关时，倒计时还剩下两分钟。克莱尔赶紧跑到史蒂夫身边，心脏扑通扑通地跳个不停。两分钟，眨眼就过去了。

克莱尔想帮忙，问自己能做点什么，但史蒂夫的全部注意力都在仪表板上。克莱尔想起史蒂夫曾说过他的驾驶技术很有限，而她自己则是一窍不通，所以也没有什么好抱怨的。时间一秒一秒地过去，克莱尔努力控制自己不要紧张，不要唠叨，不要做任何可能让史蒂夫分心的事情。

飞机的引擎隆隆作响，声音越来越大、越来越尖锐，克莱尔更加紧张了——当那个可怕的电子女声再次传来时，克莱尔发现自己正紧紧抓着史蒂夫椅子的后背，手指关节都因用力而发白了。

“离爆炸还有一分钟。五十九……五十八……五十七……”

要是操作太过复杂怎么办？要是史蒂夫搞不定怎么办？克莱尔

胡思乱想着，觉得自己就要被炸得粉身碎骨了。

“四十四……四十三……”

史蒂夫突然直起身，抓着一个像汽车档杆的东西摆向右侧，然后再推向前。引擎声更大了，飞机开始缓缓地移动。

“准备好了吗？”史蒂夫问，脸上露出一抹笑容，克莱尔终于松了一口气，觉得膝盖都开始发软了。

“三十……二十九……二十八……”

飞机嘎吱作响地缓缓驶过低矮的金属栈桥，慢慢朝大门滑去，已经能看到水面上的波浪了。机身上方传来一声很大的哐啷声，好像蹭到了栈桥，但飞机仍在缓慢而平稳地前进着。

“十七……十六……”

当史蒂夫终于将飞机开到开阔的水域，倒计时只剩下十秒……不过广播的声音越来越远，引擎声却越来越大。飞机开始加速了，汹涌的波涛让原本平顺的行驶变得颠簸起来。借着天空中微弱的光芒，克莱尔看到罗克福德岛的海岸在他们的右方，海滩上满是危险的礁石。罗克福德岛几乎被低矮的断崖包围着，像一个碉堡似的坐落在水面上。

史蒂夫向后拉动操纵杆，将飞机拉升到空中，这时克莱尔看到第一次爆炸的火光，爆炸声隔了一秒才传过来——那是一连串深沉的、震耳欲聋的声音，仿佛来自天边，随着史蒂夫缓缓拉升飞机，声音越来越遥远。

飞机终于飞到空中时，滚滚黑烟冲上了黎明的天空，在破碎的基地建筑上方投下阴影。到处都是火光，克莱尔弄不清罗克福德岛的建筑布局，但她认为自己看到阿修福德家族的秘密宅邸被火光吞噬，巨大的橙色火焰从豪宅的废墟后冲向天空，豪宅的一部分仍然耸立着，但突然间开始崩塌，变成了一堆瓦砾和尘土。

克莱尔深吸一口气，缓缓吐出，感觉像打了结一样的肌肉终于放松。总算结束了。安布雷拉的又一个基地被毁了，因为他们一直都在进行着非正义的研究，因为他们的政策无视伦理道德。克莱尔希望阿尔弗雷德·阿修福德备受折磨的扭曲灵魂能得到最终的安宁……或者他应得的安宁。

“那么，我们现在去哪儿？“史蒂夫随意地问，克莱尔从恍惚中回过神，她转过脸微笑着，准备给史蒂夫一个感激的吻。

史蒂夫看到克莱尔的眼神，脸上也挂上了笑容，他们彼此对望，时间似乎一下子变慢了，克莱尔第一次觉得史蒂夫不是个孩子。孩子不会用那样的眼神望着她……尽管她不愿鼓励他这么做，但也没有移开视线。说实话，史蒂夫很英俊，但在过去十二小时里，克莱尔一直把他当作小弟弟，即便她想，短时间内也不太可能转变这个印象。另一方面，两个人共同经历这些事后，克莱尔也觉得和他亲近了许多，他是一个坚强可靠的人，对他产生感情是很自然的……

最后还是克莱尔先转过视线，看向别处。在这一分半钟的时间里，他们是自由、安全的，克莱尔打算先感受一下，再去考虑之后的事情。

史蒂夫重新将注意力转回控制板上，脸有些发红，这时机舱顶上又传来一声巨响，好想是在货舱靠后的位置。

“怎么回事？”克莱尔看向声音传来的方向，好像能看穿机舱的金属板似的。

“不知道。”史蒂夫皱着眉头说。“那里没什么东西，所以……”

嘎吱嘎吱！

飞机在空中颠簸起来，史蒂夫赶紧稳定住飞机的状态，克莱尔则本能地朝后方望去。什么东西被打坏的声音是从货舱方向传来的。

“货舱的主舱口开了。”史蒂夫说着，敲了敲控制台上一个闪烁的小灯，又按了几下按钮。“我关不上。”

“我去看看。”克莱尔说。看到史蒂夫不高兴的表情，她笑了。“你只管驾驶飞机，好吗？我保证绝不跳下去。”

说完，克莱尔朝货舱方向走去，史蒂夫的目光一从她身上移开，她就抓过放在副驾驶座位后面的步枪——阿尔弗雷德的那把。克莱尔身上有一把半自动手枪，但步枪上的激光瞄准器能使射击更加精准，而且她也不想把飞机打得全是洞，所以五毫米口径步枪是更好的选择。之前在岛上已经遭遇过几只怪物，也许它们中的一只打算偷渡，但是克莱尔不想让史蒂夫担心，或者把他卷进来。飞机全靠他在控制。

*不管是什么，我都得解决掉，*克莱尔在心中下定决心，伸手去开门。也许只是她对一些小故障反应过度，例如一块松脱的机舱顶板或者断了的铰链什么的。克莱尔一把拉开门——

——然后闪进货舱中，她不想让史蒂夫听到这边的动静，所以又迅速把门关上了。一定只是小故障——

货舱的后舱门不见了，云朵和天空飞快地向后掠过。克莱尔有点困惑，她向前走了一步，然后发现问题出在哪里了。

*X先生，*克莱尔的脑海中不由自主地蹦出了这个词，她想起浣熊市里那个可怕的怪物，那个穿着黑色长外套、在她后面穷追不舍的怪物，面前这个站在运货轨道上的庞然大物跟那个又有点不同。它和X先生很像，体形庞大，没有毛发，肤色和肌肉也是同样的铁灰色，不过这个怪物更高，肌肉更发达，像一个身高两米五的健美运动员，肩膀宽得不可思议，腹肌棱角分明。它没有任何性别特征，胯部只有一个鼓包，双手不是人类的手，而是致命的武器。它的左臂上装着一个比克莱尔的头还大的金属钉锤，右手则是好多把长在肌肉中不同形状的尖刀，其中两把至少有三十厘米长。

*而且它没穿外套，*克莱尔不由自主地想。这个庞然大物转过头，惨白的双眼盯着克莱尔，发出一声嗜血的怒吼。

克莱尔吓坏了，但她依然坚定地举起手中那可怜的武器，怪物大步向她走来，克莱尔将激光瞄准器的红点对准它白色的右眼，然后扣动扳机——

——步枪发出空仓的咔嚓声，在克莱尔听来，那声音简直盖过了呼啸的风声……

6 resident evil

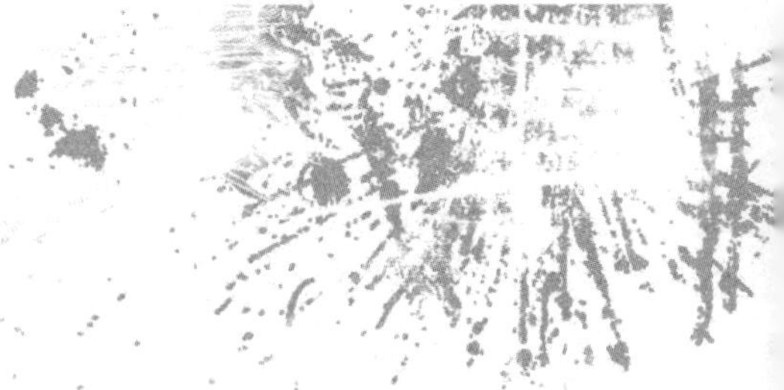

第九章

克莱尔心里沮丧得无法形容。她丢下没用的武器闪到右边。她可不想被逼进死角，她竟然没想过提前检查一下那把该死的枪。靠近驾驶舱的墙边有六七个箱子，但都没有什么掩护作用，只会限制她的活动范围。

跑啊，跑，跑！

克莱尔沿着右侧舱壁往前跑，那个怪物笨拙地慢慢转动身体跟了上来。克莱尔从腰上拔出半自动手枪，关闭保险，目光一刻不敢离开追在身后的怪物。怪物用树干般的腿一步步跨向克莱尔，也一直紧盯着她。

飞机的货舱不算太大，大约十米长，四米宽。很快克莱尔就跑到了飞机后部，冰冷的气流拉扯着她的身体，要将她吸进云里。克莱尔俯下身，尽量不去想万一失误的后果，飞快地向对面的舱壁冲去，用颤抖的手指抓住舱壁上的凸起处。

怪物离她大概还有五米。克莱尔紧紧抓着舱壁，打算等它再靠近一些，然后往对面跑。尽管怪物的动作很慢，克莱尔有足够的反应时间，但她还是得想个办法，不可能一直这么绕圈子。

克莱尔望着怪物，在这个距离上可以看得很清楚……但接下来发生的事简直像幻觉，只见它微微低下银白色的脑袋——

——原本还在几米外的怪物，眨眼间就到克莱尔的眼前，右手向她挥下，闪亮的刀刃在空气中划出风声。

克莱尔来不及思考，下意识地移动，心已经跳到了嗓子眼，完全是本能的反应。那一瞬间，身体完全不需要意识的指挥，俯身、迅速窜出——不知怎么就到了堆满箱子的机舱另一端，她回头看时，看到怪物也在慢慢地转过身。

*该死！*飞机被打几个洞应该还能飞吧。克莱尔开火了，对准怪物的胸口连开八枪——全部命中。如果它是人类，每一枪都应该正中心脏。但怪物的伤口没有出血，潮湿的黑色身体组织从伤口中冒出，在周围形成一个海绵状的肿块。怪物停了一下，大约两秒，它又继续缓慢前进，丝毫没有改变目标。

克莱尔有些慌神，得赶紧离开这儿，不然肯定会被它杀死。去找史蒂夫，也许他那里还有别的枪——

不，她不能那样做，那无济于事，只会让事情变得更糟。在浣熊市时，X 先生被命令拿到病毒样本，它只盯着这个目标。克莱尔怀疑眼前这个怪物的目标就是追杀她，假如她离开货舱，怪物就会撕开舱门，那时她和史蒂夫都得死。现在这样，至少史蒂夫还有活命的机会。九毫米手枪已经是飞机上最有威力的武器了。如果它的胸口连挨八枪都毫无反应，换把枪也不会有什么效果。

试着打它的头，就像打那个独臂怪物。

尽管可以这样试试，但克莱尔觉得不会流血的怪物很可能也不会被打瞎。这个怪物的眼睛十分奇怪，也许未必是用来看东西的……何况他们现在是在一架正在飞行的飞机上，机身摇摇晃晃，没有瞄准器，她该如何瞄准呢？更不用说命中了。

这些念头在克莱尔脑海中瞬间闪过，她再次向飞机后部移动。她不敢跑，也不敢站着不动，不知道怪物什么时候又会突然冲向她，也不知道到时候她又该怎么办——

——怪物又像刚才一样低下头，克莱尔的身体再次做出本能反应，同时她突然有了一个想法。她猛推舱壁，向着怪物身侧猛冲过去，*如果这一招没用，我就死定了*——

——她擦过怪物身旁，近得能够感到它身上的寒意、闻到它身上的腐肉气味，然后他们又分别站在机舱两端，怪物缓慢地、机械地转着身。它刚才开始攻击了，就差一点儿。要是再近一点儿，或者她再慢半步，它可能就成功了。

枪没有用，她也不能离开，就只有让怪物离开了。但怎么才能做到？机舱后部的气流很强，不过既然她都能够摆脱气流，那比她重得多的怪物就更不用说了……必须想办法让它失去平衡，也许可以把它引过去，然后想办法让它绊倒，可她的力气推不动它……

*快想，该死的！*它又走过来了，一步，两步。克莱尔看着大敞的货舱门周围，想找到什么东西绊它一下，比如货运轨道——

是的，货运轨道。

轨道是用来移动沉重的箱子，便于装卸的。此时，轨道末端的金属载货平台上还放着两个空箱子，离座舱门只有几步。控制装置就在门旁的舱壁上。

平台速度太慢了，行不通。不对，慢是因为负载太重，如果平台上只有一两个空箱子，它移动得会有多快？她得去控制器那里试试看——

克莱尔的眼睛突然捕捉到一个模糊的动作，怪物用那只钉锤手向她的头部横扫过来。克莱尔本能地往前一跳想避开，但还是不够快。尽管钉锤没有打中克莱尔，但怪物有力的前臂重重扫在她的耳朵上，将她掀翻在地。

怪物立刻蹲下身子，右臂向克莱尔猛砸下来，好在她一碰到地板就迅速滚到旁边。怪物的利刃砍在机舱地板上，火花四溅。克莱尔趁机跳起来，尽量克服嗡嗡作响的耳鸣声和眼中乱冒的金星，怪物愤怒地狂叫着。克莱尔跑向控制器，怪物站起来，动作又变得冰冷、机械了，之前的暴怒消失得无影无踪。

克莱尔小跑几步，低头看了看简单的控制器，上面装有电源开关、大致调整负载重量的刻度盘、控制平台前后移动的按键、一个小显示屏，还有一个紧急停机开关。克莱尔拍下电源开关，将刻度盘转到大约三吨的最大负载位置处。

她看了一眼怪物，目前他们之间还隔着一段安全距离，怪物再走一两步就要经过轨道了。克莱尔的手悬在蓝色按钮上，按下去平台就会向前移动，迅速沿着轨道向机舱外移动。负载设定为三吨，而空箱子只有几千克，载货平台会像割草一般将怪物砍到。

还差一点儿，差一点儿……就是现在！

怪物现在就站在轨道上，克莱尔猛地砸下按键——什么也没有发生，是的，什么都没发生。

*该死！*克莱尔又向电源开关摸去，也许是没有打开电源——这时她看到小显示屏上的字，不由得大声叹息起来。显示屏上简单地写着：正在充电，请等待提示音。

天哪，到底要多久？

怪物现在离她约有六米，几乎就是沿着轨道朝她走来。没有比现在更好的机会了，只要被击中一次，她就会死掉，但如果待在原地不动，怪物很可能在平台充满电之前就走到她面前了，她会被堵在舱壁与箱子之间。它会把她打扁在驾驶舱门上。

最好是先跑开。

最好留在原地。

克莱尔犹豫了一下，怪物又动起来。它像风暴一般不可阻挡地向她打来，太迟了，现在她连转身逃进驾驶舱的时间都没有了——

——哔！

——克莱尔用力按下开关的同时，怪物举起钉锤手正要往下挥，她紧紧闭上眼睛，准备接受痛苦的死亡——

——怪物却突然咆哮着被快速拖远了，空箱子撞在它脚上，然后迅速把它往后推去。还没等克莱尔明白计划已经奏效，怪物就将快速移动的箱子推得停下了，而且还试图把它往回推——

——克莱尔可不会等着看它们分出胜负。她拔枪射击，两三颗子弹击中了怪物的头部，在钢盔一般的头盖骨上弹开了，但这至少分散了它的注意力。怪物又挣扎了大约半秒钟，然后它和两个空箱子都消失在拂晓的天空中了。

克莱尔呆看着气流呼啸掠过的方向，愣了好一会儿，她本以为自己会瘫软在地——她杀死了怪物，她又一次逃过了安布雷拉制造的灾难，他们终于安全了……但克莱尔只觉得筋疲力尽，所有的情绪似乎都和怪物一起飞走了。

“求求你，让一切都结束吧。”克莱尔轻声说，然后转身打开门，回到驾驶舱。

克莱尔跳上两级台阶，来到驾驶舱中，史蒂夫回头看着她，眉头紧皱。“发生了什么事？你还好吗？”

克莱尔只是点点头，把自己丢在副驾驶座上。“没事，好人又得一分。对了，后面的货舱门不见了。”

“你不是开玩笑吧？”史蒂夫问。

“不，不是开玩笑。”克莱尔说完，打了一个大大的哈欠，觉得累得要命，“嘿，我要休息一会儿。要是我睡着了，五分钟后叫醒我，好吗？”

“没问题。”史蒂夫一脸困惑的样子，“舱门没了？”

克莱尔没说话，黑暗裹住了她的身体，让她沉沉睡去……

……然后，史蒂夫摇着她，反复叫着她的名字。

“克莱尔！克莱尔！”

“嗯？”克莱尔迷迷糊糊地回答，她睁开眼睛，觉得自己根本就没睡着，不明白史蒂夫为什么要这么折腾她——直到她看清史蒂夫脸上的表情，一下子清醒过来。

“怎么了，怎么了？”克莱尔坐直了身体。

史蒂夫一脸的担忧。“一分钟以前，飞机改变了方向，然后控制系统突然锁定了。”史蒂夫说，“我不知道是为什么，无线电用不了了，但其他设备都运转正常——可现在飞机不听我控制，不能改变高度或速度。就好像卡在自动驾驶模式上一样。”

没等克莱尔说话，机舱顶上的一个小屏幕发出一阵噼啪声，克莱尔完全没注意到舱顶上还有这么个东西。尽管屏幕上有一些跳跃的线，但仍然能够看清图像。

阿尔弗雷德！

他也在飞机上，像坐在一架双人喷气机的前座上，或者类似的机型。他的脸上还残留着化妆品的痕迹，眼睛周围有一圈没擦干净的黑色眼影，但他开口说话时，发出的竟是阿莱西亚的声音。

“非常抱歉，”他说，“但我不能让你们再逃了。看样子你们又毁掉了我的一个宠物——粗鲁，真是粗鲁。”

“你这个女装癖的变态。”史蒂夫怒斥道，但阿尔弗雷德要么是压根听不见，要么就是根本不在乎。

“好好享受这段旅程吧。”阿尔弗雷德说完，又咯咯咯地笑起来，一阵嗡嗡声后，屏幕一片空白。

克莱尔看着史蒂夫，史蒂夫无助地回看着她，两个人不约而同地望向外面的云海，静静地看着第一缕阳光穿过云层。

***

史蒂夫梦到父亲，却突然惊醒了，当他想起自己身在何处时，这个梦立刻就消失了。克莱尔仍在睡着，喉间发出轻轻的呼声，显然睡熟了。她的头靠在史蒂夫的左肩上，温暖的气息拂过史蒂夫的胸膛。

*哦，*史蒂夫决定不要动，他不想把她惊醒。他们竟然并排靠着机舱壁睡着了，不知不觉地靠在了一起。史蒂夫不知道现在几点，也不知道他们睡了多久，他们还在空中，阳光透过机舱玻璃温柔地洒进来。

飞机被阿尔弗雷德控制以后，他俩聊了一会儿，但并没有谈到这一趟被迫的旅程结束后要怎么做。克莱尔说，既然什么都做不了，也就没必要担心了。于是他们开始吃东西——克莱尔之前从自动售货机里拿了几包坚果，史蒂夫高兴极了，他们还用一点儿瓶装水尽量清洗了一下，然后聊起天。是那种真正放松的聊天。

克莱尔跟史蒂夫说起她去浣熊市找克里斯的事，说起那儿发生的一切，还有她所知道的有关安布雷拉以及那个叫特兰特的间谍的事……克莱尔还说了很多其他事。她还在上大学，比史蒂夫大两岁，她喜欢骑摩托，但实在是太危险，正在考虑放弃。她喜欢跳舞，所以也非常喜欢舞曲，还喜欢车库摇滚，她觉得政治是最无聊的事，而奶酪汉堡是她最爱的食物。史蒂夫觉得克莱尔实在是太酷了，是他见过的最酷的女孩，甚至比那更好。克莱尔对他说的东西也很感兴趣，会因为他开的玩笑放声大笑，能理解他所说的一切，而当他提起自己的父母时，她只是静静地听着。

而且她还这么聪明，这么漂亮……

史蒂夫低头望着克莱尔，望着她蓬乱的头发和长长的睫毛，心突然扑通扑通地跳，怎么都控制不住。克莱尔动了一下，稍稍侧了侧头。那微微张开的嘴唇离史蒂夫非常近，只要一低头就能吻到。史蒂夫抑制不住内心的冲动，慢慢地凑近克莱尔的嘴唇——

“嗯哼。”熟睡的克莱尔无意识地哼了一声，史蒂夫赶紧停住，挺直身子，心跳得更快了。他确实很想吻她，但并不是这样的吻，他不能在克莱尔不愿意或者不知道的情况下吻她。史蒂夫原本觉得克莱尔或许会愿意，但她也和他说了一个叫里昂的朋友的事，说实话他并不确定克莱尔跟那个里昂只是朋友关系。

史蒂夫觉得很受折磨，她离他这么近，却不属于他。幸好过了一会儿克莱尔转过身，不再依偎着他了，这让他松了口气。史蒂夫站起来，伸展了一下僵硬的双腿，然后走到飞机前舱，怀疑现在已经开始使用备用油箱里的燃油了。一想到还要应付那个阿修福德家的疯子，就觉得心力交瘁。他希望克莱尔再多睡一会儿，她实在太累了——

——直到史蒂夫看到外面的景物，又看了看高度表，意识到飞机正在迅速下降时，这才紧张起来。飞机开始倾斜着上下颠簸了，这也难怪。罗盘旁边的地图显示器上显示着他们所在位置的大致经纬度。

“克莱尔，醒醒！你得看看这个！”

很快，克莱尔就站在了旁边，双手揉着眼睛。她望向机舱外面时，立刻瞪圆了眼睛。外面风雪交加，目光所及之处全部是雪。

“看来我们要死在南极了。”史蒂夫说。

“你是说这里像南极？”克莱尔疑惑地问。飞机突然像过山车一样剧烈摇晃起来，她不得不抓紧驾驶座的后背。“你是说这里有企鹅和虎鲸吗？”

“我不太了解野生动物，但我们现在的维度是南纬八十二点一七度。”史蒂夫说，“绝对是世界之底。虽然我不是非常肯定，但我想飞机马上就要降落了。不管怎么说，我们正在减速。”

*或许阿尔弗雷德就是故意把我们丢到这荒无人烟的地方，让我们活活冻死。尽管不是很高明，但确实能达到目的。*史蒂夫希望能和那家伙面对面待上一分钟，虽然他并不擅长徒手搏斗，但他相信自己会像捏碎泡芙一样干掉阿尔弗雷德那个败类。

“飞机正在朝那儿飞。”克莱尔指了指右边。史蒂夫眯起眼睛，在猛烈的暴风雪中很难看清……他看到了其他飞机，还有克莱尔所指的一排低矮建筑——离他们只有几分钟的飞行距离。

“你觉得那是安布雷拉的基地？”史蒂夫问，其实不用克莱尔回答他也知道一定是的。不然还会是哪里呢？

飞机继续下降，把他们送到阿尔弗雷德计划好的地方，但实际上史蒂夫却稍微松了口气。和安布雷拉再次见面自然不是好事，但至少会有其他负责人，他相信并不是安布雷拉所有的人都像阿尔弗雷德一样变态。史蒂夫无法想象安布雷拉的每个人都会丢下手头的正事去讨好阿尔弗雷德。也许他和克莱尔能找到一个可以谈条件的人，或者能买通的人……

飞机开始盘旋着准备着陆，或许是因为机翼上的冰层太厚，机体有些不稳定。史蒂夫突然意识到飞机的高度太低，而速度却太快了。尽管起落架已经放下，但以现在的高度和速度是不可能安然着陆的。

“拉升，快拉升啊……”眼看着建筑物迅速变大，史蒂夫出了一身冷汗。他滑进驾驶座，用尽全身力气把操纵杆往后拉，但一点儿用都没有。

哦，天哪！

“系好安全带，要坠机了！”史蒂夫大喊，伸手去抓安全带，克莱尔赶紧坐到座位上。飞机撞到地面的一瞬间，两人刚刚把安全带扣好——

——起落架在瞬间被撞得粉碎，刺耳的警报声响起。机腹嘭的一声摔在地上，机舱剧烈颠簸着，座椅上的安全带使他们免于一头撞在机舱顶上。一阵雪浪拍向挡风玻璃，克莱尔发出一声惊叫，在他们后方传来巨大的金属碎裂声，不知是机翼还是机尾断掉了——

——大量的积雪从舷窗上滑落，他们可以看清外面的建筑物了，失控的飞机正冒着浓烟滑向建筑物，他们就要撞上了……

6 resident evil

第十章

克莱尔的头又受伤了。

什么东西着了火，克莱尔能闻到烟味，她觉得非常冷，这让她突然间想起刚才发生了什么——雪、建筑物、碰撞、阿尔弗雷德。克莱尔睁开眼睛，抬起头，她仍被安全带捆在椅子上，因此动作很是笨拙吃力，椅子现在大约以四十五度角前倾——史蒂夫仍坐在驾驶座中，一动不动。

“史蒂夫！史蒂夫，醒醒！”

史蒂夫呻吟着嘀咕了几声，克莱尔放下了心。她试着将安全带解开，身体从座椅上滑下，脚踩在仪表板上。变形的挡风玻璃遮挡了视线，但依稀看起来他们冲进某个大型建筑物中。前方约十六七米处是一面灰色的金属墙壁，克莱尔这边的机舱被撞出一个大洞，透过洞口可以看到下方两三米处是一条有栏杆的人行道。

*那么人都哪儿去了？*为什么没有人？如果这是安布雷拉的基地，为什么没有一群士兵把他们从飞机残骸中拖出来？或者至少会有几

个大发雷霆的门卫……

史蒂夫慢慢醒了过来，克莱尔看到他的发际线处肿起一个大包。克莱尔摸了摸自己的头，发现右边太阳穴上方也有一个差不多大小的包，比昨天被安布雷拉的守卫打伤的地方高一两厘米……是昨天，还是前天？

哦，当你接二连三被打晕后，时间过得真快。

“什么东西烧着了？”史蒂夫慢慢睁开眼睛，含糊地问道。

“不知道。”克莱尔说。机舱里的烟很少，所以克莱尔推测应该是飞机的其他部分着火了。无论如何她都不打算待在这里，等着看飞机会不会爆炸。“我们得先离开这儿。你还能走吗？”

“我这双靴子就是为了走路做的。”史蒂夫含糊着说，克莱尔会心一笑，帮着他解开安全带。

他们捡起落在脚边的武器，史蒂夫的冲锋枪和克莱尔的九毫米口径手枪。不幸的是，两把枪的弹药都所剩无几，有几个备用弹夹找不到了。克莱尔还有二十七发子弹，史蒂夫只剩下十五发。两人平分了子弹，决定马上离开飞机，史蒂夫将身体悬在机舱的破洞外，然后松开手让自己落下去。

“情况怎么样？”克莱尔坐在洞口边问，边把手枪插进腰带。天气冷得能看到呼出的白气，但克莱尔觉得自己还能坚持一段时间。

“看上去还好。”史蒂夫回道，环视周围，“我们在一栋圆形建筑里，我想是建在竖井周围的，中间有一个大洞。一个人也没有。”

史蒂夫抬头看着克莱尔，举起双臂。“来吧，我接着你。”

克莱尔有些犹豫。尽管史蒂夫没受什么伤，看上去体格也不错，但并不是肌肉发达的那种类型。可她也不能一直待在飞机里，要从几米高的地方跳下去，她确实需要一个帮手……

“我下来了。”克莱尔说完，往洞的边缘挪了挪，还是有点犹豫——

——然后克莱尔往下一跳，史蒂夫噢的叫了一声，两个人都倒在了地上。史蒂夫背部着地，双手搂着克莱尔，克莱尔则压在他的身上。

“接得不错。”她说。

“啊，还好吧。”史蒂夫微笑着说。

他的身体好温暖。温柔英俊，而且显然对她也很有好感，有那么一会儿，两个人都没有动，克莱尔挺享受被拥抱着的感觉……史蒂夫还想更进一步，克莱尔可以从他的表情中看出来。

老天，你可不是在度假！快行动！

“我们或许应该……”

“弄清楚我们在哪儿。”史蒂夫打断道，克莱尔能看到史蒂夫眼中的失落，尽管史蒂夫在尽力掩饰。他故意夸张地叹口气，然后假装投降似的松开搂着克莱尔的手。尽管有些别扭，克莱尔站起来后还是伸出手将史蒂夫拉了起来。

看上去这儿的确像是个矿井，直径约有二十米，他俩现在在人行道中间，有几个台阶，还有好几个梯子，克莱尔看到左下方至少有两扇门，在他们水平的位置上，右边还有一扇门，史蒂夫过去看了看，门锁上了。

“你觉得人都去哪儿了？”史蒂夫压低声音问。在这种又大又空旷的地方，一不小心就会产生回声。

克莱尔摇摇头。“堆雪人去了？”

“哈哈！”史蒂夫笑起来，“这时候阿尔弗雷德不是应该从什么喷火的东西里跳出来吗？”

“嗯，很可能。”克莱尔说。其实她自己也是这么想。“或许他还没到，或者他没想到我们会坠机，所以等在我们本该着陆的地方……要是能在他找到我们之前，先登上另外的飞机……”

“走吧。”史蒂夫说，“你想分头行动吗？那样我们可以搜索更多的地方，能快些。”

“别忘了阿尔弗雷德可能也在这一带转悠呢。我持反对意见。”

克莱尔说。史蒂夫点点头，像松了口气。

“那么，我们走那边。”克莱尔说着，向最近的梯子走去，史蒂夫跟在她后面。

爬下短短的梯子，他们来到一道门前，这道两扇的门在一条小岔路的尽头，也是锁着的。史蒂夫建议把门踹开，但克莱尔建议还是先试试其他的门。周围非常安静，令克莱尔感觉越来越不安，她不想弄出很大的动静，让别人知道他们的位置。*尽管坠机的动静够大了，除非这儿的人都昏过去或者感官失常了，不然肯定会听到……*

他们继续往前走，沿着墙壁向下的楼梯尽头是另一扇门，克莱尔握住门把手试了试，很容易就转动了把手。为以防万一，两人都举起了枪——史蒂夫点头示意，克莱尔随即推开门——

——克莱尔觉得自己的下巴都掉下来了，她彻底惊呆了。

这运气有多好呀？

门内是一间简易宿舍，又黑又臭，里面的三四个丧尸听到开门声后，立刻转身向他们走来。这些丧尸都是刚被感染，大部分还没开始腐烂。其中只有一个的身体有腐烂的迹象，在寒冷的空气中，热乎乎的腐臭味道格外刺鼻。

史蒂夫脸都白了，克莱尔砰地关上门时，他咽下一口唾沫，努力克制着反胃的感觉说：“它们其中的一个是罗克福德岛上的厨师。”

当然！克莱尔想了一下，这里也发生病毒泄漏事故的概率实在太小了。外面那些飞机中至少有一架是从罗克福德岛飞过来的，也许是一些惊慌失措的员工——可能不是研究人员，把飞机开过来的，而他们并没有意识到自己已经感染了病毒。

*更多的人感染了病毒、正在慢慢死去的丧尸……还有什么？*克莱尔哆嗦了一下，安布雷拉会针对严寒制造出什么样的怪物呢……另外，在他们到这里之前，会有哪些野生动物感染了病毒？

“我们得赶紧离开这儿。”史蒂夫说。

*好吧，说不定阿尔弗雷德被丧尸吃掉了。*克莱尔想。这完全是一厢情愿的想法，尽管阿尔弗雷德的确该有这种下场。“我们走吧。”

最后一个要去查看的地方是人行道尽头的一段弯曲的楼梯，楼梯下面漆黑一片。克莱尔想起在罗克福德岛找到的火柴，于是把枪递给史蒂夫，从腰包中找出火柴，分给史蒂夫一半，然后把枪拿回来。史蒂夫走在前面，站在楼梯中段擦亮火柴并高高举起。火柴并不能带来多少亮光，但总比没有强。

两个人下到楼梯底部，沿着狭窄的走廊慢慢前行。在一片黑暗中，克莱尔的警戒心提到了最高。有一股难闻的气味，像腐烂的谷粒，尽管没听到什么动静，但克莱尔总觉得附近还有什么别的东西。她一向相信自己的直觉，然而周围确实没有一丝声响……

我是在发神经，克莱尔满怀希望地想着。

火柴发出的光芒只能照亮他们前方大约一米的地方，两人不由得加快了脚步，那种被动的感觉催促着他们尽快向前。

又走了几步，克莱尔看到前方出现一个岔口，他们可以继续直走，也可以左转。

“你说怎么办？”克莱尔轻声问道。走廊里突然出现一阵骚动，是翅膀拍打的声音，腐烂的气味从四面八方包围了他们。火柴突然熄灭了，史蒂夫咒骂起来，这下什么也看不见了。有什么东西擦过克莱尔的脸颊，感觉像羽毛，无声无息。克莱尔本能地将它打开，立刻起了一身鸡皮疙瘩。她不知道要向哪儿开枪，也不知道目标是什么。

“快过来！”史蒂夫喊道，抓着她的手臂往前跑。克莱尔屏住呼吸，跌跌撞撞地被拽着往前跑，又有什么东西拂过她的脸，像一团干燥的面粉——

——史蒂夫拉着克莱尔穿过一扇门，反手用力把门关上，两个人都跌倒在地上，克莱尔难受得浑身发抖。

“是飞蛾。”史蒂夫说，“天哪！那么大的蛾子，你看到了吗？像鸟儿那么大，一只只跟老鹰似的……”克莱尔听到史蒂夫吐唾沫的声音，要把嘴里的什么东西吐出来。

克莱尔没有吭声，用手摸索着火柴。房间里漆黑一片，她想确认这儿没有那些飞来飞去的蛾子。呃，真是太恶心了！那些蛾子比丧尸还讨厌，它们会直接冲你撞过来，往你的脸上扑——想到这克莱尔不由地又抖了一下，然后划亮火柴。

这儿是一间办公室，屋里显然没有巨大的飞蛾和任何安布雷拉的讨厌东西。克莱尔看到右边的一个大旅行箱上有一对烛台，立即拿起来，用火柴点亮只剩一半的蜡烛，然后递给史蒂夫一个。摇曳的烛光照亮了整个房间，木制的桌椅、书架、几幅带画框的画——和外面的实用风格比起来，这房间的布置算是十分舒适，而且也不怎么冷。他们迅速在屋里寻找武器和弹药，可惜没找到。

“嘿，这些东西可能有用。”史蒂夫说着走到书桌旁。桌上堆着许多文件，最上面好像是些地图。不过克莱尔的注意力被史蒂夫右肩处的一个白色凸起吸引了。

“别动。”克莱尔说，走到史蒂夫身后。他的衣服上有一个被一层发黏的厚实网膜裹着的块状物，形状像一颗卵石，大约有十五厘米长。

“是什么？快帮我弄下来。”史蒂夫紧张地说，克莱尔将蜡烛靠近那个白色的东西，发现它是半透明的。她隐约可以看到里面——

——里面是一只蠕动着的白色幼虫，被半透明的果冻状物质包裹着。这是一个卵鞘，那些蛾子把卵产在了史蒂夫肩上。

克莱尔忍住想吐的冲动，赶紧东张西望想找个东西。旅行箱旁边有一个废纸篓，里面有几张被揉皱的纸，克莱尔从里面抓起一张。

“坚持一会儿。”克莱尔故作轻松地说，当她开始把那个东西往下扯的时候，都有点儿佩服自己的淡定了。那一层黏膜粘得很牢，不太容易弄下来，但克莱尔还是把它拽下来了，然后赶紧扔在地上。“下来了。”

史蒂夫转过身，拿着蜡烛蹲下仔细看了看，然后突然站起来，克莱尔更恶心了。史蒂夫狠狠地踩了一脚，果冻一样的东西从靴子底下喷出来。

“哦，伙计。”史蒂夫龇着牙说，“吃完饭以后千万别和我说这事儿，我怕会全吐出来。下次我们从那里过去的时候，不要再点火柴了。”

史蒂夫又检查了一下克莱尔的后背——谢天谢地，没什么东西，然后他们把桌上的文件分成两堆，史蒂夫坐在地板上查看那些地图，克莱尔检查桌上剩下的文件。

库存清单、账单、账单、清单……克莱尔希望史蒂夫的运气能比她好点儿。从这些清单和账单上的信息来看，他们现在在一个安布雷拉称之为“运输终端”的地方，不管它是什么，这个地方是围绕着一个废弃的矿井建造的——克莱尔并不清楚是在开采什么，但大量的收货单说明这里近期收到了无数设备、配件和建筑材料，几乎够建一座小型城市。

克莱尔还找到一份无聊的谈话备忘录，两个“上等人”在讨论安布雷拉下一年度的预算分配。谈话内容完全合法，这就更无聊了。这个房间就是其中那个叫托马克·奥达的人的办公室，克莱尔从奥达的文件里发现了一些感兴趣的东西，那是一周前的一份冗长的财务报告上的附言。

附言：还记得我刚来这儿时你给我讲的那个“怪物”囚犯的事吗？你别笑，我亲耳听到了它的声音，就在两天前，在这间办公室里。那声音和你说的一样，是那种既愤怒又哀怨的呻吟，从下层传上来。我的一个工头告诉我，从十五年前起，工人们就开始听到这种声音了，而且一般都是在深夜——最流行的传闻是，它之所以这么叫，是因为有人忘了给它准时喂食。有人说那是个鬼魂，是个幽灵，还有人说它是实验失败的产物，甚至还有人说是魔鬼。我并不确定答案，既然我们都不允许下去，我想这将永远是个谜。不过我必须告诉你，自从听到那个可怕的疯狂声音后，我绝不想到地下二层以下去。

请告知我轴承螺栓的出货情况。

祝好！

汤姆

看来上面的工人并不知道地下的情况。这对他们来说也许是好事，克莱尔认为……尽管从目前的情况来看，恐怕并不是这样。

史蒂夫突然大笑起来，然后发出一声胜利的欢呼，他站起身，笑得十分灿烂。他将一份南极地图横在桌面上。

“我们现在在这儿。”史蒂夫指着地图上一个用铅笔画的红点说，“位于日本的富士冰穹科考站与南极点之间，另外这儿是澳大利亚的一个科考站，离我们大约二十公里。”

克莱尔觉得心跳加速了。“太好了！也就是说我们如果能找到些户外装备，徒步就可以过去……”

……如果我们能离开这个地方，克莱尔想，心又凉了半截。

史蒂夫又摊开第二张地图。“等等，那不是最好的。看看这个。”

这是一张蓝图的复印件。克莱尔看了看手绘的蓝图，上面是一栋高楼的侧视图和俯视图，还有三个楼层的平面图，清清楚楚地标示着楼梯和房间——克莱尔兴奋地跳了起来。这其实就是他们所在的建筑的图纸，图上的高度实际上是表示深度。

“我们现在在这个位置。”史蒂夫说着，指了指图上B2层写着“经理办公室”的小方格。他的手指向下移动，然后向左接着又往下，最后停在底部一个形状奇怪的区域上，那形状就像一个歪斜的大大的引号。旁边用小小的黑字写着“采矿室”，还有一条用铅笔画的隧道向外延伸，旁边同样用铅笔写着“通往地表/未完工”。

“你的意思是我们该去这儿？”克莱尔摇摇头，难以置信地说。

史蒂夫找到的地图能节省他们好几小时的时间，在目前弹药紧缺的情况下，这某种程度上说是救了他们的命。

“是的，如果遇到锁着的门，我们就踹开或者用枪打开它。”史蒂夫高兴地说，“从这里走一分钟就能出去。我们很快就能在友好的天空下飞翔啦！”

“这上面说隧道还没有完工……”克莱尔有些犹豫，但史蒂夫打断了她的话。

“那又怎么样？如果隧道正在施工，周围就会有要用的设备。”史蒂夫很乐观，“我是说，这里是一间采矿室，对吧？”

克莱尔辩不过史蒂夫，也不想和他辩。其实她也希望史蒂夫是对的，那就意味着他们有很大机会逃离……尽管又要从那些飞蛾中间穿过去，但至少这一次他们有了心理准备。

“应该给你颁奖。”克莱尔决定按史蒂夫说的办。

史蒂夫扬起眉毛问：“哦，是吗？奖品是什么？”

克莱尔正打算回答说她愿意接受史蒂夫对奖品的建议，但突然传来一阵令人不寒而栗的声音。克莱尔起先以为是类似空袭警报的报警声，那声音特别响亮刺耳，但警报不可能那么低沉，或者说音调不会这样不断升高，而且令人恐惧。声音中似乎充满着愤怒，那种令人无法理解的、针对一切的愤怒。

他们呆呆地听着难以置信的可怕尖叫声慢慢消失，克莱尔心想，不知上次给那只怪兽喂食是什么时候？不用说，那又是一只安布雷拉制造的怪物。没有什么鬼魂能发出这样的叫声，也没有任何人的灵魂能酝酿出这样的怒火。

“我们走吧。”克莱尔轻声说，史蒂夫点点头，不安地折起地图收好。

两个人准备好各自的武器，迅速商量了一个计划，然后数到三，史蒂夫推开了门。

***

怪物的咆哮声回荡在地下时，阿尔弗雷德站在那间空荡潮湿的单人牢房前，隔着粗大的金属栏杆对它微笑着，欣赏着妹妹的杰作。当然他也做了一些工作，但妹妹是T–维罗妮卡病毒的真正创造者，她真是个天才，当时她只有十岁……尽管妹妹觉得她的第一次实验是失败的，但阿尔弗雷德并不这么认为，他本人对实验结果非常满意。

从离开罗克福德岛时起，很多事情都变得清晰起来。阿尔弗雷德恢复了记忆，想起许多他埋葬或失去的东西，那些他已经遗忘的情绪和感情。经过十五年的灰暗生活，十五年混沌和不安的幻想，阿尔弗雷德觉得他的世界终于恢复了秩序。现在他终于明白为什么他们的家会遭受袭击，明白自己是多么幸运。

“看来他们也知道这是个机会。”阿尔弗雷德说，“要不是那场袭击，恐怕我还会继续以为阿莱西亚一直跟我在一起。”

阿尔弗雷德饶有兴趣地看着牢房中的怪物，它把头偏向牢门，听着他的话。怪物被锁在椅子上，蒙着眼睛，双手反绑在身后……尽管这十五年中它没办法真正地思考，但仍对语言有反应。或许出于某种本能，它认出了他的声音。

*我得喂它点儿东西吃，*阿尔弗雷德想，他可不希望它在阿莱西亚醒来之前死掉……不过也快了，很快——也许这个过程已经开始了。想到这里阿尔弗雷德一阵激动，他将见证阿莱西亚奇迹般的重生。

“我好想她。”阿尔弗雷德叹息着说。在孤独的等待岁月中，他创造了无数她的幻影。“不过她很快就会像女王一般出现，而我是她最忠诚的战士，我们再也不会分开了。”

这时，阿尔弗雷德想起他的最后一个任务，最后的那个目标，他得先完成任务，才能安然等待阿莱西亚的回归。看到坠毁的飞机时他本来很高兴，可很快就发现机舱残骸里空无一人。他回忆了整座建筑的布局后，发觉那对贱民只可能在其中一两个地方。于是阿尔弗雷德从另一栋建筑里的武器库中拿了一把狙击步枪——一把七毫米口径的栓动式雷明顿步枪，加装了瞄准镜，一个令人愉快的玩具，他决定试一下。绝不能让克莱尔和她的朋友在不恰当的时刻出现，扰乱整个神圣的仪式——

阿尔弗雷德突然放声大笑，他有了一个主意。怪物必须吃东西……为何不把两个贱民带来？克莱尔·雷德菲尔德给罗克福德岛带来了毁灭，她玷污了阿修福德家族的名声，在某种意义上和这个怪物一样。

它将吞噬敌方的间谍，以此庆祝阿莱西亚的归来……然后就是我们三个人的家庭聚会时间了。

听到阿尔弗雷德的笑声，怪物激动起来，用力拉扯着铁链，他止住了笑声。接着，怪物又发出震耳欲聋的咆哮，挣扎着想恢复自由，但阿尔弗雷德觉得这些束缚器具还能坚持很久。

“我很快回来。”阿尔弗雷德说完，拿着狙击步枪离开了，心想在如此非同寻常的环境中与他和阿莱西亚的父亲见面，克莱尔会是怎样的心情，也就是说，当她被活活撕碎的时候。阿尔弗雷德乐意相信，怪物会被人的体温和恐惧的气息所吸引，他非常期待看到克莱尔在黑暗中无助挣扎的样子。

阿尔弗雷德走上二层地下室的楼梯时，亚历山大·阿修福德再次发出吼声，就像十五年前他被自己的孩子亲手下药夺走生命时一样。

6
resident evil

第十一章

史蒂夫和克莱尔再次走进黑暗之中，史蒂夫走在前面，借着办公室透出的微弱烛光，只能模糊看清走廊右转的地方，但这已经够了。

——*右转，往前走，进右侧的门，直走，再向左*——史蒂夫在脑海里回忆着路线，虽然路线并不复杂，但他不想出任何差错。克莱尔从他肩头拍落的东西还让他记忆犹新，而且他们并不知道那些飞蛾还能干什么。

刚往前迈出两步，一只飞蛾就朝他们直飞过来，一团模糊的白影，无声无息，史蒂夫毫不犹豫地开火。

*砰！砰！砰！*三颗子弹将拍打着翅膀的飞蛾打得四分五裂，噗的一声落在地板上，接着从他们前进方向的走廊中又飘来一团团白影。飞蛾如同鬼影一般，无声无息地拍动翅膀，带着腐臭的味道。突然，天花板上出现一个倒挂着的人形，那是什么？

——*不要想，只管往前走，快走*——

“快跑！”史蒂夫喊道，克莱尔从他身后冲出，朝着走廊的右侧跑去，史蒂夫不停地开火，走廊中接连响起轰鸣的枪声。

史蒂夫向头顶的阴影不断开火，羽毛似的翅膀碎片和温热的黏液雨点儿般落下，让史蒂夫喘不上气。飞蛾像它们悄无声息的攻击一样默默地死去。史蒂夫觉得其中一只飞蛾掉在他的头上，有个温热潮湿的东西贴着他的头皮，他疯狂地拂着头顶，摇晃着脑袋，一边开枪一边从头上打掉一个黏糊糊的卵鞘。

“开了！”克莱尔的叫声从不远处传来。史蒂夫原打算一边开枪一边后退穿过走廊，但头发上黏糊糊的感觉让他再也无法忍受。他俯下身子，用一只胳膊护住头，飞速狂奔。

史蒂夫看到克莱尔在右侧门里的身影，他伸着手向克莱尔直冲过去。克莱尔抓住他的衬衫一把将他拖进去，砰的一声关上门，然后转身挡在史蒂夫前面，开始射击。

“嘿，怎么……”

*砰！砰！*这房间很大，枪声的回声从很远的角落里传回来。

房间某处透出微弱的光线，不过史蒂夫在看见之前就已经先听到了声音。丧尸，呻吟着、喘息着，有三四个正朝他们这边走来。史蒂夫能大致看到它们摇摇晃晃往前扑的身影，其中两个倒下了，但又有两个接替了它们的位置。

“我没事！”史蒂夫在两声枪响的间隔中喊道，克莱尔向侧面移动，同时大喊着让他注意右侧。

史蒂夫瞄准目标开枪，他眨眨眼，然后微微眯起眼睛，试图击中头部。他击倒了三个，然后将第四个在非常近的地方打倒，感到丧尸的血溅到了手上。史蒂夫赶紧在裤子上擦了擦手，祈祷手上没有什么伤口，祈祷子弹千万不要打完，又有一个丧尸过来了，后面还有——

——这时，克莱尔又拉了拉史蒂夫，史蒂夫停止射击，让克莱尔拉着他穿过黑暗，向采矿室的方向走去。在他们身后，不知有多少个丧尸正不住地哀号，拖着脚步试图追上他们。史蒂夫差点儿被一具仍有体温的尸体绊倒，紧接着又踩到了另一具，脚下不知踩到什么，咯吱咯吱作响。就在他感到无助和恐慌的时候，克莱尔痛苦地大叫一声，抓着他的手一下松开了。

“克莱尔！”史蒂夫吓坏了，忙伸出手去摸，却只抓到了空气——

“小心脚下，该死的，我踢到脚趾了。”克莱尔气愤地说，听声音离他还不到一米，史蒂夫觉得自己都吓到两腿发软了。这时他感到右肩碰上一个凉冰冰的金属栏杆。他们来到了通向采矿室的台阶旁。他们做到了。

两人一起上了几级台阶，克莱尔仍然走在前面。她推开门，真正的自然光线射进来，刺破黑暗。

“感谢上帝。”史蒂夫咕哝着，在克莱尔身后拉住门，让她走进去——

——没等他跟上去，就听到一阵熟悉并厌恶的那种神经质又女里女气的笑声。克莱尔将手在背后晃了一下，示意史蒂夫停下。史蒂夫松开门，克莱尔也停下了，门抵在她的臀部。不知阿尔弗雷德说了什么，克莱尔慢慢举起双手。

似乎阿尔弗雷德用枪对准了克莱尔……

……*但我没被瞄准，*史蒂夫想，没有意识到他的脸上浮现出一抹冷酷的笑容。虽然能够从阿尔弗雷德身上得到很多问题的答案，不过史蒂夫确信，再过一两分钟，阿尔弗雷德将永远地闭上嘴巴，永远。

***

抓到她了。正如他预想的那样，他们——哦，是她，果然到隧道里来了，这也是无需钥匙就能离开运输终端的唯一途径。她并不蠢，但无论是智力还是谋略，显然还是他更胜一筹，当然在其他方面也是如此。

克莱尔站在门口，双手高举，仍然是那副面无表情的样子。她为什么不害怕？

“放下武器。”阿尔弗雷德厉声说，手指放在步枪扳机上。他的声音被巨大的矿坑放大了，在冰冷的房间里显得既威严又冷酷。阿尔弗雷德喜欢这种声音，看到克莱尔毫不犹豫地丢下手枪后，他知道这声音确实奏效了。

“把枪踢过来。”阿尔弗雷德命令道，克莱尔照做了，手枪喀啦啦地从混凝土地面上滑过。阿尔弗雷德并没有去捡，而是把它踢到左边的栏杆下面。两个人都听着克莱尔唯一的希望从冰冷的岩石上弹起，消失在冰冷的矿坑之中。

一切尽在掌控之中，多么美妙的感觉！

“你的同伴呢？”阿尔弗雷德轻蔑地微笑着问，“他碰到意外了？哦，不要靠着那扇门，走过来一点儿。如果你不介意，把你的双手放在我能看见的地方。”

克莱尔慢慢往前走了几步，门在她背后几乎完全关上了，阿尔弗雷德察觉到她脸上闪过的一丝不快，立刻知道他又得了一分。看来父亲吃不饱呀，不过阿尔弗雷德觉得怪物应该不会抱怨。

“他死了。”克莱尔简单地说，“阿莱西亚怎么样了？或者我现在正在和阿莱西亚说话——你知道的，你俩看起来很像……”

“闭上你的嘴，小姑娘。”阿尔弗雷德怒吼道，“你不配说她的名字。你早知道她就要归来了，所以你们的人才会攻击罗克福德，为了引她出来，还是说你们想立刻杀了她？”

克莱尔显得很困惑。看来她决定继续装作什么都不知道。阿尔弗雷德不想再听她编谎话了，他已经对这个游戏失去了兴趣。与阿莱西亚即将回归的胜利相比，一切都索然无味。

“我全都知道了。”阿尔弗雷德厉声说，“你不要白费力气。现在，你乖乖跟我来……”

克莱尔突然抬起头看向右边，看向隧道开始处的高台。

“小心！”克莱尔尖叫道，阿尔弗雷德迅速转身，却只看到巨大的挖掘机和隧道的黑暗入口——

——克莱尔身后的门被撞开，那个少年扑到他身边，用枪对着他。

阿尔弗雷德大怒，他举起步枪连开三四枪，但他没有时间瞄准，子弹只是到处乱飞——

——突然像被一只大手推了一下似的，阿尔弗雷德猛地后退，感觉喘不上气，那个少年向他开枪了，然后就只剩下空膛声，他没子弹了。

阿尔弗雷德踉跄着又退了一步，想张嘴大笑，打算把他俩都干掉，却发现手中的步枪不见了，不知何时枪竟然掉在了地上，而他的笑声也只是一阵浑浊的、痛苦的咳嗽——

——背后的什么东西被推开了，然后他掉进了矿坑。他落在一层厚厚的冰上，想要站起来，但胸口一阵刺痛。难道说他中枪了？

身下的冰层发出细微的碎裂声，崩塌了，他尖叫着下坠。他必须再次见到她，要再次触摸她，可他听到了父亲的尖叫声，那叫声为他而来，然后一切都在痛苦和黑暗中消失了。

***

似乎在响应阿尔弗雷德的召唤，凶暴的咆哮声猛烈地响起，令克莱尔和史蒂夫跑了起来。途中克莱尔停了一下，捡起雷明顿步枪，然后紧跟着史蒂夫爬上高台。史蒂夫打光了子弹，而她的手枪又被踢到了矿坑里，这把枪是他们现在唯一的武器。

在向上方延伸的隧道前停着一台巨大的黄色机器，他们吃力地爬上驾驶台，史蒂夫握住操纵杆。那深沉又疯狂的尖叫声再次响起，而且明显更加接近了，那被关着的怪物大概挣脱了。

史蒂夫迅速按下一连串开关和按钮，一边点头一边喃喃自语。克莱尔听着他嘀咕，同时检查了一下步枪——只有六发子弹。他们登上的是一台挖掘机，有一个巨大的钻头，能够加热融化冰层。克莱尔不在乎它具体是干什么用的，只要能让他们在怪物到来之前离开这儿就好。

机器轰鸣着发动了。史蒂夫解释说，隧道可能尚未完工，为了不让设备被水淹没，工人们只能缓慢作业，也不敢使用加热功能。

“但我们没有这个顾虑。”史蒂夫笑着说，“你说我们干脆造个湖出来怎么样？”

“干吧。”克莱尔笑着回答道，希望能产生些热情。天哪，他们终于要出去了，阿尔弗雷德·阿修福德终于死了，再也没有人挡在他们的路上了。可为什么她还是如此不安呢？

都是因为阿尔弗雷德一直喋喋不休地说些关于他妹妹的话……疯子。他确实是疯了，但他也让克莱尔想起一个至今没有答案的问题——罗克福德岛为什么会被攻击？

史蒂夫踩下油门，机器猛地开始前进。座椅上没有安全带，所以克莱尔只能用一只手按着驾驶室的顶部，机器颠簸得像之前快要坠毁的飞机。他们的视线完全被前面的巨大钻头挡住了，但显然他们已经到了隧道的尽头。

噪音震耳欲聋，就像一百台正在搅拌石料的混凝土搅拌机发出的声音。冰块融化之后，蒸汽开始升腾。机器向黑暗中缓缓开进，冰层融化发出的水声甚至比挖掘本身的噪声还大，水流冲刷着车窗。

机器不断向上爬升，就在他们都觉得那瀑布般的声音永远不会停下来的时候，机器突然震动了一下，履带开始空转，光线照射进驾驶室，黯淡而迷人。

挖掘机钻出了隧道，旁边是一座塔台，克莱尔认出那是一个直升机坪，史蒂夫指了指停在楼下的雪地车。雪还在下，大片的雪花从铁灰色的天空中飘下，寒气立刻侵进了驾驶室。外面还刮着风，雪花纷纷扬扬，尽管风不算大，但看样子短时间内停不下来。

“飞机还是汽车？”史蒂夫低声问。看得出他已经开始发抖了，克莱尔也一样。

“你来定。飞行小子。”克莱尔说。直升机更快，但地面似乎更安全些，“这种情况还能飞吗？”

“只要天气不继续恶化。”史蒂夫说着抬头看了看塔台，但看样子他不太确定。克莱尔正想建议坐雪地车，史蒂夫却耸了耸肩，推开门出去了，然后回头喊道："空中小姐，既然到了塔台，至少可以看看我们是否真的有选择。"

克莱尔跟着走了出去，缩着脖子抬头看，但也看不到塔顶。车外的气温低得可以将人冻伤。

"怎样都行，快点儿走吧。"克莱尔说着，将步枪扛到肩上。

史蒂夫朝楼梯跑去，克莱尔跟在后面，尽管冻得很惨，但心情很兴奋。终于有了选择的自由，终于可以决定他们想做什么、如何去做。不管怎么选择，他们都能在一小时左右到达澳大利亚科考站，裹着毯子，一边喝着热饮一边讲述他们的故事了，想想都让人兴奋。

好吧，至少挑些能让人比较容易相信的说，克莱尔在心中想着，跟着史蒂夫爬上撒着防滑沙粒的楼梯。即便是最开明的人也很难相信他们遭遇的一切吧。

爬了三层楼后，离塔台顶上的停机坪越来越近，克莱尔的快乐心情慢慢消散了。当史蒂夫皱着眉头转过身时，克莱尔也没心思去想别的了，只想能缓和一点儿。

"没有直升机。"史蒂夫说，头上落满了雪花，"我想我们应该……"

史蒂夫望向克莱尔身后，脸上突然充满了惊恐。他伸手去拉克莱尔，但她先动了。

"快走。"克莱尔大喊，史蒂夫调转身向楼上跑去，克莱尔跟在他后面半步远的地方。克莱尔不知道他究竟看到了什么——

——但从他脸上表情来看，克莱尔知道绝对不是什么好事。

*应该是它，是那个怪物，它挣脱了，现在朝你扑过来了。*克莱尔心中满是恐惧，这时史蒂夫拉住她的手臂，将她扯过最后几级台阶。克莱尔踉踉跄跄地踏上一个空荡荡的方形平台，引导直升机降落用的标记全被积雪覆盖了，空中弥漫着浓雾，能见度很低。

"把枪给我。"史蒂夫喘着粗气喊道，但克莱尔没有理会，而是转身确认自己的判断，想看看是否真的是那个发出痛苦而可怕的吼声的怪物——

——怪物踏上平台，克莱尔的想象的确是真的。她平端步枪，一边后退，一边示意史蒂夫留在她身后。

***

阿尔弗雷德在疼痛中醒来。他几乎无法呼吸，脸上、鼻子和嘴里都是血，身体一动就钻心得疼。阿尔弗雷德浑身是伤，割伤、擦伤、摔伤，他知道自己快要死了。等待他的将是无边的黑暗，他只能屈服。他很害怕，身上剧痛难忍，也许没有醒过来才是最好的……

……阿莱西亚……

不能放弃，绝不能功亏一篑，眼看就要成功了。阿尔弗雷德逼迫自己睁开眼睛，透过一层红色的薄雾，看到自己躺在矿坑上方的一个凸出平台上。他至少摔下三层楼，甚至是五层。

“阿……阿莱……西亚……”阿尔弗雷德轻声唤着，感到血正从胸腔里冒出来，断裂的骨头在相互摩擦着，紧随而至的是无比可怕的剧痛，但他必须去找阿莱西亚，因为她是他的心肝，是他的挚爱，她呼唤着他的名字，他一定要撑下去。

***

“把步枪给我。”看到怪物朝他们所在的方向前进了一步，史蒂夫又说了一遍，但克莱尔还是没有听他的。她从瞄准镜中看着那个被放大了的怪物，他们看到的是一个非常可怕的生物。

它双眼都瞎了，手被反绑在身后，腰间缠着一块破烂肮脏的皮革，显然经受过可怕的折磨。史蒂夫能清晰地看到它身上隆起的伤疤、陈旧的伤口，还有脚踝处镣铐磨出的血印。它看上去像人类，但身材非常高大，身上的肌肤是一种奇怪的斑驳的灰色，很多处都皮开肉绽。

在它赤裸的身体上，胸膛正中有一个跳动的红色肉块，显然那是应该瞄准的目标——有那么几秒，史蒂夫觉得他们还算安全，因为眼前的这个怪物并没有武器——

——这时响起一阵撕裂的声音，四根原本折叠在怪物身后的不对称的附肢伸展出来，像昆虫的节肢似的，最长的有三米长，像蝎子尾巴一样从右肩后面向前弯下来。怪物又向前走了一步——从它的胸口和背部喷出一些黑色液体，那些液体滴落在混凝土地面上时，立即腾起一股紫绿色的烟雾，顺着风雪的方向飘去，然后向四面八方扩散开来。

怪物发出低沉的吼声慢慢朝两人逼近，摇摇晃晃几乎无法保持平衡，附肢在光秃秃的脑袋上方挥舞着，史蒂夫拔腿狂奔。

俯身，低头，趁它还在边上，把它推下去——

“史蒂夫！”克莱尔吓得尖叫起来，但史蒂夫已经冲到怪物面前，那浓烈刺鼻的烟雾灼烧着他的鼻黏膜，肯定是毒气，一定不能让克莱尔碰到——

——就在史蒂夫撞到怪物的一瞬间，有什么东西重重地撞在他的背上，把他打翻在地。

“史蒂夫！”克莱尔又发出一声惊恐的尖叫，他正滑过结冰的地面，尽管他想停下来，尽量想用冻僵的手指抓住地面，但地面突然消失了。

***

史蒂夫离怪物只有一米多远时，怪物的一根奇怪附肢挥了下来，打在他的背后，接着将他横扫到一边。

“史蒂夫！”

史蒂夫迅速滑到平台边缘，像一颗在水面弹跳的扁平石头，然后消失了。

哦，天哪！不！

克莱尔心中一阵刺痛，精神上的打击宛如实质，她感觉身体像被扎了一刀。他一直在试图保护她，甚至因此丧命。

这一瞬间，克莱尔无法动弹，也无法呼吸，她感觉不到寒冷，也不再理会那个怪物。

但这种状态只持续了一瞬间。

克莱尔看着那饱受折磨的怪物跌跌撞撞地朝她走来，不用说，他们听到的愤怒的吼声源于长期而残忍的折磨和实验，但克莱尔对此没有任何感觉。她已经封闭了自己的心灵，意识冰冷得超过周围的严寒。克莱尔站直身体，将子弹上膛，冷静地分析着眼前的形势。

显然怪物跑不过她，她可以远远地甩开它，但不存在这种选择，至少现在不存在。对它来说死亡或许是一种解脱，但这并不在克莱尔的考虑范围之中。

*它杀了史蒂夫，现在我要杀了它。*克莱尔冷酷地想，然后朝平台的西北角走去，这个角落离楼梯最远。怪物的附肢在头顶挥舞，它缓缓地转了半圈后，突然转向克莱尔所在的方向。

怪物再次发出冷酷的低吼，并从身体里喷出更多烟雾，不是酸就是某种毒液。克莱尔想知道到底是谁创造了这样一个怪物，又是如何创造出来的。这绝不是感染T病毒的丧尸，但从它受到的虐待和折磨来看，也不是生物武器。克莱尔认为自己永远也不会知道答案。

克莱尔举起步枪，透过瞄准镜瞄准怪物胸腔正中央跳动的肉块，然后又抬高枪口对准它那没有表情的灰色脸庞。她不确定胸腔中央的那个肉块是不是心脏，但她能肯定，被七毫米口径弹头击中头部肯定活不了。克莱尔不想再浪费时间和它周旋，也不想让它再遭受不必要的痛苦，她只想让它死而已。

克莱尔瞄准怪物的额头。那满是褶皱的脸上长着棱角分明的下巴和笔直高挺的鼻子，仿佛曾是一个英俊的贵族。

也许是另一个阿修福德，克莱尔嘲讽地想，然后开枪。

子弹瞬间炸开了怪物的脑袋，灰色的碎骨和脑浆四处飞散。它倒下时，被子弹掀飞的头盖骨中升起一股热气。怪物先是双膝着地，附肢在风雪中不停抽搐，然后它栽倒在破碎的头盖骨上。

克莱尔没有任何感觉，没有喜悦，没有悲伤，也没有怜悯。怪物死了，仅此而已，她也该离开了。克莱尔仍然感觉不到冷，但她的身体在剧烈地颤抖，牙齿咯咯作响，她知道自己必须想法取暖——

“克莱尔？”

一个颤抖的声音从平台东侧传来，尽管声音微弱，但肯定是史蒂夫。克莱尔看着空空的平台愣了一下，接着狂奔向前，她跪在雪中，从平台边缘探出身子，看到史蒂夫手脚并用，笨拙地缠在一根冰冷的金属支柱上。

史蒂夫的脸被冻得发紫，而看到克莱尔的一瞬间，他的眼睛顿时亮了起来，苍白的脸上满是释然和安心。

“你还活着。”他说。

“这是我的台词。”克莱尔回道，扔下步枪，身体贴在平台的边缘上，探手去抓史蒂夫的胳膊。尽管很艰难，但史蒂夫终于回到了平台上，两个人跪坐在地上，紧紧拥抱。实在是太冷了，除了依偎他们没有别的办法。

“对不起，克莱尔。”史蒂夫把头埋在克莱尔肩头，痛苦万分地说，“我没能停下。”

看到史蒂夫还活着，克莱尔的心彻底解脱了，但现在又一次痛苦地揪紧了。他才十七岁，但他的人生却被安布雷拉害得支离破碎，为了救她还差点儿死了。而现在，他还跟她说对不起。

“别担心，这回让我来。”克莱尔说着，憋住眼泪，“下回再轮到你，好吗？”

史蒂夫点点头，稍稍坐直身子，看着克莱尔的脸。“我会的。”他郑重其事地说，克莱尔忍不住微笑。

“酷毙了。”克莱尔说完，从雪地中爬起来，伸手去拉史蒂夫，“那我也能轻松点儿了。现在我们去找雪地车吧，好吗？”

两人相互搀扶着朝楼梯走去，都不想再放开对方的手。

6 resident evil

第十二章

阿莱西亚·阿修福德看着双胞胎哥哥在自己脚边死去，伤口还在流血，满脸痛苦。他伸着手，似乎想触碰那静止的容器，睁着的眼睛里还浮现着仰慕的光芒。尽管哥哥一直不是特别聪明，能力也不很出众，但她爱他，很爱他。哥哥的死是一种巨大的悲伤……但她一直期待的时刻也要到了。她终于自由了。

几个月前，阿莱西亚就知道一切就要结束了，不如说是重新开始，整个世界都将不同。在过去十五年里，她大部分时间都处于休眠状态，这也是她所需要的，无论是身体还是思想都处于静止状态。她并不知道自己一直悬浮在冰冷的羊水中，细胞缓慢地适应着 T– 维罗妮卡病毒。

然而，在过去一年里，情况出现了很大变化。根据她的推测，只要有足够的时间，T– 维罗妮卡病毒可以将意识提升到一个新的高度，精神领域将大大扩展，远远超过人类的感官，事实证明她是对的。过去十个月中，尽管仍处于休眠状态，但她已经有了自我意识，开始适应身体，测试自己的意念强度……她甚至可以通过其他人的眼睛去观察，如果她想的话。

阿莱西亚用意念关闭培养槽的开关。容器中的水慢慢排出，她看着亲爱的哥哥，为他的死感到悲痛。她可以选择屏蔽自己的情感，但毕竟和哥哥在一起时她还是人类，为他的死感到悲痛似乎是恰当的。

容器中的水全部排空后，阿莱西亚推开它，走进属于她的全新世界。如今她的力量可以掌控一切，但现在却只能坐在容器前，将阿尔弗雷德血迹斑斑的头放在自己膝上，感受着悲伤。

阿莱西亚开始唱歌，是阿尔弗雷德喜欢的一首儿歌，同时轻抚着阿尔弗雷德的头发。他的眼角和嘴唇带着悲伤，阿莱西亚不知道哥哥的一生是否过得太过悲惨。她想，要是他留在罗克福德，留在维罗妮卡的房子里，留在祖辈的宅邸中，是否一切都会不同。

阿莱西亚仍哼着歌，试图进入父亲的意识，但她惊讶地发现父亲不见了，父亲要么是死了，要么就是所处位置超出她的感知范围。不久前阿莱西亚进入过一次他的意识，想看看他的思想中还能剩下什么。某种意义上说，父亲应该为这一切负责，T–维罗妮卡病毒将他的思想变成一摊烂泥，把他逼疯了……若不是先在父亲身上试验，恐怕这也会是她的必然结局。

阿莱西亚继续让意识向更远处延伸，在运输终端的上层感到了疾病和死亡。真是遗憾。她一直期待立即开始自己的实验，但现在却没有了实验对象，她没有理由再留在这儿了。

她在安布雷拉基地不远处发现两个人，决定试一下控制物质的能力，看看需要费多大力气，结果发现毫不费力。阿莱西亚只是将意识集中了几秒钟，就看到雪地车里的一男一女。她想将两个人带回基地。

一张有机物质构成的网瞬间穿透冰层，向雪地车罩去。阿莱西亚很开心，她在意识中看到那刚刚成形的巨大触手从地面上升起，缠绕在雪地车上，轻松地把它举在空中，然后扔向基地的方向。雪地车在空中翻转着，引擎喷出火光，最后撞在安布雷拉的一栋建筑上。

两个人都活着，阿莱西亚想，并对此感到高兴。她可以先用其中一个来完成考虑了好几周的实验，并且用不了多久就可以给另一个找到好的用途。

阿莱西亚继续为死去的哥哥唱歌，感受着自己的变化，期待着充分掌握她新能力的那一刻。她抚摸着阿尔弗雷德的头发，做起了梦。

6 resident evil

第十三章

克里斯抵达罗克福德岛后，形势急转直下。

夜幕初降时，克里斯站在悬崖顶端，喘着粗气，在心中暗骂自己。所有装备都放在那个袋子里——武器和弹药、返回崖下小船上的垂降用具以及手电、急救包，所有一切。

*并不是一切，你腰带还有三颗手榴弹。*克里斯开导着自己。真是太好了。在攀到悬崖的一半时，他一下子没抓稳，背包就掉进了大海，不过看来他的幽默感还在。

要救克莱尔还得走很长一段路。巴瑞是对的。我真应该带个后援。

好吧。他可以在这儿站一整天，希望事情能有所不同，也可以马上行动。他选择行动。

克里斯猫下身子，钻进一个低矮的洞穴入口。这是他早就选好的，既隐蔽又与基地相连——外面的岩石上架着无线电天线，往里走了几步，就进入一个开阔空间，虽然两侧和顶部都是天然形成的石壁，但地面经过细心的平整。

前方某处有灯光，克里斯向着光走去，心中暗自祈祷不会直接走进一群正在吃晚饭的安布雷拉士兵中。应该不会。从他之前观察到的罗克福德岛的情况来看，克莱尔提到的那次袭击非常狠辣。

又走了十来步，洞穴里突然出现一阵微小的颤动，尘土和沙砾纷纷洒落到他头上。坍塌的岩石堵住了他刚刚进来的入口，发出巨大的响声。看来袭击导致岛上很多地方的结构不太稳定。

“哦。这下可好。”克里斯嘟囔着，庆幸自己还有手榴弹。但在这里没什么用处。就算手榴弹可以将入口炸开，他也不可能从这么高的地方直接跳下去，绳索都放在背包里。除非克莱尔接受过专业的攀岩训练，不然她绝无可能自己从悬崖上爬下去——

“什么人？”有人说话，克里斯赶紧摆出防守的姿势，目光在黑暗中搜索。

他看到一个男人靠着洞壁坐着。他穿着一件破烂的白色T恤，上面还有血迹，下身穿着军裤和军靴——应该是安布雷拉的人，看样子状况不太好。克里斯快步走到那人面前，假如这个家伙有敌意，就一脚把他踢飞。

“没想到这儿还有人。”那个人虚弱地说，咳嗽了几声，“我以为我是最后一个了……在自毁之后。”

说完，男人又咳了起来，显然就快死了。克里斯心里咯噔一下。自毁？

克里斯蹲下来，努力不让声音颤抖。“我来这儿找一个女孩儿，她叫克莱尔·雷德菲尔德。你知道她在哪里吗？”

听到克莱尔的名字，那人笑了，尽管不是对克里斯笑。“她是天使。她走了，逃走了。我帮她……放她走。她试图救我，但已经太迟了。”

克里斯的心中再次燃起希望。“你确定她走了？”

垂死的男人点点头。“我听到飞机起飞的声音，看到一架喷气式飞机从地下机库里飞出来，就在……”然后又是一阵咳嗽，“那台坦克下面。你也应该去那儿。快去。这里没什么东西了。”

克里斯感到心中的压力和恐惧减轻了许多，颈部和后背的紧绷感松弛了一些。如果她离开了，那么她目前是安全的。

“谢谢你对她的帮助。”克里斯真诚地说，“你叫什么名字？”

“拉瓦尔。罗德里格·拉瓦尔。”

“我是克莱尔的哥哥，克里斯。”他说，“罗德里格，让我帮你，我也只能做这些了……”

嗷——

一阵震耳欲聋的兽吼声传入洞穴，一阵比刚才更加剧烈的震动令克里斯倒在地上。

洞穴的地面突然开始喷发，一开始克里斯还以为是爆炸，一股岩石和泥土的洪流向上喷起——不断地喷着，克里斯能看到下面厚厚的一层泥浆，硫黄味中混着腐臭味扑鼻而来，一个巨大的橡胶般的圆筒正从地下升起，那东西发出一声尖叫，圆筒的顶端扭动着，虫子一样的触角在发出吼叫的喉咙中伸展着，克里斯爬起来，从腰间抓下一枚手榴弹——

——那像条巨蛇一样的虫子张开大嘴吼叫着冲了过来——

——它一口吞下了罗德里格，然后落在他刚才坐着的地方。接着，怪物像潜水一样一头扎进地下，长得令人难以置信的身体在后面拱起。

天哪！

地面还在震动，克里斯踉踉跄跄地往前跑，被怪物从地下带上来的沙在他周围纷纷落下，他知道自己只有两个选择，要么干掉怪物，要么就迅速逃离，如果怪物打算寻找下一个食物，他无疑是首选目标。

克里斯向洞穴外跑去，当那只巨虫在他身后钻出地面的瞬间，他想到一个办法。怪物在半空中张着大嘴准备向克里斯扑来，四周的岩石不断掉落——

——克里斯拉开手榴弹的保险，撕下缠在上面的胶带，直冲怪物露在地面的下半身冲去。

疯了，这真是太疯狂了——

马上就要撞到巨虫恶心的粗壮身体时，克里斯弯下腰，一边跑一边把手榴弹放在怪物身前的地面上——那向前弯曲的身体投下的阴影中，然后翻滚到虫子身后，收紧肩膀、护住头部。怪物开始下落，冲着下方发出尖叫——

——*轰！*手榴弹的爆炸让地面震颤得更加厉害，怪物的尖叫声戛然而止，内脏被炸得四处飞散，涂满了洞壁，发出热腾腾的臭味。

身上满是黏液的克里斯翻身站起，看着怪物仍在扭动的前半段身体，尽管它已经死了，怪物最后一次收缩了一下肌肉，将刚才吃下的东西与胃液、沙石一起吐了出来。

罗德里格！

不等怪物庞大的身体完全落下，克里斯奔到罗德里格身旁，既惊恐又无助。罗德里格身上沾满了黄色的消化液，有几处皮肤已经溃烂了。

罗德里格发出微弱的呻吟，他非常虚弱，难忍的剧痛都无法让他叫出声了。克里斯脱下自己的夹克，将他身上黏稠的液体擦掉。

“你会没事的，别紧张，不要说话。”克里斯说着，其实他知道罗德里格活不了多久，随时都可能死掉。克里斯不停地说着，尽管十分绝望，但他尽量让声音保持平静。

罗德里格睁开眼睛，虽然眼中满是痛苦，但又流露出一种忘记一切、即将解脱的空洞目光。

“对了……口袋……”罗德里格轻声说道，“天使……给……给我的好运。”

罗德里格缓缓地深吸一口气，然后又缓缓地呼出。这呼吸用了好久好久，然后他就停下了。

克里斯将罗德里格微睁的双眼合上，为他的离去感到悲伤，同时又为他从痛苦中解脱而释然。。

安息吧，朋友。

克里斯长叹一声，将手伸进罗德里格的口袋，触到一块还带着体温的金属——原来是他很久以前送给克莱尔的那只沉重的老式打火机，那是他送给妹妹的幸运礼物。

克里斯将打火机捧到胸前，突然涌出对妹妹的无限爱恋。这么多年，她一直将这只打火机带在身边，但为了安慰那个濒死的男人，她竟然送给了他，哪怕这个男人很可能就是抓她的人之一。

克里斯将打火机装进口袋站起身，把打火机还给克莱尔，她一定很高兴，并告诉她，她为罗德里格生命的最后几小时带去了不一样的色彩，听到她的名字时，罗德里格微笑了。尽管克莱尔逃了出去，但克里斯仍然觉得不虚此行。

洞里已是臭不可闻，现在克里斯知道妹妹安全了，他也可以回家了。洞穴的入口已被塌方堵住，他手上也没什么像样的武器，如果安布雷拉的自毁系统已经完成工作——似乎安布雷拉所有的非法设施都有这样一个保险，一旦有什么不对，就能毁灭证据，那他也没必要着急逃跑了。罗德里格说的坦克应该不会很难找，另外也可以看看岛上还有没有飞机。

“先不回去。”克里斯轻声对自己说，然后在心中祈祷罗德里格安息，接着便走了出去。

***

在控制室的一台监控器上，一场对抗一触即发。毫无收获地搜索了一整天，阿尔伯特·威斯克灰心丧气，不想马上再来一次长途飞行。他拉过一个箱子坐下，看着监控器的画面。其他人都被他送到了另一个世界，如今只剩他——不过貌似漏掉了一个，那个家伙还在岛上晃悠……

……*不过也晃不了多久了*，他高兴地想，希望那家伙得到热情的接待。那个孤独的失败者，阿尔弗雷德·阿修福德，他的自毁系统毁掉了一切……然而，又引发了一些有趣的事。

哦，他竟然没有武器。

也许是疯狂，也许是愚蠢，又或者是对岛上的情况一无所知，肯定是这样。威斯克不禁咧嘴笑起来。那个手无寸铁的男人正从楼下的训练场中穿过，他马上就会碰见安布雷拉的一种新型生物武器，它原先被困在下水道里，直到威斯克把它放出来。现在那个笨蛋正冲着它迎面走去，当走到下一个拐角时，他就死定了。

威斯克推了推墨镜，监控器上的画面让他忘记了烦恼。安布雷拉称这种怪物为“扫荡者”，它们像长着剧毒利爪的猎杀者——身躯庞大、水陆两栖、异常凶猛。在威斯克看来，121 系列的猎杀者即便无毒，也是非常凶恶的家伙。

不过安布雷拉总是这样。总是浪费资源，明明可以轻松获胜，却总是玩些毫无意义的游戏。

是的，安布雷拉就是这样，不过一场杀戮眼看就要开始了。威斯克将对安布雷拉的厌恶抛到一边，全神贯注地准备看戏。

那个连武器都没有的白痴——一个红棕色头发的高个子，距离灭顶之灾只有两步之遥，扫荡者就在拐角处等着……他突然停下，后退了一步，背靠着一堵破损的墙壁。

威斯克不禁皱起眉头。那个人开始小心地慢慢后退，始终紧贴着墙。*好吧，看来也不完全是个白痴。*

在扫荡者等得不耐烦，打算采取行动时，那人已经退到过道的中段了。虽然音响系统已经失灵，但扫荡者扬起头大吼时，威斯克可以清楚地听到那传遍整个建筑的高亢吼声。

“杀了他。”威斯克的呼吸变得急切，转头去看那可怜的、必死无疑的笨蛋……正好看到他扔出一个什么东西，一个小小的黑色玩意儿。扫荡者从转角处跳出来，还在大吼着，那个小东西落在它脚边——

——突然间整栋楼摇晃起来，屏幕上一片雪花，然后黑了下来。爆炸声轰隆隆地震动着地板。

威斯克呆住了，然后大怒。扫荡者是科学的奇迹，是专为战斗而生的勇士——这个混蛋是谁？竟然轻轻松松就把它给炸烂了？

*你死定了。*威斯克心中暗想，踢开箱子，向楼梯走去。他一步

两级地走下台阶，小心地绕过几处还在燃烧的地方，他意识到自己正在把之前所有的挫败感和郁闷都归罪于那个陌生男人，不过那又如何呢？阿莱西亚不在罗克福德岛上，也就是说他必须去一趟该死的南极，去阿莱西亚唯一可能在的地方。不然阿尔弗雷德为什么要去那里呢？如果威斯克没在阿莱西亚醒来之前找到她，他很可能白忙活一场……到最后又会是一场失败，而他最讨厌的就是失败。

威斯克穿过训练场的残垣断壁，来到大厅中，他放轻脚步，慢慢沿着墙壁向前。走到刚才那个拐角时，空气中的硝烟还没散尽，但扫荡者已经消失了，它的大部分身体现在都粘在墙壁和天花板上。

在那儿，左前方，威斯克可以闻到入侵者的味道，闻到那个躲在小实验室里的家伙散发出的汗味儿和焦虑的味道。

*你的感觉一定比我更糟糕，*威斯克想，一想到可以和他有一点儿私人交流，他的情绪就稍稍好转了一些。

威斯克可不想被炸上天，所以他没有犹豫，不打算给那个人任何反抗的机会。他大步走进房间，看到那个将死之人背冲着他站着，正在慢慢地移动——威斯克穿过房门，一秒钟之后，他一把将入侵者转过来，单手掐住他的喉咙举起来——

——然后他就看到了克里斯·雷德菲尔德惊讶的脸。

哦，我的天。

克里斯，曾经在浣熊市出现的特种战术救援组队员，被威斯克引到了斯宾塞庄园，结果却在那里彻底破坏了他的计划。克里斯·雷德菲尔德害得他没能拿到钱，还差点儿害死了他。最让人气愤的是，正是克里斯，让他遭受了职业生涯中最大的失败。

威斯克迅速恢复了正常状态，一种阴暗的喜悦扩散到全身上下。“克里斯·雷德菲尔德，我还活着，是什么风把你吹到罗克福德岛来了，介意告诉我吗……”

威斯克突然停下来，盯着雷德菲尔德因窒息而越来越红的脸，他无力地扯了一下威斯克的手指。当然是那个女孩！他以前不知道克里斯还有个妹妹，但阿尔弗雷德·阿修福德那个精神病留下的信说明了一切……包括他针对年轻的克莱尔·雷德菲尔德的计划。

“她不在这儿。”威斯克笑着说。用闲着的那只手扶了一下太阳镜。

“你……你不是死了吗？”克里斯艰难地喘息着说。威斯克脸上的笑意更浓了，他不屑回答这种愚蠢的问题。

“不要改变话题，克里斯。你不想知道克莱尔在哪儿吗？你知道她乘坐的飞机绕道去了南极吗？”

克里斯眼看就要不行了，但威斯克看得出来，比起即将丧命，妹妹的消息对克里斯的打击更大。精彩！

“那里即将进行一个实验。”威斯克对克里斯耳语道，好像在告诉他一个秘密，“我自己也打算过去，看实验是否能成功，顺便也为我自己做一两个实验……告诉我，你妹妹漂亮吗？你觉得她对某些行为感兴趣吗？因为我已经有了你这个让她无法拒绝的理由……”

克里斯的手无力地打在威斯克脸上，他眼中那无能为力的愤怒令威斯克兴奋不已。他打掉了威斯克的太阳镜……威斯克微微一笑，盯着克里斯眨了眨眼，让他看着自己的眼睛——威斯克还有点儿不适应这双眼睛。当他对着镜子时，那猫一般的金红色竖瞳有时会把自己吓一大跳，它们产生了威斯克所希望的效果。

“怎么？……你……”克里斯沙哑地问。

“我感觉好极了，就是这样。”威斯克笑着说，“新雇主，你知道，在斯宾塞庄园那件事之后，我需要一些必要的帮助，你觉得克莱尔会喜欢吗？”

“怪物。”克里斯啐道。

我给你看怪物，你这狗屎。

威斯克慢慢地收紧手指，看着克里斯的眼睛开始向外凸起，额头上绽出条条青筋。

威斯克的动作突然被一阵笑声打断。那冰冷的女性笑声回荡在房间里，环绕着两人。

“你不想和我玩玩儿吗？”同样是女性的声音。声音低沉、性感，同时也很危险。接着她又笑了，冷酷的笑声慢慢在空气中消散。

阿莱西亚！

不好，她已经醒了……她能看到他，向他展示自己的力量。

威斯克把克里斯扔到一边，完全没听到克里斯的头重重撞在石膏隔断墙上的声音。他满脑子都是阿莱西亚，他必须马上去找她。并不仅仅是为了样本……还要得到所有能拿到的东西。

“我走了。”说完，他捡起地上的太阳镜，飞快地跑过训练场，向他的飞机奔去。克里斯·雷德菲尔德是他的过去，而阿莱西亚·阿修福德可是他的未来。

***

威斯克离开后，克里斯爬起来。身上十几处剧痛，喉咙更是疼得厉害。他不知道发生了什么，也不知道那个女人是谁，更不知道威斯克为什么如此慌张。但他现在知道是谁袭击了罗克福德岛，并可以推测出其目的。阿尔伯特·威斯克本该在斯宾塞庄园爆炸时就死了，但他似乎把自己的灵魂卖给一个新买家，一个显然像安布雷拉一样卑鄙、一样没有道德的人，一个为了目的不择手段的人。哪怕是对安布雷拉，他们也毫不留情。

但克里斯毫不在乎这种事，他现在满脑子想的都是克莱尔，还有自己要如何前往南极。他知道安布雷拉在那里有一个合法的基地……必须是那个地方。就算不是，那里的人也会知道实验地点。

他只剩一枚手榴弹了。如果能找到地下机库就好办了，只要是个带翅膀的东西，克里斯就能让它飞起来。起飞之后再用无线电确定安布雷拉基地的准确地点，如果找不到武器，就赤手空拳。

重要的是克莱尔。他正向妹妹所在的地方前进。

6 resident evil

第十四章

他们之间只隔着几小时的路程。

那两个人的过去紧紧联系在一起，一个是她的敌人，另一个……阿莱西亚不认识第二个人，至少现在还不认识。但阿莱西亚知道他想带走雪地车里的那个女孩。也可能是带走那个男孩。当然，她不会让他们中的任何一个离开……她期待那些人类在她家中表演的小小阴谋和夸张的、自以为是的戏剧场面。她会好好享受这个机会，先观察他们的行为模式和本能反应，然后永远改变他们的生命。

阿莱西亚站在大厅中思考着各种问题：未来可能出现的事情、她下一步的进化、她新合成的物质对人类身体和心理的影响，还有如何欢迎她的新客人……不过她突然想到，她的家位于厚厚的冰雪之下，他们也许很难找到。阿莱西亚立即希望大门是开着的，希望清除路上的一切障碍……她听到、看到并感觉到在几百处地方同时出现的效果，门锁全部自动打开、墙壁纷纷倒塌、瓦砾纷纷移向路的两旁。

她准备好了。现在事情会快速发展……接下来的几小时将要发生的事，在某种程度上，将会决定她未来很长一段时间里的选择。一切都是崭新的，新的生命形态已经在沙盘中规划完成……

这诗意的想法让阿莱西亚微微一笑，现在她要去确认那个男孩初次注射后的情况了。

6 resident evil

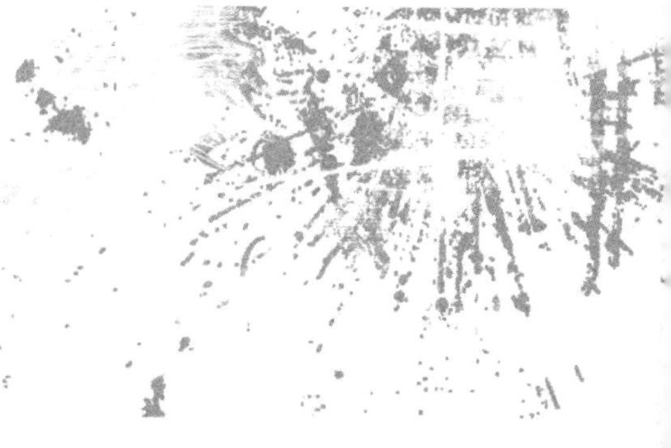

第十五章

克里斯总觉得安布雷拉南极基地中有什么东西不对劲，但又说不上来。

被数百米冰雪覆盖的地下基地的第五层，克里斯站在一栋用白色砖瓦建成的阴森别墅前。他的身后有喷泉、盆栽，甚至还有装饰得极为华丽的旋转木马。克里斯感觉自己像被人故意引到这里来的，但又不知道是谁或者为什么要引他过来。

克里斯的本能告诉他要赶紧离开这个鬼地方，但他不愿理会。他必须进去，也许里面是个屠场，但也可能让他来到克莱尔身边。喷气机降落在屋顶的停机坪之后，他就一步一步被引到这里——他走进大厅，身后的门自动锁上，而前面的门又自动打开……他还曾两次在冰冷的混凝土地面上发现为他指引方向的宝石，有一次他转错了方向，所有的灯竟全都熄灭了。直到他摸索着回到走错的地方，灯光又重新亮起来。

穿越一望无际的灰色冰雪，来到基地本身就已经是很奇妙的事情了……如今又第一次看到这矗立在冰雪平原上的别墅，一切都恍如梦境……

就像一只小动物，一无所知地被带到这个地方……

克里斯心里非常害怕，比他愿意承认的还要害怕。他试图停下来寻找武器或者线索，但到处都被隔离着，门也全都上了锁——除了那些他要通过的门。监视他一举一动的摄像头非常隐蔽，克里斯连一个都没找到……克里斯觉得那个指路人似乎能读懂他的想法，很清楚要给他什么信号，知道要怎样才能让他继续往前走。克里斯开始以为是威斯克，目的是为了困住他，但如果是他，又何须如此大费周章呢？不对，肯定是出于其他原因，而且他似乎别无选择，只能向前……因为他想找到克莱尔。

克里斯深吸一口气，推开别墅的大门，走了进去。

这是一栋十分华丽的别墅，和屋外的布置十分搭配，气势宏伟的楼梯、华丽的拱门，而且令克里斯有一种似曾相识的感觉，他仔细观察了一会儿，虽然颜色和装饰不同，但前厅的布局其实和斯宾塞庄园基本一致——超现实主义风格，但又与周围的怪异气氛十分协调。

克里斯在原地站了一会儿，等待着新的指引——他听到从楼梯后面传来一阵笑声。是他在罗克福德岛听到的那个女人的声音。

她说什么来着？想不想和她玩儿？

这像一个游戏，他成了供某个人取乐的游戏角色——想到这儿，克里斯非常气愤，而内心的恐惧则更让他感到愤怒。

克里斯向后面的墙走去，打算见见这个女人，向她要一个答案——

——他绕到一根装饰柱的后面，却连一个人影都没看到。

“怎么回事？”克里斯嘟囔着转过身——

——克莱尔。在楼梯背面，克莱尔被一张巨大的蛛网一样的东西紧紧罩在楼梯上，她双眼紧闭，低垂着头。

***

看到南极基地的部分建筑跟斯宾塞庄园很像，威斯克并不感到惊讶。将地下建筑建得如此奢华，完全是惊人的浪费。但就像他以前多次见到的一样，安布雷拉就喜欢这样。

这全都是源于他们的秘密主义，从一开始就是。他们把这些搞成了一部拙劣的间谍电影。

奥斯威尔·斯宾塞和爱德华·阿修福德创造了T病毒，这就是他们唯一的成就，其他的研究只是大把花钱而已。实际上，整个基地，除了实验室，都是由一帮缺乏想象力而又富有的老家伙和小孩子建造的一个昂贵笑话。

意识到阿莱西亚很可能正在盯着他，威斯克慢慢地走着，从一层到另一层，途中还清理了几个游荡的丧尸。威斯克没有携带武器，他用双手拧断了丧尸的脖子，使其窒息而死。有两次他还被别的病毒生物发现，他感觉到了，但并未看见，藏在暗处的病毒生物没有攻击他，也许认出他也是它们其中的一个吧。

威斯克不停地往前走，他知道阿莱西亚会在他准备好的时候出现。他故意将飞机停在离基地很远的地方，就是想让阿莱西亚明白他是不同的——她的精神力量影响不到他，他强壮到可以同时对付五个壮汉，而且还具有极高的耐力和敏锐的感知力。另外，威斯克也在向阿莱西亚示意，他尊重她的空间，愿意耐心等待……并让她看到他的决心。

亲爱的，无论什么时候，只要你需要，我就会到你身边。威斯克心中暗想着，穿过地下五层的一条冰冷走廊。他已经走过整片区域，但他认为，阿莱西亚一定会在“豪宅”里，并怀疑她未必会高兴地迎接他。其实威斯克并不在乎这些，哪怕阿莱西亚在洗手间和他见面也无所谓，他觉得阿莱西亚很可能和她哥哥一样虚荣，一样是个被宠坏的小孩子。无论她多么强大、多么聪明，毕竟也只是一个二十五岁的有钱小姑娘，而且其中的十五年都是在睡眠中度过的。有钱又漂亮，而且爱玩儿……她可能还不清楚自身的力量，但用不了多久就会明白的，威斯克能感觉到。他离开安静冰冷的走廊，再次朝别墅走去。

***

克莱尔慢慢地醒来，感觉自己满是伤痛的身体被一双温暖的手托着，然后轻轻将她放到冰冷的地板上，她睁开眼睛，看到正在对她微笑的哥哥。

“克里斯！”克莱尔坐起来紧紧抱住哥哥，完全不顾身上的疼痛。看见哥哥的兴奋，令她一瞬间忘记了一切。真的是克里斯，终于见到哥哥了！

“嘿，妹妹。”克里斯给了克莱尔一个重重的拥抱。克里斯熟悉的声音，让她觉得温暖和安全。克莱尔真希望能永远这样，永远不要分开！

“克莱尔……我想我们得赶紧离开这儿。”克里斯说。克莱尔听出哥哥的声音里带着一丝忧虑，让她想起发生的一切。“尽管我不知道发生了什么，但我不觉得这里是安全的。”

“我们得找到史蒂夫。”克莱尔说，她试着站起来，一脸担心的样子。克里斯连忙扶住她，以免再次摔倒。

“史蒂夫是谁？”

“一个朋友。”克莱尔说，“我们一起离开罗克福德岛，也要一起离开这儿——但不知道什么东西……或者说什么生物抓住我们的雪地车，然后把车子扔了起来……”

克莱尔抬头看着克里斯，神情变得更加复杂。“我晕过去之前，我听到他叫我的名字——他还活着，克里斯，我们不能丢下他！”

“我们不会丢下他。”克里斯坚定地说，克莱尔松了一口气。克里斯来了，他了解安布雷拉的所有事情，他肯定能找到史蒂夫，并带他们一起离开——

一阵大笑传来。还是那个女人高傲冷酷的笑声。克里斯从楼梯后走出来，克莱尔跟在他后面，两人向阳台看去，那个女人站在那里，她是——

阿尔弗雷德？

不，不是阿尔弗雷德。那也就是说……

“阿莱西亚真的存在。”克莱尔轻声说。*去他的角色扮演。*

阿莱西亚·阿修福德大笑着转身走开，从楼梯顶部的一扇门中出现。

“她可能知道史蒂夫在哪里。”克里斯急忙说，克莱尔也是一样的想法，他俩迅速跑上楼梯，克莱尔甚至还超过了克里斯，准备将真相从阿尔弗雷德这个古怪的妹妹口中拷问出来——

——突然，一只巨大的触手穿过阳台向下抓来，克莱尔赶紧滚到一边，她身后的楼梯碎裂了。*雪地车就是被这个弄翻的——*

——触手又消失了，从它穿出的那个洞里缩了回去，留下一排破破烂烂的楼梯。尽管楼梯整体上还是完整的，但克莱尔却被困在二楼，下面的台阶全被毁了。她只能跳下去。

“克莱尔！”

克莱尔赶紧爬起身，看到克里斯躺在楼梯下面一堆碎木头和灰泥当中，腿似乎受伤了。

“你还好吗？”克莱尔问，克里斯点点头。这时，一阵尖叫声传来，克莱尔瞬间觉得浑身冰凉。

尖叫声是从阿莱西亚出来的那扇门内传来的，是史蒂夫，克莱尔非常确定。是史蒂夫，他非常痛苦。

不能丢下克里斯，可是——

“克里斯，是他。”克莱尔说，看了看哥哥，又看了看那扇门，不知道该怎么办。

“快去，我会追上去的！”克里斯大喊。

“可是……”

“快去，我没事，你要小心！”

克莱尔被不祥的预感催促着，转身向门奔去，祈祷一切都还来得及。

***

威斯克走近地下豪宅的大厅，发现它已经不像之前那么壮观了。楼梯出了事，阳台的一部分掉在地板上。

这时，他听到有人在一块挂在破烂地毯上的巨大阳台碎片后面移动，接着一个人影从后面闪出——

——是她。她穿着一条深色长裙，站在楼梯的顶端，绸缎般的金发从她苍白美丽的脸颊一侧垂下。

“阿莱西亚·阿修福德。”威斯克说，惊讶地发现自己竟莫名生出一种敬畏之感。她看上去跟正常人没什么区别，纤弱而无助，但威斯克知道事实并非如此。

令人印象深刻，干得不错。

威斯克清了清喉咙，走上前，并摘下太阳镜。“阿莱西亚，我是阿尔伯特·威斯克。我代表着一个对您的工作仰慕已久的组织，一直期待着您的归来。”

阿莱西亚漫不经心地看着他，头微微侧了一下，脊背僵硬笔直，就像一个初次参加社交聚会的小姑娘一样。

“另外，请允许我补充一点，见到您是我的荣幸。”威斯克真诚地说，“我的雇主向我讲了很多您的事情。我知道您父亲将他曾祖母维罗妮卡的基因注入您体内，而维罗妮卡基因正是阿修福德家族的根基所在。他利用阿修福德家的始祖基因，创造了您和阿尔弗雷德，并使您成为最伟大的天才。维罗妮卡肯定会为此感到骄傲。”

“我知道您为了她的荣誉，创造了T–维罗妮卡病毒……”威斯克谨慎地不去提及阿莱西亚父亲的遭遇，还是不要节外生枝，“……如今，您是世上唯一接触过维罗妮卡病毒而且活下来的人。”

“我就是维罗妮卡病毒。”阿莱西亚冷冷地说，眯起眼睛看着威斯克。

“是的，当然。”威斯克说。老天，他讨厌这种外交辞令。他可以展现自己可怕的一面，但他希望能够打动她，给她留下深刻印象，在那些对维罗妮卡病毒感兴趣的组织眼中，她的价值无可估量。

“所以，”威斯克继续说，要是他能在阿莱西亚处于休眠状态时就找到她，事情该是多么简单，“我恳切地希望，您能够同意与我和我的雇主进行一次非公开会晤，探讨建立某种形式的联盟的可能，我们都会非常感激。我可以向您保证，您绝不会失望的。”

阿莱西亚没作声，等着威斯克把话说完，然后她又发出高亢的笑声。威斯克觉得自己的脸在发烧。她的笑声已经明确表达对他提出的要求的态度。

好吧，看来美好时光已经结束了。

威斯克又向前一步，伸出了手。“我们想要一份T–维罗妮卡病毒的样本。”他说，语气中没有了之前的恭敬和诚恳，“我不得不坚持这一点。”

阿莱西亚想从楼梯上走下来——威斯克以为她打算下来，但她开始出现变化时，威斯克所有想法都消失了。他只是愣愣地看着阿莱西亚，心中的敬畏感成倍增加。

只见阿莱西亚向下走了一步，身体发出金色的光芒，她的裙子开始燃烧。她又走了一步，皮肤变成深灰色，头发也不见了，灰白色的肉从头顶长出，像头盔一样裹住整张脸。再往下一步，她赤裸的身体出现了变化，如卵石般粗糙的甲胄从腿部向上延伸，经过腹股沟，盖住乳房，裹在右臂上。当她走到楼梯底下时，已经完全不是阿莱西亚·阿修福德了。

威斯克惊讶得无法呼吸，朝阿莱西亚伸出手。阿莱西亚用手背击中了他，威斯克整个人飞了出去，重重地落在前门旁边的一堆碎片中。

如此恐怖的力量！

威斯克站起身，明白此时只能用武力来说话了，他做好躲闪的准备，打算发挥自己的力量——

这时，阿莱西亚微笑着挥了挥手，烈焰猛地从大理石地板上腾起，将威斯克围在中间，她用纤细的手指一挥，火焰就像赋予了生命一样跳动着。她垂下手，火势顿时变小，但并未完全熄灭，依然在光秃秃的石头地面上燃烧着。

威斯克知道一切已经结束了。阿莱西亚能留他活命，他就非常幸运了。威斯克一句话也不说，转身往外走去，门一关上，便疯狂地跑起来。

***

部分变异的家伙离开后不久，那个年轻人也跟了上去，自以为能神不知鬼不觉地逃跑。阿莱西亚看着他们奔跑，既感到好笑，又隐隐觉得失望。她原本有更多期待的。

部分变异的家伙没有什么威胁，阿莱西亚打算放过他。让她感到好笑的并非对方提出的可怜“请求”，而是那种隐藏在表面之下的傲慢。至于那个年轻人……勇敢、有牺牲精神、忠诚、富有同情心。从身体方面来看，也是很好的标本。他爱他的妹妹，尽管他的妹妹很快就要死了，而这将会引起十分有趣的心理反应。

阿莱西亚决定让他们相互对抗一下。她要测试一种新形态，看看悲伤是否会让人变得更强大，或者反之，变成一种负担——

阿莱西亚大笑起来，她想到了一个合适的、恰当的形态。除了阿尔弗雷德，没人知道T–维罗妮卡的小秘密，它是基于蚁后的基因开发出来的。阿莱西亚打算尝试变形为昆虫形态，体验这种形态的力量和优势。

阿莱西亚的失落感消失了。那个女孩和少年必须死，之后她将和女孩的哥哥好好玩玩。

6 resident evil

第十六章

克莱尔奔跑着穿过豪宅的房间和走廊，既害怕听到史蒂夫痛苦的叫声，又担心听不到声音就找不到他。她穿过一条华丽的走廊，来到一片监狱区，阴冷的走廊两侧都是牢房，一个感染病毒的丧尸从栏杆之间伸出手，不住哀号。

“史蒂夫！”

她的声音在走廊中回荡着，充满了紧张和恐惧，史蒂夫没有回答。克莱尔的右边是一扇厚厚的金属门，和其他门不同，这扇门还用钢板加固了。克莱尔打开门，走进一间空荡荡的小屋子，屋子那头连着一间大得多的房间。

“史蒂夫！”

还是没有回答，里面那个大房间很深，像一个巨大的大厅，里面灯光昏暗，看不到另一边的情况。小房间和大厅中间有一个升降门，克莱尔停下脚步环顾周围，发现地板上有一块碎木头，于是将木块夹在进来的大门和门框之间，以免被锁在里面。

接着，克莱尔跑进大厅，两侧墙壁的阴影中排列着巨大的骑士雕像，令人望而生畏。克莱尔心中的焦虑每时每刻都在增加。史蒂夫到底在哪里？他为什么会发出那样的尖叫？

走到大厅中央时，克莱尔看到了史蒂夫。他瘫坐在大厅那头的椅子上，胸前好像还绑着什么东西。

哦，天哪……

克莱尔连忙奔过去，走近后发现史蒂夫胸前是一把巨大的斧头，斧刃深深地砍入墙中。此时的史蒂夫看上去十分像瘦弱的小孩子，他闭着眼，低垂着脑袋。不过克莱尔可以看出他仍有呼吸，才稍微放了些心。

克莱尔走到史蒂夫身旁，去拉那把斧头，但斧头纹丝不动。她蹲下身，轻轻地抚摸着史蒂夫的手臂，史蒂夫动了一下，睁开了眼睛。

“克莱尔！”

“史蒂夫，谢天谢地，你没事吧？发生什么了？你怎么在这里？”

史蒂夫推了推斧头的长柄，但也没能推动。“阿莱西亚，一定是阿莱西亚，她长得和阿尔弗雷德一模一样。她给我注射了一些东西，她说那是给她父亲注射的同一种东西，只是这次不会再出错了……”

说着，史蒂夫又去推斧头，尽管用了很大力气，但斧头还是纹丝不动。“我觉得她就是个疯子。我猜她和阿尔弗雷德一模一样……”

史蒂夫停了下来，脸一下涨得通红，双手开始抽搐，身体不住地颤抖。

“怎么了？”克莱尔问，感觉有些害怕，史蒂夫的身子弓了起来，双手紧握，眼神狂野而可怕。

“库……克莱尔……”

史蒂夫的声音忽然降低了八度，克莱尔的名字在他嘴里变成了低吼，他开始在椅子上扭动，身上的衣服开始鼓起来。然后他张开嘴发出一阵呻吟，声音起初满是恐惧，但随即就变成了愤怒的狂吼。

“不。”克莱尔低声说，开始往后退。史蒂夫抓住斧柄，手腕一转，斧刃就从墙壁中出来了。他的身体弯得更厉害了，头低垂着，肌肉在皮肤下面蠕动着，慢慢变成了灰绿色。他的手臂开始变长，从左肩处生出三根尖刺，背部裂开一道不流血的巨大伤口，眼睛变成了红色，宛如野兽。

曾经的史蒂夫·伯恩赛德大张着嘴发出怒吼，克莱尔转身便跑，心里的担心变成了恐惧，她拼命地跑起来。

变成怪物的史蒂夫挥舞着巨斧追来，锐利的斧刃在空中呼啸。克莱尔甚至能感觉到斧刃带起的风，她跑得更快了。

怪物挥动斧头砍到了什么东西，发出一声巨响。快一点儿，再快一点儿，马上就跑到小房间了——

——两个房间之间的门开始落下，眼看就要将克莱尔关在里面。她必须再快一点儿，不然就死定了——

——克莱尔用力向前飞扑，纤弱的身体从门和地板之间的狭窄空隙中穿过。她的身体还在地上滑着，身后的金属门重重地落下了。

怪物怒吼着，开始用斧子乱砍，金属门被砍得火花四溅，门上的一根钢柱被一下子砸弯了，怪物砍断三根钢柱后，克莱尔终于意识到自己应该接着逃跑。

*门，幸好刚才用木头将门挡住了，*克莱尔恍惚地想。她从地上爬起来，朝出口走去——

——这时，有什么东西穿破了她背后的墙壁。不是刚才的怪物，那东西像条蟒蛇一样，将克莱尔卷到空中，又是一只触手。怪物还在砍着金属门，门眼看就要破了，而触手紧紧地缠着她。

克莱尔缓过神，不住地冲着触手拳打脚踢，但完全不起作用。触手紧紧缠着她，等着怪物打破那道铁门。

***

它想狠狠地打她，想割破她的身体，想把她撕成碎片，所以它不停地用斧头砍着，门终于被砍出一个足够它通过的洞。

克莱尔被蟒蛇一般的触手紧紧缠着，不由得发出痛苦的呻吟。这声音让怪物更加兴奋了，它高高举起斧头，渴望看到克莱尔死在斧下。

斧头重重地落下，它努力地想着，想起他曾经对克莱尔说的话，答应过她——

——*下一次就轮到你了*——

——*我会的*——

——它，或者说他，停住了。斧刃几乎碰到克莱尔的头顶。触手仍在等待着，将她紧紧缠绕着，而他想起来了。

克莱尔。

史蒂夫再次举起斧头，他现在非常强壮，他向触手挥动斧头，一砍两断。

一股绿色的黏液喷出，触手重重打在史蒂夫胸前，使他撞在了墙上。史蒂夫听到自己肋骨断裂的声音，感觉到沸腾的血液慢慢变冷，感觉体内的力量开始消失。

一阵剧痛袭来，或尖锐或钝痛，全身上下无处不疼。史蒂夫睁开眼睛，看到克莱尔站在那里，她没事，她向他伸出了手。克莱尔·雷德菲尔德，含着泪向他伸出了双手。

***

怪物死了。

克莱尔抓住史蒂夫的手，史蒂夫将她的手放在自己的脸上，紧紧地贴在脸颊上。

“你的手好暖和。”他轻声说。

“坚持住。”克莱尔哽咽着，喉咙堵得让她喘不过气，“求求你，我哥哥来了，他会带我们走的。求你，不要死！”

史蒂夫的眼神开始恍惚，他努力地想保持清醒。

“你哥哥来了，我很高兴。”他低声说，声音微弱的几乎听不见，“遇见你，我很高兴，我……我爱你。”

说完最后一句话，史蒂夫的头无力地垂到了胸口，再也没有抬起来。克莱尔又变成了孤单一人。

史蒂夫走了。

6 resident evil

第十七章

克里斯拼命地跑着，他知道只要阿莱西亚·阿修福德还活着，他剩下的时间就十分有限，他担心她已经找到了克莱尔。

“克莱尔！”克里斯一边喊，一边用拳头捶着每一扇经过的门。他并不担心这样的喊叫会引来阿莱西亚，因为阿莱西亚哪怕只有他猜想的一半实力，她也能知道他在哪里、克莱尔在哪里。

上帝保佑，千万不要伤害她。克里斯在心中祈祷，他跑过一条又一条走廊，穿过一扇又一扇门，这个想法一直在脑海中盘旋。克里斯不知道有什么能够阻止阿莱西亚，但如果能找到克莱尔并一起到达应急电梯那儿，他打算在离开之前试着启动自毁系统。阿莱西亚是一个绝对邪恶的半神般的存在。她正在策划一场会波及所有生物的惨剧，一定要阻止她。

“克莱尔！”

克里斯穿过一条眼熟的走廊，显然又是斯宾塞庄园的另一个复制品，打开一扇门，进入一个阴暗的类似监狱的地方，两侧是一个个牢房。一定要找到克莱尔，不找到她，他绝不离开。尽管克里斯很想杀死阿莱西亚，但他绝不会拿克莱尔的生命冒险。无论什么时候，救出克莱尔都是最重要的——

——在一扇关着的门后面传来哭泣。克里斯停下脚步，屏住呼吸凝神细听，原来是牢房里丧尸的呜咽声。除此之外还有哽咽声……

克莱尔！哦，谢天谢地你还活着！

克里斯一把拉开门，准备干掉任何靠近克莱尔的家伙——克莱尔坐在地上，抱着一个年轻人抽泣着，那人赤裸的身体上到处都是可怕的瘀青和伤口。他已经死了。

该死。

那一定是史蒂夫，克莱尔的朋友，他为这个从未谋面的男孩感到难过，但更为克莱尔心碎。她看上去那么脆弱，那么孤独……现在又多了一个必须打倒阿莱西亚的理由。毫无疑问，史蒂夫肯定是被那个疯女人害死的。尽管克里斯很想坐下来安慰克莱尔，握住她的手，让她尽情发泄心中的悲伤，但他们的当务之急是从这个鬼地方出去。

"克莱尔，我们得走了。"克里斯温柔地说。克莱尔点了点头，小心地将朋友的遗体放下，用颤抖的手帮他合上眼睛，克里斯松了口气。克莱尔吻了吻史蒂夫的额头，然后站起身。

"好。"克莱尔又点了点头，"我准备好了。"

克莱尔没有回头，看到她如此坚强冷静，克里斯感到十分骄傲。如果让他离开某个十分在意的人，他都未必能做到这么坚强。

他们一起回到大厅，克里斯认为他们得想办法前往基地西南角，他把飞机停在那儿了，而且紧急疏散电梯也在那附近。自毁系统肯定不会离应急电梯太远，以保证尽快疏散。如果能进入电梯，他就能在每一层楼中搜索自毁系统。

大厅的南端有一个楼梯，他们向那里跑去。每踏上一级楼梯，克里斯似乎都能听到秒针的滴答声，感觉时间越来越少，他不知道阿莱西亚会在什么时候决定结束她的游戏。

穿过楼梯顶上的门，两个人跑到一个很大的金属网格平台上。克里斯一转身看到应急电梯那不起眼的门，他笑出了声。

“怎么了？”克莱尔问。

克里斯示意了下电梯门，笑着说：“它会直接带我们到飞机旁。”

克莱尔点点头，并没有笑容，不过看起来也像松了口气。“好，我们走吧。”

克里斯回头看着电梯对面的墙。“我得先查看一个东西。”克里斯说。他想走近看看拐角处的那扇门，它看起来很像安全门。“你先走，我马上来。”

“不行。”克莱尔坚决地说。她跟在克里斯后面，眼睛红通通的，下巴倔强地昂起。“我们绝不再分开。”

克里斯弯下腰看了看门锁，然后长叹一声站起身。这里很可能通向自毁系统，可这把锁非常复杂和特殊，必须用钥匙才能打开。另外，门右边还有一个被锁定的像榴弹发射器一样的装置，克里斯认不出那是什么，只看到操作杆上写着“非紧急情况不得使用”。

*我们还是趁能出去的时候先逃出去吧。*克里斯想。但他有些不太情愿。这种机会再次出现之前，阿莱西亚会强大到什么地步？

“嘿，嘿，等一下。”克莱尔说着，开始在腰间的小包里翻找。没等克里斯问，她就从包里掏出一把细长的金属钥匙，形状像只蜻蜓。这把钥匙明显和眼前的钥匙孔吻合。

“这是我在罗克福德岛找到的。”克莱尔说着，弯腰将钥匙插进钥匙孔。喀嚓一声，锁打开了。

“你是想启动自毁系统，对吧？”克莱尔十分肯定地说，“你有密码吗？”

克里斯没有回答，他觉得人生中真是有着无数巧合，你不知道这些巧合什么时候能帮到你。

“密码是维罗妮卡（Veronica）。”克里斯轻声说，然后把门拉开。这个密码，足以破坏一切。

6 resident evil

第十八章

男孩死了，但小姑娘还活着。而现在，那个年轻人打算摧毁阿莱西亚的家，这可就不是游戏或者实验了，他必须痛苦地死去。他怎么敢这么想？他应该跪在她面前，毫无意义地恳求她，让她随心所欲。他怎么敢有这样的想法？

阿莱西亚看着克里斯兄妹的离谱行为，知道他们以为可以启动自毁程序然后离开，自毁系统开始运行了，灯光闪烁，警告声不停响起，整个基地的日常系统都终止了运行。不过他们的小伎俩不可能成功。她能轻松地终止自毁系统，用她控制有机物的能力切断基地中任何设施的连接，但他们的胆大妄为令她愤怒。那个年轻人见识过她伟大的力量，然后吓得逃跑了……而他却以为自己能破坏她的生活？

阿莱西亚集中意识，将她所有的能量都收回体内，形成完整形态。她知道克里斯在键盘旁边找到一把武器，不知道是谁留在那儿的左轮手枪。阿莱西亚对此并不介意，她知道武器会带给他希望，而这只会让她获得更加彻底的胜利。她要一点点剥夺他的希望，夺走他妹妹的性命，最后再要他的命。

形成完全形态后，阿莱西亚用意识将身体液化，像她控制的有机物一样，轻松地穿过墙体和障碍，向入侵者移去。

两个人肯定以为自己成功在望，她要给他们一个惊喜。阿莱西亚从有机体中出现，展示出身体，看着他们呆滞的目光和小羊一般畏缩的神色。她与他们对视着，虽然很愤怒，但又觉得好奇。

他们在她面前讨论，克里斯坚持要独自“处理”事情，让女孩先走。最后，女孩勉强同意了，还和克里斯说他一定要活着回去。说完这可笑的话，女孩便扭头朝电梯跑去。

阿莱西亚打算制造点儿障碍，于是举起手去攻击女孩——

——就在这一瞬间，阿莱西亚感觉自己的身体被打了一个窟窿，让她分了心。一颗子弹打进她的身体。阿莱西亚转过头，微笑地看着克里斯，看着他手中的枪，然后将体内的子弹取出，朝克里斯扔去。

在她回头的一瞬间，女孩跑掉了，克里斯脸上带着满足的神情。

阿莱西亚决定扩大影响范围。得让年轻人见识一下她的厉害……也要让他知道什么叫作害怕。阿莱西亚闭上眼睛，开始想象，她不再是阿莱西亚·阿修福德，而要成为愤怒冷酷的神灵。

6 resident evil

第十九章

“自毁系统已经启动。”预先录好的声音在房间里回荡，后面还跟着其他具体的信息，“你有四分三十秒撤离到最近的安全区域。”警报声同时响起，在紧急照明灯忽明忽暗的灯光中，克里斯还没开始战斗就觉得神经已经绷到最紧了。

阿莱西亚举起手朝克莱尔挥去，克里斯开枪了。枪声震耳欲聋，盖住了警报声。

*好的！*一颗子弹干脆利落地击中阿莱西亚的腹部，克莱尔已经到了电梯前，按下按钮，走了进去——

——但阿莱西亚没有流血，甚至都没有踉跄一下，而是冲他微笑。她用一只纤细的灰色的手将子弹从身体里掏出来，肌肉像水一样流动，伤口瞬间消失了。过了一秒，阿莱西亚将这颗子弹向克里斯轻轻地扔了过来。

糟糕，这真是太糟糕了，克里斯暗自叫苦，而此时阿莱西亚又有了变化。

轻盈的灰色身体在金属网格地板上蹲下，身形像液体一样波动，皮肤表面出现小小的波纹，然后开始冒泡、膨胀。灰色的波纹越来越大，她的四肢开始向躯干内弯折，手臂弯曲着融入上半身，双脚也慢慢消失了，体表出现粗糙的条纹，像电线一样的血管在皮肤下方隆起。她不断地膨胀着。脑袋也滚入巨大的圆形身体中，原本灰色的皮肤现在变成了肉红色，青紫色的血管如同涨潮般搏动着。

“请在四分钟之内撤退到安全区域。”广播的声音再次传出，但克里斯已经无心去听。他缓缓后退，心里越来越觉得糟糕。电梯被变得越来越大的阿莱西亚堵住了。

像大象般的巨大肉体下伸出粗壮的触手，波浪一般在平台上伸展开来。克里斯退到了墙边，已无处可退，而怪物，那巨大的肿瘤一般的怪物突然起身，巨大的翅膀从大概腰的位置上展开——是蜻蜓一样的翅膀，一张扭曲变形的半人半兽的脸也从身体顶端长了出来。

它张开大嘴，发出尖锐的叫声，翅膀也跟着震动，然后它向克里斯喷出一股黄绿色的液体，溅到液体的金属地板立即被腐蚀了。

“该死！”克里斯大喊着跳开，差点儿没能躲过挥来的触手。在躲避怪物喷射的同时，他还得留神那些触手。

从怪物巨大的圆形身体下，爬出一些不停蠕动的肉色圆球。

克里斯跑到离阿莱西亚最远的角落中，举起手枪，但他不知道该朝哪里射击。那些小肉球有些像长了触角的卵石，有些像甲虫，还有一些是他从来没见过的样子，它们从四面八方朝他扑来，速度非常快。

眼睛，如果没法杀死它，也许可以让它瞎掉——但怪物根本没有眼睛，在应该是眼睛的部位只有两个灰色的洞。克里斯之前也试过了，子弹打在怪物的身体上完全不起作用。

克里斯做出了决定。他举起枪，瞄准目标，扣动扳机——

——那搏动的臃肿怪物发出尖叫，这次是痛苦的尖叫，它的一只翅膀飘落在平台上。

有几只小生物已经爬到克里斯身边，其中一只像甲虫的生物跳上他的腿，试图往上爬。克里斯一阵恶心，连忙将它拍掉，但马上又有一只爬上来，后面又是一只。一个圆球状的生物冲着他的脸射出一只触角，克里斯差点儿就没能躲开。

得赶紧离开！

“请在三分三十秒之内到达安全区域。”

克里斯沿着身后的墙跑动，跑到怪物前方的另一个角落中，朝着它的另一个翅膀开枪。这一枪打高了，不过紧接着的补射命中了。

怪物吼叫着，破碎的翅膀耷拉着，嘴里又一次喷出液体，差一点儿就喷到克里斯脸上。现在怪物只剩前面两个翅膀了，但似乎并没有表现出被重创的模样。

还有两发子弹。

一定会有什么办法，一定会有阻止它的办法，自毁程序会把他们全都炸得粉碎，而那将会是他的错。怪物的一根触手朝克里斯挥来，他连忙跳开，试着冷静思考——这种危急时刻，他竟然还不得不思考对策——

——非紧急情况不得使用。

臃肿的怪物尖叫着，越来越多的甲虫向克里斯扑来，但克里斯没有管它们。他扭过头看向那个插在门边的东西，那个被锁定的武器。那应该是个榴弹或者火箭发射器，不管是什么，肯定能派上用场。那个闪耀着美妙光芒的东西被一根横杆锁定在那里。

“请在两分钟之内到达安全区域。”

咔嚓！

栏杆弹开了。

克里斯一把抓起武器，对准怪物鼓起的肚子。他也不知道会是什么结果，只希望它还能正常使用，希望能干掉那个怪物。

没有保险装置，也没有弹舱，克里斯扣动了扳机……

——枪管中冒出一道炽烈的白光，箭一般地射向怪物圆滚滚的肚子，就像射中了一个气球。结果十分壮观，一股血水和着灰色的胶状物从裂开的大洞里喷涌而出，克里斯的脸上都被溅到一点儿，但他全部的注意力都放在阿莱西亚变成的怪物身上，看着她的皮肉和骨头逐渐干瘪下去——

怪物的上半身企图挣脱，翅膀疯狂地扑腾了几下，但只剩下两只翅膀，它无法飞起来……怪物要死了，克里斯确定这一点，因为它的血正慢慢流干，因为它那可怕的肉色再次变成了死灰色，因为之前从它体内爬出的小生物也开始萎缩，因为他在它脸上清晰地看到了憎恨……以及愕然。

当变成怪物的阿莱西亚无声地倒下，慢慢萎缩，直到面孔都开始变得模糊时，克里斯听到提示音说他还剩下一分钟。

克莱尔。

克里斯丢下武器，狂奔起来。

6 resident evil

第二十章

克莱尔非常沮丧，但却无能为力。史蒂夫死了，克里斯还不知能不能逃出来。无论结果如何，爆炸很快就要来了，一切都将被炸上天，她什么都做不了。

“请在两分钟之内撤到最近的安全区域。”电脑合成音仍在礼貌地提醒，克莱尔冲着扬声器比了比中指。如果说真的有地狱，那通向地域的电梯里播放的就是这种东西，而绝不会是音乐。

走出电梯，克莱尔只看到一架喷气式飞机。她坐在停机坪前的栏杆上，双手抱肩，紧紧盯着电梯。克莱尔注视着、等待着，越来越焦虑。她觉得哥哥来不了了，因为警示声再次传来，回荡在空空的机库里，回荡在她身上。

*不要丢下我，克里斯。*克莱尔想着，双手紧紧抱着自己。她想起了史蒂夫，想起她在岛上克制不住地大笑时，史蒂夫看她的神情，好似看疯子一样。

*出来吧，克里斯。*克莱尔闭上眼睛在心里祈祷。她不能失去哥

哥，她真的承受不了。

一分钟。

脚下的建筑开始轰轰作响，克莱尔以为自己会哭，但却哭不出眼泪。她又回到电梯那里，哥哥肯定回不来了，所以门突然打开的时候，克莱尔认为那一定是幻觉。

“克里斯？”她小声地问。克里斯向她跑来，脸上和手臂上都是血迹和其他东西，这时克莱尔才意识到他是真的。看到克里斯脸上的血迹，她才敢确定这不是幻觉。

“克里斯！”

“进飞机。”克里斯喊道，克莱尔跳进副驾驶座，又是高兴又是害怕，既觉得孤独又觉得释然，总之心情很复杂，要是史蒂夫也跟他们在一起就好了，可是史蒂夫已经不在了。所有这些情绪全部朝她涌来，但这一刻她无暇顾及这些。克莱尔丢下这些复杂的心绪，不去想它们，只感觉到希望在一点点升起。

克里斯为他们绑好安全带，开始按下按钮，小喷气机呼啸着起飞了。天棚徐徐打开，飞机冲破了暴风雪，开始平稳轻松地飞行。几秒后，两人便远离了即将爆炸的基地。

克里斯的肩膀终于放松了，他用手去擦额头，想抹掉那些酸臭的液体。

“真想洗个澡。”克莱尔轻轻地说，眼泪终于落下。

克里斯，我以为连你也会失去……

“再也不要离开我了，好吗？”克莱尔泣不成声地问。

克里斯略微犹豫了下，克莱尔知道这是为什么，知道事情还没有完全结束。这要求太高了。

“安布雷拉。”克莱尔说，克里斯点了点头。

“我们必须彻底解决这个问题，”克里斯坚定地说，“必须！克莱尔。”

克莱尔一时不知该如何回答，最后只能选择沉默。爆炸声传来时，她没有回头。她闭上眼睛，靠在座位上，希望睡着后不会再做噩梦。

6 resident evil

尾声

威斯克在距离基地几公里外听到了爆炸声，不久就看到浓烟冲天而起。他考虑了一下是否返回基地去开飞机，但最后还是打消了这个念头。如果阿莱西亚没死，他的人很快就会发现的。地狱很快就会出现在世间。

“雷德菲尔德，我希望你在那儿。”他笑着说。不用说，他肯定会在那里的。

那个家伙不够聪明，动作也不够敏捷，不可能及时出来……

……尽管他的运气可能很好。

威斯克不得不承认这一点，雷德菲尔德有着魔鬼般的好运气。

阿莱西亚拒绝了他的提议，真是太遗憾了。那个女人非常可怕，而且邪恶，但也的确出类拔萃。没能把她带回去，雇主们一定会不高兴，但他不能因此责怪他们。对罗克福德岛的攻击让他们付出了极大代价，而威斯克也向他们保证过能够带回成果。

他们会活下去的。如果他们不满意，就去找其他人好了。不过

特兰特可不是那么容易对付的……

威斯克面带微笑。他根本不想见到特兰特，但他欠那个男人的人情。在斯宾塞庄园惨遭失败之后，特兰特——完全是字面意思——抓着他的屁股把他从火中拉了出来，而且还安排人修复了他的身体，比之前的更好。这次的雇主也是特兰特介绍给他的。这些人对权力有着无穷的欲望，而且他们也的确拥有获得权力的手腕。

另外……

另外，虽然自己从未承认，但特兰特的确令他感到恐惧。他的言谈彬彬有礼，说话温和动听，但眼睛中闪烁的光芒看上去时刻都像正在冷笑。那种目光好像是在说，一切都是个笑话，只有他知道事情的真相。从威斯克的经验来看，一直微笑的人是最危险的。这种人认为没有必要向任何人展示实力，而且大部分都多少有些疯狂。

很高兴他站在我这边。威斯克对自己说，他相信这一点，也愿意这么做。跟特兰特这样的人作对，是件非常不明智的事。

好吧，好吧。在他向雇主们道过歉之后，再去担心特兰特好了。至少那个童子军雷德菲尔德已经死了，而他还活着，还能够继续上场，为最后的夺冠团队工作。

威斯克微笑着，期待着结局到来。那一定非常壮观。

太阳出来了，在雪地上反射出炫目的光芒，完美的景色令人眼花缭乱。小型飞机飞远了，它的影子在闪耀的雪原上追逐着它。

RESIDENT EVIL 生化危机（白金版）7

ZERO HOUR

零度时刻

[美] S.D. 佩瑞／著　谢慕娟／译

金城出版社
GOLD WALL PRESS
中国·北京

渴望权力，是邪恶的真正根源。

——朱迪斯·莫里亚

目 录

RESIDENT EVIL

ZERO HOUR

序　章

火车微微摇摆着穿过浣熊市郊的森林，车轮撞击铁轨的隆隆声和着黄昏时的阵阵雷鸣。

比尔·尼贝里正在迅速浏览着名为“哈迪”的文件，公文包放在脚边的地板上。这真是漫长的一天，火车有节奏的摇摆令他感到放松。现在是晚上八点，该吃晚餐的时间了，但通常此时“黄道号”快车上差不多都坐满了。这是安布雷拉公司的商务专列，安布雷拉花了大价钱将列车内部进行了古典风格的改造，餐车中的座椅上铺着天鹅绒的椅垫，上方悬挂着枝形吊灯——许多员工都把家人和朋友带来感受这种奢华精致的氛围。车上也有一些陌生面孔，例如在雷特汉姆上下车的人，不过尼贝里敢打赌，他们中十个有九个也是受雇于安布雷拉的。如果没有这家制药巨头，浣熊市只不过是马路边上的一块荒地而已。

一个乘务员从尼贝里身旁走过，向他微笑着点点头。他衣领上那枚代表安布雷拉公司高层的别针，说明他是这趟车的常客。尼贝里也向对方点头回应。这时车窗外一道闪电划过天空，轰隆隆的雷声紧随而至，一场夏日暴雨即将到来。哪怕身处凉爽舒适的车厢中，也能感受到暴雨将至时空气中的那种紧张感。

*我的外套……在汽车后备厢里？*该死。他的车停在车站停车场的最远处，恐怕走不到一半他就会被淋成落汤鸡。

尼贝里叹了口气靠向椅背，再次将注意力转回面前的文件上。这些资料他已经看过多次了，但他希望将所有细节都了如指掌。一个名叫特蕾莎·哈迪的十岁小女孩参与了安布雷拉一项治疗儿科心脏病的药物临床实验。事实证明，这种药确实有效，但同时也可能导致肾衰竭，在特蕾莎·哈迪身上，这种副作用非常严重。她没有生命危险，但恐怕一辈子都要依靠透析维持生命了。目前特蕾莎家人聘请的律师正对此提出巨额赔偿。这件事一定要迅速解决，特蕾莎是个弱不禁风但有着天使般面孔的孩子，极易令人产生同情，因此在她的家人将她领进满是记者和摄像机的法庭之前，他必须始终保持冷静，不做任何表态。尼贝里及其团队需要面对的关键问题是，既要令哈迪的家人对补偿条件满意，又不能让那个经常把“如果败诉就不用付我律师费”挂在嘴边的难缠律师为所欲为。尼贝里在处理此类问题方面有着丰富经验，他相信自己在特蕾莎案第一次开庭前就可以彻底解决此事，而这也正是安布雷拉付给他高薪的原因所在。

雨点开始噼啪作响地敲打着车窗，简直像有人冲着窗户泼水。突然，车顶传来几声闷响，尼贝里不由得抬头看去。这下可好了，八成是冰雹什么的……

又一道闪电划过夜空，照亮了森林最深处那座陡峭的小山。尼贝里看到山顶上有一个高大的身影靠在树干上，那人穿着一件长外套或袍子，深色的衣摆被风吹得不停飘动。那人向着电闪雷鸣的天空举起长长的手臂——

——闪电的光芒暗淡之后，那怪异的犹如戏剧般的场景又没入了黑暗中。

“那是……”尼贝里刚一开口，便看到更多的雨水冲刷在车窗外——不，那不是雨水，雨水里不可能带着一团团黑色的物体，更不会扩散和裂开，还露出几十根针状的尖牙。尼贝里使劲眨了眨眼睛，不敢相信眼中所见，这时车厢另一端传来一个人的尖叫声。越来越多拳头大小、鼻涕虫一样的生物砸在车窗玻璃上，尖叫变成了哀号，刚才车顶上的零星撞击声现在变得犹如骤雨，整个车厢都是尖叫声。

不，不是冰雹，那声音不是冰雹！

尼贝里惊慌失措地站起身。当他走到过道中时，身后传来玻璃碎裂的声音，整节车厢到处都是玻璃破碎的声音，稀里哗啦的破碎声与人群恐惧的尖叫声混在一起，就连车外的雷声都无法掩盖。当车厢内的灯光熄灭时，一个又湿又冷的活物落在尼贝里的后颈上，开始疯狂地撕咬吞咽。

7 resident evil

第一章

直升机在黑漆漆的浣熊市森林上空盘旋。

瑞贝卡·查姆博斯笔直地坐在机舱中，希望自己看上去跟旁边的男人们一样平静。机舱里的气氛十分凝重，就像外面低沉多云的天空一般。所有的游戏和玩笑都在接到简报时终止了。这不是训练。又有三名登山者失踪了——这座森林并不太大，也不算难走，但是在过去几周里发生在这个城市的连环杀人案让“失踪”这个词儿有了新的定义。几天前，第九名受害者的遗体被找到了，遗体被野蛮地撕碎了，简直像曾经被丢进搅拌机里一样破碎不堪。不断有人在浣熊市郊被杀，被人或者其他什么生物残忍地袭击，而浣熊市的警察们却束手无策。最终，一个特种战术救援组小队被派来调查这次恶性事件。瑞贝卡微微抬起下巴，此时的她既紧张又自豪。尽管她的学位是生物化学，但由于出色的医疗技术，在不到一个月前，她被任命为队医，加入了布拉瓦小队。

*这是我的第一个任务。也就是说，绝不能搞砸了。*瑞贝卡深吸一

口气，缓缓吐出，尽量让自己表现得镇定平静。

爱德华给了她一个鼓励的微笑，萨利则靠过来亲切地拍了拍她的大腿。目前一切都还不错。尽管她聪慧勇敢，但毕竟只有十八岁，看上去甚至还更小。她是特种战术救援组自 1967 年成立以来最年轻的队员，也是前往浣熊市的布拉瓦小队中唯一一名女队员，每个人都把她当作小妹妹看待。

瑞贝卡轻叹一声，对爱德华回以微笑，又冲萨利点了点头。有这么一群勇猛的大哥哥照顾，也不是一件坏事。只要他们明白，必要时她也可以照顾好自己就可以了。

当然，还得在前面加个“*我想*”，瑞贝卡暗暗修正自己的想法。毕竟这是她第一次执行任务，尽管身体素质很好，但她的战斗经验仅限于模拟教学视频和周末作业。特种战术救援组实际上是希望她作为实验室里的研究人员，但作为队员她必须要有实战经验。不管怎么说，作为一个团队，他们这次的任务是搜索整座森林。如果找到那个屡次袭击浣熊市市民的人或怪物，瑞贝卡则负责呼叫后援。

这时，北方的天空中亮起一道闪电，离他们非常近，随之而来的雷鸣声则被直升机的轰鸣声盖住了。瑞贝卡微微前倾身体，望向窗外的夜空。今天白天，天气十分晴朗，但傍晚时开始乌云密布，他们今天肯定会湿淋淋地回家了。不过夏天的雨应该不会太冷，瑞贝卡希望是——

轰！

瑞贝卡一心想着即将到来的暴雨，以至于一瞬间她以为那是雷鸣。但直升机开始猛烈颠簸倾斜，并迅速下降，机身发出可怕的咔嚓声，瑞贝卡感觉到脚下的地板在不停颤动。同时，一股焦煳混着臭氧的热气冲进她的鼻腔。

直升机被雷电击中了？

“怎么回事？”有人大喊。是恩里克，他手中端着霰弹枪。

“机械故障！”负责驾驶的凯文·多利大声回道，“紧急迫降！”

瑞贝卡连忙抓住身旁的支架，紧盯着同伴们，努力不去看窗外不断逼近的树丛。她看到萨利收紧下颌，看到爱德华紧咬牙关，而理查德和福雷斯特也紧紧抓着固定在舱壁上的支架，眼睛里满是担忧和焦虑。前头的恩里克在大声说着什么，但引擎的声音太大了，瑞贝卡完全听不清。她闭上眼睛，试图想想自己父母的样子，但飞机剧烈地颠簸着，树枝刮擦着机舱外壁，发出噼噼啪啪的折断声，她根本无法思考，只得在心中默默祈祷。直升机失控地在空中倾斜着盘旋，晃得他们头昏脑涨。

过了几秒钟，所有声音突然都消失了，瑞贝卡差点以为自己失聪了，一切都停了下来。接着，瑞贝卡听到金属的咔嚓声，那是引擎的最后一声喘息，然后是她自己剧烈的心跳声，这时她才意识到他们已经降落了。凯文做到了，他们安然无恙地迫降了，连一丝震动都没有感觉到。

“大家都还好吗？”队长恩里克 · 马里尼从椅子上站起来。

在一片肯定声中，瑞贝卡颤抖地点点头，表示自己没事，她还没从刚才的惊吓中回过神来。

“飞得不错，凯文。”福雷斯特称赞道。其他人纷纷表示同意，瑞贝卡也由衷地感激凯文。

“无线电坏了吗？”恩里克摆弄着无线电的开关和旋钮问。

“看起来所有的电子设备都完蛋了。”凯文说，“肯定是因为那道闪电，我们虽然没有被直接击中，但离得非常近，很危险。”

“还能修好吗？”

恩里克面向着大家发问，看着通信员理查德，理查德则耸耸肩看向爱德华——他是布拉瓦小队的机械师。

“我来看看吧。”爱德华说，“但如果真像凯文所说，是发送装置被雷击中，我也无能为力了。”

队长微微点了点头，手指心不在焉地拨弄着胡须，思考眼下的策略。过了几秒，他叹了口气说：“被雷电击中的时候我报告了情况，但不知是否成功发出了。不过他们应该有我们最后通信的时间。这么久没有联络，他们会派人来察看的。”

“他们”指的是特种战术救援组的阿尔法小队。瑞贝卡和其他同伴一起点头，不知道自己是该失望还是该庆幸。她的第一次任务还没开始就结束了。

恩里克又摸了摸胡子，用拇指和食指理顺嘴角的胡须。“大家都出去吧。看看我们目前的位置。”

队员们陆续钻出机舱，在一片黑暗中集合。这时瑞贝卡才明白了自己当前的处境，他们能活下来实在是万幸。

*在搜捕杀人狂的路上，乘坐的直升机竟然被雷劈了。*瑞贝卡在心中惊讶地想。即便任务已经结束，这也是她所经历过的最惊心动魄的事情。

空气潮湿闷热，大雨随时可能再次落下，周围一片漆黑。小动物在灌木丛中发出窸窣的响动。咔嗒两声，恩里克和爱德华打开了手电，检查直升机的损坏情况，光线划破了黑暗。瑞贝卡也从背包中拿出自己的手电，暗自庆幸整理装备时没忘记带它。

“你还撑得住吗？”

瑞贝卡回过头，看到肯·萨利（其实他姓萨利文）正咧着嘴冲她笑着。他握着自己的武器，一把九毫米口径手枪，枪口上指天空，这倒提醒了瑞贝卡他们来这里的目的。

“你们这帮家伙真的知道正确的入场方式，是吗？”瑞贝卡笑着回答萨利。

萨利大笑起来，白色牙齿在黝黑皮肤的衬托下闪闪发亮。“事实上，只有在新队员加入的时候我们才这么干，对直升机来说这是一种浪费，但我们也得照顾自己的面子嘛。”

瑞贝卡正想问警署署长对这种多余的开销持什么态度——尽管她是个新手，但也听说过艾隆斯署长的吝啬作风，不过这时恩里克队长提着霰弹枪走过来，提高声音对所有人说道：

“好吧，伙计们。我们分散行动，调查下周围的情况。凯文，你留守直升机。其他人保持一定距离，我要确保这个地方是安全的。阿尔法小队可能用不了一小时就会到达。”

恩里克没有继续想下去。也许他们等待的时间会长得多，但对此无须过虑，眼下一切只能靠他们自己。

瑞贝卡从枪套中取出九毫米口径手枪，按照之前学到的方式小心翼翼地确认弹夹和保险的情况，同时注意抬高枪口，避免对着任何人。大家分散开来，检查武器、打开手电筒。瑞贝卡深吸一口气，径直走向前，用手电筒照亮前方的路。恩里克队长在几米外与她并行。林中起了一层薄雾，被手电光照亮后犹如幽灵一般。前方十几米处有个岔路口，其中一个岔道比较宽阔，只是在缭绕的雾气中很难看清。四周十分安静，偶尔会响起闷雷声，声音非常近，看来暴风雨马上就要到来了。瑞贝卡左右摇摆手电，在黑暗中来回扫过，突然好似看到了——

“队长，快看！”

恩里克队长走到瑞贝卡身旁，其他五名队员随后跟来，五道光束同时射向瑞贝卡看到的金属上——那条窄窄的小路上有一辆翻倒的吉普车。大家慢慢向吉普车靠近，可以看到车身上已有多处锈蚀，侧面还模糊的留着“MP（宪兵）”字样。瑞贝卡看到破碎的挡风玻璃下面有一团破烂布料，她不由皱起眉头，走上前看得更清楚些。她迅速将枪插回枪套，摸索着医药箱，同时在吉普车旁半跪下来，这些动作几乎都是下意识完成的。然后她意识到自己对此无能为力，血太多了。

有两个男性。一个被甩出车外，另一个在瑞贝卡面前的金发男子，半个身子被压在吉普车下。两人都穿着军装。他们的脸部和身体遍布撕裂伤，喉咙处被深深地划开了口子。这绝不可能是车祸造成的。

瑞贝卡本能地去摸男人的脉搏，触到的皮肤冷冰冰的，脉搏完全停止了。她又走到另一个男人身边，情况也是一样。

“你觉得他们是不是从拉格桑来的？”理查德问。瑞贝卡看到第二具尸体摊开的手边有一个公文包，便打开公文包，同时听着恩里克的回答。

“拉格桑的确是最近的宪兵基地，但看看两人身上的徽章。他们都是美国海军陆战队的人。可能是从唐奈来的。”恩里克说。

公文包里有一沓文件，最上面放着一个带夹子的笔记板，上面夹着一份正式文件。文件左上角是一个英俊黑瞳男子的照片，身穿便装——显然并不是现场的两个人之一。瑞贝卡拿起文件，看完之后她感到一阵寒意。

“队长！”瑞贝卡勉力站起身。

蹲在吉普车旁对面的恩里克闻声抬起头。“嗯？怎么了？”

瑞贝卡将文件上的关键信息读了出来：“法庭判决书……罪犯威廉·科恩，前陆军中尉，二十六岁。7月22日，由军事法庭判处死刑。罪犯押送至拉格桑基地执行死刑。”这名中尉被控一级谋杀。

爱德华从瑞贝卡手中夺过笔记板，说出了她心里想说的话，声音里满是愤怒。“这些可怜的士兵。他们只是在执行押送任务，那个人渣杀了他们，然后逃跑了。”

恩里克队长又从爱德华手中拿过笔记板，快速浏览着。“好吧，大家注意了，计划改变。现在我们很可能面对一名在逃的杀人犯。我们分散搜索附近区域，看是否能找到这个比利（“威廉”的昵称）的踪迹。保持警惕，十五分钟后回来报告。”

大家纷纷点头开始行动，瑞贝卡深吸一口气，低头看了看表，决定表现得和其他队友同样专业。不过是独自行动十五分钟而已，没什么大不了的。十五分钟里又能发生什么呢？独自一个人，在伸手不见五指的森林里。

“带对讲机了吧？”

这声音令瑞贝卡差点跳起来，她转过身，看到高大的爱德华就站在她身后。这个机械师轻轻拍了拍瑞贝卡的肩膀，给了她一个微笑。

“别紧张，孩子。”

瑞贝卡也回以微笑，尽管她并不喜欢被人称作“孩子”。真是的，爱德华也才二十六岁而已。瑞贝卡拍拍腰上别着的对讲机。

“确认完毕。”

爱德华点点头，走开了。他的关心让瑞贝卡安心了不少。只要随时能和队友们联系，她就不是孤独的。瑞贝卡环顾四周，其他同伴都走出视线之外了。凯文坐在直升机驾驶座中，正在仔细检查她刚才找到的公文包。看到瑞贝卡的注视，凯文俏皮地向她敬了个礼。瑞贝卡冲凯文竖起大拇指，然后放平肩部，抽出手枪，朝着黑暗走去。雷声依然在头顶轰鸣者。

***

阿尔伯特·威斯克坐在污水处理厂B1层的控制室里，房间里一片漆黑，只有六台显示器发出的微光。显示器的画面每五秒刷新一次，显示的是训练基地各层的实时情况，还包括工厂区和污水处理区的那两层以及两者之间的通道。阿尔伯特盯着无声的黑白画面，但其实大部分注意力都放在一个刚刷新的画面上。一个三人小组——准确地说，是两个特派员和一个直升机驾驶员，他们正沉默地乘直升机前往某个地方。他们看上去十分专业，彼此之间并没有说那些粗俗的玩笑，因此监控设备中播放的只是一片白噪声。很好，只要他们的脸还在监控器的黑白画面上就行了，而此时另几个监视器中显示的是倒在角落里一具具惨不忍睹的尸体，那些感染者漫无目的地在走廊里来回游荡。就像几公里外的阿克雷实验室一样，安布雷拉的内部训练场及其附属设施也发生了病毒泄漏。

“三十分钟后到达，完毕。”驾驶员说话了，声音在昏暗的控制室里噼啪作响，听着有些模糊。

威斯克靠近屏幕说：“收到。”

又是沉默。等他们到了火车那里，接下来发生的事情不言而喻……虽然目前通信畅通，但最好还是不要说必要之外的话。在外人眼中的医药巨头安布雷拉实际上是建立在不为人知的秘密之上的，而公司高层一向坚持隐秘主义。即便是完全合法的行为，也说得越少越好。

全都结束了，威斯克看着屏幕，漫不经心地想。斯宾塞庄园及其周边的实验室5月份就被毁了。白色安布雷拉对此事的公开解释是"意外"，实验室被封锁了，直到那些被感染的研究人员和工作人员不再具有"感染能力"。但终究还是出了纰漏。还不到一个月，训练基地的噩梦再次出现了……几小时前，安布雷拉的专列"黄道号"上爆发了生化灾难。

也就是说，对实验室的封锁并没有起作用，病毒依然泄漏并扩散了，显而易见……不是吗？

显示器上显示出训练基地餐厅的图像，里面是一群感染者，其中一个正不停围着曾经华美的餐桌打转。它踉踉跄跄地走着，脑袋的巨大伤口正不断渗出黏液，但它看起来丝毫不觉得痛苦，他丧失了一切感觉和记忆，也不知自己身处何处。威斯克将监视器的画面锁定在餐厅里，他靠回椅背，面无表情地看着那个漫无目的丧尸。

"这或许是个阴谋。"威斯克轻声说。他无法确定。看上去似乎是意外事故——阿克雷实验室发生了病毒泄漏，之后又隔离失败。几周后那两个失踪的登山者很可能死于某个或某几个逃脱的感染者，又过了几周，病毒再次在安布雷拉的另一个基地中扩散。某个感染者碰巧撞进安布雷拉在浣熊市的另一个实验室，这种小概率事件的确有可能发生……但现在火车上又出现了病毒扩散。这就不能再解释为意外了。感觉像……计划好的。

*见鬼，要是之前我能想到，恐怕我也会这么干。*威斯克花了很长时间为自己寻找出路，他早已厌烦为那帮蠢货工作……他很清楚在白色安布雷拉干太久，对健康绝没有好处。现在，他们想让他带领特种战术救援组进入阿克雷别墅和实验室，希望测试安布雷拉的生物武器

在面对全副武装的士兵时的战斗力。万一他死在这个过程中，他们会在乎吗？他相信，只要数据掌握在自己手里，他们就不会不管。

无论是研究人员、医生，还是技术人员，任何在白色安布雷拉工作十几二十年的人，最终的结局不是失踪就是死掉。乔治·特雷沃及其家人、马库斯·迪斯教授、达利斯教授，还有亚历山大·阿修福德……这还只是失踪或死亡名单中的几个大人物。天知道还有多少小人物死无葬身之地，或者成为实验体 A、B 或 C。

威斯克的嘴角抽搐着。想想看，仅他所知的就有多少人！他自 20 世纪 70 年代后期就为白色安布雷拉工作了，大部分时间都是在浣熊市，亲眼看见过无数次实验，甚至还参与过很多次。是时候离开了……这次如果能取得高层要的数据，或许能卖个好价钱，获得一份体面的退休金。对生化武器有兴趣的机构可不止白色安布雷拉一家。

不过现在首要的是清理那辆火车。还有这个地方，威斯克看着那个头上带着伤口的感染者被一把椅子绊倒，重重地摔在地下，心里琢磨着。训练基地与污水处理厂之间有一条地下通道，这些地方都要清理干净。

过了一会儿，监控器画面上的感染者又挣扎着站起来，继续不知疲倦地游荡……他的右肩处插着一把餐叉，显然是刚才摔倒时留下的纪念品。感染者自然对此毫无反应。真是迷人的小病毒。威斯克确信，此时阿克雷实验室中的情况也差不多。最后几个从被隔离的实验室打来的电话生动地描绘了 T 病毒的威力。那里也得清理一下……不过先得等特种战术救援组去操练一番再说。

这会是一场有趣的对抗。特种战术救援组的实力很强，其中一半都是威斯克亲自挑选的，但他们还没有见识 T 病毒。监视器里那个感染者就是最好的例子，感染病毒后他失去了感觉，只是无意识地缓缓绕着餐桌转圈，但如果有人或其他生物出现，他就会毫不犹豫地发起攻击，因为病毒会不停地寻找新的宿主。这种病毒起初可以通过空气传播，但经过长时间的变异，现在只能通过体液传播了。诸如血液、唾液什么的……那个感染者只是普通人，而T病毒可以感染所有生物体，无论是实验室中的实验，还是当地的野生动物都证明了这一点。

恩里克队长现在应该已经带着布拉瓦小队开始搜索最新的失踪者了，但在他事先安排好的搜索地区，他们不会有什么收获。再过一会儿，阿尔法小队和布拉瓦小队就会被安排到斯宾塞庄园附近驻扎。然后，他会清除一切线索，为他之后的富足生活开路，到时候什么白色安布雷拉，什么“双面间谍”，还有那些无关紧要的男男女女，都下地狱去吧。他完全不在乎。

屏幕上的感染者又摔倒了，但他仍然毫无感觉地爬起来蹒跚着……

“去寻找你的目标吧，孩子。”威斯克笑着说，话音在黑暗空荡的房间中回荡。

***

灌木丛中有动静。听起来好像是个比松鼠大一点儿的小动物。

瑞贝卡转向声音传来的方向，用手电和手枪对准灌木丛。手电光照过去时，树枝还在摇晃着，令手电射出的光线也跟着摇曳不定。瑞贝卡靠近一步，咽下一口口水，默默从十开始倒数。不管是什么东西，它已经走了。

是浣熊，应该是的。或者是一只走失的狗。

瑞贝卡低头看了看表，她觉得自己应该回去了，却发现自己独自行动才只有五分钟。离开直升机后，她就没再见过或听到过队友的声音，好像他们都从地球上消失了。

*或者是我消失了。*瑞贝卡心想。她放低枪口，环顾一下周围的情况。她目前位于着陆点的西南方，还得再往前走几分钟，然后——

瑞贝卡惊讶地用力眨了眨眼，手电照到一堵金属墙上，离她还不到十米。瑞贝卡晃了一下手电，光束照到窗户，还有一扇门——

“是一列火车。”瑞贝卡微微皱起眉头，她记起一些关于这条铁路的信息……安布雷拉，一家制药公司，在这里铺设了一条从雷特汉姆到浣熊市的专用铁路，似乎是这样？瑞贝卡不是很确定——她不是本地人，不过她确定安布雷拉是在浣熊市创建的。尽管安布雷拉的总部已经移往欧洲一段时间了，但在这里它依然有很大的影响力。

那么，在这么晚的时候，列车停在这里，停在森林里，是为什么呢？瑞贝卡移动手电，查看着车身，一共有五节双层车厢，就在她眼前，车身靠近顶部的地方写着“黄道号”几个字。车厢里似乎还有些许的灯光，微弱到几乎看不见……有几个车窗的玻璃已经碎裂了。隐约间瑞贝卡好像看到一个完好的窗户后面有个人影，但他没有动。也许是睡着了。

或者受伤了？死了？也许是那个比利·科恩找到这里，迫使火车停下来了？

老天！有这个可能。他说不定就在车里，挟持了一群人质。应该呼叫支援。瑞贝卡摸向对讲机，但又停住了。

*也许列车坏在这儿半个月了，现在占据里面的是一群土拨鼠。*万一她贸然呼叫队友，结果却闹了个大笑话怎么办？他们会很开心，而她则要忍受几周甚至几个月善意的嘲弄，在一列废弃的火车上呼叫支援。

瑞贝卡又看了一眼手表，才过去两分钟……这时，一滴清凉的水珠滴在她的鼻子上，接着又有一滴落在手臂上。然后是树叶和泥土上的沙沙声，很快，倾盆大雨从天而降。

这场雨让瑞贝卡拿定了主意，她决定在返回之前去车厢里看一下，确定一切正常。如果那个家伙不在里面，她至少可以问心无愧地报告说自己完成了搜索。可如果他在……

“就先对付我吧。”瑞贝卡嘟囔了一句，然后向火车走去，越来越大的暴雨吞没了她的一切声音。

7 resident evil

第二章

比利坐在两排座位之间的地板上，正用捡到的一个回形针开手铐。右边的手铐已经在吉普车翻车时挣开了，但如果不想带着这个明显的罪犯装饰品，就必须把另一边也打开。

*赶紧弄开它，离开这个鬼地方。*比利一边琢磨着，一边用那细小的金属去顶手铐的卡簧。他并没有分心去关注周围的情况，他很清楚自己目前的处境。空气中弥漫着血腥味，到处都是血迹，尽管所在的这节车厢没有尸体，但他相信其他车厢肯定是尸横遍地。

是狗，一定是那些疯狗……可那些疯狗又是谁指挥的呢？

是他们在森林里遇到的那个家伙，肯定是他。那个猛然跳到吉普车前，害得他们翻车的家伙。当时比利被甩出车外，除了几处擦伤之外，身上竟然毫发未损。但押送他的宪兵迪克森和阿尔德就没这么走运了，他俩都被压在车下面。两个人那时都还活着，而一秒前害他们翻车的人却没了影儿。

车祸发生后的一两分钟里，比利万分煎熬地独自站在黑暗中，刺鼻的温热汽油味儿扑鼻而来。他忍着浑身的酸痛，强迫自己尽快做出决定——是赶紧逃走，还是用无线电求援？比利不想死，也不该死，除非忠诚和愚蠢也是判死刑的重罪。但他不能抛下他们不管，他们被重达一吨的吉普车压在下面，伤势严重，几乎失去了知觉。他们选择了一条偏僻的捷径前往基地，也就是说短时间内很难有人经过。没错，这两个家伙是押送他去执行死刑的，但他们只是执行命令而已，并非自身的主观行为，他们不比自己更该死。

比利决定二者都做，先用无线电呼叫救援，然后赶紧逃命……但就在这时，那些狗来了。一共有三只，体形巨大，浑身湿漉漉的，看起来非常怪异。比利不得不赶紧逃命，他真的被吓坏了——他看到其中一只狗轻而易举地把迪克森从车底下拖出来，然后一口咬断他的喉咙。

比利听到手铐咔嚓响了一声，便试着去拉，但手铐还是纹丝不动，他泄气地从牙缝中挤出嘶的一声。该死的东西。能从地面上散落的杂物——纸张、塑料袋、染血的外套和其他一些私人物品——里面找到这个回形针挺幸运的了。如果再仔细翻找一下，应该还能找到更有用的东西……但那意味着得在这该死的火车上停留更久。比利认为，这里八成就是那些疯狗和那个喜欢往行驶的汽车前面跳的混蛋的藏身之处。他进入火车只是无奈之举，暂时避开那些狗，定定神，然后琢磨一下下一步行动。

*这儿简直是个屠宰场。*比利摇着头想。*但是到外面去，也无非是从煎锅跳到火堆里而已。*无论树林里发生了什么，他都不想掺和。他只想把该死的手铐打开，再找个能自卫的什么东西，可能还会从某个满是血迹的行李中拿一两个钱包——他很确定钱包的主人们已经不在乎了，然后回到正常世界。也许是去加拿大，或者墨西哥。以前的他连小偷小摸这种轻微罪行都没有，也从未想过离开美国，但现在要是想活命，就不得不像个逃犯一样考虑问题。

比利听到一阵雷声，然后是雨点打在还完好的车窗玻璃上的声音。雨很快下大了，从破碎的车窗里吹来的凉风冲淡了浓重的血腥味。显然，他不得不在瓢泼大雨中徒步前进了。

“随便怎样吧。”比利嘟囔着，把那个没派上用场的回形针向面前的座椅上丢去。眼下的处境已经糟透了，还能坏到哪儿去呢——

突然，比利停住了，屏住呼吸。火车的外门打开了。他听到金属门滑开的声音，同时雨声也更清晰了，但很快又弱下来。有人进入火车了。

该死！不会是那个带着狗的疯子吧？

还是有人发现了那辆吉普车？

比利紧张得胃里一阵翻涌。有可能。也许基地的其他人也选择走这条小路，看到了失事车辆，并且向基地报告后，他们知道车里应该还有一个人，一个死刑犯正在逃亡。

也许他已经成了被猎杀的目标了。

比利一动不动，屏息凝神听着车内的动静。开始的几秒内一片安静，但紧接着他就听到很轻的脚步声，一步、两步，听声音是往他相反的方向，向车头走去的。

比利稍稍向前倾身，小心地把脖子上的金属身份牌塞进衣服里，以免发出声音。然后他慢慢移动身体，直到可以看到过道。有个瘦小的身影正在走过车厢之间的连接门，可能是个姑娘，也可能是一个小伙子，那人套着一件军绿色防弹背心，比利模糊地看到背心上印有几个字母，S、T，还有A，然后那人就消失在视线中了。

特种战术救援组。难道他们被派来搜捕他了？不，不可能这么快。翻车到现在最多一小时，而且特种战术救援组和军方并无从属关系，他们是警察部门的分支机构，军方无权指挥他们。可能与他刚才看到的疯狗有关，那些狗明显是变异生物，而这类地方警察处理不了或者不愿处理的怪事，一向都是由特种战术救援组解决的。也可能是来调查这列火车上发生的事。

他们的目的对你来说并不重要，难道不是吗？他们有枪，如果知

道你的身份，你的自由日子就到头儿了。赶紧离开。立刻。

*那些吃人的疯狗还在林子乱跑，没有武器可不成。车上应该有保安人员，那么应该能找到配枪的全套制服。*比利决定找找看。虽然要冒着被特种战术救援组发现的风险，但毕竟对方也只有一个人，万不得已……

比利摇了摇头。已经有两个人因他而死了。现在，在这里，如果不得已，他要么反抗，要么逃跑，但不会杀人，至少不能再杀任何一个好人。

比利弯着腰半蹲着前进，小心地不让吊在左手腕上的手铐发出声音。他要先搜索一下所在的车厢，然后向特种战术救援组相反的车厢走，看看能否找到什么有用的东西。如果可以避开，就没必要正面对抗。他只要……

砰！砰！砰！

前面的车厢传来三声枪响。顿了一下，又是三四声枪声……之后没了动静。

看来并不是所有车厢都是空的。比利更加紧张了，但并没有因此减缓行动，他从地上捡起看到的第一个公文包，开始迅速翻找。

***

第一节车厢空无一人，但毫无疑问，这里肯定发生过什么可怕的事。

撞车？不，车身并没有明显的变形……可是有这么多的血迹！

瑞贝卡关上身后的门，将暴雨隔在火车之外，观察着一片混乱的周围。这节车厢应该是头等座，深色的实木内饰、华丽的地毯、仿古式样的灯具，还贴着植绒壁纸。地板上散落着报纸、手提箱、外套和打开的皮包，看起来的确像发生了严重的车祸，车厢的墙面、座椅和地板上都是大块的血迹。可是乘客都去了哪儿？

瑞贝卡又往里走了几步，同时将手枪对准前方的过道。车厢里还有几处微弱的灯光，只能看清道路，大部分地方都被深沉的阴影笼罩着。没有任何动静。

瑞贝卡左侧的椅背上满是血迹。她伸手摸了摸其中比较大的一团，然后在裤子擦了擦手指，表情更加严肃了。那血迹还是湿的。

*灯亮着，血迹还没有凝固。无论发生了什么，都是不久之前的事。*是比利中尉？他被判谋杀罪……除非他有一帮同伙，不过这不太可能。如此大规模又暴力的破坏和伤害，更像自然灾害所造成的，完全不像人质劫持事件。

或者，更像之前森林中发生的连环谋杀案。

瑞贝卡在心中暗自点头，深吸一口气。看来凶手又开始作案了。之前发现的受害者遗体全都支离破碎，现场和血迹斑斑的车厢非常像。现在，她应该下车用无线电向队长报告，并向队友呼叫支援。瑞贝卡开始转身走向车门，但又犹豫了。

我可以先确定列车内是否安全。

*荒谬！*独自留在这里是疯狂、愚蠢和危险的行为。没人会让她独自察看谋杀现场。如果让她来判断，这里应该发生了枪击事件，之后乘客们都被疏散了。

不，这想法太蠢了。如果是那样，这里应该到处都是警察、急救员、直升机和记者。*无论这里发生了什么，我都是第一个到现场的人……确定现场是否安全是第一要务。*

瑞贝卡想知道，当大家看到她独立处理这些事情之后会怎么说。他们不会再叫她“孩子”，也不会再把她当作新手对待了。可以快速查看一番，这没什么大不了的，如果发现有危险迹象，就立即呼叫支援。

瑞贝卡在心里给自己点了个赞。没错，她可以做到，没问题。她做了一个深呼吸，向车头方向前进，小心翼翼地跨过地上散落的行李。走到连接门时，她振作精神，迅速穿过两节车厢之间的连接通道，在失去勇气之前打开了另一节车厢的门……

哦，天哪。

第一节车厢已经够糟了，而这一节车厢里还多了几具尸体。三四个，五个，从她所在的位置能看到五个人，显然都死了，脸上带着抓痕，全身湿漉漉的。其中几个倒在座位上，好像是没来得及起身就被杀死在座位上。车厢内的死亡气息十分明显，就像混合着铜臭和粪便的味道，或是在酷暑中腐烂的水果。

门自动在身后关上了，瑞贝卡吓了一跳，心跳得飞快。她意识到有些不对头，想要呼叫支援。这时她听到了一阵低语，这才发现车厢里并非只有她一个人。

瑞贝卡将手枪指向前方过道，她不知声音是从哪儿传来的，心跳得更快了。

“表明身份！”瑞贝卡喊道，声音比她想象得更加坚定、更有威慑力。那低语声仍在继续，听上去遥远而沉闷，给安静的车厢增添了一种诡异的静谧之感。瑞贝卡的脑中浮现出一个杀人狂在一场疯狂杀戮后，独自坐在椅子上自言自语的情形。

瑞贝卡正想重复一次问话时，发现了低语声的来源，就在过道的半中间的地板上。那是一个微型收音机，显然是在早间新闻的频道上。瑞贝卡走过去，突然的放松令她觉得有些空落落的。车上只有她一个人。

瑞贝卡走到收音机前，放低了半自动手枪的枪口。左边靠窗的位置上有一具尸体，她只匆匆瞥了一眼，便移开了目光。那个男人的喉咙被割开了，双眼向上翻着，惨白的脸和衣服上沾满闪闪发光的黏稠液体，看上去就像一部拙劣恐怖片里的僵尸。

瑞贝卡弯腰将收音机捡起来，尽管心中还是在害怕，但已经在嘲笑自己刚才的糗样了。她的“变态杀人狂”只是正在播报新闻的女播音员。信号很差，收音机里的每句话都伴有嘶嘶的杂音。

好吧，所以她是个白痴。该向恩里克队长报告了，瑞贝卡转过身，心里正在琢磨车厢连接通道中的信号也许会好一些时，靠窗的位置出现一点动静，那动作缓慢而轻柔，最开始的那一会儿，瑞贝卡几乎以为那是被风吹进来的雨丝。可是紧接着移动的物体发出了一声低沉的呻吟，那根本不是雨。

瑞贝卡原以为死了的男人竟然从座位上站起来，并径直向她走过来。变形的头向侧后方歪斜着，喉咙上的伤口扯得大开，越来越低沉的声音中充满着饥渴，双手伸向前方，血肉模糊的脸上还在滴着血和黏液。

瑞贝卡被吓得丢下收音机踉跄着后退。她错了，男人竟然没有死，他显然被疼痛折磨得失去理智了。她得帮帮他。*急救箱里的吗啡不多，不过足够让他镇静下来了。哦，天哪，这儿究竟发生了什么？*

男人踉跄着走近，伸着手抓向她，眼眶中只有眼白，嘴角不断滴落着黑色的液体。尽管瑞贝卡知道她有责任做点儿什么，帮男人减轻一些痛苦，但她还是迟疑着向后又退了一步。责任归责任，本能可是另一回事。瑞贝卡的本能告诉她，快跑，赶紧离开，男人想伤害她。

瑞贝卡转过身，不知如何是好。在她身后的过道上，不知什么时候又有两个人站起来，都像那个翻着白眼的男人一样面无表情，拖着遍布伤口的身体向她走来，动作迟缓而恐怖。走在前面的那个人穿着乘务员制服，脸上灰白一片，面容憔悴得如同骷髅。跟在他身后的另一个男人，被撕掉了半边脸，右侧脸颊处露出一大排牙齿。

瑞贝卡晃了晃头，举起手枪。可能是什么疾病，或者化学品泄漏，或者类似的事件。他们都病了，一定是这样——三个人呻吟着逼近，都伸出灰色的手指，发出饥饿的叫声。他们也许的确生病了，但他们的确是要攻击她。瑞贝卡对此非常肯定。

开枪，快开枪！

“停下！”瑞贝卡回过头冲着白眼男人大喊道，他离得最近，非常近。尽管正对着瑞贝卡的手枪，但他没有丝毫反应。“我要开枪了！”

“呃啊啊啊！”男人号叫着扑过来，大张着的嘴里露出深黑色的牙齿。瑞贝卡开枪了。

两枪、三枪，子弹撕裂了变色的肌肉，前两颗子弹击中那人的胸部，第三颗子弹穿透右眼上方的额头。第三颗子弹击中目标时，那个怪物发出一声尖叫，声音像沮丧而非疼痛，然后重重地摔在地上。

瑞贝卡转向另一边，暗自祈祷枪声能够阻止另外两个人，可是却看到那两个目光呆滞的人几乎就在她面前，发出的呻吟声更加迫切了。瑞贝卡一枪打在了穿制服的乘务员喉咙处，令其向后倒去，接着瞄准了第二个男人的腿。*也许可以打伤他，让他失去行动能力——*

可挨了一枪的乘务员再次扑向前，完全不顾正在冒血的喉咙。

“天哪。”瑞贝卡震惊地小声说道。两个人继续逼近，没有时间犹豫或者思考。瑞贝卡抬高手臂又开了一枪，接着又是三枪，每一枪都瞄准对方的头部。血肉飞溅，两个人终于倒下了。

车厢里安静下来，瑞贝卡睁大眼睛环视四周，肾上腺素充斥全身。车厢里还有两三具没有动弹过的“尸体”。

刚才是怎么回事？我确定他们的确是死了啊？

他们确实死了。他们是僵尸。

*不，不可能有这种事。*瑞贝卡检查着弹夹，同时努力想为刚才发生的事情找到一个合理的解释。*他们不像电影里的那种僵尸。如果是真的僵尸，子弹击中后就不会出血。因为心脏停止跳动后，血液就不会再被泵出来了。*

*可只有击中头部后他们才会倒下。*没错。但这可能是某种疾病的作用，也许是某种能够阻断痛觉的东西……

森林里的那些谋杀案！瑞贝卡忽然睁大了眼睛，线索拼合了。如果真的发生什么化学品泄漏或疾病传染，就可能影响到森林里的所有人，令他们去攻击他人。最近也有关于野生猛犬的报道，这种疾病是跨物种传播的吗？一些遇难者的遗体部分被吃掉了，至少有两具遗体上留有人或兽类的齿痕。

又传来一阵轻柔的响动，瑞贝卡屏住呼吸。在她进来的那扇门旁边，有一具坐着的尸体滑倒在座位上。瑞贝卡盯着它看了好一会儿，但它再没有任何动静了，外面沙沙的雨声是唯一的声音。他们到底是尸体，还是某种疾病的患者？她不愿再想下去了。

瑞贝卡后退，跨过身后那个白眼男人，他现在已经死透了。瑞贝卡决定试试车厢前部的门。她必须马上下车，告诉队友她发现的一切。她快速思索着下一步的行动，必须立即向城里发出警告，设置隔离区。联邦政府也应该参与此事，美国疾病控制中心、美国陆军传染病医学研究所，或者美国环境保护署，那个有权关闭一切的机构，会弄清到底发生了什么。这将会引起社会各界的强烈反响，而她可以在其中做出真正的贡献，真正做一个——

车厢后方的尸体又动了，所有拯救浣熊市的想法瞬间从瑞贝卡的脑中消失了，她转身跑向前方的连接门，心中十分惊恐。她现在只想逃出去。

***

没费什么工夫，比利就在一排座位下的行李袋里找到一把标准型的 MP 手枪，和押解他的士兵装备的一样，幸运的是，他对这种武器非常熟悉。此外他还找到一个备用弹夹和半盒九毫米子弹，另外还有一只翻盖打火机，这样需要用火的时候就方便多了。

比利给枪装上子弹，把备用弹夹别在腰带上，又把剩下的子弹放进裤子前袋里。他真希望自己此时穿的是军装而不是便服，牛仔裤的口袋装这么些玩意可有些勉强。他本想再找件夹克，但很快打消了这个念头。虽然是个雨夜，但外面还很温暖，穿着湿乎乎的牛仔裤已经够难受的了，口袋小点就小点吧。

门外就是森林，比利握着手枪告诉自己，是离开的时候了，但他没法就这么一走了之。那七声枪响后，他再没听到特种战术救援组那个孩子的任何动静了。只过了几分钟而已，如果那孩子遇到麻烦，现在还来得及去帮忙，而且——

*你疯了吗！*他的理智对他大喊，*走！快跑！你这个白痴！*

没错，当然了。他必须离开。可那几声枪响在他脑中挥之不去。如果那孩子真的需要帮助，作为一个好人来说，他已经耽误太久了。再说，如果那孩子死了，就意味着他能获得额外的武器。

“没错，就是这样。”他嘟囔着，清楚地知道他是在以罪犯的角度为自己找一个理由。他并不是去帮忙，只是去看看。

比利在心里发出一声叹息，转身离开了车门，离开了自由，重新回到车厢里。他来到车厢尽头，通过第一扇门，犹豫了一下，在抓住第二扇门的把手前，他在车厢连接处拍了一巴掌，然后走进下一节车厢。只有车外的雨声沙沙作响，正在渐渐变成真正的暴风雨。他尽可能安静地推开门，走了进去。

首先感到的是那种明显的腐臭味。他咬紧牙关，一边注视着整个车厢，一边数着尸体，过道里有三个，前方右边有两个，左边还有一个倒在座位上，都能够确定已经死亡。

在路上突然跳出来的那个人……

比利皱着眉头，意识到周围任何一具尸体都可能是那个突然跳到吉普车前面的混蛋。当时他只瞥到了那人一眼，印象中感觉对方好像很不正常。也许就是这些人其中的一个——不对，他们看起来已经死了好几天了。

那么，那个孩子是冲着什么开枪呢？

比利走到最近的尸体旁蹲下，用训练有素的双眼察看伤痕，同时缓缓地用口腔呼吸。这个人死了有一阵子了，右边的脸颊少了一大块，看上去像正在冲比利咧嘴大笑，伤口的边缘已经腐烂发黑了。但是，他的额头上有两个弹孔，在他的头部和上半身周围全是新鲜的血迹。比利用手摸了摸，眉头皱得更紧了。这些血竟然还是温的。近处的另一具尸体穿着乘务员制服，看上去情况也差不多，只是伤口在喉咙处。

他不是爱因斯坦，但还是具备基本逻辑推理能力的。新鲜的血迹说明这些人之前只是看起来像死了，而他们身上的弹孔则说明他们曾试图攻击那个特种战术救援组队员。

也就是说，我得更小心点儿才行。

比利在心中想道，然后站起来。他回头看了看坐在他身后座椅上的那具尸体，目光变得锐利起来。那个人移动过，还是因为光线的原因？不管怎样，他还是先离开为妙。

比利快速走过通道，跨过地上的尸体，同时尽量留意所有的尸体，在心里咒骂着特种战术救援组。要不是他还有良心，现在早就离开了。

穿过两道门，比利进入下一节车厢。这一节不是乘客车厢，装饰也很普通。在入口处，他只能看到前方是条很短的过道，右侧是两扇关着的门，左侧则是几个车窗。他想过先检查门后的房间，这是明智之举，不至于背对不安全的地方。但他忽然觉得这是个坏主意，管那么多干吗？他不想去确认整列火车的安全，只是想看看那个特种战术救援组队员是否安全，然后尽快离开这个鬼地方。

再过几分钟还是找不到，就离开。这里太糟糕了。

“糟糕”并不准确，这个词儿并不能表达出他心中隐隐的恐惧，但他曾经目睹过最强壮的人因恐惧而一蹶不振，他知道不能被怪物和黑暗占据思想。最好把它当作一个噩梦，大笑着抛开，然后继续做该做的事情。

比利慢慢沿着过道前进，贴着墙边无声地移动。通道在前方右转，经过一扇打开的门，门口散落着一堆纸箱。可能是间储藏室。至少这儿没有尸体，但空气中还是弥漫着一股腐臭的味道。少数几个完好的车窗上映出他苍白的身影，外面一片漆黑，大雨滂沱。比利注意到玻璃碎片散落在深色的地板上……这说明是有人从外面进来，而不是出去。真是令人毛骨悚然。

通道在前方左拐，经过一扇写着“票务室”的门，看来前面就要到头了。这时，他看到前方的玻璃窗上映出另一个苍白的人影，就在拐角对面。比利停下来，看着那个人影背向着他慢慢蹲下，完全没有留意到身后的危险。如果这就是那个特种战术救援组队员，那么他或她显然还需要更多的训练。

比利往前走了几步，举起武器，来到那个人身后。他知道应该尽量避免冲突——这孩子并无恶意，而且也不是有意进入列车，但他还是想知道刚才在那节车厢里究竟发生了什么，而这是他获得信息的唯一机会。

特种战术救援组队员转过身，看到比利，然后缓缓站起，面对着他。

*叫她“孩子”还真差不离。*比利心想，低头盯着这个才十几岁、有一双天真的大眼睛的姑娘。天哪，难道他们现在从高中生中招募队员了吗？她个子娇小，至少比他矮十五厘米，一头棕红色的秀发，身材苗条纤细，肌肉结实匀称，但依然显得有些娇弱。如果她的体重超过四十五千克，那比利一定会感到非常惊讶的。

那个女孩刚才蹲在一个死掉的男人旁边，那具尸体躺在出口边的角落中。从女孩的脸上看不出多少惊讶，也可能是她善于掩饰自己的表情。

“比利。”女孩说道，年轻的声音听起来十分悦耳。但她的话让比利咬紧了牙关。“科恩中尉。”

该死。有人发现了那辆吉普车。比利用枪指着女孩的右眼，装出一副冷酷的样子。“那么，你好像认识我。一直在惦记我，是吗？你做出了一个很好的选择。”

“你是个被送去处决的罪犯。”女孩回答道，声音变得强硬起来，“你之前和两个宪兵在一起。”

*她以为是我干的，以为是我杀了他们。*比利想。这些都写在她精灵般的脸上。他意识到，如果女孩不是将火车上的尸体与发生车祸的吉普车联系起来，她恐怕对当前的局面一无所知。没有必要提醒她。即便女孩再怎么装作镇定，比利还是知道自己吓到了她。他也许可以利用这一点。

“啊哈，我明白了。”他说，“你是个特种战术救援组队员……好吧，冷静点，亲爱的，但你的同伴们恐怕并不希望看到我。所以我想我们的聊天时间已经结束了。”

说着，比利放低枪口，转身打算离开。他故意从容不迫地走着，好像根本不在乎她的存在。由于她缺乏经验以及对他的畏惧感，是不会对他采取什么行动的。比利这么做有一定的风险，但他相信会有所回报。

他将手枪插进腰带，走到过道中部时，他听到女孩从身后追来。该死。

“等等！你被捕了。”女孩坚定地说。

比利转身面对女孩，她甚至连枪都没拿出来。她努力让自己显得很凶狠，但心里明显在害怕。

如果眼下的情况不是这么严重，不这么诡异，比利肯定会笑出声。

“不必了，谢谢，小娃娃。我已经戴上手铐了。”比利说着，举起左手上挂着的手铐，故意弄得叮当作响。说完便转过身，继续走着。

“我可以开枪，你明白的！”女孩在身后喊着，声音明显有些绝望。比利继续走着。女孩没有跟过来，几秒钟后，比利已经走回第一扇连接门前了。

比利带着颤抖的微笑打开门，松了一口气。这样就很好，所有人都会为自己着想，所有这些——

——刚才倒在座位上的死人竟摇晃着站起来，仅剩的一只眼睛紧盯着比利。伴着饥饿的呻吟声，那个怪物蹒跚着向他走来，探出破碎的手指，好像在摸索着比利所在的位置。

7 resident evil

第三章

瑞贝卡看着比利大摇大摆地走出车厢，一阵无力感涌上心头，她意识到自己还是太年轻了。他甚至都没有回头看一眼，好像她完全不值得提防似的。

*显然我没什么威胁。*瑞贝卡心想，双肩沮丧地垂下去。她没想到比利竟然这么——可怕。他身材魁梧，肌肉发达，冷酷的黑色眼睛，整条右臂遍布文身，上身只穿着一件很薄的棉质背心，两条粗壮的手臂裸露着，一看就是那种难以对付的狠角色。而瑞贝卡经历一场与那些丧尸的战斗后，现在也没有心思对付他。

*再说，那家伙能轻而易举地解决你。*瑞贝卡在车厢前部看到的那具尸体，生前应该是火车上的工作人员，手上似乎握着一把钥匙。这里唯一通向车外的门锁上了，如果打不开，她就得原路返回。当时瑞贝卡一心忙于在不折断尸体僵硬手指的同时抽出钥匙，察觉到身后有人时已经晚了。瑞贝卡回到车厢前部，却发现车门要用识别卡才能打开。好吧，真是太棒了。就这样吧，她已经做得够好了。

瑞贝卡转回身，拿出对讲机，准备承认自己的失败。如果队友们能及时到达，也许还来得及逮捕比利。更重要的是，要通知大家浣熊市正在被一种传染病袭击。与此相比，追捕在逃杀人犯这种事的优先级竟然可笑地降低了……

砰！砰！

还没按下对讲机的通话按键，瑞贝卡就听到对面车厢中发出两声枪响，那正是比利刚才离开的方向。她正犹豫着不知该如何是好，背后的一个窗户迸裂了。

瑞贝卡迅速转身，碎玻璃四处飞溅，一个人倒在地板上。

“爱德华！”

机械师没有回应。瑞贝卡跑到队友身旁，迅速检察他的情况。

爱德华的右肩上有一个巨大的开放性伤口，脸色灰白、目光涣散，身体上所有裸露的部分都布满了擦伤和瘀青。

“你还好吗？”瑞贝卡问道。同时扯开急救箱，抓起一块厚厚的绷带。她撕开包装，将绷带按在爱德华的肩上，但很快意识到这起不了太大作用。鲜血大量涌出，迅速浸透了爱德华的衬衫，看来锁骨下方的动脉很可能断了。受了这么严重的伤害竟然还活着，令瑞贝卡非常惊讶，更不用说他还有力气撞碎车窗。“发生了什么事？”

爱德华把头转向她，缓慢地眨了眨眼，痛苦地说：“事态严重……不要……”

瑞贝卡紧紧按住绷带，但绷带已经被血浸透了。得尽快送他去医院，否则，他就哪里都去不了了。

爱德华的声音越来越低。“小心，瑞贝卡。”他含糊地说，“……森林里到处都是僵尸……和怪物……”

瑞贝卡正想让爱德华不要说话，尽量节省体力，他们左侧的窗户爆开了，两个巨大的黑影跳进来，一个消失在过道转弯处，另一个则转向瑞贝卡他们的方向。

僵尸和怪物。

是狗，那是一只巨大的狗，瑞贝卡从没见过这样的狗。可能是杜宾，当看到狗一口滴着黏液的尖牙和背部垂下条条皮肤、肌肉时，瑞贝卡意识到狗和火车上的乘客一样，也感染了未知的疾病。那狗好像也是死而复生的，而且身上到处都是血淋淋的伤口，双眼通红，看上去就像一块用湿毛皮和血肉碎块草草拼合的毯子。

爱德华已经无力自保。瑞贝卡缓缓站起身，向后退了一步，抽出手枪，尽管她不知道自己能坚持多久。她能听到过道转角另一边的那只狗的喘息声，虽然看不到它。

瑞贝卡瞄准面前那只狗的左眼，第一次真切感到了这种疾病的可怕之处。无论病因是什么，都太可怕了。之前对付那些死而复生的乘客时，她太过震惊，没有想到去思考这一切意味着什么。现在，她看着眼前这四肢僵硬、不断发出饥饿咆哮的怪物时，不禁想起自己童年的宠物——一只名叫多奈的杂种狗，想起自己有多么爱它，而面前这可怕的动物可能也曾经是某个人的宠物。就像之前被她击倒的那些人一样，他们也曾经欢笑和哭泣，有着关爱他们的家人，而这一切现在都被摧毁了。无论是什么导致了这一切，疾病、化学品泄漏，还是恐怖袭击，都是罪无可赦的。

这种念头在瑞贝卡脑中一闪而过。面前的狗身体两侧破碎的肌肉开始收缩绷紧，随时会向她扑过来，瑞贝卡扣动扳机，在狭小的车厢里，枪声分外响亮。那狗应声而倒。

瑞贝卡转过身，用枪瞄准通道尽头，等着第二只狗出现。相信不会等多久的。

一声咆哮，另一只狗从拐角处跳出来，大张着嘴。瑞贝卡开枪了，子弹击中狗的胸口，它哀号一声，踉跄着后退，但它还没倒下。那狗抖动着身体，就像抖掉身上的水一样，然后咆哮着，准备再次扑向瑞贝卡，完全不在乎黑色的血液正从伤口中涌出。

干掉它，把它打趴下！

就像车里的乘客一样，似乎只有射击头部才能击倒它。瑞贝卡稍微抬高枪口再次开火，子弹正中眉心。那条狗倒下了，抽搐了一下，然后就再也不动了。

可能还不止两只。瑞贝卡稍稍放低枪口，转头看向破碎的车窗，试图在无边的黑暗和雨幕中看到或听到什么。但不久她就放弃了，跑回到爱德华身边，在急救包里翻找新的绷带——

——然后她顿住了，愣愣地看着爱德华。他左肩的伤口不再流血了。瑞贝卡赶紧伸手去摸爱德华左耳下面的脉搏，没有任何跳动。爱德华半睁着的眼睛看着地板，死了。

“对不起。”瑞贝卡跌坐在地上，轻声说。爱德华死了，刚死不久。就在她开枪的时候。瑞贝卡心中一阵内疚。如果她能快一点，如果她把伤口包扎好……

……可你没有，你在这里耽搁的时间越长，就越可能和他一样。快行动。

这不近人情的想法又一次令瑞贝卡感到愧疚，但转头看到破碎的车窗后，她站了起来。还是日后再检讨自己的错误吧，等到安全的时候。

这时，瑞贝卡的对讲机发出噼啪声。她拿起对讲机，从可怜的爱德华身边走开。

信号很差，但能听出是恩里克的声音。瑞贝卡将对讲机贴近耳朵，在一阵电流声中听到队长有力的声音，她感到非常欣慰。

“……听得到吗？……更多消息……科恩……”

瑞贝卡不太情愿地靠近窗户，希望听得更清楚一些，但信号依然很不稳定。

“……有精神病史……杀了至少二十三个人……小心……”

*什么？*瑞贝卡按下通话键。“恩里克，这里是瑞贝卡！你听得到我吗？完毕。”

对讲机里只有电流声。

“队长！特种战术救援组布拉瓦小队，听得到吗？”

长时间的静默。一点儿信号都没有了。瑞贝卡只得将对讲机别回腰带。她得回到直升机那里，告诉大家爱德华的事，还有比利和火车以及他们面临的可怕危险。她给手枪换了新弹夹，并将换下来的弹夹重新装满子弹。瑞贝卡最后看了一眼倒下的队友，跨过狗的尸体，尽量躲开地上的血，向乘客车厢走去。

尽管瑞贝卡知道她应该尽快逮捕那个逃犯，但此时她希望不要再见到他。爱德华的死，还有那些狗……瑞贝卡感到迷茫，她没法决定。杀了二十三个人？她打了个冷战，比利刚才竟然没有杀她。

在乘客车厢中，瑞贝卡看到之前两声枪响的结果。射击的是那个她之前不确定有没有动的人……看来那个人确实活动了。他肯定是想攻击比利，就像那些攻击她的人一样。走到车厢对面的门边，瑞贝卡看了一眼被她击毙的那些已经腐烂了的尸体。如果爱德华说的是真的，如果森林里到处都是这样的东西，那她得走快点儿——

——或许那些士兵并不是比利杀的。

瑞贝卡眨了眨眼睛。之前她没想过这个问题，但古普车也许受到了攻击，比利才有机会逃脱——他不得不跑。似乎有这种可能。吉普车里的两个人身上没有枪伤，而且尸体有被拖曳的痕迹，那些狗显然可以做到这点。

瑞贝卡使劲晃了晃脑袋。这不重要了。不管怎么说他都是杀人犯，如果自己无力逮捕他，最好还是去找人帮忙。尽管这种未知的疾病非常危险，但他们也不能让科恩跑掉。

瑞贝卡离开客车车厢，快速穿过下一节没有尸体的车厢，来到车门处，暗自希望其他人都已经安全回到直升机那里。她伸手扭动门把手，心里在想该怎么告诉大家爱德华遇害的消息……

瑞贝卡皱起了眉头，她用力去推那扇门，门却纹丝不动。她又试着扭动把手，还是打不开……瑞贝卡气得踢了一脚，在心中咒骂着。门卡住了，或者被比利锁上了，也许是不想被她跟上吧。

“该死。”瑞贝卡咬着下嘴唇，想起那个乘务员手上的钥匙。她没能成功把钥匙拿出来，然后又碰到了比利，在追着他跑了一段之后就忘了这事儿，更别说后来发生了爱德华和那些狗的事……不过，谁还用得着钥匙呢？她只要从破掉的车窗跳出去就行了，没什么大不了——

这时，瑞贝卡听到一声关门的声音，她向左边声音传来的方向望去，那是列车的后半部。那节车厢里似乎有人在移动。大概是另一个感染病毒的乘客。也可能比利仍在车上。不管是谁，瑞贝卡都准备离开火车了，从车窗出去是最好的选择。

除非……车厢里还有活人。需要帮助的人。

也可能是她的另一个队友……想到这儿，瑞贝卡觉得有责任去看看，无论这是否明智。她快步向那节车厢走去，做好了迎接一切可能的准备。本以为今晚是个再普通不过的夜晚了，但后来却发生那么多奇怪的事情，再发生任何事她都要有心理准备。

瑞贝卡推开车厢门，用手枪指着车厢内部，里面没有尸体，也没有血迹，她稍稍松了口气。左侧是一段楼梯，正前方是另一扇门。应该就是刚才被关上的那扇门……

门又开了，比利·科恩走了出来。

***

比利站住了，盯着女孩儿，盯着她手里的枪——竟然觉得有些高兴。她还活着，而且持有武器，显然也知道怎么正确使用。从刚才看到那些文件之后，他很清楚，一个合作者可能是他唯一活下去的机会。

“这样可不好。”比利说，他看得出女孩知道他并不是在说正对着他的枪口。但她没有回答，紧紧盯着他，坚定地用枪指着他的脸部。比利明白这次她是来真的了，于是举起双手，手铐在手腕上摇晃着。

“那些人——你不得不杀的那些人——他们都生病了。”比利说道，“其中有一个试图来咬我。我射杀了他，在他的夹克里找到一本笔记。可以吗？”

比利把一只手慢慢放低，伸向口袋。

“不行！把手举起来！”女孩说着，同时做出准备开火的姿势。尽管她看起来还是很害怕，但显然是打定主意要逮捕他了。

“好的，好的。”比利说，“那你来拿吧，在我裤子后面右侧的口袋里。”

“你在开玩笑吗？我不会靠近你的。”

比利叹了口气。“这很重要，它应该是本日记。是一个被废弃或者摧毁的实验室的调查记录，这并没有多大意义，但里面还提到发生在这里的系列谋杀案以及病毒发生泄漏的可能性。一种叫作‘T 病毒’的东西”。

比利发现女孩开始有点感兴趣了，但她还是很谨慎。“你把手铐重新铐上，我才会看。”女孩说。

比利摇了摇头。“无论这里曾经发生了什么，现在的情况都非常危险。有人关闭了所有出口，你没发现吗？我们为什么不暂时合作，直到彻底摆脱这一切呢？”

“合作？”女孩挑眉问道，“和你？”

比利向前一步，放下双手，不再理会指着自己脑袋的枪。“听着，小女孩，你可能没注意，这辆火车有几个被吓坏的家伙。我，作为其中之一，想离开这里，但是我们不可能独自一个人活着出去。”

她还是没有放下枪。“你觉得我会相信你吗？我不需要你的帮助，我应付得了。还有，不准再叫我小女孩。”

比利有点生气，但还是努力克制住了。和她处于敌对状态没有任何好处。“好吧，孤胆小姐，”比利耐着性子说，“我应该怎么称呼你呢？”

“瑞贝卡 · 查姆博斯。”女孩说，“而你，应称呼我查姆博斯警官。”

“好的，好的，瑞贝卡，那么你有什么行动计划？”比利问，“你想逮捕我？好啊，行动吧。召集你的全部队友，让他们带上重武器。我们可以在这里等着。”

听到这话，瑞贝卡第一次显出有些动摇的神情。“对讲机没有信号。”她说。

见鬼。“你是怎么到这儿来的？”比利问，“空中还是地面？你们的交通工具离这里有多远？”

“我们是坐直升机来的，但……直升机出了故障。”瑞贝卡说，“不过那不关你的事。把手铐扣好，我的队友就在外面等着呢。”

比利慢慢放低双手。“有多远？你确定他们还在？”

瑞贝卡皱起了眉头：“我没有义务回答你的问题，中尉。我要带你离开这儿。转身面向墙壁。”

“不。”比利将双臂交叉环抱，“你要开枪就开吧，我绝不会缴械或者让你铐上的。”

瑞贝卡脸涨得通红。“按我说的做，不然——”

哗啦！

楼上车厢的窗户突然发出爆裂声。比利和瑞贝卡同时抬头向上望去，然后又相互看了看。几秒后，他们头顶传来沉重而缓慢的脚步声，然后又停止了。

“是餐车。”比利说，“几分钟前那里还什么都没有。”

瑞贝卡盯着比利看了一会儿，然后慢慢垂下枪口。她走到楼梯旁，抬头看向上面一层，年轻的脸上表情坚毅。“你等在这儿，”她说，“我去看看。”

听到这话，比利差点笑出来。他在特种部队服役了七年，他学会开枪的时候她恐怕小学都没毕业呢，现在她竟然要来保护他？

“我认为你并不相信我，”比利说，“我为什么不能趁机从窗户跳出去逃跑呢？”

瑞贝卡不易察觉地冷笑了一下。“这很危险，记得吗？你说过你一个人没法活着逃出去。”

不等比利想出一句恰当的俏皮话反驳回去，瑞贝卡转身走上楼梯，显然是下定决心向他证明，她有能力维护警察的尊严和权威。*愚蠢的孩子。*现在可不是证明自己的好时候。比利知道应该跟上去，以免她没了命，但他需要一点时间思考。他看着瑞贝卡头也不回地爬上楼梯，消失在二层入口处。

*就像那首歌里唱的一样，我是该留下还是该离去？*瑞贝卡想逮捕他，但也意味着她必须让他活着。她无疑需要他的帮助，她太年轻，太缺乏经验，不能留下她独自在这里。

你是什么时候获得“保护者”这个称号的？你已经不是好人了，记得吗？

现在还来得及逃跑，但比利对此已没那么有把握了。他找到的笔记本里的内容足以证明森林里杀机处处。比利拿出日记本翻到最后几页。

7月14日。今天我们听说阿克雷实验室的事……下周我们就要被派去调查那里了。其他人对那里的情况有些担心，担心可能还有什么残留，但正如老板说的，总得有人先去看看。就像我们……

日记的主人接下来提到了他的女朋友，说她会因他离开而生气。比利跳过这一段，继续往下看已经读过一遍的内容。

7月16日。我们还是不太清楚T病毒对宿主的明确影响。物种或环境的不同在效果上有很大差异，就动物而言，很小剂量的T病毒就会导致体形、攻击性和脑部的显著变化……没有任何动物能够免疫。因此，在没有发现有效的控制方法之前，公司现在的行为无异于玩火。

比利翻到下一页。

7月19日。这一天终于来了……我比预想的更加焦虑。浣熊市的报纸和电视台一直在追踪报道郊区发生的奇怪谋杀案。不可能是病毒。有这种可能吗？如果真是……不，我不敢继续想下去了。我必须专注于调查工作，确保一切进展顺利。

体形变化、攻击行为、脑部变化。比如说，狗？还有“没有任何动物能够免疫”，那么在人身上呢？比利相信他已经见过了结果。

“把人变成僵尸。”比利低声说。或者是和僵尸差不多的东西。他开枪打死的那个男人肯定是在找午饭。食人族是怎么称呼人类？长猪。没错，那个丧尸希望得到一头长猪。

遍布吃人的丧尸和怪物……得跟那个女孩一起行动。直到现在，她还一直保持着职业姿态，至少干掉了三个丧尸，而且依然理智。他会一直和她在一起，直到他们离开这里，在与她的队友会合前再找机会法逃跑，如果她还有活着的队友……

*那个女孩！*上面传来尖叫声，声音里满是惊恐。比利抽出枪，快步跨上楼梯，希望不会太晚。

***

走上楼梯转过一个小弯，是一扇门。瑞贝卡小心地用枪口慢慢顶开门，走了进去。

一进门，瑞贝卡便闻到一股刺鼻的烟味，车厢中还有几处冒着小火苗，墙上的影子在火光中摇曳。比利说得没错，这儿是餐车，而且内饰非常奢华，桌上铺着亚麻桌布，车窗上挂着乳白色的窗帘。可现在这里一片狼藉，到处都是餐具和碎玻璃，许多桌子都被掀翻了，亚麻桌布被红酒和鲜血浸透……车厢尽头，一个孤单的身影微驼着背坐在桌子旁，火苗正沿着桌布的边缘向上燃烧。桌前有一盏破碎的油灯，估计那就是火灾的原因。火势不大，看样子烧不了多久。

那个人一动不动地坐着——瑞贝卡慢慢走过去，发现男人不像楼下车厢的那些乘客，似乎并没有被比利说的那种 T 病毒感染。这个男人气质优雅，穿着一套棕色的西装，满头白发整齐地向后梳着。他的头向前低垂，好像不小心在吃晚餐时睡着了。

是心脏病突发，还是晕过去了？打破窗户爬进来的人不可能还保持着整洁得体的样子，但车厢里再没有其他人了，那么刚才沉重的脚步声是谁发出的？

瑞贝卡清了清嗓子，又靠近了一些。“对不起。”瑞贝卡停在桌旁，注意到男人的脸和手都湿漉漉的，在火光下微微发亮，“先生？”

那人没有回应，但瑞贝卡看到他的胸膛正在上下起伏，还有呼吸。她稍微俯身，将手搭在男人肩头。“先生？”

男人抬起头，把脸转向瑞贝卡，随着一阵像咀嚼黏糊糊的食物时的啪哒声，那人的头突然从颈部断开，掉在了地上。

啪哒声更大了，无头的身体抖动着，鼓起许多蠕动着的小包，里面像是有什么东西在动。瑞贝卡发出一声尖叫，踉跄着后退，男人的身体如同一堆乱石似的崩塌了。碎块散落到地板上后，又再次碎裂成拳头大小的肉团，包裹在上面的西装布料也变成了黑色。

鼻涕虫，像鼻涕虫一样——

这些鼻涕虫长着一排排细小的尖牙，不，不是鼻涕虫，是水蛭，又肥又圆的水蛭，它们竟然能模仿人类，甚至连衣服都能模仿得丝毫不差……*不可能，怎么会有这样的事！*

瑞贝卡惊恐不已，跌跌撞撞地不住后退，那些小生物又聚拢在一起，融合成一团，然后又变成一个反光的黑色锥体。那堆东西的形状和颜色不断改变着，最后又变成刚才坐在桌旁的男人。瑞贝卡尽管目睹了整个过程，但依然不敢相信自己的眼睛。她难以置信地看着面前那个由成百上千恶心的东西变成的男人，看不出丝毫破绽，如果不是亲眼所见，她绝对会认为那就是一个不折不扣的人类。无论是西装上的褶皱和阴影，还是身体的形态和肤色，都真实极了，唯一有点奇怪的只是皮肤和衣料上的微微反光而已。

这时那个“人”向后抬起左臂，做出一个类似投棒球的动作，然后猛地向前挥动手臂。他的胳膊随着动作不断延长着向前探出。瑞贝卡离他至少有五米，但那条闪着光的手臂却瞬间伸到了她面前。瑞贝卡急忙躲避，慌乱中摔倒在地，那只手啪的一声缩了回去，然后又向后弯曲，准备再次发起攻击。

枪，笨蛋，开枪！

瑞贝卡拔枪就射，前两枪在慌乱中打偏了，第三枪和第四枪击中了那东西的躯干部分。但是子弹只是在上面打出一阵涟漪，衣服和下面的身体微微起伏了几下，就像酷暑天柏油马路上腾起的热气。那怪物几乎没有任何停顿，再次挥出手臂。瑞贝卡闪开了，但左侧脸颊还是被蹭到了。她又尖叫了一声，并不是那一下有多重，而是因为那令人反胃的触感——又凉又黏，还带着点粗糙感，像泥浆里的鲨鱼皮肤。这次手臂没有缩回去，而是直接一挥，打落了瑞贝卡的手枪。枪一直滑到桌子底下才停住。那个“人”站起来，用怪异的步态向前迈步，看来下一次攻击就不太容易躲开了，瑞贝卡认为自己马上就要死了。

*砰！砰砰！*怪物踉跄后退。枪声还在继续，瑞贝卡本能地缩紧身体避开弹道，挣扎着站起来。前几颗子弹同样被那个“人”的身体吞没了，但之后的数枪准确地命中了怪物发光的脸和眼睛。一股黑色的液体涌出，几条水蛭从被击中的地方脱落，掉在地上。挨了六七枪以后，那个人形怪物又开始改变形态，变成一个个黑色的小生物，在地板上向破碎的车窗滑去。

瑞贝卡回头望向门口，比利·科恩站在那儿，依然保持着教科书般标准的射击姿势，双手握枪，紧盯着面前的怪物，直到那家伙彻底散落成碎片。那些水蛭陆续爬上车窗，在它们经过的地方，地板上、墙上，留下一道道亮晶晶的黏液小路。它们轻松地滑过残留在车窗上的锯齿状碎玻璃，消失在风雨交加的夜色中。看样子，它们这次进攻结束了。

风雨声中传来一阵高亢的歌声。还未能彻底摆脱惊恐的瑞贝卡走向车窗，小心地避开残留的水蛭，在望向歌声来源前，先捡回自己的枪。比利也走过来，毫不在意地跨过那些奇怪的小生物，几条水蛭被他的靴底踩得迸裂开来。

一道闪电划破黑暗，他们看到了他。火车西边的一座小山包上，有一个孤单的身影——从身高和肩宽判断，应该是个男性，他高举双臂，像在做着欢迎的姿势，同时却用令人惊叹的圆润女高音唱着歌，高亢的歌声充满了年轻的朝气。歌词好像是拉丁语，像教堂中的赞美诗。这还不够怪异，那个人似乎是站在一个浅浅的湖面上，周围的地面正微微上下起伏，犹如泛着涟漪的水面。但天色太黑，从他们的位置看过去，只是一片深深的阴影和那位歌者隐约的身形。

“哦，天哪。”比利惊叹道，“看那边！”

瑞贝卡觉得浑身发毛，她扁着嘴，一副恶心的表情。那不是湖。地面完全被成千上万条水蛭覆盖了，它们涌向那唱歌的年轻男子。水蛭爬上男子的身体，长长外套的下摆不断翻动着，它们向上涌动，消失在外套下面。

“那家伙是什么人？”比利问。瑞贝卡摇摇头。也许跟那个老人一样，是水蛭堆成的——

突然，火车一阵颠簸。逐渐升高的沉重机器轰鸣声震撼着车厢，地板在脚下震动，然后火车开始慢慢移动，逐渐加快了速度。

瑞贝卡看向比利，比利脸上也是同样的困惑，这令她第一次对这个罪犯有了愤怒和鄙夷之外的其他感觉。他和她一样，身陷这噩梦般的困境之中。*他救了我的命……*

“还打算一个人应付？”比利笑道。瑞贝卡觉得刚刚出现的那种微弱的共同感瞬间消失了。但在瑞贝卡回应之前，比利好像意识到眼前并不是开玩笑的好时候。

“我想我们都可以从对方那里得到一些帮助，”他说，“怎么样？直到我们离开这里为止，好吗？”

瑞贝卡想起之前看到的那些感染病毒的人，那些被她杀死的人；想起爱德华说的那些话，林子里到处都是丧尸和怪物。她还想到了那个水蛭变成的怪物、在大雨中唱歌的怪人，还有突然间诡异开动的火车。即使恩里克和其他队员现在还活着，也离她越来越远了。

“好吧。”瑞贝卡回答道。尽管她依然认为比利是个冷酷而傲慢的家伙，但她觉得他暗暗松了口气。她自己也一样。

7

resident evil

第四章

山坡上的男子看着火车不断加速，在雨幕中远去。他在心中和着正在唱的歌，甜美的歌声在狂风暴雨中飘荡，将他的部下召唤回来。这些小东西们干得不错，夜幕刚刚降临就攻占了火车，又带领大部分感染者穿过森林，并锁上车门，发动了引擎。他不希望水蛭只是吸食感染者的血液，一旦安布雷拉的人上了车，就一个都别想逃。被他的歌声和意念所召唤，无数水蛭冒着暴雨爬上山坡，围绕着他不停涌动。

歌唱完了，他微笑着迎接这些小东西。一切都如他所愿。如此漫长的等待终于要结束了，过不了多久，他就会实现自己的梦想。他将成为安布雷拉的噩梦，然后则是整个世界的。

***

“首先，我们得把火车停下。”瑞贝卡说。

比利点点头：“有什么建议吗？”

“我们分头行动。”瑞贝卡平静地说。在经历刚才发生的一切后，她的冷静令人刮目相看。“火车最前面的车厢锁上了，也就是我们第一次遇到的那里。我们得把门打开，才能到牵引车那里去。”

“用枪把锁打坏不就行了。”

瑞贝卡摇摇头。“那是电子锁。我们得找到门禁卡才行。”

“我之前看到过乘务室——”

“也锁了，”瑞贝卡说，“我们得想办法找到一张门禁卡。”

“恐怕得费不少时间，”比利说，“我们应该一同行动。”

“那岂不是等于要花双倍的时间？我希望能尽快离开这里，谁知道它会开到哪里去。”

尽管比利不想一个人在车厢里游荡，也不想让瑞贝卡一个人行动，但他找不到反驳的理由。

“我去一层，从后往前找。”瑞贝卡说，“你在二层。我们在最前面碰头。”

*真是个专横的小丫头，对吧？*比利心中暗想，但没有表露出丝毫不满。也许在不久以后，她可能是唯一能让他避免成为别人晚餐的人。

“如果你要滑头，我会毫不犹豫开枪的。”瑞贝卡又补充了一句。比利猛地看向她，却发现瑞贝卡眼中闪着开玩笑的亮光。她并不是认真的。至少不完全是。

瑞贝卡向比利手中的枪点头示意。“你需要补充弹药吗？”

“还够用，你呢？”

瑞贝卡点点头，向门口走去。她走到门口时回过头，“谢谢，”说着，瑞贝卡向车厢后部示意，“我欠你个人情。”

没等比利回答，瑞贝卡就走出了门。比利盯着她的背影看了一会儿，暗自惊讶她的勇气，她竟然真的敢于独自面对火车上的危险。他在这个年龄时，是否有这种魄力呢？

*这叫“否认死亡”。*比利心想。是的，那个时候的他也从没担心过自己有一天会死。被判死刑以后，他对事物看法发生了一些变化。

比利用了一点时间搜索了餐车，在小吧台后面，他看到几十条水蛭的碎裂尸体和淌出的体液，不由得皱了皱眉。餐车前面还有一扇锁着的门，他用力踢开门，迅速向内瞥了一眼，里面是一个空空如也的包间，天花板上有一个洞。他没有在餐车再耽搁下去，认为目前最好的办法就是去那些乘务员的尸体上搜索。

比利走下楼梯，在楼梯底迟疑了一下，向车尾方向看了一眼，然后继续往前走。瑞贝卡·查姆博斯有照顾好自己的能力，不如把担心她的心思用来提防自己身后。

比利穿过一扇双开门，走过第一节车厢，车厢里依然空无一人，他做了一次深呼吸，然后进入第二节车厢。目光迅速扫过车厢内部，确定里面没活物，比利走向楼梯，对那些被自己干掉的尸体他一眼都不想多看。尽管以前不是没杀过人，但从没有对此习以为常，但凡有一点良心的人都不会习惯杀人这种事。

还没等走上二层，比利就闻到一股像腐烂海产发出的腥臭，他放慢脚步，尽量放轻呼吸。走到最上面，他看到气味的来源，不由得一阵反胃。

现在总算知道那些东西是从哪儿来的了。

楼梯尽头的小平台右边有一条通道，在前方几米处向右转弯，平台左侧的角落中堆满成百上千的黑色卵囊，密密麻麻黏结在一起，犹如蜘蛛网般，从地板上一直蔓延到天花板。卵囊全都是空的，表面的黏液在壁灯的微光下闪闪发光，随着列车行驶的节奏微微摇晃着，看上去像活的一样。好在都是空的，比利暗自祈祷不要碰上这些卵囊孵化出来的家伙，无论它们是什么。

比利小心地绕过那个角落，走在铺着精美地毯的大厅中。地毯上有许多呈条带状的闪亮物质，比利不由得在心里嘀咕，不知没在车祸中死掉，到底算不算是幸运。他不想死，无论是死于哪种方式，但比起被能够变成各种形状的水蛭吃掉，他宁可挨一颗枪子儿。

别想了，你是个军人！去做你现在该做的事！

没错。比利在通道中走着，通道里没有人，他稍稍松了口气。通道两侧各有一扇关着的门，门上标着数字。从刚才经过的装潢精致的大厅和通道推测，这应该是私人包间。比利推开最近的那扇标着数字 102 的门，门内是一间不大的卧室，房间整洁干净，没有血迹或尸体。但也没什么有用的东西，比利在一个小衣橱里找到一堆私人物品。纸张、一沓照片，还有一个珠宝盒。他打开盒子，盒中放着一枚别致的银戒，上面的凹槽和弧面构成一个奇怪的图案，像某种锁扣的一部分……比利现在并不需要珠宝首饰，所以他把戒指放了回去，走向第二个包间。

打开 101 房间的门后，比利瞬间感到了希望。一支猎枪像礼物一样躺在地上。比利一把抄起猎枪仔细查看，心中的希望变成了幸福的安全感。这是一支西部式样的叠排双筒猎枪，里面装着两枚十八毫米口径霰弹。他又在房间里找到一些同样的子弹，但还是没找到门禁卡。

*管他有没有门禁卡，这把枪应该能轰开那扇门。*比利把子弹塞进裤子口袋，沉甸甸的分量让他格外安心。他很想马上去找瑞贝卡，但还是决定完成自己的任务。走廊尽头还有一扇门，应该是通向下一节车厢的二层，离车头更近了，无论怎样，通过那扇门可以更早和那女孩会合。比利并不害怕独自行动，绝对不，甚至也不担心瑞贝卡，这只是多年在部队中养成的一种习惯。在军事行动中，单独作战是最糟糕的方式。

门并没有锁，比利推门走进一个布置典雅的头车厢。右边是一个擦得闪亮的木质吧台，里面放着很多酒瓶，小巧优雅的椅子沿墙摆成两排，枝形吊灯低垂在正中间铺着昂贵地毯的宽阔过道上方。和之前那节车厢一样，这里也没有血迹或尸体。比利查看了吧台后面的柜子，便向车厢尽头的门走去。穿过车厢时，他心里十分不安，一直紧握着那把沉重的猎枪。

就在他即将穿过车厢时，车厢顶部传来撞击声。

一声巨响，吧台后面的一个吊灯应声摔碎在地板上，车厢剧烈晃动起来，比利差点摔倒。

勉强站稳后，比利回头看向吊灯掉落的地方，那里明显凹下一大块，厚厚的金属车顶扭曲变形，两个庞然大物从车顶大约相距两米的破洞中穿过。

比利瞪大了眼睛，不知道他看到的究竟是什么。那东西是个很大的圆柱形，在末端变成一个尖角，从中间的一个关节处似乎可以向两边分开……看起来像……爪子？

比利感到胃里一阵痉挛。它们看上去非常像一只巨型螃蟹或蝎子的螯，在他目瞪口呆的时候，那对爪子张开了，露出中间厚厚的锯齿状爪缘。那巨大的螯向内侧弯曲转动，车顶的金属板发出尖锐刺耳的撕裂声。

已经看得够久了。比利转过身，跑过最后几米来到门口，感觉自己出了一身冷汗。刺耳的金属声仍在他身后响着，他猛地拉动门把手——

——门是锁着的。

比利回过头，正好看到那对巨螯的主人从凹凸不平的洞口跳下，挡住了他的退路。

***

瑞贝卡认为刚才遭遇丧尸犬的最后那节车厢现在应该是安全的。

与比利分头行动之后，瑞贝卡穿过遍布血迹、餐具凌乱的餐车，没有遭遇任何意外。她开始怀疑在火车刚刚遭到袭击时，是否有乘客和乘务人员逃出车外了？车里到处都是血迹，为什么却只有几具尸体？鉴于之前遭遇的那几个乘客的状态，这恐怕是最乐观的推测了。

瑞贝卡搜索餐车的时候，不小心踩进一摊食用油里，而且没有丝毫收获。车厢里的另一扇门——似乎是储藏室之类的房间，也上了锁，不过地板下面的空间足以爬过去，瑞贝卡没太费力就设法撬起了地板。

尽管不太情愿钻进黑漆漆的洞里，不过只要爬过几米就行了。再说她告诉过比利，会从后往前搜索，她想做得更加彻底一些。在如此疯狂的情况下，坚持彻底搜索才是正确的态度。可只要想到那些感染者，还有那个水蛭变的男人……

*……别想了。找到门禁卡，停下火车，然后去寻找真正能帮上忙的人。而不是一个被定罪的凶手，真是谢谢了。*的确，比利是她在这场暴风雨中的唯一依靠，他也的确救过她的命，但要是因此完全信任他，就太愚蠢了。

在担惊受怕地爬过短短的漆黑通道后，瑞贝卡进入了储藏室，房间里只亮着一个微弱的小灯泡。靠墙摆满了箱子，大部分在暗影之中。瑞贝卡用枪缓缓扫过黑暗，除了火车行驶发出的动静之外，没有任何响动。

房间后部有一扇带有小窗的门，瑞贝卡举着手枪走过去看向窗外，外面是一片黑暗，而火车的声音在这里显得更响了。这里是整列火车的最尾处了。望着车后的铁轨，瑞贝卡如释重负，外面的世界仍然存在。如果情况恶化到无以复加的地步，她至少可以从这里跳下火车。尽管火车正在全速行驶，但怎么说那也是一种选择。

嗒。

身后传来微弱的一声，瑞贝卡立刻转身，心怦怦直跳，但却没发现什么异常。火车轰隆隆地奔驰着，车厢中的阴影摇摆不定，那个声音没有再出现。瞬间的紧张过后，瑞贝卡长出一口气，放松下来。可能是某个箱子移动了。这个储藏间和其他车厢一样，看来没什么危险。瑞贝卡觉得那张门禁卡似乎正在车厢里飘来飘去躲着她，但至少她是在仔细找——

——嗒，嗒，嗒。

瑞贝卡僵住了。声音就在旁边，她知道那是什么声音，所有养过狗的人都知道，那是犬爪敲击坚硬地面发出的声音。瑞贝卡缓缓将头转向右侧，她看到那里放着两个狗笼，笼门都是开着的。阴影中走出了——

一切都在瞬间发生。一声咆哮，一只狗向瑞贝卡猛扑过来。就像先前她遇到的那些狗一样，体形巨大、浑身是伤，感染了病毒。瑞贝卡本能地用右脚向狗的胸口猛踢，靴跟踢中了它的胸侧。刺啦一声，瑞贝卡感觉到那里的皮被她的靴子扯下一大块，湿湿的毛皮被刚才踩到的油粘在了靴底上。

难以置信，那只狗完全不在乎伤口，继续向瑞贝卡扑来。瑞贝卡来不及举枪，獠牙已经碰到她的手臂，她知道只要被咬上一口，自己就会变成一具行尸走肉——

——千钧一发之际，沾了油的靴子竟然打滑了。瑞贝卡砰地一屁股跌坐在地板上，那只狗擦着她的头顶跳了过去，一股腐臭直冲鼻腔。那只狗用力过猛，来不及停住，只在瑞贝卡的左肩上留下一抹后爪上的灰尘。

这次狗屎运只为瑞贝卡争取了一秒钟的反应时间。她迅速翻身，举枪，开火，第一枪偏得离谱，但第二枪打在作势欲扑的猛犬左眼下方。

那狗砰然倒地，立刻就死了。血迅速从它身下涌出，瑞贝卡急忙手脚并用地躲远。尽管病毒学并不是她的主修课程，但她非常肯定，这些血液有很高的传染性，她可不愿意冒任何感染的风险。这可不是普通的感冒病毒。

如果病因是病毒感染的话。瑞贝卡看着眼前的那堆烂肉心想。这只狗和之前那些东西一模一样，感染了那种神秘的T病毒——比利说过的那种病毒。这种病毒是通过什么方式传播的？感染概率有多大？在宿主体内繁殖的速度又有多快？

瑞贝卡把鞋底上粘着的皮毛蹭掉，非常希望皮毛被扯下时发出的那种声音也能从记忆中删除掉。这时，她看到阴影里有一个反着微光的小东西。她弯腰捡起一枚小小的金戒指，造型十分别致。戒指看起来并不是真金的，估计值不了多少钱，但式样很好看。瑞贝卡端详着戒指，在这时候还能捡到一枚漂亮的戒指，让她觉得很走运。

“这是枚给我带来好运的戒指。”瑞贝卡说道，然后戒指戴在左手食指上。大小恰好合适。

瑞贝卡又在房间里搜索了一番，除了那枚戒指之外，没有找到任何有用的东西。她走到车厢外面的平台上，没一会儿就被大雨淋透了。雨下得太大了，火车行驶的速度也太快，根本不用考虑直接跳下去这种方案。当她看到一块标着“紧急制动”的控制面板时，心里曾短暂升起了希望，但按了几下之后发现毫无作用。这就是所谓的“紧急制动”？

瑞贝卡回到车厢里，把贴在额头上的湿头发撩上去。该继续往前走了，去她和比利杀掉的那些人身上搜搜看。尽管这不是个令人愉快的想法，但现在没有更多的选择。现在连火车是由人驾驶，还是已经完全失控都无法确定。反正不管怎样，他们都要取得火车的操控权。

离开之前，瑞贝卡回头看了一眼那只狗的尸体，又一次感叹自己的好运气，在刚才那种情况下，被咬伤甚至咬死几乎是无法避免的。她绝不会再放松警惕了，希望比利的运气也能好一点。

***

天哪。

比利被眼前离他不到十米的庞然大物惊呆了。

那东西像一只蝎子，如果蝎子能长到跑车那么大的话。从车顶上跳下来的怪物身长差不多有三米，一对巨螯举在扁平的头部上方，又粗又长的尾巴从背上弯向前方，尾巴末端的毒钩比比利的头还大。比利没有心情去数它究竟长着几条腿，因为怪物开始向他爬过来了，它发出一阵像发动机过热时的叫声，巨大的节肢敲击着地板，大雨从车顶的破洞中倾泻而下，犹如身处地狱一般，像从噩梦中走出的怪物在水雾中步步进逼。

没有工夫思考了，比利将猎枪抵在肩膀上，瞄准怪物扁平的头颅。列车行驶的颠簸和正在移动的怪物令比利浪费了几秒钟瞄准，他感觉那几秒钟漫长得像几个世纪。怪物更近了，每一步都在地板上发出隆隆声，昂贵的地毯在它长满刚毛的节肢下翻起。

比利扣动了扳机，砰！猎枪的枪托重重撞击着他的肩膀，肩部传来一阵肿痛。怪物发出了尖叫，一股乳白色的液体从头部破碎的甲壳中喷出。比利并没有傻看着，他迅速瞄准，再次开枪。

怪物发出更强烈的尖叫声，但仍在向前逼近。比利打开猎枪的膛室，退出弹壳，在牛仔裤口袋里掏着子弹。一不小心，子弹脱手掉在地毯上，而尖叫的怪物正快速朝他逼近。

口袋里只剩一颗子弹了。比利将唯一的子弹塞进枪筒，这次他将枪托抵在髋部……*希望这一枪能彻底干掉它。*

子弹正中怪物黝黑丑陋的额头，离比利只有一米远，近到炙热的火药残渣都溅到了他身上，嵌入他裸露的皮肤里。怪物发出垂死的惨叫，头部后方的一大块甲壳被子弹炸飞了，血液和脑浆喷洒在抽搐着的尾巴上。怪物抖动着，挥舞着巨大的螯，在空中胡乱开合，钳来钳去。最后它发出一阵咯咯声，重重倒在地上，似乎是被沉重的双螯压垮了，身体摊在地上不动了。

一股污泥混着变质油脂的臭味热腾腾地扑面而来，但比利纹丝不动，他必须确认怪物真的死了。他看到自己前两枪击中的位置，都有些向左偏了，但最后一枪打碎了怪物黑溜溜的眼睛和周围的甲壳，要了它的命。

*这到底是什么东西？*比利低头看着地上那恐怖的尸体，不敢相信它真的被打死了。它肯定和那些狗、丧尸以及 T 病毒有关系。那本笔记上写了，即便很小的剂量也能够造成体形和攻击力的巨大变化……

*这家伙一定是喝了不少那玩意儿。只是个意外吗？不可能。*笔记里提到过一个实验室。在能够控制病毒的效果之前，公司都是在玩火。

显而易见。T 病毒的泄漏可能是意外，但这个公司——不管到底是哪家公司，显然早就知道他们在做什么，而且做过实验。

不过眼下来说，最重要的是它已经死了，而他也完成了自己的搜索任务。见鬼去吧。如果这个蝎子王还有什么兄弟姐妹在附近晃悠，比利衷心希望能有人来接替自己。

比利捡起刚才掉在地上的子弹，装入枪筒。然后他小心翼翼地绕过那具散发着恶臭的巨大尸体，去找瑞贝卡。或许瑞贝卡的运气会比他好些。

***

刚进入最前面的那节车厢，瑞贝卡就听到后方传来枪声。她站在门口，手扶门框看向后方。从她的位置只能看到先前打死的那只狗，她用心倾听着。外面雷声隆隆。听了一会儿，瑞贝卡放弃了，继续朝车头走去。

瑞贝卡慢慢走着，鼓足勇气再次面对死去的爱德华，暗自后悔自己刚才没想到从一片狼藉的车厢中抓块毯子或者其他什么。哪怕是死人身上的外套也好。除了对释放T病毒的家伙的愤怒和长时间屏气凝神造成的头痛之外，她没有任何收获。没有门禁卡，没有任何求助途径。那个乘务员的尸体就在前面，她就是在那里碰到比利的。也许那人手里攥着的钥匙能派上用场。

瑞贝卡走过通道的拐角，强迫自己从死狗体内流出的恶心液体上跨过去——

——爱德华不见了。

瑞贝卡停了下来，有点儿发愣。第二只被她杀死的狗还在原处，可爱德华原来躺着的地方现在只剩下一片血迹和一团染血的绷带。车厢内有一股浓重的腐臭味，尽管有湿冷的风不断从车窗外吹进来，可那股味道依然十分浓烈。

瑞贝卡仔细察看时，发现似乎曾经有什么东西缓慢移动过，在地上的血迹中留下了痕迹。她的视线循着血印向前，看到一个个凌乱的血色鞋印，就像喝醉的人留下的，或者……或者是感染病毒的人……

不。瑞贝卡的心怦怦直跳。

时间似乎变慢了。瑞贝卡终于将目光从地面上抬起，她看到大厅尽头漏出一点点手臂的边缘，那里有人，站在她看不到的地方。那个人个子很高，穿着军靴。

“不。”瑞贝卡说。爱德华从墙后走入她的视线。看到瑞贝卡时，他从青紫色的嘴唇中发出一声呜咽。他蹒跚着朝瑞贝卡走来，面色灰白，翻着白眼。

“爱德华？”

爱德华没有停下来，还是摇摇晃晃地走着，受伤的肩膀一路擦过墙壁，在上面留下一道血痕。他的手臂吊在身体两侧，脸上没有任何表情。这是爱德华，她的朋友，瑞贝卡举起手枪退后一步，然后瞄准。

“别逼我。”瑞贝卡说，隐约在思考病毒是如何令感染者看起来像尸体一样的，一定减缓了心率。

爱德华再次发出呜咽。听起来他饿极了。爱德华的眼中一片煞白，看不到瞳孔，瑞贝卡知道他已经不是爱德华了。他又逼近了一些。

“安息吧。”瑞贝卡轻声说，然后开枪。子弹穿过他左侧太阳穴边，留下一个清晰的弹孔。他站在原地停了一下，脸上的呆滞表情没有任何变化，然后倒在地上。

几分钟后，当比利找到瑞贝卡时，她依然呆站在那里，举枪瞄准着她朋友的尸体。

7

resident evil

第五章

威廉·柏肯匆匆走在污水处理厂的地下通道中，脚步在空荡荡的通道中回荡，听起来有些令人惴惴不安。他要去 B1 层的控制室，那是个阴森寒冷的地方，像坟墓——这个比喻绝不夸张，不过柏肯知道在他周围其实有很多“活体”。想到这个，柏肯对自己响亮的脚步更加不安了，似乎如同在停尸房里大喊大叫一样是一种亵渎行为。

是的，这是真的。他们都还活着。你的同事，你的朋友……

冷静！他们都知道有这种可能，所有人都知道。他们只是运气不好而已，就是这样。

他们运气不好。病毒发生泄漏时，他跟安奈特正在城里的实验室中，对新的合成物进行分解。

柏肯走到 B4 层的楼梯井，沿着楼梯向上，心想威斯克此时可能已经等在那儿了。很有可能。柏肯迟到了，他实在放不下手头的工作，而阿尔伯特·威斯克又是一个严谨守时的人。他是军人、学者，同时也是个反社会者。

*也许就是他导致病毒泄漏。这并不是异想天开。*威斯克一向只对自己忠诚，尽管他为安布雷拉工作了多年，但柏肯知道他一直都在寻找另一个工作。但他绝不会做有损于自身利益的事，这不是他的风格，柏肯认识这个人已经二十年了，对他非常了解。如果病毒泄漏事件真是威斯克所为，他肯定不会留在这儿看着事态发展。

柏肯转过楼梯拐弯，继续向上。电梯应该还能运行，但他不想冒险。万一电梯出了故障，现在可没人帮他。据他所知，这附近除了威斯克之外再没别人了，而这位特种战术救援组的指挥官已经决定离开了。

在地下二层，柏肯听到门的后面有些细微轻柔的声音。他停了一下，想象着一个可怜的家伙正在门的对面，无意识地用垂死的身体一次次撞着面前的障碍，模模糊糊地希望获得自由。一旦发现有人感染病毒，门就会自动锁上，将大部分感染者和逃跑的实验体关在里面。但主通道不会封闭，至少通向控制室的这一段是畅通的。

柏肯看了看表，开始爬上最后一段楼梯。他不想错过与威斯克的会面，如果他还活着的话。

*如果这不是威斯克做的，那么能是谁呢？他是怎么做到的？*他们都认为这是一个意外。直到几小时前，威斯克在电话中告诉他火车的事时，他都认为这是意外。意外也太频繁了。柏肯知道有很多人有攻击安布雷拉的理由，但哪怕是浣熊市实验室最低级别的通行证，都不是那么容易搞到的。

假如……威斯克说公司希望获得病毒的真实数据，不是模拟环境，而是在真实环境中。也许是他们自己释放了病毒，故意派人去拔开一个不该被打开的瓶塞，大致上可以这么说。

也许他们是想用这种方式获得G病毒，故意制造混乱，再趁乱溜进去取得病毒样本？

柏肯有些紧张。不，他们不会知道他已经接近完成了，直到自己做好万全的准备。柏肯做好了预防措施，隐瞒了一些重要的东西，安奈特也买通了门卫，让他们睁一只眼闭一只眼。他目睹过好多次那种事了，公司希望马上看到成果，于是强行拿走某个人的研究资料，然后交给一个新人进行实验……至少有两次，原来的研究者失踪了，以免他转而投向公司的竞争者。

*我不会落得和他们一样，G病毒也不能。*柏肯心想。他为此付出了一生，但他会在他们拿走之前毁掉它。

柏肯到达了控制室，准确地说这是一个观察用的平台，平台下面是工厂的备用发电机组，谢天谢地，这时发电机并没在轰隆隆地运转。灯都灭了，不过在走过去的时候，他还是能看到威斯克坐在监视器前，显示器发出的微光勾勒出了他的背部轮廓。威斯克像往常一样戴着墨镜，这种装腔作势的样子总让柏肯有些紧张，这个家伙在黑暗中也能看清。

没等柏肯开口，威斯克就向他招了招手，连头都没有回。

“来看看这个。”

威斯克的声音威严、急切。柏肯连忙走过去，向控制台俯下身，想看看是什么让威斯克如此感兴趣。

屏幕上显示的是训练基地中的场景，像二楼的影像资料室。一个受训者在房间里走来走去，显然已经感染了病毒，身上满是血迹和黏液，看上去全身都湿透了，但柏肯并没发现什么异常。

“我不明白——”柏肯刚一开口就被威斯克打断了。

“再等等。”

柏肯只能继续看着画面中的那个年轻人——他永远都不会变老，因为T病毒，撞在房间一角的一张小桌子上，然后转身向电脑走去，像所有感染者一样，他蹒跚着前进，监控摄像头始终锁定着他。就在柏肯想再次询问时，他看到了。

“就是那个。”威斯克说。

柏肯眨了眨眼睛，有点不敢相信。感染者转向电脑时，他的右臂突然变细、变长，几乎碰到了地板，然后又突然恢复原状，整个过程还不到一秒钟。

“这是半小时里的第三次。”威斯克低声说。

感染者继续在小房间里游荡，变得和其他监视器中的感染者没有任何区别。

“是我们不知道的实验造成的？”柏肯问，尽管觉得这不太可能。除了安布雷拉总部的人之外，他们比任何人都更了解情况。

“不是。”

“突变？”

“应该是你来告诉我才对，你是专家。”威斯克说。

柏肯思考了一下，然后摇摇头。“尽管有这种可能，但……不，我觉得不是突变。”

他们沉默地看着画面中的感染者，但他只是在房间里来回走着，没有再出现什么变化。柏肯不明白这是什么原因造成的，但他很不愿意看到这种情况，一点儿也不愿意。在成为他生活一部分的那些复杂方程式中，在他的工作和家庭之间，在浣熊市的灾难和他制造完美病毒的梦想之间，出现了一个未知问题，这是个新出现的东西。

一阵电波的噪音打破了宁静，一个陌生的男声传来。“预计十分钟内到达，完毕。”

一定是安布雷拉派往那列火车的清理人员。威斯克之前打电话时说他们正在路上。威斯克按下一个按钮：“收到。到达目标后报告。通话结束。”

说完，威斯克又按了一下按钮，两人继续盯着画面中那个感染者，各自想着各自的事。柏肯不知道威斯克在想什么，但他真的觉得是离开浣熊市的时候了。

***

“瑞贝卡。”

瑞贝卡没有回答，也没有转身，只是放下了武器。比利本想说些什么，但又觉得还是闭嘴为好。情况很明显，倒在地板上的男人也穿着特种战术救援组制服，可能和瑞贝卡还是好朋友，却不幸感染了病毒。

比利给了瑞贝卡一点时间，但他们不能耽搁太久。尽管不太确定，可比利觉得火车似乎又在加速。如果火车真的是在失控状态中行驶，恐怕很快就会撞车了，而在车上的他们必死无疑。如果有人在操控火车，他们则需要弄清他的身份和目的。

“瑞贝卡。”比利又叫了一声，瑞贝卡回过头，毫不遮掩地擦掉了眼泪。她眨了眨眼，看着比利。

“几分钟前是你在开枪吗？”瑞贝卡问。

比利点点头，试图挤出一个微笑，却没能做到：“是一只怪物虫子。你呢？”

“狗。”瑞贝卡说着，擦掉脸上最后一滴泪水，“还有……还有我认识的人。”

比利有点不太自在地动了动，两个人沉默了一会儿。然后瑞贝卡叹息一声，用手拨开额头的刘海：“这么说你找到门禁卡了。”

“这个也差不多算是。”说着，比利举了举手中的猎枪。

“没用的。”瑞贝卡说，又叹了口气，“那道门装着磁控门闩，就像银行金库用的一样。”

“把那玩意儿用在火车车厢上？”比利问。

瑞贝卡耸了耸肩。“火车是安布雷拉的专列。”

一家制药公司。在他接受军事法庭的审判期间，对自己将要被带去哪里行刑并不关心，但现在他想起来了——浣熊市，这附近唯一的城市，那家制药巨头的发家地。

“他们有自己的专列？”

瑞贝卡点点头。“这里到处都是与安布雷拉公司有关的东西，办公室、研究所、实验室……”

“今天我们听说阿克雷实验室的事……下周我们就要被派去调查那里了。”日记里是这么说的。浣熊市森林，包括浣熊市在内都在阿克雷山一带！

瑞贝卡似乎听见了比利的想法。“你觉得会不会是——”

“我不确定，”比利说，“不过现在顾不上那些，眼下最重要的是打开那扇门。”

瑞贝卡转向车头方向，似乎是想到了更好的主意，又或许是不想再看到朋友的遗体。她低头看着地面，小声地说：“门边有一具尸体，他手上握着一把钥匙。说不定能派上用场。”

“你在这儿等一下。”比利说着，经过瑞贝卡身旁，一直往前走到过道尽头才停下。比利看到了那具尸体，他第一次看见瑞贝卡的时候，她就蹲在尸体前。尸体手中果然攥着一把金属钥匙。比利掰开尸体僵硬的手指，拿着钥匙凑近昏暗的灯光。贴在钥匙上的小标签写着：餐车。

*真是太有用了，太谢谢了。*比利把钥匙丢在一边，用了点时间搜索尸体的衣服，在其中一个口袋里找到一包卡片和一些薄荷糖……在另一个口袋里又翻出一串钥匙。其中的两把没贴标签，但第三把上蚀刻着“乘务员办公室”的字样。比利把这些钥匙装进口袋，想了一下，他又蹲下身，小心翼翼地脱下尸体身上的外套，尸体冰凉的触感令他不禁做了个鬼脸。这个可怜的家伙好像并没有感染，但却被一个或者多个感染者用牙齿折磨了一番，尸体惨不忍睹，脸部和双手上的肉被啃掉了许多。

比利走回瑞贝卡那边，在经过时，将乘务员的外套盖在瑞贝卡队友的身上。外套只够盖住他的脸和上半身，但为瑞贝卡着想，有总比没有强。他走近瑞贝卡时，她感激地点点头，但什么也没说。

“你看到的那把钥匙是餐车上的，我们已经搜查过那里了。”比利说着，从口袋里掏出他找到的那串钥匙，“但这些或许能打开另一些门。”

比利和瑞贝卡就站在写着“乘务员办公室”的门旁。比利拈着那把钥匙向瑞贝卡示意，瑞贝卡点了点头，他将钥匙插进锁眼，钥匙顺畅地转动了。比利准备好武器，然后迅速推开门，做好向任何可能出现的人或东西开枪的准备。

里面没有人。比利稍微放松了些，走进办公室。瑞贝卡则站在门口，一手持枪，低头看着门边的一张满是文件的小桌。在比利搜索房间其他部分的时候，瑞贝卡沙沙地翻看着这些文件。

“日程表、信……这里有本叫作《绳钩枪使用指南》的书，”瑞贝卡说，“保养记录、戒指锁，管它是什么，厨房订单……”

瑞贝卡仍在办公桌上翻找，比利则打开一边的壁橱。壁橱门的内侧贴着一些指示标、明信片和便条，里面放着一个账本和一个带锁的手提箱。比利拿起手提箱，摇了摇。里面发出嘎啦嘎啦的响声，但声音很小，是门禁卡吗？不太像。但总算是点儿希望。

比利查看了手提箱的锁，不禁皱起眉头。这个手提箱竟然没有锁孔，只是在正面有一个圆形凹陷。他用力拉动提手，但手提箱非常结实。虽然用暴力方式应该能弄开这个手提箱，但它看上去制作精良，强行打开恐怕得用不少时间，而眼下他们必须争分夺秒……

“刚才，你说什么戒指锁？”比利问瑞贝卡。

瑞贝卡把一些纸推开。“啊……在这儿。这是一张手写的便笺，上面写着‘以防万一，分别存放戒指锁，两部分。’”

*以防什么“万一”？*比利耸了耸肩，突然感到一阵兴奋。“万一”。门禁卡就在手提箱里，他能感觉到。比利仔细地观察锁的形状，突然想起之前在楼上看到的那个独特的银戒指，然后就碰到了那只蝎子怪物。这锁的凹痕和戒指的形状很相似。

但便笺上说分成了两个部分。难道——

“嘿，我在车尾找到一个戒指。”瑞贝卡说道。比利抬起头，看着瑞贝卡从食指上褪下一个金色的戒指，他知道那就是第二个部分。

“我想胜利在望了。”比利说，脸上露出笑容。他有多久没有真正笑过了？已经想不起来了。牵引机车里一定有无线电，还有火车的驾驶装置，说不定还有附近森林的地图。

他们差点儿就完蛋了，比利非常确定。

他不知道还会发生什么事。

***

竟然有人启动了那辆该死的火车。也许是火车上还有幸存的工作人员，但威斯克觉得，更可能是某个感染者无意碰到了控制杆。无论是哪种情况，直升机马上就要追上火车了，只是比预计晚几分钟而已。这很幸运，如果火车继续行进，就会直接冲进训练基地，撞毁在里面，而他们最不希望的就是那些隔离区域被人们注意到。

“我们正在部署，完毕。”

威斯克等待着。他能听到无线电中直升机轰鸣里的其他声音，甚至能听到风吹过速降索的声音。威斯克有点希望自己也在现场，能亲自踏上那辆已经注定结局的火车，抽出武器，将那些丧尸般的感染者一一打倒在血泊中……

柏肯打断了威斯克的愉悦幻想，他用一只苍白的手遮住了麦克风说：“确定是病毒，对吧？我是说，我们面对的不是火车被劫持，或者……或者机械故障？我的意思是，我们是否确信这支队伍应付得了火车上的事？”

威斯克在心里叹了口气。威廉·柏肯是个聪明人，但有些过分偏执。他坚信安布雷拉想窃取他的研究成果，在这方面他幼稚得像个孩子。

“当然。”威斯克回答说，“不是病毒，还能是什么？”

柏肯向监视器中那个手臂犹如弹力橡胶似的感染者努了努嘴。“或许跟这个有点关系。”

威斯克耸了耸肩。那不过是变异而已，肯定是。尽管这很不寻常，但并不是没有可能。“我不觉得。别担心，威廉。公司高层没人知道你的G病毒。”这话并不是百分百正确，但威斯克不想再听柏肯说那些杞人忧天的话了。“至于火车……也许T病毒的环境适应性比我们想象的更好。”

柏肯并不认同威斯克的解释，这不奇怪。至少威斯克对此并不奇怪。他要是真的相信火车上的事是巧合，他一定长着一个和他姑妈玛蒂的茶壶一样的蠢脑袋。

“庄园、实验室、火车……是谁干的？”柏肯轻声问道，“还有，为什么？”

这时，清理小队的一名队员说话了。“我们已降落，完毕。”扬声器里直升机的轰鸣已变成火车有节奏的行驶声。

终于到了。“很好。”威斯克对着麦克风说道。说完他关上麦克风，以便回答柏肯的话。

“那无关紧要。现在最重要的是防止病毒进一步传播。火车必须被摧毁。所有证据都要销毁。威廉，你会看到事情顺利解决的。不要节外生枝。”

说完，威斯克再次打开麦克风：“你们离最近的铁路道岔有多远？完毕。”

“不会超过十分钟，可能——”

一阵电流声令威斯克没听清后面的话。“什么？没有听到，完毕。”

一阵刺痛耳膜的尖锐电流声传来，威斯克不由得向后躲了一下，柏肯也被这突如其来的噪音吓了一跳——

——紧接着传来一阵尖叫声，进入火车里的两名士兵齐声惊叫着。

“啊，天哪，这是——”

“天啊！”

“把他们弄开！弄开！”

“不要！不要！不——”

充满痛苦和恐惧的惨叫声中，夹杂着几声自动步枪的低沉枪声，然后就只剩下电流声吱吱地响着。

威斯克紧咬牙关，站在他身后的柏肯惊慌失措，不知在说着什么。看样子真的有麻烦了。

***

瑞贝卡和比利站在锁着的门前，瑞贝卡手中拿着门禁卡，心中有一种胜利的喜悦。其实这胜利微不足道，瑞贝卡觉得她可能是有些心理疲惫了。只不过是找到两个戒指，打开了手提箱，而她觉得就像解开了斯芬克斯之谜。

比利示意瑞贝卡打开门，他把头侧向一边，聆听着周围的动静。比利敢发誓，在他们去拿戒指的途中，他听到外面有直升机的轰鸣声，后来还听到有人在叫喊。但瑞贝卡什么都没听到，她觉得比利可能是太紧张了，和自己一样。*这样难免，鉴于——*

——鉴于他正在前往刑场的路上。不要将他视为同伴。无论他在这里帮了你多大的忙，他都是一个危险分子。忘记这一点，很可能会赔上你的小命。

*是的。与外界重新联系上之后，他们之间短暂的和平就结束了。*瑞贝卡将卡片划过读卡器，红色的指示灯变成了绿色。门咔嗒一声打开了，比利推门而入。

车门打开后，火车轰隆声更响了。门内的通道两旁是隔栅，一大半车顶都不见了，暴雨冲刷着车厢内部。冷风夹杂着雨雾向比利和瑞贝卡迎面扑来。他们右侧是一排被上了锁的金属网隔开的设备区，一直延伸到车厢最前头；左侧只剩下一排摇摇晃晃的护栏，护栏外就是飞速后掠的夜幕。在黑暗中看不清前面那节车厢中的情况，但可以肯定那就是车头了。瑞贝卡忽然意识到火车现在行驶得有多快，她不由得抓住了摇摇晃晃的护栏，而——

喔哦。

比利匆匆向前走了几步，瑞贝卡犹豫了一下，看着他在一具尸体前蹲下。大约一米外倒着另一具尸体，都身穿防暴制服，脸部被遮光镜遮住了大半。

*是特警？他们什么时候到的？怎么只有两个人？*瑞贝卡慢慢走近，看到那两具尸体上都有黏液的反光，就像餐车里那些水蛭分泌的黏液一样……他们的所有装备（防弹背心和武器）上面都没有任何标

记。不是浣熊市警署的人，也不是军方的人。

比利正注视着他们右侧的金属隔离网，瑞贝卡顺着他的目光看过去，一张黑色的大网黏在金属网的内侧，上面挂着上千个半透明的卵。

水蛭的卵。

瑞贝卡打了个冷战，比利站起来，摇了摇头。火车的声音太大了，他不得不大声喊着对瑞贝卡说："没救了！他们已经死了！"

虽然瑞贝卡心里也明白，但她不愿相信比利。她推开比利，亲自查看两具尸体，注意到他们裸露在外的皮肤上都带着血淋淋的奇怪伤口。比利说得没错……也许刚才真的有人在尖叫。尽管是在暴雨中，但这两具尸体还没有完全变冷。

瑞贝卡站起身，扶着护栏，跟着比利走向下一节车厢。瑞贝卡正在琢磨万一那扇门也上了锁该怎么办，比利已经把门推开了。

他们从风雨里走进一个空间狭小的驾驶室，除了前方的控制台上均匀覆盖着一层薄薄的黏液之外，整个房间看起来干净有序。身后的门砰地关上，将风雨声隔在了门外，突然的安静让瑞贝卡有些失聪的错觉，不过现在她更关心的是控制台闪烁的几个红灯。

比利走上前研究了一会儿那个复杂的控制台，然后按下小屏幕前的按键。屏幕没有反应。比利沮丧地回过头看着瑞贝卡。

"控制装置被锁定了。"比利说。

瑞贝卡从背心口袋里拿出门禁卡。卡的两面都没有数字，他们无从得知解锁密码。瑞贝卡走到比利身旁，尽量不去注意被雨水冲刷的挡风玻璃和飞快掠过车外的树林，试着按了几个键。的确像被锁定了，按键无法全部按下去。瑞贝卡开始在控制台上寻找标有"紧急"字样的东西。

"这儿。"比利说着，伸手拉下控制台旁边的一根拉杆，屏幕上开始滚动着一行字。

紧急制动——需要同时启动车头与车尾的制动装置，是否向车尾制动供电？

应该是指瑞贝卡在最后那节车厢外看到的控制面板。比利迅速输入“是”。

车尾制动已通电。

“谢天谢地。”瑞贝卡说，“快点把火车停下。”火车现在的速度快得难以置信，轰隆隆的声音更大了，听起来简直像要爆炸。

比利又拉了一下拉杆。没怎么用力拉杆就动了，屏幕上滚动着一行新的字。

紧急制动前必须激活车尾制动。

“哦！这是在耍人吧！”比利咒骂着，“这该死的控制室竟然不能紧急制动？！”

“应该可以，只是需要授权。”瑞贝卡说，“不过可以手动操作……我在车尾看到过，在最后一节车厢的尾部。我去打开它。”

比利摇了摇头，望着外头疾驰而过的黑暗。“不，我去。没别的意思，我想我跑得更快些。有对讲系统吗？打开后我给你发信号。”

他们开始在控制台上寻找，但控制台上没有任何文字说明，要花很长时间才能找到车载对讲。瑞贝卡让比利赶紧去车尾，从火车运行的速度来看，他必须一路狂奔才来得及。

“爱德华的对讲机。”瑞贝卡说，“他带着一个无线对讲机，应该还在他身上。”

比利立刻转身往门口走去。“我会在半路带上它的。”

“小心点。”瑞贝卡说。

比利点了点头，又看了一眼窗外。

“随时准备制动，我有预感，火车很快就能停下了。”

说完，比利猛地拉开门，快步离开了。

时间一分一秒地过去。瑞贝卡确认无线对讲机处于开启状态，她把手放在制动杆上，盯着窗外飞快倒退的黑夜。火车正在急速转弯，瑞贝卡闭上眼睛不去看窗外，强迫自己冷静下来，暗自祈祷失控的列车不要脱轨。她能清晰地想象出火车车轮从铁轨上抬起，然后又落回原处的画面。比利说得没错，无论如何不会太久了。

*怎么这么久？*尽管只过去几分钟，但已经足够比利跑到车尾了。瑞贝卡抓起对讲机，按下通话键。

“比利，回答。你现在怎么样？完毕。”

没有回应。

“比利？”瑞贝卡等待着，默默从一数到五，又开始紧张起来。前方又是一个弯道。“比利，回答！”

*该死！*也许他没找到对讲机，或忘了打开它。也可能制动系统出了问题，他无法启动。

也许他死了，也许遇到了敌人。

火车在弯道上疾驶，这次瑞贝卡不用再去想象了。可以明显感到整个车身向一侧倾斜着，嘎吱嘎吱地响着，仍然在加速，如果再来一个弯道，就全完了。瑞贝卡必须去后头看看，时间不够了，但她没有别的选择——

“瑞贝卡，好了！”

瑞贝卡看到一片模糊的影子从右侧车外闪过，速度太快了，等她反应过来那是个站台时，火车已经远远将它甩在了后面，这意味着他们可能已经来不及了。

“坚持住！”瑞贝卡冲着对讲机喊道，双手紧握制动杆，用尽全力拉下。又一片什么东西从前方迎面而来，比夜色更加黑暗，是一条隧道。火车呼啸着冲进隧道，制动装置发出刺耳的声音。火车冲破了一些脆弱的障碍物，木头飞溅到挡风玻璃上，车身剧烈地颠簸起来。

在制动装置的噪音中，瑞贝卡听到了自己的尖叫声。火车冲出隧道继续滑行，耀眼的火花在尖锐的刹车声中像烟火一样四处喷溅。车厢墙壁突然变成了地板，瑞贝卡嘭地一头撞在上面，车厢里的灯瞬间全部熄灭了。

7

resident evil

第六章

比利醒来时感到一阵疼痛，同时闻到一股化纤物燃烧的焦味。他睁开眼睛，用力眨了几下，尽可能迅速地查看周围。实际上根本快不了。他平躺在地上，映入眼帘的首先是高高的天花板。在他周围有火光闪烁，断壁残垣的影子在左边的墙上舞动着。比利完全不知道自己是怎么跑到这里来的。

刹车，火车……瑞贝卡？

比利一下子清醒了。他坐起来，惊讶地发现自己只是肩部有些挫伤，还有几道擦伤，全身上下再没有受其他的伤了。

“瑞贝卡？”比利喊了一声，结果立刻被浓重的烟雾呛得咳嗽起来。烟雾越来越浓了，无论这是什么地方，他或者说他和瑞贝卡都需要尽快离开。

比利站起身，捂着右臂环视四周。看来火车好像撞进一个仓库里，或者其他什么巨大空旷的建筑，地面是水泥的，旁边有一个脚手架，头顶上吊着几个带灯罩的灯泡，灯光不太亮。比利低下头，发现脚下是一条变形的铁轨，他这才意识到这里应该是火车维修库之类的地方。

“瑞贝卡？”比利又叫了一声，在废墟中搜寻着。到处都是破碎的混凝土块和燃烧着的机油，火车机车侧翻在一旁，其他车厢在机车后叠成了乱七八糟的一堆，堵住了墙上被火车撞出来的大洞。比利找不到瑞贝卡，他启动车尾制动装置后就立刻往车头跑，他一定是从客车车厢里被甩出来了……

“呃。”一堆冒着烟的混凝土碎块旁，一个灰头土脸的身影倒在地上。

“瑞贝卡！”比利踉踉跄跄地跑过去，一心希望她不要有事。在对讲机中呼叫他时，瑞贝卡的声音听起来似乎很惊慌，但他忙着启动制动器，顾不上回答。比利对此很是内疚，再怎么说她还是个孩子，肯定是吓坏了。*我应该让她放心才对*——

比利奔过去，在那个满身是灰的人身旁跪下。她背冲着他俯卧在地上，身上的衣服几乎成了碎片。

“比利？”

比利转过身，看到瑞贝卡正握着手枪向他走来，发际处有些许血迹，看上去没什么大碍——

地上的人突然翻过身，呜咽了一声，伸出血淋淋的手抓住比利的脸，腐烂的手指在他的脸上缓缓移动。

“啊！”比利厌恶地叫了一声，向后躲闪着，跌坐在地上。那个人已经被病毒或者车祸弄得面目全非，以至都分辨不出性别了。它慢慢跪起身，将脸转向比利，嘴大张着，血水从破碎的牙齿之间淌出，再次伸手抓向比利。

“让我来！”瑞贝卡说道。听到瑞贝卡的话，比利十分欣喜，他手脚并用地向后退，手铐锯齿嵌入了左手手掌，一阵疼痛。瑞贝卡开了两枪，都射中这个曾经的人类破裂的头骨中，结束了它的性命。它倒在地上，发出了一声解脱的叹息。

比利站起身，两人紧张地查看周围，寻找其他可能存在的丧尸。他们没再看到什么，除非丧尸突然懂得隐藏了。

“谢谢。”比利看着可怜的尸体。瑞贝卡那两枪干净利落，终结了丧尸的痛苦。比利很是惊讶，在这之前他一点也没发现瑞贝卡竟然有如此的好枪法。“你还好吗？”

“还好。就是头疼得厉害。我今天是第二次遭遇事故了。”

“真的？”比利问。“第一次是怎么回事？”

瑞贝卡笑了笑，正打算开口，却突然停住了，表情变得严肃起来，比利心里一阵难受。显然瑞贝卡想起她在和谁说话。尽管共同经历了这么多，她还是认为他是一个杀人狂。

“那不重要。”瑞贝卡说，“走吧，我们得在烟变得更浓前离开这儿。”

他们的对讲机都还在，比利花了一点时间找自己的枪，从离他醒来的地方不远处，一块破碎的混凝土块下面找到了手枪。至于那把双筒猎枪，已经成为过去了。两个人都知道这种时候不可能再跑去火车上寻找，虽然明火已经熄灭了，但浓重的黑烟却越聚越多。

瑞贝卡和比利在宽阔的库房里四处查看，只在离翻倒的机车二十米远的地方发现了一扇门。比利衷心希望这扇门能带来新鲜的空气，给自己带来自由，给那女孩带来安全。比利站在门前，回头看了一眼身后正在冒烟的火车残骸，嘴角不由得向上翘起。

“好吧，至少我们成功让火车停下来了。”他说。

瑞贝卡点点头，微微笑了一下。“我们做到了。”她说。

他们转回头，比利深吸一口气，伸手转动门把，将门推开。

***

屏幕上火车冲进训练基地地下设施的画面令人难以置信，但随后巨大的轰隆声响起，他们周围的墙壁也都在微微震动。很快，监控摄像头被弥漫的烟雾遮住了。

“我们得马上离开这儿。”柏肯在威斯克的椅子后面不安地来回踱步。他并不是担心火灾，旧站台的主体是钢混结构，但火车事故很难被人忽视，附近的警察和消防员也并不都被安布雷拉收买。尽管训练基地非常偏僻，但只要有一个多事的市民打个电话，安布雷拉秘密研究生物武器的事就会曝光。

威斯克好像根本没有听见。他敲击控制台上的按键，调出其他角度的监控画面，似乎在寻找着什么。与清理小队最后一次通话之后，威斯克几乎一个字都没说过。

“你在听我说吗？”柏肯问道。几分钟里他已经问了不止一次。他非常紧张，而威斯克的傲慢态度一点也不能令他缓解心情。

“我听得到，威廉。”威斯克的目光仍盯着监控器，“如果你要走，就走吧。”

“嗯？你不走吗？”

“哦，我还得等一会儿。”威斯克回道，语气冷静平和，“我要确认几件事。”

“确认什么？我觉得火车已经算清理完毕了。而这正是我们来这儿的原因，不是吗？”

威斯克没有再回应，只是目不转睛地盯着监控画面。柏肯攥紧了双手。天哪，这个人真是让人受不了！反社会者的通病。他们缺乏同情心，非常自私。

*我还有工作要做，柏肯看着门口，心里想着。工作、家庭……*他绝不会等着那些消防员来敲门，为他们解释为什么会有丧尸在事故现场游荡……

“啊，找到了。”威斯克说着，用拇指拨动了一个屏幕下方的开关。屏幕上是基地主厅，那里是专门用来迎接公司高层之类的贵宾进入不太合法的白色安布雷拉世界的地方。

他们正在看着的时候，地上的一块方形地板被推开了，一只手从地板下面伸出。

*那里是一条通向旧站台的隧道。*柏肯身子前倾，好奇地看着。

一个手臂上文着精致刺青的男人从大厅西北角的地下爬出，随后又爬上来一个穿特种战术救援组制服的小女孩，的的确确是个小女孩。两个人都拿着枪，打量着装饰华丽的大厅，在小小的监视器上看不清他们的表情。

“这是些什么人？”柏肯问。

“那个女孩是特种战术救援组的新兵，布拉瓦小队的。”威斯克说，“微不足道，男的我不认识。”

“你觉得——他们刚才会不会在火车上？”

“肯定是的。”威斯克说。

柏肯感到一阵新的慌乱。“我们该怎么办？”

威斯克挑起一边的眉毛，瞥了他一眼：“你什么意思？”

“他们——那个女孩是特种战术救援组的人，但那个男的呢？万一他们逃出去怎么办？”

“别犯傻，威廉。他们逃不掉的。就算基地没有被封锁，他们也出不去。现在那里到处都是乱走的感染者。他们只要打开一两扇门，以后就再也不会为任何事情担心了。”

威斯克的声音十分冷酷，不过他说得的确有道理。无论是什么人，从那里逃出去的可能性都微乎其微。

他们看着两个闯入者小心翼翼地搜索着大厅，那里是整座建筑里唯一没有感染者的房间。彻底检查了大厅的角角落落后，女孩走上大厅中央的楼梯，在楼梯中间转向的平台处停下——那里挂着一副马库斯博士的巨幅画像。女孩似乎认出了画像中的人，显得有些吃惊。那个男人随后走了过去，柏肯可以看到他们正在大声念着画像下面铭牌上的字——*詹姆斯·马库斯博士，第一任管理者。*

柏肯不安地挪动着身体。他讨厌那幅画。它总令他想起自己真正进入安布雷拉之初的时候，那可不是什么愉快的回忆。

“注意。我是马库斯博士。”

柏肯吓得跳了起来，瞪大眼睛四处张望，心扑通扑通直跳。威斯克没有畏惧，只是把控制台上的老式扬声器的声音调大。一个死去十年的男人的声音响彻整栋建筑。

“请各位保持安静，一起默念公司的座右铭。服从产生纪律，纪律带来团结，团结造就力量，力量就是生命。”

显示器上的那对男女也在向四周张望着，但柏肯已顾不上关注他们。他紧张地抓住威斯克的肩膀。那是一段录音，他和威斯克毕业以后，这是第一次听到他们教授的声音。*是从哪里播出来的？谁放的？*

威斯克把柏肯的手从肩头拨开，冲屏幕点了点头，屏幕上的画面逐渐变得模糊起来。画面闪动了几下，切换到另一个地方，出现了一个年轻男人。柏肯认不出那是什么地方，但透过镜头盯着他们的年轻人似乎有些面熟。他留着一头长发，一双黑亮的眼睛，大约二十出头，脸上带着冷酷而残忍的微笑，犹如一把钢刀一般锐利。

“你是谁？”威斯克问，其实他并不期望能得到回答，因为那个房间里没有对讲设备——

年轻人大笑起来，笑声如同黑色丝绸般从音箱中流出。这不可能——他没有戴耳机，也没有靠近任何通话设备，但他们却能清晰地听到他的声音。

“基地里的T病毒是我散播的。”他冷冰冰地说，笑容更加冷酷了，“当然，那火车上的也是。”

“什么？”柏肯惊叫道，“为什么？”

“复仇。”

说着，年轻人转身走到离摄像头稍远一些的一片阴影中，举起双臂。柏肯和威斯克都不约而同地凑向屏幕，试图看清他在做什么，但他们只能看到黑暗中有什么东西在动，还有水流似的汩汩声——

年轻人又回转身看着他们，笑容愈发阴森——从他身后的阴影中走出一个身材高大、穿着全套西装的男人。那男人一头整齐后梳的白发，面容苍老威严。那张脸和大厅里的画像一模一样。

“马库斯博士？”柏肯倒吸一口凉气。

“十年前，马库斯博士就被安布雷拉谋杀了！”年轻人几乎是在咆哮，“而你们则是帮凶，对吗？”

说完，年轻男人再次大笑起来，那如同黑色丝绸般柔滑的笑声中不带一丝感情，柏肯和威斯克吓得目瞪口呆，看着那个早在十年前就已经死了的男人活生生地站在他们面前。

***

年轻男人放声歌唱，一群水蛭控制着监控器，将他的歌声四处传播。他说完了要说的话，至少暂时已经说完了。接下来还有很多事情要做，还有很多选择要考虑。所有的事都在按照他的设想进行着。

歌声舒缓，马库斯的身体碎裂了，恢复到了水蛭的状态。它们在年轻人的脚下聚集，爬上他的身体，抚摸着他，崇拜着他，等待着接受他的命令。

他唯一的目的就是摧毁安布雷拉。他不择手段地将病毒扩散出去，利用水蛭变成各种人，例如马库斯，这足以让阿尔伯特和威廉胆战心惊。

年轻男人微笑着。他们将亲眼看着安布雷拉被毁灭。如果走运，他能目睹他们死去的场面，就像他们曾经站在一旁，无动于衷地看着他们的导师死去一样……尽管他们的生命在这壮丽的场景中是那样微不足道。重要的是，安布雷拉即将不复存在。

这时，他又想起了火车上的那对男女，思考能怎样利用他们。他起先打算直接杀掉他们，省得碍手碍脚，但这似乎是种浪费。毕竟，安布雷拉同样是他们的敌人。他们会为了生命、为了自由而战斗。如果他们成功了，就会将生化灾难的事情公之于众，而这将成为安布雷拉的墓碑。如果只是毁掉安布雷拉的实验室，杀掉他们的雇员，他们还可以建立新的实验室、雇佣新的员工。只有全世界媒体的聚光灯都转向安布雷拉，它才会真正地被毁灭……他的名字才会被整个世界记住。

自然，这里已经被封锁了，这个基地的建筑设计几乎和十年前修建的特雷沃大楼一样，有无数复杂的暗道。安布雷拉的创始人之一奥斯威尔·斯宾塞一直痴迷于间谍电影和间谍小说，像所有的妄想狂一样偏执，因而此地的封锁十分严密。如果解不开隐藏的谜题，门是无法打开的，而且有些房间里还专门设置了陷阱，以困住粗心的闯入者。任何人都别想轻易从这儿出去。

这里还有许多伪装成人类的水蛭，时刻准备感染任何靠近它们的人。病毒就是首先由它们开始扩散的。现在，他可以利用它们破坏训练基地的封锁，找到钥匙、打开门，确保那对男女能够活下去。尽管他们逃出生天的机会还是很渺茫——水蛭人并不是在这里游荡的唯一一种感染者，它们只是比大多数感染者更灵活而已。

年轻人露出了一个微笑，不知道阿尔伯特和威廉此刻会怎么想？他们是詹姆斯·马库斯最得意的学生，一直为安布雷拉进行控制病毒方面的研究。这么多年过去了，控制病毒已经成了一种讽刺。

水蛭们发出了叫声，在他的身上来回游走，完全覆盖了他的身体。他高兴地笑着，唱着自己谱写的甜美歌曲，一首有关混乱和共生的歌，水蛭们凉爽光滑的身体中满是敌人的鲜血，它们融合在一起，笼罩着他。

***

“……造就力量，力量就是生命。”

那强有力的声音消失了，大厅中安静下来。肯定是个录音之类的，听起来不像现场讲话，有人特意播放的——瑞贝卡大概猜到了是谁。她重新将注意力转回马库斯博士的画像，感觉后背一阵发凉。

“这可真让人毛骨悚然。”比利说。

“不会比在火车上见到他的时候更恐怖吧。”瑞贝卡说着冲画像歪歪头，“那个水蛭人。”

“也许那是另一种病毒或者其他什么的。”比利说。

瑞贝卡点了点头，尽管她十分怀疑这种说法。火车上的丧尸与餐车里那个和詹姆斯·马库斯一模一样的人所表现出的症状完全不同。

“也许是水蛭感染了一些人，然后……我也说不清楚，把其他人带走了？”瑞贝卡说。

“有可能。”比利应和了一声。他挠挠头，对她露出一个愉快的微笑，“不管怎样，你应该赶紧找个电话什么的，联络你的朋友。”

比利的语气有点不屑，瑞贝卡把手放在手枪上。“你打算干什么？”

比利转过头开始下楼梯，脚步放得很轻。“我打算去散散步。”

瑞贝卡跟着比利走到门前，她不知道该做什么，也不知道该说什么。她无法对救命恩人开枪，可她也不想就这么眼睁睁地看他离开。“我觉得这不是个好主意。”瑞贝卡说。

比利拉开门。凉爽潮湿的夜风吹了进来，大雨已经变成毛毛细雨。“感谢你的关心，不过我们现在应该两清了，对吧？所以我们——”

比利停下来望着前方。这个地方似乎是建在一个山坡上，他们面前是一条非常宽阔的人行道，几乎有公路那么宽，但只有十来米，之后连地面都消失了。

比利和瑞贝卡走到路的尽头。路的两侧立着一些灯柱，但只有一盏灯还亮着，这足以让他们看清当前的形势了——没有绳子，谁也别想离开。路面断裂成了锯齿状，地面至少降低了五米。夜色昏暗，看不到下面的任何情况。

“你刚才想说什么？”瑞贝卡问。

“我说，我去找另一条路。”比利说着回头看了看他们刚走出来的那栋建筑。看上去像一个庄园，装饰得像那种亿万富翁周末度假的别墅，但磨光的大理石地板上印着安布雷拉的标志和“训练基地”的字样。瑞贝卡觉得这应该是企业高管的疗养院之类的地方。这里像已经被废弃了，但还有电，还亮着灯……当然，到目前为止他们只看到火车撞毁的地方、一个装饰华丽的大厅，还有连接这两处的一条半坍塌的隧道。还没来得及去其他地方查看。

“我刚才在大厅里至少看到两扇门，还不算楼梯上面。”比利继续说，“就算那些门都打不开，我也可以试着从火车那里爬出去。”

“如果我的朋友来不了。”瑞贝卡说着，退后了几步，拿出对讲机，按下了通话键。比尔的对讲机里发出哔哔的声音，这就是唯一的回应了。他们等了很久，能够听到的只有雨水打在树叶上的声音。比尔笑了。

“如果你能找到一部手机。”

天哪。瑞贝卡很生气。她转身往回走，走到门口突然有些惊讶，她背对着比利，竟然不觉得有任何危险……不过如果比利真想杀她，早就有很多机会了。尽管瑞贝卡不愿这样，但她很难再将他视为危险分子。这是她的直觉告诉她的。她在特种战术救援组学到的第一课就是——直觉可能会被误解，却绝不会错。

瑞贝卡走进大厅，比利也跟了进来。两个人同时停住脚步，面面相觑。马库斯的那幅画像竟然不翼而飞了，原先挂着画的地方现在是一个黑黢黢的门洞。从他们的位置看不到对面有什么。

瑞贝卡正想让比利后退，比利却握着手枪挡在了她身前。他的动作和眼神都显示他已经进入高度戒备状态，瑞贝卡再次强烈地感到，比利并不是她之前认为的那种人。

我可不需要保护。瑞贝卡走到比利身旁，用训练时学到的方式查看周围。然后他们一起走上楼梯，在楼梯拐弯的平台上停下。这扇新出现的门里面是一道向下延伸的楼梯，楼梯下方是一条空荡荡的阴暗走廊。

“你觉得这是怎么回事？”比利问，努力想看清楼梯下面。

“有人要我们下去。”

“和我想的差不多，而且我觉得这恐怕不是什么好兆头。”

瑞贝卡点点头，转身寻找其他的选择。楼下左右两侧各有一扇门，在她站着的位置上，还能看到二楼的四扇门。在她查看四周的时候，从他们身后那条黑暗的走廊中传来一声巨大的响声，似乎是从某个空旷的地方发出的，像是什么柔软而沉重的东西掉在了地上。他们没有说话，不约而同地慢慢从门口退开。

“那么，把我们的合作时间再延长一会儿如何？”比利问。他的声音很轻，但听得出是认真的。

瑞贝卡点了点头。“好的。”她不知接下来会遭遇什么情况，也不知道要从这儿出去将付出什么代价。

7 resident evil

第七章

比利和瑞贝卡回到大厅一层，比利很高兴瑞贝卡同意继续合作。无论他们来到的是什么地方，都绝不会是好事。虽然瑞贝卡历练不多，但至少很机敏。

“我们应该分头行动。”瑞贝卡说。

比利冷笑一声：“哈！你疯了吗？难道你从没看过恐怖电影吗？另外，想想我们上次分开时都发生了什么？”

“如果我没记错，我们找到了那个手提箱的钥匙，而我们的当务之急就是从这儿出去。”

“没错，但前提是我们能活着出去。”比利说，“这个地方明摆着危机四伏，一开始我就建议合作，因为我不想死，你明白吗？”

“到目前为止，你独自一人干得也很好呀。我不是说要去惹麻烦，只不过是打开几扇门而已。再说我们现在可以通过对讲机保持联系。”

比利叹一口气。“难道特种战术救援组的人没教过你团队合作？”

“事实上，这是我第一次出任务。”瑞贝卡说，“这样吧，我们先分头到周围看看，如果有发现就用对讲机通知另一个人。我去楼上，你在楼下。如果对讲机联系不上，二十分钟后我们在这里碰面。”

“我不喜欢这样。”

“你不用喜欢。照办就行了。”

“遵命，长官。”比利讽刺地说。她有很强的领导欲，他会遵从的——尽管作为警察，对一个已被定罪的杀人犯发号施令也不是什么难事。“对了，你多大了？我想确认我不是在接受一个女童子军的命令。”

瑞贝卡瞪了他一眼，转身走上楼梯。几秒过后，比利听到一声关门的声音。

好吧，好吧。比利环视大厅，左、右、左、右……

“左。”他对着左边的墙说。他不愿单独行动，更希望有人在他后方作为支援，不过目前独自行动也许更好。如果发现出口，他能直接离开，最多在离开时用对讲机和瑞贝卡告个别。这么做有些自私，不过她可以在安全的地方等待救援，不会有事的。他必须考虑自己的安全，如果有新的特种战术救援组队员或者警察、宪兵出现，他必定再次被押赴刑场。

比利朝左边门走去，把这些胡思乱想抛到一边。被定罪后，他的状态一直很糟，心里充满愤怒和痛苦。直到吉普车出车祸之后，他才将死刑丢在脑后。这一点很重要，如果他还想继续保持冷静和理智的话。

“让我们来看看一号门后边有什么。”比利自言自语着，伸手推开那扇不起眼的门，随时准备开枪。门后是一个餐厅，看得出曾经布置得十分雅致。三个正绕着餐桌游荡的感染者同时转向他。他们看起来都像僵尸，灰白色的皮肤上到处都是伤口，眼神空洞。其中一个的肩头还插着一把餐叉。

比利快速后退关门，想看看这些家伙会不会开门，身后是空荡荡的大厅，总有一种被人冷冷盯着的感觉。比利听到门内传来拖沓的脚步声，然后是一声低沉、沮丧的呜咽，看来这些感染者也一样没有脑子。

好吧。这栋房子，训练基地，不管它是什么，都像火车一样被病毒污染了。比利拿出对讲机，按下通话键。

“瑞贝卡，回来。这里有丧尸，完毕。”比利想起那只巨大的蝎子，不由得哆嗦了一下，但愿这里只有些丧尸。

过了一会儿，对讲机里传来瑞贝卡年轻的声音。“收到。你需要帮忙吗？完毕。”

“不。”比利有点气愤，“但你不认为我们应该重新考虑行动计划吗？完毕。”

“这不会改变任何事情。”瑞贝卡说，“我们还是得找到出口。继续找吧，有其他发现再告诉我。完毕。”

好极了。这个神奇的姑娘还是坚持她的计划。那么，二号门，除非他打算去面对那三个丧尸。比利穿过大厅，告诉自己那是浪费子弹，确实如此。而且他不愿对那些生病的人开枪，无论他们有多么危险……再说那些丧尸的样子实在是太糟糕了，只要有可能，他会尽量避开它们。

比利推开第二扇门，所有的感官都兴奋起来。门后是一条铺着厚厚地毯的走廊，在前面不远的地方向右拐去。走廊没有任何动静，弥漫着一股灰尘的味道。比利等了一会儿，小心翼翼地走进去，让门在他身后自动关上。

他沿着走廊向前走，厚厚的地毯吸收了他的脚步声。比利一直握着枪走到走廊拐弯处，清楚地看到拐角那头的情况后，他舒了一口气。目前为止都还好。走廊继续往前延伸到另一转弯，不过在左侧有一扇门。

比利推开门，门后是一个空荡荡的卫生间，他不由对着那一排小便池笑了起来。

“这倒提醒我了。”比利嘀咕着走进去。他迅速检查了整个房间，这个卫生间呈U形，两侧排列着小便器，中间是四个隔间——站在门口看不到那里的情况。和外面的情况一样，尽管装修很漂亮，但看上去也像被废弃了，也许是被废弃不久。其中一个隔间的门歪斜地吊在一个铰链上，马桶垫圈也裂开了，地上散落着一些零碎，空瓶子、盆栽之类的，不太像卫生间中的摆设。另一个隔间的马桶上竟然还放着一个塑料汽油桶。不过马桶里的水看着还挺清澈的……鉴于目前的情况，这条件对他来说已经非常好了。

一分钟后，比利正在拉裤链时，听到有人一步一顿地走了进来。

他刚才关门了吗？比利想不起来了，只能在心里咒骂自己太大意。他急忙拔出手枪，以脚跟为轴慢慢地转过身，轻轻打开隔间的门。从他的位置看不到门口，不过从洗手池上方的长镜子里能看到门口的部分情况。

又一声脚步，然后再次停顿。那人的鞋底似乎湿了，在地面上发出吱吱声——第四步，比利从镜子中看到一个人的侧面，他做好了开枪的准备，心里半是恐惧半是释然。它生前是个男性，同样是木然的脸、惨白的眼球，歪歪扭扭地摇摆着以保持平衡。这些感染者的确可怕，但好在他们的速度很慢。尽管比利很不愿这么做，但死亡对他们来说也是种解脱。

丧尸又跨出一步，进入了比利的射程。比利仔细地瞄准丧尸的右耳上方，他不想浪费子弹。

谁知那家伙突然迅速转身，速度与之前判若两人。丧尸微微蹲下身，用一只带血的眼珠瞪着比利，另一只则盯着墙，在两米之外伸手向他抓来。

——丧尸的手臂拉长了，像根拉伸的橡皮筋一样猛然探出，手臂处湿漉漉的衬衫袖子也跟着拉长了。

比利躲开了。那怪物的手从他头上划过，砰地打在隔间门上，然后又缩回原来的位置。

就像火车上那个马库斯一样——

当它的手臂缩回的时候，比利清楚地看到怪物身上的衣物泛起了一阵涟漪。水蛭，就是那该死的水蛭人。它又向前走了一步，比利踉跄地退进隔间，瞄准对方的脸部扣动了扳机。

怪物迟疑了一下，左眼下的伤口流出了一些黑色的黏液，皮肤蠕动着，伤口瞬间愈合，水蛭也恢复了行动能力。它竟然有自愈能力。

怪物再次向前，比利一脚踢上隔间的门，用力踩住，迅速思考着应对办法。

呼叫瑞贝卡？来不及。继续射击？子弹不够。逃跑？它挡着出口——

比利沮丧地嘶了一声，疯狂地四下打量着。他的目光落在那个红色塑料汽油桶上。比利猛扑向前，用一侧的肩膀抵住隔间门，在右边裤袋中摸索着。找到了，在一颗子弹下面——

*谢天谢地。*他摸出在火车上捡到的打火机，弯下腰提起汽油桶，挂在手腕上的手铐砰砰地撞击着塑料桶。听起来里面的汽油还不到一半。*天哪，但愿里面装的是汽油*——

这时隔间门像被攻城锤撞了一下似的，比利被弹开了。他急忙跳起来再次抵住门，同时用颤抖的手拧开汽油桶上的盖子，肩膀处传来一阵剧痛。那个怪物沉默着，用大得足以撞弯钢铁的力量撞击着隔间门。

刺鼻的汽油味充斥在小小的隔间里，比利抓下墙上挂着的卷纸——门被撞开了，那非人的怪力直接将门从铰链上撞下来。水蛭人站在那里，摇摆着身体，用那只怪异的眼睛看着比利。

比利被撞倒在地，汽油桶砸在他的身上，他迅速抱着油桶爬起来，将汽油倒在水蛭人的身上。

这下子产生的反应强烈而恶心。水蛭人的身体开始扭曲，颤抖，它爆发出一声尖锐的叫声，那是数千个小生物同时发出的痛苦尖叫。黏稠的黑色液体从水蛭人的身体各处流出……

比利狠狠踢了水蛭人一脚，它踉跄着后退，但仍然聚在一起，尖叫声几乎要把房顶刺穿。比利不知道汽油的腐蚀能起多大作用，也不想眼睁睁地看着。他拨开打火机，转动打火轮，点燃手上的一卷卫生纸。很快，火就烧起来了。

比利跳出小隔间，绕过尖叫着的怪物。一绕到怪物身后，他转身将燃烧着的纸团扔向水蛭人，正打在它的胸部下方。水蛭人发出巨大的惨叫声，瞬间被火焰吞噬，很快倒在地上碎成了千百块，在地砖上形成一个燃烧着的黑色水坑，几秒后，水蛭们细小的哀号声消失了。

零星几条水蛭从火焰中爬出，漫无目标地在地面上爬着，从比利的脚边滑过。比利从那团冒着泡的快要熄灭的火焰旁后退，走到门边，顺手将打火机放回口袋。

回到大厅里，比利深吸一口气用力呼出，然后拿出对讲机。他再也不想管瑞贝卡的什么计划了，他们必须尽快会合，哪怕用手在墙上挖个洞，也要尽快从这个该死的地方出去。

***

12月4日

刚开始的时候我还有些疑虑，但今晚，我们庆祝成功。我们终于做到了。我们将这种全新的病毒称为“始祖”，这是阿修福德的主意，但我喜欢它。我们马上就会开始测试。

3月23日

斯宾塞说他要开一家专门从事药物开发的公司，可能也会拓展到制药方向。他一直是我们团队中最具商业头脑的人。他对“始祖”的兴趣主要在于经济利益方面，但对此我并无怨言。他希望我们成功，这意味着他会为我们提供充足的资金。只要他开支票，他爱做什么就做什么好了。

8月19日

“始祖”是一个奇迹，虽然我们还没有确定它的作用，但目前我们所观察到的一切足以令人欣喜若狂了。在六个实验体都出现相同的表现，我们打算扩大实验范围的时候，一切都崩溃了。阿修福德仍然寄希望于从细胞因子数量方面进行逆向推导，但这无异于痴人说梦。我们需要继续摸索。

斯宾塞一直希望我去管理他新建的训练基地，这也许是出于商业考虑。但是他现在变得十分暴躁，令人无法容忍。我还在犹豫。我需要一个合适的场所研究这种病毒新的可能性，一个我不会被干扰的地方。

11月30日

该死。“詹姆斯，我们一起吃午餐吧。”他说，说是一起回忆一下共

同奋斗的那些年。这是胡扯。他想立即把“始祖”派上用场。他和他白色安布雷拉的“朋友”，都喜欢玩那些可笑的间谍游戏——有钱人玩腻了普通的东西，想要找点刺激。一群毫无耐心的蠢货。斯宾塞认为这只是为了赚钱，但他错了。我并不是为了钱，至少现在不是。我必须稳固我的地位，保护我的女王，可以这么说，如果不这样做，我将会被踢出局。

9月19日

终于，终于！我用水蛭DNA重组了“始祖”病毒，然后它就稳定了！这是我一直期待的重大突破。斯宾塞肯定会很开心，不过我只会告诉他有了一些新进展，不会向他透露细节和方法。我用私下里给斯宾塞取的绰号为这个病毒命名，我叫它“T”，意思是“暴君（Tyrant）”。

10月23日

我不能把他们视为人类。他们只是实验对象而已，就这样。我知道终有一天会到这一步，我早就知道——只是我从没想到过会是这样。

我必须集中精力。T病毒是个伟大的发现。他们，这些实验体们应该为此感到荣幸。他们是在为提高我们对生命的认识而献身。

实验对象，仅此而已。要完成伟大的目标，总是要有牺牲的。

1月13日

我的小宠物们一直在进步。它们重组了自己的DNA，我原以为能够预测到它们的变化，但我错了。它们像蚂蚁和蜜蜂一样繁殖、协作，像一个蜂巢一样有着团体意识，为了更高的目标而共同工作。这也是我的目的。但起先我并没能发现，简直像个瞎子，这比那些人体实验更有价值。我无论如何都得继续研究下去，但是，我不能让它继续发展下去，我已经发现了它的真正意义，T病毒的价值以及它所代表的东西。斯宾塞会试着接受我的意见，我知道他会的。我的国王将出现在世人面前。

2月11日

他们一直在监视我。我发现实验室的东西被动过了。他们试图掩盖痕迹，让一切保持原样，但我还是发现了。一定是斯宾塞，该死的家伙，他知道了我的水蛭，我美丽的蜂巢，而这种——这种侵犯会一直持续到我死或者他死。我不能相信任何人……阿尔伯特和威廉？也许。他们认同我的研究方向，但我不得不清除掉其他一些人。游戏要结束了。他会千方百计地想得到我的女王，但胜利终将属于我。绝杀，奥斯威尔。

瑞贝卡看完最后一行字，合上日记本，将它放到桌子中间的棋盘旁。在她发现隐藏的密室时，原以为那些地图就是全部的奖品了，没想到还有日记本。一共有两张地图，一张是建筑的地下部分，一共三层，里面还有一些可能是通向外面的没有标记的区域。另一张好像是建筑的地上部分，其中有一个标着“观察室”的房间，旁边是一块注着“繁殖池”的大片开阔地。不过最有价值的发现还是那本皮面的小日记本，上面沾满灰尘，陈旧的皮革上满是皱纹，不知道是多久以前的东西了，不过其中一页关于水蛭的记录旁边标注了“1988”几个数字。这本日记有可能属于詹姆斯·马库斯，T病毒的创造者。这是近期发生的谋杀案的重要线索，这种能把人变成僵尸的病毒已经在火车和大半个浣熊市森林中扩散了。

瑞贝卡茫然地看着房间里的奇怪装饰——占据很大一块空间的巨大棋盘——思考着。很明显，马库斯最后已经疯了，他在日记中胡言乱语地说着下棋，念叨着病毒的“真正意义”。也许人体实验已经令他到了崩溃的边缘。

瑞贝卡的对讲机发出了声音，比利急促的呼吸声在耳边响起。

“你在哪儿？我们得赶紧会合，马上。喂？完毕。”

“发生了什么事？完毕。”

“我在厕所里见到另一个水蛭人，差点就完蛋了。我们可以对付丧尸，但子弹对这些家伙无效。瑞贝卡，我们没有足够的弹药与它们对抗。完毕。”

“它们像蚂蚁和蜜蜂一样繁殖。”

是谁在控制它们？马库斯，还是它们中出现了领导者，日记里说的‘女王’？

“好的。”瑞贝卡回答道。她站起身，把两张地图塞到防弹背心的口袋里，然后犹豫了一下，又拿起日记本，塞进裤子的后袋中。“嗯……我们在马库斯的画像那里碰头，我可能找到了一条出去的路。完毕。”

“我正在去那儿的路上。留神背后，通话结束。”

瑞贝卡匆匆走出房间，快步走在走廊中。在搜索过程中，她并没有走太远，只经过了一个空空的会议室，然后就到了那个放着巨大棋盘的办公室。老天保佑，一路上她没碰上任何危险。比利说得对，他们没法对付更多的水蛭人。事实上，在火车上遇到的水蛭人停止攻击他们的唯一原因，是受到了某种召唤。瑞贝卡原本希望在一个安全的房间里等待救援，但读了马库斯的日记后，她确定整个基地都已经被病毒污染了，他们必须尽快离开。

一夜之间，她已经经历了直升机迫降、火车上的感染者、遇见比利、火车出轨这一系列事情，现在她只盼着大队人马出现，将这一切都接过去，然后把她送回家，好好吃一顿晚餐，在温暖的床上一觉睡到第二天早上，重新开始正常的生活。但现在看来，她好像在马库斯和他制造的病毒、安布雷拉和它邪恶的实验中越陷越深了。

***

年轻人换到一个令水蛭感觉更舒适的地方，空间宽阔、温暖潮湿，没有阳光。它们围绕着他，唱着它们没有曲调的水和黑暗的歌，但他并未感到慰藉。他冷冷地看着那个女孩——瑞贝卡，那个凶手是这么叫她的，而那个该诅咒的凶手叫比利——她竟然偷了马库斯的日记，离开办公室之前，她将日记本塞入了口袋。他打开暗门让她靠近办公桌的目的可不是这个，完全不是。她应该只拿走观察室的地图才对。

他们现在正在画像前的平台处交谈着，肯定是在讲述各自的发现和杀戮行为。年轻人所处的地方是位于地下的污水处理池，他可以从侧面墙上一个显示器中看到那对男女——一个小偷，一个凶手。他还可以通过十几双眼睛更加清楚地看到他们的一举一动，他的孩子们正躲在阴影中盯着他们。它们的大脑非常发达，彼此之间可以通过意识共享视觉，并可将画面传送给他，而这正是它们能够有效合作的原因。瑞贝卡和比利根本不知道他们是多么脆弱，他轻而易举就能要了他俩的命。只是出于他的恩典，他们才能苟延残喘到现在。

一个小偷，一个凶手。比利杀死了一整个团体，他把它们烧死了。少数几个幸存者千辛万苦地回到主人身边，可怜的小家伙们都被烧伤了，战战兢兢地将死亡的情形传送给他。这个鼠辈，这只虫豸，竟敢做出这样的事！

瑞贝卡拿出地图，两个人低头仔细看着，都是一副蠢样儿，真是不能对他们抱有任何期望。观察室是他们逃生的关键，但他们肯定会先去地下室看看。也好，反正现在他已经不太想饶恕他们了。

两个人下了楼梯，从监视器和水蛭们的视线中消失了一秒钟。那对狗男女很快出现在另一个摄像头的监控范围中，他们在那儿停住了脚步，盯着地上那一堆堆蜷缩着的动物尸体。那是四只大蜘蛛，都是在不久前刚杀死的，以免瑞贝卡和她的朋友被带毒的蜘蛛咬到。蜘蛛是另一个实验，一个注定失败的项目，那个项目进展太慢，而且难以控制，不过那些蜘蛛的毒性足以致命，所以年轻人一直在关注着它们。此刻他觉得有些遗憾，看着小偷和凶手去死会令他很开心，哪怕那会影响他对安布雷拉的毁灭计划。那对狗男女继续朝前走，完全不知道他们正在被杀死蜘蛛的生物们监视着。那些水蛭就藏在蜘蛛的尸体里。

现在怎么办？杀了他们可以为死去的水蛭报仇，也可以保证事情在他的掌控之中。但揭露安布雷拉的阴谋，将它的恶行公之于众并摧毁它才是当务之急……如果比利和瑞贝卡活着，他们一定会这么做。

两个人已经走到走廊尽头，然后进入一间废弃已久的办公室。快速查看了一下地图后，他们又走进一条死路，那个房间曾被用来囚禁活体标本。但笼子早已移走了，房间里空空荡荡。年轻人搞不懂他们的动机，直到他看到他们走到房间的东北角，一起抬头看向天花板上的长方形黑洞。

通风口。地图上不会标出这个的，或许他们认为那里可以通向外界。但事实上，那是通向——

年轻人摇了摇头。那里通向马库斯博士的密室，是他以前用来“招待”一些年轻漂亮的试验体的地方。为什么他们不能简单一点儿，直接离开？那里什么都没有，他们什么都找不到——

——除非……

那个通风口同时与另一个活体存放区相连，而那里并没有被清空。那些试验体已经好多天没有吃过东西了，现在肯定非常非常饥饿。他只要命令水蛭打开一两扇门……

从另一个角度考虑，虽然两个人是他计划的一部分，不过把他们当作测试对象也未尝不可。他们可能会死，但只会将安布雷拉的曝光时间稍稍推迟一点儿而已。他迫切地希望能尽早看到那一天，可也要考虑一下那两个人的娱乐价值。再说，他们也有可能活下来。那样，他们就能给媒体提供有更精彩的故事了。

比利将瑞贝卡举到通风口下面，瑞贝卡爬了进去，消失在里面。年轻人发出了冷笑。如果他们看到一些灵长类动物吃剩的残肢，会感到惊讶吗？

他的孩子们在周围发出汩汩的叫声，墙壁和天花板上滴落着黏滑的液体。有这些小家伙的帮助，安布雷拉的命运就攥在他的手中——现在有两个炮灰可作测试之用，同时还能欣赏到他们与安布雷拉的生物武器的搏斗，令他非常开心。他们能活下来吗？反正无论他们是活还是死，他都会得到满足。

“亲爱的孩子们，去把笼子打开。”他低声说，然后唱起了歌。

7 resident evil

第八章

瑞贝卡在通风管道中移动着，顾不上通风口里的灰尘和蜘蛛网，也忽略了通风管道狭窄得令人窒息的感觉。地图上只显示出这段通风管道连通着地下一层的两个房间和其间的通风竖井，但在地下二层同样位置上却是一片空白。看上去那个竖井似乎通向外界。比利对此不是太抱希望，只是说有这种可能性，但两个人都觉得值得尝试一下。

*至少这段管道不算长。*瑞贝卡心想，慢慢朝前方的一小块亮光爬去。出口上罩着一块薄薄的金属格栅，瑞贝卡拍了几下，它就哗啦一声掉在了地上。

瑞贝卡快速查看了下面的大房间，一盏昏暗的灯闪烁着，房间十分潮湿，空无一人。她抓着通风管道的边缘翻了个身，跳到地面上，然后站起身，轻轻拍掉身上的灰尘。

*天哪。*这里就像中世纪的地牢，宽阔而阴森，墙面是用石头砌成的，墙壁上钉着许多条铁链，铁链的另一端则是镣铐。房间里还有好些她认不出的装置，但她猜想也是某种刑具。旁边的木板上，用生锈

的钉子钉着好几捆绳子，另一面斑驳的墙壁旁放着一个“铁处女”（刑具）样的容器。墙上那些暗褐色的道道污痕一定是血迹。

“还好吗？完毕。”

瑞贝卡拿出对讲机。“我觉得不能用‘好’这个词，不过我没事。完毕。”

“那儿还有其他通风口吗？完毕。”

瑞贝卡转过身，在墙上搜索着。果然有一个，离地五六米高。

“有一个，不过在天花板上。”瑞贝卡叹息一声。就算有梯子，他们也未必能爬进那个狭小的通道。屋子的西南角有一扇门。“这里有一扇门，你看看地图，它通往哪里？完毕。”

比利停顿了一会儿。“像是通往一个小房间，那里和我们刚才穿过的走廊是相连的。我们在走廊那里碰面吧？完毕。”

瑞贝卡向那扇门走去。“好的。或许我们可以试着——”

没等瑞贝卡说完，房间里突然出现一个可怕的声音，她从未听过但又奇怪地有种熟悉感———种高亢的尖叫声。

——*是的。是在动物园里听到过的灵长类动物的尖叫。*

——声音在巨大的石头房间里回响，无法判断是从哪里发出的。瑞贝卡抬起头，看到一个脸色苍白、四肢颀长的生物从天花板的通风口里探出头。它龇着牙，毛乎乎的双臂在胸前挥舞，同时发出吓人的尖叫声。

没等瑞贝卡做出反应，那只小动物就从通风口跳下来，在石墙弹跳了一下，然后蹲在房间中央的一块薄木板上。它瞪着瑞贝卡，龇着一口黄牙。看上去像一只长着白色短毛的狒狒，但它的皮毛上有许多巨大的撕裂，露出结实闪亮的红色肌肉。不像是受伤导致的，倒更像因为肌肉太过发达把皮肤都撑裂了。狒狒的巨大前爪上长着长长的指甲，它拖着前臂，指甲在地板上发出嗒嗒的响声，缓缓朝瑞贝卡走来，脸上表情像带着邪恶和残忍的笑容。

冷静……瑞贝卡从后腰处拔出手枪。一只普通的狒狒就足以把一

个人撕碎，而这一只显然感染了病毒。

狒狒慢慢靠近——头顶上还有其他声音，至少有两个同时发出的尖叫声。声音越来越大，越来越多的变异动物过来了。地上那只已经非常近了，瑞贝卡甚至能闻到它身上那种野生动物特有的骚臭味。

“瑞贝卡！怎么了？”

瑞贝卡的左手仍握着对讲机。她按下通话键，但不敢开口说话，又担心比利的声音会刺激到这只动物，令它开始攻击。

“嘘……”瑞贝卡轻轻地发出柔和的声音，试着安抚那只动物，同时让比利保持安静。她后退一步，将对讲机别在衣领上，举起手枪。狒狒俯低身子，绷紧双腿——

——就在瑞贝卡开枪的瞬间，两只狒狒轻盈地从通风口跳了出来，其中一只撞到瑞贝卡的头，还用前爪扯下了一缕头发。这一撞令她闪开了地上那只狒狒的攻击，但也使他失去了平衡，射出的子弹都打在墙上和木板上。

——地面塌陷了。

***

没有新情况出现。那个奇怪的年轻人——不管他是谁，还有马库斯，都没再出现过。监控摄像头好像发生了故障，许多监控器变黑了，什么也看不到。

无聊地听了许久柏肯谈论他的新病毒，威斯克从控制台旁站起身，舒展了下身子。有意思的是，几年前他还对这个老朋友的研究很感兴趣，但现在，随着他慢慢从安布雷拉抽身，他竟然发现自己甚至都懒得假装感兴趣了。

“哎，这一天真够漫长的。”威斯克说，打断了威廉·柏肯滔滔不绝的自言自语，“我要走了。”

柏肯看着他，脸色在显示器发出的白光下显得格外苍白，犹如幽灵一般。“什么？你要去哪儿？”

“回家。我们在这儿做不了什么。”

“可是，你说，善后工作怎么办？”

威斯克耸了耸肩。“我敢肯定，安布雷拉肯定会再派人来的。”

“我认为隐瞒病毒泄漏的消息才是最重要的。你刚才不还是这样说吗？”

“我说了吗？”

“说了！”柏肯显得十分生气，“我不希望安布雷拉的其他人到这里来。他们很可能又会对我的研究问东问西。我需要更多时间。”

威斯克耸了耸肩。“那么，你去启动自毁系统好了，然后告诉我们的联系人，一切都解决了。”

柏肯点了点头，但威斯克还是能够看出他眼中闪过的一丝不安。威斯克的脸上浮现出一抹不易察觉的笑容。柏肯害怕安布雷拉总部的那个联系人，总是尽量避免和他直接交流。这不能怪柏肯。特兰特古怪的性格的确令人不愿靠近——

“那……他呢？”柏肯冲屏幕努努嘴。威斯克自己心里也有些不安，但他表面上还是一如既往地淡定。

“不过是个心怀怨气的狂热分子罢了。对监控视频系统挺拿手，但我认为他会像其他人一样被一把大火烧得一干二净。”威斯克其实并不相信自己的活，但他没兴趣了解那个人的身份。他又不是那种蹩脚小说里的侦探，碰到什么事都想刨根问底。他一向习惯用最直接的方式处理问题。

“万一马库斯博士的事情传了出去——”

“不会的。”威斯克说。

柏肯还是不放心。“那斯宾塞庄园怎么办？那里的设备呢？”

威斯克朝门口走去，靴子踩在金属网格地板上，发出叮咚的响声。柏肯像一条小狗似的跟在后面。

“交给我吧。”威斯克说，“安布雷拉想要战斗数据，我会给他们的。我会把特种战术救援组的人引过去，看看真正的精锐部队是怎样对抗生物武器的。”威斯克微笑着想着阿尔法小队的队员们。壮汉巴瑞、神枪手克里斯，还有吉尔，一个神偷的女儿……这将是最有趣的一场战斗。瑞贝卡·查姆博斯那小姑娘已经出现在基地里了，显然恩里克的小队被一些事情耽误了，威斯克打算利用这个情况，让阿尔法队去“寻找”他们。

即便布拉瓦小队已经返回浣熊市，也可以用寻找瑞贝卡作为借口。那个小丫头很聪明，但聪明并不能代替经验。现在她很可能已经死了。

威斯克和柏肯离开控制室，威斯克大步走过走廊，柏肯小跑着紧跟在后面。他们走到电梯旁，电梯门仍是开着的，威斯克走了进去。柏肯面对威斯克站着，借着走廊里透出的灯光，威斯克可以看到柏肯脸上的狂乱神情，他的眼睛周围有一圈黑眼圈，嘴角微微抽搐着。威斯克不经意地想，安妮特有没有发现她的丈夫正在疯狂的深渊里越陷越深呢？威斯克认为她不会察觉。那个女人只看得到她丈夫的“伟大”研究，对其他一切都视而不见。有这样的父母，他们的女儿也真是不幸。

“我要启动自毁系统。”柏肯说。

“把时间设置在早晨。”威斯克说，嘴角闪过一丝微笑，“新的黎明。”

电梯门关上了，柏肯脸上露出坚毅的表情。绵羊的坚定，威斯克一笑。他非常期待即将发生的事情。一切都将改变，所有的一切。

***

“比利，救命！”

比利一听到对讲机里传来动物的尖叫和撞击声，就开始狂奔，跑到走廊里时，对讲机里传来瑞贝卡的求救声。他加快速度，把地图塞进后裤袋，枪握在手上，咒骂着自己不该让瑞贝卡从通风口过去。

他前方是一扇门，不远处有一只大蜘蛛的尸体。他冲过去，用肩膀猛地撞向那门，同时手拉起门闩。门撞开了，比利直接冲进去。头顶上是一些闪烁着的荧光灯管，有些已经碎了，整个房间有种梦幻般的气氛。大概是什么实验室吧，一个角落里有一张发了霉的帆布床。*没关系，快走！*

比利快速穿过房间，瑞贝卡喊着要他小心，快一点。比利推门时，余光看到墙边有什么东西在动，他转过头，一个衰老的丧尸站在角落里。灯光时明时暗，发出嗡嗡的声响，那个垂死的人只是静静地看着他，在灯光的作用下时隐时现。然后，丧尸开始向他走来。

随后见，伙计。比利推开第二扇门，跑了进去。

几乎就在推开门的瞬间，什么东西尖叫着朝他扑过来。比利躲开了，只看到一团红白相间的影子闪过，闻到一股动物身上特有的臭味——是只猴子。它尖叫着从他身旁跑过，和另外两只一起，向比利包围过来。肌肉发达的瘦长四肢不住地活动着，向他的侧后方移动。三只感染病毒的生物不断逼近，然后又向后闪开一点距离。比利退向一个角落，他不想被堵在没有退路的地方，但更不想让自己腹背受敌。三只猴子在他周围尖叫着跳来跳去。

“瑞贝卡！”比利大喊。

“我在下面！”

瑞贝卡的声音听上去有些远。比利看到几米外有一个洞，周围散着一些碎木片。但是看不到瑞贝卡。

“坚持住。”比利大喊一声，然后将全部注意力集中在猴子身上，这时其中一只已经近到可以碰到他了。

那猴子用一只大到离谱的前爪抓向比利，爪子擦过他的大腿。这次攻击没有让比利受伤，但下一次显然不会这么走运了。比利来不及瞄准，只是用枪对着前面大致的方向开火——

——那只猴子号叫着后退，一股黑色的血液从胸前喷出，但它没有死。它摇晃着脑袋，再次向前。比利暗叫糟糕，这些猴子攻击力非常强，而且还会彼此配合，他没法同时对付三只——

——就在这时，另外两只扑向受伤的那只猴子，贪婪地撕扯着它。那只受伤的猴子尖叫着、挣扎着，但流血的伤口刺激着同伴们的食欲，几秒内它就被撕碎了，那两只猴子不断将血淋淋的肉块塞进嘴里。

这给了比利瞄准的时间。一枪、两枪、三枪，三只猴子都死了。

比利跑到洞口边，跪在地板上，撑着洞的边缘向下看，心里一惊——瑞贝卡双手吃力地抓着一段金属管道，而她的周围和脚下漆黑一片，不知道究竟有多深。

“比利。”瑞贝卡气喘吁吁地说，用惊恐的眼神望着比利。

“不要松手！”比利从口袋里掏出地图，在上面寻找能够最快靠近瑞贝卡的路线。没有捷径通向地下二层，必须从走廊返回，穿过有丧尸的那个餐厅。下去的楼梯在餐厅东侧。

“我不知道还能撑多久。”瑞贝卡喘着粗气说道。她的低语在他俩的对讲机中放大了。瑞贝卡不知什么时候打开了外放。

“不准松手。”比利说，“这是命令，小丫头，明白吗？”

瑞贝卡没有回答，不过比利看到她咬紧了牙关。很好。也许激怒她能让她坚持更久。比利站了起来。

“我来了。”比利说完转身往回跑，穿过门回到刚才那间实验室。里面的丧尸移动了位置，正拦在他和出口之间。比利不想浪费子弹，更担心来不及救瑞贝卡。他像个橄榄球员一样伸出一只胳膊，用力朝丧尸推撞过去，丧尸连连后退，摔倒在地上，比利从它身旁跑了过去。在丧尸发出饥饿的号叫声时，他已经跑出了门。

穿过走廊，经过大得不可思议的蜘蛛，爬上楼梯。比利一边跑，一边给手枪换上新弹夹。*坚持，坚持住……*

在餐厅门口，他毫不犹豫地撞了进去。两个丧尸被餐桌挡住了，没有什么威胁，另一个则站在他必须经过的门附近，肩膀上插着一把餐叉。比利停下站稳、瞄准，对着丧尸的脑袋连开两枪。第一枪打偏了，第二枪则直接掀飞了丧尸的后脑勺，灰色的脑浆喷在墙上。丧尸仍然在原地站了一会儿，直到比利从它身旁经过后，它才轰然倒地。

门外是一条短走廊。*左边还是右边？*他没有一层的地图，不过地下一层的地图上，楼梯是在左边。比利没时间多想，收起武器匆匆前进，下了几级楼梯，绕过一个嘶嘶作响的巨大锅炉。屋子里蒸汽弥漫，不过他还是找到了路，那是一段生了锈的金属楼梯。

楼梯下面是一扇门。地图上的显示，门后是一个大厅，中间有一个喷泉，或者是其他什么圆形的东西。大厅西侧是两个小房间，分别位于一条短走廊的两端，其中一间应该就是瑞贝卡所在的位置，*可能是走廊尽头的那个——*

大厅里阴冷潮湿，墙壁和地板都是石头的。比利跑过房间，瞥了一眼左边的那块巨大的纪念碑，他看地图时把它当成了一个喷泉。看样子是用来纪念什么东西的。顶端是一个动物雕塑，用无神的眼睛看着他经过——

前方的一个角落里传来一声尖叫，又是那种变异猴子。该死！他必须解决它，不能冒险把它留在背后——

"比利——请快点——"

对讲机里传来的声音几近绝望，比利加快了脚步。尽管理智在告诉他应该停下来保持安全距离，等那只该死的变异猴子出现，然后干掉它。他冲向前，拐角后面果然有一只模样恐怖的猴子正在号叫着——

就像高中时在田径场上一样，比利一跃而起，从猴子头顶跳了过去，落在离门两步远的地方。猴子在他身后发出愤怒的尖叫。如果门是锁上的，他可就有麻烦了，好在没锁。比利冲了进去，门在他身后砰的一声关上了，他摔倒在地上，膝盖滑进那个大洞里。

瑞贝卡还在那儿，现在她只有一只手还抓着，手指正在不停往下滑。比利放下手枪抓住瑞贝卡的手腕，她的手指都已经发白了。

"抓到了。"比利气喘吁吁地说，"我抓到你了。"

比利将瑞贝卡从洞里拉了上来，瑞贝卡忍不住大哭起来，而比利则在几个月牢狱生活之后头一次感觉到了满足——他做了正确的事情，而且做得很好。

***

比利用尽全力将瑞贝卡拉上来，把她紧紧抱在怀里。瑞贝卡没有推开他，任由他抱着，感激和后怕让她的眼泪止不住地往下流。比利似乎知道她现在的心情，所以紧紧地抱着她。瑞贝卡原以为自己一定掉落到一个臭气熏天的地下室里，摔伤、摔死或者迷路，被所有人遗忘，感染了病毒的动物争抢着她的尸体……

平复了一会儿心情，瑞贝卡用颤抖着的手抹去眼泪。两个人坐在地上，比利打量了一下四周，这不过是又一间普通的地下室而已，瑞贝卡则看着比利。直到沉默令二人都觉得有些尴尬了，瑞贝卡才用一只手搭在比利的手臂上。

“谢谢你。”瑞贝卡说，“你救了我的命。再一次。”

比利看了瑞贝卡一眼，但很快就把目光移开了。“嗯，好吧，我们有合作协议，你记得吗？”

“是，我知道。”瑞贝卡说，“我也知道其实你并不是什么杀人犯，比利。你为什么会被押送去拉格桑呢？难道你真的卷入了那些谋杀吗？”

比利平静地直视瑞贝卡的目光。“你可以这么说。反正我当时确实在现场。”

我在现场……那跟杀人是两码事。“我认为今天晚上那两个押送你的宪兵也不是你杀的，他们是被变异生物中的一个杀死的，而你只是逃走了。”瑞贝卡说，“尽管我认识你时间不久，但我绝不相信你杀了二十三个人。”

“那不重要。”比利盯着自己的靴子说，“人们总是相信他们愿意相信的。”

“对我很重要。”瑞贝卡温柔地说，“我不做任何评判，我只想知道，到底发生了什么？”

比利仍然盯着靴子，但目光有些恍惚，像看到了另一个时间和空间。“去年，我所在的部队被派往非洲，去参与一场内战。那是绝密行动，美国不会参与他国内战，你明白的。我们的任务是偷袭游击队的一个藏身地。当时正是夏天最炎热的时候，我们被空投到远离作战区的一片丛林里，不得不徒步穿过丛林……”

比利停了一会儿，将自己身上挂着的身份牌紧紧攥在手中。他再次开口时，声音更加轻柔了。“我们有一半人死于中暑，剩下的人大部分死在与敌人的交火中，一个接一个。当我们抵达目的地时，只剩下四个人。我想我们当时都已经筋疲力尽到几乎崩溃，暑热缠身，而且眼看战友一个个死去，心情悲痛。

“所以我们终于抵达目的地时，已经下定决心要将那里彻底摧毁。要让他们付出代价，你明白吗？为了我们遭受的那些痛苦。但是那里并没有什么游击队。情报是错的。那里只是一个简陋的小村庄，只有一群农民。普通家庭。老人、女人和孩子们。”

瑞贝卡点点头，鼓励他继续说下去，但她的心开始悬起来了。接下来发生的事情无可避免，她能猜到故事的结局，那一点儿都不美好。

“指挥官命令我们将那些人集中起来，我们执行了。”比利说，“然后，他让我们——”

比利哽住了。他捡起扔在地上的枪，带着愤怒将它插入腰间，站起来背过身去。瑞贝卡也跟着站了起来。

“那么？”瑞贝卡问，“你杀了他们？”

比利转身面向瑞贝卡，抿着嘴唇。“如果我说我做了呢？你会怎样想？”

“你做了吗？”瑞贝卡盯着比利的脸，盯着他的眼睛，再次问道。她暗下决心至少试着去理解这一切。而比利似乎能看懂她的想法，看出她正竭力让自己敞开心扉来面对事实。他盯着她看了一会，然后摇了摇头。

“我试图阻止。”比利说，“我试了，但他们把我打倒了。我当时几乎失去了意识，但我还是看到了发生的一切……我无能为力。”比利说着移开了目光。“一切结束，我们被接回来之后，他们把所有的事都推到我身上。接着就是审判、定罪，然后就发生了那些事。”

说完，比利平伸双臂。“所以，就算我们离开这儿，我也是个死刑犯。要么就逃跑，继续跑。”

这才是事实。如果比利在说谎，那他真可以去拿个奥斯卡奖了……瑞贝卡不认为比利在说谎。她想说点什么安慰的话，或许能让比利好受一些，可却什么也没说出来。比利的选择是正确的。

“嘿。”比利望着瑞贝卡的身后说，“看看那个。”

瑞贝卡转过身，看着比利走向靠在对面墙边的一堆金属碎片，里面好像半掩着一把霰弹枪。

“我没看错吧？”瑞贝卡问。

比利拿起枪，一边检查一边咧着嘴笑。“是的，夫人，你没看错。”

“有子弹吗？”

“没有，但我这有，是在火车上找到的，十八毫米口径霰弹。”比利说完，又笑了笑，“看来事情正在好转。就算我们出不去，但至少可以让走廊里那只猴子尝尝这个宝贝儿。”

“其实，我觉得那应该是狒狒。”瑞贝卡说。突然意识到自己竟然在微笑。然后，他们都被这个毫无意义的纠错逗笑了。他们现在被困在偏僻的地方，被不知道多少怪物捕猎，但至少他们知道走廊里那个生物是狒狒。想到这儿，他们笑得更大声了。

看到比利大笑着，将所有伪装的傲慢和男子气概全都抛到了一边，瑞贝卡觉得自己似乎是第一次看到这个男人，看到了真正的比利·科恩。在这一刻，她意识到她的第一个任务彻底失败了。他不再是她的囚犯。如果他们能活着出去，如果比利打算逃跑，她不会再阻止他。

我在执法工作方面的职业生涯也就这么多了。

这个想法令瑞贝卡笑得更加厉害了。

7

resident evil

第九章

一走回过道，狒狒就朝他们扑了过来，然后死了——被威力巨大的霰弹枪轰成了碎片。比利退出空弹壳，又装上一颗子弹。他本以为自己还有不少子弹，但似乎在路上丢掉了。不过也没有其他奇怪东西朝他们冲过来了，两人向大厅走去，比利觉得很长一段时间以来，此时是他唯一觉得轻松的时刻。除了刚才那次放声大笑，他们都在这段残酷混乱经历中突破了自我，比利第一次将他的故事告诉一个真正愿意倾听的人，第一次有人认为他说的是实话。

他们在大厅中央的巨大雕塑前停下，仔细观察。六个动物塑像面向外排列成一个环形，每个雕塑前面都放着一块小牌子，旁边各放着一盏小油灯。雕塑非常精致，但每一个都显得凶猛可怕，令人不愿多看。

比利面前是一只正振翅飞翔的鹰，爪子中紧紧抓着一条蛇。他大声念出旁边牌子上的字 ：“我在空中自由翱翔，捕到一只无腿的猎物。”比利皱起眉走向旁边的雕塑，那是一头鹿，牌上写的是 ：“我双角傲然，伫立在大地之上。”

瑞贝卡绕过这些雕塑，停在一扇金属栅栏门前，门那边是一条短走廊，里面有两扇门。“这里有一个说明，”瑞贝卡转过身开始研究动物雕塑，“‘从弱到强，依次点灯。’”瑞贝卡用手握住一根铁栏杆，晃了晃，“这肯定是说开门的方式。”

“所以你得按顺序点燃油灯，从最弱的动物开始。”比利说，“我无话可说。竟然有人会自找麻烦……”比利从口袋里拿出地图研究着。“里面像最后的几个房间，但我没有看到出口。”

瑞贝卡耸耸肩。“嗯，但里面也许有我们用得上的东西，去看看也无妨，对吧？”

“我不确定，”比利实话实说，“也许吧。”

瑞贝卡笑了笑，转向最近的一个动物雕塑，那是一只老虎，牌子上写着：“我是百兽之王，任何动物都无法从我抓下逃脱。”

比利走到左边，一条蛇缠绕在树枝上。“这个上面写的是：我无声地靠近猎物，我的毒液甚至能够征服最强大的王者。”

瑞贝卡又念出了最后两个牌子上的字——其中一个雕塑是一只狼：我的机敏令最伟大的角兽倒下。第六只动物是一匹前蹄悬空的马，牌子上写的是：无论多么狡猾，也快不过我奔腾的四蹄。

角兽。比利回到鹿的旁边，重新读了一遍“双角傲然”那句话。

“也就是说，狼比鹿强。”他说。

瑞贝卡说：“那么狡猾的动物赢不了马，也就是说马比狼强。什么比蛇厉害？”

“鹰，它抓着一条蛇呢。”比利说。

两个人围着雕塑绕圈，念着下面的字，试图解开谜题。最终他们商量出一个顺序，比利依次点燃每只动物旁边的油灯——从弱到强，是按雕塑旁文字里说的那样，正确的顺序应该是鹿、狼、马、虎、蛇、鹰。

当鹰的油灯被点燃后，雕像内部传来沉重的机械运动声，铁栅栏缓缓升起，缩进拱门的顶端。

他们一起进入走廊。第一个房间在他们的右侧，乍一看似乎没什么有价值的东西。一堆空箱子、几个杂乱的货架。比利正打算继续往前，瑞贝卡却走了进去，径直走向那堆板条箱。其中一个箱子倒着，在门口看不到里面有什么。瑞贝卡发出一声兴奋的笑，蹲下身将箱子推转向比利。比利跑到瑞贝卡身旁，感觉自己像是个看到了圣诞礼物的孩子。*总算是没白花工夫解谜。*

里面有两盒半九毫米口径子弹、半盒他们暂时用不上的五毫米口径子弹，还有两个快速装弹器——瑞贝卡没见过装弹器，比利向她解释说，那是用来快速装填十二毫米口径左轮手枪的装置，还有一盒十四发霰弹，这可是能派上大用场的东西。比利觉得要是再有一个火箭筒就更好了，但考虑到当前的情况，他们不能再奢求更多了。

两个人花了几分钟装填子弹。瑞贝卡还在一个架子上找到一个拉链坏了的腰包，把它穿在多功能腰带上。他们一致认为应该带着，要是再找到其他弹药，就能用上了。比利用在地上捡到的一个别针别好拉链，把包跨在肩上，包里沉甸甸的子弹让他觉得非常安心。

“我真想亲亲你。”比利一边说，一边拿起霰弹枪。瑞贝卡没有说话，比利回过头，看到她有些害羞。瑞贝卡假装低头调整腰带，躲开了比利的视线。

“我不是那个意思。”比利说，“呃，不，我不是说你没有魅力，而是——我——我是说——”

“不用解释，”瑞贝卡无所谓地说，“我知道你什么意思。”

比利点点头，松了一口气。他们可没有谈情说爱的时间。*尽管她的确很可爱——*

比利赶紧甩掉这个想法，提醒自己，他已经一年没有和女性近距离相处过了，但现在可不是时候。

两个人朝第二扇门走去，门没有锁。那是一个摆着上下铺的房间，又小又脏，床板是胶合板的。从糟糕的住宿条件和上锁的铁栅栏推断，比利认为住在这里的人恐怕是被迫的。瑞贝卡告诉比利她在日记上看到的那些有关人体实验的事……

整个建筑让比利觉得毛骨悚然，他们越早离开越好。

“我们是往上还是往下？”他们回到大厅之后，瑞贝卡问道。

“楼上有一个观察室，对吧？”比利问。瑞贝卡点点头。“我们就去那里吧，也许能从那里发出求援信号。”

说完之后，比利才意识到自己在建议求援，但他没有改口，心里明白那对他可能意味着什么。他宁愿死在战场上，也不愿意被处决……但现在必须考虑瑞贝卡。她是一个好姑娘，善良真诚，无论如何要让她活着离开这里。

两个人离开了大厅，比利在心里琢磨，自己不知何时丢掉了之前那种罪犯的心理，但很快就觉得没有它自己会过得更好。自从在丛林中经历了可怕的一天之后，他第一次找回了自我。

***

神秘青年看着比利和瑞贝卡整理弹药，他们的坚韧不拔令他印象深刻，同时又让他感觉有些失望。两人再次查看地图后，往楼上走去，可能是去观察室。虽然水蛭能听到他们的对话，但它们无法理解，所以也无法向年轻人复述。

他让水蛭寻找要用到的石板，并放到通向观察室的路上。只要比利和瑞贝卡还没蠢到家——他们已经证明了自己并不蠢，就一定能弄明白如何启动那个装置，离他们的生路更进一步。从那里，他们可以到达隐藏在教堂后面的实验室……

他想看看他们在马库斯的实验室里能找到些什么，也许他们还能窃取到更多的东西。他希望他们看到安布雷拉的真面目，但并不愿看到他们在马库斯辉煌事业的可悲残余中挑挑拣拣。

尽管马库斯已经死了快十年，但他仍然认为那个实验室是马库斯的。自从负责人马库斯“失踪”之后，整个基地都被废弃了，直到最近安布雷拉才又重启了这里——实验室、污水处理厂、训练基地。由于病毒泄漏，这一系列重启计划都受到了影响。安布雷拉委派骨干员工管理这些地方，还有一些中层人员进行监督，这次泄漏令安布雷拉失去了不少忠诚的员工。

比利和瑞贝卡穿过一楼东侧的房间，回到大厅，从那里上到二楼。很快又找到了通向三楼的路。他们端着枪走进楼梯间，面带坚毅，毫不畏惧。年轻人看着他们爬上楼梯，心情很复杂。他既想看到他们成功出去，又想看到他们死掉。有没有两全其美的办法呢？那些名为“清除者”的变异狒狒已经饿了很久，变得虚弱了，被他们轻轻松松就干掉了。那么他们面对“猎杀者”时会怎样，还有“原型暴君”呢？

如果他们来到自己和水蛭这里又会怎样呢？他们会怎么做？

年轻人皱了皱眉，这个想法让他不太高兴。水蛭们对他的情绪变化非常敏感，它们从他的腿上爬到胸口，围绕起来拥抱着他。他爱抚着它们，用抚摸告诉它们自己一切都好。要是那两个不知死活的家伙真的闯到这里——这种可能性不大，他会放过他们，好让他们能将安布雷拉的罪恶公之于众。

“也许，我会选择杀了他们。”年轻人耸耸肩说。他决定到时候再说。他并非对两个人的命运漠不关心，在他等待安布雷拉毁灭的时候，看比利和瑞贝卡如何行动已经成了他的乐趣，他很有兴趣继续欣赏他们接下来的遭遇。不过要是他们再敢伤害他的孩子们，那就去死吧。

两个人已经走到楼梯顶部，他们小心翼翼地沿着扶手查看四周，寻找前进的方向。年轻人突然想起藏在繁殖池墙壁后面的“百夫长”，它会出来看望闯入领地的入侵者吗？在这个棋局里，“清除者”只算得上是兵，而“百夫长”则是他的骑士之一。年轻人兴奋地附身观看。

***

一路上都很平静。他们迅速穿过餐厅，里面那两个围着桌子转圈的丧尸动作太慢了，他们不愿浪费子弹。不过从丧尸面前走过时，瑞贝卡的感觉并不好，而比利超过了她大约三步，看来他也是同样的感受。

走到楼梯顶部，瑞贝卡松了一口气。三楼——至少他们看到的这一部分，只有一个巨大的空间，没有任何可以隐藏的角落。通往观察室的门在他们的右侧。门的对面是繁殖池，那是个占据大部分房间的大坑，他们左侧也有一扇门，地图显示那里通向一个露台。

“你觉得这里繁殖的是什么？”比利问。尽管他压低了声音，但宽阔的房间里还是出现了微微的回声。

“不知道。可能是水蛭吧。”瑞贝卡说。想到在火车上看到的那个用歌声召唤水蛭的孤独身影，瑞贝卡有些发毛。“那么，我们是去观察室还是露台？”

比利左右看了看，然后耸耸肩：“看上去都挺安全。我们可以分头看看，只要推开门看看就行，不要再独自行动了，好吗？”

瑞贝卡点点头。有了充足的弹药，她感觉安全了不少，但她对上次分头行动的遭遇还是心有余悸。她现在也不怎么想分头行动了。“那我去露台。”

两个人各自行动，脚步声在空荡的房间中回响。观察室离他们近一些，比利走到门口，瑞贝卡还在继续朝南走。

“嘿。”比利在门边喊了一声。瑞贝卡望过去，看到他一只手上拿着一个像本书一样的东西，另一只手上还有两个。那其实是书本大小的石板，上端被打磨成了弧形。“这些都放在门口。”

“那是什么？”瑞贝卡问。她的声音不高，但在空荡的房间里还是传得很远。

“可能只是装饰品。”比利说，“每一个都刻了一个单词。”他低头看着石板，来回翻动着。“啊……团结、纪律和服从。”

那段广播，马库斯博士朗诵的公司座右铭——就是这三个词。“带上它们，”瑞贝卡说，“也许又是某个谜题的一部分，就像刚才那些动物雕塑。”

“我也是这么想的。”比利压低声音说，“这房子的主人是头发疯的蠢驴。”

瑞贝卡转向身旁的门，转动门把的时候同时举起枪——门锁上了。她叹了口气，将绷紧的肩膀放松下来，意识到自己有些过于紧张了。

“锁上了。”瑞贝卡喊道。

比利打开观察室的门，正在向里面张望。他转过身，门仍然开着。“这里可能有些希望。我不知道都是些什么，但这儿有很多设备，也许有无线电台。”

电台。瑞贝卡陡然生出希望。“那我——”

瑞贝卡的话还没说完，就被一阵动物活动的声音打断了，一阵沉重的咯咯声在房间里回荡。瑞贝卡和比利互相看了一眼，发现他们之间的距离比预想的要远很多。

声音再次传来。是什么坚硬的东西快速撞击石头的声音，就像有人带着铁护指敲击桌面似的，声音特别大。不管那是什么，一定是个大家伙，从越来越大的声音判断，它正在靠近。到处都是回音，无法判断声音的真正方向——

“繁殖池。”比利大喊，挥手示意瑞贝卡到他那边去，“快过来！”

瑞贝卡急忙跑起来，心里一直在打鼓，不敢去看养殖池。她感觉到那儿有动静，是波动着的黑色东西，她飞快地奔跑着，从旁边经过时还是忍不住瞥了一眼。

看到那东西的瞬间，瑞贝卡的意识凝固了。那是只蜈蚣或者千足虫，大到足以令之前那些牧羊犬大小的蜘蛛们感到惭愧。在黑亮头部两侧是亮闪闪的黄色眼睛，长长的红色触角在头顶抖动着，长而多节的身体下方长着无数红色的细脚。它至少有四米长，身体有水桶那么粗，那些细腿快速摇摆着，向瑞贝卡游来。

“快跑！”比利大喊，瑞贝卡立刻没命地奔跑起来，她已经能闻到蜈蚣身上的可怕酸臭了，一种令人作呕的可怕味道，如果她有时间，一定会吐出来的。比利用脚抵着观察室的门，用霰弹枪对着瑞贝卡身后开了一枪，她能感觉到那东西离她有多近，就像影子一样跟在她身后。

瑞贝卡从比利身旁跳进门里时，他又开了一枪，然后紧跟着跳进来，门砰地关上了。紧接着他们就听到蜈蚣覆盖着甲壳的身体擦在木门上的声音——不过几秒之后那声音便停了，它游动着离开了。

“老天保佑。”比利感叹了一声。瑞贝卡也点点头。比利扶起瑞贝卡，两个人都气喘吁吁。

“我们可别往回走了。”瑞贝卡说，真心希望他们不用再走那条路。

“我觉得也是。”比利表示同意。

两个人沉默了一阵，环视了一下他们的避难所。这是一个很大的圆形房间，有两层。他们所在的位置是一条半圆形的狭窄通道，北端有几扇门。门边有一段短梯，通向下面一个有很多设备的金属网格平台。平台下方则是黑漆漆的一片。

两人一起走到北面的门前。门锁上了。他们交换了一个郁闷的眼神，都没说话，继续朝楼梯走去。瑞贝卡走在前面，来到平台正中央那台很大的机器旁，那好像是一具天文望远镜。镜筒在头顶很高的地方，伸直了手臂也摸不到。比利在瑞贝卡身后查看其他设备，那里有一排电脑和一些瑞贝卡不认识的设备。瑞贝卡低头看着望远镜下面的控制台，屏住了呼吸。控制台上有三个凹陷，形状都像墓碑，顶部是个弧形。

“我没看到无线电，但——”比利说，瑞贝卡打断了他的话。

“你还拿着那些石板吧？”瑞贝卡说。

比利转过身，一边看控制台一边拉开腰包。他从里面拿出石板，它们都像平装书那么大，只是很薄。瑞贝卡接过来，回忆着安布雷拉那令人不快的座右铭。“服从产生纪律，纪律带来团结，团结造就力量……”

“力量就是生命。”比利接着说完。

三块石板按顺序放入凹槽里，房间中立刻发出巨大的声音，大型机器开始运行——他们感到房间开始下沉，就像一部电梯。不仅是平台，而是整个房间，包括墙壁和所有东西。他们的脚下黑暗开始上升，原来下面是一池水，移动的平台令水面泛起无数泡沫。瑞贝卡有些担心平台会一直降下去，他们或许会被淹死——不过机器的轰鸣很快减弱了，房间停止了下降。最后，随着机器逐渐减弱的嗡嗡声，他们听到头顶上北边的那扇门发出清脆的咔嗒声。

两个人面面相觑，都是一脸惊讶。

“我想我知道接下来要去哪里了。”比利微笑着说，但那微笑中并没有太多信心。瑞贝卡则是连假装微笑的心情都没有。显然有人在引导他们，但前方究竟是自由，还是死亡的陷阱？

只有一个办法。两个人都没有说话，转身朝楼梯走去。

7

resident evil

第十章

比利和瑞贝卡穿过北边的门，来到微凉的夜色中。深吸了几口凉爽清新的空气，比利感觉全身都轻松了一些。他忽然意识到，如果无法逃出安布雷拉的这个基地，会是多么可怕的事。不幸的是，他很快就发现他们还未真正逃离。观察室的门外是一条又长又窄的过道，通往大约五十米外的另一栋建筑。过道两旁都是水，在建筑物的东侧是一个水库或者湖泊。

比利和瑞贝卡走出观察室，然后转身试图弄清所走过的路线，他们花了好几分钟想找出一楼大厅以及之前到过的那些房间的方位，但是毫无头绪。比利从来就没什么方向感，看样子瑞贝卡也一样。最后他们只得放弃，将注意力转向小路尽头那一看令人有不祥预感的高大建筑。

两个人朝大楼走去，比利大口呼吸着仲夏甘甜的夜风。时间大概已经过了深夜，接近凌晨，但乌云笼罩着夜空，无法判断具体的时间。

“你觉得我们现在是在什么地方？”比利问。

“不知道。”瑞贝卡回答，“我希望是个有电话的地方。”

“还有个厨房。”比利补充道。他已经饿得前胸贴后背了。

“说得对。”瑞贝卡表示同意，语气中满是憧憬，“里面堆满了比萨和冰激凌。”

“意大利腊肠比萨？”

“夏威夷比萨，”瑞贝卡说，“还有开心果冰激凌。”

“哈哈。”比利朝瑞贝卡做了个鬼脸，十分享受这样的对话。他们没太多时间相互了解，尽管比利觉得自己和瑞贝卡之间有某种联系，但那是在战斗中伙伴之间的联系。“你好像很喜欢橙色食品。”

“橙色食品？”

“对。你知道，就是那种人工的橙色，添加在通心粉和奶酪里，还有橘子香精的饮料、点心、蛋糕、炸芝士卷……。”

瑞贝卡笑了。“没错，我喜欢那种东西。”

比利翻了翻眼睛。“青少年……你还没成年，对吗？”

“我已经有选举权了。”瑞贝卡回道，听上去有些不满。没等比利问她为什么这么小就加入特种战术救援组，瑞贝卡就补充道：“我可是天才，无论是成绩还是在其他方面。你呢？大叔，你多大了？三十？或者我该叫你爷爷？”

这回轮到比利不满了：“二十六。”

瑞贝卡哈哈大笑：“哇，你也太老了。我应该给你弄个轮椅。”

“闭嘴。”比利笑着斥道。

“我说，我应该给你弄个轮椅！”瑞贝卡又嘲弄地重复了一遍，彻底击败了比利。他们说笑着经过通道右侧的一个小警卫室，门开着，地板上倒着一具尸体。

*准确地说，应该是残尸。*比利心想。他的好心情一下无影无踪了。他们慌乱地停下脚步，场面十分凄惨，尸体看不出性别，双腿和一只手臂都不见了，面朝下趴着，就像被溺死在血泊中一样。

比利和瑞贝卡都没有再说话，沉默地走到那栋建筑前，清晰地想起这儿曾发生过怎样的悲剧。谁都不可能时刻想着这些，那会令自己深陷在对病毒的恐惧中，无法正常行动。偶尔的放声大笑对保持正常的精神状态非常重要，甚至是必要的。但从另一方面来说，如果你看到那样一具尸体还能继续大笑，就用不着考虑心理健康方面的事了。

瑞贝卡和比利在建筑物前放缓脚步，仔细查看周围的情况。正前方是一条分出许多岔路的主道，每条小道两旁都种满了植物，但都已经枯萎了，路的尽头消失在乱糟糟的树丛后面。道路两旁有几盏昏暗的路灯，在路上投下深深的阴影。环境算不上好，但比利没有看到丧尸或水蛭人，单就这一点就比上一个地方好多了。

几级宽大的石阶通向建筑双开的大门。比利还在看着那些树影重重的小路，瑞贝卡已经走上台阶，用力推了推门。

“锁住了。”瑞贝卡说。

“见鬼。”比利抱怨着，也伸手试着拉了拉，门很结实，但看样子锁并不太牢固，也没有门闩。“退后。”

比利侧过身，放低重心，狠狠对着锁来了一个侧踢，然后又是一脚。踢到第三脚，木头发出碎裂的声音，第五脚，那把便宜锁被踢开了。

两人走进门内，向里面张望。在经历这么多事之后，比利以为自己不会再感到惊讶了，但他错了。这是一座装饰华丽的教堂，高大的彩色玻璃窗、闪亮的木头长椅，一切都非常精致。但教堂也被毁了，至少有一半长椅翻倒在地上，天花板上有一个大洞，从洞里投下的微光令他们能隐约看到这一切情况。

“去看看祭坛。”瑞贝卡轻声说。

比利点了点头。更准确地说，说是查看祭坛周围的情况。教堂最前方是一个平台，上面摆着几百根燃烧过的蜡烛，翻倒的陈旧圣像，很多都损毁了，除此之外还有几束干枯的花。总而言之，一副末日来临的恐怖景象。

“我觉得我们还是出去吧。”比利发现自己不由得压低了声音，于是稍稍提高了一点说，“我们应该去看一下那些小路能通到哪儿。”

瑞贝卡点点头，开始后退。突然，一个巨大的黑影从拱顶上朝他们扑来，同时发出一声尖厉的叫声，那东西拍打着满是灰尘的巨大翅膀，在空中飞来飞去。比利在一瞬间看清了，那是一只蝙蝠，但比他所见过或者听说过的任何蝙蝠都大得多，翼展比秃鹫还要长。

最后，那只巨大的蝙蝠停止了飞舞，飞回头顶的黑暗中，蝙蝠刚才离他们非常近，腐臭的气息一阵一阵扑向他们。比利一手将瑞贝卡推出门外，另一只手拉住坏掉的门把，一把将门关上。比利暗自后悔刚才把门踢坏了，但很快就意识到这根本不要紧。他们在门外仍能听到巨大的蝙蝠从天花板上的洞挤出去的声音，还有那巨大的爪子在屋顶的木瓦上乱抓的声音。

“快走！”比利大喊。

他们快步跑下楼梯，瑞贝卡领头往右边跑去——那边看起来隐蔽物更多一些，环绕教堂的小路有一部分被树木完全盖住了。小道接连拐了两个急弯，转弯处都被茂密植物掩盖着。瑞贝卡跑得很快，比利一直紧跟在后面，他一想到会被那对翅膀劈头盖脸地罩住，被利爪抓烂皮肉，就不由得飞跑——

“那里！”瑞贝卡突然慢下来，指着一个地方。

只见小路的右前方有一部电梯，至少看上去像一部独立的电梯，就在教堂的一侧。比利不确定那里是否安全，但头顶传来翅膀清晰的拍动声和蝙蝠寻找猎物发出的尖厉叫声，容不得他们再犹豫了。他们走到门边，老天保佑，瑞贝卡伸手一碰，门滑开了。电梯内部非常小，勉强能挤得下他俩。这是一部只能向下的电梯。也好，比利可不想去教堂的钟楼上看看发疯的蝙蝠还有没有兄弟姐妹。

瑞贝卡按下关门键。就在门关上的瞬间，一个丧尸不知从哪里冒出来，跌跌撞撞地朝他们扑来。那是一个女人，手已经腐烂得露出了森森白骨。她呻吟着，龇着发黑的牙齿，门关上了，将感染者和那只尖叫的蝙蝠关在外面。

比利和瑞贝卡不约而同地背靠墙壁滑坐在地。丧尸饥饿的号叫声隔着门传进来，它的手指抓在金属门上发出吱吱的声音。过了几秒，又有新的呜咽声加入进来，然后是第三个，都是那种急切又绝望的哀号。

电梯只有两个楼层按键。B1 或 B2。比利看了看瑞贝卡，她脸色苍白地摇摇头。外面的丧尸还在抓挠着想要进来，比利按下 B1，电梯没动。

“好吧，那就 B2。”比利说，暗暗祈祷他们不会自寻死路。他按下 B2 键，电梯猛地一震，开始平稳下降。比利站到瑞贝卡前面，微微侧身，将霰弹枪准备好，希望门开的时候，外面不会是一群等着吃夜宵的丧尸。

门无声地开了，外面是一条散落着瓦砾的走廊，没有人。比利再次按下 B1 键，希望能有另一个选择，但电梯甚至连门都没有关上。显然，他们要么回到巨型蝙蝠和丧尸那里，要么就到地下二层去探险。比利选择了后者。

他小心翼翼地走出电梯，瑞贝卡紧随其后。像之前那栋大楼一样，这里的装潢十分精美。仔细抛光的大理石地板，尽管已经碎裂了，走廊两侧是华丽的支柱，前方有一个高高的拱门。他们左边是一道向上的楼梯，但已经被乱石断墙堵塞了。左前方还有一扇门，再往前是一个右转弯。

比利和瑞贝卡在楼梯前停下，残垣断壁从地板一直堆到了天花板。背后唯一的路就是那部电梯……他们一点儿也不想往回走，那些恶心的危险怪物不会这么快就散去。而他们现在需要休息一下。

“没有怪物的路就是好路。”比利说。

“没错。”瑞贝卡回道，声音十分轻柔。瑞贝卡给了比利一个微笑，但能看出她还是很紧张。两人继续向前，靴子踩在瓦砾上，发出吱吱嘎嘎的声音。

瑞贝卡留在第一扇门旁，比利则迅速查看了走廊的其余部分。走廊上还有一扇门，被一把密码锁锁着，还有一个可能是门的地方，比利不敢确定。走廊尽头的蓝色墙壁上有一个精美的神龛——两尊雕塑之间是一个像詹姆斯·马库斯的半身像。没有钥匙孔，但半身像下面有一处小孩子拳头大小的凹陷，好像缺了一块似的。

*真是可爱，又是两把密码锁。*比利烦躁地想着，走回瑞贝卡身边。这些人是不是有毛病？如果他们真想证明自己聪明绝顶，为什么不去玩填字游戏呢？

幸好第一扇门没有锁。比利和瑞贝卡走了进去，这又是一个陈旧雅致的房间，两边摆放着书架，门口铺着一块满是污渍的东方地毯。房间呈 U 形，里面亮着几盏灯，这是他们一晚上到过的最亮的房间了。屋子里还有几张矮几和一张放着老式打字机的小书桌。比利走到最近的书桌旁，从上面拿起一张纸。

“不太可能出麻烦，但我还是做好了预防措施。”比利念道，“藏起一片叶子最好的办法是将它放进森林，而藏起一把钥匙，就让它看上去像叶子。”

“哈，又是这样。”瑞贝卡说，比利点点头。这些人到底想干什么？

瑞贝卡检查书架，比利则在屋子里转，他看到房间一个角落的天花板上有一个大洞。天花板很高，但如果踩在桌子上……

“这些书绝大部分都是生物学方面的。哺乳动物、昆虫、两栖动物……”瑞贝卡一边看一边说。

“你来看看这个。”比利说。他已经把桌子推到洞口下方了，但站上去还是差一点。

“我能上去，”瑞贝卡说，“我上去找根绳子之类的，把你拉上去。”

比利皱起眉头。“我不确定。你上次……”

“没问题。”瑞贝卡坚决地说，他们都有必须做的事。

于是比利站在桌上，双手交叉做好准备，瑞贝卡爬上桌子，将右脚踩在比利手上，手搭在比利肩头。瑞贝卡轻得像片羽毛，比利可以毫不费力托起两个她。他轻松地将瑞贝卡举了起来，她钻进洞里不见了。没一会儿，瑞贝卡就回来了。

“看起来没什么危险，不过很黑。”瑞贝卡说，“像一个实验室，有许多架子和桌子……我去看看还能找到些什么。”

说完，瑞贝卡又不见了。比利在下面等着，紧紧盯着洞口，告诉自己瑞贝卡能照顾好自己。她已经证明了她比比利认识的绝大多数士兵都厉害，万一真碰到麻烦，她只要跳下来就行了，不用担心——

这时，瑞贝卡突然发出一声短促的尖叫，比利的心顿时凉了半截。

“瑞贝卡！”比利大喊，眼睛无奈地盯着上面那个黑洞。

***

像一个实验室，不过是那种用过十多年的实验室，而且使用的时候好像也没怎么认真清理。地板和架子上都落了厚厚一层灰，有些东西像被移走了，留下一些痕迹——椅子后面的拖曳痕迹、试管上的手指印等。瑞贝卡迅速环视四周，然后退回到洞旁，比利的表情既紧张又期待。

“看上去没什么危险，不过很黑。像一个实验室，有很多架子和桌子……我看看还能找到些什么。”

说完，瑞贝卡转过身，继续搜寻。房间比她想的要大很多，架子后面还有很大一片空间。要不是暗处有些微弱的蓝白色光芒，她肯定不会注意到。瑞贝卡举着手枪，慢慢绕过拐角——

——瑞贝卡惊叫起来，差点冲着面前漂浮着的发光怪物开枪。不过她马上意识到那怪物已经死了。

“瑞贝卡！”

“我没事！”瑞贝卡喊道，盯着那个奇怪的生物，“只是被吓了一跳。等一下。”

瑞贝卡走近那个一人多高的培养槽，里面灌满透明发光的液体。一共有四根这样的管子排成一排，每一根里面的狰狞怪物都不同。他们都曾经是人，但被外科手术改变了外形，而且可以肯定感染了病毒。瑞贝卡想要向比利描述眼前这一切，但实在想不出合适的话：肌肉发达、面目全非的身体上长着粗壮、畸形的四肢，脸上还带着痛苦和嗜血的表情。总之非常恐怖。

走过那排怪物标本之后是一个试管柜，里面装满了试管。瑞贝卡弯下腰，看到每根管子里面都装着一条死水蛭。她不由得做了个鬼脸，正想转身离开，突然意识到其中一根试管是不同的。里面的水蛭……不，那不是水蛭。

瑞贝卡推开满是灰尘的玻璃门，抽出那根试管，把它举到微弱的光线下。试管的盖子被封住了，里面的东西和水蛭的形状一样，但却是雕刻出来的，带着一种深深的钴蓝色。

为什么有人会做条假水蛭，还把它放在——

瑞贝卡眨了眨眼，想起比利之前念过的那句话——藏起一片叶子最好的办法是将它放进森林，而藏起一把钥匙……

瑞贝卡走回洞口，把那根试管给比利看。“我想我找到叶子钥匙了。”说完，她把试管扔了下去，“或者，应该说是水蛭钥匙。”

比利敏捷地接住试管，仔细看着。“我相信它肯定能打开那些门中的一个。下来吧，我们去看看。”

“试管的盖子打不开——”瑞贝卡还没说完，就看到比利松手把试管扔在地上，她停下了。比利冲她笑了笑，然后跳了下去，用靴子后跟使劲踩在试管上。玻璃发出碎裂的嘎吱声，比利捡起那个雕像。

“小意思，”他说，“快来。”

瑞贝卡咬着嘴唇，又看了一圈实验室。里面还有一个文件柜，周围散落着一些文件……

“你先去看一下。我要看看能不能找到别的地图。”

比利皱了皱眉。“你确定？”

“你是害怕一个人去吗？”瑞贝卡笑着问。

“老实说，是的。”比利也笑着回答，“好吧，我马上就回来。别走得太远了，好吗？如果需要帮忙，随时叫我。”

瑞贝卡拍了拍对讲机。“没问题。”

比利又抬头看了瑞贝卡一眼，然后转身离开。瑞贝卡再次查看实验室，被两张比较大的书桌吸引了注意力。“好吧，马库斯，让我们看看你有没有给我们留下什么有用的东西。”瑞贝卡说着，走到书桌旁，拿起一叠纸开始阅读，完全不知道自己的一举一动被密切注视着。

***

这不行。

神秘青年生气地握紧拳头。水蛭们试图安抚他，纷纷爬到他的肩头，但他将它们全都拂掉，无视了它们的意图。

瑞贝卡，在读马库斯博士的私人笔记！她找到了马库斯博士心灵圣殿的钥匙，把它给了比利。他们只要到缆车那里去，最多撬开一两把锁就能出去了……可他们似乎对马库斯博士念念不忘，非要去侵犯他留下的为数不多的隐私。

“如果我们阻止，他们就干不成。”他对他的孩子们说。看着比利正用雕像打开马库斯博士的密室，看着瑞贝卡漫不经心地翻阅着马库斯博士的私人笔记。看着两个人到处乱跑确实挺有意思，但现在该结束了。哪怕没有他们，安布雷拉的罪恶也必须公之于众。

是时候让孩子们出去玩玩了。

7

resident evil

第十一章

正如比利猜测的那样，走廊尽头的那个神龛其实是一扇门，瑞贝卡找到的小水蛭雕像刚好嵌进门上的“锁”。咔嗒一声轻响，门开了。

在进去之前，比利仔细观察了一会儿，确定半身像就是詹姆斯·马库斯博士。他不明白为什么在火车上遇见的水蛭人是马库斯的形象，显然水蛭人是被一个明显比马库斯年轻得多的人控制，那个在山坡上唱歌的人。马库斯还活着吗？不太可能。瑞贝卡找到的那本日记上说，马库斯知道斯宾塞要来接替他的工作，那已经是十年前的事了。疯了的人一般是没法工作的。

瑞贝卡还在等着。比利暂时将疑问放下，用枪管推开那扇奢华的门。他迅速查看四周，没有什么动静，于是放低枪口，向房间更深处走去。

“哇哦。”比利四下打量着房间，不由得惊叹一声。这是一间很大的办公室，一侧是嵌入式的书架和壁橱，全是深色抛光的木料和斜切玻璃的，对面是一个华丽的壁炉。房间里摆放的都是古董家具——

张矮几，几把椅子，一个大书桌——非常漂亮。地上铺着毛茸茸的精美地毯，踩上去一点声音也没有。房间后方，在书桌的后面还有一扇门，比利不由在心里暗暗祈祷，但愿那就是通往出口的门。

房间里的光线都来自东北角一个巨大的水族箱，房间里的所有东西都蒙上一层淡蓝色，但是水族箱里空空如也——

比利皱了皱眉，凑近了些。不，里面不是空的。没有鱼，也没有礁石和水草之类的装饰，只是在水面上漂浮着许多奇怪的东西，比利认不出那是什么，样子十分怪诞。那些东西看上去像人体的一部分，但看不出形状，也没有骨头，像被肢解了的肢体。比利被这些苍白的漂浮物弄得有些心烦意乱，于是加快脚步往前走去。

房间里一个壁橱的门敞开着，他走过去查看里面的书。有一本古老的相册放在一个架子上，比利将它拿了起来。他知道自己应该尽快回去找瑞贝卡，但还是抵不住心里的好奇，他想知道门上那破烂雕像是否意味着自己的确是在马库斯的办公室。

照片都已经泛黄了，边角也卷曲着。比利翻了几页，觉得是在浪费时间。他正想把相册放回去，从里面掉出一张照片。比利将照片捡起来，凑到鱼缸蓝色的波光下。

照片本身并没有什么特别，上面是三个大约三四十岁的男人，干净整洁，微笑着面对镜头。照片背后写着："致詹姆斯，1939 年毕业留念。"

比利仔细看着照片，认为中间的那个男人就是詹姆斯 · 马库斯。头部轮廓很像……不知为什么，他总觉得照片中的男人很眼熟……

"那个家伙。"比利点点头说。在火车外面唱歌的那个人。尽管当时看得不是很清楚，但他们的姿势很像，同样长着一副宽阔的肩膀……"他可能是马库斯的儿子，或者孙子。"

整件事情就像一个拼图，比利认为自己又找到了一块碎片。如果斯宾塞排挤掉了马库斯，接手他的工作，那么马库斯的儿子或孙子会来报仇吗？或许病毒泄漏并非意外，或许就是那个操控水蛭的家伙干的。

比利叹了口气，把照片放在相册上面。解开了疑问当然好，但又有什么实际意义？他需要的是一条出去的路。

比利又在书桌上搜寻了一番，想找到钥匙或地图什么的，但是一无所获。他朝书桌后的门走去，谢天谢地，这扇门没有上锁。比利推开门一看，心中的希望黯淡了下去，门后并不是闪着出口标识的隧道。这是一个艺术品陈列室，至少看着像。房间的墙壁上挂满了画，还有几个罩着布的雕塑。有一个雕塑没有盖上，那是一尊白色的大理石雕像，好像是古罗马的什么神像，背靠着墙坐着，空洞的眼神注视着上方，一只手放在腹部——

——雕塑的手上好像拿着什么。是个绿色的东西。

比利走过去，从雕像苍白的手中拿起那个东西，不由得露出了微笑。又是一个水蛭雕塑，不过这个是绿色的，而上一个是蓝色的。

这又是一把钥匙，应该可以打开另一扇门。这把钥匙可能真是他们的返程票了。

***

第一天

给四条水蛭注射。这种简单的生物是完美的实验对象，不过它们可能太过简单，无法适应。至少没有立刻观察到变化。

“四”下面划了横线。在页角处有人潦草地写了“变化顺序”四个字，并圈了起来。

这是一本实验室日志，上面大部分都是日期和数字。瑞贝卡正想合上它时，却发现最后的几页写了一些字，下面还划了横线。她继续往下看，寻找更多重点标记的段落。

第八天

一周了。水蛭长得很快，迅速繁殖着，体形增大了一倍，并出现很大变化。成功产卵后，它们的数量增加了一倍。它们表现出肉食行为，也许是因为食量增大的缘故，需要立即增加食物供给，不过已经死了两条。

“*数量翻倍*”和“*二*”下面划了横线。

第十二天

开始提供活物，由于那些活物的抵抗，水蛭损失了一半。不过，它们积累了经验，开始表现出群体攻击行为。进化程度超出预期。

“*损失一半*”下面划了横线。

这一页没有其他标注的文字了，瑞贝卡快速翻过去，这古怪实验的成功让她不太高兴。

第二十三天

水蛭不再具有个体特征，开始集体行动。第三十一天，开始疯狂繁殖，给什么吃什么……

最后一段话清晰地向瑞贝卡展现了马库斯博士究竟疯狂到了什么地步。

第四十六天

今天是真正值得纪念的一天。今天，水蛭们开始模仿我的行为。我相信它们能够认得出我，认得出它们的父亲。我能感受到它们对我的强烈感情。它们是在表示爱吗？我想是的。现在，只有我和我聪明

的孩子们。没人能把它们从我身边带走。

尽管从我这里，他们学会了很多，但他们还是没这个胆子。

“嘿！”

比利的声音从下面传来，瑞贝卡放下文件，走到洞口半跪下来。

“你找到什么有用的东西了吗？”瑞贝卡低头看着比利问。

“也许吧。接住。”比利说着，扔给她一个小东西。瑞贝卡接过来。又是一把水蛭钥匙，是绿色的。

“上面还有带马库斯头像的门吗？”比利问。

瑞贝卡摇摇头。“我不知道。反正这个房间里没有。我一直在看他的疯狂实验日志。你想让我四处看看吗？”

比利有些犹豫。“为什么不等我上去呢？我们可以一起找。等我再找一张桌子什么的……”

“我会小心的。”瑞贝卡说，“你不是说下面还有一扇门吗？你可以试试开那扇门，我也找找看有没有可以放进钥匙的地方。”

“那是一把密码锁，”比利说，“除非你手边有一套凿子，不然我觉得我们打不开它。”

瑞贝卡叹了口气。可惜吉尔没在。她在阿尔法小队，听巴瑞说，没有她开不了的锁……

……*“变化顺序”。*

“等等。密码锁？”

比利点点头，瑞贝卡从洞口退开，跑回书桌边，拿起马库斯的日志。她迅速浏览那些有标记的段落，一边记下里面出现的数字。*四条水蛭……翻倍……死了两条……损失一半……*

“你试试，4863。”瑞贝卡说。

“胡猜的吗？”比利问。

瑞贝卡笑了笑。“也许吧。”她举起那个绿色水蛭雕像，“我去看看能不能找到把它放进去的地方。”

比利勉强点点头，瑞贝卡站起身，朝屋子里的那扇门走去，不知自己到底是勇敢还是愚蠢。自从上次遭遇那些狒狒之后，她就不愿再单独行动了，可既然她已经到了 B1 层，不四处看看又说不通。

推开实验室的门，外面是一条短短的走廊，除了她出来的那扇之外，走廊上还有三扇门。右手第一扇门锁上了，第二扇门在右边的转角附近，门开着，是一间空空荡荡的大房间，旁边隔着一间小办公室，里面什么都没有。光线太暗，看不清其他细节。瑞贝卡关上门，搜索工作已经完成了三分之二，她松了口气，向走廊尽头的第三扇门走去。

这门也没锁。瑞贝卡推开它，却看到门后左侧一米远的地方，又是一扇门。那么这个房间岂不是与她刚才待的实验室是相连的……不，还没有。但从方向上来看，这里肯定是和第一个实验室相连。也可能是在某个位置隔断了——

旁边有动静。靠着墙的一张桌子旁，有一个眼神空洞、面色苍白的感染者，他大张着嘴，显得十分饥饿，踉跄着朝瑞贝卡扑来，喉咙里发出轻轻的咯咯声。

丧尸的动作非常缓慢。瑞贝卡看了一眼丧尸，又看了看面前的门，水蛭钥匙已经被她的手攥得温暖了。她瞅准机会，向前走，推开门穿过去，丧尸还没来得及迈出一步，瑞贝卡就把门关上了。

门后是一间手术室，又旧又脏，被消毒液腐蚀成灰色的瓷砖地面上落着一层浮尘，房间里放着一张带轮子的金属床。左手边就是一扇带有马库斯半身浮雕像的绿色门。

“找到了。”瑞贝卡说，往门口走去，看到金属床上的坚固束缚带后，她尽量不去看屋子另一个角落的手术台。瑞贝卡知道马库斯在干什么，她不想再被那些细节折磨。

绿色的水蛭雕像严丝合缝地放进了门上的凹陷处，门锁咔嗒响了一声，门开了——

瑞贝卡后退一步，被门里散发出的那股臭味弄得有些惊慌失措，她已经非常熟悉那种味道了。

狭窄的房间两边都是那种停尸房里的冷柜，其中有几个还是打开的。地板上静静躺着两具尸体，瑞贝卡小心翼翼地用枪对着其中一具，慢慢走了进去。

*老天保佑，但愿这里有真的值得锁起来的东西。*她一边想，一边跨过一张被掀翻的金属床。如果不麻烦，最好让它直接出现在我眼前。她可不愿一个一个去搜那些停尸柜。

房间尽头有一个向右的转角，瑞贝卡跨过第二具尸体，拐过转角，尽量不去理会屋里刺鼻的味道。角落里还有一张金属床，上面放着一把金属钥匙。

瑞贝卡拿起钥匙，心情很是复杂。她确实找到了有用的东西，但竟然又是一把钥匙。它可能通向任何地方，也许是马库斯的度假别墅呢。

也许是走廊里的第一扇门……

“瑞贝卡？”

瑞贝卡将钥匙放进口袋，拿出对讲机，一边回答一边朝门口走去。

“在。怎么了，完毕。”她穿过手术室，在那扇与实验室相连的门前停下。她想直接走到走廊里去，如果可能，不去开枪射杀那个丧尸……

“那把锁没有拨号盘。”听上去比利有些生气，“我又回去检查了一遍马库斯的办公室，但什么也没有发现。你运气如何，完毕。”

“算是有点收获吧。”瑞贝卡说，“我要先确认一件事情。等下在图书室见，完毕。”

“小心一点。通话结束。”

小心。瑞贝卡摇了摇头，把对讲机别回腰带上，对自己和比利的关系迅速改变有些惊讶。几小时以前，她还威胁着要开枪打死他，并认定比利也会这么对她。可现在，他们……好吧，“朋友”这个词可能并不很贴切，但他们至少不会再互相残杀了。

瑞贝卡第一次想知道队友们此刻在做什么。追捕比利的行动是否还在继续？他们是否也在找她，找爱德华？也许他们正自顾不暇，被T 病毒泄漏的麻烦缠住了？

打住。瑞贝卡把耳朵贴在门上听了一会儿，但什么都没有听到。她深吸一口气，推门进去，快速来到隔壁，甚至都没去看一眼实验室。关上身后的门时，她听到一声隐约的哀号，对那个感染者感到一阵同情。那个人可能是这里的工作人员，但哪怕是最坏的敌人，瑞贝卡也不希望他们感染这种该死的病毒。

瑞贝卡走到走廊里的第一扇门前，希望刚才找到的钥匙有用，尽管心里很是怀疑。她觉得应该进行更细致的搜索，或者继续寻找其他的东西，地图、钥匙或者地板上的另一个洞，总之这一切有点让人沮丧。如果找不到别的出路，他们只能坐电梯冒险返回地上。

瑞贝卡将钥匙插入门锁，然后转动门把，锁开了。

“还好。”瑞贝卡笑着嘟囔道，然后拉开了门。

一个巨大的黑影吼叫着朝她扑来。

***

比利在天花板的洞旁等着，漫不经心地琢磨着怎么弄开那把密码锁，就在这时，一声恐怖的号叫从 B1 层传来，紧接着是两声枪响。

比利甚至根本没有想过用对讲机。他跳上洞口下方的矮桌，先把霰弹枪扔了上去，然后用力向上跳，用手抓住洞的边缘。之前他根本不相信自己能跳上去，但此时他压根就没想到这个问题。他吭哧一声，用尽全力把身体向上拉，先是将手肘翻上去，接着是一只膝盖。

比利抓起霰弹枪，刚站起了就又听到一声嚎叫，那叫声非常怪异，就像是一只鸟被撕成碎片时发出的惨叫。比利迅速辨别了一下声音发出的方向，找到了门，然后开始狂奔。

他冲进走廊，一眼就看到瑞贝卡背靠着正对面的墙，一只袖子已经被撕破了，手臂上有四道深深的爪痕，正用枪对着——

该死——

那是一只巨大的爬行动物，但又有点人类的特征，肌肉非常发达，满是皱纹的粗糙皮肤是剧毒动物特有的那种深绿色。怪物的手臂很长，爪子几乎碰到地板。它看到比利后，再次张开下颚发出尖叫，扁平、倾斜的脑袋上，一双小眼睛发出恶毒的光。瑞贝卡打中它一枪，它的胸口上方正在流着暗红色的血，不过看起来这个伤口对它并没多大影响。

*试试这个。*比利心想。他端起霰弹枪与瑞贝卡同时开火。霰弹击中了怪物的脸，比利上膛后再次开火，他才不会等着看第一次射击的效果如何——

怪物的整个脸都被打掉了，鲜血和碎肉喷了一墙一地，它重重倒在地上，脖子上面只残存着一小块带着一颗牙的发黑下颌骨，冒着泡的血液在地下汇成一条小河。

比利停了几秒，注意听着其他声音或动静，再没有其他声音了。比利将注意力转回瑞贝卡身上，她正用右手按住受伤的左肩，鲜血从她的手指缝里渗出。

“我的腰包。”瑞贝卡说，“里面有消毒液、绷带和胶布……它只是抓了我一下。幸好没咬到。”

瑞贝卡脸色苍白，有些畏缩地看着比利帮她消毒并包扎伤口，但她忍住了，没有屈服于疼痛。伤口很深，恐怕得缝针，也可能比那更糟。伤口处理完毕后，瑞贝卡冲着对面半开的门努了努嘴。

“它被锁在里面。那个怪物。”

瑞贝卡的声音听上去既吃惊又疑惑。比利走向门口，以防万一再有什么东西跳出来。走到那个已经没了头的怪物旁边，他停下来低头看着它。

“看起来像打了激素的史前动物。”比利说，回头看了一眼瑞贝卡，希望能逗她笑一笑。瑞贝卡确实笑了，尽管有些虚弱，但很真实。比利再一次被瑞贝卡的坚强打动了。很少能有人如此迅速地从意外遭遇的危险中恢复过来，更别说是被眼前这噩梦中才有的怪兽攻击了。大部分人几小时后都会哆嗦个不停。

瑞贝卡走到比利身旁，用靴子轻轻踢了踢怪物的腿。“真够棒的。”她说，“瞧瞧他们在这儿都干了什么。基因工程、重组病毒……”

“我认为那是一帮精神病。”比利说。

瑞贝卡点点头。“不管这个了。让我们看看这怪物是不是在看守什么重要的东西。”

两个人绕过怪物的尸体，瑞贝卡和比利讲了她刚才的发现。那像个犬舍，但比利非常确定那儿肯定不是用来关狗的。房间里有成排的铁笼子，里面还安装着各种束缚装置，空气中弥漫着浓郁的野生动物的臭味。

“……我就是用在那里找到的钥匙开的门，”瑞贝卡说，“我以为这里面锁着什么有用的东西呢。”

房间是U形的，被柜子分割成几块。他们沿着柜子绕来绕去，瑞贝卡发出一声厌恶的呻吟。较远处的角落里有一堆破烂皮毛和被啃过的骨头，看上去像狒狒。还有一堆堆黑色的粪便，闻起来就像是——呃，就是屎。那只怪物好像被关在这里有一段时间了。

两排笼子之间有一张小木桌，上面散落着几页纸。比利小心翼翼地走过去，拿起最上面的那一页，瑞贝卡则查看着几个开着的笼子。那些纸张像一份报告的一部分。

……迄今为止的研究显示，始祖病毒进入活体之后，剧烈的细胞变化会导致所有主要生物系统的崩溃，尤其是中枢神经系统。另外，尚未找到有效控制这些生物并将其作为生物武器的方法。显然，提高细胞融合度是进一步发展的必要基础。

对昆虫、两栖动物、哺乳动物（灵长类）进行的实验都没有达到预期效果。看来，如果不进行人体实验，就无法取得进展。我们目前的建议是，继续保留活体实验动物，以便对其进一步研究，并将它们

作为新的杂交生物兵器（例如即将完成的暴君系列）进行野外实验的猎物。

天哪。比利一张一张翻着其余的纸，寻找报告的其他部分，但剩下那些都是沾着咖啡渍的投喂时间表。

暴君系列。我们见过的所有那些怪物……他们在研究轻易碾压这些怪兽的东西。

“哈！”

比利抬起头，看到瑞贝卡拿着什么东西。她的脸上露出得意的笑容：“密码锁的数字盘，有人要吗？”

比利把报告放回桌上。“你在开玩笑吧？”

“并没有。我在一个笼子里找到的。”瑞贝卡将那小东西扔给比利，比利一把接住，也笑了起来。没错，这就是他一直在找的东西，一个圆形的旋钮，可以装在楼下那把密码锁上。

“4863？”比利问，瑞贝卡点点头。

“4863。”瑞贝卡重复了一遍，并交叉手指做出乞求幸运的手势。比利照做了。这看上去有点傻，只是小孩子才信的迷信，但比利已经很久不去考虑自己是不是理智了，只要能用得上，他都愿意试一试。

“我们去试试。”比利说。他们走出房间时，比利又一次感到了希望。他曾经在什么地方看到过一句箴言，大意是说只要活着，就有希望。第一次听到这句话的时候他正在接受审判，当时觉得这话实在愚蠢透顶。但如今在这截然不同的处境中，为了自己的生命而战，他却突然发现这句话简直是真理，这实在太不可思议了。

比利和瑞贝卡一同走向实验室，一路上比利始终交叉着手指。

7

resident evil

第十二章

神秘青年看着比利和瑞贝卡从洞口爬下来，回到那扇密码门前。他们找到开锁的办法。他本以为他们会砸开那扇门，但显然他们中的一个找到了水蛭的生长记录，并破解了密码。

看来单凭一只“捕杀者”对付不了他们。神秘青年看着比利和瑞贝卡打开门，他有些惊讶，但并不是完全意想不到。这两个人的确有些小聪明，不过他们的世界注定要被毁灭，多么可悲啊。

神秘青年笑了笑。人类会从这种损失中恢复过来的，安布雷拉的灭亡只是时间问题而已。另外，他的孩子们已经就位了。

比利推开电车的门，和瑞贝卡相视而笑，互相祝贺。他们终于“发现”逃离实验室的办法。缆车看起来没什么故障，尽管他们暂时还不知道怎么启动它。要知道，他们差点就死在这儿了。水蛭在车底的阴影中，在下水道中慢慢聚集成人形，一个，两个。神秘青年想了想，叹息一声，命令水蛭们开始攻击，两个水蛭人就像国际象棋中的两个象，冲向它们的目标。

一声尖叫。神秘青年蹙起眉头，他让其中一个水蛭人去查看身后黑暗中的情况——它被“清除者”攻击了，那个家伙不知从什么地方跳出来，直接跳到水蛭人身上，用滴着涎液的嘴猛咬水蛭人。

缆车站台上的瑞贝卡和比利听到打斗声，立刻端起手中的枪。神秘青年气得心烦意乱，他有些犹豫，既想杀了这两个人，又担心孩子们的安危——

神秘青年让水蛭们前进，不去理会那只狒狒，他让正被狒狒攻击的水蛭人解体，水蛭们爬到另一个水蛭人待着的站台边，重新聚成人形。两个水蛭人越过站台护栏，迫切地想品尝一下入侵者的味道。而那只狒狒也紧跟在后面。

神秘青年惊恐地看着比利用霰弹枪向一个水蛭人射击，正中目标。他听到许多水蛭发出了尖叫，感觉到失去不少水蛭的联系，他愈发愤怒了，怒火中还带着痛苦。比利再次开枪，瑞贝卡也开始射击。转瞬之间，一个水蛭人就彻底崩溃了。

“不，不！”水蛭们从来没碰到过霰弹枪，他没想到它们如此脆弱，但现在不能撤退，不能在遭受攻击时后退。神秘青年命令幸存的水蛭们集中起来，加入另一个水蛭人中。这时那只感染病毒的狒狒跳到比利面前，用粗大的爪子抓住他。狒狒和那个凶手扭打着翻过栏杆，掉进下水道里，溅起了巨大的水花。

瑞贝卡尖叫着冲向栏杆，但另一个水蛭人要扑到她身上了。神秘青年感到很满意，看着水蛭人伸出巨大的巴掌，狠狠地抽在尖叫着的蠢女人脸上，将她打倒在地。他让水蛭们停下，琢磨着用什么方式干掉她，瑞贝卡打了个滚，躲到了一边。水蛭们遭受了史无前例的重创，一定要让她付出同等的代价——

可是那小丫头竟然又站了起来，手里拿着比利掉在地上的枪，脸部愤怒地扭曲着。她对着水蛭人开火，将它的一只手臂轰成碎片，水蛭们痛苦地尖叫着，她不断地射击着。

年轻人快要看不见瑞贝卡了，水蛭损失了太多，能向他传递画面的水蛭已所剩无几，许多水蛭甚至是为了给他传递画面死去了。他最后看到的画面是一个犹如水中倒影般模糊的轮廓，越来越暗，最后消失了。

他周围的水蛭们哭泣着，它们流着咸咸的泪水，在泪水中抱成一团，海水般苦涩悲伤的气息在空中弥漫。年轻人闭上眼睛，和它们一同落泪，不过他没哭多久。他愤怒得无以复加，她一定要死，去陪她那个已经死定了的谋杀犯男朋友。

他不敢再让孩子们冒险……暴君。他要出动“国王”。

年轻人勉强笑了笑，心中却燃烧着熊熊烈焰。

***

缆车上有一具尸体，冰凉枯槁的手中攥着一把马格南手枪。当小小的缆车无声地从黑暗的夜空中滑向对面的站台时，瑞贝卡掰开死人的手指，拿出左轮手枪。枪里没有子弹。她记得比利带着那些十二毫米口径子弹和装弹器，可他……

*是的，他还活着，我要找到他。*瑞贝卡坚定地对自己说。缆车一停，她就立刻走了出去，不去理会内心深处那个可怕的声音，那声音一直说比利肯定已经死了。比利不见了，消失在缆车平台下面下水道的汹涌激流中，那个怪物和跟他一起被水流冲向这个方向。但他一定还活着，她要找到他。这个念头在瑞贝卡脑海中不断重复、不断循环。她欠比利的，欠他生的希望，生的信念。他都救过她好几次了。

缆车平台和对面那个差不多，小小的，又冷又黑，有几级向上的台阶。瑞贝卡花了一分钟检查枪支，重新装满了子弹。多余的霰弹枪子弹在比利身上，不过在射杀那只攻击瑞贝卡的怪兽之后，他就重新给霰弹枪装满了子弹，所以现在枪里还剩了几颗——

他又救了你一命，又一次——

霰弹枪里只剩两颗子弹了，但瑞贝卡不想丢下它，同样也不想丢下刚才找到的马格南手枪。说不定等会在什么地方又可以找到新弹药。她把较重的左轮手枪挂在腰间，肩上扛着霰弹枪，做好了面对一切的准备。

他死了，瑞贝卡。你只能——

不。

——自己顾自己吧，你必须——

不！

瑞贝卡匆匆走上台阶，顾不上有些疲惫的身体。她必须找到比利，必须。台阶顶部是一扇门，门后是一个很大的房间，看着像仓库，大部分都空着，仓库的尽头敞开着，外面是深深的夜色。瑞贝卡穿过空荡荡的房间，跨过地板上的运输轨道，走过沿墙摆放的生锈铁桶，一心想着比利。要是他受伤了怎么办？要是他——

*死了。他可能已经死了。*的确有这种可能，刚才瑞贝卡只是下意识拒绝去想。但这想法并没有令她感到恐惧或惊慌失措，而是冷静、理智的思考。瑞贝卡深吸几口气，走到屋子另一头的平台式升降机前站了一会儿，望着凌晨时分透着凉意的深蓝色天空。黑云已经散了，几颗星星发出苍白的光。暴风雨已经过去了。瑞贝卡希望这是一个好兆头……但这只是希望。如果比利已经死了——很有可能——她就得一个人想办法了。

但在确认之前，我不会扔下他。

升降机北边的角落里有一个控制面板。瑞贝卡研究了一会儿，决定前往最底下的B4层，看看是否可以在那儿找到下水道的出口。她按下按键。巨大的八边形平台抖了一下，然后开始下降，厚重的墙体环绕着升降机慢慢升起，头顶的星空越来越远，越来越小。

升降机在一个大房间里停下了，四壁是灰色的全金属墙面。瑞贝卡右边是一间标着“保安室”的小办公室，一段不长的走廊尽头是一个普通式样的电梯，就像写字楼里的那种一样。她的左边有一个大洞，坍塌的碎石几乎堆到了屋顶，在碎石堆前面还有一部电梯，这部电梯比较大，应该是货梯。

瑞贝卡走下升降机，仔细查看光线昏暗的房间里是否有活物，她轻轻地踩在碎裂的混凝土上，没有发出一丝声响。没有异常。瑞贝卡走到保安室那里，发现门上了锁，但她从门上脏兮兮的玻璃窗往里张望了一下，里面也没什么值得搜索的东西。

瑞贝卡叹了口气，不知道自己到底该往哪走。她原本打算一直往下，希望最终能下到水边，但两部电梯都有可能把她带到错的方向。

*那么，随便选一边吧。错了也比浪费时间好。*瑞贝卡凭着直觉选了一边，朝升降机西边的电梯走去。

走过去之后，瑞贝卡发现控制面板上面只有一个按钮——

这时，电梯叮当响了一声，运行到这一层停下了。

瑞贝卡想往回跑，但已经来不及了，而且也无处可蔽。她贴在角落里，尽量靠近电梯门，祈祷电梯里的人急匆匆出来，顾不上回头看。

电梯门开了。瑞贝卡准备好霰弹枪，屏住呼吸。一个穿着防弹背心的高个男人走了出来。

瑞贝卡放低枪口，瞪大眼睛。恩里克队长猛然转身，用枪对着她。

“别开枪！”

瑞贝卡看到恩里克队长也是一脸惊讶，认出瑞贝卡的瞬间他明显震惊了，然后立即竖起枪口冲着天花板。

“瑞贝卡。”恩里克队长喊了一声，身体放松下来。瑞贝卡看到他的手上和脸上都是泥污，手臂上留有血迹，两只手指的关节不是破了就是带着瘀青，身上穿着的防弹背心也好几处裂开了。看来布拉瓦小队中挣扎求生的并不止她一个。“你还好吗？”

“你还活着。”瑞贝卡说着走上前，非常高兴能见到恩里克，不知不觉就哭了出来。恩里克队长笨拙地用一只手抱了抱瑞贝卡，然后轻轻拍了拍她的肩膀。

“其他人呢？”瑞贝卡问。

恩里克转过身面向电梯。“他们在前面，我们在找爱德华和你。”

瑞贝卡垂下了眼睛。“爱德华……他没能撑住。”

恩里克愣了一下，点了点头。“你看到其他队员从这里经过吗？”

“没有。”

“你们肯定是错过了。”恩里克队长说，“我们找到了这些文件……”他摇了摇头，似乎打消了讲一个很长的故事的念头。瑞贝卡立刻明白了队长想说什么。

“东面是一栋旧房子，”恩里克继续，“我们认为那是安布雷拉的研究所。来吧，如果我们走快点，应该能追上他们。”

恩里克开始行动了，瑞贝卡左右为难。

“等等！”瑞贝卡脱口而出，“我得去找比利。”

恩里克转过身看着瑞贝卡。“比利·科恩？你找到他了？”

“是的，但我们分开了，而且……”瑞贝卡不知该如何解释。

“不用担心他。”恩里克说，“反正他怎么也活不了，我们走吧。”

“队长，我——”瑞贝卡咽了下口水，强迫自己看着恩里克的眼睛，“说来话长，但我——我必须找到他。别担心，我会追上你们的。”

“瑞贝卡。”恩里克正想说些什么，但似乎从她的语气和表情中看明白了什么，也许和瑞贝卡从他眼中看到的一样——发生了太多事，而他们谁也没有时间去解释。

“小心点。”恩里克说。瑞贝卡挺起胸，冲队长重重地点了点头，对他的理解表示感谢。恩里克转身走开了。瑞贝卡看着他的背影，看着他走过宽阔的房间，来到对面的乱石堆前，转向那边的电梯，最后消失在她的视线中。

*我总算找到了队伍，并告诉他们不用管我。*瑞贝卡在心里想着。她太累了，累到无力为自己做出的这个决定而惊讶。至少，他们都还活着。只要找到比利，她——他们——就往东边走，追上队伍。

瑞贝卡检查了一下恩里克刚才乘的那部电梯，发现它只能向上，这倒省事了。瑞贝卡穿过房间，走到另一部货运电梯旁，按下按键。一阵嘎吱声，电梯嗡嗡地开始运行，慢慢从恩里克刚才出去的地方下降。瑞贝卡背靠着电梯的手动推拉门，希望电梯能快点降下来。她实在太累了，担心自己一旦停下就没力气再走了。

一块大石头从乱石上滚落，掉在离她不远处，碎成了几块。接着又一块石头落下，然后又是一块，之后就像雪崩一样，碎石纷纷滚落，扬起了大团大团的尘土。瑞贝卡从电梯门旁退开，紧张地盯着那堆乱石。

咯吱。咯吱。咯吱。

乱石堆里传出一阵沉重的脚步声，更多的石头掉在地板上。

“恩里克？”瑞贝卡问，声音几乎被乱石跌落的响声吞没。

咯吱。

咯吱。

瑞贝卡又按了一下按键，听起来电梯离她还有很远一段距离，但她已经能够看到阴影中有什么东西在动，很大的东西。它马上就要过来了。

***

比利抱着一截泡在水中的立柱，冰冷黑暗的水流打着旋从他身边流过，冲刷着他麻木的手指。他昏昏沉沉，下意识地紧紧抱着柱子，努力想清醒过来，弄清自己目前的处境。他几乎无法思考了。他想起了那只猴子——

她说是狒狒……

……狒狒将脏兮兮的爪子插进他的上臂，他重重地倒在栏杆上；他想起自己落进下水道时的扑通声，油腻酸腐的臭水淹没了他，瑞贝卡大声喊着他的名字，他越漂越远，瑞贝卡的声音越来越小。跟他一起摔下来的那只狒狒惊慌失措，吱吱叫着松开了爪子，沉下去了，然后是一块凸出的石头，还有一阵剧痛，之后他就到了这儿，不知道是什么地方。

比利觉得浑身疼痛，头昏脑涨，辨不清方向。水流从他右侧咆哮而过，流进一根漆黑的大管道，那根大管子大得可以将他整个人吞下去。在他左边大约十米处有一条架设在水流之上的步道，但那段距离现在对他来说简直比十公里还要远，而且爬上去的可能很小。水流湍急，而他并不擅长游泳。

比利继续坚持着。这也是他目前唯一能做的。

7

resident evil

第十三章

从乱石堆中突然出现的生物，和瑞贝卡之前遇到过的那些怪物完全不同。它站在废墟顶上，像在伸懒腰一样举起双臂，瑞贝卡能清楚看到它的模样。瑞贝卡嘴里发干、手心出汗，突然绝望地发现自己想上厕所。

这是个人形怪物。它看上去几乎是个人类，还长着一张男性的面孔，只是人类不可能有它这种苍白到几乎透明的皮肤，不可能全身上下光溜溜的没有一根毛发，更不会长出胳膊那么长的爪子。那爪子弯曲着，像弯刀一样，闪闪发光，右爪明显比左爪要长。怪物透明的皮肤下面，粗大的静脉清晰可见，宽大的肩头上还隆起一大团红白相间的肉团，一直延伸到胸前。三米多高的身体上遍布着血红的创口，脸的下半部撕裂了，露出一个血肉模糊的狞笑。它看向瑞贝卡，兴奋地挥舞着爪子，像已经期待了很久与瑞贝卡见面。

怪物俯视着瑞贝卡，脸上狞笑般的伤口似乎更大了。瑞贝卡能听到它粗重刺耳的呼吸声，还能看到它胸前那奇怪跳动着的肉团，那肉团原来竟是怪物的心脏。

瑞贝卡本能地举起霰弹枪开火。

霰弹在怪物的胸口轰出好多个小洞，喷出了黑色的血液，就像怪物身体上突然多了许多滑落的黑色丝带。怪物扬起巨大的、光秃秃的头颅，发出一阵令人毛骨悚然的咆哮，像在宣告世界末日的到来。很明显，那一枪只是激怒了怪物，并没有给它造成多大伤害。瑞贝卡觉得自己恐怕在劫难逃了。

怪物轻巧地向前一跳，就从乱石堆上跳到离瑞贝卡不到四米的地上。瑞贝卡感到地面一阵震动。怪物缓缓站直了身体，利爪在混凝土地面上来回划着，灰色的眼睛恶狠狠地紧盯瑞贝卡。瑞贝卡端着枪后退，颤抖着试图瞄准怪物狞笑的脸。怪物向前逼近，挡在瑞贝卡和电梯之间，同时瑞贝卡听到电梯轿厢降下停住的声音。

怪物又向前跨了一步。*它动作很慢，可以试试把它从电梯旁边引开，然后跑进去——*

又是一步，瑞贝卡可以清晰地看到地面在怪物脚下开裂。她往后退，试图拉开距离——

突然，怪物猛然前冲，一只爪子自下而上挥向瑞贝卡。一瞬间，瑞贝卡甚至看到自己在怪物爪刃上映出的身影。瑞贝卡连忙扑向一旁，然后迅速爬起来，用霰弹枪护在前胸，怪物收回了手臂。这一击打碎了电梯的控制面板，墙上冒出电线短路的火花。

在瑞贝卡身后，灯光开始闪烁，响起了警报声，在她和升降机之间，降下一个巨大的金属闸门。闸门将会把整个房间分成两半，将她和怪物关在一起。

瑞贝卡跑向闸门的另一边。那门又厚又重，下降的速度也很快，怪物肯定打不穿它。

瑞贝卡快速理清了思路，一边跑一边回头留意着怪物的举动。

那只人造怪兽跟在瑞贝卡身后，也追到闸门这一侧。瑞贝卡心惊胆战，出了一身冷汗，如果她和怪物被关在闸门同一侧，就全完了。

瑞贝卡等待着，怪物缓缓向她靠近。当闸门降到瑞贝卡的头顶时，她又跑回了另一侧，心里祈祷着怪物会停在门的那一边。

但怪物又跟了过来，它蹲低身体从门下穿过，爪子举在头上。瑞贝卡心中燃起一丝希望，希望怪物被闸门压住，然而，她听到了金属发出的刺耳刮擦声，怪物的巨爪在金属闸门下端抓出深深的痕迹。瑞贝卡惊恐地看着怪物托住了下降的闸门，从容地从下面穿过。然后闸门哐的一声落在了地面上。

本能在催促瑞贝卡快跑，赶紧逃，但她无路可逃。闸门落下后，这边的空间比一个公寓单间大不了多少。她必须到电梯里。那是唯一的机会。

瑞贝卡孤注一掷，拼命按着电梯的开门键，她能听到怪物向她身后靠近的声音，沉重的脚步声，还有水泥碎块被踩碎的声音。

*该死！*瑞贝卡没有回头看，她知道来不及了。她往下一蹲，双膝跪地爬向旁边。果然，怪物挥来的一爪抓在电梯门上，直接穿透了。

怪物向瑞贝卡转过身，盯着跌跌撞撞后退的瑞贝卡，走了过来。怪物简直是台杀人机器，专注、冷酷。它将一条长长的手臂挥向身后，就像投手准备投球的姿势，然后迈出第二步。

*想想，快想想！*她无处可逃，手头现有的武器也不太可能杀得了它，唯一的希望是骗过它……

瑞贝卡一边行动，一边思考着。怪物体形庞大，那么它向前猛冲时，就不太容易及时止步。如果能想办法引开它，然后在它发动攻击的最后一秒躲开，也许就有足够的时间打开电梯门。瑞贝卡停了下来，尽量离电梯远一些。

怪物又向前一步。利爪在地面上划出声音。瑞贝卡竭尽全力才克制住逃跑的冲动。她用霰弹枪对着怪物，准备在它猛冲的瞬间跑到电梯那边。

怪物双膝微曲，准备扑过来，开裂的嘴角形成的狞笑似乎更深了——

它扑过来了，几步就扑到瑞贝卡头顶上。她飞快地闪开，跑向电梯，猛地拉开门冲进电梯，然后用颤抖的双手去关门。

倒霉事又来了。门卡住了。她就知道会这样。瑞贝卡举起霰弹枪，顾不上瞄准，直接扣动了扳机。

霰弹轰在怪物的左肩上。它被打得踉跄着后退，吼叫着，鲜血四溅，之后的情况瑞贝卡就看不到了。她砰的一声把电梯门关上，拍下最下面的按键，紧闭双眼，祈祷着。

过了几秒钟，电梯一直向下运行着，最后停下了。瑞贝卡听到外面传来流水声，一定是到下水道了。她的身体还在不停地发着抖。

过了好一会儿，瑞贝卡才平静下来。她没事了，至少活了下来，这已经很好了。瑞贝卡最后祈祷了一下，希望再也不要碰见那怪物，然后推开门走了出去。

***

威廉·柏肯终于可以走了，就在他要离开的时候，一阵嗜血的号叫声在寂静的建筑中回响起来，声音里充满了愤怒。柏肯在通向楼外的狭窄地道口停下了，回头望向控制室。他在那个隐蔽的小房间里待了两小时，先是艰难地做出选择，然后又想方设法让电脑执行指令。自毁程序被设定在一个多小时之后启动，就像威斯克建议的那样。太阳再次升起的时候，整个训练基地及其周边附属设施都将不复存在。

只是这叫声……他从没听到过这种叫声，但他曾亲眼看着那个项目进入最后阶段，所以他马上明白了。没有生物能发出这样的声音，有人释放了原型暴君。

柏肯突然觉得面前的地道是那么深邃和孤寂。黑暗中隐藏了太多的秘密。柏肯转身匆匆离开，他知道自己做出了正确的选择。

一切都将被大火吞噬。

***

比利听到什么声音，他抬起沉重的头，勉强转了一下。在那边，他的左边，过道上的门打开，一个人影走了出来。

“嘿。”比利喊了一声，但他没力气大声喊，声音被湍急的水流声带走了。他合上了眼睛。

“比利！”

比利再次抬眼望去，心中一阵温暖。瑞贝卡，靠在栏杆上的是瑞贝卡，正呼唤着他的名字。瑞贝卡的出现和呼唤给他带来了力量，深入骨髓的疲惫感稍稍减轻了一点。

“瑞贝卡。”比利努力提高声音，不知瑞贝卡是否能听见。他想告诉瑞贝卡应该怎么办，但他的力气只够再叫一次她的名字。情况很明显，他已经身陷绝境了。如果瑞贝卡想帮他，就得自己想办法。

“比利，小心！”瑞贝卡一只手疯狂地做着手势，另一只手去抓手枪。

瑞贝卡声音中的恐惧让比利清醒了。他更紧地抓着支柱，试图把自己拉高一些，看看瑞贝卡在指什么。他只看到一个迅速游动的黑影，像一条巨蛇一样又长又黑，直冲他过来了。

比利试着移动到支柱的另一边，但他不敢松手，不然汹涌的水流瞬间就会把他卷走。

瑞贝卡接连开了两枪——那个生物重重地撞在支柱上，比利被震脱了手。

他挣扎着，拼命拍打着，竭力让自己浮在水面上，试图抗拒那巨大水管的吞噬，但没有用。几秒钟的工夫，比利就被卷进了黑暗中，觉得背后像被推了一把，然后又被重重撞了几下，整个世界只剩下水流的声音。

7

resident evil

第十四章

在瑞贝卡与原型暴君周旋的时候，威廉·柏肯低着头仓皇地溜出了污水处理厂。过去的几个小时里，神秘青年一直没看到过他，还以为他跟威斯克一起走了，要不就是跟在布拉瓦小队的其他队员后面离开了。可这会儿他竟然又出现了，神秘青年看着他跑过一条秘密地道，苍白扭曲的脸上满是恐惧。当然了，他肯定是被暴君的声音吓坏了，根本想不到他之所以还活着，只是因为他的生命是那么微不足道。

尽管神秘青年很想亲自去会会威廉·柏肯，但还是让他走了，另选一天再说吧。他现在高兴地欣赏着瑞贝卡和暴君的战斗，迫切地想看到瑞贝卡被暴君一点点撕碎。可是他又一次见识了瑞贝卡的好运气，身手敏捷再加上她的狗屎运，还真是让人意想不到。神秘青年看着她甩掉暴君，很快就遇到了比利。那家伙不知道是怎么活下来的，正像个紧紧贴在礁石上的藤壶一样抱着一根立柱，泡在汹涌的下水道里。一只水生动物的简单攻击让他松了手，打着旋被水流冲进污水处理厂的一个过滤间里，瑞贝卡在他后面尖叫着，一定又是沮丧又是懊恼，她的希望消失了，破碎了。

神秘青年冷酷地狞笑着，他看着瑞贝卡穿过走廊，在工厂的操控室里上了另一部电梯——电梯通往污水处理厂的最下层，而他和他的水蛭们就等在那儿，在那些被闪亮的黏液包裹着的卵中。运气好的话，她很快就能见到比利，说不定他还活着。很有这种可能。他现在想明白了，之前他有些操之过急，总想立即要他们的命。看来见面不可避免……难道他不是一直希望有一个观众，一个能欣赏他伟大事业的观众吗？另外，黎明就要到来了，那对水蛭来说是一个危险的时间，即使是最微弱的阳光也会灼伤它们脆弱的身体，所以最好让两个闯入者到他这里来。在他终结他们之前，会让他们感受到他的荣耀。

神秘青年注视着，等待着，为即将到来的最后一幕兴奋不已。

***

瑞贝卡不知道自己究竟在什么位置，建筑的地下构造非常复杂，楼层和房间上下交错，她一直不停地往下走着。走廊里是安全的，不过她经过的两个房间——一个不明用途的小控制室，另一个是如同废墟的休息室——都是丧尸。瑞贝卡开枪干掉了七个丧尸中的两个，其他几个动作非常缓慢，没有实际威胁。瑞贝卡很希望能有足够的时间和弹药解脱它们，让它们不再遭受这样的折磨。不过她急着去找比利，他受伤了，但还活着，在这一团乱麻般的地下建筑的深处。

这是个污水处理厂，哪怕没有指示牌和控制板，扑鼻而来的臭味也可以猜得出。不过瑞贝卡认为这只是安布雷拉掩盖其非法活动的伪装而已，不然为什么这里会与训练基地相通呢？瑞贝卡已经走到地下七层——至少她自己数是第七层，穿过了一个小厅。看样子这里被废弃之前还在施工，里面停着几辆铲车，污水处理会用得到铲车吗？

*也许吧，但我对水处理又了解多少呢？*瑞贝卡胡思乱想着，催促自己走得更快一些。她又穿过一扇门，这个房间的一侧有一个坑，里面堆满了板条箱。直到今天晚上，她才相信真的存在丧尸或者生物武器的阴谋……说实在的，她并不相信世间会存在这样故意为之的罪恶。可她所看见的，自从几小时前登上那列火车之后所遭遇的一切，都令她不得不信。现在，一切都不一样了。她不知道自己将来是否还能用单纯的态度对待周围的一切，也不知道她眼中所见事物的背后隐藏着什么样的阴谋。她更不知道对失去天真究竟应该感到生气，还是应该感激。如果她留在特种战术救援组，这肯定对她有好处。

堆着板条箱的房间后面有一段金属楼梯。瑞贝卡站在楼梯处，屏住呼吸往下望，厌恶地做了一个鬼脸，不知该怎么办。楼梯上至少有几十条水蛭，拖着一丝黏液，在灰色金属上留下一条闪闪发光的小路。瑞贝卡不愿靠近它们，担心会遭到攻击，或者踩到其中的一两条，但她也不想后退。她觉得时间正在飞速流逝，事情的发展越来越快，她必须赶上去，不然就要冒着失去比利的危险。

*或者再次碰到那个怪物。那个长着利爪的杀人机器。*怪物愤怒的吼声仍在她的脑海回荡。尽管打伤了它，但瑞贝卡知道那怪物是不可能在某个阴暗的角落里等死的。这种事情从来都不会如人所愿。

瑞贝卡咬紧牙关，小心翼翼地从水蛭身上跨过，走一步就停一下，嘴里不停地泛着酸水。她抖落一条爬到她靴子上的水蛭，然后继续前进。好在楼梯很短，她没有踩到任何一条水蛭，有惊无险地到了楼梯下面的门前。

瑞贝卡推开门，一阵清凉的水雾落在她汗涔涔的皮肤上，这是一个很大的房间，巨大的管道从房间一端探出，水从管道里哗哗地流下，淌过一层层过滤网。

就在那儿，在一堆乱七八糟的漂浮物之间——

“比利！”

瑞贝卡跑向比利，在他旁边蹲下身的时候，一股带着酸涩味道的水从上面流下，漫过了比利的脖子。瑞贝卡拨开比利的身份牌，内心忐忑不安……不过她感到了比利强劲有力的心跳，在她触碰的时候，比利睁开了眼睛，迷茫地看着她。

“瑞贝卡？”比利咳嗽着，慢慢坐起来，瑞贝卡轻轻把手放在比利胸前，让他平躺。他左侧的太阳穴上有一大块瘀青，很大的一块。

“先休息一会儿。”瑞贝卡说，尽量把哽咽压在喉咙里。她一直让自己相信比利没事，但这实在太困难了。“让我帮你检查一下。”

比利的嘴角露出一抹微笑。“哈，现在轮到我了。”他嘟囔道，再次咳了起来。

瑞贝卡在比利身上按压了几处，清理了比较深的几个伤口，让他试着活动一下手脚，然后又问了比利几个问题——他都能清醒地回答。看样子太阳穴上的伤是最重的一处，令比利有些头晕恶心，不还没有瑞贝卡担心的那么严重。休息几分钟后，比利慢慢坐起来，向瑞贝卡笑了笑。

“好了，好了。”比利说，当瑞贝卡去摸他的太阳穴时，他皱起眉头，“我会活下去的，但你要是一直这么戳我，我就死定了。”

“好吧。”瑞贝卡说道，也坐在地上，感到深深的满足。她找到比利了，她没想到如此简单的一件事竟然会令她这么满足，甚至将他们在这糟糕处境中的一切负面情绪都压倒了，即便只是暂时的。“看到你还活着，我很高兴，比利。”

比利点了点头，朝瑞贝卡挤了挤眼睛。“我也一样。”

瑞贝卡扶着比利站起来，帮助他找到平衡。站稳之后，比利立刻走到一边，瑞贝卡看到比利脸上带着恶心的表情从她身旁走过，嘴唇紧紧地抿着。他朝屋子的一个角落走去，那儿有一个浮着一层黑水的滤网。

那个角落堆满了白骨。是人骨，已经被经年累月的流水磨光了，上面覆盖着一层厚厚的青苔。在那堆碎裂的腿骨和肋骨间，瑞贝卡至少数出十一个头骨，其中大部分都破碎了。

“马库斯曾经的试验品？”比利的声音很低沉，这并不是个问题，瑞贝卡没有作声，只是点头。

“是安布雷拉。”过了一会儿，瑞贝卡补充道，“是安布雷拉支持的。他们是一伙的。”

比利没有回应，他盯着那些骨头，深邃的目光中带着一种说不出的情绪。过了一会儿，比利摇摇头，从那堆凄惨的尸骨旁走开。

“我们别管这堆柴火棒子了。”比利说。尽管他尽量说得轻佻，但两个人都没有笑。

“好啊。”瑞贝卡回道，然后握住比利的手，两人十指紧扣，“是的，听起来这是个好主意。”

***

比利感觉自己的身体状况糟透了，但他还是坚持着，跟着瑞贝卡向东走，他绝不许自己在离开该死的马库斯的实验场之前倒下。他们在迷宫般的房间和走廊里穿行，转过第二个弯的时候，比利就绝望地发现自己辨不清方向了。路上瑞贝卡把他掉下缆车平台后自己遇到的事说了一遍。她碰到了她的小队长，和一个超级怪物纠缠了一番，差点没了命。她还找到了一把十二毫米口径的左轮手枪，比利带着的那些子弹有用处，这能大大增强他们的火力，而且瑞贝卡还一直扛着那把霰弹枪。比利觉得即使是自己，在那种情况下恐怕都未必能做得这么好。

瑞贝卡和比利找到一个安全的小房间，两人整理了一下装备。比利拿着那把马格南左轮，瑞贝卡则带着霰弹枪。房间里的一张床下放着一桶没开封的四升装饮用水，两个人轮流大口大口地喝着，他俩都渴极了。事实证明，在下水道里游泳并不能解渴。

喝完水后，比利神清气爽，手里握着装满子弹的给力武器，终于从与激流搏斗的疲惫中恢复过来。他们从房间南边的门出去，穿过两个工业污水处理室。比利记不清自己经过的房间了，在他看来，这些房间全都一个样子——锈迹斑斑的金属墙面和地板、金属管的栏杆，满是仪表和开关的不明用途的设备。其中一些设备还在运行，整个房间都充斥着机械声响，至于那些设备都有什么用，只有天知道。比利并没有太关心这些，他们继续前走，流水声越来越近。他们穿过一个很大的水泵房之后，眼前是一条大坝上的通道。

两个人站了一会儿，望着水库遥远的另一端的黑暗边缘，水流轰隆隆地落下，溅起无数水花。水声太大了，比利和瑞贝卡退回水泵房中，相视而笑。他们总算找到一条出去的路。水坝顶上的路通向另一栋建筑，不过看到逐渐黯淡的星星和西沉的月亮，比利就振奋了许多。这个噩梦很快就会结束了，他能感觉到，太阳升起之后，一切都将结束。

“我的队友应该就是从这里过去的，也算替我们开了道。”瑞贝卡满怀希望地说。外面水声震天，泵房里机器轰鸣，她不得不大声喊着。泵房的中间有一个小水池，周围是一圈金属板搭建的通道。“他说过他们要往东走，我想我们应该已经走出来了。”

“我以为你说恩里克乘电梯上去了。”比利说。

“哦，是的。”瑞贝卡说，表情有些黯然。她眨了眨眼睛，比利意识到她现在一定很累了。“对不起，我忘了。”

“我能理解。”比利说，“不过你是对的，我们应该出来了。”他摸了摸别在腰间的马格南左轮，手腕上挂着的手铐敲在手枪上叮叮作响，突然让他想起了车祸之前的生活。那似乎是非常遥远的事了，就像另一个人的经历似的……但那一切依然在等待着他，在外面的某个地方。

以后再说吧，如果有以后的话。比利勉强笑了笑，轻轻拍了拍左轮手枪说："这是把万能钥匙，它能开门、能对付挡路的丧尸，完全有理由这么说。"

瑞贝卡笑了笑，正想开口说什么，但突然打住了，她看着比利的眼睛，两个人都听到金属过道上的水声。他们转头看过去，几米远的地方，一个巨人爬了出来，比利立刻想到这就是瑞贝卡说过的那个怪物。它体形庞大，浑身惨白，身上到处都是血迹和伤口。它探出手攀上通道，长得吓人的利爪在金属板上刮擦出刺耳的声音。

比利抓住手枪，往后退着，同时试图把瑞贝卡挡在身后。瑞贝卡灵巧地闪开了，端起霰弹枪和他并排站着。怪物看到他们后，开始发出恐怖的号叫，声音充满了嗜血和仇恨，流露出的不仅是杀戮的欲望，还有对惨叫和痛苦的渴望。比利的英雄思想立刻消失了。只有蠢货才会自寻死路，去和这种东西单打独斗。

"它开始猛扑的时候，就不能很好控制方向。"瑞贝卡急促地说着。在水泵有节奏的轰鸣中，比利努力听着瑞贝卡的话："我们试着把它从门口引开，让它跑起来，趁它刹不住的时候，就能甩掉它了。"

比利小心瞄准怪物血肉模糊的脸。怪物向他们走了一步，两个人都不由自主地后退。"直接干掉它怎么样？"

"别，"瑞贝卡慌张地说，"你会让它发疯的。它之前已经中了两颗霰弹，几乎没有任何作用。"

怪物又逼近一步，微微放低了身子，绷紧双腿，像准备向前猛扑。

"快跑！"

用不着重复第二遍。两个人立刻转身跑向左边，在他们身后传来两三声沉重的脚步声，然后是怪物的爪子穿透钢板，撕裂金属墙面发出的刺耳声音，厚厚的钢板像刨花一样卷了起来。

比利转过头，举起左轮手枪，怪物慢慢转向他们这边。

"继续跑！"比利对瑞贝卡喊道，同时瞄准怪物半露在胸口处跳动的红色肿块，那应该是它的心脏。怪物又跨出一步，浑浊的灰色眼睛盯着比利，缓缓举起爪子。

比利开枪了，左轮手枪在他手中猛的一跳，发出巨大的响声。怪物的胸口被打出一个洞，但这一枪打在心脏旁边，没有命中目标。血从伤口里涌出，顺着怪物白色的身体流淌。怪物发出了狂吼，叫声比左轮手枪的枪声还大，显然它感到痛了，但并没有倒下。

老天，那一枪可是能打死大象的——

“快走！”瑞贝卡拉着比利的手臂大喊。比利甩开瑞贝卡，再次瞄准。既然它会流血，就是会死的，除了榴弹枪之外，十二毫米口径的马格南手枪差不多是威力最大的轻武器了。

怪物又往前迈了一步，然后停下，好像在找平衡，眼睛始终紧盯着比利。它的伤口仍在喷血，这时血已经染红了它没有性征的胯部和肌肉发达的大腿。怪物脸上可怕的伤口又现出那种似笑非笑的样子，像迫不及待地想和比利分享一个笑话似的。

比利觉得它的笑话里一定包括扯断他的胳膊，然后慢慢把他打死之类的内容。他瞄准怪物的心脏，再次扣动扳机——

又是一声巨响，鲜血四溅，怪物不停号叫——

哦，老天保佑这一枪击中要害吧！

怪物仍没倒下。比利搞不清子弹打中了哪里，大量的鲜血不停地喷出，但怪物的心脏仍在跳动。

“快跑！”

瑞贝卡把比利推到一边，向前一步端起霰弹枪，怪物正微微屈膝、绷紧双腿，打算扑过来。瑞贝卡在瞄准，*低了！太低了，不可能打中心脏——*

霰弹枪发出轰鸣，怪物倒下了，暴怒地狂吼着。它的爪子抓挠着金属地板，发出刺耳的声音。

瑞贝卡打穿了怪物的一个膝盖，比利愣了一下才明白过来，他竟然没想到这一点。怪物还没死，但除非它能长出翅膀，不然短时间内是追不上他们了。比利再次举枪，瞄准怪物那鱼肚白色的脑袋。

怪物用爪子抓着地面往前爬，显然还打算继续攻击。但它的努力只是让它滑到了水池里，鲜血在黑水里泛起粉红色的泡沫。

“再用几颗子弹？”比利半是建议地问道，看了一眼瑞贝卡。尽管怪物无比恐怖，但比利觉得也不该任凭它痛苦地流血而死。换个角度来说，它也是安布雷拉的受害者之一，它并没有主动要求变成这样。

“嗯。”瑞贝卡点了点头。比利从她的表情中看出了怜悯，瑞贝卡的感受与他是一样的。“开枪吧。”

两声枪响，庞大的身躯沉寂了，慢慢沉入水中。

7 resident evil

第十五章

瑞贝卡和比利在曙光中走过水坝，深蓝的天空慢慢变成了柔和的灰色，除了几颗最亮的星星，其他的星光都看不见了。

瑞贝卡安静地走在比利身旁，注意到云层已经散开。今天又是一个大热天，尽管此时她正努力控制自己不要发抖，太阳至少还要半小时才会升起。她太累了，从没有这么累过，不过这漫长的可怕的一夜终于结束了，新的一天马上就要到来，想到这儿瑞贝卡又觉得精神了一点。

水坝尽头的几个台阶上有一扇门。比利率先走上去，进入一个涡轮机房，水泥地面的通道两侧是生了锈的金属栏杆，墙面上的大型管道同样锈迹斑斑。房间里有两扇门。靠北的门内是一个储藏间，西边的门敞开着，门后是一条长长的带有栅栏的通道，通道尽头是另一扇门。

“继续？”比利问。瑞贝卡点了点头。弄不好又是一条死路，但瑞贝卡希望能尽量晚些再返回。他们目睹了太多的死亡和毁灭，她不想再回那地方，哪怕只回去一秒钟。

比利沿着通道往前走，瑞贝卡却停了下来，她注意到沉重的大门有一条银色的边。那扇门是专门用钢加固过的，旁边装着一个读卡器。有人把一根木棍插在门下，使门一直保持着打开的状态。

*棍子是湿的。*瑞贝卡心想，然后伸手摸了摸那有点发亮的木棍。当她收回手时，手指带起一丝黏液。

有一瞬间，瑞贝卡竟然冒出一个荒谬的想法，是水蛭们把门打开的，但她立刻把这种想法抛到脑后，提醒自己这里到处都是水蛭，这只是巧合而已。瑞贝卡在防弹背心上擦了擦手，追上已经快走到通道尽头，正在给左轮手枪装弹的比利。

门没锁，比利把它推开。又是一个水泥和钢铁建造的入口，通向一条短走廊。比利叹了口气走进去，瑞贝卡也跟着叹气。难道这地方没有尽头吗?

房间里有一种退潮后海滩的气息，里面十分阴暗，站在门口看不到任何东西。比利和瑞贝卡往里走了两步，身后的门咔嗒一声，自动锁上了。

“自动锁？”瑞贝卡皱着眉头问。

比利回到门口，试着拉动门把。“我们进来之前门就是关着的。我们进来以后它自动锁上，这没道理——”

瑞贝卡听到什么声音，低沉的声音让她心跳加速。声音很快变高、变大了，变成了一种阴沉的笑声。

瑞贝卡沉默着，和比利走了过去，两人紧握武器，转过拐角——

然后他们呆住了，目瞪口呆地看着上下左右数不清的涌动着的生命，几乎覆盖了每一寸墙面、每一寸地面。水蛭，成千上万条水蛭。这是一个很大的房间，又高又宽，屋子中间放着一个直抵屋顶的焚烧炉，炉子上的金属投物口里闪烁着火光。南面的墙上有一扇凹进墙内的大金属门，那似乎是唯一的出口了。前提是他们得从水蛭的海洋中穿过，而瑞贝卡是绝不愿这么做的。这个洞穴一样的房间有上下两层，焚化炉的中部环绕着一条过道，跳动着的火光从上面照下来，在翻涌着的黑色水蛭海洋里投下点点闪光。过道上站着一个孤单的身影，一个身材颀长、肩膀宽阔的年轻男人。他正在大笑着，古怪又刺耳的笑声回荡在房间中，令那股咸臭味更加浓烈。

“欢迎。”年轻男人说完，又笑了起来。他的肩膀两旁各盘着一条水蛭，伸开的双臂上则垂下了无数条。他被水蛭完全包围了起来。“很高兴你们加入我们，你们是我们的贵宾……你们将会明了一切。”

瑞贝卡目瞪口呆，一句话也说不出来。但比利向前走了一步，提高声音说。

“你是他的儿子，对吗？还是孙子？”

瑞贝卡立刻明白了比利在说谁，她也在跟着点头。当然……

“那么说也没错。”年轻人说，脸上带着邪气的笑意，“从某种意义上来说，两者都是。”

说着，年轻人耸了耸肩，换了一个姿势，他的身体出现一片涟漪，如同电影特效一般。他长长的黑发变短了，变白了。年轻的面孔变得苍老起来，出现许多皱纹，眼睛也变了颜色，瞳孔放大。几秒钟的工夫，他就变了个人，只是笑容依旧冷酷、残忍。

这回轮到比利张口结舌了，瑞贝卡叫出了那个名字，觉得这是那家伙的另一个伪装，不知又要耍什么诡计。“马库斯博士？”

站在过道上的男人点了点头，然后开始讲述。

***

“十年前，斯宾塞暗杀了我。”他说，记忆在意识网络中闪过，孩子们帮他回忆着。当时的画面模糊黯淡，形状和颜色都不是很清楚，但那种感觉却如同发生在昨日。

尽管他早就预料到会有这一天，但事情真正发生的时候他还是吃了一惊。他一直在实验室里忙碌，孩子们在他脚下的池子里玩耍，突然门被撞开了，然后就是一阵猛烈的枪声，那也是他最后听到的声音。他记得身体的剧痛令自己双膝跪地，双手紧抓着胸前和腹部的伤口；他记得生命最后一刻看到的那两张熟悉的脸，他最得意的两个学生看着他痛苦地喘息。阿尔伯特·威斯克和威廉·柏肯，他们都在笑，在笑！

他还记得垂死的那一瞬间，他的身体倒下时，充斥在心中的那种强烈愤怒。他倒进池中，孩子们四散开来，一切陷入了黑暗……

然后，记忆中的画面变化了。他可以看到自己苍白的脸，看到自己半浮在水中的身体，失去生命的身体是那么丑陋，但同时他也感受到了爱，来自水蛭意识网络中的爱。他曾经是它们的上帝，是它们的创造者和教导者，是它们的父亲。它们游到他的身边，在他的嘴唇间扭动着，努力进入他的身体。

马库斯停止了回忆，他告诉两个目瞪口呆的旁观者，告诉他们必须知道的事，以便他们可以理解之后发生的一切。“他们任凭我在池中腐烂，拿走我的笔记，关闭了实验室，把一切留给时间去摧毁。你看，他们并不明白，需要的正是时间。我的女王体内的T病毒需要数年时间进行细胞的重组和进化……最后创造出我现在的变异。”

他微笑着，享受着瑞贝卡和比利无声的敬畏，享受着他们惊奇和感叹的目光。“所以，你说得对。我是马库斯，但我也是马库斯的儿子、孙子，以及他的一切后裔，是马库斯与他的女王的合体。哦，我的女王。她就存在于我的内心。她正在给孩子们唱歌。”

仿佛感受到他内心的喜悦和成就感，水蛭们全都向他涌去，爬上他的腿，拥抱着它们最熟悉的马库斯的形象。他陶醉在这感觉中，对着比利和瑞贝卡脸上的反感表情大笑。他们要是早些知道就好了！作为水蛭意识网络的一部分，马库斯的死解放了他，使他成为超越人类的伟大存在。

“病毒是我扩散出去的，”他说，“现在全世界都会知道安布雷拉干了些什么。知道斯宾塞和他那愚蠢的贪婪导致了什么后果。安布雷拉将会毁灭，但马库斯的造物将被奉为神明。我是新生命的原型，远远高于那种孤立的人类形式，世界终将找到我，乞求加入意识网络，团结成一，成为一个无所不能的生命！”

比利说话了，他脸上写满了厌恶，声音也一样。“你在做梦。你是个变态、怪胎、疯子，不管你是什么——没错，世界会找到你，但只会杀了你，终结你这种疯狂的幻想！”

*如此愚蠢，如此自大！*他和孩子们都勃然大怒，怒火混杂在喜悦之中，他的身体因此颤抖着。“我们会看到死的是谁。”他说，声音因为愤怒而颤抖。

这已经不是马库斯的声音了，他又变回那个年轻人，孩子们想象中年轻时的马库斯。他皱了皱眉头，不知道为什么会变化，这不是他所希望的，他没有发出命令，也没有想过变成这个样子。

水蛭们在他身边乱窜，因他的怒火而激动，无视他在意识网络中发出的命令。自从几个月前他从池子里爬上来后，自从意识网络脑赋予他全新的生命之后，他第一次失去对水蛭的控制。许多水蛭不再听从他的指挥，只想攻击两个入侵者，把他们打扁。年轻人感到水蛭爬到了他的喉咙，不断分泌着黏液，几乎让他窒息。他试图坚持住，向水蛭们施加影响，但那股怒火太强烈了，扩散到整个意识网络中。他仍然在变，变成了一个全新的东西，而他的意识在争夺主导权斗争中被挤开了，被这全新的意识击败了。

女王！他感觉到女王的意识充满了他的身体，她的意识涌动着，由水蛭传递到他的全身。她想杀了这两个对她指手画脚的人，想毁灭他们，她的力量比他想象的还要强大。

曾经的马库斯别无选择，只能臣服，成为最强大的生命体的一部分，成为女王。

***

马库斯再一次发生了变化，从某个角度来说，他对自己的这种变化，和比利一样感到吃惊。

水蛭从他的嘴里喷涌而出，堵住他的嘴，几十条水蛭伴随着黏液不断滑出，好似大大的雨点一般落在地上。年轻人瞪大眼睛，一脸难以置信的表情，不断涌出的水蛭令他无法呼吸。

水蛭一落地，就成群结队地往年轻人身上爬去，在他的身上钻洞，在他的皮肤下面到处乱爬。钻进去的水蛭越来越多，他身上的衣服消失了，身体表面成了奇怪的橡胶般的质地，四肢肿胀变形，看上去好像四条扭曲的肥大虫子。他的脸开始拉长，皮肤裂开了，露出紫红色的肌肉，那一条条肌肉跳动着，不断变厚，并分泌着黏液。

瑞贝卡站在比利身旁，急促地喘着气，马库斯完全不是人形了，他现在的整个身体完全由水蛭组成，全身不停地滴落透明的黏液。水蛭不断聚集起来，令他的体形不断增大、增高，又长又细的触须从他的背后伸出，就像一条条在风中飘舞的彩带，都是那种感染或发炎的暗红色。

“女王。”瑞贝卡喘着粗气道，“她夺过了控制权。”

比利举起马格南手枪对准那仍在不断长大的怪物——

这时，怪物突然飞了起来，撞在天花板上，发出一声湿乎乎的巨响，然后在上面停了一会儿，黏液不断滴到地上。除了还能看出四肢之外，这个怪物没有一点儿人的样子了。

比利冲着天花板开了一枪，但在他开枪的瞬间，怪物移动了位置，落在他们面前的地面上，就像某种巨大的橡胶玩具，在地面上弹动了一下。它——或者是她——再次向上延伸，在比利和瑞贝卡身前高高耸立，背后那些黑红色的触角向他们伸过来。

比利和瑞贝卡踉跄着往后退。比利踩到好些水蛭，感觉脚下打滑，不断有水蛭被踩碎，在他脚下发出扑扑的声音。瑞贝卡差一点滑倒了，一把抓住了比利的胳膊。

看到水蛭的惨死，水蛭女王震怒了。只见她收回触角，发出一声高亢的怪鸟般的尖叫，那声音不像任何人间的生物能够发出的，让人毛骨悚然。随着这声尖叫，屋子里所有水蛭都朝女王游去，给瑞贝卡和比利让出了一条路。

随着水蛭们的加入，水蛭女王变得更大了，一分钟之内，她就变得有刚才的两倍大。比利回头看了一眼，立刻明白了她的目的。如果他们走怪物让出的那条路，就会被堵在刚才进来的那道门边，而那是一条绝路。

房子南面还有一扇关着的门，凹陷着嵌入墙里。他们和那道门中间隔着一片水蛭海洋，不过水蛭们正向着它们的女王游动。她似乎暂时忽略了比利和瑞贝卡的存在，只是轻微地晃动着身体，整间屋子里都是细碎的蠕动声。

“南边的门。”比利压低声音对瑞贝卡说，两个人仍在慢慢后退。他们必须立即行动，机会稍纵即逝。

“万一锁上了呢？”瑞贝卡轻声回道。

“那也得冒险试一下。”比利说，“我来掩护。数到三。一……二……三！”

听到“三”，瑞贝卡拔腿就跑，比利则向巨大肿胀的水蛭女王连开数枪。女王痛苦而愤怒地号叫着，将那一堆触角飞快地刺向比利。

触角缠住比利，将他举到空中。比利失手丢掉了枪，他被剧烈地摇晃着，头来回地弹动，手臂也被触角缠住了。触角紧紧缠住比利的身体，像一把老虎钳般不断收紧，让他无法呼吸。才过了几秒，比利就感觉自己两眼发黑，世界开始天旋地转。

就在这时，比利听到了枪声，怪物再次尖叫，把他丢在地下，转向新的攻击者。比利摔在地上，顾不得疼痛，连忙去捡枪，几百条水蛭快速地向他游来。瑞贝卡再次开枪，水蛭女王向她扑去，触角从四面八方打向了她。

比利站起身，却看到瑞贝卡正背对着水蛭女王。第二枪并不是冲着水蛭女王打的，而是轰向南门旁的一个控制台。瑞贝卡又一次开枪，同时用脚猛踢大门。门打开了，但水蛭女王已经来到瑞贝卡身边了。水蛭女王比瑞贝卡高出一倍还多，轻轻松松就能把瑞贝卡像布娃娃一样撕碎。

“嘿！”比利大喊一声，他没时间重新装填，只能先想办法转移水蛭女王的注意力。

比利跳进离他最近的水蛭群里，上下跳动，用尽全力又踢又踩。水蛭们一打一打地被踩死，体液溅了比利一身，粘在地板上，浸透了比利的靴子。他在水蛭的尸体上跳着，看着水蛭女王转过身，发出痛苦的号叫，他心中竟感到说不出的满足。

比利看到瑞贝卡出了门，刚高兴了没有一秒钟，就又被怪物提了起来，然后被重重地扔了出去。

比利撞在屋子的后墙上。他感到自己的一根肋骨折断了，然后重重地摔在水泥地板上。但他挣扎着尽快站了起来，朝南门跑去，在他挣扎着呼吸的同时，水蛭在他脚下啪啪地被踩爆。

怪物和比利离门的距离是一样的。比利知道自己来不及了，那怪物肯定会比他先到门口，他在心里默默祈祷，希望瑞贝卡能活着出去。

这时，他又看到了瑞贝卡，不是在门外，而是房间的另一端。她站在房间中央的焚化炉那里，正用枪对准水蛭女王。比利明白了，在那怪物把他扔向墙壁的时候，瑞贝卡又跑了回来。

比利大喊着叫瑞贝卡赶紧到门外去，可瑞贝卡并不理会，仍然向着女王和比利这边冲来，一边跑一边对着水蛭女王开枪。每一枪都将许多水蛭从女王身上击落，但每掉下一条，又会有十条新的水蛭爬上去。第四枪时，水蛭女王转身面向瑞贝卡，显得有些犹豫，似乎是拿不定主意先解决谁。

“你先过去！”瑞贝卡大喊，“我就来！”

比利往门口跑去，希望瑞贝卡已经有了计划。瑞贝卡继续朝水蛭女王开火，不停地开火，最后比利听到咔嗒一声，子弹打光了，失败已无可挽回。

水蛭女王也听到了，立刻将目标锁定瑞贝卡，在它浑身淌着黏液向前移动时，身体仍然在变大。比利跑到门口，站在那里，只觉得热血上涌，急忙在包里摸索最后两颗左轮手枪的子弹。

“快跑！”比利大喊，但瑞贝卡还是不理他，动都不动。在水蛭女王靠近的时候，瑞贝卡没有再装填子弹，甚至都没有抽出手枪。她倒转霰弹枪，后退一步，靠近焚烧炉的炉壁，然后用力将沉重的枪托插进炉箅，嘎吱一声炉箅弹了出来。正在燃烧的物质撒得到处都是。瑞贝卡跳入其中乱踢，将那些燃烧着的合成材料和垃圾踢向水蛭群。

水蛭女王尖叫着，停止了前进，远远地躲开那突如其来的大火。被烧焦的水蛭逃向它们的女王，试图爬上女王高大的身体寻找安慰。但受伤的水蛭成群结队地聚集到女王身上，女王开始感到了疼痛。女王的尖叫声越来越大，越来越多被烟熏火燎过的水蛭加入她的身体，令她的伤势加重，让她痛苦地挣扎着——比利希望那痛苦是难以忍受的。

瑞贝卡抓住机会，迅速朝南墙跑去，而水蛭女王只顾着尖叫。比利倒出手枪里的空弹壳，把最后两颗子弹塞进去，啪地扣回弹仓，瞄准水蛭女王。瑞贝卡从水蛭女王身旁跑过，但她却毫不在意，她那可怕的身体有一部分开始变黑融化，像糖浆一样，在地上流了一摊。

比利一直用手枪瞄准水蛭女王，直到瑞贝卡顺利跑出门。随后他也迅速退了出去，然后将门关上。

比利深吸一口气，瞬间感到浑身上下都疼痛不已，肋骨、手臂、大腿，还有头上的旧伤……几乎每一个毛孔都在发疼。他转过身，看到瑞贝卡正指着什么东西，她污迹斑斑的脸上露出惊喜的笑容。那一瞬间，他的疼痛似乎都消失了，身体突然放松下来。

他们来到一个升降机平台上。一部向上的升降机——从电梯井的深度和上面透出的亮光来看，这个升降机似乎能一直将他们带到地面。

他们像孩子一样相视而笑，高兴得说不出话，不过这种快乐只持续了几秒。当垂死的水蛭女王的吼叫声再次从隔壁传来，他们记起了自己刚才离死亡有多近。

两人默然无语，快速跑向升降机的控制面板。比利研究了一下，然后在心里默默祈祷一番，按下了电源键。

升降机开始往上抬升，带着他们离开这个噩梦。至少，他们相信是这样。

7 resident evil

第十六章

水蛭女王遭受了前所未有的重创，巨大的痛苦几乎要了她的命。燃烧着的水蛭可怜兮兮地蜷缩在她身上，试图得到安慰。可水蛭一触碰到她，或者触碰到其他兄弟姐妹，就会把这种疼痛的感觉传递过去，无休无止。痛苦不断持续，已蔓延到女王全身。水蛭孩子们只能牺牲自己来减轻女王的痛苦，它们成团成团地从女王的身体上脱落，死掉，然后消融。身体的疼痛一点一点减轻了，被巨大的失落和悲伤所取代。

随着受伤的水蛭慢慢退开，原本被水蛭包裹的手臂也变得无力了，剩下的水蛭孩子们都奔向前来，唱着歌，扑到它怀中，尽最大努力抚慰它的痛苦。水蛭们吞没了它，用湿湿的吻来抚慰它的伤痛。但这个过程并没有多久。女王的意识和马库斯一样，被群体意识融合了，成了新生命的一部分。

这个新生物是一个完整的新生命，健康、巨大，与之前的任何形态都不同。它要强大得多。它听到外面传来的机械响声，于是进入意念之中，在意识中寻找信息，很快就找到了答案——两个凶手想逃跑。

他们逃不掉的。它将意识附着在上千条分肢上，追了上去。

***

比利和瑞贝卡都不愿再碰到什么麻烦，但他们不得不做好最坏的打算。瑞贝卡检查了手枪，比利则给霰弹枪装满了子弹，两人沮丧地报出了数字：还剩十五发九毫米口径子弹、四颗霰弹枪子弹、两颗左轮手枪子弹。

“也许我们用不上它们呢。”瑞贝卡望着头顶越来越大的天空，满怀希望地说。升降机缓慢而平稳地向上爬升，他们已经上升了一半距离了，再过一两分钟就能到达地面。

比利点点头，用一只脏兮兮的手按住身体左侧。“那个臭婊子打断了我一根肋骨。”比利说，脸上带着些笑容，望着上方的亮光。

瑞贝卡走到比利身边，伸手想帮他检查一下，但还没碰到，电梯井里就响起警报声。升降机经过的每一道门上都闪烁着红色的警示灯，在升降机上投下暗红色的光晕。

“什么——”比利刚开口，就被一个循环播放的电子合成女声打断了。

“自毁系统已经启动。所有人员请马上撤离。重复。自毁系统——”

“谁启动的？”瑞贝卡问。比利嘘了一声，举起一只手示意她继续听。

“……马上撤离。自毁程序将在十分钟后启动。”

红灯不断闪烁，警铃大作，但那声音停止了。比利和瑞贝卡互换了一个担忧的眼神，但他们束手无策……再说十分钟之内他们就离开这里了，如果老天乐意的话。

“或许是水蛭女王——”瑞贝卡说，但又顿住了。这似乎不太可能，可她想不出其他解释了。

“有可能。”比利说，尽管他的表情看上去也不是很确定，“管他是谁，反正我们会在爆炸前离开这儿。”

瑞贝卡点点头。然后他们听到下面传来巨大的撞击声，金属发出吱吱嘎嘎的扭曲声和断裂声，电梯井底部似乎遭到了严重破坏。

升降机平台的地面有一部分是金属网格，瑞贝卡和比利一起向下看去——是水蛭女王。不，不是。这个生物比水蛭女王还要大得多，动作也快得多，一个巨大的黑团正向他们迅速移来。

瑞贝卡抬起头，看看他们离地面有多远。*再有一分钟我们就能出去了。*

她又往下看去，不禁倒吸一口凉气，那怪物离他们非常近了。黑乎乎的怪物像波浪一般蠕动着，同时向两边张开，变得更大了。

“哦，该死。”比利咒骂道。

升降机平台突然翻转，穿破了墙面，瑞贝卡和比利都被甩了出去。

瑞贝卡重重地侧摔在地上，急忙爬了起来，紧紧攥着手中的霰弹枪。比利从瑞贝卡几米远的地上爬起来，脚下的水泥地面上有一条黄色油漆划出的色带。

直升机起降坪。是地下直升机坪。

他们被甩入一个很大的空间里，没看到直升机，只是横七竖八地乱放着许多机械设备，但在巨大的房间里，一点儿也不显得拥挤。开启的天花板上投下几缕微弱的阳光，也就是说他们和地面之间只有一层天花板的距离了。瑞贝卡瞬间确认了他们所在的位置，紧接着就看向水蛭女王，想看看它究竟变成什么样子了。

水蛭女王正从升降机平台撞破的墙洞中爬出，密密麻麻的触须盖住了身下破碎的金属和石块。它的庞大身躯不停蠕动着向里挤，像某种可怕的光学幻影效果似的。最后，完全进入房间的身体就像一辆集装箱卡车一样巨大，上面长满了扭动着的水蛭一样的触须。

瑞贝卡吓呆了，当比利扯住她的手臂将她拉开时，她几乎吓得跳了起来。

“那边有楼梯。”比利指向屋子对面的一个出口标志，可那出口太远了——

怪物好像听懂比利的话，庞大的身躯以不可思议的速度移动着，挡住了他们的逃跑路线。它半转过身，触角在头顶挥舞着，黑色的黏液从身体下方涌出，在地面上蔓延——

怪物突然尖叫了一声，前后摇动着身体，身上发出了嘶嘶的声音，烟从它的背上冒了出来——

阳光。一道细细的明亮阳光照在怪物背上。它侧过身躲向一边，躲开阳光，然后又朝他们扑了过来。

比利再次抓起瑞贝卡的手，拉着她后退。尖锐的警报声仍在停机坪上回响，那平静的女声告诉他们，离爆炸还有八分钟。

“它怕阳光！”瑞贝卡大声喊道。他们转身跑向停机坪的西北角，那里离怪物最远，怪物向他们追来，但为了避开道道阳光，它的速度没那么快了，但也和电梯运行的速度差不多。

“有没有办法打开屋顶？”比利问，同时回头看了一眼，带着瑞贝卡跑向北边。

“没有电。”瑞贝卡气喘吁吁地说，“不过应该可以手动开启，可能是液压装置。如果屋顶是倾斜的，只要打开锁定装置，它就会自动滑开。希望如此。”

“那就做吧。”比利有些喘不上气了。“我来分散它的注意力。”

瑞贝卡点点头，回头看了看怪物。它离他们还有一段距离，但并没有停下，也不像他们那样气喘吁吁。

瑞贝卡跑向近处墙上的一个像控制面板的东西，比利则转过身，用九毫米口径手枪射击。

***

水蛭怪物仍在追着他们，被阳光照到的背部不断有水蛭脱落。怪物的意识既不是动物，又不是人类，而是两者兼有。它知道自己的家正受到威胁，很快会有另一种力量毁灭它的住处。它明白阳光会带来疼痛，甚至死亡。它还明白就是在它前面奔跑的两个人导致了这一切，他们是带来毁灭的罪魁祸首。

水蛭怪物看到前面的一个人停下来，用武器瞄准自己开火。子弹穿过它的外层，让它受了伤，但并没有伤到核心部分。就像被阳光灼伤的地方，只要让受伤的部分从身上脱落就可以了。它继续向前，很快就靠近了，近到可以嗅到那个人的恐惧。它扑向前，将那个男人扑倒在地。

***

该死！

比利被扑倒在地，水蛭怪物用一根触角缠住他的脚。比利试图滚到一旁，但他的右脚踝被紧紧缠住了。他咒骂着用左脚后跟使劲蹬踏缠着他的触角，触角缩回去了。

比利急忙爬起来，看到瑞贝卡正摆弄着西墙上的控制面板。于是他往东边跑去，一边跑一边回头，以确定水蛭女王跟了上来。

“自毁程序将在七分钟后启动。”

*这下好了。*真是祸不单行。比利拼尽全力奔跑，水蛭怪物紧紧跟在后面，他没有任何喘息的机会。

跑得离瑞贝卡足够远之后，比利转过身，看到瑞贝卡正在操作另一个控制面板。那怪物朝他扑来，不过距离还比较远，探出的触角离他还有一米左右。比利对准怪物的脸开了一枪，然后转身继续跑。水蛭怪物不知疲倦地在后面追着。

*快点吧，瑞贝卡。*比利在心中暗暗祈祷，逼着自己跑得更快一些。

***

瑞贝卡来到第四个也是最后一个卡锁处，警示音宣告离爆炸还有六分钟，她抓住手动开启卡锁的轮盘，用力一转——

卡住了。尽管没有完全卡死，但瑞贝卡用尽全力也只转了半圈。她憋足力气继续去转剩下的一半，感觉全身的肌肉都在颤抖着。*快了，快了——*

“瑞贝卡，快走！”

瑞贝卡回头，水蛭怪物不知什么时候竟然靠近了她，非常近，再有不到三十秒就能扑到她面前，但她不能跑开，他们没有再带着怪物兜一圈的时间了。

比利开枪了，子弹打在怪物湿哒哒的身体上，发出可怕的声音。瑞贝卡没有再去看，她知道如果看到怪物离得有多近，自己一定会失去勇气的。

“快动啊！”瑞贝卡大喊一声，用全身的力气转动那该死的轮盘——

轮盘突然松开了，与此同时，怪物用一条又粗又湿的触角缠住瑞贝卡的左脚踝，可怕的蠕动着——

一声巨大的吱嘎声，天花板分开了，阳光洒满整个停机坪。

***

阳光！阳光！

水蛭怪物尖叫着，死亡如同雨点般落在它的身上，在它的皮肤上灼烧出许多水疱，成千上万条水蛭掉在地上死了。阳光的炙烤比火焰更加可怕，因为那光无处不在，笼罩着怪物的全部身体。怪物试图逃跑，想要找到一个没有光线的地方，但没有地方可以让它躲藏。

瑞贝卡和比利从墙洞中逃了出去，但怪物已经顾不上他们了。它翻滚着，扭动着，一块块鼓胀的皮肉慢慢消失，粉红色的心脏暴露在残酷的、致命的光线之下，而哪怕是最普通的光线对它而言也是致命凶器。

几分钟之后，爆炸开始时，水蛭怪物已经消失得一干二净，只剩几条水蛭还在扭动着，被困在它们的父亲、曾经的詹姆斯·马库斯死亡的水池中。

7

resident evil

第十七章

比利和瑞贝卡跌跌撞撞地在树林中走着，清晨凉爽的晨风吹拂着树叶。整个体验对比利而言都是疯狂的，甚至不像真的——从在黑暗中向庞大的水蛭怪物射击到现在头顶清脆的鸟鸣，两个人脏兮兮的头发随风飘起。他们拼命往前跑着，比利在心里倒数，快数到零的时候，他停了下来。

瑞贝卡也停了下来，大口大口地喘气。他们站在一片小小的林中空地上，能够俯瞰到阿克雷森林的东部。

“这儿看起来不错。”说完，比利深吸一口凉爽清新的空气，躺在了地上，身上的每一块肌肉都在欢呼。瑞贝卡也是一样。过了几秒，倒数结束了。

爆炸威力巨大，地面震动着，轰鸣声传遍整片森林，响彻下面的山谷。过了一会儿，比利坐起来，看到那个可怕的地方冒出滚滚浓烟。尽管他此刻身心俱疲，满身是伤，饥肠辘辘，但不知怎的，看着缓缓上升的烟雾，比利觉得心中十分平静。新的一天终于到来了。瑞贝卡沉默地坐在比利身旁，脸上带着梦幻般的神情。共同经历了这么多，还需要说什么呢？

比利感觉手腕有点痒，心不在焉地抓了抓，结果手铐突然掉了下来，在草地上发出一声轻响。比利笑了。那一半手铐不知什么时候松了。比利摇摇头，心想要是在十二小时前它就松掉该有多好，然后将手铐扔向一棵树。瑞贝卡站起身，目光从飘荡的烟雾移开，用手挡住眼睛往远处看。

“那肯定就是恩里克队长提到的地方。”瑞贝卡说。比利强迫自己站起来，走到瑞贝卡身旁。离他们所站地方两三公里的正下方有一栋大楼，被郁郁葱葱的树围着。大楼的窗户映着清晨的阳光，显得格外空寂。

比利点点头，突然间不知道该说些什么。瑞贝卡想归队了，可他呢……

瑞贝卡靠过来，抓住比利的身份牌，用力扯了下来。她把牌子挂在自己纤细的脖颈上，望着那栋大楼。

“我想是该说再见的时候了。”瑞贝卡说。

比利看着瑞贝卡，但瑞贝卡没有看他，只是盯着她的下一个目的地，那栋半隐在树林间的寂静建筑。

“官方消息说，威廉·科恩中尉已经死了。”瑞贝卡说。

比利想笑一笑，却没能笑出来。“是的，我现在是个丧尸。”比利说着，心中突然涌起一阵留恋的情绪。

瑞贝卡回过头，看着比利的眼睛，两人四目相对。比利从她眼中看到了真诚、同情和力量，也看到了瑞贝卡和他一样的渴望，那种淡淡的分离悲伤如同薄雾一般笼罩了两个人。

如果没有这些事情……如果换个环境……

瑞贝卡好像读懂了他的心思，轻轻地冲他点了点头。然后她挺胸扬头，看着比利的眼睛，向他敬了一个礼。

比利回敬了一个礼，保持着那个姿势，一直等到瑞贝卡放下手。

瑞贝卡沉默地转身走开，向山坡下走去。

比利看着瑞贝卡离开，直到她的身影完全消失在林荫中，然后转过身，寻找自己要走的路。最终他决定往南走，于是便在温暖的阳光下，伴着林间鸟儿的歌唱，轻松地走向了他的新生。

7 resident evil

尾声

远处的爆炸震动了斯宾塞庄园，桌面上的灰尘纷纷跳动，泥土从地下隧道的顶部落下。那些生活在庄园里的生物们，用失明的双眼盯着窗户和墙壁，倾听着，在黑暗中摸索着，希望这些轻微的响动预示着食物的到来。

它们实在太饿了。